Johannes Mario Simmel, geboren 1924 in Wien, wurde 1948 durch seinen ersten Roman »Mich wundert, daß ich so fröhlich bin« bekannt. Mit seinen brillant erzählten, zeit- und gesellschaftskritisch engagierten Romanen – sie sind in 35 Ländern erschienen und haben eine Weltauflage von über 72 Millionen erreicht – hat sich Simmel international einen Namen gemacht. Nicht minder erfolgreich sind seine Kinderbücher. Fast alle seine Romane wurden verfilmt.

Vollständige Taschenbuchausgabe 1978
Droemersche Verlagsanstalt Th. Knaur Nachf., München

Umschlaggestaltung Fritz Blankenhorn
Satz Süddeutsche Verlagsanstalt und Druckerei GmbH, Ludwigsburg
Druck und Bindung Elsnerdruck, Berlin
Printed in Germany 30 29 28 27 26 25 24
ISBN 3-426-00553-0

Johannes Mario Simmel: Niemand ist eine Insel

Roman

Knaur

Von Johannes Mario Simmel sind außerdem erschienen:

»Es muß nicht immer Kaviar sein« (Band 29)
»Bis zur bitteren Neige« (Band 118)
»Liebe ist nur ein Wort« (Band 145)
»Lieb Vaterland magst ruhig sein« (Band 209)
»Alle Menschen werden Brüder« (Band 262)
»Und Jimmy ging zum Regenbogen« (Band 397)
»Der Stoff, aus dem die Träume sind« (Band 437)
»Die Antwort kennt nur der Wind« (Band 481)
»Meine Mutter darf es nie erfahren« (Band 649)
»Hurra – wir leben noch!« (Band 728)
»Zweiundzwanzig Zentimeter Zärtlichkeit« (Band 819)
»Wir heißen Euch hoffen« (Band 1058)
»Die Erde bleibt noch lange jung« (Band 1158)
»Bitte, laßt die Blumen leben« (Band 1393)
»Die im Dunkeln sieht man nicht« (Band 1570)
»Doch mit den Clowns kamen die Tränen« (Band 2957)
»Im Frühling singt zum letzten Mal die Lerche« (Band 60089)
»Affäre Nina B./Mich wundert, daß ich so fröhlich bin« (Band 60093)

Der Autor erklärt, daß ihn der in allen Ländern der Erde seit vielen Jahren von Experten und Laien, von kirchlichen und staatlichen Stellen und von sämtlichen Massenmedien mit größter Leidenschaft geführte Kampf um die Lösung eines weltweiten Problems angeregt hat, diesen Roman zu schreiben. Gerade jenes Problem zeigt die Hilflosigkeit des Menschen bei der Bewältigung seiner Situation und die Blindheit gegenüber Gefahren, denen er sich aussetzt.
Der Autor erklärt, daß dennoch alle Geschehnisse und alle Personen dieses Romans völlig frei erfunden sind – mit Ausnahme einiger Personen und Ereignisse der Zeitgeschichte. Hier wurden manchmal Namen, Orte und Daten verändert.
Absolut der Wahrheit entsprechend dagegen ist die Schilderung sämtlicher Milieus, Einrichtungen, Untersuchungs-, Behandlungs- und Arbeitsmethoden. Hier wurden Fachleute zu Rate gezogen, oder der Autor war mit den Usancen der Filmindustrie aus eigener Erfahrung hinlänglich vertraut.
Der geschilderten ›Sonderschule Heroldsheid‹, die es nicht gibt, diente die ›Sonderschule Garatshausen‹ am Starnberger See in Bayern als Vorbild. Es versteht sich von selbst, daß kein Kind und kein Erwachsener – in welchem Zusammenhang sie auch mit der ›Sonderschule Garatshausen‹ stehen mögen – direkt oder verschlüsselt einer Person des Romans auch nur mit einer einzigen, noch so geringen psychischen oder physischen Eigenart entsprechen.

Es ist ein unerträglicher, ja verbrecherischer Hochmut, wenn ein Mensch über die Existenz eines anderen Menschen sagt, sie sei sinnvoll oder sie sei sinnlos. Niemals können wir verwirrten, ohnmächtigen Wesen, die wir auf dieser Erde herumkriechen, das entscheiden. Und niemals werden wir wissen können, welche Bedeutung ein menschliches Leben haben kann, welche unerhörte Bedeutung sogar – oder gerade! – in seiner tiefsten Erbärmlichkeit.

Aktenzeichen: 5 **Js** 422/73

I. Anklageschrift

in der Strafsache
gegen

MANKOW Susanne, genannt MORAN Sylvia
geb. am 25. Mai 1935 in Berlin, ledige
Filmschauspielerin, deutsche Staatsange-
hörige
wohnhaft: 705 Mandeville Canyon
Beverly Hills, im Staate Cali-
fornia, U.S.A.

Eltern: MANKOW Erich, verstorben
MANKOW Olga, geb. Oster, verstorben

zur Zeit in Untersuchungshaft in Nürnberg

Die Staatsanwaltschaft legt der Angeschuldigten auf Grund der durchgeführten Ermittlungen folgenden Sachverhalt zur Last:

Die Angeschuldigte verabredete mit dem ihr seit Jahren bekannten Romero RETTLAND, Filmschauspieler, geb. am 9. August 1912 in Myrtle Creek, im Staate Oregon, U.S.A., der sie um eine Unterredung gebeten hatte, für den 8. Oktober 1973, 17 Uhr, in Nürnberg, Hotel "Zum Weißen Rad", eine Zusammenkunft.

Die Angeschuldigte schweigt sich über den Grund dieses Zusammentreffens und die mit Rettland dort geführten Gespräche aus. Aus der Tatsache des als Stundenhotel bekannten Treffpunkts und des weiteren Umstandes, daß die Angeschuldigte dort für die Umwelt nicht erkennbar mit dunkelgetönter Brille und einer Perücke aufgetreten ist, ergibt sich, daß das Zusammentreffen einen höchst privaten intimen Zweck hatte.

Die Ermittlungen haben ergeben, daß Rettland 1961 zusammen mit der damals weithin unbekannten Angeschuldigten, die noch den Namen Mankow trug, für einen Film engagiert worden ist, der in Berlin gedreht wurde, und daß Rettland immer wieder behauptet hat, der Vater der nunmehr elfjährigen Tochter BARBARA ("Babs") der Angeschuldigten zu sein, die, nach Zeugen- und Presseberichten, sich in einem Internat bei Norristown, etwa vierzig Kilometer nordöstlich von Philadelphia, im Staate Philadelphia, U.S.A., befindet. Da die Angeschuldigte offizielle Atteste vorgelegt hat, die eine Vaterschaft Rettlands ausschließen, sich jedoch beharrlich weigert, über irgendwelche Beziehungen zu diesem und über den Inhalt der Unterredung mit diesem am 8. Oktober 1973 Auskunft zu erteilen, muß unterstellt werden, daß die Angeschuldigte das Tatmotiv verschweigt.

Aus den Beweistatsachen ergibt sich:
Die Angeschuldigte führte eine Pistole Marke Walther, Modell TPH, Kaliber 6.35 mm bei sich. Aus dieser wurde ein Schuß abgegeben. Der Schuß tötete Rettland. Die Angeschuldigte wurde im Zimmer 39 des Hotels "Zum Weißen Rad" angetroffen und hatte die Pistole in der Hand. Daraus ergibt sich, daß sie selber den Schuß abgegeben hat. Das im Leichnam vorgefundene Projektil ist nach dem Gutachten des ballistischen Sachverständigen aus der Schußwaffe abgefeuert worden. Nach gerichtsärztlicher Feststellung trat der Tod des Rettland sofort ein.

Rettland hatte keine Waffe bei sich, auch kein einziges Personaldokument. Seine

Identität mußte erkennungsdienstlich festgestellt werden. In seinen Anzugtaschen fanden sich nur ein Ring mit drei Schlüsseln, 85 Dollar und 30 Cents, sowie zwei Traveller-Schecks zu je 100 Dollar.

Das Zimmer, in dem die Tat geschehen ist, war von der Angeschuldigten bestellt worden.

Aus diesen Tatsachen ergibt sich, daß Rettland arg- und wehrlos gewesen ist.

Die Angeschuldigte wird daher beschuldigt, den Schauspieler Romero Rettland heimtückisch unter Ausnutzung der Arg- und Wehrlosigkeit des Opfers getötet zu haben und somit strafbar zu sein eines Verbrechens des Mordes gemäß § 211 StGB.

5 Js 422/73

Anlage zur Anklageschrift vom 20. Dez. 1973

in der Strafsache
gegen
MANKOW Susanne, genannt MORAN Sylvia

1.) Zeugen:

a) Josef KUNZINGER, Portier im Hotel "Zum Weißen Rad", Nürnberg, Bl. 4 d.A.
b) Elfie KRAKE, gewerbsmäßige Prostituierte, Nürnberg, Bl. 7 d.A.
c) Joe GINTZBURGER, Präsident der amerikanischen Filmgesellschaft SEVEN STARS, Hollywood, Bl. 47 d.A.
d) Rod BRACKEN, Agent der Angeschuldigten, Hollywood, Bl. 15 d.A.
e) Dr. Ruth REINHARDT, Oberärztin am Sophien-Krankenhaus, Nürnberg, Bl. 35 d.A.
f) Philip KAVEN, ohne Beruf, zur Zeit in Untersuchungshaft, Bl. 8 d.A.
g) Wigbert SONDERSEN, Hauptkommissar, Nürnberg, Bl. 10 d.A.
h) Dr. Elliot KASSNER, Chefarzt der Psychiatrischen Abteilung des Santa Monica Hospitals, Beverly Hills, Bl. 62 d.A.
i) Dr. Robert SIGRAND, Oberarzt am Hopital Sainte-Bernadette, Paris, Bl. 51 d.A.
j) Dr. Clemens HOLLOWAY, Leiter des Internats von Norristown, Bl. 72 d.A.
k) Alexandre DROUANT, Leitender Kommissar der Sicherheitspolizei von Monte-Carlo, Bl. 81 d.A.
l) Julio DA CAVA, Filmregisseur, Madrid, Bl. 93 d.A.

m) Carlo MARONE, Filmverleiher, Rom, Bl. 97 d.A.
n) Frédéric GERARD, Chefsprecher und Animateur, RADIO und TELE MONTE-CARLO, Bl. 76 d.A.
o) Bob CUMMINGS, Aufnahmeleiter der SYRAN-PRODUCTIONS, Hollywood, Bl. 100 d.A.
p) Carmen CRUZEIRO, Fremdsprachensekretärin, Madrid, Bl. 87 d.A.
q) Gerhard VOGEL, Polizeihauptwachtmeister, Nürnberg, Bl. 13 d.A.

2.) Sachverständige:

a) Dr. Walter LANGENHORST, für Ballistik, Berlin, Bl. 96 d.A.
b) Prof. Dr. med. Hans PRINNER, Gerichtsmedizinisches Institut, Nürnberg, Bl. 41 d.A.
c) Prof. Dr. med. Wilhelm ESCHENBACH, Psychiatrische Universitätsklinik Erlangen, Bl. 107 d.A.

3.) Asservate:

a) Pistole Marke Walther, Modell TPH, Kaliber 6.35 mm,
b) eine dunkelgetönte Brille,
c) eine blonde Perücke,
d) ein aufklappbares goldenes Medaillon, enthaltend ein Farbfoto der Tochter der Angeschuldigten.

4.) Augenschein.

Zur Aburteilung ist nach § 80 des Gerichtsverfassungsgesetzes,
§§ 7, 9 der Strafprozeßordnung
das Schwurgericht beim Landgericht Nürnberg-Fürth zuständig.

Verteidiger: Rechtsanwalt Dr. Otto NIELSEN,
Nürnberg, Loblerstr. 126 a

Ich erhebe die öffentliche Klage und beantrage,

a) die Anklage zur Hauptverhandlung vor dem Schwurgericht Nürnberg-Fürth zuzulassen,

b) Termin zur Hauptverhandlung anzuberaumen,

c) die Fortdauer der Untersuchungshaft anzuordnen, weil die Haftgründe fortbestehen.

Haftprüfungstermin nach § 117 Abs. 5 StPO: -----
Ablauf der in § 121 Abs. 2 StPO bezeichneten Frist 8. Apr. 1974
Nächster Haftprüfungstermin im Sinne des § 122 Abs. 4 StPO: 8. April 1974

d) -----

Als Beweismittel bezeichne ich:

1. Zeugen:
2. Sachverständige:
3. Urkunden:
4. Sonstige Beweismittel:

siehe Anlage

II. Mit den Akten **an den Herrn Vorsitzenden der Strafkammer des Landgerichts Nürnberg-Fürth**

Nürnberg, den 20. Dezember 1973

Staatsanwaltschaft
bei dem Landgericht Nürnberg-Fürth

Dr. Guido Wenger

Ober- Staatsanwalt

Symptom

SABINA: Wir sind alle miteinander so schlecht, wie wir nur sein können.

Aus: WIR SIND NOCH EINMAL DAVONGEKOMMEN
von THORNTON WILDER

1

»Guten Tag. Sie werden gebeten, vor das Milchglasfenster im linken Torpfeiler zu treten. Achten Sie darauf, daß Ihr Gesicht direkt vor dem Fenster ist und daß Sie einen Abstand vom Glas halten, der etwa zehn Zentimeter beträgt! Danke.« Die metallene, tiefe Frauenstimme, die aus den Sprechschlitzen einer Chromtafel – und sicherlich vom Band – kam, wenn man an diesem Parktor auf die Klingel drückte, schwieg. Strom rauschte in der offenen Verbindung. Ich kannte das Theater schon, ich war schon einmal hier gewesen, nachts zuvor.
Also hin zu dem überdachten kleinen Milchglasquadrat im linken Torpfeiler. Ich mußte mich ein wenig bücken, denn ich bin 1,82 Meter groß. Schön den richtigen Abstand halten. Es war eiskalt, es regnete in Strömen an diesem Abend des 24. November 1971, einem Mittwoch, und dazu tobte ein widerwärtiger, fauchender Sturm über Paris.
Der Regen troff mir vom Mantel, rann mir in den Kragen, drang durch die Schuhsohlen. Ich schluckte schon, seit ich in Paris und in diesem Dreckwetter war, vorsorglich Antigrippemittel, denn das fehlte noch, daß ich jetzt krank wurde. Am liebsten wäre ich total besoffen gewesen, so mies fühlte ich mich, so degoutiert war ich. Aber von Saufen konnte keine Rede sein. Ich brauchte jetzt einen glasklaren, zu eiskalten Überlegungen fähigen Kopf. Denn wenn nun noch etwas passierte . . .
Über mir flammte grelles Licht auf. Ich kannte auch das schon. Jeder, der hierher kam und das Recht besaß, einzutreten, kannte es. Sie sagten es ihm vorher, wie sie es mir gesagt hatten. In der schloßartigen alten Villa hinter dem Park, die ich in der Finsternis nicht sehen konnte, hatten sie eine kleine, hausinterne Fernsehanlage. Der Bulle, der gerade Wache schob (sie

lösten einander in Abständen von acht Stunden ab, rund um die Uhr, da hatten sie mir auch gesagt), besaß in seinem Zimmer (das sie mir allerdings nicht gezeigt, von dem sie nur erzählt hatten) einen Fernsehschirm. Auf ihm sah er nun mein Gesicht. Jeder, der hierher kam und wiederkommen durfte, wurde sofort fotografiert. Vor dem diensttuenden Bullen lagen vermutlich Alben mit all diesen Fotos. Die neuesten lagen vielleicht vor ihm auf einem Tisch. Sicherlich suchte er jetzt nach meinem, dem, das dem Gesicht auf seinem Fernsehschirm glich. Die metallene Frauenstimme: »Nennen Sie nun Ihren Namen. Langsam und deutlich, bitte.«
Dies Solo kam zuerst auf Französisch, aber die Aufforderungen wurden deutsch, englisch und italienisch wiederholt.
»Now pronounce your name. Slowly and clearly, please . . . .«
»Adesso dica il suo nome, per favore. Lentamente e chiaramente, per favore . . .«
Immer dieselbe Frauenstimme. Eine gebildete Dame.
Der Regen rann mir vom Haar in die Augen, ich hatte den Hut abgenommen. Ich sagte: »Philip Kaven.«
Die Stimme: »And your number, please.«
»Ed il suo numero, per favore.«
Französisch das Ganze zuerst.
Ich sagte diesmal französisch, zur Abwechslung: »Treize.«
Dreizehn, das war die Nummer, die sie mir gegeben hatten in der vergangenen Nacht, als ich zum ersten Mal hier gewesen war. Da hatten uns Angestellte des Etablissements abgeholt in einem großen amerikanischen Straßenkreuzer. Sie sprachen kein Wort während der ganzen langen Fahrt vom Flughafen Orly bis hierher, zwei Riesenkerle. Aber auch einer von ihnen hatte aussteigen und vor dieses Milchglasfenster treten müssen, ehe das Tor sich öffnete. Bevor ich dann später ging, sagten sie mir, daß meine Kennzahl 13 sei.
»Vergessen Sie das nicht, Monsieur Kaven. Dreizehn. Ohne die Kennzahl kommen Sie nicht durch das Tor . . .«
Eine vornehme Bude war das vielleicht. Die vornehmste. Und natürlich die teuerste. An den Gitterstäben rund um den Park konnte kein Mensch hochklettern, oben waren noch Spitzen und ein wohl elektrisch geladener Draht. Und überall Alarmanlagen, hatten sie mir erklärt. Praktisch war dies Gebäude mitsamt Park etwa so gesichert wie der Haupttresor der Bank of England.
Nur zwei Laternen brannten hier draußen in der kurzen Rue Cavé, direkt am Rande des Bois de Boulogne. Kein Aas zu sehen. Einsamer ging es nicht. Was die wohl am Tage machten, wenn es hell war und nicht regnete, und wenn es hier Passanten gab und Verkehr? Genau dasselbe sicherlich, dachte ich. Viel Verkehr wird es hier wohl kaum geben. Und die wenigen

Passanten in dieser Straße mit ihren fünf schloßartigen Villen, die kannten das sicherlich schon, wenn sie es sahen und hörten. Wenn sie es nicht kannten, mußten sie sich wundern, da konnte man ihnen nicht helfen.
»Merci«, sagte die so verführerisch klingende Frauenstimme vom Band – gewiß war sie daraufhin ausgesucht worden. Sie sagte auch noch in den drei anderen Sprachen danke. Dann schaltete das Band sich ab, das grelle Licht erlosch. Die beiden Torflügel glitten über Schienen summend auseinander. Ich trat auf den Kiesweg des Parks. Sofort schlossen sich die Flügel wieder hinter mir. Imponiert Ihnen, wie? Mir imponierte es auch.
Keine Lampen im Park. Nur auf der Erde, manchmal halb von irgendwelchem Ziergesträuch verdeckt, liefen zu beiden Seiten des Kieswegs kleine Lichtpfeile, welche die Richtung zeigten. Sie leuchteten honiggelb. Es gab jede Art und jede Menge von Bäumen in diesem Park, Ahorn, Rotbuchen, Fichten, Kiefern, Linden, Trauerweiden, sogar eine Palme! Aber die schien erledigt zu sein. Es gab jede Menge und Art von Büschen und Hecken. Es gab keine Wiese, dies war ein sehr dichter, völlig zugewachsener Park. Der Wind orgelte in den Baumkronen. Ich hatte nun wieder meinen Hut auf und folgte den Pfeilen. Blick auf die Leuchtziffern der Armbanduhr. 18 Uhr 36. Um 16 Uhr hatte ich das Hotel Le Monde verlassen. Natürlich nicht in Sylvias Rolls, natürlich nicht in meinem Maserati Ghibli. Natürlich auch nicht in einem Taxi von dem Stand vor dem Hotel. Ich war zu einem Stand auf den Champs Élysées vorgegangen, hatte mich in eine Droschke fallen lassen und dem Chauffeur gesagt, wohin er fahren sollte, zuerst selbstverständlich in die falsche Richtung: »Place de la Concorde, bitte.«
»In Ordnung, 'sieur.«
Der Chauffeur war losgefahren wie ein Verrückter. Sind Sie schon einmal mit einem Taxi durch Paris gefahren? In der Stoßzeit? Mit einem französischen Chauffeur? Ja? Dann werden Sie mit mir fühlen. Nein, noch nie? Dann haben Sie keine Ahnung davon, wie das Leben sein kann. Keinen blassen Schimmer haben Sie. Sie sollten etwas gegen diese Bildungslücke tun. Natürlich nur, wenn Sie gute Nerven haben. Sehr gute Nerven. Falls diese Voraussetzung zutrifft, müssen Sie es tun! Es fehlt sonst einfach etwas in Ihrem Dasein. Und Sie werden niemals wirklich französisches Französisch kennenlernen.
»Crevez, salopard!«
»Ta gueule, crapule!«
»Idiot, foutez le camp!«
»Bougre de con!«
»Gueule-de-merde!«
»Mon Dieu, quel con!«
»En foire!«
Und so weiter, unablässig. Und alles natürlich, ohne jemals die herabhän-

gende Gauloise aus dem Mundwinkel zu nehmen. Dazu unablässig Fastzusammenstöße. Bremsen auf kreischenden Pneus. Anfahren mit einem Ruck, der Sie in den Fond zurückwirft. Fahrmanöver Ihres Chauffeurs, bei denen Sie zuletzt nur noch beten möchten. Sagen Sie ihm bloß nicht, er solle vorsichtiger fahren. Er tut es gewiß nicht. Er wird Ihnen nur vorschlagen, sich doch selber ans Steuer zu setzen und seinen gottverfluchten Kübel zu lenken oder, viel wahrscheinlicher, Ihre Frau Mama aufs Kreuz zu legen.
Ich hatte das schon so oft erlebt, daß ich es kaum mehr wahrnahm. Außerdem war ich beschäftigt. Ich sah dauernd durch das Rückfenster, durch die Seitenfenster. Folgte mir einer von den Kerlen? Folgten mir mehrere? Wenn ja, mußte ich ganz sicher sein, daß ich sie abschüttelte. Bisher war es mir gelungen. Auch gestern in Zürich, nach der Pressekonferenz im DOLDER. Ich war heute früh erst um halb zwei Uhr morgens ins LE MONDE gekommen. Da war die erste Panne allerdings schon passiert gewesen.
Clarissa, das Kindermädchen, und Bracken hatten auf mich gewartet, Bracken leicht betrunken. Sie hatten in dem strahlend erleuchteten Salon des Appartements gewartet, in dem Sylvia seit Jahren mit mir wohnte, wenn wir in Paris waren. Ein kleiner, kahler Mann mit dicken Brillengläsern und unendlich traurigem, unendlich gütigem Gesicht war auch noch dagewesen. Diesen Mann kannte ich.
»Herr Doktor Lévy! Was machen Sie hier?«
Er hatte mir gesagt, was er hier machte.
Das war heute um halb zwei Uhr früh gewesen.
Nun, am Abend desselben Tages, saß ich in Taxis. Aus dem ersten war ich an der Place de la Concorde ausgestiegen und hatte das Taxi gewechselt. Ich war auf dem linken Seineufer den Quai d'Orsay und anschließend den Quai Branly in Richtung Westen entlanggefahren und über den Pont de Jéna zurück auf das andere Ufer. Neues Taxi. Der Chauffeur hatte noch amüsanter geflucht als sein Kollege, er mußte Umwege machen, um über die Place du Trocadéro die Avenue Poincaré zu erreichen und nach Norden hinaufzufahren. Neues Taxi bei der Kreuzung Avenue Foch. Nun durch den Bois de Boulogne und dann zur Porte de Madrid. Ich war praktisch in einem großen Kreis gefahren, und ich war beruhigt: Niemand folgte mir. Durch den scheußlichen Regen, gegen den widerlichen Sturm gestemmt, war ich nun zu Fuß gegangen. Es ist ein kurzer Weg bis zum Boulevard Richard Wallace. Keine Menschenseele hier. Aber so viel Regen, daß ich schon nach zwei Minuten beschmutzte Schuhe und durchweichte Hosenbeine hatte und einen von Nässe dunkel gewordenen Regenmantel. Als ich dann endlich den Boulevard Richard Wallace hochging, war ich bereits total verdreckt. Mein Mantel, pelzgefüttert, glänzte. Von meinem Hut troff

Wasser. Immer wieder rutschte ich aus. Ich fluchte ärger als alle Taxichauffeure, mit denen ich gefahren war, zusammen. Dann kam endlich die Rue Cavé. Dann stand ich vor dem hohen Schmiedeeisentor und klingelte.
Und dann erklang, in vier Sprachen, die metallen-erotische Frauenstimme aus der Sprechanlage: »Guten Tag, Sie werden gebeten, vor das Milchglasfenster im linken Torpfeiler zu treten . . .«

2

Jetzt hatte ich den Park hinter mir. Ein Herrensitz, erbaut etwa um 1880, 1890. Das ist die Zeit, in der ich mir immer wünsche, gelebt zu haben. Pferdedroschken und Gaslicht. Oscar Wilde, der ja für sein ›Bildnis des Dorian Gray‹ auch von mir einige Anregungen hätte empfangen können. Welch eine Zeit! Wenn damals Lichter erloschen, dann war dies nicht die Folge einer Energiekrise, und wenn damals Vorhänge fielen, dann waren sie aus diskreter Seide und nicht aus Eisen . . .
Eine breite Steintreppe also hoch. Rechts und links auf dem Steingeländer Putten. Grell wie ein Fotoblitz flammte noch einmal Licht über mir auf. Dann öffnete sich die große Pforte des Eingangs wie von Geisterhand. Elektronisch, alles elektronisch hier. Ich trat ein. Ich wußte ja, was mich erwartete. Aber heute nacht noch war es ein Schock für mich gewesen: Das, was außen aussah wie ein verwunschenes Schlößchen des Fin de siècle, war innen eine ultramoderne Klinik.
Alles weiß, Stahl und Chrom. Gänge. Türen mit Aufschriften: LABOR I – EKG – ANAESTHESIE – LABOR II – CHEFARZT – OP I – RÖNTGEN – OP II – INTERN – OP III. Über den drei Operationssaaltüren Rotlicht. Ausgeschaltet jetzt. Hier auf den Gängen, die ich schon einmal entlanggegangen war, roch es dezent nach Klinik, äußerst dezent. Und ich begegnete keinem einzigen Menschen, ich hörte kein einziges Geräusch. Bei meinem ersten Besuch war das genauso gewesen. Hier gab es anscheinend überhaupt keine Menschen! Auch das war vorbildlich organisiert.
Dann hatte ich die beiden Lifts erreicht. Einer war groß – für Krankentransporte –, der andere ein normaler Personenlift. Wie gesagt, ich kannte mich aus. Ich trat in den Personenlift und drückte auf den Knopf für den dritten Stock. Summend glitt der Aufzug hoch. Ich blickte in den kleinen Spiegel der Kabine. Ich sah mein Gesicht. Naß. Regen und Schweiß, Ringe der Erschöpfung unter den Augen. (Die zweite Nacht, in der ich kaum zwei Stunden Schlaf gefunden hatte.) Ich nahm den Hut ab. Wasser tropfte.
Dritter Stock. Sehr gedämpftes Licht auf einem langen Gang. An den Türen standen nur große Zahlen, nichts sonst. Hier war ich noch nicht gewesen, aber ich wußte, wohin ich zu gehen hatte.
Zimmer 11.

Da mußte ich hinein, ich wußte es, weil sie es mir am Nachmittag gesagt hatten, als ich aus dem LE MONDE hier angerufen hatte. Ich öffnete die Tür. Ein finsterer Vorraum. Ich fand keinen Lichtschalter. Leider hatte ich die Tür hinter mir geschlossen und fand nun auch nicht zu ihr zurück. Ich fand die gottverfluchte Tür einfach nicht mehr – Sie werden das kennen. Ich tastete die Wände ab, und mir war heiß vor Wut und Schwäche.
Da – eine Tür! Da – eine Klinke! Ich drückte sie nieder. Die Tür öffnete sich. Ich erwartete den Gang wiederzusehen. Irrtum. Ich hatte eine zweite Tür geöffnet. Sie führte in ein großes Zimmer. Ich entdeckte auch hier keinen Schalter, aber ich sah ein wenig, denn über dem Fußboden, in die Mauer eingelassen, gab es hier hinter dickem gelbem Glas eine eingeschaltete elektrische Birne. In ihrem Schein erkannte ich ein Krankenbett, mitten im Zimmer. Ich erkannte es, weil es weiß war. Draußen heulte der Sturm, Regen peitschte gegen die Fensterscheiben. Ich ging auf das Bett zu und fiel dabei fast über einen Stuhl. Dann sah ich die Bescherung.
Vollkommen mit dicken weißen Bandagen umwickelt der Kopf. Nur Nase und Mund waren frei. Verbände auch über den Augen. Kam mir riesig, fürchterlich vor, dieses weiße Ding. Ich sah nur dieses weiße Ding, diese mächtige Kugel. Alles andere verbarg eine Decke. Hier roch es nun allerdings kräftig nach Krankenhaus. Ich kann den Geruch nicht ertragen. Mir wurde übel.
»Sylvia!« Nichts.
»Sylvia!« Viel lauter. Wieder nichts.
Dreimal noch ihren Namen, zuletzt schrie ich.
Keine Reaktion.
Die war weg. Konnte tot sein, so weg war die.
Ich griff unter die Decke und suchte eine ihrer Hände. Eiskalt. Ich drückte und zwickte die Hand. Nichts. Dann bemerkte ich, daß dort, wo unter dieser Kugel Sylvias Ohren sein mußten, und hinten, im Nacken, aus dem Verband dünne Plastikschläuche herausliefen, bis zum Boden hinab. Sie hingen in ein Glasgefäß. Da ich kaum etwas sehen konnte, kauerte ich mich nieder. In dem Glas war Blut, nicht sehr viel, aber doch. Ich richtete mich wieder auf. Nun rann mir der Schweiß über den Körper. Ich zog den durchtränkten Mantel aus und warf ihn, mit dem Hut, einfach hinter mich, öffnete die Jacke, zog die Krawatte herab, riß den obersten Hemdknopf auf. Starrte diese gräßliche weiße Kugel an, die den Kopf von Sylvia barg. Von Sylvia, die reglos dalag. Das beunruhigte mich doch schon mächtig. Wenn da etwas passiert war? Ein Mann muß schließlich auch an sich denken, nicht wahr

3

Also gut, alle Frauen sind verrückt nach mir.
Also schön, ich bin so einer von den Kerlen, von denen alle Frauen träumen.
Also raus damit: Ich war ein Playboy.

Hier, in diesem Untersuchungsgefängnis, ist einfach alles vorzüglich. Die heimeligen Zellen. Die Matratzen der Betten. Die psychologische Behandlung. Die sanitären Anlagen. Die medizinische und – auf Wunsch – seelsorgerische Betreuung. Das Essen. Das einfühlsam-höfliche Verhalten aller Insassen und ihrer Betreuer, angefangen von den Herren Wärtern bis hin zum Herrn Direktor. Die Möglichkeit, mancherlei Sport zu treiben. Die Bibliothek. Da gibt es nicht allein gesammelte Werke von Klassikern vieler Länder, nicht bloß nahezu alle Bücher, Fiction und Nonfiction, die – konversationsmäßig natürlich nur, versteht sich – gerade in jedermanns Munde sind. Es gibt auch die modernsten Nachschlagewerke. Beispielsweise die vierte, neu bearbeitete Auflage des BROCKHAUS © F. A. Brockhaus, Wiesbaden 1971. In Band 4 (NEV bis SID) steht da auf Seite 201, mittlere Spalte, Mitte: ›Playboy [pl'eıbɔı, engl.], der -s/-s, eleganter, weltgewandter, meist vermögender Müßiggänger; Frauenheld.‹

Sie haben nachgelesen, mein Herr Richter? Dann bitte ich Sie, dem kleinen Wort ›meist‹ besondere Beachtung zu schenken. Wer immer hier Redakteur gewesen ist – ich schüttle ihm im Geist die Hand –, wenn auch (aber ich bitte inständig, dies nicht als Mäkelei, Beckmesserei oder gar Rüge aufzufassen), wenn auch, so dankbar ich bereits für das ›meist‹ bin, das ideale Wort ›manchmal‹ gewesen wäre.

Playboy – das sagt man so. Sie, mein Herr Richter, sagen es, wenn Sie es sagen, abfällig, ach, warum es leugnen? Etwas Feines ist das ja wirklich nicht. Nur, je nun, sehen Sie den BROCKHAUS: ›meist‹. Es gibt also Nuancen, nicht wahr? Und wie groß sind die doch! Ein Playboy ist in der Tat nicht immer ›vermögend‹, wollte sich doch die geneigte Öffentlichkeit endlich diesen Umstand als Tatsache zu eigen machen. Ich beispielsweise bin absolut unvermögend. Sie wiegen den Kopf, mein Herr Richter, ach ja, doch, doch, ich fühle es, Sie zweifeln. Sie gedenken meines Bruders und der uns vom Vater vererbten so bekannten Kabelwerke. Das Drama, über das zu berichten Sie mich ermuntern, hat – und Sie wissen, daß ich hier wahrlich nicht übertreibe – weltweit Sensation verursacht. Der Name meiner Familie wurde in sämtlichen Massenmedien millionenfach erwähnt. Mein armer, braver Bruder Karl-Ludwig. Wie gern hätte ich ihm das alles erspart. Doch lag das denn jemals in meiner Macht? Nein, wirklich nicht. Das alles lag und liegt noch immer jenseits der mächtigsten der Mächte.

Ach, aber wenn Sie nun glauben, es sei eine feine Sache, auch nur ein solcher Playboy zu sein wie ich, nämlich ein absolut unvermögender, dann täuschen Sie sich gewaltig. Eine Scheiß-Sache ist das. Eine verfluchte, rauchende Scheiße ist dieser Job, diese Existenz, wie Sie es nennen wollen, und ich bitte um Vergebung für die argen Worte, die mir eben entflohen sind. Ich fürchte sehr, es werden mir bald noch viel ärgere entfliehen, nein, nicht entfliehen: sich einfach nicht vermeiden lassen. Ich wünschte sehr, ich wäre kein Playboy gewesen. Allein, was soll ich machen? Ich war einer. Und was für einer. Wissen Sie, mein Herr Richter, manchmal, nein, ziemlich oft, da hätte ich mir liebend gern stundenlang in die Fresse geschlagen für das, was ich tat, für meinen feinen Charakter. Tja, aber dann dachte ich eben stets sofort wieder an die Sorglosigkeit, das schöne Leben . . .

Ganz unter uns: Es war ja einst auch nicht eben das Schlechteste, von Greta Garbo geliebt zu werden, nicht wahr? Und Sie werden mir zustimmen, mein Herr Richter, wenn ich sage, daß die Dame, die mich liebt, größer ist als die Garbo. Sie ist, und sicherlich pflichten Sie mir auch hier sogleich bei, in dieser Industrie die Größte, die es jemals gab.

Die Größte: Sylvia Moran.

Natürlich, und noch bevor Sie es denken, sage ich es selber, natürlich leben wir in einer Zeit, in der man den Begriff des Ganz Großen Weiblichen Stars kaum noch kennt. Es gibt nur einige wenige dieser Ganz Großen – die Taylor, die Cardinale, die Loren, die Streisand, die Schneider, Liza Minelli, Tochter der Garland, und einige andere, nicht wahr, nun, da der internationale Film immer mehr männliche Stars benötigt, weil die Sujets immer maskuliner werden, nun, da Weltproduktionen mit einer großen Schauspielerin im Mittelpunkt so rar geworden sind.

Was ist hier eigentlich los? Erlischt das Interesse an Weiblichkeit? Haben die Männer, bewußt oder unbewußt, bereits beschlossen, generell keinen Gefallen mehr am anderen Geschlecht zu bezeigen, sind sie übereingekommen, auch diese Sache unter sich abzumachen? Woher das plötzliche (nur scheinbare?) Desinteresse an dem, was zu allen Zeiten immer noch am meisten interessierte? Wird unsere Erde kalt, impotent, homosexuell, lesbisch? Wenn ja, warum? Wird man in Zukunft mit schweren Strafen belegt werden dafür, daß man – ein Fossil! – normal ist?

Die Filmindustrie bildet nicht Zeitgefühle, sie läuft ihnen nach, paßt sich ihnen an. Die Filmindustrie handelt richtig, aber sie weiß nicht, warum. George Orwells ›1984‹ ist nahe herangerückt. Sagen Sie mir doch, mein Herr Richter, woher es kommt, dieses offenkundige Unbehagen an allem Weiblichen, dieses offenkundige Hochjubeln alles Männlichen, je brutaler, je lieber. Gewiß, schöne Zeiten für viele Herren – aber Sie geben doch zu, daß das gerade für jemanden wie mich deprimierende Ausblicke sind, nicht wahr? Kastrationsangst, Oedipus-Komplex, Inzest-Tabu, Verdrängungsgewinn, Regression, Symptomverdrängung, Triebgefahr, Objektliebe, Introjektion, Substitution, Besetzung, Gegenbesetzung und so weiter und so weiter helfen uns hier auch nicht weiter. Lange her, daß Sigmund Freud sich da ausgetobt hat. Heute? Auf den Misthaufen mit ihm! Sic transit gloria mundi. Ist allerdings noch nicht ganz vergangen, der Ruhm der Frauen. Noch gibt es, bei immer mehr internationalen Filmen mit Männern als Helden, die vor Kraft kaum laufen können, ja, ja, doch, doch, noch gibt es Weltproduktionen mit einem weiblichen Star, und von den wenigen Großen, die ich erwähnte, ist Sylvia Moran die Größte – nicht nur im Rahmen dieser desolaten Entwicklung (wahrlich, in finstern Zeiten leben wir, mein Herr Richter!), nein, nicht nur im Rahmen dieser elenden Epoche, sondern rückblickend bis zum Anfang der Kinematographie – sie *ist* die Größte.

Und nun hilft nichts mehr. Gleich zu Beginn muß ich indiskret werden, bald werde ich viel Schlimmeres werden müssen in meinem Geständnis: Diese Größte hat mich vielleicht mit Beschlag belegt. Mein lieber Mann! Für immer und ewig, mit Haut und Haaren. Sie *hatte* mich. Ich war ›her meat‹, ihr Fleisch war ich. Das dachte sie. Ich hätte ja gern etwas anderes gedacht, aber ich kam aus diesem Teufelskreis einfach nicht mehr heraus. Nun ja, und so machte ich eben immer weiter. Nur damit Sie sich gleich darüber im klaren sind, daß ich nicht die Absicht habe, dem, was ich tat, ein ethisches Mäntelchen umzuhängen. Darüber bin ich lange hinaus. Ich spiele keinem mehr den Heldenhelden vor, der ich nie war. Ein Stück Dreck bin ich. Ein obermieser Schuft ist es, der Ihnen hier seine Geschichte erzählt, ein richtiges Charakterschwein. Mit Namen Philip Kaven.

Unter diesem Namen kennt mich (und ich bin alles andere als stolz darauf!) die ganze Welt. Unter dem Namen Philip Kaven und als Sylvia Morans ständigen Begleiter. Siebenundzwanzig Jahre war ich alt, als ich sie kennenlernte, sie war damals dreiunddreißig, fünf Jahre ist das nun schon wieder her. Nächste Woche feiere ich hier, in dieser komfortablen Zelle, meinen zweiunddreißigsten Geburtstag, und Sylvia ist jetzt achtunddreißig, diese, nein, da gibt es wirklich keinerlei Diskussion, das ist die Meinung aller, diese Göttlichste der internationalen Filmindustrie, und dabei natürlich auch Maßloseste, Unersättlichste, Verrückteste – was soll's? Jetzt schreiben wir November 1973. Seit 1968 lebte ich von ihr, von ihr allein. Vorher ging es dem Playboy Philip Kaven beschissen, und wenn ich beschissen sage, drücke ich mich noch geradezu verboten euphemistisch aus, mein Herr Richter. Ich erinnere an die Definition des Wortes ›Playboy‹ im BROCKHAUS und an das Wörtchen ›meist‹.

Ja, fünf Jahre lebte ich ausschließlich von Sylvia Moran, es kommt jetzt doch alles heraus, leid tut es mir für Bruder Karl-Ludwig, den braven Kerl, und für die Kabelwerke; alles aber hat sich eben von Grund auf geändert,

nachdem nun auch noch dieser Mann erschossen worden ist. Ich lebte von Sylvia Moran. And not too knapp. Die Maßanzüge, die Seidenhemden, die Platinarmbanduhren, meine ganze Garderobe, der Maserati Ghibli (der kostete 130.000 Francs – Neue! –, und ich brachte ihn wirklich immer spielend leicht auf 290!) – dies und so viel mehr hatte ich von ihr. Sie kaufte und bezahlte alles für mich. Weil sie – fern, ach so fern liegt es, mich jetzt und hier damit noch zu rühmen –, weil sie so wahnsinnig nach mir war. Ich habe stets alles getan, um sie zufriedenzustellen. Ich war für sie da bei Tag und bei Nacht, immer. Ich erfüllte jeden ihrer Aufträge, jeden ihrer Wünsche, und sie hatte stets eine Menge Wünsche, darauf können Sie sich verlassen, mein Herr Richter. Eifersüchtig war sie natürlich auch. Wie eine Verrückte. Das mit der Eifersucht war damals, als das, was nun bis hin zum Mord geführt hat, gerade seinen Anfang nahm, so schlimm geworden, daß ich selber immer häufiger das Gefühl hatte, unmittelbar vor dem Verrücktwerden zu stehen.
Mit Sylvia Moran habe ich in den letzten fünf Jahren so viele Länder und Städte auf allen fünf Kontinenten gesehen, so viel Zeit in Luxushotels verbracht, bin ich mit ihr in Transatlantik-Maschinen so vieler Luftlinien von Drehort zu Drehort gehetzt, daß meine Erinnerung hier partiell versagt. Hingegen hat etwas anderes mir Eindrücke und Erfahrungen vermittelt in diesen fünf Jahren, die ich niemals vergessen werde, die eingegraben sind in meinem Gehirn für alle Zeit: Ich habe Männer und Frauen kennengelernt, von deren Existenz ich nichts geahnt hatte zuvor, von deren Existenz ganz wenige ahnen, Männer und Frauen, namenlos, keine Fanfare wird für sie geblasen wie für die bluttriefenden Monstren von Menschenverführern und Menschenvernichtern, keine Auszeichnung gibt es für sie, nicht die kleinste, nichts, nur Aufopferung, Entbehrung, Arbeit bis zum Zusammenbruch, immer neue Enttäuschung, immer neue Verzweiflung, aber auch immer neue Hoffnung und immer neuen Mut, die aus niemals versiegenden Quellen gespeist werden, Männer und Frauen so jenseits meiner und, ja auch Ihrer Erfahrung, mein Herr Richter, daß ich, als ich diese Menschen kennenlernte, zuerst wähnte, auf einem anderen Planeten gelandet zu sein – je nun, und das war ich ja auch wirklich, einem anderen, sehr kleinen und schönen Planeten, der sich auf unserem so großen, so schrecklichen befindet.
»Und die einen sind im Dunkeln, und die andern sind im Licht. Doch man siehet die im Lichte, die im Dunkeln sieht man nicht.« Brecht, mein Herr Richter. Ja nun, auch dem genialen Brecht widerspreche ich, bei aller Verehrung. Ich, ein Nichts. Ich widerspreche, weil ich es einfach besser weiß, weil ich sie *gesehen habe,* die im Dunkeln! Mehr: Die im Lichte zu sehen, lohnt – fast – nicht, mein Herr Richter, das *weiß* ich heute, nach allem, was ich erlebt habe auf diesem anderen seltsamen und wunderbaren

Planeten. Nein, für einen wie mich lohnt es *nur* noch, über die im Dunkeln zu berichten, wenn sie schon nicht gesehen werden wollen.
Die Begegnung mit diesen Menschen war das Erschütterndste, das ich jemals erlebt habe, und niemals, niemals kann ich hier auch nur die kleinste Kleinigkeit vergessen. Ich habe die Verpflichtung, das Gute, das ich weiß, und das, paradoxer-, unheimlicher-, pervertierterweise aus dem bösesten Bösen, dem ärgsten Argen, dem schlimmsten Schlimmen entstanden ist, das ihm überhaupt seine Entstehung verdankt, zu berichten als etwas den Menschen Mitteilbares, das ihren Geist berühren wird, berühren muß in einem Ausmaß, welches ich gar nicht übersehen kann – zu berichten, auf diesen Seiten Ihnen allein, mein Herr Richter, und später dann, bei der Verhandlung, vielen, so vielen wie möglich. Ja, dazu bin ich auserkoren – von wem, mein Herr Richter? –, ausgerechnet ich, der denkbar Unwürdigste. Und so habe ich beschlossen, was Sie beruhigen wird: Ich werde niemals lügen. Nicht irgendwelcher Skrupel wegen, ach, ich und Skrupel! Nein, nein, so verhält sich das: Nach dem, was ich mit jenen im Dunkeln, den Namenlosen, Schwachen und, durch Integrität und unendliche Humanität doch zuletzt, Sie werden es sehen, Stärksten der Starken, erlebt habe, kann ich nicht mehr lügen. Ich *kann* es einfach nicht! Ich könnte natürlich schweigen. Aber ich muß reden, Zeugnis ablegen, und dies mit der Wahrheit, der Wahrheit und mit nichts als der Wahrheit. Abstoßend, mein Herr Richter, nicht wahr, in welcher Frechheit ich selbst jetzt noch darauf beharre, mir Luxus zu leisten – den Luxus der Wahrheit . . .

4

Ja nun, um fortzufahren in diesem Sinne: Sylvia gab mir einfach alles. *Fast* alles. Ihr Scheckbuch oder eine Bankvollmacht gab sie mir nie. Das nicht, nein. Überhaupt nie cash. Nur Taschengeld, kein üppiges. Sie war sofort davon überzeugt gewesen, daß ich sie sonst betrügen oder mit ihrem Vermögen verschwinden würde oder beides. Diese Frau, mein Herr Richter, hat einen unglaublich feinen Instinkt. Na ja, und dann war da eben auch noch Babs, ihre Tochter. Ich war nicht der Vater, aber ich wurde von Babs mit Beschlag belegt wie drei Väter!
Fast elf Jahre ist das Mädchen jetzt alt. Sechs Jahre war es alt, als ich es zum ersten Mal sah. Babs liebte mich vom Moment unserer Begegnung an. Hing an mir. Eine Klette ist nichts dagegen. Für mich war Babs vom ersten Moment an zum Kotzen. Ich konnte sie nicht ausstehen. Ich konnte Kinder überhaupt nicht ausstehen. Ich haßte – wenn das nicht schon ein viel zu starker Ausdruck ist für einen so uninteressanten Dreck –, ich haßte Kinder, alle. Aber da war Babs nun einmal, und da war ich, pleite hoch drei. Und nun?

Nun riß ich mich eben am Riemen.
Sie sind schockiert, mein Herr Richter?
Sie haben, wie alle Menschen, viele Jahre lang ganz anderes gehört, gesehen, gelesen über dieses tränentreibende Dreiecksverhältnis Sylvia Moran–Babs–Philip Kaven, über dieses Märchen aus ›Tausendundeiner Nacht‹, über diese Liebesverbindung des Jahrhunderts, der letzte Eskimo weiß hier Bescheid. Und mit diesen vorangegangenen Sätzen hätte ich, genau wie Sie, mein Herr Richter, alle Menschen der Erde geschockt bis zu jenem letzten Eskimo.
Was Sie, was die ganze Welt seit vielen Jahren glaubt, seit vielen Jahren vorgesetzt bekommt, ist dies: Sylvia Moran, die Göttliche, hat eine Tochter, ohne verheiratet zu sein. Sie weigerte sich stets, und stets mit Erfolg, den Namen des Vaters zu nennen. Sie wissen, mein Herr Richter, welch Fressen die internationale Regenbogenpresse da seit Jahren hat. Babs: das Wunschkind, das Kind der Liebe. Hinreißend niedlich anzusehen schon als Baby, immer hübscher geworden mit den Jahren. THE WORLD'S GREATEST LITTLE SUNSHINE-GIRL – DER WELT GRÖSSTES KLEINES SONNENSCHEIN-MÄDCHEN, so wurde, so wird sie genannt. Ausgedacht hat dieses Design sich Rod Bracken, Sylvias Agent. Bestimmt hat er sich auch die ›Kind der Liebe‹-Masche und das Geheimnis um den Vater ausgedacht. Vielleicht ist *er* der Vater. Möglich wär's. Ach, das ist jetzt egal.
Das geht aber noch weiter!
Sylvia Moran hat vor fünf Jahren die Liebe ihres Lebens gefunden. (Mich.) Wir sind füreinander geschaffen. (Für Formulierung und Text verantwortlich: Rod Bracken.) Sylvia ist eine emanzipierte, eine wirklich in jeder Beziehung zur Freiheit gelangte Frau. Sylvia Moran hat gleich damals – und seither ein paar Millionen Mal – diese Weisheit zum besten gegeben: »Ich liebe Phil. Und er liebt mich. Wir werden niemals heiraten. Gerade *weil* wir einander so lieben, *weil* dies eine so perfekte Liebe ist, werden wir niemals heiraten. Denn die Heirat ist, auch bei der perfektesten Verbindung, sehr bald der Tod der Liebe.« (*Dafür* verantwortlich: Sylvia Moran. Das ist wirklich ihre Ansicht.)
Wahrscheinlich, wenn ich mich so umsehe, ist was dran an ihrer Ansicht. Abgesehen natürlich davon, daß sie einen Vogel hat wie wir alle. Ich, ich hätte sie natürlich geheiratet. Bedenken Sie, mein Herr Richter, man wird älter, man ist nicht mehr taufrisch, man denkt an die Zukunft, das Alter, nicht wahr, Sicherheit, Sicherheit über alles, über alles in der Welt! Aber nix. Sylvia war der Meinung – siehe oben. Na, damit es wenigstens so weiterging, war ich natürlich auch der Meinung. Da ich nie eigene Überzeugungen hatte, wehrte ich mich auch niemals dagegen, die Überzeugungen anderer Menschen als eigene zu verkünden.
Also, wir sind das Traum-Paar des zwanzigsten Jahrhunderts, Sylvia und

ich, wahrlich moderne Menschen, bewundernswert, wie wir unsere Liebe bewahren, indem wir auf den verdammten Ring am Finger und die verfluchten Unterschriften auf dem Papier und das ›Bis daß der Tod euch scheidet‹ pfeifen. Toll, wie? Und noch toller als diese Liebe zu zweit – die Liebe zu dritt! Wie liebten wir beide Babs, besonders *ich*!
Sie verstehen: Andauernd unterwegs, andauernd vor Kameras und Mikrofonen, im Scheinwerferlicht der Öffentlichkeit mußte ich, und wenn es mir noch so schwerfiel, mich unablässig perfekt verstellen und so tun, als ob ich diese kleine Kröte Babs genauso liebte wie sie mich. Waren doch ständig Reporter und Fotografen und das Fernsehen und die Wochenschauen und die Kerls vom Funk da, nicht wahr. Denn das bildete den infernalischsten und deshalb natürlich größten Publicity-stunt dieses Schweins Rod Brakken: Immer, Sie wissen es, waren Babs und ich bei Sylvia, wo sie auch hinflog, hinfuhr, um zu drehen, immer, immer wir drei! Und immer neue Storys über die wunderbare Liebe, die uns drei verband.
Wie oft, mein Herr Richter, dachte ich in den letzten fünf Jahren: Babs bringe ich um. Und die Mutter dazu. Schlau. Ganz schlau, natürlich. Das perfekte Verbrechen. Um wieder frei zu sein. Frei! Natürlich reine Hysterie von mir. Erstens bin ich für so etwas viel zu feige. Und dann, ich bitte Sie, mein Herr Richter, bedenken Sie, wenn einer, wie ich es war, einen Goldfisch an der Angel hat wie diese Frau, dann bringt er sie nicht um, dann bringt er niemanden um, nicht wahr. Was denn? Dann schwört er, daß er diese Frau liebt! Und ihre kleine Tochter auch! Den Schwur, den einer, wie ich es war, da nicht schwört, den Schwur gibt es nicht.
Verzeihen Sie, mein Herr Richter.
Ich weiß, was Sie brauchen, sind nicht meine Seelenblähungen. Was Sie brauchen, ist die Wahrheit über all jene Ereignisse, die diesem Mann zuletzt eine stählerne Kugel im Herzen beschert haben.
Die Wahrheit, ach . . .
Die Wahrheit ist nicht schön. Die Wahrheit ist schrecklich. Mir scheint, das ist die Wahrheit immer. Bevor ich diese Wahrheit nun also berichte – und sie wird schlimm sein, abstoßend, grausig, Ihren Schauder erregend –, mußte ich erst das, was Sie eben gelesen haben, loswerden, ich wäre sonst erstickt daran . . .

Ja nun, und so hat alles begonnen. Am stürmischen, regnerischen Abend des 24. November 1971, einem Mittwoch, in Paris. Als ich, um Verfolger abzuschütteln, kreuz und quer durch die Stadt fuhr, hinaus zu jenem so sehr gesicherten Haus in der Rue Cavé, ganz nahe dem Bois de Boulogne. Als ich dann vor dem Bett in Zimmer 11 im dritten Stock stand und die Bescherung sah. Vollkommen mit dicken weißen Bandagen umwickelt der Kopf. Nur Nase und Mund frei. Plastikschläuche, die aus dem Verband

herausliefen, bis zum Boden hinab, in ein Glasgefäß, welches das langsam tropfende Blut sammelte. Als ich auf mein Rufen keine Antwort bekam von Sylvia, die reglos dalag. Fast völlig finster war es in dem Zimmer. Draußen heulte der Sturm, Regen peitschte gegen die Scheiben.
»Sylvia!« Sehr laut.
Keine Reaktion.
Die war weg.
Konnte tot sein, so weg war die.
Das beunruhigte mich schon sehr. Wenn da etwas passiert war? Ein Mann muß schließlich auch an sich denken, nicht wahr . . .

5

Also tastete ich mich hinaus, die Tür zum Krankenzimmer ließ ich offen, so fiel etwas Licht in den Vorraum, und ich fand die zweite Tür. Dann war ich auf dem schummerigen Gang. Hinunter zu einem Schwesternzimmer. Vor der Tür ein Vorhang, ich mußte ihn zur Seite streifen. Helles Licht! An einem Schreibtisch, umgeben von Medikamentengaben in kleinen Schälchen, über sich Regale mit Klinikpackungen, neben sich Sterilisationsapparate für Injektionsnadeln, saß, in Weiß, eine junge Nonne mit großer Hornbrille. Nanu! Eine Nonne – hier? Mit gleicher Wahrscheinlichkeit konnte man annehmen, solch geistliche Dame dort anzutreffen, wo luxuriös gekratzt wurde. Wahrhaftig, eine Nonne. Langer weißer Kittel, kein Mantel, bewahre, und dieses Ding auf dem Kopf, ich weiß nicht, wie es heißt. Sie wissen es, mein Herr Richter.
»Bon soir, chère sœur . . .« Hoffentlich war das richtig.
Schien richtig zu sein.
Sie sah auf. So etwas von hübsch! Und geistliche Schwester. Welch ein Jammer. Welche Verschleuderung süßer Sachen. Als ob man's zum Rausschmeißen hätte! Ich wurde ganz traurig. Hübsch? Eine Schönheit! Rein und tugendhaft. Wenn ich's mir aussuchen durfte, lagen mir ja mehr die Giftigen. Aber auch bei den Reinen, Tugendhaften dachte ich immer sofort *daran.* Mein Webfehler: Mir konnten Sie vorführen, was Sie wollten, Weiße, Schwarze, Gelbe, Sanfte, Reine, Giftige, Nutten, Jungfrauen, Hausfrauen, alles, was bloß weiblich ist: Ich dachte garantiert immer sofort *daran.*
»Guten Abend, Monsieur . . .« Sie sah mich fragend an.
»Dreizehn«, sagte ich.
»Oh, Dreizehn.« Sie blickte auf einen Zimmerbelegplan. »Sie müssen entschuldigen, ich habe Sie nicht sofort erkannt.«
»Wir haben einander ja auch noch nie gesehen, Schwester.«
»Ich arbeite sonst auch nie hier, in dieser Abteilung, Monsieur.« Sie stand

auf. »Hier sind heute zwei weltliche Schwestern ausgefallen. Ich vertrete sie. Ich heiße Hélène.«
»Sehr erfreut, Sie kennenzulernen, Schwester Hélène.«
»Ich arbeite sonst unten im Erdgeschoß. Auch plastische Chirurgie natürlich. Aber Verletzungen, Verbrennungen, Entstellungen nach einem Unfall . . . bei all diesen armen Menschen. Niemals hier, nein.«
»Natürlich nicht, das kann ich mir denken.«
»Danke für Ihr Verständnis, Monsieur . . . Ich bin Gegnerin dieser . . . dieser Schönheitsplastik-Chirurgie . . . Ich weiß, das steht mir nicht zu . . . Doch der Allmächtige hat uns Gesicht und Gestalt gegeben nach Seinem Wohlgefallen, in Seiner unergründlichen Weisheit, und . . .«
»Und hier wird ihm ins Handwerk gepfuscht, ich verstehe sehr wohl.«
»Kann ich etwas für Sie tun, Monsieur?«
»Madame Elf . . . ich war eben bei ihr. Sie bewegt sich nicht. Sie liegt da wie tot . . .«
»O nein, Monsieur, nein, mit Madame ist alles in Ordnung! Ich habe nur gehört, daß man sie im OP überhaupt nicht ruhig bekam. Madame fühlte immer noch etwas. Also sehr viel Anästhesie. Und als Madame aufwachte, war sie wieder unruhig und litt. Nun, vor einer Stunde ordnete Professor Delamare an, daß sie eine Spritze bekam.«
»Womit?«
»Domopan. Fünf Kubikzentimeter. Jetzt ist sie natürlich ruhig.«
»Domopan?«
»Ja, Monsieur.« Auf Hélènes Brust baumelte, an einer dünnen Kette, ein schwarzes Holzkreuz. Plötzlich war ich sentimental. (Die Sentimentalität der Wölfe.) Es mußte, dachte ich, eine angenehme Sache sein, an Gott zu glauben, in sich ruhend und auf Ihn vertrauend, in Frieden lebend, seine Pflicht tuend, still und bescheiden, aller Laster, allen Übels frei, glücklich und leicht, von Tag zu Tag. Ja, sicher, eine angenehme Sache. »Sehen Sie, das war eine sehr anstrengende Operation für Madame – totales Gesichtslifting, Halslifting, dazu die Augenlider. Und alles auf einmal!«
»Na ja, aber gleich Domopan . . .«
»Ich sagte Ihnen doch, Madame ist sehr unruhig gewesen.« Ich sah, wie sich das Holzkreuz auf ihrer gewiß schönen, jungen Brust hob und senkte. Ich sah schnell weg. »Seien Sie wirklich ohne Sorge. Sie sind es nicht, wie?«
»Nein.«
»Ich sehe es.« Was für eine sanfte, gute Stimme. Also stellte ich mir etwas vor. Wie gesagt, wenn ich einer Frau gegenüberstand – jeder fremden, überall in der Welt, gleich, in welcher Situation –, ich mußte mir immer etwas vorstellen. Man kann leiden unter diesem Tick, glauben Sie das, mein Herr Richter! »Professor Delamare ist nicht mehr hier. Ich will Sie aber gerne mit seiner Wohnung verbinden.«

»Tun Sie das bitte, Schwester.«
Sie ging langsam, mit so viel Würde, so viel Grazie zum Schreibtisch und wählte. Dann hatte ich Professor Max Delamare am Apparat.
»Erfreut, Ihre Stimme zu hören, Monsieur!« Professor Delamare, dem diese Klinik hier draußen in Neuilly gehörte, war einer der drei besten plastischen Chirurgen der Welt. Bei ihm ließen sich Kaiserinnen, Königinnen, Schauspielerinnen und Sängerinnen, die ersten Damen der ersten Gesellschaft restaurieren (was da eben so anfiel, da gab es nichts, das Delamare nicht wieder in Ordnung brachte, Brüste, Beine, Bäuche, Popos, Hüften, Hälse, Nasen, Ohren, Lider, ganze Gesichter, einfach alles!), zu ihm kamen weltbekannte Rennfahrer, die man, gerade noch lebend, aus ihren brennenden Kisten gezogen hatte, kamen Milliardäre, denen böse Menschen die Kiefer oder sonst etwas beschädigt hatten, Maurer, die vom Gerüst gefallen waren, in einen Trog mit ungelöschtem Kalk auch noch, oder etwa Sekretärinnen mit einer Stinknase – etwas sehr Peinliches, das Opfer ist völlig unschuldig, it just happens. Solche Menschen behandelte Delamare umsonst. Der Mann hatte ein Gewissen. Wenn er den Reichen schon Unsummen abnahm, so operierte er die Armen, ohne etwas zu verlangen. Auch so einer, wie ich nie sein werde, dachte ich. Mit Samtstimme beruhigte er mich: »Drei Stunden und vierzehn Minuten haben wir operiert, Monsieur. Wie gut, daß wir die Voruntersuchungen so gründlich gemacht haben, lieber Freund. Alles ist tadellos verlaufen, mein Wort darauf. Phantastisch gelungen, alles.«
»Wir haben aber doch vereinbart, daß ich abends herkomme, um mit Madame zu sprechen. Sie wissen, wie sehr sie es sich gewünscht hat . . .«
»Ich weiß. Aber glauben Sie mir, das Domopan war unbedingt nötig. Madame mußte unter allen Umständen ruhiggestellt werden. Natürlich, Monsieur, hat es wahrscheinlich nun keinen Sinn . . . sie schläft sehr tief . . .«
»Soll ich warten?«
»Das kann vielleicht stundenlang dauern, Monsieur. Natürlich dürfen Sie, wenn Sie wollen, auch die ganze Nacht in der Klinik verbringen. Schwester Hélène wird Ihnen ein freies Zimmer geben. Aber eigentlich bin ich dagegen.«
»Warum?«
»Die erste Zeit ist immer die schlimmste. Mir wäre es angenehmer, wenn Sie erst morgen abend wiederkämen . . .«
Worauf ich wohlige Wärme verspürte. Na, dann aber nichts wie weg! Brief für Sylvia? Unnötig. Den konnte sie mit ihren verbundenen Augen doch nicht lesen.
»Ich verstehe, Herr Professor. Ich werde also morgen abend vorbeischauen.«

»Tun Sie das, Monsieur. Gute Nacht.«
»Gute Nacht, Herr Professor. Und vielen, vielen Dank.«
»Ich bitte Sie! Es ist mir eine unendliche Ehre gewesen«, sagte er, und ich dachte, daß ich gespannt auf seine Rechnung war.
»Beruhigt, Monsieur?« Bebrilltes Engelsgesicht Hélène sah mich lächelnd an, als ich den Hörer in die Gabel gelegt hatte.
»Ja, gewiß. Ich werde also gehen. Ach, tun Sie mir einen Gefallen . . .«
»Gerne, Monsieur.«
». . . und sagen Sie Madame, wenn sie aufwacht . . .«
»Ja, Monsieur?«
Seriös jetzt, Kaven! Ernst und mit Inbrust!
» . . . daß ich hier war, daß ich sie über alles liebe und daß ich morgen abend wiederkomme.«
»Das will ich ausrichten. Und ich will für Sie beide beten.«
»Was wollen Sie tun?«
»Beten«, sagte sie still. »Man liest es in der Zeitung, man glaubt es nicht. Nun ist man Augenzeuge . . .«
»Wovon?«
»Von einer so großen Liebe«, sagte Schwester Hélène. »Gott will, daß wir einander lieben. Ich werde beten, daß Er Sie beschützt.«
»Ja«, sagte ich, »bitte, liebe Schwester Hélène.«
» . . . und daß Er Ihnen noch viele schöne Jahre schenkt und alles Unheil von Ihnen abwendet«, sagte sie, und da war ein Leuchten in ihren Augen.
Bei allem, was dann passiert ist, bis zu dieser Stunde, mein Herr Richter, muß ich immer daran denken, daß diese Schwester Hélène für unseren Frieden beten wollte und dafür, daß Gott uns noch viele schöne Jahre schenkte und alles Unheil von uns abwandte.

6

Ich gab Schwester Hélène die Hand und ging den Gang hinunter zum Lift. Nur weg hier jetzt, und schnell. Dann schaffte ich es noch ganz leicht zu Suzy. Und bei Suzy konnte ich mir dann in aller Ruhe, ohne Hast und ohne Hetze, ein paar schöne Stunden machen.
Sehen Sie, mein Herr Richter, ich sagte, Sylvia sei rasend eifersüchtig gewesen. War sie auch. Aber man kann so eifersüchtig sein, wie man will, und dem Partner doch niemals etwas nachweisen, wenn der Partner es nur geschickt genug anfängt. Ich hatte in den Städten, in die wir gekommen waren, immer noch Mädchen oder junge Frauen gefunden, zu denen ich flüchtete, wenn ich den Streß – lachen Sie bitte nicht, das ist genau das richtige Wort! –, wenn ich den Streß einfach nicht mehr aushielt, wenn Sylvia einfach allzu meschugge wurde. Ich meine: Selbst einer wie ich ist ja

nicht eben darauf aus, ist ja nicht gerade besessen von dem Gedanken, sich nun unbedingt einen Herzinfarkt zu holen in seinem Beruf, nicht wahr. Und so, um fit zu bleiben, um alles ertragen zu können – eigentlich geschah das Ganze *für* Sylvia, zu ihrem Guten, denn nur so konnte ich ihr dann, ausgeglichen und abgeklärt, in schwierigen und gefährlichen Situationen zur Seite stehen –, war es mir natürlich trotz allem immer wieder gelungen, fremdzugehen, eine süße Kleine aufzureißen, wo immer wir waren.

Ich will Ihnen keine Tips geben, mein Herr Richter, vielleicht sind Sie glücklich verheiratet, ich weiß es nicht, ich muß das nur erklären: In einer Lage wie der meinen ist es natürlich von fundamentaler Wichtigkeit, ist es überhaupt die conditio sine qua non, daß solch eine Kleine dann nicht etwa auf so hübsche Ideen kommt wie etwa die, Sie zu erpressen oder ihre Erlebnisse mit Ihnen einer Illustrierten zu verkaufen oder auch nur vor Freundinnen damit anzugeben. Wie verhindert man das? Ganz einfach verhindert man das. Man nimmt sich nur diejenigen von den süßen Kleinen, die entweder gut verheiratet sind, wenn's geht mit einem reichen Mann, oder solche, die mit einem reichen Mann verlobt sind und vor der Heirat stehen. Das ist schon alles. Wenn Sie so vorgehen, können Sie ruhig schlafen. Allein. Und mit der Dame. Da passiert garantiert nichts. Ich habe nie anders als ruhig geschlafen.

Hier in Paris hatte ich vor einem Jahr etwas mit einer Kosmetikerin angefangen. Tolle Nummer, meine Suzy. Offiziell verlobt mit dem noch minderjährigen Sohn eines Grafen, der mehrere große Textilfabriken in Roubaix, Nordfrankreich, besessen hatte. Papa und Mama tot. Der zarte Knabe Alleinerbe, Millionär. Testamentarisch hatte Papa bestimmt, daß er im Augenblick seiner Volljährigkeit die Fabriken, zwei oder drei Schlösser, Weinberge, Ländereien, Wälder, was halt so zusammenkam, direkt erhalten sollte. Dann sollte er auch tun und lassen können, was er wollte. Bis zu dem Moment gab es Vormünder, Anwälte, Treuhänder für ihn. Suzy hatte dem Knaben seine Nägelchen manikürt an dem Tag, an dem ich – von einer ihrer Angestellten – die meinen maniküren ließ in ihrem Salon. Ob man will oder nicht – und ich wollte! –, beim Friseur und in einem Kosmetiksalon hören Sie jedes Wort, das in Ihrer Nähe gesprochen wird. Na, um es kurz zu machen, als meine Hände bildschön waren, wußte ich über alles Bescheid. Und Suzy wußte natürlich, wer ich war – mein bildhübsches Gesicht sehen Sie jeden Tag (jetzt natürlich erst recht!) auf Kupfertiefdruckpapier, Rotationspapier, Postkarten, im Fernsehen, im Kino. Das Maniküren fand am Nachmittag statt. Das andere dann am Abend. (Sylvia hatte Nachtaufnahmen.)

Wann immer ich jedenfalls in Paris war, schaffte ich es, Suzy zu treffen. In ihrer Wohnung. Dann trieben wir es, daß uns beiden zuletzt immer die Knie schlackerten. Dazu die meinige! Zu anstrengend, finden Sie? Wissen

Sie, mein Herr Richter, in dieser Beziehung – und sollte es die einzige sein! – stelle ich, in aller Bescheidenheit gesagt, so etwas wie eine besonders wohlgelungene Schöpfung der Natur dar.
Ach ja, noch etwas.
Ich sagte meinen Kleinen immer sofort, daß ich Sylvia niemals verlassen und etwa sie ehelichen konnte. Und daß eine solche Heirat ja Wahnsinn gewesen wäre, denn ich besaß überhaupt kein Geld, nicht einmal so viel, um ihnen mehr als ein paar Blumen oder eine Bonbonniere zu schenken. Seltsam, alle meine Kleinen haben das immer sofort akzeptiert. Sie haben gewußt, daß ich die Wahrheit sagte, wenn ich sagte: Auf mich könnt ihr nicht bauen. Und trotzdem! Wie die Verrückten, mein Herr Richter, wie die Verrückten! Seltsam, welchen Glanz die Ruhmessonne Sylvias auch auf mich warf.
Dieser Suzy hatte ich schon von Zürich aus – Hauptpostamt natürlich, nicht Hotel, ich bin kein Trottel! – mein Eintreffen telefonisch avisiert. Sie war selig gewesen, besonders als ich ihr sagte, ich würde diesmal zwei, drei Monate Zeit haben. Da hatte sie zu weinen begonnen. Ich mußte diesmal wirklich so lange in Paris bleiben, denn Sylvia konnte Professor Delamares Klinik ja erst verlassen, wenn ihr Gesicht völlig abgeschwollen, alle Fäden gezogen und keine Spuren des Liftings mehr zu sehen waren, nicht wahr. Ja, also da weinte Suzy vor Glück . . .
Ich war den Gang sehr schnell hinabgegangen. Nun drückte ich auf den Knopf, der den Lift heraufholte. Ich freute mich auf Suzy. Ich sah sie vor mir, nackt. Sie hat den aufregendsten . . .
»Monsieur! Monsieur!«
Ich drehte mich um.
Schwester Hélène kam mir nachgeeilt.
»Was gibt es, Schwester?«
»Madame hat eben geläutet . . .« Hélène rückte an ihrer Brille. Das Kreuz auf ihrer Brust hob und senkte sich hastig, sie war sehr schnell gelaufen. »Madame ist aufgewacht . . . Sie hat gefragt, ob Sie da sind, da waren, Monsieur . . .«
»Und?«
»Natürlich habe ich ja gesagt.«
Trampel, frommer.
»Natürlich, Schwester.«
»Ich sagte, Sie seien gerade weggegangen . . .« Der Lift kam summend an und hielt. ». . . aber ich wollte sehen, ob ich Sie noch erreichen konnte.«
»Sehr freundlich von Ihnen, liebe Schwester Hélène.« Ich hoffte, daß das, was ich produzierte, ein Lächeln war. Jemand mußte irgendwo auf einen anderen Aufzugknopf gedrückt haben. Die erleuchtete Kabine hinter der Milchglastür verschwand. Mit ihr meine Munterkeit.

»Nun habe ich Sie zum Glück noch erreicht!« Hélène strahlte.
»Ja«, sagte ich. »Zum Glück!«
»Madame will Sie unbedingt sprechen! Bitte, kommen Sie!«
Sie eilte schon voraus.
Scheiße.
Sehen Sie, was da immer noch alles dazwischenkommen konnte? Haben Sie jetzt eine erste kleine Vorstellung von dem Leben, das ich geführt habe? Ja?
Wissen Sie, was? Ich könnte Ihnen ruhig ein wenig leid tun.

7

»Wölfchen ...«
»Ja, mein Hexlein.«
»Gib mir ... Hand ...«
Sylvia tastete mit ihrer Rechten über die Bettdecke, im Krankenzimmer brannte jetzt das Licht einer Stehlampe, aber sie konnte ja nichts sehen. Mit ihrem Verband war sie blind. Das Licht machte alles nur noch gräßlicher. Der weißbandagierte Kopf schien zu wachsen wie eine entfesselte Seifenblase, ein Luftballon mit zuviel Luft. Ich dachte mit Schaudern: Das geht nicht gut, das muß ja platzen, in tausend Stückchen fliegt die weiße Kugel mit Sylvias Kopf darin durchs Zimmer!
»Du sollst mir ... Hand geben!« Jetzt sprach sie französisch. Die ersten Sätze hatten wir deutsch gewechselt. Das ging von nun an so weiter in drei Sprachen, Englisch kam auch noch dazu. Domopan eben. Sylvia war zu sich gekommen, aber nur für Augenblicke, ansonsten meilenweit davon entfernt, wirklich klar zu sein. Bei ihr gingen Sprachen, Zeiten, Situationen durcheinander.
»Hier ist doch meine Hand!« (Französisch.) Ich hatte sie Sylvia gegeben. Die ihre war nun plötzlich sehr heiß und sehr feucht. Über den blauen Lippen des freigelassenen Mundes flatterten lustig ein paar Fäden des Verbandes, sobald Sylvia sprach – mit einer völlig fremden Stimme übrigens, ich hätte sie niemals erkannt, wenn man mir nicht gesagt hätte, daß meine Dame in Zimmer 11 lag. Die war vielleicht noch voll. Oder, dachte ich, hat Schwester Hélène etwas verwechselt, und da liegt eine andere vor mir? Unsinn! Woher sollte eine andere meinen Kosenamen wissen? Nein, nein, das war sie schon, das war schon Sylvia Moran, geliebt von der Welt. Ich sah, wie ein bißchen Blut in die Plastikschläuche sickerte, die dort, wo Sylvias Ohren sein mußten, aus dem Kugelverband kamen, plup, plup, plup, Blut, Luftbläschen, Blut, und wie das Zeug dann seinen Weg nahm durch die dünnen Schläuche tief hinab in das Gefäß unter dem Bett, plop, plop, plop.

»Es . . . war . . . furchtbar . . . Wölfchen . . .«
»Mein armes Hexlein«, sagte ich und atmete dabei so flach wie möglich, denn nun, da sie sprach, erschien mir der Hospitalgeruch hundertmal intensiver. Hoch mein Magen. Runter mein Magen. Die Liebe ist eine Himmelsmacht.
Wölfchen – so nannte sie mich. Hexlein – so nannte ich sie, beide Namen hatte Sylvia für uns ausgesucht. Sie fand das süß. Weil Liebende sich doch Kosenamen geben. Sagte sie. Verliebte Damen hatten mir ganz andere Namen gegeben und ich, desgleichen verliebt, auch jenen Damen ganz andere. Indessen: Folgsam natürlich war ich sogleich auf Sylvia eingegangen.
»Ganz . . . furchtbar . . .« Dies wiederum deutsch. »Sie haben mich nicht . . . narkotisieren können . . . ging einfach nicht . . .«
Tja, dachte ich, wenn jemand solche Alkoholmengen gewöhnt ist wie du, tun sich die Herren Ärzte schwer.
»Immer noch, immer noch . . . ich spüre sie . . . habe Angst . . . nicht weg . . . nicht weg . . . mehr, mehr . . .« Soweit deutsch. Danach französisch, heftig: »Champagner fortnehmen! Unverschämtheit . . . Weil er Kork hat . . . Kork!« Und wieder deutsch: » . . . zu wenig Narkose . . . war nicht möglich . . . Kreislauf . . .«
»Mein armes Hexlein!«
Haben Sie schon mal mit so einer weißen Kugel geredet, in der zwei Löcher für die Nase und den Mund sind? Es ist eine besch . . . es ist eine sehr wenig erfreuliche Situation.
Deutsch: »Armes Hexlein? Bin ich dein armes Hexlein?«
»Natürlich!«
»Und was noch?« Plop. Wieder ein Blutstropfen.
Plop.
Noch einer.
»Mein geliebtes armes Hexlein.«
»Nur geliebtes?«
»Mein über alles geliebtes armes Hexlein.« Folgsamer als ich konnte kein Mann sein. Abhängiger auch nicht. (Darum.)
Sylvia blieb noch beim Deutsch, als sie soufflierte: »Das ich mehr liebe als . . .«
»Das ich mehr liebe, als ich jemals geliebt habe, mehr als alles andere auf der Welt«, sagte ich, mit Gefühl. Ich saß unbequem auf einem harten Stuhl. Ich schwitzte jetzt heftig, obgleich ich meinen Mantel beim Zurückkommen an einen Haken des Vorzimmers gehängt hatte. Ich saß da mit dem feuchten Hut auf dem Kopf. Sie sah es ja nicht.
»Das *ich* mehr liebe als alles andere auf der Welt«, verkündete heiser, langsam, mit verschmierter, fremder Stimme die in meiner Vorstellung

inzwischen grauenhaft gewachsene weiße Kugel. Um übergangslos englisch fortzufahren: »Abstoßen . . . Mister Joyce, abstoßen . . . Drei Punkte zuviel . . . Sind . . . mein . . . Broker . . . Was heißt Zanuck . . . am Apparat? . . . Transatlantik-Gespräch . . . blöde Gans . . .« Plötzlich deutsch: ». . . stimmt nicht, Mami . . . in den Brunnen . . . Jeden Tag frisches Wasser. Niemand pinkelt hinein . . . wer hat das . . . ganze Möbel weggeholt . . .« Die Stimme war immer langsamer geworden, immer leiser. Jetzt verstummte sie.

»Hexlein?«

Nichts.

»Hexlein!«

Nichts. Na dann, vielleicht . . .

Mit meiner freien Hand versuchte ich vorsichtig, ihre von meiner zu lösen.

A tempo, deutsch: ». . . wenn du mich je verläßt, wenn du mich je betrügst, bringe ich dich um . . .« Ihre Hand preßte die meine zusammen.

»Was für ein Unsinn, Hexlein! Niemals könnte ich dich verlassen . . . Niemals könnte ich dich betrügen!« Zu Suzy durfte ich auch mitten in der Nacht kommen, ihr machte das nichts.

Stöhnen. Englisch: »Wie oft gesagt . . . hasse neuen Pancake-Dreck . . . weicht bei jeder . . . Katie, bitte etwas Rücksicht!« Lange Pause. Tiefe Atemzüge. Mir das Zeug, mit dem man sie narkotisiert hatte, mitten ins Gesicht. Ich würde mich doch wohl noch übergeben müssen.

Leise, französisch: »Neue Jacht . . . Elizabeth . . . Richard . . . Ich . . . kaufe dir eine . . .«

»Ich will keine Jacht.«

»Was denn?«

»Dich. Immer nur dich.«

»Ach, süß . . .« Deutsch: »Du bist das süßeste aller Wölfchen . . .« Sofort englisch: ». . . weg mit . . . IBM . . . Mister Joyce . . . erinnern Sie . . . UNILEVER . . . auch nur drei Punkte . . . verloren . . . verloren . . . verloren . . .« Lange Stille. Tiefe Atemzüge. Ein OP-Hauch. Junge, Junge! Ich glaube, ich kann Suzy jetzt bald . . . »Es schmerzt wieder . . .« Ganz deutlich und deutsch: »Es schmerzt höllisch, Wölfchen . . . besonders hinter den Ohren . . .«

»Mein Hexlein, mein armes, armes Hexlein.« Hoffentlich schläft Suzy nicht, wenn ich endlich komme, oder ist müde.

»Mon petit loup . . .« Und gleich englisch weiter: ». . . habe ich dir sofort gesagt, Jack . . . verwackelt, ganze Rückpro verwackelt . . . alles noch mal drehen . . . Zwischenlandung, warum? . . . Auftanken! . . . Jetzt reicht . . . es . . .! Das nächste Mal SAS direkt über den Pol . . . Tokio . . . meine Zeit nicht gestoh . . .«

Dann war sie weg, von einem Moment zum andern, mitten im Wort. Aber total! Sie schnarchte laut, wie sie da auf dem Rücken lag. Na, dachte ich, vielleicht hat der Mensch Glück. Meine Hand glitt unter ihrer fort. Ich erhob mich, lautlos, Zentimeter um Zentimeter. Ein Schritt zur Tür. Noch einer . . .

Klagend, deutsch: »Wölfchen!«

Der Mensch hat Glück. Soviel Glück wie ein Friedhof, wenn die Pest ausbricht.

Aufgeregt: »Où es tu, mon petit loup?«

Ihre Hände fuhren wild durch die Luft.

Nichts wie zurück, aber hurtig! Und auf den Stuhl. Und eine ihrer Hände gepackt.

»Ici, ma petite sorcière, ici, voilà . . .«

Sie gab ein Geräusch von sich wie ein Pneu, aus dem Luft entweicht. Nun wieder mal deutsch: »Verzeih mir, Wölfchen . . .« Schnell englisch: »Herrlich . . . Gobelin . . . wirklich herrlich, Sophia . . . Carlo . . . wunderbarer Mann . . . Verstehe ich so gut, daß dir kein anderer jemals . . .« Deutsch: »Doch bist du böse, Wölfchen! Ich habe dich verdächtigt . . . daß du mich allein . . .«

»Allein lassen? Ich, dich? Ich liebe dich doch!«

»Du liebst mich, mein Wölfchen! Ach, ist das wunderbar . . . ist das schön . . .« Ich tätschelte ihre Hand, die meine festhielt, mit meiner zweiten. Und wieder ging alles von vorne los. Wie sehr sie mich liebte. Ich liebte sie genauso. Sie konnte nicht mehr ohne mich leben. Ich konnte nicht mehr ohne sie leben.

Indessen – ich will mich nicht besser machen, mein Herr Richter, dies ist die reine Feststellung einer Tatsache –, indessen, an diesem Abend log sich's nicht so leicht wie sonst. Vielleicht, weil mir so heiß war. Wahrscheinlicher natürlich, weil ich nicht und nicht zu Suzy kam!

Jetzt hielt Sylvia meine Hand wieder ganz fest. Raus hier? Doch keine zwei Schritte weit! Auch wenn mein geliebtes Hexlein ausflippte, gleich war sie wieder da! Nein, da gab es nicht die Spur einer Möglichkeit zu verschwinden, wenn ich nicht meine Existenz, diese Existenz einer Ratte, gefährden wollte.

»Von keinem Mann . . . von keiner Frau« – jetzt deutsch – »würde ich mich so, wie ich hier liege, ansehen lassen . . . Nur von dir! Nur von dir! Weil ich nur einen einzigen Mann im Leben wirklich geliebt habe . . . dich, mein Wölfchen . . .«

»Und ich nur eine einzige Frau, dich, mein Hexlein.«

Da capo.

8

Zu Ihrer Information, mein Herr Richter:
Es ist sehr ungewöhnlich, daß sich eine relativ noch so junge Frau zu einem totalen Face-Lifting entschließen muß. Sehen Sie, bei Sylvia war das eine Berufsnotwendigkeit. Filmkameras und Fernsehkameras sind unerbittlich. Durch jahrelanges Schminken, durch jahrelanges tägliches Maske-Machen, oft mit sehr riskanten Lotionen und Klebemitteln, etwa wenn Sylvias junges Gesicht sich, einer Filmhandlung folgend, in das einer alten Frau verwandeln mußte (in einem dieser Cavalcade-Streifen zum Beispiel), durch viel zu viele Nächte ohne Schlaf zwar, jedoch mit Unmengen von Alkohol und Zigaretten in verrauchten Lokalen, auf monströsen Partys, durch die nun schon so viele Jahre währende Belastung, die Hetze, die Schwerstarbeit, die Sylvia leistete, war ihre Haut nicht eben besser geworden. Dazu kam: Ihre Epidermis war von Natur aus äußerst empfindlich. Besonders schön und darum auch besonders gefährdet. Hätte Sylvia nicht diesen Beruf gehabt, es hätte nicht den geringsten Grund gegeben, sich liften zu lassen. So aber war es unumgänglich geworden. Sie wußte es, die Big-shots von SEVEN STARS, ihrer Gesellschaft in Hollywood, wußten es. Bei dem letzten Film, in dem sie den berühmten alten italienischen Schauspieler Alfredo Bianchi als Partner gehabt hatte – der Film war gerade in Rom und mit wenigen Aufnahmen in der Schweiz abgedreht worden –, hatten ihre beiden Maskenbildner, die sie seit Jahren schminkten, Katie und Joe Patterson, ein Ehepaar, bereits die größten Schwierigkeiten gehabt. Und Sylvias Karriere mußte doch weiterlaufen. Um unzählige Millionen Dollar der Industrie ging es dabei. Sie war ein Markenartikel, nicht wahr. ›Lucky-Strike‹ oder der ›Weiße Riese‹ bekommen auch von Zeit zu Zeit andere Packungen. Darum lag Sylvia jetzt hier. Und umklammerte meine Hand mit Krallenfingern.
Englisch, stoßweise, haßerfüllt: »Laß mich in Ruhe . . . Romero! Scher dich zum Teufel, dreckiger Hund . . .« Und weg war sie wiederum, von einem Moment zum andern. Völlig weg, meine Hand in ihren Krallen.
Und meine Gedanken begannen zu wandern, ich erinnerte mich.
Tja, mein Herr Richter, nun, da es zu spät ist, kommt es mir wieder in den Sinn, daß sie damals diesen Romero so verfluchte, zum Teufel wünschte, den dreckigen Hund. An jenem Abend dachte ich, das sei eben Romero Rettland gewesen, der Schauspieler. Hörte nicht richtig hin. Fragte nicht nach diesem Romero. Auch später nie. Hätte es tun sollen. Wäre vielleicht alles – ach, hinterher ist man immer klug und weise.
Ich achtete also nicht auf diesen Romero, ich dachte nicht über ihn nach, damals nicht, später nicht, leider. Nein, ich saß da, Hut auf dem Kopf, 19 Uhr 47 zeigte meine Armbanduhr, meine Hand war nun so heiß und

schweißfeucht wie die Sylvias, und ich erinnerte mich. Ich erinnerte mich an das, was tags zuvor geschehen war, am 23. November 1971, und schloß dabei die Augen . . .

9

»Phil!«

Babs sprang auf und lief mir entgegen, als ich den Salon des Appartements betrat, in dem sie mit dem Kindermädchen wohnte. Babs trug Blue-jeans und einen gelben Pullover und winzige, gelbe, ganz weiche Mokassins. Ihr blauschwarzes Haar flog. Sie lachte mich an. Sie hatte die gleichen Haare, die gleichen langen Wimpern, die gleichen großen, blauschwarzen Augen, die gleiche weiße Gesichtshaut wie die Mutter. Sie war schon groß für ihr Alter – fast neun –, und weil sie, nebbich, ja so allerliebst aussah, liebte die ganze Welt sie ja auch, nicht wahr, nur ich empfand so etwas wie ein jähes Sodbrennen, als sie jetzt auch noch ihre Ärmchen um mich schlang.

»Lieber, lieber Phil!«

»Liebe, liebe Babs«, sagte ich und nahm sie auf den Arm und strich ihr Haar zurecht. Saß doch Dr. Wolken da und sah mir wohlgefällig zu, richtig beglückt, der arme Trottel, dort neben dem Rokokotisch des Salons. Es beglückte Dr. Wolken immer wieder, hatte er mir gesagt, zu sehen, wie sehr mich Babs, wie sehr ich Babs liebte. THE WORLD'S GREATEST LITTLE SUNSHINE-GIRL hatte einen Privatlehrer. Herrn Dr. Alfons Wolken aus Winterthur. Herr Dr. Wolken erhob sich nun und grüßte mit einer tiefen Verbeugung. Seit drei Jahren war er bei uns und kümmerte sich um Babs. Flog überall mit hin, überall, wo Sylvia hinflog. Babs mußte regelmäßigen Unterricht erhalten, darauf bestand das kalifornische Jugendamt.

Babs gab mir zwei Küsse, einen auf jede Wange. Ich gab ihr, zum Teufel, also auch zwei Küsse. Die Haut fühlte sich heiß an.

»Was ist denn los mit Ihnen, meine Dame?«

»Wieso, mein Herr?«

»Du hast Fieber!«

»Hat Clarissa auch gesagt vorhin. Wir haben gemessen. Im Popsch.«

»Und?«

»Nix.« Sie hustete, trocken und hart, einige Male. »Überhaupt nix! Sechsunddreißigacht – und das hinten!«

Ich sah sie genau an. Ihre Augenlider schienen mir gerötet.

»Na, ich weiß nicht . . .«

»Alles okay, mein Herr«, sagte Babs. Dann nieste sie. Mir mitten ins Gesicht. »Pardon, Monsieur, excusez moi.«

»Pas de quoi.« Ich setzte sie wieder zu Boden. »Und wie fühlst du dich?« Wir sprachen wieder deutsch. In dieser Sprache wurde Babs auch – noch –

unterrichtet. Deutsch war ihre Muttersprache. Sylvia Moran war nicht immer Amerikanerin gewesen. Und sie hatte auch nicht immer Sylvia Moran geheißen. Aber das ist eine andere Geschichte.
»Wie geht's?« fragte ich.
»Ach, alles Kacke«, sagte Babs.
»Sie wissen, daß Sie nicht Kacke sagen sollen, meine Dame«, sagte ich, und Herr Dr. Wolken lächelte ob so verspielter Neckerei.
»Weiß ich, Phil«, sagte Babs. »Es tut mir ja auch leid. Aber bitte, schau dir mal diesen Quatsch an! Wie wir Kinder lernen sollen. Als ob wir Idioten wären!« Sie zog mich, dabei ein paarmal trocken hustend – es klang, als würde sie bellen –, zu dem Rokokotisch und den bunten Schulbüchern, die auf ihm lagen. Dr. Wolken dienerte wieder.
Das war gestern nachmittag gewesen, gegen 16 Uhr. Bis 15 Uhr hielt Babs stets ihren Mittagsschlaf, dann gab es noch einmal Unterricht. In Zürich war das gewesen, im GRAND HOTEL DOLDER, hoch oben auf dem Berg über der Stadt. Durch die breiten Fenster sah ich den schönen Golfplatz, die schwarzen, entblätterten Äste der alten Bäume und, tief unten, den Zürichsee und die Stadt. Der Zürichsee war grau. Die Stadt war grau. Der Himmel war grau. Alles war grau. Das Licht verfiel bereits an diesem Novembernachmittag. Bald würde es dunkel sein.
Babs war beim Tisch angelangt.
»Da!« Empört zog sie ein aufgeschlagenes Rechenbuch heran. »Warte, gleich hab ich es.« Sie blätterte.
Dr. Wolken aus Winterthur sagte in reinstem Hochdeutsch leise zu mir: »Babs ist ein sehr kritisches Kind. Überintelligent. Ich habe diese Schulbücher nicht gemacht, Herr Kaven. Es sind die modernsten. Beinahe genormt finden Sie in der ganzen Welt nur noch Schulbücher dieser Art.«
Dr. Wolken hatte die Angewohnheit, sich auch beim Sprechen dauernd zu verneigen. Er wippte dabei auf den Sohlen leicht vor und zurück, der Kopf senkte und hob sich im Takt. Für eine solche Servilität bestand wahrhaftig kein Anlaß, jedenfalls keiner, den ich kannte. Dieser Mann war uns von der Spitzenorganisation aller Schweizer Internate als der beste empfohlen worden, den es für Babs gebe, und das war er gewiß auch. Vielleicht ... Wissen Sie, mein Herr Richter, ich habe die Erfahrung gemacht, daß besonders begabte und besonders gebildete Menschen, auch sehr erfolgreiche, oft fast krankhaft schüchtern und menschenscheu sind.
Babs hatte diesen Dr. Wolken gern. Wir hatten ihn alle gern. Er war stets tadellos und dabei unauffällig gekleidet. Er hatte blaue Kinderaugen, ein schmales Gesicht, das er, dachte ich stets, am liebsten hinter einer Maske versteckt hätte, und einen Kinnbart. Blaßblond gleich dem schon schütteren Haupthaar. Dr. Wolken war sechsundvierzig.
Babs hatte, das Buch vor sich, das Gesicht in die kleinen Fäuste gestützt,

vorzulesen begonnen: »Frau Neugier fragt den Großvater, wie alt die Enkelkinder sind. Der Großvater antwortet: ›Georg und Erika sind zusammen zwölf Jahre alt. Erika ist um zwei Jahre . . .‹« Sie nieste und wischte mit dem Handrücken über die Nase.
»Gesundheit!« wünschte Dr. Wolken, sich verbeugend.
»Danke, Herr Doktor! ›Erika ist um zwei Jahre älter als Georg. Hubert und Martin sind zusammen dreiundzwanzig Jahre alt. Hubert ist . . .‹« Babs mußte Atem holen, es pfiff ein bißchen, sie hatte rasend schnell gelesen, die Puste war ihr ausgegangen, »›. . . drei Jahre jünger als Martin. Und Thomas ist so alt wie Georg und Hubert zusammen.‹« Babs sah zu mir auf, die Stirn gerunzelt. »Hast du schon mal so was gehört? Glaubst du, ein Großvater sagt so, wie alt seine Enkel sind?«
»Das ist Absicht«, sagte ich. »Damit Kinder, die Rechnen lernen, ihren Spaß an einem kleinen Rätsel haben. Darum redet der Großvater so!«
»Ja, aber doch zu Frau Neugier! Wenn ihn noch ein Kind gefragt hätte – wegen deinem Rätsel, und damit das Kind mit mehr Spaß Rechnen lernt! Wäre auch noch blöd genug gewesen, aber bitte. Er sagt das aber einer erwachsenen Frau! ›Frau Neugier‹ muß die heißen. Das ist lustig, ja? Damit wir Kinder auch lernen, was lustig ist!« Wieder hustete Babs. »Was soll das, Phil? Wenn die a, b, c, d und so genommen hätten mit ein paar Gleichungen! Nein, der Großvater muß ein ganzes Exposé erzählen!« Exposé – das Wort kannte sie, wußte, was es bedeutete. Babs kannte viele Worte aus der Welt der Großen, schließlich war sie dauernd zusammen mit dieser Mutter. Babs schüttelte ungehalten den Kopf. »Wenn Kinder älter werden, wird ihnen dann immer weiter solcher Stumpfsinn serviert?«
Dr. Wolken lachte.
»Siehst du, sogar Herr Doktor Wolken findet das idiotisch!«
»Es klingt für dich idiotisch, Babs«, sagte ich. »Anderen Kindern gefällt es bestimmt!«
»Na, also weißt du, Phil«, sagte Babs, »ich kenne ja durch unseren Beruf nicht sehr viele Kinder, aber doch ein paar. Von Tante Elizabeth und Tante Romy und Tante Claudia, nicht? Die werden auch so erzogen wie ich. Das nächste Mal, wenn ich sie sehe, werde ich sie fragen. Aber ich kann dir jetzt schon sagen: Die finden das genauso idiotisch wie ich! Spaß am Rechnen? Haben sicher nicht alle, aber eine Menge schon. Ich zum Beispiel! Weißt du, was? Mit diesem Gesabber vermiesen sie dir den schönsten Spaß. Wirklich, Phil! Warum? *Wollen* die uns verblöden?«
»Natürlich nicht«, sagte ich.
»Na, aber sie *tun's*! Die tun, als ob sie es mit lauter verblödeten Kindern zu tun hätten – von vornherein!«
»Weil du so clever bist, weißt du natürlich, wie alt alle diese Kinder sind«, sagte ich.

»Klar weiß ich's«, sagte Babs. »Beim ersten Drüberlesen hab ich's schon gewußt. Das ist ja eine Aufgabe für die erste Klasse!« Sie legte los: »Erika ist sieben, Georg ist fünf, Martin ist dreizehn, Hubert ist zehn und Thomas ist fünfzehn!«
Sie nieste.
»Hör mal, hat Clarissa auch bestimmt richtig gemessen?«
»Bestimmt! Ich hab ganz ruhig auf der Seite gelegen und fest zusammengedrückt. Das war jetzt nur, weil ich so schnell geredet habe. Nein, also wirklich, Phil – da lachen ja die ganz Kleinen im Kindergarten! Du hast den blauen Anzug mit den dünnen weißen Streifen an. Schick. Mein Lieblingsanzug!«
»Du mußt dich auch umziehen, Babs«, sagte ich. »Entschuldigen Sie, Doktor, aber für heute ist Schluß.«
Er sah auf eine Uhr, die er in der Westentasche trug und deren Deckel er aufspringen ließ.
»Oh, gewiß, Herr Kaven. Verzeihen Sie, Herr Kaven.«
»Nicht doch«, sagte ich. Dieser Wolken machte mich ganz kribblig mit seiner Unterwürfigkeit. »*Sie* müssen verzeihen. Babs, geh rüber zu Mami. Clarissa ist bei ihr. Sie werden dir sagen, was du anziehen sollst.«
»Anziehen? Ach Herrje!« Babs hopste. »Das habe ich ganz vergessen! Dabei macht mir das immer so viel Spaß! Die Pressekonferenz um sechs, was?«

10

»Ja, also, zuerst hat es Ihnen Onkel Rod sagen wollen. Und dann hat es Ihnen Phil sagen wollen. Und dann hat Mami gesagt, sie sagt es natürlich – na ja, und wie ich dieses Hin und Her gehört hab, da hab ich gesagt, wenn ihr euch nicht einigen könnt, wer es sagt, dann sag *ich* es – und alle haben gefunden, das ist die beste Idee. So war das«, sagte Babs. »Ich bin schon bei vielen Pressekonferenzen dabeigewesen, aber das ist die erste, die ich mache, und ich bin überhaupt nicht aufgeregt!«
Das war um 18 Uhr 15, und Babs saß an einem mit einer roten Seidenbrokatdecke verhängten Tisch, der auf einem Podium stand. Rechts von ihr saß Sylvia, links von ihr saß ich, und außen neben Sylvia saß Rod Bracken. Und drei Riesenvasen mit roten Rosen standen auf dem Tisch. Na ja, und dann waren eben noch fünfundachtzig Menschen da, nein, einundneunzig, sechs sehr wichtige waren unangemeldet gekommen, Rod hatte gesagt, sie müßten einfach dabei sein.
Natürlich hatte Rod auch die Idee gehabt, Babs die Konferenz ›machen‹ zu lassen. Von Anfang an. Prima Idee, meinen Sie? War ja schließlich sein Job, nicht wahr? Gereizte Antwort, finden Sie, mein Herr Richter? Sie vermu-

ten Aversion und Rivalität zwischen Bracken und mir? Richtig vermuten Sie. Aversion und Rivalität auf Gegenseitigkeit. Er war mir mindestens so sehr zum Kotzen wie ich ihm. Wir mußten es nur ertragen miteinander. Ich stellte mir oft vor, daß sie im Altertum, also auf so einer Galeere, wo die armen Hunde angekettet waren und ab und zu noch eins mit der langen Peitsche drüberkriegten, weil sie müde wurden, daß sie da, was wollte ich sagen? Ach ja: Also da saßen sicherlich auch oft zwei nebeneinander, die konnten einander nicht riechen, die haßten einander wie die Pest, nicht wahr, aber rudern mußten sie, beide, keiner konnte weg, angekettet wie sie waren, beide. Sie werden sagen: In so einer Situation hätten diese Herren versuchen, wenigstens versuchen sollen, to make the best of it. Lassen Sie mich antworten: Derlei kann man so oft versuchen, wie man will – wenn man sich anwidert in jeder, aber auch in jeder Beziehung, dann geht das nie!

»Also, die Sache ist ganz einfach«, sagte Babs und nieste. Es war irrsinnig heiß, denn sehr viele sehr starke Scheinwerfer brannten. Babs sprach englisch: »In den letzten drei Jahren hat Mami vier Filme gedreht, nicht? So schlimm war's noch nie, seit wir in diesem Beruf sind. Ich muß es doch wissen, ich bin doch ihr Kind. Ich hab gewußt, daß es für Mami zuviel ist, schon eine ganze Weile. Seit damals, als wir in Paris bei Tante Romy eingeladen gewesen sind. Mami, Phil und ich. Ich habe mit dem kleinen David gespielt – ich sage klein, denn ich bin schon fast neun, und David ist kaum sechs – warum lachen Sie? . . .« Tatsächlich lachten die Reporter und die Kameraleute und ihre Assistenten und die Fotografen und die Männer vom Fernsehen und vom Rundfunk und von den Wochenschauen, und Sylvia und Rod und ich lachten auch – ich neidvoll, denn ich bemerkte, wie Rod mich ansah dabei, wissen Sie, in der Art: Na, wie habe ich das gemacht? Ich habe schon gewußt, was ich sagte, als ich sagte, die Kleine spricht heute die Einleitung, keiner von uns. Du, du Arschloch, hast gesagt, Babs wird nicht wissen, was sie sagen soll. Ich hab gesagt, Babs wird es genau wissen, die ist so was von altklug und heute schon gerissener als ihre Mutter und du und ich zusammen – na bitte, du Trottel, da hast du's jetzt!

Babs sah uns ehrlich verwundert an und fragte: »Warum lachen alle so, Mami? Und du auch und Phil und Onkel Rod? Ich *bin* doch älter als David!«

Und natürlich umarmte Sylvia Babs daraufhin und drückte sie an sich und herzte und küßte sie. Na, da ging vielleicht ein zusätzliches Blitzlichtgewitter los, kann ich Ihnen sagen, mein Herr Richter, und auf den Fernsehkameras sah ich jetzt nur rot zuckende Lämpchen, alle zeichneten auf oder übertrugen direkt, wirklich alle – was nur da war: Erstes und Zweites Deutsches Fernsehen, Schweizerisches Fernsehen, der französische ORTF, die italienische RAI, die englische BBC, die amerikanischen Gesellschaften

CBS und NBC und noch ein gutes Dutzend anderer Stationen mit ihren Schweizer Auslandsredaktions-Teams. Was da nicht direkt gesendet wurde, ging über eine Satelliten-Relaisstation nahe Zürich in den Himmel hinauf zu diesen ewig mit der Erde kreisenden Fernseh-Satelliten, wurde rund um den Erdball wieder zurückgesendet und in allen Kontinenten aufgezeichnet, registriert, um dann, je nach den Differenzen der Ortszeit, in der besten nächsten Abendsendezeit ›via satellite‹ ausgestrahlt zu werden.
Die Aufnahmewagen, riesenhafte Dinger, standen draußen im Hof des DOLDER und verstopften ihn. Die keinen Platz mehr gefunden hatten – besonders die Aufnahmewagen der Rundfunkstationen, und das waren viel mehr –, parkten die Straßenschleife der Auffahrt entlang, die Straße nach Zürich hinunter oder die Straße zum Wald hinauf. Oben, beim Wald, pochten und tuckerten auch die schweren Maschinen der Lichtaggregate für die Scheinwerfer. Die Kabel, die da von draußen herein ins Hotel liefen, konnte man nicht mehr zählen – na ja, wie das eben immer war, nur war es zum ersten Mal im DOLDER, und alle Hotelgäste saßen in der großen Rundhalle oder auf ihren Zimmern vor Fernsehapparaten und lachten vermutlich auch – das Schweizer Fernsehen übertrug direkt, ARD und ZDF desgleichen, hier konnte man westdeutsche Sender weit ins Land hinein empfangen.
»Das war also komisch, was ich da gesagt hab. Ich freue mich, daß Sie lachen . . .« Babs hatte natürlich weitergesprochen, es war wieder still geworden im langen Salon des DOLDER. Die Männer an den schweren Kameras standen auf Podesten, Augen auf die kleinen Mattscheiben ihrer Apparate gerichtet, Kopfhörer an den Ohren, sie bekamen ihre Anweisungen von den Regisseuren der Sendung, die in den Aufnahmewagen vor Monitorwänden saßen. Die Fotografen hockten, standen, lagen auf dem Boden, schossen mit ihren Hasselblads und Leicas und Rolleis aus den irrsinnigsten Winkeln, die Leute vom Rundfunk knieten vor Kontrollgeräten und hatten ebenfalls Kopfhörer, durch die sie aus ihren Aufnahmewagen erfuhren, ob der Ton deutlich genug war oder ob Nebengeräusche zu laut waren. Die vom Funk eilten ab und zu nach vorn, um eines der mindestens zwei Dutzend Mikrofone zurechtzurücken, die vor Babs, Sylvia, Rod und mir auf dem Tisch standen. Die Kameraleute des Fernsehens und der Wochenschau hatten dazu noch weitere Mikros an langen Stangen angebracht, sogenannten Galgen, die, auf Stativen verschraubt, über uns baumelten. Und die Männer hinter den Scheinwerfern sorgten dafür, daß wir stets hundertprozentig richtig ausgeleuchtet blieben.
». . . ich hab also mit David gespielt, und Tante Romy und Mami haben sich unterhalten, und natürlich haben sie gedacht, wir passen nicht auf – verzeih mir bitte, Mami, ich tu's auch nicht wieder, aber . . .«

»Was tust du nicht wieder?« fragte Sylvia, erstaunt lächelnd.
»Horchen«, sagte Babs.
»Du hast gehorcht?«
Babs hustete trocken. »Ja, Mami. Ich weiß, das darf man nicht. Aber ihr habt auch ein bißchen laut geredet, und es hat mich interessiert, weil du doch gesagt hast, wie irrsinnig anstrengend so vier Filme direkt hintereinander sind – das war gerade ein drehfreier Tag für dich damals, erinnerst du dich? –, und Tante Romy hat gesagt, sie kennt das gut, man muß ab und zu einfach abschalten, und du hast gesagt, kann ich doch nicht, ich *muß* diesen Film doch weiterdrehen, er hat kaum angefangen, hast du gesagt, und dann hast du gesagt: Ich würde es ganz bestimmt aushalten, auch noch einen fünften. Aber dieser Film hier, an dem ist alles dran, da bin ich fast in jeder Einstellung drin, abends komme ich vollkommen erschlagen ins Hotel und will nur noch schlafen, schlafen, schlafen – und dann auch noch das Kind!«
Gebrüll.
Sagen wir: Gerührtes Gebrüll. Aber mächtiges.
»Mein armer, armer Liebling«, sagte Sylvia, Babs an sich drückend. »Das tut mir ja so leid. Ja, ich habe es gesagt. Aber, mein Gott, du hast es gehört, wie schrecklich.«
Babs machte sich energisch frei.
»Ich muß niesen.«
Sie tat es.
Selbst dies fanden alle komisch. Sie wissen, wenn so etwas einmal angefangen hat, im Kino, im Theater – dann ist gewöhnlich alles im Eimer, dann lachen die Leute fortan bei jeder Gelegenheit, ununterbrochen, dann kann man gleich die Vorführmaschine stoppen, den Vorhang fallen lassen.
Anders hier! Hier war selbst dieses Niesen ein Volltreffer. Rod, der Drecksack, strahlte. Ich bin sicher, wenn es für so was auch den Nobelpreis gäbe, er hätte erwartet, ihn für diesen Einfall, Babs plappern zu lassen, zu erhalten. Vom schwedischen König nicht nur persönlich, sondern auch noch mit dem Angebot, zu Gustav VI. Adolf ›Du‹ zu sagen.
»Na«, sagte Babs zu der Meute vor ihr, »und da hab ich gewußt, wie schwer meine Mami arbeitet! Wenn sie so was sagt! Denn das hat natürlich geheißen: Dann auch noch das Kind, um das ich mich nicht mehr kümmern kann am Abend, weil ich sofort einschlafe, oft mitten im Essen ist sie eingeschlafen, meine Mami, wirklich. Und dann hat Phil mir immer noch ›Pu der Bär‹ vorgelesen oder ›Oliver Twist‹ oder ›Tom Sawyer und Huckleberry Finn‹. Phil, sei jetzt du bitte nicht böse, ich habe es genauso gerne von dir gehört, wirklich . . .« Sie legte eine kleine (heiße) Hand auf meine ». . . aber das hat sonst doch immer die Mami gemacht. Das und vorher mit mir beten.«

»Ich habe nicht mit dir gebetet?« sagte ich, routiniert erschrocken. Bei mir war längst alles zur Routine geworden mit der Kleinen. Beten auch noch, mein Herr Richter! Ich sah, daß Rod grinste. Der Hund. Der geniale Scheißkerl! »Das ist . . . das ist . . . ich habe nicht gewußt, wie ihr betet . . .«, stotterte ich. Drehreife Routine, zum Kotzen!
»Aber Phil«, sagte Babs – von allen Seiten zuckten die Elektronenblitze, warum eigentlich, ich kann das nie begreifen, ist das Scheinwerferlicht denn nicht stark genug? –, »aber Phil, weiß ich doch, daß du's nicht weißt. Hab ich allein gebetet. Für uns alle. Das war's nicht! Und du hast auch sehr schön vorgelesen. Am schönsten aus ›Alice im Wunderland‹, die Geschichte mit dem verrückten Hutmacher – auch das Kaninchen, das immer zu spät kommt, war prima. Aber ich hab doch immer denken müssen, wenn der Film fertig ist, dann *muß* Mami einfach tun, was Tante Romy ihr geraten hat.« Babs wandte sich wieder den Objektiven der Kameras und den Mikrofonen zu. »Und jetzt bin ich soweit, jetzt hab ich es Ihnen erklärt, warum das jetzt so sein wird. Also: Der Film mit Onkel Bianchi ist fertig. Und jetzt wird Mami, bevor sie den nächsten Film dreht, zum ersten Mal seit vier Jahren Urlaub machen.« Babs hustete wieder. Sie trug zu diesem Auftritt einen grünen Strick-Overall mit Rollkragen, am Hals mit einem Reißverschluß, darüber ein rotes Faltenröckchen mit Trägern und rote Schuhe. Das schwarze Haar war hochgesteckt, oben saß eine rote Stoffblume, an den Schläfen hingen Löckchen herab. »Wir sind alle schon sehr aufgeregt«, sagte Babs. »Am meisten natürlich ich. Denn das ist das erste Mal, wo Phil und Mami und ich nicht zusammen Urlaub machen. Nein, damit Mami sich so ganz richtig erholen kann, macht sie ganz allein Urlaub!« Babs lachte. »Und Phil und ich und Onkel Rod und Clarissa und Herr Doktor Wolken, wir lassen sie in Ruhe! Natürlich werde ich sicherlich traurig sein ohne Mami, aber dann . . . Es dauert ja nicht lange! Und ich werde mit Onkel Rod und mit Clarissa und Phil und Herrn Doktor Wolken eine Menge Spaß haben in Paris und in Madrid und überall, wo wir hinfliegen werden. Ja, das war es eigentlich, was ich Ihnen habe sagen wollen. Ach ja, noch etwas: Mami fliegt weit, weit weg. Es ist ein Geheimnis, wo sie Urlaub macht. Ich weiß, Sie haben Mami alle gerne. Ich glaube, Sie werden mir darum auch eine Bitte erfüllen. Ich hab nämlich eine. Versuchen Sie bitte nicht, Mami nachzufliegen und dann wieder zu fotografieren und alles das. Bitte! Ich hab das nicht bös gemeint. Aber bitte, lassen Sie meine Mami jetzt in Ruhe! Wollen Sie das tun?«
Drei Sekunden Stille.
Dann brüllten die Versammelten in den verschiedensten Sprachen:
»Ja!«
Ja! Ja! Ja!
Das nahm überhaupt kein Ende. Diesmal sah ich vorsichtshalber gar nicht

zu Rod, dem Dreckschwein, hin. Babs stand auf, knickste nach allen Seiten, hob eine Hand. Es wurde still. Babs sagte, nachdem sie wieder gehustet hatte: »Danke schön. Ich hab ja gewußt, Sie sind alle okay, Sie sind alle fein, perfekt fein!«

Rod Bracken erhob sich. Er ist ein großer, kräftiger Mann, einundvierzig Jahre war er damals alt. Er hat das blasse Gesicht eines Menschen, der wenig an die frische Luft kommt, die typische amerikanische Frisur mit dem ganz kurz geschorenen Haar, die ihm bei seinem länglichen Kopf sehr gut paßt, das Haar ist schon graumeliert. Er hat sehr helle Augen, die eiskalt sind, aber – wie jetzt – auch auf Anhieb freundlich und warm strahlen können (der macht mit seinen Augen, was er will!), er hat eine sehr große Nase und sehr schmale Lippen. Die Augenbrauen sind zusammengewachsen.

An diesem Nachmittag trug er einen grauen Flanellanzug, ein weißes Hemd und eine schwarze Krawatte mit blauen Punkten. Er hob beide Arme. Er sagte: »Danke, Buddies!« Er behandelte Journalisten jeder Art stets wie Kollegen. Er nannte sie auch Jungs, Boys, Chums, Freunde, Amici, Copains, je nachdem, wo er gerade war. Er sprach drei Sprachen perfekt, drei weitere ziemlich gut.

»Ihr habt versprochen, Sylvia Moran diesen Urlaub zu gönnen, sie nicht zu verfolgen. Ich danke euch, Buddies. Im übrigen: Sylvia fliegt so weit weg, daß sie ohnedies keiner von euch jemals finden würde!« Lachen, etwas gequält. »So. Und nun muß ich noch ein paar Worte sagen. Im nächsten Jahr wird Sylvia Moran das größte und wichtigste Projekt ihrer Laufbahn realisieren können – sie wird, im größten Film, den sie jemals gedreht hat, in der ehrgeizigsten Produktion, die SEVEN STARS jemals realisiert haben, die Traumrolle ihres Lebens spielen. Ich darf euch heute sagen, daß zu diesem Zweck Sylvia Moran auf mein Anraten eine eigene Gesellschaft gegründet hat – die SYRAN-PRODUCTIONS. SYRAN ist, natürlich, zusammengezogen aus Sylvia und Moran. SYRAN-PRODUCTIONS werden diesen Film für SEVEN STARS herstellen – in einem eigens entwickelten neuen Farbverfahren und« – effektvolle Pause – »und für *fünfundzwanzig Millionen Dollar* . . .«

Ich sah, wie Rod redete, aber plötzlich war seine Stimme weg. Nur drei Sekunden vielleicht. In diesen drei Sekunden erinnerte ich mich. Man kann sich an so viel erinnern in drei Sekunden . . .

11

1960, am 25. September, gab es eine Filmpremiere, die als ›Brackens Chuzpe‹ in die Geschichte eingegangen ist. Besagte Uraufführung fand in München statt.

Titel: SCHWARZER HIMMEL

Herstellungskosten: 6,5 Millionen DM.

Reingewinn bis heute: 156,7 Millionen DM.
Brackens ›Chuzpe‹-Film hatte als Vorlage den Roman eines 1931 in größter Armut verstorbenen Autors namens Erich Walden.
Der SCHWARZE HIMMEL ist etwa so bekannt, wie es die Romane des geheimnisumwitterten Bruno Traven sind. Aus diesem Grunde hatten deutsche Filmgesellschaften immer und immer wieder versucht, den Roman auf die Leinwand zu bringen. Indessen: Es war nie möglich gewesen, genügend Geld aufzubringen, auch nicht mit den vertracktesten Co-Produktionen. (Die Handlung spielte in mehreren Ländern, darunter einigen weit entfernten.) Buchautor Walden, unmittelbar nach seiner Frau verstorben, hatte nur einen Erben – den Sohn Otto. Otto Walden arbeitete 1958 bei einer Münchner Immobilienfirma. Es ging ihm finanziell nicht gut. Gar nicht gut. Er war von zwei Frauen schuldig geschieden, mußte also zweimal Unterhalt bezahlen, und lebte mit einer dritten Frau.
1958, am 12. April, erhielt er abends Besuch. Ein gewisser Rod Bracken hatte um eine Unterredung gebeten. Er sei, hatte dieser Bracken am Telefon wiederholt, Angestellter eines Steuerberatungsbüros in New York. Walden (ein Briefwechsel war dem Treffen vorausgegangen) hatte sich vorsorglich erkundigt. Vergebens. Kein noch so versierter Finanzmensch kannte den Namen Rod Bracken oder den des Beratungsbüros, das dieser angegeben hatte. Es war Walden nur möglich gewesen, herauszufinden, wo dieser Bracken in München abgestiegen war: in einer der miesesten und darum billigsten Pensionen der Stadt.
Pünktlich wie verabredet erschien er an jenem Abend bei Walden – schlecht gekleidet, mager und armselig. Noch bevor er seinen Regenmantel (grünlich und zerschlissen) ausgezogen hatte, teilte er Walden mit, was der Grund seines Flugs über den Atlantik gewesen war: »Wir werden diesen Roman Ihres Vaters produzieren, lieber Freund.«
Walden hielt Bracken für einen armen Irren.
Zehn Minuten später hielt Walden, schuldengeplagt und verzweifelt, denselben Bracken für ein Genie, dem er mit offenem Mund lauschte. Bracken sprach recht gut deutsch, mit schwerem Akzent, schnell, entschlossen, seiner Sache absolut sicher und vor allem mit der Sachlichkeit eines Großbankiers.
Er erging sich nicht in Vorreden, sondern erklärte sofort, daß er in der Lage sei, das zu tun, was auch die größte deutsche Filmgesellschaft nicht geschafft hatte, nämlich 6,5 Millionen DM aufzutreiben – und das binnen kürzester Zeit.
»Ich habe«, sagte Bracken, der Fremdling mit den schiefgetretenen Schuhen, dem zerdrückten Anzug und dem eingefallenen Gesicht, zu seinem Gastgeber, »mich für die deutsche Steuergesetzgebung interessiert. Und ich habe hier in München einen Bekannten, der bereit ist, mir siebzigtau-

send Mark als Darlehen bis zum Jahresende zu geben. Mehr brauchen wir nicht.«
Mehr nicht? 70.000 Mark als Darlehen? Wenn der Film – von zahlreichen Verleihern und Produzenten – mit 6,5 Millionen Mark kalkuliert war?
»Einen Verleiher brauchen wir auch nicht. Wir produzieren frei und verkaufen den fertigen Film dann an die meistbietenden Verleiher in der ganzen Welt. Was glauben Sie, was da mehr für uns abfällt!«
Also doch ein Verrückter! Was konnte man mit 70.000 DM anfangen? Rod Bracken sagte Otto Walden, was man damit anfangen konnte. Otto Walden hielt danach Rod Bracken endgültig nicht mehr für einen Verrückten. Am nächsten Vormittag erschienen beide Herren im Münchner Registergericht und ließen ins Register eine Firma mit dem Titel SCHWARZER HIMMEL FILMPRODUKTION G.m.b.H. & Co. KG eintragen. Kommanditisten waren zunächst allein die Herren Walden und Bracken. Eingezahltes Stammkapital: 20.000 DM. (Brackens Münchner Freund war in der Tat mit Geld zur Stelle.)
Sodann wurden von Bracken bereits entworfene Prospekte gedruckt. Hochglanzpapier. Vornehmste Ausstattung. Diese Prospekte versandte Bracken an 8500 Männer in der Bundesrepublik. Sie waren, in seinem Auftrag – Walden hatte in der Folgezeit mit dem Projekt kaum mehr zu tun –, von einem demoskopischen Institut ausgesucht worden. Es handelte sich ausnahmslos um Männer, die sehr viel Geld besaßen oder verdienten, höchst ehrenwerte Herren, die allesamt unter dem gleichen Übel litten: Sie befanden sich auf der höchsten Besteuerungsebene.
In den Hochglanzpapier-Prospekten, in denen bereits vollständige Besetzungslisten – Darsteller, Drehbuchautoren, Regisseur, Produzent, technischer Stab etc etc. – fest angekündigt wurden (und wahrhaftig schufen dann später all jene Männer und Frauen den Film!), gab die SCHWARZER HIMMEL FILMPRODUKTION G.m.b.H. & Co. KG ihre Absicht bekannt, mit der Verfilmung des legendären Romans noch vor Jahresende zu beginnen. Absolut im Rahmen der Legalität wurde sodann auf einige wenig beachtete Punkte der bundesdeutschen Steuergesetzgebung hingewiesen. Diese besagten, hier vereinfacht wiedergegeben: Gelder, die ein Steuerpflichtiger zur Finanzierung eines Großprojektes, also beispielsweise eines Filmvorhabens, bereitstellte, mußte er nicht versteuern, sondern konnte sie bei seiner Erklärung voll abziehen. Den Männern, die den Hochglanzpapier-Prospekt erhielten, bot sich damit die Gelegenheit, sich an einer Filmproduktion zu beteiligen. Der berühmte Roman, die Schauspieler, der Regisseur – alles versprach einen sensationellen Erfolg. Darüber, daß alles mit rechten Dingen zuging, wachte eine altehrwürdige Bremer Treuhandgesellschaft. Diese Art der Filmfinanzierung hatte es bislang noch nie in Deutschland gegeben. Nun gab es sie zum ersten Mal. Rod Bracken hatte sich tatsächlich

genauestens informiert. (Im übrigen trug er nun Maßanzüge und wohnte im Hotel VIER JAHRESZEITEN.)
Was der Prospekt mit weihevollen Worten bekanntgab, hatte Bracken, der Mann, der aus dem Dunkeln kam, an jenem Abend des 12. April 1958 dem Sohn des im Elend verstorbenen Schriftstellers Walden volkstümlich so erläutert: »Die reichen Säcke müssen versteuern, bis sie schwarz werden. Wenn sie *uns* Geld geben – viel, mehr, sehr viel –, dann haben sie zuerst einmal den psychologischen Triumph-Effekt: Also die Scheißsteuer jedenfalls bekommt diese Penunse nicht! Dazu kommt ein zweiter psychologischer Effekt, nennen wir ihn das ›Prinzip Hoffnung‹: Wenn ›*mein*‹ Film Geld einspielt, kriege ich davon meinen entsprechenden Anteil! Und werde also noch reicher! Und wenn der Film danebengeht, habe ich nichts verloren, denn die Steuer hätte mir das Geld auf alle Fälle weggenommen. *So* habe ich noch die große Chance, zu gewinnen. Das wäre dann der dritte psychologische Effekt: der Roulette-Kitzel!«
Otto Walden war hingerissen.
Noch hingerissener war er, als bei der Bremer Treuhandfirma sehr schnell nach Aussendung des Prospektes die ersten Gelder einliefen – einmal 100.000 DM, einmal 300.000 DM, einmal 500.000 DM.
Rod Bracken begab sich auf Reisen. Er reiste außerordentlich viel in diesem Sommer, man wußte nie genau, wo er sich gerade befand. Jedenfalls schloß er sehr viele Vorverträge mit Schauspielern, Kameraleuten, einem Regisseur – er nahm stets nur das Beste vom Besten. Im August lieferten drei italienische Drehbuchautoren ein fabelhaftes Script ab, und Rod Bracken hatte tatsächlich seine Traumbesetzung beisammen. Im August allerdings wurden Walden und die Treuhandleute aus Bremen hysterisch: Bislang hatten insgesamt dreizehn Kommanditisten einen Gesamtbetrag von 1,7 Millionen DM einbezahlt.
1,7 Millionen!
Und 6,5 Millionen wurden benötigt!
Die Herren aus Bremen sagten harte Worte zu Bracken. Vor Jahresende mußten die 6,5 Millionen da sein. Vor Jahresende mußte mit den Produktionsarbeiten begonnen werden. Sonst sah sich die altehrwürdige Treuhandgesellschaft genötigt, gegen Bracken und Walden namens der Kommanditisten Anzeige zu erstatten. Und Bracken und Walden würden dann im Loch landen.
»Verfluchter Scheißkerl«, sprach Walden zu Bracken.
»Immer mit der Ruhe, Kleiner«, sagte dieser. »Das da eben will ich mal gar nicht erst gehört haben. Klar, daß im August die Penunse noch nicht da ist.«
»Verstehe ich nicht«, sagte Walden.
»Habe ich von Ihnen auch nicht erwartet, Trottel«, sagte Bracken. »Ich mache Ihnen einen Vorschlag. Wir haben unseren privaten Vertrag auf

eine Fifty-fifty-Basis gestellt. Jeder bekommt die Hälfte von dem, was an Reingewinn für uns beide abfällt.«
»Es wird überhaupt nichts abfallen!« jaulte Walden auf.
»Ihre Meinung. Mein Vorschlag: Ich übernehme dreißig von Ihren fünfzig Prozent, und wir gehen zu einem Rechtsverdreher und deichseln es so, daß Ihnen auf keinen Fall einer an den Wagen fahren kann, wenn was schiefgeht. Dann sitze ich ganz allein in der Scheiße. Ist das ein Vorschlag, der Ihnen zusagt?«
Walden nickte unter Tränen.
»Wie ich es erwartet habe«, sagte Bracken.
Es bedurfte dreier Anwälte und eines Notars, um Walden entsprechend abzusichern und zu erreichen, daß er des Nachts wieder Schlaf fand. Bracken schlief niemals anders als ausgezeichnet. Denn was er sonst noch erwartet hatte, traf exakt ein. Im September waren es siebzehn Kommanditisten mit insgesamt 2,8 Millionen. Der Oktober brachte einen einzigen Kommanditisten mit 320 000 DM. Die Branche hatte ihr Fressen. Bis zum November. Da waren es dann plötzlich vierundfünfzig Kommanditisten mit insgesamt 3,8 Millionen. Am 1. Dezember waren es 111 Kommanditisten mit 6,49 Millionen. Am 10. Dezember waren es 22,7 Millionen, welche Herren aus der Bundesrepublik noch einzahlen wollten. Die Treuhänder sahen sich gezwungen, alles, was über 6,5 Millionen DM ging, abzulehnen – und wenn die Zahlungswilligen mit aufgehobenen Händen auf den Knien angerutscht kamen und flehten: Nehmt, nehmt, nehmt! Nichts ging mehr.
Wie geplant noch vor Weihnachten wurde mit den Produktionsarbeiten begonnen. Es dauerte bis zum 25. September 1960, dann war der Film einsatzfertig, in achtundzwanzig Sprachen synchronisiert, in weiteren neunzehn untertitelt und – rund um den Erdball – an die meistbietenden Verleiher verkauft. Nach der Premiere kamen die Einspielergebnisse gleich Sturzbächen herein.
Walden versuchte nun, wieder mehr als seine zwanzig Prozent zu bekommen, doch Bracken zuckte nur die Schulter. »Keinen Pfennig mehr bekommst du, Idiot«, sagte er gelangweilt. Inzwischen waren die beiden einander bis zum ›Du‹ nahegekommen. »Derartige Blödheit, wie du sie bewiesen hast, muß bestraft werden. Im August noch hast du mich verflucht, weil wir da erst einskommasieben Millionen hatten, und in die Hosen geschissen hast du aus Angst vor dem Knast. Bißchen denken war dir nicht möglich.«
»Denken?«
»Daß die Geldsäcke erst zum *Jahresende* dringendst nach irgendeiner noch offenen Möglichkeit suchen würden, ihr – weißes oder schwarzes – Geld, soweit das nur ging, vor der Steuer in Sicherheit zu bringen«, sagte Rod

Bracken. »Im übrigen: Mit zwanzig Prozent hast du mehr als genug, du dämliches Arschloch.«
Und damit war Rod Bracken praktisch über Nacht aus München, aus der Bundesrepublik, aus Europa verschwunden. Und praktisch über Nacht tauchte er in Kalifornien auf. Besaß wenig später eine Prunkvilla in Beverly Hills. Besaß eine Wagenflotte, bestehend aus einem Mercedes, einem Rolls und einem Bentley. Besaß zwei chinesische Diener, das damals teuerste und schönste Starlet Hollywoods, Antiquitäten in jeder Menge und Riesenaquarien, in denen er – unter Anleitung natürlich, aber *ein* Hobby mußte er nun einfach haben, Berühmtheit verpflichtet! – die seltensten und wunderbarsten und schrecklichsten Fische der Welt züchtete.
Ich erinnere mich noch daran, wie Bracken mir bei unserer ersten Begegnung eine Stunde lang über die Schwierigkeiten der Pflege des Serrasalmus piraya, des gefürchtetsten Sprosses der vier verschiedene Arten aufweisenden Piranha-Familie, dieser ›Murder Inc.‹ des Amazonenstromgebiets, berichtete.
Er hatte viel Geld mit seinem ›Chuzpe‹-Film verdient, klar. Das reichte jedoch nicht für den Luxus aus, in dem er nun lebte. Womit er noch Geld verdient hatte – viel, viel mehr Geld! –, das wußte damals nicht nur ich, das wußte jeder, der Bracken kannte. Ich sprach ihn daraufhin an, und er sagte, ich erinnere mich noch genau: »Na ja, klar, so war's. Was hätten Sie gemacht? Den Trick mit der Filmfinanzierung kann man überall anwenden. Sie wissen, daß ich damals anfing, Reihenhäuser, Wohnwagenanhänger und Eigenheime zu finanzieren auf diese Weise – und auch größere Sachen natürlich. Hochhäuser, Tankerflotten und ein Großklinikum.«
»Das weiß ich«, sagte ich. »Aber *wann* haben Sie mit all dem angefangen?«
»Na damals, in der Zeit, in der ich so viel herumgereist bin, beim SCHWARZEN HIMMEL«, antwortete er. Nachdem er mich aufgefordert hatte, ihn zu begleiten, denn es war Zeit, die Angehörigen der Sippe Serrasalmus piraya zu füttern, sagte er noch: »Die dachten alle, ich würde Wochen und Monate brauchen, um die Besetzung für diesen kleinen Scheißfilm zusammenzubringen.« Er grunzte. »So was pisse ich besoffen in sechs Tagen in den Schnee. Nein, da habe ich natürlich meine anderen Firmen mit anderen Partnern gegründet! Treuhandgesellschaften gibt es auf der Welt zum Schweinefüttern. Als der Film anlief, warfen alle anderen Projekte schon Geld ab – selbst das Großklinikum stand bereits auf dem Reißbrett. Idioten. Sie glauben nicht, wie viele Idioten es auf der Welt gibt, lieber Freund.«
Ach ja, natürlich: Als ich Rod Bracken kennenlernte, war er bereits der Agent Sylvia Morans. Sie hatte ihm ein verrücktes finanzielles Angebot gemacht. Er bekam mehr Prozente von ihren Gagen als irgendein anderer Agent auf der Welt.
Sylvia sagte damals: »Er verdient sie auch, jedes einzelne Prozent, jeden

einzelnen Cent. Er ist der genialste Mann, den ich je getroffen habe. Und deshalb mußte ich ihn natürlich haben.«

12

». . . worum es sich bei diesem nächsten und größten Film, den Sylvia Moran und SEVEN STARS jemals produzierten, handelt, wird Ihnen Sylvia Moran nun selber sagen«, hörte ich plötzlich wieder Rod Bracken auf jener Pressekonferenz im DOLDER sprechen. Auf einmal war die Stimme wieder da. Nur drei Sekunden hatte ich sie nicht vernommen, hatte ich mich erinnert. Man kann sich an so vieles erinnern in drei Sekunden . . .
Da war der Saal im DOLDER, da waren die Kameras, die Scheinwerfer, die Mikrofone. Da war Sylvia, wunderschöne Sylvia, unirdisch schöne Sylvia. THE BEAUTY – DIE SCHÖNHEIT. Dieser Slogan war natürlich von Bracken. Andere Agenten hatten für ihre Stars andere Symbolnamen kreiert: THE SIN, THE BODY, THE VOICE – DIE SÜNDE, DER KÖRPER, DIE STIMME.
»Ja«, sagte Sylvia jetzt, routiniert, wenn es richtig war, lächelnd, wenn es richtig war, ernst, eine Schauspielerin eben und eine intelligente dazu, »ja, wir bereiten unseren größten Film vor, meine Damen und Herren. Und deshalb ist es wirklich nötig, daß ich mich zuvor erhole. Denn dieser neue Film, diese neue Rolle, von der ich wahrhaftig mein Leben lang geträumt habe, sie wird mir alle Kräfte abverlangen. Ich weiß, mir steht die schönste, aber auch die schwerste Zeit meines Lebens bevor.«
»Worum handelt es sich, Mrs. Moran?«
Die versammelten Reporter hatten einen Mann von AFP (AGENCE FRANCE PRESSE) zu ihrem Sprecher gewählt, er stand ganz vorne, ein dicker, freundlicher Mann, Claude Parron hieß er. Wir kannten ihn. Mit der Zeit kennt man sie alle in diesem Gewerbe.
»Es handelt sich um die Verfilmung von Bertold Brechts DER KAUKASISCHE KREIDEKREIS«, sagte Sylvia Moran langsam.
Bewegung im Saal. Unterdrückte Ausrufe. Das war vielleicht eine Sensation – und wie getimed! (Nur nicht diesen Bracken anschauen, dieses Schwein!)
»Von . . . Bertolt Brecht?«
»Ja. Ich werde die Küchenmagd Grusche spielen – also eine ganz andere, absolut neue Rolle, eine, wie ich sie noch nie gespielt habe.«
»*Gegen* Ihren Typ!« sagte AFP-Parron.
»Gegen meinen Typ? Ach, Sie meinen das Äußerliche! Ja, das schon. Aber sonst . . . Sie kennen den KREIDEKREIS . . . Sie wissen, daß es da um diese Küchenmagd geht, die das Kind der Frau des Gouverneurs aufnimmt, erzieht, vor allen Gefahren bewahrt – bis die Gouverneursfrau zurückkehrt und das Kind wieder fordert und es zur berühmten Kreidekreisprobe

kommt. Nun, bei Brecht spricht der Schnapsrichter das Kind dann der Magd zu, die das Kind losgelassen, die es nicht zu sich aus dem Kreis gezogen hat, um ihm nicht wehzutun. Weil nicht die Mütter das Wertvollere auf dieser Welt sind, sondern die Mütterlichen.« Ein Arm um Babs, die eben wieder nieste. »Was hier neben mir sitzt, ist auch eine Erklärung dafür, warum ich immer von dieser Rolle geträumt habe . . . mein geliebtes Kind.«

»Also Brecht, Mrs. Moran. Wir Franzosen lieben Brecht. Aber eine amerikanische Gesellschaft – und ein Dramatiker des Ostens . . .«

»Der größte deutsche Dramatiker dieses Jahrhunderts, Monsieur Parron«, sagte Sylvia.

»Völlig Ihrer Meinung«, sagte AFP-Parron. »Ich glaube sogar, der Welt! Aber wie wollen Sie da zu Rande kommen? Ich meine, gibt es da nicht enorme Schwierigkeiten?«

Sylvia sah mich lächelnd an.

Ich mußte ja schließlich auch mal was sagen.

Ich sagte (reden konnte ich, wollte viele Jahre lang Schauspieler oder Schriftsteller werden, nun, auf meine Weise war ich ja wohl so etwas wie ein Schauspieler geworden), den Kopf leicht nach rechts gewendet – ich sehe en face nicht ganz so gut aus wie im Profil links, links ist meine Schokoladenseite –, ich sagte sehr ruhig, sehr gelassen, sehr eindrucksvoll: »Es gibt, unberufen, bisher überhaupt keine Schwierigkeiten.«

»Aber der Osten, Mister Kaven . . . die Erben . . . die Rechte . . .«

»Eben!« sagte ich. »Mit all diesen Stellen und Menschen – schönste Harmonie! Sehen Sie, Monsieur Parron . . .« Ich neigte mich vor. ». . . dieser Film wird von staatlichen Stellen gefördert! Wir leben in einer Zeit der angestrebten Entspannung zwischen Ost und West. Nicht weil wir Engel wären! Nein, aus Gründen des reinen Selbsterhaltungstriebes.«

Alles, und es ist mir zuwider, das sagen zu müssen: alles genau von Rod Bracken getimed.

»Nun, und in solcher Zeit soll unser Film nach der Absicht beider Seiten ein Zeichen setzen: für Frieden, guten Willen, Verständnisbereitschaft und die Möglichkeit der Koexistenz.«

»Beider Seiten – heißt das, daß Sie die Unterstützung staatlicher Stellen in Ost und West haben, Mister Kaven?«

»Das heißt es, ja, Monsieur Parron.« Bewegung. »Staatliche Behörden in Ost-Berlin und Washington arbeiten zusammen und helfen uns, diesen Film zu drehen. Es helfen uns, von den gleichen Motiven erfüllt, die ich eben erwähnte, die Vertreter, die Wahrer des Nachlasses und Erbes, die Besitzer der Rechte an den Werken des – ja, und nun muß ich Sie zitieren, denn Sie haben meiner Ansicht nach absolut recht, Monsieur, des international größten Dramatikers unseres Jahrhunderts.«

»Und Sie werden in Spanien drehen, Mrs. Moran?«
»Ja. In den Estudios Sevilla Films in Madrid und in den Pyrenäen und bei Zaragoza und bei Barcelona. Das Stück spielt vor sehr langer Zeit in einer Provinz des Kaukasus, wie Sie wissen, in Grusinien. Spanien ist ideal dafür.«
»War es auch schon für ›Doktor Schiwago‹«, sagte Claude Parron.
»Richtig.« Sylvia nickte. Sie trug ein zweiteiliges Ensemble (Rock und Bluse) von Pucci, in dieser für Pucci typischen, wilden, herrlich wuchernden, flammenden Farbenpracht von Amethyst und Altrosa, vor ihr lag ein Täschchen in denselben Farben, auch von Pucci, sie trug schwarze Krokolederschuhe. Sie trug eine vierreihige Perlenkette mit einem großen Verschluß. Der Verschluß sah aus wie eine Rose. Die Blätter waren aus Brillanten, in der Mitte saßen drei Perlen. Sie trug Ohrclips, die wie der Verschluß der Kette gearbeitet waren. Sie trug einen Ring nach demselben Motiv, die Rose kleiner natürlich, und statt der drei Perlen gab es im Ring einen Brillanten, ich wußte, er hatte 20 Karat und die Güteklasse ›Jaeger‹. Das war Nummer Eins in der amerikanischen Nomenklatur. In Deutschland ist ›Jaeger‹ gleich ›River‹, und in Frankreich entspricht das ›Bleu-Blanc‹. Gebildet bin ich, mein Herr Richter, wie? Schließlich trug Sylvia noch auf dem Finger der anderen Hand einen Smaragd und am Gelenk eine Brillant-Uhr von Jaeger-LeCoultre. »Seit einem Jahr bereits laufen die Vorarbeiten«, sagte Sylvia. »Wir haben unseren Ehrgeiz dareingesetzt, auch noch die kleinste Rolle mit dem besten Schauspieler, den es für sie gibt, zu besetzen. Wir haben den besten technischen Stab – Kameramann, Tonmeister, Architekten und so weiter. Wir haben den besten Script-Writer . . .«
Da hatten die heute eine Menge zum Verdauen! Alles – was wahr ist, muß wahr bleiben, auch wenn ich ihn so sehr verabscheue, wie er mich verabscheut –, alles Rod Brackens Arbeit! Sylvia wußte schon, warum sie ihn so irrsinnig bezahlte. Der große Trick dabei: Mit diesen sensationellen Neuigkeiten über den nächsten Film kaschierte Rod mehr und mehr das Naheliegende: daß Sylvia nun *verschwinden* würde für einige Zeit! (Natürlich glaubte auch Babs daran, daß Mami Urlaub machen wollte, es kann ja wohl keiner so blöd sein und einem neunjährigen Kind erklären, was Liften ist.)
AFP-Mann Parron sagte: »Und eigens für diesen Film . . .«
»Er wird Der Kreidekreis heißen, Monsieur Parron«, sagte Sylvia.
». . . eigens für den Kreidekreis haben Sie eine Gesellschaft gegründet, Mrs. Moran, die Syran Productions?«
»Ja. Bei einem so gewaltigen Projekt ist das nötig.«
»Klar! Wegen der Steuern!« rief jemand.
Sylvia nickte ihm freundlich zu.

»Natürlich auch deshalb. Ich habe nicht die Absicht, mich totzuschuften und bis zu meinem seligen Ende siebzig, achtzig, neunzig, dreiundneunzig Prozent Steuern zu bezahlen. Mit einer eigenen Gesellschaft habe ich es ein wenig besser. Etwas dagegen einzuwenden?«
»Aber ich bitte Sie, Mrs. Moran«, sagte Claude Parron verlegen. »Natürlich nicht. Wer ist Produktionschef, wer leitet die SYRAN-PRODUCTIONS?«
Sylvia sah mich an, die Augen leuchteten, vielleicht dachte sie an vorhin, vielleicht liebte sie mich wirklich so, mir wurde flau. Sie sagte ergriffen und sehr stolz: »*Philip Kaven!*«
»Philip Kaven?« Claude Parron versuchte, seine Verblüffung hinter begeistertem Staunen zu verbergen. »Das ist . . . daß Sie jetzt auch noch so eng beruflich zusammenarbeiten werden, Mrs. Moran, das ist einfach großartig!«
»Wissen Sie«, sagte Sylvia, »wir sind nun schon fast drei Jahre zusammen, Phil und ich. Und glücklich wie am ersten Tag. Warum?«
»Weil Sie, getreu Ihrer Überzeugung, daß die Ehe der Tod der Liebe ist, nie geheiratet haben«, sagte AFP-Parron.
»Gewiß. Dies ist nun einmal unsere Überzeugung – wir wollen sie keinesfalls propagieren! Bei mir und Phil hat sie sich als richtig erwiesen. Weshalb? Weil uns eine Liebe verbindet, bei der einfach alles, aber auch alles stimmt, körperlich und seelisch. Seelisch, das ist, was bleiben wird. Das ist das Allerwichtigste. Man muß dieselben Ansichten, Gefühle, Vorlieben, Aversionen, Gedanken haben. Bei Phil und mir ist das so. Zwischen uns herrscht absolute Harmonie. Dennoch sind wir zwei völlig selbständige Wesen. Ich weiß, daß Phil klug ist und gerecht und gütig und selbstlos . . .« (Wahrhaftig, mein Herr Richter, solche Sachen sagte sie, und ich saß da und spielte den leicht Genierten.)
Nach einer Pause der Ergriffenheit sagte Claude Parron (englisch, wie alles, was er gesagt hatte) ernst: »Mrs. Moran, im Namen aller meiner Kollegen und im Namen aller Zuschauer und Zuhörer danke ich Ihnen. Wir alle, Millionen auf der ganzen Welt, freuen uns mit Ihnen, fühlen mit Ihnen, wünschen Ihnen allen, Ihnen, Mister Kaven, und natürlich unserer Babs, daß Sie drei immer weiter so glücklich bleiben mögen. Und wir hoffen, daß DER KREIDEKREIS Ihr größter Erfolg wird, Mrs. Moran. Wir danken Ihnen allen.«
»Wir danken *Ihnen* allen, meine Herren!« Sylvia erhob sich. Wir erhoben uns auch. Claude Parron trat vor und küßte Sylvia die Hand. Danach machte er eine tiefe Verbeugung.
Da standen wir nun – Sylvia, Bracken, Babs und ich – noch einmal grell im Licht der Scheinwerfer, lächelnd, Babs lachend.
Babs griff in eine der Vasen und reichte Parron eine rote Rose.

13

Und dann ging's los!

Aber vielleicht mit Schwung, mein Herr Richter. Ich sagte doch eingangs, daß ich meinen Maserati Ghibli (cremeweiß), den Sylvia mir geschenkt hatte, wirklich immer spielend leicht auf 290 Stundenkilometer brachte. Davon war natürlich keine Rede in der Stadt. Überhaupt nicht. Die Schweizer passen verflucht auf, und überall gibt es Schilder mit Geschwindigkeitsbegrenzungen. Aber dieser Maserati, der liegt einfach wie ein Brett auf der Straße, mit dem können Sie Haarnadelkurven nehmen, ohne den Fuß vom Gaspedal zu nehmen. Vom DOLDER runter gibt es ein paar solche Kurven, die Straßen, eng, schlängeln sich da den Berg hinauf.

Ich sauste talwärts. Pilatusstraße. Sonnenbergstraße. Nur die Pneus wimmerten, wenn ich das Lenkrad ganz einschlug, links, rechts, links. Nur Sylvias Zobelmantelschulter wurde dann immer gegen mich gepreßt, und ihr verrückter Zobelhut (sie war berühmt für verrückte Hüte) streifte dann immer mein Gesicht. Heusteig. Achtung, Hauptstraße! Bergstraße. Und im Rückspiegel sah ich sie, sah ich die Meute, hinter mir, mindestens zwanzig Wagen. Na fein. »Die schütteln wir nie ab«, sagte sie an meiner Seite.

»Nie, nein«, sagte ich. Achtung! Rämistraße. Die Universität. Die Universitätsstraße nach Norden rauf, vorbei an der Eidgenössischen Technischen Hochschule. Links! Weinbergfußweg zuerst nach Westen, dann runter nach Süden. Die reinste Fuchsjagd. Jetzt hatte ich die City erreicht. Da war die Limmat! Über die Brücke! Am Hauptbahnhof vorbei! Ich konnte nicht schnell fahren. Aber geschickt. Und fahren kann ich. Irgendwas kann jeder Mensch. Die kamen vielleicht ins Schwitzen hinter uns, die Freunde, Jungs, Chums, Amici, Buddies und Copains von Rod! Jetzt die Limmat entlang, über den endlosen Sihl-Quai. Kreuzung Kornhauserstraße. Hops. Rotlicht überfahren. Langsamer. Sonst verloren die uns noch. So, da waren sie wieder. Weiter! Ich trat dem Maserati vielleicht das Gaspedal in den Bauch. Über die im Dunkeln glänzende Limmat, rechts die breite Hardtstraße. Ampeln jetzt, jede Menge Ampeln. Alle grün. Weiter! Schon ein Spaß, so ein Maserati, mein Herr Richter. Links, endlos, schwarz und riesig, das Industriequartier. Ich fuhr jetzt fast genau nach Westen, bis zum Sportplatz. Dort begannen die engen Kurven, die zur Auffahrt der Autobahn führten. Links, rechts, rechts, links. Sylvias Zobel und der Zobelhut kamen mir dauernd ins Gehege.

Sie drehte sich um. »Keine Bange«, sagte ich, »die sind da. Die sind alle noch immer da.«

Wir hatten die Autobahn nach Bern erreicht. Der Fahrtwind pfiff um den Wagen. Ich fuhr jetzt schneller. Die, die uns jagten, auch. Ausfahrt

Oerlikon. Ausfahrt Dietikon. Noch zwei, drei Ausfahrten, dann waren wir da, wo ich hinwollte, hinsollte, bei dem Autobahn-Brückenrestaurant Würenlos.

Dieses Brückenrestaurant, achtzehn Kilometer von Zürich entfernt, schwebt hoch über beiden Spuren beider Bahnen der Autoroute und noch ein weites Stück darüber hinaus. Hier gibt es sechs Restaurants, achtzehn Geschäfte, eine Bankfiliale, eine Telefonzentrale, Duschen, Wickeltische in Kinderstuben. Es gibt vierzig Tanksäulen nahe den Parkplätzen, auf denen rund siebenhundert Wagen Platz haben. Alles in dieser Autobahnraststätte ist täglich und (fast) rund um die Uhr geöffnet.

Ich fuhr auf den Parkplatz und hielt. Wir stiegen aus. Arm in Arm gingen wir über den dunklen Platz zu der phantastischen Brückenkonstruktion. Unter den sechs Restaurants ›Silberkugel‹, ›Silbermöve‹, ›Habsburger Grill‹, ›Boulevard-Café‹, ›Kinderrestaurant‹ wählten wir das sechste: die ›Landbeiz‹. Das ist Schwyzer-Dütsch und bedeutet so etwas wie ›kleiner Landgasthof‹, in dem man eigentlich mehr trinkt als ißt. Wir setzten uns, es war warm und gemütlich wie in einer Bauernstube, und ich bestellte eine Flasche ›Saint Saphorin‹, Jahrgang 69.

Unter uns sausten die Lichtkegel der Autos auf vier Bahnen in beiden Richtungen vorbei. Das war ein Anblick, der mich immer wieder faszinierte, wir waren schon einige Male hierhergekommen, weil wir uns dann immer gleichermaßen voller Frieden fühlten. Sie rauchte. Nun mußten die Brüder ja bald auftauchen. Ein Kellner brachte den ›Saint Saphorin‹ in einem Silberkübel. Während er die Flasche öffnete, erschienen die ersten von Brackens Chums, Copains, Jungs, Buddies in der ›Beiz‹, Kameras schußbereit. Ich sah sie ausdruckslos an. Half Sylvias Zobel über ihre Schultern legen, half Sylvias Zobelhut abnehmen. Sie legte ihn auf einen freien Stuhl.

»Merde, alors!« sagte einer der Reporter laut.

Die anderen starrten uns bloß an.

Die Frau an meiner Seite war nicht Sylvia Moran. Die Frau an meiner Seite hatte nur Sylvia Morans Zobel und Zobelhut getragen. (Das war diesmal *meine* Idee gewesen, *einmal* eine von mir – und nicht von diesem Scheiß-Bracken!) Die Frau an meiner Seite war Clarissa, das Kindermädchen von Babs.

14

Der Kellner hatte etwas Wein in mein Glas gegossen. Ich kostete. Der ›Saint Saphorin‹ schmeckte herb und großartig. Ich nickte, und er füllte beide Gläser und murmelte etwas Kehliges, was wohl ein Trinkspruch war. Wir dankten ihm und tranken beide. Die Reporter beim Eingang standen unschlüssig. Sie redeten leise miteinander. Dann kam ein großer Blonder an den Tisch und sagte deutsch mit rheinischem Akzent zu mir: »Das war nicht fair, Herr Kaven.«

»*Fair!*« sagte ich. »Hat Bracken euch nicht gebeten, Mrs. Moran in Frieden zu lassen? *Ich* habe nie geglaubt, daß *ihr* fair sein werdet! Darum sitze ich jetzt hier mit Miss Clarissa.«

»Und wo ist Mrs. Moran?« fragte er wahrhaftig.

Ich antwortete ihm überhaupt nicht. Er ging zurück zu den anderen, und sie redeten wieder, und dann gingen alle bis auf diesen großen blonden Deutschen mit dem rheinischen Akzent. Er bestellte Bier und bekam es. Er war also entschlossen, to sit it out. Ich sagte zu Clarissa: »Jetzt müssen wir warten, bis der Anruf kommt.«

»Ja, Herr Kaven«, sagte Clarissa. Sie stammte aus Los Angeles, war aber deutscher Abstammung und hieß Clarissa Geiringer. Sie kannte Babs seit deren früher Babyzeit. Eine treue Seele war Clarissa – siebenundzwanzig Jahre alt damals, sehr hübsch, sehr blond, aber ich wußte nicht, ob sie eine echte Blondine war. Sehen Sie, mein Herr Richter, bei dieser jungen Dame wußte ich es nicht. Diese junge Dame hätte ich nicht mit der Feuerzange berührt, denn auf Clarissa traf keine der Voraussetzungen zu, die meine süßen Kleinen unbedingt erfüllen mußten. Wir waren gute Freunde geworden in all den Jahren. Im Gegensatz zu Rod Bracken achtete mich Clarissa wenigstens, und sie hatte eine Eigenschaft, die sich bald schon als unheilvoll erweisen sollte: Sie liebte Babs ehrlich und wirklich.

Der große blonde Rheinländer saß da und sah uns böse an und trank Bier. Ich wußte, daß es mit dem Anruf noch eine Weile dauern würde. Und so saßen wir gemütlich da und warteten, während unter uns die Lichter vorbeihuschten, lebendige Lichter, denn hinter ihnen saßen lebendige Wesen.

Ich erinnere mich, daß Clarissa mir da, in der ›Beiz‹, hoch über den vier Bahnen, nahe Zürich (aber in bezug worauf war Zürich nahe? Wo war der feste Ort, der Punkt, das Zimmer in der Welt, wo ich *daheim* war? Ach, das gab es nicht, mein Herr Richter, ich hatte kein Daheim in der Welt, nicht das kleinste), ich erinnere mich, daß Clarissa mir da, hoch über den einander jagenden Lichtern, erzählte, wie sehr Rod sich ihr gegenüber mit der Organisation dieser Pressekonferenz gebrüstet hatte, bei der durch sein Geschick ganz und gar untergegangen war, was wir unbedingt verheimlichen mußten: Sylvias Lifting. Rod hatte zu Clarissa gesagt: »Wenn die mich nicht hätten, wären sie schön aufgeschmissen. Immer, wenn es stinkt, kann ich für Intim-Spray sorgen.«

»Er soll bloß den Mund halten«, sagte ich sofort erregt. Clarissa mochte Bracken auch nicht. Sie hielt zu mir. Ich konnte offen mit ihr reden, und das tat ich. »Wenn er sich so groß vorkommt, wenn er sich ständig darüber

beschwert, daß seine Leistungen nicht genug Anerkennung finden, warum geht er dann nicht?«
»Er kann doch nicht, und Sie wissen es, Herr Kaven«, sagte Clarissa. »Sie wissen doch, von welcher panischen Angst er besessen ist.«
Das wußte ich. Sylvia hatte es mir gesagt. Rod hatte es einmal, volltrunken, Sylvia verraten: Er stammte aus New York und daselbst aus der Bronx. Sein Vater war ein Säufer gewesen und seine Mutter eine Hure. Beide starben, bevor Rod zehn war. Er kam in ein Heim. Dort gab es sehr wenig zu essen und sehr viel Prügel. Rod wuchs im New Yorker Elend auf, und das New Yorker Elend ist ein ganz besonderes Elend. Rod bettelte und stahl, war Schuhputzjunge, Tellerwäscher, Autowäscher, Leichenwäscher, war Lehrling bei einem sadistischen Elektromechaniker und dann bei einem gelähmten Taschendieb, der Banden von Jugendlichen ausbildete und losschickte. Mit dreizehn Jahren hatte Rod sein erstes sexuelles Erlebnis, unmittelbar danach hatte er seinen ersten Tripper, weshalb er alles, was weiblich war, haßte, was ihn zu den abgewrackten Tunten in den Stehkneipen an der Waterfront trieb und ihm die andere Seite der Liebe bescherte. Er war Dachdecker, Tankwart, Telegrammbote der WESTERN UNION, als diese ihre Boten noch verpflichtete, Glückwunschtelegramme den Empfängern vorzusingen (Happy birthday to you, happy birthday to you, happy birthday, dear Mister Cockleburn, happy birthday to you!), er war verantwortlich für die Zentralheizung in einem Wolkenkratzer, schlief da unten im Keller bei den riesigen Boilern, arbeitete als Kartenknipser auf den Ferries über den Hudson-River, war bei einer Straßenreinigungsbrigade, war ›Hey, boy!‹ einer Zeitungsredaktion, war angestellt von einer Bordellmamsell, der er gegen Prozente besoffene Matrosen brachte, und dann, für ein Konkurrenzunternehmen, alte Kerle zu minderjährigen Mädchen, es gab wohl nichts, was Rod Bracken nicht gewesen war, bevor er bei einem ›Finanzberater‹ als Geldeintreiber landete.
Diesem Finanzberater hatten sie in Deutschland aus guten Gründen die Lizenz entzogen, er war nach New York gegangen und half seinen Kunden hier, ein krummes Ding nach dem andern zu drehen. Indessen: Einmal *war* er ein großer Mann gewesen, ein Experte des Steuerrechts vieler Länder. Und gleich einem, der einen Ziegelstein mit sich schleppt, um zu zeigen, wie einst sein Haus aussah (Brecht, Brecht, ach, unsere Bibliothek, mein Herr Richter!), so hatte jener kriminelle Steuerberater eine gewaltige Fachbibliothek mit nach Amerika gebracht. Da standen nun die Bücher, auf Regalen, in einem fensterlosen Hinterzimmer – und jede freie Minute, sehr, sehr viele Nächte hindurch, verbrachte Rod Bracken mit ihrer Lektüre, insbesondere informierte er sich über deutsches Steuerrecht. (Er brachte zu all dem die Energie auf, Sprachkurse zu besuchen!) Bracken war in der Tat ein Experte, als er sich nach München aufmachte, um mit dem

›Chuzpe-Film‹ seine grandiose Karriere zu starten. Doch die panische Angst, die Bracken seither (vorher war das nicht so gewesen) verfolgte bis in seine Träume, auch heute noch, ja, auch heute, war die vor einer Rückkehr in jene Hölle des frühen Elends. Er hatte nur einen einzigen, erbärmlich übermächtigen Gedanken, er, den die Branche für den kältesten und gerissensten aller Agenten hielt, diesen Gedanken: Nie, nie, nie mehr arm sein!

»Sie wissen es, Herr Kaven«, sagte Clarissa. »Sie wissen, daß er deshalb niemals von Mrs. Moran weggehen wird. Und wenn sie ihn hinauswirft, dann wird er vor ihr in die Knie fallen und ihre Schuhe lecken und sie anflehen, ihn zu behalten, zu jedem Preis, zu jeder Bedingung!«

»Ich weiß, warum ich Rod nicht leiden kann, Clarissa«, sagte ich. »Weil er mich derartig behandelt. Wie einen Zuhälter, ja, ja, widersprechen Sie nicht, wie einen Erbschleicher, einen Gigolo, einen Lumpen, einen Dieb, immerzu. Warum aber tut er das, Clarissa, warum?«

Und der große blonde Rheinländer saß da und betrachtete uns brütend und trank seine zweite Flasche Bier.

»Ach«, sagte Clarissa, die sonst so stille Clarissa, fast erschreckend lebhaft, »weil er Sie natürlich grenzenlos bewundert, Herr Kaven!«

»Bewundert? Mich? Wofür?« Was für ein seltsames Gespräch das war in jener Nacht, hoch über den vielen schnellen Lichtern, irgendwo in der Schweiz, irgendwo in der Welt.

»Für Ihren Charme. Für Ihren Witz. Für Ihren Geist. Dafür, daß Sie liebenswürdig sind und deshalb geliebt werden. Dafür, daß Sie eine so gute Erziehung erhalten haben, während seine Universitäten die Bordelle und Kneipen am Fluß gewesen sind. Dafür, daß Sie ein Gentleman sind – etwas, das er niemals sein wird, mit noch soviel Geld nicht. Und dafür, daß alle Menschen Sie wirklich gern mögen, und dafür, daß Sie alle Menschen wirklich gern mögen.«

Und ich dachte, daß mich in Wahrheit noch nie ein Mensch wirklich gern gemocht hatte (auch Sylvia nicht, das war etwas ganz anderes) und daß auch ich eigentlich noch nie im Leben einen Menschen wirklich gemocht hatte.

Wir schwiegen beide ziemlich lange, denn ich mußte erst verdauen, was Clarissa zuletzt gesagt hatte, insbesondere das über den Gentleman, und sie schien es auch erst verdauen zu müssen. Ich dachte: Liebt dich diese Clarissa etwa heimlich? Wenn sich das herausstellen sollte, muß ich Sylvia schleunigst dazu bringen, Clarissa zu entlassen. Nur keine Komplikationen!

Der Kellner, der den Wein gebracht hatte, kam an den Tisch.

»Verzeihung . . . Herr Kaven?«

»Ja.«

»Sie werden am Telefon verlangt. Wenn Sie mir folgen wollen, Herr Kaven.« Er ging voraus, und ich sah, daß er hinkte. Auch ein Beruf für einen Mann mit einem kaputten Bein, dachte ich. Der große blonde Deutsche stand auf und folgte uns. Der Telefonapparat stand in einer Nische auf dem Gang des Restaurants, der Hörer lag daneben, auf einem Tischchen. Der Kellner hinkte fort. Der blonde Deutsche stand da.
»Hauen Sie ab«, sagte ich. »Los, hauen Sie ab, oder es gibt was in die Zähne.«
Das schien ihm zu imponieren. Er verschwand. Ich nahm den Hörer.
»Ja?«
»Herr Kaven, hier ist Buerli.«
»Guten Tag, Herr Buerli.« Der Leiter der Schweizer Verleih-Niederlassung von Seven Stars. Ein freundlicher, besonnener Mann. »Der Privatjet von Frau Moran ist vor zehn Minuten in Kloten gestartet.«
»Danke, Herr Buerli.«
»Auf Wiederluage, Herr Kaven.«
Ich ging zurück in die ›Beiz‹. Der Deutsche saß da und sah mich erbittert an. Ich sagte zu ihm: »Wir fahren jetzt nach Kloten, zum Flughafen, Miss Clarissa und ich. Um zweiundzwanzig Uhr dreißig fliegen wir mit einer Maschine der Air France nach Paris. Wenn Sie mitkommen wollen, sind Sie natürlich nicht mein Gast – aber bestimmt herzlichst willkommen an Bord.«

15

Er flog nicht mit.
Kein Reporter flog mit. Ich hatte auch keinen in der großen Halle des Flughafens gesehen. Sie hatten es natürlich nicht aufgegeben. Sie waren nur daraufgekommen, daß es so keinen Sinn hatte. Die Maschine startete pünktlich. Den Maserati und den Rolls von Sylvia würden Chauffeure des Dolder nach Paris bringen und die Wagen dort in der großen Tiefgarage nahe Orly abstellen, so war es vereinbart worden. Sie hatten Doppelschlüssel. Die Wagenpapiere des Rolls, mit dem Bracken, Babs und Sylvia nach Kloten gefahren waren, unbemerkt, denn ich hatte ja die Aufmerksamkeit der Meute auf mich gezogen, lagen schon verschlossen im Handschuhfach. Vor dem Abflug hatte ich auch meine Wagenpapiere im Handschuhfach des Maserati verschlossen.
Der Parkplatz vor dem Flughafen Kloten ist sehr groß, ich hatte Sylvias Rolls nicht gesehen. Daß ihr Privatjet – eine Super-One-Eleven mit vier Mann Besatzung, wir waren schon oft über den Atlantik geflogen in ihr – an diesem Nachmittag, aus Frankfurt kommend, in Zürich niedergegangen war, hatten die Reporter nicht bemerkt. Die Maschine war auf eine

abgelegene Rollbahn gewiesen worden. Herr Buerli hatte Babs, Sylvia und Bracken dann abends in seinem Wagen das letzte Stück vom Parkplatz bis zur Gangway gebracht, so war es vereinbart gewesen, genauso wie sein Telefonanruf in dem Brückenrestaurant Würenlos, nachdem die SUPER-ONE-ELEVEN gestartet war. Unser aller Gepäck befand sich bereits mit einer anderen Maschine, als Luftfracht, unterwegs nach Paris, Expreß, Adresse: Philip Kaven c/o HÔTEL LE MONDE.

Clarissa und ich hatten einen ruhigen Flug, fünfzig Minuten. Sie schlief ein bißchen, und dann war es schon soweit . . .

»Meine Damen und Herren, in wenigen Minuten werden wir in Paris landen. Wir bitten Sie, das Rauchen einzustellen und sich anzuschnallen«, kam die Stimme der Stewardeß.

Auch in Orly sahen Clarissa und ich keinen einzigen Reporter. Wie vereinbart, gingen wir so schnell wie möglich durch die Kontrollen. Beim bereits geschlossenen Schalter der IBERIA stand ein kräftiger Mann in einem blauen Flanellmantel. Es wurde kein Wort gesprochen. Wir folgten diesem Mann.

In Paris war es kalt. Als wir aus dem Flughafengebäude traten, fuhr ein schwarzer Chevrolet vor. Wir stiegen ein, Clarissa und ich in den Fond, der Mann im Flanellmantel neben den Chauffeur. Der fuhr los, und wir waren gleich auf einer der Autobahnen, die nach Paris führen. Nach einer Viertelstunde bog der Chauffeur in einen Parkplatz ab. Hier wartete ein zweiter schwarzer Chevrolet.

»Wiedersehen, Clarissa«, sagte ich. »Bis später.«

»Bis später«, sagte sie.

Ich ging nach vorn zu dem zweiten Chevy und öffnete den Schlag.

»Gott sei Dank, daß du da bist«, sagte Sylvia und preßte sich an mich, und ich bemerkte, daß sie zitterte und weinte. »Ich habe Angst, Phil, Angst, so furchtbare Angst!«

16

In diesem zweiten Chevrolet saßen zwei Riesenkerle. Sie redeten ebenfalls kein Wort. Sie sahen nur dauernd nach, ob wir verfolgt wurden. Wir fuhren sehr schnell, aber trotzdem brauchten wir gute eineinhalb Stunden bis Neuilly hinaus.

»Angst, warum? Ist etwas passiert?« fragte ich entsetzt.

»Gar nicht, nein. Alles ging glatt. Rod und Babs sind längst im LE MONDE. Und bei dir?«

»Auch alles glatt. Also wieso Angst? Wovor?«

»Die Operation, Wölfchen«, schluchzte sie. »Die Operation . . . Ich . . . ich fürchte mich so sehr . . und dann Babs . . .«

»Was, Babs?«
»Sie war unerträglich auf dem ganzen Flug . . . quengelig . . . aggressiv . . . unruhig und ganz verändert. So habe ich sie noch nie erlebt. Ich bin so furchtbar erschrocken. Sie war mir plötzlich ganz fremd. Was ist geschehen?«
»Keine Ahnung. Nichts, mein Hexlein, sicherlich überhaupt nichts.«
»Doch, Wölfchen, doch! Mir ist es unheimlich . . . Ob Babs mich jetzt nicht mehr mag, weil ich sie allein lasse?«
»Unsinn. Ich glaube, sie hat Schnupfen. Vielleicht kriegt sie Grippe. Sie war am Nachmittag ganz heiß.«
»Kinder kriegen leicht Fieber.«
»Sie hatte gar keines, Clarissa hat gemessen.«
»Na also, dann keine Grippe, nur Schnupfen! Nein, die war wütend, weil sie nicht mit mir durfte . . . Sie glaubt doch an meinen ›Urlaub‹, nicht wahr? Ach, Wölfchen, ich liebe Babs so sehr, und da ist sie so häßlich zu mir, knapp bevor ich diese schreckliche . . . diese schreckliche Operation habe! Ich fürchte mich so sehr vor ihr, Wölfchen . . .«
Den ganzen Weg, mein Herr Richter, den ganzen elend langen Weg bis zu der Riesenstadt Paris und halb durch sie hindurch, und halb um sie herum, und bis hinaus zu Professor Delamares Klinik in der Rue Cavé am Bois de Boulogne hatte ich nur eins zu tun: Sylvia zu beruhigen, ihre Tränen zu stillen, ihr die Angst zu nehmen.
Als wir dann endlich da waren und der eine Bulle vor das Milchglasfensterchen im linken Torpfosten trat, als das Licht aufflammte und dann die Gittertorflügel auseinanderrollten und wir hineinfuhren in diesen großen, verwachsenen Park, als wir dann vor dem Schlößchen aus dem Fin de siècle stoppten, da hatte ich Sylvia beruhigt, da weinte sie nicht mehr, da war sie mutig und sah der Zukunft zuversichtlich entgegen und brachte sogar ein gewisses Lächeln (ach, Françoise Sagan!) zuwege, als uns der Arzt vom Nachtdienst empfing.
Ich verabschiedete mich von Sylvia im Zimmer des Arztes, der uns empfangen hatte, und ich sagte, daß ich am Abend dieses Tages (inzwischen war es längst Mitternacht vorbei) kommen würde, und daß ich mein Hexlein unendlich liebte, immer nur sie, nur sie allein. Was sie da als Abschiedsszene hinlegte, war kurbelreif. Der Arzt konnte seine Rührung nicht verbergen. Einer der Bullen fuhr mich zum LE MONDE.
Ich hatte das Fenster an meiner Seite herabgedreht und atmete die kalte Nachtluft ein. Zum Teufel, Bracken sollte bloß die Fresse halten und mich in Ruhe lassen! *Lieben* sollte der Drecksack mich, der wußte ja nicht, was ich ihm abnahm, wovor ich ihn bewahrt hatte!
»Voilà, Monsieur.«
Ich merkte erst, daß wir da waren, als der Bulle schon den Schlag auf meiner

Seite geöffnet hatte. Ich stieg aus und gab ihm ein ordentliches Trinkgeld, auch für die anderen. Er bedankte sich und fuhr ab, und ich ging in das gute, alte LE MONDE hinein, in dem ich schon so oft gewohnt hatte. Es liegt in einer Seitenstraße, drei Gehminuten von den Champs Élysées und ihren alten Bäumen entfernt, ganz nahe der Place de l'Étoile und dem Arc de Triomphe.

17

»Monsieur Kaven!«
Mit weitausgestreckten Armen, ehrlich gerührt, das wußte ich, kam mir Lucien Bayard entgegen – einer der Nachtportiers. Wie lange kannten wir einander schon? Wie lange setzte er schon für mich auf Pferdchen, damit es unter uns blieb, ach! Jean Perrotin, der zweite Nachtportier, auch ihn kannte ich seit Jahren, verbeugte sich lächelnd hinter seinem Desk. Alle kannte ich hier seit Ewigkeiten, die ganze Tages-Equipe der Reception, die nun verlassen lag, alle Tagesportiers, ihren Chef, den ehrwürdigen Monsieur Charles Fabre, den Mann, von dem es hieß, daß es kein Ding zwischen Himmel und Erde gab, das er nicht möglich machen konnte, und das im Handumdrehen. Ich kannte den Chef der Reception, André Magnol, ich kannte alle Barkeeper, Kellner, Maîtres d'Hôtel, alle Etagenkellner, die Stubenmädchen, ja, und die Herren der Verwaltung, die Subdirektoren, den Monsieur le Président-Directeur Général des LE MONDE, den großen, schweren, freundlichen Pierre Maréchal.
Zu dieser Stunde lag die Halle verlassen da. Lucien Bayard und ich standen einander gegenüber.
»Monsieur Lucien, ich bin sehr froh, wieder einmal bei Ihnen zu sein.«
»Und wir! Wir alle, Monsieur Kaven! So froh, wirklich . . . Die Herrschaften sind schon oben. Das Gepäck ist auch eingetroffen.« Wir bekamen hier seit Jahren die gleiche Flucht von Appartements – 419 für Sylvia und mich, 420 für Babs und Clarissa, 421 für Rod, 422 für Dr. Wolken. Den erwarteten wir erst morgen. »Ich bringe Sie natürlich . . .« Der Nachtportier ging an meiner Seite zu den Lifts. »Nächsten Sonntag läuft ›Une de Mai‹ in Longchamps, Monsieur.«
›Une de Mai‹ war ein Wunderpferd, so etwas wie ›Une de Mai‹ hatte es noch nie gegeben.
»Jemand hat mir gesagt, ›Une de Mai‹ läuft nicht mehr«, sagte ich.
»Nur noch wenige Male, Monsieur Kaven, nur noch wenige Male. Ich sagte es Ihnen auch nur so. Hat keinen Sinn, auf ›Une de Mai‹ zu setzen. Sie gewinnt immer. Alles setzt auf sie. Deshalb sind die Gewinne immer so gering. Aber in Auteuil ist es nächsten Sonntag interessant!« Er ließ mich in den Lift steigen, folgte. Wir fuhren in den vierten Stock. »Sie wissen, ich habe nie etwas auf die Voraussagen in den Zeitungen gegeben. Nun ja, aber

da sind drei Pferdchen, die beobachte ich schon eine lange Weile – ›Poet's Bay‹, ›La Gauloise‹ und ›Valdemosa‹. Hervorragend, Monsieur, ganz hervorragend!« Der Nachtportier küßte seine Fingerspitzen. »Und alle drei laufen nächsten Sonntag in Auteuil. Ich würde Monsieur empfehlen, ›Poet's Bay‹, ›La Gauloise‹ und ›Valdemosa‹ vollzupflastern, in dieser Reihenfolge einer Dreier-Einlaufwette. Es hat sich noch nicht herumgesprochen . . .« Seine Stimme sank zu einem Flüstern. ». . . was das für Pferdchen sind! Nur unter Kennern. Ich selber setze auf sie.«

Ich erzähle von dieser Konversation über Pferde nicht ohne Grund, mein Herr Richter. Diese Konversation da nachts mit dem Portier ist wichtig, wenn Sie verstehen wollen, was mich dazu brachte, so zu sein, wie ich bin.

Der Lift hielt. Lucien trat vor.

»Erlauben Sie . . .« Er ging den Gang vor mir hinab auf 419 zu.

»Dann setzen Sie auch für mich, Monsieur Lucien, bitte.«

»Mit Vergnügen . . . Wieviel darf ich . . . was wünschen Monsieur?«

»Das überlasse ich Ihnen. Wie immer, Monsieur Lucien.«

»Ich danke für Ihr Vertrauen.« Er verbeugte sich im Gehen. »Dann würde ich Monsieur aber unbedingt empfehlen, außer der Dreierwette auch noch die drei Pferde als ›Couplé‹-Wette zu kombinieren.«

Das bedeutet, auch noch darauf zu wetten, daß von den drei Favoriten einer ausfällt. Auf jeweils zwei von den drei Pferden wettet man so alle Möglichkeiten durch: Es ist eine zusätzliche Sicherheit, nicht wahr.

»Selbstverständlich auch die ›Couplés‹, Monsieur Lucien.«

»Mit dem größten Vergnügen. Ich werde alles genau überdenken und entsprechend vorgehen, Monsieur Kaven.«

»Gehen Sie entsprechend vor, Monsieur Lucien.«

Da war 419.

»Danke, Monsieur Lucien«, sagte ich und gab ihm die Hand.

»Ich danke Ihnen, Monsieur Kaven«, sagte der alte Nachtportier und steckte den Schein ein. »Gute Nacht.«

»Gute Nacht, Monsieur Lucien«, sagte ich, klopfte kurz und trat dann in das Appartement ein, das ich so gut kannte. Zu meiner Überraschung brannten alle Lichter, schon im Vorraum, und der Salon war strahlend erleuchtet. Drei Menschen sahen mir entgegen – Bracken, Clarissa und der kleine Dr. Lévy, unser ständiger Arzt in Paris.

»Was ist hier los?« fragte ich. Da stand eine antike Uhr auf dem Kaminsims. 1 Uhr 35 früh.

»Goddamned, fucked-up situation«, sagte Bracken. Er war leicht betrunken.

»Was hier los ist, will ich wissen!«

»Frag den Doktor«, sagte Bracken und sah mich heimtückisch an. Er hockte

auf der Lehne eines Diwans, neben einem Tisch mit vielen Flaschen, und trank sein Glas leer. Danach rülpste er. Clarissa begann zu weinen.
»Herr Doktor Lévy! Was machen Sie hier?« fragte ich.
»Ich wurde gerufen«, sagte der kleine, völlig kahle Mann mit den dicken Brillengläsern und dem unendlich traurigen, unendlich gütigen Gesicht.
»Von wem?«
»Von Monsieur Bracken.«
»Weswegen?«
»Wegen Babs.«
»Was ist mit Babs? Nun reden Sie schon! Sagen Sie es mir!«
Er sagte es mir: »Babs ist krank.«
»Krank?«
»Ja, Monsieur Kaven.«
»Wo liegt sie?«
»Wir haben sie ins Schlafzimmer von Madame gebracht, das wird ja nicht gebraucht. Als ich kam, ging es ihr sehr schlecht. Fieber neununddreißigfünf. Schüttelfrost. Sehr unruhig. Lichtscheu. Die Augenbindehäute entzündet. Auf der Wangenschleimhaut in Höhe der vorderen Backenzähne weiße Punkte, von roten Höfen umgeben. Das muß schon der dreizehnte oder vierzehnte Tag sein.«
»Tag von was? Hören Sie auf zu weinen, Clarissa!«
Sie hörte nicht auf.
»Vom Beginn der Erkrankung«, sagte der kleine Arzt. »Bei dieser Krankheit gibt es ein uncharakteristisches Prodrom – ein Vorstadium, das dauert neun bis elf Tage. Dann geht es richtig los.«
»Lieber Herr Doktor Lévy, wollen Sie mir endlich sagen, was Babs für eine Krankheit hat?«
»Masern«, sagte der kleine Arzt. »Nur«, sagte er. »Hoffe ich.«
»Was heißt das – nur? Was heißt das – hoffe ich?«
»Ich bin mir nicht absolut sicher. Da sind . . . auch andere Symptome, die ich mir nicht erklären kann. Ich weiß nicht, ob es nur Masern sind. Masern sind es bestimmt, Monsieur Bracken war auch schon in einer Nachtapotheke und hat geholt, was wir jetzt brauchen. Aber wenn es noch etwas anderes ist . . . im Moment kann das noch niemand sagen.«
»Wann kann man es denn sagen?«
»Morgen hoffentlich. Ich möchte, wenn das so weitergeht mit diesen Symptomen – es ist zu kompliziert, Sie würden es doch nicht verstehen, pardon –, ich möchte dann unbedingt einen Kollegen hinzuziehen.« Er sagte verloren: »Ja, einen Kollegen.«
Bracken trank wieder, rülpste wieder, sagte: »Gottverfluchte Scheiße. Wenn es Masern sind, muß Babs ins Krankenhaus. Die lassen sie nicht im Hotel. Kein Hotel läßt ein Kind mit Masern im Haus.«

»Das LE MONDE schon. Ich rede morgen mit Maréchal. Er wird das arrangieren. Wir sagen, es ist nur eine Allergie, zum Beispiel. Und das bestätigen Sie uns doch, Herr Doktor, wie?«
»Ja«, sagte der kleine Dr. Lévy. »Gewiß. Wenn es nur Masern sind. Gewiß nicht, wenn es nicht nur Masern sind.«
Ich mußte die Augen schließen.

18

Ich öffnete die Augen wieder.
Da saß ich auf dem harten weißen Stuhl im Krankenzimmer 11 im dritten Stock der Klinik des Professors Delamare draußen in Neuilly, da war die weiße Kugel, die Sylvias Kopf barg, da waren die dünnen Plastikschläuche, die aus dem Verband kamen, dort, wo die Ohren sein mußten, und hinten im Nacken. Da war Sylvias heiße, schweißnasse Hand, die meine umkrallte.
». . . Laß mich in Ruhe . . . Romero! Scher dich zum Teufel . . . dreckiger Hund . . .«, hatte sie eben noch, haßerfüllt, englisch gesagt. Dann war sie weg gewesen, von einem Augenblick zum andern, schien zu schlafen. Und meine Gedanken hatten zu wandern begonnen, ich hatte mich an das erinnert, was tags zuvor bis wenige Stunden vorher geschehen war . . .
19 Uhr 47 war es gewesen, als ich zuletzt auf die Uhr geschaut hatte, als Sylvia zu schlafen schien, als ich mich erinnerte an alles, während ich die Augen schloß.
Nun hatte ich die Augen wieder geöffnet.
Es war noch immer 19 Uhr 47 am 23. November 1971. Nur der Sekundenzeiger meiner Armbanduhr war vielleicht weitergeeilt um eine kleine Strecke, ich hatte nicht auf ihn geachtet.

19

». . . Wölfchen . . .«
»Mein Hexlein?«
Ihre Stimme formte Silben, Wörter, kleinste Laute, immer mühsamer nun. Die weiße Kugel bewegte sich nicht mehr. Nur das Wortgetropfe. Keine Bewegung des Körpers. Die Hand war von meiner geglitten, hing herab, weiß.
»Sch . . . Sch . . . Schlüssel . . .«
Ich stand auf und schlug die Decke ein wenig zurück, und tatsächlich, sie hatten ihr ein Kettchen um den Hals gehängt, an dem befand sich ein gezackter Schlüssel. Ich öffnete das Kettchen, nahm den Schlüssel. Der Regen prasselte gegen die Scheiben, der Sturm orgelte in den Bäumen.

»Was ist das für ein Schlüssel?«

»Dort!« Sie wies mit einer Hand.

Ich sah mich um. Wo war hier ein – ach da, in der Wand, die zum Bad führte. Ich ging hin und öffnete die Tür des kleinen Stahlkästchens, das in die Mauer eingebaut und weiß bemörtelt war. Darin lag Schmuck in einem Plastiksack. Einem Plastiksack! Ein (kleiner) Teil von Sylvias sagenhaftem Schmuck! Sie hatte ihn tatsächlich hierher mitgenommen, diese unselige Irre, diese geniale Frau, ›Kind-Frau‹ hatte sie einer ihrer Liebhaber genannt, sie hatte es mir gesagt, ein kluger Mann muß das gewesen sein. Trotz aller Furcht, trotz aller Nervenkrisen hatte Sylvia heimlich Schmuck mitgenommen hierher, wo sie ihn doch nun ganz gewiß nicht tragen würde. War das zu fassen?

»Gib . . .«

Ich brachte ihr den Schmuck ans Bett. Sie hatte nun die heißen, schweißfeuchten Hände auf der Decke.

»Laß fühlen . . .«

Ich setzte mich wieder, öffnete den durchsichtigen Sack (das vorzügliche Züricher Schneideratelier Laube & Böhi in der Bahnhofstraße hatte irgend etwas darin geliefert), und los ging's.

Das erste Stück.

Die Hände tasteten es ab, zärtlich, sanft, gleitend.

»Rubinring . . .«

Zwei weitere Stücke.

» . . . Rubinohrringe . . .«

Nächstes Stück.

». . . Türkis . . . collier . . .« Persische Türkise und Brillanten, dachte ich, 100.000 Dollar. »Wie . . . geht es . . . Babs?«

»Ausgezeichnet«, sagte ich. »Hier ist das Türkis-Bracelet . . .« Und gab es ihr. Was sie betastet hatte, ließ sie auf die Decke fallen. Ein Armband – die Türkise auch aus Persien, die Brillanten Güteklasse ›Jaeger‹. 50.000 Dollar.

»Ausgezeichnet geht es Babs!« Es ging ihr nicht ausgezeichnet, aber es ging ihr besser als heute nacht. Doktor Lévy war zweimal dagewesen im Laufe des Vormittags. Er hatte einen Kollegen mitgebracht – einen Doktor Dumoulin. Sie hatten Babs fast eine Stunde lang untersucht, und dann waren sie, das Wichtigste, zu dem Ergebnis gekommen: Babs habe *nur* Masern, das glaubten die Herren zuletzt mit Sicherheit sagen zu können. Wenngleich untypische Masern mit Fremdsymptomen, die den kleinen Dr. Lévy nachts beunruhigt hatten. Das Fieber war etwas gesunken. Babs hatte Durst. Sie hatte ein wenig gegessen. Nun war der ganze Körper übersät mit roten Flecken. Aber eben doch bloß Masern! Unfaßbar nur, daß Babs nicht gegen sie geimpft worden war. Ich hatte es bis jetzt vermieden, mit meinem Freund, dem Président-Directeur Général des Le Monde,

Pierre Maréchal, zu reden. Morgen tue ich es, dachte ich, nun, an Sylvias Bett. Wie lange kennen wir einander? Ich sage ihm sogar die Wahrheit! Masern. Na wenn schon. Pierre wird eine Ausnahme machen und Babs im Hotel bleiben lassen.
Nun ja, Masern eben, Dr. Lévy war immer überängstlich, das hatte ich doch gewußt. Dr. Lévy hatte eben wieder einmal unwichtige Nebensymptome überbewertet. Jetzt, nachdem er und Dr. Dumoulin Babs so gründlich untersucht hatten, konnte ich wenigstens beruhigt sein. Sylvia war gegen Masern geimpft, ich auch, Clarissa und Rod desgleichen. Mir fiel ein, daß ich sofort, wenn ich zu ihr kam (ich würde schon noch zu ihr kommen heute, verflucht, es war noch nicht einmal acht, und Sylvia konnte kaum mehr sprechen), Suzy fragen mußte, ob auch sie gegen Masern geimpft war. Oder sie als Kind einmal gehabt hatte. Der kleine Graf, Erbe jener Textilfabriken in Roubaix, ihr Verlobter, war mir egal. Aber wenn Suzy die Masern bekam, dann konnte ich wochenlang nicht mit ihr spielen.
»Mein schöner Türkisring?«
Er lag auf Sylvias Handteller. Sie betastete ihn lange. Persischer Stein. 20.000 Dollar.
»Einmalig auf der ganzen Welt . . .« Viele Schmuckstücke, die Sylvia besaß, gab es nur einmal in der Welt. Zum Beispiel diesen Türkisring. Ich wußte, wie gern sie in ihrem Schmuck wühlte – stundenlang oft. Mußte ein halber Coitus für sie sein. Selbst jetzt? Wer kannte sich schon aus bei dieser ›Kind-Frau‹? »Ich war böse zu Babs . . .«
Ich gab ihr die Türkis-Ohrringe.
»Böse?«
»Im Flugzeug . . . gestern . . . Solitär . . .« Und da ich ihn nicht gleich in ihre Hand legte, laut, hysterisch: *»Solitär!«*
»Hier, mein Hexlein.« Da war er. 45 Karat. Marquise-Schnitt. 1.400.000 Dollar. Güteklasse ›Jaeger‹.
»Arme Babs . . . ich . . . so nervös . . . gib mir den Smaragdring . . . Mein Smaragd.« Sie preßte den Ring gegen die Öffnung des Verbandes über dem Mund, als wolle sie ihn küssen. Ich wußte, daß sie oft ihren Schmuck küßte.
»Jetzt werde ich schön sein!«
»Du warst schon vorher die Schönste!«
»Für dich! Aber die Schweine haben es verlangt! Die dreckigen Schweine! Sie glauben, sie können . . .«
Ich gab ihr die Ohrringe, die zu dem Smaragdring gehören. Das waren enorme Dinger, die Ohren taten Sylvia oft weh, sagte sie mir, wenn sie diese Ohrgehänge auf einer Gala trug – je nun, ein Schmerz, der sich offenbar aushalten ließ.
»Mußte einfach . . . sein . . . das Lifting . . .«

»Natürlich, Hexlein.«
»Großaufnahmen, Wölfchen . . . Katie ist blöde . . . noch einmal . . . schafft sie es nicht . . . besonders die linke . . . die linke . . . *hilf mir doch!*«
»*Das* linke Augenlid.«
»Ja . . . schlaff . . . konnte Katie nie richtig . . . wie ist mein Schmuck?«
»Ein Traum«, sagte ich.
Mit beiden Händen wühlte sie jetzt in Schmuck. Und versuchte, zu schreien: »Fernsehen, dreckiges! Idiotenkiste!«
»Ja, mein Hexlein.«
»Marlene geht nie vor dieses Mörderauge. Millionen Arschlöcher zählen die Falten . . .« Sie fuhr fort, das Fernsehen zu verfluchen und mit ihrem Schmuck zu spielen.
Komisch, dachte ich. Dabei hat sie vor zwei Jahren einen solchen Erfolg im Fernsehen gehabt, einen, über den man wohl noch viele Jahre sprechen wird. Einfach phantastisch war das gewesen. Danach allerdings hatte ich einiges erlebt, einiges ziemlich Furchtbares. Mit meinem Hexlein . . .

20

20 Sekunden vor 21 Uhr MEZ, am 25. Juli 1969, einem Freitag.
Der Sekundenzeiger der großen elektrischen Uhr im Regieraum von Télé Monte-Carlo rückte vor. Es ging zu wie bei einem Count-down auf Cape Kennedy. Sehr klein war dieser Regieraum, vollgeräumt mit Apparaturen. Fünf Männer und eine junge Frau saßen auf Drehstühlen vor dem langen Regietisch mit seinen vielen Lämpchen, Reglern und Schaltern, seiner Reihe von sechs Monitorschirmen.
. . . 9 . . . 8 . . . 7 . . .
Hinter den Monitoren befand sich eine wandfüllende Glasscheibe. Sie gab den Blick frei in ein Aufnahmestudio – das einzige Aufnahmestudio, das Télé Monte-Carlo besaß. Es war so groß wie das mittelgroße Speisezimmer einer mittelgroßen Wohnung von Angehörigen des unteren Mittelstandes. Drei Männer in Leinenhosen und leichten bunten Hemden über den Hosen, Kopfhörer an den Ohren, standen hinter drei Kameras.
Eine hellblaue Wand. Ein Tisch, wie ihn die Tagesschau-Sprecher im Fernsehen immer vor sich haben. Eine große Vase mit Baccara-Rosen darauf. Hier gab es keinen Platz für Scheinwerfer auf dem Boden. Zwei Dutzend von ihnen hingen, an Stahlstreben verschraubt, unterhalb der Studiodecke. Dieses einzige Aufnahmestudio der kleinsten Fernsehstation der Welt war nicht nur winzig, es war auch niedrig. Die Scheinwerfer hingen tief.

Der Raum war ausgeleuchtet. Heiß mußte es da drin sein, dachte ich, heißer noch als hier.
Ich stand neben Rod Bracken im Hintergrund des Regieraums. Wir hatten beide unsere weißen Smoking-Jacketts ausgezogen. Heiß. Heiß. Heiß. Hochsommer! Da konnte man in Monte-Carlo schon ins Schwitzen kommen.
Ich sah ins Studio.
Hinter dem schmalen Tisch, vor der blauen Wand, saßen nebeneinander Sylvia und Babs, damals sieben Jahre alt. Sie waren zuvor von Katie und Joe Patterson geschminkt worden, Sylvia hatte die beiden mit nach Monte-Carlo gebracht – aus Hollywood. Wir waren, dieser Sendung wegen, von Los Angeles nonstop bis Paris und dann hinunter nach Nizza geflogen. Sylvia trug ein gelbes Crêpe-Georgette-Kleid; da sie saß, sah man nur das Oberteil. Es war dicht bestickt mit weißen Pailletten, leicht ausgeschnitten vorn, mit eingearbeiteter Büste, sehr tief ausgeschnitten am Rücken. Das Kleid hatte einen wallenden Rock. Sylvia trug nur Brillantschmuck – den großen Solitär, Armband, Collier, Hänge-Ohrringe. Und Silberschuhe. Babs trug ein Organza-Kleid, das Röckchen ganz in Volant-Form gearbeitet wie in Spanien, weißer Stoff, bemalt mit roten, gelben und grünen Blumen und Blättern.
Riesig groß und sehr glänzend waren Sylvias blauschwarze Augen, riesig groß wie die ihren waren die Augen des kleinen Mädchens. Glänzend blauschwarz war beider Haar. Sehr hell und glatt die Gesichtshaut von Mutter und Kind – diesem sorglosen, glücklich lachenden Kind, das jeder, der es sah, sogleich ins Herz schloß. THE WORLD'S GREATEST LITTLE SUNSHINE-GIRL . . .
. . . 6 . . . 5 . . . 4 . . .
Diese ganz und gar außerordentliche Sendung, vor deren Beginn wir standen, war zunächst einmal eine EUROVISION-Sendung, die in zwei Dutzend Länder gleichzeitig übertragen wurde. Daneben gingen Bild und Ton über Satelliten in die Länder des Ostblocks, in den Vorderen Orient, nach Südostasien, nach Nord- und Südamerika – Satelliten übertrugen diese Sendung zu Empfang und Aufzeichnung rund um die Welt. Infolge des manchmal großen Zeitunterschiedes sollte das, was hier und jetzt gesprochen und gezeigt wurde, was man in ganz Europa jetzt, in dieser gleichen Sekunde sehen konnte, Stunden später, zur jeweiligen besten Abendsendezeit des Landes, von mehreren hundert Fernsehanstalten ausgestrahlt werden. Man rechnete, daß rund 700 Millionen Menschen diese Emission sehen würden – sofort oder einige Stunden später.
Eine solche Riesensendung – produziert vom kleinsten Fernsehsender der Welt! – war nur möglich gewesen durch das Zusammenwirken praktisch aller Regierungen, der UNICEF, der UNESCO und zahlloser anderer

Gremien. Der Star des Abends war einer der berühmtesten und geliebtesten Menschen unserer Zeit – Sylvia Moran. Eigentlich waren es zwei Stars – gleichermaßen geliebt und berühmt über Grenzen, Weltanschauungen, Mauern, Ozeane, Wüsten, Gebirge, Religionen und Rassen hinweg, solcherart für kurze Zeit aus unserer so vielfach geteilten Welt eine einzige machend, zwei Stars: Sylvia Moran und Babs.

Der Welt kleinste Fernsehstation ist untergebracht im ersten Stockwerk des Hauses 16, Boulevard Princesse Charlotte. Zu ebener Erde und im Keller befinden sich die Räume der etwas größeren Radiostation Monte-Carlo.

TMC bringt keine gesprochenen Nachrichten, nur solche im Telegrammstil, die, tatsächlich auf Telegrammstreifen gedruckt, über den Bildschirm laufen. TMC bringt kaum jemals eigene Produktionen, sondern fast nur ausländische Serien und ›UN GRAND FILM CHAQUE SOIR‹ – ›EINEN GROSSEN FILM JEDEN ABEND‹. Dazu braucht man lediglich ein Vorführgerät. TMC kommt denn auch mit einem kleinen Stab von Mitarbeitern aus. Der Mast, über den TMC ausstrahlt, steht über Monte-Carlo, auf dem höchsten Punkt des höchsten Berges, weit über der obersten der drei Corniches, den zwischen Fels und Meer in andauernden Kurven verlaufenden Küstenstraßen. Wenn man in Monaco lebt, braucht man keinerlei Fernsehgebühren zu bezahlen.

Natürlich hatte TMC keine technischen Möglichkeiten, eine weltweite Übertragung auch nur im Traum erwägen zu können. Aus diesem Grunde war TMC an diesem Abend mit der Eurovisionszentrale des ORTF, des französischen Staatsfernsehens in Paris, verbunden. Von dort ging die Sendung praktisch zurück nach Monte-Carlo, um hier empfangen zu werden, aber sie ging auch hinaus an die Sendeanstalten ganz Europas, über Satelliten, rund um die Welt.

. . . 3 . . . 2 . . . 1 . . .

. . . Zéro!

21 Uhr mitteleuropäischer Zeit in Monte-Carlo.

Der Regisseur dieser gewaltigen Sendung hob, neben seiner Assistentin sitzend, einen Finger.

»MAZ ab!« sagte der Regisseur leise.

Sylvia und Babs, die ihn sehen konnten, nickten. Sylvia befeuchtete noch einmal die Lippen. Babs winkte uns allen in der Kontrollkabine lachend zu. Mutter und Kind wußten, daß sie erst auf den Bildschirmen erschienen, wenn der Regisseur zwei Finger hob.

Was zuerst ausgestrahlt wurde, war bereits lange vor diesem Abend aufgezeichnet worden. Es flimmerte über die sechs Monitore – noch in sechs gleichen Einstellungen: Mit der bekannten Musik unterlegt, das Zeichen der EUROVISION – der verflochtene Strahlenkranz. Danach wech-

selte das Bild. Am gleichen Tisch, an dem zur Zeit Sylvia und Babs wartend saßen – auch im Studio gab es einen Monitor, der Ton dazu kam über Lautsprecher, Babs und ihre Mutter sahen auf den Bildschirm –, saß nun, vor einem anderen Hintergrund, ohne Blumen neben sich, im Smoking und gefältelten Seidenhemd, Frédéric Gérard.
Frédéric Gérard – er stand, während er sich selbst auf den Monitoren sah, hinter Rod und mir, hatte gleichfalls das Smoking-Jackett ausgezogen, das Hemd geöffnet. Er war noch keine vierzig Jahre alt – der beliebteste Sprecher und Animateur von RADIO und TÉLÉ MONTE-CARLO. Dieser Frédéric Gérard war, nach Shakespeare, zunächst einmal ›ein Bursche von unendlichem Humor‹. Dazu war er ein Bursche von unendlichem Charme. Er sah blendend aus. Er war, das hatte ich inzwischen erfahren, hilfsbereit, liebenswürdig und außerordentlich schlagfertig. Für Monte-Carlo, nein, für die ganze große Region, in der man TMC und RMC empfangen konnte, war er seit vielen Jahren ein geradezu legendärer Begriff. Ich hatte tags zuvor erlebt – nachdem Sylvia und ich mit Babs und Clarissa und Rod Bracken eingetroffen und im HÔTEL DE PARIS abgestiegen waren –, daß jeder Mensch auf den Straßen Frédéric Gérard lachend grüßte, ihm zuwinkte – und Frédéric Gérard grüßte lachend, winkend, mit einem Scherz, einem Kompliment zurück. Männer, Frauen, Mädchen, Kinder – alle liebten sie ihn!
Babs war, vom ersten Moment an, buchstäblich verrückt nach Frédéric, hatte im Hotelappartement mit ihm Pferdchen gespielt, war auf seinen Schultern jubelnd in der Halle erschienen, dann auf dem Casinoplatz vor dem Hotel – stundenlang hatten Frédéric und Babs miteinander gespielt. Auf die Frage, wo er wohne, hatte er mir geantwortet: »In Frankreich, Monsieur Kaven. Cap d'Ail. Sechs Minuten mit dem Wagen von hier.« Nun ja, Monaco ist ein sehr, sehr kleines Land.
Ja, alle Menschen liebten Frédéric! (Kein Mensch nannte ihn Gérard, er hatte auch uns sogleich gebeten, ihn nur mit dem Vornamen anzureden.) Unser Zimmermädchen, das mich ersucht hatte, ihr doch ein von Frédéric signiertes Foto zu verschaffen, was ich bereits getan hatte, war blutrot vor Freude geworden. Sie hatte mir gesagt, am Abend der Sendung werde sehr schönes Wetter sein.
»Sind Sie sicher?«
»Absolut sicher, Monsieur! Frédéric hat es doch gesagt gestern abend. Und Frédéric steht in Verbindung mit Paris!«
Sie hätte ebensogut sagen können: Mit dem Lieben Gott.
Frédéric, ein Mann, zu Lebzeiten bereits sein eigenes Denkmal! In Hosen und Sporthemd pflegte er sonst vor die Kamera zu treten. Nun sah er sich im Smoking, neben Bracken und mir stehend, auf den Monitoren. Er kramte in seiner Brieftasche, dann zeigte er uns – der Regieraum war mit

Speziallämpchen schwach erhellt – ein paar Fotos seines Sohnes. Er sagte vorsorglich gleich, daß es ein Sohn war und keine Tochter, denn bei einem so kleinen Kind kann man das nicht erkennen.
»Genau wie der Vater«, sagte ich französisch.
»Wirklich niedlich«, sagte Rod ebenso. »Wie heißt er?«
»Frédéric«, sagte Frédéric.
»Nicht wie Sie heißen, wie das Kerlchen heißt.«
»Auch Frédéric, Trottel«, sagte ich englisch.
»Shut up, you clever son of a bitch«, sagte Rod zu mir. »Mächtig stolz auf ihn, was?« sagte er, französisch, zu Frédéric.
Der nickte, lachte lautlos und verdrehte die Augen.
»Wie alt?«
»Achtzehn Monate«, sagte Frédéric.
Bracken summte leise: »You must have been a beautiful baby«, und Frédéric strahlte, aber Bracken sah mich dabei an, und also sagte ich zu ihm: »Du Scheißer.«
»Bitte?« sagte Frédéric.
»Wirklich ein wunderschönes Baby«, sagte ich.
»Nicht wahr?« sagte Frédéric. Er war so nett.
Ich sah die junge Frau neben dem Regisseur, seine Assistentin. Links vor ihr saßen zwei Männer, die für den Ton verantwortlich waren, vor ihren Reglern, die silbern leuchteten. Die beiden anderen Männer, rechts von der Assistentin, waren für das Licht verantwortlich. Einer der Tonmeister führte gerade eine viereckige Flasche zum Mund und trank lange. Ich kannte diese Art Flaschen und ihren Inhalt. Der Inhalt hieß SCHOUM und gilt in ganz Frankreich als Wunderheilmittel gegen jedwede Lebererkrankung. Zu kaufen bekommt man SCHOUM frei in Apotheken. SCHOUM kostet eine Kleinigkeit. Voilà, Frankreich, das Land der edelsten alkoholischen Getränke, das Land, das den Weltrekord an Lebererkrankungen aufweist. Voilà, SCHOUM, gewiß die meistgekaufte Medizin der Grande Nation. Soviel ich weiß, soll man SCHOUM nur morgens und abends trinken. Dieser Tonmeister schien zu glauben, daß massiver Genuß von SCHOUM schnellere Heilungschancen brachte.
Für die MAZ-Speicherung, die nun lief, hatte sich Frédéric Gérard, Sonnenjunge des ganzen Midi, wie gesagt, einen Smoking anziehen müssen. Wir sahen ihn auf den sechs Monitoren, hörten ihn sprechen, ernst und auch dabei mit Charme, französisch: »Guten Abend, meine Damen und Herren in der ganzen Welt. Sie wissen, daß Ihre Souveräne Hoheit, Fürstin Gracia Patricia von Monaco, zusätzlich zu dem von ihr alljährlich veranstalteten Ball des Roten Kreuzes heute abend, an diesem fünfundzwanzigsten Juli 1969, eine weitere Gala gibt, deren Reinertrag und vor allem deren Spenden ausschließlich einem Projekt zugute kom-

men werden, das Ihrer Hoheit ganz besonders am Herzen liegt. Eintausendzweihundert Gäste aus allen Ländern der Erde hat Ihre Hoheit zu dieser Gala geladen. Eintausendzweihundert Gäste sind gekommen, voll guten Willens und bereit, Ihre Hoheit zu unterstützen bei ihrem Bemühen, wenigstens einen kleinen Teil des so bitter benötigten Geldes zu erhalten für Forschung, Hilfe, Obsorge, Unterbringung und Erziehung von geistig behinderten Kindern. Meine Damen und Herren, als Ehrengast spricht nun zu Ihnen – *Sylvia Moran*!«

Zwei Finger hob der Regisseur, Sylvia und Babs sahen es. Während Frédérics Bild langsam ausblendete, begann die Sendung nun live. Der Regisseur in der grotesk kleinen Kabine sagte zu der Assistentin, die neben ihm saß, und zugleich in ein Mikro, das sich ihm an einem biegsamen Arm entgegenschob: »Kamera Eins beginnt!«

Ich sah, wie auf der Kamera I, welche direkt vor dem Tisch placiert war, an dem Sylvia und Babs saßen (die Kameras II und III standen rechts und links), das rote Licht zu zucken begann. Babs und Sylvia sahen es auch. Auf den Monitoren gab es nun drei Bilder: Sylvia groß – das war Kamera I –, Sylvia und Babs links seitlich aus einiger Entfernung – das war Kamera II – und Sylvia und Babs rechts seitlich aus einiger Entfernung – das war Kamera III.

21 Uhr 3 Minuten und 15 Sekunden am Freitag, dem 25. Juli 1969.

Was hier gesprochen worden war und noch gesprochen werden sollte, übersetzten Simultan-Dolmetscher in die jeweiligen Landessprachen.

Die ganze Fläche des Bildschirms füllend nun das wunderschöne Gesicht Sylvias.

Französisch begann sie: »Eure Souveräne Hoheit, Fürstin Gracia Patricia, Eure Souveräne Hoheit, Fürst Rainier von Monaco, meine lieben Freunde hier, meine lieben Freunde überall auf dieser Erde: Es ist für mich eine unendliche Freude und die größte Ehre, die mir je zuteil geworden ist, daß Ihre Souveräne Hoheit, die Fürstin, mich eingeladen hat, heute abend zu Ihnen zu sprechen, über ein sehr trauriges, ein sehr großes Problem, das uns alle, ja, uns alle, wer wir auch sind und wo wir auch sind, ganz zu Unrecht nicht interessiert – das uns alle aber, wo wir auch sind, angehen *muß*: Es ist das Problem der Kinder, die nicht so sind wie gesunde Kinder und die deshalb unser aller Hilfe brauchen, als wären sie unsere Kinder, denn *niemand ist eine Insel*, ganz für sich allein, jeder von uns ist ein Teil des Ganzen, ein Teil der Menschheit, mit ihr verbunden und in ihr Schicksal verstrickt wie ein Faden in dem gewaltigen Schicksalsteppich dieses unseres Lebens, dieser unserer Zeit, dieser unserer Welt . . .«

»Goddammit«, sagte Rod Bracken und wischte sich mit einem Taschentuch dicke Schweißtropfen von der Stirn. Ich sah ihn an und traf Frédérics Blick. Er lächelte. Auch ich lächelte. Auch wir schwitzten. Alle in der Regiekabine schwitzten. Es war unmenschlich heiß am 25. Juli 1969, einem wunderbaren Hochsommerabend mit tiefdunklem Himmel und unzähligen Sternen. Unser Stubenmädchen hatte recht gehabt. Das Wetter war herrlich. Frédéric hatte es ja gesagt. Und Frédéric, nicht wahr, stand in Verbindung mit Paris . . .

21

Es gibt ein paar große Straßen in Europa – wenn ich an die denke, bekomme ich nasse Hände. Am schlimmsten ist, für den Autofahrer, in den Sommermonaten die Promenade des Anglais in Nizza, *die* Hauptstraße, *die* Verbindung zwischen Flughafen und Monte-Carlo, Flughafen und Cannes, Flughafen und überallhin, die man einfach benutzen *muß*.
Die Promenade des Anglais ist ein absoluter Alptraum. In einigen Jahren soll sie keiner mehr sein. Die Autobahn von Ventimiglia wird weitergebaut und um Nizza herumgeführt werden, wodurch sie Anschluß an die Autoroute Estérel bekommt. Große Pläne. Noch Jahre Bauzeit. Bis dahin, mein Herr Richter: Sollten Sie sich einmal in den Sommermonaten da unten aufhalten und beispielsweise von Monte nach Cannes müssen, kann ich Ihnen nur empfehlen: Fahren Sie nachts. Wenn Sie am Tag fahren, werden Sie glatt tobsüchtig.
Diese Promenade des Anglais, zur Rechten in Richtung Monte-Carlo das Meer, zur Linken eine einzige Häuserfront, in der sich zahlreiche Hotels, darunter das berühmte NEGRESCO und das PALAIS DE LA MEDITERRANÉE mit dem Spielcasino, befinden, ist im Sommer auf unvorstellbare Weise von Autos verstopft, obwohl die Promenade des Anglais, getrennt durch einen Streifen mit Blumen und Palmen, jeweils dreispurige Bahnen in beiden Richtungen besitzt. Die Autos, wenn sie nicht überhaupt stehen, schleichen ein paar Meter vor, stoppen, schleichen wieder, stoppen wieder . . . und das bei subtropischen Temperaturen und scheußlicher Luftfeuchtigkeit.
Na ja, wir fuhren über die Promenade des Anglais – Sylvia, Babs, Bracken, Katie und Joe Patterson, Sylvias Schminkmeister. Wir fuhren in einem kleinen Konvoi: Rolls, Lincoln Continental, Mercedes 600. Vorneweg drei monegassische Motorradpolizisten, ganz in Weiß, mit Achselstücken wie Admirale. Blaulicht. Half alles nichts. Wir fuhren nicht, wir krochen dahin. Die Wagen hatten Aircondition.
Ich saß im zweiten Wagen, dem Lincoln, an der Seite der Frau des amerikanischen Generalkonsuls, die mit ihrem Mann eigens unseretwegen nach Nizza, zum Aéroport Nice-Côte d'Azur gekommen war, mit zwei monegassischen Ministern und mit einem gewissen Alexandre Drouant, dem Chef der Sicherheitspolizei von Monte-Carlo. Wir beide waren uns

vom ersten Moment an sympathisch. Er und einer der Minister saßen mit mir im Lincoln, am Steuer ein schwarzer Chauffeur.
Im ersten Wagen, dem Rolls, saßen Sylvia, Babs, der amerikanische Generalkonsul, der zweite monegassische Minister und am Steuer einer der Chauffeure des Fürsten. Im dritten Wagen, dem Mercedes 600, fuhren Bracken, das Ehepaar Patterson, Clarissa, das Kindermädchen, zwei Direktoren des SPORTING CLUB und ein arabischer Chauffeur.
Es war 14 Uhr 45. Alle Franzosen kehrten jetzt vom Essen zur Arbeit zurück. Es war, machen wir's kurz, die Hölle.
Als Sylvias Maschine gelandet war, hatte es das übliche Theater gegeben, das es immer gab, wenn Sylvia, Babs und ich irgendwo landeten, irgendwo abflogen. Die Gangway war umlagert gewesen von Fotografen, Fernseh- und Rundfunkteams. Polizei hatte all diese Guys, Copains, Buddies und Jungs von Rod Bracken in Schach gehalten. Dennoch war Zeit vergangen, bevor wir in unseren Wagen, die aufs Rollfeld gekommen waren, saßen, total verschwitzt, nun in der Kühle der Aircondition.
Ein Wagen des französischen ORTF und einer von TÉLÉ MONTE-CARLO mit aufgebauten Kameras waren neben uns hergefahren. Es wurde immer noch gefilmt. Bis zur Promenade des Anglais. Vor der Promenade des Anglais brechen auch die mächtigsten Massenmedien zusammen.
Ich kannte den Generalkonsul und seine Frau aus London, es waren nette Leute, sie war eine sehr schöne Frau. Sie sagte mir, wie glücklich sie sei, daß Sylvia zugesagt habe, in jener weltweiten Fernsehshow von Monte-Carlo mitzuwirken. Der Minister des Fürsten sagte mir, wie glücklich die Fürstin und der Fürst und sie alle seien. Und ich sagte, wie glücklich wir seien. Der Kommissar Alexandre Drouant, ein Mann um die Vierzig, der fünf Sprachen beherrschte und in derartigen Fällen als ›Gala-Flic‹ (doch man darf einen Polizisten in Frankreich nicht ›Flic‹ nennen, das hat er gar nicht gerne, mein Herr Richter) die Aufgabe hatte, den reibungslosen Ablauf solch gigantischer Galas zu garantieren, lächelte mir nur zu. Er war die Ruhe selber. Aber was er zu leisten hat, nimmt ihn doch sehr mit, nicht ohne Grund ist sein Haar schon schütter, dachte ich.
Unser Konvoi kam nach einer kleinen Unendlichkeit schließlich zum Alten Hafen und ans Ende der Promenade. Die Chauffeure kurvten durch enge Straßen Nizzas bis zu einem Kreisel, von dem die Moyenne Corniche, die mittlere der drei Küstenstraßen, abgeht, sofort steil emporsteigend. Hier erhöhten die Wagen endlich ihre Geschwindigkeit. Eine Unterhaltung kam in Gang – jene liebenswürdige, im Grunde nichtssagende und doch herzliche Konversation, die es bei derlei Gelegenheiten immer gibt, Sie kennen das, mein Herr Richter. Ach ja, ich habe etwas vergessen: Als letzter im Konvoi fuhr noch ein Bus. In ihm waren alle Schrankkoffer Sylvias und all unser sonstiges Gepäck untergebracht.

Die Moyenne Corniche stieg und stieg. Ich war schon oft hier gewesen. Es habe heute über vierzig Grad, sagte der ruhige, besonnene und so sympathische Kommissar Drouant zu mir. Ich sah, was das bewirkte: Der Asphalt der Corniche war an vielen Stellen zu glänzenden Seen aufgeweicht. Tafeln am Straßenrand warnten. Die Chauffeure mußten höllisch achtgeben. Links gingen Betonwände hoch. Sie sollen verhindern, daß Felsgestein der Berge, die wir plötzlich neben uns hatten, in Bewegung gerät. Die Betonwände waren völlig verdeckt von den Ranken blühender Bougainvilleen. Auf den kahlen Felsen darüber leuchteten rote, gelbe und goldene, ja goldene, Blumenflecken zwischen dem tiefen Grün der Zypressenhaine. Wir waren nun schon sehr hoch. Rechts neben der Straße fiel der Fels schroff ab. Tief unter mir sah ich Blüten, Blumen, blühende Bäume, Sandstrand und das dunkelblaue Meer – Meer, Meer in die Unendlichkeit hinein, Himmel und Meer gingen ineinander über, es war ein so wundervoller Anblick, daß ich, wie jedesmal, wenn ich hierher kam, dachte, die Erde wäre wiederum zu dem geworden, was sie, einer alten Legende zufolge, einmal gewesen sein soll – ein Paradies.
»Ihre Hoheiten haben mir aufgetragen, Sie herzlichst zu bitten, ihnen die Freude zu machen, heute noch im Palais ihre Gäste zu sein«, sagte der Minister. »Madame Moran, Sie, Babs natürlich, wenn es geht, und Monsieur Bracken. Sie sind von dem langen Flug ermüdet. Aber vielleicht am frühen Abend? Um sieben Uhr?«
»Okay«, sagte ich. »Das ist fein.«
»Dann werde ich mir erlauben, die Herrschaften um sechs Uhr fünfundvierzig vom Hôtel de Paris abzuholen . . .«
»Ich danke Ihnen, Exzellenz.«
»Es ist mir eine Ehre, Monsieur Kaven.«
»Was glauben Sie, Phil, wie stolz wir Amerikaner darauf sind, daß Sylvia morgen die Rede halten wird«, sagte die Frau des amerikanischen Generalkonsuls zu mir.
»Madame wird in Monaco ebenso geliebt und verehrt wie überall auf der Welt«, sagte der Kommissar Drouant und lächelte mir zu. »Bei uns läuft gerade ihr letzter Film – seit elf Wochen!«
Nun, so etwa ging es weiter. Diese Gespräche kann man führen, ohne sich anzustrengen, wenn man Routine hat, und die hatte ich. Ich hatte so viel Routine, daß ich, während ich sprach, an etwas anderes denken konnte.
Unser Chauffeur schaltete die Scheinwerfer ein. Wir glitten in den ersten der drei durch den Fels gehauenen Tunnels, die auf der Moyenne Corniche zwischen Nizza und Monte-Carlo liegen.

Ich war in Gedanken plötzlich Tausende von Meilen entfernt, in Sylvias Haus in Beverly Hills – 705 Mandeville Canyon. Der persönliche Sekretär

der Fürstin hatte eben angerufen. Er war, eigens Sylvias wegen, von Monaco nach Kalifornien geflogen. Er wohnte im BEVERLY HILLS HOTEL. Er hatte am Telefon gesagt, was sein Auftrag war. Sylvia hatte ihn gebeten, doch zum Tee zu kommen.
Wir saßen, Sylvia, Bracken und ich, in dem Wohnraum, der an drei von vier Seiten anstelle von Steinwänden nur Glas aufwies. Bracken sagte: »Klar mußt du diese Einladung annehmen, Sylvia.«
»Ich weiß nicht . . . es gibt schon so viel Wirbel um mich . . .«
»Kann nie genug Wirbel geben! Sylvia, Mädchen, eine solche Publicity kriegst du niemals wieder! Und umsonst! Sechs-, sieben-, achthundert Millionen Menschen werden dich sehen! Gerade jetzt, wo der neue Film rausgekommen ist. Vielleicht sagst du auch mal ein Wort, Phil!«
»Du mußt das machen, Sylvia«, sagte ich. »Unter allen Umständen!«
Ich kannte sie erst etwas mehr als ein Jahr und war noch sehr vorsichtig mit allem, was ich sagte, tat, empfahl.
»Da hörst du es. Lover-boy sagt's auch!« sagte Bracken. Ich hätte ihm gern in die Zähne geschlagen für dieses ›Lover-boy‹, diesen dreckigen Ausdruck, aber wie gesagt, ich war erst ein Jahr mit Sylvia zusammen. Ich mußte achtgeben. Ich wußte, daß Bracken mich verabscheute. Ich verabscheute ihn auch. Keiner konnte den anderen ausspielen. Sylvia wollte, brauchte uns beide . . .
Ich dachte an das, was in Beverly Hills gewesen war, und ich sprach fließend und höflich mit unseren Gastgebern aus Monte-Carlo. Small-talk nennen das die Engländer.
Nun kam jene Stelle der Moyenne Corniche, an der die Straße sich gabelt. Links geht es weiter nach Menton, rechts hinunter zum Meer und nach Monaco. Eine Kurve. Noch eine. Und plötzlich, mein Herr Richter, ganz plötzlich, liegt dieses unabhängige Fürstentum, eineinhalb Quadratkilometer groß, halb so groß wie der Central Park in New York und nur ein Zehntel so groß wie das auch nicht eben große Liechtenstein, liegt dieser Liliput-Staat mit dem unerhörten Alter und dem unerhörten Reichtum unter Ihnen. Da ist die felsklippengesäumte Halbinsel. Sie sieht aus wie ein leicht gekrümmter Daumen und ragt ins Meer hinaus, den Hafen mit seinen vielen Jachten beschützend.
Auf dem Felsen erblickte ich, goldgelb, das Palais mit den Regierungsgebäuden. Da waren die Dächer von La Condamine, dem Geschäftsviertel, ziegelrot, gelb und weiß. Da waren, verschwindend klein im Vergleich zu den an den Steilhängen hochschießenden Wolkenkratzern, die Türme des Spielcasinos. Ich wußte: Es gibt nur ungefähr 25.000 richtige Bürger dieses Landes. Aber mehr als zwei Millionen Fremde kommen jedes Jahr hierher, Fremde aus der ganzen Welt, sehr viele haben eine Wohnung hier, viel mehr Ausländer als Monegassen wohnen ständig in Monaco.

Dieses Fürstentum Monaco ist heute völlig zugebaut – war es fast schon 1969. Nichts Eßbares wächst hier, nur Blumen, alte Palmen und gigantische Wolfsmilchbäume aus Abessinien. Da es keinen Platz für die Menschen mehr gab, mußte man in die Höhe bauen. Ein Wohnturm neben dem anderen ragt in den Himmel hinein. Ich war oft in Monte-Carlo gewesen, bevor ich Sylvia kannte. Und ich habe mir immer gewünscht, hier, bei diesen freundlichen, hilfsbereiten und sanftmütigen Menschen, hier, in dieser Bucht des Friedens und der Schönheit, leben zu können. Nun ja. Wieder wanderten meine Gedanken zurück, zurück nach Beverly Hills . . .

»Sag mal, bist du bekloppt?« Bracken regte sich auf. »Du verehrst de Sica, seine Filme! Für dich ist er, neben Fellini, der größte europäische Regisseur! Ja und? Hast du schon mal einen Film von de Sica gesehen, in dem keine Kinder vorkamen?«
»Richtig«, sagte ich.
»Kinder, Tiere und Pfaffen – wenn das in einem Film drin ist, kann einfach nichts schiefgehen«, sagte Rod Bracken. »Mit den Pfaffen ist es diesmal nischt. Schau, Sylvia: Kinder und Tiere, so etwas lieben alle Menschen, einfach alle. Der große de Sica hat das erkannt. Ein Film mit einem Kind oder einem Tier – von vornherein geritzt! Hast du die Millionen bereits in der Tasche. Besonders, wenn so einem Kind was zustößt oder so einem Tier. Vergessen wir die Tiere. Aber die Kinder! Die *Kinder*! Und du sollst doch jetzt über Kinder reden, denen etwas zugestoßen ist, Sylvia! Und *was* denen zugestoßen ist! So ein Leid! Millionen, die verhungern – na ja, schlimm, schlimm, aber ein Kind in Not, ein krankes Kind, ein Kind in Gefahr! Natürlich ein amerikanisches, eventuell noch ein europäisches – to hell with all the others! Verstehst du, was ich meine? Also, da gibt es einfach nur noch Rotz und Wasser!«
»Aber was soll ich denn sagen?«
»Ich schreibe dir schon auf, was du sagen sollst«, erklärte Bracken. »Und das ist dir doch klar: Babs muß mit!«
»Babs?«
»Na klar!«
»Ja, aber wird sie nicht erschrecken, wenn ich über diese . . . über diese kranken Kinder spreche?«
»Erschrecken? Babs? Ist doch noch viel zu klein, um zu kapieren!«
»Die kapiert alles, Rod!«
»Na, dann muß sie eben erschrecken! Wie lange? Halbe Stunde. Dann hat sie's wieder vergessen. Verflucht, Phil, möchtest du freundlicherweise nicht wenigstens von Zeit zu Zeit auch mal das Maul aufmachen?«
Ich sagte: »Rod hat recht, Hexlein. Das ist eine ungeheure Chance für dich.

Und natürlich muß Babs mit. Schon wegen des Kontrastes. Babs, gesund und lachend, neben dir auf den Fernsehschirmen – und du appellierst an die Welt um Verständnis und Hilfe für die Kinder, die nicht gesund sind, die nicht lachen!«
Sylvia sah uns lange an. »Ja also, wenn ihr wirklich meint . . .«
»Endlich!« seufzte Bracken. »Laßt mich alles andere machen, ich bereite alles andere vor« – Blick zu mir – »wie immer. Kinder! Kinder! Gottverflucht großer Mann, dieser de Sica . . .«

»Voilà«, sagte der Kommissar Drouant, als der Wagen nun langsam talwärts rollte, vorbei an dem weiß-roten Grenzpfahl des Fürstentums, »wir haben es geschafft.«
Ich war wieder in der Gegenwart. Ich sah, was ich schon so oft gesehen hatte: die Hochstraßen, die auf enormen Pfeilern stehen, die Kleeblätter der Kreuzungen, auch Tunnels, ich sah das alles noch von oben. Dann erreichten wir den untersten Punkt einer Straße, ein Drehkreuz zurück nach Nizza, vorwärts nach Italien, mittendurch wieder empor zum Stadtinneren.
»Ich kenne mich kaum noch aus«, sagte ich. »So viele Wolkenkratzer, so viele neue Häuser . . .«
»Wann waren Sie zum letzten Mal hier, Monsieur Kaven?« fragte der Minister.
»Vor vier Jahren, Exzellenz.«
»Ja dann . . .«, sagte er.
»Aber Sie wissen doch, wo das HÔTEL DE PARIS und das Casino stehen, wie?« fragte mich die Frau des amerikanischen Generalkonsuls.
»O ja, gewiß.«
Nun erreichte unser Konvoi die Boulegrins. Die Boulegrins sind eine gepflegte Rasenanlage mit Zierbeeten, in denen kostbarste und seltenste Blumen leuchten und strahlen. Dann stehen da tropische Bäume – Banyans und Kakteen, hoch wie Eichen.
Und da stand das Casino! Ich wußte, es war vom gleichen Architekten erbaut, der die Pariser Oper geschaffen hatte, irgendwann in den siebziger Jahren des neunzehnten Jahrhunderts. Überladen im Stil war das Casino, mit Türmchen an den Ecken und großen Bronze-Engeln, die auf dem Dach saßen. Seitlich stand das HÔTEL DE PARIS, in ähnlichem Stil erbaut wie das Casino. Ich sah hier, auf Tribünen, wiederum Fotografen und Kameraleute mit ihren Apparaturen, ich sah sehr viele Neugierige, von Polizisten zurückgedrängt. Die Wagen hielten. Angestellte des Hotels in weißen Uniformen mit Goldtressen eilten herbei, öffneten die Schläge, halfen beim Aussteigen. Die Fotografen schrien ihre Wünsche. Geduldig erfüllten Sylvia, Babs und ich sie. Babs lachte und winkte nach allen Seiten, die

Neugierigen begrüßten Mutter und Kind mit Klatschen und Bravo-Rufen. Unsere Begleiter führten uns zum Eingang des Hotels. Die Treppen herab kam der Direktor, ein eleganter, gut aussehender Mann, den ich auch kannte – Monsieur Jean Boéri. Er begrüßte Sylvia mit Handkuß und tiefer Verneigung. Babs machte vor ihm einen Knicks. Dann führte Monsieur Boéri uns in die große Hotelhalle hinein. Ja, so war das gewesen bei unserer Ankunft, tags zuvor, am frühen Nachmittag . . .

22

Der Tonmeister nahm wieder seine Flasche SCHOUM an den Mund. Ziemlich schlimm mit der Leber muß er es haben, dachte ich, wenn er das Zeug auch bei der Arbeit trinkt.

Die Sendung, die unsere Welt sah, lief nun. Sylvia sprach ohne Pathos, sehr ruhig, ungeheuer eindringlich . . .

». . . ich habe Glück gehabt in meinem Leben, unverdient und so viel, daß ich oft Angst empfinde . . .«

Der Regisseur sagte etwas in sein Mikrofon.

Kamera I fuhr langsam zurück und brachte auf dem Monitorschirm nun auch Babs ins Bild, die neben Sylvia saß und die Mutter von Zeit zu Zeit lächelnd anblickte. Sylvia legte einen Arm um sie . . .

» . . . ich rede nicht von meinem Beruf. Ich rede von meiner kleinen Tochter. Babs ist klug, freundlich, wohlgewachsen, macht mir Freude, und, meine lieben Freunde, Babs ist *gesund* . . .«

»Zwo!« sagte der Regisseur.

Seine Assistentin schaltete Kamera II auf Sendung. Kamera II hatte Babs zunächst ganz groß im Bild – das zur Mutter aufblickende, fröhliche Gesicht des kleinen Mädchens – und zog sich langsam zurück. Babs, immer noch an Sylvia gepreßt, wußte mit der Routine des GRÖSSTEN KLEINEN SONNENSCHEIN-MÄDCHENS DER WELT natürlich, daß nun sie im Bild war, aus den Augenwinkeln sah sie das rote Zucken des Lämpchens auf Kamera II. Babs wurde ernst . . .

»Wir leben«, sagte Sylvia, »das bekommen wir alle Tag für Tag zu fühlen, in einer Zeit des großen Umschwungs. Gewiß wird diese unsere Welt im Jahre 2000 – wenn sie dann noch existiert – vollkommen anders aussehen als heute. Sie wird anders aussehen müssen – sonst wird sie eben nicht mehr existieren. Seit Beginn dieses Jahrhunderts sehen immer mehr Menschen, daß die Gesetze unseres Zusammenlebens verändert werden müssen – Gesetze, die zu finden für den Menschen eine unlösbare Aufgabe ist. Und trotzdem: *Versuche* gibt es viele! Aber können wir ehrlich sagen, daß ein einziger auch nur die *Hoffnung* auf ein Gelingen erkennen läßt? Was ich sage, meine Freunde, sage ich nicht *für* die eine oder *gegen* die andere

Gesellschaftsform. Dies sollen und werden, so hoffe ich, Sätze an Sie alle sein, frei von Politik, menschliche Sätze, nur gerichtet an den Menschen. Der Mensch, im Bewußtsein seiner Unfähigkeit, versucht immer weiter verzweifelt, Ordnungen zu schaffen – mit Gewalt, mit dem Einsatz seines Lebens, mit dem Einsatz des Lebens anderer. Er erhebt seine Stimme und sein Gewehr oder demonstriert für das, was er zu wollen glaubt, laut, sehr laut . . .«

»Phantastische Schauspielerin«, sagte der Regisseur an seinem Pult und knöpfte das Hemd über der Hose ganz auf, denn es wurde immer heißer in der kleinen Kabine.

Frédéric, sonst immer so heiter, immer so fröhlich, war ernst geworden. Die Fotos seines kleinen Sohnes hielt er in der Hand. »Das ist nicht Schauspielerei«, sagte Frédéric, »das ist echt, Michel. Das ist wirklich und wahrhaftig echt, jedes Wort, das diese Frau spricht, diese wunderbare Frau . . .« Er ließ die Augen nicht mehr von der Glaswand, nicht mehr von dieser wunderbaren Frau. Ich sah Bracken an, das alte Schwein. Das alte Schwein nickte, schloß das linke Auge und legte den Mittelfinger der linken Hand über den linken Zeigefinger.

»Jetzt Drei«, sagte der Regisseur, der Michel hieß.

Kamera III nahm Sylvia und Babs in einem Two-shot seitlich von rechts auf.

». . . aber«, sagte Sylvia und auf drei von sechs Monitorschirmen sah ich sie und Babs nun, in den drei verschiedenen Einstellungen, von denen die dritte ausgestrahlt wurde, »neben diesen so lauten aktivistischen Menschen gibt es auch stille, sehr stille, stumme . . .«

Der Mann, der hinter Kamera III stand, war mit dem rollbaren Stativ vorgegangen und der SENDUNG anzeigende Monitorschirm brachte nun, immer größer werdend, Sylvias bewegtes, schönes Gesicht, und dieses Bild sahen in diesem Moment – oder mit einem Zeitunterschied von Stunden – mindestens 700 Millionen Menschen auf allen Kontinenten . . .

». . . Mit jenen so stillen, so stummen Fragestellern meine ich die Hilflosesten, die Ärmsten, die am geringsten Geachteten in dieser unserer Menschenwelt – jene, die man am liebsten übersehen möchte und übersieht und wegdenkt – die geistig behinderten Kinder . . .«

SPORTING CLUB, MONTE-CARLO.

Die Gala der Eintausendzweihundert fand an diesem Sommerabend im Freien statt. Eintausendzweihundert der mächtigsten, genialsten, schöpferischsten, reichsten und sich um Seelen und Körper der Menschen und um die Zukunft der Schöpfung Gedanken machenden Männer und Frauen, Berühmtheiten aus allen Teilen der Erde, saßen hier, die Frauen in elegantesten und teuersten Roben, mit kostbarstem Schmuck behangen, die Männer im Smoking mit weißer oder schwarzer Jacke, in Uniform, in geistlichem Gewand: Oberhäupter von Staaten aus Ost und West, Würdenträger von Kirchen der verschiedensten Konfessionen, Könige, Angehörige alter, berühmter Adelsgeschlechter, griechische Reeder, amerikanische Bankiers, Erben gigantischer Vermögen, hohe Offiziere, Präsidenten von Luftfahrtgesellschaften, Hotelketten und Autofabriken, Botschafter, Nobelpreisträger, Bildhauer, Regisseure, Ärzte, Schriftsteller, Verleger, Zeitungsmagnaten, Architekten, Schauspieler, Geigenvirtuosen, deren Namen jeder kannte, der Oberbefehlshaber der Sechsten Amerikanischen Flotte (Mittelmeer), ein Admiral der Dritten Sowjetischen Eskadra (Mittelmeer), eine Kaiserin, Prinzessinnen, Bühnenstars, Sängerinnen – eintausendzweihundert Menschen.

Hier saßen sie (alles, was ich nun und des weiteren über die Vorgänge im SPORTING CLUB berichte, mein Herr Richter, hat mir später der Kommissar Drouant erzählt, darum weiß ich es), hier saßen sie, unter einem Himmel voller Sterne, unter Palmen, umgeben von exotischen Pflanzen und Sträuchern, deren Blüten betäubend dufteten, hier saßen sie an langen Tischen mit Damastdecken, edelstes Porzellan, edelste Gläser, edelstes Silber vor sich – noch wurde nicht serviert. Kompanien von Kellnern standen bereit, ihre weißen Jacken leuchteten.

Drei Aufnahmewagen von TÉLÉ MONTE-CARLO parkten an sorgfältig ausgesuchten Positionen, auf ihren Dächern standen Männer hinter großen Kameras – auch die Gala sollte in alle Welt gesendet werden, später. An einem Tisch mitten unter allen anderen Tischen saßen Fürstin und Fürst von Monaco mit ihrer Tochter Caroline und ihrem Sohn Albert, dem Thronfolger. Ernst war Gracia Patricias klassisch schönes, klar geschnittenes, ewig junges Gesicht . . .

Was hier allein an Schmuck zu sehen war, hatte einen Wert von unzähligen Millionen Dollar. Nicht nur dieses Schmuckes wegen, sondern auch zum Schutz jener berühmtesten und mächtigsten Männer der Welt waren umfangreichste Sicherheitsvorkehrungen getroffen worden. Zahlreiche Anwesende wurden von ihren ständigen Leibwächtern begleitet, doch neben den vielen offiziellen oder privaten Detektiven gab es auch monegassischen Polizeischutz: Männer, still und aufmerksam, im Smoking, sah man, wenn man sich die Mühe machte, rauchend, sinnend, nachdenklich, wie es schien, strategisch verteilt, wenn man *sehr* genau hinsah, im ganzen SPORTING CLUB. Und mancher Kellner war in Wahrheit gar keiner. Niemand bemerkte die Waffen, die alle diese Detektive, Kriminalbeamten und falschen Kellner trugen. Überhaupt nicht zu erkennen waren die ebenso schwerbewaffneten Männer im Smoking, die, hinter Gebüsch und Palmen verborgen, einen undurchdringlichen Kordon um das ganze Gelände gezogen hatten, Funksprechgeräte in der Hand.

Versteckt waren die gleichfalls mit Walkie-talkies und mit Maschinenpistolen ausgerüsteten Smokingträger, die das Ereignis aus den Fenstern des SPORTING CLUB, von seinem Dach her, vom Dach des HÔTEL DE PARIS, mit Nachtferngläsern verfolgten, unablässig im Sprechfunkkontakt mit ihren Kollegen, und allesamt in ständigem Kontakt mit dem Mann, der für die Sicherheit und den ungestörten Ablauf dieser Gala zu sorgen hatte. Er stand auf dem Dach des SPORTING CLUB: Alexandre Drouant.
Für Drouant waren derartige Riesenveranstaltungen stets mit unendlicher Arbeit, Planung und Anspannung verbunden. Es ging nicht allein darum, genial geplante Gangster-Überfälle zu verhindern, es ging noch viel mehr darum, es unmöglich zu machen, daß ein politischer oder religiöser Fanatiker, ein Irrer, beispielsweise den sowjetischen Staatspräsidenten, den Stellvertreter des amerikanischen Präsidenten, den israelischen Außenminister angriff mit Dolch, Handgranate, Pistole oder – Alptraum Drouants! – mit einem Spezialgewehr, das ein aufgesetztes Zielfernrohr für infrarotes Licht besaß, mit dem man also in der Nacht wie am Tage sehen und schießen konnte.
Auch alle Männer und Frauen, die es nicht wußten, nicht ahnten, wurden bewacht. Auf sehr vielen Dächern anderer Häuser, in gemieteten, hochgelegenen Appartements der Wolkenkratzer ringsum, standen reglos die Männer aus Drouants Brigade. Selbst die Wasserpolizei war eingesetzt. Ihre Schnellboote lagen vor dem Hafen mit seinen Jachten, bis hinab nach Cap Martin lagen sie, Lichter gelöscht, mit laufenden Motoren, untereinander und mit Drouant in Funksprechverbindung. Noch niemals hatte es den kleinsten Zwischenfall gegeben, aber es durfte auch in Zukunft niemals den kleinsten Zwischenfall geben, das war die Sache. Niemals!
Der Kommissar Alexandre Drouant, verheiratet, fünf Kinder, sah zu den Versammelten hinab, sah die riesige Leinwand, die an einer Stelle aufgezogen worden war, wo jeder Gast sie mühelos erblicken konnte. Auf diese Leinwand projizierte TMC Sylvia Morans Bild, wie es Millionen im gleichen Augenblick auf ihren Fernsehschirmen sahen – nur gigantisch vergrößert. Die Stimme Sylvias kam aus Lautsprechern hinter der Leinwand. Der Kommissar Drouant, auf dem Dach des SPORTING CLUB, sein Walkie-talkie in der Hand, sah und hörte Sylvia, sah die kleine Babs, dachte an seine fünf Kinder . . .
». . . nun, und auf ihre indirekte, stille oder stumme Weise«, ertönte Sylvias Stimme hier, wo mehr als zwölfhundert Menschen zu der Leinwand wie gebannt emporsahen, »stellen diese Kinder die Frage an uns alle: Wie steht ihr zu uns in eurer Welt? . . .«

Im Hause 16, Boulevard Princesse Charlotte, waren überall in den Gängen und im Entree des Mini-Senders Fernsehgeräte aufgestellt worden. Reinemachefrauen, Sekretärinnen, Portiers standen vor ihnen, sahen und hörten Sylvia . . .

». . . In eurer so tüchtigen Welt«, sagte Sylvia Moran. »In euren vielen Welten! In euren vielen Gesellschaftsordnungen, die ihr geschaffen habt oder die ihr abschaffen wollt, um Freiheit und Brüderlichkeit zu erreichen, um Frieden, Wohlstand und Sicherheit zu erreichen, um die Gleichberechtigung aller zu erreichen mit dem Ziel eines Lebens, das Glück für alle bringt . . .«

»Na, wie geht das, Lover-boy?« fragte Rod Bracken mich leise in der heißen Regiekabine. Er sah jetzt aus wie ein Arsch mit Glorienschein.

»Fein geht das, du alte Topsau«, sagte ich.

»Sag das nicht noch mal!«

»Und du sag nicht noch mal, nicht ein einziges Mal noch Lover-boy, sonst kriegst du eine geklebt.« Geflüstert und englisch dieser ganze herzerfrischende Dialog natürlich.

Neidvoll und haßvoll sagte ich abschließend: »Großartig geht das, Drecksack.«

Sylvia sagte gerade: ». . . mit so unendlich vielen Zielen und Zwecken. An so vieles denken wir, so vieles ersehnen wir, nicht darüber will oder kann ich urteilen, doch eines weiß ich: In *einem* Punkt sind die Massen überall auf der Welt – die *Massen*, sage ich, meine lieben Freunde, nicht die Einzelnen – sich einig: Wer ihnen nicht nützlich ist, ist nicht vollwertiges Glied der Gesellschaft – ist es in *keiner* Gesellschaft . . .«

An einem der Tische im SPORTING CLUB begann die Frau eines Diplomaten hemmungslos zu weinen. Ihr Mann versuchte, sie zu beruhigen. Wenige der Anwesenden wußten, daß diese Frau zwei Kinder hatte – eine völlig gesunde Tochter und einen geistig schwer behinderten Sohn.

»Kommt Eins!« sagte der Regisseur an seinem Pult. Das Hemd hatte er jetzt ausgezogen. Ich hätte es ihm gern gleichgetan. Das Rotlicht auf Kamera I begann zu zucken.

». . . Wir leben im Zeitalter der einsamen Massen, der einsamen Vermaßten«, sagte Sylvia, indessen Babs staunend zu ihr aufsah. »Leider ist das so in unserer so entsetzlich seelenlosen Welt. Und in dieser Welt der Vermaßten – nicht der Welt ohnmächtiger Einzelner, meine lieben Freunde! – ist ein geistig behindertes Kind eigentlich überhaupt kein Mensch . . .«

»Die doppelte Prozentbeteiligung an den Einspielergebnissen ihrer Filme setze ich jetzt für Sylvia durch«, flüsterte Bracken. Er schmatzte selig.

»Ein solcher Mensch«, sagte Sylvia in dem einen und einzigen Aufnahmestudio von TMC, »wird höchstens geduldet, aber niemals anerkannt. Ich will niemanden anklagen! Es ist nur natürlich, daß der sogenannte Gesunde den Kranken und Behinderten rein instinktiv ablehnt . . .«

Die Frau jenes Diplomaten im SPORTING CLUB weinte immer noch hemmungslos. Ihr Mann stand auf und führte die Schluchzende behutsam fort. Der Kommissar Alexandre Drouant, oben auf dem Dach, sah es durch sein Nachtfernglas. Und durch dieses Nachtglas sah er auch hinter den Kulissen und in den Gängen der Freilichtbühne langbeinige Mädchen in phantastischen Kostümen, braungebrannt und sehr wenig bekleidet, eine junge Negerin unter ihnen, auf ihren Auftritt wartend – die MONTE-CALRO DANCERS. In einem anderen Gang der Bühne sah Drouant Herren im Smoking und uniformierte Polizei. Er sah Bilder, an eine Wand gelehnt. Eine Versteigerung zugunsten der behinderten Kinder sollte nach Sylvias Rede auf dieser Bühne stattfinden. Zur Auktion kommen sollten Bilder von Picasso, Chagall, Modigliani, Léger und Buffet. Drouant dachte: Die Milliardäre hier werden die Preise in irrsinnige Höhe treiben. Sie müssen es tun! Keiner kann sich nachsagen lassen, er habe gegeizt. Wie klug überlegt von der Fürstin. Drouant dachte: Ich habe mir die Bilder vorhin angesehen. Wunderschöne sind darunter. Eines jener Liebespaare von Chagall – ihn liebe ich am meisten – ist auch unter den Gemälden. Das mit der Vase und den rosigen Rispen, den Liebenden in den Wolken, über ihnen die weiße Taube und der flötenspielende rote Knabe. Ich werde das Bild natürlich nie besitzen. Ich hätte es gerne besessen. Doch ist es besser, wenn es jetzt irgend jemand bekommt, der es nicht so liebt wie ich, wenn er dafür nur sehr viel Geld bezahlt für jene Kinder.
Drouant dachte an seine fünf Kinder.
Er sah hinunter zum Meer. Dort lagen die Boote, von denen zum Abschluß der Gala ein gewaltiges Feuerwerk in Gang gesetzt werden sollte – das durfte immer nur vom Wasser aus geschehen. Drouant wandte wieder den Kopf, nahm das Nachtglas von den Augen, sah Sylvia auf der riesigen Leinwand, hörte sie . . .
». . . nur entsprechende Einsicht und vor allem regelmäßiger Umgang mit behinderten Kindern könnte diese Abneigung korrigieren, ja ins Gegenteil verkehren. Lassen Sie es mich so sagen, meine Freunde: Erst das Kennen führt zur Liebe, das Nichterkennen aber zur Abneigung und Ungerechtigkeit . . .«

»Jetzt wieder Zwo«, sagte in der kleinen Kabine von TMC der Regisseur, den Frédéric Michel genannt hatte.
Frédéric hielt immer noch die Fotos seines kleinen Jungen in der Hand. Nun sah er sie wieder an – ich beobachtete ihn dabei, und man konnte an Frédérics Gesicht ablesen, was er dachte. Dies: Lieber Gott im Himmel, ich danke dir, daß mein Sohn gesund ist!
Plötzlich bemerkte Frédéric meinen Blick. Er sagte leise zu mir: »Er ist mein ganzes Glück, Monsieur Kaven. Aber ich würde ihn genauso lieben, wenn

er nicht gesund, sondern noch so schwer behindert oder gar unheilbar wäre. Sie denken doch ebenso, nicht wahr?«

Ich nickte mechanisch. Ich dachte überhaupt nichts. Was ging mich Frédérics Kind an?

Im Studio sah Sylvia direkt ins Objektiv von Kamera I. Sie sagte: »Wir haben in unserer menschlichen Gemeinschaft, scheint mir, noch sehr, sehr viel zu lernen, bevor diese Gemeinschaft das Prädikat menschlich verdient . . .«

Babs sah nachdenklich zu ihrer Mutter auf.

»Die Gesunden – die sogenannten Gesunden! – und die Behinderten haben viel mehr Gemeinsames, als man glaubt: Auch die Behinderten hungern nach Lebensfreude – wie die Gesunden. Auch die Behinderten möchten nicht nur Liebe empfangen, sondern Liebe geben, obwohl viele von ihnen das nur auf eine sehr schwer zu erkennende Weise zum Ausdruck bringen können . . .«

Im Hotelzimmer des Schminkmeister-Ehepaars Katie und Joe Patterson stand ein Fernsehapparat. Die beiden und das Kindermädchen Clarissa saßen davor. Sahen und hörten Sylvia, wie mir Katie später erzählte.

». . . auch die Behinderten möchten, wie die Gesunden, etwas leisten. Sie sind dazu nicht so in der Lage wie die Begabteren. Trotzdem wollen sie leisten, soviel sie eben nur können. Und wer von uns wagt es, einen Maßstab zu setzen, was Leistung ist?«

Kein Wort fiel. Die drei im Hôtel de Paris sahen stumm auf die Mattscheibe. Joe hatte Katies Hand gepackt. Die drei Menschen saßen reglos . . .

»Eins, auf ganz groß!« sagte der Regisseur, der das Manuskript der Rede, die Sylvia auswendig gelernt hatte, vor sich hielt, zu seiner Assistentin und durchs Mikrofon in die Kopfhörer für den Kameramann I.

». . . und darum«, sagte Sylvia, »müssen wir diesen Behinderten jede Möglichkeit geben, wenn wir uns menschlich nennen wollen! Und damit, meine lieben Freunde, sind wir beim Kern der Sache . . .« Babs legte eine Hand auf die der Mutter. Sylvia lächelte die Tochter an. Babs lachte lautlos zu ihr auf. Sylvia sah wieder in die Kamera. »Dank der Fortschritte der Medizin bleiben von Jahr zu Jahr in der Welt Hunderttausende von Kindern am Leben, die vor kurzer Zeit noch gestorben wären. Geistig behindert sind diese Kinder – *aber sie bleiben am Leben!*«

»Scheiße nochmal«, sagte Bracken in der Regiekabine zu mir. »Warum sollen Seven Stars immer wieder den ganzen Rebbach machen, und Sylvia zahlt sich blödsinnig an Steuern? Mit dieser Fernsehsendung ist sie so groß wie noch nie! Weißt du, was Sylvia jetzt sein wird?«

»Was?«

»Ihre eigene Produzentin! Sie muß eine eigene Gesellschaft haben, die dann für SEVEN STARS produziert. Mensch, nach dieser Sendung kann Sylvia in Hollywood durchsetzen, was sie will!«
»In ganz kurzer Zeit«, sagte Sylvia vor den Kameras, »wird das Problem der Behinderten allein schon infolge seiner Größe uns alle zum Umdenken zwingen . . .«
Mein Smokinghemd begann aufzuweichen. Der Tonmeister setzte wieder seine SCHOUM-FLASCHE an die Lippen. Ich sah, daß Babs ihre Lippen beleckte. Sie hatte Durst. Da drinnen, unter den Scheinwerfern, mußte es noch schlimmer sein als hier.
Sylvia sagte: »Wir werden einsehen müssen, daß nicht nur der Tüchtigste und der Ellbogenmensch, der Gütige und das Genie, der zum Schein Erfolgreichere zu unserer Welt gehören . . .«
»Kamera Drei!«
». . . sondern daß zu dieser Welt ganz genauso dazugehören die Unfähigen und die Schwachen, die Stummen und die Behinderten!« Sylvia redete immer leidenschaftlicher, immer drängender und zugleich bittender und, wie mir schien, selbst immer mühsamer unter der furchtbaren Schwere dessen, was sie zu sagen hatte. »Ja! Ja! Ja! Sie alle gehören dazu, denn sie alle machen erst unsere Welt aus, unsere Menschenwelt, in der keiner glauben darf, auch noch der letzte und ärmste Mensch ginge ihn nichts an, denn es ist immer sein Menschenbruder . . .«
»Jedenfalls den KREIDEKREIS«, flüsterte Bracken mir zu, »macht Sylvia mit ihrer eigenen Gesellschaft, das schwöre ich dir! Und dich, dich ernennen wir zum Produktionschef!«
»Ach, leck mich doch . . .«
»Könnte dir so passen! Keine Angst, ich weiß, das schaffst du nicht. Hast noch nie gearbeitet in deinem Leben. Ich erledige alles für dich. Und du, du hast endlich einen schönen Titel!«
»Jawohl«, sagte Sylvia, und nun drückte sich Babs an sie und sah ernst zu ihr empor, »jawohl, meine Freunde, eine *gewisse* Besserung ist heute auch bei schweren Fällen möglich! Wir wissen nicht, wie weit die Medizin schon morgen sein wird. Viel weiter gewiß. Gewiß nicht so weit, daß sie geistig behinderte Kinder vollkommen heilen kann.«
»Kamera Zwo!«
»Die Zeit«, sagte Sylvia, »ist gekommen, in der man den Grad der Kultur einer Gesellschaft daran ablesen kann, ob und in welchem Maße sie die Behinderten als gleichwertig anerkennt – auch wenn geistig behinderte Kinder trotz aller medizinischen und pädagogischen Anstrengungen niemals Leistungen wie Gesunde vollbringen werden. Es klingt banal, meine Freunde, aber so verhält es sich: Was den Menschen unserer Zeit am dringendsten fehlt, ist Menschlichkeit . . .«

Jetzt war die Hitze im Regieraum kaum mehr zu ertragen. Auch im Studio offenbar nicht. Babs wurde unruhig. Sylvia sprach mit Anstrengung: ». . . ich will niemanden erschrecken, aber bedenken Sie bitte: Jedem Elternpaar kann widerfahren, was so vielen Eltern widerfahren ist: Daß Mann und Frau plötzlich mit einem gehirngeschädigten Kind zurechtkommen müssen ... *ein* falsches Medikament während der Schwangerschaft ... *ein* kleiner Zwischenfall bei der Geburt ... zu langer Sauerstoffmangel im Gehirn . . . Oder, vielleicht erst Jahre später: Ein Sturz . . . ein Fall . . . eine Entzündung . . . eine Infektion . . . Niemand, niemand ist davor geschützt, daß seinem Kind nicht durch etwas Derartiges das Elend der Behinderung beschert wird . . .«

»Eins«, sagte der Regisseur in sein Mikro, während Sylvia noch diese Worte sprach. »Geh schnell ganz groß ran an das Kindergesicht und bleib ganz groß drauf!«

». . . Sie wissen«, sagte Sylvia, überlebensgroß von der Leinwand des SPORTING CLUB herab zu den eintausendzweihundert Geladenen, »daß ich zu Ihnen spreche, um Sie, natürlich auch in meinem, aber in erster Linie im Namen Ihrer Hoheit der Fürstin zu bitten, nun Geld zu spenden. Darum bitte ich Sie alle, die hier in Monte-Carlo versammelt sind – und darum bitte ich auch Sie, meine Freunde in der ganzen Welt. Bitte, helfen Sie mit Geld! In jedem Land gibt es Organisationen, die sich um behinderte Kinder bemühen. Überweisen Sie Ihre Spende an diese Organisationen. Überweisen Sie viel, überweisen Sie wenig, überweisen Sie, wozu Sie in der Lage sind – jede, selbst die kleinste Münze hilft. Jede, die kleinste Münze, ist eine gute Tat. Ich bitte Sie von ganzem Herzen, meine lieben Freunde. Die Behinderten sind für uns alle nicht, wie viele meinen, nur von einer negativen, nein, sie sind in Wahrheit von einer positiven Bedeutung – weil wir durch unsere Haltung diesem Problem gegenüber beweisen können, worauf es am meisten ankommt: Daß wir füreinander und miteinander leben wollen, daß der Strom des Lebens uns alle trägt . . .«

Im Regieraum neigte sich der Tonmeister, der soviel SCHOUM zum Heile seiner durch übermäßigen Alkoholgenuß geschädigten Leber trank, über ein Mikrofon und sprach: »Zentrale hier! Zentrale hier! Ich rufe alle drei Aufnahmewagen im SPORTING!«

Nacheinander meldeten sich drei Männerstimmen.

»Okay«, sagte der Tonmeister. »Technik bereitmachen. Wir werden in wenigen Augenblicken zu euch umschalten!«

Danach griff dieser Tonmeister wieder unter sein Pult. Ich sah, daß er diesmal eine andere Flasche hochhob, sie entkorkte, an den Mund setzte – eine Flasche Rotwein . . .

Mehr als eintausendzweihundert Menschen im SPORTING CLUB sahen Sylvias Gesicht auf der Leinwand.
Sie sagte: ». . . die unendlich große Bedeutung der Schwachen und Schwächsten in unserer Mitte besteht darin, daß sie allein durch ihre Existenz uns allen, allen Menschen auf der Welt, dazu verhelfen können, aus dem Chaos, dem Unheil, den Katastrophen, die wir hinter uns haben, in denen wir noch immer gefangen sind, endlich herauszugelangen und weltweit wie gute Brüder zusammenzukommen für alle Zeit. Meine Freunde, ich danke Ihnen . . .«
Leicht senkte Sylvia den Kopf. Eintausendzweihundert Menschen im SPORTING CLUB, siebenhundert, vielleicht achthundert Millionen Menschen in der Welt sahen: Tränen rannen über Sylvias Wangen. Schnell wechselte das Bild. Und da war Babs, deren lachendes, glückliches Gesicht nun größer und größer wurde, näher und näher kam, bis es zuletzt die ganze Leinwand, bis es zuletzt alle Fernsehschirme füllte . . .
Einige Sekunden Schweigen im SPORTING CLUB.
Dann setzte rasender Beifall ein.
In ihn hinein blendeten schon Scheinwerfer auf und erleuchteten die Szene taghell. Die Regie im Kontrollraum von TMC im Hause 16, Boulevard Princesse Charlotte, hatte umgeschaltet, die drei Aufnahmeteams im SPORTING CLUB hatten zu arbeiten begonnen und zeigten nun Bilder der Schönen, der Genialen, der Träger größter weltlicher und geistlicher Macht an den weißen Tischen, zeigten Palmen, üppig blühende Blumen und Sträucher.
Aus der Tiefe der Bühne kam eine Plattform mit einem ganzen Orchester emporgefahren. Musik setzte ein . . .

Ich sah drei verschiedene Einstellungen auf den Monitoren im Kontrollraum. Nun sprach der Regisseur mit den Kameraleuten im SPORTING.
Frédéric war schon in das Studio gelaufen. Bracken und ich eilten ihm nach. Die Scheinwerfer hier waren erloschen, es brannte die normale Deckenbeleuchtung. Die drei Kameramänner im Studio standen noch an ihren Apparaten. Sylvia war aufgestanden, desgleichen Babs.
»Ich danke Ihnen, Madame«, sagte Frédéric. »Sie waren wunderbar.« Er küßte ihre Hand. Ich sah, wie er eine tiefe Verbeugung machte und sich wieder aufrichtete. Ich sah, wie Sylvia ihn spontan rechts und links auf die Wange küßte. Frédéric neigte sich zu Babs, umarmte und küßte das kleine Mädchen. Babs lachte und schlang die Arme um ihn. Rod und ich waren herangekommen.
Sylvia sah uns alle an, in ihren Augen saßen noch Tränen, als sie sagte: »Ich danke *Ihnen*, Frédéric. Und euch beiden, dir, Wölfchen« (sie nannte mich auch in der Öffentlichkeit so, mein Herr Richter, ohne Rücksicht auf

Verluste) »und dir, lieber Rod, für euren Rat und eure Hilfe bei dieser schönsten Arbeit meines Lebens.« Sie sah zu der Glaswand des Kontrollraums, hinter der die Techniker – unter ihnen der Tonmeister, der seine arg strapazierte Leber mit dem Wundermittel SCHOUM schonte und ihr pädagogischerweise, um ihr zu zeigen, daß es anders auch ging, dann immer gleich wieder Alkohol gab wie eben jetzt, da er die Rotweinflasche an die Lippen hielt, gluck, gluck, gluck – und die Regieassistentin neben dem Regisseur saßen, und sie sagte (das Studio-Mikro war noch eingeschaltet): »Und *Ihnen* danke ich, Ihnen allen!« Sie wischte die Tränen mit der Hand fort. Sylvia umarmte Rod. Rod küßte sie. »Wunderbar, Kid.«
Sylvia umarmte mich. Ich küßte sie. »Ich liebe dich«, sagte ich. Wahrhaftig, das sagte ich da, mein Herr Richter.
»Und ich dich, Wölfchen, so sehr.« Dann wandte sie sich an Bracken: »Rod, würdest du bitte Babs ins Hotel fahren?«
»Oh, Mami! Mami! Nicht ins Bett!«
»Brave kleine Mädchen müssen jetzt schlafen gehen. Und das bist du doch – mein braves kleines Mädchen, nicht wahr?« Sylvia war niedergekniet und küßte Babs. »Mami und Onkel Rod und Phil haben nun zu tun. Wenn du sehr brav bist, darfst du von deinem Bettchen aus mit Clarissa noch eine halbe Stunde im Fernsehen alles mitanschauen.«
»Au fein!«
Rod Bracken nahm Babs an die Hand.
»Ich fahre dann gleich in den SPORTING CLUB«, sagte er.
»Ich schminke mich hier noch schnell ab, dann komme ich mit Phil nach«, sagte Sylvia.
»Und ich hole meinen Wagen aus dem Hof und warte unten«, sagte Frédéric. »Wir fahren zusammen, Madame. Ich werde später auch im SPORTING gebraucht.«
»Es dauert aber ein bißchen mit dem Abschminken, Sie kennen das ja, lieber Frédéric, nicht wahr?«
»Gewiß, Madame Moran.«
»Nicht Madame Moran, *Sylvia!*«
»Sylvia . . .« Er wurde rot wie ein Junge. »Natürlich kenne ich das. Ich parke vor dem Eingang und warte.« Er sah Rod Bracken und Babs an und nahm ihre andere Hand. »Komm, wir gehen zusammen«, sagte Frédéric. »Ich fahre dich und Monsieur Bracken noch schnell ins Hotel!«
»Au ja!« Babs war versöhnt. »Was für einen Wagen hast du, Onkel Frédéric?«
Er sagte es ihr.
»Die Marke kenne ich nicht . . . Wiedersehen, Phil, tschüs, Mami!« Die drei gingen ab. Sylvia und ich lächelten einander an, als wir Babs fragen hörten: »Hast du ein automatisches Getriebe?«

Sylvia sagte zu der Glasscheibe empor: »Noch einmal meinen Dank! Und gute Nacht!«
»Gute Nacht!« kamen fünf Männer- und eine Frauenstimme aus dem Studiolautsprecher. Die Menschen im Kontrollraum winkten. Wir winkten. Die Menschen da hinter der Glaswand konnten nicht aufstehen, sie mußten auf die Übertragung aus dem SPORTING CLUB achten, die nun lief. Ich ging mit Sylvia den schmalen Gang entlang, der aus dem Studio führte, bis zu einer Eisentür. Kein Mensch war zu sehen. Ich öffnete die Eisentür für Sylvia. Hier war ich schon gewesen. Die Eisentür besaß innen eine Polsterung – also war diese kleine Garderobe, so nahe dem Studio, wohl schalldicht. Ich ließ Sylvia eintreten. Ich folgte ihr, schloß die Tür, drehte mich um. Und erschrak. Denn noch nie, mein Herr Richter, noch nie hatte ich derartigen Haß in einem Menschengesicht gesehen wie jetzt im Gesicht Sylvias.

23

»Was ist?« Ich lehnte mich gegen die Polsterung der Eisentür.
Im nächsten Moment tobte Sylvia los, schrill und vulgär: »*Nie! Nie! Nie!* Hörst du, nie im Leben noch mal so was, und wenn ich eine Million Dollar dafür kriege!«
»Was nie . . . ich verstehe nicht . . .«, stotterte ich, aber ich drehte jedenfalls den Schlüssel und versperrte so die Garderobentür.
»Nie im Leben bringt mich irgendwer – Grace nicht und nicht der Präsident der Vereinigten Staaten – und nicht der Kaiser von China – dazu, noch einmal einen solchen Dreckszirkus mitzumachen!«
Und wenn dieser Raum doch nicht schalldicht war? Ich weiß, wann man so sein muß, wie ich es nun war.
»Halt den Mund, Sylvia!« sagte ich.
Sie ging auf mich los mit erhobenen Armen, schlug mir beide Fäuste ins Gesicht, hämmerte auf meine Brust ein. Na, laß sie doch, wenn schon. Wenn sie bloß nicht schrie.
Sie schrie aber.
»Du verfluchter Hund! Wie redest du denn mit mir, du Dreck vom Dreck? Du bist genauso schuld wie Rod, der mir vorgeschrieben hat, was ich sagen soll – diese elende Scheiße!«
»Sylvia . . . ich bitte dich . . .«
»Scheiße, jawohl!« Wie ein Fischweib kreischte sie jetzt, sie, Sylvia Moran, von der Welt geliebt und verehrt als die Göttliche, die Reine, die Wunderbare. In der Hitze der Garderobe wurde ihr Make-up weich. Von den getuschten Wimpern rannen dünne schwarze Linien über das Gesicht mit dem sich lösenden Pancake. Mehr und mehr sah Sylvia aus wie ein Clown,

nein, nicht wie ein Clown: wie das Sinnbild des Bösen. »Jawohl, Scheiße! Mir ist todübel! Kotzen möchte ich! Stundenlang kotzen!«
Ich zog den Schlüssel aus der Tür und war mit zwei Schritten bei dem Schminktisch mit seinem Spiegel. In der Ecke lief ein Monitor. Auf dem Schminktisch stand eine Flasche Cognac. Ich riß den Korken heraus, goß ein Wasserglas voll und trat zu Sylvia. Sie wich vor mir zurück in plötzlicher Panik, sie schien zu glauben, daß ich sie umbringen wollte – das hatte ich auch noch nicht erlebt. Weiter wich sie zurück, weiter, ich denke, ich muß sie mit einem furchtbaren Blick angesehen haben. Sie erreichte eine Couch, blieb mit einem Schuhabsatz unter der Couch hängen, fiel auf sie, rücklings. Im nächsten Moment kniete ich neben ihr, hielt das Glas hin und knurrte: »Trink!«
»Nein!«
»Du sollst trinken!«
»Ich . . . will . . . nicht . . .«
Damit Sie nicht glauben, ich kann so etwas nicht, bloß weil ich meine Erziehung nicht in der Bronx genossen habe, sondern in Salem: Ich riß Sylvias Kopf an den Haaren zurück, sie öffnete den Mund, um zu schreien, und ich kippte einfach den Cognac in ihren Mund. Sie verschluckte sich, hustete, rang nach Luft, war am Ersticken. Ich ließ sie los, hob die Flasche und schüttete Cognac nach. Und wenn sie jetzt ohnmächtig wurde – herrlich!
Aber die wurde nicht ohnmächtig , mein Herr Richter.
Die begann, halb auf der Couch liegend, im großen Abendkleid und schmuckbeklunkert, neuerlich: »Du wagst es, mich zu schlagen, du Hund?«
Na also. Jetzt ging's in Privatleben. Alles gerettet.
»Hab dich nicht geschlagen!«
»Hast mich nicht geschlagen, du Mistschwein, das ich aus dem Dreck gezogen habe, den ich . . .«
»Kusch«, sagte ich. Sie haben keine Ahnung, wie so etwas wirkt, mein Herr Richter.
Sie starrte mich an. Dann sagte sie, und ihr Gesicht sah nun aus, als habe es die Palette eines Malers gestreift: »Mehr.«
»Mehr was?«
»Mehr Cognac! Gib mir zu saufen! Los! Los! Los! Sonst kotze ich hier wirklich alles voll!« Ich gab ihr die Flasche, sie trank einen mächtigen Schluck. Sagte: »Kotze in hohem Bogen!« Trank wieder einen mächtigen Schluck. Sagte: »Ein Wunder, daß ich nicht schon vor den Kameras gekotzt habe!«
Tja, sehen Sie, mein Herr Richter, das war nun also eine kleine, freundliche Familienszene. The Private Life of Sylvia Moran and Philip Kaven. Ich sah

auf dem Monitor plötzlich, ganz groß, ein Bild der Fürstin. Dann ein Bild des Fürsten. Das Gesicht Alberts. Gesichter von Männern, welche die ganze Welt kennt – ein bißchen gespenstisch das alles, denn so ein Monitor bringt nur das Bild, keinen Ton –, Gesichter und Schmuck und Roben schöner Frauen. TMC übertrug aus dem SPORTING CLUB . . .
Da draußen im SPORTING CLUB hatte keiner eine Ahnung von dem, was hier vor sich ging. Auch nicht, dachte ich plötzlich, Kommissar Alexandre Drouant da auf dem Dach des SPORTING. Auch nicht ein einziger von den Millionen, die in diesem Moment von ihren Apparaten saßen. Viele weinten sicherlich noch über Sylvias Rede. Andere betrachteten sicherlich staunend, bewundernd diese Ansammlung von Reichtum, Schönheit, Macht, Genie. Sicherlich gab es da jetzt einen kommentierenden Sprecher. Das Orchester sah ich. Herr im Himmel, laß alles gutgehen, sonst ist es aus mit mir, Amen.
»Gib her!« Sylvia griff nach der Flasche.
Fein, fein, fein, dachte ich. Bald ist sie blau. Dann kriegst du sie hier raus und ins Hotel. Irgendeine Ausrede dafür, daß sie nicht in den SPORTING CLUB kommt, wie es verabredet war, wird mir schon einfallen. Laß sie sich total besaufen, Lieber Gott, bitte, bitte, bitte, ich will auch glauben, daß es Dich gibt, und allen Menschen sagen, daß sie an Dich glauben müssen, aber hilf mir jetzt!
Wissen Sie, das hat noch niemals funktioniert mit mir und dem Lieben Gott, mein Herr Richter. Von wegen besoffen! Sie wurde nicht besoffen, meine Sylvia, mein Hexlein. Sie begann laut von neuem: »Dieser beschissene Rod! Was der mir angetan hat! Aber den knöpfe ich mir vor! Der fliegt!«
»Leise!«
»Scheiß, leise! Die Flasche!«
Aber gerne.
Nur: Sie wurde nicht blau. Sie wurde nicht blau!
»Wenn ich eine Flasche vor den Kameras gehabt hätte . . .«
»Bist du verrückt? Was hast du bloß? Eben noch hast du vor den Kameras geweint! Du warst ergreifend! Deine Tränen . . .«
»Meine Tränen! Ekeltränen waren das! Tränen aus Wut!«
»Wut worüber?«
»Daß ich das sprechen mußte, was Rod da für mich aufgeschrieben hat, daß ihr zwei mich in diese Situation gebracht habt! Menschlichkeit! Güte! Verstehen! Erbarmen! Helfen! Die Flasche!«
Ich gab sie ihr.
Da war Staatspräsident Podgorny auf dem Bildschirm. Da war Nelson Rockefeller. Da waren die Begum, Sammy Davies, Jean-Paul Sartre, der Vertreter des Vatikans, die Mutter John F. Kennedys, Pompidou, Prinzes-

sin Anne von England, Königin Juliane der Niederlande, die drei Astronauten von Apollo 10, eine dunkle Schönheit, ein Chinese in weißer Uniform. Da war Sylvia: »Hilf mir . . .«
Ich half ihr auf die Beine. Sie stand, die Flasche in der Hand, vor mir. »Die armen, kranken Kinder! Diese Stotterheinis! Diese Sabbermäulchen! Diese Kretins, die keine Menschen, die nicht einmal Tiere sind! Und dafür habe ich meinen Namen hergegeben!« Sie kam wieder in Fahrt. Okay, wenn diese Kammer nicht schalldicht war, war eben alles aus. »Strom des Lebens! Das heißt: erfolgreich sein und reich sein und schön sein und stärker sein! Das Leben genießen! Dem Schwächeren einen Tritt in den Hintern! *Das* ist der Strom des Lebens! Und wenn du schwach wirst und wenn du alt wirst, dann krepierst du eben – ohne mit der Wimper zu zucken! Aber bis zuletzt oben gewesen sein! Und den Mut haben, zu sagen: Aus! Vorbei! Nicht an der erbärmlichen Scheißexistenz kleben bleiben! *Das* ist menschlich! *Das* ist normal! Und *ich* werde oben bleiben! Und da ziehe ich mit dem Geschwätz vorhin den Idioten das Geld aus der Tasche! Wofür? Für nichts! Für reinen Betrug! Für reinen Schwindel!« Jäh kippte ihre Stimmung ins Gegenteil. Angstvoll: »Was glaubst du wohl, was das für Folgen haben wird, Phil?«
Phil, nicht Wölfchen.
Nein, nicht Wölfchen jetzt.
»Nur gute, Sylvia! Selbstverständlich nur hervorragende . . . für dich vor allem . . .«
Übergangslos begann sie, sich auszuziehen. In BH und Höschen stand sie vor mir, setzte sich vor den Spiegel, nahm die Ohrringe und das Collier ab, versuchte ihr Gesicht zu restaurieren.
»*Hervorragende*, sagst du? Scheiße! *Katastrophale*, sage ich! Wo kommt denn mein großes Geld her? Aus Amerika! Wo schreit man denn am lautesten nach Euthanasie? In Amerika! Ach was, überall doch, auf der ganzen Welt! Ist doch klar, warum! Ist doch normal! Hunderttausende werden für jedes einzige von diesen Idiotenkindern hinausgeschmissen! Joe wird sich freuen, wenn er mich sieht und hört!«
Das war Joe Gintzburger, Präsident der SEVEN STARS, eine der drei größten Produktionsgesellschaften der Welt, für die Sylvia arbeitete. »Über mich! Über Rod! Über dich! Was ist das für eine Scheißabschminkcreme?«
»Wieso über mich?«
»Weil du mich überredet hast, hierherzukommen!« Gesichtsmilch. Schwämmchen. Die verschmierten Farben schwanden. Sylvias wahres Gesicht wurde sichtbar. Ist das ihr wahres Gesicht, dachte ich, und jetzt mußte *ich* die Flasche nehmen. Kann aus einem so schönen Mund soviel Unflat kommen, kann hinter einer solchen Engelsstirn ein solcher Dämon wüten? Sie nicken, mein Herr Richter, Sie Kenner der Menschen, Sie

wissen Bescheid. »Was glaubst du, wieviel Millionen abgeschaltet haben während meiner beschissenen Rede? *Ihr* seid verrückt, Rod und du, nicht ich! Lebensgefährlich verrückt seid ihr! Ihr habt meinen Namen ruiniert!«
»Sylvia , bitte . . .«
»Halt's Maul, gib her!« Sie nahm mir die Flasche weg, trank wie ein Clochard, knallte die Flasche auf die Glasplatte des Schminktisches. Die Platte brach mit einem Knacken entzwei. »Betrug! Betrug, jawohl!« Weiter mit dem Gesicht beschäftigt, unaufhörlich redend dabei, immer noch laut, zu laut, viel zu laut. »Die Laller! Die Zitterer! Die Spastiker! Die Krampfer! Die Wasserköpfe! Die Gelähmten!« Großer Schluck. »Ein Album mit Fotos haben sie mir ins Hotel geschickt, mit Bildern von diesen Kindern! Damit ich's auch richtig mit Gefühl mache! Bilder! Hochglanz! Achtzehn mal vierundzwanzig! Den Magen hat es mir umgedreht bei diesen Bildern! Nie, nie, nie habe ich etwas so Scheußliches gesehen, etwas so Gräßliches, etwas so Widerwärtiges! Träumen werde ich davon! Hundertmal! Tausendmal! Niemals vergessen können werde ich diese Fotos!«
Yehudi Menuhin auf dem Monitor-Schirm. Alberto Moravia. Ali Khan. Abba Eban. Andrej Gromyko. Sophia Loren. George McNamara. Norman Mailer. Marc Chagall. Dr. DeBakey. Billy Wilder. Kardinal König.
In den Spiegel hinein schrie Sylvia: »Du und ich, wir wissen beide, daß so was einfach weg muß!«
Jetzt hatte ich genug. Wenn die so schrie, war draußen jedes Wort zu verstehen.
»Hör endlich auf! Es kommt auf den Grad der Schädigung an! So viele Fälle, so sehr viele Fälle, die ganz schlimm sind, kann man heute schon bessern!«
Sylvia trank wieder.
Cognac rann ihr aus dem Mund, über das Kinn, den Hals hinunter in den Einschnitt zwischen den Brüsten im BH. Sie lachte auf einmal irre.
»*Bessern*, ja? Damit sie nach zehn Jahren schon bis drei zählen können – wenn sie nach zehn Jahren überhaupt reden können, ja? Damit sie nach fünfzehn Jahren allein aufs Klo gehen können und nicht einfach, wo sie liegen oder hocken, alles unter sich lassen, ja? Großer Gott, was für eine Besserung!«
»Hör endlich auf, verflucht!«
Sie hörte nicht auf.
»Ich sage dir, ich habe diese Fotos gesehen, die sie mir – ich möchte wissen, welcher Narr auf die Idee gekommen ist! – ins HÔTEL DE PARIS geschickt haben! Diese Fotos . . . diese Fotos . . .«
»Diese Fotos habe ich auch gesehen«, sagte ich.
Auf dem Monitorschirm sah ich, wie nun Dutzende von Kellnern das Gala-Diner servierten.
»Ja, und?« Sie blickte zu mir auf. Die Schminke war jetzt fort aus ihrem

Gesicht, diesem schönsten aller Gesichter, diesem Gesicht einer Heiligen. Mein Herr Richter!

Ich habe eingangs geschrieben, daß die Wahrheit, die ich zu berichten habe, scheußlich ist, abstoßend, daß die Wahrheit Sie das Grausen lehren wird. Ich habe auch geschrieben, daß ich niemals mehr lügen werde. Wenn Sie im Folgenden entsetzt sind über das, was Sie lesen, dann zügeln Sie Ihr Entsetzen bitte, gehen Sie sparsam um mit Ihrer Abscheu, ich bin noch am Anfang, ganz am Anfang, all das, was ich jetzt berichtet habe, ist harmlos, völlig harmlos im Vergleich zu dem, was ich noch zu erzählen habe.

Sehen Sie, als Sylvia so zu mir aufblickte, da wußte ich, was ich tun mußte – in meinem Interesse. Natürlich auch in ihrem. Ihr Wohlergehen garantierte meines. Nun, und so fiel mir das Folgende äußerst leicht . . .

»Was heißt: ja und?« sagte ich kopfschüttelnd. »Das war Rod und dir – ich habe, du erinnerst dich, lange gezögert, bevor ich mich eurer Meinung anschloß –, das war doch von vornherein klar, daß du nicht diesen Kindern helfen, daß du nicht die Welt verbessern, sondern daß du *für dich Publicity* machen solltest! Das war doch abgesprochen, oder? Damit warst du doch einverstanden – oder? Sag bloß, du warst es nicht!« Ich legte eine Hand auf ihre nackte Schulter. »Und glaube mir, mein Hexlein – glaube mir, das war eine wundervolle Publicity! Rund um den Erdball! So was hast du noch nie gehabt! So was wirst du nie wieder haben! Im Regieraum, die Assistentin, die hat geweint! Ich wette mit dir um mein Leben: Millionen, Hunderte von Millionen haben geweint, denn du warst *phantastisch!*«

Natürlich wußte ich, daß es nicht gleich auf Anhieb gelingen würde. Gelang auch nicht.

»Phantastisch?«

»Frag, wen du willst hier!«

»Hier , wo ich Gast bin, wird jemand nein sagen!« Jetzt rieb sie ihre Haut mit irgendeiner anderen Creme ein. »Mach dich doch nicht lächerlich! Frag jemanden in Hollywood, in New York, in Paris, in Wien, was er von meinem Gelabber hielt!« Sylvia fuhr herum, das Haar hatte sie nun hochgebunden, die Creme ließ ihre Gesichtshaut glänzen, sie schrie: »Frag, wen du willst! Jeder wird dir sagen, was ich dir sage: Ich pfeife auf diese Idiotenkinder! Sie sollen krepieren! Möglichst rasch krepieren!«

Also knallte ich ihr eine. So fest ich konnte.

Was einer aus der Bronx fertigbringt, bringt einer aus Salem immer noch fertig. Meine Hand war glitschig von der verfluchten Creme. Ich wischte sie an einem Kleenex-Tuch trocken.

Prompte Wirkung.

Jetzt flüsterte sie: »Krepieren lassen! *Das* ist human! So schnell es geht! Gott weiß, daß ich die Nazis hasse, aber wenn sie in *einem* Punkt recht gehabt haben, dann bei der Euthanasie von diesen Kretins . . .« Danach

hielt sie sich eine Hand vor den Mund. Offenbar wirkte der Alkohol doch. Oder die Ohrfeige. Wahrscheinlich einfach die Zeit. Die Zeit wirkt immer. Jetzt aber nichts wie ran! Ich neigte mich über sie, kraulte ihren nackten Rücken, das liebte sie, das regte sie auf, damit konnte man sie wild und immer wilder machen – bis sie fertig war. »Mir und Rod ist es doch – und ich sage dir das noch einmal, kapiere es endlich – bei dieser Sache in erster Linie um dich gegangen, Hexlein, um dein Prestige! Darum, daß die Welt sieht, was für eine wunderbare Frau du bist – auch privat! Nur darum. Mein Himmel, Hexlein: Wie oft hast du schon, absolut glaubhaft, Dinge gesagt in deinen Filmen, an die du nie auch nur einen Moment geglaubt hast. Die dir blöde erschienen sind! Die du gehaßt hast – wie diese Kinder! Na? Na? Wie oft?« Und da sah ich sie, im Spiegel, sich leise unter meinem Kraulen windend, sah ihr Gesicht mit einem Gemisch von aufkommender Erregung und aufkommendem Triumph, na, was denn, dachte ich. »Also«, sagte ich, in den Spiegel hinein, »kapierst du endlich, ja?«
»Ja«, murmelte sie.
»Gut.«
Sie wand sich wie eine Schlange unter meinen Fingern. Ihre Augen glänzten, ihr Atem ging schwerer.
»Heuchelei«, sagte sie. »Klar war das Heuchelei, wie?«
Ich sagte nichts. Ich kraulte nur. Das war besser, ich wußte es.
»Heuchelei«, sagte Sylvia, und ihre Brüste hoben und senkten sich immer schneller, immer mehr. »Heuchelei von mir! Von Rod! Und Heuchelei ist es bei allen, die nun spenden werden bei der Gala dort drüben – und überall auf der Welt.«
Ich kraulte.
»Impotente Weltverbesserer! Wichtigtuer! Brave Christen! Brave Juden! Brave Kommunisten! Brave Narren! Milliardenschwere Nullen, die auf sich aufmerksam machen müssen: Schaut, wie gut wir sind! Was wir spenden für die armen Kretins!« sagte Sylvia, und immer schwerer wurde ihr Atmen.
Ich kraulte. So wie ich Sylvia kannte, würde ich nicht mehr lange kraulen müssen.
»Paß auf, was da an Geld reinkommt, wenn sie nachher die Bilder versteigern! Ich schwöre dir, da kommen Millionen rein, viele Millionen! Und ich schwöre dir, du wirst es in allen Zeitungen der Welt lesen können: Du warst groß! Du warst so groß wie noch nie! Du warst die Größte! Jetzt bist du übergroß! Jetzt bist du für alle Zeiten on the top of the top!«
Dann sagte Sylvia, und ihr Körper schauderte plötzlich und krümmte sich jäh unter meinem Kraulen, ich wußte, jetzt war sie . . . na ja, dann sagte Sylvia: »War ich wirklich so gut?«
»Wirklich und wahrhaftig«, sagte ich.

»Und es wird bestimmt nützen?«
»Darauf kannst du Gift nehmen!«
Sylvia blickte in den Spiegel, betrachtete sich lange, sagte dann, völlig zufrieden: »Also ist ja alles okay.«
»Alles ist okay«, sagte ich und dachte, daß ich meinen Beruf auch verstand, Hut ab vor mir. »Nun erklär mir bloß, wie eine so intelligente Frau wie du sich so aufregen konnte.«
Sie zuckte die Schultern – ich hatte mit dem Kraulen aufgehört, eine Weile, nachdem ich ihr Schaudern am ganzen Körper gespürt hatte – und sagte, schon dabei, das Gesicht neuerlich zu schminken, fast gelangweilt: »Ach was, mir sind einfach die Nerven durchgegangen, weißt du, Wölfchen.«
Nun wieder Wölfchen, sehen Sie, mein Herr Richter, nicht länger Phil.
»Weil ich immerzu an diese Fotos denken mußte. An diese ekelerregenden Fotos. Natürlich haben sie es gut gemeint, als sie sie mir schickten. Aber es war idiotisch von ihnen – wie?«
»Natürlich, Hexlein. So, und nun schmink dich schön und zieh dich wieder schön an, denn wir müssen rüber in den SPORTING CLUB. Du sitzt neben dem Fürsten. Alle Kameras werden auf dich gerichtet sein. Und Hunderte Millionen Augenpaare werden auf dich gerichtet sein – auf die schönste und wunderbarste Frau der Welt!«
»Ach, du bist süß, mein Wölfchen«, sagte Sylvia. »Küß mich.«
Das war vielleicht ein Kuß. Sie stöhnte und seufzte. Zuletzt richtete ich mich auf.
»Alles wieder gut, Hexlein?«
»Alles wieder gut, Wölfchen.« Sylvia sah zu dem Monitor. »Nun schau dir mal diese Kuh an, die Frau von dem Präsidenten . . . du weißt schon . . . wie die ihre Memmen raushängen läßt . . . Silikon, was?«
»Klar«, sagte ich.
»Vollgespritzt mit Silikon.« Sie sagte träumerisch: »Aber ihr Brillantcollier, Wölfchen, so etwas habe ich noch nicht.«
»Wirst du es dir eben kaufen«, sagte ich.
»Werde ich mir es eben kaufen, ja, das werde ich!« Sylvia lachte plötzlich. »Weißt du, was, Wölfchen?«
»Was, Hexlein?«
»Komisch, von dieser ganzen Schreierei habe ich einen irren Hunger gekriegt! Ich könnte einen ganzen Hummer essen!«
»Du wirst ein Dutzend Hummer kriegen, wenn du sie schaffst«, sagte ich.
Dann lachten wir beide.

24

Na, sie schaffte eineinhalb Hummer. Und zwei Flaschen Comtes de Champagne. Und eine Menge Whisky. Und alle Kameras waren auf sie gerichtet, wie ich es ihr prophezeit hatte. Und dann wirbelten die MONTE-CARLO DANCERS über die Bühne. Und dann wurden die Bilder versteigert. Auktionator: Frédéric. Gesamteinnahme: 11,5 Millionen Neue Francs. Sylvia bot natürlich mit, was denn, Noblesse oblige. Seit diesem Tag hat sie einen Léger. Ich hätte ja lieber einen Modigliani gehabt, diesen liegenden Akt in Violett. Aber es war ihr Geld, nicht wahr, und es war ein recht ordentlicher Léger. Bißchen überzahlt natürlich. Bißchen unheimlich überzahlt natürlich. 800.000 Francs. Neue!
Rod Bracken tauchte auf und sagte mir – da tanzte Sylvia gerade mit Niarchos –, er habe Babs Clarissa übergeben und sei danach mit Frédéric hergekommen, und das sei doch toll gelaufen, was? Na ja, und da erzählte ich Rod dann, wie toll das gelaufen war, und er fluchte geradezu infernalisch, und danach dankte er dem Lieben Gott (schon wirklich komisch mit diesem Lieben Gott und dieser Dankerei und Bitterei, nicht wahr?) für den Massel, den wir gehabt hatten trotz allem, und dann tranken wir ein Fläschchen zusammen. Zum ersten Mal, seit wir einander kannten, vertrugen wir uns, waren wir einander fast sympathisch.
Der Erfolg in der Welt war dann auch genau der, den ich Sylvia prophezeit hatte. Sie werden sich an die Sendung gewiß erinnern, mein Herr Richter, sie ist Fernsehgeschichte geworden.
Zwei Tage später flogen wir heim nach Hollywood. Über dem Atlantik dachte ich noch einmal genau an alles zurück. War da nicht doch eine undichte Stelle geblieben? Konnte uns da ganz gewiß nichts passieren? Hatte da ganz bestimmt keine Seele mitbekommen, wie Sylvia getobt hatte?
Nein.
Nein und nein.
Da war alles absolut dicht, dachte ich.
Als es sich dann später herausstellte, daß ich mich geirrt hatte, mußte ich noch einmal nach Monte-Carlo fliegen, mit Rod Bracken. Nicht um die Gefahr einer Katastrophe aus der Welt zu schaffen – dafür war es zu spät. Da mußten wir schon mit der Gefahr einer Katastrophe leben, die Sylvias Karriere im Handumdrehen vernichten konnte, mußten mit ihr leben von da an immer weiter, bis heute, bis zu dem Moment, da ich das M in Moment geschrieben habe. Nein, nicht um diese Gefahr aus der Welt zu schaffen, flogen Rod und ich damals noch einmal nach Monte-Carlo, sondern um die Gefahr wenigstens im Zaum zu halten, zu zügeln – zu *versuchen*, sie zu zügeln! Damals, als wir den Chefsprecher von TMC, Frédéric Gérard,

trafen, weil wir mit ihm sprechen mußten, war ich noch einmal in jene kleine Garderobe gegangen. Und da sah ich dann das schwarze Kästchen auf dem Schminktisch. An jenem schlimmen Abend hatte ich es übersehen. Sie wissen, mein Herr Richter: Garderoben im Theater, in Film- und Fernsehstudios haben sehr häufig diese Rufanlagen, nicht wahr? Damit man Schauspielern mitteilen kann, wann ihr Auftritt ist, wieviel Zeit sie noch haben, und vieles andere. Eines wissen Sie vielleicht nicht: Diese Rufanlagen, untergebracht in kleinen schwarzen Kästchen, arbeiten häufig nach beiden Seiten. Das heißt: Sie übertragen nicht nur Stimmen wie Lautsprecher. Sie nehmen, anders eingestellt, auch Stimmen auf. Wie Mikrofone . . .

25

Suzy Sylvestre, meine Pariser Kosmetikerin, hatte die Masern schon als Kind gehabt. Konnte nichts mehr geschehen. Wir lagen beide völlig nackt auf ihrem verrückten Bett (sehr groß und kreisrund) im Schlafzimmer ihrer verrückten, supermodern mit Plastik-Möbeln und Lichteffekten und Posters (von Che Guevara über die Konservenpracht Andy Warholes bis zu der Faust im Stacheldraht von Amnesty International, wild durcheinander) vollgekleisterten Wohnung. Ich fand es gemütlich hier. Das Licht im Schlafzimmer, wo wir die beiden letzten Stunden tätig gewesen waren, bis wir, ausgepumpt und erschöpft, keuchend und mit bebenden Körpern nebeneinander sanken, erst nach einer Weile fähig, Whisky zu trinken (beide aus einem Glas), das Licht hier war regulierbar, wir hatten es ziemlich hell belassen, denn wir wollten beide sehen, wie der andere aussah, es regte uns auf.
Wir waren, als ich an jenem Donnerstag, dem 25. November 1971, gegen 21 Uhr 30 endlich zu ihr kam (Sylvia war plötzlich, gegen 20 Uhr, eingeschlafen und nicht mehr erwacht, ich hatte gehen können. Gute Nacht, liebe Schwester Hélène!), wortlos übereinander hergefallen. Suzy Sylvestre, vierundzwanzigjährig, blond, mit langen Beinen, festen, großen Brüsten, blauen Augen und dem schönsten Hintern, den ich je gesehen hatte und dem ich darum stets meine ganz besondere Aufmerksamkeit widmete (was Suzy völlig verrückt machte: »Ich habe geglaubt, ich kenne schon alles, aber das, das hat noch kein Mann mit mir gemacht!«), meine kleine Suzy mußte wegen ihres noch viel kleineren Verlobten achtgeben, Sie erinnern sich, mein Herr Richter, dieses gräflichen Erben großer Textilfabriken, Ländereien, Schlösser etc. in Roubaix. François hieß er. François Graf von ich weiß nicht mehr was. Und Freude hatte Suzy nicht mit ihm, nach allem, was sie mir erzählte . . .
»Drei Monate hast du jetzt Zeit, chéri?« fragte Suzy.

»Drei Monate, ja. Ab und zu muß ich weg. Aber nur kurz.«
»Die werden uns zuletzt ins Krankenhaus bringen müssen, alle beide«, sagte Suzy. Sie hatte dunkelrote, fast schwarz lackierte Nägel an Fingern und Zehen. Ich fand das scheußlich, ihr gefiel's, es war gerade Mode. Na, wenn schon. Ich kam ja nicht wegen der Nägel. »Krankenhaus wegen absoluter Erschöpfung. Du bist vielleicht ein Kerl, so was habe ich noch nie gehabt.«
Hatten andere Damen auch schon gesagt. Frauen sind arme Luder. Wer immer sie geschaffen hat, große Mühe hat er sich nicht gegeben! Alles fällt ihnen so schwer, ist so kompliziert. Erwischen sie dann einen wie mich, bei dem es klappt, sind sie ganz weg. Bestes Beispiel: Sylvia.
»Chéri, könnten wir glücklich leben miteinander!« sagte Suzy.
»Wovon?« fragte ich. »Gib mir noch einen Schluck.«
»Mit Eis?«
»Bitte.«
Sie machte den Drink, und ich trank.
»Sag nicht wovon! Ich habe den Kosmetiksalon. Ich verdiene genug. Für uns beide. Ich schmeiße François hinaus und . . .«
Das wurde gefährlich.
»So etwas läßt du schön bleiben«, sagte ich. »Das schlag dir aus dem Kopf, aber sofort! Du weißt, ich bin nichts, ich habe nichts, nicht einmal Blumen konnte ich dir heute mitbringen. Die kriegst du morgen. Aber keine Schlösser, keine Fabriken, keine Millionen. Und Gräfin wirst du auch noch! Ich bin nur ein Playboy, der sich aushalten läßt.«
»Sprich nicht so! Ich hasse das Wort! Und ich hasse diese Moran!«
»Mir gefällt der Zustand auch nicht«, sagte ich. »Aber was soll ich machen. Wenn die Moran mich rausschmeißt, sitze ich in der Kacke.«
»Nie! Ich habe immer genug für uns beide!« rief sie.
»Ich nehme nichts von dir, Suzy. Wir sind einander so ähnlich. Wir verstehen einander so gut . . . in dieser Sache. Niemals könnte ich von dir Geld nehmen.«
Das beeindruckte sie kolossal. Und dabei war sie so intelligent.
»Und Sylvia – da kannst du Geld nehmen, da kannst du dich aushalten lassen?«
»Ja.«
»Warum?«
»Weil das mit Sylvia ganz anders ist als bei dir.« (Wie oft hatte ich das schon gesagt.) »Geistig und erotisch – ganz anders.«
»Wirklich? Ehrenwort?«
»Ehrenwort. Wirklich.«
»Aber du . . . du besorgst es ihr doch auch!«
»Klar«, sagte ich. »Natürlich«, sagte ich. »Glaubst du, ich säße sonst so

schön im Warmen? Natürlich muß ich was leisten dafür. Sylvia schenkt auch keiner was.«
»Ich hasse diese Sylvia«, sagte Suzy.
»Hast du schon einmal gesagt.«
»Aber die süßen Sachen, die ganz süßen Sachen . . . das . . . du weißt schon . . . das machst du nie mit ihr!«
»Nie!« log ich. »Nur bei dir!«
»Hast es auch sonst noch bei keiner Frau getan?«
»Bei keiner.«
»Schwöre!«
»Ich schwöre«, log ich und hielt ihn mit einer Hand fest. Komisch, daß sie mich das alle fragten, meine süßen Kleinen. Natürlich auch Sylvia. Schien sie zu faszinieren. Und jeder schwor ich, daß ich's nur bei ihr tat. Arme Luder, die Frauen.
Suzy lachte.
»Was ist so komisch?«
»Ich habe gedacht, daß ich Gräfin werde. Und Millionärin! Und daß wir François natürlich immer sofort betrügen werden, wenn wir einander sehen.«
»Ja«, sagte ich. »Das ist schon lustig.« Und ich lachte auch. Warum ihr die gute Laune verderben?
»Machst du es nachher noch mal?«
»Mit Vergnügen, Gräfin«, sagte ich.
»Chéri, du bist so süß . . . Jetzt hast du wieder deinen Geruch«, sagte Suzy und küßte meine Brust. Viele kleine Küsse bekam ich. »Deinen Philip-Geruch. Deinen typischen Philip-Geruch. Kein anderer Mann riecht so wie du . . . so . . . so . . . animalisch . . . Wenn ich dich bloß rieche, bin ich schon fast soweit . . . Und der Geruch bleibt, da kannst du baden, soviel du willst, du hast ja gerade gebadet.«
Als ich eingetroffen war, hatte sie die Nase gerümpft.
»Üh! Was ist denn das? Du riechst ja nach Hospital!«
»Komme ich auch her. Freund besucht. So alt wie ich. Und stell dir vor, der kriegt doch die Masern! Darum habe ich dich ja, bevor ich kam, angerufen und gefragt, ob du Masern schon gehabt hast.«
»Ja. Und Gott sei Dank habe ich sie schon gehabt«, hatte Suzy gesagt. »Aber jetzt marsch, in die Wanne!«
Sie hatte mich abgeschrubbt, und es war auch das erste Mal dann gleich in der Wanne passiert, natürlich. Netter Kerl, diese Suzy, wirklich . . .

Als ich an jenem Donnerstag die Klinik des Professors Delamare verlassen hatte, knapp nach acht Uhr abends, also noch sehr zeitig, da hatte es nicht mehr geregnet, nur gestürmt. Ich mußte vorsichtig sein. Immer mit

Verfolgern rechnen. So war ich also ein weites Stück zum nächsten Taxistand gegangen, Hut in der Hand, denn der Sturm hätte ihn fortgerissen, Kragen des Mantels hochgeschlagen, tief atmend. Frische Luft!
Der Taxistand.
»'soir, 'sieur.«
»Abend. Bitte Montmartre. Nur zum Fuß der Treppe.«
»Bien, 'sieur.«
Das war ein sehr weiter und komplizierter Weg, aber wenn ich zu Suzy wollte, mußte ich dorthin. Ihren Salon hatte sie im Zentrum, in der Avenue Charles Floquet, doch ihre Wohnung hatte sie weit weg (aus gutem Grund gewiß), in einem alten Haus an der Place du Tertre.
Ich kurbelte während der Fahrt das Wagenfenster herab. Der Nachtwind traf mein Gesicht, und ich atmete immer noch tief.
Als wir ankamen, ging ich die Treppe hinauf. Die ›Funiculaire‹, die Standseilbahn, hatte ihren Betrieb zu dieser Stunde schon eingestellt. Mir machte das nichts. Ich ging langsam hinauf zur Kirche Sacré-Cœur, bis zur Butte. Was mich immer wieder aufs neue fasziniert, wenn ich in Paris bin, in der Stadt, die ich so sehr liebe, ist der Ausblick, den man von hier oben hat. Darum war ich schon unzählige Male hier oben gewesen. An diesem Abend stand ich ganz allein da, der Sturm riß an meinem Mantel, orgelte, pfiff, dröhnte, stöhnte, und ich sah hinab auf das Panorama der Stadt, die abertausend Lichter der Straßenzüge, der Autos, der Fenster, ich sah Kirchen, die Seine, ihre Ufer, den Eiffelturm, und ich dachte, wie recht Hemingway doch gehabt hatte, als er seinem letzten Buch über Paris und seine Erinnerungen daran den Titel A MOVEABLE FEAST gegeben hatte. Das war deutsch unzulänglich PARIS – EIN FEST FÜRS LEBEN übersetzt worden, denn diese Stadt Paris war wirklich ein ›bewegliches‹ Fest, beweglich vom Tag zur Nacht, von der Nacht zum Tag, unaufhörlich, so daß der, der hier lebte, vom Tag zur Nacht, von der Nacht zum Tag in immerwährenden beweglichen Festen lebte.
Ich stand lange da oben, und von Minute zu Minute fühlte ich mich wohler, leichter, befreiter. Dann ging ich vom Kirchenvorplatz nach rechts in die Rue Azais hinein. Erreichte die Rue Saint-Éleuthère, die mich zur Rue du Mont-Cenis brachte. Überall hier sehr dunkel, wenige Laternen, immer noch Vorstadt. Links ging's hinein auf die Place du Tertre.
Hier standen noch die alten Häuser und die uralten, nun völlig kahlen schwarzen Bäume. Es sah aus wie auf dem Marktplatz einer französischen Provinzstadt. Es gab kleine Restaurants und Bistros. Ich war auch schon im Sommer hier gewesen und hatte den alten Männern zugesehen, die unter den Bäumen ›Boule‹ gespielt hatten. Keine alten Männer zu dieser Zeit, in diesem November. Verlassen die Straßen. Ein struppiger Hund lief mir nach, er hatte vielleicht die Hoffnung, ich würde ihn mitnehmen, aber was

sollte ich mit einem Hund? Ich drehte mich beim Gehen immer wieder um, es folgte mir niemand, da war ich ganz sicher, nur dieser Hund.
Da war ein rosarotes Haus. Unten ein Restaurant. CHEZ ÉMILE. Ich hatte einen Haustorschlüssel – von Suzy. Damit ich die Concierge nicht rausklingeln mußte und es kein Gerede gab. Ich sperrte das alte Tor auf. Der Hund wollte mit. Das ging nicht. Ich tat es nicht gerne, aber was blieb mir übrig: Ich gab ihm einen Tritt. Er lief davon, verhungert, traurig, ins Dunkel hinein. Uralt das Treppenhaus. Knarrende Holzstiegen. Zweiter Stock. Eine Tür mit Namensschild: SUZY SYLVESTRE
Ich hatte geklingelt, kurz, kurz, lang, kurz. Unser Zeichen.
Die Tür war sofort aufgeflogen. Und da war Suzy gewesen, strahlend, jung und schön, mit einem Halter und Strümpfen und hochhackigen Schuhen. Mit sonst nichts. Freut einen ja denn doch auch, so ein Empfang, nicht wahr? Mit sonst nichts, schrieb ich. Stimmt nicht. VIVRE, von Molyneux, hatte sie auch noch an sich, das Parfum duftete. Ich hatte es ihr geschenkt. Ich schenkte allen meinen süßen Kleinen immer das Parfum, das Sylvia gerade benutzte. War doch selbstverständlich, daß meine süßen Kleinen dasselbe Parfum haben mußten, nicht wahr?

26

»Ich habe dich so lieb, mon p'tit chou, ich habe dich so unendlich lieb«, sagte Suzy Sylvestre nun, zwei Stunden später, da wir es fürs erste hinter uns hatten. »Du wirst es nie ahnen, du wirst es nie wissen.« Sie hatte einen Plattenspieler angestellt. LP John Williams – der Mann hat wirklich Stimme! Er sang gerade Suzys Lieblingslied: »Ô Dieu, merci, pour ce paradis, qui s'ouvre aujourd'hui à l'un de tes fils . . .«
O, danke, Gott, für dieses Paradies, das sich heute für eines Deiner Kinder öffnet . . .
»Ich liebe dich genauso, mein Hex . . .« Verflucht! Das war knapp.
». . . mon p'tit chou.«
»Ich könnte alles tun für dich. Alles, Philip. Du glaubst es nicht. Du glaubst, ich bin eben auch so eine. Stimmt ja. Aber gerade so eine tut alles für einen Mann!«
». . . pour le plus petit, le plus pauvre fils, c'est pourquoi je cris: Merci, Dieu, merci, pour ce paradis . . .«
»Könnte immer weinen, wenn ich das höre«, sagte Suzy, Zigarette im Mund, Whiskyglas in der Hand, splitternackt neben mir, der ich auch splitternackt war. Sie weinte wahrhaftig, mein Herr Richter. Weil sie das hörte: . . . für das kleinste, das ärmste Deiner Kinder, deshalb rufe ich Dir zu: Danke, Gott, danke für dieses Paradies.
Schöner Text. Ging so schön weiter.

Suzy sagte: »Du weißt alles von mir. Von dem kleinen Grafen. Von allen meinen Männern. Alles habe ich dir erzählt.«
»Ich wollte es gar nicht wissen, Suzy!«
»Aber ich wollte es dir erzählen, mon petit chou.«
Ich finde das nett, dieses Kosewort, das die Franzosen da haben, ›mon petit chou‹ – ›mein kleiner Kohlkopf‹, Sie nicht, mein Herr Richter?
»Das war auch sehr lieb von dir, daß du alles erzählt hast, Suzy.«
»Ja, ich bin sehr lieb. Aber du . . . du hast mir gar nichts erzählt über dich. Ich weiß gar nichts von dir.«
»Du weißt alles Wichtige«, sagte ich, sie streichelnd. »Gib mir das Glas. Danke. Du weißt, daß ich nichts wert bin und kein Geld habe, und du weißt, daß ich der Gigolo von Sylvia Moran bin.«
»Sag nicht Gigolo!« schrie sie.
»Na, ich *bin* doch einer!«
»Aber du sollst es nicht *sagen*!« Jetzt rollten wieder Tränen über ihre Wangen. Von wegen Kosmetikerin! Natürlich war sie eine kleine Nutte. Aber wissen Sie, ich habe damals tatsächlich gemeint, daß Nutten die nettesten seien, die treuesten, die bravsten, die ehrlichsten und die menschlichsten. Nicht alle natürlich! Ich bin kein Fetischist. Mir waren auch andere recht und billig. Aber bei Nutten, nein, also bei Nutten, bei einer wie der kleinen Suzy, da wurde ich richtig sentimental, immer . . .
»Gut, ich sag's nicht mehr«, sagte ich.
»Erzähl mir, wie du die Alte kennengelernt hast!«
»Ach . . .«
»Doch, doch, erzähl' es mir!« Sie rutschte herum und klemmte sich das Kissen, das unter ihrem Po gelegen hatte, zwischen Bettwand und Rücken. Sie saß aufrecht.
»Ist kaum was zu erzählen. Ich habe sie in Baden-Baden getroffen. In Iffezheim.«
»Was ist das?«
»Rennplatz. Berühmter Rennplatz. So wie hier Auteuil. Oder Longchamps.«
»Du kennst viele Rennplätze, ja?«
Ich sagte: »Siehst du, Suzy . . . Ach, hast du ein süßes Fellchen!«
»Laß das Fellchen in Ruhe. Du kriegst es ja gleich. Es gehört ja dir, das weißt du. Aber jetzt laß es.« Sie hob einen Schenkel. »Erzähl!«
»Na ja, siehst du, ich habe einen Bruder. Karl-Ludwig. Mein Vater, der hatte Kabelfabriken in Duisburg.«
»Reich?«
»Sehr reich. Dann starb mein Vater – mit meiner Mutter. Flugzeugabsturz. 1960. Da war ich neunzehn. Mein Bruder ist älter. Zehn Jahre älter. Wir erbten die Fabriken, Karl-Ludwig und ich. Und dann . . . Ich mach es kurz:

Es ist nicht gutgegangen mit meinem Bruder und mir. Er hat die Werke immer größer und größer gemacht, zu ihm hatten alle Vertrauen, zu mir keiner, der letzte Kabeldreher nicht.«

»Wieso der letzte Kabeldreher nicht?« fragte Suzy. »Glaubst du denn selber nicht mehr an dich?«

»Ich habe noch nie an mich geglaubt«, sagte ich.

»Und Arbeit? Hast du nie im Leben versucht, was zu arbeiten? Das ist wirklich nur eine Frage, mon p'tit chou, kein Vorwurf! Hast du nie im Leben auch nur den Versuch gemacht, zu arbeiten?«

»Nie«, sagte ich. »Oder warte mal, doch, ja. Und *wie* ich da gearbeitet habe!«

»Wann?«

»Da war ich zweiundzwanzig. Habe ein phantastisches Schiebergeschäft mit Kugellagern gemacht. Eisenbahnwaggons voller Kugellager. Schwere Arbeit. Großartiger Kompagnon.«

»Und?«

»War dann nicht so großartig. Kugellager unbrauchbar. Kompagnon abgehauen. All mein Geld weg.«

»Was für Geld?«

»Na, das geerbte! Sehr viel. Ich hab es wirklich versucht, Suzy! Aber es ist schiefgegangen. Ich habe auch versucht, meinem Bruder zu helfen. Das war noch ärger. Ich habe nur Unheil angerichtet. Da habe ich gedacht, ich lasse ihn lieber allein arbeiten, bevor ich uns beiden alles ruiniere.«

»Hast du das wirklich gedacht?«

»Was?«

»Daß du deinen Bruder lieber allein arbeiten läßt, bevor du euch beiden alles ruinierst.«

»Natürlich nicht.«

»Sag mal, glaubst du überhaupt, was du sagst?«

»Nie«, sagte ich. »Wieso?«

»Du bist süß«, sagte Suzy. »Du hast dir's einfach leichtmachen wollen und deinen Teil vom Geld haben und nie mehr arbeiten, richtig?«

»Richtig.«

»Gott, wie ich dich liebe«, sagte Suzy. »Wieviel hast du ausgezahlt bekommen?«

»Die Hälfte.«

»War das sehr viel?« fragte Suzy ehrfürchtig. Wenn von Geld die Rede war, wurde sie immer ehrfürchtig. Jetzt war's wie in der Kirche hier, in dem verrückten Zimmer mit dem kreisrunden, zerwühlten Bett, den Postersan den Wänden, über uns einer: MAKE LOVE – NOT WAR!

»Dreizehn Millionen Mark«, sagte ich.

»Jésus«, sagte Suzy. »Und wo sind die geblieben?«

»Sag mir, wo die Blumen sind«, sagte ich. »Wo sind die geblieben? Nein, wirklich, das ist nicht nett von dir, mon petit chou!«
»Willst du sagen, daß du von 1960 bis 1967, also in sieben Jahren, dreizehn Millionen Mark durchgebracht hast, chéri?«
»*Acht* Jahren, chérie. Acht, nicht sieben. Ich habe Sylvia erst 1968 kennengelernt.«
»Also dann in acht Jahren!«
»Waren sogar ein paar Monate mehr als acht Jahre«, sagte ich.
»Bon Jésus«, sagte Suzy, »aber wie hast du das fertiggebracht?«
»Ah«, sagte ich aufgeräumt, »weißt du, da gibt es schon eine ganze Reihe von Möglichkeiten.«
»Zum Beispiel, chéri?«
»Zum Beispiel so Süße wie dich. Was für ein Jammer, daß ich dich nicht schon viel früher gekannt habe. So was Süßes wie dich hat es nie gegeben, Suzy! Aber immerhin, da waren natürlich freundliche Damen, ganze Mengen von freundlichen Damen, ich habe doch wirklich nicht mit einer Gummipuppe schlafen können, nicht wahr, und diese freundlichen Damen bekamen eben Geschenke, ah ja, früher war ich anders, da habe *ich* die Geschenke gemacht . . .«
»Schmuck, mon p'tit chou?«
»Schmuck auch.«
»Deshalb kennst du dich so gut aus mit Schmuck.«
»Habe ich mir hart erarbeitet, dieses Wissen«, sagte ich.
»Man sieht's«, sagte Suzy. »Und Wohnungen und Pelze und Kleider und bares Geld und so weiter und so weiter für die freundlichen Damen?«
»Und so weiter, ja. Schau mal, man ist galant, man macht Präsente. Auch ist man ein Idiot und steckt Geld in Investmentfirmen, die pleite machen . . . Bei mir war das irrsinnig komisch! Da hat also Bernie . . . na ja, es interessiert dich nicht. Oder Farmen. Man kann auch Farmen verschenken, weißt du das?«
»Mir hat noch keiner eine Farm geschenkt.«
»Kommt schon noch. Wenn du erst Gräfin bist. Penthäuser gibt's auch. Hotels, sehr teuer. Jahresappartements sind ein bißchen billiger. Aber nur ein bißchen. Sehr teure Autos. Weißt du, dein p'tit chou hat immer eine Schwäche für sehr teure Autos gehabt. Und für Rennplätze. Und Spielcasinos! Ach, Suzylein, Spielcasinos und Rennplätze! Las Vegas und die Freudenau. Grafenberg und Epsom. Santa Anna in Kalifornien – das ist der schönste Rennplatz auf der Welt, chérie. Und Chantilly und Vincennes. Und Tokio und Buenos Aires. New York und Madrid und . . .«
»Da warst du überall?«
»Ich war noch an vielen anderen Orten, chérie, eigentlich kannst du überall spielen.«

»Du bist ein Spieler?« fragte Suzy bewundernd.
»Spieler!« sagte ich. »Ich bin kein Spieler, ich bin ein Verrückter! Wenn ich so einen Baccarat-Tisch, wenn ich so ein Pferdchen nur sehe, also das ist fast so schön wie . . .«
»Sei nicht ordinär!« sagte Suzy.
». . . wie Weihnachten«, sagte ich.
»Es ist dir also gelungen, dreizehn Millionen in acht Jahren durchzubringen?«
»Also wenn man's ganz genau nimmt, ja.«
»Chapeau!« sagte Suzy. »Und dann? Du sollst sie in Ruhe lassen! Du kriegst sie ja gleich wieder! Ich will nur endlich einmal Bescheid über dich wissen.«
»Na, jetzt weißt du doch aber Bescheid! Damals, 1968, in Baden-Baden, da war ich pleite. Und wenn ich pleite sage, dann meine ich pleite, ma p'tite. Ich hatte schon alle Menschen angepumpt, die ich kannte, in der ganzen Welt hatte ich Schulden, sogar in Baden-Baden. BRENNERS PARK-HOTEL.«
»Das beste?«
»Immer das Beste. Solange es nichts Besseres gibt! Drei Wochen die Rechnung nicht bezahlt. Im Restaurant aß ich immer noch Kaviar und trank Champagner, aber ich ließ alles auf die Rechnung schreiben. Sie sagten nichts. Sie glaubten, mein Bruder würde bezahlen, schlimmstenfalls. Würde einfach bezahlen müssen. Hatte schon so oft gemußt. Was sie nicht wußten: Mein Bruder hatte mir gesagt, nun sei der Ofen aus. Keine Zahlungen mehr. Und wenn ich ins Gefängnis käme. Und wenn es einen Skandal gebe. Er hatte die Nase voll. Wußte keiner, zum Glück. Nur ich. Schlimm genug. Am meisten tat mir der Nachtportier leid.«
»Von diesem Hotel?«
»Ja.«
»Wieso?«
»Den hatte ich auch schon angepumpt. Meine lieben Freunde, die Portiers in allen Hotels, weißt du. Haben mir immer geholfen. Aber damals . . . Ich habe gedacht, jetzt fährst du noch einmal raus nach Iffezheim und versuchst es. Zum letzten Mal. Und wenn du die letzte Mark verloren hast, nimmst du einen Strick und schießt dich damit tot. So weit war ich, ehrlich. Na ja, und an dem Nachmittag traf ich dann eben Sylvia.«
»Die Alte? Was machte denn die da?«
»Hatte in Frankfurt zu tun gehabt. Irgendeine Filmpremiere. Kam runter. Haufen Leute. Ihr Agent. Public-Relation-Manager. Die ganzen Bosse ihrer Gesellschaft, dieser SEVEN STARS. Auch der Präsident. Joe Gintzburger heißt er. Wohnten alle im BRENNER. Waren alle draußen in Iffezheim. Das einzige, was ich noch hatte, waren gute Sachen zum Anziehen. Ich bin ein Snob, weißt du doch.«

»Süßer Snob. Putzt du dir noch immer selber die Schuhe?«
»Immer noch! Werd's auch weiter tun. Wo ich bin. Da kommt mir kein Mädchen ran und kein Butler und niemand im Hotel. Meine Schuhe muß ich selber putzen. Will dir ein Geheimnis verraten, Süße: Die können alle keine Schuhe putzen!«
»Aber du kannst es!« sagte Suzy.
»Ja, Donnerwetter, da kann ich ja doch wenigstens etwas!« sagte ich.
Sie hatte andere Platten laufen lassen, während ich sprach, nun hörte ich wieder John Williams, der dem Lieben Gott dankte dafür, daß das Paradies geöffnet war für eines Seiner Kinder, das kleinste, das ärmste . . .
»Stört dich das? Ich hab' nicht gesehen, daß es die gleiche Platte ist . . .«
»Stört mich überhaupt nicht«, sagte ich. »Und ich weiß noch genau, ich hatte zweitausend Mark. Vom Nachtportier geliehenes Geld. Beim dritten Rennen war das. Sechs gab es. Da kam sie zu mir und sagte: ›Wollen wir nicht zusammen spielen und halbe-halbe machen, wenn wir gewinnen?‹«
»Die Alte kam zu dir?«
»Ja.«
»Du lügst!«
»Nein, wirklich, Suzy. Sie kam zu mir. Ich habe ihr gefallen, hat sie mir später gesagt. Und da kam sie einfach. Sie ist eben so.«
»'ne Hure ist das«, sagte Suzy böse. Ach, Suzylein.
»Nein, gar nicht. In diesen Kreisen . . . Weißt du, sie macht, was sie will. Großer Star. Berühmte Schauspielerin. Wagt doch kein Aas ihr was zu sagen. Will mich ja auch nie heiraten.«
»'ne Super-Hure ist das! Und?«
»Na ja, und ich sagte natürlich: ›Mit Vergnügen, Madame. Mit dem größten Vergnügen.‹ Ich war doch . . . *Suzy!* Zweitausend Mark hatte ich noch! Und die gehörten nicht mir! Die gehörten dem Nachtportier! Und das Hotel! Und mein Schneider! Und mein Hemdenmacher! Und das Finanzamt! Und die . . .«
»Hab schon kapiert. So war das also. Natürlich habt ihr verloren.«
»Gewonnen haben wir! Irrsinnig gewonnen! Und danach gefeiert! Verloren habe ich alles erst wieder nachts, im Casino.«
»Habt ihr gleich gevögelt? In der ersten Nacht?«
»Ja.«
»Und für so eine Sau zahle ich zehn Francs, damit ich sie mir im Kino anschauen kann«, sagte Suzy. »Den Rest kannst du dir sparen. Von da an warst du an der Leine, was?«
»Und an was für einer Leine!« sagte ich.
»Immer noch«, sagte Suzy.
»Immer noch«, sagte ich.
»Wirst es immer bleiben«, sagte Suzy.

»Werd es immer bleiben«, sagte ich.
Suzy schwieg eine Weile, und John Williams sang sein Lied vom Paradies für eines Seiner Kinder zu Ende.

27

Es war fast ein Uhr morgens, als ich ins Le Monde kam. Mein alter Freund, der Nachtportier Lucien Bayard, hatte wieder Dienst. Und sein Kollege Jean Perrotin. Und wieder war die Halle menschenleer. Und wieder kam Lucian Bayard strahlend auf mich zu, geleitete mich zu den Lifts, flüsterte dabei: »Ich habe schon einen genauen Schlachtplan entworfen, Monsieur Kaven.« Er gab mir ein Kuvert. »Steht alles drin. Sehen Sie es sich bis morgen abend in aller Ruhe an. Ich habe also ›Poet's Bay‹, ›La Gauloise‹ und ›Valdemosa‹ genommen. Die drei. Ist doch richtig so, Monsieur?«
»Absolut, Monsieur Lucien.«
»Ich habe mir erlaubt, bestimmte Beträge einzusetzen . . . Monsieur müssen natürlich zustimmen. Ich habe mir gestattet, ziemlich hoch . . . Es ist eine ganze Menge Geld, denn auch noch die ›Couplés‹ . . .«
»Ich sehe mir alles an, Monsieur Lucien«, sagte ich und reichte ihm die Hand. »Morgen nacht gibt es die große Generalstabsbesprechung.«
»Ich freue mich schon darauf, Monsieur Kaven. Ich werde . . .« Ich sah ihn immer noch reden durch das Glasfenster des Lifts, als dieser schon abfuhr. Totenstill hier oben die Gänge. So viele Schuhe vor den Türen. Nun verbrachte ich mein halbes Leben in Hotels – immer noch faszinierten mich die Schuhe, die nachts vor den Türen standen.
Ich ging den Gang hinunter bis zu 419. Lucien hatte mir gesagt, daß Clarissa bei Babs sei und den Schlüssel habe. Stimmte. Die Tür war offen. Ich trat in das Appartement. Wieder brannten alle Lichter, der Salon war grell erleuchtet. Es wartete nicht nur Clarissa auf mich.
Da war auch Rod Bracken. Da war auch der kleine, traurige Dr. Lévy. Da war auch Dr. Dumoulin, den Dr. Lévy hinzugezogen hatte. Und da war ein schlanker, großer Mann, den ich noch nie gesehen hatte. Jäh schoß Angst in mir hoch, eiskalt und brennendheiß zugleich.
Sie standen alle da wie die historischen Persönlichkeiten im Wachsfigurenkabinett der Madame Tussaud. Starrten mir entgegen. Gesichter ohne Regung. Kein Wort.
»'n Abend«, sagte ich.
Nichts.
»Was ist jetzt los?« fragte ich, aus meinem Mantel gleitend, den Hut noch auf dem Kopf. »Herr Doktor Lévy, was jetzt los ist! Etwas mit Babs?«
»Ja, Monsieur Kaven«, sagte der kleine, völlig kahle Arzt leise und rückte an seiner starken Brille.

»Was? Was mit Babs? Sie hat Masern, weiß ich. Haben Sie ja erkannt, Sie und Doktor Dumoulin . . .«
»Sie hat nicht nur Masern, Monsieur Kaven«, sagte Dr. Lévy.
»Was hat sie noch?«
Warum sah mich Bracken so an, dieses Schwein? Warum sah mich Clarissa so an, diese Kuh?
»Das ist Herr Doktor Sigrand. Robert Sigrand.« Dr. Lévy wies zu dem großen, schlanken Mann mit dem grauen Haar. Der verneigte sich knapp. »Doktor Sigrand ist Oberarzt an der Hals-Nasen-Ohren-Abteilung des Hôpital Sainte-Bernadette. Kollege Dumoulin und ich haben ihn hergebeten, weil wir allein die Verantwortung nicht mehr übernehmen können.«
»Aber was ist denn mit ihr?«
»Sie ist in Lebensgefahr, Monsieur Kaven«, sagte dieser Dr. Sigrand sehr langsam und sehr klar. »Wir warten seit drei Stunden auf Sie. Wir konnten Sie nicht erreichen. Wir konnten auch nichts ohne Sie tun. Monsieur Bracken sagte, wir dürften nur mit Ihrem Einverständnis handeln.«
»Da draußen warst du nicht mehr. Ich habe angerufen«, sagte Rod Bracken. Er war bleich. Unter seinen Augen lagen schwarze Ringe. »Wo warst du so lange?«
»Ich habe noch zu Abend gegessen. Ich wußte ja nicht . . . Ich hatte ja keine Ahnung . . . Was soll das heißen, Lebensgefahr?« schrie ich plötzlich.
»Das soll heißen«, sagte dieser Dr. Sigrand, »daß das Kind hier sofort weg muß. Jede Stunde zählt.«
»Weg? Wohin weg?«
»Wenn es Ihnen recht ist, in meine Klinik. Ich halte das für das beste.«
»Aber was hat Babs denn noch?«
»Meine erste Befürchtung . . . aber Kollege Dumoulin hat ja auch nicht . . .«, stotterte der alte Lévy.
»*Was Babs noch hat!*« schrie ich.
»Nicht«, sagte Dr. Sigrand sehr leise.
»Was nicht?«
»Nicht schreien, Monsieur Kaven.«
»Was befürchten Sie also, meine Herren?« fragte ich, und ich mußte mich gegen eine Wand lehnen dabei.
»Wir befürchten – nein, wir wissen, Monsieur Kaven: Babs hat eine Mittelohrentzündung. Sie können gleich nach ihr sehen, wie es um sie steht. Sie wird Sie nicht erkennen. Sie hat über vierzig Fieber. Das wissen wir also«, sagte dieser Dr. Sigrand. »Mittelohrentzündung. Dazu Masern. Und was wir befürchten: Sie hat oder sie bekommt gerade eine Meningitis.«
»Was ist das, eine Meningitis?« flüsterte ich.
»Gehirnhautentzündung, Monsieur Kaven«, sagte Dr. Sigrand.

Dann sahen sie mich alle wieder an.
Gehirnhautentzündung.
Ô Dieu, merci, pour ce paradis . . .

28

Ich ging zu der Bar im Salon und goß ein Glas voll Whisky und trank es aus, ohne Eis, ohne Wasser, pur und warm. Dann ging ich in das Schlafzimmer, in dem Babs lag. Die drei Ärzte kamen mit. Der große Raum war nur von einer Nachttischlampe erhellt, die abgedeckt auf dem Boden stand. Babs lag in dem Doppelbett. Riesiges Doppelbett. Winzige Babs. Sturm draußen, alles ächzte, stöhnte, rasselte, keuchte, rüttelte auch hier.
Nur Babs' kleiner Kopf sah unter der Decke hervor. Das Haar war schweißfeucht, das Gesicht war schweißfeucht und fleckenübersät von den Masern. Ich sah, daß das Kissen unter Babs' Kopf schweißdurchtränkt war. Die Augen waren geöffnet, aber wie von Schlieren verhangen. Sah nicht schön aus. Gar nicht schön.
»Babs!«
»Und Schiffe«, sagte Babs.
»Was für Schiffe?«
»Feuer.«
Sie sprach kaum verständlich. So etwas hatte ich gerade mit Babs' Mutter hinter mir. Ich war neben dem Bett in die Knie gegangen und bemühte mich, zu verstehen, was Babs sagte. Kann sein, ich habe gerade etwas Falsches aufgeschrieben. Irgend etwas mit Schiffen war es bestimmt. Babs sprach sehr heiser. Und dazu lallend.
»Babs!«
Sie sah zur Decke empor, zu der prunkvollen Stuckdecke dieses prunkvollen Schlafzimmers.
»Babs! Ich bin es, Phil!«
»Fliegen«, sagte Babs.
Ich griff ihre Stirn an. Sie glühte. Ich versuchte, den Kopf ein wenig zu drehen. Da schrie sie wie ein Tier. Ich fuhr zurück.
»Lassen Sie das, Monsieur Kaven«, sagte Dr. Sigrand. Er leuchtete Babs mit einer Stabtaschenlampe in die Augen, sie blinzelte nicht einmal, sie sah starr in das Licht. »Das Kind hat Sehstörungen. Und Hörstörungen«, sagte Dr. Sigrand.
»Und vor einer Stunde hatte sie vierzigkommafünf Fieber«, sagte der kleine Dr. Lévy und senkte den kahlen Kopf. Er sprach sehr laut, denn Babs schrie immer weiter. Es klang furchtbar. Kein gequältes Tier schreit so. Babs schrie wie eine Stumme, die gefoltert wird und durch die Folter die Stimme wiederfindet.

»Aufhören!« schrie ich. »Warum hört sie nicht auf?«
»Schreien Sie nicht!« sagte Dr. Sigrand.
»Meine Herren, meine Herren, bitte, lieber Kollege!« Dr. Lévy rang die Hände.
Babs lallte etwas. Dann war sie jäh ganz still.
»Was jetzt?« fragte ich entsetzt.
Die drei Ärzte antworteten nicht.
Babs bewegte sich nicht.
Ich griff nach ihrem Kopf. Ich berührte ihn nur ganz leicht, aber sie schrie wieder los. Ich fuhr zurück.
»Sie sollen das lassen!« sagte Dr. Sigrand. Dieser Arzt haßte mich. Ich hatte es sofort bemerkt.
»Warum schreit sie so, wenn man sie nur anfaßt?«
»Schmerzen«, sagte Dr. Lévy beklommen.
»Im Kopf?«
»Und im Nacken«, sagte Dr. Sigrand, während Babs schrie, schrie, schrie. »Da ist eine Nackensteife eingetreten. Tut sehr weh. Auch das rechte Ohr tut ihr sehr weh. Und alle Glieder. Darum liegt sie so still. Das Kind ist völlig desorientiert und verwirrt.«
». . . wirrt«, sagte Babs. Ihr Mund stand offen, sie keuchte, erschöpft vom Schreien. Der Schweiß rann über ihr Gesicht zum Kissen hinunter. Auf dem Tischchen neben dem Bett standen Medikamente, lagen Spritzen, Blutdruckmesser, Thermometer.
»Was haben Sie ihr gegeben?«
»Alles Nötige für den Moment«, sagte Sigrand. »Für den Moment. Keinen Sinn, es Ihnen zu erklären, Sie würden es doch nicht verstehen. Im Grunde haben wir sie nur für den Transport in die Klinik versorgt.«
»Versucht, sie zu versorgen«, sagte Dr. Lévy.
»Ja. Und hoffentlich war der Versuch erfolgreich. Sonst . . .« Sigrand schwieg.
»Was sonst?«
»Nichts.«
Und Babs wimmerte, keuchte, schrie, weinte.
Sigrand fragte: »Wollen Sie sich endlich entscheiden, oder wollen Sie warten, bis dem Kind etwas passiert?«
Ich sah, daß Rod Bracken in der Tür des Schlafzimmers stand und uns beobachtete. Sein Gesicht hatte eine grünliche Farbe angenommen.
»Wir müssen das Kind hier wegbringen. Schnellstens! Ich lehne sonst jede Verantwortung ab«, sagte Sigrand.
Ich sah, wie Rod mir ein Zeichen machte. Ich sagte: »Warten Sie fünf Minuten, ich muß den Abtransport besprechen – mit Monsieur Bracken.«

Babs stöhnte plötzlich so schrecklich, daß ich zusammenfuhr.
»Na!« sagte Sigrand. »Haben Sie endlich kapiert, wie schlimm es steht? Seit drei Stunden warten wir auf Sie! Sie wußten, das Kind ist krank. Warum sind Sie nicht früher gekommen?«
»Wissen Sie, Sie können . . .«, begann ich, aber der kleine Dr. Lévy unterbrach mich. Er sagte zu Sigrand: »Sie müssen damit aufhören, lieber Freund. In den ›Sprüchen der Väter‹ steht: ›Verurteile deinen Nächsten nicht. Du weißt nicht, was du an seiner Stelle getan hättest.‹«
»Verehrter Kollege, wollen Sie mir jetzt mit dem Talmud gute Laune machen?«
Ich ging schnell zu Rod, der mich in den Salon zog und die Tür schloß. Vor mir standen Clarissa und Dr. Wolken. Herr Dr. Alfons Wolken aus Winterthur. Babs' Privatlehrer. Den hatte ich ganz vergessen. Da stand er, verlegen wie immer, willens, sogleich sein Gesicht zu verbergen wie immer, devot wie immer.
»Guten Abend, Herr Kaven. Ich bin vor drei Stunden angekommen. Ich war nur kurz in meinem Zimmer. Das alles ist schrecklich. Ganz schrecklich. Die arme Babs, mein Gott . . .«
»Schon gut«, schrie ich.
Er fuhr zusammen.
»Ich bitte um Verzeihung, Herr Kaven, ich bitte tausendmal um Verzeihung . . .«
»Nein, nein . . .« Ich griff mir an die Stirn. So ging das nicht. So konnte ich mich nicht benehmen. »Ich bitte *Sie* um Verzeihung, Herr Doktor Wolken!! . . . Ich muß jetzt . . . mit Mister Bracken muß ich jetzt reden . . . Wenn Sie vielleicht so lange mit Clarissa in Ihr Appartement gehen wollten?«
»Selbstverständlich, Herr Kaven.« Dr. Wolken dienerte dreimal. Dann verschwand er mit Clarissa, die immer noch weinte. Er öffnete ihr die Tür, ließ sie vorausgehen.
Die Tür fiel zu.
»Wo hast du herumgevögelt?« fragte Rod.
»Halt dein dreckiges Maul!«
Wir sprachen englisch.
»Ich krieg schon raus, wo du herumgevögelt hast«, sagte Rod. »Jetzt geht dir der Arsch auf Grundeis, was?«
Ich schwieg.
»Auf so was habe ich schon immer gewartet«, sagte Rod. »Du nicht. Weil du zu dämlich bist und keine Phantasie hast. Jetzt, ja, jetzt denkst du daran! Weil du weißt, wenn da ein Wort, ein einziges Wort rauskommt über das mit Babs, dann kann sich Sylvia begraben lassen. Und du darfst dann alte Weiber . . .« (Das kann ich nicht wiedergeben!) »Ich hab's im Urin gehabt.

Ich hab's kommen sehen. Eines Tages. Nicht gewußt, wie, nur daß es kommen wird. Gottverflucht, wären wir doch damals bloß nicht nach Monte geflogen! Jetzt, wenn was rauskommt, verlangt der Schuft Hunderttausende, was weiß ich, und immer wieder, immer mehr – und redet dann schließlich *doch*! Schön in der Scheiße sitzen wir.«
Ich sagte noch immer nichts.
»Wenn Babs gleich sterben würde, ja. Wenn sie schon tot wäre«, sagte Rod. »Aber darauf kann man sich nicht verlassen. Du hörst doch – Krankenhaus. Das ist das Ende für dich, Gigolo. Für Sylvia sowieso.«
Und da sagte ich dann etwas.
»You mother-fucker«, sagte ich, »hast du denn noch immer nicht kapiert, daß du mir jetzt, wo Babs ins Krankenhaus kommt, in den Arsch kriechen mußt bis zum geht nicht weiter? Daß du mir jetzt die Füße küssen, daß du vor mir auf den Knien rumrutschen mußt und mich anflehen, daß ich dir helfe?«
»Du mir, wieso?« fragte er.
»Weil, wenn das mit Babs jetzt rauskommt, wenn sie das wirklich hat, diese Meningitis – und du weißt, was passiert,wenn was schiefgeht bei einer Meningitis –, wenn das also auch nur eine einzige Seele erfährt, dann bist du dort, wo du hergekommen bist, wo du hingehörst! In die älteste, schwärzeste Scheiße, ja!«
»Du doch genauso«, sagte er.
»Eben nicht, Trottel«, sagte ich. »Ich habe keine Ahnung. Ich bin Sylvias große Liebe, sie ist meine. Ihr Agent bist *du!* Von der Sauerei, die ihr beide da mit den Tonbändern gedreht habt, habe ich nichts gewußt.«
»Deine Stimme ist auf den Bändern drauf«, sagte er bebend. »Deine verschissene Stimme. Und da weißt du von nichts?«
»Natürlich nicht!«
»Und was *du* auf den Bändern sagst?«
»Was? Was sage *ich*? Sylvia hat damals einen schrecklichen Zusammenbruch gehabt. Nerven! Wer wirft den ersten Stein? Eine Frau, die so Ungeheueres leistet! Einmal gehen ihr eben die Nerven durch!«
»Du hast ihr recht gegeben, als sie über die Kretins tobte!«
»Mit keinem Wort«, sagte ich. Das wußte ich genau. Ich hatte schon damals, in der Garderobe von TMC, gewußt, daß ich ihr da mit keinem Wort recht geben durfte. Woher gewußt? Muß ein sechster Sinn gewesen sein, mein Herr Richter. »Ich habe sie nur zu beruhigen versucht.«
»Mit Cognac und einer Ohrfeige!«
»Richtig. Um sie aus ihrer Hysterie zu bringen. Ich habe wie ein Arzt gehandelt. Auch wie ein Psychiater. Weg von den Kindern! Nur von der Publicity gesprochen. Alles, um sie zu beruhigen. Alles aus Liebe.«
»Aus Liebe! Du Sauhund!«

»Beweise das Gegenteil«, sagte ich.
»Ich kann beweisen, daß du mit mir noch einmal in Monte-Carlo warst! Bei Frédéric! Frédéric ist ein Zeuge!«
»Wann?« fragte ich.
»Was wann?« fragte Rod.
»Wann war ich noch einmal mit dir in Monte-Carlo bei Frédéric?«
»Dezember 1969.«
»Eben«, sagte ich.
»Eben was?« fragte er.
»Die Gala war im Juli 1969. Also fast ein halbes Jahr vorher. Und als ich Frédéric anrief, war es Ende Oktober. Weil ihr nämlich da zu mir gekommen seid, Sylvia und du, vollkommen verzweifelt, und mich angefleht habt, euch zu helfen. Weil da schon das erste und das zweite und das dritte Päckchen gekommen waren.«
»Du warst doch dabei, als das erste kam! Und alle anderen!«
»Beweise es mir«, sagte ich. »Du kannst es nicht beweisen. Sylvia auch nicht. Schließlich waren die Päckchen an sie adressiert. Nichts zu machen. Ihr seid im Oktober gekommen und habt mir erzählt, was da passiert ist und immer weiter passiert, weil ihr nicht mehr aus noch ein gewußt habt. Und weil ihr gehofft habt, Frédéric kann helfen. Darum habt ihr mich, seinen Freund, gebeten, ihn anzurufen. Darum bin ich dann, im Dezember, mit dir nach Monte-Carlo geflogen.« Ich verzog den Mund. »Nur aus Liebe zu Sylvia. Um ihr zu helfen. Damals, als ihr mich eingeweiht habt, war ich entsetzt, absolut entsetzt, als ihr mir sagtet, wie lange Sylvia schon bezahlt, das heißt: wie lange du schon mit ihrem Geld bezahlst! *Du* hast immer das Geld überwiesen, oder? Ich niemals! Immer du! Das kann man nachprüfen! Dann, als ihr endlich mit mir geredet habt, war es natürlich zu spät. Du hast immer weiter zahlen müssen. Du. Nicht ich. *Ich* hätte euch sofort gezwungen, die Polizei zu verständigen. Darum habt ihr mir wohl auch so lange nichts erzählt. Nur als ihr nicht mehr weitergewußt habt, da habt ihr einfach mit mir reden müssen. Da habe ich, um ein Letztes zu versuchen, Frédéric angerufen. Bis dahin hatte ich mit der Sache überhaupt nichts zu tun, habe ich überhaupt nichts von ihr gewußt!«
»Du Hund«, sagte er. Aber er mußte was trinken. Jetzt war er erst richtig fertig.
»Du bist eine tragische Figur, weißt du das, Rod?« sagte ich. »Und warum bist du eine tragische Figur? Weil du keine Wahl hast. Von jetzt an wirst du mich achten und ehren, wie die Bibel es von den Kindern verlangt, daß sie Vater und Mutter ehren, du Arschloch. Noch ein einziges dreckiges Wort, noch ein einziger schiefer Blick, und es ist aus. Eine tragische Figur bist du. Wie Othello.«
»Du Klugscheißer«, sagte er.

»Weißt natürlich nicht, wer das war.«
»Klar weiß ich's.«
»Dann sag's!«
Er schwieg und trank.
»Klar weißt du's nicht«, sagte ich. »Othello hat zum Schluß alles verloren, was seinem Leben Sinn gab. Und weil er dieses Leben nicht weiter ertragen konnte, hat er sich erstochen. Daran mußt du jetzt denken. In diesem Sinne. Braucht ja kein Dolch zu sein, Gift geht auch. Schlafmittel oder zum Fenster raus. Wie du's am liebsten hast, du Schwein, das eine einzige Chance hat, eine allerletzte.«
»Nämlich welche?« fragte er schwach.
Ich hörte, wie dieser Dr. Sigrand nach mir rief.
»Sofort, Herr Doktor!« sagte ich über die Schulter. Eine Tür fiel zu. Rod und ich hatten sehr leise gesprochen. Ich sagte, sehr leise: »Nämlich die, daß ich dir jetzt helfe, es so zu drehen, daß keine Seele etwas von Babs und von der Meningitis erfährt.«
»Vielleicht ist es gar keine«, sagte er.
»Schön. Wenn du meinst. Warten wir's ab.«
»Nein«, sagte er. »Nein, bitte nicht. Ich . . . ich habe dich immer gehaßt, Phil.«
»Ich dich auch.«
»Aber das . . . aber das ist vorbei . . .«
»Scheiße ist es vorbei!«
»Nein, wirklich! Ich schwöre es dir! Bei meinem Augenlicht! Ich habe nichts mehr gegen dich. Du . . . du bist eben so, wie du bist. Ich bin schlimmer als du . . .«
»Das will ich meinen!«
»Und ich bin wirklich verloren, wenn du mir jetzt nicht hilfst, wenn wir jetzt nicht zusammenhalten. Denn dann . . . dann ist es wirklich aus mit mir . . .«
»Siehst du, es wirkt schon, you no-good cocksucker«, sagte ich. Jetzt hatte er sein Fett weg für all das, was ich von ihm eingesteckt hatte in all den Jahren. Und konnte sich nun nie mehr wehren, rächen, konnte nun nur noch eines: mir in den Arsch kriechen. Und das hatte er begriffen. Ich sah beglückt, wie er sich in einen mit goldgelbem Seidenbrokat überzogenen Sessel fallen ließ, der große Rod Bracken, berühmtester und erfolgreichster Agent der berühmtesten Schauspielerin der Welt, dereinst wie eine Ratte, eine Kellerratte gekrochen aus dem Schoß der Bronx, dort, wo sie am meisten stinkt, dort, wo sie am dreckigsten ist.
»Dieses Monte«, sagte Rod und bewegte kraftlos die ausgestreckten Beine hin und her. »O, liebe Himmelsmutter . . . dieses Monte . . .«

29

Was da gleich nach Sylvias Auftritt in Monte-Carlo passiert war, werde ich in Bälde berichten. Lassen Sie mich bitte, mein Herr Richter, zuerst erzählen, was in dieser Nacht sogleich mit Babs geschah, sonst verliere ich die Übersicht.

Babs mußte also in ein Krankenhaus, das stand fest. Das große Problem war, sie dorthin so zu bringen, daß kein Reporter, daß möglichst überhaupt kein Außenstehender von der Erkrankung erfuhr. In einem Riesenhotel keine leichte Aufgabe, nicht wahr?

Dieser Dr. Sigrand, der mich nicht leiden konnte, kam zu uns in den Salon und sagte zornig, er werde jetzt noch fünf Minuten warten und dann die Behörden verständigen, wenn ich es immer noch nicht fertiggebracht hätte, mit Bracken hinsichtlich des Transports eine Einigung zu erzielen. Er habe genug bis obenhin, sagte Dr. Sigrand. Das hatte ich auch, aber das sagte ich natürlich nicht. Ich sagte statt dessen: »Bitte, verstehen Sie doch: Selbstverständlich muß Babs sofort in Ihre Klinik. Aber das ist Babs Moran, Herr Doktor! Es darf nicht sein, daß jemand – durch Zufall – erfährt, welche Art von Krankheit sie hat.«

»Warum darf das nicht sein?« fragte er böse, während ich Babs durch die offene Tür nebenan weinen hörte. »Würde es etwa den Geschäften der gnädigen Frau schaden?«

»Ja«, sagte ich, »das täte es.« Nun hatte ich genug von diesem Sigrand. »Und jetzt hören Sie endlich auf, sonst passiert etwas! Ich erkläre Ihnen schon noch, warum es schaden würde. Nicht jetzt. Jetzt habe ich keine Zeit. Jetzt muß ich sehen, wie wir Babs hier aus dem Hotel bekommen. Sie werden die Möglichkeit finden, vor Ihrem ärztlichen Gewissen noch ein paar Minuten zu verantworten.«

Ich mußte das mit einem solchen Gesichtsausdruck gesagt haben, daß er verblüfft war. Weiter haßerfüllt. Aber verblüfft. Er hielt den Mund, als ich zur Tür ging.

»Ich komme mit«, sagte Bracken.

»Du bleibst da«, sagte ich.

»Jawohl, Phil«, sagte Bracken. »Ganz wie du meinst, Phil. Natürlich, wenn du es für besser hältst, bleibe ich da.«

So kriegt man ein Großmaul wie Bracken klein, sehen Sie, mein Herr Richter.

Ich fuhr in die Hotelhalle hinunter. Fünf Frauen mit Staubsaugern, Schrubbern und Putzlappen arbeiteten da. Ich ging nach vorn, zum Portiersdesk.

Kein Mensch zu sehen.

»Monsieur Lucien!«

Keine Antwort.
Lauter: »Monsieur Lucien!«
Neben der breiten Mahagoniwand mit den Schlüsselhaken und den Schlitzen für die Post gab es eine Tür. Sie führte, das wußte ich, in den privaten Aufenthaltsraum der Nachtportiers. Klar schlief da mal einer ein paar Stündchen, während der andere wachte.
Die Tür war angelehnt. Der alte Lucien sah heraus, er hatte meine Stimme gehört. Ich hörte auch eine Stimme, nein, mehrere Stimmen!
»Monsieur Kaven . . .« Lucien hatte seine Krawatte heruntergezerrt, den Kragenknopf geöffnet, sein bleiches Gesicht zeigte rote Flecken. »Ist etwas geschehen?«
»Das frage ich Sie!« Immer die aufgeregten Stimmen hinter der Tür. »Was ist los?«
»Das ist gerade . . . Was kann ich für Sie tun, Monsieur Kaven?«
»Darf ich mal rein?«
»Aber gewiß, Monsieur.«
Also trat ich in den kleinen Ruheraum der Nachtportiers. Couch, Fernsehapparat, Radio, ein paar Möbel, ein Teppich. Der Fernsehapparat war ausgeschaltet. Aus dem Radio, vor dem, an den Fingernägeln kauend, der zweite Nachtportier, Jean Perrotin, saß, kamen die Stimmen. Reporterstimmen! Durcheinander. Aufgeregt. Rasend schnell.
». . . eben Scharfschützen in Wohnungen der Häuser gegenüber postiert . . .«
». . . stürmten die drei japanischen Terroristen – bewaffnet mit Handgranaten und Pistolen – die Französische Botschaft, nahmen Geiseln und verschanzten sich im vierten Stock des Gebäudes . . .«
». . . Ich erfahre soeben: Außer den drei Terroristen des Kommandos befinden sich folgende neun Menschen als Geiseln in der Botschaft: Der französische Botschafter in Den Haag, Graf Jacques de Senard, vier Direktoren der französischen Mineralölfirma ›Compagnie Française des Pétroles-Total‹, eine zweiundzwanzigjährige Telefonistin namens Bernardine Geerling, die gleichaltrige Sekretärin des Botschafters Joyce Fleur und die beiden Sicherheitsbeamten. Die Herren der Mineralölfirma hatten zur Zeit des Überfalls eine Lagebesprechung mit dem Botschafter, die länger als vorgesehen dauerte . . .«
»Schöner Mist«, sagte Jean Perrotin.
Ich habe nicht die Absicht, sehr viel über das zu erzählen, was da in den ersten Morgenstunden des 25. November 1971 in der Französischen Botschaft in Den Haag passiert war und was sich in den folgenden Tagen daraus entwickelte. Sie erinnern sich sicherlich noch genau daran, mein Herr Richter. Oder auch nicht mehr ganz genau, denn diese neueste Spielart menschlichen Einfallsreichtums, ich meine Flugzeugentführun-

gen, Geiselnahmen, Blutbäder auf Flughäfen, Erpressung ganzer Staaten durch zwei, drei, fünf eiskalte Fanatiker oder Killer gegen hohes Lösegeld, hatte damals gerade ihren ersten Höhepunkt erreicht.
In jenem speziellen Fall ging es um einen Japaner namens Yukata Furuya. Der war am 21. Juli auf dem Flughafen Orly verhaftet worden. Grund: Furuya hatte drei falsche Pässe, 10 000 Dollar in gefälschten 100-Dollar-Noten und einen verschlüsselten Brief bei sich. Er kam in das Pariser Santé-Gefängnis. Um ihn von da herauszuholen, waren nun drei Japaner in die Französische Botschaft in Den Haag eingedrungen. Sie erklärten sofort über Telefon, Mitglieder der ›Rengo Sekigun‹, der ›Vereinigten Roten Armee‹, zu sein. Diese Terrororganisation richtete 1972 dann das Blutbad auf dem Tel Aviver Flughafen Lod an. Die ›Rengo Sekigun‹ arbeitete mit den palästinensischen Guerilla-Organisationen zusammen . . .
Eine der Putzfrauen, die in der Halle arbeiteten, steckte den Kopf zur Tür herein.
»Was Neues?« fragte sie heiser. Im Mundwinkel hing eine Zigarette.
»Die Japaner«, sagte Perrotin, »fordern, daß der Kerl, dieser Furuya, der in der Santé sitzt, rausgelassen wird und . . .«
»Die gelben Schweine«, sagte die Putzfrau.
». . . daß die französische Regierung ihn mit einer AIR-FRANCE-Boeing nach Schiphol schickt . . .«
»Was ist Schiphol?« fragte die Putzfrau.
»Der internationale Flughafen von Amsterdam. Und daß dieser Furuya die Maschine inspiziert. Und wenn er . . .«
»Die gelben Schweine«, sagte die Putzfrau.
». . . die Maschine in Ordnung findet, scheint es, aber es muß nicht so sein, werden die in der Botschaft zuerst die beiden Mädchen freilassen . . .«
»Die schmutzigen gelben Schweine«, sagte die Putzfrau.
». . . dieser Furuya, den sie befreien wollen, möchte aber offenbar gar nicht befreit werden! Er hat dafür, daß er sich nach Den Haag fliegen läßt und damit das Leben des französischen Botschafters rettet, den sie als ersten umlegen wollen, eine Million Dollar gefordert . . .«
»Die dreckigen gelben Schweine«, sagte die Putzfrau. »Also eine Boeing für eine Sekretärin und eine Telefonistin! Was die wohl für zwei Putzfrauen verlangt hätten? Und eine Million Dollar für einen Botschafter! Am besten, die geben gleich eine ganze Preisliste bekannt, wer wieviel kostet.«
»In ganz kurzer Zeit, sagen die Reporter, wird auch das Fernsehen soweit sein, daß es aus Den Haag senden kann«, sagte mein Freund Lucien. »Ich nehme an, jetzt schon sitzt halb Frankreich vor den Radios. Das wird was werden, wenn erst das Fernsehen dazukommt! Und wenn das Tage dauert!«
Und wenn das Tage dauert . . .

Ich zog Lucien am Arm.
»Monsieur?«
»Wo kann ich Sie sprechen?«
»Wo Sie wollen. Hier. Oder woanders. Warum?«
»Nicht hier. Wo uns niemand hören kann«, sagte ich leise.

30

Eine Viertelstunde später fuhr eine Ambulanz in den Innenhof des LE MONDE und hielt dicht vor einer Laderampe, vor der sonst die Laster von Lebensmittel- und Getränkefirmen oder von Großwäschereien hielten. Ich wußte sofort, daß die Ambulanz da war, denn Lucien rief mich gleich im Appartement an.
»Zwei Männer kommen mit einer Bahre«, sagte Lucien. »Ich komme mit.«
»Okay«, sagte ich.
Die drei Ärzte, Bracken, Clarissa und Dr. Wolken sahen mich an, als ich den Hörer niederlegte.
»Es ist soweit«, sagte ich.
Niemand sprach.
Dr. Sigrand ging ins Schlafzimmer. Ich sah, wie er Babs noch eine Injektion machte. Sie war leise jammernd eingeschlafen. Nun weinte sie wieder laut. Lautes Weinen auf dem Gang war gerade, was wir jetzt noch brauchten.
Im Salon lief nun der Fernsehapparat. Bracken hatte ihn eingeschaltet.
Es klopfte leise.
Ich rannte zum Eingang des Appartements und öffnete. Zwei Sanitäter, Mäntel über den weißen Kitteln, und der Nachtportier Lucien kamen herein.
Die Sanitäter trugen eine Bahre und Decken.
»Da drüben«, sagte ich und wies zum Schlafzimmer. Die beiden Sanitäter eilten weiter. »Danke, Monsieur Lucien«, sagte ich. Er hatte dafür gesorgt, daß niemand im Hotel etwas davon wußte, was nun mit Babs geschah – nicht einmal sein Kollege Perrotin. Ich hatte Lucien gesagt, am Vormittag würde ich mit seinem Chef sprechen. Er war ein sehr alter, sehr weiser Portier eines sehr alten, sehr guten Grandhotels.
»Viele Gäste sind nun wach, Monsieur«, sagte Lucien. »Sie wurden angerufen, sie sitzen vor den Fernsehapparaten. Ich nehme an, jeder, der in Paris jetzt nicht schläft oder dringendst arbeiten muß, sitzt vor einem Fernsehapparat.«
»Was für ein Glück wir haben«, sagte ich.
»Wie meinen Sie, Monsieur?«
»Nichts«, sagte ich und ging ins Schlafzimmer.
Die Sanitäter hatten Babs auf die Bahre gelegt, zugedeckt und schnallten sie

gerade fest. Sie weinte laut, dann wimmerte sie, dann holte sie rasselnd Atem. Dann sagte sie etwas.
»Was hat sie gesagt?« fragte ich Dr. Lévy, der mit mir gekommen war.
»Ich habe es nicht verstanden.«
Babs sagte wieder etwas, dann greinte sie.
»Bären«, sagte Dr. Sigrand, der den Abtransport leitete.
»Was Bären?«
»Sie hat etwas von Bären gesagt.«
»Was von Bären?«
»Habe ich nicht verstanden. Können wir?«
Die Sanitäter nickten.
»Dann los!«
Die Bahre wurde hochgehoben.
»Vorsichtig«, sagte Dr. Sigrand. »Ganz vorsichtig.«
Sie trugen Babs in den Salon hinaus. Da weinte jetzt wieder Clarissa. Auf dem Fernsehschirm sah man eine breite Straße und ein hohes Gebäude. Am unteren Bildrand erschien eine Schrift: DIREKT AUS DEN HAAG
». . . die neun Geiseln und die drei Männer des Kommandos befinden sich in der vierten Etage . . .«
Die Kamera zoomte auf eine Fensterreihe zu. Es war aber alles sehr dunkel und verschwommen.
Die Ärzte hatten ihre Hüte, Mäntel und Taschen genommen. Ich glitt in die Ärmel meines Mantels.
»Ihr bleibt alle hier«, sagte ich. »Ich fahre mit. Clarissa und Herr Doktor Wolken, gehen Sie schlafen, bitte.«
»Nein!« schluchzte Clarissa.
»Ich kann jetzt nicht schlafen«, sagte Dr. Wolken mit gesenktem Kopf. Und dienerte.
»Dann bleibt auf«, sagte ich. »Rod, du bleibst ständig neben dem Telefon.«
»Klar, Phil«, sagte der. Nach unserer kleinen Auseinandersetzung war er plötzlich ganz nüchtern und trank auch nicht mehr. Er sah aus, als sei er in der letzten Stunde um zehn Jahre gealtert. Ich sah vermutlich nicht viel anders aus.
Jetzt fiel die Appartementtür hinter mir zu. Wir waren nun auf dem leeren Gang. Dem Gang mit den vielen Schuhen. Wenn jetzt noch jemand heimkam! Wenn jetzt noch jemand Schuhe vor seine Türe stellte! Wenn ein Etagenkellner gerufen wurde . . .
Die Sanitäter eilten, schnell und elastisch wie Katzen, den Gang hinab. Ich hatte Mühe, ihnen zu folgen. Ich hörte Männerstimmen. Es dauerte Sekunden, bis ich bemerkte, daß es immer dieselben Männerstimmen waren. Sie kamen aus Zimmern, in denen die Gäste ihre Fernsehapparate zu laut eingestellt hatten.

Dann erreichten wir einen Lastenaufzug. In ihm hatten wir alle bequem Platz. Der Lift fuhr langsam abwärts.
»Bären«, sagte Babs. »Gibt natürlich solche und solche Bären.«

31

Das war eine große Ambulanz. Die Träger hatten die Bahre festgezurrt. Die drei Ärzte und ich saßen vor ihr. Die Ambulanz fuhr sehr schnell. Babs wimmerte. Sigrand fühlte ihren Puls, horchte sie mit einem Stethoskop ab, maß den Blutdruck, alles sehr behutsam. Ich hatte keinen Mut mehr, ihn zu fragen, wie die Befunde waren, Sigrand sah die beiden Ärzte an. Dann zuckte er die Achseln.
Das war alles.
Ich wischte mir mit einem Taschentuch den Schweiß von der Stirn. Die Sanitäter vorne hatten das Autoradio eingeschaltet. Gewiß nicht besonders laut. Sie wollten eben informiert sein. Dieser Krankentransport war Routine, klar. Aber weil wir so still waren und weil es auf den Straßen, durch die wir fuhren, so unheimlich still war, hörte ich eine Sprecherstimme: ». . . der Botschafter der Bundesrepublik Deutschland, Doktor Max Obermaier, wohnt gleichfalls mit seiner Familie im Sperrgebiet . . .«
Ich sah durch ein schmales Seitenfenster der Ambulanz ins Freie. Ich sah nicht einen einzigen Menschen. Es war knapp 2 Uhr früh – und nicht ein einziger Mensch mehr auf der Straße. Im Zentrum von Paris! Das hatte ich noch niemals erlebt, und ich kannte Paris wie meine Tasche. Die Ambulanz hatte jetzt Blaulicht eingeschaltet, ihre Sirene heulte.
»Kann man das nicht abstellen?« fragte ich.
»Nein«, sagte Dr. Sigrand und sah mich an, als hätte ich seine Mutter erschlagen. Was war bloß los mit dem Kerl?
»Aber es ist doch kein Mensch unterwegs . . .«
»Autos können aus Nebenstraßen kommen«, sagte er. »Die Sirene muß sein. Das Blaulicht auch. Sie werden es schon ertragen.«
Was roch hier so nach Parfum? dachte ich. Die anderen mußten dasselbe denken, denn ich sah, wie Dr. Lévy und Dr. Dumoulin schnupperten. Dann wurde es mir klar. Das war mein Taschentuch, mit dem ich mir die Stirn getrocknet hatte! Es roch nach VIVRE. Kräftig. Verflucht, aber ich hatte doch noch gebadet, bevor ich Suzy verließ! Da sehen Sie mal, was für ein gutes Parfum VIVRE ist.
Ich steckte das Tuch schleunigst ein und sah wieder aus dem Fenster. Vorhin waren wir auf der Place de l'Étoile um den Arc de Triomphe gefahren. Jetzt waren wir schon ein großes Stück weiter, die Avenue de la Grande Armée hinauf. Die Sirene sang. Das Blaulicht zuckte ins Wageninnere. Babs murmelte jetzt nur. Place de Verdun. Porte Maillot.

Avenue de Neuilly.
Avenue de Neuilly!
Ich fuhr hoch. Noch ein Stück, und wir landeten bei . . .
Die Ambulanz bog links ab.
In sehr vielen Fenstern sehr vieler Häuser, an denen wir vorbeigefahren waren, hatte ich Licht gesehen. Inzwischen schien die Stadt wieder munter geworden zu sein. Die Geiselnahme in Den Haag . . .
». . . Tausende werden in wenigen Stunden ihre Arbeitsplätze nicht erreichen können«, kam die Stimme des Rundfunksprechers von vorne in die Ambulanz. »Auch das Sekretariat des Prinzen Claus der Niederlande liegt in der Sperrzone . . .«
Hauptstraße.
Avenue de Madrid.
Moment, Moment, das war doch ganz nah am Bois de Boulogne. Allmächtiger. Über die Avenue! Zweite Kreuzung scharf links. Wieder eine Hauptstraße. Rue de Longchamps. Hinauf etwa einen Kilometer. Dann waren wir da. Der Sanitäter am Steuer hupte. Und fuhr in den Hof des Hôpital Sainte-Bernadette hinein.
Wir wurden schon erwartet. Männer und Frauen in Weiß eilten herbei. Es ging alles sehr schnell. Raus aus der Ambulanz! Die Bahre wurde auf ein fahrbares Gestell mit Gummirädern gehoben. Schattenhaft und undeutlich konnte ich sehen, daß dieses Krankenhaus ein Riesenkomplex war, bestehend aus verschiedenen Kliniken und Höfen. Wir hatten im Hof der Hals-Nasen-Ohren-Klinik gehalten. Nun waren wir schon in dem Gebäude. Weiße Gänge. Weiße Kacheln. Weiße Neonstäbe. Alles weiß. Wie ich es schon einmal erlebt habe heute abend, dachte ich. Ein Krankenaufzug. Ich sagte zu Dr. Sigrand: »Ich muß Sie um etwas bitten, Herr Doktor.«
Keine Antwort.
»Ich weiß, ich bin Ihnen widerwärtig. Ich weiß nicht, warum. Aber ich muß Sie um etwas bitten. Hören Sie mich?« Die letzten Worte sagte ich sehr laut.
»Ich höre Sie«, sagte Sigrand.
»Ich erkläre Ihnen alles später . . .«
»Was?«
Der Lift glitt ganz ruhig nach oben.
»Warum ich Sie darum bitte. Jetzt haben Sie keine Zeit. Nachher. *Bitte!* Es ist von *größter* Bedeutung: Das Kind darf nicht unter seinem richtigen Namen aufgenommen werden!«
»Ich kann mir keinen Grund denken, warum das Kind nicht . . .«
»Es gibt einen verflucht guten Grund«, sagte ich. Ich wurde heimtückisch. »Ich habe Sie darum *gebeten*, Herr Doktor.«

Sigrand betrachtete mich verblüfft.
»Also, wie ist das – falscher Name oder nicht?«
»Meinetwegen. Was für einer?«
»Ein amerikanischer. Möglichst neutral. Mir geben Sie auch einen. Ich bin der Vater. Das sagen Sie allen Ärzten und dem Personal, klar?«
»Sie haben hier überhaupt nichts zu bestimmen!«
»Ich tu es aber! Und Sie werden tun, was ich sage!« Ich fuhr in eine Innentasche meiner Jacke. Zog eine Brille mit dunklen Gläsern hervor. Trug ich immer bei mir. Setzte ich oft genug auf. Jetzt zum Beispiel. »Noch einmal: Ist Ihnen klar, was für eine Patientin Sie da haben?« fragte ich Sigrand, fast ins Ohr. »Und was passiert, wenn . . .«
»Schon gut«, sagte er, angewidert. »Anderer Name, meinetwegen. Wie wollen Sie heißen?«
»Machen Sie einen Vorschlag.«
»Paul Norton?«
»Okay.«
»Und Babs Norton. Babs muß bleiben! Darauf hört sie!«
»Okay.«
Der Lift hielt.
Wieder ein Gang. Sehr viele Türen, die meisten offen. Büros. Labors. Sprechzimmer. Hier stank es nach Lysol. Hier gab es viele Menschen, Männer und Frauen in Weiß. Sie kamen herbei, mindestens ein Dutzend. Sigrand hatte noch aus dem LE MONDE hier angerufen. Er sagte schnell: »Das ist Monsieur Paul Norton. Seine Tochter Babs.«
»Guten Abend«, sagte ich.
»Aber wieso . . .«, begann ein junger Arzt.
»Nichts wieso! Norton, kapiert?« fragte Dr. Sigrand.
»Nein«, sagte der junge Arzt.
»Sie werden es schon noch kapieren. Los!«
Wir gingen alle den langen Gang hinunter zu einer Milchglastür, auf der ich las: EINTRITT VERBOTEN!
Ein offenes Büro. Darin ein Fernsehapparat. Männer und Frauen davor. Einer der Sanitäter rief: »Wie weit sind sie, Jacques?«
Der Mann, der Jacques hieß und den ich nicht sehen konnte, antwortete: »Das kann Wochen dauern. Erst mal weigert sich die Regierung, diesen Scheißjaps aus der Santé zu holen und eine Million Dollar zu bezahlen . . .«
»Dann legen die Japsen alle Geiseln um«, sagte der zweite Sanitäter.
Vorbei die Tür, vorbei Jacques' Stimme.
Hinter uns rief jemand: »Claude! Claude, komm her! Jetzt haben sie die Santé im Bild!«
Dr. Lévy sagte: »Doktor Sigrand ist der beste Arzt, den es in Paris für so

etwas gibt. Was Menschen tun können, werden Doktor Sigrand und seine Kollegen tun.«

Die Rue Cavé, in der Sylvia in Professor Delamares Klinik lag, geht vom Boulevard Richard Wallace ab. Ich fragte: »Wo ist hier eigentlich der Boulevard Wallace?«

»Zwanzig Minuten zu Fuß. Warum?« fragte Dr. Lévy.

»Nur so«, sagte ich. Na fein, dachte ich. Zwanzig Minuten zu Fuß.

Die Nähe, in der sich Mutter und Tochter nun befanden, sollte uns bald schon eine besondere Pointe bescheren. Eine besonders aparte Pointe.

Wir hatten die Milchglastür erreicht. Ein Arzt sperrte auf. Die Bahre mit Babs wurde in den Gang dahinter gerollt. Dr. Sigrand sagte zu mir: »Sie können nicht weiter mitkommen. Das Kind muß sofort untersucht werden. Gründlichst. Was Sie sehen, sind alles Spezialisten, Monsieur Norton. Setzen Sie sich auf die Bank da.«

»Wie lange wird es dauern?« fragte ich.

»Lange«, sagte er und ging hinter den anderen her.

Doktor Lévy und ich standen plötzlich allein.

»Ich muß auch hinein«, sagte der alte Jude.

Ich nickte.

Dr. Lévy sagte: »Lieber Monsieur Ka . . . Norton, seien Sie ohne Sorge. Es steht geschrieben: ›Wir können in keinen Abgrund fallen außer in den der Hände Gottes.‹« Dann schloß sich die Tür hinter ihm. Auf der Außenseite hatte sie keine Klinke. Nur einen Knopf.

Ich setzte mich auf die weiße Bank.

Ich war plötzlich sehr erschöpft und konnte nicht mehr die Augen offenhalten. Ich saß da, Mantelkragen hochgeschlagen, dunkle Brille auf, allein. Ich weiß, mein Herr Richter, daß ich noch an das dachte, was Babs gesagt hatte, etwas früher, auf der Bahre. Ich dachte: Natürlich gibt es solche und solche Bären.

Dann war ich eingeschlafen.

32

»Das sind Rotfeuerfische«, sagte Rod Bracken. Er sprach kurzatmig vor Begeisterung. »Schau dir das an, Mensch! Hast du schon mal so was Wunderbares gesehen?«

»Nein«, sagte ich.

»Aber ich. Kann sie gar nicht oft genug sehen.« Bracken trat ganz nahe an die Glaswand des Bassins. »Schau dir die Flossen an – wie eine Schleiertänzerin! Herrlich!«

Tatsächlich boten diese purpurn und hell gestreiften Fische mit der bizarren Gestalt und den riesigen Flügelflossen einen faszinierenden Anblick.

»Und giftig sind sie auch!« Bracken war über diese Eigenschaft anscheinend besonders begeistert. Kein Wunder – er liebte ja auch die Piranhas, die ihren Opfern bei lebendigem Leibe das Fleisch herunterfetzen, bis nach wenigen Minuten nur noch das Skelett übrig ist.
Ich sah auf meine Armbanduhr. Es war 16 Uhr 35 am Samstag, dem 13. Dezember 1969, und Frédéric hatte sich schon um eine halbe Stunde verspätet.
Wir standen im Aquarium des Museums für Meereskunde in Monte-Carlo, Bracken und ich. Wir waren vor eineinhalb Stunden, von Los Angeles via Paris kommend, in Nizza gelandet und hatten einen ›Hertz‹-Wagen gemietet. Nun, zum Jahresende, war die entsetzliche Promenade des Anglais verlassen. Tief hingen schwarze Wolken, der Sturm peitschte das Meer gegen die Kaimauern des Alten Hafens. Auf der Moyenne Corniche hatte es trostlos ausgesehen. Keine Blumen, keine Bäume, alles grau und kahl. Winter eben. Es war kalt, wir trugen Mäntel.
»Und da – schau mal: Skorpionsfische von der kalifornischen Küste«, sagte Bracken, der Fischexperte. »Genauso giftig. Sind ja auch Verwandte.« Ich denke, er hätte sofort ein paar von den Fischen hier geklaut, wenn das möglich gewesen wäre. Es war nicht möglich. Die vielen erleuchteten Bassins, die es hier unten gab, hatte man in gleichmäßigen Abständen in die Wände des Aquariums eingelassen. Das berühmte Musée Océanographique, das jetzt Commandant Cousteau leitet, ist ein sehr großer Bau. In seinem untersten Geschoß, zu dem ein Lift führt, liegt das Aquarium. Es beginnt mit dem großen Käfig zweier Seelöwen. Einer schwimmt meistens, der andere rutscht auf einer weißen Kunststoffbahn unermüdlich vor und wieder zurück. Hier unten riecht es sehr nach Wasser, nach Seetang und Tieren, und das Aquarium besteht aus zwei sehr langen Gängen, die von dem Robbenkäfig nach beiden Seiten laufen. In der Mitte der Gänge stehen viele Säulen. Elektrisch beleuchtet sind diese Gänge, und dabei doch in unwirkliches Licht getaucht, so, als befinde man sich tief, tief unter der Meeresoberfläche. Das ganze Museum steht auf einem Felsen hinter dem Fürstlichen Palais, seine Rückseite ist in der Verlängerung bereits ein Teil des Felsens selbst, hoch über dem Meer . . .
»Einen Steinfisch müßte man mal haben«, sagte Bracken. »Synanceja. Der gehört auch in diese Gruppe. Und ist tödlich giftig.«
Er hatte offenbar völlig vergessen, warum wir hier waren. Die Fische faszinierten ihn. Neben Geld, so dachte ich, ist dies die zweite Sache, die Bracken fasziniert.
Wir waren die einzigen Besucher an diesem Nachmittag. Die Fische schwammen direkt hinter dem Glas. Ein paar drückten ihre Köpfe gegen die Scheibe und schienen uns anzusehen, einer so, als wollte er sagen: Kein Mitleid mit euch. Nein, kein Mitleid.

Vor dem nächsten Becken geriet Bracken abermals in Entzücken: »Holacanthus! Herrlich! Steht leider nicht dran, welche Art. Ich hab diese Sorte auch noch nie gesehen! Schau, wie schön das Goldgelb an Kopf und Schwanz! Ein Wunder, Phil! Glaubst du an Gott?«
»Ich weiß nicht«, sagte ich.
»Man muß an ihn glauben, wenn man so was sieht«, sagte Bracken. »Wer hätte sich so was ausdenken können? Sieh mal, die da drüben, die hübschen kleinen Kerle! Lustig und bunt wie die Clowns. Und so nennt man sie auch. Clownfische. Wissenschaftlich Amphiprion.« Das sagte Rod Bracken, größter Agent der Welt, größter Agent der größten Schauspielerin der Welt, einst Bettler, Schlepper, Tellerwäscher in der Bronx. »Ein tolles Ding: Die suchen Schutz bei der großen Seerose, die sonst alle solche kleinen Fische fängt und frißt. Den Clowns aber tut sie nichts. Ist das nicht wirklich ein Wunder?« Er preßte die Nase gegen das Glas, wie manche Fische auf der anderen Glasseite es taten, und ich dachte, daß jeder Mensch offenbar irgend etwas lieben muß, auch der schlechteste, gemeinste, kälteste. Und wenn er keine Menschen lieben kann – wie Bracken –, dann liebt er eben Tiere. Wenn's gar nicht anders geht, eben Fische. Aber irgend etwas zum Liebhaben muß offenbar jeder Mensch besitzen. Jene, die gar nichts anderes finden, lieben wohl Gott. Und das ist eine Scheißphilosophie, dachte ich, und hörte Bracken sagen: »Und diese Kerle kriegst du jetzt schon für ein paar Dollars in jedem Zoo-Laden!«
Ich hörte Schritte.
Frédéric Gérard von TÉLÉ MONTE-CARLO kam schnell die Treppe herab. Er war außer Atem. Im Mantel eilte er auf uns zu, schüttelte uns die Hände, und die alte Herzlichkeit des Sommers war sogleich wieder da, aber nicht mehr die Leichtigkeit, die Fröhlichkeit Frédérics. Er hatte sich verspätet, weil es in der Stadt, am Boulevard Princesse Charlotte, einen Auffahrunfall gegeben hatte. Zwei Lastwagen.
Wir hatten das Musée Océanographique telefonisch als Treffpunkt gewählt, denn Frédéderic hatte gesagt, zu dieser Jahreszeit würden wir hier am wenigsten auffallen. Der Chefsprecher sah besorgt und schuldbewußt aus, obwohl *ihn* nun ganz bestimmt keine Schuld für das traf, was geschehen war.
»Gehen wir ein bißchen auf und ab«, sagte der sonst so fröhliche Frédéric. »Reden wir im Gehen. Wo wohnen Sie?«
»In Nizza. Im NEGRESCO.«
»Das ist gut«, sagte Frédéric. »Nicht in Monte-Carlo.«
»Wir sind keine Idioten«, sagte ich.
»Es ist furchtbar«, sagte Frédéric. »Wie stehe ich vor Ihnen da, Messieurs?«
»*Sie* können doch nichts dafür!«
»Aber es ist in *meinem* Sender passiert!«

Wir gingen in dem phantastischen Raum langsam Seite an Seite. »Haben Sie was herausgefunden?« fragte ich Frédéderic.
»Nichts«, sagte der bedrückt. »Überhaupt nichts.«
»Merde alors«, sagte ich.
»Fledermausfische«, sagte Bracken.
»Was?« fragte ich.
Bracken stand vor einem anderen Bassin und sah sich sonderbar scheibenförmig hochgebaute Fische mit Riesenflossen oben und unten an. So dürfte Moses geschaut haben angesichts des Gelobten Landes.
»Platax. Normalerweise sieht man bloß die gestreiften Jungfische. Aber hier, so einen ausgewachsenen Herrn, der gut einen Dreiviertelmeter mißt, den kann sich kein Liebhaber halten.«

Ich habe, mein Herr Richter, geschrieben, daß wir nach Sylvias TV-Auftritt noch einmal, rund ein halbes Jahr später, nach Monte-Carlo kommen mußten, Bracken und ich. Nicht um die Gefahr einer Katastrophe aus der Welt zu schaffen – dafür war es längst zu spät. Wir mußten seit einem halben Jahr mit der Katastrophe leben, mit der Katastrophe, die Sylvias Karriere im Handumdrehen vernichten konnte. Nein, nicht um die Gefahr aus der Welt zu schaffen, waren wir ins winterliche Monaco zurückgekehrt, Bracken und ich, sondern um zu versuchen, diese Gefahr wenigstens zu zügeln, zu *versuchen*, sie zu zügeln. Und auch das schien nun nicht mehr möglich zu sein.
Sehen Sie, mein Herr Richter, ganz kurz: Bald nach unserer Heimkehr in diesem Sommer, am 4. August 1969, einem Montag – ich erinnere mich genau, das Datum werde ich nie vergessen –, kam mit der Morgenpost ein Päckchen in Sylvias Haus in Beverly Hills. Es lag eine kleine Tonbandspule darin. Aufgegeben worden war das Päckchen in Wien. Expreß. Air Mail. Hauptpost. Sylvia bekam jeden Tag Berge von Post und Geschenken aus der ganzen Welt, die verrücktesten und rührendsten. Sie hatte ein eigenes Sekretariat, das sich um all das kümmerte. Um diese Tonbandspule kümmerte sich Bracken.
»Die ist nicht koscher«, sagte er. »Ich fühl's im Urin. Da fängt irgendeine Schweinerei an.«
Hatte der recht!
Wir spielten uns das Band vor. Nach den ersten Sätzen taumelte Sylvia, und ich konnte sie gerade noch auffangen und auf eine Couch setzen. Während ich zuhörte, was da aus dem Lautsprecher des Bandgeräts kam, machte ich uns allen starke Martinis – am Vormittag. Egal. Ich wußte, wir würden sie jetzt brauchen.
Sylvias Stimme erklang aus dem Lautsprecher des Gerätes, ordinär, rasend: ». . . die armen, kranken Kinder! Diese Stotterheinis! Diese

Sabbermäulchen! Diese Kretins, die keine Menschen, die nicht einmal Tiere sind! Und dafür habe ich meinen Namen hergegeben! . . .« Pause. Dann: ». . . Strom des Lebens! Das heißt: erfolgreich sein und reich sein und schön sein und stärker sein! Das Leben genießen! Dem Schwächeren einen Tritt in den Hintern! *Das* ist der Strom des Lebens! Und wenn du schwach wirst und wenn du alt wirst, dann krepierst du eben – ohne mit der Wimper zu zucken! Aber bis zuletzt oben gewesen sein! Und den Mut haben, zu sagen: Aus! Vorbei! Nicht an der erbärmlichen Scheißexistenz kleben bleiben! *Das* ist menschlich! *Das* ist normal! Und *ich* werde oben bleiben! Und da ziehe ich mit dem Geschwätz vorhin den Idioten das Geld aus der Tasche! Wofür? Für nichts! Für reinen Betrug! Für reinen Schwindel!« Pause. Dann meine Stimme: »Es kommt auf den Grad der Schädigung an! So viele Fälle, so sehr viele Fälle, die ganz schlimm sind, kann man heute schon bessern!« Da hatten wir drei schon unsere Martinis getrunken, da hatte ich bereits neue gemixt. Da ertönte Sylvias Stimme: »*Bessern*, ja? Damit sie nach zehn Jahren schon bis drei zählen können – wenn sie nach zehn Jahren überhaupt reden können, ja? Damit sie nach fünfzehn Jahren allein aufs Klo gehen können und nicht einfach, wo sie liegen oder hocken, alles unter sich lassen, ja? Großer Gott, was für eine Besserung!« Pause. Dann: »Krepieren lassen! *Das* ist human! So schnell es geht! Gott weiß, daß ich die Nazis hasse, aber wenn sie in *einem* Punkt recht gehabt haben, dann bei der Euthanasie von diesen Kretins . . .« Wieder Pause. Ich mußte mich setzen. Meine Knie waren plötzlich wie aus Pudding. Ich verschüttete meinen Drink.

Eine verzerrte, unkenntlich gemachte Männerstimme erklang: »Guten Tag, liebe Mrs. Moran. Sie wissen, wann Sie dies und sehr viel mehr in Monte-Carlo gesagt haben. Ich habe Ihnen hier nur eine sehr kleine Kostprobe geschickt. Ich besitze den ganzen Text. Ich denke doch, es wäre Ihr Ende, liebe Mrs. Moran, wenn irgend jemand Dritter hörte, was Sie da nach Ihrer rührenden weltweiten Fernsehansprache in der Garderobe zu Mister Kaven gesagt haben. Meinen Sie nicht auch, liebe Mrs. Moran?«

»Dieser verfluchte Hund, wenn ich . . .«, sagte Bracken.

»Halt's Maul«, sagte Sylvia. Ich sah, daß ihre Hände zitterten, nein richtig flogen! Sie war jetzt kreideweiß im Gesicht.

»Ach ja, ganz sicherlich wäre das Ihr Ende«, fuhr die verzerrte Männerstimme fort. »Wissen Sie, liebe Mrs. Moran, ich habe ein weiches Herz. Ich will Sie wahrhaftig nicht ins Unglück stürzen. Aber weil ich ein so weiches Herz habe, hatte ich so viel Unglück. Ich bin arm. Ich habe Schulden. Ich brauche Geld. Ein Vorschlag zur Güte: Sie kaufen mir die Originalbänder ab. Sofort. Es eilt sehr. Sie bezahlen fünfzigtausend Dollar – das ist doch wirklich kulant! –, und nach Erhalt schicke ich Ihnen die Bänder. Nun werde ich Ihnen erklären, wie ich das Geld haben will und wohin . . .«

Diese Erklärung war lang, kompliziert und genial. Das Geld ging über Anwälte, die von nichts wußten, aus Amerika nach Europa, dort in die Schweiz zu anderen Anwälten, die auch von nichts wußten, und, über ein Treuhandkonto, auf ein Konto in Liechtenstein. Ich will Sie nicht langweilen, mein Herr Richter. Das war idiotensicher für den Mann, der die Bänder hatte.
Bracken stoppte das Gerät. Ließ die Spule zurücklaufen. Wir hörten uns das noch zweimal an. Wir tranken jeder auch noch zwei Martinis. Sylvia weinte. Ich sagte, das einzig richtige wäre, sofort die Polizei anzurufen. Bracken sagte: »Du doofes Arschloch, dann ist gleich alles aus!«
Nachmittags überwies er, wie verlangt, fünfzigtausend Dollar.
Fünfzigtausend Dollar!
Eine Woche später kamen die Bänder. Zwei große Spulen. Der ganze Text.
Sechs Wochen später kam wieder ein Päckchen mit einer kleinen Spule. Das Ganze wie beim ersten Mal. Nur daß die Männerstimme sagte: »Ich habe wirklich sehr viel Unglück, liebe Mrs. Moran. Fünfzigtausend genügen nicht. Ich brauche mehr. Ich habe nichts auf der Welt – außer ein paar Bändern, auf die ich die Originalbänder überspielt habe. Wenn ich also noch einmal um fünfzigtausend Dollar bitten dürfte. Auf dem gleichen Wege. Ich danke Ihnen, liebe Mrs. Moran. Viel Glück für Sie. Und bitte um sofortige Überweisung. Andernfalls – Sie verstehen. Ein armer Mann hat eben keine Wahl.«
Na ja, Rod überwies wieder fünfzigtausend Dollar.
Dann war drei Monate Ruhe.
Bis wieder eine kleine Spule kam. Dieselbe Sache. Er hatte immer noch soviel Unglück, der Scheißkerl. Und, wie es sich traf, hatte er noch zwei Bänder, auf die er die originale Konversation überspielt hatte . . .
Sehen Sie, mein Herr Richter, das war die scheußliche Lage – in vier Punkten.
Erster Punkt: Wir hatten die besten Privatdetektive engagiert, sofort natürlich. Sie waren bis nach Wien geflogen. Keiner hatte auch nur die kleinste Spur gefunden, die darauf hindeutete, wer der Erpresser war.
Zweiter Punkt: Nach dieser dritten Sendung war uns klar, daß das ewig so weitergehen würde. Vielleicht hatte der Kerl noch hundert Bänder, vielleicht fünfzig, höchstwahrscheinlich eines – das *Original.* Von dem konnte er den Dialog auf immer neue Bänder überspielen, solange er lustig war, und der war sicher noch lange lustig.
Dritter Punkt: Sylvia mußte zahlen. Wenn sie nicht zahlte und die Sache an die Öffentlichkeit kam, war sie erledigt. Aber total. Fix und fertig. Für alle Zeit. (Allein die allmächtigen amerikanischen Frauenvereine!) Hatte sich leider sehr schlimme Dinge geleistet, da in der Garderobe von TMC, mein geliebtes Hexlein.

Viertens: Wenn wir die Polizei verständigten – und nachträglich mußte ich Bracken recht geben –, war gleich alles aus. Dann wußten unübersehbar viele Menschen von der Geschichte. Dann schalteten sich Polizeidezernate in Wien, Monte-Carlo und wer weiß sonst wo ein, vielleicht sogar INTERPOL. Dann war das alles aktenkundig. Dann mußten wir der Polizei die Wahrheit sagen. Die Wahrheit über Sylvias Ausbruch. Dann mußten wir der Polizei die kleinen ›Probe‹spulen übergeben. Und das war unmöglich . . .
Es gab also nur noch eines: Ich rief Frédéric Gérard in Monte-Carlo an, erzählte ihm, was geschehen war (*er* mußte die Wahrheit kennen), und bat ihn, jede nur mögliche Nachforschung anzustellen, jedoch unter keinen Umständen mit Hilfe seines Freundes, des Kommissars Alexandre Drouant, oder der monegassischen Polizei.
Nun, Frédéric zögerte lange. Er kam da in einen hübschen Gewissenskonflikt. Er meinte immer wieder, es wäre doch besser, Drouant zu informieren. Nein, sagte ich immer wieder, das sei ausgeschlossen. Eineinhalb Stunden dauerte dieses Transatlantik-Gespräch. Dann willigte Frédéric ein. Beklommen und sehr unsicher, ob er das Richtige tat, wie er sagte. Nur meinetwegen, wie er sagte. Um mir zu helfen. Er sagte nicht: um Sylvia zu helfen, nein. Er wußte ja jetzt, was sie da in der Garderobe von sich gegeben hatte. Frédéric sagte, er würde alles tun, um herauszufinden, wie das Originalband entstanden war, wer es hergestellt hatte, ob dieser Hersteller auch der Erpresser war, beziehungsweise wenn nicht, wie dann das Originalband in die Hände des Erpressers hatte gelangen können.
Aus diesem Grunde waren Bracken und ich drei Wochen später, im Dezember, nach Nizza geflogen. Aus diesem Grunde standen wir nun, am Nachmittag des 13. Dezember, im Aquarium des Musée Océanographique in Monte-Carlo. Vor einem anderen Bassin . . .

»Das ist ein Zackenbarsch«, sagte Bracken. Ich dachte, daß er den Verstand verloren hatte. Hier ging es um wichtigeres als um diese Drecksfische. Aber Bracken war in Wahrheit am Rand seines Verstandes angelangt und versuchte, das, wie immer, durch Nonchalance zu tarnen. Idiotisch, doch er tat es. »Ein Riesenzackenbarsch . . .«
»Sie haben also gezahlt«, sagte Frédéric. Wir gingen weiter, sehr langsam.
»Klar haben wir gezahlt. Mußten wir doch. Und der Hund wird uns erpressen, solange er lebt. Solange *wir* leben«, sagte ich. »Wie war es möglich, diese Aufnahmen zu machen, Frédéric? Wie war das technisch möglich?«
»Das zeige ich Ihnen nachher im Sender, Monsieur Kaven.«
»Aber Ihnen war es unmöglich, trotz aller Bemühungen, auch nur eine einzige Spur zu finden, die zu diesem Schwein führt?« fragte ich.

»Unmöglich, leider, Monsieur Kaven«, sagte Frédéric. »Das Ganze ist schrecklich. Aber . . . verzeihen Sie . . . es ist auch schrecklich, was Mrs. Moran da in der Garderobe sagte.«
»Nerven«, sagte ich. »Reine Nervensache. Sylvia ist die beste und gütigste Frau der Welt.«
Frédéric blickte mich lange stumm an, dann sah er weg.
»Wenn da ein Mikro in der Garderobe war und das Gespräch wurde mitgeschnitten, dann kommt doch in erster Linie ein Mann in Frage, der so was versteht, nicht wahr, Frédéric?« sagte Bracken.
»Ja«, sagte Frédéric. »An wen denken Sie, Monsieur?«
»Na«, sagte Rod, »bei der Sendung waren doch zwei Tonmeister im Regieraum, oder nicht?«
»Gewiß. Zwei.«
»Einer ist uns aufgefallen – Mister Kaven und mir, der, der dauernd dieses SCHOUM-Zeug trank und danach ordentlich Rotwein. Alter Süffel, was?«
Frédéric nickte.
»Halten Sie es nicht für möglich, daß der . . .«
»Jean Duval?«
»Ich weiß nicht, wie er heißt. Der Süffel eben.«
»Ich habe beide Tonmeister unter die Lupe genommen, Mister Bracken«, sagte Frédéric. »Mitschneiden konnte nur Duval, das steht fest. Der andere Mann kommt überhaupt nicht in Betracht.«
»Und was ist bei dem Süffel rausgekommen?« fragte Bracken.
»Du hörst doch, nichts«, sagte ich.
»Ich würde aber gerne wenigstens mit diesem – wie heißt er? – mit diesem Süffel reden«, sagte Bracken.
Frédéric sah ihn stumm an. Wir standen jetzt vor dem Becken mit den Schnepfenfischen, wie ich Brackens Gemurmel entnahm. Die Fische sahen lustig aus mit ihrem Röhrenschnabel, der länger war als ihr Körper. Aber uns war gar nicht lustig zumute.
»Was ist? Kann ich mit dem Süffel reden?« fragte Bracken. Jetzt interessierten ihn endlich nicht mehr die Fische.
»Nein«, sagte Frédéric.
»Wieso nicht? Ist er abgehauen? Dann ist er vielleicht wirklich unser Mann!«
»Er ist nicht Ihr Mann, Monsieur Bracken«, sagte Frédéric. »Er kann es nicht sein.«
»Wieso nicht?«
»Weil sich Duval unmittelbar nach der Sendung damals im Juli ein Bein gebrochen hat und ins Krankenhaus gebracht werden mußte. Da konnte er dann nicht sofort weitersaufen. Und bekam am dritten Tag ein blühendes Delirium. Vier Tage später war er tot. Sie sehen, Duval kann es nicht

gewesen sein. Er hatte gar nicht mehr die Zeit, ein etwa aufgenommenes Band weiterzugeben. Und sein Kollege schwört, daß Duval nicht mitgeschnitten hat. Es wäre praktisch auch kaum möglich gewesen – da saßen ja noch andere Menschen am Regietisch.«

»Traurig«, sagte Bracken.

Wir ließen uns noch von Frédéric erzählen, was er alles getan hatte, um eine Spur zu finden, und er hatte wirklich alles getan.

Nicht die Spur einer Spur hatte er gefunden.

Als wir das Musée Océanographique verließen, war es schon dunkel. Unsere Autos waren die einzigen, die noch auf dem Parkplatz standen. Ich fuhr hinter Frédérics Wagen her, in die Stadt hinunter. Ich parkte im Hof des Senders und ging noch einmal in den ersten Stock hinauf und in die Garderobe, in der ich ein halbes Jahr zuvor gewesen war. Na ja, und als Frédéric es mir dann zeigte, sah ich auch das schwarze Kästchen auf dem Schminktisch. Sie wissen, mein Herr Richter: Garderoben im Theater, in Film- und Fernsehstudios haben diese Rufanlagen, nicht wahr? Damit man Schauspielern mitteilen kann, wann ihr Auftritt ist, wieviel Zeit sie noch haben und vieles andere.

Frédéric sagte: »Die Anlagen arbeiten nach beiden Seiten, Monsieur Kaven.«

»Was heißt das?«

»Nun, normalerweise wie ein Lautsprecher. Die Regie ruft den Schauspieler, der hier sitzt. Aber hier, sehen Sie den kleinen weißen Knopf?«

»Was ist mit dem?«

»Wenn der Schauspieler – oder wer immer – ihn niederdrückt, dann kann er in das Kästchen sprechen wie in ein Mikrofon, und man hört seine Stimme drüben im Regieraum.«

Ein kleiner weißer Knopf . . .

»Moment«, sagte ich, »Moment. Es wäre also möglich, daß damals dieses Kästchen die ganze Zeit über wie ein Mikrofon arbeitete und jemand eben doch alles, was gesprochen wurde, aufgenommen hat!«

»Nein, das wäre nicht möglich gewesen, Monsieur Kaven.«

»Warum nicht?«

»Weil dann jemand die ganze Zeit hindurch ununterbrochen den weißen Knopf hätte niederdrücken müssen. Madame Moran hat das bestimmt nicht getan.«

»Na, ich weiß Gott auch nicht!«

»Sehen Sie. Darum ist es unmöglich.«

»Aber das Gespräch wurde aufgenommen!«

»Stimmt«, sagte Frédéric. »Aber wie, Monsieur Kaven? Wie?«

»Das weiß ich nicht«, sagte ich.

»Ich weiß es auch nicht«, sagte Frédéric. »Ich bin völlig verzweifelt.«

Bracken und ich waren es auch.
Nur daß uns das natürlich nicht im geringsten half. Ohne Ergebnis kehrten wir nach Beverly Hills zurück. Dann kam, eine Woche später, wieder eine kleine Tonbandspule. Diesmal war nur die verzerrte Männerstimme darauf. Sie sagte: »Sie haben nichts erreicht in Monte-Carlo, meine Herren. Sie werden nie etwas erreichen. Ich bin kein Unmensch. Ich besitze die Originalaufnahme. Aber ich werde jetzt nicht mehr so große Beträge verlangen. Ich verlange ab nächsten Ersten monatlich nur zehntausend Dollar. Zu überweisen in der bekannten Art. Wenn einmal die zehntausend Dollar am Siebten eines Monats noch nicht in meinem Besitz sind, verkaufe ich die Originalbänder an die Konkurrenz von SEVEN STARS. Ich bin sicher, man wird sehr viel dafür bieten. Empfangen Sie den Ausdruck meiner vorzüglichen Hochachtung, liebe Mrs. Moran. Ich verehre Sie wirklich als größte Filmschauspielerin unserer Zeit . . .«
Ja, und vom nächsten Ersten an, und dann durch all die Monate, durch all die Jahre, heute noch, immer noch, überwies und überweist Rod Bracken pünktlich zehntausend Dollar. Steuerfrei . . .
Können Sie sich nun, mein Herr Richter, vorstellen, in welcher Panik ich mich befunden habe damals, als Babs erkrankt ist in Paris? Und ausgerechnet noch *so* erkrankt! Da mußte die Katastrophe augenblicklich da sein, nicht zu ermessen, nicht zu überblicken, mußte, mußte, wenn jetzt ein einziger Mensch nur ein einziges Wort über Babs . . .

33

»Monsieur Norton! Monsieur Norton!«
Ich fühlte, wie mich jemand am Arm schüttelte, nicht eben sanft. Ich schlug meine Augen auf, die brennenden Augen mit den bleischweren Lidern hinter den dunkel gefärbten Gläsern meiner Brille. Es dauerte eine Weile, bevor ich überhaupt wußte, wo ich mich befand. Der Lysol-Geruch war es, der die Erinnerung brachte. Hôpital Sainte-Bernadette! Gang vor der Tür zu den Untersuchungsräumen. Weiße Bank. Ich war eingeschlafen auf dieser weißen Bank. Kein Wunder. Die zweite Nacht voller Aufregungen. Zürich. Die Flucht. Sylvia. Suzy. Babs. Nein, kein Wunder. Alles erschien mir sehr dunkel und verschwommen. Mein Schädel dröhnte. Ich hatte einen scheußlichen Geschmack im Mund.
»Stehen Sie auf, Monsieur Norton. Wir müssen mit Ihnen über das Kind reden.« Unangenehme Stimme. Böse Stimme. Gereizte Stimme. Ich blinzelte angestrengt. Dann erkannte ich ihn, er trug nun einen weißen Mantel, stand über mich gebeugt, eine Hand lag auf meinem Arm. Er hatte mich wachgerüttelt, der reizende Dr. Sigrand. Neben ihm stand noch jemand. »Schlafen Sie nicht wieder ein!«

Ich erhob mich taumelig. War mir elend! Ich sagte, und meine Zunge klebte am Gaumen: »Komm schon . . .« Machte einen Schritt, stolperte. Sigrand hielt mich fest. Alles, was er rausbrachte, war ein befehlendes »Na!«
Da war dieser zweite Mensch zwischen Schleiern und Schlieren, in der Dunkelheit hinter den getönten Brillengläsern. Ich kam und kam nicht zu mir. Mußte ich tief geschlafen haben!
»Ach so . . .» Sigrand räusperte sich. »Darf ich bekannt machen: Monsieur Paul Norton, Doktor Reinhardt. Aus Nürnberg. Arbeitet dort in einer Kinderklinik. Jetzt ein halbes Jahr bei uns.«
»Guten Abend, Herr Doktor Reinhardt«, sagte ich heiser, lallend vor Benommenheit, deutsch.
»Guten Morgen, Herr Norton«, sagte eine sehr ruhige und sanfte Frauenstimme, deutsch.
Ich nahm die Brille ab.
Auf einmal blendete mich Licht. Es kam durch das Fenster gegenüber. Zwischen aufgerissenen schwarzen Wolkenbänken strahlte eine ebenso kraftlose wie grelle Wintersonne. Das Licht war so stark, daß ich die beiden Menschen vor mir nur als Silhouetten sah. Aber Morgen war es tatsächlich, Tag war es, wer weiß, wie spät schon am Tag! Ich sagte: »Es tut mir leid . . . Sie . . . Ich dachte, Sie seien ein Mann . . .«
»Ruth Reinhardt«, sagte die Ärztin. »Ich freue mich, Sie kennenzulernen, Herr Norton.« Sie hielt mir ihre Hand hin. Es war eine kleine Hand, die fest zupackte. Warum sagte diese fremde Frau, daß es sie freute, mich kennenzulernen?
»Frau Doktor Reinhardt ist Spezialistin auf dem Gebiet, auf dem wir es bei Babs zu tun haben«, sagte Dr. Sigrand französisch. »Frau Doktor Reinhardt wird nun mit uns zu Babs gehen. Danach wird sie Ihnen alles erklären und alles mit Ihnen besprechen, Monsieur Norton.«
»Danke«, sagte ich, nun wieder französisch. »Danke, Frau Doktor Reinhardt.« Das Licht, das durch das Fenster kam, war derart grell, daß ich kaum richtig erkennen konnte, wie sie aussah. Nur mittelgroß war sie, schlank war sie, das Haar trug sie zurückgekämmt, am Kopf anliegend, einem schmalen Kopf. Der Stimme nach war sie wohl um die Dreißig.
»Wir haben viel zu besprechen, Monsieur Norton«, sagte diese Stimme, ebenfalls französisch.
»Ja, Frau Doktor Reinhardt«, sagte ich. »Wie spät . . .« Ich mußte mich räuspern. »Wie spät ist es, bitte?«
»Zehn Minuten nach neun, Monsieur Norton«, sagte Frau Dr. Reinhardt. Ich hatte also etwa sieben Stunden geschlafen! Plötzlich zitterte ich, denn nun kehrte die Erinnerung wieder an alles, was mich erwartete.
»Monsieur Norton!« sagte Dr. Sigrand. »Sie sehen so . . . Was haben Sie?«

»Angst«, sagte Frau Dr. Reinhardt. »Angst natürlich hat Monsieur Norton.« Und deutsch zu mir: »Nicht wahr, Herr Norton?«
Ich konnte nur nicken. Ja, ich hatte Angst. Aber natürlich nur Angst um mich, um meine Existenz. Was bedeutete mir schon Babs?

34

Es war fast völlig dunkel in dem großen Raum. Über dem Krankenbett brannte eine dunkelblaue Lampe. Ich sah zunächst fast nichts – dann sah ich die Silhouetten des alten Dr. Lévy und die des Dr. Dumoulin. Sie standen vor dem Bett und blickten auf Babs nieder, die ich nun auch erkannte. Sie lag auf Bauch und Gesicht, und sie regte sich nicht. Ich dachte im ersten Moment, sie sei gestorben. Dann dachte ich, daß dies das beste wäre, was hätte passieren können in der Zeit, die ich verschlafen hatte. Dann dachte ich, daß Babs doch nicht gestorben sein konnte, denn sonst hätte diese Ärztin anders mit mir gesprochen. Nein, tot war Babs nicht.
Ich trat näher und neigte mich über sie. Nur der Kopf sah unter der Decke hervor, der kleine Kopf mit dem wirren, schweißverklebten schwarzen Haar. Ich beugte mich tiefer. Kein Laut. Ich richtete mich auf. Direkt hinter mir stand die Ärztin, ich wäre fast mit ihr zusammengestoßen. Ich sagte: »Sie atmet nicht!«
»Sie atmet, Monsieur Norton«, sagte Frau Dr. Reinhardt. »Aber ganz flach. Sie schläft sehr tief. Wir haben ihr ein Mittel gegeben.«
»Was für ein Mittel?« flüsterte ich.
»Sie können ruhig laut reden«, sagte Dr. Sigrand. »Babs weckt jetzt nichts mehr auf.« Auch ihn sah ich nur als Silhouette, ebenso wie ich das Gesicht der Ärztin immer noch nicht erkennen konnte, nur die Umrisse. Es war eine reichlich unheimliche Atmosphäre in diesem Zimmer mit seinen Schattenfiguren und dem Kind, das dalag wie tot und das doch lebte. »Ein Mittel nach der Lumbalpunktion«, sagte Dr. Sigrand.
Warum haßt dieser Mann mich so? grübelte ich. Noch hier, in fast völliger Finsternis, da ich ihn kaum sehen konnte, spürte ich, wie er mich haßte – ich mußte nur seiner Stimme lauschen.
»Lumbalpunktion?«
Ich hörte, wie Dr. Dumoulin sich räusperte. Dann sah ich, wie er gemeinsam mit dem alten Dr. Lévy auf mich zutrat. Dr. Dumoulin sagte: »Wir können hier nichts mehr tun, Monsieur. Das Kind ist nun in bester Obsorge.« Er reichte mir die Hand.
»Ich bin Tag und Nacht für Sie da wie immer, wenn Sie mich brauchen«, sagte der kleine Dr. Lévy, mir auch die Hand schüttelnd.
»Danke, Herr Doktor«, sagte ich.
Die zwei Ärzte nickten ihren beiden Kollgen zu und gingen zur Tür.

»Lumbalpunktion«, sagte Dr. Ruth Reinhardt. »Darunter versteht man eine Punktion zur Gewinnung von Gehirn- und Rückenmarksflüssigkeit. Im Laufe der Untersuchungen war eine solche Lumbalpunktion unbedingt nötig – natürlich unter örtlicher Betäubung, Monsieur Norton.«
»Warum unbedingt nötig?«
»Um letzte Gewißheit zu bekommen«, sagte Dr. Sigrand.
»Letzte Gewißheit worüber?« fragte ich. Babs ächzte kurz in ihrem Schlaf.
»Über die Krankheit«, sagte Dr. Sigrand, und da war wieder die kalte, böse, aggressive Stimme. »Wir wissen es nun – leider – mit absoluter Sicherheit. Meine Befürchtungen waren mehr als berechtigt. Babs hat eine Meningo-Encephalitis, also eine Gehirnhaut- *und* Gehirnentzündung.« Ich schwieg und krampfte die Hände zu Fäusten. »Tut mir leid, so ist es«, sagte Sigrand, und ich hatte das Gefühl, er sagte es mit Genugtuung. Mit Genugtuung – ein Arzt. Sie sehen, mein Herr Richter, wie es an jenem Morgen mit mir stand?
»Das Ganze ist eine Folgekrankheit der Mittelohrentzündung«, sagte Frau Dr. Reinhardt. »Diese wieder folgte den Masern.« Sie sprach ganz ruhig. »Nun, leider sind hier zwei schwere Infektionen des Nervensystems zusammengekommen. Die Meningen, das sind die Häute, die um das Gehirn liegen. Meningitis ist also eine Gehirn*haut*entzündung. Bei Babs ist sie vorangeschritten.«
»Wie vorangeschritten?« fragte ich und fror plötzlich.
»Die Entzündung hat sich ausgebreitet. Sie ist entlang den Gefäßen gewandert. Und vom Blut her in das Gehirngewebe hinein. So entstand die Encephalitis – die *Gehirn*entzündung.«
»Gehirnentzündung«, sagte ich.
»Diese beiden Arten von Entzündung kommen in der Praxis nur selten getrennt vor«, sagte die Ärztin. »Diagnose und Behandlung hängen in solchen Fällen von der Art des Erregers ab – und von den Veränderungen der Gehirnflüssigkeit, des Liquors. Dazu benötigt man unter allen Umständen die Lumbalpunktion. Und zwar bevor der Patient Antibiotika bekommen hat, denn danach sind die Erreger meistens nicht mehr deutlich zu beurteilen. Sie verstehen?«
»Ich verstehe, Frau Doktor«, sagte ich, diesmal deutsch.
Und Babs bewegte sich nicht, lag da wie tot, tot, tot. Und lebte, lebte, lebte. Noch.
»Das Labor, die Ärzte, wir alle sind uns noch nicht eindeutig darüber klar, ob nur Bakterien oder ob Bakterien *und* ein Virus die Krankheit ausgelöst haben. Alles deutet auch auf ein Virus hin . . . Das wird zu kompliziert für Sie, Monsieur.«
»Ist es schlimmer, wenn es dazu auch noch ein Virus ist?« fragte ich.
»Ja, Monsieur«, sagte Dr. Reinhardt.

Plötzlich hörte ich, es war verrückt, aber ich hörte sie wirklich, die Stimme John Williams', der Suzys Lieblingslied sang: »Ô Dieu, merci, pour ce paradis, qui s'ouvre aujourd'hui . . .«
»Warum ist das schlimmer?«
»Die Art der Behandlung wird komplizierter. Viren sind schwerer zu behandeln als Bakterien. Aber wir schaffen auch das vielleicht. Wir haben es schon so oft geschafft.«
»Frau Doktor Reinhardt ist Kinderärztin und Spezialistin auf dem Gebiet der Neurologie. Darum habe ich sie hinzugezogen«, sagte Sigrand.
Ich nickte.
». . . pour le plus petit, le plus pauvre fils, merci, Dieu, merci, pour ce paradis . . .« klang die Geisterstimme in meinen Ohren.
Ich fuhr mir mit der Hand über das Gesicht. Ich war unrasiert.
»Natürlich haben wir noch viele andere Untersuchungen angestellt«, sagte die Ärztin. »Weiße Blutkörperchen stark vermehrt. Druck der Gehirnflüssigkeit . . .«
Dieu! Dieu! Dieu!
». . . Gott sei Dank nicht erhöht. Urin untersucht. Und so weiter. Die Behandlung hat bereits begonnen.«
»Womit?
»Immunglobulin, Antibiotika«, sagte die Ärztin mit ihrer ruhigen Stimme. »Ähnliche Mittel wie Penicillin. Intravenös. Cortison-Derivate. Und anderes.«
»Wie lange?«
Ich hielt es hier kaum noch aus. Mir war zum Erbrechen schlecht. Was geschah mit mir, wenn . . .
»Das kann kein Mensch sagen, Monsieur Norton.« Mein intimer Feind Sigrand. Mit Genuß. Natürlich Unsinn. Aber nun haßte ich ihn auch. Ja, mit Genuß hat er das gesagt, dachte ich – unzurechnungsfähig durch meine Angst um mich und meine Wut auf Sigrand, durch meine Übelkeit.
»Sie müssen Ihre Fassung wiedergewinnen«, hörte ich von weit her Frau Dr. Reinhardts Stimme. »Ihre Hand ist kalt, kälter als Eis.« Da erst bemerkte ich, daß sie meine Linke in ihre Rechte genommen hatte, als wolle sie mich stützen. Sie zog ihre Hand zurück.
»Und die Genesungschancen?«
»Wir kriegen Babs durch, Monsieur Norton«, sagte die Ärztin. »Wir wissen nur noch nicht, wie diese Medikation anschlägt! Ein wenig Geduld müssen Sie jetzt schon haben!«
Ein wenig Geduld . . .
Ô Dieu, merci.
»Es kann aber doch auch sein, daß Sie Babs durchbringen und daß Schädigungen zurückbleiben . . . schwere eventuell . . .«

»Sehen Sie, Monsieur Norton, es ist wirklich noch zu früh für irgendwelche Prognosen, es geht sehr oft alles gut vorbei.«
»Und sehr oft nicht, Frau Doktor Reinhardt«, erwiderte ich grob.
»Sehr oft auch nicht, Monsieur Norton.«
»Gut«, sagte ich. »Dann wissen wir ja alle Bescheid. Dann muß ich Ihnen jetzt eine Geschichte erzählen. Ihnen habe ich sie schon nachts angekündigt, Herr Doktor Sigrand. Es ist – unter diesen Umständen – eine Geschichte von allergrößter Bedeutung.«
»Wir hören, Monsieur«, sagte Sigrand.
»Hier nicht. Nicht hier«, sagte ich. »Und vorher muß ich unbedingt telefonieren.« Bracken brauchte Bescheid, der wartete schon die ganze Nacht und den ganzen Morgen.
»Dann gehen wir in mein Zimmer«, sagte die deutsche Ärztin.
Ich neigte mich über Babs. Kein Laut. Ich legte vorsichtig eine Hand in ihren Nacken. Er war schweißnaß und heiß.
»Das Fieber ist noch gestiegen«, sagte Frau Dr. Reinhardt.
»Arme, kleine Babs«, sagte ich. Als ich das sagte, mein Herr Richter, empfand ich Haß, soviel Haß wie noch nie im Leben und wie niemals mehr nach diesem Morgen. Haß auf Babs. Ich weiß, daß ich dachte: Nun hast du mir also auch das noch antun müssen, du Kröte.
»Sie lieben das Kind sehr, Monsieur Norton, ja?« fragte Frau Dr. Reinhardt.
»Unendlich, Frau Doktor«, sagte ich. »Als ob es mein eigenes wäre.«
Sie nahm mich am Arm und führte mich zur Tür, die sie öffnete. Ich drehte mich noch einmal um, während ich schon meine dunkle Brille hob, die mich schwerer erkennbar machen sollte. Ich sah zurück zu Babs, und ich weiß, daß ich dachte: Vielleicht stirbt sie doch noch. Und ich weiß, was ich sofort danach dachte: Scheiße! Es sterben immer die falschen Menschen.
Die Tür schloß sich hinter uns dreien. Wir standen auf dem Gang. Wir gingen ihn hinunter, durch die ganze stille Station. Dann kamen wir in den Trakt, den ich schon kannte. Hier lagen die Verwaltungsbüros, die Sprechzimmer der Ärzte. Hier war es laut.
Eine Schwester lief vorbei. Sie rief: »Michèle! Der Japaner ist jetzt in Schiphol! Die Terroristen haben das Ultimatum verlängert und noch keinen erschossen! Komm! Sie haben Schiphol und die Botschaft im Bild!«
Die Geiselnahme in Den Haag. Die hatte ich schon vergessen gehabt.

35

Liebe Frau Dr. Reinhardt!
Nachstehend erhalten Sie den Laut- und Wortschatz unseres Martin, damit Sie und Ihre Mitarbeiter ihn leichter verstehen:

Mama
Papa
i = sein Bruder Freddy
o = er selbst
äääh = schlecht, scheußlich, unangenehm
mm = Auto, Taxi
m = Geschäft des Vaters (Versicherung)
mmch = Straßenbahn
mmtut = Omnibus
mmtututut = Zug, Eisenbahn

So stand das auf einem Bogen billigem Papier, mit der Hand und deutsch geschrieben. Es ging noch weiter. Ich las die ersten Zeilen, nachdem ich Dr. Reinhardt und Dr. Sigrand alles erzählt hatte, was sie wissen mußten. Daß Sylvia Moran vor zwei Jahren in Monte-Carlo jene weltweit übertragene Fernsehansprache gehalten und um Hilfe für geistig behinderte Kinder gebeten hatte; was dann in der kleinen Garderobe an Unflat, Haß und Abscheu, jene Kinder betreffend, über ihre schönen Lippen gekommen war; daß sie seit zwei Jahren von einem Unbekannten, der jenen Ausbruch auf Band genommen hatte, erpreßt wurde und zahlte, zahlte, zahlte; daß sie, unter äußerster Geheimhaltung, in der nahen Klinik des Professors Max Delamare in der Rue Cavé lag nach einem totalen Gesichtslifting – und so weiter, einfach alles, denn alles wissen mußten diese beiden Ärzte nun, die für Babs verantwortlich waren, wenn ich ein Unglück verhindern wollte, und das mußte ich, allein schon meinetwegen.
Frau Dr. Reinhardt und Dr. Sigrand hatten schweigend gelauscht. Als ich geendet hatte, sahen beide mich an. Ich hielt das nicht aus und blickte auf den Bogen Papier, der auf dem Schreibtisch der Ärztin lag – so, daß ich ihn lesen konnte. Der Schreibtisch war vollgeräumt mit Papieren, Stoppuhren, Medikamentenpackungen, Büchern, einer Schreibmaschine, zwei Telefonen. Der Raum war groß und hell, das grelle Licht der Wintersonne fiel herein, immer wieder der Dämmerung weichend, denn über den Himmel von Paris jagten – der Sturm der Nacht hatte an Stärke noch zugenommen – schwarze Wolkenfetzen.
In diesem Zimmer war eine Wand mit Bücherregalen bedeckt. Ich sah sehr viel Fachliteratur und sehr viele Akten – vermutlich Krankengeschichten. Ich hatte gleich beim Eintreten verblüfft festgestellt, daß dieser Raum zugleich aussah wie ein Spielzimmer in einem Kindergarten. Da lagen Bälle herum, primitive Puppen, Reifen, Würfel- und Brettspiele, ganz simple andere Spiele, größtenteils solche, in die man Stifte oder Figuren in eingebohrte Löcher stecken sollte; große Holzteile mit großen Holzschrauben; Brettchen mit quadratischen Öffnungen und dazugehörenden

Würfeln, die wie die Öffnungen verschieden groß waren; einfache Puzzle-Spiele; sehr viel beschmiertes Packpapier auf dem Fußboden; sehr viele Malkästen mit Pinseln; Bauklötze jeder Form und Art – und das alles sehr bunt!

An den Wänden hingen ein paar Bilder, die nur rote Flecken zeigten oder undefinierbare Formen und Symbole, in Wasserfarben geschmiert. Viele derartige Schmierereien sah ich direkt auf den weißen Wänden. Ich sah beim Fenster zwei Rollstühle, aber so klein, als wären sie für Liliputaner gebaut. Über die Lehne eines Rollstuhls hing ein sehr schmutziger Fetzen. Ich sah einen Plattenspieler und zahlreiche Platten in einem Regal, ein Tamburin mit Schellen, eine Schultafel.

In der Mitte dieser Tafel klebte eine runde Scheibe, die das Zifferblatt einer Uhr darstellen sollte. Diese Uhr hatte nur einen einzigen Pappendeckelzeiger. Im inneren Kreis standen die Zahlen für die zwölf Stunden. Im äußeren Kreis waren naive Bilder angeklebt, die – von Erwachsenen gezeichnet – essende, schlafende, wachende, spielende Kinder zeigten. Unter den Bildern las ich Worte wie MITTAG, NACHMITTAG, ABEND, NACHT, SCHLAFEN, MORGEN und so weiter. Ferner klebten Zettel an dieser seltsamen Schultafel. Ich las, was auf den Zetteln stand: HAUT, GUMMI, PELZ, WÄRME, WINTER, SCHLAF, SCHULE, CREME, HEMD, ANZUG, CLO – alles natürlich französisch.

Unter diesen sehr deutlich geschriebenen Wörtern – die Tafel hing knapp über dem Boden – war von einem oder mehreren Kindern der Versuch unternommen worden, die Worte mit Kreide nachzuschreiben. Die Versuche sahen schlimm aus – ein einziges Gekritzel, zittrig, abbrechend, absolut unleserlich.

Dieses Kreidegekritzel hatte mir beim Hereinkommen in Frau Dr. Reinhardts Zimmer den größten Schock vermittelt – größer noch als der Anblick der beiden Rollstühle. Es gab ganz einfache Bilderbücher in Dr. Reinhardts Zimmer. Sie lagen auf dem Boden, zum Teil aufgeschlagen, die meisten wild vollgeschmiert. Und endlich sah ich sechs sehr kleine, sehr stabile Sturzhelme – aus Bandagen geflochten, nicht geschlossen wie die der Motorradfahrer. Ich ahnte, wer solche Helme trug, um sich bei einem Anfall, einem Sturz nicht den Kopf zu zerschlagen. Viel Spielzeug war auf barbarische Weise zertrampelt und zerbrochen worden. Ein kleines Lamm hielt Frau Dr. Reinhardt in der Hand.

Sie saß hinter dem überladenen Schreibtisch, Dr. Sigrand neben ihr, ich saß den beiden gegenüber. Auf dem Schreibtisch der Ärztin stand noch, in einem Rahmen, ein Bild, wie es schien, ich sah nur die Rückseite. Die Stille, die eingetreten war, nachdem ich meine Erzählung beendet hatte, dauerte an. Ich wurde immer nervöser und wütender. Warum sprach keiner von den beiden? Womit hatte ich das verdient?

Dr. Sigrand, das Gesicht verzogen, als blickte er, indem er mich ansah,

etwas absolut Widerwärtiges an, sagte endlich: »Wir danken für Ihre Erzählung, Monsieur Norton. Ich verstehe nun Ihre Haltung.«
»Sie verstehen sie?« Wahrlich ohne jeden Grund war ich beglückt, es schien mir, als hätte ich einen Freund gefunden – ausgerechnet Dr. Sigrand! Es schien mir nur Sekunden lang so.
»Verstehen«, sagte Dr. Sigrand nämlich. »Ich habe mich nicht richtig ausgedrückt. Sagen wir statt ›verstehen‹ besser ›respektieren‹. Ich respektiere Ihre Haltung, Monsieur Norton.«
»Ja?«
»Ich respektiere sie in dem gleichen Maße, in dem sie mich anwidert«, sagte er prompt.
Ich stand auf.
»Nun hören Sie mal zu«, begann ich, außer mir, aber auch er stand auf und tippte mich gegen die Brust, und ich fiel in meinen Sessel zurück.
»Nun hören *Sie* mal zu«, sagte Dr. Sigrand, während Frau Dr. Reinhardt gar nichts sagte und mich nur unentwegt schweigend betrachtete. »Jeder von uns tut das, was er tun zu müssen glaubt, wozu er verpflichtet ist. Oder verpflichtet zu sein glaubt. Wir hier glauben, dazu verpflichtet zu sein, Kranken zu helfen, so sehr und so gut wir das vermögen. Sie, Monsieur Norton, glauben verpflichtet zu sein, die Karriere von Mrs. Moran zu erhalten, ihre Beliebtheit und ihr Geschäft, weil das innigst mit Ihrem eigenen Wohlergehen zusammenhängt.«
»Wenn Sie noch ein Wort . . .«
»Ach, seien Sie bloß ruhig, ja? Ich habe noch nicht gesagt, daß ich Ihnen bei Ihren miserablen Bemühungen behiflich sein werde. Ich muß es durchaus nicht tun. Niemand kann mich dazu zwingen – am allerwenigsten Sie! – *Sie sollen ruhig sein!*« Er war jetzt sehr erregt. So hatte ich ihn noch nicht erlebt. Er trat dicht vor mich hin (immer noch hatte diese Ärztin kein Wort, kein einziges Wort gesagt, immer noch beobachtete sie mich unablässig) und fuhr fort: »Menschen wie Mrs. Moran und . . .« Er machte eine beleidigende Pause. ». . . Menschen wie Sie richten mehr Elend an in dieser Welt als alle schrecklichen Krankheiten, mit denen wir es hier zu tun haben, zusammen.«
»Das lasse ich mir nicht bieten!« schrie ich und sprang auf.
»Dann gehen Sie doch«, sagte er, sein Gesicht dicht vor meinem. »Los, gehen Sie! Für Babs wird alles Menschenmögliche geschehen! Aber Sie verschwinden hier, augenblicklich!«
Ich starrte ihn an. Diesem Burschen war ich ausgeliefert, das wurde mir jetzt endgültig klar. Also sofort winselnd: »Verzeihen Sie, Herr Doktor. Die Aufregung. Ich habe das nicht so gemeint. Sie haben ja recht . . .«
»Herr Kollege . . .« Das waren die ersten Worte, die Frau Dr. Reinhardt sprach.

»Schon gut, Frau Doktor!« Er sah zu mir herab. »Die Sache wird geheimgehalten, ganz wie Sie es wünschen.«
»Danke«, sagte ich. Sollte der Dreckskerl sich doch an mir abreagieren. Wenn er die Sache nur geheimhielt. Mit seinen Ansichten konnte er mich am Arsch lecken. »Ich danke Ihnen, Herr Doktor Sigrand.«
»Nicht mir«, sagte er, und sah mich unendlich traurig an. »Nicht mir. Danken Sie Frau Doktor Reinhardt.«
»Ich verstehe schon wieder nicht . . . wieso Frau Doktor Reinhardt?«
»Sie hat etwas auf einen Zettel gekritzelt, während Sie erzählt haben, und ihn mir zugeschoben.« Das hatte ich gesehen. »Ich tue nur, was sie auf den Zettel gekritzelt hat«, sagte Sigrand.
»Und was war das?« fragte ich, während mein Blick zwischen Dr. Reinhardt und Dr. Sigrand hin und her irrte.
»Sagen Sie's ihm«, sagte Sigrand.
»Ich habe Doktor Sigrand gebeten, die ganze Affäre geheimzuhalten«, sagte die Ärztin. Und nun sah sie mich nicht mehr an. Nun sah sie auf das Blatt Papier, das verkehrt herum lag und auf dem ich gelesen hatte, welche Laute und Wörter Martin zu seinem ›Schatz‹ rechnete.
»Warum haben Sie das getan?« fragte ich Frau Dr. Reinhardt.
Sie wandte den Kopf ab, und es trat wieder eine Stille ein. Was geht in dieser Frau vor? dachte ich. Ich sah zu Dr. Sigrand auf. Der sah mich an. Eigenartig. Das hielt ich nicht aus. Ich blickte wieder auf das Papier und las weitere Laute und Wörter Martins, las dies:

ja = ja
na = nein
oja = freudige Zustimmung
chchch = läuten, telefonieren, alles, was mit Klingeln zusammenhängt

Dr. Sigrand sagte: »Die Mutter von Babs fällt zur Zeit aus. Wir dürfen nicht riskieren, ihr so knapp nach dem Lifting . . .« – und da war reiner Hohn in seiner Stimme – ». . . eine solche Nachricht zukommen zu lassen, auch wenn sie der Ansicht ist, daß Kinder, die geistig behindert sind, sofort umgebracht werden müssen. Sie könnte uns auffordern, Babs sofort umzubringen, weil die Gefahr besteht – die Gefahr besteht immer, Monsieur Norton –, daß Babs Dauerschäden erleidet. Und wir bringen unsere Patienten nicht um. Das müssen Sie schon entschuldigen. Da muß Mrs. Moran, da müssen Sie uns schon entgegenkommen und Nachsicht üben – wir tun es Ihnen gegenüber schließlich auch.« Und immerfort schien der Mann, der dies sagte, mit Tränen kämpfen zu müssen. »Andererseits haben wir hier im Krankenhaus unsere Vorschriften. Babs kann nicht selbst bestimmen, was mit ihr geschehen, wie sie behandelt werden soll. Babs kann uns nicht berechtigen, nach unserem Ermessen zu tun, was das Beste für sie ist. Das muß jemand anderer tun, Monsieur Norton.« Ich kniff die Augen zu. Das auch noch. »Ich sehe, Sie haben begriffen, Monsieur Norton. Wir können Babs nur hierbehalten, wir können Ihre Wünsche nur erfüllen, wenn jemand da ist, der für Babs verantwortlich zu sein bereit ist . . .«

Ich! Ich verantwortlich für Babs!

». . . und der uns schriftlich die gesetzlich vorgeschriebenen Rechte überträgt und jederzeit zu erreichen ist, falls wir seine Einwilligung für besondere Behandlungsarten benötigen.«

»Was für ›besondere‹ Behandlungsarten?«

»Die verschiedensten. Also nein?«

Ich war gefangen, dachte ich. Eine Ratte in der Falle.

»Was heißt: Also nein?« fragte ich deshalb Sigrand. »Selbstverständlich gebe ich so eine Erklärung ab!«

Er lachte kurz.

»Würden Sie dann bitte das Formular ausfüllen, Frau Kollegin?«

Ich sah zu der Ärztin. Sie hob die Schreibmaschine vor sich, schob dabei ein kleines Spielzeuglamm zur Seite, nahm ein vorgedrucktes Blatt aus einer Lade, spannte es, mit Kohlepapier und Durchschlag, ein und begann: »Name . . . Norton . . . Vorname?«

»Weiß ich nicht mehr«, sagte ich. »Wie heiße ich mit dem Vornamen, Herr Doktor?«

»Paul«, sagte der.

»Paul«, sagte und tippte Frau Dr. Reinhardt. »Jetzt natürlich Ihr richtiger Name. Den müssen wir auch haben. Philip Kaven. Haben Sie einen Paß bei sich?«

»Ja.«

Ich gab ihn ihr.

Sie suchte nach der Nummer und tippte diese und den Ausstellungsort des Passes.

Ich sah auf das Papier, betreffend den Laut- und Wortschatz von Martin, und las dies:

Wauwau = Hund, Katze
Gogo = Huhn
guga = Vogel oder jemand ›hat einen Vogel‹
gdgd = guten Tag
aga = danke
Wenn er den Mund wie zum Küssen spitzt, will Martin etwas
Wenn er den Kopf auf den Tisch legt oder zwischen die Oberschenkel und nicht mehr aufsieht, ist er beleidigt

»Richtiger Name der Mutter? Sie ist doch Deutsche, und Moran ist ihr Künstlername, nicht wahr?« fragte Ruth Reinhardt.
»Susanne Mankow«, sagte ich. »Geboren in Berlin am fünfundzwanzigsten Mai 1935.«
Frau Dr. Reinhardt tippte. Ich las:

Wenn Martin die Zunge herausstreckt, hat er Hunger oder Durst

»Ständiger Wohnsitz?«
Ich sagte, wo Sylvia ihren ständigen Wohnsitz hatte.
Ich las:

Wenn Martin auf den Boden deutet, meint er in der Regel die U-Bahn oder einen Tunnel oder eine Unterführung

»Zur Zeit Klinik Professor Delamare«, sagte und tippte Dr. Reinhardt.
Ich fuhr auf.
»Hören Sie . . .«
»Es wird niemand erfahren. Das bleibt unter Verschluß. Für immer«, sagte Sigrand.
»Wo wohnen Sie zur Zeit, Monsieur Norton?«
Ich sagte es. Dr. Reinhardt tippte es.
Ich las:

Wenn Martin mit einem Arm zur Schulter greift, bedeutet das Schule (Schulranzen)

Die Ärztin sprach und tippte: ». . . gibt mit der Unterschrift dieses Formulars die Zustimmung zu allen oben angeführten Punkten betreffend . . . Hier müssen wir auch den richtigen Namen einsetzen . . .« Sie tat es. ». . . Babs – das ist Barbara, nicht wahr?«
»Ja«, sagte ich.
». . . geborene Barbara Mankow . . . wann und wo, Monsieur Norton?«
»Fünfter September 1962, Beverly Hills«, sagte ich.
Sie tippte das, und ich las, jetzt bereits so benommen vor Wut und Hilflosigkeit, daß ich kaum mehr wußte, was ich tat, zum Beispiel, daß ich wie ein Idiot immer weiter diesen Elternbrief las, dies:

Mit den Füßen strampeln bedeutet bei Martin Gymnastik

»So«, sagte Dr. Reinhardt. »Das Datum der Einlieferung . . .«. Sie tippte und sprach: »Fünfundzwanzigster November 1971 . . .«

Ich las:

Sollten Sie, liebe Frau Doktor, nicht verstehen, was Martin sagen will, geben Sie ihm bitte einen Zettel mit!

36

Frau Dr. Reinhardt hatte wohl bemerkt, daß ich immer auf diesen Elternbrief starrte, und so sagte sie, während sie das Formular aus der Maschine drehte: »Das ist aus meiner Nürnberger Praxis.« Dann gab sie mir das Papier und einen Kugelschreiber: »Unterschreiben Sie bitte Original und Durchschlag. Mit Ihrem richtigen Namen. Auf der Linie rechts unten.«
Ich nahm den Kugelschreiber. Meine Hand zitterte so stark, daß ich sie mit der andern stützen mußte, während ich schrieb. Trotzdem wurde die Unterschrift nur eine Kritzelei, ähnlich denen auf der Schultafel. Damit also, dachte ich, hast du dein Todesurteil unterschrieben, so oder so. Nein, dachte ich. Nicht so oder so. Man soll nicht zu schwarz sehen. Babs kann sterben. Dann ist es kein Todesurteil. Babs kann auch ganz gesund durchkommen. Dann ist es gleichfalls kein Todesurteil. Wenn Babs natürlich durchkommt und so ähnlich am Leben bleibt wie dieser Martin, dann allerdings ist es dein – Moment mal, dachte ich, bist du schon weich, Kaven? Wieso ist es überhaupt unter irgendeiner Konstellation dein Todesurteil? Wenn es mit Babs so wird wie mit Martin, kannst du doch noch immer abhauen und ...
Nein! dachte ich. Nein, o nein, das kannst du dann eben nicht mehr, Kaven! Dann bist und bleibst du in der Scheiße. Also doch ein Todesurteil. Aber, dachte ich sofort (ich war stets Optimist, mein Herr Richter), da sind immerhin *zwei* positive Möglichkeiten gegen *eine* negative. 2 : 1. Was denn? 2 : 1! War doch eine enorme Chance, daß alles gutging, wenn die Ärzte richtig spurten. Oder wenn Babs abkratzte. In beiden Fällen stand ich dann vor Sylvia so selbstlos heldenheldisch da wie nie zuvor.
Die Ärztin hatte die Formulare durchgesehen, nun überreichte sie die Papiere Dr. Sigrand. Dieser Mensch sagte kein Wort, nickte seiner Kollegin zu und ging aus dem Zimmer. Solange die Tür offen war, hörte ich eine Männerstimme, laut: »... drei von den Geiseln herzkrank, zwei zuckerkrank und keine ...« Die Tür hatte sich hinter Dr. Sigrand geschlossen. Ich blickte Frau Dr. Reinhardt an. Zum ersten Mal, seit ich sie kannte, sah ich richtig ihr Gesicht.
Dieses Gesicht, mein Herr Richter, so zu beschreiben, daß Sie auch nur einen halbwegs richtigen Eindruck bekommen, fehlen mir auch heute noch die Worte, und das um so mehr, als ich damals, an jenem Morgen, vollkommen anders dachte und fühlte – wie, das beschreibe ich ja in diesem

Bericht. Ich kann Ihnen versichern, mein Herr Richter: An jenem Morgen gab es wohl nichts, was mir gleichgültiger gewesen wäre als das Gesicht dieser Frau Dr. Ruth Reinhardt aus Nürnberg. Und was ich heute, trotz der großen Veränderung, die in mir vorgegangen ist, über dieses Gesicht sagen kann, ist unzureichend, ach so unzureichend. Dennoch will ich es versuchen.

Ruth Reinhardt hat kastanienbraunes Haar, das sie ziemlich kurz geschnitten trägt, und sie hat kastanienfarbene Augen mit erstaunlich langen Wimpern. Die Haut ist sehr hell und rein. Der Mund ist groß. Die Backenknochen sitzen hoch und geben dem Gesicht einen slawischen Ausdruck. Ruth hat schöne Zähne, kleine, anliegende Ohren und eine kleine, gerade Nase.

Sie hat das – ich suche nach dem am wenigsten ungenauen Wort –, nun ja, wohl das disziplinierteste Gesicht, das ich jemals gesehen habe. Ein hellwaches Gesicht, von sehr großer Intelligenz geprägt, von Toleranz und Einfühlungsvermögen auch noch in ärgste Geschehnisse. Ein trauriges Gesicht, mein Herr Richter. Traurig wie die Gesichter von Menschen, die sehr viel Leid gesehen und miterlebt haben. Gleichwohl immer noch voller Kraft. Ich habe, mein Herr Richter, diese Ärztin im Gespräch mit Erwachsenen nie lachen sehen. Im Gespräch mit Kindern sah ich sie *nur, immer, bei jeder Gelegenheit,* lachen! Ruth Reinhardt ist, da ich dies schreibe, 1973, fünfunddreißig Jahre alt und unverheiratet. Wie sie mir später einmal sagte, hatte sie natürlich von Zeit zu Zeit eine Affäre mit einem Mann, wenn ihr der Mann gefiel. Nicht von Zeit zu Zeit, sondern immerzu indessen verlangte es Ruth nach Wissen, nach Forschen, nach Wahrheit. Sie hat selber kein Kind, aber ich erinnere mich, daß sie einmal zu mir sagte: »Alle Kinder, die man zu mir bringt, sind *meine* Kinder! Jede Gesundung macht mich glücklich und reicher. Jede Verschlechterung, jeder Tod macht mich unglücklich und ärmer, und es ist ganz gleich, ob ich es mit halbwegs normalen Kindern zu tun habe oder mit solchen, bei denen sogar ich zuerst zweimal die Augen schließen muß, wenn ich sie zum ersten Mal sehe.«

Ruth Reinhardt ist – heute kann ich das alles (mit elend unzulänglichen Worten immer noch!) beurteilen – nicht schön im landläufigen Sinn des Wortes, etwa wie Sylvia Moran. Eines hat sie allen Frauen, die ich kenne, voraus: ihr Lachen. Sie hat das wundervollste, von Herzen kommende Lachen, das ich je gesehen habe. Aber eben nur vor Kindern. Vor kranken Kindern. So groß ist die Kraft dieses Lachens, daß sogar die ärmsten ihrer armen Kranken, die Spastiker, die völlig in der Entwicklung Zurückgebliebenen, einstimmen in Ruths Lachen – später habe ich das oft beobachtet.

Es wird Ihnen auffallen, mein Herr Richter, daß ich diesen Bericht in zweierlei Stilen schreibe: So wie eben – und dann auch wieder frech, rotzig, schweinisch. Ich kann offenbar bei der Schilderung jener im Dunkeln, von denen ich eingangs sprach, bei der Schilderung jener unermüdlichen Selbstlosen, durch nichts zu Entmutigenden in der ›Welt nebenan‹, die ich von nun an kennengelernt und von der ich bislang keine Ahnung gehabt habe, meinen mir zugehörenden Stil nicht beibehalten. Ich schreibe, nein *es* schreibt dann anders. Ich bin, nach Ruth Reinhardt, noch vielen Menschen ihrer Art begegnet. Sie war die erste. Ich bitte um Vergebung, wenn das, was ich jetzt noch zu sagen habe, pathetisch klingt. Ich sage und schreibe nur, was ich heute wirklich empfinde:

Ruth Reinhardt ist eine Frau, die alles verschenkt. Es ist ihr einerlei, wen sie beschenkt. Wichtig ist ihr das Schenken – und das will in ihrem Fall heißen: das Helfen. Und das will heißen: Sie verschenkt sich selbst. Ich werde, bis an mein Ende, dieser Ruth Reinhardt gedenken als einer Frau, die, so fürchte ich, stets und immer weiter mehr gibt, als es klug für sie ist, zu geben – bis an *ihr* Ende.

Das, mein Herr Richter, möge Ihnen einen – sehr unvollkommenen – Eindruck von der Frau geben, der ich an jenem Vormittag des 25. November 1971 im Hôpital Sainte-Bernadette in Paris gegenübersaß. Einen Eindruck von Ruth Reinhardt . . .

37

»Ich danke Ihnen, Frau Doktor«, sagte ich, als Dr. Sigrand den Raum verlassen hatte. »Was hat dieser Arzt bloß gegen mich? Ich habe ihm doch nichts getan! Warum behandelt er mich so?«

Ruth Reinhardt sagte: »Auch Ärzte sind nur Menschen, Monsieur Norton. Doktor Sigrand war zwölf Jahre verheiratet. Sie hatten einen Sohn, Spastiker. Jahr um Jahr klammerte sich Doktor Sigrand noch an die Hoffnung, etwas könne besser werden mit seinem Sohn – nur ein kleines bißchen besser. Dann, vor zwei Jahren, mußte er einsehen, daß bei seinem Sohn niemals auch nur das geringste besser werden wird. Er ist Arzt, er weiß Bescheid. Dieser Sohn hat keinerlei Chance.«

»Das tut mir leid«, sagte ich.

»Doktor Sigrand fand sich damit ab – heldenhaft.« Die Ärztin spielte mit dem Lämmchen. »Stellen Sie sich das einmal vor, Monsieur Norton: Sigrand leitet hier ein Krankenhaus, das solchen Kindern hilft, manche gesund, viele gebessert entläßt – und selber hat er ein Kind, das ein armseliges Bündel Leben ist, unfähig, jemals das geringste für sich zu tun.«

»Ich verstehe jetzt«, sagte ich.

»Nein, Sie verstehen noch nicht, Monsieur Norton! Vor einem halben Jahr kam Doktor Sigrand darauf, daß seine Frau ihn seit langem mit einem anderen Mann betrog, daß sie ihr behindertes Kind haßte und vernachlässigte. Der andere Mann – das war der Zufluchtsort dieser armen Frau.«

»Sagten Sie *›armen‹*?«
»Gewiß, Monsieur Norton. Natürlich war diese Frau arm. Arm und verzweifelt. Man darf niemals einen Menschen zu schnell verdammen. Alle Menschen haben Gründe für das, was sie tun. Doktor Sigrands Frau verlor die Nerven. Es muß schlimm gewesen sein, als ihr Mann sie zur Rede stellte. Sie sagte, sie könne das Kind nicht mehr ertragen und, ja, da sei ein anderer Mann. Noch in der gleichen Nacht verließ sie die gemeinsame Wohnung und zog zu ihrem Liebhaber. Die Ehe wurde geschieden. Das Kind wurde Doktor Sigrand zugesprochen, der, wenn er nun einen Arbeitstag hier hinter sich hat, heimfährt zu seinem unheilbar kranken Kind.«
»Jetzt verstehe ich.«
»Sie verstehen noch immer nicht«, sagte Ruth. »Der Mann, zu dem Madame Sigrand ging, ist viel jünger als Doktor Sigrand. Ein reicher, verwöhnter Junge. Jet-Set heißt das, nicht wahr? Hat ein Vermögen geerbt. Mit ihm lebt Madame Sigrand jetzt, teils in Paris, teils an der Côte d'Azur. Für ihren Mann ist sie nicht mehr zu sprechen. Ihr Liebhaber hat immer nur von fremdem Geld gelebt und wird es immer weiter tun.«
»Wie ich«, sagte ich.
»Das geht mich nichts an. Ich wollte nichts anderes tun als Ihnen erklären, warum Doktor Sigrand – ein wunderbarer Mensch – Sie so behandelt, Monsieur Norton. Wäre Doktor Sigrand nicht diese Sache mit seiner Frau passiert – und ausgerechnet auch noch mit einem solchen Mann –, er wäre niemals derart beleidigend zu Ihnen gewesen.«
Ausgerechnet in diesem Moment wurde nach kurzem Klopfen die Tür aufgerissen. Ein Arzt streckte den Kopf herein und begann atemlos: »Ruth, jetzt haben die Terroristen erklärt, daß sie sofort mit dem Umlegen anfangen, wenn sie nichts zu essen und trinken kriegen und . . .« Er brach ab. »Verzeihung! Ich wußte nicht . . .« Die Tür fiel wieder zu.
Ruth Reinhardt schien die Unterbrechung überhaupt nicht zur Kenntnis genommen zu haben. Sie lehnte sich vor. »Passen Sie einmal auf: Den meisten Menschen fehlt einfach das Begreifen auf diesem Gebiet – das Begreifen aufgrund von Erfahrung und Erleben.« Sie hielt einen Augenblick inne. »Das Begreifen«, sagte sie noch einmal. »Das heißt, die Menschen wissen nicht, wie man sich derart kranken Kindern – erschrecken Sie bitte nicht, es geschieht alles, damit Babs wieder gesund wird, aber ihre Reaktionen bislang sind typisch –, wie man sich also derart behinderten Kindern gegenüber verhalten soll. Viele schlimme Entgleisungen auf diesem Gebiet entspringen allein größter Verlegenheit. Die Menschen sind sehr wohl voller Mitleid. Sie erkennen sehr wohl sogleich, daß sie ein behindertes und kein ungezogenes Kind sehen. Aber sie wissen nicht, wie sie sich verhalten sollen! Verstehen Sie?«
»Ja, Frau Doktor.« Jetzt sprachen wir deutsch.

»Entweder sie starren das Kind bewußt an, weil sie so etwas noch nie gesehen haben – oder aber sie haben so etwas schon einmal gesehen und wissen, da ›hat man‹ nicht hinzustarren. Das ist ein ebenso unnatürliches Verhalten und wird von den betroffenen Eltern prompt als Ablehnung gewertet.«
»Ich verstehe.«
»Ich sage immer in meinen Vorlesungen: Es wäre so wichtig, den Menschen zu zeigen – an praktischen Beispielen der Art ›So kann man's *auch* machen!‹ –, wie man mit behinderten Kindern natürlich umgeht. Das ist sehr schwer, ich weiß es, denn viele dieser Kinder sehen zum Teil ungewöhnlich aus, bewegen sich ungewöhnlich, betragen sich ungewöhnlich, sind zum Teil abstoßend. Ein großes Problem.« Sie seufzte. »Aber nur so kann man den Menschen das Schuldgefühl und die Verlegenheit, die sie solchen Kindern gegenüber empfinden, nehmen, glaube ich. Warum sehen Sie mich so an, Herr Norton?«
Ich sagte ergriffen (wahrhaftig zum ersten Mal in meinem Leben echt ergriffen, mein Herr Richter, ich war es nicht mal bei dem Tod meiner Eltern noch bei irgendeiner anderen Gelegenheit zuvor): »Weil mir das so sehr einleuchtet, Frau Doktor.«
»Schön«, sagte sie. »Schauen Sie: Ekel, Abscheu, Ablehnung . . . das ist doch alles in Wahrheit nur Hilflosigkeit diesen Kindern gegenüber, das ist die Folge von Schuldgefühlen, ja, Schuldgefühlen, weil man eben nicht begreifen kann . . .« Begreifen – das war offenbar ein Lieblingswort von Ruth Reinhardt. »Weil ich nicht begreife und mich darum schuldig fühle, reagiere ich ablehnend, böse, forsch . . .« Sie sah das viele bunte Spielzeug im Zimmer an, ihre Stimme wurde leiser: »Oft ist es natürlich auch nur Gedankenlosigkeit . . .« Sie senkte den Kopf. »Und dazu kommt: Sehr viele Eltern werden außerdem noch furchtbar bestraft. Ehen gehen zu Bruch – siehe Doktor Sigrand –, das Schuldgefühl wird unerträglich, ebenso die Verzweiflung. Wissen Sie, wie viele solcher Eltern dem Alkohol verfallen? Wissen Sie, wie viele sich das Leben nehmen? Besonders wenn sie ihre Kinder ablehnen, wenn sie sie von sich stoßen oder verstecken . . . Von diesen Eltern kommt niemand ungestraft davon, wenn er nicht den Weg zur Rückkehr findet . . .« Sie stand auf und begann in dem vollgeräumten Zimmer zwischen dem vielen Spielzeug hin und her zu gehen, die Hände in den Taschen ihres weißen Mantels, an der Brust baumelte ein Stethoskop. »Wir müssen dahin kommen, Herr Norton, daß unsere Gesellschaft so aufgeschlossen ist, auch Menschen völlig zu integrieren, die niemals in der Lage sein werden, die gleichen Leistungen zu erbringen wie die gesunden . . .«
Mein Gott, dachte ich, das alles hatte Sylvia damals in Monte-Carlo gesagt, das alles hat Rod Bracken für sie aufgeschrieben, nun *erlebe* ich es!

»Unsere Welt«, sagte Ruth Reinhardt, »ist eben – und das muß das Ziel der Aufklärung sein – nur komplett, wenn in ihr auch Platz ist für alte, hilflose Menschen, für hirngeschädigte Kinder, für Blinde, Taube, psychisch Kranke, Tippelbrüder – was Sie wollen. Erst dann wird es eine gute Welt sein, wenn der Gesunde weiß: Es ist nicht mein Verdienst oder meine Würdigkeit, gesund zu sein! Genausogut könnte ich krank sein wie dieses Kind da. Und zweitens: Es ist auch meine Verantwortung, die Kranken nicht nur hier . . .« – sie wies auf ihr Herz – ». . . sondern hier . . .« – sie wies auf ihre Stirn – ». . . zu verstehen. Das ist die Hoffnung, die ich habe. Diese Hoffnung aber, Herr Norton, setzt ein Umdenken voraus! Weg von dem Schema, daß nur der ein Mensch ist, der etwas verdient und etwas leistet! Diese Haltung, wie sie immer noch besteht, ist unmenschlich und menschenunwürdig!«
»Ja«, sagte ich. »Aber was ist nun mit Babs? Ich habe das Gefühl, daß die Gefahr sehr groß ist.«
Darauf schwieg sie.
»Antworten Sie mir! Habe ich recht mit meiner Vermutung?«
»Sie könnten recht haben, Herr Norton. Ich will Sie nicht belügen. Babs ist sehr krank. Ich habe Ihnen gesagt, hier geschieht alles, um sie wieder gesund werden zu lassen. Aber . . .« Ihre Stimme versickerte.
»Aber die Wahrscheinlichkeit spricht dagegen«, sagte ich.
Sie sah mich stumm an, direkt in die Augen, dann senkte sie langsam den Kopf.
»Danke«, sagte ich.
»Danke wofür?«
»Danke dafür, daß Sie mir die Wahrheit gesagt haben.«

38

Und immer noch tobte der Sturm über Paris.
Die Sonne war verschwunden, der Himmel schwarz. Im Hof unten sah ich schwarze, kahle Bäume. Ruth drückte auf den Knopf der Schreibtischlampe. Das Licht flammte auf. Ruth sagte: »Sie, Herr Norton, sind das Produkt Ihrer Umgebung und Erziehung. Ich werde mir niemals erlauben, Kritik daran zu üben, wie Sie mit Sylvia Moran leben. Ich denke, als das Produkt eben jener Erziehung und Umgebung konnten Sie gar keinen anderen Weg gehen.«
»Sie haben heute, als Doktor Sigrand mich weckte, gesagt, Sie würden sich freuen, mich kennenzulernen!«
»Das tat ich auch.«
»Weshalb?«
»Weil Sie Babs hergebracht haben. Weil Sie die Nacht durch auf der Bank

geschlafen haben. Weil Sie nicht einfach ausgerissen sind oder sich gedrückt haben.«
»Das konnte ich doch nicht!«
»Der Mensch kann alles an schmutzigen Dingen tun und alles an schönen«, sagte Ruth Reinhardt. »Sie sind bei Babs geblieben, Herr Norton. Darüber war ich froh. Darum war ich glücklich, Sie kennenzulernen. Denn nach all den Illustrierten-Geschichten hatte ich einen anderen Eindruck von Ihnen gewonnen.«
»Das kann ich mir denken«, sagte ich.
»Wir würden alle anders reagieren, wenn wir die Schicksale unserer Mitmenschen kennen würden. Ich hatte mir vorgenommen, Ihnen meine Ansicht über Sylvia Moran und das, was Sie da in Monte-Carlo in der Garderobe von sich gab, mitzuteilen, wenn wir allein sind.«
»Warum?«
»Weil ich Sylvia Moran absolut verstehe«, antwortete Dr. Ruth Reinhardt aus Nürnberg.
Ich starrte sie an.
»Zunächst einmal: Was Sylvia Moran da vor den Kameras sagte, hat man ihr vorgeschrieben, nicht wahr? Sie hat es als die große Schauspielerin, die sie ist, gesprochen. Warum ist sie denn überhaupt auf die ganze Sache eingegangen? Weil man ihr eingeredet hat, das gebe eine ungeheuere, nie wiederkehrende Publicity. Nun, Sylvia Moran ist im Show-business. Warum sollte sie also nicht auf ihre Berater hören? Was wissen Sie von Sylvia Moran? Was wissen Sie wirklich von ihr, Herr Norton?«
»Na, doch ziemlich alles, denke ich.«
»Das denke *ich* nicht! Lieben Sie Sylvia Moran, Herr Norton?«
»Ich . . . Selbstverständlich liebe ich Sylvia!«
»Selbstverständlich lieben Sie Sylvia *nicht*! Haben sie nie geliebt! Werden sie nie lieben! In der Lage, in der Sie sich ihr gegenüber befinden, ist Liebe unmöglich«, sagte Ruth Reinhardt. Ich schwieg. »Also wissen Sie auch nichts von ihr. Nicht das Entscheidende. Nicht, wie sie wirklich ist.«
»Aber *Sie* wissen es?«
»Ich glaube, ich kann es mir gut vorstellen«, sagte Ruth Reinhardt. »Sylvia Moran ist ein weltbekannter Begriff. Eine Gütemarke. Schon dadurch eine ungewöhnliche Frau, ein ungewöhnlicher Mensch. Die Welt und auch Sie – ja, ja, Herr Norton, auch Sie, glauben Sie mir – kennen von Sylvia Moran nur das, was sichtbar ist, die Rolle, die sie spielt, ihr Leben lang, die sie spielen muß als ein so großer Star. Wie soll ich das bloß ausdrücken? Ich, Sie, die ganze Welt sieht nur das Plakat Sylvia Moran, das, was an den Litfaßsäulen und vor den Kinos hängt, sieht nur das Farbfoto auf der Illustrierten und das Bild auf dem Fernsehschirm . . . das Äußerliche . . .«
Sie hat recht, dachte ich erschrocken. Ich weiß wirklich nur Äußerlichkei-

ten von Sylvia. Die gespenstische Szene in der Klinik von Professor Delamare fiel mir ein, als sie ihren Schmuck befingert hatte, ohne ihn sehen zu können. »Diese Frau kann gar nicht mehr so sein, wie sie will! Doktor Sigrand war ungerecht gegen Sylvia Moran – die Erklärung dafür kennen Sie. Man muß sich aber bemühen, nicht ungerecht zu sein. Man muß immerfort versuchen, Erklärungen zu finden, Erklärungen und Entschuldigungen, Herr Norton.«
Ich weiß nicht, was über mich kam, ich sagte zu einer Frau, die ich kaum kannte, über eine Frau, von der ich lebte: »Aber ich bitte Sie, was Sylvia da in der Garderobe gesagt hat, das war doch einfach widerlich!«
Darauf antwortete Ruth Reinhardt: »Manche Menschen benehmen sich widerlich, weil sie unglücklich sind, Herr Norton.«
»Sie können diesen Haßausbruch entschuldigen?«
»Ich kann ihn entschuldigen und verstehen, Herr Norton. Man hat Frau Moran praktisch gezwungen, diese Ansprache zu halten – ja, ja, man hat sie gezwungen! Sie und dieser Mister Bracken und die Filmgesellschaft in Hollywood und was weiß ich, wer noch alles. Man hat sie gezwungen zu sprechen, ohne sie auch nur zu fragen, ob sie einverstanden ist mit dem, was sie sprechen sollte, ob das auch *ihre* Meinung war. Und vergessen Sie nicht, Herr Norton, Babs war damals ein gesundes Kind!«
»Und jetzt hat Babs ausgerechnet die Krankheit, von deren Folgen Sylvia so abgestoßen war!«
»Sylvia Moran ist ein Star! Sie muß tun, was man ihr sagt, ob sie will oder nicht! Ist das nicht einfach entsetzlich, Herr Norton? Was gibt es da alles, wenn Frau Moran sich weigert, zu tun, was ihr das Studio oder sonst wer vorschreibt? Angst vor dem Weitergehen der Karriere, die weitergehen muß! Angst, zurückzufallen! Angst vor Intrigen! Keine Rollen mehr! Was noch, Herr Norton? Gewiß noch vieles andere! Es ist entsetzlich, in welcher Lage sich Sylvia Moran befand – gar nicht zu reden davon, wie entsetzlich die Lage ist, in welcher sie sich jetzt befindet. Und immer weiter wird sie das Plakat sein müssen! Das Plakat, Herr Norton!«
Sehen Sie, mein Herr Richter, das war der Zeitpunkt, in dem ich sie kennenlernte, diese ›Welt nebenan‹, diese Menschen im Dunkeln. »Sie kam also, am Ende mit ihrer Beherrschung, in die Garderobe nach dem Auftritt«, sagte diese Ärztin, deren Worte mich mehr und mehr beeindruckten. »Beschämt, weil ihr der Grad ihrer Abhängigkeit klargeworden war, trotz aller Berühmtheit – man ist um so abhängiger, je berühmter man ist! –, nun, und Sie wissen selber, was Menschen, die sehr beschämt sind oder die man sehr beschämt hat, dann werden – sie werden aggressiv! Und das und nichts anderes ist Frau Moran geworden. Ich kann sehr gut verstehen, Herr Norton, daß jemand wie Sylvia Moran, deren Existenz von einem bestimmten Image abhängt – in diesem Falle auch noch zusammen

mit Babs –, den Gedanken an behinderte Kinder nicht erträgt, und sei es einfach bloß aus Aberglauben, aus Furcht, etwas herbeizuziehen! Ich bitte Sie, vom Image Sylvia Morans hängt ja auch ihr Einkommen, hängen ihre Gagen, hängen *Sie* ab. Sie entschuldigen. Ich sage nur die Wahrheit, Sie sind nicht beleidigt, wie?«
»Gewiß nicht.« Ich war es auch nicht. Nicht bei dieser Frau.
»Und es scheint mir, da kommt noch hinzu, daß Frau Moran *Sie* wirklich liebt – so negativ die Beziehung andersherum aussieht. Herr Norton! Eine Frau, deren Leben in erster Linie auf ihrer äußeren Erscheinung basiert! Und auf der Erscheinung ihres Kindes! Eine Frau mit einem so komplizierten Leben! Heute hier – morgen dort! Kaum jemals zu Hause! Immer in anderen Ländern, in anderen Hotels! Eine so schwer arbeitende Frau! Das alles und gewiß noch viel mehr, Herr Norton, wird Sylvia Moran in Monte-Carlo klargeworden sein. *Ich* kann sie nicht verurteilen. Und wie ich schon sagte: *Sie* lieben sie nicht. Also wissen *Sie* überhaupt nichts von ihr!«
Plötzlich senkte Ruth Reinhardt den Kopf und sagte: »Welcher Mensch weiß denn wirklich etwas über einen anderen – und wenn er ihn noch so liebt?«

39

Panzerwagen. Schwerbewaffnete Soldaten in Tarnanzügen. Eine menschenleere Straße . . .
Das war das erste, was ich sah, als ich um etwa ein Viertel vor zwölf Uhr mittags an diesem 25. November 1971 aus dem Vorraum in den Salon von 419 im LE MONDE trat. Ich war, taumelig vor Müdigkeit, aus Neuilly in die Stadt zurückgefahren. Hatte Frau Dr. Reinhardt gesagt, ich würde abends wiederkommen. Lief seitdem mit der getönten Brille herum.
Einer der Tagesportiers hatte mir erklärt, der Schlüssel von 419 hänge nicht am Brett, gewiß sei Mr. Bracken oder Dr. Wolken oder das Kindermädchen in meinem Appartement oder alle zusammen. Das hatte mich schon gewundert, aber ich hatte nichts gesagt. Als ich dann vor der Tür von 419 stand, war diese verschlossen gewesen. Der Schlüssel steckte innen, das stellte ich fest. Also klopfte ich. Ich mußte sehr lange und sehr laut klopfen, bis Clarissa aufmachte. Sie sah mich an wie ein Gespenst, zitterte am ganzen Leib, hatte gerötete Augen und wich zurück. Hinter ihr sah ich den Fernsehapparat: Panzerwagen, schwerbewaffnete Soldaten in Tarnanzügen . . .
»Was ist mit Ihnen los?«
»Ich . . . ich muß eingeschlafen sein . . .«
»Was machen Sie überhaupt hier?«
»Mister Bracken hat gesagt, ich soll hierbleiben und mich einschließen und

nur dem öffnen, dessen Stimme ich kenne. Und da habe ich den Fernseher eingeschaltet, um mich abzulenken, und dann bin ich eingeschlafen, und dann ... und dann ...« Clarissa drehte sich um, lief in den Salon zurück und warf sich weinend in einen Sessel.
Ich schloß die Tür ab und ging hinter ihr her. Auf die Fernsehreportage achtete ich kaum.
»Clarissa!«
Da kauerte Clarissa vor mir, bebend, schniefend, ein Taschentuch zerknüllend.
»Wo ist Bracken? Wo ist Doktor Wolken?«
»Verfolgen die Kerle.«
»Was für Kerle?«
»Die mich erwischt haben.« Schluchzen. »Diese gemeinen Lumpen.«
Ich packte Clarissa und schüttelte sie, daß ihr Kopf hin und her flog. Mir flimmerte bereits alles vor den Augen, so erschöpft war ich. Ich brüllte: »Was für gemeine Lumpen? Reden Sie endlich, verflucht nochmal!«
». . . indessen ist der Verkehr in der Innenstadt völlig zusammenge ...«
Ich war herumgefahren und hatte den verfluchten Fernseher abgestellt und schrie noch einmal: »Sie sollen reden!«
Na ja, und dann kam es heraus, zwischen Weinen, Schniefen, Gejammer ...
»Wir haben alle drei hier im Appartement geschlafen heute nacht, Herr Kaven ... und dann, am Morgen, nachdem Sie angerufen hatten aus dem Hospital, sind wir natürlich alle drei sehr erschüttert gewesen. Und Mister Bracken hat gesagt, er muß sofort mit Mister Gintzburger telefonieren bei einer so schlimmen Sache.« Joe Gintzburger in Hollywood, Präsident der SEVEN STARS, für die Sylvia arbeitete. Das war ganz richtig von Bracken gewesen. Allerdings hatte er da noch nicht gewußt, wie schlimm die Sache war. »Natürlich wollte er sein Transatlantik-Gespräch nicht hier im Hotel anmelden ...«
»Natürlich nicht.«
». . . und so ist er zur Hauptpost gefahren.« Clarissa schluchzte.
»Und? Und? Weiter!«
»Und Herr Doktor Wolken war auf einmal ganz tief eingeschlafen, da drüben auf der Couch ...« – genauso wie ich jetzt ganz plötzlich tief eingeschlafen sein werde, dachte ich – ». . . und so bin ich in mein Zimmer gegangen, weil ich mich auch ein wenig hinlegen wollte, und in meinem Zimmer waren dann diese drei Kerle ...«
»Was für Kerle?«
»Journalisten ... Presse ... Ein Fotograf, zwei Reporter ... Einfach durch die Halle sind die gekommen, nehme ich an. Am Vormittag ist da unten ja immer viel los, und dann kamen sie herauf zu mir ...«

»Was heißt herauf zu Ihnen? Wie kamen die in Ihr Zimmer?«
»Ich hatte vergessen abzuschließen ... Sie haben mir gesagt, daß sie gewußt haben, wo ich wohne. Wir wohnen im LE MONDE doch immer in den gleichen Zimmern, nicht wahr?«
»Und Sie haben das Ihre offengelassen?«
»Ja.«
»Sie Idiotin!« Sie heulte wieder. »Entschuldigen Sie! Ich habe es nicht so gemeint, Clarissa. Die Nerven. Was war dann?«
Clarissa klammerte sich plötzlich an mir fest.
»Was war dann?« fragte ich und streichelte Clarissas Haar. Tatsächlich. Das tat ich. Vielleicht wurde sie so wieder normal.
»Dann haben sie mich gefragt, was hier los ist. Und ich habe gesagt, hier ist nichts los.« Jetzt begann Clarissa rasend schnell zu reden: »Und sie haben gesagt, ich soll keinen Mist reden, natürlich ist hier was los, wir kriegen es aus dir raus, da kannst du dich drauf verlassen, Kleine ...« Atemholen. Etwas beherrschter: »Und sie haben gefragt, wo Babs ist. Und wo Sie sind. Und wo Mister Bracken ist. Und warum Herr Doktor Wolken in 419 auf einer Couch liegt. Und warum im Schlafzimmer nur das eine Bett zerwühlt ist und die Vorhänge zugezogen sind und die Nachttischlampe auf der Erde steht.«
»Moment, Moment. Die waren auch in 419?«
»Ja. Ich habe nicht abgesperrt.«
»Warum nicht?«
»Weil Herr Doktor Wolken doch sonst nicht herausgekonnt hätte, wenn er aufwachte.«
»Er hätte bei Ihnen anrufen können, Clarissa.« Himmelherrgott!
»Das stimmt ...« Neuer Tränenstrom. »Daran habe ich nicht gedacht ...«
»Wie sind die drei überhaupt auf die Idee gekommen, daß hier was los ist?«
»Habe ich sie auch gefragt.«
»Und?«
»Sie haben gesagt, jemand unten in den Magazinen hat nachts eine Ambulanz gesehen und auch Sie, Herr Kaven ... Er hat die Redaktion von ihrer Zeitung angerufen ... Die geben fünfzig Francs Belohnung für solche Hinweise ... Und da sind sie dann eben hergekommen am Morgen ... Nachts ging's nicht. Da hätte man sie in der Halle aufgehalten ...«
»Und?«
»Und sie haben gefragt und gefragt und gefragt! Und ich habe wieder weinen müssen, und das hat der eine fotografiert ... Der hat überhaupt alles fotografiert, haben die anderen gesagt ...«
»Was noch?«

»Drüben, 419. Den schlafenden Herrn Doktor Wolken. Und das Bett. Und die Nachttischlampe auf dem Boden. Und eine Ampulle, die dort liegen geblieben ist, haben sie mir gesagt. Die haben nicht lockergelassen! Geld haben sie mir geboten! Beinahe eine Stunde waren sie da!«
Ich sagte, sehr langsam über ihren Rücken streichelnd: »Und Sie? Was haben Sie gesagt?«
Clarissa richtete sich auf, sah mich mit tränenverheertem Gesicht an und sagte, plötzlich ganz ruhig: »Ich habe nicht ein einziges Wort verraten, Herr Kaven, das schwöre ich bei meiner ewigen Seligkeit.« Clarissa war fromm. Wenn sie so was sagte, konnte man es glauben.
»Brave Clarissa«, sagte ich. »Gute Clarissa. Danke, liebe Clarissa.« Sie sah mich an aus nächster Nähe, bebend und übernächtigt, und auf einmal preßte sie ihre Lippen gegen die meinen. Was ich befürchtet hatte: Auch Clarissa war verrückt nach mir. Die Angst hatte ihre Skrupel besiegt. Was sollte ich tun, mein Herr Richter? Sie wegstoßen? Ich konnte doch nun keine Feinde brauchen! Also küßte ich sie auch, wobei ich versuchte, diesen Kuß schnell zu beenden. Es war ziemlich mühsam, zuletzt gelang es. Sie saß neben mir auf dem breiten Sessel, die Arme noch um meinen Hals, und sie wiederholte immer wieder, daß sie kein Wort, kein einziges Wort verraten habe. Und ich glaubte ihr alles. Auch dies: »So etwas habe ich noch nie getan, Philip. Noch nie! Aber ich habe dich geliebt. Geliebt vom ersten Moment an. Es war die Hölle für mich, *ist* die Hölle für mich, Philip!«
»Kaven«, sagte ich. »Kaven. *So* heiße ich. Das ist ein sehr schöner Gedanke für mich, daß du mich liebst, Clarissa. Aber das ist auch eine ganz unmögliche Liebe, das siehst du doch ein. Mein Herz und meine Seele gehören nun einmal Sylvia.« (Wortwörtlich, so brachte ich das heraus, mein Herr Richter. Ich wußte schon, weshalb. Clarissa war der Typ, auf den nur solche Sätze wirken.)
Sie wirkten denn auch prompt.
»Natürlich . . . Ich respektiere das auch . . . Und wenn ich zugrunde gehe daran . . . Ich habe es immer respektiert, nicht wahr . . . Verzeihen Sie mir, was ich eben getan habe, Herr Kaven . . .«
»Aber ich bitte Sie, Clarissa!«
»Es war stärker als ich!« (Sagte sie wortwörtlich. Eben der Typ, verstehen Sie, mein Herr Richter.) »Man wird mir niemals etwas anmerken, das schwöre ich bei der Heiligen Jungfrau. Und wenn ich noch so leide.«
»Ja, ja. Und wie ging dann das aus mit diesen Drecksreportern?«
»Mister Bracken kam von der Post zurück und ging in 419. Dort fand er den schlafenden Herrn Doktor Wolken. Er weckte ihn. Sie suchten mich – und trafen mich hier mit den drei Männern. Mister Bracken begriff sofort, was da los war. Die drei begriffen es auch – und rasten fort, Mister Bracken und Herr Doktor Wolken hinter ihnen her . . .«

»Wissen Sie, von welcher Zeitung die drei sind?«
»Nein, das haben sie mir nicht gesagt.«
Oh . . .
»Mister Bracken sagte, er muß sie noch im Hotel oder auf der Straße erwischen, jedenfalls bevor sie in ihre Redaktion kommen.«
»Wann war das?«
»Vor . . . vor einer Stunde vielleicht . . . ich weiß es nicht genau.«
»Was haben Sie denn dann gemacht?«
»Ich war so furchtbar aufgeregt, und ich habe solche Angst gehabt, da bin ich zurück in 419 und habe ferngesehen, diese Geiselgeschichte. Um mich abzulenken.«
»Und dabei sind Sie eingeschlafen«, sagte ich. »Egal. Hauptsache, Bracken erwischt die drei. Hauptsache, Babs kommt durch.«
Das hätte ich nicht sagen sollen. Das war ein schlimmer Fehler von mir, wie sich bald schon herausstellen sollte. Aber ich war so grauenhaft müde, mein Herr Richter, ich wußte schon kaum mehr, was ich sagte.
»Wieso durch? Ist es so arg?«
Und dann beging ich den zweiten Fehler, den noch schlimmeren.
Ich erzählte Clarissa die Wahrheit, alles, was ich von Frau Dr. Reinhardt gehört hatte. Clarissa begann wieder zu weinen.
»Hören Sie auf!«
»Ich kann nicht aufhören!« schluchzte sie.
»Gottverflucht noch einmal, Sie sollen aufhören!«
»Nein . . . nein . . . Ich liebe doch Babs so sehr . . . Wenn ihr etwas zustößt . . . wenn sie . . . wenn sie . . . Und die Mutter liegt in der Klinik und weiß von nichts . . . und hat ihr Kind dann überhaupt nicht mehr sehen können, bevor es . . . bevor es . . .« Der Schallplattensprung-Tick. Sie brachte das Wort ›tot‹ nicht heraus. War mir auch lieber so. »Das ist nicht zu ertra . . .«
Telefon.
Clarissa konnte nicht rangehen, das war mir klar. Also ging ich ran.
»Hallo.«
»Monsieur Kaven?«
»Ja.«
»Hier ist der Portier. Es ist uns furchtbar unangenehm, aber es ging alles so sehr schnell, und hier ist so viel los, eine ganze amerikanische Reisegruppe . . .«
»Was, was, was ging schnell?«
»Da sind zwei Männer reingekommen und haben eine Telefonistin nach Ihrer Appartementnummer gefragt, und leider hat die sie ihnen gegeben.«
»Und?«
»Und die Männer sind von der Zentrale weggegangen, wir wissen nicht,

wohin. Möglicherweise sind sie unterwegs zu Ihnen. Falls Sie es wünschen, werde ich sofort alles Personal und die Polizei alarmieren, damit . . .«
»Nix.«
»Bitte?«
»Sie rufen die Polizei nicht an!« Das fehlte noch. »Sie alarmieren auch niemanden! Ich weiß schon, wer diese beiden Männer sind. Ich warte bereits auf sie.«
Ich legte auf und sagte zu Clarissa: »Los! Los! Schnell jetzt! In Ihr Zimmer! Aber diesmal sperren Sie sich ein! Und öffnen nur, wenn Sie eine von unseren Stimmen hören. Ist das klar?«
»Ja, aber warum . . . Was ist denn jetzt . . .«
Ich zog sie hinter mir her schon aus dem Salon.
Tür auf.
Ich warf Clarissa beinahe auf den Gang hinaus. Er war leer. Noch war er leer.
»Los!« zischte ich. »Rennen Sie!«
Sie rannte. Gleich darauf war sie in ihrem Zimmer verschwunden. Ich hörte, wie sich ein Schlüssel im Schloß drehte.

40

Na ja, also den ersten von den beiden schlug ich zu Boden, sobald er nach meinem »Herein!« das Vorzimmer von 419 betreten hatte. Es war der Kleinere, er hielt eine Kamera in der Hand, eine weitere hing ihm an einem Riemen um den Hals. Dieser Kleinere hatte eine arge Hasenscharte, durch die seine Oberlippe gespalten war. Mit dem zweiten hatte ich dann meine Mühe. Ich trat hinter ihm die Tür zu und schlug, über Hasenscharte hinweg, nach dem zweiten und traf ihn am Kinn. Aber er schüttelte sich nur wie ein Hund, der aus dem Wasser kommt, und sprang mich an. Ich fiel rückwärts, in den Salon hinein, und er gab mir ein paar ordentliche ins Buffet, und dann war ich wieder an der Reihe, und er bekam sein Fett und stürzte, aber er bekam anscheinend nicht genug. Schon stand er wieder auf, hob einen Fuß und wollte mir in die Garnitur treten. Doch ich rollte blitzschnell zur Seite und kam auch hoch und gab ihm eine von unten gegen das Kinn, so fest ich konnte. Es hob ihn richtig ein Stück in die Luft, und er flog nach hinten und riß ein kleines Tischchen um. Auf dem Tischchen hatte eine echte chinesische Vasenlampe gestanden. Silbergrauer Seidenschirm, blauglasierte, wunderschön geschwungene Vase mit zarten Malereien darauf – Blütenzweigen und Vögeln. Die Vase kannte ich seit vielen Jahren.
Na ja, die Vasenlampe ging zu Bruch, und das machte mich sehr wütend, denn ich hatte sie immer so gerne gehabt. Ich sprang auf den Kerl und fing

an, ihm das Gesicht zu zerlegen, und er spuckte einen Zahn und eine Menge Blut aus – mir mitten ins Gesicht, das Schwein, und dann würgte er mich, bis mir schwarz wurde und ich umfiel. Und dann war er wieder über mir und trat und schlug. Eine Weile ging das ziemlich unentschieden hin und her, aber schließlich gesellte sich Hasenscharte dazu, der Kleine, der wieder zu sich gekommen war, und nun ging es mir schlecht. Sie hatten mich zuletzt auf dem Rücken, und der eine bearbeitete mich oben, und der andere bearbeitete mich unten, und es tat weh, es tat sehr weh, so daß ich plötzlich weg war.
Einfach weg, mein Herr Richter.

41

Dann glaubte ich ersticken zu müssen.
Ich würgte und rang nach Luft und spie eine Menge Flüssigkeit aus, die brannte – aber ich war wieder bei Bewußtsein. Ich lag noch immer auf dem Teppich, und vor mir kniete Bracken mit einer Cognacflasche, und neben ihm stand Herr Dr. Alfons Wolken aus Winterthur und dienerte mit ernstem Gesicht.
»Junge, da sind wir ja gerade rechtzeitig gekommen«, sagte Bracken.
»Scheint so«, sagte ich. »Wo sind die beiden Schweine?«
»Langsam, langsam«, sagte Bracken. Er sah ziemlich derangiert aus, und ich sagte es ihm.
»Du hast es nötig«, sagte er. »Schau dich selber mal an, Junge. Den Anzug kannst du wegschmeißen, so voller Blut und was weiß ich ist der. Und dein Gesicht – nein, besser, du schaust in keinen Spiegel.«
»Wieso nicht?«
»Ganz voller Blut.«
»Blut? Nicht nur mein Blut. Viel Blut von dem Großen.«
»Wie kommt Blut von dem Großen in dein – ach egal!« Er half mir, mich aufzusetzen. Jeder Knochen tat mir weh.
»Ihr seid mitten reingekommen?« fragte ich.
»Ja«, sagte Bracken. »Und wir haben es den beiden besorgt, kann ich dir sagen, Junge. Wir beide, jawohl! Auch Herr Doktor Wolken! Du hast ja keine Ahnung, wie der losgeschlagen hat. Der hat einen von den beiden zusammengehauen.«
»Den Kleinen?«
»Den Großen!« sagte Bracken.
»Herr Doktor!« Ich sah ihn bewundernd an. »Das haben Sie fertiggebracht? Das hätte ich nie gedacht!«
»O nicht doch, bitte, Herr Kaven«, sagte er und wand sich vor Verlegenheit.
»Und dann habt ihr die Flics gerufen?« fragte ich Bracken.

»Hätten wir gerne«, sagte der. »Wollten wir gerne. Aber leider haben wir dabei einen Moment nicht auf die beiden Schweine achtgegeben, und da sind sie abgehauen.«
»Abgehauen?«
»Und wie, Junge! Ich hab sofort runter zum Portier telefoniert, aber der hat sie nicht gesehen. Sie müssen irgendwo anders raus sein aus dem Hotel. Seine Kameras hat der Kleine verloren – da ...« Sie lagen auf einem Tisch.
»Hasenscharte«, sagte ich.
»Ja«, sagte Bracken. »Italiener. Der andere war Franzose. Die haben vielleicht Dresche bezogen. Besonders der Große. Von Doktor Wolken.«
Der Privatlehrer von Babs dienerte.
»Na fein«, sagte ich. »Das wären also die beiden. Und die anderen drei? Habt ihr die erwischt?«
Bracken lachte meckernd.
»Lach nicht! Habt ihr sie erwischt?«
»Und wie«, sagte Bracken.
»Wo?«
»Bei der Métro-Station Place de la Nation«, sagte Bracken. »Junge, hatten wir vielleicht Schwein! Fast sind die uns entkommen. Sie fuhren mit der Métro. Wir haben den Zug im letzten Moment erwischt. Als sie uns sahen, sind sie raus aus dem Zug, verschwanden in dem Pissoir da unten. Da haben wir sie fertiggemacht, ich hoffe, die liegen noch immer dort.«
»Alle drei – ihr zwei?«
»Ich sage ja, du hast keine Ahnung, was in Herrn Doktor Wolken steckt«, sagte Bracken. »Die Flasche? Sehr vernünftig. Da. Da. Langsam, Junge, nicht so gierig!« Ich trank in großen Schlucken. Mir wurde etwas besser. »Der Herr Doktor hat zwei von den dreien aufs Kreuz gelegt, daß sie liegen geblieben sind in der Pisse! So was habe ich noch nie gesehen!« sagte Bracken. Er war noch im Mantel. Aus einer Tasche holte er jetzt zwei große Knäuel Film heraus, dazu drei Filmrollen. »Dem Scheißfotografen habe ich alles abgenommen, was er hatte«, sagte Bracken zufrieden. »Der hat keine Aufnahmen von hier! Na, wie haben wir das gemacht?«
»Prima habt ihr das gemacht«, sagte ich. Ich weiß noch, daß ich das sagte. Dann weiß ich nichts mehr. Ich glaube, ich habe noch nie im Leben so tief geschlafen. Aber seltsam, mein Herr Richter, ich weiß, wovon ich träumte! Von Bären. Die ganze Zeit von Bären. Allen Arten von Bären.

42

Ich schlug die Augen auf. Ich sah Bracken vor mir.
Ich hatte keine Ahnung, wo ich mich befand, welcher Tag, welche Stunde es war.

Dann bemerkte ich, daß ich nackt in einem großen Bett lag. In dem Bett, in dem Babs gelegen hatte. Auf der anderen Seite. Hier brannte eine Lampe auf dem Nachttisch.
»Na endlich«, sagte Bracken. »Weißt du, wie spät es ist?«
»Nein.«
»Fünf. Du hast fast viereinhalb Stunden geschlafen. Jetzt habe ich dich wachgerüttelt. Du mußt aufstehen.«
»Warum?«
»Du hast doch gesagt, du mußt ins Krankenhaus zu Babs. Und zu Sylvia mußt du auch.«
Ich stöhnte.
»Schmerzen?«
»Nein.«
Natürlich hatte ich Schmerzen, aber gestöhnt hatte ich, weil mir nach meinem fröhlichen Bärentraum nun alles Elend wieder einfiel, alles Unglück, das über uns hereingebrochen war.
Ich stand auf.
»Hab dich ausgezogen«, sagte Bracken. »Alle Sachen sofort zur Reinigung gegeben. Das Blut von deinem Gesicht abgewaschen. Außerdem wird es jetzt ja dunkel. Und du hast deine Brille. Sag, du hast dich irgendwo angeschlagen.«
Ich ging ins Badezimmer und sah mein Gesicht im Spiegel an und war richtig erleichtert. Mein linkes Auge hatte eine blau-grüne Färbung angenommen und war verschwollen. Auf der rechten Wange hatte ich eine hübsche Schramme. Mein Körper allerdings sah schlimm aus. Aber ich lief ja nicht nackt herum. Ich badete, und während ich mich abseifte, kam Bracken und setzte sich auf den Bidet-Rand.
»Weißt du, Rod, wenn du willst, kannst du ein netter Kerl sein«, sagte ich.
»Wenn man in derselben Scheiße sitzt, ist es am besten, man ist ein netter Kerl«, sagte er.
»Was hat eigentlich Joe gesagt?«
»Hat sich natürlich sofort in die Hosen geschissen«, sagte Bracken. »Du kennst ja das falsche, feige Schwein. Redet wie ein Bibelverkäufer und würde seine Mutter erschlagen für zwei Dollar, zum Glück ist sie schon tot.«
Das war, fand ich, eine sehr treffende Beschreibung von Joe Gintzburger.
»Was er gesagt hat!«
»Zuerst mal hat er Sylvia verflucht. Wegen dem Monolog da in Monte-Carlo. Von dem weiß er ja, von dem haben wir ihm ja erzählt, damit er nicht in Ohnmacht fällt, wenn unser Freund, der Erpresser, sich mal an ihn wendet. Dann hat er mich verflucht.«
»Warum dich?«

»Weiß ich nicht. Nur so. Er hat auch dich und Babs verflucht. Weißt du da vielleicht, warum? Bei Babs kann ich es noch verstehen. Ungezogenheit sondergleichen von dem Gör, sich eine Gehirnentzündung einzuhandeln. Dann hat Joe gesagt, daß er Sylvias Namen nicht mehr kennt, daß sie in keinem Studio der Welt auch nur als Statistin jemals wieder einen Job finden wird, wenn das hier jetzt rauskommt!« Bracken rülpste. »Ich habe ihn quatschen lassen. Informiert muß er sein. Kommentar steht ihm frei. Und uns hilft in einer solchen Situation nur Chuzpe.«

»Chuzpe und Vorsicht«, sagte ich.

»Chuzpe und Vorsicht«, sagte er.

»Was war weiter mit Joe?«

»Ach . . .«

Er zögerte.

»Na!«

»Beim ersten Gespräch wußte er selber noch keinen Rat. Hat gesagt, er muß mit seinen Anwälten und den Vizepräsidenten und den PR-Leuten reden, den ganzen Arschlöchern. Ich soll ihn in zwei Stunden wieder anrufen. Habe ich getan. Da hast du fest geschlafen. Habe ich Doktor Wolken gesagt, er soll hier Wache schieben, und bin noch einmal zur Hauptpost gefahren.«

»Und was hat Joe da gesagt?«

»Wird dir nicht gefallen.«

»Sag es endlich.«

»Na schön«, sagte Bracken. »Joe sagt, jetzt werden die Reporter keine Ruhe mehr geben. Jetzt hast du sie am Hals, Tag und Nacht. Du weißt, was das heißt, wenn diese Schweine sich einmal wo festbeißen.«

»Das weiß ich«, sagte ich.

»Sie würden dich auf Schritt und Tritt verfolgen, Tag und Nacht, wenn du hier weiter wohnst.«

»Klar.«

»Sagte auch Joe. Also: Du mußt hier weg.«

»Was?«

»Du mußt raus aus dem Le Monde. Gleich. Sobald du dich angezogen hast. Und Babs nimmst du natürlich mit.«

»Bist du besoffen?«

»Stocknüchtern. Klar wie noch nie. Joe hat mir das aufgetragen. Das ist ein Befehl, verstanden? Ich habe schon drei große Koffer für dich gepackt und zwei für Babs. Clarissa hat mir geholfen. Doktor Wolken auch. Die sind gut. Auf die kann man sich verlassen. Du wirst so schnell wie möglich losfliegen mit Babs.«

»Losfliegen? Mit Babs?«

»Nach Madrid. Mit Babs!«

»Hör mal, Rod, Babs ist am Abkratzen, und ich . . . Du mußt *doch* den Verstand verloren haben, und Joe auch, der alte Trottel!«
»Denkst *du!* Das ist alles genauestens überlegt. Ich habe auch schon mit deinem alten Freund, dem Président-Directeur Général vom LE MONDE – wie heißt er?«
»Pierre Maréchal.«
»Richtig. Ich habe ihm gesagt, daß Babs nur eine Allergie gehabt hat und daß du mit ihr heute noch nach Madrid fliegst.«
»Warum ausgerechnet Madrid?«
Er ließ sich nicht stören. »Ich habe Pierre Maréchal gesagt, eine Nurse fliegt mit, sie ist mit Babs noch einmal beim Arzt, also schon weg mit dem Kind. Du wirst bei deiner Abreise unten in der Halle natürlich eine ordentliche Schau abziehen, damit auch alle wirklich wissen, du fliegst nach Madrid.«
»Himmelherrgott, was hast du bloß mit Madrid, ich . . .«
»Pst. Laß mich reden. Dein Freund Maréchal hat einen Hotelwagen zur Verfügung gestellt. Zwei zuverlässige Leute. Bringen die Koffer zum Flughafen.«
»Verflucht, was soll ich denn bloß in Madrid?«
»Hast du nicht alle Tassen im Schrank? In Madrid soll Sylvia ihren nächsten Film drehen, den KREIDEKREIS, oder? Und du bist der Chef der SYRAN-PRODUCTIONS – oder? Und du hast dort unten dringend alles für die Dreharbeiten vorzubereiten.«
»Rod, verflucht, ich habe doch keinen blassen Schimmer, wie man so was aufzieht!«
»Du sollst ja auch gar nichts aufziehen.«
»Aber du hast doch eben gesagt, ich muß nach Madrid fliegen. Dort muß ich durch die Sperren. Da stehe ich auf der Namensliste von irgendeiner Fluggesellschaft. Anmelden im Hotel muß ich mich auch. Die Reporter werden in zwei Stunden wissen, wo ich bin.«
»Wenn du nach Madrid fliegst, dann fliegst du mit Sylvias Maschine! Stehst auf keiner Liste. Haben sie dich schon mal bei den Sperren rausgeführt, wenn du mit Sylvias Maschine geflogen bist? Na also.«
»Aber anmelden muß ich mich. Mußte ich mich immer. Und Babs muß ich anmelden. Und sehen wird man uns.«
Ich war noch sehr benommen.
»Kretin! Du sollst doch gar nicht mit Babs nach Madrid fliegen!«
»Eben hast du gesagt . . .«
»Wie willst du denn fliegen, du Rindvieh? Babs kann überhaupt nicht, und dich brauchen wir hier. Ihr bleibt natürlich beide in Paris. Nur die Maschine fliegt nach Madrid. *Ohne euch* . . .«
Um mich begann sich alles in widerwärtiger Weise zu drehen.
»Du mußt so in Paris bleiben, daß wir jederzeit in Verbindung treten

können. So, daß Sylvia nichts merkt. So, daß im Krankenhaus kein falscher Eindruck entsteht.« Er grunzte. »Daß du mir dort ja den Verzweifelten spielst, Junge!«
»Tu ich schon«, sagte ich. »Wo soll ich aber in Paris hin, Rod?«
Er sah mich schweigend an. (Das war die Rache dafür, daß ich ihn nachts zuvor zur Sau gemacht hatte.) Dann sagte er beiläufig: »Du hast doch hier in Paris eine Mieze . . .«
»Du sollst dein Maul . . .«
»Du *hast* eine Mieze! Sag bloß nicht, du hast keine! Wir brauchen jetzt eine! Eine, die an dir hängt und alles für dich tut. Ich flehe dich an, Phil, sag, daß du so eine hast. Ich schwöre dir, ich sag es niemals weiter. Es geht jetzt um alles, Mensch! Also!«
»Ja, ich habe da wen. Aber ob ich dorthin kann, ob die mich bei sich wohnen läßt? Ich muß doch wenigstens vorher anrufen und fragen.«
»Na, dann tu das doch! Gleich! Sofort! Raus aus der Wanne! Nun zier dich nicht so!« Er hielt mir ein großes Badetuch hin. Ich stand auf und trocknete mich ab und hängte mir dann ein zweites Badetuch (natürlich über einer geheizten Stange vorgewärmt, das war eben ein Luxushotel – und ich mußte es verlassen!) um, ging barfuß in den Salon und wählte zuerst die Nummer von Suzys Kosmetiksalon. Ich hatte Glück. Sie war noch da. Freudenschrei, als sie meine Stimme hörte.
»Hör mal«, sagte ich – Bracken hielt sich im Hintergrund –, »hör mal, mon petit chou, ist es möglich, daß ich eine Weile bei dir wohne? Warum, das erkläre ich dir später. Jetzt habe ich keine Zeit.«
»Hast du was ausgefressen?«
»Ja und nein. Das ist eine komplizierte Geschichte.«
»Dann komm. Komm gleich. Heute abend. Nach acht.« Ich hörte sie lachen. »Schwein, was du hast!«
»Wieso?«
»Mein kleiner Graf fliegt um sieben nach Acapulco. Eingeladen. Wie findest du denn das? Chéri, werden wir eine feine Zeit haben!«
Werden wir eine feine Zeit haben . . .
»Ich habe aber Gepäck. Fünf Koffer im ganzen.«
»Schick sie zu mir in den Salon. Wir haben bis sieben offen. Ich bringe sie dann schon zu mir.«
»Danke.«
»Wann kommst du also?«
»Heute noch. Kann aber spät werden.«
»Ich warte.«
»Danke noch einmal.«
»Du sollst nicht . . . Ich bin doch so glücklich, daß du kommst . . . Dann also bis abends, spät abends, wenn du willst. Ich warte.«

Ich legte auf.
»Na?« fragte Bracken, näherkommend.
»Es geht«, sagte ich.
»Prima. Werde ich nachher gleich wieder Joe anrufen. Der sitzt wie auf Nadeln. Wir kriegen das schon hin. Haben schon ganz andere Sachen hingekriegt, was?«
Wie das Schwein sich jetzt anbiederte! Aber jetzt war das ein nützliches Schwein. Jetzt brauchte ich dieses Schwein.
»Wir telefonieren immer. Du gehst immer zu Babs, du gehst weiter zu Sylvia. Die darf natürlich nichts wissen von Babs.«
»Natürlich nicht«, sagte ich.
»Wo wohnt denn deine Freundin?«
»Weit weg von hier.«
»Wo, habe ich gefragt?«
»Und ich habe gesagt, weit weg.«
»Na schön, dann sag es nicht. Hauptsache, es ist weit weg und du mußt dich nicht in der City verstecken. Telefonnummer?«
»Ich rufe dich heute noch an, dann kriegst du sie.«
»Okay. Ich habe schon einen neuen Anzug und Wäsche und das ganze Zeug rausgelegt. Brauchst dich nur noch anzuziehen.«
Ich stützte den Kopf in die Hände und starrte auf den Schreibtisch. Das wurde immer schlimmer. Aber Joe und Rod hatten recht – es ging nur so. Nur so ging es. Wenn es überhaupt noch ging.
Da lagen große Kalkulationsbogen auf dem Schreibtisch.
Ich las abwesend:

PRODUKTION KREIDEKREIS
ERSTE ZUSAMMENSTELLUNG
VORKOSTEN
FERTIGUNGSKOSTEN: I. Rechte und Manuskript; II. Gagen a) Produktionsstab, b) Regiestab, c) Bau- und Ausstattungsstab, d) sonstiger Stab, e) Darsteller, f) Musik; III. Atelier einschließlich Gelände und Ausstattung: a) Atelier-Bau, b) Atelier-Dreh, c) Gelände-Bau, d) Gelände-Dreh, e) Ton-Apparaturen, f) Ausstattung, sonstige Mittel . . .

Unter den einzelnen Rubriken standen Zahlen. Das war Geld. Dollars waren das. Sehr viele Dollars. Laut Kostenvoranschlag fünfundzwanzig Millionen.
Der Film. Dieser Riesenfilm da in Spanien. Auch das noch. Und das noch. Und das noch. Was noch?
Rod Bracken sagte: »Stier die Kalkulation nicht so an! War doch immer abgemachte Sache, daß *ich* alles vorbereite. Ich fange ja auch schon an, wie

du siehst. Jeder hat jetzt seine Aufgabe – du deine, ich meine. Deine ist wichtiger.«
»Und Clarissa und Wolken?«
»Die bleiben hier. Von denen kriegt kein Reporter was raus. Ich bin ja da. Wir müssen alle hierbleiben, falls . . .« Er brach ab.
»Ja«, sagte ich. »Falls.«
»Es geht Babs sehr dreckig, wie?«
»Sehr dreckig, ja«, sagte ich.
Er sagte etwas, das man nicht schreiben kann.
»Aber wie kriege ich die verdammten Koffer wieder vom Flughafen weg?«
Er lächelte selbstgefällig.
»Da habe ich schon mit deinem anderen lieben Freund gesprochen, mit Lucien Bayard.«
»Der hat doch erst nachts Dienst, du Trottel.«
»Der hat aber auch Telefon, *du* Trottel. Dein lieber Freund Bayard läßt die Koffer von Freunden – die quatschen nicht für eine Million, sagt er, und er legt inzwischen ein bißchen Geld für sie aus –, also der läßt das Gepäck von diesen Freunden am Flughafen wieder abholen. Mit einem kleinen Laster bringen sie es dorthin, wo du es brauchst. Mußt den Herren nur die Adresse sagen. Dich nehmen sie auch mit. Laß dich irgendwo in der Nähe vom Hôpital Sainte-Bernadette absetzen. Nicht zu nahe.«
Ich stöhnte.
»Ich weiß«, sagte Rod, »das ist dir alles zum Kotzen. Soviel Geschisse um die kleine Kröte. Aber vielleicht denkst du auch einmal an dich.«
Das wirkte natürlich sofort.
»Die Männer bringen das Gepäck zu deiner Mieze, nicht wahr?«
»Ja, und natürlich kannst du so rauskriegen, wo meine Freundin arbeitet«, sagte ich, »schon mit der Telefonnummer allein.«
»Wozu? Ich sitze im gleichen Boot wie du – das hast du selber gesagt, heute nacht. Und wenn wir einander noch so hassen – jetzt müssen wir zusammenhalten, das ist klar. Mir ist es klar. Dir hoffentlich auch.«
»Mir auch«, sagte ich und sah noch einmal auf die großen Bögen und las, während mir übler und übler wurde, weiter . . .

IV. Außenaufnahmen. V. Reisekosten und Sonderkosten. VI. Filmmaterial und Bearbeitung . . .

Mein Blick trübte sich. Ich überflog die Positionen.
And only yesterday, dachte ich.
Und gestern noch . . .

43

Überwinde den Zorn durch Herzlichkeit.
Vergelte Böses durch Gutes.
Den Geizigen überwinde durch Gaben.
Durch Wahrheit überwinde den Lügner.
Sieg erzeugt Hass, denn der Besiegte ist unglücklich.
Niemals in der Welt hört Hass auf durch Hass. Hass hört durch Liebe auf.

Gautama Buddha

Ich las die Worte langsam. Auf Dr. Ruth Reinhardts Schreibtisch hatte ich am Morgen einen Bilderrahmen gesehen. Wenn auch nur die Rückseite. Ich hatte angenommen, daß irgendein Foto in dem Rahmen steckte. Nun, abends, saß ich allein im Zimmer der Ärztin und wartete auf sie. Da hatte ich den Rahmen umgedreht. Kein Foto darin. Ein Blatt Papier, unter Glas, mit diesen Sätzen Buddhas. Hass hört durch Liebe auf . . .
Ich war tatsächlich (nach gewaltigem Abreise-Theater in der Halle des Le Monde) in einem Hotelwagen samt Gepäck zum Flughafen gefahren. Dort hatten mich die Freunde meines Freundes Lucien Bayard mit dem kleinen Laster abgeholt und in Neuilly, nahe dem Hôpital Sainte-Bernadette, abgesetzt. Die Koffer waren längst in Suzy Sylvestres Kosmetiksalon. Ich denke, man kann wohl sagen, daß das Leben eines Menschen sich ganz abrupt völlig ändern kann, nicht wahr? Wie dieses veränderte Leben weitergehen sollte – ich hatte keine Ahnung.
Der Pförtner des Hospitals, dem ich meinen (falschen) Namen gesagt und gebeten hatte, zu Frau Dr. Reinhardt gehen zu dürfen, hatte telefoniert. »Nicht in ihrem Zimmer, 'sieur. Wir lassen sie ausrufen.«
Die hatten also auch so eine hauseigene Rufanlage, und jeder Arzt trug so einen zigarettenpackungsgroßen Empfänger in der Tasche seines Mantels, den er ans Ohr halten konnte, wenn das Ding zu piepen anfing. Nach einer Weile hatte der Portier mir denn auch mitgeteilt: »Frau Doktor Reinhardt ist bei einem schweren Fall. Sie bittet Sie, in ihr Zimmer zu gehen – Sie wissen, wo das ist? – und dort zu warten. Sie kommt, so schnell sie kann.«
So war ich denn im Gebäude der Hals-Nasen-Ohren-Klinik mit dem Lift emporgefahren bis zum vierten Stock, den Verwaltungsgang entlangmarschiert, an offenen Türen vorbei, an vielen Ärzten, Pflegern und Schwestern vorbei. Ich trug die dunkle Brille.
Was ich hier, vor dem Krankentrakt, an Gesprächen mitbekam, drehte sich immer noch hauptsächlich um die Geiselnahme in Den Haag.
»Jetzt, gerade jetzt, haben die Terroristen verlangt, daß der Kerl, den sie aus der Santé haben kommen lassen, nach Paris zurückgeflogen wird, und daß man ihm diesen Brief gibt . . .«

»Was für einen Brief, Doktor Janson?«
»Kollege, verfolgen Sie das Ganze nicht? Es dreht sich doch bei diesem Anschlag in der Hauptsache um die ›Königin der Terroristen‹, Fusako Shigenobu heißt sie . . .«
Wie mein alter Freund, der Nachtportier Lucien Bayard, prophezeit hatte: Jeder Mensch in der Stadt würde bald von nichts anderem reden als von dieser Geiselnahme.
»Schwester, Nummer achtundzwanzig ist vor einer Viertelstunde gestorben. Bitte, rufen Sie die Angehörigen an.«
Wie gesagt, was ich hörte, hing hauptsächlich mit der Geiselnahme zusammen. Aber das hier war immer noch ein Krankenhaus. Und in einem Krankenhaus wird eben auch gestorben. Mehr als in anderen Häusern. Wo hatten Menschen ein besseres Recht dazu?
ÜBERWINDE DEN ZORN DURCH HERZLICHKEIT . . .
Die Tür ging auf, Ruth Reinhardt kam herein. Sie sah müde zum Umfallen aus. Unter den braunen Augen lagen dunkle Ringe. Sie schien mir zerbrechlich und schwach, aber ihr Händedruck war fest wie am Morgen.
»Verzeihen Sie, Herr Norton . . . Ein dringender Fall . . .«
»Ich bitte Sie, Frau Doktor.« Verlegen stellte ich den Rahmen wieder auf den Schreibtisch. Wir setzten uns beide. »Buddha«, sagte ich. »Was da steht, ist sehr schön. Sind Sie . . . ich meine . . .«
»Ob ich Buddhistin bin?« Immer ernst das Gesicht. Sie fuhr sich mit einer Hand über die Stirn in einer Geste der Erschöpfung. »Ich interessiere mich für Buddha . . . Was ist mit Ihrem Auge los?«
»Ich bin über . . .« Nein, es ging nicht. Ich konnte diese Frau nicht belügen.
»Das waren Reporter.« Ich erzählte ihr alles. »Ich mußte darum auch das LE MONDE verlassen. Ich werde bei einem Bekannten wohnen.«
»Sehr vernünftig. Ich brauche natürlich unbedingt die Telefonnummer Ihres Bekannten.«
»Wie geht es Babs?«
»Nicht gut, Herr Norton. Leider. Nein, leider nicht gut.«
»Hm . . .«
»Ich weiß, was Sie denken, Herr Norton.«
»Das glaube ich nicht.«
»Das glaube ich schon.« Ich war überzeugt, daß sie es wußte. Ich sagte schnell: »Sie haben seit gestern abend Dienst – Sie sind doch zum Umfallen müde, Frau Doktor.«
»Das ist die lange Schicht«, sagte sie. »Auch für Doktor Sigrand. Nun hätte ich ab neun eigentlich bis morgen abend neun frei.«
»Was heißt eigentlich?«
»Daß ich in der Klinik bleiben werde. Doktor Sigrand auch.«
»Warum?«

»Wegen Babs. Wenn wir einen so schlimmen Fall haben, schlafen wir in der Klinik. Machen Sie nicht so ein Gesicht – ich kann schlafen, wo ich mich hinlege, auch auf Betonboden. Überall. Nun kommen Sie, wir gehen zu Babs.« Sie erhob sich mühsam. Das kleine Lamm fiel zu Boden. Ich hob es auf. »Danke«, sagte Ruth Reinhardt. »Die Kinder spielen so gern damit, wissen Sie.«
Ich nickte, und wir verließen den Raum. Auf dem Verwaltungsgang hörte ich die Stimme eines Fernsehsprechers: ». . . eine Spezialeinheit von achtundzwanzig Mann, die zur Bekämpfung von Geiselnahmen, Terrorakten, Entführungen und organisierten Verbrechen gebildet worden ist . . . Wir schalten um zum internationalen Flughafen Schiphol. Pierre Renoir, bitte melden . . .«
Die Stimme verklang. Wir hatten den Krankentrakt erreicht.
Ruth Reinhardt öffnete eine Tür. Ich trat in das Zimmer von Babs, in dem ich schon einmal gewesen war. Nun war es nicht mehr fast finster. Nun brannte hier Licht. Über Babs gebeugt, erblickte ich Dr. Sigrand und eine Schwester. Ich sah, wie er gerade eine Injektionsspritze in eine Schale legte, welche die Schwester ihm hinhielt. Dr. Sigrand wirkte grau, verfallen und erschöpft – wie ein sehr alter Mann. Er nickte mir zu. Er war sogar zu müde, mich zu hassen – er mußte sehr müde sein.
Ich sah Babs.
Ich erschrak.
Das fleckenübersäte Gesicht war verquollen und tiefrot. Am rechten Ohr trug sie einen dicken Verband. Die Augen standen offen, sie waren nach oben verdreht, man sah fast nur Weißes. Obwohl Babs nach oben blickte, befand sich ihr Körper völlig in der Seitenlage. Und in was für einer Seitenlage! Die Bauchdecke hatte sie eingezogen, die Beine an den Bauch gehoben, nach zwei Richtungen verdreht. Sigrand redete leise mit der Schwester. Diese nickte und verschwand.
»Was war das für eine Spritze, die Sie ihr gegeben haben, Herr Doktor Sigrand?«
Er sah mich nicht an, während dieses ganzen französisch geführten Gesprächs nicht.
»Gegen den spastischen Anfall eben.«
»Was heißt spastisch?« fragte ich.
Er sah auf einen Spiegel, den er Babs vor die Augen hielt. Ich bemerkte, daß er Licht in die Augen reflektierte. Babs reagierte überhaupt nicht.
»Was ist spastisch?« fragte ich noch einmal. Babs stöhnte. »Warum stöhnt sie?«
»Frage! Weil sie Schmerzen hat«, sagte Sigrand.
»Ich will wissen . . .«
»Spastisch, das bedeutet eine Erhöhung der Spannung in der Muskulatur«,

sagte Ruth Reinhardt leise zu mir. »Die entzündeten und über Gebühr gespannten Meningen, also die Hirnhäute, die gereizten und sehr stark schmerzenden Wurzeln der Nerven lassen es nicht zu, daß Babs entspannt daliegt, verstehen Sie?« Ich nickte. »Darum auch die angezogenen Beine . . .«

»Hills«, sagte Babs. Ihre Stimme war sehr heiser.

»Was?« fragte ich.

». . . anta Monica«, sagte Babs.

»Das bedeutet alles nichts«, sagte Ruth Reinhardt zu mir, während sich Sigrand weiter um Babs bemühte, sie zudeckte, so behutsam er konnte, den Schweiß trocknete, der über ihr Gesicht strömte. Babs' Atem ging rasselnd.

»Babs!« sagte ich.

»Ruhe!« sagte Sigrand.

»Sie hört sehr schlecht, Monsieur Norton«, sagte Ruth Reinhardt. »Wahrscheinlich kaum noch.«

»Das Kind hatte vor einer Stunde einundvierzigfünf. Es ist desorientiert«, sagte Sigrand.

Im gleichen Moment erbrach Babs sich. Die Ärztin sprang vor und drückte einen Klingelknopf. Sigrand hob Babs' Kopf an. Sie begann, während sie sich noch erbrach, grauenvoll zu schreien.

»Warum halten Sie den Kopf?«

»Weil Babs sonst ersticken würde an dem Erbrochenen.«

Auf flog die Tür. Die Schwester von vorhin stürzte herein. Mit Wasser und feuchten Tüchern reinigten die beiden Ärzte und die Schwester dann Babs, so gut es ging. Eine andere Schwester brachte neue Wäsche. Babs wurde umgebettet. Sie schrie andauernd. Im Moment, glaube ich, bemerkte niemand meine Anwesenheit. Ich konnte THE WORLD'S GREATEST LITTLE SUNSHINE GIRL nicht mehr ansehen.

»Machen Sie mir ein Bett da drüben«, sagte Dr. Sigrand. Da drüben, in einer Ecke des großen Zimmers, stand eine Liege. »Ich schlafe heute nacht hier.«

»Jawohl«, sagte die zweite Schwester und verschwand mit den beschmutzten Laken.

»Wird sie durchkommen?« fragte ich Ruth Reinhardt.

»Sie sehen, wir tun alles.«

Ich trat schnell zu Babs (Oh, würgte mich der Ekel!) und kniete neben ihr nieder. Ich weiß wahrhaftig nicht mehr, ob das schon menschliches Mitgefühl war, mein Herr Richter, oder bloß Schau. Im Zweifelsfall plädiere ich für Schau.

»Babs . . .«

Keine Antwort.

»Babs!« Lauter.

»Monsieur Norton, lassen Sie das!« sagte Dr. Sigrand.
»Ach, Sie können mich doch . . . *Babs!*«
Im nächsten Moment stieß Babs ein schauerliches Geheul aus – wie der Satan selber –, fuhr hoch, ich hatte ihren nach Erbrochenem riechenden Mund dicht vor meinem, und dann schlug mir Babs, die mich so liebte, die kleine Babs, mein Herr Richter, schlug mir mit aller Kraft, so fest sie nur konnte, beide Fäuste ins Gesicht. Es tat derartig weh, daß nun ich aufschrie. Babs fiel ins Bett zurück, japste nach Luft, kreischte . . .
»Raus!« schrie Dr. Sigrand.
Ruth Reinhardt nahm mich am Arm und führte mich zur Tür.
»Kommen Sie mit mir, Monsieur.«
»Ich will aber nicht!«
Babs kreischte.
»Verflucht, raus mit Ihnen!« sagte Sigrand, gefährlich leise.
»Sie *müssen* jetzt gehen!« Ruth Reinhardt hatte meinen Arm gepackt. Ich war erstaunt, mit welcher Kraft sie mich aus dem Zimmer schob. Die Tür fiel zu. »Doktor Sigrand hat Ihnen doch erklärt, daß Babs völlig desorientiert ist.«
»Und daß sie nicht auf Antibiotika und . . . und . . . und auf . . .«
»Immunglobulin.«
». . . und daß sie nicht auf Immunglobulin und all das andere Zeug anspricht, ja!«
»Vielleicht tut sie es bald.«
»Vielleicht nie!«
Die Ärztin schwieg.
»Was ist dann?« fragte ich. »Was ist, Frau Doktor Reinhardt, wenn sie nie darauf anspricht? Wie geht das dann weiter?«
»Wir haben noch andere Möglichkeiten.«
»Ach ja?« Unlogisch, aber typisch, attackierte ich jetzt sie, ausgerechnet sie. »*Haben* Sie noch andere?«
»Ja, Herr Norton.« Diese Frau, die nun wieder deutsch mit mir sprach, war nicht aus der Ruhe zu bringen.
»Was für andere?«
»Das würden Sie nicht verstehen. Natürlich müssen wir mit Komplikationen rechnen.«
»Rechnen? Wie nennen Sie denn das, was bisher passiert ist? Sind das noch keine Komplikationen?«
»Herr Norton«, sagte sie nur.
»Was, Herr Norton?«
»Nein, das sind noch keine Komplikationen. Das ist der natürliche Ablauf einer solchen Erkrankung.«
»Ach so? Ach ja? Na schön.«

»Schön ist es nicht«, sagte Ruth Reinhardt ruhig.
»Ich habe das nicht so gemeint . . . Ich bin aufgeregt . . . Ich bin erschüttert . . . Ich . . .«
»Ich sehe, was Sie sind, Herr Norton«, sagte sie. »Kommen Sie noch einmal wieder, wenn Sie wollen. Ich weiß nicht, ob wir Sie dann zu Babs lassen können. Aber wir werden Ihnen Auskunft geben. *Ich* werde Ihnen Auskunft geben. Und ich werde Sie nie belügen, Herr Norton.«
Ich biß auf meine Unterlippe.
»Das weiß ich, Frau Doktor«, sagte ich.
»Sie können auch jederzeit anrufen. Tag und Nacht.«
»Sie müssen schlafen!«
»Ich schlafe schon. Hier im Krankenhaus. Sie können mich die ganze Nacht über telefonisch erreichen, und wenn . . .«
Eine Schwester kam.
»Frau Doktor, bitte«, sagte sie. »Bitte kommen Sie. Schnell. Herr Doktor Sigrand braucht Sie.«
»Ich komme schon, Schwester«, sagte Ruth Reinhardt und verschwand im Zimmer. Sie hatte mir nicht einmal gute Nacht gesagt.
Ich weiß nicht, wie lange ich vor der Tür zu Babs' Zimmer gestanden habe. Vielleicht eine Minute. Vielleicht eine Viertelstunde. Ich hörte nichts mehr von drinnen, das weiß ich. Und endlich ging ich dann fort und kam wieder in den Gang des Verwaltungstraktes mit den vielen Türen und Menschen. Und hörte wieder Reporterstimmen aus Fernsehapparaten.
». . . und dies ist ein Mitglied der Spezialeinheit . . . natürlich nur im Gegenlicht, Balken über dem Gesicht, die Stimme ist elektronisch verzerrt. Wir haben die Erlaubnis, einige Fragen zu stellen . . .«
Weiter den Gang entlang.
»Sie haben die Boeing 707 zurückfliegen lassen.«
»Wir haben dafür eine Douglas DC-8-62 geboten.«
Schon neun Uhr.
»Die haben die Japaner abgelehnt . . .«
Ich lief.
Als ich ins Freie trat, stellte ich fest, daß der Regen aufgehört hatte. Für eine Weile jedenfalls. Der Sturm tobte weiter wie bisher. Aber kein Regen im Moment. Man muß für alles dankbar sein. Ich machte, daß ich fortkam. Ich ging zu Fuß. Aus einer Klinik in die andere. Lag ja sehr nahe, die Rue Cavé.

44

Sylvia fand ich im Bett, natürlich.
Aber jetzt brannte eine Nachttischlampe. Ich bemerkte, daß Sylvias Kopf stark bandagiert war, vermutlich um die Kinnpartie zu fixieren. Die Augen

hatte man freigelegt. Die Augen sahen grausig aus: verschwollen, dauernd tränend, die Haut herum blau, schwarz und grün verfärbt. Wie so etwas eben nach einem Lifting aussieht. Das also waren die Augen, über deren Schönheit eine Welt sich nicht fassen konnte. Gut, klar, natürlich würde alles wieder tipp-topp sein in zwei Monaten. Aber im Moment . . .
»Mein Wölfchen! Endlich! Ich habe so auf dich gewartet!« Heute sprach sie klar.
»Ich konnte nicht früher kommen, mein Hexlein, ich . . .«
»Küß mich.«
Also wirklich, mein Herr Richter, das verlangte sie. Kein Selbstmitleid jetzt! Ich küßte Sylvia auf den Mund. Dabei bemerkte ich, daß die Augen nicht nur verquollen waren, sondern auch einen Ausdruck höchster Erregung zeigten. Was, um alles in der Welt, war *hier* wieder geschehen?
Ich hörte ein Türgeräusch und fuhr herum. Aus dem Badezimmer war Rod Bracken getreten. Er blickte mich geradezu tollwütig an.
»Bin ich im Irrenhaus?« fragte ich. »Was habt ihr beide?«
»Clarissa«, sagte Bracken. »Diese gottverfluchte Clarissa.«
»Was ist mit ihr?« fragte ich.
»Sie war hier am Nachmittag.«
»Wo hier?«
»Hier bei Sylvia, du Idiot. In diesem Zimmer, du Idiot.«
»Die ist doch nie durch das Parktor gekommen!«
»Und *wie* die durchgekommen ist!«
»Wie?«
»Sie hat Sylvia aus dem LE MONDE angerufen und gesagt, es sei etwas geschehen, was Sylvia unbedingt wissen müsse. Und da hat Sylvia dann dem Professor Delamare eine genaue Beschreibung dieser dämlichen Sau gegeben, und sie kriegte eine Nummer, und nach dem Theater vor dem Torpfosten auf der Straße ließ man sie dann prompt herein und zu Sylvia. Diese schwachsinnige Clarissa, ich könnte sie erschlagen!«
»Halt's Maul, Rod«, sagte Sylvia.
»Dann, nachdem Clarissa da war«, sagte Bracken, »suchte Sylvia dich zu erreichen. Du warst schon weg. Da erwischte sie mich. Szene am Telefon. Ich mußte sofort raus, das sah ich, das sagte ich ihr. Und sie arrangierte, daß ich auch hier reinkam, genauso, wie sie es bei Clarissa gemacht hatte.«
Ich ließ mich auf den Sessel neben dem Bett fallen. Rod rannte im Zimmer auf und ab.
Sylvia weinte unablässig mit ihren verquollenen, verschwollenen Augen. Und mein Gepäck und das Gepäck von Babs waren bei Suzy. Und Sylvias Privat-Jet war in Madrid. Und Babs war vielleicht tot. Nein, das nicht. Wir hatten bislang nur Pech gehabt. Warum sollten wir auf einmal Glück haben?

»Mein armes Wölfchen«, sagte Sylvia weinend. »Wie die Schweine dich zusammengeschlagen haben. Rod hat mir alles erzählt. Was tust du alles für mich. Mein Gott, hab ich dich lieb.«

»Ach, vergiß die Prügelei. Ich komme aus dem Hospital. Babs geht es besser.«

»Nein«, sagte sie.

»Ich glaube dir kein Wort«, schluchzte sie. »Mein Kind, das Liebste, was ich habe auf der Welt, meine kleine Babs . . . es geht ihr furchtbar, Clarissa hat es gesagt.«

»Scheiß auf Clarissa«, sagte ich. »War die im Hospital? Na also! Hat sie Babs gesehen? Na also! Hat die mit den Ärzten gesprochen? Na also! Diese hysterische Gans! Es geht Babs besser, sage ich dir. Und ich komme direkt aus dem Hospital.«

»Lüge«, sagte sie, schluchzend, mit ihrem Verband, ich konnte sie nicht ansehen. »Lüge! Und die Presse haben wir auf dem Hals! Die jagen euch jetzt! Und Babs und mich!«

»Die jagen keinen«, sagte Bracken brutal. »Ich habe dir dreimal erklärt, wie wir das mit der Presse gedeichselt haben. Für diese Ganoven sind Phil und Babs in Madrid.«

Danach, von einem Moment zum anderen, begann Sylvia zu toben. Ich habe so etwas noch nie erlebt. Damals, in jener Nacht, erkannte ich, daß ich wirklich überhaupt nichts von Frauen wußte, von Menschen nicht, von Müttern am wenigsten.

Sylvia Moran, mein Herr Richter. Sie haben nun die Wahrheit über diese Frau herauszufinden. Ihre Aufgabe. Ich habe so lange und so böse über sie gesprochen, daß ich jetzt aber auch sagen muß, wie sie sich in dieser Nacht benahm. Das war kein Film, wahrhaftig nicht. Da gab es keine laufenden Kameras. Sie müssen alles wissen, was geschah, also auch dies . . .

»Ich will zu Babs!« schrie Sylvia plötzlich so laut, daß Bracken und ich zusammenfuhren.

Ich sagte schnell zu Bracken: »Kennt hier jemand die Wahrheit?« Er konnte nur den Kopf schütteln, denn Sylvia schrie schon weiter: »Ich will zu meinem Kind! Ich muß Babs sehen! Ich muß, muß, muß sie sehen!« Und das alles mit dem bandagierten Kopf, die Schläuche waren jetzt weg. Sie holte keuchend Atem. »Es geht um mein Kind! Schaut mich nicht so an, es ist mein Kind! Ihr dämlichen Hunde, was wißt ihr von Kindern? Babs . . . Babs . . .«

Und so weiter, sie war nicht zu unterbrechen. Bracken sagte mir ins Ohr: »Sie ist noch sehr schwach, laß sie toben. Lange tobt die nicht. Dann rede ich mit ihr.« Er war heiser – er war vor mir dagewesen und hatte seine Szene mit Sylvia schon gehabt. »Die Türen sind gepolstert«, krächzte er. »Man hört nichts draußen.«

Danach hörten wir uns gute zehn Minuten an, was da aus Sylvia herauskam. (Bracken hatte ihre Kräfte mächtig unterschätzt.) Mein Herr Richter, eigentlich war das ja alles herzergreifend, was da herauskam – aber es konnte unser aller Ende sein. Erschütternd, voller Schmerz geschrien, voller Liebe – aber umsonst, absolut umsonst. Es gibt Dinge, die es nicht geben darf, nicht wahr?

Als Sylvia einen Moment schwieg, machte Rod mir ein Zeichen. Jetzt mußte ich ran. Ich dachte an alles, was Ruth gesagt hatte, wie sie diese Frau verstehen konnte. Ich zog einen Stuhl dicht ans Bett und versuchte es auf die sanfte Tour: »Mein armes Hexlein, natürlich ist das schrecklich für dich. Aber du kannst nicht zu Babs, sieh das doch ein!«

»Doch kann ich!« Jetzt war sie auf einmal leise. »Doch! Doch!«

»Nein! Nein! Nein!« sagte ich. »Denk an die Reporter . . .«

»Die Reporter sind mir scheißegal!«

»Aber die Reporter bestimmen jetzt deine Zukunft! Denk an deine Zukunft!«

»Die ist mir genauso scheißegal.« Wieder flossen Tränen. Bracken hinter mir fluchte obszön. »Babs! Babs! Ich bin schuld an allem!«

»Was?« Ich starrte Sylvia an.

»Ich bin schuld daran, daß Babs so krank ist.«

»Du bist nicht schuld, du bist verrückt!«

Jetzt rang sie die Hände. »*Schuld* bin ich! Hirnhautentzündung! Gehirnentzündung! Gerade das! Weißt du, was das bedeutet?«

»Was?«

»Das ist die Strafe Gottes für das, was ich da in Monte-Carlo gesagt habe! Jetzt straft er mich. Und ich bin schuld, bin schuld, bin schuld!« Nun schrie sie wieder.

»Schrei nicht«, sagte Bracken, und sein Gesicht war wutverzerrt, aber diese Wut entsprang purer Angst, ich wußte es, mir ging es genauso. »Denk an dein Gesicht«, sagte Bracken. »Jede Grimasse, jede Verzerrung . . . Ich sage dir, du kannst nicht zu Babs! Wie denn? Auf einer Bahre vielleicht?«

Jetzt wechselten Bracken und ich einander ab. Wenn es ums eigene Wohlleben geht, wird jeder ein brutaler Hund.

Also ich, er, ich, er, ich.

»Wenn das rauskommt, Babs und das Lifting und die Geheimnistuerei vorher, dann kannst du deinen Beruf aufgeben!«

»Und dein Beruf ist doch dein Leben!«

»Denk an den KREIDEKREIS!«

»Der Film deines Lebens!«

»Platzt alles!«

»Es ist alles aus mit dir! Ich habe mit Joe telefoniert. Er sagt, wenn was rauskommt, nimmt kein Hund mehr ein Stück Brot von dir.«

»Du hast nicht nur für den KREIDEKREIS einen Vertrag! Du hast schon Verträge für drei weitere Filme! Alle terminiert!«
»Du hast deine eigene Firma!«
»Was meinst du, werden die Banken sagen, die die Vorfinanzierung leisten?«
Immer feste druff!
Es ging um meine und Brackens Existenz.
»Verträge geschlossen! Du kennst die Klauseln über die Konventionalstrafen! Das kannst du niemals im Leben bezahlen, wenn du jetzt nicht tust, was wir dir sagen! Und wir sagen dir: Du bleibst hier. Phil hält dich ständig auf dem laufenden. Damit die Reporter ihn nicht verfolgen, hat er schon ein kleines Studio. Von einem Freund, der verreist ist. Ganz woanders.« Das hatte Rod fein hingekriegt.
»Und jeden Tag werde ich dir bessere Nachrichten über Babs bringen können«, sagte ich und sah Babs vor mir, sich erbrechend, kreischend, in dieser gräßlichen Körperlage, hörte Ruth Reinhardts Stimme: »Es geht ihr schlecht, Herr Norton«, hörte Dr. Sigrands Stimme, der darum bat, daß man ihm sein Bett in Babs' Zimmer machte, dachte daran, mit welchem Wutschrei Babs auf mich eingeschlagen hatte – sagte: »Die Mittel wirken schon, Ehrenwort, bei meiner Liebe zu dir, Hexlein. Darum komme ich doch so schnell. Um dir zu sagen, daß alles gut werden wird.«
»Das ist ein Beruf ohne Gnade, den du hast, Sylvia«, sagte Bracken. »Ein Fehler, der kleinste – und du bist raus für immer.« Er fuhr, wieder schneller werdend, damit fort, Sylvia auszumalen, wie sie bald schon, bald, von der Wohlfahrt werde leben müssen, falls sie jetzt nicht vernünftig war.
»Vernünftig!« sagte sie schluchzend. »Wenn ich doch schuld bin an allem, wenn Gott mich doch straft.« Es geht schnell mit den Schuldgefühlen, von denen Ruth erzählt hat, dachte ich, und hörte Bracken sprechen: »Jawohl, vernünftig. Du kannst jetzt nichts tun für Babs – aber dir kannst du jetzt alles kaputt machen. Für den Rest deines Lebens. Mit Clarissa und dem Arschpauker, diesem Wolken, bin ich klar. Die bleiben im Hotel. Phil ist offiziell kurz nach Madrid geflogen, wegen erster Vorbereitungen für den KREIDEKREIS. Dann kommt er zurück nach Paris. Dann ist auch Babs wieder okay. Nur jetzt kein Aufsehen. Was glaubst du, wie gerne ich Clarissa, die dumme Sau, feuern würde. Aber dann quatscht sie, das ist noch gefährlicher!«
»Clarissa liebt Babs«, sagte Sylvia. »Darum allein ist sie hergekommen.«
»Natürlich liebt sie Babs. Wunderbare Frau«, sagte Bracken. Er setzte sich auf den Bettrand und sprach langsam, und ich wußte genau, was er sagen würde, und er sagte es auch: »Sieh mal, Sylvia, im Moment – nur im Moment, ein paar Tage höchstens – gibt es einen einzigen Menschen, der die Lage retten kann. Das ist Phil.«

Na also.
»Er kann sich immer um Babs kümmern und immer zu dir kommen. Er hat das Vertrauen der Ärzte – sonst niemand. Er kann die Sache absolut geheimhalten – sonst niemand. Er ist der einzige, der jetzt für deine Karriere und dein Glück mit Babs sorgen kann und sorgen wird – was, Phil?«
»Natürlich«, sagte ich.
Da war sie schon weich.
»Wenn es dich nicht gäbe, mein Wölfchen . . . Was würde ich tun ohne dich jetzt . . . Ich wäre verloren . . .«
»Na, aber es gibt mich doch, und ich liebe dich doch, mein Hexlein, und ich liebe doch Babs, das weißt du. Oder?«
Tränen rannen aus ihren Augen über die schwarzen, blauen, grünen Hautflecken auf den Verband. »Natürlich weiß ich das, mein Wölfchen. Mein so sehr geliebtes Wölfchen.«
Bracken sah mich an. Ich sah ihn an. Diese Krise hatten wir also überstanden. Noch nicht ganz, aber fast. Das war vielleicht ein Blickwechsel, mein Herr Richter.
»Ihr habt recht«, sagte Sylvia. »Es geht nur so. Ich danke euch beiden – für all das Gute, das ihr mir tut.«
Sie glaubte wirklich, was sie da sagte. Arme Sylvia. Daß Bracken und ich jetzt auch alles taten, was gut für uns war, weil es auch um unsere Existenz ging, bekam sie nicht mit. Zum Glück. Ich holte tief Atem, damit mir nicht schlecht wurde (Sylvia roch natürlich immer noch nach Krankenhaus) und küßte sie auf den Mund und knabberte ganz leicht an ihrer Unterlippe. Das hatte sie gerne.
»Du bist der beste Mann auf der Welt«, sagte Sylvia. Der Ausbruch war vorbei. »Und du natürlich auch, Rod. Ihr seid beide die besten Männer auf der Welt. Und ich liebe euch beide.«
»Ich gehe noch einmal zurück ins Hospital.« (Ich dachte gar nicht daran – ich mußte ja zu Suzy.) »Nur so. Babs schläft jetzt tief und fest. Und morgen komme ich wieder zu dir, mein Hexlein.«
»Danke, Wölfchen, danke. Nie, nie werde ich dir vergessen, wie du dich jetzt benimmst.« Aus ihren verquollenen Augen kullerten Tränen, Tränen, Tränen.

45

Draußen auf dem Gang verabschiedete ich mich von Bracken. Er mußte schnellstens ins Le Monde zurück, um neues Unheil zu verhindern. Ich war ja nun angeblich mit Babs in Madrid. Ich mußte sehen, daß ich unerkannt zu Suzy kam, in ihre Wohnung, in mein neues Heim. Es ist seltsam, mein

Herr Richter, aber wenn ich jetzt darüber nachdenke, habe ich, seitdem ich erwachsen war, niemals ein eigenes Zuhause, ein eigenes Daheim gehabt. Etwas, das wirklich mir gehörte, das ich liebte, wohin ich mich zurückziehen und einschließen und Ruhe finden konnte. Nein, niemals . . .
Die Ordensschwester Hélène vertrat noch immer die ausgefallenen weltlichen Schwestern. Ich sah sie da in ihrem Zimmer sitzen, nachdem ich den dicken Vorhang zurückgeschoben hatte, an dem großen Schreibtisch mit den Krankengeschichten, Medikamentenpackungen und Spritzen. Hélène hatte aufgeblickt.
»Oh, Monsieur . . . Sie waren schon bei Madame?«
»Ja, liebe Schwester Hélène.«
»Es geht ihr heute so viel besser!«
»Ja, ich bin sehr glücklich.«
»Auch ich bin es, Monsieur. Madame hatte heute schon Besuch.«
»Ich weiß. Liebe Schwester, würden Sie wohl die Freundlichkeit haben, mich mit Professor Delamare zu verbinden?«
»Ist etwas geschehen?«
»Aber nein! Ich möchte ihm nur etwas mitteilen. Vertraulich mitteilen, verstehen Sie?«
»Gewiß«, sagte Hélène. »Der Herr Professor ist schon zu Haus. Ganz am Ende des Ganges steht eine öffentliche Telefonzelle. Ich gebe Ihnen die Nummer des Herrn Professors. Sie können selber wählen.«
Ich rief Delamare an. Lange hatte ich mir überlegt, ob ich es tun sollte, und war zu dem Ergebnis gekommen, daß ich es tun mußte. Ich sagte Delamare natürlich nichts von Sylvias Haßausbruch damals in Monte-Carlo, nichts von meinen vielen Sorgen, ich sagte ihm nur, daß Babs an einer Meningo-Encephalitis erkrankt war und im Hôpital Sainte-Bernadette lag, und daß der Mutter dies durch ein exaltiertes Kindermädchen zur Kenntnis gekommen sei.
»Madame war natürlich sehr aufgeregt«, sagte ich, in der Telefonzelle stehend. »Sie wollte unbedingt zu ihrer Tochter.«
»Das ist in ihrem Zustand absolut unmöglich!« rief er.
»Eben. Ich habe sie auch beruhigt. Ich kümmere mich um Babs und informiere Madame laufend.«
»Außerordentlich vernünftig von Ihnen, Monsieur.«
»Ich möchte nun aber darum bitten, Herr Professor, zu veranlassen, daß man besonders auf Madame achtet . . . Angst und Unruhe können wiederkommen . . . Gewiß gibt es Mittel, die Patientin in einem solchen Fall zu beruhigen . . .«
»Gewiß. Sedierende Medikamente. Die neuesten und besten. Sobald Sie eingehängt haben, rufe ich die Klinik an und gebe der Schwester meine Weisungen.«

»Danke, Herr Professor.«
»Es tut mir leid für Sie. Sie haben nun soviel um die Ohren. Nun mußte auch noch das Kind erkranken. Empfangen Sie mein aufrichtiges Mitgefühl, Monsieur.«
»Danke, Herr Professor.«

46

»Verrückt«, sagte Suzy. »Total verrückt, das bist du.«
Sie saß in so einem schockfarbengelben Plastik-Ding in ihrem verrückten Wohnzimmer und trug einen schwarzen, durchsichtigen Hausmantel und nichts darunter. So hatte sie mich empfangen vor einer halben Stunde – strahlend und glücklich. Jetzt strahlte sie nicht mehr, jetzt war sie nicht mehr glücklich. Jetzt war sie aufgeregt.
Suzy rauchte. Sie rauchte fast ununterbrochen, seit ich hier war. Sie trank auch – Calvados. Ich saß ihr gegenüber in einem dieser schockfarbenroten Plastik-Dinger (wissen Sie, mein Herr Richter, sie sehen aus wie Luftpolster mit Lehnen, in denen man im Meer schaukeln kann, nur sind sie viel größer und stehen auf dem Boden), und zwischen uns gab es so einen Plastik-Tisch in einem schockfarbenen Grün, oval, dick, abgerundet, er sah aus wie ein gigantischer Babybel-Käse, ich sagte schon, Suzys ganze Wohnung war so eingerichtet. Mit Stereoanlagen und Posters und Plastik-Möbeln. Sogar die Teppiche waren aus irgendeiner Art von besonderem Plastik; das alles mußte ein Heidengeld gekostet haben. Es war modern-gemütlich bei Suzy – wenn auch nicht gerade in dieser Nacht. Mittlerweile war es fast 24 Uhr geworden.
Mein Herr Richter, was hätte ich tun sollen? Nachdem Suzy mich fast sofort bei Erscheinen vergewaltigt hatte, war sie mit Fragen über mich hergefallen: Warum kam ich zu ihr? Waren irgendwelche Kerle hinter mir her? Hatte ich etwas ausgefressen? In jäher Furcht: »Hast du einen Flic umgelegt?«
»Es hat überhaupt nichts mit Polizei zu tun!«
Der Schreck war wiederum Begeisterung gewichen. »Dann ist alles gut! Da hast du zu mir kommen müssen, egal, was los ist! Nur wenn du einen Flic umgelegt hättest, hätte ich dir nicht helfen können. Da kann dir keiner mehr helfen. Aber so . . .«
»So kannst du?«
Stolz sagte sie: »Und ob. Was glaubst du, wen ich alles von der Polente kenne. Nicht die armen, kleinen Flics! Die Chefs! Die obersten! Denen habe ich so oft einen Gefallen getan, die tun auch mir jeden Gefallen. Wenn eine Wohnung nicht untersucht wird, dann meine. Wenn sie nach einem Kerl fahnden, dann nicht bei mir. Jedenfalls nicht gleich. Erst zuletzt. Das

haben sie mir versprochen. Inzwischen hast du alle Zeit von der Welt, abzuhauen! Ich kann dir auch falsche Papiere verschaffen und einen geklauten Wagen, der umfrisiert ist und . . .«
Verstehen Sie, warum ich Suzy die Wahrheit erzählen mußte, mein Herr Richter? Die wäre mir sonst noch übergeschnappt, die war knapp vor dem Überschnappen gewesen beim Ausmalen all dessen, was sie für mich tun konnte, ich hatte sie mit Mühe zum Schweigen gebracht.
»Suzy, ich *habe* nichts ausgefressen!«
»Die Concierge hat so komisch geschaut, als die Koffer kamen, so feine Koffer, aber die Concierge kann mich . . .«
»Suzy!« Weil sie im besten Begriff stand, mich umgehend mit Falschgeld, falschem Paß und Maschinenpistole zu versorgen, hatte ich sie angebrüllt. Das hatte gewirkt. »Hol was zu trinken. Du wirst es brauchen. Ich erzähle dir alles . . .«
Ich hatte ihr also alles erzählt, absolut alles, da gab es nichts, was ich verschwiegen hätte. Tja, und nun, am Ende meiner Erzählung, sagte Suzy: »Verrückt. Total verrückt, das bist du.«
»Wieso?« fragte ich. In einem Bistro auf der Fahrt zu ihr hatte ich mir ein paar Sandwiches gekauft und hastig hinuntergeschlungen. Nun lagen sie mir schwer im Magen. Ich trank eine Menge Calvados, weil ich Angst hatte, die Sandwiches könnten nicht gut gewesen sein, ich könnte krank werden, krank, ich, jetzt, und das wäre dann überhaupt das Ende von allem gewesen.
»Du verfluchter, verrückter Hund! Du bist verrückt, weil du da noch immer mitspielst in diesem Drecksspiel«, sagte Suzy. Der Mantel glitt unten ganz auf. Ich sah mir das alles an, aber so sehr mich das sonst immer heiß gemacht hatte, allein die Vorstellung, so kalt ließ es mich jetzt. Ich war gespannt auf Suzys Argumentation. Ich konnte nicht mehr klar denken. Suzy schon. Sie war eine Frau mit Verstand. Und sie kannte das Leben. Also nun laß mal hören, was sie vorzubringen hat. Und lieber noch einen Calvados. Das Roastbeaf hat gar nicht gut ausgesehen . . .
»Ich muß es doch mitspielen, dieses Drecksspiel«, sagte ich.
»Gar nichts mußt du müssen«, sagte Suzy und zog die Beine an, hinein in dieses Plastik-Ding, diesen Plastik-Fauteuil. »Niemand muß müssen«, sagte Suzy und trank ebenfalls Calvados. Sie neigte sich vor. Die Baby-Stimme war plötzlich weg, sie sprach ernst: »Schön, nehmen wir an, das Gör kratzt ab. Okay. Aber wer garantiert das? Was ist, wenn sie das Gör durchbringen?«
»Dann ist auch alles okay«, sagte ich und trank Calvados. (Auch der Käse war nicht mehr ganz frisch gewesen. Verfluchtes Bistro.)
»Laß mich ausreden, ja?«
»Verzeih, mon petit chou.«
»Wenn sie also das Gör durchbringen, und es wird nie mehr richtig gesund,

meine ich, sondern blind oder stumm oder taub, oder es wird ein Idiotenkind, meine ich«, sagte Suzy ernst. »Wie stellst du dir dann deine Zukunft vor? Ich . . . Ich liebe dich, mein Kleiner. Du bist der erste Mann in meinem Leben – bitte, nicht lachen! –, den ich wirklich liebe. Du sollst bitte nicht lachen.«
»Ich lache ja gar nicht«, sagte ich.
Sie zündete sich eine Zigarette an. »Und weiß du auch, warum ich dich so sehr liebe, warum du der erste bist in meinem Leben, warum ich nie mehr einen anderen werde lieben können?«
»Warum?«
Sie sagte – der Mantel war aufgegangen, nackt saß sie vor mir, angezogen saß ich vor ihr, zwischen uns der Babybel-Käse-Tisch –: »Du hast mir jetzt alles erzählt. Das war großartig von dir. Das Vertrauen, das du zu mir hast, meine ich.«
»Nun heul man nicht gleich«, sagte ich.
»Ich muß aber. Ich kann nicht anders. Gib mir ein Taschentuch.«
Ich gab ihr eines. Sie blies hinein, danach erst trocknete sie ihre Tränen.
»Danke. Ich will dir sagen, warum ich dich so liebe. Aber du darfst nicht böse sein. Ich habe furchtbare Angst, daß du böse bist.«
»Brauchst du nicht zu haben. Du kannst sagen, was du willst.«
»Das ist das Wunderbare bei uns beiden«, sagte Suzy. »Jeder kann dem andern alles sagen, jeder kann mit dem andern alles tun, jeder weiß alles vom andern. Das heißt, du noch nicht von mir. Aber ich von dir, mein Liebling. Ich mache immer ein Riesengeschrei, daß ich es nicht hören kann . . .«
»Was nicht hören kannst?«
». . . wenn du so von dir sprichst, aber im Grunde weiß ich natürlich, daß es ganz genau so ist, wie du sagst.«
»Was sage ich?«
»Daß du ein Stück Dreck bist«, sagte Suzy.
Also trank ich wieder einen Calvados.
»Jetzt bist du doch beleidigt.«
»Keineswegs, Suzylein«, sagte ich. »Du hast doch vollkommen recht. Beleidigt? Ich? Lächerlich.«
»Gott sei Dank. Ich bin noch nicht fertig, mon petit chou. Das Wichtigste ist: Ich bin genau so ein Stück Dreck wie du. Verstehst du? Darum verstehen wir einander so gut. Darum liebe ich dich als ersten Mann wirklich!«
»Moment mal«, sagte ich. »Wieso bist du ein Stück Dreck wie ich? Du arbeitest schwer, du hast deinen Kosmetiksalon in der Avenue Charles Floquet beim Eiffelturm, feine Gegend, du hast fünf bildhübsche Mädchen, die auch arbeiten, du hast es zu etwas gebracht . . .«

Sie unterbrach mich: »Phil! Hast du das noch nicht erkannt? Ein Mann wie du? Du hast es wirklich nicht gemerkt?«
»Gemerkt was?«
»Meine fünf bildhübschen Mädchen«, sagte Suzy.
»Was ist mit denen?« fragte ich.
»Das sind fünf bildhübsche Huren«, sagte Suzy. »Also das kann ich nicht fassen, daß du das nicht gemerkt hast. Wirklich nicht?«
»Wirklich nicht«, sagte ich.
»Mein süßer Kleiner! Da würde dich jede drüber lassen, wenn du zahlst. Traut sich nur keine. Weil sie wissen, du gehörst zu mir. Wenn die wüßten, was für einer du bist, würden sie *dich* bezahlen«, sagte Suzy. »Bis jetzt ist der Laden prima gelaufen. Fabelhaft. Die Kerle haben die Mädchen angequatscht, dann haben sie sich irgendwo getroffen, dann haben sie's getrieben, und dann haben die Mädchen abgeliefert. Hat niemals eine geschummelt. Für meine Mädchen lege ich die Hand ins Feuer!«
»Fein«, sagte ich. »Großartig. Aber wenn der Laden so läuft, wo gibt's dann Schwierigkeiten?«
»Sie schaffen's nicht mehr«, sagte Suzy.
»Was?«
»Na!« sagte Suzy. »Was wohl? Hat sich rumgesprochen, was für süße Kätzchen das sind, die Kerle kommen immer wieder, und immerzu kommen neue. Wir verdienen uns alle blöd, aber wenn das noch einen Monat so weitergeht, kann ich zumachen, denn dann sind alle meine fünf kleinen, süßen Kätzchen fertig . . . fix und fertig.«
»Siehst du«, sagte ich, »so hat jeder seine Probleme.«
»Ich habe schon daran gedacht, daß ich auch mitarbeite, so fest ich kann, wie die anderen, ich bin nicht die ›Chefin‹, ich bin nicht was Besseres, alle Menschen sind gleich vor Gott, nicht wahr, mon petit chou? Aber was hätte das genützt, wenn ich mich auch noch hätte stoßen lassen? Tropfen auf 'nen heißen Stein, mehr nicht. Endlich haben wir Geld wie Heu, alle. Und gerade jetzt ist's aus. Einfach nicht mehr zu schaffen.«
»Du wirst doch Gräfin«, sagte ich. »Dann hast du das nicht mehr nötig. Dann verkaufst du deinen Salon.«
»Werde Gräfin«, sagte Suzy bitter. »Und wen krieg ich da? Ich will dir was sagen: Seit ich dich kenne, ist mir der Kleine zum Kotzen. Mir wird richtig koddrig, wenn der mich nur anfaßt. Damit mir schlecht wird, genügt schon, daß ich ihn sehe.«
»Na!«
»Nichts na! Das ist die Wahrheit! Was glaubst du, was ich froh bin, daß der jetzt nach Acapulco ist. Aber er kommt wieder. Und du gehst wieder. Und dann bin ich wirklich Gräfin. Und dann?«
Ich trank noch einen Calvados. Suzy auch einen.

»Die Mädchen haben dich so gerne«, sagte sie. »Alle. Jede würde alles für dich tun. Ich habe mit ihnen geredet vor ein paar Tagen. Ganz offen. Ich habe genug, um einen zweiten Salon zu eröffnen. Hübsche Mädchen laufen massig herum in Paris. Noch hübschere! Ich könnte mir Spezialistinnen suchen. Du weißt schon . . . Würde ich alles kriegen. Würden wir steinreich werden – oder glaubst du nicht?«
»Ich bin überzeugt davon«, sagte ich.
»Na ja, und da ist die Schwierigkeit.«
»Welche?«
»Ich könnte das dann nicht mehr überblicken«, sagte Suzy. »Wäre zu groß für mich, das Unternehmen. Auf die Mädchen aufpassen. Auf die Abrechnungen. Auf die Kerle, die kommen. Also bei einem zweiten Salon, da brauchte ich unbedingt einen Mann, der mir hilft. Einen Mann wie dich.«
Ich schwieg.
»Einen Mann wie dich, habe ich gesagt!« sagte Suzy.
»Hab's gehört«, sagte ich.
»Und was hältst du davon?«
»Ja, also . . .«
»Schau mal«, sagte sie eifrig, »ist doch alles ganz einfach. Du läßt die Olle sausen. Du läßt Babs sausen.«
»Wenn das so einfach wäre!«
»Hast du eine Ahnung, wie einfach das ist! Hast du eine Ahnung, was für Kunden ich habe! Keine gewöhnlichen Flics. Ach woher denn! Ich habe dir doch gesagt, die Allerobersten! Da habe ich immer aufgepaßt! Zuerst Freunde bei der Polente, das ist das wichtigste! Natürlich gibt es Skandal, wenn du plötzlich verschwunden bist. Aber finden? Finden wird man dich nie! Du hast doch noch niemandem die Adresse von der Wohnung hier gegeben, wie?«
»Niemandem.«
»Und als du mich angerufen hast aus dem Hotel, hast du nicht einmal meinen Vornamen genannt. Ich habe genau aufgepaßt.«
»Ich auch«, sagte ich. »Da war nämlich noch jemand dabei.«
»Voilà!«
»Aber die Männer, die die Koffer vom Flughafen zu dir gebracht haben!«
»Da habe *ich* aufgepaßt«, sagte Suzy triumphierend. »Ich habe mich nicht blicken lassen. Wir haben da diese Kleine, diesen Lehrling, die ist Gott sei Dank doof wie ein Ei. Mit der haben die Männer keine drei Worte gewechselt. Wenn man dich jetzt sucht, wird die Kleine sagen, die Koffer sind gleich darauf wieder abgeholt worden.«
»Von wem?«
»Irgendwem. Waren doch dann *meine* Männer! Die Doofe kann sich nicht erinnern, konnte es noch nie. Und du, du kriegst die schönsten falschen

Papiere. Französisch redest du wie ein Franzose. Du kriegst eine andere Frisur. Du kriegst einen Schnurrbart. Du bist mein Freund. Ein paar Wochen, und alles ist vergessen. Und ich bin meinen Grafen los, und du bist deine Alte los und das Kind – nicht, daß es mir nicht leid tut, mon petit chou, aber ich muß doch an uns beide denken! – und das eine schwöre ich dir: *Ich* werde dich nie so behandeln wie deine dämliche Alte, die sich liften lassen muß Mitte der Dreißig – die olle Hure. Bei mir bist *du* der Mann im Hause. Es geschieht, was *du* willst. Und dann bist du *kein* Gigolo mehr! Ich werde dir die beste Frau von der Welt sein – du mußt mich nicht heiraten, erschrick nicht, ich bin dir auch so die beste Frau von der Welt. Wenn du nur bei mir bleibst. Also, ist das ein so schlechter Vorschlag?«
Ja, und nun wissen Sie ja schon einiges von mir, mein Herr Richter. Nun werden Sie verstehen, was einem Kerl wie mir damals durch den Kopf gegangen ist, als ich das hörte, was Suzy eben gesagt hatte. Dies ging so einem Kerl wie mir durch den Kopf: Habe ich mir immer gewünscht – plötzlich ein anderer zu sein. Auszusteigen aus meiner Existenz, einzusteigen in eine ganz neue. Aus, Schluß, fini mit diesem Playboy-Dasein. Vorbei das alles!
»Ich habe dich gefragt, ob das ein so schlechter Vorschlag ist, mon petit chou«, hörte ich Suzy sagen.
»Nein«, sagte ich langsam. »So ein schlechter Vorschlag ist das wirklich nicht.« Sie sprang auf und stürzte zu mir und ließ sich auf meinen Schoß fallen, und ich spürte ihren heißen Körper, und sie umschlang und küßte mich wild und griff danach.
»Mein Lieber, mein Liebster!«
»Wenn Babs wirklich taub oder stumm oder blind oder blödsinnig wird, kann ich mich aufhängen«, sagte ich und stierte vor mich hin. Darüber war Suzy außer sich vor Entzücken. »Siehst du! Siehst du! Ich habe es dir ja gesagt! O, mon p'tit chou, was bin ich glücklich!«
Sie küßte mein ganzes Gesicht ab, und ich schrie einmal auf, als sie an die blaugeschlagene Stelle kam, und sie erschrak furchtbar und pustete auf die Stelle.
»Und jetzt besaufen wir uns völlig und machen Musik, und dann tun wir's, all die süßen Sachen«, sagte Suzy.
»Besaufen ist eine gute Idee«, sagte ich.
Sie sprang auf und riß sich das Mäntelchen vom Leib und tanzte nackt durchs Zimmer, und dann machte sie einen kleinen privaten Tanz direkt vor meiner Nase. Und dann tranken wir und spielten Platten – Gershwin und Cole Porter und Glenn Miller, wir liebten beide diese alte, melodiöse Art des Jazz. Und die ganze Zeit tranken wir und schmusten und streichelten einander und warteten noch mit dem Ins-Bett-Gehen, denn ich wußte, das war eine Eigenart von Suzy: Wenn sie es noch so gerne wollte, zögerte

sie es so lange wie nur möglich hinaus, und das war dann auch immer für mich besonders aufregend. So vergingen Stunden, mein Herr Richter, dazwischen machte Suzy starken schwarzen Kaffee, damit wir nicht allzu betrunken waren zuletzt, und so wurde ich immer wieder einigermaßen nüchtern, und dann, gegen fünf Uhr morgens vielleicht, schleppten wir den Plattenspieler in Suzys Schlafzimmer, und sie zog mich aus. Als ich vollkommen nackt vor ihr stand, fiel eine neue Platte vom Zehnplattendorn des Plattenspielers auf den Teller, und es erklang die Stimme von John Williams: »Ô Dieu, merci, pour ce paradis, qui s'ouvre aujourd'hui à l'un de tes fils . . .«

Ich setzte mich.

»Was ist? Was hast du, Liebling?« rief Suzy erschrocken.

». . . pour le plus petit, le plus pauvre fils . . . merci, Dieu, merci, pour . . .«

Aber da war ich schon bei dem Plattenspieler und hatte die Nadel weggerissen (es kreischte), und ich ruinierte fast den ganzen Apparat bei meinem Versuch, diese Platte von John Williams vom Dorn zu bekommen, und Suzy betrachtete mich entsetzt, und dann hatte ich die Platte endlich in der Hand und sah mich um und erblickte eine Sessellehne, und über der brach ich die Platte entzwei, und die Hälften noch einmal entzwei, und zerschnitt mir den rechten Handballen dabei, und Blut floß, und ich schleuderte die Plattenstücke in eine Ecke. Und dann stand ich da, nackt, reglos, stumm. Und Suzy sah mich an, auch stumm, und dann sah sie zu Boden, aber diesmal weinte sie nicht, diesmal war sie zu traurig, um zu weinen. Sie stand auf und holte Jod und Leukoplast und versorgte die Schnittwunde, und dann sagte sie: »Babs, ja?«

Ich nickte.

»Willst ins Krankenhaus?«

Ich nickte.

»Jetzt gleich?«

Ich nickte.

Mit der traurigsten Stimme, die ich je gehört habe, sagte Suzy: »Ich mache dir noch schnell einmal starken Kaffee. Und essen mußt du auch etwas.«

»Keinen Bissen krieg ich runter.«

»Na, dann aber ich! Unbedingt. Du zieh dich inzwischen an. Im Badezimmer ist alles, was du brauchst.« Danach lief sie aus dem Schlafzimmer.

Und ich ging ins Bad, und dann zog ich mich an und ging zu Suzy in die Küche, und sie frühstückte mit mir. Sie war noch immer traurig, aber sie versuchte immer wieder, mich anzulächeln. Ich versuchte es auch. Der starke heiße Kaffee war wunderbar.

»Ich habe dich wirklich so lieb, mon p'tit chou«, sagte Suzy.

»Ich dich doch auch«, sagte ich.

»Und mit meinem Plan war es mir ernst.«
»Mir auch«, sagte ich.
»Aber es wird nun nie etwas daraus werden«, sagte Suzy.
Ich schwieg.
»Siehst du«, sagte Suzy.
»Es tut mir leid.«
»Soll dir nicht leid tun«, sagte Suzy. »Natürlich bleibst du hier, solange du mich brauchst.« Sie sagte ›mich‹, nicht ›meine Wohnung‹. »Und kein Mensch erfährt, daß du hier bist, das verspreche ich dir – außer solche, denen *du* es sagen mußt.«
»Danke, Suzy!«
»Soll ich dir ein Taxi rufen?« fragte sie und wischte sich mit dem Handrükken über die Lippen.
»Nein«, sagte ich. »Das ist zu gefährlich. Und es ist ja auch noch sehr früh. Ich laufe erst noch ein Stück. Wie spät ist es denn überhaupt?«
»Kurz vor sieben«, sagte Suzy. »Setz deine Brille auf.«
Ich nahm die Brille mit den dunklen Gläsern.
Wir gingen in den Vorraum, und Suzy hielt meinen Mantel, und dann küßte sie mich.
»Ich hänge inzwischen alle deine Sachen auf. Die von Babs werde ich auch aus dem Koffer nehmen. Sonst sind sie so zerdrückt. Die Wohnungsschlüssel hast du?«
»Ja«, sagte ich.
»Kannst also kommen, wann du willst. Ich muß bald in meinen Salon. Aber du kommst zurück, sobald du kannst. Du brauchst Schlaf.«
»Ja«, sagte ich. »Danke, Suzylein.«
»Sag nicht danke«, sagte sie. »Ich muß auch mit meinen Freunden von der Polizei reden, damit die nicht bei mir suchen.«
»Brauchst du nicht«, sagte ich. »Ich bin im Hotel gestern ausgezogen mit Babs. Nach Madrid geflogen. Habe ich dir doch erzählt.«
»Wie schön«, sagte Suzy und drehte den Kopf weg.
»Weine nicht«, sagte ich. »Bitte, mon petit chou, weine nicht.«
»Wer weint?« fragte Suzy und sah mich an und rieb ein Auge. Sie hatte eine Zigarette angezündet. »Mir ist nur Rauch ins Auge gekommen. Schon wieder alles in Ordnung. Ich bin froh, daß du wenigstens jetzt bei mir wohnen wirst – für eine kleine Weile. Vielleicht auch nur noch für eine Nacht. Niemand weiß es. Wäre natürlich schöner gewesen, wenn wir meinen Plan hätten verwirklichen können. Aber aus dem wird nun niemals mehr etwas werden. Denn du kommst niemals mehr heraus aus deinem Kreis.«
»Das werden wir erst mal sehen«, sagte ich.
»Niemals mehr kommst du heraus«, sagte Suzy. »Da werden wir gar nichts

sehen. Wenn du herauskönntest – würdest du sonst jetzt zu der Kleinen fahren?«
Zehn Minuten nach sieben Uhr früh war es da am 26. November 1971, einem Freitag.

47

Der Welt grösstes kleines Sonnenschein-Mädchen.
Babs.
Da lag sie.
Schweißüberströmt in ihrem Bett.
Ich sah Bläschen auf Babs' Lippen und auf der ganzen Körperhaut (ihr Hemdchen hatte sich bis zum Hals hinauf verschoben) rote Flecken. Sie stieß einen Schrei aus. Auf einmal streckten sich die kleinen Arme und Beine hoch in die Luft, zuerst stocksteif, dann begannen sie zu zucken. Der ganze winzige Körper zuckte. Ihr Atem rasselte, keuchte, pfiff, krächzte, sie bekam nicht genug Luft. Jetzt warf sie sich hin und her. Die Pupillen waren völlig verdreht, das eine Lid hing herab, die Augenränder waren entzündet. All das sah ich im schwachen Licht der blauen Lampe.
Babs' Arme und Beine zuckten erschreckend wild, Schaum floß zwischen den Lippen, obwohl ich sah, daß die Zähne fest aufeinandersaßen. So fest, daß sie schauderhaft knirschten.
Zwei Schwestern, Dr. Sigrand und Dr. Ruth Reinhardt bemühten sich um Babs. Ich stand abseits. Die drei Frauen mußten die tobende Babs festhalten, damit Dr. Sigrand eine Injektion machen konnte.
Da war es 8 Uhr 15 am 26. November 1971. Ich hatte ein paar Kilometer laufen müssen, bevor ich ein Taxi fand. Vor zehn Minuten war ich eingetroffen. Durch den langen Verwaltungsgang gerannt. An den vielen offenen Türen vorbei. In den Büros liefen Radios oder Fernsehapparate. Ich hörte nur Satzfetzen.
». . . konnten holländische Marine-Infanteristen eben noch daran gehindert werden, den vierten Stock zu stürmen . . .«
». . . der Japaner Furuya seit sechzig Stunden ohne Schlaf. Seine Bewacher wecken ihn immer wieder . . .«
Dann war ich im stillen Krankentrakt.
Dann war ich im Zimmer von Babs und sah die vier Menschen um ihr Bett. Als erster drehte sich Dr. Sigrand um. Sein Gesicht war grau vor Müdigkeit, ich sah das provisorische Bett, auf dem er gewiß in dieser Nacht keine halbe Stunde geschlafen hatte. Seine Augen waren blutunterlaufen, seine Wangen bedeckten lange Stoppeln. Als er mich sah, richtete er sich auf.
»Sie!«
»Ja, ich.«

»Warum kommen Sie her?«
Ich wollte es nicht sagen, ich sagte es doch: »Angst«, sagte ich. »Ich habe Angst um das Kind.«
»Warum haben Sie nicht angerufen?«
»Das wäre nicht dasselbe gewesen. Ich muß Babs sehen.«
Dies war der Augenblick – obwohl mir das erst viel später zu Bewußtsein kam –, in dem es mit Dr. Sigrands Aversion zu Ende war. Dies war der Augenblick, von dem an er mich wie einen anständigen Menschen behandelte.
Ich sah Ruth Reinhardt an. Sie erwiderte meinen Blick ernst und nur kurz. Sie mußte sich um Babs kümmern. Die Ärztin sah aus wie eine alte Frau. Auch sie hatte in dieser Nacht wohl kaum eine halbe Stunde geschlafen.
»Hätten Sie bloß angerufen«, sagte Sigrand.
»Warum?«
»Dann hätten wir Ihnen gesagt, Sie müssen sofort kommen! Aber Sie haben vergessen, uns Ihre Telefonnummer zu geben gestern in der Aufregung. Wir haben im LE MONDE angerufen. Monsieur Bracken weiß auch nicht, wo Sie stecken.« Babs schrie laut. Sigrand wandte sich zu ihr und sagte über die Schulter: »Der sucht Sie verzweifelt.«
Verflucht, dachte ich, das habe ich wirklich vergessen.
»Um so unheimlicher ist es, daß Sie jetzt von selber kommen«, sagte Ruth Reinhardt.
»Wieso unheimlich?«
»Weil wir Sie jetzt unter allen Umständen . . .« Sie konnte den Satz nicht zu Ende sprechen, denn da schrie Babs neuerlich wie ein Tier, und ihre Arme und Beine fuhren in die Höhe, und sie erlitt etwas, was wie ein epileptischer Anfall aussah. Ich glaube, ich bin in meinem ganzen Leben nicht so erschrocken gewesen. Ich bin ein ziemlich feiger Hund, mein Herr Richter. Aber auch den mutigsten Mann hätte es gepackt, wenn er gesehen hätte, was Babs jetzt tat. Mir wurde übel.
Ich machte, daß ich aus dem Zimmer kam, erblickte die Tür eines Waschraums, stürzte hinein und übergab mich in ein Becken. In den Spiegel sah ich, als ich mir den Mund spülte. Ich sah grausig aus. Alles an mir stank nach Calvados. Ich hatte plötzlich überhaupt keine Kraft mehr in den Beinen und mußte mich setzen. Vielleicht eine Viertelstunde saß ich so auf der Brille und sah vor mich hin, sah eine Schrift an der Wand an: ES LEBE DE GAULLE!

48

Endlich ging ich wieder auf den Gang hinaus und in das Zimmer von Babs. Da waren jetzt nur zwei Schwestern.

»Monsieur Norton . . .«
»Was ist mit dem Kind?«
»Es geht ihm nicht gut, Monsieur«, sagte die zweite Schwester. »Frau Doktor Reinhardt und Herr Doktor Sigrand suchen Sie überall. Sie müssen mit Ihnen reden.«
»Reden?«
»Ja, dringend. Ich werde sie rufen lassen. Warten Sie in Frau Doktor Reinhardts Zimmer, bitte.«
Diese beiden Schwestern waren sehr freundlich.
»Finden Sie das Zimmer?«
Ich nickte und ging aus dem Raum. Den stillen Gang hinunter. Einen zweiten stillen Gang. Verwaltungstrakt. Hier wieder Stimmen . . .
». . . Führung im Krisenstab übernommen . . .«
». . . Die Terroristen verlangen auch Zeitungen . . .«
Dann war ich in Ruth Reinhardts Zimmer, diesem Zimmer mit dem vielen primitiven bunten Lernspielzeug, dem Spielzeug für Tests, dem Zimmer mit den kleinen Rollstühlen beim Fenster. Dem Zimmer mit dem vollgeräumten Schreibtisch. Da war das kleine Lamm. Da war der Rahmen mit den Sätzen Buddhas. Ich sah schnell weg. Hier – wie überall – brannte noch elektrisches Licht, es war fast noch dunkel draußen. Ich trat an eine Bücherwand voller Fachliteratur.
Faber, N. W.: The Retarded Child. Carmichael, L.: Manual of Child Psychology . . . Mindestens hundert solche Bücher standen da. Deutsche und englische in Augenhöhe, dazwischen russische, ganze Reihen französische etwas tiefer. Dann entdeckte ich einen Band. Auf dem Rücken las ich:
Reinhardt, R.: Klinik und Therapie des Cerebral-Schadens.
Ruth Reinhardt.
Das hatte Ruth Reinhardt geschrieben!
Ich zog den Band heraus und öffnete ihn. Ich las eine gedruckte Widmung:

DR. BRUNO BETTELHEIM
MEINEM GROSSEN LEHRER
IN VEREHRUNG UND DANKBARKEIT
ZUGEEIGNET
RUTH REINHARDT

Ich hörte Schritte. Schnell stellte ich den Band ins Regal. Die Tür ging auf. Ruth Reinhardt, Dr. Sigrand und eine Schwester kamen herein. Die Schwester trug ein Tablett mit einer großen Metallkanne und drei Tassen und einer Zuckerdose. Sie stellte das Tablett ab und verschwand.
»Da sind Sie, Gott sei Dank«, sagte Sigrand. Er ließ sich in einen Sessel fallen, stöhnte, streckte die Beine aus und rieb sich die Augen.
Die Ärztin sah mich an.

»Trinken Sie auch Kaffee?«
»Ja, gerne.«
Sie schenkte die Tassen voll.
»Sie haben ein Buch geschrieben, Frau Doktor«, sagte ich.
»Ja, Monsieur Norton«, sagte Ruth Reinhardt, und zum ersten Mal war sie so etwas wie schüchtern.
Dann saßen wir um ihren Schreibtisch, Kaffeetassen in der Hand, und tranken. Ich sah, daß Sigrands Hand leicht zitterte. Der Mann war dem Zusammenbruch nahe. Er sagte, ohne mich anzusehen: »Es tut mir leid, wie ich mich gegen Sie benommen habe. Aber Sie müssen wissen . . .«
»Er weiß es schon«, sagte Ruth Reinhardt.
»Um so besser«, sagte er. »Sie sind gekommen *aus Angst um Babs*. Jetzt ist alles ganz anders. Jetzt . . .«
»Hören Sie auf«, sagte ich, »bitte, lieber Herr Doktor Sigrand, hören Sie auf.«
Er nickte und trank heißen, starken Kaffee, und wir taten das auch, und es war für kurze Zeit still. Dann sagte Ruth Reinhardt: »Wir müssen Ihnen leider schlimme Dinge sagen, Monsieur Norton.« Ich nickte nur. »Penicillin, die verschiedensten Antibiotika, Immunglobulin, Cortisonderivate und so weiter und so weiter, alles, was wir Babs gaben, wirkt nicht.«
»Wirkt überhaupt nicht«, sagte Sigrand. »Dazu verstärkt die Streckphänomene.«
»Die was?«
An diesem gottverfluchten Tag wurde es nicht hell.
»Was Sie eben erlebt haben.«
»Das habe ich für einen epileptischen Anfall gehalten.«
»Na ja, so ähnlich . . . aber das war keiner, Monsieur Norton«, sagte Sigrand, der so sehr veränderte Sigrand. Wenn er nun mit mir sprach, sprach er wie ein Freund. »Das alles hängt mit den entzündeten Gehirnhäuten und dem entzündeten Gehirn zusammen.«
»Alles«, sagte Ruth Reinhardt. »Das Zähneknirschen. Die positiven Pyramidenzeichen . . .«
»Was sind positive . . .«
»Zu kompliziert für Sie«, sagte Sigrand. »Wir sind mit unserem Latein am Ende. Vor drei Stunden bekamen wir die schlimmste Nachricht aus dem Labor. Was wir gefürchtet haben, stimmt: Das ist keine rein bakterielle Meningo-Encephalitis. Das ist eine Mischform.«
»Mischform?«
»Ja. Auch ein Virus ist da. Neben den Bakterien. Darum sprechen die Mittel nicht an.«
Ich hörte ein paar Krähen schreien.
»Was kann nun noch geschehen?« fragte ich. »Nichts mehr, wie?«

»Doch«, sagte Ruth Reinhardt und sah auf das kleine Lamm.
»Etwas, das Babs am Leben hält?« fragte ich.
»Etwas, das . . .« Sie sah hilfesuchend zu Sigrand.
»Etwas, das Babs sehr wahrscheinlich am Leben hält«, sagte der Arzt. »Mit einer sehr hohen Wahrscheinlichkeit.«
»Aber keiner hundertprozentigen«, sagte ich.
»Aber keiner hundertprozentigen«, sagte er. »Nein, das nicht.«
Diese verfluchten Krähen schrien jetzt unablässig, sie mußten über uns kreisen.
»Was soll ich dazu sagen?«
Ruth Reinhardt sagte: »Sie müssen etwas dazu sagen, Monsieur Norton, leider. Jetzt gleich. So schnell wie möglich. Sehen Sie . . .«
»Sehen Sie«, sagte Dr. Sigrand, »die Bakterien könnten wir unter Kontrolle bringen. Aber das nützt uns nichts, solange wir das Virus nicht im Griff haben. Das ist das wichtigste und dringendste: daß die Verheerungen, die das Virus anrichtet, gestoppt werden.«
»Und dafür gibt es kein Mittel?«
»Es gibt ein Mittel, Monsieur Norton«, sagte Ruth Reinhardt.
»Na also!«
»Es gibt ein Mittel, Monsieur Norton«, sagte die Ärztin, »das sich noch in der Erprobung befindet.«
»Ach so.«
»Nein, nicht ach so. Neue Mittel dieser Art – und das ist ein Breitbandantibiotikum mit einem besonderen virostatischen Effekt – sind oft jahrelang in klinischer Erprobung. Wir haben es auch schon mehrfach angewendet. Und wir haben fast ausschließlich gute Erfahrungen damit gemacht.«
»Fast?«
»Ja, Monsieur Norton. Das Mittel wirkte Wunder, meistens. Aber nicht in allen Fällen. In einigen Fällen . . .«
»Ich verstehe.«
»Jedenfalls ist es das einzige Mittel, mit dem wir Babs am Leben erhalten können.«
»Das einzige Mittel, bei dem die große Wahrscheinlichkeit besteht, daß Sie Babs am Leben halten können«, sagte ich.
»Ja«, sagte Dr. Sigrand. »Und darum brauchen wir, wenn wir es nun anwenden, noch einmal Ihre schriftliche Zustimmung. Wir haben unsere Vorschriften. Sie müssen einverstanden sein. Wenn Sie es nicht sind, dürfen wir dieses Mittel nicht anwenden.«
Ich trank Kaffee.
»Und wenn ich zustimme, und etwas geht schief?«
Keine Antwort.
Ich sah Ruth Reinhardt an. Sie sah mich an und schwieg.

Ich sah Sigrand an. Der sah mich an. Und schwieg. Und zuckte die Achseln. Dann sagte er: »Wenn wir das Mittel *nicht* anwenden, können wir nicht garantieren, daß Babs den Tag überlebt.«
Wissen Sie, mein Herr Richter, wenn Sie so etwas hören, kommen Ihnen eine Menge Gedanken, sofern Sie einer sind, wie ich einer gewesen bin. Der erste Gedanke, der mir kam, war der: Und *wenn* Babs den Tag nicht überlebt? Ist das nicht das Beste? Ist das nicht die Lösung überhaupt? Aber dann, mein Herr Richter, passierte etwas, das ich bis heute nicht begreifen kann, etwas absolut Verrücktes im Verhalten eines Mannes, wie ich es war. Ich denke, es gibt eine einzige Erklärung dafür: Seit ich dieser Frau Dr. Ruth Reinhardt begegnet war, schien irgend etwas mit mir nicht mehr in Ordnung zu sein. Ja, ganz bestimmt ist das die Erklärung – für alles, was ich von da an tat, für den zweiten Gedanken, der mir in jenem Moment kam. Ich dachte nicht etwa daran, daß Sylvia mich vielleicht als den Mörder ihres Kindes bezeichnen würde, wenn ich jetzt meine Zustimmung verweigerte. Nein, der zweite Gedanke – und es ist mir wirklich unangenehm, daß jemand wie ich ihn nun niederschreiben muß, aber dieser zweite Gedanke kam mir wirklich – war dieser: Wer bist du, daß du dieses Kind einfach zum Tod verurteilen darfst? Nicht nur dieses Kind. Irgendein Lebewesen auf der Welt.
Mit einer Stimme, die nicht die meine war (schien es mir), sagte ich: »Ich bin einverstanden. Tun Sie alles. Nehmen Sie das neue Mittel.«
Ruth Reinhardt legte ein Blatt Papier vor mich hin. Alles Nötige war schon eingetragen, sah ich. Ich unterschrieb.
Mit dieser Unterschrift hatte ich unser aller Zukunft festgelegt, alles, was noch geschehen sollte – und was zuletzt dazu führte, daß Romero Rettland auf dem dreckigen Fußboden eines Zimmers im dreckigsten Stundenhotel von Nürnberg lag, tot, mit einer stählernen Kugel im Herzen.

Diagnose

WAHRSAGERIN: Sie wissen, was kommt. Regen. Regen. Ströme von Regen. Die Sintflut. Aber zunächst werden Sie schandbare Dinge zu sehen bekommen – schandbare Dinge. Einige unter Ihnen werden sagen: »Laßt ihn ersaufen. Er ist nicht wert, gerettet zu werden. Gib die ganze Geschichte auf.« Ich kann es in Ihren Gesichtern lesen. Aber Sie haben unrecht.

AUS: WIR SIND NOCH EINMAL DAVONGEKOMMEN
von THORNTON WILDER

1

Der alte Mann hob das tote Kind auf. Tränen rannen über sein Gesicht. Dann ging er die staubige Straße zwischen den Feldern hinab, weiter und weiter. Das Kind trug er auf seinen Armen. Der alte Mann hatte einen verbeulten Hut, seine Schuhe waren schiefgetreten, und seine Hose und sein loses Hemd waren zerschlissen. Die Straße, die der alte Mann entlangging, schien ohne Ende zu sein. Der alte Mann ging schwankend und unsicher, aber er ging immer weiter und weiter auf die blauen Berge zu, die sich, eine Unendlichkeit entfernt, aus Dunst und Sonnenglast erhoben. Es war sehr heiß, und die Erde war ausgedörrt, und es bereitete dem alten Mann große Mühe, zu gehen, das sah man. Doch er ging, das tote Kind in den Armen. Nun war er schon sehr klein geworden. Das Bild wurde dunkel. Aus der Dunkelheit glitt das Wort ENDE ganz langsam, zuerst sehr klein, dann immer größer werdend, nach vorne und blieb auf der Leinwand stehen. Dann wurde auch die Leinwand dunkel.
Totenstill war es schon die ganzen letzten Minuten gewesen. Dieser Film endete ohne Musik, ohne das geringste Geräusch. Es blieb dunkel in dem Riesensaal des Teatro Sistina, das an der Via Sistina liegt, nahe der Piazza Barberini.
Das war am 18. Mai 1972, an einem Donnerstag, im Herzen der Ewigen Stadt, die Zeit: 22 Uhr 47, ich sah im Dunkeln auf die Leuchtziffern meiner Armbanduhr. Unmenschlich heiß war es in dem riesigen Teatro Sistina – eine Hitzewelle, wie man sie in diesem Jahrhundert noch niemals erlebt hatte, peinigte seit vielen Tagen die Ewige Stadt. Ich saß mit Rod Bracken neben Joe Gintzburger in einer seitlichen Loge. Bracken hatte einmal gesagt, daß Joe die Stimme eines Bibelverkäufers besaß, und daran mußte

ich denken, als der Präsident von SEVEN STARS nun leise zu mir sagte: »Wunderbar! Einfach wunderbar! Und daß Alfredo vor drei Wochen auch noch aus dem Leben scheiden mußte, das ist ein Mirakel, Phil, hören Sie, ein Mirakel.«

»Ja, Joe«, sagte ich leise.

»Wir können dem Allmächtigen niemals genug dafür danken«, sagte Joe Gintzburger, wie ich im Smoking, klein, rosig, zierlich, ein Mann mit dem gütigsten Gesicht der Welt (nur sein Mund war viel zu klein geraten, er sah aus wie ein Loch). »Daß Alfredo vor der Premiere abgekratzt ist, das bringt uns allein in Italien noch eine halbe Million Dollar mehr Einspielergebnisse. Gott, mein Herr, ich danke Dir.«

»Amen«, sagte Bracken.

Ganz langsam gingen die vielen Lichter in dem Kinosaal an, in dem sonst Festivals abgehalten wurden. Ich stellte mir vor, wie ein Elektriker ganz langsam die Widerstände zurückschob, bis der Saal strahlend erhellt war. Zu Füßen der Leinwand Blumen – ein phantastisches Arrangement, beinahe ein Botanischer Garten. Immer noch war es totenstill im Saal. Und dann trat Sylvia aus einem Seitenvorhang auf die Bühne. Ein Scheinwerfer suchte sie, fand sie, hielt sie fest. Umgeben von unirdischem Licht stand sie da im Abendkleid. Petrolfarben, sehr gedämpft, extravagant war dieses Kleid, vorne hochgeschlossen, der Rücken bis weit hinunter frei, die Satin-Schuhe eingefärbt in der Nuance des Kleides. Ohrgehänge aus Brillanten, Brillanten-Armband, ein Solitär (der größte, den sie besaß). Das war schon alles. Ganz schlicht. War ja auch ein ernster Anlaß, zu dem wir uns hier versammelt hatten. Unter anderem. Hier versammelt: Alles, was in Rom die ›Gesellschaft‹ war. Nicht die miese Via-Veneto-Dolce-Vita-Gang, sondern all jene, die sich kaum blicken ließen in der Öffentlichkeit, Repräsentanten von garantiert jahrhundertealten Adelsgeschlechtern; Präsidenten wirklich nur der feinsten Banken; die Millionäre aus dem Norden, wo die Industrie sitzt, Autos, Pneus, Lokomotiven, Waffen, Schuhe; gewiß zwei Dutzend Politiker, ich kannte sie alle, es waren Mitglieder der Regierung, die gerade am Ruder war. Komisch: Solche Gala-Premieren hatte ich in Rom gewiß sechsmal mitgemacht. Jedesmal hatte ich dieselben Männer in einer anderen Regierung gesehen. Die Regierungen wechselten ununterbrochen, aber gewählt wurden offenbar immer wieder die gleichen Männer, wenn sie auch jedesmal ein anderes Ministerium hatten oder gelegentlich auch eine andere Parteizugehörigkeit – es war ein triumphales Ringelspiel (Italien stand natürlich eben wieder vor einer Regierungskrise) –, Zeitungsverleger, große Schauspieler, Regisseure und Autoren, weltberühmt, Sänger und Maler, weltberühmt, alle weltberühmt hier – dafür hatte Carlo Marone gesorgt.

Wer Carlo Marone ist, werde ich im folgenden erzählen. Auch was alles

geschah zwischen jenem eisigen Morgen im November 1971, da ich die Genehmigung gab zur Behandlung von Babs mit dem noch nicht genügend erprobten Breitbandantibiotikum mit virostatischem Effekt, und dieser glutheißen Mainacht 1972 – viel war geschehen, so Schlimmes, daß es niemanden hier verwunderte, Babs nicht anwesend zu finden.
Ach so, natürlich. Die Kirche. Die Vertreter des Vatikans. Herren ganz nahe dem Heiligen Stuhl, Stellvertreter sozusagen des Stellvertreters, waren auch anwesend. Und ausländische Diplomaten. Der Film, der eben zu Ende gegangen war, hatte einen ethisch äußerst hochstehenden Inhalt, war die Verfilmung eines berühmten italienischen Autors, der drei glänzende Voraussetzungen mitgebracht hatte, sein Werk zu verfilmen: Er war schon mehr als 70 Jahre tot, so daß keine Verfilmungsrechte mehr zu bezahlen gewesen waren, und er war zuerst Anarchist und dann unerbittlicher Kämpfer für die katholische Kirche geworden. Also einfach Zucker. Deshalb die vielen geistlichen Herren und die vielen KP-Chefs. Alles, was recht ist: Carlo Marone hatte seine Chance bekommen, und er hatte sie genutzt! Hier war wirklich nur die Crème de la Crème Italiens versammelt, Marone hatte persönlich darüber gewacht. Den mächtigen Film-, Fernseh-, Zeitungs- und Buchverleger Olieri und seine schöne junge Frau beispielsweise hatte Marone drei Tage lang im ungewissen darüber gelassen, ob sie zu dieser Filmpremiere noch Karten bekommen würden. Und von Aneto, dem Modeschöpfer, wußte ich, daß er Marone dreimal persönlich angerufen und um zwei Karten regelrecht angebettelt hatte, für sich und seinen jungen Freund. Und dann natürlich Kritiker. Nur die erste Garnitur der ersten Blätter. Eingeflogen aus der ganzen Welt. Desgleichen eingeflogen Schauspieler und Produzenten und Regisseure aus der ganzen Welt. Und endlich gab es, im Saal verteilt, zwanzig sehr soignierte Damen und Herren, die eigentlich niemand kannte.
Im Augenblick, da Sylvia aus der Kulisse herausgekommen war, hatte Beifall eingesetzt. Beifall ist nicht das richtige Wort. Ich finde es auch nicht. Es gibt das richtige Wort nicht für das, was da im Teatro Sistina losbrach, mein Herr Richter. Die Italiener sind filmverrückt, man weiß es, Sylvia ist die größte Filmschauspielerin unserer Zeit, man weiß dies, der Film, den wir soeben gesehen hatten – SO WENIG ZEIT –, war hervorragend (der letzte, den Sylvia vor dem Lifting gedreht hatte), nein, Beifall ist kein Wort. Es gibt keines. Die Mauern des Teatro Sistina erbebten. Der Boden zitterte, auch in unserer Loge. Ich bekam es ehrlich mit der Angst. Diese Mächtigsten der Mächtigen, diese Schönsten der Schönen, diese Reichsten der Reichen, diese Rötesten der Roten, diese Frömmsten der Frommen – sie klatschten nicht, nein, sie trampelten, riefen wie rasend Sylvias Namen und Huldigungen für sie. Und wir saßen wie über dem tobenden Saal der Unruhigen-Station eines Irrenhauses.

Dieser Marone ...
Natürlich klatschten auch Joe Gintzburger, Bracken und ich. Was denn? Und wie! Bracken grinste mich und Joe an. Joe schrie (er mußte schreien, wir hätten ihn sonst nicht verstanden): »Da vorne, der in Violett, ist das einer vom Heiligen Vater?«
»Yeah, Joe«, brüllte Bracken, »yeah, Joe, that's him!«
»Er weint«, schrie Joe.
Tatsächlich, der Violette führte ein Tuch an die Augen, bevor er weiterklatschte.
»Eine Million mehr in Italien«, schrie Joe. Ich sah, daß er sein Taschentuch zog. Auch Joe mußte weinen.
Auf der Bühne, im Scheinwerferkegel, stand immer noch Sylvia, reglos. So schön, wie sie noch nie gewesen war. Wahrlich, mein Herr Richter, es gibt keine schönere Frau im Filmgeschäft als sie. Dieser Professor Delamare ist ein Meister – die wahnwitzige Rechnung, die er präsentiert hatte, war nur gerechtfertigt, er hatte Wundervolles geleistet. Unirdisch wie das unirdische Licht, das sie einhüllte, sah Sylvia aus. Das war ein perfektes Lifting gewesen. Joe Gintzburger weinte noch immer. Tränenversprühend neigte er sich zu mir und redete sanft in mein Ohr.
»Zwischen der Cardinale und dem Mastroianni – ist das wirklich der sowjetische Kulturattaché?«
»Ja, Joe.«
»Sehen Sie, was der aufführt?«
»Ja, Joe.«
»Kriegen wir mindestens die doppelte Garantie für die Sowjetunion – *und* drei Co-Produktionen«, sagte Joe. Dann schluchzte er laut auf, von übergroßer Rührung erfaßt.
Von der anderen Seite der Bühne, aus der anderen Kulisse, kam nun Carlo Marone. Ich werde Ihnen noch viel über diesen Kerl zu berichten haben, mein Herr Richter. 47 Jahre alt war Carlo damals, gewiß der eleganteste Mann Roms und Roms größter Frauenheld. Einfach unfaßbar gut sah dieser Carlo aus. Das hatte ihm natürlich schon sehr zu der Zeit geholfen, als er noch Zuhälter gewesen war. Jetzt war seine Schönheit so etwas wie das Sinnbild der Männlichkeit und der Schönheit Italiens geworden. Und Carlo Marone war kein Zuhälter mehr. Seit vielen Jahren war er der größte Filmverleiher des Landes und hatte exklusiv alle Filme von SEVEN STARS in seinem Programm. Die allein machten ihn zum Dollarmillionär. Sein Schloß auf dem Jet-Set-Hügel Pincio war ein Museum, das wegen der Kostbarkeiten darin Tag und Nacht von einer privaten Polizeitruppe bewacht wurde. Mir fiel, als ich ihn da auf Sylvia zugehen sah, die Nacht ein, in der ich Carlo im Salon seines Schlosses gesprochen hatte. Wie die Zeit vergeht! Das war nun auch schon wieder ein halbes Jahr her. Carlo

Marone trug eine karminrote Smokingjacke. Und er trug einen Strauß Baccara-Rosen. Zuerst verneigte er sich tief vor Sylvia. Dann küßte er ihr die Hand. Dann küßte sie ihn auf beide Wangen und den Mund. Dann überreichte Carlo die Rosen. Dann mußte Sylvia weinen. Sie kann, auch vor der Kamera, jederzeit, wenn es gewünscht wird, weinen, mein Herr Richter. Da stand sie und weinte, und das linke Lid hing nicht mehr zu tief herab (das war von Professor Delamare bestens in Ordnung gebracht worden), und es zerfloß auch kein Make-up, dafür hatten Katie und Joe Patterson, Sylvias Schminkmeister, gesorgt. Man hatte ihnen gesagt, daß Sylvia weinen würde, und da hatten sie dann eben die entsprechenden Schminken genommen, das entsprechende Pancake, die entsprechende Wimperntusche.

Diese ganze Sache da war am Vormittag ein paarmal geprobt worden – unter Joes Regie, im leeren Kino. Wir hatten zwei Stunden geprobt – das und was noch kam –, bis Joe zufrieden gewesen war. Er hatte zu mir, der ich zugesehen hatte, gesagt: »Da muß jede Bewegung sitzen. Da muß der letzte Trottel merken, daß die beiden am Rande ihrer Beherrschung sind – vor Glück und Trauer. Heroisch, verstehen Sie, Phil? Das sind zwei heroische Figuren.«

Joe kam aus Sofia, hatte in Berlin in der Konfektionsbranche gearbeitet, seinen Namen verändert und seine ersten Lustpiele, noch stumm, gedreht. Dann war er nach Amerika gegangen. Nichts gegen Sofia, um Himmels willen, mein Herr Richter!

». . . zwei heroische Figuren!« hatte Joe gesagt und dann zur Bühne hinaufgerufen: »Jetzt die Girls!«

Die Girls . . .

Am Vormittag waren sie aus den Kulissen herbeigeeilt. Nun, bei der Premiere, kamen sie wieder aus den Kulissen, alles getimed, exakt getimed. Es waren ausgesucht hübsche Starlets, sehr dezent gekleidet, und sie brachten massenweise Blumenarrangements, Orchideen und Orchideenrispen darunter. Sylvia stand plötzlich in einem Blütenmeer. Der Beifallsorkan tobte noch immer.

Carlo Marone küßte Sylvia noch einmal, sie umarmten einander noch einmal, dann ging Marone in die Kulisse zurück. Die Girls waren schon verschwunden. Sylvia hob eine Hand. Es wurde still – allerdings erst nach einer langen Weile, in der jemand im Smoking erschienen und ein Mikrofon vor Sylvia hingestellt hatte. Langsam, sehr langsam verebbte die Raserei.

Sylvia, die Rosen in der Hand, trat einen halben Schritt vor – alles geprobt, mein Herr Richter, wenn's um wirkliche Kunst geht, überläßt Joe nichts dem Zufall! – fuhr sich (na also, ich hatte schon gedacht, sie hätte es vergessen!) mit der Hand über die nassen Augen und sprach, in perfektem

Italienisch, diese Worte, stockend, beklommen, so, als müsse sie jedes Wort mühsam suchen und hätte den Text nicht schon im Flugzeug auswendig gelernt, das uns von Paris heruntergebracht hatte, als hätte ihr Bracken nicht da schon den Zettel mit dem von ihm entworfenen Text gegeben.
»Meine Damen und Herren«, sprach Sylvia, und nun ging ein richtiges Blitzlichtfeuerwerk im Saal los, und weitere Scheinwerfer blendeten auf, »meine sehr verehrten Damen und Herren, ich danke Ihnen. Ich danke Ihnen aus ganzem Herzen. Ich bin stolz, vor Ihnen hier stehen zu dürfen – in dieser wunderbaren Stadt – und erleben zu dürfen, wie Sie das, was so viele Menschen geschaffen haben – ich bin nur einer von ihnen –, diesen Film, nämlich So wenig Zeit, für gut befinden. Indessen . . .« Sie konnte nicht weitersprechen, denn das – nun das eben, wofür ich kein Wort finde – setzte wieder ein, dauerte lange, Joe aus Sofia sah auf seine Uhr. Sylvia hob wieder die Hand. Vergebens. Sie hob sie viermal vergebens. Dann wurde es endlich still wie zuvor.
»Vater im Himmel«, sagte Joe, und seine Stimme bebte, der weinte tatsächlich schon wieder, »gütiger Vater im Himmel, zwei Minuten und siebenundvierzig Sekunden!«
»Indessen«, sagte Sylvia, und ihre Stimme wurde leiser, noch stockender, noch gehemmter, »indessen, meine Damen und Herren, so unendlich stolz ich bin, so unendlich tief schmerzt mich in diesem Augenblick der Umstand, daß an meiner Stelle nicht mein Partner in diesem Film vor Ihnen stehen kann. Er war das Genie des italienischen Films. Sie wissen es. Meisterwerk um Meisterwerk hat er der Welt geschenkt, dieser so große Mensch, dieser so große Schauspieler, mein Vertrauter, mein so guter Freund, den ich niemals vergessen werde: Alfredo Bianchi.« Pause. Neue Tränen aus Sylvias wunderschönen Augen. Einzelne Schluchzer aus dem Publikum. Das waren die zwanzig soignierten Herrschaften, von denen ich schrieb. Hatte Marone engagiert. Über den Saal verteilt. Diese Damen und Herren wußten genau, wann sie zu schluchzen hatten. Abendgage: 50.000 Lire. Aber so etwas zahlt sich aus.
»Alfredo Bianchi hat diesen Film geliebt«, sagte Sylvia. »Er hat zu mir gesagt, noch niemals habe er eine so wunderbare Rolle wie diese in seinem langen, langen Schauspielerleben gespielt. Mein Gott, wie arbeitete Alfredo an seiner Rolle! Wie viele Nächte lang debattierten wir mit dem Regisseur und den Autoren vor Drehbeginn! Die Änderungen, die Alfredo vorschlug . . . jede einzelne war begründet. Er sagte . . .« Sylvia vermochte nicht weiterzusprechen. Sie schluckte.
»Wie alt war Bianchi?« fragte ich Bracken leise.
»Achtundsechzig.«
». . . er sagte . . .« – Sylvia hatte sich gefangen, aber sie kämpfte von nun

an ständig mit den Tränen – ». . . er sagte zu mir: Sylvia, mein Kind, dies ist der Film, von dem ich geträumt habe. Ich glaube, ich werde nach diesem keinen Film mehr drehen.«

»Reinstes Wunder, daß er diesen Film noch durchgehalten hat«, flüsterte Bracken mir zu. »Der alte Morphinist. Wie viele Entziehungskuren hat der schon hinter sich gebracht?«

»Fünf«, sagte ich.

»Hut ab«, sagte Bracken.

»Hat sich überhaupt nur noch durch diesen Film geschleppt, indem er sich dauernd gespritzt hat, das weißt du doch.«

»Klar weiß ich's«, sagte Bracken. »Wer hat denn dafür gesorgt, daß er immer genug Stoff bekam? Alles muß ich machen.«

». . . und, meine Damen und Herren, was Alfredo mir da sagte, ist nun in Erfüllung gegangen – anders, als er es gemeint hat. Auf eine tragische, furchtbare Weise, die einen dazu bringen könnte, mit Gott zu hadern, wennschon man weiß, daß dessen Ratschluß unergründlich und gütig ist . . . Nein, Alfredo, unser geliebter Alfredo Bianchi, wird nun keinen Film mehr drehen«, sagte Sylvia. »Er ist nicht mehr unter uns. Er konnte heute abend diesen Film, den er – *er!* – zu einem so großen Film gemacht hat, nicht mehr sehen. Sein Herz, das ein Leben lang nur für andere schlug, hat er in diesem Film überfordert. Er wußte es. Es machte ihm nichts aus. Er wollte, er mußte So wenig Zeit drehen. Wir, die wir ihn lieben, wollen diesen Film als sein Vermächtnis betrachten . . .«

»Das ist alles von mir«, sagte Bracken leise zu Joe, der sich ergriffen schneuzte.

Joe konnte nur nicken.

». . . sechs Monate, nachdem die Aufnahmen beendet waren, stand das Herz dieses großen Mannes still – für immer. In römischer Erde, auf dem Friedhof Campo Verano, ganz nahe der Basilica San Lorenzo, auf diesem Friedhof, den er so sehr liebte, weil dort auch seine Mutter und sein Vater liegen, hat er die letzte Ruhe gefunden.«

Überzeugter Junggeselle, war Bianchi nie verheiratet gewesen, hatte keine Erben oder etwas ähnlich Hinderliches. Sein Vermögen ging an die Kirche, das ganze Vermögen. Alfredo hatte unter seiner Sucht gelitten. Immer, wenn er wieder einmal ausgeflippt gewesen war, lief er in die Kirche und beichtete und bereute und betete. Aber wer wußte das außer ein paar Insidern? Und die Kirche würde diesen Film der ganzen Welt als ›Besonders wertvoll‹ empfehlen. So viel Massel muß man haben.

»Ich . . .« Sylvia rang nach Atem. »Ich . . . entschuldigen Sie, meine Damen und Herren . . . ich kann nicht weitersprechen. Lassen Sie uns, ich bitte Sie, nun alle eine Minute lang schweigend dieses begnadeten, dieses wundervollen Mannes Alfredo Bianchi gedenken.«

Sie senkte den Kopf. Die Rosen hielt sie an die Brust gepreßt. Kameras surrten. Und nach und nach, zuerst langsam, dann immer schneller, erhoben sich die Zuschauer. Zuletzt standen sie alle schweigend – auch Joe, Bracken und ich.
Und ich sah sie da unten, und plötzlich mußte ich an alles denken, was in den letzten sechs Monaten geschehen war. So viel. So viel. Und ich erinnerte mich an alles. An so viel kann man sich erinnern, in einer einzigen Minute . . .

2

Die Tür flog auf.
Eine kleine, untersetzte Frau in einem abgetragenen Stoffmantel, einen Hut auf dem Kopf, unter dem Haarsträhnen hervorsahen, als sei sie direkt aus dem Bett gekommen, stürzte ins Zimmer. In das Zimmer von Dr. Ruth Reinhardt. Es war acht Uhr früh an diesem 27. November 1971 und noch fast dunkel. In Paris regnete es. Ich hatte an Ruth Reinhardts Schreibtisch gesessen.
Die kleine Frau war völlig außer Atem, Regen troff von ihrem Schirm, sie konnte kaum reden, so erregt war sie. »Frau Doktor! Wie konnte das geschehen? Warum haben Sie das nicht verhindert? Ich habe Ihnen doch gesagt, Sie sollen aufpassen! Und jetzt ist Viviane tot, tot, tot!« In der Dunkelheit des Zimmers war kaum etwas zu erkennen – auch ich nicht. Die kleine Frau stolperte mehr, als sie lief, auf mich zu und schrie und weinte: »Tot! Tot! Tot! Sie haben ihr das neue Mittel gegeben! Und damit haben Sie meine kleine Viviane umgebracht, und ich . . .« Sie war nahe herangekommen und erkannte ihren Irrtum. »Oh . . . Verzeihen Sie . . . Das ist doch Frau Doktor Reinhardts Zimmer . . .«
»Ich warte hier auf Frau Doktor Reinhardt«, sagte ich. »Sie ist bei einem kranken Kind. Sie wird bald wiederkommen.«
Die kleine Frau preßte eine Hand vor den Mund, starrte mich an, dann lief sie wieder auf den Gang hinaus. Und ich saß da und fürchtete mich, ja, entsetzlich fürchtete ich mich plötzlich.
Das, mein Herr Richter, ereignete sich, noch einmal gesagt, am Morgen des 27. November 1971, einem Samstag. Tags zuvor hatte ich meine Einwilligung gegeben, Babs mit dem noch nicht genügend erprobten Mittel zu behandeln. In der Zwischenzeit hatte sich viel und nichts ereignet. Nichts: Babs' Leben hing weiterhin an einem hauchdünnen seidenen Faden. Ruth Reinhardt und Sigrand waren, nachdem ich die Einwilligung gegeben hatte, schlafen gegangen. Die Behandlung übertrugen sie Kollegen mit der Auflage, sie sofort zu rufen, falls eine Verschlechterung eintreten sollte. Sigrand und Ruth Reinhardt schliefen in der Klinik. Ich war nach Hause

(nach Hause!) zu Suzy gefahren. Sie war fortgewesen, als ich kam. Ich hatte gerade noch die Kraft aufgebracht, Bracken im LE MONDE anzurufen. Ich gab ihm Suzys Telefonnummer, unter der ich nun zu erreichen war, und auch ihre Adresse. Denn mit der Telefonnummer allein bekam er auch die Adresse ganz leicht heraus, wenn er wollte. Also dann lieber gleich Freundschaft, Freundschaft. Bracken hatte ja den großartigen Einfall gehabt, Sylvia, als sie so tobte, weil sie zu Babs wollte und wir ihr klarmachten, daß dies unmöglich war, zu erzählen, ich sei in das Studio eines Freundes eingezogen – Sie erinnern sich, mein Herr Richter? Damit nichts passieren konnte, sagte ich Bracken nun also am Telefon, wir sollten uns darauf einigen, daß dieses Studio im, na beispielsweise Siebenten Arrondissement, in der Avenue de Saxe, liege. Dort, falls Sylvia sich danach erkundigte (früher oder später würde sie es ohne Zweifel tun), gab es kein Telefon, hélas. Anschließend sagte ich Bracken, wie elend es um Babs bestellt war und was ich riskiert hatte. Bracken war sehr still gewesen.
»Konntest nichts anderes machen, Phil«, hatte er zuletzt gesagt. »Jetzt können wir nur hoffen. Ach ja, da ist noch was . . .«
»Was?«
»Dieser Nachtportier, ich vergesse immer den Namen . . .«
»Lucien Bayard.«
»Ja. Also Bayard sagt, ihr hättet eine Verabredung gehabt, um etwas Wichtiges zu besprechen. Er weiß nicht, wie er sich nun verhalten soll.«
Das Rennen am nächsten Sonntag in Auteuil! Die drei Geheimtips! ›La Gauloise‹, ›Poet's Bay‹ und ›Valdemosa‹. Die Dreier-Einlaufwette. Und alle möglichen ›Couplés‹. Er setzte doch für mich stets auf die Pferdchen, der alte Lucien.
»Was hast du gesagt, wo ich bin?«
»Verreist. Aber ich kann dich telefonisch erreichen.«
»Okay«, hatte ich geantwortet, »dann sag ihm, er soll völlig nach Gutdünken vorgehen, ich bin mit allem einverstanden.«
»Ja, Phil.«
»Ruf du mich nicht aus dem Hotel an bei meiner Freundin. Ruf mich nie aus dem Hotel an – bei der Sylvestre nicht und nicht in der Klinik. Ich bin jeden Tag bei Babs. Abends gehe ich zu Sylvia.«
»Und was sagst du ihr?«
»Daß es Babs besser und besser geht natürlich.«
»Und wenn . . .«
»Hör auf!« hatte ich gesagt und eingehängt. Das ist das letzte, woran ich mich erinnern kann. Sofort danach muß ich eingeschlafen sein. Als ich aufwachte, war es sechs Uhr nachmittags und finster. Diesmal fuhr ich mit einem Bus und der Métro zum Hôpital Sainte-Bernadette. Suzy hatte ich einen Zettel auf den Küchentisch gelegt, daß es spät werden könne, bis ich

heimkam, sie solle sich keine Sorgen machen und, wenn Leute anriefen, die sie nicht sofort an der Stimme erkannte, sich absolut doof stellen.
Babs hatte geschlafen und im Schlaf geredet. Von Beverly Hills, Tokio und ›Pu dem Bären‹. Ruth Reinhardt, Dr. Sigrand und ich hatten um ihr Bett gestanden, lange Zeit. Dr. Sigrand war wie ausgewechselt: Er behandelte mich wie einen Freund.
»Und das neue Mittel?«
»Sie erhält es doch erst seit heute früh, Monsieur Norton. Wir müssen warten.«
»Aber der Zustand ist unverändert?«
»Der Zustand ist *schlechter* geworden«, sagte Ruth Reinhardt. Die beiden Ärzte waren nun auch halbwegs ausgeschlafen und hatten neue Kräfte.
»Ich muß zu Mrs. Moran . . .«
Die beiden hatten geschwiegen.
»Was soll ich ihr sagen?«
»Sagen Sie ihr, es geht Babs, den Umständen entsprechend, besser«, sagte Sigrand. Das hatte ich dann auch gesagt, in der Rue Cavé, in der Klinik von Professor Delamare.
»Ist das auch wirklich wahr, mein Wölfchen?« Sylvia lag da, immer noch mit dem Verband, aber die Augen waren frei, und die Augen ließen mich nicht los. Ich dachte, wie angenehm es gewesen wäre, wenn sie noch die Augenbinde gehabt hätte.
»Wirklich und wahrhaftig.«
»Schwörst du das?«
»Ja.«
»Bei deinem Augenlicht?«
Das war schon weniger angenehm. In Situationen kommt man, mein Herr Richter. Was sollte ich antworten?
»Natürlich auch bei meinem Augenlicht.«
»Ach, mein Wölfchen, wenn du jetzt nicht bei mir wärst . . . Ich würde mich umbringen . . . Du tust alles . . . Du kümmerst dich um alles . . . So, als wäre Babs dein Kind . . .«
»Na, das ist sie ja eigentlich auch«, sagte ich heroisch.
Sie sagte mit einer Bitternis, die mir damals überhaupt nicht auffiel, die mir aber nun, da alles vorbei und zu spät ist, im Gehirn brennt: »Ich wünschte, Babs wäre dein Kind.«
»Alles wird gut«, sagte ich. »Sie haben mir solche Hoffnung mit diesem neuen Mittel gemacht.« Wenn ich schon log, dann aber richtig! »Es ist ein Wundermittel. Du wirst sehen – noch ein paar Tage und Babs ist wieder okay.«
»Ja. Alles wird wieder gut. Ach ja, ganz . . .« Dann war sie eingeschlafen.
Ich hatte gebadet, als ich heimkam *(heimkam!)* nach dem Essen und

nachdem ich Suzy alles erzählt und Bracken über alles informiert hatte. Ich kam aus dem Bad in das hypermoderne Wohnzimmer mit diesen Plastik-Möbeln, und da stand wahrhaftig auf einem kleinen Tischchen eine brennende Kerze, die Suzy auf einer Untertasse angeklebt hatte. Und Suzy stand davor und bewegte leise die Lippen.
»Das arme Kind«, sagte Suzy. »Gott allein kann ihm noch helfen.«
»Du glaubst an den Lieben Gott?«
»Natürlich«, sagte Suzy.
Ich sagte nichts, und plötzlich umklammerte sie mich wild und preßte sich an mich und schluchzte: »Ich weiß, ich müßte sagen: Was geht mich diese Babs an? Was geht mich deine Sylvia an? Wo die beiden doch nie zulassen werden, daß *wir* miteinander glücklich werden . . . auch wenn Babs stirbt! Aber *so* will ich nicht mit dir glücklich werden! Babs darf nicht sterben!«
»Nur vielleicht idiotisch werden«, sagte ich.
»Sprich nicht so!« schrie Suzy.
»Hast doch selber so gesprochen gestern!«
»Ach, das war . . . da habe ich . . . Verstehst du denn nicht, daß ich dich *liebe*, du Idiot?«
»Natürlich verstehe ich das, mon p'tit chou.« Ich trug nur einen Bademantel. Suzy hatte alle meine Anzüge, die Wäsche und auch alles aus den Koffern von Babs liebevoll ausgepackt und in ihre Schränke gehängt. Jetzt sagte sie: »Wenn du sehr große Angst hast . . . und unglücklich bist . . . und erschöpft . . . wird dir dann jedesmal auch so komisch? Ich weiß, das ist blöd, aber ich werde es jedesmal, was soll ich machen?«
Zwei Minuten später waren wir dann also im Bett, und es war alles so verrückt und ohne jedes Maß, wie es immer war, in dieser Nacht vielleicht noch mehr. Ich schlief zuletzt ein. Um sechs Uhr weckte mich Suzy.
»Was . . . was ist?«
»Ich kann nicht schlafen, mon petit chou.«
»Na, dann laß wenigstens mich schlafen!«
»Nein. Du mußt aufstehen.«
»Aufstehen?«
»Ja. Und ins Hôpital Sainte-Bernadette fahren. Du mußt da sein, wenn sie die Morgenvisite machen, und die machen sie um acht. Wir müssen doch wissen, wie Babs die Nacht verbracht hat«, sagte Suzy. Sie sagte ›wir‹.
Also stand ich auf, und wir frühstückten, und dann ging ich durch Kälte und Finsternis zur nächsten Bus-Haltestelle und fuhr mit müden Arbeitern ein weites Stück und wechselte zur Métro, und in der Métro – wie im Bus – saßen Arbeiter mit grauen Gesichtern, Aktentaschen auf den Knien, Thermosflaschen und Blechbüchsen darin. Manche schliefen. Ich überlegte angestrengt, aber ich konnte mich nicht mehr daran erinnern, wann ich zum letztenmal mit Bus oder U-Bahn gefahren war.

Als ich das Hôpital Sainte-Bernadette erreichte, hörte ich auf den Verwaltungstrakt-Gängen wieder Radio- und Fernsehsprecher. In Den Haag waren sie mit den Terroristen noch immer nicht zu Rande gekommen.
Ich ging schnell weiter, in den Trakt hinein, in dem die Zimmer der Ärzte lagen. Hier begegnete ich Ruth Reinhardt.
»Was ist mit . . .«
»Ich weiß es noch nicht. Ich bin unterwegs zu ihr. Doktor Sigrand und zwei andere Ärzte warten bereits auf mich. Bitte, gehen Sie in mein Zimmer, Herr Norton. Ich komme dann zu Ihnen.«
Und also ging ich in Ruth Reinhardts Zimmer und setzte mich im Dunkeln an ihren Schreibtisch und sah die blitzenden Regentropfen auf den Fensterscheiben.
Und dann kam jene kleine Frau ins Zimmer gestürzt, außer Atem, durchnäßt vom Regen, äußerst erregt stammelnd: »Frau Doktor! Wie konnte das geschehen? Warum haben Sie das nicht verhindert? Ich habe Ihnen doch gesagt, Sie sollen aufpassen! Und jetzt ist Viviane tot, tot, tot . . .«

3

Ein paar Minuten später kam Ruth Reinhardt, und wie immer war ihr Gesicht beherrscht und ernst.
Sie berührte meine Schulter leicht, als ich aufsprang.
»Was ist? Wie geht es Babs?«
Sie sah mich schweigend an.
»Frau Doktor, bitte!«
Sie sagte – und sprach, wie immer, wenn wir allein beieinander waren, deutsch –: »Es wäre furchtbar, Herr Norton, wenn ich falsche Hoffnungen erweckte. Darum habe ich geschwiegen. Es geht Babs – zum erstenmal, seit wir das neue Mittel anwenden – etwas besser.«
»Aber das ist doch wundervoll!« rief ich und hatte das Gefühl, einen anderen Mann mit einer anderen Stimme diese Worte rufen gehört zu haben.
»Ich habe gemeint: vielleicht etwas besser. Das Fieber ist gesunken, die Halsstarre ist geringer, diese schreckliche Haltung, in der Babs liegen mußte wegen der Nervenreizung und der Muskelspannung, ist nicht mehr so ausgeprägt, und so weiter. Natürlich wäre es schlimmer, wenn ich sagen müßte: Es geht Babs noch schlechter. Aber es ist immer noch eine sehr schlimme Sache. Wir müssen jetzt Geduld haben und warten. Babs ist noch lange nicht über dem Berg. Werden Sie Geduld haben? Werden Sie warten können? Werden Sie . . .« Lange Pause. ». . . auch so bleiben, wie Sie jetzt sind, wenn es schlechte Nachrichten gibt, sehr schlechte?«

»Ich weiß es nicht, Frau Doktor«, sagte ich.
»Sie sind, Herr Norton, ein ganz anderer Mann geworden, seit ich Sie zum erstenmal hier gesehen habe. Ich habe mit Doktor Sigrand darüber gesprochen. Es ist erstaunlich.«
Ich sagte: »Ich will aber kein ganz anderer Mann werden!«
»Das können Sie nicht bestimmen, Herr Norton«, sagte Ruth Reinhardt. »Weder zum Guten noch zum Schlechten hin können Sie es bestimmen. So etwas geschieht einfach mit uns. Sie sind es – wir wollen nicht darüber reden, bitte.«
»Nein«, sagte ich. »Bitte, wirklich nicht.«
»Sie waren hier, als Madame Ralouche hereinkam.«
»Wer? Ach so – die Dame, deren Tochter heute nacht gestorben ist, ja?«
»Ja, die. Sie tobt noch immer. Will mich anzeigen, ins Gefängnis bringen. Im nächsten Moment kippt sie um, weint, bittet mich um Verzeihung und sagt: Vielleicht war Vivianes Tod das größte Glück. Und sofort danach geht alles wieder von vorne los. Ihr Mann ist unterwegs zu ihr. Er arbeitet bei Renault. In der Karosserie-Abteilung. Hatte Nachtschicht. War nicht da, als Viviane starb. Jetzt wird er bald da sein und auf seine Frau achten können.«
»Achten können?«
»Lieber Herr Norton«, sagte Ruth Reinhardt, »haben Sie das etwa für *echte* Gefühle gehalten bei dieser Madame Ralouche?«
»Was für Gefühle waren es dann?«
Ruth Reinhardt nahm das kleine Lamm, das auf ihrem Schreibtisch lag, und spielte damit.
»Sehen Sie«, sagte sie. »Viviane war schon fast neunzehn. Sie war seit dreizehn Jahren in ambulanter, lange Zeit in stationärer Behandlung hier. Gehirngeschädigt. Und dies sind nun die typischen ambivalenten Gefühle, die sich beim Tod eines cerebralgeschädigten Kindes so häufig zeigen. Kein normales Kind wird von der Mutter so sehr geliebt wie ein geschädigtes. Keinem normalen Kind wird von der Mutter aber auch – bewußt oder unbewußt – so sehr der Tod gewünscht.«

4

Babs lag zusammengekrümmt in ihrem Bett.
Die blaue Lampe brannte, sonst war es dunkel in dem großen Raum. Babs hatte eine schreckliche Art zu atmen: einmal in tiefen Zügen – dann lange, entsetzlich lange Zeit, wie es mir schien, überhaupt nicht. Ruth Reinhardt hatte mir gleich gesagt, dies sei ein typisches Symptom; sie nannte es ›Biotsches Atmen‹.
Wir waren zu Babs gekommen, weil Ruth Reinhardt gesagt hatte, sie

müsse diese nun, nach einer neuen, sehr starken Gabe des noch nicht genügend erprobten Mittels, eine Stunde lang beobachten. Wir hatten zwei Stühle an das Bett gerückt. Während wir sprachen, untersuchte sie Babs immer wieder, maß ihren Puls, achtete auf jedes Zähneknirschen, jede Bewegung, horchte die Lunge und den Rücken mit einem Stethoskop ab. Babs merkte nichts von alldem.

»Sie schläft an der Grenze zur Bewußtlosigkeit«, hatte Ruth Reinhardt mir gesagt. »Wir können ruhig normal miteinander reden, sie hört uns nicht.« Nun, wir redeten miteinander, mein Herr Richter.

Es gibt viele Dinge, die ich mit dieser Frau erlebt habe und die ich wohl nie vergessen werde. Dieses Gespräch da am Bettrand der kleinen Babs, die auf des Messers Schneide balancierte zwischen Tod und Leben, werde ich jedenfalls niemals vergessen . . .

Es begann damit, daß ich Ruth Reinhardt fragte, warum sie ihr Buch diesem Dr. Bettelheim gewidmet hatte.

»Weil das der Mann ist, dem ich alles verdanke, was ich heute über die Behandlung kranker Kinder weiß, über das ganze Problem, das sie darstellen, und darüber, wie gewissenlos sie mißbraucht werden – von allen Seiten, von Kapitalisten und Sozialisten, von Rechten und Linken, von Schwarzen und Roten, von Kommunisten und Reaktionären in der ganzen Welt.«

»Mißbraucht?«

»Gewiß«, sagte Ruth Reinhardt. »Es gibt nichts, was der Mensch nicht mißbraucht, um Macht zu erlangen, Macht über andere Menschen.«

»Aber hirngeschädigte Kinder . . .«

»Auch die, Herr Norton! Ich empfinde Verachtung für alle Menschen, die nur nach Macht und nach immer mehr Macht streben. Ich weiß, das darf ich nur privat. Als Ärztin darf es mich überhaupt nicht interessieren, wer mein Patient ist, ob er Doktor Mengele heißt oder Doktor Schweitzer, aber privat . . . Ich habe so viel erlebt . . . und so viel gelernt . . . von Doktor Bettelheim.«

»Wer ist das?« fragte ich.

»Doktor Bruno Bettelheim ist Österreicher«, sagte Ruth Reinhardt und maß behutsam, so sehr behutsam, Babs' Puls, den Blick auf die Leuchtziffern ihrer Armbanduhr gerichtet. »Er wurde 1903 in Wien geboren. Dort studierte er Psychoanalyse. Dort arbeitete er auch. Na ja . . .«

»Wie ist der Puls?«

»Einhundertzwanzig.«

»Nicht schön«, sagte ich.

»Nein, gar nicht schön. Aber es wird bald besser werden – hoffentlich.« Ich sah, daß sie das abgegriffene kleine Spielzeuglamm aus der Tasche ihres Mantels nahm. »Unter den Nazis war Bettelheim gezwungen, seine Arbeit zu . . . unterbrechen. Er kam in das Konzentrationslager Dachau, dann nach Buchenwald. Er hatte das seltene Glück, entlassen zu werden. Er kam schließlich in die Vereinigten Staaten. Dort wurde er Direktor der Klinik für geistig behinderte Kinder an der Universität von Chicago. ›Orthogenic School‹ heißt diese Klinik. Ich habe zwei Jahre da gearbeitet. Besonders, zusammen mit ihm, auf dem Gebiet der ›Muschelkinder‹ . . . Das sind die autistischen Kinder, die außerhalb unserer Welt leben, sie nicht wahrnehmen . . . das sind die am schwersten Geschädigten«, sagte Ruth Reinhardt, mit dem kleinen Lamm spielend. »Hier sehen wir immer noch nicht sehr weit. Aber auch hier gibt es schon Fortschritte. Interessiert Sie das wirklich?«

»Selbstverständlich. Wenn ich doch . . .« Ich sah zu Babs.

»Babs wird gesund werden. Hoffentlich. Sehr wahrscheinlich. Ich wünsche es ihr und Ihnen so sehr, Herr Norton. Aber viele Kinder werden nie mehr gesund. Oder es dauert Jahre, bis sie etwas gesünder werden. Das ist ein Thema, von dem kaum jemand etwas hören will – wenn er es nicht, wie ich schon sagte, benützen möchte zu dem Zweck des Erreichens elender Ziele.«

»Ich will kein elendes Ziel erreichen«, sagte ich.

Sie sah mich an.

»Was ist?«

»Ich habe an etwas gedacht . . .«

»Woran?«

»Es wird Sie verletzen.«

»Bitte, sagen Sie mir, woran Sie gedacht haben!«

»Es wird Sie ganz sicherlich verletzen, Herr Norton.«

»Sie müssen es mir sagen!« rief ich und sah erschrocken zu Babs. Die rührte sich nicht.

»Nun gut«, sagte Ruth Reinhardt. »Was ich dachte, ist dies: Gegenüber solchen geschädigten Kindern besteht bei dem – natürlich nicht selbst betroffenen – Durchschnittsbürger etwa die Einstellung: Ich habe meine eigenen Sorgen. Von solchen Kindern will ich nichts hören. Ja, es gibt sie. Schlimm, schlimm. Zu tun haben will ich trotzdem nichts mit ihnen, keinesfalls. Weil ich eben nicht begreifen kann, nicht wahr? Weil ich nicht weiß, wie ich mich verhalten soll vor solchen Kindern. Ich zahle Steuern. Von den Steuern soll der Staat Heime bauen für diese Kretins und Wasserköpfe und sich um sie kümmern. Dafür zahle ich ja auch Steuern! Meinetwegen spende ich auch noch. Mehr will ich darüber nicht hören! Ja, ja, ich weiß, jede Mutter kann so ein Kind gebären, jedes Kind kann so krank werden. Ich habe keine Kinder. Oder: Meine Kinder sind gesund und werden es hoffentlich bleiben. Der normale Durchschnittsbürger, Herr Norton, kümmert sich nicht um die ganze Sache. Wenn man ihn aber, wie es jetzt von allen Seiten geschieht, ununterbrochen mit der Nase darauf stößt, aus den verschiedensten Motiven, wenn man die Sache hochspielt, dann wird er irritiert. Dann ist die Öffentlichkeit irritiert! Und ein sehr großer Teil dieser ansonsten indifferenten Öffentlichkeit äußert, wenn man sie auf das Problem stößt, wenn man sie *zwingen* will, sich damit zu beschäftigen, verstärkt immer noch – oder schon wieder – die Meinung, man sollte sich nicht um diese Kinder kümmern, sondern man sollte sie beseitigen.«

»Ich weiß, was in Amerika los ist und anderswo. Ich habe einiges über diese neuen Pro-Euthanasie-Bewegungen gelesen«, sagte ich. »Nur in Deutschland ist man zurückhaltend – in Erinnerung an die Euthanasie-Verbrechen der Nazis.«

Wieder sah Ruth Reinhardt mich stumm an.

»Nun ja«, sagte sie dann, »und so dachte ich: Mir kann nichts passieren, wenn ich für diese Kinder da bin, sie behandle, über sie schreibe, Vorträge halte. Und Ihnen kann auch nichts passieren, denn Sie sind ja . . . Ich meine, Sie arbeiten ja nicht . . . Das heißt, ich wollte sagen, Sie kennen die Welt nur als . . . Es tut mir leid.«

»Es braucht Ihnen nicht leid zu tun. Ich weiß, was Sie dachten, Frau Doktor.« Babs knirschte mit den Zähnen. »Sie dachten: Wer wird sich schon mit diesem Mann anlegen? Diesem . . . diesem ständigen Begleiter Sylvia Morans!« Ich atmete jetzt rasch. »Das haben Sie doch gedacht, Frau Doktor!«

»Ja, Herr Norton«, sagte sie still. »Genau das habe ich gedacht.«

Ich schwieg.

»Sie haben gesagt, es würde Sie nicht verletzen.«

»Es verletzt mich nicht, weil es die Wahrheit ist.«

»Ich habe aber weitergedacht.«

»Nämlich was?«

»Nämlich, daß Sie falsch informiert sind, Herr Norton.«

»Inwiefern?«

»Sie sagten, in Deutschland sei man, nun, da so viel Wirbel um diese Kinder gemacht wird, anders als in Amerika beispielsweise, noch äußerst zurückhaltend mit dem Ruf nach Euthanasie – in Erinnerung an die Verbrechen der Nazis auf diesem Gebiet.«

»Das ist man auch!«

»Nein, Herr Norton. Das ist man nicht, so leid es mir tut – denn ich bin auch Deutsche. Eben jetzt hat man bei uns hier eine Meinungsumfrage durchgeführt.«

»Und?«

»Und das Ergebnis sieht so aus: Sechzig Prozent sprachen sich für die Nichtverlängerung des Lebens aus und achtunddreißig Prozent – *achtunddreißig!* – für die *Tötung* ›lebensunwerten Lebens‹. Bei der Umfrage hat

man mit Absicht den unmenschlichen Begriff gewählt, den die Nazis gebraucht haben. Achtunddreißig Prozent der deutschen Bevölkerung – repräsentativ – sind für die Vernichtung von ›lebensunwertem Leben‹. Nicht einmal dreißig Jahre danach schon wieder mehr als ein Drittel!«
Wieder schwieg ich.
»Und da – ich dachte noch weiter, Herr Norton! – und da dachte ich: Wie gut, daß dieser Mann – Sie sind mir sympathisch, Herr Norton, wirklich –, wie gut, daß dieser Mann nur der ›ständige Begleiter‹ einer berühmten Filmdame ist und nicht arbeitet, etwa als Journalist oder Publizist oder Schriftsteller oder . . .«
»Ich will seit Jahren schreiben«, sagte ich. »Ein Buch über alles, was ich erlebt und gehört und gesehen habe.«
»O je!«
»Was heißt ›o je‹?« fragte ich.
»Ich habe mir vorgestellt, daß Sie so ein Buch wirklich schreiben würden – über alles, was Sie erlebt haben, aber vor allem über das, was Sie *jetzt* erleben, über Ihre Begegnung mit der Welt der geistig behinderten Kinder . . .«
»Was ich jetzt erlebe . . .«, sagte ich. »Und *wenn* ich dieses Buch schreiben würde?«
»Sie sind Deutscher. Das Buch würde in Deutschland erscheinen!«
»Und?«
»Und achtunddreißig Prozent! Da würde sich der deutsche Leser aber freuen, wenn Sie in Deutschland ein Buch schrieben über geistig behinderte Kinder – und wenn Sie nicht gleich von vornherein dafür wären, diese Kinder umzubringen! Wären Sie ein beliebter Schriftsteller, Herr Norton – bei Lesern und Kritikern!«
»Die deutschen Kritiker sind anders. Sie sind, wenn schon nicht alle sehr objektiv, so doch alle humanitär. Keiner gehört zu den achtunddreißig Prozent.«
»Nein«, sagte die Ärztin. »Keiner. Die deutschen Kritiker sind natürlich nichts fürs Töten – weder von geistig behinderten Kindern noch von Schriftstellern. Die deutschen Kritiker sind höchstens dafür, mit ihrer Schreibtischarbeit jemanden umzubringen. Manchmal funktioniert das nicht, sehr oft funktioniert es herrlich. Ich kann Ihnen genau sagen, Herr Norton, wie die Kritiker Sie bestenfalls etikettieren würden.«
»Wie würden die deutschen Kritiker mich bestenfalls etikettieren?« fragte ich.
»Als einen vor nichts, aber auch vor gar nichts zurückschreckenden Trivialautor«, sagte Ruth Reinhardt.

5

Zehn Minuten später.
Ruth Reinhardt hatte mit dem Stethoskop Babs' Brust, Babs' Rücken abgehorcht, hatte ihn abgeklopft. Sie hatte Babs gemessen. 40,8. Am Morgen. Aber Ruth Reinhardt fand, es ging Babs besser. Etwas besser.
»Warum kommen wir so schwer, so unendlich schwer voran bei unserer Arbeit, Herr Norton?« fragte mich die Ärztin in dem großen, fast finsteren Krankenzimmer. »Weil das Problem der behinderten Kinder, ich sagte es schon, nun von beiden Seiten, von rechts und von links, aufgegriffen wird, was die Massen, die stets gleichgültig sind, solange man sie nicht mit einer Sache dauernd konfrontiert, ja attackiert, wieder einmal unruhig, aggressiv und wütend macht. Weil keine Seite davor zurückschreckt, selbst dieses so schwere Problem zum Zweck persönlicher, vor allem aber politischer Machtentfaltung, zum Abreagieren von Minderwertigkeitsgefühlen, zum Tarnen politischer Angriffe und zum Zweck des Populärwerdens zu mißbrauchen.«
»Wie sieht das nun aber tatsächlich aus?«
»Unsere Welt spaltet sich, wenn es auch noch so viele Schattierungen gibt, immer mehr in zwei Lager: in das rechte und das linke. Die Rechten, um mit ihnen zu beginnen – die Linken sind um kein Haar besser! –, die Rechten also vermeiden es bewußt, der Bevölkerung etwa dies zu sagen: Wir leben heute nicht mehr im Jahr 5000 vor Christus! Wir leben nicht mehr in Erdhöhlen, in der Wildnis und unter Wölfen! Wir sind eine Menschheitsgesellschaft geworden, die nicht nur mächtig genug ist, sich weitgehend vor Naturkatastrophen zu schützen, sondern die sich darüber hinaus beträchtlichen materiellen Luxus verschaffen kann und verschafft hat. In dieser gegenwärtigen Situation aber, Herr Norton, gibt es keine Minderwertigkeit des Leistungsunfähigen.«
Ich sah sie an und schwieg, während ich ihre Stimme hörte. Ich sah jedoch nur ihr Profil, denn während sie sprach, schaute sie andauernd zu Babs, ließ sie das Kind nicht aus den Augen.
»Die Rechten, Herr Norton, berufen sich auf die Vox populi: Wozu sollen wir Geld für die Pflege hirngeschädigter Kinder ausgeben? Gewinn bringt uns das nie – und wir, das Volk, die Masse, sind ohnedies gegen dieses ganze Getue mit den Kretins. Bitte: Die neuen Pro-Euthanasie-Bewegungen ausgerechnet in Amerika, von denen Sie sprachen!« Immerzu streichelte Ruth Reinhardt das kleine Lamm. »Die Rechten bemühen sich nicht, dieser Meinung etwas entgegenzusetzen. Sie verabsäumen es, für die humane Weiterentwicklung der Menschen zu sorgen, stützen sich auf ein« – und nun klang ihre Stimme sehr bitter – »›gesundes Volksempfinden‹, mit dem Hitler schon so viel Glück hatte. Ein moderner europäischer Staat hat, und

das wäre eigentlich selbstverständlich, die *Verpflichtung*, alles für Pflege, Erziehung und Unterbringung behinderter Menschen zu tun. Es *wäre* selbstverständlich, habe ich gesagt – aber es *ist* es nicht. Warum? Weil das, was selbstverständlich sein sollte, nämlich, daß unsere Gesellschaft diese Menschen aufnimmt, nach außen hin propagandistisch nicht auszuwerten ist! Ja, Hilfe für Äthiopien, das bringt Schlagzeilen! Staudamm in Indien! Bringt auch Schlagzeilen! Das, Herr Norton, ist das Verhalten der Rechten!«
»Ich verstehe«, sagte ich.
»Ach, Sie verstehen erst die Hälfte. Jetzt reden wir von der Linken.«

6

»Die Linken«, sagte Ruth Reinhardt, »das sind Menschen, die sich oft ihrer proletarischen Herkunft schämen. Sie haben nie Anschluß an den bürgerlichen Mittelstand gefunden, dem sie insgeheim angehören möchten – manche auch der piekfeinen Schicht. Ein seltsames Schwächezeichen! Diese Leute haben doch überhaupt keinen Anlaß zu Minderwertigkeitskomplexen! Sie sind klug. Sie sind begabt. Sie haben die Macht. Sie regieren! Warum kann nicht jeder Mensch heute mit Stolz sagen: Ich bin Sohn eines Arbeiters, ich bin Sohn eines Bauern? Sehen Sie, wir haben hier, am Hospital, einen weltbekannten Professor – sein Vater war Schrankenwärter. Was soll denn da im zwanzigsten Jahrhundert noch irgendein Minderwertigkeitskomplex?«
»Schlecht«, sagte Babs.
»Was hat sie gesagt?«
»Sie hat ›schlecht‹ gesagt«, sagte ich.
Die Ärztin strich über die Schulter des Kindes.
»Nun ja, und weil das so ist und weil diese Linken sich irgendwie schwach fühlen, propagieren sie den Schutz von schwachen Gruppen – um jene Schicht, die sie gleichermaßen verachten und beneiden, anzuklagen! Das ist der psychologische Hintergrund. Ein solcher Funktionär denkt natürlich in Wirklichkeit nicht: Diese rechten Schweine wollen geistig behinderte Kinder töten! Sondern er denkt: Ich habe rote Haare und bin kleinwüchsig, und mich mögen sie auch nicht! Aber das darf ich nicht sagen, über mich darf ich nicht reden – reden darf ich über die Behinderten, zum Beispiel über hirngeschädigte Kinder! Und so wird das Ganze ein Politikum, verstehen Sie?«
Ich nickte.
»Die Klagen, daß man geistig behinderten Kindern Hilfe versagt, kommen gleichermaßen aus Ländern mit Links- wie mit Rechts-Regierungen. Und das ist die Tragödie!«

»Mir ist schlecht«, sagte Babs verblüffend klar. »Herr Doktor . . .«
»Haben Sie mir folgen können?
»Ja«, sagte ich.
»'s wär' mir nicht so schlecht, wenn ich der Doktor wär'«, sagte Babs. Dann knirschte sie wieder mit den Zähnen.
»So ist das«, sagte Ruth Reinhardt. »Rechts und Links, Schwarz und Rot – sie sind alle gleich, und sie sind alle Opportunisten. Und das ist das große Unglück bei dieser Sache: Alles Leid trifft – hier wie dort – die armen kranken Kinder, denen in Wahrheit die einen nicht helfen wollen und denen die anderen nicht helfen wollen. Ein Politikum – selbst daraus!« sagte sie. »Die Linken propagieren den humanen Gedanken – gegen die Rechten. Die Rechten verschweigen den humanen Gedanken – gegen die Linken. Geschehen – geschehen wird von beiden Seiten nichts. Die Linken könnten mit einer einzigen Gesetzesnovelle das Problem lösen und tun es nicht – ebensowenig, wie es die Rechten tun. Was ist die bittere Wahrheit? Sie sieht so aus: Die behinderten Kinder können nur betreut und erzogen und behandelt und versorgt werden mit Geld, das aus privaten Quellen kommt! Diese Kinder sind abhängig von der wohltätigen Initiative und den wohltätigen Spenden einzelner, von Menschen, die diesen Namen verdienen – wie zum Beispiel Fürstin Gracia Patricia, die in ihrem so kleinen Land so viel Gutes tut oder dafür sorgt, daß es getan wird – Sie haben es selber erlebt. Und derartige *Privatinitiative* gibt es unter jedem linken *und* unter jedem rechten Regime. Aber sie reicht nicht aus, sie reicht immer weniger aus! Und das ist – verzeihen Sie, ich rege mich immer wieder darüber auf, Herr Norton –, das ist die große, die ganz große Gemeinheit: Hier wie dort leiden durch diese Verhaltensweise die gleichen: Jene, die sich niemals wehren konnten und niemals werden wehren können. Jene, die immer und zu allen Zeiten betroffen sind – die Armen.«
»Da ist noch eine dritte Seite bei dieser Sache, Frau Doktor Reinhardt«, sagte ich. »Ich meine die Ärzte.«

7

»Wir Ärzte haben das Gebot: ›Du sollst nicht töten‹. Es spielt keine Rolle, daß es ein biblisches Gebot ist. Der Arzt hat – unter welchem Regime auch immer – deshalb eine so hohe Verantwortung, weil er letztlich nicht kontrolliert werden kann! Der Arzt – unter jedem Regime – ist dem einzelnen Menschen verantwortlich, und das heißt, daß immer ein Mensch einem Arzt ausgeliefert ist und sein wird. Unter solchen Voraussetzungen muß man vom Arzt die höchste Ethik verlangen! Jeder Arzt könnte vieles tun, was ihm niemals nachzuweisen wäre, das wissen Sie.«
»Ja«, sagte ich und sah zu Babs, die auf diese schreckliche Weise atmete.

»Also muß der Arzt seine Verpflichtung gegenüber den Menschen *in sich* tragen«, sagte Ruth Reinhardt. »Das soll nicht heißen, daß jeder Arzt dazu imstande ist. Es gibt auch unter anderen zu höherer Ethik verpflichteten Gruppen schlechte Menschen – unter Staatsanwälten, Politikern, Pfarrern etwa. Also warum nicht auch unter Ärzten? Ist das logisch?«
»Das ist logisch«, sagte ich und dachte, wie Logik und klares Denken die Angst bannen können. Meine Angst, zum Beispiel. Sie war sehr groß gewesen, als ich heute in die Klinik gekommen war. Sie war noch immer sehr groß – aber nicht mehr ganz so groß.
»Es ist logisch, und es ist schrecklich«, sagte Ruth Reinhardt. »Ich sage Ihnen, Herr Norton, es gibt keine noch so schöne Ideologie, die vom Menschen nicht mißbraucht wird. Schwache und schlechte Charaktere unter den Ärzten – auch unter Sozialarbeitern, Psychologen oder Soziologen – nützen das Problem der geschädigten Kinder aus, um sich zum Beispiel rasch ins Licht zu setzen, indem sie sich – scheinbar – mit ungeheurem Idealismus für jene Kinder einsetzen. Ich kenne übelste Fälle von Ärzten, die, einmal im Licht, beispielsweise Eltern etwas von ausländischen Präparaten erzählten, die Unsummen kosteten, aber sichere Besserung bringen sollten – und das bei absolut hoffnungslosen Fällen, und jene Ärzte wußten das! Sie betrogen die verzweifelten Eltern, sie logen ihnen etwas von Besserung vor, und sie verdienten Vermögen auf diese Weise. Das gibt es auch, Herr Norton. Ich kenne schlechte und mittelmäßige Ärzte und sogar gescheiterte Existenzen, die auf diese Weise hochgekommen sind und die nun verehrt werden wie Götter. ›Sozial‹ sein und ›human‹ sein kann in unserer Zeit viel Geld einbringen oder zu Titeln, Ehren und Macht führen.«
»Sie haben selber gesagt, auch Ärzte seien nur Menschen.«
»Stimmt«, sagte Ruth Reinhardt. »Doch der Arzt nimmt eine Sonderstellung ein. Der Arzt ist zur Erhaltung und Verlängerung des Lebens und zur Bekämpfung des Leidens verpflichtet. Je mehr er politischen Einflüssen oder gar politischem Zwang ausgesetzt ist – wie es zum Beispiel unter den Nazis der Fall war –, desto höher ist seine Verpflichtung, sich ausschließlich an den Hippokratischen Eid, an den er gebunden ist, zu halten.« Nun sah Ruth Reinhardt mich an. Sie sagte sehr klar und deutlich: »Ein Arzt darf also unter keinen Umständen töten. Der Eid des Hippokrates und, wenn Sie wollen, religiöse Gebote – wie das fünfte biblische – verpflichten jeden Arzt außerdem bedingungslos dazu, an keiner Art von Tötung auch nur mitzuwirken – und wenn er es mit dem schlimmsten Wasserkopf, dem ärgsten Spastiker zu tun hat. Er muß Leben erhalten. Er darf nicht töten.« Sie sprach nun mit wachsender Leidenschaft. »Wenn es jemals ein Gesetz geben sollte, das den Arzt zwingt – oder es ihm erlaubt –, den Hippokratischen Eid zu verletzen, dann sind den Folgen keine Schranken gesetzt!

Nach allen religiösen und philosophischen Prinzipien darf kein Mensch jemals der Tötung eines anderen Menschen zustimmen.«
Mein Herr Richter, ich schrieb eingangs in dieser Beichte über meine Erlebnisse, daß sie mich mit jenen im Dunkeln zusammenbringen sollten, die unermüdlich, immer aufs neue verzweifelnd, immer aufs neue Mut fassend, ihre Arbeit tun, ihr Leben hingeben für das Leben anderer. Ich schrieb, daß ich meinen Bericht abfassen mußte, nachdem ich jene Menschen kennengelernt habe. Vielleicht beginnen Sie zu verstehen, was ich damit meinte. Daß ich einen dieser Menschen, diese Frau Dr. Ruth Reinhardt, diese stille und kluge Helferin im Dunkeln, dann auch noch im Dunkeln jene Worte sagen hörte, die ich eben aufschreibe, ist kein erfundener Effekt – es ist, wie alles in diesem Bericht, die *Wahrheit*.
»Die einzige zulässige Euthanasie im Sinne des Wortes«, sagte Ruth Reinhardt, die Hände nun fest gegen die Brust gedrückt, »ist Sterbehilfe. Das heißt, daß der Arzt einen hoffnungslos Leidenden, der furchtbare Qualen durchmachen muß, einen Kranken, der nur noch mit dem Tod kämpft, daß er einen solchen Menschen von seiner Qual befreit – auch wenn dies das Leben des Patienten um ein geringes verkürzt. Hier, Herr Norton, besteht ein stillschweigendes Übereinkommen wohl aller Ärzte und Theoretiker, aller Philosophen und auch Priester, das besagt, daß dann – aber *nur* dann – Euthanasie erlaubt ist. Und zwar deshalb, weil Verminderung des Leidens in den ärztlichen Aufgabenbereich fällt. Wer ist der ›Übermensch‹, der ›Gottähnliche‹, der von uns allen die Grenze weiß?«
Ruth Reinhardt atmete tief. »Wenn ein Staat das Morden freigibt, Herr Norton – wo setzt sich das Morden fort? Hier also kann jeder verantwortungsbewußte Mensch nur schreien: *Nein!*«
Und danach war es wieder still, lange Zeit.
»Schwierig wird das Problem«, sagte Ruth Reinhardt endlich, »wenn es sich – und da denke ich allerdings auch an gewisse hoffnungslose Fälle von Kindern – darum handelt, jemanden mit einem sehr großen technischen Aufwand am Leben zu erhalten. Wenn also zum Beispiel ein hirngeschädigtes Kind derartige Atemstörungen hat, daß es drei Jahre an einer Beatmungsmaschine hängt, dann wissen wir: Sein Gehirn ist längst tot. Menschliches Leben ist daher nicht mehr möglich und wird es nie mehr sein. Dann, Herr Norton, darf man den Apparat abschalten, wenn das Beatmungsgerät für einen anderen Menschen gebraucht wird, der noch Lebenschancen hat. Das ist zu vertreten. Das ist aber nicht aktive, sondern passive Euthanasie. Dies sind Einzelfälle, die sich vernünftig und klar lösen lassen. Eine aktive Tötung – selbst auf Verlangen der Eltern! – kommt für keinen Arzt jemals in Frage.« Ruth Reinhardt sprach jetzt gehetzt, es war, als sei ein Staudamm gebrochen, ich hatte Mühe, ihren Worten zu folgen. »Und zwar deshalb nicht, weil es eine ungeheure menschliche Hybris ist zu

sagen, eine Existenz sei sinnlos! Wer, Herr Norton, maßt sich an, zu sagen, eine Existenz sei sinnvoll?«
Ich schwieg.
»Es ist sehr die Frage, ob ein Genie wie Einstein mit seiner Relativitätstheorie, die uns dann im Endeffekt die Atombombe bescherte, uns wirklich einen so großen Dienst erwiesen hat, ob er wirklich für den Fortschritt zum Guten gewirkt hat!«
Babs hustete kurz.
»Und könnte es nicht sein, daß ein hirngeschädigtes Kind, das immerhin vielleicht bei ein *paar* Menschen ehrlich menschliche Gefühle erweckt, daß so ein armes Kind in seiner Existenz viel sinnvoller ist als der größte Entdecker und Erfinder? Ich frage, Herr Norton: Woher nehmen wir die Kenntnis der Maßstäbe?«
»Sie haben recht, Frau Doktor«, antwortete ich.
»Ich weiß nicht, ob ich recht habe«, sagte sie. »*Eines* weiß ich *gewiß*: Es ist ein unerträglicher, ja verbrecherischer Hochmut, wenn ein Mensch über die Existenz eines anderen Menschen sagt, sie sei sinnvoll oder sie sei sinnlos. Niemals können wir verwirrten, ohnmächtigen Wesen, die wir auf dieser Erde herumkriechen, das entscheiden. Und niemals werden wir wissen können, welche Bedeutung ein menschliches Leben haben kann, welche unerhörte Bedeutung sogar – oder gerade! – in seiner tiefsten Erbärmlichkeit!«

8

An dem Abend, der diesem Vormittag folgte, fuhr ich dann mit Métro und Bus hinaus zu Professor Delamares Klinik und besuchte Sylvia. Sie stand unter der Wirkung von Beruhigungsmitteln, dafür hatte ich gesorgt, und sie sprach wieder langsam und verschmiert und wollte natürlich wissen, wie es Babs gehe. Und natürlich sagte ich ihr, Babs gehe es, seit sie das neue Mittel bekomme – vom ersten Moment an habe da die Wirkung eingesetzt! –, ungemein besser, unvergleichlich besser. »Also wirklich, mein Hexlein, du kannst vollkommen beruhigt sein.«
»Ja, kann ich?«
»Ich schwöre es dir . . . bei meiner Liebe zu dir . . . bei meinem Leben«, erklärte ich sofort. Ich schwor noch bei einer ganzen Menge anderer Dinge. Mit Sylvia hatte ich es an diesem Tage leicht. Sie sagte, wie glücklich sie sei. Dann sagte sie mir, wie sehr sie mich liebe, daß sie nie mehr ohne mich leben könne, daß sie mich töten werde, wenn ich sie jemals mit einer anderen Frau usw., usw., usw. Es war also bald wie immer. Das heißt, nein, ein wenig anders war es doch. Bracken und ich hatten ihr doch gesagt, daß ich nicht mehr im LE MONDE wohne, wegen der Reporter, sondern im Studio

eines Freundes, der verreist sei. Im Siebenten Arrondissement, in der Avenue de Saxe. Und kein Telefon. Leider. Da ging es also los: Was für ein Freund? – Jack Ronston. – Wohin verreist? – Indien. – Wieso kannte sie diesen Jack Ronston nicht? Kein Wort glaubte sie mir! Mit einer Hure lebte ich und machte mir ein schönes Leben, während sie hier in einer Klinik lag und Babs, das arme Kind, so schwer erkrankt, in einer anderen. Da begann dann, sogleich nach dem Liebesgestammel, ein solches Getobe, daß Schwester Hélène hereingelaufen kam, um zu sehen, was los war.
Sylvia nahm sich vorübergehend zusammen und lächelte wie eine Botticelli-Venus. Schon eine große Schauspielerin – alles, was wahr ist.
Kaum war Schwester Hélène draußen, ging die Sache weiter, diesmal leiser. Sylvia Moran ist ein absoluter Vulkan, ein Orkan, was Sie wollen. Ich habe einmal erlebt, wie die Magnani dem Roberto Rossellini eine Szene wegen der Bergman machte, in einem Lokal in Rom. Und die Magnani, Sie wissen es, hatte es auch in sich, mein lieber Mann. Aber dagegen Sylvia – überhaupt kein Vergleich! Ich ließ alles ruhig über mich ergehen und schwor nur immer wieder bei allem, was mir gerade einfiel, daß ich Sylvia niemals betrügen würde oder auch nur könnte (bei allem schwor ich, nur nicht beim Leben von Babs, seltsam, nicht wahr?). Ich war dabei ganz beruhigt. Hatte ich Sylvia nicht eine falsche Adresse genannt? Hatte ich nicht gesagt, in dem Studio gebe es kein Telefon? So war es mit Rod Bracken besprochen worden, als ich mit ihm im LE MONDE telefonierte – ja, es war zuerst seine Idee gewesen. Noch nie zuvor hatte ich so innig mit Bracken zusammenarbeiten müssen, noch nie zuvor war der eine vom anderen abhängiger gewesen – und das sollte bald schon noch viel ärger werden.
»Wenn du mir nicht glaubst, frag doch Rod!« sagte ich.
»Rod und du – ihr steckt doch unter einer Decke!«
Dann machte ich meine Plüschaugen und war sehr traurig und sagte, ich hätte das wohl nicht von ihr verdient, nun, da ich mich so um Babs sorge und überhaupt, daß Sylvia ausgerechnet jetzt an meiner Liebe zweifele und mir eine solche Niedertracht zutraue – mit einer anderen Frau zu schlafen, wenn Babs doch in einem Krankenbett liege und sie auch . . .
Das wirkte.
Sie schämte sich und küßte meine Hände und fragte, ob ich ihr verzeihen könne, es sei doch nur Liebe, die sie so eifersüchtig mache und so ungerecht und mißtrauisch, nur Liebe!
Na ja, ich verzieh ihr, mein Herr Richter, und dabei dachte ich darüber nach, wie wirklich ungerecht Sylvia mich verdächtigte. Natürlich hatte ich sie belogen, natürlich schlief ich mit einer anderen Frau. Doch mit dieser Frau, mit der ich schlief, mit der kleinen Suzy, mit der betrog ich Sylvia nicht im wirklichen, ernsten Sinn des Wortes. Wenn ich sie betrog, und das tat ich, dann mit einer anderen Frau. Mit einer, die ich noch nicht angerührt

hatte, die ich nicht anzurühren gewagt hätte, mit einer Frau, die ich – das wurde mir während unseres Streites klar, jäh, erschreckend, grell, mein Herr Richter – mit einer Frau, die ich wirklich zu lieben begonnen hatte auf eine Art, auf die ich noch niemals geliebt hatte zuvor.

9

Sie haben, mein Herr Richter, nach meiner Verhaftung und Einlieferung in dieses Untersuchungsgefängnis auch eine Reihe von Tagebüchern von der Polizei erhalten, die all meinen persönlichen Besitz beschlagnahmt hat. Ich habe Ihnen erklärt, daß ich diesen Bericht nur abfassen könne, wenn Sie mir jene Tagebücher, die ich in einer ganz persönlichen Geheimschrift abgefaßt habe, zur Verfügung stellen. Das haben Sie getan. Die Tagebücher liegen vor mir.
Ich habe ein Tagebuch aus dem Jahr 1971 geöffnet – es sind lauter ziemlich dicke Bücher mit harten, grünen Einbänden und linierten Seiten, und ich werde nun über die Ereignisse bis zum Tag der Katastrophe anhand meiner Aufzeichnungen berichten.
Unter dem Datum des 27. November finde ich, verschlüsselt und sehr verkürzt, Anmerkungen über meinen Besuch bei Sylvia, über die Szene, die sie mir machte, und wie ich sie beruhigte und wie ich, *voll Erschrecken*, feststellte, daß ich begonnen hatte, Ruth zu lieben. (All das, worüber wir am Vormittag im Hospital gesprochen hatten, steht auch unter diesem Datum, es ist sehr ausführlich festgehalten, darum konnte ich es, nach so langer Zeit, auch noch so exakt wiedergeben.) Dann sehe ich, daß Suzy für mich an diesem Abend grüne Bohnen mit Hammelfleisch gekocht hat, weil sie wußte, daß ich dies so gern esse. Suzy hat sich unerhört mitfühlend benommen, was Babs anging, und sie hat mich dazu gebracht, noch einmal im Hôpital Sainte-Bernadette anzurufen, um zu fragen, wie es Babs gehe.
Ich erinnere mich, da ich diese Aufzeichnungen nun in dem alten Tagebuch lese, daran, daß ich mit Sehnsucht und Beklemmung, aber mehr mit Beklemmung, erwartete, Ruths Stimme zu hören. Sie meldete sich nicht. Sie sei bereits heimgefahren, sagte mir eine Schwester, die mich dann mit einem Arzt verband, der bei Babs Nachtdienst hatte. Es gehe Babs wie am Morgen, sagte er. Vielleicht etwas besser. Babs schlief und schlief und schlief. Das sei, sagte jener fremde Arzt mir, aber ein typisches Symptom bei Meningo-Encephalitis. Kein Grund zur Sorge – im Moment wenigstens. Im Krankenhaus hatten sie meine Nummer (Suzys Nummer). Man werde sofort anrufen, wenn sich im Befinden des Kindes etwas verschlechtere, versprach jener Arzt mir. Das sagte ich dann telefonisch auch Bracken, der im LE MONDE auf mich wartete.
Danach, so entnehme ich meinem Tagebuch, betrank ich mich mit Suzy.

Wir schliefen auch wieder miteinander, ersehe ich aus meinen Aufzeichnungen, und während wir es taten, mußte ich dauernd an Ruth denken, was die Sache für mich dann so erschwerte, daß ich Suzy auf andere Weise befriedigen mußte. Zuletzt steht unter dem Datum dieses Tages: Kein Schlaf. Stehe auf und sitze im Wohnzimmer im Finstern. Frühstück mit Suzy um sechs. Sie ist sehr freundlich und sehr traurig. Als ich sie frage, was sie hat, antwortet sie: »Das weißt du so gut wie ich. Schade. Ich habe kein Glück bei den Männern, die ich liebe. Ich wünsche der anderen Frau viel Glück.«

10

Sonntag, 28. November 1971: Schon um 8 Uhr im Krankenhaus. Dr. Sigrand und Ruth. Dr. Sigrand besonders liebenswürdig. Ruth sehr kühl im Vergleich zu gestern. (Oder kommt mir das nur so vor?) Babs relativ gute Nacht. 40.2 am Morgen. Fieberdelirien. Unruhezustände. Blitzartige Zukkungen der Muskeln. Ärzte erklären: Alles normal, sind zufrieden. Bleibe den ganzen Tag in der Klinik. Sitze am Nachmittag stundenlang allein bei Babs. Wenn ich einmal auf den Gang hinausgehe, sehe ich viele Eltern zu Besuch auf dieser Kinderstation. Arme und Reiche, alles durcheinander. Die Trauer auf den Gesichtern erschreckt mich sehr. Zu Sylvia. Erzähle ihr, daß es Babs weiter besser geht. Sie macht einen ruhigen und zufriedenen Eindruck. Sie glaubt, was ich sage (?). Sehr müde. Früh ins Bett. Tiefer Schlaf.
Montag, 29. November 1971: 8 Uhr früh Hospital. Ruth heute wieder viel freundlicher. (Alles Einbildung! Ich bin verrückt. Ich liebe. Ruth ist immer gleich freundlich, *so* sieht das aus.) Babs: Unverändert. Den ganzen Tag im Krankenhaus. Babs kommt am Nachmittag für kurze Zeit zu sich. Sieht mich, erkennt mich aber nicht. Schlägt wieder nach mir und schreit sich in Hysterie. Ruth sagt, ich müsse das Zimmer verlassen. Zu Sylvia: Babs geht es weiter besser, sage ich. In zwei Tagen wird man ihr den schweren Verband abnehmen, sagt sie, in drei Tagen die Fäden ziehen. Zu Suzy. Tel. Rod. Habe beim Rennen in Auteuil über 65.000 Neue Francs gewonnen. Lucien hat es Rod gesagt, er war auf dem Rennplatz. Sage Rod, er soll dem Nachtportier 10.000 als Geschenk von mir geben und den Rest aufbewahren. Sage Rod stets die Wahrheit über Babs' Zustand. Er muß sie kennen. Suzy: Anruf von ihrem kleinen Grafen aus Acapulco um Mitternacht. Er bleibt noch drei Wochen und liebt sie unendlich. Coitus. Tiefer Schlaf.
Dienstag, 30. November 1971: Ganzen Tag im Hospital. Ruth nimmt mich auf meinen Wunsch zur Visite mit. (Ich erhalte weißen Mantel.) Manche Kinder sehen so schrecklich aus, daß ich wegschauen muß. Wasserköpfe – Köpfe zweimal so groß wie der Körper. Kann nicht weiter mit Ruth gehen.

Flüchte zu Babs. Die schläft. Fieber unter 40 gesunken. Ruth kommt. Babs für eine Stunde wach, wenn auch desorientiert. Mit linkem Arm und linkem Bein etwas nicht in Ordnung. Bewegt beide viel schwerfälliger als die rechten Extremitäten. Ruth sagt, das sei Teil des natürlichen Krankheitsablaufs. »Sie glauben mir nicht, Herr Norton, nicht wahr?« – »Nein«, sage ich. Und dann schnell: »Ja. Ja doch! Ihnen glaube ich.« Zu Sylvia: Babs geht es weiter besser. Sylvia glücklich. Aufgeregt, weil morgen Verband wegkommt und sie zum ersten Mal ihr Gesicht wieder sehen wird. Suzy hat Puppe für Babs gekauft, ich soll sie ihr ins Hospital mitbringen. Täglich Tel. mit Rod. Der ruft jede Nacht Joe Gintzburger in Hollywood an. Auf meine Anordnung erklärt er Joe stets, es gehe Babs besser und besser. Rod meint, Joe glaube ihm nicht.
Mittwoch, 1. Dezember 1971: In der Métro lasse ich Suzys Puppe für Babs absichtlich liegen. Danach schlechtes Gewissen. Babs: Fieber sinkt. Sie atmet normaler. Bewußtseinstrübungen. Immer weiter Unruhezustände. Plötzlich Wutanfälle. Behandlung mit neuem Mittel. Babs erkennt mich nicht. An diesem Tag zwei Anfälle. ›Lokalisierte‹ Krämpfe nennt Ruth sie. Sigrand spricht von ›generalisierten‹ Krämpfen. Also was?! Zu Sylvia: Tiefst deprimiert. Hat sich im Spiegel gesehen, als Verband abgenommen wurde. Erwartete wohl, bildschön zu sein. Gesicht ist völlig verschwollen und in allen Farben aufgedunsen wie bei einem Boxer nach der 10. Runde. Zwei Stunden trösten. Natürlich geht das vorbei, klar – aber Sylvia will es nicht glauben. Weint. Fragt kaum nach Babs. Völlig mit eigenen Sorgen beschäftigt. Abends gebe ich Suzy Kuß und sage, der käme von Babs, die sich so über die Puppe gefreut hat. Suzy heult. Sentimental. Besäuft sich. Schläft beim Fernsehen ein. Ziehe sie aus und bringe sie zu Bett. Kaum Schlaf.
Donnerstag, 2. Dezember 1971: Wie immer schon um 8 Uhr im Hospital. Fahre nur Métro und Bus. Babs: 39,7. Orientiertheit nimmt zu. Aber neues erschreckendes Symptom: Sie schielt! Nach innen. Ruth: Augenmuskellähmung, geht vorbei. Und der linke Arm und das linke Bein? Babs kann sie nur noch mit Mühe bewegen. Geht auch vorbei, sagt Ruth. Alles vorübergehend. Bin *sehr* beunruhigt. Ruth sagt: »Jede dunkle Nacht hat ein helles Ende.« Wie vielen Menschen hat sie das schon gesagt?
Und dann zu Sylvia. Die ist völlig mit sich beschäftigt. Delamare hat sie versaut! Sie wird ihn verklagen! Er ist ein Verbrecher! Ihr Gesicht ist ruiniert! Nie wieder wird sie sich auch nur sehen lassen können! Hysterie, Tränen usw. usw. Babs – Lügen wie gewöhnlich. Ich habe das Gefühl, Sylvia hört gar nicht zu. Habe meine dunkle Brille verloren. Sehr erschöpft zu Suzy. Früh zu Bett. 19.45 Uhr Telefon. Suzy hebt ab. Für mich. Professor Delamare. Absolut außer sich: Eben wurde bemerkt, daß Sylvia verschwunden ist. Suche nach ihr vergebens. Nicht zu finden. Delamare in

Panik. Ich auch. Was tun? Ich sage, ich rufe in fünf Minuten zurück. Will gerade Bracken anrufen, da läutet das Telefon wieder. Am Apparat ist Ruth. Sie sagt . . .

11

».. . Sylvia Moran ist hier.«
»Wo hier?« fragte ich. Ich mußte mich setzen.
»Hier, im Hôpital Sainte-Bernadette. Das ist eine üble Geschichte, Herr Norton.«
»Müssen Sie mir sagen!«
»Was ist los?« fragte Suzy, die herangekommen war. Sie trug ein Baby-Doll-Hemdchen, kein Höschen.
»Ruhig«, sagte ich.
»Bitte?« fragte Ruth.
»Nichts. Wie ist Mrs. Moran in das Krankenhaus gekommen?«
»Genau werden wir das nie erfahren. Als der Nachtarzt mich weckte, war schon alles passiert.«
»Wo sind Sie jetzt, Frau Doktor?«
»Im Hospital. Sofort hergefahren. Doktor Sigrand ist auch da. Der Nachtportier beim Eingang zum Krankenhausgelände hat gesagt, da sei eine Frau zu ihm gekommen. Eine Nonne, sagt er, die habe ihm erklärt, sie sei angerufen worden. Sie solle sofort kommen zu einem kranken Kind. Die Moran hat einen falschen Namen genannt. Fürs Kind und sich selber.«
»Schlau.«
»Die war noch viel schlauer.«
»Warum?«
»Der Nachtpförtner hat gesagt, er muß erst die Station und den Arzt anrufen. Er ist in sein Häuschen gelaufen – Sie kennen es ja. Wenn so etwas einmal schiefzugehen beginnt, geht alles schief, darauf kann man sich verlassen. Der Pförtner konnte prompt den Nachtarzt nicht gleich erreichen. Eine Schwester sagte, sie werde ihn ausrufen lassen, und bat um ein paar Minuten Geduld. Der Pförtner wollte das der Nonne sagen . . .«
»Wieso kam Sylvia als Nonne?«
»Sage ich Ihnen gleich. Sie trug auch eine Brille mit dunklen Gläsern.«
»Das ist meine! Ich habe sie verloren. Vermutlich bei Sylvia in der Klinik. Und sie hat sie geklaut . . .«
»Vermutlich.«
»Das ist . . .«
»Keine Zeit jetzt für lange Debatten, Herr Norton. Der Nachtpförtner hatte jedenfalls keine Ahnung, wer da vor ihm stand. Und als er aus seinem Häuschen kam, war Mrs. Moran weg.«

»Weg wohin?«
»In die Hals-Nasen-Ohren-Station. Sie muß genau gewußt haben, wo die liegt. Sie muß genau gewußt haben, wo Babs liegt. Um diese Zeit ist es sehr still hier. Mrs. Moran hatte es leicht. Sie haben ihr genau beschrieben, wie man zu Babs kommt, ja?«
Ich mußte mich zweimal räuspern, bevor ich überhaupt ein Geräusch von mir geben konnte.
»Haben Sie? Ich verstehe Sie nicht!«
»Ja, habe ich, leider.«
»So stellten wir uns das vor. Es gelang Mrs. Moran, in Babs' Zimmer zu kommen. Dann wurde eine Schwester auf dem Gang durch Geschrei aufmerksam und sah nach. Schöner Anblick: Babs, aus dem Schlaf gerissen, tobend, kreischend, nach der Mutter schlagend. Die Mutter auf den Fußboden gesunken, gleichfalls schreiend, heulend, schluchzend, in drei Sprachen stammelnd. Zusammengeklappt, als sie Babs so wiedersah, klar.«
»Klar«, sagte ich.
»Der Höllenspektakel weckte die ganze Station. Mrs. Moran benahm sich wie wahnsinnig. Und Babs bekam prompt wieder einen Anfall. Zuletzt waren da drei Nachtärzte und vier Schwestern beschäftigt. Einem der Ärzte gelang es endlich, Mrs. Moran eine Spritze zu geben. Zum Beruhigen. Inzwischen hatten andere Schwestern Doktor Sigrand und mich alarmiert. Als ich ankam, war Mrs. Moran in ein leeres Zimmer gelegt worden. Die Spritze wirkte – noch nicht sehr. Die Spritze, die sie Babs geben mußten, wirkte sofort. Babs schläft wieder. Aber Sylvia Moran nicht!«
»Verflucht«, sagte ich. »Das ist ja reiner Wahnsinn, was sie da getan hat.«
»Sie können auch sagen, sie hat es aus reiner Mutterliebe getan.«
»Aber sie war doch ganz friedlich und glaubte mir alles, was ich ihr erzählte über Babs, als ich am Abend bei ihr war – daß es Babs besser geht und so weiter . . .«
»Kein Wort hat sie Ihnen geglaubt, Herr Norton! Eine große Schauspielerin, wirklich. Sie hat gefühlt, daß sie belogen wird.«
Suzy hatte sich eine Zigarette angezündet und sah mich an. »Was Schlimmes?« flüsterte sie.
Ich nickte.
»Wie kam sie aber aus der Klinik von Professor Delamare raus?«
»Auch sehr schlau. Schlich aus ihrem Zimmer zum Schwesternzimmer. Da hing der Umhang der Nachtschwester – Hélène heißt die, wie?«
»Ja. Hélène vertritt noch immer zwei andere . . .«
»Aha. Mrs. Moran nahm den Umhang. Die weiße Haube. Ihre Kleider hatte sie sich in ihrem Krankenzimmer angezogen. Den Umhang also drüber. Unten, bei der Kontrolle, den Kopf weggewandt, Hélènes Stimme

nachgemacht, gute Nacht gesagt – die richtige Hélène war im Begriff, heimzufahren –, na, und der Kerl, der da aufpaßt, sah nicht richtig hin und nickte nur und öffnete das Tor – für Sylvia Moran! Das haben wir inzwischen herausgekriegt. Danach ist sie durch den Regen hierher gelaufen.«
Ich fluchte.
»Fluchen Sie nicht, Herr Norton«, sagte Ruths Stimme. »Versetzen Sie sich in Mrs. Morans Lage. Das soll man immer tun – sich in die Lage des anderen versetzen.«
»Okay, okay.« Ich machte Suzy ein Zeichen, daß ich dringend etwas trinken mußte. Enger und enger wurde der Ring um mich, der Ring der Jäger und der Hunde. »Wunderbare Mutter. Erschütterndes Beispiel von Liebe. Mir kommen Tränen. Ich sehe jetzt erst, was ich an Sylvia habe, was für ein wertvoller Mensch sie . . .«
»Herr Norton!« Zum erstenmal klang ihre Stimme scharf.
»Ja, Frau Doktor?«
»Lassen Sie das! Sagen Sie mir lieber, was nun geschehen soll!«
»Das frage ich Sie!«
»Nein, die Frage müssen *Sie* beantworten! Mrs. Moran kann hier nicht bleiben. Sie muß zu Professor Delamare zurück. So schnell wie möglich. Und, in Ihrer beider Interesse, so, daß es niemand merkt.«
»Wie macht man das?«
»Das weiß ich nicht. Besonders in Anbetracht von Mrs. Morans Zustand. Tut mir leid, da müssen Sie sich etwas einfallen lassen. Und beeilen Sie sich, die Moran kann hier nicht allzulange bleiben, sonst entstehen Gerüchte. Ich hänge jetzt ein. Ich muß mich um Babs kümmern. Doktor Sigrand ist bei der Mutter. Rufen Sie an, sobald Sie einen Weg gefunden haben. Aber rufen Sie bald an – es geht jetzt um die Zukunft von Mrs. Moran . . . und um die *Ihre!*«
Klick! Sie hatte eingehängt.
Suzy kam mit einem großen Glas voll Calvados.
Ich trank es in zwei Schlucken leer.
»Ich habe mitgekriegt, was passiert ist«, sagte Suzy, mich streichelnd. »Deine Hure ist im Hospital, und du mußt sehen, wie du sie da wieder raus und zurück zum Professor bringst, wie?«
Ich nickte. Ich konnte vor Wut nicht reden. Speiübel war mir vor Wut. *Mutterliebe!* Genau das, was mir noch gefehlt hatte! Aber Sylvia mußte zurück zu Delamare, schnellstens, unerkannt, sonst war unsere Zukunft im Eimer, da hatte Ruth recht.
Also los, laß dir was einfallen, Playboy. Mach einen schönen Plan, Playboy, es geht um dein Wohlleben! Los, tu was, Gigolo! Armer Gigolo. Schöner Gigolo. Vorwärts mit dir. Man zahlt, und du mußt tanzen.

12

Etwa eine Stunde später fuhr ein Lieferwagen in den Hof der Hals-Nasen-Ohren-Klinik des Hôpital Sainte-Bernadette an der Rue de Longchamps. Es war ein gelbgestrichener geschlossener Wagen mit der Aufschrift BLANCHISSERIE IMPERIALE auf beiden Seiten, darunter standen Adresse und Telefonnummer. Zwei Männer in gelben Overalls saßen darin. Der am Steuer sagte: »So weit wären wir also.«

»Das Schlimmste kommt noch«, sagte ich, auf dem Beifahrersitz.

»Dann also mit Gott«, sagte Rod Bracken, am Steuer.

»Raus!« sagte ich.

Wir kletterten ins Freie. Im Hof war es sehr dunkel.

»Wo ist das?« fragte Bracken.

»Da drüben.« Wir gingen in den Eingang der Hals-Nasen-Ohren-Klinik hinein und nahmen den Lastenaufzug. (Ich schwachsinniger Idiotenidiot hatte Sylvia tatsächlich ganz genau erklärt, wie man zu Babs kam!) Der Aufzug ruckelte diesmal ein wenig. Es war jetzt 20 Uhr 35. Und es hatte wieder zu regnen begonnen in Paris . . .

Damit Sie im Bilde sind, mein Herr Richter:

Nach Ruths Anruf bei Suzy hatte ich eine Weile nachgedacht. Dann war mir ein Einfall gekommen. Ich rief das LE MONDE an. Zu dieser Zeit war die Telefonzentrale noch besetzt, aber die Nachtportiers hatten schon ihren Dienst angetreten.

»Guten Abend. Portier, bitte.«

»Sofort, Monsieur.«

»Und ich kann wirklich nichts tun, gar nichts?« fragte Suzy, in ihrem Baby-Doll-Hemdchen.

»Doch.«

»Was?«

»Deinen Mund halten jetzt, mon petit chou.«

»Portier. Guten Abend!« Als ich diese Stimme hörte, fühlte ich mich besser. Es war die Stimme meines Freundes Lucien Bayard. »Oh, Monsieur Kaven . . .«

»Pscht. Können Sie fünf Minuten weg von Ihrem Desk?«

»Gewiß. Warum?«

»Neben den Lifts haben Sie dort zwei öffentliche Telefonzellen. Ich gebe Ihnen jetzt eine Nummer. Rufen Sie mich an.« Das fehlte mir noch, daß irgendein Mäuschen aus der Zentrale mithörte, zum Spaßvergnügen. Ich war doch in Madrid, nicht wahr? Lucien rief schon nach zwei Minuten zurück. Ich brauchte ihm die Vorgeschichte nicht zu erklären, die hatte er ja miterlebt.

»Jetzt ist was ganz Scheußliches passiert, Monsieur Lucien. Madame

Moran ist in das Hôpital Sainte-Bernadette gelaufen, weil sie unbedingt ihre Tochter sehen wollte. Sie hat es nicht mehr ausgehalten, sie ist aus ihrer Klinik ausgerissen.«
»Merde, alors!«
»Kann man wohl sagen. Ich muß sie schnellstens zurückbringen, Monsieur Lucien – aber so, daß das niemand merkt.« Rod hatte ihm auch von dem Lifting erzählt. »Sie können doch alles. Sie schaffen doch alles. Bitte, helfen Sie mir, Monsieur Lucien. Was können wir tun?«
Er dachte kurz nach, dann: »Mit einem Wagen vom Hotel geht das nicht – zu gefährlich. Taxis ausgeschlossen. Da gibt's nur eines: die Wäscherei.«
»Was?«
»Na, wir haben doch eine Großwäscherei, Monsieur Kaven. Jedes Hotel hat eine. Jedes Krankenhaus auch. Fällt also nicht auf, wenn Sie da mit so einem Wäscherei-Auto erscheinen. Für uns arbeitet die Großwäscherei ›Imperiale‹. Da ist ein alter Wagenmeister, der schläft immer bei der Garage, in der alle Autos stehen. Ganz armes Schwein.«
»Wieso ganz armes Schwein?«
»Leiht sich dauernd Geld bei mir. Die Pferdchen, hélas! Verliert immer. Zahlt und zahlt nicht zurück. Ist das nicht ein ganz armes Schwein? Was soll ich machen? Gott sei Dank ist das so. Denn diesen Wagenmeister rufe ich jetzt an. Der erweist mir jeden Gefallen! Sie rufen Monsieur Bracken an. Ich gebe ihm die Adresse von der Großwäscherei. Er fährt mit einem Taxi hin. Kriegt einen Wagen . . .«
»Und wenn nicht?«
»Der kriegt einen, seien Sie ganz ruhig, Monsieur. Mein armes, altes Schwein tut einfach alles für mich. Er bekommt doch immer noch wieder Geld von mir – einmal *muß* er doch gewinnen, nicht wahr, es ist die einzige Möglichkeit, vielleicht mein Geld wiederzusehen. Ach ja, Overalls muß er Ihnen auch noch geben. Damit es echt aussieht. Kriegen Sie. Kriegen Sie alles, Monsieur Kaven. Monsieur Bracken fährt los, und Sie warten irgendwo auf ihn, und da nimmt er Sie dann mit, und so kommen Sie in das Krankenhaus, kein Mensch stellt Fragen, ich weiß, die sind auch Kunden bei ›Imperiale‹. Sie können gehen, wohin Sie wollen mit Ihren Overalls. Und so bringen Sie Madame ganz leicht wieder aus dem Krankenhaus raus.«
»Monsieur Lucien, das werde ich Ihnen niemals vergessen!«
»Ach bitte, hören Sie auf, Monsieur Kaven. Ist doch selbstverständlich, daß ich Ihnen helfe, wann immer ich kann. Was wollte ich noch sagen? Ach ja, etwas ganz Wichtiges, Monsieur!«
»Was?«
»Der Sonntag in Auteuil war doch ein warmer Regen, wie?«
»Wahrhaftig.«

»Ich danke herzlichst für Ihr so großes Geschenk, Monsieur. Und da ist nun das Wichtigste: Am nächsten Sonntag gibt es ein hochinteressantes Rennen in Chantilly. Da sind zwei Pferdchen, Monsieur, zwei Pferdchen, die verfolge ich schon seit einem Jahr, ›King's Twist‹ und ›Le Parleur‹, also die beiden sind sensationell, wirklich . . . Sie müßten unbedingt . . .«
Na ja, mein Herr Richter, natürlich mußte ich dann unbedingt. Und ich sagte Lucien wieder, er solle nach eigenem Ermessen setzen – da fühlt er sich immer ganz besonders geehrt.
Dann rief ich Bracken an und erzählte ihm, was geschehen war, und er fluchte wie ein ganzes Hurenrudel, aber ich unterbrach ihn und sagte ihm, er solle in die Halle und zu Lucien gehen und sich die Adresse dieser Großwäscherei geben lassen. Mich sollte er vor einer Buchhandlung an der Avenue de la Grande Armée auflesen, ich würde da warten. Ich beschrieb ihm exakt, wo diese Buchhandlung war. Dann hängte ich ein und rief wieder das Krankenhaus an. Ich sagte Ruth, was wir vorhatten. Sie war einverstanden. Ich zog mich eilig an, Suzy rief ein Taxi. Zum Abschied, nachdem sie mich geküßt hatte, schlug sie mit dem Finger ein Kreuz auf meine Stirn, also wahrhaftig.
Es klappte alles exakt. Bracken kam mit dem Wäschereiwagen die Avenue de la Grande Armée herauf, hielt vor der Buchhandlung, ich stieg ein, und er fuhr weiter. Er hatte schon seinen Overall an. Ich zog den zweiten über meinen Anzug, Hut und Mantel ließ ich im Wagen. Auf den Brusttaschen unserer gelben Overalls waren die Worte BLANCHISSERIE IMPERIALE eingestickt. Schön groß und schön rot . . .
Nun hielt der Lift. Wir stiegen aus und eilten den Gang des Verwaltungstraktes hinunter. Kein Mensch beachtete uns. Diesmal liefen hier keine Fernsehapparate. Die Geisel-Affäre war inzwischen längst – nach über hundert Stunden – ohne Blutvergießen zu einem Abschluß gebracht worden, der so aussah, daß die Terroristen genau das erreicht hatten, was sie wollten. Ich dachte und ich erinnere mich noch genau daran: Wenn mir in der nächsten Zeit irgendein dämlicher Hund mit diesem ›Bona causa triumphat‹ kommt, klebe ich ihm ein paar. ›Die gute Sache siegt‹ – darüber kann man in unserer Zeit ja nur noch lachen!
Ich erreichte mit Bracken Ruths Sprechzimmer. Ich klopfte. Wir traten ein. Ruth saß an ihrem überladenen Schreibtisch, sie hatte den Stuhl umgedreht und blickte uns entgegen. Sie sah verstört und zugleich ängstlich aus.
»Das ging schnell«, sagte Ruth.
»Wo ist Sylvia?« fragte ich.
»Kommen Sie mit. Ich führe Sie zu ihr.«

13

THE BEAUTY – DIE SCHÖNHEIT.

Da lag sie auf einem Bett in einem kleinen, abseits gelegenen Zimmer, neben ihr saß ein wahrer Athlet von Arzt. Die wollten hier kein Risiko eingehen, Ruth und Dr. Sigrand. Die hatten schon genug erlebt mit Sylvia Moran. Sie sah Bracken und mich an, als wir hereinkamen. Es gab tatsächlich nur ein Bett und einen Stuhl in diesem winzigen Zimmer. Auf dem Stuhl saß der Arzt. Er hatte seine Augen auf Sylvia gerichtet, auf sie zu achten war sein Auftrag, alles andere war ihm egal. Guter Arzt. Ruth sagte mir leise, sie sei bei Babs, falls ich sie suche, und verschwand sofort. Na ja, und dann standen eben nur wir beide Sylvia gegenüber – Rod und ich. Sie starrte uns entgegen. Sie weinte. Das Gesicht war immer noch total verquollen. Blutergüsse unter den verheulten Augen und an vielen anderen Stellen. Grüne, schwarze, gelbe und braune Flecken hatte dieses Gesicht, Sie können sich das einfach nicht vorstellen, mein Herr Richter. Das war nicht nur ein frisch geliftetes Gesicht. Der Besitzerin dieses Gesichtes war eben noch etwas zugestoßen, seelisch, und auf dem Gesicht hinterläßt auch so etwas seine Spuren. Es war das erste Mal, daß mir Sylvia leid tat. Dieses Gesicht . . .

»Sag mal, bist du wahnsinnig geworden, du undankbare . . .«, begann Bracken, aber ich unterbrach ihn.

»Halt's Maul«, sagte ich zu Bracken. »Halt bloß dein dämliches Maul.« Ich trat an Sylvias Bett. Der Arzt nickte mir kurz zu. Dann sah er wieder Sylvia an. Eben sein Auftrag.

»Mein armes Hexlein«, sagte ich. Und zum erstenmal sagte ich es ehrlich, zärtlich. Sie sah einfach zu schlimm aus, und sie hatte schließlich ihr Kind sehen wollen, nicht wahr?

»Hund«, sagte sie. »Dreckiger Hund.« Sie sprach langsam. Suchte nach jedem Wort, wie es schien. Und dauernd rannen Tränen über das Gesicht, das aussah wie eine vier Wochen alte Tischdecke in der miesesten Pizzeria von Neapel.

»Was ist mit ihr?« fragte ich den Arzt.

Der sagte, ohne aufzusehen: »Neuroleptika. Schwerste Mittel. Sie müßte eigentlich längst schlafen. Ich verstehe das nicht.«

Weil du nicht weißt, was Sylvia an Alkoholmengen gewöhnt ist, dachte ich. Das Licht in diesem Zimmer kam von einer starken Wandlampe. Ich sah, daß Sylvias Strümpfe zum Teil heruntergerutscht und zerrissen waren. Naß auch. Naß wie die Schuhe. Sie hatte Seidenschuhe angezogen – wahrscheinlich hatte sie in der Eile nichts anderes gefunden –, und die waren so naß und verdreckt vom Regen, daß sich die Sohlen lösten. Ein Strumpf war zerrissen, am Fuß, ich sah es durch die gelöste Sohle. Weiße

Zehe. Nein, auch die Zehe dreckig. Ein Nachmittagskleid von Dior – schwarze Seide. Gleichfalls verdreckt, verrutscht und zerrissen. Hélènes Schwesternumhang lag über der Bettlehne, unten. Völlig durchweicht. Da hatte sich eine Pfütze gebildet. Hélènes Haube, dieses komplizierte weiße Ding, war nun ein nasser Lappen und lag auf dem Umhang. Und neben Sylvia, auf der Decke, erblickte ich meine Brille mit den dunklen Gläsern. Also doch geklaut! Unter der Brille noch ein Kopftuch; Sylvia hatte es wohl am Kinn zugeknüpft, um ihr Gesicht zum Teil zu verbergen. Ein Tuch von ›Hermés‹. Das mußte man einem aber sagen, wenn man das Tuch jetzt sah, zerdrückt, schmutzig, naß. Schönes Tuch war das mal gewesen, ich erinnerte mich noch daran. So gekleidet war Sylvia von der Rue Cavé bis hierher gelaufen, durch die Nacht und den Regen.
»Schwein«, sagte sie zu mir.
Na, laß man.
»Lügner. Schwein und Lügner. Babs geht es besser, ja? Habe gewußt, daß du lügst. Darum bin ich hergekommen.«
Was sagt man da? Nichts sagt man da. Ich sagte nichts.
»Babs. Meine arme Babs. Und ich bin schuld. Gott straft mich.«
Ich sah Bracken an, der nickte und ging aus dem Zimmer.
»Aber warum straft er Babs? Meine Babs! Alles, was ich habe auf der Welt. Warum? Warum muß *sie* jetzt so leiden? Sie hat mich nicht erkannt. Hat geschrien. Nach mir getreten. Ich will sterben«, sagte Sylvia mit dieser langsamen, heiseren Stimme, die genauso verquollen klang, wie ihr Gesicht aussah. »Gleich sterben. Warum geben die mir nichts? Kann nicht mehr leben, wenn Babs so krank ist. Babs wird auch sterben, bald.«
»Nein«, sagte ich.
»Doch«, sagte sie. »Ich weiß es. Und du weißt es auch, Schwein, verlogenes.«
»Ich wollte dir doch nur Kummer ersparen«, sagte ich.
»Kummer ersparen«, sagte Sylvia. »Du Scheißkerl! So ersparst du mir Kummer, ja? Du wirst auch sterben, bald. Hoffentlich dauert es lange und tut weh. Sehr weh.«
»Hexlein . . .«
»Nenn mich nie mehr Hexlein!« schrie sie plötzlich und spuckte nach mir. Kraftlos. Die Spucke traf mich nicht. Sie traf den Arzt. Der nahm ein Taschentuch.
»Ich bitte um Verzeihung, Monsieur«, sagte Sylvia, Sylvia mit dem verquollenen, verfärbten Gesicht und den noch deutlich sichtbaren Schnitten dort, wo die Nähte gewesen waren, Sylvia, das wunderbare Haar hochgekämmt und zu einem Knäuel zusammengesteckt, glanzlos, fettig. Sylvia mit roten, entzündeten Augen. Die heulende Sylvia. Mit dem Kugelverband war sie eine Schönheit gewesen im Vergleich dazu, wie sie

nun aussah. Sie tat mir wirklich und aufrichtig leid, mein Herr Richter. Das zweite Mal, als sie spuckte, traf sie mich auf die Stirn. Ich wischte es mit einem Handrücken weg.
Die Tür ging auf, Ruth kam mit Bracken herein. Sylvias Gesicht verzerrte sich vor Zorn, als sie Ruth sah.
»*Sie!*«, sagte Sylvia. »Gehen *Sie* bloß weg!«
»Sofort, Mrs. Moran«, sagte Ruth und trat dicht neben sie.
»Ich hasse Sie«, sagte Sylvia.
»Ja, Mrs. Moran«, sagte Ruth. Ich sah, daß Dr. Sigrand ins Zimmer kam. Wir sahen ihn an – Sylvia nicht. Die starrte Ruth an.
»Sie haben mich von meinem Kind weggerissen«, sagte Sylvia.
»Ja, Mrs. Moran«, sagte Ruth.
»Sie haben kein Herz.«
»Nein, Mrs. Moran«, sagte Ruth.
»Sie sind keine Frau«, sagte Sylvia.
»Nein, Mrs. Moran«, sagte Ruth.
»Sie sind überhaupt kein Mensch, wissen Sie das?« fragte Sylvia.
»Das weiß ich, Mrs. Moran«, sagte Ruth. Und dann plötzlich wirkte endlich – endlich! – die Injektion. Sylvias Kopf rollte seitlich, der Mund öffnete sich, der Körper sackte zusammen. Sylvia war weg, aber diesmal richtig.
»Was ist mit Babs?« fragte ich.
»Schläft«, sagte Dr. Sigrand, während er ein Lid Sylvias hob. »Die Dame auch. Wird ein paar Stunden schlafen jetzt.« Er ging zur Tür, öffnete sie und nickte. Zwei Pfleger mit einer Tragbahre kamen herein.
Ich konnte nur staunen bei dem, was danach geschah. Das war ein aufeinander eingespieltes Team, das waren Experten, Virtuosen, Künstler – ich weiß nicht, warum, aber ich mußte an die berühmten ›Globetrotters‹-Handballspieler denken. Vielleicht weil diese Pfleger und die drei Ärzte sich auch so anmutig ans Werk machten. Sie zogen Sylvia wieder an, soweit das ging. Hoben sie auf die Bahre. Decken darüber. Schnallten sie fest. Einer nahm Hélènes Pelerine und die Haube, die so zusammengequetscht war. Ich nahm wieder meine Brille und setzte sie auf.
»Der Riemen ist verdreht«, sagte der eine Pfleger zu seinem Kollegen, »siehst du das nicht, du Trottel? Nun mach schon . . .«
»Es ist nicht der Riemen, der verdreht ist, es ist der Verschluß.«
»Dann bring den Verschluß in Ordnung, Kretin!«
»Meine Herren!« (Ruths Stimme.)
»Verzeihen Sie, Frau Doktor. Wir haben es gleich.«
»Let's go!« sagte Bracken.
Die beiden Pfleger mit der Bahre, auf der Sylvia nun reglos, unter Decken festgeschnallt, lag, verließen bereits den Raum. Ruth und Dr. Sigrand

folgten. Der athletische Arzt machte eine höfliche Verbeugung und eine Handbewegung: Nach Ihnen, meine Herren!
Also marschierten wir den Gang hinunter, zu einem anderen Krankentransportlift, und ich bemerkte, daß eine Menge Schwestern und Pfleger und Ärzte vor den Türen standen und aufpaßten, damit wir niemandem begegneten. Nur Sylvias Kopf war zu sehen, aber mein Gott, was für ein Kopf! Mit diesem Kopf sah sie aus wie Frankensteins Großmutter.
Rein in den Krankentransportlift. Na, mit ein bißchen Glück, nur ein bißchen, hatten wir Sylvia jetzt in zwei, drei Minuten in dem Großwäschereiwagen und konnten sie zu Professor Delamare zurückbringen, und alles war noch einmal gutgegangen. Ruck! Der Lift hatte gehalten.
Raus aus dem Lift. Wieder Schwestern, Pfleger und junge Ärzte, die aufpaßten, daß uns niemand begegnete. Das war von Ruth und Dr. Sigrand aufs beste organisiert! Ich mußte mich noch bedanken bei den beiden, wirklich. Raus in den Hof, in die Finsternis, den Regen. Bracken rannte los. Ich sah, wie er die hinteren Türen des Lieferwagens aufriß. Jetzt nur noch hinein mit der Bahre und dann . . .
Dann passierte es.
Blitzlicht.
Blitzlicht.
Noch eines.
Noch eines.
Sieben im ganzen.
Schlau waren wir gewesen. Nur nicht schlau genug. Aufgepaßt, ob uns jemand folgte, hatte ich auf der Fahrt hierher. Nur nicht aufgepaßt genug. Einer von diesen Reporterhunden hatte uns verfolgt. Ich sah ihn nicht, ich sah bloß, woher die Blitze kamen. Die Brille nahm ich auf alle Fälle ab. Dann rannte ich zu dem Kerl, so schnell ich konnte. Ich flog direkt über ihn, stürzte und tat mir sehr weh. Kam hoch. Erwischte den Kerl am Mantelrevers.
Ich riß ihm zunächst die Kamera aus der Hand und schmiß sie auf den rauhen Steinboden und trampelte auf ihr herum, so kräftig ich konnte.
Der Bursche hatte Mut. Er warf sich auf mich. Ich trat ihn in den Bauch, und er flog gegen die Mauer zurück. Zäher, kleiner Kerl. Er kam schon wieder und schlug mir die Faust ins Gesicht, direkt auf das blaue Auge, es tat verflucht weh. Ich hob ein Knie und erwischte ihn da, und er schrie und flog nach hinten, und diesmal sprang ich ihm nach und warf mich über ihn und fing an, ihm die Fresse zu polieren. Er schlug zurück, so fest er konnte (ganz schön fest), und der Regen fiel auf uns, und ich hörte den Motor des Lieferwagens anspringen und dachte, daß Rod wenigstens soviel Verstand besaß, mit Sylvia abzuhauen.
Das wurde eine massive Prügelei, mein Herr Richter. Dr. Sigrand war

plötzlich neben mir. Ich kann Ihnen sagen, mein Herr Richter, dieser Dr. Sigrand schlug zu! Nur leider nicht den Fotografen, sondern mich.
»Aufhören!« schrie er. »Hören Sie auf!«
Ich hörte nicht auf. Ich trat nach Sigrand und schlug dem Fotografen weiter die Fresse voll. Scheinwerfer blendeten, Pneus kreischten, als der Wäschereiwagen im Hof wendete. Plötzlich – der Wagen fuhr zur Ausfahrt, und die war direkt neben mir – lag hier alles in grelles Licht getaucht. Plötzlich sah ich, wen ich da fast zu Klump geschlagen hatte. Den Fotografen, der da vor mir lag, diesen Fotografen kannte ich. Wir hatten uns schon einmal geprügelt. Der bekam offenbar nie genug. Vielleicht hatte er was davon. Dieser Fotograf da war derselbe, der mit einem Kollegen vor ein paar Tagen ins Appartement 419 im Hotel LE MONDE gekommen war. Der Kleine. Hagere. Der mit der Hasenscharte. An der Hasenscharte erkannte ich ihn.
Die Pneus des Lieferwagens wimmerten noch einmal, als Rod die Kurve hinter der Ausfahrt nahm. Der Motor heulte auf. Junge, Junge, hatte Bracken einen Zahn drauf. Hoffentlich knallt der jetzt nicht mit einem anderen Wagen zusammen, dachte ich, während ich sah, wie Dr. Sigrand und die Pfleger Hasenscharte aufhoben – der Fotograf jammerte laut – und forttrugen. Alle gingen mit ihm, auch Ruth. Ich war plötzlich allein. Ich sah mich um, und weil es so finster war, fand ich die Kamera nicht. Ich kroch auf allen vieren über den dreckigen, nassen Hof und suchte eine Weile. Dann hatte ich die Kamera gefunden. Trotz aller Trampelei war sie nicht zu Bruch gegangen. Ich holte den Film heraus, der damit unbrauchbar wurde, und steckte den ruinierten Film ein.
Beim Suchen nach der Kamera hatte ich auch die Brille mit den dunklen Gläsern gefunden. Sie war heil geblieben. Ich setzte sie auf.

14

Eine halbe Stunde später stand ich wieder in dem abseits gelegenen Zimmer. Diesmal lag Hasenscharte auf dem Bett, auf dem Sylvia gelegen hatte. Die Ärzte hatten ihn auf der Unfallstation untersucht und geröntgt, etwas mit seinem Kiefer war nicht in Ordnung, hatte mir Ruth gesagt, ich weiß nicht, was, es war mir scheißegal. Sie hatten ihn mächtig behandeln müssen mit Spritzen gegen Wundstarrkrampf und Spritzen gegen die Schmerzen, und er hatte Pflaster im Gesicht und einen Arm in der Schlinge. Er war Italiener und im Pariser Büro einer sehr großen römischen Bildagentur angestellt. Sie hatten alle möglichen Ausweise, auch einen Paß, bei ihm gefunden. Ich wußte, wie alt er war, wie seine Agentur hieß, wo er in Paris lebte, wo sich das Büro seiner Agentur in Paris und wo sich die Zentrale in Rom befanden. Angelo Notti hieß Hasenscharte. Einunddreißig Jahre alt, ledig. Sie hatten mich auf meine Bitte mit ihm allein gelassen.

Angelo Notti sagte mir in schlechtem Französisch, was er nun alles tun werde. Er hatte vor, eine Menge zu tun. Anzeige bei der Polizei. Bericht an seine Agentur. Fotos besaß er keine mehr, aber er konnte eine hübsche Geschichte erzählen von einer Frau, nämlich Sylvia Moran, die hier fortgetragen worden war auf einer Bahre, er hatte sie sofort erkannt. Brauchte keine Fotos. Die Geschichte genügte. Schöner Skandal. Fressen für die Zeitungen und das Fernsehen und den Rundfunk.
Ich ließ ihn reden, weil ich sah, daß Reden ihm weh tat. Na, er redete noch eine Menge. Er war seit jenem Überfall im LE MONDE hinter mir her. Ich war ihm nur immer wieder entkommen. Weil er nämlich den Fehler gemacht hatte, das LE MONDE zu bewachen. Und da wohnte ich ja nicht mehr. Heute hatte er Glück gehabt: Er war Bracken gefolgt, und als der mit dem Wäschereiwagen losfuhr, war er ihm mit seinem kleinen Fiat nachgerast. Und nun hatte er mich in der Ecke: Was tat Sylvia im Hôpital Sainte-Bernadette? Was war mit ihr geschehen? Was war mit Babs geschehen? Wo war die? Wohin wurde Sylvia gebracht? Er brauchte nur die Fragen zu stellen bei der Polizei. Die Polizei würde den Rest besorgen. Und die Fragen würde er auch verkaufen natürlich, sagte er. An alle Zeitungen, alle Nachrichtenagenturen, den ORTF, amerikanische Korrespondenten . . . Das ging noch zehn Minuten so weiter, zuletzt konnte er einfach nicht mehr sprechen, es tat ihm zu weh. Er hielt die Schnauze.
Da fing ich dann zu reden an. Versuchte es mit Geld. Denn der Kerl durfte nicht quatschen, unter keinen Umständen, klar, nicht wahr, mein Herr Richter? Doch er wollte kein Geld. Heroischer kleiner Italiener. Bot ich ihm mehr. Wollte er auch nicht. Bot ich ihm also viel mehr. No can do. Der haßte mich zu sehr. Dem hätte ich zehn Millionen Dollar bieten können. Er hätte lieber 100.000 Dollar von einer miesen Agentur genommen. Besaß Charakter, dieser Angelo Notti. Zuletzt schwiegen wir beide.
Ruth erschien. Sie sah sich Hasenscharte an und gab ihm noch eine Spritze. Dann zog sie mich auf den Gang und schloß die Tür.
»Bracken hat angerufen. Mrs. Moran ist wieder in der Klinik.«
Ich nickte.
»Er bleibt dort und wartet auf Ihren Anruf, hat er gesagt.«
Ich nickte.
»Aber was machen Sie mit diesem Italiener?«
»Keine Ahnung.«
»Schlimm«, sagte Ruth.
»Sehr schlimm«, sagte ich. »Wie geht es Babs?«
»Gut. Sie schläft. Ich war eben bei ihr.«
Ich atmete tief aus.
»Wenn ich Ihnen helfen könnte, Herr Norton . . . wenn ich Ihnen jetzt helfen könnte . . . Aber ich kann es nicht, wie?«

Ich schüttelte den Kopf.
Und dann lehnte ich mich gegen die Wand und schloß die Augen.
»Was haben Sie? Ist Ihnen schlecht?«
»Nein«, sagte ich. »Ich muß nur telefonieren. Schnellstens. Kann ich in Ihr Zimmer kommen?«
»Natürlich.«
»Aber jemand muß auf den Italiener aufpassen, damit der mir nicht ausreißt.«
»Es ist schon der Arzt von vorhin unterwegs zu ihm. Haben Sie einen Ausweg gefunden, Herr Norton?«
»Ich weiß es noch nicht«, sagte ich. »Vielleicht . . . Hoffentlich.«

15

»Signor Marone?«
»Ja, verflucht. Wer ist da?«
»Kaven. Philip Kaven«, sagte ich. Jetzt sprach ich italienisch. Ich saß an Ruths Schreibtisch in ihrem Zimmer. Ruth saß neben mir. Sie ließ den Blick ihrer ernsten Augen nie auch nur eine Sekunde von mir.
»Kaven?« fragte Marone.
»Kaven, ja.«
»Sind Sie in Rom?«
»In Paris. Im Hôpital Sainte-Bernadette.«
»Sie sind besoffen, ja?«
»Nein, Carlo.«
»Phil! Was machen Sie in einem Krankenhaus?« fragte er. Seine Stimme klang brutal und aggressiv – er hatte nicht alle Merkmale seiner Zuhälterei ablegen können, der heute so große, so mächtige Carlo Marone, da in seinem Schloß auf dem Hügel der Snob-Snob-Snob-Society, dem Pincio. Na ja, und dann sagte ich ihm, was ich im Hôpital Sainte-Bernadette machte. Ich sagte ihm einfach alles, mein Herr Richter. Ich bemerkte, daß mich Ruth entsetzt ansah. Ich schüttelte den Kopf, und die nächsten Worte, die ich sprach, beruhigten sie. Ich sagte: ». . . so, jetzt wissen Sie, was los ist, Carlo. Sie wissen auch, was passiert, wenn Sie nur ein einziges Wort, eine einzige Silbe weitergeben. Wissen Sie es?«
»Ja«, sagte Marone.
»Dann sagen Sie es«, sagte ich. »Sagen Sie es, Carlo.«
»Ich weiß, daß ich dann niemals mehr einen Film von SEVEN STARS und Sylvia in mein Programm kriege . . .«
»Richtig.«
». . . und von diesen Filmen lebe ich. Wenn ich Sylvias Filme nicht mehr kriege, bin ich pleite.«

»Richtig. Und was machen Sie dann?« fragte ich.
Er schwieg, und ich hörte ihn schwer atmen.
»Dann machen Sie das, was Sie früher gemacht haben, Carlo«, sagte ich. »Dann sind Sie kein Verleiher mehr. Ihr Schloß, Ihr Geld, Ihre Kunstschätze, all das nehmen SEVEN STARS Ihnen weg, denn Sie stehen da hoch in der Kreide, das wissen Sie. Dann können Sie wieder Mädchen suchen und sie rauschgiftsüchtig machen und tagelang ans Bett binden und halbtot schlagen, bis sie für Sie laufen – genauso, wie Sie's früher getan haben.«
Ruths Blick änderte sich nicht. Da war kein Ekel, kein Entsetzen in diesen braunen Augen, nur Interesse.
»Und wenn Sie dann wieder als Zuhälter etabliert sind, lassen wir Sie hochgehen. Und Sie kommen in eine hübsche kleine Zelle. Lange, Carlo, das verspreche ich Ihnen. Sehr lange.«
»Hören Sie auf, Phil«, sagte er. »Was soll ich also tun?«
Sagte er, dieser Liebling der Damen. Solche wie wir scheinen ein internationaler Klub zu sein. Wir verstehen einander immer sofort.
»Sagen Sie es mir schon, Phil, verflucht!«
»Na, Sie wissen's doch«, sagte ich und sah die seltsame Uhr an der Schultafel in Ruths Zimmer an, die nur einen Zeiger hatte und zwölf primitive Bilder neben jedem Stundenstrich und unter den Bildern Wörter – MITTAG, NACHMITTAG, ABEND, NACHT, SCHLAFEN, MORGEN . . .
»Ich soll dafür sorgen, daß diese Bildagentur diesen Notti dazu bringt, das Maul zu halten«, sagte Marone, und ich las, was auf den Zetteln an der Tafel stand: HAUT, GUMMI, PELZ, WÄRME, WINTER, SCHLAF, SONNE . . .
»Richtig. Sie kennen den Gottsöbersten der Agentur.« Das war keine Frage. Das war eine Feststellung. Marone kannte praktisch jeden Menschen in Rom, der wichtig oder gefährlich oder nützlich war oder sein konnte. Und er kannte auch alle Laster, die heimlichen Sexpartys mit Kindern, die Steuerbetrügereien, die Devisenschiebungen, die Verbrechen kleineren und größeren Ausmaßes all dieser Leute. Spezialist für so etwas. Schon eine Type, dieser Marone.
»Klar kenne ich den«, sagte Marone. »Pietro Cossa heißt er.«
»Und was hat der für eine Spezialität?«
»Sadist. Ist verwickelt in eine Sache, bei der ein Mädchen umgebracht wurde, vor drei Jahren. Wissen Sie noch? Das Mädchen, das man da am Strand von Ostia fand. Nie aufgeklärt worden, der Fall. Cossa rufe ich jetzt gleich an. Der frißt mir aus der Hand, Phil!«
Na also . . .
»Prima«, sagte ich und blickte auf zwei kleine Rollstühle und dachte, ob Babs auch einen solchen Rollstuhl brauchen würde. Oder ob selbst ein Rollstuhl ihr nichts nützen würde. »Ich habe nachgeschaut. Da kommt eine BEA aus London. Ja, aus London. Die fliegt nach der Zwischenlandung in

Orly um Mitternacht weiter nach Rom. Ich glaube, sie wird da so um zwei, halb drei sein. Natürlich bringe ich Notti mit. Das muß sofort erledigt werden.«
»Madonna mia, drei Uhr früh! Cossa wird sich freuen.«
»O ja«, sagte ich. »Und wie«, sagte ich. »Schicken Sie mir einen Wagen zum Flughafen.«
»Welchem Flughafen?«
»Schauen Sie nach, auf welchem die Maschine landet. Wir wollen jetzt nicht verrückt spielen, nicht wahr? Und sorgen Sie dafür, daß dieser Cossa da ist, wenn wir kommen.«
»Wieso ist denn das in Paris überhaupt passiert?«
»Zufall. Ich bin eigentlich nur auf der Durchreise hier.«
»Kostet natürlich was«, sagte Marone.
»Natürlich«, sagte ich.
»Cossa wird eine Menge verlangen. Gut, ich kann ihn erpressen. Aber da gibt es bestimmte Regeln. Ich war auch nicht immer so fein, Sie wissen es. Jetzt bin ich fein, und Cossa ist fein. Dem müssen wir schon was bezahlen dafür, daß ihm jetzt diese Bilder entgehen, Phil. Dem entgeht ein Vermögen.«
»Vermögen kriegt er nicht«, sagte ich. »Da ist das tote Mädchen, nicht wahr? Aber klar kostet das was, ich will doch weiß Gott niemanden erpressen!«
»Nein, Phil, erpressen wollen Sie weiß Gott niemanden«, sagte Marone.
»Also, was soll Cossa kriegen? Was ist das mindeste? Mehr als das mindeste zahle ich nicht.«
»Das ist so eine Sache«, sagte Marone. »Wenn Sie jetzt kleinlich sind, scheißt Cossa uns was, und wir haben doch den Skandal, und ich bin erledigt, und ihr seid auch alle erledigt.«
»Vergessen Sie Cossa nicht.«
»Der ist nicht unbedingt erledigt«, sagte Marone. »Italien ist ein wunderbares Land.«
Da hatte er recht.
Er sagte mir dann auch gleich, was es kosten würde, Cossa in dem wunderbaren Land Italien als Bundesgenossen zu gewinnen. Es war ein kleines Vermögen. Umgerechnet etwa 100.000 Mark. Was sollte ich tun? Ich hatte sogar mit 200.000 gerechnet.
Ich sagte zu Ruth: »Kann man ein Telefon in Nottis Zimmer einstöpseln?«
»Warum?«
»Sein Chef muß ihm selber sagen, daß er ihn sofort in Rom erwartet, sonst kriegen wir den Kerl hier nicht weg.«
»Ach so«, sagte Ruth mit unbewegter Stimme. »Ja, man kann ein Telefon da einstöpseln. Wer anruft, soll Anschluß 617 verlangen.«

»Carlo?«
»Ja?«
»Rufen Sie Cossa an. Er soll in zehn Minuten hier in Paris anrufen. Die Nummer ist . . .« Ruth hatte sie bereits auf einen Block geschrieben, den sie mir hinschob. Ich nickte ihr zu und lächelte, aber sie blieb ernst wie immer, und ich sagte Marone die Nummer des Hospitals und ließ sie ihn wiederholen. »Und dann soll Cossa Anschluß 617 verlangen.«
»617, pronto.«
»Okay.«
»Noch nicht ganz okay«, sagte Marone. »Das Geld müssen Sie natürlich mitbringen, das ist doch wohl selbstverständlich.«
»Selbstverständlich«, sagte ich und dachte daran, wie Marone und Cossa die Hunderttausend unter sich teilen würden.
»Sie werden nicht so viel cash bei sich haben«, sagte er.
»Natürlich nicht.«
»Wäre auch wohl zu gefährlich, das Zeug bar runterzubringen. Cossa nimmt Schecks. Er hat Vertrauen zu mir. Damit hat er Vertrauen zu Ihnen. Natürlich, wenn Sie den Scheck dann sperren lassen oder wenn er nicht gedeckt ist, wird Cossa sich revanchieren. Also auf keinen Fall einen Verrechnungsscheck! Das hat gar nichts mit mir zu tun. Ich tue alles, was Sie von mir verlangen, weil ich die Moran-Filme brauche. Aber wenn Sie Cossa bescheißen und alles auffliegt, dann bin ich wirklich unschuldig daran!«
»Wer redet von Bescheißen?« fragte ich und bemerkte, daß nun *ich* mit Ruths kleinem Lamm spielte, schon die ganze Zeit. Es mußte da auf dem Schreibtisch gelegen haben. »Ich bringe einen Barscheck und den lieben Angelo mit.« Ich glaube, ich hatte knapp tausend Francs in der Tasche.
»Gut«, sagte Marone. »Also dann wird Cossa in zehn Minuten mit Notti reden und ihm befehlen, sofort herzukommen. Ich freue mich schon, Sie wiederzusehen, lieber Freund.«
Ich legte auf.
Ruth sah mich immer noch an.
»Sie verachten mich, ja?« fragte ich.
»Verachten? Wieso? Das müssen Sie doch jetzt alles so tun, wie Sie es tun, Herr Norton. Sie haben keine Wahl«, sagte Ruth. »Ich hoffe, es klappt.«
»Ich auch.«
»Aber woher bekommen Sie soviel Geld – so schnell?«
»Ich muß noch einmal telefonieren«, sagte ich.
Ich rief Rod Bracken in der Klinik des Professors Delamare an. Sagte ihm, was ich brauchte. Er saß in Sylvias Zimmer. Sie schlafe, sagte er.
»Dann weck sie! Ihr Scheckbuch liegt in dem kleinen Wandsafe, in dem der Schmuck liegt. Sie soll einen Scheck ausschreiben. Sag ihr, wozu!«

»Über wieviel?«
Ich sagte ihm, über wieviel.
Er pfiff. Er sagte: »Das wird ein Theater werden.«
Danach hörte ich bestimmt drei Minuten nichts, der Strom rauschte in der offenen Verbindung. Ich malte mir aus, was Rod jetzt mitmachte. Ich sah auf das Papier, das unter Glas in einem Rahmen auf Ruths Schreibtisch stand, ich las die Worte Buddhas immer wieder.

. . . ÜBERWINDE DEN ZORN DURCH HERZLICHKEIT . . .

Sehr passend.
»Ich hoffe, Herr Bracken bekommt nun den Scheck«, sagte Ruth.
»Das hoffe ich auch«, sagte ich und lachte. Aber aus Verzweiflung.
»Sie tun mir leid, Herr Norton«, sagte Ruth plötzlich.
»Was?«
»Sie tun mir leid, habe ich gesagt.«
»Hab's gehört. Ich – Ihnen?«
»Ja, Herr Norton. Das ist kein schönes Leben, das Sie führen.«
»Na ja«, sagte ich. »Wenn Sie meinen«, sagte ich. »Sicherlich haben Sie recht«, sagte ich. »Gibt schönere Leben.« Ich sah zu den kleinen Rollstühlen. »Aber auch schlimmere«, sagte ich.
»Wer weiß?« sagte Ruth.
»Phil?«
Da war Bracken wieder.
»Ja!«
»Junge, das war vielleicht ein Ding. Wenn ich jetzt nicht gleich einen Whisky kriege, trifft mich der Schlag. Zuerst Sylvia aufwecken. Dann ihr alles erklären. Dann ihr sagen, daß wir einen Scheck brauchen. Als ich sagte, über welchen Betrag, ist sie fast verrückt geworden.«
»Hört sie dir zu?«
»Die pennt schon wieder. Junge, ich bin nicht mehr gesund genug für so was. Ich . . .«
»Ja, ja«, sagte ich. »Hast du den Scheck?«
»Ja.«
»Hat sie ihn auch richtig ausgeschrieben?«
»Nein.«
Ich ließ das Lämmchen fallen.
»Nein?«
»Sie hat gerade noch ihre Unterschrift geschafft – Schwäche und Wut und Benommenheit –, und oben rechts hat sie die Zahl hingekriegt. Die Summe in Worten ausschreiben mußt du. Dazu war sie nicht mehr fähig. Fähig war sie nur noch, genau aufzupassen, daß ich das Scheckbuch wieder in den Safe legte und absperrte . . .«

». . . und ihr den Schlüssel umhängtest«, sagte ich.
»Nein. Da hat sie geläutet und den Schlüssel einem Nachtarzt gegeben. Junge, keine Frau in deinem Leben hat dich so geliebt. Meinen Glückwunsch. Und keine Frau in deinem Leben hat so viel Vertrauen zu dir gehabt.«
»Fahr den Lieferwagen in eine andere Straße, zieh den Overall aus und komm so schnell du kannst zu mir ins Hospital. Taxi. Warte vor dem Hospital. Bring meinen Mantel und meinen Hut mit.«
»Okay, Phil.«
»Moment, noch etwas!«
»Noch etwas – Himmel! Was?«
»Sylvias Jet ist doch in Madrid?«
»Klar. Mit dem seid ihr doch nach Madrid geflogen, Babs und du. Die Crew habe ich mit der leeren Maschine runtergeschickt und dem Captain gesagt, er hört von mir.«
»Dann weißt du also, wo die Crew wohnt, in welchem Hotel?«
»Klar.«
»Ruf an. Sage ihnen, sie sollen sofort losfliegen. Rom. Wie immer Leonardo-da-Vinci-Flughafen. Position fünfundvierzig. Schön abseits. So schnell wie möglich. Ich will mit der SUPER-ONE-ELEVEN nach Paris zurückkommen, das sieht auf alle Fälle besser aus.«
»Hast du recht«, sagte Bracken. »Kann immer was passieren. Man weiß nie. Dann siehst du mit der SUPER-ONE-ELEVEN besser aus. Ich telefoniere sofort mit Madrid. Vorher aber noch mit Cossa in Rom. Ciao, Liebling.«
Ich legte den Hörer nieder und nahm wieder das Lämmchen.
»Wir müssen zu Notti, einen Apparat einstöpseln«, sagte Ruth, als sei sie meine Mitverschworene. »Der Anruf aus Rom kann jeden Moment kommen.«
»Sie haben recht!«
Wir standen gleichzeitig auf.
Dabei kamen wir einander durch Zufall so nahe, daß unsere Gesichter sich fast berührten. Ich hatte plötzlich das irrsinnige Verlangen, Ruth zu küssen, aber natürlich wagte ich das nicht, sondern trat zurück.
»Sie haben Marone einen Satz gesagt, den kann ich nicht vergessen«, sagte Ruth.
»Was habe ich gesagt?«
Ruth antwortete: »Sie haben gesagt: ›Ich bin nur auf der Durchreise hier‹.«
»Ja, und?«
»Mit diesem Satz haben Sie Ihr ganzes Leben beschrieben.«

16

Dieser Pietro Cossa, dieser römische Bildagentur-Chef, also der rief wirklich an – zwei Minuten nachdem Ruth und ich einen Telefonapparat im Zimmer von Notti eingestöpselt hatten. Der athletische Arzt von vorhin hatte schön auf Hasenscharte achtgegeben, und als das Telefon dann läutete und ich Notti sagte, Signor Cossa wünsche ihn zu sprechen, sah er mich an wie eine Kuh, wenn's donnert, und ich mußte ihm den Hörer geradezu in die Hand drücken und die Hand ans Ohr heben. Dieser Cossa ließ Notti überhaupt nicht zu Wort kommen, der brüllte ihn vom ersten Moment derartig an, daß Notti kaum ab und zu ein ›prego!‹ zur Konversation beisteuern konnte. Was so die Aussicht auf 100.000 Mark (oder jedenfalls einen großen Teil davon) alles bewirkt, dachte ich. Nach einer Viertelstunde war Notti erledigt. Als er den Hörer hinlegte, war er so schwach, daß er mich nicht einmal voll Haß anschauen konnte.

»Alles kapiert?« fragte ich ihn.

Er nickte und beleckte die aufgesprungene Lippe.

»Ich fliege mit Ihnen«, sagte er leise. »Haben Sie keine Angst, ich mache keinen Skandal, ich bin ganz ruhig, ich bin ganz friedlich.« Dann sagte er: »Dieser Hund.« Jetzt haßte er seinen Chef. Irgendwen mußte der wohl immer hassen, mein kleiner Italiener.

»Na ja, dann«, sagte ich, »let's go, young friend.«

»Aber doch nicht so!« sagte Ruth. »Wir müssen ihn wenigstens ein bißchen menschlich herrichten. Sonst hält Sie ja der erste Polizist an.« Zu Notti sagte sie: »Kommen Sie mit mir.«

»Ja, Madame. Sofort, Madame. Gewiß, Madame. Danke, Madame«, stammelte Notti, während er vom Bett glitt und die Schuhe anzog und nach seiner Jacke suchte. Der Arzt half ihm wie einem Baby. Reizender Kerl, dieser Bulle von Arzt, wirklich, mein Herr Richter.

Ich sagte leise zu Ruth: »Verzeihen Sie mir.«

Sie fragte: »Was?«

»Alles, was Sie tun für mich, ist doch ungesetzlich.«

»Natürlich, Herr Norton«, sagte sie und sah mich an. Ruhig und ernst. »Absolut ungesetzlich.«

»Wenn Sie jemals irgendwelche Schwierigkeiten mit der Polizei bekommen, nehme ich alles auf mich. Ich habe Sie gezwungen . . . ich . . . ich gebe dann alles zu . . .«

»Hören Sie auf!«

»Aber ich kann den Gedanken nicht ertragen, daß Sie meinetwegen in Schwierigkeiten kommen!«

»Ich komme schon in keine. Ich kann den Gedanken nicht ertragen, daß Sie meinen, ich hätte das für *Sie* getan.«

»Für wen denn?«
Sie sah mich nur an.
»Darf ich noch einmal zu ihr?« fragte ich, immer noch deutsch, sehr leise.
»Gehen sie hinüber«, sagte Ruth. »Sie kennen sich hier ja aus. Sie haben etwas Zeit. Kommen Sie dann in die Unfallstation.«

17

Werde gesund. Ganz gesund. Bitte. So vieles steht auf dem Spiel. Ich will dich auch wirklich lieb haben und immer mit dir spielen und alles tun, was du verlangst. Aber werde gesund. So viele Menschen kommen in schreckliche Situationen, wenn du es nicht wirst. Gib dir Mühe. Bitte, bitte, bitte, gib dir Mühe. Ich weiß, du hast es jetzt am schwersten. Aber wenn du dir Mühe gibst, wirst du leichter gesund. Man wird leichter gesund, wenn man gesund werden will. Du kannst dir auch wünschen, was du willst, du bekommst alles von mir. Weißt du, es stimmt eigentlich nicht, daß du mir zum Kotzen warst. Ich meine: *Du*. Mir waren alle Kinder immer zum Kotzen. Und dann warst du mir auch so oft im Weg. Und das Theater, das ich deinetwegen seit Jahren spielen mußte. Aber ich schwöre dir, ich spiele kein Theater mehr, ich habe dich wirklich lieb, so wie du mich, wenn du jetzt nur gesund wirst. Bitte.
Ich stand vor dem großen Bett, und Babs lag da, seitlich, so verloren und klein, und nur die blaue Lampe brannte. Eine Schwester lag angezogen auf der Couch beim Fenster. Sie hatte sich mit einer Wolldecke zugedeckt, denn es war nicht sehr warm hier.
Sie hatte eine von diesen kleinen elektrischen Lampen, die man überall anklemmen kann, am Fenstersims befestigt, und im Schein der Lampe las diese Schwester. Ich weiß noch, was sie las: L'Espoir von André Malraux.
Ich sah wieder zu Babs, und ich bat sie, gesund zu werden, noch oft, aber es hat doch alles keinen Sinn, dachte ich zuletzt. Ich hätte genausogut zu einer Marmorfigur reden können. Ich sagte der Schwester gute Nacht, und sie nickte und las weiter in der Hoffnung von Malraux, und ich verließ das Krankenzimmer. Da war es knapp vor halb zehn.

18

Das wurde vielleicht eine Nacht, mein Herr Richter.
Ruth und Dr. Sigrand und der dritte Arzt hatten Hasenscharte so hergerichtet, daß er sich wenigstens in der Nacht zeigen konnte. Er trug drei große Pflaster im Gesicht, und sie hatten seinen Mantel gesäubert und seine Schuhe und seinen Hut. Weil so viel Blut aus Nottis Nase auf die Krawatte und das Hemd getropft war, hatte Dr. Sigrand (Dr. Sigrand!)

ihm ein Hemd und eine Krawatte gegeben, die ihm gehörten – Ärzte haben in ihren Klinik-Zimmern immer ein wenig Wäsche und Pyjamas und einen zweiten Anzug und so weiter. Natürlich war das Hemd Notti viel zu groß, in den Kragen konnte man zwei Finger stecken, und die Krawatte hing ihm bis zum Bauch. Ich hatte Suzy angerufen und ihr kurz erklärt, was passiert war und daß ich nach Rom mußte. Suzy hatte geweint.

»Morgen bin ich ja wieder da, mon petit chou.«

»Es kann soviel passieren bis morgen«, hatte Suzy gesagt. »Ich werde keine Minute schlafen heute nacht, das weiß ich. Hast du alles? Bist du auch warm genug angezogen? Dein Paß . . . und Geld . . . Ich komme zum Flughafen, ich bringe dir alles Geld, das ich im Hause habe . . .«

»Nein, mon petit chou, ich habe alles«, hatte ich gesagt.

Ich hatte wirklich alles. Was ich brauchte und noch nicht hatte, wartete vor dem Krankenhauseingang auf mich – Bracken brachte es. Ich ging, während sie Hasenscharte nun noch ein bißchen puderten an den ärgsten Stellen, von Ruth geleitet, in den Keller des Hospitals hinunter, zu der großen Ölfeuerung, und dort vernichtete ich Nottis Film, und in so einem großen Behälter, der den Müll auffing, alles, was da so runterkam, vernichtete ich Nottis Kamera. In dem Behälter drehte sich eine Stahlspirale, die zerkleinerte einfach alles, Kisten, Papier, blutige Tücher, Metall – auch die Kamera. Ich sah zu, wie sie zerkleinert wurde. Dann ging ich wieder nach oben und vor das Hospital, und da stand ein Taxi, und ich stieg ein und nickte Bracken zu, zog den Overall aus und meinen Mantel an und nahm meinen Hut. Der Chauffeur sah starr nach vorn und summte ›La vie en rose‹. Meinen Paß hatte ich dabei, wie immer. Bracken gab mir den nur teilweise ausgefüllten Scheck.

»Liebe«, sagte Bracken.

Er nahm meinen Overall und stieg aus und sagte, so daß der Chauffeur es nicht hören konnte, er werde nun in einem anderen Taxi ins LE MONDE zurückfahren und die ganze Nacht wachen, falls ich anrief und etwas brauchte oder falls etwas schiefging. Er sagte, er habe aus der Klinik Delamare zwei Tickets erster Klasse für diesen BEA-Flug nach Rom, ab Orly Mitternacht, gebucht – auf meinen und auf Nottis Namen. Es ging nicht anders, bei der Kontrolle sahen sie sich doch die Pässe an, nicht wahr? Die Maschine sei ganz voll, sagte Bracken, das seien die letzten beiden Plätze gewesen. Schwein muß man haben.

Ich ging zurück in das Hospital und holte mir Notti. Bracken war schon verschwunden. Der Nachtpförtner hatte ihm ein Taxi gerufen, sagte mein Chauffeur. Ich stieß Notti in dieses Taxi und folgte ihm. Als wir losfuhren, sah ich mich noch einmal um, weil ich winken wollte, aber da waren Ruth und Sigrand bereits wieder ins Haus gegangen. Ich sagte dem Chauffeur, er solle loslegen, wir müßten in Orly eine Maschine erreichen. Er wollte nicht

und sagte, wenn uns die Flics anhielten oder er in eine Radarfalle käme, sei er den Führerschein los, und so gab ich ihm zweihundert Francs Trinkgeld, und dann hatte ich das Gefühl, schon jetzt zu fliegen.
Na, wir schafften es – acht Minuten vor Abflug der BEA aus London waren wir da und hetzten durch die Paß- und Zollkontrollen, und ein Wagen der BEA brachte uns zu der Maschine, und los ging's.
Natürlich sahen ein paar Leute uns neugierig an, aber die meisten waren zu müde oder schliefen, und in der Ersten Klasse setzte ich Notti ans Fenster und deckte ihm mit dem Vorhang das Gesicht zu. Ich bat eine Stewardeß, uns etwas zu trinken zu bringen, und damit sie nicht so viel laufen mußte, bestellte ich gleich eine ganze Flasche Whisky und Eis und Soda. Sie brachte alles, und ich machte Notti einen Drink, und er trank ihn auch tatsächlich und hielt mir das Glas noch einmal hin, und ich gab ihm einen zweiten Drink, und danach sagte er nicht etwa danke, sondern bloß, wie sehr er mich hasse.
Es war gut, daß ich die Flasche bestellt hatte. Wir brauchten sie dann später, denn es wurde ein grausiger Flug, wir kamen von einer Sturmfront in die andere, und wir mußten die ganze Zeit angeschnallt bleiben. Die Boeing sackte durch und trudelte und rüttelte, daß ich meinte, jedes ihrer Triebwerke einzeln zu hören, und viele Menschen glaubten, wir würden abstürzen, und waren sehr hysterisch. Aber schließlich kamen wir doch heil an. Schon auf dem Rollfeld stand Marones silberner Bentley.

19

Hat keinen Sinn, daß ich Ihnen Marones Schloß auf dem feinsten aller feinen Hügel Roms, dem Pincio, im Detail beschreibe, mein Herr Richter. Nähme viel zuviel Platz weg. Vielleicht haben sie den Film CITIZEN KANE von und mit Orson Welles gesehen, diesen weltberühmten Film, den Orson als Schlüsselgeschichte über den Zeitungskönig und Milliardär Hearst geschrieben hat (Orson selber spielte die Hauptrolle).
In jenem Film hatte sich der Zeitungskönig einen Palast in Florida bauen lassen. Der Palast heißt ›Xanadu‹, und ›Xanadu‹ hieß auch der Palast, den sich der Mongolenfürst Kublai-Khan, Enkel von Dschingis-Khan, Begründer der Jüan-Dynastie in China (1279 war das, um voller Dankbarkeit wieder einmal der Nachschlagewerke unserer vorzüglichen Gefängnisbücherei zu gedenken!) hatte errichten lassen.
Der Palast des Kublai-Khan war ein Dreck gegen den Palast, den Orson Welles für den Film und für seinen Zeitungszaren bauen ließ. Es war, so heißt es im Drehbuch des Films – Orson hat mir ein Exemplar geschenkt, ich habe den Film, dieses Meisterwerk, neunmal gesehen, und das Script kenne ich fast auswendig –, ›der Welt größter privater Sommersitz‹.

So toll war es bei Marone natürlich nicht, bei weitem nicht, aber immer, wenn ich hierher auf den Pincio gekommen war, hatte ich an Orsons CITIZEN KANE denken müssen.
Allein fünf Minuten fuhren wir durch den Park. Dann endlich hielt der Wagen vor dem Gebäude mit der weißen Marmorfassade, die vor wilden Ornamenten geradezu strotzte. Es dauerte noch weitere fünf Minuten Wegs durch Salons und Bibliotheken und Zimmer voller Bilder, bis wir endlich Marones Arbeitszimmer betraten – weiß der Marmor, dunkelrot der Stoff aller Möbel, golden die edlen Hölzer. Riesenspiegel. Eine griechische Statue, irgendein nackter Kerl, dem ein Arm fehlte, Diskuswerfer. Antik alle Möbel natürlich. Dieser Marone hatte sich weiß Gott gesundgestoßen mit dem Verleih von Sylvia Morans Filmen!
Ich mußte dem kleinen Angelo Notti einen Stoß in den Rücken geben, damit er in den Raum ging, denn er war wie gelähmt stehengeblieben und stierte einen wandfüllenden Gobelin an, der gewiß seine dreihundert Jahre alt war. Na ja, Notti torkelte also vorwärts und direkt hinein in die Arme eines Mannes, der sich aus einem tiefen Lehnstuhl erhoben hatte. Dieser Mann, auf den Notti durch meinen Stoß zusegelte, packte ihn an der Krawatte (Dr. Sigrands Krawatte!), schüttelte ihn so stark, daß der arme Notti nur so hin und her flog, schlug ihm in den Bauch, und da war mir klar, wer der Herr war, sein mußte: Pietro Cossa, Chef der großen römischen Bildagentur.
Carlo Marone saß in einem Renaissancestuhl, blies eine Zigarrenrauchwolke von sich und sah mit halbgeschlossenen Augen zu, wie Cossa den kleinen Notti verdrosch, immer rein in den Bauch und tiefer, überallhin, nur das Gesicht ließ er in Ruhe. Zum zweiten Mal in dieser Nacht bezog der nun schon Prügel, der arme Teufel. Und jetzt auch noch mit einem Krückstock. Zu der Prügelei schrie Cossa andauernd auf seinen Fotografen ein. Ich verstehe gut Italienisch, aber vieles von dem, was Cossa da schrie, verstand ich nicht. Ich bin sicher, Marone verstand es. Das war Fürsten-Italienisch.
Ich hörte ein Keuchen und sah mich um und entdeckte, hingestreckt auf ein Lager in Rot und Gold, ein Mädchen. Dieses Mädchen hatte blondes Haar, einen mächtigen Busen, lange Beine, einen sehr schönen, lasziv sich räkelnden Körper und nur einen BH und ein Höschen an. Beides schwarz. Dieses Mädchen schaute gebannt der Prügelei zu.
»O Gott«, sagte sie. »O Gott, das ist ja furchtbar . . .« Aber sie genoß die Szene, die ihr da geboten wurde. Übrigens: Wenn sie so etwas in der Wohnung eines reichen Römers finden, mein Herr Richter, können Sie sicher sein, Sie haben eine Deutsche vor sich. Ich denke, Marone hatte sie eigens da liegen lassen, damit sie noch was Hübsches zu sehen bekam. Im übrigen war dieses Mädchen high, aber wie. Andauernd schniefte sie. Ihre

Nasenschleimhäute waren ausgetrocknet. Kokain, dachte ich. Den habe ich in einer fröhlichen Nacht gestört, meinen guten Freund Marone. It's just too bad.

Der unglückselige Notti versuchte ein paar Worte zu seiner Verteidigung vorzubringen, aber das gelang ihm nicht. Denn Cossa prügelte unbarmherzig weiter. Notti heulte auf. Die Blonde schrie. Und dann schleifte dieser Pietro Cossa, Lustmörder, Millionär und Boss einer riesigen Bildagentur, Notti hinter sich her aus diesem Raum in einen anderen. Die Türen waren weiß mit Goldeinlagen. Blattgold, ich hatte mir das einmal angesehen. Die Tür, sie war bestimmt zweieinhalb Meter hoch, fiel zu.

»Verschwinde«, sagte Marone zu der Blonden.

Sie lachte idiotisch, erhob sich, wackelte wie eine Stripperin mit dem Hintern und klapperte auf Schuhen mit sehr hohen Absätzen davon durch eine kleine Tapetentür. In der Tür sagte sie in entsetzlichem Italienisch zu Marone: »Ich lege mich schon hin, Carlo, ja? Komm bald, bitte.«

»Ich komme bald«, sagte Marone hinter seinem Schreibtisch. »Und wenn ich nicht bald komme, dann fang schon ohne mich an, Christiane.«

Das fand sie offenbar umwerfend komisch.

»Tür zu!« sagte Marone. Christiane verschwand.

»Das Unangenehme bei Cossa ist, daß er immer Publikum braucht, wenn er jemanden quält. Dégoutant, wie?« fragte Marone.

»Das arme Schwein«, sagte ich.

»Wer?«

»Na, der Kleine. Notti. Der Fotograf.«

Marone schüttelte den Kopf.

»Der ist nicht arm«, sagte er.

»Was?«

»Überhaupt nicht arm. Er und Cossa sind ein altes Liebespaar. Was glauben Sie, wieviel Dresche Notti schon von seinem Süßen bezogen hat. Und wie er es immer wieder genießt – er hat es auch am liebsten vor Publikum.«

»Wieso? Ist dieser Notti . . .«

»Masochist«, sagte Marone gelangweilt. »Haben Sie das noch nicht bemerkt?«

Also hast du recht gehabt, sagte ich zu mir. Du warst doch immer der Meinung, Hasenscharte habe was davon, wenn er richtig verdroschen wird. Na bitte!

Marone hatte etwas gesagt, ich hatte es nicht verstanden.

»Was ist?«

»Der Scheck«, sagte Marone.

Ich sagte: »Muß ihn erst ausfüllen.«

»Was heißt das? Hören Sie, Phil, wenn Sie mich reinlegen wollen . . .«

»Ich will Sie nicht reinlegen«, sagte ich und erklärte ihm, warum der Scheck

noch nicht ganz ausgefüllt war. Ich setzte mich an einen Marmortisch und schrieb den Betrag in Worten und das Datum und als Ausstellungsort Rom, und ich paßte furchtbar dabei auf, damit ich mich nicht verschrieb, denn, wie gesagt, Sylvia hatte nur diesen einen Scheck unterzeichnet, und wenn ich den nun ruinierte, konnte ich noch einmal nach Paris zurückfliegen und versuchen, einen neuen Scheck zu kriegen – versuchen, sage ich, denn es war nicht sicher, daß ich ihn auch bekam bei soviel Liebe und Vertrauen. Ich füllte den Scheck ordentlich aus und gab ihn Marone, und der sah ihn sich vielleicht zwei Minuten lang an und sagte mir dann noch einmal, was passieren würde, wenn etwas an dem Scheck faul war. Ich sagte ihm, was danach passieren würde, und er lachte und fragte mich, ob ich gleich mit der ersten Frühmaschine zurück müsse. Es gehe auch eine zu Mittag.
»Warum wollen Sie das wissen?«
»Wenn Sie Zeit haben, können Sie sich Christiane vornehmen«, sagte Marone.
»Das ist sehr freundlich von Ihnen, Carlo«, sagte ich, »aber ich muß schnell zurück. In Sylvias Jet.«
»Wie Sie meinen, Phil«, sagte Marone und stand auf und ging zu einer Bar. »Wollte Ihnen nur einen Gefallen tun. Christiane ist toll. Aus München. Wissen Sie, was die macht?« Er sagte es mir. Es klang sehr interessant, aber ich mußte wirklich nach Paris zurück.
»Whisky?«
»Ja«, sagte ich. Das war eine Whisky-Nacht.
Wir setzten uns, jeder mit einem Glas, und von nebenan hörten wir den großen fetten Sadisten toben.
»Dauert nicht lange«, sagte Marone. »Kein Publikum mehr. Nur das Nachspiel.« Er sah den Scheck traurig an.
»Sie werden schon mit Cossa teilen«, sagte ich. »Nicht weinen.«
»Nein, ich muß Cossa alles geben!«
»Warum? Sie wissen doch von dem Mord an dem Mädchen! Sie haben ihn doch in der Hand«, sagte ich.
»Ich sage Ihnen, ich muß Cossa alles geben«, sagte Marone. Er war so schön, daß ich ihn kaum ansehen konnte. Sie wissen ja, wie schön ein Römer sein kann: Schwarzes Haar. Edles Gesicht. Die Cäsarennase. Die Glutaugen. Ich hatte von ein paar Mädchen gehört, daß er völlig impotent sei. Da hatte ich die Mädchen gefragt, warum sie sich dann mit ihm abgaben, denn Marone war notorisch geizig, von dem erbte keine was. Und alle Mädchen hatten mir zu meiner Verblüffung dasselbe geantwortet: »Weil er so phantastisch aussieht.«
Und nun sagte Marone, und seine Augen waren so samten wie nie: »Alles tue ich für Sie, Phil, aber unter einer Bedingung. Ich meine: Etwas muß doch auch für mich herausspringen dabei, wie?«

»Sie kriegen weiter die Moran-Filme in den Verleih.«
»Wir wollen nicht von der Erpressung reden. Die Moran-Filme hätte ich ja auch weiter in den Verleih bekommen, wenn Ihnen nicht das Malheur in Paris passiert wäre, Phil.«
»Was ist also Ihre Bedingung?« fragte ich.
»Wie ist der letzte Film von Sylvia geworden?«
»Hervorragend«, sagte ich.
»Dann spiele ich nur mit, wenn die Welturaufführung hier in Rom ist«, sagte Marone und kaute an seiner Zigarre, und nebenan brüllte immer noch dieser Pietro Cossa mit seinem Geliebten Angelo Notti.
»Hm . . .«
Wissen Sie, mein Herr Richter, Rom ist nicht eben eine Stadt, in der man gerne Superfilme, also Filme mit Sylvia, uraufführt. Zu provinziell. Ganz Europa ist eigentlich zu provinziell. Sylvias Filme hatten ihre Uraufführung bisher alle in den Staaten gehabt. Aber Europa . . .
»Ich verspreche Ihnen, ich nehme das beste Kino. Ich nehme das Festival-Kino beim Colosseum, ich nehme das Teatro Sistina! Ich schwöre Ihnen, ich bringe Ihnen an Publikum die besten und reichsten und berühmtesten Leute! Eine solche Premiere hat Rom noch nicht gesehen! Eine solche Premiere haben *Sie* noch nicht gesehen! Von der Uraufführung von So wenig Zeit werden die Leute noch in zehn Jahren reden!«
»Hm . . .«
»Ich lasse die ersten Kritiker einfliegen. Von wo Sie wollen! *Sie* bestimmen, wer von den Kritikern kommt! Oder Bracken, wenn Sie's nicht wissen.« Das schluckte ich. »Ich verspreche Ihnen, ich kriege wen vom Vatikan und die ganze Regierung und sogar irgendeinen prominenten Russen! Und Aristokratie und Verleger und Industrielle und Bankleute – was Sie sich nur ausdenken können!«
»Warum sind Sie so wild auf diese Uraufführung, Carlo?«
»Alfredo Bianchi«, sagte er und trank.
»Was ist mit Bianchi?«
»Na, der ist doch der Partner von Sylvia in So wenig Zeit.«
»Ja und?«
»Was haben wir jetzt? Anfang Dezember. Wann ist der Film fertig zum Einsatz, mit Kopien und Vorreklame und allem?«
»Nicht vor April«, sagte ich.
»Dann ist die Sache geritzt«, sagte Marone.
»Wieso geritzt?«
»Bianchi liegt doch wieder in einer Klinik, nicht?«
»Ja. Ich habe davon gehört. Hier in Rom . . .«
»Diesmal kratzt er ab«, sagte Marone. »Ich habe meine Verbindungen. Ich sage Ihnen, der lebt keine drei Monate mehr. Wir kämen prima hin, Phil.«

»Und wenn er nicht abkratzt? Es hat schon so oft ausgesehen, als ob er abkratzen würde, und er hat's dann doch nicht getan«, sagte ich.
»Diesmal tut er's! Das Haus da gehört Ihnen, wenn Alfredo im April noch lebt«, sagte Marone. »Ich hab's von der Sekretärin des Klinikchefs persönlich. Höchstens bis April hält der noch durch. Ja, etwa bis April. Allerhöchstens. Chin-chin.«
»Chin-chin«, sagte ich. Aber mir war nicht ganz wohl dabei.
»Phil! Der populärste Schauspieler Italiens! Beliebt in der ganzen Welt! Und Römer! Und krepiert in Rom! Und wenn er krepiert ist, starten wir in Rom seinen letzten Film mit Sylvia! Das bringt euch glatt das Dreifache an Einspielergebnis in Italien«, sagte Marone. »In Frankreich auch. Fragen Sie doch Joe! Wollen Sie ihn anrufen und fragen?«
Ich schüttelte den Kopf.
Junge, dachte ich, wenn Alfredo tatsächlich nur noch zwei Monate lebt und der Film startet nach seinem Tod, dann *muß* er hier in Rom gestartet werden, das ist klar. Dennoch – das alles war mir irgendwie zuwider. Aber dann dachte ich: Geschäft ist Geschäft, und sagte: »Von mir aus okay. Natürlich müssen Sie nach Hollywood fliegen und mit Joe reden. Natürlich müssen Sie – wenn Sie schon soviel mehr verdienen – auch Joe gewisse Zugeständnisse machen.«
»Hören Sie, Phil . . .«
»Unbedingt. Anders macht's Joe nicht«, sagte ich und nahm mir vor, Joe sofort, wenn ich nach Paris kam, anzurufen. »Wenn Sie auf Joes Forderungen – unmenschlich werden die nicht sein, Sie wissen, Joe ist wahrhaftig niemals unmenschlich gewesen zu Ihnen –, wenn Sie auf seine Forderungen eingehen, können Sie sicher sein, daß Sylvia mit einer Premiere in Rom einverstanden ist. Ich rede ihr zu. Bracken redet ihr zu. Joe redet ihr zu. Sie wird nach Rom kommen. Wenn Sie Joes kleine Wünsche respektieren – Sie verdienen immer noch genug. Natürlich, das ist die Voraussetzung, daß Alfredo Bianchi wirklich rechtzeitig stirbt.«
»Der kratzt ab, das schwöre ich Ihnen!« sagte Marone. »Geben Sie mir Ihr Glas.« Er machte uns noch zwei Drinks, und wir stießen miteinander an, als die hohe Tür aufging und Angelo Notti hereinschlurfte, gesenkten Kopfes. Hinter ihm kam sein fetter Boss.
»Los«, sagte er zu Notti.
Notti sah mich nicht an. Tränen (der Lust?) tropften auf den Teppich, als er sprach: »Ich bitte Sie um Verzeihung, Monsieur Kaven. Ich bitte Sie tausendmal um Verzeihung. Es war gemein und niederträchtig und hinterhältig, was ich getan habe. Es tut mir unendlich leid. Ich bitte Sie, mir zu verzeihen. Ich habe meine Strafe erhalten.« Ich sah, daß die Augen seines Bosses leuchteten. Jetzt hatte der wieder was davon.
»Was für eine Strafe haben Sie denn erhalten, Notti?« fragte Marone.

Notti schwieg.
»Sagen Sie es!« schrie Cossa.
»Ich bin ab sofort nicht mehr im Pariser Büro«, sagte Notti und weinte immer inbrünstiger. »Ich werde heute noch wegfliegen, weit weg. Ich arbeite ab sofort in einem anderen Büro.«
»Wo?« fragte ich.
»Naher Osten«, sagte Notti schluchzend. »Tel-Aviv.«
Cossa sah mich triumphierend an und klopfte dann mit seinem Krückstock auf den Marmorboden. »Sie haben noch nicht Signor Kavens Verzeihung, Notti!«
»Ich erbitte Ihre Verzeihung, Monsieur Kaven.«
»In Ordnung«, sagte ich. »Ich verzeihe Ihnen.«
»Sagen Sie danke!« schrie Cossa.
»Danke, Monsieur, danke«, schluchzte Notti.
»Jetzt raus mit Ihnen. Der Diener soll Ihnen ein Taxi rufen. Um zehn sind Sie bei mir in der Zentrale!« bellte Cossa.
Der kleine Notti entfernte sich, rückwärtsgehend, mit dauernden Verbeugungen. Dann war er verschwunden.
»Ich danke Ihnen, Signor Cossa«, sagte ich.
»Nichts zu danken. Wo ist der Scheck? Ah, da. Sehr schön. Und nun, Carlo, wollen wir . . .?«
»Ich habe Phil schon gefragt«, sagte Marone.
»Und?«
»Er will gleich zurückfliegen.«
»Signore«, sagte Cossa, »Sie wissen nicht, was Sie da ablehnen. Sie sollen ja nicht allein mit . . . mit Christiane. Nein, wir alle drei! Und nicht irgend etwas, das Sie sich vorstellen. Wir haben da eigene Ideen entwickelt. Christiane macht alles.«
»Nicht alles freiwillig«, sagte Marone. Darüber schüttete sich Cossa wieder aus vor Lachen.
»Nein, freiwillig nicht alles! Aber wir . . . wir überreden sie, Signore . . . Sie haben keine Ahnung, wie geschickt wir mit Überreden sind!«
»Es ist sehenswert«, sagte Marone. »Na?«
»Nein«, sagte ich. »Wirklich freundlich von Ihnen, Carlo. Ich muß zurück nach Paris.«
Na ja, sie bedauerten das, und Marone ließ mich in dem Bentley zum Flughafen bringen, nachdem wir vereinbart hatten, daß er Joe anrufen und nach Hollywood fliegen würde, sobald Joe Zeit für ihn hatte, und die Rückkehr nach Paris in Sylvias SUPER-ONE-ELEVEN, die, aus Madrid gekommen, schon auf der abgelegenen Position 45 stand, als ich den Flughafen erreichte, war sehr angenehm und ruhig. Ich schlief zwei Stunden. Wir landeten am späten Vormittag in Orly, und ich trug wieder meine dunkle

Brille, als ich durch die Sperren ging. Ich hatte das Gefühl, daß die Beamten mich sonderbar ansahen. Ich kam an einem Zeitungsstand vorbei, und da war mir dann klar, warum die Beamten mich so sonderbar angesehen hatten.
Das wüsteste, übelste und darum am meisten gelesene aller Pariser Boulevardblätter hing da aus, lag da in Stapeln. Ich las die Balkenüberschrift:

PHILIP KAVEN VERPRÜGELT ITALIENISCHEN FOTOREPORTER
IM HÔPITAL SAINTE-BERNADETTE

Und darunter:

WAS TRIEB SYLVIA MORANS STÄNDIGEN BEGLEITER
IN DAS KRANKENHAUS?

20

»Rod!«
»Endlich, Phil! Wo bist du?«
»Orly. Eben gelandet. Spreche aus einer Zelle.«
»Kein Reporter da?«
»Hab keine gesehen.«
»Verflucht.«
»Was heißt verflucht?«
»Du hast das Scheißblatt doch auch schon gelesen!«
»Deshalb rufe ich an. Wie können die das erfahren haben?«
»Keine Ahnung. Wirklich, nicht die Spur einer Ahnung. Der Chauffeur, der dich und Notti nach Orly gefahren hat, vielleicht? Wir telefonieren seit Stunden miteinander.«
»Wer wir?«
»Ich und die Ärzte im Sainte-Bernadette. Die Ärzte mit den Pflegern. Ich mit Delamare. Sylvia ist bis auf weiteres erst mal ruhiggestellt.«
»Was heißt das?«
»Als sie in der Klinik des Professors wieder zu sich kam, begann sie zu toben. Diese Schwester Hélène rief Delamare, und der spritzte Sylvia nieder.«
»Was ist das für ein Ausdruck?«
»Na, er wußte ja, was Sylvia angestellt hat. Damit sie das nicht noch mal tut, hat Delamare ihr ein paar Spritzen gegeben. Macht eine kleine Schlafkur mit ihr. Die kommt vor drei Tagen nicht zu sich, hat er gesagt. Sie kriegt dauernd neue Spritzen. Die ist weg, um die brauchen wir uns keine Sorgen zu machen.«
»Wie schön.«
»Dann habe ich mit deinem Freund Lucien telefoniert, dem Nachtportier

vom Le Monde . . . Der hat mit dieser Großwäscherei telefoniert . . . und so weiter, und so weiter . . .«
»Und?«
»Und nichts! Nichts, nichts, nichts! Kein Mensch weiß, wie das Mistblatt es erfahren hat! Joe sagt, es ist die absolute Katastrophe.«
»Joe Gintzburger?«
»Ja.«
»In Hollywood?«
»Ja!«
»Mit dem hast du auch telefoniert?«
»Junge, bist du schwachsinnig geworden? Mit dem habe ich natürlich als *erstem* telefoniert. Der hat die nächste Maschine genommen, der ist schon unterwegs nach Paris.«
»Und . . . und was hat er gesagt?«
»Daß jetzt das Fett im Feuer ist. Daß du jetzt alle Reporter von Paris am Schwanz hast. Daß wir natürlich eine Berichtigung bei diesem Drecksblatt durchsetzen müssen. Schon alles vorbereitet.«
»Was ist vorbereitet?«
»Du nimmst ein Taxi und fährst in die Stadt. Um zwölf Uhr wartet Maître Lejeune auf dich. Bei ›Fouquet's‹. Da mußt du hin. Weißt du, wo ›Fouquet's‹ ist?«
»Wer ist Maître Lejeune?«
»Du mußt ins Zentrum fahren, Champs Elysées . . .«
»Arschloch, ich weiß, wo ›Fouquet's‹ ist! Wer dieser Lejeune ist, will ich wissen!«
»Ecke Avenue George V. Da gehst du hinein und . . .«
»Rod, ich schlage dich tot, sobald ich dich sehe! Scheiß auf ›Fouquet's‹! Sag mir augenblicklich, wer Lejeune ist!«
»Joes Anwalt in Paris. Ist schon verabredet mit dem Herausgeber von diesem Saublatt. Um zwei. Ihr müßt hin. Morgen haben wir die schönste Berichtigung. Wenn du mit Lejeune fertig bist . . .«
»Wie kriegen wir die Berichtigung?«
»Unterbrich mich nicht, verflucht! Joe sagt, du mußt dann gleich weitermachen. Und das wird nicht so einfach sein. Aber es muß geschehen, unbedingt geschehen, unter allen Umständen!«
»Was?«
»Babs muß raus aus dem Krankenhaus – schnellstens.«
»Babs kann doch nicht raus! Erstens ist sie nicht transportfähig, und dann, das sagst du selber, wimmelt es da überall von Reportern.«
»Für die Reporter sorge ich. Und dieser Lejeune. Du wirst ihn gleich erkennen bei ›Fouquet's‹. Er ist der fetteste Mann von Paris, hat Joe gesagt. Und was Babs angeht, so kann sie raus aus dem Krankenhaus. Ich habe mit

Doktor Sigrand telefoniert. Unter bestimmten Voraussetzungen und mit größter Vorsicht behandelt, ist Babs transportfähig. Sie muß noch heute aus Paris verschwinden. Und du mit ihr.«
»Wohin?«
»Nach Nürnberg.«
»Was?«
»Nürnberg, Trottel. Stadt in Deutschland, Trottel. In die Klinik, aus der diese Frau Doktor Reinhardt kommt. Sie bereitet schon alles vor.«
»Alles vor . . .«
»Ja doch, Idiot! Babs kommt jetzt zu ihr! Sie fliegt mit Babs! Und du fliegst mit den beiden!«

21

Maître Lejeune fraß Muscheln, als ich bei ›Fouquet's‹ eintraf. Man kann einfach nicht sagen, daß er die Muscheln aß. Ich habe in meinem Leben, vorher und nachher, niemals einen Menschen auch nur annähernd so unappetitlich bei Tisch gesehen. Der Rechtsanwalt Lejeune, dem Joe blind vertraute, saß auf einer roten Samtbank unter einem Spiegel. Auf seinem Tisch stand ein Kühler mit einer Flasche Weißwein. Vor sich hatte Lejeune zwei Teller. Von dem einen Teller, auf dem sehr viele Muscheln gewesen sein mußten (denn der zweite Teller war hoch gefüllt mit leeren Schalen), nahm er mit sehr dicken und sehr rosigen Fingern die letzten Stücke. Ich blieb beim Eingang stehen und sah ihm zu, denn so etwas an Fresserei hatte ich noch nie erlebt. Lejeune hatte überbackene Muscheln bestellt, also die schon geöffneten, mit viel Petersilie, noch mehr Knoblauch und Öl zubereiteten. Lejeune hatte ein Gesicht wie ein alterndes Schwein. Nun, da er fraß, sah er aus wie ein alterndes Schwein in Ekstase. Muschelhälfte um Muschelhälfte führte er an das rosige Mündchen, und nachdem er die Muschel geschluckt hatte, leckte er die Schale innen und – Ehrenwort! – außen mit einer rosigen Zunge hingebungsvoll ab. Regelmäßig trank er dazu einen Schluck. Seine Hände waren fett. Seine Backen hatten richtige Hamstertaschen, die über den Kragen des Hemdes hingen und bis hinab zu den Revers seines Jacketts. Maître Lejeune hatte praktisch keinen Hals. Sein Schweinskopf saß direkt auf den Schultern. Er war völlig kahl. Sein Bauch war so gewaltig, daß er den Tisch von sich hatte fortschieben müssen, um sitzen zu können. Er besaß erstaunlich kurze Ärmchen, und darum kam er nur mit Mühe an die Muscheln und an den Wein heran.
Ein Kellner trat zu mir. Ich sagte, ich sei mit Maître Lejeune verabredet. Eine halbe Minute später stand ich vor ihm. Fünf Minuten später wußte ich, daß er nicht nur maßlos verfressen und dick war, sondern auch maßlos gerissen. Genau der Mann, den wir jetzt brauchten.

Als ich an seinen Tisch getreten war, hatte er nur kurz den Blick von seinen Muscheln gehoben. Er besaß sehr kleine, listige Schweinsaugen.
»Da sind Sie ja, Monsieur Kaven«, sagte Lejeune mit reiner, hoher Knabenstimme.
»Woher wissen Sie, daß ich . . .«
»Keine Idiotenfragen stellen, bitte«, sagte er, die letzte Muschel in Arbeit. »Setzen Sie sich. Tut mir leid, neben mir ist kein Platz. In Flugzeugen müssen sie auch immer eine Armstütze rausnehmen für mich. Ich brauche zwei Plätze. Zahle auch immer zwei. Drüsen, wissen Sie, Drüsen.« Er seufzte. Zwei Kellner brachten einen neuen Teller mit Muscheln und neues Geschirr. Das Tischtuch sah aus wie eine Landkarte, so sehr hatte Lejeune es versaut. Er bestellte noch eine Flasche ›Blanc de Blanc‹. Ich setzte mich. Ein Kellner wartete höflich. Lejeune sagte für mich: »Bringen Sie meinem Freund zuerst einmal ein Dutzend Austern. Aber ›Imperial‹, nicht die spanischen. Die spanischen sind zu fett.«
»Ich habe eigentlich keine Lust auf Austern«, sagte ich.
»Natürlich haben Sie Lust.«
Wenn er sprach, wehte ein Knoblauchgeruch über den Tisch, der mich fast vom Sessel sinken ließ. »Also los, zunächst einmal zwölf ›Imperial‹, Charles.«
»Sehr wohl, Monsieur le Maître.«
»Und ein Glas – trinken Sie ›Blanc de Blanc‹?«
»Da bekomme ich immer Kopfweh«, sagte ich.
»Dann Weißwein 162«, sagte der Fettsack. Er winkte den Kellner fort und fiel wie ein Wolf über die neue Portion Muscheln her. »Nach dem Essen gehen wir zu diesem Blättchen«, sagte Lejeune. Er leckte wieder eine Schale außen ab. »Deliziös«, sagte er. »Esse sie immer nur überbacken.« Er trank, rülpste und sagte: »Furchtbare Geschichte mit dem armen Kind. Ist mir richtig an die Nieren gegangen. Habe gar keinen Appetit.«
Der Kellner brachte eine Flasche Weißwein, ließ mich kosten und wartete. Nummer 162 war großartig. Ich nickte. Kellner Charles goß mein Glas voll und entfernte sich.
»Noch viel vor heute«, sagte Lejeune. »Sie, meine ich.«
»Ja«, sagte ich. »Sie auch.«
»Ich – wieso? Ach, Sie denken an dieses Drecksblatt! Lächerlich. Das schlucke ich wie eine Muschel!« Er rülpste wieder. »Passen Sie mal auf, wie wir das machen werden, ich erkläre es Ihnen, während wir auf Ihre Austern und mein Cordon bleu warten.«
Ich paßte auf, und er erklärte es mir.
Schon eine Type, dieser Maître Lejeune, ich weiß heute noch nicht, welchen Vornamen er hat.

22

Die Affäre mit dem Skandalblatt schluckte er dann tatsächlich wie eine Muschel. Und mit dem soignierten Verleger wischte er sozusagen den Fußboden auf. Er ließ den Mann, der neben jener Zeitung noch zwei weitere, seriöse besaß, außerdem einen Buchverlag und zwei der größten Illustrierten Frankreichs, fast überhaupt nicht zu Wort kommen.

»Sie wissen ja, Monsieur, daß ich Sie auf zehn Millionen Francs verklagen kann«, sagte Lejeune, sozusagen zur Begrüßung, er hielt noch die Hand des Verlegers in der seinen. Der Verleger trat hastig einen Schritt zurück. Der Knoblauchgeruch, den der Anwalt verbreitete, war raumfüllend, und das Arbeitszimmer des Verlegers war ein großer, kostbar eingerichteter Raum. Aber drei Portionen überbackene Muscheln . . .

»Wir haben Zeugen und Beweise für unsere Behauptung«, sagte der Verleger, der hinter seinen Schreibtisch retirierte. »Ich habe Sie überhaupt nur aus Entgegenkommen empfangen, Maître. Auseinandersetzen müssen Sie sich mit unserer Rechtsabteilung. Was wir drucken, stimmt. Mich werden Sie nicht einschüchtern mit Ihren stadtbekannten Methoden, mich nicht!«

»Ich habe«, sagte der dickste Mann, den ich je sah, mit seiner singenden Eunuchenstimme und legte dabei ein mehrseitiges Schriftstück, das er einer Aktenmappe entnahm, auf den Schreibtisch, »die Klage von Monsieur Philip Kaven gegen Ihr Blatt. Es ist eine Verleumdungsklage. In ihr werden Sie zunächst aufgefordert, an der gleichen Stelle Ihrer . . . hrm . . . Zeitung . . . . und in der gleichen Aufmachung und Schriftgröße bekanntzugeben, daß Ihre Skandalmeldung erlogen ist, anschließend die Wahrheit zu drucken und ferner . . .«

»Wissen Sie, Maître, auch meine Geduld hat Grenzen! Ich bitte Sie, sofort mein Zimmer zu . . .«

». . . will Sie Monsieur Kaven, mein Mandant, Vollmacht liegt bei, wegen schwerer Rufschädigung und Verleumdung auf die Zahlung von zehn Millionen Francs verklagen. Neuen«, sagte Lejeune. »Die Klage wird heute noch eingereicht, wenn wir nicht einig werden darüber, wie eine Wiedergutmachung auszusehen hat.« Rülpsen. »Aber Sie wissen, ich bin ein Mann, der sehr schnell arbeitet und nie etwas dem Zufall überläßt.«

»Monsieur Kaven«, sagte der Verleger (er hatte eine Perle in seiner schönen Krawatte), »wollen Sie behaupten, im Hof des Hôpital Sainte-Bernadette *nicht* einen Fotografen niedergeschlagen zu haben?«

»Monsieur Kaven ist Deutscher, wie Sie wissen, Monsieur«, sagte der Anwalt schnell (wir hatten schon bei ›Fouquet's‹ vereinbart, daß ich kein Wort sprechen sollte), »und er hat große Schwierigkeiten mit der französischen Sprache. Aus diesem Grunde werde ich jetzt für ihn eine vorbereitete

Erklärung verlesen.« Er nahm noch ein Papier aus der Mappe und leierte sehr schnell: »Ich, Philip Kaven, erkläre: Ich habe mich am Abend des zweiten Dezember 1971 in die Hals-Nasen-Ohren-Station des Hôpital Sainte-Bernadette begeben, um Mademoiselle Clarissa Geiringer, unserem Kindermädchen, einen Besuch abzustatten. Mademoiselle Geiringer liegt seit achtundzwanzigstem November 1971 auf dieser Station, nachdem bei ihr sehr beängstigende Erscheinungen im Nasen-Rachen-Raum aufgetreten waren.« Rülpsen. Dann mit der Kastratenstimme weiter: »Als ich – dies ist Monsieur Kavens Erklärung, nicht wahr – das Hospital verließ, wurde ich im Hof von einem Individuum angepöbelt und geschlagen. Ich schlug zurück. Der mir unbekannte Mann flüchtete daraufhin. Nach dem Aufmacher in der heutigen Ausgabe von . . .« – hier nannte Lejeune genießerisch singend den Namen dieser Zeitung – ». . . und dem folgenden Text steht fest, daß der Mann, der mich belästigte, Reporter war und im Auftrag seiner Redaktion handelte, die mich für ihre reißerische und gewissenlose Revolverblatt-Berichterstattung zum Opfer auserkoren hatte – offenbar von längerer Hand vorbereitet.« Neuerliches Rülpsen. »Mademoiselle Geiringer befindet sich im erwähnten Hospital in erwähnter Station, dritter Stock, Privatabteilung, Zimmer sechsunddreißig. Sie wird und kann meine Angaben jederzeit bestätigen. Ich bitte, Klage einzureichen wegen . . .«

»Hören Sie auf«, sagte der Verleger zu Lejeune. Und zu mir: »Sie geben also zu, im Hospital gewesen und den Reporter geschlagen zu haben, Monsieur Kaven?«

»Sie sollen *mich* fragen und nicht Monsieur Kaven«, krähte Lejeune. »Ja, Monsieur Kaven gibt das zu. Mit Vergnügen. Er stellt übrigens auch Strafantrag gegen den Reporter wegen des tätlichen Angriffs. Er hat keine Ahnung, wie der Mann heißt. Es ist eigenartig, daß dieser Mann seither wie vom Erdboden verschluckt ist.«

»Woher wissen Sie das?«

»Wir sind, bevor wir zu Ihnen kamen, durch die Redaktionsräume gegangen und haben die Reporter, vor allem die Fotoreporter, befragt.«

»Es gibt ein Redaktionsgeheimnis, Maître.«

»Das Gericht wird in diesem Falle das Redaktionsgeheimnis zum Zwecke der Wahrheitsfindung außer Kraft setzen. Es geht immerhin um Körperverletzung. Wir werden den Nachweis führen, daß Sie und nicht der Chefredakteur jenes . . . Blattes Ihres Verlags die Verantwortung für die Lügenmeldung trifft . . .«

»Das ist nicht wahr!«

». . . . denn Sie sind es, der sich gerade bei diesem Revolverblatt, das Ihnen so sehr ans Herz gewachsen ist, weil es das meiste Geld bringt, ausbedungen hat, bei jeder Redaktionskonferenz für die Themen des folgenden

Tages den Vorsitz zu führen und Weisungen zu erteilen!« Nach dem Cordon bleu (mit Beilagen) hatte Lejeune noch ein Stück Cremetorte gegessen und einen doppelten Armagnac getrunken. »Wir werden beweisen, daß Sie den Auftrag gegeben haben, Monsieur Kaven zu verfolgen, als Sie erfuhren, daß er schon zweimal im Hôpital Sainte-Bernadette gewesen ist, und darum eine Sensation witterten. Im Interesse der Sauberkeit der französischen Presse . . .«

»Schluß jetzt«, sagte der Verleger. Er drückte auf einen Klingelknopf.

». . . ist es unerläßlich, daß diesem Ihrem Schmierblatt das Handwerk gelegt wird«, fuhr Lejeune ungerührt (und ungerührt nach Knoblauch duftend) fort, »und deshalb ruft mein Mandant auch den französischen Presserat an mit der Aufforderung, entsprechend harte Maßnahmen gegen das Blatt zu treffen.« Lejeune betrachtete seine Fingernägel. »Bei Ihrem Etat für dieses Blatt und dem zu erwartenden Annoncenausfall dürfte das wohl das Ende dieser Publikation sein, Monsieur.«

Eine sehr hübsche junge Sekretärin kam herein und blieb bei der Tür stehen.

»Bitte, rufen Sie das Hôpital Sainte-Bernadette an, Mademoiselle Henriette«, sagte der Verleger, »und verlangen Sie die Privatstation der Hals-Nasen-Ohren-Klinik, Zimmer . . .«

»Sechsunddreißig«, assistierte Lejeune freundlich.

»Wenn Sie die Verbindung haben, geben Sie sie mir herein.«

»Sehr wohl, Monsieur.« Die Sekretärin verschwand. Ich dachte wieder, daß dies ein verflucht cleverer Anwalt war. (Das hatte ich beim Essen zum erstenmal gedacht, als er mir alles erklärte. Auf die Frage, wie er Clarissa überreden konnte, sich in die Privatstation des Hôpital Sainte-Bernadette zu legen, hatte Lejeune geantwortet: »Ich wurde noch nachts von Monsieur Bracken um Rat gebeten – die Zeitung war schon um ein Uhr auf der Straße. Ich sah Mademoiselle Clarissa und erkannte natürlich sofort, daß sie Sie liebt. Voilà, Monsieur. Meinen Glückwunsch.«

Ich hatte gefragt: »Aber im Hospital . . . das ist doch nicht so einfach gewesen . . . da mußten doch falsche Eintragungen gemacht werden, da mußten doch Ärzte und Verwaltung mitspielen.« Er hatte geantwortet: »Es war nur eine Person, an die ich mich wandte, Monsieur Kaven. Sie hat alles arrangiert . . . sofort. Diese Ärztin – Sie wissen, wen ich meine? – liebt auch . . . nein, nicht Sie . . . *Kinder* liebt diese Ärztin . . . *kranke* Kinder . . . *ein* sehr krankes Kind . . . Es geht ihm wieder schlechter, Monsieur . . .«)

Es geht Babs wieder schlechter, dachte ich nun, und ich muß mit ihr nach Nürnberg fliegen, heute noch. Mit Ruth. Und Joe mit seinen Bluthunden fliegt nun schon längst Paris entgegen. Und Sylvia wird nach ein paar Tagen wieder aufwachen . . .

Das Telefon auf dem Schreibtisch des Verlegers läutete. Er hob ab, meldete sich, nannte seinen Namen und sprach Clarissa mit dem ihren an. Weiter kam er nicht. Ich verstand nicht klar, aber ich verstand so viel, daß Clarissa – ihre Stimme erkannte ich – sich einiges von der Seele redete. Ein bißchen Hysterischsein hat auch seine Vorteile, mein Herr Richter. Diesen Verleger brachte Clarissa so weit, daß er zuletzt nur noch stotterte: »Ich bitte tausendmal um Verzeihung . . . nein, nein . . . das waren bestimmt nicht Reporter meines Verlages, die versucht haben . . . Ich weiß es nicht . . . ich weiß es wirklich nicht . . . Mein Ehrenwort, Mademoiselle . . . andere Reporter kann ich nicht beeinflussen, das müssen Sie verstehen . . . aber die meiner Zeitungen . . . Da ist keiner mehr, kein einziger ist da draußen bei Ihnen mehr in fünf Minuten . . .« Er legte auf und sah den fetten Lejeune erbittert an. »Sie«, sagte er, »Sie . . . Sie . . .«
»Ja, Monsieur?« fragte der alte Sängerknabe liebenswürdig.
Der Verleger sprang plötzlich auf und stürzte aus dem Zimmer.
»Sehen Sie«, sagte Lejeune faul gähnend zu mir, »es wirkt schon.«
»Wirkt schon«, sagte ich. »Und wie werden wir die anderen Reporter los? Da sind doch Kerle von allen Pariser Zeitungen draußen jetzt!«
»Immer eins nach dem andern, lieber Herr Kaven«, sagte Lejeune. Er sagte ›Herr‹. Freundlich. Aber ich verstand ihn richtig. Ich sagte: »Entschuldigen Sie. Sie wissen schon, was Sie tun. Ich danke Ihnen.«
»Sie brauchen mir nicht zu danken. Monsieur Gintzburger wird die Rechnung über mein Honorar bekommen.«
Die Tür ging auf.
Der Verleger kam zurück, mit ihm kamen zwei Herren. Den einen stellte der Verleger als den Chefredakteur jener Zeitung vor, den anderen als Justitiar des Hauses. Wir setzten uns alle um einen großen Tisch. Kein einziges Wort redete ich in der nächsten halben Stunde. Nach dieser halben Stunde war die Sache erledigt. Die Gegendarstellung zur Behauptung der heutigen Schlagzeile sollte morgen erscheinen. Mit den beiden Aufmachern allein war die halbe erste Seite versaut. Die andere halbe erste Seite füllten die noch einmal gedruckte Meldung und meine Gegendarstellung, die Lejeune, zum Satz eingestrichen, unter Angabe der Schriftgrade und -typen überreichte. Er überreichte noch etwas anderes und ließ es von Verleger, Justitiar und Chefredakteur unterschreiben: Wenn sein Klient bis 19 Uhr an diesem Tag nicht im Besitz eines Abzugs der Titelseite der morgigen Ausgabe war und sich mit ihrem Inhalt nicht zufrieden erklärte, werde er in meinem Namen vorgehen. Lejeune sagte dazu, er habe da einen ihm befreundeten Staatsanwalt, der für Pressesachen zuständig sei. Der werde in seinem Büro warten . . .
Ich dachte, daß ich gerne die Nerven von diesem Lejeune gehabt hätte. Ich hatte mich immer für tough gehalten bisher, aber ich war bloß ein

Nervenbündel gegen ihn. Wäre dieser Lejeune nicht derart brutal und hinterhältig gewesen und hätte seinen Gegnern auch nur ein paar Minuten Zeit zur Überlegung gelassen, wäre das Ganze schiefgegangen, denn ganz bestimmt hätte irgend jemand im Hospital falsch reagiert und den Schwindel verraten. Ich hielt darum den Atem an, bis die drei Kerle unterschrieben hatten. Der Verleger geleitete uns, zusammen mit seinen beiden leitenden Angestellten, bis zum Lift.

Der Verleger schüttelte mir die Hand und bat mich um Verzeihung. Ich verzieh ihm. Lejeune verzieh ihm auch – ungebeten. Wir fuhren abwärts. Im fünften Stock bat uns der Chefredakteur um Verzeihung. Wir verziehen ihm, und er trat im vierten Stock aus dem Aufzug. Der Justitiar begleitete uns bis in die Halle. Er war ein älterer, würdiger Herr. Vor den Drehtüren des Eingangs sagte er zu uns: »Sie haben erpreßt, gelogen und betrogen, das wissen wir alle. Sie . . .« – er sah mich an – ». . . . verachte ich. Ihr Verhalten, Herr Kollege . . . « – er sah Lejeune an – ». . . finde ich hassenswert.«

»Tant pis«, sagte Lejeune heiter. Übersetzt heißt das etwa: Schlimm für Sie. Oder: Wie mir das egal ist. Oder auch: Das ist Ihr Bier.

Ich lachte noch auf der Straße über diese Antwort, mein Herr Richter. Weil ich eben, leider, ein Idiot bin. Ein totaler Narr.

23

»Ursprünglich«, sagte Ruth, »habe ich Kunstgeschichte zu studieren begonnen. Ich war sehr an der Geschichte der Kunst, an Ästhetik und auch an Literaturgeschichte interessiert. Dann schien mir das nicht genug, und ich belegte auch noch Philosophie.«

Da war es 19 Uhr 45, am 3. Dezember 1971, einem Freitag, und Ruth und ich saßen zu beiden Seiten eines Bettes, das sich in dem kleinen Salon von Sylvias SUPER-ONE-ELEVEN befand. In dem Bett lag Babs, sehr tief schlafend unter dem Einfluß schwerer Mittel, mit denen man sie vor dem Transport versorgt hatte. Sylvias Jet flog ruhig durch eine Vollmondnacht mit klarem Himmel und unzähligen Sternen. Die Fenster des kleinen Salons waren Babs wegen abgedunkelt, doch im vorderen Teil der Kabine konnte man sie sehen – die Sterne, den Mond.

Vor einer Viertelstunde hatten wir den Flughafen Orly verlassen. Die vier Mann Besatzung befanden sich im Cockpit der Maschine. Für jeden einzelnen hätte ich die Hand ins Feuer gelegt – das waren Männer, die unter keinen Umständen eine Gefahr für uns darstellten, seit Jahren in Sylvias Diensten. Babs lag so still, daß man glauben konnte, sie sei tot. Gedämpft drang das gleichmäßige Rauschen der Strahlturbinenwerke in den Salon, in dem eine einzige kleine abgeschirmte Lampe brannte.

»Es war alles ein wenig verrückt«, fuhr Ruth fort, und ich wußte genau, daß sie sprach, um mich zu beruhigen, ruhig zu halten, mir Mut zu machen. Ich war sehr glücklich darüber, daß sie so zu mir sprach – in dieser seltsamen Nacht, hoch über den Lichtern unter uns, tief unter den kalten, funkelnden Sternen, in zehntausend Meter Höhe, vor uns ein Kind, das zwischen Tod und Leben schwebte. »Meine Doktorarbeit«, sagte Ruth, »wollte ich über Fragen der Ästhetik schreiben. Doch je länger ich studierte, um so klarer wurde es mir, daß die Frage zum Beispiel nach der Schönheit und wie wir sie empfinden zuletzt ein psychologisches Problem ist. Ich brach also mein Studium ab und fing ganz neu an – mit Medizin. Verkrachte Existenz, wie?«
Sie neigte sich über Babs, entnahm einer großen Tasche einen Blutdruckmesser und untersuchte das Mädchen, das, verrenkt, auf dem Bett schlief, auf dem ich schon so oft mit Sylvia geschlafen hatte.
Der Captain kam zu uns und sah schweigend zu.
»Wie geht es?«
»Nicht schlechter«, sagte Ruth.
Der Captain sagte: »In vierzig Minuten sind wir über Nürnberg. Auf dem Flughafen wartet bereits eine Ambulanz, Frau Doktor. Der Wagen wird zur Maschine kommen.«
»Ich danke Ihnen, Mister Callaghan«, sagte Ruth. Der Captain verbeugte sich und ging ins Cockpit zurück. Callaghan war Kanadier.
»Er liebt Babs sehr«, sagte ich zu Ruth und hörte die Turbinenwerke rauschen. »Und er hat mir vorhin gesagt, welche Verehrung er für Sie empfindet – eine Frau mit einem so großartigen Beruf, dem menschlichsten aller Berufe.«
»Nein«, sagte sie. »Er soll nicht so von mir denken. Niemand soll das von uns Ärzten, und vor allem soll kein Arzt das von sich selber denken. Ein Arzt, der es doch tut und sich – wie ich zum Beispiel – um kranke Kinder kümmert und dabei meint, er sei eine Art von Gott gesandter Künder wahrer Humanität, der die Aufgabe hat, Großartiges für die Menschheit zu vollbringen, wird bald enttäuscht sein. Die Arbeit eines Arztes ist nicht die eines Philanthropen. Und sie ist nicht caritativ.« Ruth strich Babs' schweißverklebtes Haar aus der Stirn.
»Aber Sie sind doch für diese Kinder da«, sagte ich. »Sie opfern ihnen doch Ihr Leben!«
»Phrasen«, sagte Ruth. »Dumme Phrasen – entschuldigen Sie!«
Sie sah mich nicht an, während sie weitersprach. Aus der Tasche ihres grünen Kostüms zog sie das abgegriffene Spielzeuglamm hervor und drehte es zwischen den Fingern. »Genauso, wie zum Beispiel ich für diese Kinder da bin, genauso sind diese Kinder für *mich* da, Herr Norton – wir müssen bei dem Namen ›Norton‹ bleiben, vergessen Sie das nicht.«

»Ich vergesse es nicht. Aber ich habe nicht verstanden, was Sie vorher sagten.«
Ruth sagte ernst: »Wenn wir nun nach Nürnberg in das Kinderkrankenhaus kommen, in dem ich arbeite, werden Sie viele Kinder kennenlernen. Kinder mit allen Arten von Krankheiten. Ich glaube, Sie werden am ehesten verstehen, was ich meine, wenn ich Ihnen von einem Gespräch erzähle, das ich, bevor ich nach Paris ging, mit einem dieser Kinder, einem Jungen, hatte. Tim heißt er. Ein unheilbares Kind. Querschnittgelähmt. Enorme Intelligenz. Aber wird unheilbar bleiben. Siebzehn Jahre alt. Nun, also Tim sagte zu mir: ›Weißt du, ich glaube nicht, daß du allein dazu hier bist, um mit mir zu reden und mir zuzuhören und mich zu pflegen . . .‹ Er sagte es mit anderen Worten, natürlich.«
»Natürlich.«
»Aber das war ihr Sinn.« Die Maschine legte sich in eine weite Kurve. Wir neigten uns beide vor, um zu verhindern, daß Babs ins Rutschen kam. Ruth sagte: »›Was glaubst du denn, Tim?‹ fragte ich ihn. Und er sagte: ›Ich stelle mir vor, daß du nicht nur versuchst, herauszufinden, was mit mir los ist, sondern daß du ebenso versuchst, herauszufinden, was mit *dir* los ist!‹«
Die Maschine flog nun wieder geradeaus. Wir richteten uns auf.
»Was mit *Ihnen* los ist, Frau Doktor?«
»Ja, das sagte Tim. Und dann sagte er: ›Sicherlich macht es dich glücklich zu glauben, daß du für mich da bist – natürlich nicht nur für mich allein, für alle Kinder hier. Aber ich glaube einfach nicht, daß du einzig und allein da bist, um uns zu pflegen. Du willst auch etwas für dich selber tun!‹«
Babs seufzte tief.
Ruth sah mich an. »Tim hat recht, Herr Norton. Ich . . .« – sie biß sich auf die Lippe – ». . . ich hatte ganz bestimmte Gründe, mein Studium der Kunstgeschichte abzubrechen und Ärztin zu werden. Kinderärztin. Kinder – noch so kranke – sind echten Gefühlen viel näher als alle Erwachsenen. Sie sind auch viel ehrlicher gegenüber sich selbst, sofern ihr Gehirn nicht zerstört ist – und selbst dann manchmal noch –, denn sie wollen verstehen, was mit ihnen los ist. Für mich, Herr Norton, ist es von Anbeginn eine einzigartige Erfahrung gewesen, Kontakt zu solchen Kindern zu haben. Sehen Sie . . .« Seltsam, dachte ich, wie diese so sichere und energische Frau sich plötzlich um die Formulierung jedes Satzes, um jedes Wort quält! ». . . sehen Sie, es ist manchmal schwer . . . seine eigenen Gefühle . . . und . . . und die Gründe, die einen zu einer Handlung bewegen, zu verstehen. Nun, in meinem Krankenhaus bin ich einfach gezwungen . . . gezwungen, ja, vor mir selber Tag um Tag über alle die Fehler, die ich begehe – und ich begehe Fehler noch und noch, Tag um Tag! –, Rechenschaft abzulegen.«

24

Zu dieser Zeit etwa (das Folgende erfuhr ich später von Rod Bracken) stoppten zwei Funkstreifenwagen vor dem Aeropuerto Barajas. Sie waren vom Direktor des Restaurants gerufen worden. Barajas heißt der Flughafen von Madrid. Er liegt zwölf Kilometer nordöstlich dieser Stadt. Im Restaurant des Flughafens hatten betrunkene Männer Streit bekommen und prügelten sich. Die vier Mann Funkwagenbesatzung sahen sich das Getümmel nur einen Augenblick an, dann forderten sie über Funk Verstärkung an. Es kam zu einer massiven Auseinandersetzung mit den rund siebzig Randalierenden. Zahlreiche von ihnen wurden verhaftet und später vor Gericht gestellt wegen Widerstands gegen die Staatsgewalt, Körperverletzung, Hausfriedensbruch, böswilliger Sachbeschädigung, tätlicher Beleidigung und so weiter.

Die Madrider Zeitung »ABC« sprach von einem Presseskandal und forderte Maßnahmen gegen die Verantwortlichen. In der Tat wurden unmittelbar darauf elf inländische Wort- und Bildreporter fristlos entlassen. Dazu kamen zwei Mitarbeiter der staatlichen Nachrichtenagentur EFI und einundzwanzig ausländische Journalisten der verschiedensten Nationen, Zeitungen und Agenturen. Die weitere Arbeit auf spanischem Boden wurde ihnen untersagt, der Aufenthalt im Land für die Dauer von fünf Jahren verboten. In der zweiten Ausgabe der Tagesschau – um 23 Uhr 20 – erfuhr die Öffentlichkeit zum erstenmal von den Ausschreitungen auf dem Flughafen. Im Appartement 315 des Hotels CASTELLANA HILTON saßen Rod Bracken und der so ungemein fette Pariser Anwalt Lejeune vor einem Fernsehapparat. Die beiden Herren waren desgleichen reichlich betrunken. Sie hatten eine Flasche Whisky, zwei Siphons und ein silbernes Eiskübelchen auf einem Tisch zwischen ihren Stühlen stehen und verfolgten die Nachricht und den Filmbericht aus Barajas wohlgefällig.

»Wie habe ich das gemacht?« fragte Maître Lejeune. Beide Männer trugen nur Hemd und Hose, die Kragen hatten sie geöffnet. Lejeune aß ein kaltes Hühnchen, während er sprach.

»Großartig haben Sie das gemacht, Maître«, sagte Rod.

»Sie können's gelegentlich Joe Gintzburger erzählen.«

»Das ist das erste, was ich tun werde, wenn er nun nach Paris kommt. Ehrlich, ich bin auch kein Trottel, aber ich verstehe nicht, *wie* Sie es gemacht haben!«

»Wieso nicht?«

»Ich bin schon allerhand gewöhnt von Journalisten«, sagte Bracken. »Aber daß sie sich so aufführen wie da in Barajas – und so viele! Die müssen doch gewußt haben, was ihnen passiert, wenn sie derartigen Wirbel machen und sich so besaufen. Ich meine: Gestorben wäre doch keiner vor Enttäu-

schung. Wütend auf uns, ja, aber Skandal schlagen, bis die Polizei kommen muß, Ausweisung und Knast riskieren . . .« Er sah Lejeune an.
»Mußte ein bißchen nachhelfen«, sagte der mit seinem Silberstimmchen, an einem Knochen nagend.
»Wer?«
»Ich. Mit ein paar Freunden. Die Freunde spielten Journalisten. Immer gut, wenn man Freunde hat.« Lejeune rülpste. »Joe wird noch ein wenig tiefer in die Tasche greifen müssen. Meine Freunde . . .«
»Klar.«
»Was jetzt, denn wir stehen ganz am Anfang einer schlimmen Sache, Monsieur Bracken . . .« – der nickte beklommen – ». . . . geschehen mußte, war, daß die verfluchten Sensationsreporter und die Agenturen ordentlich eine aufs Haupt kriegen. Mit Ausweisung, Arbeitsverbot und so weiter. Damit sie in Zukunft etwas weniger hinter uns her sind. Es mußte erst mal ihr Ehrgeiz gebrochen werden. Na, den haben wir fein gebrochen, denke ich.«
»Ein paar Reporter sind aber auch der Ambulanz nachgefahren zur Klinik Salmerón«, sagte Bracken.
»Und wie gut war das doch! Ich habe mit Salmerón vorher natürlich telefoniert. Er hat Clarissa, als der Krankenwagen kam, vor der Klinik empfangen und den Reportern auch noch ein paar ernste Worte gesagt. Salmerón ist mein Freund. Ich habe ihm mal einen Gefallen getan, als ihm ein Franzose hopsging unter dem Messer. Jetzt tut er mir einen Gefallen. Wird eine Weile bei meinem Freund Salmerón liegen, die liebe Clarissa. Ich habe die liebe Clarissa schließlich auch ins Sainte-Bernadette gebracht, nicht wahr?«
»Ist der Chef dort auch Ihr Freund?«
»Nein«, sagte Lejeune. »Da habe ich mit Doktor Sigrand gesprochen. Der hat gesagt, aufnehmen kann er jeden. Alles andere hat dann diese Doktor Reinhardt getan. Sie hat sich auch verpflichtet, die Verantwortung auf sich zu nehmen für alles Ungesetzliche, was im Sainte-Bernadette geschehen ist. Schriftlich! Weil sie nämlich eine junge Frau voller Liebe ist.«
»Liebe zu Kaven?« fragte Bracken.
»Um Gottes willen, nein.«
»Liebe zu Babs?«
»Liebe zu allen kranken Kindern«, sagte Lejeune. »Außerordentliche Frau, Monsieur Bracken, wirklich. Sie hat da sehr viel auf sich genommen. Andererseits – wann hat schon einmal ein Arzt einem andern ein Auge ausgehackt, nicht wahr?«
»Sie sind auch ein außerordentlicher Mann, Maître«, sagte Bracken beeindruckt.
»Ich weiß«, sagte der fette Anwalt. »Santé, mein Freund.«

Nachdem der Anwalt und ich das Pressehaus jenes Zeitungszaren verlassen hatten, waren wir ins LE MONDE gefahren, wo sich zu dieser Zeit noch Bracken und Herr Dr. Wolken aufhielten. Lejeune und Bracken hatten das, was nun zu tun war, ausführlich mit mir und Herrn Dr. Wolken erörtert. Lejeune telefonierte mehrmals. Um 16 Uhr verließen uns der Anwalt und Bracken, dieser mit einer Reisetasche. Ich rief Suzy Sylvestre in ihrem Kosmetiksalon an. Sie war entsetzlich aufgeregt, denn auch sie hatte natürlich jene Zeitungsschlagzeile gelesen.
»Was geschieht jetzt, mon petit chou?«
»Du mußt so lieb sein und gleich nach Hause fahren und alle Sachen, die Babs gehören, in die beiden Koffer packen und . . .«
»Aber warum?«
»Bitte, laß mich ausreden! Und einen Koffer voll mit Anzügen und Wäsche und so weiter für mich.«
»Du willst weg von mir?« schrie Suzylein auf.
»Psst. Nimm dich zusammen!«
»Entschuldige . . . aber . . . aber wenn du von mir weggehst, das ist so schrecklich . . .«
»Ich gehe ja gar nicht von dir weg. Nur für einen Sprung. Wo bist du?«
»Im Büro hier.«
»Kann dich jemand hören?«
»Nein.«
»Gut. Paß auf: Babs muß raus aus Paris. Wegen der Reporter. Ich muß mit ihr wegfliegen. Schnellstens.«
»Wohin?«
»Nach Deutschland. Sie kommt in eine andere Klinik. Nürnberg. Eine Ärztin fliegt mit.« So leicht passiert einem so etwas, mein Herr Richter, sehen Sie. Nur einen Moment hatte ich nicht achtgegeben.
»*Ärztin?* Was für eine Ärztin?« schrie Suzy.
»Die sie bis jetzt behandelt hat.«
»Wie kommt die nach Deutschland?«
»Weil sie Deutsche ist und in Nürnberg als Ärztin arbeitet.«
»Ich denke, sie arbeitet im Sainte-Bernadette.«
»Das auch. Aber eigentlich . . . «
»Ich verstehe schon. Schläfst mit ihr, ja? Von Anfang an, wie? Darum hast du gesagt, du kannst nicht bei mir bleiben, was? Wie heißt das Miststück?«
»Suzy, bitte!«
»Klar schläfst du mit ihr!«
»Nein, tue ich nicht!«
»Tust du doch!«
»Nein!«
»Wie das Miststück heißt, will ich wissen.«

»Das spielt keine Rolle.«
»Aha! Schön, nicht. Kriege ich auch so raus. Werde ich mich mal im Sainte-Bernadette erkundigen . . . .«
Das wurde lebensgefährlich.
Mein Herr Richter, um ein langes Gespräch kurz zu machen: Es gelang mir nach unzähligen Liebes- und anderen Schwüren, sie so weit zu beruhigen, daß sie davon absah, im Hôpital Sainte-Bernadette nachzuforschen. Gewonnen hatte ich, als mir dies einfiel: »Sei doch nicht idiotisch! Meine Sachen bleiben doch zum größten Teil bei dir! Und ich bin morgen auch wieder bei dir!«
»Das glaube ich nicht! Du kommst nie wieder!«
»Ich schwöre, daß ich wiederkomme. Die ganzen Amis aus Hollywood fliegen schon an. Ich *muß* einfach wieder in Paris sein morgen!«
Arme, schöne, hilflose Suzy. Einfach kein Selbstvertrauen. Dabei eine so tüchtige kleine Hure. Seltsam. Sie sagte erstickt: »Vor den Amis scheißt du dir in die Hosen, das glaube ich. Ich bin dir egal. Aber wenn die Amis nach Paris kommen, kommst du auch, das glaube ich. Wohin sollen die Koffer gebracht werden?«
»Chérie, ich liebe dich.«
»Ich liebe dich doch auch! Glaubst du, ich würde mich sonst so aufregen? Wohin sollen die Koffer gebracht werden?«
Ich sagte Suzy, wohin.

25

Es war immer noch hell, als Bracken mit Lejeune in einem Taxi das Hôpital Sainte-Bernadette erreichte.
»Merde alors«, sprach der Taxichauffeur, »was is'n hier los?«
Hier sah es, nach Brackens späterem Bericht, wahrlich schauderhaft aus. Zu beiden Seiten der Straße parkten, manchmal nebeneinander, Wagen. Der normale Verkehr kam kaum voran. In den Wagen lümmelten, an den Wagen lehnten Männer mit Lederjacken, in pelzgefütterten Mänteln oder dicken Pullovern. Sehr viele von ihnen hatten Fotoapparate. »Scheißreporter, was?« fragte der Chauffeur.
»Scheint so«, sagte Lejeune.
»Was wollen die denn da?«
»Keine Ahnung.«
»Ach, herrje.« Dieser Taxichauffeur war ein wenig langsam. Nicht nur, wenn er fuhr. »Da ist doch heute nacht diese Prügelei gewesen mit dem Kerl von der Moran und diesem Reporter, habe ich gelesen.«
»Tatsächlich?«
»Na, haben Sie's etwa nicht gelesen?«

»Nein«, sagte Lejeune. »Fahren Sie uns in den ersten Hof hinein, bitte, vor die Hals-Nasen-Ohren-Klinik.«
»Können vor Lachen«, sagte der Chauffeur. »Tut mir leid, weiter komme ich nicht. Da drüben ist der Eingang.«
Bracken zahlte, dann verließ er nach Lejeune den Wagen. Beide wurden angerempelt, fotografiert, angeschrien. Die Reporter wollten wissen, was Bracken hier zu tun habe, was der berühmte Lejeune hier zu tun habe, wo ich sei. Bracken gab keine Antwort. Er ging hinter Lejeune her, der sich, gewaltig wie ein Rammbock, durch die Journalisten schob. Vor dem Eingang der Klinik standen zwei Polizisten. Sie bemühten sich – mit äußerst mäßigem Erfolg –, Bracken und Lejeune eine Gasse zu bahnen. Endlich waren die beiden im Haus.
Ein junger Arzt trat zu ihnen.
»Monsieur Bracken, Monsieur Lejeune?«
»Ja«, piepste der Fettwanst. »Sie sind Doktor Rivière, wir haben telefoniert, ich erkenne Ihre Stimme wieder. Alles bereit?«
»Alles bereit«, sagte der junge Arzt. Er führte die beiden Besucher zu einem Zimmer, rechts vom Eingang. In dem Zimmer standen Dr. Sigrand und Ruth. Auf dem Boden erblickte Bracken eine Tragbahre und auf ihr, unter Decken, festgezurrt, das Gesicht noch frei, Clarissa.
»Hy, Clarissa«, sagte Bracken.
Sie nickte, bleich und entschlossen.
»Hören Sie«, sagte Dr. Sigrand, »das muß jetzt aber schnellgehen, sonst bekommen wir hier Unannehmlichkeiten.«
»Wenn Sie bereit sind, wir sind's«, sagte Lejeune. Sigrand ging zu einem Wandtelefon und sprach kurz. »Die Ambulanz fährt nun vor«, sagte er danach. »Die Träger kommen sofort.«
»Danke, Monsieur le Docteur«, sagte Bracken. Dann kniete er neben Clarissa nieder. »Danke auch Ihnen, Clarissa. Tut mir leid, aber jetzt werden Sie eine Weile nichts sehen.« Er betrachtete die vom Gesicht zurückgeschlagene Decke und wandte sich an Sigrand: »Wird sie genug Luft kriegen?« Sigrand nickte, kniete gleichfalls nieder und zeigte Bracken mehrere Schlitze im oberen Teil der Decke. Dann knüpfte er diese über Clarissas Gesicht fest. Zwei Träger kamen herein, hoben die Bahre wortlos auf und gingen wieder zum Ausgang. Bracken und Lejeune folgten. Der Anwalt verneigte sich noch vor Ruth und Sigrand.
»Meinen allerherzlichsten Dank.«
Ruth und Sigrand antworteten nicht.
Na ja, und dann ging die Sache richtig los. Vor dem Klinikeingang hatte eine große Ambulanz gehalten. Auf einmal waren fünf Polizisten da – und dazu die beiden von vorhin. Sie drängten, prügelten und traten sich mit den Reportern, die wie die Irren vorwärtsstürmten. Bracken sagte mir später,

so etwas von Gebrüll und Gefluche habe er noch bei keiner Premiere Sylvias erlebt. Ein besonders Schlauer versuchte, die Decke von Clarissas Kopf zu reißen. Bracken hob einen Fuß und traf ihn bildschön genau dorthin. Der Reporter setzte sich auf das Pflaster.
Während immer noch fotografiert wurde, während die Pfleger die Bahre in die Ambulanz hoben, rannten viele Reporter schon zu ihren Wagen. Lejeune und Bracken sprangen zuletzt in den Krankenwagen. Die Sirene heulte auf, das Blaulicht begann zu zucken. Der Fahrer trat auf das Gaspedal und fuhr an.
Raus auf die Straße! Bracken sah durch das rückwärtige Fenster, wie die Reporter in ihre Wagen sprangen und diese starteten. Fünf Minuten später fuhren sie als gewaltiger Konvoi hinter dem Wagen mit dem roten Kreuz her.
»Voilà«, sagte der fette Lejeune. Und zog eine Tafel Schokolade aus der Tasche. »Mit Nüssen«, sagte er.

26

Die Ambulanz fuhr nach Le Bourget, dem kleineren der beiden Pariser Flughäfen. Sie fuhr auf das Rollfeld, auf dem neben einigen Linienmaschinen drei Charterflugzeuge standen. Die Bahre wurde möglichst umständlich in eine der Chartermaschinen verladen.
Die Reportermeute war inzwischen erschienen, Lejeune hatte Auftrag gegeben, mit dem Verladen ein wenig zu warten. Nun war es dunkel geworden. Eine Viertelstunde lang blieb das Flugfeld vor der Chartermaschine taghell von Elektronenblitzen erleuchtet.
Der Anwalt hatte wirklich alles ganz fabelhaft vorbereitet. Die Crew der Chartermaschine kam erst, als die Bahre schon im Flugzeug war – drei Mann. Sie erzählten bereitwillig jedem Reporter, der es hören wollte, daß Monsieur Bracken ihre Maschine für einen Flug nach Madrid gemietet habe. Daraufhin – Lejeune ließ sich nun alle Zeit der Welt – rasten zahlreiche Reporter in die Telefonzellen des Postamts und verständigten ihre Zeitungen, Agenturen oder Kollegen in Madrid, andere fanden derweilen heraus, daß, o Wunder, eine der anderen Chartermaschinen noch zu mieten war. (Lejeune hatte eigens diese zweite Maschine, deren Crew nun allerdings sehr verschlossen war, bereitstellen lassen.) So flogen zuletzt zwei Maschinen ab – in der einen Clarissa, Lejeune und Bracken, die andere vollgepackt mit Reportern. Bracken erzählte mir, daß sie es sich während des Fluges mit Clarissa so gemütlich wie möglich machten. Sie nahmen eine Armstütze für den fetten Lejeune heraus, damit der sitzen konnte. Sie banden Clarissa von der Bahre los und spielten dieses Würfelspiel, das alle Franzosen so lieben – 421. Sie tranken auch ein bißchen, und

über den Pyrenäen, über denen alle Maschinen zu allen Zeiten auf diese widerliche Weise zu zittern und vibrieren beginnen (weil es da, wie man mir ein dutzendmal erklärt hatte, gewisse Turbulenzen gibt, ich habe es nie verstanden), also über den Pyrenäen wurde es Clarissa dann sehr übel, und sie brauchten eine Menge Tüten, und zuletzt lag sie wieder auf der Bahre, und Bracken und Lejeune spielten allein weiter 421, man kann es auch zu zweit spielen.
Von den Funkfeuern, welche die Maschine leiteten, erfuhren die Piloten, daß die zweite Chartermaschine sie überholt hatte und als erste in Barajas landen würde.
»Fliegt noch ein bißchen langsamer, wenn's geht«, sagte Lejeune zu dem Copiloten, als dieser ihm die Meldung überbrachte, »damit die Herren auch Zeit genug haben, sich richtig vorzubereiten.«
Die waren vielleicht vorbereitet, als Brackens Maschine ausrollte, mein Herr Richter! Neben den Reportern aus dem anderen Flugzeug hatte sich nun noch eine Menge Reporter aus Madrid eingefunden, und sie alle umringten Brackens Maschine, als sich die Luke öffnete und zwei Mann der Besatzung die Bahre über die Gangway herabtrugen, während über das Vorfeld des Flughafens ein Krankenwagen herankam.
Abermals begann das Theater mit dem Fotografieren. Lejeune ging dicht hinter den Männern, welche die Bahre trugen, und als sie den Boden erreicht hatten, trat er neben die Bahre und war sehr ungeschickt. Weil er so ungeschickt war, streifte er das Kopfende der Decke zurück.
Es folgte ein wüstes Feuerwerk von Elektronenblitzen – danach völlige Stille. Alle hatten gesehen, daß nicht Sylvia Moran auf der Bahre lag und auch nicht etwa Babs, sondern das Kindermädchen Clarissa Geiringer. Viele kannten ihr Gesicht. Viele kannten es nicht. Alle wußten ganz bestimmt, daß sie weder Sylvia noch Babs vor sich hatten.
In die Stille hinein sagte Lejeune englisch: »Zu Ihrer Information, meine Herren: Die Dame heißt Clarissa Geiringer und ist seit Jahren Kindermädchen von Babs Moran. Sie ist vor einigen Tagen in Paris ins Hôpital Sainte-Bernadette gebracht worden – sie hatte bedrohliche Erscheinungen im Nasen-Rachen-Raum.« Danach sagte Lejeune mit seiner Eunuchenstimme, während man Clarissa in die spanische Ambulanz hob: »Die Ärzte diagnostizierten eine Liquorrhoe – ein Austreten von Gehirnflüssigkeit infolge einer Verletzung der Trennwand zwischen Nase und Hirn. In solchen Fällen ist für das Gehirn stets die Gefahr einer Infektion sehr groß. Die Pariser Ärzte verlangten deshalb dringendst eine Operation. Um jedes Risiko auszuschließen, hat Monsieur Kaven – Sie wissen, Madame Moran macht Urlaub, was Sie vielleicht noch nicht wissen: Jetzt, nach Mademoiselle Clarissas Erkrankung, ist unsere liebe kleine Babs ihr in diesen Urlaub gefolgt –, hat Monsieur im Sainte-Bernadette gebeten, ihm die größte

Kapazität auf diesem Gebiet zu nennen. Dies ist Professor Arias Salmerón. Seine Klinik hier in Madrid ist weltbekannt. Wir bringen Mademoiselle Geiringer nun zu Professor Salmerón. Vielen Dank, meine Herren.«
»Was heißt wir?« schrie ein Reporter. »Was machen *Sie* hier? Warum ist Mister Kaven nicht allein oder mit einem Arzt geflogen?«
»Mister Kaven ist ein sehr guter Freund von mir. Er kennt Madrid nicht. Es werden möglicherweise gewisse Formalitäten zu erledigen sein.«
»Und warum haben Sie uns das alles nicht schon in Paris erzählt?« schrie ein anderer Reporter.
»Weil mich niemand von Ihnen danach gefragt hat«, antwortete Lejeune, hinter Bracken in die Ambulanz steigend. Er schloß die Türen hinter sich. »Los jetzt, aber schnell«, schrie er spanisch dem Chauffeur zu. »Weg hier! Da geht gleich was los!«
Ich habe schon berichtet, was dann gleich losging, mein Herr Richter . . .
Nun: Während alle Reporter in ihrer Chartermaschine hinter jener mit Clarissa her nach Madrid flogen, wurde Babs, für den Transport besonders geschützt, in Schlaf versetzt und, begleitet von Ruth, in einer Ambulanz vom Hôpital Sainte-Bernadette zum Flughafen Orly gefahren, wo ich am Fuß der Gangway von Sylvias SUPER-ONE-ELEVEN wartete. Mein und Babs' Gepäck lag bereits im Jet. Suzy hatte es, meinem Wunsch folgend, nach Orly bringen lassen. Einer der beiden Männer, die mit den Koffern kamen, übergab dem Captain einen Brief an mich. Ich war schon eine Stunde vor dem Eintreffen des Krankenwagens hiergewesen und hatte gelesen, was Suzy mir schrieb, dies: ›Bitte, komm zurück. Ich tu alles, was Du willst, aber komm zurück, *bitte*. Suzy‹.

27

GESTATTEN, NERO.
IHR HABT SICHER SCHON VON MIR GEHÖRT. ICH WAR KAISER IM ALTEN ROM. ABER VIEL LIEBER WAR ICH RENNFAHRER, SCHAUSPIELER UND SÄNGER. ICH HABE MEINE MUTTER UMGEBRACHT UND MEINEN LEHRER SENECA ZUM SELBSTMORD GEZWUNGEN. ICH HABE ROM ANGEZÜNDET UND CHRISTEN BRENNEND ALS LEBENDIGE FACKELN IN MEINEN GARTEN GESTELLT. ES WAR EIN SEHR WÜSTES LEBEN – BIS ZU MEINEM SCHLIMMEN ENDE IM JAHRE 68 NACH CHRISTUS. FALLS EUCH MEINE STORY INTERESSIERT, SAGT DAS FRAU DR. REINHARDT – ES GIBT EIN GANZ TOLLES BUCH ÜBER MICH IN DER KRANKENHAUSBIBLIOTHEK!

68 nach Christus, dachte ich. Hätte ich nicht gewußt.
Die Worte standen, rot und groß, auf einem Bogen Packpapier, der an einer Wand im Foyer des Sophienkrankenhauses für Kinder in Nürnberg klebte.

Von wem immer dieses Plakat stammte, er hatte, vermutlich aus einem Prospekt, den Kopf einer Bronzebüste Neros geschnitten und auf das Papier geklebt. Die Worte, die ich eben geschrieben habe, kamen in einer großen Sprechblase aus dem Mund des ausgeschnittenen Kopfes. Das Plakat bildete einen höchst wirkungsvollen Blickfang.
Zu dieser Stunde – 21 Uhr 45 – befanden sich außer mir nur zwei Menschen in der Halle: der diensthabende Pförtner an seinem Schiebefenster und ein mittelgroßer Mann in blauem Wintermantel. Dieser Mann trug eine Brille wie ich. Der Mann sah bedrückt aus.
Wir waren, wie vorgesehen, in Nürnberg gelandet, eine Ambulanz des Sophienkrankenhauses hatte uns erwartet, und Babs war, mit größter Vorsicht, aus der SUPER-ONE-ELEVEN in den Krankenwagen umgebettet worden. Trotzdem hatte es ein schlimmes Erwachen gegeben. Babs war kaum im Krankenwagen, als sie zu sich kam. Sie befand sich nun in einem Zustand vollkommener Verwirrung. Sie hatte Angst, und die Schmerzen kehrten wieder, während die Ambulanz bereits über die Moshofer Hauptstraße und die Johann-Sperl-Straße der breiten Erlanger Straße entgegenraste, die dann (der Nürnberger Flughafen liegt nördlich der Stadt) in fast rein südlicher Richtung zum Stadtzentrum führt.
Ruth und ein junger Arzt des Krankenhauses, der mit dem Krankenwagen gekommen war, bemühten sich um das Kind, dessen Glieder wild durch die Luft fuhren.
»Reaktion auf den Flug«, sagte Ruth über die Schulter zu mir.
Babs schrie. Die Sirene des Wagens heulte.
Die Erlanger Straße, die wir entlangrasten, wechselte ihren Namen nun in Bucher Straße, ich sah ein Schild.
Babs schrie und schrie und schrie.
»Schneller!« sagte Ruth dem Chauffeur durch ein kleines Fenster. Der trat das Gaspedal ganz durch. Die Ambulanz schoß vorwärts, über Rotlichter und Kreuzungen hinweg.
Ich war noch nie in Nürnberg gewesen. Im Stadtteil Sankt Johannis (Ruth sagte mir, wo wir uns nun befanden) nahm die Ambulanz Abbiegungen in andere Straßen auf zwei Rädern. Dann hatten wir das Krankenhaus erreicht. Der Krankenwagen hielt im Hof. Ich schien für Ruth nicht mehr zu existieren. Sie kümmerte sich nur noch um Babs, die mitsamt der Bahre auf einen dieser Operationswagen geschoben und davongerollt wurde – in die Klinik hinein. Ich wollte folgen. Der junge Arzt hielt mich zurück.
»Sie können nicht mitkommen, Herr Norton.«
»Wer sagt das?«
»Ich sage das. Was wir jetzt mit dem Kind tun müssen, um sein Leben nach dieser Anstrengung zu erhalten, ist . . . das müssen wir allein tun. Bitte gehen Sie wieder aus dem Hof hinaus und warten Sie in der Eingangshalle.

Sobald Frau Doktor Reinhardt kann, wird sie zu Ihnen kommen. Bitte!«
Also tat ich, was er verlangte. Es war sehr kalt in Nürnberg, und der Himmel war sehr klar. Ich ging aus dem Hof, um die Klinik und landete dann in der Eingangshalle, wo ich dem Pförtner sagte, daß ich auf Frau Dr. Reinhardt warte. Er nickte nur abwesend, damit beschäftigt, Briefmarken in einem Album zu ordnen.
Ich setzte mich, sah mir das seltsame Nero-Plakat an und bemerkte den stillen Mann am anderen Ende der Halle. Ich saß über eine Stunde da und dachte, daß Babs in dieser Stunde vielleicht sterben mußte oder daß sie schon gestorben war. Nein, dachte ich, wenn sie tot wäre, dann wäre Ruth sofort zu mir gekommen.
». . . Norton!«
Ich sah auf.
Der Pförtner hatte gesprochen. Er hielt einen Telefonhörer in der Hand.
»Was ist?«
»Sie sind doch Herr Norton!«
»Ja, warum?« Wenn das so weiterging und ich nicht dazu kam, mich einmal ordentlich auszuschlafen, ein einziges Mal nur, dann fiel ich bald einfach auf die Schnauze, das spürte ich.
»Am Telefon verlangt!« Entweder dieser Pförtner war zu faul, ganze Sätze zu sprechen, oder ich war zu müde, sie zu verstehen.
»Ich?«
»Na ja doch!«
»Von wem?«
»Herrjesus, weiß ich doch nicht! Zentrale fragt, ob Sie da sind. Müssen da sein, sagt Zentrale. Sind ja auch da. Also wollen Sie nun oder nicht?«
Der stille Mann auf der anderen Seite der Halle sah mich ernst an. Ich stand auf. Als ich das Fenster des Pförtners erreichte, hielt er mir den Hörer hin.
»Eine Zelle gibt's hier nicht?«
»Kann das Gespräch nicht noch mal umlegen«, sagte der Pförtner. Vor sich hatte er eine Menge schöner Marken ausgebreitet. Ich sah, daß es die kompletten monegassischen Sätze der Jahre 1969 und 1970 waren. Das auch noch. Ich nahm den Hörer und stützte mich mit einem Ellbogen auf das Holz des schmalen Fensterbretts.
»Hallo?«
»Was heißt hier Hallo? Heißt du Hallo?« Bracken!
»Was gibt's?«
»Joe ist in Paris. Mit seinen Leuten. Im LE MONDE. Er will uns sofort sprechen.«
»Joe kann mich . . .«
»Halt's Maul. Glaubst du, für mich ist das schön? Ich muß heute nacht auch noch zurückfliegen. Mit Lejeune.«

»Wo bist du eigentlich?«
»In Madrid. Hier ist alles gutgegangen. Und bei dir?«
»Ich komme morgen. Muß schlafen.«
»Du fliegst noch heute nacht! Wie wir. Morgen um acht haben wir bei Joe zu sein!«
»Um . . . wann?«
»Acht Uhr, Trottel. Was bei dir los ist, will ich wissen.«
»Keine Ahnung. Ich warte schon seit einer Ewigkeit.«
»Vielleicht geht es der Kleinen sehr schlecht?«
»Vermutlich. Ich bleibe hier.«
»Du bist um acht im LE MONDE! Und wenn die Kleine tot ist! Joe hat vielleicht eine Laune, kann ich dir sagen, Mensch!«
»Joe kann mich . . .«
»Du wiederholst dich. Morgen um acht!«
Ich sagte gar nichts, ich gab dem Pförtner einfach den Hörer, und der legte ihn in die Gabel. Ich stützte den Kopf in beide Hände. Nein, nein, nein, das hielt kein Schwein aus, das . . .
»Herr Norton!«
Ich drehte mich um. Vor mir stand Ruth. Sie trug einen weißen Ärztemantel, und unter ihren Augen lagen wieder die tiefen, dunklen Ringe der Erschöpfung.
»Was . . . ach, Frau Doktor . . . Wie geht es ihr?«
»Nicht gut.« Ruth zog mich vom Fenster des Pförtners fort. »Der Flug war zu anstrengend.«
»Ich muß zurück, Frau Doktor«, sagte ich. »Heute nacht noch. Ich muß morgen um acht Uhr früh in Paris sein. Ich erhielt eben einen Anruf.«
Bevor sie antworten konnte, sagte eine Kinderstimme neben mir: »Wer bist du?«
Ich sah zur Seite. Da stand ein vielleicht zehnjähriger Junge mit schwarzem Haar und großen, brennenden schwarzen Augen. Er trug einen Morgenmantel über einem Pyjama und Pantoffeln.
»Sammy! Was machst du hier?« fragte Ruth erschrocken. »Wieso schläfst du nicht längst?«
Der Junge, der Sammy hieß, beachtete sie nicht. Er sah mich an und sagte: »Ich sehe, du willst mir nicht sagen, wer du bist. Ich werde dir sagen, wer ich bin. Ich bin Malechamawitz.«
»Du bist . . .«, begann ich und wurde unterbrochen von einer Schwester, die herbeigelaufen war.
»Sammy! Ich suche dich überall! Du weißt doch, daß du nachts nicht aufstehen darfst!«
»*Sie* wissen das auch, Schwester Leonore«, sagte Ruth zu ihr. »Und Sie wissen auch, daß Sammy schon oft aufgestanden ist und man deshalb

besonders auf ihn achten muß. Er liegt auf Ihrer Station. Wie konnte er wieder ausreißen?«
»Wie soll ich auf dreißig Kinder aufpassen, von denen zwanzig unruhig sind? Unser Personalrat hat längst eine zweite Nachtschicht gefordert.«
»Schon gut. Bringen Sie Sammy jetzt zurück. Geh schön, Sammy, gute Nacht.« Ruth strich über das Haar des Jungen und lächelte ihn an. »Schalom.«
»Schalom«, sagte der kleine Junge. Er ließ sich von der Schwester fortführen, drehte sich noch einmal um und sagte zu mir: »Malechamawitz bin ich. Du hast verstanden, ja?«
»Ich habe verstanden«, sagte ich hilflos. Der kleine Junge verschwand mit der Schwester.
»Heißt er wirklich Malechamawitz?« fragte ich Ruth.
»Nein.«
»Aber . . .«
»Er ist sehr krank, Herr Norton. Er behauptet stets, Malechamawitz zu *sein*. Das ist ein jiddischer Ausdruck.«
»Und was bedeutet er?«
»Er bedeutet ›Engel des Todes‹«, sagte Ruth und fuhr gleich fort: »Was heißt, Sie müssen weg? Das geht doch nicht! Ich habe alle Befunde und Ihre Vollmacht und die falschen Unterlagen aus Paris mitgebracht . . . Ich setze durch, daß das Kind unerkannt bleibt . . . und Sie auch . . . aber Sie können Babs jetzt nicht allein lassen!«
»Ich muß.«
»Wer sagt das?«
»Die Bosse aus Hollywood sind angekommen. Große Beratung morgen. Sie verlangen, daß ich dabei bin.«
»Und das Kind bleibt hier? Und Sie bleiben in Paris?«
»Ja. Nein. Ja. Nein. Herrgott, ich *weiß* es noch nicht!«
»Herr Norton, es ist gänzlich unangebracht, hier zu schreien.«
»Tut mir leid . . . Ich habe nicht schreien wollen . . . Ich bin nur . . . Mir ist schlecht . . . Ich komme nicht zum Schlafen . . .«
»Ich auch nicht, Herr Norton.«
»Entschuldigen Sie«, sagte ich. »Nerven. Nur Nerven.«
Sie nickte.
»Schon gut, Herr Norton. Jeder muß tun, was er tun muß. Aber Sie werden wiederkommen – schnellstens.«
Ich lächelte verzerrt.
»Schnellstens, natürlich. Ich . . .« – daran erstickte ich fast – ». . . liebe Babs doch, nicht wahr? Und ich . . .« – wieder das verzerrte Grinsen – ». . . und ich will Sie auch noch um das Buch da bitten.«
»Welches Buch?« Sie sah zu der Wand, zu der ich sah, und erblickte das

Plakat. »Ach so!« Sie nickte. »Ja, deshalb müssen Sie auch kommen. Eigentlich gerade deshalb, Herr Norton.«
»Wieso gerade deshalb?«
»Erinnern Sie sich noch an das, was ich Ihnen während des Fluges über diesen unheilbar kranken Jungen erzählte, den wir hier haben, über Tim?« Ich mußte mich an die Mauer lehnen, sonst wäre ich umgefallen. »Und erinnern Sie sich an alles, was er mir sagte? Daß ich bestimmt ebenso sehr seinet- und der anderen kranken Kinder wegen hier wäre wie meinetwegen?«
Ich nickte.
»Sie müssen Tim kennenlernen. Er kann Ihnen zu allem, was Ihnen geschieht, mehr und besseres sagen als irgendeiner von uns Ärzten, Herr Norton, er kann . . .«
»Nein«, sagte eine Männerstimme.
Ruth fuhr herum. Der Mann mit dem bedrückten Gesicht, der mit mir in der Halle gesessen hatte, verbeugte sich.
»Guten Abend, Frau Doktor.«
»Guten Abend, Herr Pfarrer«, sagte Ruth. »Was heißt das, nein?«
»Das heißt«, sagte der ernste Mann leise, »daß unser Tim niemandem mehr etwas besser erklären können wird als ein Arzt, als ich, als irgend jemand.«
»Wieso . . . was ist . . . ist Tim . . .« Zum erstenmal sah ich Entsetzen in Ruths Gesicht.
Der ernste Mann nickte.
»Tim ist tot, Frau Doktor.«

28

»Ihren Beruf möchte ich nicht haben«, sagte ich böse zu dem Pfarrer.
»Ja, es ist richtig, daß man unter der Last oft fast zusammenbricht«, sagte er leise.
»Warum?« fragte ich. »Warum, Herr Pfarrer, läßt Ihr Gütiger Vater im Himmel so furchtbares Unglück zu? Vergessen wir die Hungersnöte, die Kriege, die Pestilenzen und Seuchen. Warum, Herr Pfarrer, läßt Ihr Gütiger Vater im Himmel überhaupt zu, daß es Hunderttausende und immer mehr und mehr Gehirnkrüppel, Spastiker und Epileptiker und Mongoloide und Gelähmte und Laller und Kretins gibt, die nicht sterben und nicht leben können? Warum, Herr Pfarrer, warum hat Gott sich in seiner Allmacht für dieses sein Verhalten zu allem anderen auch noch *Kinder* ausgesucht? Nach der Schrift ist Gott dreierlei: nämlich allwissend, allmächtig und allgütig. Bitte, unterbrechen Sie mich nicht! Da kann etwas mit der Heiligen Schrift nicht stimmen. Denn, wenn Sie erlauben, Ihr

Gütiger Vater im Himmel kann nur *zwei* – höchstens zwei – von den drei Eigenschaften besitzen, die ich zitierte. Entweder ist er allwissend und allgütig. Dann kann er nicht allmächtig sein – sonst *müßte* er solches Elend verhindern. Oder er ist allgütig und allmächtig. Dann kann er nicht allwissend sein – sonst *müßte* er solches Elend verhindern. Oder aber Ihr Lieber Gott ist allwissend und allmächtig. Dann kann er, weiß der Himmel, nicht allgütig sein, wenn er derlei zuläßt. Also was nun, Herr Pfarrer?«
Das sagte ich fünf Minuten, nachdem dieser junge Pfarrer – Hirtmann hieß er, Ernst Hirtmann, Protestant, und zu seinem Arbeitsgebiet gehörte auch die Betreuung des Sophienkrankenhauses –, nachdem Pfarrer Ernst Hirtmann Ruth gesagt hatte, daß der kleine Tim gestorben sei. Der kleine Tim war vor drei Stunden gestorben, Hirtmann war noch im Krankenhaus und bis zuletzt bei dem Kind gewesen. Danach hatte er versucht, die Eltern telefonisch zu erreichen. Tim war der Sohn eines wohlhabenden Industriellen. Die Eltern waren zu einer Party gefahren, die Haushälterin konnte Hirtmann nicht sagen, wohin. Er hatte der Haushälterin aufgetragen, die Eltern, wenn sie heimkämen, über den Tod ihres Sohnes zu informieren und ihnen mitzuteilen, sie könnten gleich in das Sophienkrankenhaus kommen, und wenn es sieben Uhr früh sei, hatte Hirtmann gesagt, er werde warten.
Ruth war zu Babs gerufen worden. Der Nachtarzt brauchte ihre Hilfe. Babs' Zustand hatte sich weiter verschlechtert. Ruth war fortgeeilt – und ich hatte mich neben Pfarrer Hirtmann auf eine Bank der leeren Halle gesetzt, gegenüber dem Nero-Plakat, dessen Schöpfer nicht mehr lebte, in weiter Entfernung von dem Nachtpförtner, der ganz mit seinen Briefmarken beschäftigt war.
Pfarrer Ernst Hirtmann war ein Mann, der ruhig und langsam sprach, man sah, er überlegte jedes Wort. Häufig rückte er an seiner Brille. Auf meine Attacke antwortete Pfarrer Hirtmann so: »Was Sie hier anklagend vorgebracht haben, Herr Norton, ist nicht neu. Es ist die sogenannte ›Ausschließungsfrage‹. Und ich muß Ihnen widersprechen: Sie ist biblisch *nicht* belegbar!«
»Doch!«
»Nein«, sagte er still. »Glauben Sie mir, Herr Norton. Hier kenne ich mich besser aus. Das ist mein Beruf. Die ›Ausschließungsfrage‹ ist nicht exegetisch, sondern sie ist spekulativ. Gerade Spekulation aber sollte man bei einer so schlimmen Sache vermeiden. Jedoch: Etwas Logisches wird Ihnen hier kein Pfarrer der Welt bieten können. In keiner Rechnung geht Leid logisch auf! Trotzdem: Für mich ist die härteste Anklage gegen Gott frommer als das kultisch-routinierte Zudecken von Wunden. Gott als der Angeklagte, Herr Norton – das ist das christliche Thema!«
Ich sah ihn an.

Er erwiderte meinen Blick ernst.
Ich hielt das nicht aus und sah über seine Schulter zu jenem Plakat. GESTATTEN, NERO ...
Hirtmann sprach weiter: »Was Sie da eben von den drei Eigenschaften Gottes sagten, Herr Norton, ist auf die scholastische Weise der Beschreibung göttlicher Eigenschaften bezogen. So hat ja auch wirklich – unglücklicherweise! – die Theologie Jahrhunderte hindurch gelehrt. Aber das ist nicht biblisch!« Er griff nach meiner Schulter und drehte meinen Kopf. »Ich möchte Ihr Gesicht sehen, wenn ich mit Ihnen spreche, Herr Norton, verzeihen Sie«, sagte er freundlich.
»Verzeihen *Sie*, Herr Pfarrer.«
»Und ich spreche im Moment mit Ihnen natürlich anders, als ich es später irgendwann mit Tims Eltern tun werde, oder auch anders, als ich es mit den Eltern eines Kindes tue, die Bauern oder Handwerker sind. Ich spreche mit jedem Menschen so, daß er mich verstehen kann. Sie können mich doch verstehen?« Ich nickte. »Nun, ich sagte, es sei nicht biblisch. Im Alten Testament ist von Gott als dem schaffenden, liebenden, strafenden, rächenden, eifernden – eben als von dem anthropomorphen Gott Jahwe die Rede. Sie werden nirgends ein System seiner Eigenschaften finden, Herr Norton! Die Klage ist so laut wie das Lob über ihn, die Erfahrungen mit ihm sind so positiv wie negativ. Klage und Lob – etwa in den Psalmen!«
»Wie interessant«, sagte ich ironisch.
»Ich weiß, Sie finden es nicht interessant, Sie finden es wahrscheinlich langweilig«, sagte Pfarrer Hirtmann. »Sie wollen Antwort auf Ihre Frage: Warum ist Babs, die niemals Böses getan hat, warum ist dieses unschuldige Kind auf eine so entsetzliche Weise ganz in die Nähe des Todes gekommen? Das ist es, was Sie wissen wollen.«
»Ja«, sagte ich. »Das und nichts anderes.«
»Jeder Vater, dem so etwas widerfährt, will das und nichts anderes wissen. Und auch jede Mutter. Sie haben mich gefragt. Ich kann nicht in zwei Sätzen antworten. Ich möchte aber antworten und Ihnen vielleicht – vielleicht – etwas Trost geben. Wollen Sie mich reden lassen und mir zuhören – oder wollen Sie mich nur beschimpfen? Beides verstünde ich gleich gut. Was wollen Sie also?«
»Zuhören«, sagte ich.
»Danke«, sagte er und rückte an seiner Brille. »Ich spreche als evangelischer Theologe. Also: Von Gott weiß ich nur durch die Person Jesus Christus. Nur von *seinem* Verhalten weiß ich. Dabei beschäftigt mich das Problem des Leidens. Jesu Leiden war nicht das schlimmste Leiden, so grausam die Art seiner Hinrichtung auch war. Aber mittlerweile ist diese Grausamkeit tausendfach, hunderttausendfach, millionenfach überboten worden. In den KZs der Nazis. Bei der Ermordung von sechs Millionen

Juden. In Stalins Lagern. In Korea. In Vietnam . . . Bei Jesu Leiden aber, Herr Norton, geht es um die Konsequenz seines Lebens und Wollens. Und hier, Herr Norton, hier offenbart sich Gott als der *Ohnmächtige!* . . .«
Und die sternklare, eiskalte Nacht lag um das Riesengebäude mit seinen vielen kranken, leidenden, sterbenden Kindern. Und ich saß da auf einer Bank in Nürnberg, wieder einmal irgendwo, irgendwo in der Welt.
»Ich habe Kinder begraben müssen«, sagte Pfarrer Hirtmann, »viele Kinder – die meisten aus diesem Hause. Ich habe selber drei kleine Kinder, Herr Norton. Sie werden mir glauben, daß die ›Vorbereitung‹ auf ein solches Kinderbegräbnis anders aussieht, als wenn es gilt, einen Achtzigjährigen zu beerdigen.«
»Kinder«, sagte ich. »Bleiben wir bei den Kindern.«
»Gewiß«, sagte er. »Ich habe die Eltern dieser Kinder besucht, die hilflos und fassungslos waren – und ich war selbst fassungslos und hilflos . . .« Er nahm seine Brille ab, putzte sie, setzte sie wieder auf und sagte klanglos: »Aber, sehen Sie, das ist nun mein Beruf, und so liebe ich ihn: Wir können, wir dürfen nicht stumm und sprachlos sein! Wir haben etwas weiterzusagen, das wir nicht erfunden haben, und das Generationen im Leben und im Sterben geholfen hat.«
»Und das ist?« fragte ich.
»Es ist dies: Wenn der Satz heißt, daß der, der aus unserer Hand ist, nicht aus Gottes Hand ist, und daß Christus den Tod hinter sich hat – so bedeutet das, daß uns das Leben aufgetragen ist, das Leben insbesondere in der unsentimentalen, selbstverständlichen Gemeinschaft mit den Leidenden. Darin lebt Christus. Und so kann ein Mensch leben . . . Das genügt Ihnen nicht, wie?«
»Nein«, sagte ich. »Das genügt mir nicht.«
»Ich habe noch mehr zu sagen«, fuhr er fort. »Diese Solidarität ist nicht etwas, das Christen für sich reklamieren dürfen. Es gibt so viele Menschen, die aus anderen Motivationen verstehen, helfen, mit-leiden. Christen leben einfach nur in der Beziehung zu Christus, der die Menschen miteinander bekannt gemacht und verwandt gemacht hat – der sie einander *verpflichtet* hat!«
»Und auch das genügt mir nicht«, sagte ich.
»Lassen Sie mich zu Ende sprechen«, sagte er. »Ich denke so: Das Leiden eines Menschen ist eine Aufgabe . . . ich wollte, ich fände ein besseres Wort! Das Leiden ist – subjektiv: ich weiß ein wenig davon – nicht etwas, das sinnvoll in ein System, in eine Theologie, in eine Ideologie zu integrieren wäre. Leiden, Schmerz – eigener und der um andere – ist *Stigma* unseres Menschseins. Ich weiß, das ist kein Trost. Aber Ehrlichkeit ist hier wichtiger als Balsam. Vor dem Leiden bin ich hilflos, und ich bin hilflos vor dem Leidenden, was die Worte, und sehr oft auch, was die Taten angeht. Ich

bin auch im eigenen Leiden hilflos und erfahre doch von anderen, so gut sie es vermögen, Hilfe!«
»Ich will nicht ...«
»Noch einen Moment! Was ich jetzt sage, *wird* Ihnen helfen, da bin ich gewiß! Bezogen auf Christus bedeutet das alles: Er ist der, der den Leidenden beigestanden hat. Er ist der, der mitleidet und der gelitten hat. Er war und er ist bei denen, die ohnmächtig sind – als der *Ohnmächtige!*«
Ich sah diesen ernsten Mann plötzlich gebannt an.
»Jeder Pfarrer ist ohnmächtig«, sagte Hirtmann, »wenn er hier eine Patentlösung geben soll. Trotzdem bin ich gerne Pfarrer, weil ich mit dem, was mir übergeben wurde, anderen beistehen kann. Ich vermag keine Theologie zu bieten, in der das schmerzvolle Schicksal eines Menschen aufginge. Und ich wollte auch nicht mehr Theologe sein, wenn aus solchen Schicksalen Theorien entstünden! Aber das kann ich – in vielen verschiedenen Formulierungen, je nach Art meines Gesprächspartners – sagen: Jede menschliche Vernunft wird bekräftigen, daß es kein Auferstehen von den Toten gibt. Wenn es keine Auferstehung von den Toten gibt, kann auch Jesus nicht auferstanden sein. Diese Logik setzt Paulus fort: Wenn Jesus *nicht* auferstanden ist, dann sind wir Prediger schmutzige Lügner! Dann ist die ganze Kirche ein einziger riesiger Volksbetrug! Die Kirchensteuer rausgeschmissenes Geld! Dann fragen wir zu Recht: Was haben wir eigentlich mit diesem galiläischen Wanderprediger zu tun, der seine Leute gegen die pharisäische Oberschicht aufbrachte und sodann geschnappt wurde?«
»Ja und?«
»Und diesen Abgrund von Sinnlosigkeit reißt Paulus auf – der übrigens, wie Sie vielleicht wissen, selbst ein körperlich Behinderter war! Nur vor dem Hintergrund der totalen Finsternis läßt sich überhaupt von Auferstehung reden. Gegenüber der völligen Hoffnungslosigkeit soll Freude laut werden – wird Freude laut!«
»Freude?«
»Ja. Weil Paulus gegen alle Argumente, gegen alle Zweifel diesen Satz als Tatsache hinstellt: ›Nun aber *ist* Christus von den Toten auferweckt worden!‹ Das Grab war leer, Herr Norton. Wir wissen nicht, ob es wirklich leer war. Es stand da kein Fotograf. Es ist keine historische Tatsache. Und trotzdem, Herr Norton, und trotzdem, und das ist der Trost, so hoffe ich: Wie erklären Sie, wie erklärt sich irgend jemand, daß damals immer mehr und mehr Leute behaupteten, das Grab sei leer gewesen, Christus sei auferstanden, er lebe wieder? Wie erklären Sie, daß dieselben Männer, die sich bei Jesus' Verhaftung in alle Mauselöcher verkrochen, um nicht mitgefangen und mitgehangen zu werden, daß diese selben Männer, und auch das ist historisch, nun plötzlich, fast möchte man sagen: strahlend,

herumsprangen und den anderen zuriefen: Er ist auferstanden! Sieg auf der ganzen Linie! An diese Leute, an ihre Predigt, an ihre Motive können wir uns historisch halten! Mehr und mehr Menschen wurden von der Gegenwart des Auferstandenen überwältigt, sie gerieten in Bewegung, eine Welt geriet in Bewegung – fast zweitausend Jahre ist es her. Also: Wer Gott in seiner Ohnmacht trifft, der ist in Sicherheit! Er verzichtet auf den Platz im Bunker, denn er ist in *Sicherheit*! Jener Mann Christus, der im Recht war, ließ das Recht fahren. Er breitete seine Arme aus, um seine Feinde zu umfangen – und starb am Kreuz. Verhöhnt war die Gerechtigkeit Gottes, aber bewahrt war seine Treue: Denn aus dem Tod dieses Mannes stand lebendig die Macht des Vertrauens auf. Das Netz der Gefangenen zerriß. Durch das Gewebe der Paragraphen, durch versteinerte Überzeugungen hindurch blickte einer die Menschen an. Es kam *der* Mensch zum Vorschein, der das Glück für die anderen wollte, nicht das Recht für sich. Das modernste Raketenabwehrsystem macht meine Feinde nicht zu meinen Freunden. Erst wo das Mißtrauen schwindet, beginnt die Abrüstung. Sie beginnt, wo einer sagt: ›In Deine Hände befehle ich meinen Geist! . . .‹ Und dies: In jeder Klage ist die Hoffnung angelegt, aus der das große Vertrauen kommen kann. Der Klagende ist endlich geborgen dort, wo aus seinem Anspruch auf Glück und Gesundheit und Recht solches Vertrauen geworden ist . . .« Hirtmann holte Atem. »Damit aber habe ich ausgeschlossen: erstens, jede Relativierung von Leid à la ›Anderen geht es noch schlimmer‹; zweitens: jede fatalistische Erklärung à la ›Gott hat es so gewollt, es ist eine Prüfung‹; drittens: jede kompensatorische Erklärung à la ›Es wird dir gelohnt werden – droben!‹; und zuletzt die dümmste aller dieser ›Erklärungen‹, nämlich diese: ›Leiden ist Folge von Schuld‹.« Pfarrer Hirtmann senkte den Kopf, stützte ihn in die Hände und sagte, fast unhörbar: »Und trotzdem ist es furchtbar – jedesmal wieder aufs neue.«

29

»Phil«, sagte Joe Gintzburger, die Finger ineinander verflochten, die Hände über dem Bauch, ein kleiner Mann, ein zerbrechlicher Mann, ein Mann mit sanfter, gütiger Stimme, sanften, gütigen Augen, langen Wimpern, weißen buschigen Brauen – auch sein dichtes Haar war weiß, auch sein gepflegter Schnurrbart, »mein lieber Phil, zuerst muß ich Ihnen in meinem und im Namen von uns allen aus Herzensgrund danken für alles, was Sie bisher getan haben in dieser schrecklichen Geschichte.«
Da war es fünf Minuten nach acht Uhr früh am 4. Dezember 1971, einem Samstag. (Tatsächlich, acht Uhr früh! Draußen war es noch dunkel, hier, in Joes Appartement im LE MONDE, brannte elektrisches Licht.) Wir frühstückten an mehreren runden Tischen, die von Kellnern hereingerollt

worden waren. Die meisten der Anwesenden hatten gerötete Augen und kaum Appetit, und dieses Frühstück wirkte wie etwas absolut Unwirkliches – das Licht, die bleichen Gesichter, Joes Bibelverkäuferstimme, all diese Leute, von denen die meisten einander nicht kannten, trugen dazu bei. Es war, als frühstückten wir in einer gutgeheizten Leichenhalle, und das Luxuriöse dieser Halle machte alles noch unwirklicher. Von uns allen entwickelten nur zwei Menschen enormen Appetit. Die zwei waren Joe Gintzburger und sein Pariser Anwalt Lejeune. Die beiden vertilgten Porridge, Ham-and-Eggs, Hörnchen mit Butter und allerlei Marmelade, Lejeune hatte sich noch eine zweite Portion Ham-and-Eggs kommen lassen (vier Eier jedesmal!), und er fraß wieder wie ein Schwein. Ich brachte nur starken schwarzen Kaffee hinunter. Der Grund dafür, daß ich so munter war, bildete die Wirkung von zwei Tabletten Perniton. Ich hatte dieses – von den Ärzten mit Recht verpönte – Mittel stets bei mir, ich beschaffte es mir immer wieder. Es gab Situationen, da brauchte ich es einfach. Dies war so eine Situation. Perniton macht hellwach, läßt einen nicht einschlafen, ganz klar denken und dazu noch scharf sein bis zum Verrücktwerden. Bevor ich die zwei Tabletten auf dem Rückflug nach Paris geschluckt hatte, war ich nicht nur absolut geschafft, sondern auch absolut impotent gewesen. Jetzt, mein Herr Richter, wenn jetzt eine Frau fünf Meter weit von mir entfernt vorbeiging, war sie schon schwanger!
Alle anderen, wie gesagt, auch Rod Bracken, schliefen mehr als sie wachten, aber sie bezeugten selbst noch in diesem Zustand Joe Gintzburger ihren ungeheueren Respekt und ihre gar nicht zu beschreibende Ergebenheit. Wie's der Brauch ist in unserer Industrie.
»Dasselbe«, sagte Joe, »gilt für meinen Freund Maître Lejeune. Auch er hat sich geopfert, er hat ein Wunder vollbracht.«
»Nicht doch«, tirilierte in reiner, klarer Kastratenstimme der fettleibige Anwalt mit den Hamstertaschen an den Wangen verschämt, aber so, als sei in Wahrheit ich der letzte Dreck und er habe wirklich ganz allein und mit Hilfe seines Ingeniums die Lage – bisher – gerettet. Man muß gerecht sein: Das hatte er auch! Die zwei Worte allerdings, die er mit einem Mund voll Brot und Marmelade sprach, genügten, um auch das Tuch dieses Tisches vollkommen zu versauen. Es war offenbar Lejeunes persönliche Note.
Außer Joe, Rod, Lejeune und mir waren noch anwesend: ein Public-Relation-Mann der SEVEN STARS, drei amerikanische Anwälte, die Joe mitgebracht hatte, ein Mann, der aussah wie ein Arzt, und der Regisseur des KREIDEKREIS-Films, der gedreht werden sollte, der Spanier Julio da Cava. Ihn kannte ich wenigstens von Bildern und dem Namen nach. Er war mit Rod und Lejeune von Madrid heraufgekommen.
Ich trank Kaffee und hörte Joe reden, aber ich verstand nicht, was er sagte. Dagegen tönte in meinen Ohren Ruths Stimme: »In dieser Situation

müssen Sie wieder nach Nürnberg kommen, Herr Norton. So schnell wie möglich. Ich weiß, Sie werden es tun. Denn es ist niemand da, der uns Ärzten hilft, Babs zu helfen. Allein können wir das nicht. Wir brauchen Sie jetzt dringend, Herr Norton.«
Sie hatte ein Taxi für mich gerufen und war mit mir bis zum Ausgang des Kinderkrankenhauses gegangen. Als der Mietwagen kam, hatte sie beide Hände auf meine Schultern gelegt und, ganz nahe vor mir, noch gesagt: »Sie sind jetzt wichtiger für Babs als jedes Medikament.«
Und ich hatte (Gott, war mir Babs – bei aller, wie ich meinte, selbstsüchtigen Angst um sie – da noch immer egal!) auch etwas Seltsames getan: Ich hatte eine Hand der Ärztin genommen und geküßt. Sie war zurückgeschreckt und in das Krankenhaus gelaufen, noch bevor ich in das Taxi gestiegen war, um zum Flughafen zu fahren, wo Sylvias Jet stand . . .
». . . sehen Sie, meine Freunde, wir alle tun und werden tun, was wir können, damit unsere Sylvia den KREIDEKREIS, dieses herrliche Mutter-Drama . . .« (Der hat nicht eine Zeile Brecht gelesen, dachte ich, als Joes Stimme wieder an mein Ohr drang, oder er kann einfach nicht kapieren, worum es im KREIDEKREIS wirklich geht – armer da Cava, du wirst noch deine Freude mit dem Hund haben!) ». . . die größte unserer bisherigen Produktionen, auch realisieren kann – trotz des Unglücks mit Babs . . .« Diese Samtstimme, dieses seelenvolle Lideraufschlagen! »Wir alle, wir alle von SEVEN STARS – der berühmteste Schauspieler, der letzte Kabelträger – sind eine einzige, glückliche Familie. Nur so, meine Freunde, kann man wirklich gute, internationale Filme machen.«
»Und wie recht Sie da haben, Monsieur Gintzburger«, flötete Anwalt Lejeune. »Mein Gott, wie recht!« Ich sah ihn an. Seine Totalglatze leuchtete im Licht eines Kronleuchters. Und er mußte – des Bauches wegen – wieder weit weg vom Tisch sitzen.
»Unser Denken ist weltweit«, sagte Joe, »und unser schöpferischer Drang wird immer aufs neue gespeist von der Kraft, die aus unserer humanen Gesinnung kommt.«
»Bravo!« sagte Anwalt Lejeune. Jetzt machte er sich über eine Käseplatte her.
»Was aber wären wir ohne unsere Sylvia«, sagte Joe und sah zur Zimmerdecke empor. »Diese wunderbare Frau. Diese herrliche Frau. Diese größte Filmschauspielerin, die ich kenne. Warum die größte?« Er wollte sich selbst die Frage beantworten, aber sein Public-Relation-Mann kam ihm zuvor, ein sehr smarter Junge.
»Weil sie die meiste Menschlichkeit mitbringt, die meiste Güte, das tiefste, reinste Gefühl!« sagte dieser PR-Mann.
»So ist es«, sagte Joe, während ich an die Menschlichkeit, die Güte und das tiefste, reinste Gefühl denken mußte, das Sylvia da in der Garderobe des

Fernsehsenders TMC zum Ausdruck gebracht hatte. »Ich sage Ihnen schon jetzt, meine Freunde, sogar VOM WINDE VERWEHT hat nur einen Bruchteil des Geldes eingebracht, den uns Sylvia und der KREIDEKREIS einbringen wird – ach was, das kann man gar nicht vergleichen! Sylvia wird alle Mütter der Welt erschüttern, Sylvia wird ihnen zeigen, was das ist – eine Mutter!« Er sah zu Lejeune. »Haben Sie noch eine Mutter, lieber Freund?«
»Ja, Monsieur Gintzburger.« Und ein Stückchen Camembert auf das Tischtuch.
»Dann tragen Sie sie auf Händen, lieber Freund.«
»Das tue ich, Mister Gintzburger.« Und noch ein Stückchen.
»Tragen Sie Ihre Mutter auf Händen«, sagte Joe, und seine Stimme zitterte vor Rührung. »Denn dies ist das größte Glück: Wenn man noch eine Mutter hat. Ich habe . . .« – Joe mußte seine Nase putzen – ». . . keine mehr. Mütter! Das Verehrungswürdigste auf der Welt! *Deshalb* machen wir den KREIDEKREIS, meine Herrschaften!«
Ich sah den Regisseur da Cava an. Er erwiderte meinen Blick verwirrt und unglücklich. Du wirst noch was erleben, dachte ich. Hoffentlich hast du gute Nerven, um dich durchzusetzen gegen dieses Erzschwein Gintzburger.
»Es gibt Leute, die lachen über meine Ansicht«, sagte Joe und schüttelte, ob dieser Tatsache erschüttert, den Kopf. »Schauen Sie sich die Filme von diesen Leuten an! Was machen die denn, ha? Moderne Kunst machen sie, sagen sie. Moderne Kunst!« Er faltete die Hände. »Cineasten! Was tun die mit einer Mutter in ihren Filmen? Mit einer armen, mit einer kranken Mutter? Na, was? Auf den Schädel geben sie ihr eins! Die Treppe runter werfen sie die alte, arme Mutter!« Er hob die Stimme. »Immer noch mal fest drauf auf die alte Dame! Schmeißt der alten Dame doch einen Teller mit heißer Suppe ins Gesicht! Und noch einen Fußtritt! So!« Er trat mit einem zierlichen Bein in die Luft. »*Das* ist Kunst, meine Freunde! Das ist modern! Und wenn diese elenden Narren dann pleite gehen, wundern sie sich. Ist es nicht so?« Er sah seine Anwälte an. Einer sagte: »Genauso ist es, Joe.«
Der spanische Regisseur räusperte sich energisch. Joes smarter PR-Mann bemerkte sofort, daß hier bald etwas schieflaufen würde, wenn das so weiterging. Er sagte zu da Cava: »Mister Gintzburger ist einer der großen alten amerikanischen Produzenten. Wie Louis G. Mayer. Ich habe für Mayer gearbeitet. Dieselben Charaktere! Haargenau! Eine Journalistin des NEW YORKER, Lillian Ross, hat einmal ein Buch geschrieben, es hieß ›Film‹. Darin beschreibt sie auch Mister Mayer. Müssen Sie lesen, Mister da Cava.« Der Spanier nickte. »Sie zitiert in dem Buch Thoreau. Thoreau hat gesagt, die meisten von uns führen ein Leben der stillen Verzweiflung. Nun, wir von SEVEN STARS sind der Ansicht, daß Filme in eine bessere und nicht in eine schlechtere Stimmung versetzen sollen.«

»You are goddamned right, Charley«, sagte Gintzburger. »Und damit sind wir beim Kern der Sache. Unsere wunderbare Sylvia hat ein entsetzlicher Schicksalsschlag getroffen. Wir alle wissen, wie sehr sie Babs liebt. Und nun ist Babs derartig schrecklich erkrankt.« Er hatte sein Frühstück beendet, zog eine Aluminiumhülle aus der inneren Brusttasche der Jacke und entnahm ihr eine riesige Zigarre, deren Spitze er abschnitt und deren Kuppe er mit der Zunge befeuchtete. PR-Mann Charley sprang auf und beeilte sich, Joe Feuer zu geben. Der blies blaue Tabakrauchwolken aus und lehnte sich zurück. »Wir können nicht von Sylvia erwarten, daß sie den KREIDEKREIS unter dieser entsetzlichen Belastung produziert, nicht wahr?« Zug aus der Zigarre. »Wir müssen Babs die bestmögliche medizinische Behandlung zuteil werden lassen – aber wir müssen sie, das ist selbstverständlich, von Sylvia trennen! Keine Frau der Welt hielte eine solche Doppelbelastung aus – eine Superrolle zu spielen und dabei ein schwerkrankes Kind an der Seite zu haben.«
»Bei einem Film mit Produktionskosten von fünfundzwanzig Millionen Dollar«, sagte einer der Anwälte. Nun wurden sie nacheinander munter und gesprächig.
»So ist es«, sagte Joe. »Weiter, Jim!«
Der Anwalt, der Jim hieß, sagte: »Abgesehen davon, daß es ja praktisch absolut ausgeschlossen ist, Babs wie bisher mit der Mutter in der Öffentlichkeit zu zeigen, nicht wahr?«
Dazu nickten alle.
Nur ich nicht.
»Der Zustand von Babs kann sich sehr bessern«, sagte ich, aber ich hatte ein ganz elendes Gefühl im Magen dabei.
»Doc!« sagte Joe.
Der Mann, der wie ein Arzt aussah, sagte: »Nein.«
»Nein was?«
»Mister Kaven, Ihre Bemerkung verblüfft mich. Sie haben inzwischen genug über diese Art von Erkrankung gehört, um zu wissen, daß sich der Zustand von Babs nicht – ich wiederhole: nicht sehr bessern wird.« Er schnaubte durch die Nase. »Oder geben Sie sich der Hoffnung hin, zusammen mit Babs schon bald wieder in der Öffentlichkeit erscheinen zu können?«
Ich gab keine Antwort. Mir wurde mit jeder Minute mieser.
»Da hat Doc recht«, sagte Rod Bracken. Mein guter Freund Rod.
Doc sagte: »Wir wollen natürlich davon ausgehen, daß Babs ihre Erkrankung überhaupt überlebt . . . was ist los? Gefällt Ihnen etwas nicht?«
»Ihr Ton«, sagte ich. »Ihr Ton gefällt mir nicht, Doc.«
»Das bricht mir mein Herz«, sagte er. Scheußliches, kraftloses Tageslicht kam nun in den Salon und mischte sich mit dem scheußlichen elektrischen.

»Wenn Babs die Erkrankung überlebt, was wir natürlich alle hoffen«, sagte Doc, »dann werden auf jeden Fall – ich bin Mediziner, Mister Kaven, ich weiß, wovon ich rede – bei einer derart schweren Bakterien-Virus-Misch-Infektion für sehr lange Zeit, vermutlich für immer, so arge Schädigungen zurückbleiben, daß das Kind einfach nicht vorzeigbar sein wird.«
»Drücken Sie sich gefälligst anders aus!« schrie ich.
»Mit mir werden Sie nicht schreien, Herr Kaven«, sagte der Arzt, und er betonte das ›Herr‹.
»Nehmen Sie sich zusammen, Phil«, sagte Gintzburger und beleckte ein loses Blatt seiner Zigarre. »Und lassen Sie Doc ausreden!«
Der Arzt sagte: »Nicht vorzeigbar. Ich drücke mich nicht anders aus, Herr Kaven.« Von jetzt an sagte er nur noch ›Herr‹. »Aber selbst wenn wir annehmen, daß Besserungen – in Grenzen – eintreten: Wir müssen uns damit abfinden: Niemals mehr wird Babs THE WORLD'S GREATEST LITTLE SUNSHINE-GIRL sein.«
»Und die Mutter deshalb nicht länger die größte Schauspielerin der Welt. Ich glaube nicht, daß sie auch nur noch einen einzigen Film drehen wird – schon gar nicht den KREIDEKREIS«, sagte ich bösartig.
»Das«, sagte Joe und stach mit der Zigarre nach mir, »lassen Sie unsere Sorge sein, Phil. Sylvia *wird* die größte Schauspielerin bleiben, Sie *wird* den KREIDEKREIS drehen. Es bleibt ihr gar nichts anderes übrig, nicht wahr, meine Herren?« Er sah seine Anwälte an.
Die Herren Anwälte lachten.
»Willst du nicht vielleicht auch mal was sagen?« fragte ich Bracken.
Der schüttelte den Kopf.
»Wer eine solche Meningo-Encephalitis überstanden hat«, sagte Doc, »der hat eine so schwere cerebrale Krankheit hinter sich, daß nach Monaten oder auch erst nach Jahren noch neue Krankheiten auftreten können, zum Beispiel Epilepsie oder sogenannter Parkinsonismus. Parkinsonismus zeigt sich mit Symptomen der Muskelstarre – zum Beispiel des Maskengesichts –, mit Gehstörungen, unhemmbarem Speichelfluß, Muskelzittern und so weiter und so weiter. Das könnte Babs passieren. Natürlich könnte sie auch auf dem Sunset Boulevard oder bei einer Pressekonferenz epileptische Anfälle bekommen, und das sieht auch nicht hübsch aus, besonders ...«
»Hören Sie auf!« schrie ich.
»Sie sollen nicht schreien!« schrie er.
»Kinder, Kinder«, sagte Joe. Er hatte sich zurückgelehnt und rauchte nun gleichmäßig, in tiefen Zügen. »Habt ihr vergessen, was ich von der großen, glücklichen Familie gesagt habe?«
»Sehr richtig«, sagte ein anderer Anwalt. »Das ist ein weiterer Punkt. Die Öffentlichkeit darf niemals erfahren, *was* mit Babs geschehen ist. Das

bedeutet: Sie, Mister Kaven, und Mrs. Moran müssen nach wie vor – und jetzt erst recht! – in der Öffentlichkeit als das ideale Liebespaar des Jahrhunderts erscheinen.«
»Aber ohne Babs«, sagte ich.
»Aber ohne Babs«, sagte er.
Der PR-Mann sagte: »Es gibt, wie wir alle wissen, Künstlerinnen, zum Beispiel die große Sängerin . . .« – er nannte den Namen – ». . . die ein behindertes Kind hat und die das jedem, der es wissen will, auch sagt. Sie wird dafür noch mehr bewundert, noch mehr geliebt. Das ist – und ich habe Gutachten meiner Abteilung mitgebracht – im Falle von Mrs. Moran leider ausgeschlossen. Sie wissen alle, warum.«
»Monte-Carlo«, flüsterte Bracken, kaum hörbar.
Ich stand auf, ging zur Tür und drehte die elektrischen Lichter aus.
»Also?« sagte ich.
»Also«, sagte Joe paffend, »ist doch eigentlich alles ganz einfach, lieber Phil. Noch ist Sylvia in . . . Urlaub. Wir wollen sie auf keinen Fall dort mit dem schrecklichen Ereignis konfrontieren. Dazu ist Zeit, wenn – was Gott verhüten möge – sich Babs' Zustand lebensgefährlich entwickelt, oder – was wir alle hoffen – wenn er sich langsam ein wenig bessert und Sylvia zurückkommt. Dann werden wir mit *ihr* reden. Heute müssen wir mit *Ihnen* reden, Phil. Ich bin absolut überzeugt davon, daß Sylvia sich unseren Argumenten aufgeschlossen zeigen wird.« Zwei Anwälte lachten wieder an dieser Stelle. Bracken fluchte, aber sehr, sehr leise. »Mit *Ihnen*, lieber Phil, müssen wir sofort reden, weil in der Zwischenzeit und danach immer weiter nur *Sie* derjenige sein werden – sein können –, der sich auf der einen Seite beständig um die arme Babs kümmert, und der auf der anderen Seite in der Öffentlichkeit nach wie vor der Mann ist, den Sylvia als Erfüllung ihres Lebens gefunden hat. Dafür, warum sich Babs nicht mehr länger als Dritte in eurem Bunde zeigt, gibt es viele leichte und überzeugende Erklärungen. Ich kenne schon eine.«
Ich ging zu meinem Stuhl zurück und setzte mich.
Danach lernte ich den so cleveren, so hilfsbereiten Maître Lejeune von einer neuen Seite kennen. Er drehte sich zu mir um, sah mich ausdruckslos an und fragte: »Kapiert?«
»Ja«, sagte ich. »Ich habe kapiert. Damit Sylvia ein Star bleibt, damit ihr weiter mit ihr Millionen verdienen könnt, soll ich nun ein Doppelleben führen – Prinzgemahl und Kindermädchen.«
»Sie können sich auch anständiger ausdrücken«, sagte Lejeune.
»Sie können mich auch am Arsch lecken«, sagte ich.
Sie erinnern sich, mein Herr Richter, daß ich im Zusammenhang mit Maître Lejeune schrieb, daß ich, leider, ein Idiot sei, ein totaler Narr.
Ich betrachtete sie alle der Reihe nach, die da in Joes Salon saßen. In keinem

einzigen Gesicht bemerkte ich eine Spur von Sympathie, eine Spur von Mitleid, in keinem. Und so kam also mein Charakter, wie er damals war, sehr schnell zum Durchbruch.

Ich sagte, ein Bein über das andere schlagend: »Okay. Ihr habt entschieden. Ich bin also der Mann, der Babs aus der Öffentlichkeit fernzuhalten hat, der weiß Gott was mit ihr noch mitmachen und weiß Gott wo noch mit ihr landen wird. Wenn ich daneben aber – euer Befehl! – weiterhin Sylvias ständiger Begleiter, Sylvias große Liebe zu bleiben habe und auf diese Weise gezwungen bin, ein Doppelleben zu führen, das ich mir praktisch noch gar nicht vorstellen kann, dann brauche ich Sicherheit, meine Herren, denn niemand von euch kann mir sagen, wie die Zukunft aussehen wird, die nahe, die ferne.«

»Was soll das heißen, Herr Kaven?« fragte jener Anwalt, der mich nur ›Herr‹ nannte, sehr leise.

»Das soll heißen«, sagte ich ebenso leise, »daß ich, wenn ich weiter zur Verfügung stehen und euer Scheißspiel mitspielen soll, zunächst und sofort einmal eine halbe Million Dollar fordere. In bar. Und in kleineren Scheinen. Ich werde mir ein Konto für den Betrag einrichten.« (Ich dachte natürlich an einen großen Safe, aber das sagte ich nicht.) Nachdem ich gesprochen hatte, wurde es totenstill, lange Zeit. Alle – auch Bracken, mein lieber Freund Bracken! – sahen mich an wie ein ekelhaftes Insekt.

Dann sagte Joe Gintzburger sehr leise (leise, leise waren wir plötzlich alle):

»Raus!«

»Was?«

»Augenblicklich raus mit Ihnen!« flüsterte Joe. »Ich will Sie nie mehr sehen! Verschwinden Sie, Sie erpresserischer Lump!«

Was hätten Sie an meiner Stelle getan, mein Herr Richter? Was konnte man tun?

Ich stand auf und verließ Joes Appartement.

Es gibt eben Pläne, die gehen ins Auge, nicht wahr?

30

»Ich bin ja so glücklich, mon petit chou«, sagte Suzy. »Ich möchte sofort in die nächste Kirche rennen und Kerzen anzünden und hundert Francs in den Opferstock stecken zum Dank.« Sie küßte mich. Wir lagen beide auf ihrem verrückten Bett, beide nackt, und tranken wieder einmal Calvados. Wir hatten es eben hinter uns. Suzy küßte und streichelte mich.

»Später«, sagte ich. »Später, Suzylein. Nicht jetzt. Jetzt wollen wir noch einen lüpfen.«

»Aber die andere süße Sache wollen wir auch noch einmal machen«, sagte Suzy. »Meinetwegen stecke ich auch zweihundert Francs rein. Santé!«

Wir tranken.
»Ich gehe dann mit dir und stecke hundert dazu«, sagte ich. »Dann sind's drei.«
»Besser, du steckst mir was anderes rein«, sagte Suzy.
Mein Herr Richter, ich kann Ihnen nur sagen, dieses Perniton, also das Zeug hat's in sich. Müde werden Sie nicht, betrunken werden Sie nicht – und ansonsten: eijeijei . . .
Der Grund für Suzys Glückseligkeit war, daß ich sie in ihrem Kosmetiksalon angerufen und gesagt habe, sie solle in ihre Wohnung an der Place du Tertre kommen, ich hätte mir alles noch einmal überlegt und ich nähme das Angebot, mit ihr zusammen dieses Hasen-Unternehmen ganz groß aufzuziehen und zu leiten, an. Sie hatte am Telefon vor Freude so laut geschrien, daß ich sie anschreien mußte, mit dem Schreien aufzuhören.
»Es ist ja nur, weil ich so glücklich bin . . .«
»Trotzdem. So geht das nicht. Wir treffen uns bei dir.«
Ich hatte noch den Schlüssel zu ihrer Wohnung. Sie war schon da, als ich mit einem Taxi kam, und sie brachte mich beinahe um mit ihren Umarmungen und Küssen.
»Ich brauch was zu saufen«, sagte ich. In mir brannte immer noch wilde Wut über den Rausschmiß durch Joe. Über die halbe Million, die mir durch die Lappen gegangen war, natürlich auch. Noch mehr. Aber deshalb hatte ich ja Suzy angerufen. Man kann auch viel Geld verdienen, ohne zu erpressen. Ich war schon ein Riesenschwein damals, mein Herr Richter, aber das Perniton – und jetzt auch noch der Alkohol darauf! – machten mich zu einem Riesenriesenschwein.
»Scheiß doch auf Sylvia«, sagte ich. »Scheiß doch auf Babs. Scheiß doch auf alles. Man lebt nur einmal. Ich denke nicht daran, die dreckige Kanalarbeit für diese dreckigen Filmbrüder zu machen.«
Ich war einfach verrückt an diesem Vormittag. Ich konnte mir einfach nicht vorstellen, was für Folgen all das haben konnte, was ich getan hatte und tat. Ich stellte mir überhaupt nichts vor. Perniton und Alkohol! Wenn überhaupt, dann konnte ich nur denken: Schluß. Schluß. Schluß! Wer bin ich denn? Was machen die denn aus mir?
Also taten wir es wieder, und Suzy war blau, und ich war stocknüchtern und hellwach, und dann ging ich, nackt wie Suzy, mit ihr in die Küche und sah ihr zu, als sie die Riesenlanguste mit einer mächtigen Schere auseinanderschnitt. Die Languste, schon gekocht, hatte Suzy auf dem Weg nach Hause gekauft, weil sie wußte, wie gerne ich Langusten esse.
Wir saßen in der Küche, draußen schien eine kraftlose Wintersonne, und ich hatte großen Appetit. Suzy auch. Während sie aß, malte sie mir schon im Detail aus, was für ein herrliches Leben wir führen würden, nun, da ich endlich vernünftig geworden war.

»Heute noch schreibe ich meinem Grafen, daß es aus ist mit uns, und morgen lasse ich alle meine Hasen herkommen – heute bleiben wir allein, ja? –, und du wirst sehen, wie sehr sie dich alle sofort lieben, mon petit chou, und dann setzen wir uns zusammen und besprechen alles im einzelnen und – was ist los? Keinen Hunger mehr?«
Sie hatte eine Flasche Champagner geöffnet, und ich trank also mein Glas leer, und ich denke, ich muß sie angesehen haben wie ein Somnambuler, als ich sagte: »Geht doch nicht.«
»Was geht nicht?« Sie ließ das Langustenbeinchen, an dem sie herumgepuhlt hatte, sinken und sah mich erschrocken an.
»Mit uns geht's nicht«, sagte ich.
»Du bist besoffen, mon petit chou.«
»Nein.«
»Dann bist du verrückt!«
»Auch nicht verrückt.«
»Du mußt verrückt sein, mon petit chou«, sagte Suzy, aber sie sah sehr ernst aus, während sie sprach. »Zuerst sind wir eine Ewigkeit zusammen. Dann wird das Balg krank. Und deine Hure muß sich liften lassen.«
»Umgekehrt«, sagte ich.
»Merde! Und du kommst wieder zu mir. Und ich mache dir den Vorschlag. Und du sagst nein. Weil du plötzlich ein Herz für dieses Balg entdeckt hast, das nicht mal von dir ist. Und ich seh das ein und reiße mich zusammen – das kannst du mir glauben, daß ich mich damals zusammengerissen habe, mein Lieber! –, und ich sage, ich kann dich gut verstehen und aus unserem Plan wird nichts. Dann – und wenn du nicht schon reif für die Klapsmühle bist! – fliegst du weg und kommst zurück und rufst mich an und sagst, jetzt scheißt du auf alles, jetzt machen wir das Puff! Und kommst her, und wir sind glücklich wie noch nie, und alles ist endlich in Ordnung – und da sagst du mir wieder, daß es nicht geht. Mon petit chou, so was kannst du nicht machen, weißt du das? Was immer ich bin, ich bin ein Mensch, und so was kannst du mit keinem Menschen machen.«
»Ja«, sagte ich. »Nein«, sagte ich.
»Was ja? Was nein?«
»Nein, so was kann man mit keinem Menschen machen«, sagte ich. »Wie du eben gesagt hast.«
Sie goß ihr Glas voll Champagner und trank es in einem Zug leer und hielt sich den Kopf.
»Es ist soweit«, sagte Suzy. »Es geht los bei mir. Verfluchter Suff. Da sitzt du vor mir, mon petit chou, und ich höre dich Sachen sagen, die du niemals gesagt hast.«
»Ich habe sie gesagt, Suzy.«
»Aber das ist doch irrsinnig!«

»Natürlich ist das irrsinnig.«
»Du bist doch rausgeschmissen worden von diesem Kerl aus Hollywood. Lump hat er zu dir gesagt, Erpresser! Will dich nie mehr sehen. Du hast nichts und bist nichts. Was willst du denn jetzt anfangen, nom de Dieu?«
»Weiß ich nicht«, sagte ich. Damit stand ich auf wie in Trance und ging ins Badezimmer und wusch mich und ging ins Wohnzimmer und zog langsam alle meine Kleidungsstücke an, die ich, als ich kam, dort alle sehr schnell ausgezogen hatte. Während ich das tat, lief Suzy mir dauernd nach, oder sie stand an meiner Seite, und die Tränen liefen ihr über die Wangen, und sie sah mir lange stumm zu, und dann verkrampfte sie, immer noch splitternackt, nur auf Pantoffeln, die Finger ineinander und schluckte schwer und sagte: »Du bist eben ein anständiger Mensch.«
Da war ich schon im Wohnzimmer und hatte Unterhosen und Socken an.
»Anständiger Mensch, Scheiße«, sagte ich.
»Anständiger Mensch, gar nicht Scheiße!« sagte Suzy. Jetzt schien die Sonne ins Zimmer.
»Doch«, sagte ich. »Wo ist mein Hemd?«
»Hier . . . warte, ich helfe dir . . . Es ist genau wie beim ersten Mal. Das Kind, das nicht dein Kind ist! Babs! Die kranke Babs! Du mußt immer wieder an sie denken. Die Mutter, dieses alte Miststück, die ist dir egal. Aber das Kind! Das Kind ist dir nicht egal. Das Kind ist dir jetzt das Wichtigste.«
»Nein!«
»Doch!«
»Nein!«
»Sag nicht nein!« sagte Suzy. »Warte, ich mache die Manschettenknöpfe zu. Du hast kein eigenes Kind. So hast du Babs zu deinem Kind gemacht. Und jetzt, wo es krank ist und Hilfe braucht, mußt du einfach zu ihm.«
Mein Herr Richter, ich schwöre Ihnen: Und wenn Babs in diesem Augenblick verreckt wäre oder in ein paar Stunden oder Tagen – es hätte mir nichts ausgemacht. Ehrenwort! Nach dem, was ich in Nürnberg über den Zustand von Babs erfahren hatte, und noch viel mehr nach dem, wozu mich Joe Gintzburger hatte zwingen wollen, gab es nichts auf der Welt, das ich zu diesem Zeitpunkt mehr haßte als Babs, diese verfluchte Kröte, die mein Leben ruiniert hatte, ruiniert für alle Zeit. Das ist die Wahrheit. Daß ich dennoch nicht bei Suzy blieb, daß ich entschlossen war, von ihr fortzugehen, keine Ahnung, wohin, keine Ahnung, wovon leben, hatte einen anderen Grund, und der war mir, während ich die Languste aß, plötzlich wie in einem Blitzstrahl klargeworden. Ich konnte, ich durfte Ruth nicht enttäuschen. Ich wollte, ich würde alles tun, um wieder in ihre Nähe zu kommen, bei ihr zu sein, ihre Stimme zu hören, ihr Gesicht zu sehen, ihre Gestalt, ihren Gang . . .

Während ich meine Hose anzog, sagte Suzy: »Jawohl, du mußt zu Babs. Ich wollte, ich könnte dich halten. Aber ich kann es nicht, und ich will es jetzt auch nicht mehr, denn ich habe gesehen, was mit dir los ist. Du bist zu gut für mich.« Großer Gott, dachte ich und zog den Reißverschluß der Hose hoch. »Und damit ist unser Plan endgültig gestorben. Vergiß ihn schnellstens, ja? Ich werde dich oder Babs oder dieses Miststück oder irgend etwas anderes, wovon ich weiß, niemals irgendeinem anderen Menschen verraten, das schwöre ich dir.« Sie kniete jetzt und half mir in meine Slipper, während ich die Krawatte band. »Ich kann das leicht schwören, denn ich habe dich lieb, viel zu lieb, um so etwas zu tun.«

»Suzylein, bitte . . .«

»Sei ruhig! Ich *habe* dich viel zu lieb! Aber komm nie mehr her! Nie mehr, hörst du?« Ich zog meine Jacke an. »Mit uns muß es aus sein. Jetzt gleich. Für immer. Denn sonst . . . sonst . . . wenn noch einmal so etwas passiert wie heute, mache ich doch noch eine Schweinerei!«

Ich ging in den Vorraum und zog meinen Mantel an. Ich sagte: »Aber deshalb können wir doch Freunde . . .«

Sie ließ mich nicht ausreden. Sie schrie plötzlich, während Tränen über ihr Gesicht strömten: »Hau ab! So schnell wie möglich! Ich habe dir doch gesagt, ich bin ein Stück Dreck! Wenn ich dich noch eine Minute sehe, überlege ich mir alles und benehme mich wie ein Stück Dreck! Also!« Also haute ich ab.

31

Es dauerte eine Weile, bis ich ein Taxi fand, und dann fuhr ich nur bis in einige Entfernung vom LE MONDE und bezahlte und stieg aus. Ich hatte doch noch 55.000 Francs vom vorletzten Renngewinn bei Lucien Bayard, vielleicht sogar viel mehr, wenn ich im letzten Rennen auch gewonnen hatte, nicht wahr, mein Herr Richter? Das war auf alle Fälle eine Menge Geld, die mußte ich haben. Ich wußte, Lucien hatte ein versiegeltes Kuvert in den Tisch der Portiers gesteckt, damit ich es jederzeit erhalten konnte, und nun brauchte ich es. Es war fast alles an Geld, was ich besaß, denn mit Sylvia konnte ich nicht mehr rechnen, wenn sie aus ihrer Schlafkur zu sich kam. Dann würden sie ihr sofort und mit Lust erzählen, daß sie mich rausgeschmissen hätten und warum. Und unter den Umständen blieb Sylvia gar nichts anderes übrig, als mich auch rauszuschmeißen. Natürlich hätte ich versuchen können, sie mit allem, was so ein Gigolo wie ich fertigbrachte, umzustimmen. Aber ich wollte nicht mehr, denn ich wußte, wenn ich es versuchte, mußte es gelingen, und allein die Vorstellung, es zu versuchen, widerte mich bereits derartig an, daß dieser Versuch nur schiefgehen konnte. Na ja, ich hätte ja auch meine Fresse halten oder mit

Suzy ein hübsches Hasenheim eröffnen können, aber das hatte ich auch nicht getan. Einem Mann wie mir war einfach nicht zu helfen. In meinem Hotelsafe lagen auch noch die Brillant-Manschettenknöpfe und eine Platin-Armbanduhr und anderes Zeug, das Sylvia mir geschenkt hatte, und das mußte ich jetzt an mich bringen, bevor sie es mir wegnahm. Draußen in der Garage beim Flughafen stand der Maserati Ghibli. Für den bekam ich vermutlich eine ganze Menge, wenn ich ihn verkaufte. Und in meinem Appartement lagen auch noch ein paar wertvolle Dinge herum, die Rod seinerzeit nicht in die Koffer gepackt und an Suzy geschickt hatte. Für mich war jetzt jeder Zehnfrancschein wichtig, jedes Einfrancstück! Ich war jetzt nämlich eine arme Sau. Ich hatte keine Ahnung, was nun aus mir werden sollte, und ich kam auch nicht dazu, darüber ernsthaft nachzudenken, weil ich unablässig an Ruth denken mußte. Auch, wie ich zu ihr zurückkommen, was da geschehen konnte, wußte ich nicht. Ich war nun doch ziemlich durcheinander. Perniton, Champagner, Coitus und reines Herz vertragen sich unter keinen Umständen. Vor allem aber hatte ich Angst, ganz erbärmliche Angst hatte ich vor einem Wiedersehen mit Joe und seinen Leuten und mit diesem verfluchten Eunuchen Lejeune, dem verfressenen Hund, der mir so in den Rücken gefallen war.
Ich ging also zu Fuß zum Le Monde, und zwar immer langsamer. Die Sonne war verschwunden, es wurde kalt und ungemütlich, und ich ging noch langsamer. Sie können aber so langsam gehen, wie Sie wollen, mein Herr Richter – einmal sind Sie eben doch dort, wo Sie hinmüssen.
Die Empfangschefs und die Tagesportiers nickten mir zu wie in den Tagen meines Frohsinns, und ich nickte und strahlte auch. Charles Fabre, der legendäre Chef der Portiers, hatte Dienst, dieser Mann, von dem es hieß, daß es kein Ding zwischen Himmel und Erde gab, das er nicht möglich machen konnte, und das im Handumdrehen. Ich sprach mit ihm und bekam meinen Appartementschlüssel und das versiegelte Kuvert mit dem gewonnenen Geld. Ich setzte mich in die Halle und riß den Umschlag auf und fand darin 55.000 Neue Francs in Fünfhunderter-Noten.
Das war ein großes Kuvert, ein Manila-Umschlag. Ich fand auch einen Bogen Papier, feinstes Bütten, in Zierschrift stand Lucien Bayards Name oben links, und auf dem Papier stand:

›Lieber, sehr verehrter Monsieur Kaven, von ganzem Herzen danke ich Ihnen für die 10.000 NF, die mir M. Bracken in Ihrem Namen überreicht hat. Anbei der Rest des Gewinns, 55.000 NF. Es tut mir unendlich leid, Monsieur, aber ich muß Ihnen mitteilen, daß wir bei dem zweiten Rennen in Chantilly mit den beiden Pferdchen, die ich Ihnen da so sehr empfohlen habe, Pech hatten, ›King's Twist‹ wurde disqualifiziert, und ›Le Parleur‹ kam auf den 4. Platz. Ich kann

Ihnen nicht sagen, wie peinlich mir das ist – ich habe doch auf Ihren Wunsch hin gesetzt, und zwar insgesamt 4500 NF. Da es meine Tips gewesen sind, ist das natürlich auch mein Verlust.‹

Der alte Lucien! Kommt natürlich gar nicht in Frage, dachte ich, bevor ich aus diesem Hotel wegziehe, muß ich ihn noch anrufen oder sprechen und ihm auf alle Fälle sein Geld wiedergeben.

›Wenn wir uns in einer der nächsten Nächte sprechen könnten, wäre ich sehr froh. Am Sonntag, dem 12. Dezember, laufen nämlich in Vincennes drei Pferdchen, für die lege ich meine Hand ins Feuer. Bitte setzen Sie sich schnellstens mit mir in Verbindung – ich habe es einige Male vergeblich versucht. Empfangen Sie, sehr verehrter Monsieur Kaven, den Ausdruck meiner vorzüglichen Hochachtung von Ihrem Ihnen stets sehr ergebenen

Lucien Bayard‹

Ich setzte mich an einen Schreibtisch in der Halle und nahm Papier des Hotels und schrieb Lucien einen Brief des Dankes. Ich blieb sehr allgemein und ging nicht auf meine Situation ein. Aber in das Kuvert steckte ich 10.000 Neue Francs – zwei Bündel.
4500 hatte Lucien beim zweiten Rennen für mich ausgelegt – beim ersten 5000. Die überschüssigen 500 Francs sollten eine nochmalige Freundschaftsgeste sein.
Ich klebte das Kuvert zu, schrieb Luciens Namen darauf, brachte es zu meinem Freund Charles Fabre und bat ihn, den Umschlag Lucien abends zu übergeben.
»Gewiß, Monsieur Kaven.«
Na ja, jetzt hatte ich also von meinem Gewinn nur noch 45.000 Neue Francs. Aber es gibt gewisse Dinge, die kann man einfach nicht machen, nicht wahr?
»Würden Sie mir einen Gefallen tun, Monsieur Fabre?«
»Jeden, Monsieur Kaven.«
Ich gab ihm die Nummer von Suzys Kosmetiksalon und bat ihn, dort anzurufen und zu bitten, daß mir meine Koffer (ich hatte ja bislang nur einen erhalten) schnellstens ins LE MONDE geschickt wurden. Es waren doch noch ein Haufen Sachen bei Suzy. Hoffentlich läßt sie sich jetzt nicht aus Gemeinheit oder Schmerz absichtlich Zeit, dachte ich. Und meinen Safe ausräumen muß ich auch noch, dachte ich. Aber ganz zum Schluß ...
»Wird sofort erledigt!« Fabre strahlte mich an. »Dieses Schmutzblatt haben Sie schön weichbekommen.«
»Welches ... ach so!« Er meinte die Boulevardzeitung mit der Skandal-

schlagzeile. »Eine ganze Seite nimmt die Berichtigung ein, Monsieur Kaven! Haben Sie es nicht gesehen?«
»Nein. Ich mußte doch nach . . .«
Gott sei Dank unterbrach er mich: ». . . Madrid! Mit Mademoiselle Geiringer. Wie geht es ihr?«
»Besser«, sagte ich. »Sie ist da in den richtigen Händen, wissen Sie?«
»Das freut mich, Monsieur Kaven, das freut mich wirklich, Mademoiselle Geiringer ist eine so liebenswerte junge Dame.«
Dann fuhr ich mit dem Lift hinauf in den vierten Stock und ging den Gang hinunter zu meinem Appartement 419 und sperrte auf und schloß die Tür hinter mir und setzte mich und sah meine Schuhe an. Ich dachte an Ruth, zuerst ganz wirr, denn das war nun wirklich eine wirre Sache, und dann versank ich immer tiefer in Nachdenken darüber, was ich tun konnte, um Ruth wiederzusehen, und ich dachte an sehr viele Wege und wurde immer benommener dabei, und ich sah, daß meine Schuhe dreckig waren und zog sie aus, um sie zu putzen, denn das tat ich doch immer selber, und dann fiel mir ein, daß das Putzzeug in einem der Koffer lag, die sich noch bei Suzy befanden. Und so dachte ich weiter über Ruth nach und sah meine Socken an dabei. Sogar die hatte mir Sylvia gekauft. Alles, was ich trug – bis zu den Taschentüchern und Unterhosen und Socken –, hatte mir Sylvia gekauft. Es waren sehr schöne dunkelblaue Socken.

32

Die Tür flog auf. Der kleine Joe Gintzburger kam in den Salon gestürmt. Ich sah, daß hinter ihm Lejeune auftauchte und hinter diesem Rod Bracken und hinter diesem all die Männer, die Joe aus Hollywood mitgebracht hatte. Sie bewegten sich sehr schnell auf mich zu, und ich hatte sehr große Angst, denn nur Joe war ein Zwerg, die anderen konnten mich, jeder einzeln, zusammenschlagen, kräftige, sportgestählte Herren, die zweimal jährlich ihrer hohen Position wegen ärztlich durchuntersucht wurden und dauernd im Fitness-Training standen. Ich meine die Amerikaner. Diesem Lejeune brauchte ich nur einen Tritt zu geben, damit er die Schnauze hielt, aber was hatte ich davon, wenn die anderen sich dann über mich hermachten?
Ich stand, in Socken, auf und wich zurück. Sie kamen schnell näher. Ich wich weiter zurück. Zuletzt stieß ich an die Wand hinter mir und erkannte: Weiter ging's nicht. Ich dachte, daß ich viel für einen Schlagring gegeben hätte. Das Geld vom Rennen lag auch noch auf einem Tisch, sah ich entsetzt.
»Hören Sie, Joe . . .«, begann ich, aber der Kleine mit dem weißen Haar unterbrach mich laut.
»Kein Wort, Sie Schwein«, sagte Joe Gitzburger.

»Machen Sie, daß Sie hier rauskommen«, begann ich wiederum, während die anderen schon alle um mich herumtraten und mich mit einem Ausdruck ansahen, den ich schwer beschreiben kann. Sicherlich gibt es Metzger, die gerne Schweine schlachten, und die sehen dann so aus, bevor sie sich an die Arbeit machen. Aber es muß diese Metzger auch ergreifen, was sie tun, denn ergriffen sahen die Hunde aus – besonders Joe und Bracken.
»Sie sollen das Maul halten, Sie Schwein«, sagte der kleine Joe, und ich hatte das verrückte Gefühl, daß er mich am liebsten zu sich heruntergezogen und auf die Stirn geküßt hätte. »Schwein«, sagte er, »habe ich gesagt.«
»Hab's gehört«, sagte ich. Auf Socken kam ich mir besonders hilflos vor.
»Superschwein«, sagte Joe, und es klang fast zärtlich. »Sie sind ein Superschwein, Phil, aber auch ein Superschwein muß man bezahlen, wenn man es braucht. Und wir brauchen Sie.«
Danach glaubte ich für einen Moment, ich würde umkippen, aber ich kippte nicht um. Mir wurde blitzartig klar: Die Hunde waren, nachdem Joe mich rausgeschmissen hatte, in Panik geraten, denn sie brauchten mich nun wirklich wie einen Bissen Brot, und vermutlich hatten sie die unmöglichsten Ersatzlösungen beraten und verworfen und die große Angst bekommen, ich sei zu irgendeiner Nachrichtenagentur gelaufen und hätte den Brüdern dort die ganze Wahrheit erzählt. Ich sage Ihnen, mein Herr Richter, der Verlorene Sohn kann von seiner Familie nicht freundlicher behandelt worden sein, als ich es nun wurde.
Joe sagte: »Okay, okay, tut mir leid, das von heute früh. Bis heute abend haben Sie die halbe Million Dollar, genau wie Sie sie haben wollen.«
Sie werden zugeben, mein Herr Richter, das war ein bißchen viel, um es zu verdauen, nicht wahr? Ich machte einen Schritt vorwärts, und Joe und die anderen wichen zurück, und ich ging ganz langsam, denn mir war schwindlig, zu dem Stuhl, vor dem meine dreckigen Schuhe standen, und setzte mich, und sie kamen von allen Seiten geräuschlos, sozusagen auf Zehenspitzen, näher, und zum Schluß standen sie so um mich herum wie die Bullen um einen ganz üblen Schurken in den einschlägigen US-Krimi-TV-Serien. Sie hatten nur keine Hüte auf.
»Was ist los mit Ihnen?« fragte Joe. »Haben Sie mich nicht verstanden?«
»Ich habe Sie sehr gut verstanden, Joe«, sagte ich.
»Heute abend. In kleinen Scheinen, wie Sie es wollten. Dauert eine Weile, bis man das zusammenhat. Wir haben schon Leute losgeschickt. Zu vielen Banken. Sehr viel Geld, eine halbe Million.«
»Nein«, sagte ich.
»Was nein?« fragte Joe.
»Nein, ich nehme kein Geld«, sagte ich. »Ich entschuldige mich bei Ihnen, Joe. Ich entschuldige mich bei Ihnen allen, meine Herren.« Und ich sah zu ihnen allen auf.

»Was ist das nun wieder für ein neuer Dreh?« krähte Lejeune mit seiner zerquetschten Sängerknabenstimme.
»Das ist kein neuer Dreh«, sagte ich. »Das ist die Wahrheit.«
Sehen Sie, mein Herr Richter, nach all der Grübelei war mir nun endlich eingefallen, wie ich zu Ruth zurückkehren konnte. Nicht zu Babs. Die war mir weiter so gleichgültig wie bisher. (Bildete ich mir damals jedenfalls ein!) Aber zu Ruth. Zu Ruth! So einfach war das. Und ich war so lange Zeit nicht daraufgekommen.
»Das ist die reine Wahrheit«, sagte ich. »Ich will kein Geld. Ich brauche nur ein bißchen, um zu leben, aber das wird mir Sylvia geben wie bisher. Und ich tue alles, was Sie von mir verlangen, meine Herren.«
Sie sahen mich jetzt an wie einen Verrückten, und tatsächlich sagte der Public-Relation-Mann, der Charley hieß, zu dem Arzt: »Was ist los mit ihm, Doc? Hat er den Verstand verloren?«
Doc trat vor, sah mich prüfend an und sagte: »Der ist ganz in Ordnung.« Er beugte sich herab und schnupperte und sagte: »Riecht ein bißchen nach Alkohol. Aber besoffen ist er nicht.«
Danach schwiegen wieder alle.
Endlich sagte ich: »Ich will bei Babs bleiben. Und bei Sylvia. Ich will alles tun, was nun geschehen muß. Treten Sie doch bitte etwas zurück, Doc.«
»Warum?« fragte der Arzt.
»Sie stehen auf einem meiner Schuhe«, sagte ich. »Ich will sie anziehen. Meine Füße werden kalt.«

33

». . . dieses junge Menschenkind, das wir nun begraben, und das so sehr geliebt worden und der Gegenstand von so viel Sorge und so vielen Versuchen der Hilfe gewesen ist, so sehr vielen Versuchen der Hilfe, die zuletzt alle vergeblich waren«, sagte der Pastor Ernst Hirtmann, blaß, bedrückt, nur mittelgroß, an seiner Brille rückend. Er stand am Rand des offenen Grabes, inmitten von etwa zwei Dutzend Menschen. Ruth war da, ich war da, die Eltern des siebzehnjährigen querschnittsgelähmten Tim (Gestatten, Nero!), der am 3. Dezember 1971 im Nürnberger Sophienkrankenhaus gestorben war – Stunden bevor ich, aus Paris kommend, mit Ruth und Babs hier eingetroffen war. Die Wolken segelten tief an diesem Nachmittag, starker Wind wehte, es war kalt hier draußen auf dem großen Nürnberger Westfriedhof mit seinen breiten Alleen, dem Krematorium, den vielen alten hohen Bäumen, deren Äste kahl und schwarz in den Himmel ragten. Das war am Nachmittag des 7. Dezember 1971, an einem Dienstag.
»Vergeblich und teuer«, sagte Tims Vater leise. Er stand neben mir, groß,

schwer, er trug einen innen gefütterten Pelzmantel, und sein Gesicht war gerötet – doch nicht von der Kälte, sondern von Zorn. Ein zorniger alter Mann war Tims Vater. Lauter sagte er: »Ich habe mal zusammengerechnet, was uns die siebzehn Jahre gekostet haben. Allein im letzten Vierteljahr noch einmal achtzehntausend für dieses neue Gerät.«
»Sei ruhig, ich flehe dich an«, sagte seine Frau, der die Tränen über das Gesicht rannen.
»Achtzehntausend«, wiederholte der Mann, wie unter Zwang. »Achtzehntausend in einem Vierteljahr. Warum? Weil uns dieser englische Professor so lange geschrieben hat, mit dem Gerät kann man Wunder vollbringen, bis wir es geglaubt haben. Unsere Kasse hat gleich gesagt, die Kosten für dieses Gerät ersetzt sie nicht. Aber du, du hast gesagt, Tim muß es haben. Und die Ärzte hier? Die wollten es natürlich ausprobieren. Ich sage dir, die Ärzte auf der ganzen Welt halten zusammen. Achtzehntausend«, sagte der schwere Mann noch einmal. Dann begann er zu weinen.
»Schock«, flüsterte Ruth mir zu. »Alles sinnlos im Moment. Das ist ein guter Vater, ein anständiger Mensch, ich kenne ihn schon so lange. Aber das passiert immer wieder bei einem Todesfall – daß Menschen einfach durchdrehen.«
». . . wir wissen«, sagte Pastor Hirtmann, »daß das Leben weitergehen muß. Das ist zugleich eine Phrase und die Wahrheit. Wie muß es weitergehen, dieses Leben? Es muß so weitergehen, daß wir – wir alle, jeder von uns – beständig den Tod vor Augen behalten und ihn niemals vergessen, ob dieser Tod nun durch eine Krankheit kommt, durch Unfall oder Krieg. Und wenn wir glauben, es habe einen Sinn, was wir Tag für Tag an nützlichen oder meist sehr unnützen Dingen tun, was wir reden, so müssen wir es daraufhin prüfen, ob dieser Sinn sich auch angesichts des Todes behaupten kann. Ob es nicht ein großer Unsinn ist. Wir werden alle sterben, unser Geschwätz wird zerflattern, und was man nachher über uns sagt, wird nicht alles wahr sein. Wahr aber sind schon jetzt die großen und die kleinen Schmerzen, wahr ist die Trauer um einen jungen Menschen . . .«
Wir standen alle in der Nähe des Krematoriums, da waren Angehörige und Verwandte der Familie, aber, so hatte Ruth mir gesagt, auch ein paar Schwestern und Ärzte des Krankenhauses. Lange und klagend heulte eine Lokomotive. Um den Friedhof herum, ganz nahe, laufen die Gleise eines großen Güterbahnhofs, auch das hatte mir Ruth gesagt, als das erste Mal während dieses Begräbnisses eine Lokomotive ihren heulenden Ruf ausgestoßen hatte. Da pfiffen dauernd Züge, da rollten dauernd Räder.
Ich war erst vor einem Tag aus Paris zurückgekommen. Sylvias Schlafkur hatten sie ein wenig verlängert, Professor Delamare wollte kein Risiko eingehen. Heute, sofern nichts passiert war, mußte sie eigentlich schon wieder halbwegs munter sein und auf meinen Anruf warten.

»Alles, was wir tun dürfen, ist: Wir dürfen uns helfen«, sagte Hirtmann, »indem wir aufrichtig unsere *Hilflosigkeit* eingestehen.« Es war sehr kalt. Bald wird es schneien, dachte ich. »Auch ein Pfarrer kann diese Hilflosigkeit eingestehen«, sagte Hirtmann, »denn er vermag ja Trost nicht zu erfinden, er kann ihn nur weitergeben, wenn er es kann. Ich, ein solcher Pfarrer, sage hier und jetzt: Wenn ein Abschied so hart und bewegend ist wie der von diesem jungen Menschenkind, dann möchte ich mich viel lieber an Ihre Seite stellen, liebe Eltern, als hier zu stehen und zu Ihnen zu sprechen, und ich möchte viel lieber mit Ihnen schweigen oder vielleicht stammeln: Gott, schweige nicht über unsere Tränen!«
Ruth war sonderbar verändert. Sie sah immer wieder weit über den Friedhof hinweg, über seine Gräber. Sie schien völlig abwesend.
Wieder heulte eine Lokomotive.
Ich dachte, daß ich nachts auch Lokomotiven in meinem Hotelzimmer pfeifen gehört hatte, daß sie mich aus wirren Träumen gerissen hatten da in dem Hotel BRISTOL, in dem ich nun wohnte. Dem Portier hatte ich einen deutschen Paß auf den Namen Philip Norton gezeigt bei der Ankunft. Ich war Deutscher, aber ich lebte in Amerika, so ging das aus verschiedenen Vermerken und Visa dieses Passes hervor, der, nur drei Tage alt, absichtlich zerdrückt und fleckig gemacht worden und natürlich ein falscher Paß war. Ich werde gleich erzählen, wie ich ihn erhalten hatte.
»Aber«, sagte Pastor Hirtmann, »Gott schweigt auch nicht. Zumal nicht über unsere Tränen. Seine Stimme, die wir meistens nicht hören, die wir ersticken mit dem eigenen Lärm und Gerede, sie wird erst da hörbar, wo wir ganz, ganz winzig klein sind vor Kummer . . .«
Das war der Moment, in dem ich ihn sah. Genau sah.
Mager war dieser Mann, vielleicht fünfundvierzig Jahre alt, er trug einen grauen Dufflecoat über einem zerdrückten blauen Konfektionsanzug (der Dufflecoat war nicht geschlossen), ein zerdrücktes, nicht mehr sauberes weißes Nylonhemd, eine blaue Krawatte, das schwarze Haar im Igelschnitt, das Gesicht bleich, die dunklen Augen unter den dünnen Brauen gleichermaßen erfüllt von Ausdrücken der Gier, der Dummdreistigkeit und der behenden Furcht der Ratte. Er stand entfernt von mir, jenseits des Grabes, doch seine Augen waren starr auf mich gerichtet, auf mich allein.
Wer ist das? dachte ich erschrocken.
»Ein Leben ist am Ende. Ein Menschenkind ist fort, das nie die Unruhe der Erwachsenen zu spüren bekam, die Unruhe, die aus unserer wirren Welt stammt, die uns ohne Frieden lassen will . . .«
Die Augen! Die schmalen, eiskalten, unbarmherzigen, ja die wahnsinnigen Augen dieses mageren, schlecht gekleideten Mannes, auf mich gerichtet ohne Unterlaß . . .
Ruth sagte: »Was haben Sie?«

Ich sagte zwischen den Zähnen: »Da drüben der Kerl in dem Dufflecoat, der mich anstarrt, wissen Sie, wer das ist? Schauen Sie nicht gleich hin! Warten Sie ein wenig!«
»Ein Mann, so heißt unsere Botschaft«, sagte Pastor Hirtmann, »trat ein in das große Alleinsein. Die ersten, die ihn als ihren Frieden erfuhren, nannten ihn den Christus . . .«
»Keine Ahnung«, flüsterte Ruth. »Schaut aus wie ein Amerikaner.«
»Ich bin sicher, er ist einer«, sagte ich, fast ohne die Lippen zu bewegen. Räder rollten nun wieder laut. Hirtmann sprach noch deutlicher: »Durch diesen Mann, den sie den Christus nannten, ist seitdem niemand mehr allein, auch nicht als ›Hinterbliebener‹, wie der Fachausdruck lautet . . .«
»Was beult seinen Mantel unter der linken Achsel so aus?« flüsterte Ruth. »Glauben Sie, der Mann trägt . . .«
»Ja«, flüsterte ich, »das glaube ich. Schauen Sie jetzt nicht mehr zu ihm!«
». . . und wir erbitten um des erbärmlich alleingelassenen und umgekommenen Christus willen seinen Frieden, sein stilles, starkes, tröstendes Wort, vor allem für die Eltern . . .«
Der Mann im Dufflecoat steckte die rechte Hand in den Mantel, dort, wo er links ausgebeult war. Ruth unterdrückte mühsam einen Schrei. Ich duckte mich zum Sprung. Viele Menschen sahen uns erstaunt an. Der Mann, den ich nicht kannte, zog eine Minox aus der Jackentasche, hob sie und fotografierte mich, einmal, zweimal, dreimal – ich sah, wie er die Teile der Kleinstkamera immer wieder zusammenschob, um den Film weiterzutransportieren. Ich wollte zu ihm. Ich stand eingekeilt zwischen Menschen. Ich konnte nicht zu ihm. Jetzt fotografierte er die Gruppe um das Grab, den Pastor, die anderen Menschen, Ruth neben mir.
Hirtmann, mit dem Rücken zu ihm, sprach: ». . . wir möchten Gott anklagen, wenn wir uns so hart beraubt sehen. Wir mögen es tun! Wir klagen den an, der als Angeklagter auf unserer Seite steht, der eins wurde mit denen, die Schmerz haben, der leidet, wo wir leiden, der weiterleiden muß, solange Menschen leiden . . .«
Der Mann im Dufflecoat drehte sich plötzlich um und lief wie gehetzt davon, weiter und weiter in den Friedhof hinein, zu seinem verwilderten Ende, wo es keine Alleen und Gräber mehr gab, sondern nur noch dicht wucherndes, hochgeschossenes, nun schwarzes Unkraut, tiefste Wildnis. Von einem Moment zum anderen war der Mann in dieser Wildnis verschwunden.
»Was soll das?« flüsterte Ruth.
Ich zuckte die Schultern.
»Ich habe Angst«, flüsterte Ruth. »Sie auch, ja?«
Ich nickte.
»Seine Liebe«, sagte Pastor Hirtmann, während wieder Räder rollten,

»umfängt die Toten. Sie umfängt auch die Lebenden, die in jedem Augenblick vor dem Tode stehen, und die an einem Grab so oft vergessen zu sagen: ›Herr, lehre mich bedenken, daß ich sterben muß, auf daß ich klug werde . . .‹«

34

Ich muß hier, mein Herr Richter, etwas nachholen und – unter anderem – über die Entstehung einer Haßliebe berichten.
Kaum hatte ich am Mittag jenes schauderhaften 4. Dezember 1971 erklärt, bei Babs *und* bei Sylvia bleiben zu wollen, da schickte dieser Lejeune doch wahrhaftig alle anderen hinaus, weil er, wie er sagte, nun mit mir allein sprechen müsse.
Lejeune ließ sich auf eine Couch fallen, daß die Sprungfedern krachten, schnaufte, hielt seine Beinchen gezwungenermaßen infolge ihres Umfangs gespreizt, fraß Sahnebonbons und strahlte mich an.
»Was bedeutet das blöde Grinsen?« fragte ich.
»Daß ich mich über den Fortgang der Geschichte freue«, sagte Lejeune, Bonbons verschlingend, wobei ihm einfiel: »Möchten Sie vielleicht auch?«
Sie können sich gewiß denken, was ich antwortete, mein Herr Richter.
Lejeune lachte sich (mit vollem Mund natürlich Bonbonteilchen versprühend) fast kaputt.
»Ta gueule, salaud!« sagte ich. »Halt die Schnauze, Saukerl!«
»Assassin«, sagte Lejeune und grinste.
»Sale assassin«, sagte ich zu dem Fettwanst von Anwalt.
»Ich werde aus Ihnen noch einen richtigen Franzosen machen«, sagte er, grenzenlos erheitert. Dann wurde er ernst. »Zuerst muß ich aus Ihnen natürlich einen falschen Deutschen machen.«
»Was soll das heißen?«
»Nun, Sie werden doch dieses Doppelleben führen müssen – immer pendelnd zwischen Babs und Sylvia Moran. In Deutschland dürfen Sie auf keinen Fall Kaven heißen, das ist Ihnen doch klar. Sie müssen sich in Deutschland überhaupt ganz anders benehmen. Gehemmter, stiller, bedrückter, kleinkariert. Wenn Sie gemeinsam mit Sylvia auftreten, sind Sie natürlich Philip Kaven, der Mann, der für die Liebe geschaffen ist! Da können Sie Ihre richtigen Papiere nehmen. Da müssen Sie sich betragen wie eh und je. In Deutschland brauchen wir für Sie einen neuen Paß, einen neuen Stil, da sind Sie ein armer, unglücklicher Vater – schauen Sie mich nicht so an, Sie Kretin! –, in Deutschland brauchen wir jetzt für Sie einen Paß auf den Namen Norton. Und nicht Paul Norton. Das war ein Denkfehler damals, in der ersten Aufregung, als Babs ins Sainte-Bernadette kam. Jetzt – vorausgesetzt, die Kleine kratzt nicht ab, denn wenn sie abkratzt, ist

die ganze Sache natürlich hinfällig – jetzt müssen wir Ihnen Papiere auf den Namen *Philip* Norton ausstellen.«
»Warum?«
»Weil Babs, wenn sie, was ja auch sein kann, wieder nur einigermaßen klar wird, Sie *Phil* nennen wird. Phil – den Namen wird sie wiederfinden, wenn es ihr besser gehen sollte. Mit Kaven hat es noch lange Zeit.«
»Und die Mutter?«
»Kleine Kinder sagen Mami. Nicht Sylvia Moran, oder?« Er bohrte in den Zähnen und betrachtete enttäuscht das Ergebnis seiner Bemühungen. »Na, und Mami ist doch noch in Urlaub, nicht wahr? Also, Sie kriegen einen deutschen Paß auf den Namen Philip Norton, aber Sie leben in Amerika. Stempel und so weiter werden im Paß sein. Der Paß wird auch nicht so aussehen, als ob er eben angefertigt worden ist. Die haben da ihre Methoden in Nürnberg. Paßfotos von Ihnen müssen wir sofort machen lassen und expreß nach Nürnberg an meinen Freund schicken.«
»Wer ist Ihr Freund in Nürnberg?«
Immer noch bohrte Lejeune im Mund.
»Ich muß doch mal zum Zahnarzt gehen«, sagte er. »Was haben Sie gefragt?«
»Wer Ihr Freund in Nürnberg ist.«
Lejeune lachte.
»Was ist so komisch?«
»Es ist ein Mann, der Wigbert Sondersen heißt. Hauptkommissar im Polizeipräsidium Nürnberg. Mordkommission.«
»Was?«
»Komisch, wie?«
»Hören Sie . . .«
»Sondersen und ich sind alte Freunde. Ich habe einmal hier bei unserer Mordkommission durchgesetzt, daß man Sondersen einen großen Gefallen getan hat. Leute wie wir müssen zusammenhalten, nicht?«
»Was kann ein Mann der Mordkommission der Paßabteilung befehlen? Einen falschen Paß für mich herzustellen?«
»Ja«, sagte Lejeune. »Dieses Sahnezeug ist doch am besten. Ja, Sondersen kann das. Einer der fähigsten Kriminalisten Deutschlands. In der einen Hälfte. In der anderen Hälfte habe ich auch Freunde. Ich habe überall Freunde. Glauben Sie, ich könnte sonst so arbeiten? Glauben Sie, Mister Gintzburger hätte mich sonst engagiert?«
Das beeindruckte mich.
»Sondersen ist ein so tüchtiger Mann, daß man ihm jeden Gefallen tut«, sagte Lejeune. »Ich habe schon mit ihm telefoniert. Alles okay. Die Paßabteilung wartet nur noch auf das Foto. Dann kriegen Sie das Ding. Die haben Visastempel – was Sie wollen! Das wird ein prächtiger falscher Paß.

Ansonsten haben Sie Ihren richtigen. Das ist aber noch nicht alles. Sie dürfen in Deutschland nicht so den Playboy spielen wie hier, den Playboy, der Sie sind. Unterbrechen Sie mich nicht. Sie sind in Deutschland ein armes, geschlagenes Schwein mit einem gehirngeschädigten Kind. Sie tragen dort natürlich nicht Anzüge von Cardin, sondern solche von der Stange. Ein Teil des Gepäcks – die feineren Sachen – bleibt im LE MONDE. Auch die Koffer mit der Kleidung von Babs wurden schon ausgetauscht. Die neuen müssen bald kommen.«

»Wer hat das veranlaßt?«

»Wer wohl? Ich natürlich. Ich tu was für mein Geld, und ich bekomme eine Menge Geld von Mister Gintzburger Dann müssen Sie in Deutschland eine Hornbrille tragen. Mit Fensterglas . . . Kein dunkles, das wirkt zu auffällig. Und bescheiden sein, ganz bescheiden. Ihr Maserati bleibt hier. Wenn Sie es selber nicht kapiert haben, lieber Freund: Von jetzt an müssen Sie ein Doppelleben führen wie Doktor Jekyll und Mister Hyde – der Vergleich ist nicht ganz zutreffend, aber Sie verstehen, was ich meine.«

»Ja«, sagte ich.

»Dann kommen Sie, los. Keine Minute zu verlieren. Zimmer für Sie habe ich auch schon bestellt. Mittelklasse-Hotel, tut mir leid. In Luxushotels können Sie nur noch als Philip Kaven wohnen. Ein paar Anzüge von der Stange und Wäsche und all das Zeug gehe ich jetzt mit Ihnen kaufen . . .«

Sehen Sie, mein Herr Richter, das war der Moment, in dem ich für den verfressenen Maître Lejeune eine Haßliebe zu empfinden begann.

35

Moment mal, damit ich nicht durcheinanderkomme!

Laut Tagebuchaufzeichnung gingen Lejeune und ich am 4. Dezember 1971 in Paris ›Sachen von der Stange‹ für mich einkaufen in den GALERIES LAFAYETTE – einfach alles, sogar zwei Koffer, aus Plastik natürlich.

Am 5. Dezember 1971 kam der Rückschlag auf das verdammte Perniton. Ich verschlief den ganzen Sonntag und auch den halben Montag. Weil ich meinen neuen Paß noch nicht hatte, mußte ich Sylvias SUPER-ONE-ELEVEN benutzen, Dienstag in der ersten Morgendämmerung, und so flog ich zurück nach Nürnberg, unter mir schwarze Nacht, über mir rot und gelb und golden, in absolut unwirklichen Farben, der neue Tag. Auf dem Flughafen Nürnberg verabschiedete ich mich bis auf weiteres von der Crew – denn nun würde ich wohl manchmal Linienmaschinen benützen müssen. Ich fuhr mit einem Bus zum Hauptbahnhof und verfluchte die ganze Zeit Babs, die Kröte, die mir das alles eingebrockt hatte, aber daneben schlug mein Herz heftig bei dem Gedanken, daß ich nun Ruth wiedersehen würde! Vom Hauptbahnhof fuhr ich ins Polizeipräsidium. Jetzt brauchte ich den

neuen Paß. Lejeune, meine Haßliebe, hatte mir gesagt, ich solle sofort zu Sondersen gehen. Sein Büro lag im zweiten Stock und war unpersönlich und sachlich eingerichtet. Auf dem Schreibtisch stand ein Marmeladeglas voll Wasser mit einer roten Rose darin.
Der Hauptkommissar Wigbert Sondersen kam mir entgegen. Er war sehr groß und sehr mager und hatte ein Gesicht, das an das eines behutsamen Arztes erinnerte. Sein eisgraues Haar lag wie ein dickes Fell um den knochigen Schädel. Er schüttelte mir die Hand, und wir setzten uns. Er fragte mich, ob ich die Paßfotos bei mir habe. Ich gab sie ihm. Er telefonierte, und gleich darauf kam ein junger Mann und holte die Fotos ab.
»Dauert nur kurze Zeit«, sagte der Hauptkommissar Sondersen. »Die Paßabteilung hat den Paß bis auf das Foto schon vollkommen hergerichtet – mit Stempeln und Visa und allem. Hoffentlich kommt das Kind durch.«
»Hoffentlich«, sagte ich und dachte: Aber nicht zu schnell. »Ich werde Ihnen nie danken können für das, was Sie da mit dem falschen Paß für mich tun, Herr Hauptkommissar.«
»Sondersen, bitte, Herr Norton. Ich tue gar nichts. Das ist alles Routine. Wir helfen den anderen, die anderen helfen uns, wenn die Gründe einleuchtend sind. In Ihrem Fall sind sie es. Glücklicherweise kennen Lejeune und ich uns schon seit vielen Jahren, und er konnte mir auch einmal helfen – nicht direkt er, die französische Polizei.«
»Ja, das sagte er mir.«
»Natürlich«, sagte Sondersen, »geht das alles nicht ganz so einfach. Über INTERPOL wissen jetzt die Polizeidienststellen in der ganzen Welt, daß wir Ihnen hier so etwas wie einen ›Schutz-Paß‹ geben. Er hat eine besondere Nummer und eine besondere Nummernfolge und einen für diese Zwecke reservierten Buchstaben eingestanzt – das ist kein Mißtrauen gegen Sie, das ist einfach eine internationale Vereinbarung.«
»Natürlich, Herr Sondersen.«
Er drehte die Rose in dem Marmeladeglas und sagte unvermittelt: »Bald habe ich das hinter mir.«
»Was?«
»Alles hier. Ich gehe in Pension.«
»Aber das ist doch eine sehr interessante Arbeit, die Sie haben!«
»Zuerst dachte ich das auch«, sagte er. »Ich wollte unbedingt zum Morddezernat – obwohl ich als Verkehrspolizist anfangen mußte. Aber Mord . . . Kapitalverbrechen . . .« Er stockte. »Ich hatte einen kleinen Wahn, wissen Sie, Herr Norton. Ich wollte der Gerechtigkeit dienen.«
»Lejeune hat mir gesagt, daß Sie das unzählige Male getan haben.«
Sondersen sah mich an. Schwer hingen die Lider über den Augen.
»Das habe ich auch getan, Herr Norton. Aber ich bin müde geworden dabei. In meiner Jugend, zuallererst, da hatte ich noch einen anderen Traum. Ich

wollte das Gute fördern und Lehrer werden. Aber dann . . .« – er ließ die Rose los – ». . . dann erschien mir das sehr wenig aussichtsreich, und ich habe mich für die direkte Bekämpfung des Bösen entschieden.«
Dies war einer der sympathischsten Menschen, die ich in meinem Leben kennengelernt habe, mein Herr Richter. Er sagte: »Sie halten mich für einen Sonderling, nicht wahr?«
»Aber nein!«
»Doch, doch, ich sehe es, Herr Norton. An Ihrem Gesichtsausdruck. So haben Sie sich keinen Mordspezialisten vorgestellt, bestimmt nicht. Nur, schauen Sie: Das Böse, und ich meine das absolut Böse, ist sehr, sehr selten auf der Welt. Die meisten Menschen, die Böses tun, haben einfach nicht genug Phantasie, um sich vorzustellen, was aus ihrem Handeln wird. Aber daneben gibt es das absolut Böse, Herr Norton. Und gerade als Mordspezialist habe ich das absolut Böse kennengelernt – oft, sehr oft, zu oft. Es ist meine Pflicht, das absolut Böse zu bekämpfen, und ich tue es auch, so gut ich es kann. Es fällt mir immer schwerer und schwerer. Wissen Sie, was das Furchtbare am absolut Bösen ist?«
»Was?«
»Daß Sie nichts dagegen tun können«, antwortete Sondersen. »Sie können einen absolut bösen Menschen bestrafen. Aber was ist das schon? Das ist gar nichts. Einen besseren Menschen aus ihm machen, einen auch nur um eine winzige Winzigkeit besseren Menschen, das können Sie nicht.« Er sprach ganz ruhig – wie stets. »Und das Schlimmste, Herr Norton: Wenn ich zurückblicke auf mein Leben und meine Arbeit – es gibt so vieles, das ich versäumt habe in all den Jahren, verspielt, falsch gemacht. Nichts davon kann nachgeholt oder richtig gemacht werden. Alles, was ich erreicht habe in der Vergangenheit – heute hat es keinen Wert mehr. Nichts hat Bestand in der Zeit. Die Zeit wird abgelegt, so wie das Gericht die Akten über einen Prozeß ablegt, für den es keine Revision mehr gibt.«
»Es gibt eine Kontinuität der Ereignisse«, sagte ich.
»Nein«, sagte Sondersen, »die gibt es eben nicht. Das ist Ihr Wunschtraum, Herr Norton. Und mein Alptraum. Wir haben so lange von der unbewältigten Vergangenheit geredet in diesem Lande – in anderen Zusammenhängen. Sehr wenige, und leider bin ich darunter, wissen: Vergangenheit kann *nie* bewältigt werden! Und das ist eine Erkenntnis, die man in meiner Arbeit zuletzt nicht mehr erträgt.«
Er sah mich an.
»Warum arbeiten Sie dann noch?« fragte ich.
»Es hätte eine Möglichkeit gegeben, auszuscheiden«, sagte Sondersen. »Vor zwei Jahren. Aber damals habe ich gerade ein kleines Haus gebaut – ich bin verheiratet, wissen Sie –, und ich mußte Kredite aufnehmen und zurückzahlen, und also bleiben.«

Der junge Mann von vorhin kam in Sondersens Büro und brachte den neuen Paß, den sie fachmännisch fleckig gemacht und so hergerichtet hatten, daß er schon alt aussah, und nun war mein Foto eingeheftet und ein Prägestempel daraufgeschlagen. Ich mußte unter das Foto den Namen ›Philip Norton‹ schreiben, und dann mußte ich noch ein halbes Dutzend Papiere mit meinem richtigen Namen unterschreiben. Damit verhinderte die Paßabteilung jeden Mißbrauch des falschen Passes, das war mir klar.
»Ich danke Ihnen«, sagte ich zu dem jungen Mann. Der nickte nur und lächelte und ließ mir meinen falschen Paß und ging fort. »Besonders danke ich Ihnen«, sagte ich zu Sondersen.
»Ach, Unsinn«, sagte der. »Wenn man helfen kann . . .« Er stand gleichzeitig mit mir auf. »Kommen Sie«, sagte er, »ich zeige Ihnen noch etwas.« Er rollte die Lade eines Karteikastens heraus. An beiden Innenseiten, einander gegenüber, klebten zwei große Kalenderblätter, die alle Monate und Tage des Jahres vorwiesen. Ein drittes solches Blatt klebte an der Frontseite der Lade, ich mußte mich vorbeugen, um es zu sehen. Es waren Kalenderblätter für die Jahre 1971, 1972 und 1973. 1972 und 1973 waren noch unbeschrieben. Das Blatt für 1973 hatte Sondersen selbst gemacht, das für 1971 sah anders aus. Da war mit Rotstift, manisch geradezu, Tag um Tag ausgestrichen worden – bis zum 7. Dezember.
»Den siebten streiche ich heute abend aus, bevor ich heimfahre«, sagte der Hauptkommissar Sondersen.
»Aber was soll . . . ich meine, warum . . .«
»Stecken Sie Ihren Paß ein, Herr Norton. Sehen Sie, das ist die tägliche Freude, die ich mir bereite. Am ersten Dezember 1973 gehe ich endgültig in Pension!«
»Und bis dahin streichen Sie jeden Tag, den Sie noch arbeiten müssen, aus?«
Er nickte.
»Dieses Jahr ist gleich um. Dann sind es nur noch zwei, Herr Norton. Nur noch zwei Jahre!«
Ach, er sah so glücklich aus, als er das sagte, mein Herr Richter. Und er und ich, wir beide wußten damals nicht, daß der Hauptkommissar Sondersen am 31. Dezember 1973 nicht in Pension gehen würde, weil er, kurze Zeit zuvor, am 8. Oktober 1973 nämlich, noch einmal aktiv werden mußte – als er gerufen wurde, um im dreckigsten Zimmer einer der dreckigsten Absteigen von Nürnberg mit der Untersuchung eines Dramas zu beginnen. Das wußte und ahnte an jenem 7. Dezember 1971 noch niemand auf dieser Welt. Doch so sollte es kommen, und der Mann, den der Hauptkommissar Sondersen knapp vor seiner Pensionierung in diesem Stundenhotel dann sah, war tot, erschossen mit einer Kugel aus einer Pistole der Marke Walther, Modell TPH, Kaliber 6.35 mm, war der amerikanische Schau-

spieler Romero Rettland, und die Frau, mit der Pistole in der Hand, vor dem Toten stehend, war Sylvia Moran. Zwei Monate vor seiner Pensionierung sollte es dem Hauptkommissar Wigbert Sondersen nicht erspart bleiben, noch einmal dem absolut Bösen zu begegnen.

36

»Phil . . .«

»Ja, Babs, ja!«

»Mami?«

»Sie kommt, Babs, sie kommt zu dir . . .«

»Ist sie schon lange tot?«

Das war der ganze Dialog.

Nach dieser Frage schloß DER WELT GRÖSSTES KLEINES SONNENSCHEIN-MÄDCHEN wieder die Augen, die es geöffnet hatte, als ich es ansprach, öffnete den Mund, auf dessen Lippen ich viele kleine Bläschen sah, und schlief weiter. Ihr Atem ging tief und regelmäßig. Sie lag noch immer auf der Seite, jedoch fast ausgestreckt, nicht mehr so zusammengekauert. Auch in diesem Krankenzimmer des Sophienkrankenhauses für Kinder in Nürnberg waren die Schwarzblenden vor den Fenstern herabgelassen, nur eine große Stabtaschenlampe, die Ruth trug, erhellte Babs, ihr Bett und etwas von der Umgebung des Bettes.

Ich war vom Polizeipräsidium in das Hotel BRISTOL gefahren, um mein (ärmliches) Gepäck abzugeben, dann war ich weitergefahren zum Krankenhaus. Ruth hatte mich schon erwartet.

»Kommen Sie«, hatte sie gesagt, meine Hand ergreifend, »kommen Sie, Herr Norton . . .« Und sie war vor mir über einen langen Krankenhausgang geeilt – bis zum Zimmer von Babs. Dann stand ich vor dem kleinen Bett und nannte den Namen des kleinen Mädchens. Danach ereignete sich, was ich eben beschrieben habe.

Ich richtete mich auf. Ruth stand dicht neben mir, nur sehr schwach beleuchtet vom Licht der Taschenlampe, die bodenwärts schien. Als ich Ruth ansah, lächelte sie – wie so oft, wenn sie am Bett eines kranken Kindes stand; ihr Lächeln, mit dem sie Zuversicht und Hoffnung schenkte.

»Nun?« fragte sie, und da war Seligkeit in ihrer Stimme, die Seligkeit aller Mütter der Welt über das Glück im Anblick ihrer Kinder. *Ihrer* Kinder!

»Nun was?«

»Nun, Babs hat Phil gesagt, Herr Norton!« Ruths Worte überstürzten sich. »Sie hat Sie sofort erkannt! Ist das nicht wunderbar?«

»Ja«, sagte ich und fühlte mein Herz laut klopfen bei der Betrachtung dieser nur mittelgroßen Frau in ihrem weißen Kittel. »Ja, Frau Doktor, das ist wunderbar . . .«

»Sie ist nicht mehr desorientiert! Auch das Fieber ist gesunken!«
»Auf wieviel?«
»Achtunddreißigneun. Babs kann auch wieder fast ausgestreckt liegen, die Gliederspannung ist zurückgegangen. Seit drei Tagen keine Biotsche Atmung mehr, Herr Norton! Seit sie hier in Nürnberg ist, kein einziger Krampf! Herztöne ganz normal! Schmerzempfindlichkeit wesentlich gesunken.«
»Wie sehr?«
»Sie können jetzt schon ihre Haut berühren, ohne daß sie aufschreit, Herr Norton! Die Nackenstarre geht zurück. Das Ohr eitert noch. Die Lähmungserscheinungen der linken Extremitäten sind noch da, aber nicht mehr so ausgeprägt. Sie verträgt alle Mittel, alle Infusionen, insbesondere spricht sie auf das Breitbandantibiotikum phantastisch an! Nach menschlichem Ermessen . . .«
»Ja, Frau Doktor?«
». . . ist die größte Gefahr vorüber«, sagte Ruth. »Wir haben Babs heute früh ganz genau untersucht – noch zwei andere Oberärzte und der Professor. Ich glaube, Babs wird leben!«
». . . eben«, sagte Babs, wie ein Echo.
»Aber ihre Augen«, sagte ich.
»Was ist mit ihnen?«
»Sie schielt doch so nach innen – haben Sie das nicht gesehen?«
»Lähmungserscheinungen der Muskulatur. Können Sie sich nicht mehr an Paris erinnern, Herr Norton? Da waren praktisch die Lider völlig gelähmt!«
»Ja«, sagte ich, und da ich dies schreibe, mein Herr Richter, stelle ich fest, daß ich mich angesichts dieser mir vorgezeigten und gepriesenen Besserungen in Babs' Befinden in einem Zustand befand, den Sie, Sie Kenner der Menschen, vielleicht (vielleicht!) verstehen und verzeihen werden. Ich dachte: Ich wünsche Babs alles Gute. Aber sie soll doch nicht gleich ganz gesund, wenigstens noch lange, lange Zeit nicht ganz gesund werden, denn wenn sie ganz gesund ist, muß sie das Krankenhaus verlassen. Und ich mit ihr. Solange sie noch krank ist, muß sie im Krankenhaus bleiben. Und ich bei ihr. Und bei Ruth. *Bei Ruth!* Um ihretwillen bin ich doch hier. Diese Frau übt auf mich eine mir unbegreifliche Anziehungskraft aus.
»Aber das wird . . . ich fürchte, das wird noch lange dauern, bis Babs wieder ganz auf den Beinen ist«, sagte ich.
»Auf den Beinen«, wiederholte Ruth, und das Lächeln war wie weggewischt. »Herr Norton, wir haben das Kind außer Lebensgefahr gebracht, mehr haben wir noch nicht getan! Alles andere wird natürlich auf sich warten lassen, man weiß nicht, wie es sich entwickelt. Sie dürfen keine Wunder erwarten.«

»Das tue ich ja nicht, Frau Doktor! Keine Lebensgefahr mehr. Das allein ist fast schon ein Wunder. Ich danke Ihnen!«
»Nicht mir«, sagte sie.
»O doch«, sagte ich. »Ihnen, Frau Doktor, danke ich.«

37

»Hexlein!«
»Ja, mein Wölfchen.« Sylvias Stimme kam langsam und etwas verschmiert aus dem Telefonhörer an mein Ohr. Delamare hatte sie weiß Gott ordentlich ›niedergespritzt‹, wenn sie jetzt noch so sprach. »Ich habe so schrecklich auf deinen Anruf gewartet. Der Professor hat mir schon erzählt, wo Babs jetzt mit dir ist. Ich bin schuld daran.«
»Unsinn.«
»Kein Unsinn. Ich habe die Nerven verloren. Ich . . . ich bin eine Mutter. Und Babs ist mein Kind. Und ich mußte einfach zu ihr – es tut mir so leid, was ich angerichtet habe. Wie geht es Babs?«
»Besser, Hexlein! Viel besser! Keine Lebensgefahr mehr! Sie hat mich sofort erkannt und mit ›Phil‹ angesprochen. Ich . . .«
»Ich weiß, du kannst jetzt nicht zu mir kommen, Wölfchen . . . Das ist furchtbar . . . Aber meine Karriere . . . Du wirst mich anrufen, ja?«
»Ja.«
»Jeden Tag?«
»Jeden Tag«, sagte ich.
»Vielleicht auch zweimal?«
»Sicher oft auch zweimal, Hexlein.«
»Wie sieht sie aus, meine kleine Babs? Erzähl doch! Sprich doch! Warum sprichst du so wenig, Wölfchen? Ist vielleicht alles nicht wahr?«
So etwas hält kein Mensch aus.
Ich sagte: »Ich bin im Zimmer von Frau Doktor Reinhardt, Hexlein. Mit Rod habe ich schon telefoniert, er weiß, wo ich wohne, und wie ich jetzt heiße, wenn du mich anrufen willst. Aber ich werde wohl meistens im Krankenhaus bei Babs sein.«
»Du bist lieb . . . du bist das geliebteste aller geliebten Wölf . . .«
»Ich gebe dir jetzt Frau Doktor Reinhardt. Damit du mir glaubst«, sagte ich, hastig unterbrechend. »Sie wird dir bestätigen, was ich gesagt habe. Auch was nun geschieht, wird dir die Frau Doktor sagen . . .« Ich gab den Hörer schnell Ruth, die neben mir stand.
Wir waren in ihrem Zimmer.
Ruth redete mit Sylvia, ruhig und sicher, zu dieser Stimme mußte man Vertrauen haben. Wir hatten nebeneinander gestanden, während ich nach Paris durchwählte und sprach. Ruths Zimmer hier in Nürnberg im So-

phienkrankenhaus für Kinder war genauso vollgeräumt mit Spielzeug, Büchern, Platten, Testmaterial, Wandtafeln und bunt verschmierten Wänden wie ihr Zimmer im Hôpital Sainte-Bernadette, und es gab auch eine Wand mit Regalen voller Literatur.

Ruth redete und redete, sie hob nicht die Stimme, sie verlor nie die Geduld. Es stand noch ein zweiter Schreibtisch im Zimmer. Ich ging dorthin und setzte mich. Ich war von einer großen Glückseligkeit und zugleich von einer wahnsinnigen Rastlosigkeit ergriffen, nun, da ich anfangen konnte, mir vorzustellen, wie alles weiterging . . .

Auf dem zweiten Tisch stand eine Schreibmaschine, darin eingespannt ein beschriebener Bogen. Während ich halb auf das hörte, was Ruth sagte, las ich:

LIEBE KINDER!
DIES IST DER LETZTE BRIEF, DEN ICH EUCH SCHREIBE. ICH ZIEHE WOANDERS HIN, UND DARUM KANN ICH NICHT MEHR MIT EUCH SPIELEN..

». . . nein, Mrs. Moran, dazu sind wir alle – zusammen mit dem Klinikchef – gekommen, zu dieser Erkenntnis: Die Lebensgefahr für Ihr Kind ist vorüber«, hörte ich Ruth sagen. Ich sah zu ihr und lächelte. Sie blieb ganz ernst. Gelächelt hatte sie nur, nachdem Babs mich erkannt hatte. Ich las weiter:

...KEINE ANGST, ICH HABE SCHON EINE NACHFOLGERIN! GANZ LUSTIG IST DIE! MIT SEMMELBLONDEN HAAREN UND BLAUEN AUGEN. WIE SIE HEISST? IRMGARD BREZELMEIER HEISST SIE. NA JA, BREZELMEIER IST NATUERLICH NICHT IHR RICHTIGER NACHNAME (DER HEISST: SEDLMAIER), ABER ALLE SAGEN "BREZEL" ZU IHR, WEIL SIE AUS MUENCHEN KOMMT UND SO GERNE BREZELN ISST...

». . . oh, da müssen Sie noch mit vielen Wochen, mit Monaten rechnen, Mrs. Moran . . .«

...KEKSE MAG SIE UEBRIGENS AUCH "WAAAHNSINNIG" GERN! UND TEDDYBAEREN, GROSSE HUNDE, PFERDE UND IHR ALTES AUTO FINDET SIE AUCH SEHR SCHOEN. AM LIEBSTEN ABER MALT UND SPIELT SIE DEN GANZEN TAG MIT KINDERN.

UND SIE HAT IMMER EINEN HAUFEN NEUE, LUSTIGE EINFAELLE. IHRE IDEE WAR ES JA AUCH, EUCH "HUCKEPACKS" ZEICHNEN ZU LASSEN...

»Nein, liebe Mrs. Moran, dazu wäre es viel zu früh! Dieser – wie heißt er? – dieser Herr Doktor Wolken kann noch nichts mit Babs anfangen. Zunächst müssen wir uns mit ihr beschäftigen. Später natürlich wäre es schön, wenn Herr Doktor Wolken nach Nürnberg kommen könnte ... Nein, Mrs. Moran, bitte, glauben Sie mir: Auch der erste Unterricht durch Herrn Doktor Wolken muß noch hier im Krankenhaus stattfinden ... Wir müssen Babs unter Kontrolle haben ... Das freut mich, daß Sie das einsehen, Mrs. Moran ...«

...EUCH "HUCKEPACKS" ZEICHNEN ZU LASSEN...

Huckepacks?
Was war das?
Ich sah neben der Schreibmaschine einen Stapel großer, mit Wasserfarben beschmierter Papierbogen liegen. Ich blätterte den Stapel durch. Es schien, daß ›Brezel‹ den Einfall gehabt hatte, von kranken Kindern Tiere oder Menschen zeichnen zu lassen, die alles eines gemeinsam haben sollten: Sie sollten alle einen ›Huckepack‹ tragen, also einen Rucksack. Ich blätterte weiter. Manche Malereien waren bloßes Geschmiere, andere waren außerordentlich klar oder auch witzig, und alle waren sehr bunt.
Auf jedem Bogen stand rechts unten der Name des Kindes, sein Alter, und was das bedeuten sollte, was es gezeichnet hatte. Aus den Zeichnungen konnte man gewiß sehr viel über den seelischen Zustand der Kinder ablesen. Da waren tiefgebeugte Figuren, kriechende, unter der Last des ›Huckepacks‹ zusammengebrochen, aber auch fröhliche Gestalten, die ihren ›Huckepack‹ ohne Schwierigkeit schleppten, die mit dem, dachte ich, was man das Bündel nennt, das jeder von uns zu tragen hat, spielerisch fertig wurden.
»... aber Mrs. Moran! Sie müssen doch auch noch Wochen in Professor Delamares Klinik bleiben, nicht wahr? Und wenn Sie wieder vor die Öffentlichkeit treten, so läßt sich doch das und insbesondere ein Auftritt mit Babs noch hinauszögern ... Mein Gott, sind Sie nicht schon glücklich darüber, daß Babs nicht sterben wird?«
Ich las:

...WIR HABEN VON EUCH SO VIELE HUCKEPACKS BEKOMMEN, DASS WIR DAMIT DIE FUSSBOEDEN EINES GROSSEN HAUSES AUSLEGEN KOENNTEN.

IHR WERDET SICHER VERSTEHEN, DASS WIR NICHT SOVIEL PLATZ HABEN! ABER VIELLEICHT GELINGT ES UNS, EINE GROSSE "HUCKEPACK-AUSSTELLUNG" IRGENDWO IN EINER KINDERBUECHEREI ZU MACHEN. WENN ES KLAPPT, SAGEN WIR EUCH SOFORT BESCHEID. VIEL SPASS ALSO MIT "BREZEL", UND AUF WIEDERSEHEN SAGT EUCH

EURE KARIN

Als ich das las, hörte ich Ruth sagen: ». . . natürlich, er wird jeden Tag anrufen, seien Sie ganz beruhigt . . . Ja . . . Ja . . . Ja, ich werde es ihm sagen. Auf Wiederhören, Mrs. Moran.« Ruth legte den Hörer nieder und sagte zu mir: »Mrs. Moran liebt Sie unendlich, mehr als alles andere auf der Welt, nur noch Babs liebt sie ebenso. Soll ich Ihnen sagen.« Ihr Gesicht war völlig ausdruckslos.
»Warum hat sie so abrupt das Gespräch beendet?«
»Etwas fiel ihr von der Bettdecke, und sie mußte sofort nachsehen, ob da nichts beschädigt ist.«
»Was ist runtergefallen?« fragte ich, aufstehend.
»Ein Brillantarmband, glaube ich, Herr Norton«, sagte Ruth.
»Oh«, sagte ich.
»Ja«, sagte Ruth.
»Wer ist Karin?«
»Wer ist . . .? Ach so! Eine Kollegin. Karin Luns. Kinderpsychologin. Ich habe mit ihr in diesem Zimmer gearbeitet. Wir haben zu wenig Platz. Zu viele Kinder und Untersuchungsräume, wissen Sie. Karin geht nach Chicago, zu Doktor Bettelheim, an die ›Orthogenic School‹. Sie erinnern sich an Doktor Bettelheim?«
»Ja.«
»Nun, es war Karins Wunsch, bei ihm zu arbeiten. Ich habe das vermittelt. Sie wird mir sehr fehlen. Obwohl Brezel – ich meine natürlich Doktor Sedlmaier! – eine außerordentlich gute Psychologin ist.« Ruth sah auf die Uhr. »In zwei Stunden wird der kleine Tim begraben. Ich muß zum Begräbnis. Begleiten Sie mich?«
»Ja«, sagte ich, ein wenig atemlos. »Darf ich . . . darf ich einen Wunsch aussprechen?«
»Natürlich. Was gibt es denn?«
Ich sah auf ›Das Pferd und sein Huckepack‹ von Leonie Hallke, 10 Jahre, während ich sagte: »Ich bin so sehr in Ihrer Schuld, Frau Doktor. Ich bin so froh, jetzt in Nürnberg zu sein. Haben Sie heute abend frei?«
»Ja.«

»Darf ich Sie dann zum Essen einladen? Bitte, sagen Sie nicht nein.«
»Warum sollte ich nein sagen, Herr Norton? Natürlich dürfen Sie. Ich freue mich«, sagte Ruth.

38

»Das hier ist einmal der Versammlungsort der Meistersinger gewesen«, sagte Ruth zu mir. Wir standen im Schiff der uralten St.-Martha-Kirche, und Ruth hatte mir die Glasmalereien gezeigt, die aus dem 15. und 16. Jahrhundert stammten. Es war 19 Uhr 30, schon lange dunkel und sehr kalt. Viele elektrische Lichter gab es in der St.-Martha-Kirche. Es war mir aufgefallen, daß die Kirchen, an denen wir vorbeigefahren waren, alle noch offenstanden. Vielleicht hing das mit dem nahen Weihnachtsfest zusammen.
Nach dem Begräbnis des kleinen Tim hatte ich mit Ruth ein Taxi zum Krankenhaus genommen und gewartet, bis sie mit der Tagesarbeit fertig war. Ich hatte in ihrem Zimmer in verschiedenen Büchern und Zeitschriften gelesen, auch in der neuesten Ausgabe des Nachrichtenmagazins DER SPIEGEL. Da, auf der letzten Seite, unter der Kolumne ›Hohlspiegel‹, hatte ich diese Notiz entdeckt:
»Der Münchner Weihbischof Ernst Tewes lud zu einem Referat des Bonner Moraltheologen Professor Franz Böckle in die Katholische Akademie ein. Thema: ›Sterben und Sterbehilfe.‹ Anschließend: Diskussion und geselliges Beisammensein mit bayerischer Brotzeit.«
Bevor wir dann endlich die Klinik verließen, gingen Ruth und ich noch einmal in das Zimmer von Babs. Sie lag in tiefem Schlaf. Ziemlich häufig zuckte es in ihrem Gesicht, und ich bemerkte, daß auch der Körper kurzen, heftigen Zuckungen unterworfen war.
»Das gehört alles zum Krankheitsablauf, Herr Norton«, hatte Ruth gesagt, als ich sie darauf ansprach.
Sie trug ein graues Kostüm an diesem Abend und einen Lammfellmantel, das weiß ich noch genau. Ich trug einen unauffälligen Wintermantel und einen Flanellanzug – und die Hornbrille mit ihrem Fensterglas. Wir nahmen ein Taxi bis zum Hauptbahnhof. Hier zeigte mir Ruth den Eingang zur Altstadt – das im alten Stil wiederhergestellte Frauentor, das mit vierzig Meter hohem Rundturm aus dem zwanzig Meter breiten Stadtgraben aufsteigt, daneben das Königstor und die Stadtmauer.
Wir waren beide zu jung, als daß wir wirkliche Erfahrungen aus dem Zweiten Weltkrieg und dem Dritten Reich hätten haben können. Doch Ruth stammte aus Nürnberg, sie war hier aufgewachsen, und sie hatte alle Bombardierungen Nürnbergs miterlebt. Sie wußte, was zerstört worden war.

Sie führte mich in den Waffenhof des Frauentores, durch das man die Hauptstraße der Altstadt betritt, die – wie ich seit jenem Abend weiß – Königstraße. Anläßlich dieses Spaziergangs lernte ich an Ruth eine neue Eigenart kennen.
Ich hatte sie bisher nur in Kliniken oder geschlossenen Räumen erlebt, nun erlebte ich sie zum ersten Mal außerhalb ihres Arbeitsbereichs. Sie tat etwas Seltsames, und sie tat es so regelmäßig, daß man darauf warten konnte. Es verwirrte mich zunächst sehr, denn gerade etwas Derartiges hatte ich von ihr nicht erwartet. Als wir die Königstraße betraten, tat sie es wieder, wie schon vor dem Bahnhof, und nun vor den Geschäften der Königstraße, vor denen wir stehenblieben, und vor der wiederaufgebauten St.-Martha-Kirche. Hier ging sie ein paar Schritte vor mir, blieb stehen und sah mich mit einem verlegenen Lächeln an.
»Sie müssen mich für etwas idiotisch halten, Herr Norton.«
»Wieso?« fragte ich.
»Ich bin schon wieder in die falsche Richtung gegangen! Ich gehe, seit ich Ihnen Nürnberg zeige, dauernd zuerst in die falsche Richtung, es ist scheußlich.«
»Sie sind nervös.«
»O nein«, sagte sie. »Das ist es nicht. Es liegt daran, daß ich von einem bestimmten Zeitpunkt an – als Kind war ich noch nicht so – einen schweren Tick entwickelt habe.«
»Tick?«
Ich sah sie an. Sie trug ein Tuch über dem kurzgeschnittenen Haar, ihre kastanienbraunen Augen flackerten ein wenig. Ich sagte schon, mein Herr Richter, Ruth war keine Schönheit im eigentlichen Sinne des Wortes. Nicht zu vergleichen etwa mit Sylvia. Sie hatte jedoch die schönsten Augen von all den vielen Frauen, denen ich begegnet bin, kastanienbraun wie das Haar, mit langen Wimpern und stets (auch jetzt) erfüllt von jener ruhigen Traurigkeit.
»Ja«, sagte sie, und in der Kälte konnte ich ihren Atem sehen, wenn sie sprach. »Ich kenne Nürnberg wirklich wie meine Tasche. Ich kenne viele andere Städte. Egal – und wenn ich an all diesen mir so bekannten Stätten auch nur wenige Minuten in einem Geschäft, in einer Kirche oder jetzt hier vor dieser Kirche gestanden habe, und ich will weiter – Sie können Ihr Leben darauf verwetten: Ich werde jedesmal in die falsche Richtung gehen! Nach der Wahrscheinlichkeitsrechnung sollte ich nach so vielen Jahren und Wegen doch nur in fünfzig Prozent der Fälle die falsche Richtung wählen. Nicht ich! Ich gehe in hundert Prozent der Fälle in die falsche Richtung! Ich bin ein bißchen verrückt. Peinlich für eine Ärztin.«
»Wir sind alle ein bißchen verrückt«, sagte ich.
Sie sagte: »Nicht alle. Es hat wohl seinen Grund bei mir. Sie können sich

nicht vorstellen, was mir alles in Nürnberg, in Paris, in so vielen Städten Europas . . . und in Amerika, in Chicago, als ich bei Doktor Bettelheim arbeitete, passiert ist, wenn ich unterwegs war. Nicht nur zu Fuß! Auch mit dem Wagen! Wenn es eine Straßengabelung, eine Schnellstraße, ein Autobahnkreuz gibt – und ich habe sie alle schon tausendmal gesehen –, geschieht es, sinnlos: Ich werde in die falsche Richtung fahren! Aber nun kommt das Verrückteste, Herr Norton: Ich erreiche trotzdem immer den Ort, zu dem ich kommen will. Und das Allerverrückteste: Ich erreiche ihn sogar pünktlich! Trotz meiner Umwege und Irrwege und Irrfahrten. Ich bin bei den Kollegen als absolut pünktlich bekannt.«
»Vielleicht sollten Sie sich von einem Kollegen einmal analysieren lassen.«
Ich hatte mich, während wir weitergingen, bei ihr eingehängt. Nun fühlte ich, wie ihr Arm hart wurde.
»Nein«, sagte sie kurz. Und gleich darauf wieder freundlich: »Da ist schon der ›Edelbräu-Keller‹. Ich dachte, wir gehen hier essen.«
»Großartig«, sagte ich und dachte, daß ich noch niemals einer solchen Frau begegnet war und daß ich es mir nicht vorstellen konnte, daß es sie einmal nicht mehr in meinem Leben geben sollte. Nun, und wer ist da verrückter? dachte ich.

39

Der Kellner, der uns bediente, war schon alt. Er war dick. Er war müde. Vielleicht war er krank, er keuchte stets leise. Aber er lächelte auch stets und war von größter Höflichkeit. Ich mußte sofort an den hinkenden Kellner des Autobahnrestaurants ›Beiz‹ in der phantastischen Raststätte Würenlos nahe Zürich denken. Für jeden, der arbeitet, ist es schlimm, wenn er alt wird. Für Kellner ist es besonders schlimm.
»Darf ich Ihnen noch ein paar Kartoffeln geben, Frau Doktor?« fragte er lächelnd. Ruth schien häufig hierherzukommen, der Kellner kannte sie gut.
»Ja, bitte, Herr Arnold.«
»Ihnen auch, mein Herr?«
»Gerne, Herr Arnold.«
Wir saßen in dem sogenannten ›Karpfenzimmer‹. Das ist ein berühmter Raum, einer von den drei Speisesälen des ›Edelbräu-Kellers‹. Ruth hatte mich inzwischen erschöpfend informiert. Das nahegelegene ›Patrizierzimmer‹ ist, wie ich seit jenem Abend weiß, mit den Wappen alter Nürnberger Geschlechter geschmückt. Die Wände des größten Raums haben Studenten und Professoren der Nürnberger Kunstakademie mit drei Gemälden geschmückt, darstellend eine Gruppe Patrizier, den Nürnberger ›Büttnertanz‹ und endlich das Nürnberger ›Narrenschiff‹.

Als Ruth mir von jenem Narrenschiff erzählt hatte, hatte sie gefragt: »Kennen Sie den Roman von der Porter?«
»Aber ja«, hatte ich geantwortet. »Es ist eines meiner Lieblingsbücher.«
»Auch von mir«, hatte sie geantwortet und mich wieder angesehen mit ihren ernsten, braunen Augen in dem Gesicht mit der kleinen, geraden Nase, den hochsitzenden Backenknochen und der so reinen weißen Haut. Ihr kastanienbraunes Haar glänzte. »Den Titel ›Das Narrenschiff‹ hat die Porter von Sebastian Brant übernommen. Der schrieb eine moralische Allegorie mit diesem Titel irgendwann im fünfzehnten Jahrhundert.«
»Ich weiß«, hatte ich gesagt. Salem, mein Herr Richter . . .
Nun, beim Essen, kam Ruth noch einmal auf den Roman der großen amerikanischen Dichterin Katherine Anne Porter zurück. Sie sagte: »Das Narrenschiff . . . Die Porter hat dieses so einfache und dabei universale Sinnbild Brants übernommen: Das Schiff dieser Welt auf seiner Fahrt in die Ewigkeit.«
»Ich kenne die Porter«, sagte ich.
»Tatsächlich?«
»Ja«, sagte ich und fühlte mich so geborgen, so unendlich geborgen an Ruths Seite, fühlte mich tatsächlich fast wie ein anständiger Mensch, mein Herr Richter. »Ja, Frau Doktor. Als die Porter ihr berühmtes Interview für die Paris Review gab, waren wir dabei.«
»Wer wir?«
»Nun, ich und . . . Mrs. Moran.«
»Oh, selbstverständlich. Wie dumm von mir. Und?«
Da gab es ja noch Sylvia!
Und wie es sie noch gab!
Über ein paar Stunden in Ruths Gegenwart hatte ich tatsächlich Sylvias Existenz vergessen. Ich starrte auf meinen Teller.
»Und?« fragte Ruth.
»Und«, sagte ich mit einiger Anstrengung zunächst, »die Porter gab das Interview im Le Monde. Wir wohnen immer dort, wenn wir in Paris sind. Mrs. Moran bereitete damals gerade einen Film vor, sie kannte die Porter bereits, und Mrs. Porter gestattete uns, bei dem Interview anwesend zu sein. Das war mein Wunsch, Mrs. Moran richtete ihn nur aus.«
»O ja, dieses berühmt gewordene Interview«, sagte Ruth. »Liebt Mrs. Moran das Buch auch?«
»Ja«, sagte ich ohne zu zögern, denn ich wollte nicht an Sylvia denken. Sie kannte das Buch nur aus meinen Erzählungen und hatte immer gefunden, daß es zu dick und zu kompliziert sei, mit zu vielen Figuren, wie sie sagte, als ich ihr einmal vorschlug, die ›Condesa‹ zu spielen. (»Das ist doch keine Hauptrolle, bist du verrückt geworden, Wölfchen?«) Ich sagte rasch weiter: »Mrs. Porter erklärte den Interviewern etwa folgendes: ›Die

Schiffsreise, die in meinem Roman geschildert wird, ist symbolisch zu verstehen: Es ist eine Reise ins Chaos. Denn das menschliche Leben selbst ist ein einziges Chaos. Jeder behauptet seinen Platz, besteht auf seinen Rechten und Gefühlen, mißversteht die Motive der anderen und seine eigenen. Niemand weiß vorher, wie das Leben, das er führt, endet, auch ich selber nicht – vergessen Sie nicht, daß auch ich ein Passagier auf diesem Schiff bin. Es sind keineswegs nur die anderen, die die Narren abgeben. Mangel an Verständnis und Isolierung sind die natürlichen Lebensbedingungen des Menschen. Wir begegnen einander nur an diesen fest abgesteckten Fronten: Wir alle sind Passagiere auf diesem Schiff, doch wenn es ankommt, ist jeder allein . . .« Ruth hatte mich, während ich sprach, unentwegt angesehen, ich hielt diesen Blick nicht länger aus und sah auf meinen Teller. »Wirklich ausgezeichnet, dieser Karpfen«, sagte ich, und meine Stimme war auf einmal heiser.
»Warum lenken Sie ab, Herr Norton?«
»Ich lenke nicht ab! Ich finde nur wirklich, daß dieser Karpfen . . .«
»O gewiß«, sagte sie, sofort auf meine Stimmung eingehend, eben eine gute Ärztin. »Das ist ein Aischgründer Tellerkarpfen, den ich da für Sie ausgesucht habe.«
»Aha.«
»In den Fischküchen der Altstadt bekommen Sie ihn nicht besser als hier. Ich wollte Ihnen eine besondere Spezialität bieten – da Sie noch nie in Nürnberg waren.«
»Danke.«
»Keine Ursache.« Ihre forschenden Augen ließen mein Gesicht nicht los. »Das Geheimnis bei der Sache ist, daß dieser Karpfen nicht in Butter gebacken wird, sondern in schwimmendem Butterschmalz – und das nach einem Rezept aus dem Jahr 1600. Was haben Sie, Herr Norton?«
»Gar nichts.«
»Wirklich nicht?«
»Was sollte ich haben? Ich bin froh, daß es Babs besser geht.«
»Das sind Sie, ja«, sagte Ruth. Ich sah schnell auf. In ihrem Gesicht rührte sich nichts. Was für eine Frau, dachte ich, und mir war plötzlich schwindlig. Ich sagte in dem Versuch, die mir gewohnte Konversation zu machen: »Und Ihre Gesellschaft ist so angenehm.«
»Auch die Ihre, Herr Norton.«
Ich hob mein Weinglas.
»Das ist ein sehr kleiner Teil von der Wahrheit«, sagte ich. »Auf Ihre Gesundheit, Lügnerin.«
Auch sie hob ihr Glas und sah mich an und sagte: »Auf die Ihre, Lügner.«

40

»Wir Lügner«, sagte ich, das Glas auf den Tisch stellend. »Ich war immer schon einer, glaube ich.«
»Vor vielen Jahren nicht«, sagte Ruth.
»Ach doch«, sagte ich. »Sie nicht. Sie sind anders. Sie sind . . .«
»Sie müssen jeden Tag Mrs. Moran anrufen und ihr über Babs berichten, Herr Norton, vergessen Sie das nie!«
»Ja, liebe Tante«, sagte ich. »Sie sind niemals eine Lügnerin gewesen – lassen Sie mich weitersprechen, es ist kein lupenreines Kompliment, das da herauskommt! –, niemals eine Lügnerin wahrscheinlich bis zu dem Moment, wo ein bestimmtes Gebiet berührt wird.«
»Was meinen Sie damit?«
»Wenn man Sie fragt, warum Sie Ihr Studium der Kunstgeschichte abgebrochen haben und Ärztin geworden sind«, sagte ich. »Ich habe Sie das auf dem Flug von Paris hierher gefragt – Sie erinnern sich?« Ruth nickte. »Und Sie erzählten mir eine Menge darüber, daß die Art, wie man Schönheit empfindet, ein psychologisches Problem ist und daß Sie, weil Sie das erkannten, sich entschlossen, noch einmal neu anzufangen – mit Medizin.«
»Ja und?«
»Und ich glaube, daß Sie da gelogen haben, daß dieses Umsatteln aus einem ganz anderen Grund erfolgt ist.«
Eine alte Frau mit einem Korb voll kleiner Blumensträuße kam an den Tisch, und ich suchte den schönsten kleinen Strauß für Ruth aus und gab der alten Frau zuviel Geld. Ich habe allen Leuten immer zuviel Geld gegeben, aber damit mußte jetzt Schluß sein, dachte ich, mein Vermögen beträgt an Barmitteln 45.000 Neue Francs und rund 9600 Mark, und der Franc steht zwar gut, aber nicht so gut, wie er stehen könnte, und ich habe keine Ahnung, wann ich von Sylvia wieder Geld bekommen werde. Der alte, müde Kellner mit Namen Arnold, der ständig leicht keuchte, brachte ein Glas voll Wasser, und Ruth stellte den Strauß hinein und sagte: »Danke, Herr Norton.« Sie legte eine Hand auf meine, und ihre Stimme wurde leise. »Sie haben recht, ich habe Sie da auf dem Flug belogen. Ich will Ihnen jetzt die Wahrheit sagen. Ich habe keine Ahnung, warum ich das will – es weiß außer mir noch kein Mensch. Aber Ihnen will ich . . .«
»Danke.«
»Ich hatte einen Bruder«, sagte die Frau mit dem glänzenden kastanienbraunen Haar und den wissenden, ernsten Augen. »Er hieß Peter. Er war zwölf Jahre älter als ich.«
»Was heißt war?«
»Er hat sich umgebracht«, sagte Ruth.

41

Der Dr. Peter Reinhardt ging schon sehr früh nach Amerika, um Medizin zu studieren. Er bestand alle Prüfungen mit Auszeichnung und arbeitete lange Jahre am Bellevue Hospital in der Stadt Oklahoma im Staate Oklahoma (erzählte mir Ruth im ›Karpfenzimmer‹ des Nürnberger ›Edelbräu-Kellers‹). Er war Spezialist auf dem Gebiet der Behandlung von gehirngeschädigten Kindern. Er hatte einen gleichaltrigen Arzt zum Freund. Dieser hieß Dr. George Radley.

Eines Tages brachte eine Ambulanz den elfjährigen Joe ins Bellevue Hospital. Joe war in ein Auto hineingelaufen. Schwer verletzt war nur sein Kopf. Und in seinem Kopf waren gewisse Gehirnzentren verletzt, so schlimm, daß Joe drei Jahre lang bewußtlos blieb. Es stand bei allen Ärzten – und insbesondere bei den beiden, die Joe behandelten, nämlich Dr. Reinhardt und Dr. Radley – fest, daß Joe trotzdem noch eine wirkliche Chance hatte, aus seiner Bewußtlosigkeit zu erwachen und danach – viel, viel später danach – ein wenn auch schweres Leben, nämlich als Gelähmter, aber eben doch ein Leben in völliger geistiger Klarheit zu führen. Aus diesem Grunde bemühten sich Ruths Bruder und Dr. Radley Tag für Tag und Nacht für Nacht drei Jahre lang um Joe. Mit ihnen mühten sich andere Ärzte und Schwestern. Diese Bemühungen kosteten sehr viel Geld. Joes Eltern konnten das Geld nicht aufbringen. Also sprang der Staat ein. Für die Gehälter von Ärzten und Schwestern, Zimmer- und Krankenhauskosten, Verpflegung, künstliche Beatmung und vor allem Medikamente gab der Staat in den drei Jahren, in denen Joe bewußtlos lag, 120.000 Dollar aus.

Natürlich geschah das nur, weil ein ganz bestimmtes Medikament – in der Schweiz entwickelt –, das man bei Joe anwendete, eine wenn auch unendlich langsam voranschreitende Besserung hinsichtlich seiner Gehirnleistung bewirkte. Man konnte nach den EEGs, also den Messungen der Gehirnströme, die immer bessere Werte zeigten, mit Sicherheit annehmen, daß das Medikament Joe wieder ins Bewußtsein und zum Leben bringen, aber man konnte nicht mit Sicherheit voraussagen, wann dieser Zeitpunkt kommen würde.

Während nun Ruths Bruder, ermutigt durch die winzigen, aber stetigen Fortschritte bei der Genesung des kranken Kindes sich bis zur Selbsthypnose in den Gedanken verbiß, Joe jenes Leben zu erhalten, das zu erhalten er geschworen hatte, verlor Dr. Radley zusehends mehr und mehr Nerven und Geduld. Die Freunde führten endlose Gespräche miteinander darüber, ob es berechtigt war, derart lange auf eine Genesung zu warten – mit einem derart gewaltigen Aufwand.

Eines Morgens saßen sie in der Kantine des Hospitals. Ruths Bruder (er berichtete ihr später über diese Szene) war erschöpft vom Nachtdienst.

Dr. Radley, der ihn ablöste, war übler Laune, denn tags zuvor hatte er Joes so lange und so teuere Behandlung vor einem Verwaltungsausschuß der Klinik zu rechtfertigen gehabt, und viele Männer und Frauen – darunter auch Ärzte – hatten gegen ihn und Ruths Bruder böse Vorwürfe erhoben. Es ging dabei um die Frage einer vernünftigen Relation zwischen weiteren Geldausgaben und dem nun einmal beschworenen Willen, Leben, und sei es auch ein noch so elendes, zu erhalten. Dr. Radley hatte zuletzt gesiegt, doch die Argumente der anderen hatten ihre Wirkung auf ihn nicht verfehlt, besonders deshalb nicht, weil er schon lange Zeit in seinen Gedanken ähnliche Argumente durchspielte.
Während sie nun heißen Kaffee tranken, sagte an jenem Morgen Radley zu Ruths Bruder: »Hundertzwanzigtausend Dollar, Peter! Hundertzwanzigtausend Dollar! Die Zeit! Die Pflege! Die Medikamente! Die Mühe und Arbeit von so vielen!«
Ruths Bruder sagte: »Aber Joes EEGs werden normaler, das wissen alle. Seit zwei Wochen hat er kurze Perioden von Spontan-Atmung. Darum lassen sie uns doch weitermachen. Sicher, wir hätten das Recht, Joe sterben zu lassen, wenn absolut keine Hoffnung mehr bestünde, wenn das Gehirn tot und also niemals mehr Leben möglich wäre. Doch das Gehirn ist nicht tot! Und Joe hat eine Möglichkeit zu leben!«
»Ja, und was für eine«, sagte Dr. Radley.
»Er wird gelähmt sein. Aber er wird denken und sprechen und sehen und fühlen und arbeiten und für sich selber sorgen können, George.«
»Sicher«, sagte George. »Aber wann, Peter, wann? Wir haben uns jetzt drei Jahre um Joe bemüht. Wir waren richtig besessen von der Idee, Joe zu helfen. Niemand auf der Welt hätte mehr für den Jungen tun können, als wir getan haben.«
»Und es geht ihm ja auch schon viel besser, George«, sagte Ruths Bruder, dessen Augen vor Müdigkeit brannten, dessen Glieder bleischwer waren, der jeden Moment im Sitzen einzuschlafen drohte.
»Es geht ihm besser«, sagte der Dr. George Radley, »aber ich kann nicht mehr. Ich kann einfach nicht mehr. Und wenn es tausendmal gegen den Eid ist, ich kann diesen Jungen nicht mehr sehen!«
»Du mußt mal ausspannen«, sagte Ruths Bruder. »Nimm eine Woche Urlaub. Geh angeln. Du angelst doch so gerne. Dann wirst du Joe wieder sehen und behandeln können.«
»Ich werde es nie mehr können«, sagte Dr. Radley. »Nie mehr, hörst du? Weil ich diesen Wahnsinn nicht mehr ertrage!«
»Welchen Wahnsinn?«
»Das Geld! Die Arbeit! Die Nerven! Die Gedanken an andere Kranke, die wir vielleicht in den letzten drei Jahren besser hätten behandeln können, wenn wir nicht immer nur an Joe gedacht hätten!«

»Aber . . .«
»Hör mal«, sagte Dr. Radley, »das ist doch ein einziger großer Wahnsinn, was wir da in den letzten drei Jahren mit Joe getan haben! Wenn einer von uns damals, gleich am Anfang, das Beatmungsgerät abgeschaltet hätte – in ein paar Stunden wäre er gestorben, garantiert schmerzfrei.«
In der folgenden Nacht hatte Dr. Radley Dienst. In dieser folgenden Nacht kam es bei Joe zu plötzlichen Herzrhythmusstörungen, die gleich behoben werden konnten. Doch das ganze Hospital sprach am Tag darauf von nichts anderem als davon, daß nach drei Jahren bei Joe eine – wenn auch beseitigte – Komplikation aufgetreten war. In der übernächsten Nacht hatte wieder Ruths Bruder Dienst. In dieser Nacht, als sich bei Joe nicht die geringste Spur von Spontan-Atmung zeigte, drehte Ruths Bruder das Beatmungsgerät ab. Am Morgen war Joe tot.
Prompt wurden am Bellevue Hospital Vorwürfe gegen Ruths Bruder erhoben. Die Lokalpresse bemächtigte sich des Falles. Es kam zu einer politischen Kontroverse über das Problem der Euthanasie. Man distanzierte sich von Peter. Ruths Bruder machte noch ein halbes Jahr weiter Dienst am Bellevue Hospital. Dann mußte er entlassen werden, denn in dieser Zeit war er zum Alkoholiker geworden. Er vernachlässigte seine Arbeit, traf falsche Entscheidungen und erschien betrunken oder gar nicht zum Dienst. Ruths Bruder blieb ein weiteres Jahr in Oklahoma. In diesem halben Jahr zog er ziellos umher, verkam, verarmte und erlitt eine schwere Alkoholpsychose. Von dieser genesen, war er von dem brennenden Wunsch beseelt, nach Deutschland zurückzukehren. Er kam mit dem Schiff, billigste Touristenklasse. Zu jener Zeit waren seine und Ruths Eltern schon gestorben. Peter wurde von Ruth am Bahnhof erwartet, als er endlich eintraf, und sie konnte ihr Entsetzen nicht verbergen: Ein alter, gebrochener und verwüsteter Mann entstieg dem Zug, die Ruine eines Menschen. (Damals hatte Ruth gerade ihre Doktorarbeit beendet.) Den Bruder nahm sie in ihre Wohnung – das Haus der Eltern war längst verkauft –, und sie sorgte für ihn, so gut sie konnte. In den folgenden Wochen erzählte er ihr, was geschehen war. Dann schien eine Besserung einzutreten – er hatte sich alles von der Seele geredet, einmal äußerte er sogar den Wunsch, wieder als Arzt zu arbeiten. Nur die Nächte waren immer noch schlimm. Peter (so sagte mir Ruth) hatte gräßliche Alpträume. Sie weckte den schweißbedeckten, zitternden Bruder stets, sobald sie von seinen Schreien geweckt wurde. Die gute Verfassung erwies sich als trügerisch, denn in einem nächtlichen Angstanfall schnitt Peter sich die Kehle durch. Er wurde auf dem Westfriedhof begraben, wohin ich Ruth heute begleitet hatte.

42

Wissen Sie, mein Herr Richter, ich habe vor meiner Verhaftung mit vielen Ärzten zu tun gehabt und mit vielen über den Fall von Ruths Bruder gesprochen – ohne einen Namen zu nennen natürlich. Die meisten Ärzte waren der Ansicht, daß Ruths Bruder von Anbeginn an den schweren seelischen Belastungen, die der Arztberuf mit sich bringt, nicht gewachsen und daß er, dann auch noch durch Alkohol geschädigt, nicht mehr zurechnungsfähig gewesen sei. Ich fand kaum jemanden, dem Ruths Bruder nicht leid tat – aber ich fand auch kaum jemanden, der sich nicht völlig in seine Lage hätte versetzen können und deshalb vermutlich genauso gehandelt hätte.

Der Schock für Ruth war jedenfalls so gewaltig, daß sie ihr Studium der Kunstgeschichte abbrach und Ärztin wurde und sich auf das Gebiet der geschädigten Kinder spezialisierte. Sie hatte ihren Bruder über alles geliebt und bewundert. Von jenem Abend an, da sie mir erzählte, was sie erlebt hatte, waren mir auch der beständige Ernst und die fast übertriebene Leidenschaft begreiflich, mit der sie um das Leben auch noch des ärgsten Wasserkopfes kämpfte. Ich verstand ihre Unerbittlichkeit, wenn es um die Erhaltung menschlichen Lebens ging. Ich verstand ihren Haß, ja Haß, gegen alle jene, die hier lasch waren oder für Euthanasie, in welcher Form auch immer, eintraten.

Ich habe nie mit Ruth darüber gesprochen, aber ich habe mir natürlich überlegt, ob und wie ihr Tick, stets in die falsche Richtung zu laufen, mit jenem tragischen Erlebnis zusammenhing. War sie so erschüttert gewesen, als ihr Bruder sich umbrachte, daß etwas in ihr wirklich nicht mehr richtig ›tickte‹, weil sie unter dem Gefühl litt, sich in das Studium der Kunstgeschichte geflüchtet zu haben und über das Schöne zu meditieren, in einer Welt mit so viel Leid, mit so viel Elend? Kam ihr Tick dadurch zustande, daß sie sich immer noch Vorwürfe machte, ihrem Bruder nicht genügend seelisch geholfen zu haben? Aber wie hätte sie ihm helfen können?

Daran denke ich, während ich diese Zeilen schreibe, mein Herr Richter. Ruth kontrollierte sich wie keine andere mir bekannte Frau. Und dennoch: Dieser fehlende Orientierungssinn, dieses beständige In-die-falsche-Richtung-Gehen – ich meine, daß das alles miteinander zusammenhängt, und ich glaube, sie meinte das auch.

»Peters Freund, dieser Dr. Radley, ist inzwischen einer der eifrigsten Führer der amerikanischen ›Euthanasia Society‹ geworden«, sagte Ruth nun zu mir im ›Karpfenzimmer‹ des ›Edelbräu-Kellers‹ und sah über meine Schulter, während sie sprach. Kellner Arnold hatte längst den Nachtisch gebracht – Apfelstrudel. Ich hatte meine Portion noch nicht angerührt, Ruth stocherte mit einer Gabel in der ihren herum.

»Was ist das für eine Society?« fragte ich.
»Eine sehr mächtige. Zwei Jahre nach der englischen wurde sie gegründet. Die Gesellschaft tritt dafür ein und kämpft dafür, daß schwerkranken und alten Menschen das Recht auf Euthanasie zusteht – griechisch, nicht wahr?–, das bedeutet übersetzt ›schönes Sterben‹. Bei den Nazis sagte man ›Gnadentod‹. Es gibt da phantastische Gesetzentwürfe ... Da ist er wieder.«
»Wer?«
Sie sah seit einiger Zeit über meine Schulter, wie gesagt.
»Dieser Mann von heute nachmittag. Er sitzt am anderen Ende des Raums, wahrscheinlich schon lange, ich habe ihn erst jetzt entdeckt, weil ein Tisch zwischen uns frei wurde. Wer ist das, Herr Norton?«
Ich drehte mich um.
Da saß tatsächlich diese bleiche Vogelscheuche von Mann, der da draußen auf dem Westfriedhof einen Dufflecoat getragen und mich und Ruth und uns alle mit einer Minox fotografiert hatte und später, wie gehetzt, fortgelaufen war, zum verwilderten Ende des großen Friedhofs, dorthin, wo es keine Alleen und Gräber mehr gab, sondern nur hochgeschossenes schwarzes Unkraut, tiefste Wildnis. In dieser Wildnis war der Mann verschwunden ... Ich stand auf.
»Bleiben Sie!« sagte Ruth halblaut.
Aber ich blieb nicht.
Ich ging durch das ›Karpfenzimmer‹ zum Tisch dieses etwa fünfundvierzig Jahre alten Mannes und trat dicht an ihn heran, und da war wieder der irre Ausdruck in seinen Augen.
»Was ist los?« fragte ich. Vor ihm standen nur ein Steinkrug und ein Glas voll Wein. »Gefällt Ihnen die Dame an meinem Tisch so gut? Oder ich? Wollen Sie noch ein paar Fotos machen?«
»I don't speak German«, sagte der Mann in einem Gemisch von Frechheit und Angst, Dreistigkeit und Feigheit, wie ich es in so konzentrierter Mischung noch nie erlebt hatte. Er trug den zerdrückten blauen Konfektionsanzug, das zerdrückte, nicht mehr saubere weiße Hemd vom Nachmittag, die gleiche blaue Krawatte. Das Haar im Igelschnitt war schwarz und sehr dicht.
»Allright«, sagte ich und wiederholte alles noch einmal auf englisch.
»Was fällt Ihnen ein, so mit mir zu reden?« fragte er, und da war wieder die behende Furcht der Ratte in seinen dunklen Augen und der Ausdruck von unendlicher Gier. »Ich will keine Fotos von Ihnen!«
»Warum haben Sie dann welche gemacht?«
»Wann?«
»Hören Sie, kommen Sie mir nicht blöde, ja? Heute nachmittag, auf dem Westfriedhof, haben Sie Fotos gemacht beim Begräbnis.«

»Na und? Ist das verboten? Wollen Sie es mir vielleicht verbieten?«
»Vielleicht will ich es«, sagte ich. »Vielleicht will ich Ihnen auch ein paar in die Fresse geben.« Und ich trat noch weiter vor. Er fuhr hoch, wich zurück, warf dabei den Stuhl um und hielt die Hände vors Gesicht. »Verschwinden Sie!« sagte ich zu ihm. Er beleckte seine Lippen, dann legte er Geld auf den Tisch. »Das wird Ihnen noch leid tun«, sagte er.
»Raus jetzt mit Ihnen! Los!«
Er wich vor mir, der ich auf ihn zuging, nach rückwärts zurück, drehte sich dann um und verließ das ›Karpfenzimmer‹. Ein junger Kellner kam heran.
»Etwas nicht in Ordnung, mein Herr?«
»Alles in bester Ordnung«, sagte ich. »Freund von mir. Hatte es leider sehr eilig.«
»Ach so«, sagte der junge Kellner, nahm das Geld vom Tisch und begann ihn abzuräumen.
»Wo kann ich hier telefonieren?«
»Ich zeige es Ihnen.« Der junge Kellner führte mich zu einer Zelle bei der Garderobe.
Ich rief im Polizeipräsidium an und fragte (überzeugt, daß er nicht da war) nach dem Hauptkommissar Sondersen. Ich wollte diese Geschichte mit dem Unbekannten der Polizei erzählen, möglichst jemandem, den ich kannte. Natürlich war Sondersen nicht da, aber sie gaben mir seine Privatnummer, als ich meinen Namen nannte. Offenbar war ich mit meinem falschen Paß auch für die Beamten in der Telefonzentrale inzwischen ein Begriff geworden. Also wählte ich Sondersens Nummer und bekam sofort Anschluß. Der Hauptkommissar meldete sich. Ich hörte leise Musik. Gershwin.
»Es tut mir furchtbar leid, wenn ich Sie störe . . .«
»Sie stören nicht, lieber Herr Norton. Was gibt's?«
»Aber die Musik . . . Sehen Sie fern? Ist das ein Gershwin-Konzert?«
»Ich sehe nicht fern. Das ist eine Platte. Meine Frau und ich lieben Gershwins Musik sehr. Auch die Musik vieler anderer Musiker«, sagte der seltsame Mordspezialist. »Aber besonders Gershwin. Wir hören gerade ›Porgy and Bess‹. Also, was gibt's?«
Ich sagte ihm, was es gab.
»Hm«, machte er danach. »Passen Sie auf: Ich verständige sofort die Amerikaner. Wenn Sie so sicher sind, daß der Kerl Amerikaner ist – wer weiß, vielleicht können die mit seiner Beschreibung etwas anfangen. Und wenn er wieder irgendwo auftaucht und Sie die Möglichkeit haben, zu telefonieren, dann rufen Sie an.«
»Ich danke Ihnen, Herr Sondersen.«
»Keine Ursache. Wir müssen uns einmal treffen, meine Frau, Sie und ich.«
»Gerne. Jetzt kommt ›Bess, you is my woman‹.«

»Ja. Also, Herr Norton.«
Ich dankte ihm noch einmal, legte den Hörer in die Gabel, verließ die Kabine und ging zurück in das ›Karpfenzimmer‹ und zu Ruth, die mir erschrocken entgegensah.
»Was war? Was hat so lange gedauert?«
Ich sagte es ihr, während ich mich setzte.
»Mir ist das unheimlich«, sagte sie. »Ein Amerikaner noch dazu. Wo Sie und Mrs. Moran aus Beverly Hills kommen.«
Der Kellner kam, und wir bestellten noch Kaffee und Cognac.
»Sofort, Frau Doktor«, sagte Kellner Arnold.
»Was meinten Sie, als Sie sagten, Mrs. Moran und ich kämen aus Beverly Hills?«
»Nun, ich . . . Ich will wirklich nicht indiskret sein, Herr Norton, aber ich habe von Ihnen gehört, daß Mrs. Moran nicht immer Mrs. Moran hieß und auch nicht in Amerika geboren wurde, und aus den Illustrierten weiß ich, daß sie sich weigert, den Namen des Vaters von Babs bekanntzugeben. Ich dachte, daß vielleicht . . .«
»Ich sehe da keinen Zusammenhang«, sagte ich und dachte, daß man sehr wohl einen sehen konnte. »Mrs. Moran heißt richtig Susanne Mankow. Sie wurde in Berlin geboren. 1935. Vor zehn Jahren spielte sie zwar schon große Rollen am Schillertheater – aber sie war nur in Berlin bekannt, mehr nicht.« Der Kellner brachte den Kaffee und Schwenkgläser und eine Flasche Martell und richtete alles freundlich lächelnd und dabei leise keuchend für uns her und ging wieder.
»Mud in your eye«, sagte Ruth, während sie ihr Schwenkglas hob. »So sagt man doch, oder?«
»Ja, so sagt man. Mud in your eye!«
Wir tranken beide.
»Und?« fragte Ruth.
»Und dann kam eine amerikanische Filmgesellschaft nach Berlin – eben jene SEVEN STARS, für die Mrs. Moran heute arbeitet. Sie drehten einen Film, der zum großen Teil in Berlin spielte, und sie suchten eine deutsche Schauspielerin für eine wichtige Rolle. Die männliche Hauptrolle spielte ein Star der Gesellschaft, Romero Rettland.«
»Oh, der!«
»Ja, der.«
»Großartiger Schauspieler.« Ruth trank Kaffee. »Sah blendend aus, nicht?«
»Ja.«
»Ich glaube, ich habe mindestens ein Dutzend seiner Filme gesehen, manche mehrmals. Das war doch ein ganz großer Star! Wieso sieht und hört man nichts mehr von ihm?«

»Triste Geschichte«, sagte ich. »Damals, als er sehr groß war, drehte er also in Berlin. Und der Regisseur und Joe Gintzburger, der Präsident der Gesellschaft, und ich weiß nicht, wer noch alles, waren auch in Berlin, und sie machten ein Riesentheater bei der Suche nach der deutschen Schauspielerin. Nun, Sylvia – damals noch Susanne – hatte Glück. Sie wurde ausgewählt. Ihren ersten Film spielte sie noch unter ihrem richtigen Namen. Der Film wurde ein riesiger Erfolg. Alle waren verrückt nach der deutschen Schauspielerin. Am meisten Joe Gintzburger. Der hat schon viele Stars großgemacht. Romero Rettland war auch völlig hingerissen. Sie überredeten Susanne, sofort nach Hollywood zu kommen. Das tat sie. In den nächsten Monaten arbeitete sie sehr hart, lernte fleißig Englisch, nahm Schauspielunterricht bei der Strasberg und so weiter und so weiter – und brachte nach einem Dreivierteljahr Babs zur Welt.«
»Und weigert sich seither zu sagen, wer der Vater von Babs ist.«
»Eine Masche des Publicity-Departments.«
»Ja? Könnte es nicht sein, daß dieser Rettland der Vater ist?«
»Das haben schon viele vermutet«, sagte ich. »Aber er ist es nicht. Er kann es nicht sein.«
»Wieso nicht?«
»Mrs. Moran – inzwischen hatte man Susanne umgetauft – brachte Atteste bei.«
»Was für Atteste?«
»Von einem Berliner Arzt. Der erklärte, daß Susanne ihn aufgesucht habe, noch bevor auch nur einer von SEVEN STARS in Berlin eintraf. Und daß sie damals schon schwanger war.«
»Und darüber ließ sie sich Atteste geben zu einem Zeitpunkt, zu dem sie gar nicht wußte, daß eine amerikanische Film-Crew nach Berlin kommen würde?«
»Natürlich nicht! Die ließ sie sich erst geben, als das Kind geboren war und Rettland behauptete, er sei der Vater von Babs.«
»Ich verstehe.«
»Das waren also Atteste, die eine Vaterschaft von Rettland ausschlossen.«
»Warum lag Mrs. Moran so daran?«
»Ich weiß nicht. Es scheint, daß sie sofort nach ihrer Ankunft in Hollywood ein sehr scheußliches Erlebnis mit Rettland hatte – sie hat es nicht einmal mir erzählt. Jedenfalls weigerte sie sich, je wieder mit Rettland zu spielen.«
»Und diesen Wunsch einer unbekannten Deutschen erfüllten SEVEN STARS?«
»Damals war sie schon nicht mehr unbekannt, Frau Doktor. Und dann kam noch etwas dazu: Romero Rettland, mit dem SEVEN STARS so viele große Filme gedreht hatten, geriet unter die Räder. Es begann mit einem Doppelskandal – Falschspiel und Verführung einer Minderjährigen. Abge-

sehen von den allmächtigen Frauenvereinen, haben alle anständigen Menschen die Pflicht, Minderheitsgruppen zu unterstützen, nicht wahr?«

»Wovon sprechen Sie?« fragte Ruth irritiert.

»Von der Minderheitsgruppe der Millionäre. Der Millionäre von SEVEN STARS.« Ruth lachte, aber nur kurz. »Die Proteste gegen Romero Rettland wurden so massiv, die Loyalitätskundgebungen für die unschuldigen SEVEN STARS so zahlreich, daß Joe Gintzburger gar keine andere Möglichkeit hatte, als seinen Kassenmagneten zu feuern.«

»Und was geschah mit ihm?«

»Er verkam. So etwas geht schnell in diesem Gewerbe. Rauschgift. Weiber. Suff. Schlimmeres. Sie sollten einmal Joe Gintzburger zu dem Thema hören! Mit so viel Mühe und Geld hatte er Rettland zum Star aufgebaut, und dann biß der die Hand, die ihn fütterte! Rettland machte noch einen oder zwei kleine Filme bei kleinen Gesellschaften, dann kam er ab und zu im Fernsehen unter, und dann war es ganz aus mit ihm. Hörte ich. Ich kannte Mrs. Moran damals noch nicht, ich war noch nicht in Amerika. Er erschien ein paarmal bei Mrs. Moran und bat um Geld.«

»Bekam er es?« fragte Ruth, sehr interessiert.

»Ja, immer. Aber dann fing er an, in Skandalblättern Interviews zu geben und auf seiner Vaterschaft zu bestehen. Und da warf Mrs. Moran ihn hinaus, als er das nächste Mal kam. Ehrlich, ich weiß nicht einmal, ob er noch lebt. Das ist ein Gewerbe ohne Gnade. Hollywood ist eine Stadt ohne Mitleid. Vielleicht ist Rettland schon tot, und keinen schert es.«

»Wie alt wäre er, wenn er noch lebt?«

»An die sechzig, sicherlich.«

»Und der Arzt?«

»Welcher Arzt?«

»Der in Berlin, der die Atteste ausstellte.«

»Oh, der. Der ist gestorben. Schon lange her.«

»Wie lange her?«

»Mrs. Moran sagte mir, er starb ein knappes halbes Jahr, nachdem er für sie eben die Atteste ausgestellt hatte«, sagte ich, und dann sahen wir einander an und schwiegen beide, und ich bin sicher, wir dachten beide dasselbe. Es war schon eine bizarre Idee (wer immer sie gehabt hatte), daß Babs unbedingt ein Kind der Liebe sein mußte und die Mutter niemals den Namen des Vaters bekanntgeben wollte, nicht wahr, mein Herr Richter?

43

Ich brachte Ruth in einem Taxi heim. Es hatte leise zu regnen begonnen, und der Chauffeur fuhr sehr vorsichtig, denn der Regen gefror auf dem Pflaster sofort zu Eis. Es war außerordentlich kalt in dieser Nacht. Ruth saß

neben mir und hielt das kleine Blumensträußchen. Einmal, in einer Kurve, wurde sie an mich gepreßt.
»Verzeihung«, sagte sie sofort und drückte sich in ihre Ecke.
So vieles wir an diesem Abend gesprochen hatten, so vertraut wir miteinander gewesen waren – nun sprachen wir kaum, nun waren wir uns wieder, wenigstens was Ruth anging, völlig fremd. Im Licht vorübergleitender Laternen konnte ich ihr Gesicht sehen. Es war verschlossen. Sie denkt vielleicht, sie hat sich etwas vergeben durch ihre Gelöstheit und Gesprächigkeit heute abend, überlegte ich.
Der Chauffeur hatte das Autoradio angedreht. Das mußte der amerikanische Soldatensender AFN sein. Neger sangen Spirituals. Ich hörte: »Nobody knows the trouble I've seen, nobody knows but Jesus . . .«
Ich hörte auch die Regentropfen, die auf das Dach fielen, als wären es schon Eisstückchen. Ich sagte nach einer langen Weile: »Darf ich morgen früh um acht in die Klinik kommen?«
»Natürlich, Herr Norton. Sie dürfen kommen, wann Sie wollen«, sagte Ruth. Danach sprachen wir nicht mehr miteinander. Das Taxi hielt vor dem Eingang eines großen neuen Appartementblocks, nahe dem Sophienkrankenhaus. Ich half Ruth beim Aussteigen und führte sie bis zum Tor, denn es war hier sehr glatt. Sie sagte: »Niemand kennt das Leid . . .«
»Bitte?«
Sie holte einen Schlüssel aus ihrer Tasche und öffnete das Haustor.
»Was die Neger sangen. ›Niemand kennt das Leid, das ich seh, niemand kennt es, nur Jesus‹.«
»Ich kenne das Lied, Frau Doktor«, sagte ich.
»Viel Leid«, sagte Ruth abwesend. Sie drehte sich um und ging.
»Hallo!« Ich eilte ihr nach und holte sie zurück. »Wo wollen Sie denn hin?«
»Bitte! Ich wäre jetzt glatt von meinem Haus fortgelaufen.«
Ich lachte. Sie lachte nicht.
Ich sagte, daß ich ihr für diesen Abend danke, und versuchte, Ruths Hand zu küssen. Sie zog sie heftig zurück.
»Nein! Lassen Sie das, Herr Norton! Gute Nacht.« Sie öffnete die Tür, die aus geripptem undurchsichtigem Glas war, schnell und schloß sie schnell wieder, ohne mich anzusehen. Ich stand reglos. Licht flammte drinnen im Flur auf, ich hörte Ruths Schritte. Dann hörte ich eine Tür schlagen – vermutlich die eines Lifts. Ich blieb weiter stehen. Nach ein paar Minuten erlosch das Licht im Flur.
Ich ging zum Taxi zurück und setzte mich in den Fond und nannte dem Chauffeur die Adresse meines Hotels. Die Neger sangen noch immer, als ich vor dem BRISTOL ausstieg. Ich zahlte, das Taxi fuhr fort, und ich mußte klingeln, denn der Hoteleingang war versperrt. Ein verschlafener Nachtportier öffnete, und ich gab ihm Trinkgeld, aber kein allzu großes mehr,

und auch er wünschte mir eine gute Nacht. Ich ging zum Lift und fuhr in den dritten Stock empor, da lag mein Zimmer – 331. Ich ging den Gang hinunter und dachte darüber nach, warum Ruth zuletzt so verändert gewesen war, aber ich konnte keine wirkliche Erklärung finden.
Ich sperrte meine Zimmertür auf und schloß sie hinter mir und drehte das Licht im Vorraum an und ging in das Zimmer hinein und machte auch hier Licht. In einem Sessel neben einem Fernsehapparat saß der Mann mit dem bleichen Gesicht und den irren Augen, der mich schon den ganzen Tag verfolgte. Er hielt eine sehr große Pistole in der Hand. Sie schimmerte blauschwarz, und der Mann hielt sie direkt auf meinen Bauch gerichtet.

44

»Was soll der Quatsch?«
»Maul halten!« Er war aufgestanden. Langsam kam er auf mich zu. »Hände hoch und gegen die Wand. Kopf runter!«
»Sie sind wohl wahnsinnig geworden, Sie Dreckskerl . . .«, begann ich. Die Mündung der Pistole bohrte sich in meinen Unterleib. Ich sah den Ausdruck in seinen Augen und drehte mich gehorsam um und tat alles, was er verlangt hatte. Das Ganze ging so vor sich wie in den einschlägigen Serien des Fernsehens. Er scheint zu viele davon gesehen zu haben, dachte ich, als er meinen Körper systematisch nach einer Waffe abtastete. Er fand keine. Ich habe nie im Leben eine Waffe besessen.
»Okay, du bist sauber«, sagte er. Auch noch dieser TV-Serien-Ton! Er trat etwas zurück. »Umdrehen!« Er winkte mit der Kanone. »Da rüber. Setz dich jetzt dahin, wo ich gesessen habe. Keine Tricks, kapiert? Keinen Mucks. Sonst ist Schluß.«
Also ging ich zu dem Sessel und setzte mich. Neben dem Sessel waren Glastüren, die auf einen kleinen Balkon hinausführten.
Der Kerl kam zu mir. Im Gehen griff er mit den Fingern der freien Hand an eine Stelle da über seinen Sachen und kratzte und drückte und schob dort herum. So, wie der aussieht, hat er Filzläuse, dachte ich. Und ich sitze in dem Sessel, in dem eben noch er gesessen hat. Und jetzt steckte der Kerl doch tatsächlich einen Finger in den Abzugsbügel der Pistole und ließ das Ding kreisen.
»Hören Sie damit auf«, sagte ich. »Das Ding geht leicht los.«
»Yeah?«
Er hat zu viele Humphrey-Bogart-Filme gesehen, dachte ich plötzlich. Er imitiert ihn, vor allem beim Sprechen. Er bekommt die Zähne kaum auseinander. Ziemlich trostlose Imitation.
»Mußt du mir sagen!« sagte er. »Bin mit so'nem Ding groß geworden, you dirty son of a bitch.«

Ja, Humphrey.
Wir sprachen nur englisch. Dem Tonfall und dem Inhalt seiner Äußerungen nach habe ich ihn deutsch ›Du‹ zu mir sagen lassen, obwohl es im Englischen ja keinen Unterschied zwischen der Anrede ›Du‹ und ›Sie‹ im grammatikalischen Sinne gibt. Ich werde weiter diese beiden Formen der Anrede so benützen, wie es dem Tenor unseres Dialogs entsprach.
»Nun nimm schon endlich die Kanone weg, Mensch«, sagte ich.
»Nervös, eh? Vorhin im Restaurant die große Schnauze. Jetzt volle Hosen.« Danach rutschte ihm die Pistole natürlich vom Finger und krachte auf den Boden. Mir trat der Schweiß auf die Stirn. Der Kerl setzte sich aufs Bett. Er war kreideweiß vor Schreck. Seine Knie schlotterten.
»Wenn die jetzt losgegangen wäre . . .«
Er versuchte sich zu erheben, doch seine Knie waren wie aus Gelee, und er plumpste wieder aufs Bett, die Beine trugen ihn nicht. Einen Tremor hatte er plötzlich wie ein ganz alter Wermutbruder unmittelbar vor dem Delirium. Ich mußte daran denken, daß die Hände jenes so sehr versoffenen Tonmeisters im kleinen Studio von TÉLÉ MONTE-CARLO, der tatsächlich im Delirium gestorben war, an jenem Abend, an dem ich ihn beobachtete, völlig ruhig und sicher gewesen waren.
»Es tut . . . tut . . . mir leid, Mister Norton.«
Mister Norton.
Offenbar glaubte er, daß ich so hieß. Hoffentlich. Dann hatte ich die ganze Zeit über einen falschen Verdacht gehabt.
»Mir ist so schlecht. Sie haben nicht einen Schluck Whisky, Mister Norton?«
»Nein.«
»Oder sonst was?«
»Nein.« Ich bückte mich und hob die Pistole auf.
»Danke, Mister«, sagte er, als er sah, daß ich die Pistole nun in der Hand hielt, halb auf ihn gerichtet. Ich betrachtete sie. Allmächtiger Vater, er hatte sogar den Sicherungshebel gelöst! Ich schob ihn schleunigst zurück.
»Muß kotzen«, sagte er, stand taumelnd auf und wankte ins Badezimmer. Die Tür dort fiel hinter ihm zu. Dann hörte ich die entsprechenden Geräusche.
Jetzt handelte ich sehr schnell.
Ich trat zum Telefon, das auf dem Tischchen neben dem Bett stand und wählte die Nummer des Hauptkommissars Sondersen, die ich auf einen Zettel geschrieben und in meine Jackentasche gesteckt hatte. Es läutete diesmal länger. Hoffentlich kotzt der Kerl noch eine Weile, dachte ich. Dann war Sondersen am Apparat. Er sagte, fast entschuldigend, er habe sich gerade ins Bett gelegt.

»Ist der Kerl wieder da?«
»Ja.«
»Wo?«
»In meinem Zimmer. Dreihunderteinunddreißig. Hotel BRISTOL. Diesmal hat er nicht die Kamera, sondern eine Knarre.«
»Wieso können Sie sprechen?«
»Er kotzt gerade.«
»Was tut . . . Egal! Halten Sie ihn fest, solange Sie können. Reden Sie mit ihm. Er will doch was von Ihnen. Ich rufe sofort die Amis an. Unsere Leute auch. Wir kommen.«
»Beeilen Sie sich aber, bitte.«
Ich legte den Hörer hin. Die Geräusche im Bad nahmen immer noch kein Ende, es war ziemlich widerlich. Endlich kam er zurück, gelb im grauen Gesicht jetzt, unter den Augen grün. Er fiel auf das Bett und rang nach Luft. Schon eine Type.
Also stand ich auf und ging ins Bad und sah nach, ob da alles sauber war. Er hatte sogar Klopapier angezündet und hinuntergespült, damit kein schlechter Geruch zurückblieb. Den Mund hatte er sich mit der Brause über der Wanne ausgespült, sie lief noch halb, es kann nur sein Mund gewesen sein, dachte ich – die beiden Zahnputzgläser waren frisch, mit Plastikfolie versiegelt. Ich drehte den Hahn der Brause ordentlich zu. Eine Type. Ich ging zu ihm zurück. Er lag da auf dem Bett und kratzte und kniff sich unten am Bauch herum.
»Was soll denn das?«
»Bruchband.«
»Was?« Ich starrte ihn an. Auch so etwas mußte seine Grenzen haben!
»Verfluchtes Bruchband. Das Beste vom Besten, haben sie mir gesagt. Ich werde noch wahnsinnig damit. Haben Sie eine Ahnung, wie so ein Bruchband kneift und juckt und weh tut?«
»Nicht weinen.«
»Machen Sie sich nur lustig über mich. Recht so, Mister. Geben Sie's mir. Geben Sie's mir ordentlich. Sie haben ja keinen Bruch.«
»Nein«, sagte ich. »Aber wenn ich einen hätte, würde ich mich operieren lassen. Kleinigkeit heute.« Was für ein Gespräch!
»Kleinigkeit«, sagte er klagend. »Wissen Sie, wieviel Prozent draufgehen bei so einer Operation?«
»Kein Mensch geht drauf dabei.«
»Sie wissen es eben nicht«, sagte er. »Ich weiß es. Eine der gefährlichsten Operationen überhaupt. Ein Freund von mir weiß Bescheid. Bloß nicht operieren lassen, sagt mein Freund. Tu ich auch nicht. Lieber halte ich mein Leben lang das gottbeschissene Bruchband aus.« Ich ließ ihn quatschen. Je länger, je lieber. Die Amis und die deutsche Polizei brauchten Zeit, um

hierherzukommen. »Und erst im Sommer, in der Hitze! Zum Verstandverlieren!«
»Wie alt sind Sie?«
»Sechsundvierzig.«
»Und wie lange haben Sie schon den Bruch?« Zeit. Zeit gewinnen jetzt.
»Seit sechsundzwanzig Jahren«, sagte er.
»Seit . . .«
»Baseball.«
So etwas mußte also offenbar keine Grenzen haben.
»Sie haben Baseball gespielt?«
»Glauben mir nicht, was?« Jetzt fing er an zu heulen, mein Herr Richter. Ich schwöre, er heulte. »Keiner glaubt es. Kein verfluchter Hurensohn glaubt es mir je. Dabei war ich der beste Pitcher und Outfielder in der Mannschaft.«
»Was für einer Mannschaft?«
»Universität.«
»Welcher?«
›Sag ich nicht.«
»Warum nicht?«
»Geht Sie 'n Dreck an. Sie glauben mir ja auch nicht, daß ich der beste Pitcher und Outfielder war. Und dabei hab ich mir den Bruch geholt. Wollte immer zu den ›New York Yankees‹. War mein Traum. Hätte ich auch geschafft.«
»Warum nicht zu den ›Giants‹?« Zeit! Zeit!
»Die ›Yankees‹ sind eine Million mal besser. Joe DiMaggio war bei den ›Yankees‹. Mein Vorbild. Der Mann von der Monroe. Mensch, die Monroe! Aber ich mit meinem Bruch . . .«
»Was haben Sie studiert?«
»Jus.«
»Sie sind doch nicht etwa Anwalt?«
»Nein. Mußte das Studium abbrechen. Kein Geld mehr.«
»Schlimm«, sagte ich. »Geht's schon besser?«
Er nickte.
»Darf ich trotzdem noch ein bißchen liegenbleiben?« Er zerrte an seiner Krawatte und öffnete den Kragenknopf. »Mein Haar ist sauber. Gestern gewaschen.«
»Wie sind Sie hier reingekommen?«
»Durchs Fenster. Über den Balkon.«
»Fenster ist zu.«
»Ja, jetzt. Als ich kam, war es halb geöffnet. Vom Stubenmädchen wahrscheinlich. Ich bin durch die Halle gegangen und raufgefahren mit dem Lift. Da war die Hoteltür noch offen. Hinter Ihrem Zimmer gibt's keines

mehr. Nur noch ein Raum für den Etagenkellner. Dort bin ich rein, und dann von Balkon zu Balkon. Außen rund um die Trennwand.«
»Sie sind . . . im dritten Stock?«
»Kleinigkeit. Absolut schwindelfrei. Hab schon ganz andere Sachen gemacht.«
»Woher wußten Sie meine Zimmernummer?«
»Weiß eine Menge über dich, Philip Kaven«, sagte er.

45

Das war nun weniger schön.
»Ich heiße nicht Kaven, ich heiße Norton«, sagte ich.
»Ja«, sagte er, »Scheiß mit Reis«, sagte er. »Philip Kaven heißt du, und der Kerl von der Moran bis du, und in Paris hast du dich im Hof von einem Krankenhaus mit 'nem Fotografen geprügelt. Hab den Artikel darüber gelesen. Kann nicht viel Französisch, nur ein paar Brocken. Die haben gereicht.«
»Dir haben sie ins Gehirn geschissen«, sagte ich. Aber mir war sehr mulmig. Wer war dieser Kerl? Woher wußte er alles?
»Die Berichtigung habe ich auch gelesen. Den Blödsinn über dieses kranke Kindermädchen, das man nach Madrid geflogen hat. Wieso stehst du in Nürnberg auf dem Scheißfriedhof beim Begräbnis von dem Jungen und frißt am Abend mit dieser Ärztin, wenn das kranke Kindermädchen in Madrid ist? Wieso bist du nicht bei diesem Kindermädchen? Was machst du in Nürnberg?« Er sah mich jetzt wieder an mit seinen irrsinnigen Augen. Ging ihm besser, das merkte man. Wie war er auf meine Spur gekommen? Wer war er überhaupt?
»Was hast du denn in Paris gemacht?« fragte ich.
»Wieso?« fragte er. Wie ein Trottel. »Wieso Paris?« Wie ein lebensgefährlicher Trottel.
»Du sagst doch, du hast die Zeitung gelesen und den Bericht über diesen Liebhaber von der Moran.«
»Über dich«, sagte er. »Über Philip Kaven«, sagte er.
»Ich bin nicht Kaven. Ich heiße Norton. Hör mit dem Blödsinn auf.«
»Blödsinn«, sagte er, plötzlich erheitert. »Du glaubst, du setzt dir eine Brille auf, und keiner erkennt dich mehr, was? Und wenn dich wirklich keiner erkennt – *ich* weiß, daß du Kaven bist. Mir hat's mein Freund gesagt. Auch daß du jetzt eine Brille trägst, damit man dich nicht erkennt hier in Nürnberg.«
»Wo hat dein Freund dir das gesagt in Paris?«
»Ich war überhaupt nicht in Paris.«
»Wo warst . . . Wie heißt du überhaupt?«

»Glaubst doch nicht, daß ich dir das sagen werde, wie? War auch nicht in Nürnberg. War . . . in einer anderen Stadt war ich, und dort hat mein Freund mich angerufen.«
»Aus Paris.« Das sagte ich, weil ich mir den Kopf darüber zerbrach, von wem der Kerl so viel wußte. Als ersten Lumpen dachte ich natürlich an diesen smarten Rechtsanwalt Lejeune, den Fettwanst. Dem konnte man alles zutrauen. Aber dann, dachte ich, er hat mich doch gerade in diese Sache mit Nürnberg hineingetrieben, damit *nicht* herauskommt, was mit Babs los ist. Wo bleibt da die Logik? Oder ist Joe das Schwein? Oder Marone? Oder Doktor Wolken? Oder Clarissa? Oder Rod Bracken?
Meine Gedanken rasten. Das alles war verrückt. Keiner von diesen Leuten hatte etwas davon, wenn die Wahrheit bekannt wurde. Alle hielten eisern zusammen, und ich war gezwungen, das meiste zu tun, um zu verhindern, daß die Sache mit Babs herauskam. Dr. Wolken konnte ich vergessen, der war zu dämlich. Clarissa? Vielleicht, weil ich sie nicht umgelegt hatte, als sie mir ihre Liebe erklärte? Eifersucht ist ein sehr starkes Motiv. Und bei Clarissa war es mittlerweile sicherlich Haß. Ja, dachte ich, Clarissa ist die einzige Person, die es nun mit Freuden sehen würde, wenn es einen Weltskandal gibt. Wenn es aus ist mit Sylvia. Und mit mir auch natürlich. Liebe zu Babs? Ach ja, dachte ich. Hat sie so oft gesagt. Waren das noch schöne Zeiten, in denen ich alles glaubte, was man mir sagte. Gut, nehmen wir an, Clarissa. Nehmen wir das einmal an. Ich sehe, daß ich viele Zeilen gefüllt habe mit meinen Überlegungen. Alle waren mir im Bruchteil einer Sekunde gekommen, während ich sagte: »Aus Paris.«
»Aus Paris, ja«, sagte der Kerl auf dem Bett. Wenn es wirklich Clarissa ist, die alles verraten hat, dann kann sie noch aus Paris angerufen haben, dachte ich.
»Hat mir auch die zweite Zeitung geschickt aus Paris, mein Freund«, sagte der Kerl.
Vergiß Clarissa, dachte ich. Die erste Zeitung kann Clarissa geschickt haben, da war sie noch in Paris. Als die zweite, die mit der Berichtigung, herauskam, lag sie schon in der Klinik von Professor Arias Salmerón in Madrid. Also kann sie die zweite Zeitung nicht geschickt haben. In Madrid gibt es das Drecksblatt nicht. Aber wenn sie einen Komplizen in Paris hatte? Oder eine Komplizin? Auf einmal fiel mir siedend heiß Suzy ein. Die war doch so von Haß gegen mich erfüllt, weil ich sie endgültig verlassen hatte. Also vielleicht nicht Clarissa, sondern Suzy? Aber haßt die mich wirklich? Schwer, sehr schwer. Im Grunde traute ich Clarissa eine solche Sauerei eher zu als Suzy. Möglich war beides. Beides half mir nicht weiter.
»Ich bin nicht Philip Kaven«, sagte ich wieder einmal. »Ich bin Philip Norton.«
»'türlich«, sagte der Kerl. »Du bist Philip Norton, und ich hab mich

reinlegen lassen von meinem Freund, oder er hat sich geirrt, und ich bin umsonst nach Nürnberg gekommen und hab dich umsonst draußen am Friedhof fotografiert. Sicherlich werden mich alle Agenturen und Zeitungen rausschmeißen, wenn ich ihnen nun die Fotos von Mister Norton vorlege und behaupte, das sind Fotos von Mister Kaven. Ganz bestimmt werden sich alle totlachen. Ich hab nun mal kein Glück. Ich hab gedacht, ich kann die Fotos verkaufen, weil du doch Philip Kaven bist und keinen Skandal brauchen kannst, nicht schon wieder einen, langsam werden die Leute ja meschugge, wenn sie lesen – und jetzt auch noch sehen! –, wo du dich überall rumtreibst und was du tust. Und da habe ich gedacht, ich hab endlich wieder Moos, weil dir gar nichts anderes übrig bleibt, als jetzt mit mir zu kollaborieren.«

»Ich halte nichts von Kollaboration«, sagte ich.

»Wieso nicht?«

»Ich will dir mal sagen, was Kollaboration ist«, sagte ich und dachte, daß die Amis und die deutsche Polizei nun schon da sein mußten und daß sie ja von Sondersen entweder bereits über das, was die Wahrheit war, informiert waren oder sofort informiert werden würden, weshalb kaum die Gefahr bestand, daß dieser Kerl, einmal gefaßt, noch etwas mit seinen Minox-Aufnahmen anfangen konnte. Die würden sie ihm abnehmen. Reden konnte er natürlich. Aber da mußte ich einfach sehen, was mir dazu einfiel. »Kollaboration ist: Ich gebe dir meine Uhr, und du sagst mir, wie spät es ist.«

»Sehr komisch«, sagte er. »Also du kaufst mir die Bilder nicht ab?«

»Natürlich nicht. Geh doch zu deinen Redaktionen und Agenturen damit, du Blödmann.«

Das machte ihn sofort wieder so unsicher, daß er lange überlegte. Endlich sagte er: »Natürlich habe ich die Kamera mit dem Film nicht bei mir.«

»Doch egal, wo du sie hast«, sagte ich und ließ das Magazin aus der Pistole springen und das Geschoß, das im Lauf war, auch, und schmiß ihm die Kanone aufs Bett. »Verschwinde jetzt. Ich will dich nicht mehr sehen. Mach, was du willst, Drecksack.«

»Hauptbahnhof«, sagte er. »Schließfach. Da ist die Minox drin.«

»Wenn du jetzt nicht verschwindest, rufe ich die Polizei«, sagte ich. Dabei sah ich durch die halb geöffneten Gardinen der Glastür auf den Balkon hinaus und auf die Straße hinunter. Da standen einige Wagen. Ich hob den Telefonhörer auf.

Der Kerl sprang vom Bett hoch und packte die Waffe.

»Schön«, sagte er, aber ich hätte schwören können, er war nun völlig verwirrt und wußte nicht, ob ich bluffte oder nicht, »wie du willst. Dann muß ich mich eben rausschmeißen lassen überall mit meinen Fotos. Macht prima Fotos, so eine Minox. Ein Jammer, daß ich mich getäuscht habe.«

»Daß dein Freund sich getäuscht hat«, sagte ich.
»Ja«, sagte er. »Also ich gehe jetzt«, sagte er und machte keinen Schritt.
»Na los!«
»Ich gehe wirklich«, sagte er, ohne sich zu bewegen.
Ich dachte, daß ich es riskieren konnte, wenn auch noch viele Probleme offenblieben, so zum Beispiel herauszubekommen, wer mir diese Sauerei eingebrockt hatte, und ich hob den Hörer ans Ohr und sagte laut vor mich hin, was auf der Wählscheibe des Telefons stand: »Polizei-Notruf – eins – eins – null.« Ich wählte die Eins. Der Kerl packte seinen Dufflecoat, der auf die Erde gefallen war, und raste zur Zimmertür. Er riß sie auf, schmiß sie hinter sich zu, und ich hörte, wie er den Flur hinab zum Lift rannte. Ich trat schnell auf den kleinen Balkon hinaus, strich ein Zündholz an und bewegte es hin und her. Bei einem der unter Bäumen parkenden Wagen flammten ganz kurz die Scheinwerfer auf.
Na ja, ich blieb auf dem kleinen Balkon stehen und sah mir das Ende dieses Kapitels – weiß Gott nicht der ganzen Geschichte, das war klar – an. Nach kurzer Zeit trat der Kerl unten ins Freie. Der Nachtportier mußte ihm die Eingangstür geöffnet haben. Als der Kerl im Freien stand, flammten plötzlich die Scheinwerfer von vier Wagen auf. Es ging sehr schnell. Die Wagen stießen von allen Seiten gegen den Eingang des Hotels vor. Der Kerl mit der Igelfrisur war plötzlich grell beleuchtet. Er stand einen Moment erstarrt, dann versuchte er, die Hauswand entlang zu flüchten. Aus den Autos sprangen Männer – in Uniform und Zivil. Zwei von ihnen rannte der Kerl direkt in die Arme. Er wehrte sich kaum. (Sein Bruch.) Gleich darauf hatten die Männer ihn in einen Wagen verstaut. Ich sah, daß ein paar zu mir heraufwinkten, und ich winkte zurück. Unter den Männern, die winkten, erkannte ich den Hauptkommissar Sondersen. Obwohl diese Sache wahrlich nicht in sein Dezernat gehörte, war er noch einmal aufgestanden und hergekommen.
»Ich rufe Sie bald an!« rief er.
»Okay!« rief ich und sah, wie er in einen Wagen stieg.
Gleich danach fuhren die Autos nacheinander fort. Eine Minute später war es wieder totenstill da unten auf der leeren Straße, und erst jetzt bemerkte ich, daß es noch immer leicht regnete und sehr kalt war. Ich sah Glatteis im Licht der Laternen. Dann hörte ich plötzlich leisen Gesang. Ich hatte gerade ins Zimmer zurückgehen wollen, denn ich fror, und ich hatte auf einmal sehr viele Gedanken, wirr durcheinander. Wer war dieser Kerl? Was würde nun geschehen? Wen mußte ich verständigen? Mußte ich überhaupt jemanden verständigen? Vielleicht hatte der Kerl die Fotos schon weitergegeben. Aber dann wäre er nicht hierhergekommen.
Der Gesang wurde lauter. Ich sah einen sehr alten Mann, der volltrunken unter den Bäumen dahinschwankte, von Stamm zu Stamm, auf der

anderen Seite der Straße. Der sehr alte Mann sang mit kräftiger und doch zitternder Greisenstimme, und ich hörte seine Worte sehr deutlich, denn es war nun, wie ich auf meiner Uhr sah, halb zwei Uhr nachts, und es schien kein anderes Geräusch mehr in der Stadt zu geben: »O Susanna«, sang der alte, betrunkene Mann, »wie ist das Leben doch so schön, o Susanna, wie ist das Leben schön. O Susanna . . .«

46

»Tut mir leid, wenn ich Sie störe, aber ich sagte doch, ich würde noch anrufen wegen dieses Kerls«, klang die Stimme des Hauptkommissars Wigbert Sondersen aus dem Telefonhörer, den ich nach einiger Mühe geangelt hatte, an mein Ohr.
»Ja, natürlich, ich danke Ihnen, Herr Sondersen.« Es war 5 Uhr 07, sah ich, als ich auf meine Armbanduhr mit dem leuchtenden Zifferblatt blickte. Draußen regnete es jetzt heftig, hörte ich. Und dazu Sondersens Stimme: »Ging sehr schnell, Herr Norton, weil der Kerl den Amerikanern Gott sei Dank gut bekannt ist.«
»Bekannt?«
»Ja. Einschlägig bekannt.« Jetzt fand ich auch den Druckknopf der Nachttischlampe und knipste sie an. Das Licht war zu grell. Meine Augen schmerzten. Mein Kopf schmerzte. Vielleicht werde ich krank, dachte ich, Grippe oder so etwas. Ich wäre gerne krank geworden. Mit ein bißchen Fieber. Nichts Schlimmes. Aber so schlimm, daß ich im Bett liegen und man mich mit nichts belasten durfte. »Der Mann heißt Roger Marne.«
»Welcher – ach so.« Das mit der Krankheit würde nichts werden, dachte ich, und legte mich zurück. Ich mußte immer weiter und weiter vorwärtstaumeln, hinein in diesen endlosen Tunnel, in der Hoffnung, seinem Ende mit jedem Schritt näher zu kommen und ihn wieder verlassen zu können. Und doch wußte ich, daß dieser Tunnel kein Ende hatte, jedenfalls kein offenes, das ins Freie führte. Es war ein kreisförmig in sich geschlossener Tunnel, in dem ich mich da befand, und ich wußte auch das. Und wußte auch, daß ich schließlich verrecken würde in ihm. Mir war wirklich schlecht an diesem frühen Morgen. »Roger Marne«, sagte ich. Und der Regen pladderte auf den Balkon. Bloß nie mehr aufstehen müssen, dachte ich.
»Die Minox haben wir auch. Und alle Filme. Wir waren am Hauptbahnhof mit diesem Marne, die Amis und ich. Man hat mir die Fotos und die Kamera gegeben – die Filme stehen Ihnen zur Verfügung.«
»Danke, Herr Sondersen«, sagte ich. »Das ist sehr freundlich von Ihnen, ich danke Ihnen tausendmal und . . .«
»Hören Sie auf, Herr Norton«, sagte die ruhige Stimme. »Sie wissen doch, ich . . . Wir tun, was wir können, um Ihnen zu helfen.«

»Ich weiß. Und eben deshalb: Danke!« Ich fühlte mich etwas besser. »Wer ist dieser Roger Marne? Ein Verrückter?«
»Wenn er will.«
»Was?«
»Wenn er nicht will, ist er nicht verrückt.«
»Das verstehe ich nicht.«
»In meinem Beruf kennen wir den Typ des Simulanten, wir nennen so was ein ›Clown‹. Das ist ein Mann, der je nach der Lage, in der er sich befindet, den Verrückten, den Verletzten, den Schwulen, den Jämmerling, den Winsler, aber auch den Supermann und den hysterischen Brüller spielt – da gibt es hundert Arten. Marne ist so ein ›Clown‹. Bruch und Bruchband hat er übrigens wirklich. Allerdings: Ganz klar im Kopf ist er nicht! Die psychiatrischen Gutachter, die mit ihm zu tun hatten, sind nie zu einer einheitlichen Meinung gekommen.«
»Ist Marne schon einmal untersucht worden?«
»Mindestens zehnmal. Von verschiedenen Psychiatern. Der Kerl stand viermal vor Gericht.«
Ich setzte mich auf. »Warum?«
»Erpressung, Falschspiel, Hehlerei, Leiter eines Callgirl-Rings.«
»Eines Callgirl-Rings – Marne?«
»Ich wollte es auch nicht glauben. Aber ich habe einiges von den Amerikanern erfahren. Man soll es nicht für möglich halten. Wie kommt so was an *Sie* heran?«
»Das möchte ich auch gerne wissen«, sagte ich. »Wie kommt dieser Marne nach Nürnberg?«
»Das möchten wiederum die Amis gerne wissen. Sehen Sie, Herr Norton, jedesmal, wenn sie Marne vor Gericht gestellt haben, forderten seine Anwälte psychiatrische Gutachter. Und die wurden sich nie einig, ob er wirklich total unzurechnungsfähig oder eben nur ein ›Clown‹ mit einem Hieb ist. Es waren stets drei Gutachter, nicht wahr, und zwei stellten immer die Diagnose auf Unzurechnungsfähigkeit, und so kam Marne trotz allem, was er bisher angestellt hat, nie ins Gefängnis, sondern immer in Heilanstalten. Und aus diesen Heilanstalten brach er dann immer wieder aus.«
»Wo?«
»In Kalifornien. Marne stammt aus Los Angeles. Alles, was er angestellt hat – mit Ausnahme einer Sache in Bonn –, ist im Raum Los Angeles passiert. Im Großraum Los Angeles, also Beverly Hills und Hollywood und so weiter. Nur die Heilanstalten waren weiter von Los Angeles entfernt. Das letzte Mal ist er vor dreieinhalb Jahren ausgebrochen und ist nach Europa gekommen. Sicherlich hatte er falsche Papiere.« Wie ich, dachte ich. »Was er alles in Europa angestellt hat, wissen wir nicht – die Amerikaner erst recht nicht. Nur die Sache in Bonn.«

»Was war da?«
»Keine Ahnung. Haben sie mir nicht gesagt. Irgendeine Homo-Erpressung. Müssen hohe Tiere drinhängen, denn das Ganze ist bis heute vertuscht worden, und Marne ist auch da durchgerutscht. Die Amerikaner versuchen jetzt herauszukriegen, wo er sich danach herumgetrieben hat. Aber sie wollen die Sache so geheim wie möglich halten – eben wegen der Bonn-Geschichte. Dann werden sie sich um seine Ausweisung bemühen, und drüben kommt er wieder in eine Heilanstalt. Den Amis wäre es gar nicht recht, wenn Sie Anzeige erstatten würden – wegen Bonn, denn das käme dann ja auch heraus, falls hier in Deutschland verhandelt wird, und ...«
»Ich kann doch gar keine Anzeige erstatten«, sagte ich. »Ich muß froh sein, wenn die Amis Marne einbuchten – richtig einbuchten.«
»Ja, eben«, sagte Sondersen. »Die Filme stehen jedenfalls zu Ihrer Verfügung. Es ist für Sie natürlich von größter Bedeutung herauszufinden, wie Marne auf Ihre Spur gekommen ist – oder wer ihn auf Ihre Spur gelenkt hat, klar.«
»Klar.«
»Na, von Marne werden wir es nicht erfahren«, sagte Sondersen. »Ich hab's versucht. Der sagt kein Wort. Angst.«
»Was?«
»Der hat Angst, etwas zu sagen. Maßlose Angst.«
»Vor wem?« fragte ich.
»Ja«, sagte Sondersen, »vor wem?«

47

»Gottverflucht, was fällt dir ein, mich jetzt aufzuwecken, Mensch? Es ist zwanzig nach fünf!« Rod Brackens Stimme überschlug sich vor Wut.
Ich saß auf meinem Bett, im Morgenmantel. Im Glas der Balkontür, vor der noch die Dunkelheit der Nacht lag, sah ich, erhellt von der Nachttischlampe, mich und einen Teil der Zimmereinrichtung gespiegelt. Der Regen wurde immer heftiger.
»Shut up, Rod«, sagte ich. »Es ist wichtig, sonst würde ich nicht anrufen.«
»Ist Babs tot?«
»Nein.«
»Was dann?«
Also erzählte ich Bracken, was dann. Er hörte schweigend zu. Ich wartete gespannt auf seine Reaktion, weil ich doch hoffte, vielleicht durch sie erkennen zu können, ob er mit diesem ›Clown‹ unter einer Decke steckte (zu jenem Zeitpunkt verdächtigte ich einfach jeden und hielt einfach alles

für möglich), aber es kam nicht die geringste Reaktion. Nur zum Schluß sagte Bracken: »Scheiße. Was nur schiefgehen kann, geht schief.«
»Wieso?«
»Hier ist auch was passiert.«
»Was?«
»Doktor Wolken ist abgehauen.«
»Wolken?«
»Sage ich doch, Trottel. Hörst du schlecht?«
»Wann ist er abgehauen?«
»Heute nacht. Ich komme und komme nicht zum Schlafen. Vor zwei Stunden hat mich Lucien geweckt, dein Freund, der Nachtportier. Hat gedacht, es sei wichtig. War ja auch wichtig.«
»Was?«
»Mir zu sagen, daß Doktor Wolken bei ihm die Rechnung bezahlt und mit allem Gepäck ausgezogen ist – klammheimlich. Lucien hat angerufen, da war Doktor Wolken noch in der Halle, Lucien dachte, ich könnte ihn erwischen, aber Wolken war schlauer. Und schneller. Als ich runterkam, war er schon weg – Lucien konnte ihn ja nicht gut festhalten, nicht? Raus auf die Straße und rein in ein Taxi.«
»Aber warum ist er abgehauen?«
»Das wüßten alle hier gerne. Ich habe brav alle geweckt, und wir hatten noch eine hübsche kleine Konferenz, und ich war gerade wieder im Bett und eingeschlafen, da rufst du an.« Er lachte plötzlich.
»Was ist jetzt los?«
»Jetzt wecke ich natürlich wieder Joe und alle anderen und erzähle, was dir passiert ist. Blödsinnig, wie?«
»Und Doktor Wolken hat mit keiner Silbe gesagt, wo er hin will?«
»Gesagt nicht.«
»Was heißt das?«
»Gefragt hat er. Nach einem Flugplan.«
»Wo will er hin?«
»Trottel, wenn ich das wüßte! Lucien weiß es auch nicht. Der hat ihm nur den Flugplan von der IBERIA gegeben und dann . . .«
»Flugplan von was?«
»IBERIA.«
»Die spanische Luftfahrtgesellschaft.«
»Ja, deshalb dürfen die Anwälte und ich in einer Stunde raus zu den Flughäfen. Weil in zweieinhalb Stunden die erste Maschine nach Spanien abfliegt. Vielleicht erwischen wir die Sau.«
»Wohin fliegt die erste Maschine?«
»Barcelona.«
»Wann fliegt die erste nach Madrid?«

»Zwölf Uhr fünfzehn. Ab Orly. Da werde ich warten. Mit Lejeune.«
Mir war auf einmal brennend heiß.
»Ich komme auch.«
»Was?«
»Ich komme nach Paris. Mit der ersten Maschine, die ich kriegen kann.«
»Warum?«
»Das erkläre ich dir, wenn ich da bin.«
»Warum nicht gleich?«
»Zu kompliziert.«
»In Madrid liegt Clarissa«, sagte Bracken.
»Ja«, sagte ich, »eben.«
»Was heißt eben?« Plötzlich hörte ich, wie Bracken hastig Atem holte. »Verflucht!«
»Verflucht was?«
»Habe ich völlig vergessen. Bringt mich noch um den Verstand, diese Geschichte! Lucien hat gesagt, ein Mädchen aus der Telefonzentrale hat ihm gesagt, daß Doktor Wolken nachts noch mit Spanien telefoniert hat. Eine Stunde, bevor er weg ist.«
»Mit wem in Spanien?«
»Weiß die Telefonistin nicht. Blitzgespräch. Mit Spanien dauert es doch immer eine Ewigkeit, nicht. Und Wolken ist zur Zentrale gekommen, er hat gebeten, daß er da in einer Kabine sprechen darf. Die Telefonistin hat die Verbindung hergestellt.«
»Dann muß sie doch die Nummer notiert haben.«
»Hat sie auch. Lucien hat mir die Nummer gegeben. Wo habe ich sie jetzt . . . Brieftasche . . . Moment . . .« Strom rauschte in der offenen Verbindung. »Da bin ich wieder. Wolken hat mit . . .«
». . . Madrid telefoniert«, sagte ich.
»Ja! Woher weißt du . . .«
»Und mit der Klinik von Professor Salmerón, bei dem Clarissa liegt.«
Bracken stotterte: »Was soll . . . Wieso ruft er Clarissa . . . Ich verstehe das nicht.«
»Ich schon«, sagte ich.
»Dann erklär's mir.«
»Später! In Paris. Clarissa und Wolken. So haben sie es also gemacht. Zusammen.«
»Hör mal, willst du dich nicht endlich wie ein normaler Mensch benehmen und mir sagen, was los ist?«
»Der Teufel ist los«, sagte ich. »Wir müssen Wolken erwischen. Und unbedingt erreichen, daß er das Maul hält. Und daß Clarissa das Maul hält. Bring auch Joe mit auf den Flughafen. Wir brauchen jetzt alle Hilfe, die wir kriegen können.«

48

Sie servierten ab sechs Uhr Frühstück im BRISTOL. Bevor ich es bestellt hatte, badete ich und rasierte mich und putzte meine Schuhe. Das war das einzige, was mich seelisch noch aufrecht hielt, das Schuheputzen. Ich bin ein Snob, was wollen Sie machen, mein Herr Richter?
Es regnete nicht mehr, als ich zum Sophienkrankenhaus fuhr, aber der Taxifahrer fluchte ununterbrochen, denn alle Straßen waren vereist. Ich hatte dem Nachtportier (er war noch nicht abgelöst worden) gesagt, daß ich sehr bald zurück sein würde und mein Zimmer behielte. Ich nahm nur einen von diesen Kunststoff-Koffern. Und ich trug nur Zeug, das Lejeune für mich von der Stange in den GALERIES LAFAYETTE gekauft hatte. Am schlimmsten war das Hemd. Ganz billig und noch nie gewaschen. Es kratzte zum Verrücktwerden. Das war so schlimm, daß ich, bevor ich das BRISTOL verließ, Rod anrief und ihm sagte, er solle mir einen meiner Schweinslederkoffer mit meinen normalen Sachen zum Flughafen bringen. Ich war ein Leben in bescheidenen Verhältnissen einfach noch nicht gewöhnt. Noch im Hotel, bevor ich zum Krankenhaus fuhr, hatte ich mir auch den Flugplan angesehen. Da ging eine Maschine um 10 Uhr 15 nach Paris. Der Portier buchte einen Platz für mich. Ich hatte massenhaft Zeit – vorher und nachher.
Ich war vor acht Uhr im Krankenhaus und mußte auf Ruth warten. Als sie kam, war sie sehr freundlich, wenn auch ernst – aber nicht mehr so seltsam verschlossen wie nachts zuvor. Sie ging zuerst zu Babs, ließ sich vom Nachtarzt berichten und untersuchte Babs, und dann durfte ich ins Zimmer.
»Viel besser als gestern«, sagte Ruth glücklich. »Temperatur achtunddreißigsieben. Guter Schlaf, kein Erbrechen.«
Ich sah das kleine Mädchen an, das mit geschlossenen Augen dalag, und ich sagte: »Aber diese Zuckungen im Gesicht und am ganzen Körper . . .«
»Haben Sie gedacht, so etwas wird in zwei Tagen gut, Herr Norton? Das wird noch eine Weile so weitergehen. Aber es geht aufwärts.«
»Ich muß gleich wegfliegen«, sagte ich.
»Wegfliegen?«
»Ja.« Ich erzählte ihr alles über diesen Roger Marne und daß ich nach Madrid mußte, und ich sagte ihr auch, weshalb, nämlich weil ich den Verdacht hatte, daß Clarissa mit Marne zusammengearbeitet hatte.
»Und dieser Doktor Wolken?«
»Der war der Dritte im Bunde.«
»Hallo, Phil«, sagte Babs plötzlich. Ich sah zu ihr. Sie hatte die Augen geöffnet und ihr Gesicht zu einer Grimasse verzogen, die wohl ein Lächeln darstellen sollte. Es sah gräßlich aus, aber es war bestimmt ein Lächeln.

Sofort lächelte auch Ruth.
»Hallo, Babs«, sagte ich und neigte mich über sie. »Geht uns schon viel besser, ja?«
»Nicht Madrid«, sagte Babs. Sie sprach sehr undeutlich. Hatte sie alles gehört, was ich Ruth erzählte? Hatte sie nur Madrid gehört?
»Du bleibst schön im Bett, und ich bin ganz schnell wieder da bei dir. Was soll ich dir mitbringen?«
»Nounours.«
Sie schleppte seit Jahren einen kleinen Teddybären mit sich herum, braun, das Fell schon ganz abgeschabt, doch Babs liebte ihn. Der Spielzeugbär mußte im LE MONDE liegen. Jean Gabin hatte ihn Babs geschenkt. Ein kleiner Bär heißt französisch ›nounours‹. Also nannte Babs auch den kleinen Bären von Jean Gabin so.
»Klar bringe ich Nounours mit. Aber willst du nicht vielleicht einen neuen, schönen Bären?«
»Nein. Nounours. Hab nur Nounours lieb.«
»Okay«, sagte ich, »okay.« Babs sprach übrigens deutsch.
»Weilweilweil Nounours . . .«, begann sie. Dann war sie von einer Sekunde zur anderen eingeschlafen. Sie atmete sehr tief.
»Der Bär«, sagte ich zu Ruth. »Sie träumt von ihrem Bären. In Frankreich . . .« Ich brach ab, denn ich bemerkte, daß Ruth mich unentwegt ansah. »Was haben Sie?«
»Sie müssen Mrs. Moran anrufen, Herr Norton, und ihr berichten, wie gut es Babs geht. Sagen Sie ihr aber nichts davon, daß Rückfälle möglich sind, und davon, daß wir nicht wissen, wie sich alles entwickelt.«
»Nein, Frau Doktor.« Ich lächelte, aber sie war jetzt wieder ganz ernst. Ich verabschiedete mich gleich, denn Ruth sagte, sie müsse jetzt zu anderen Kindern. Wir gingen auf den Gang hinaus. Ruth wich meinen Blicken jetzt aus. Sie schaute aus dem Fenster und zum Himmel empor.
»Bald wird es schneien«, sagte Ruth.

49

»Such den dreckigen kleinen Bären«, sagte ich.
»Warum?« fragte Bracken.
»Weil ich ihn brauche!«
»Kauf einen anderen! Ich habe jetzt größere Sorgen.«
»Nein, es muß der kleine, dreckige sein«, sagte ich. »Du wirst ihn irgendwo in Babs' Zimmer finden.«
»Mensch, du weißt ja, was du mich kannst . . .«
»Du mich auch«, sagte ich. Dann schrie ich plötzlich – weiß der Himmel, warum: »Wenn du Nounours nicht nach Orly bringst, fahre *ich* ins LE

MONDE und suche ihn! Und wenn wir damit alles vermasseln und Wolkens Spur verlieren!«

»Noch ein Verrückter!« sagte Rod. »Scheiß dir bloß nicht gleich in die Hose, du Hysteriker. Ich werde ihn schon finden und mitbringen, deinen dämlichen Bären.«

Wir legten beide die Hörer in die Gabel, ohne uns zu verabschieden. Ich hatte vom Flughafen Nürnberg angerufen. Während des Gespräches waren zum letztenmal die Passagiere des LUFTHANSA-Flugs 482 nach Paris aufgerufen worden. Ich bezahlte im Flughafenpostamt die Gebühren und erwischte dann einen FOLLOW ME-Jeep, der mich zu meiner Maschine brachte, wo sie eben die Gangway hochziehen wollten. Die Stewardessen und der Steward waren so wütend, daß sie während des ganzen Flugs nicht mit mir sprachen. Es gab nur Touristenklasse, die Maschine war halb leer, und ich las eine Nürnberger Zeitung (durch meine Fensterglasbrille) und erfuhr, daß in Vietnam, nahe der alten Kaiserstadt Huë, die schwersten Kämpfe seit Beginn dieses Jahres ausgebrochen waren – mit ungeheueren Menschenopfern auf beiden Seiten. Und dieses Land lebt schon dreißig Jahre im Krieg, dachte ich. Danach dachte ich, daß Babs sehr leicht auch in dreißig Jahren noch schwer behindert sein konnte und ärztliche Hilfe brauchte. Dann war ich sechzig Jahre alt. Und Sylvia sechsundsechzig. Und Ruth . . .

In Orly traf ich Bracken und Lejeune und Gintzburger. Wir gingen ins Flughafenrestaurant und tranken etwas, und natürlich hielt Lejeune große Reden und war zum Kotzen tüchtig gewesen. Er war wirklich tüchtig gewesen, aber er war eben auch wirklich zum Kotzen.

Dr. Wolken hatte also für die IBERIA-Maschine um 12 Uhr 15 nach Madrid gebucht, er stand auf der Liste, sein Gepäck hatte er schon aufgegeben. Wo er war, wußte niemand. Lejeune ließ ihn suchen, wie er sagte: ›durch meine Leute‹, aber Wolken blieb verschwunden. Natürlich fraß Lejeune wieder, während er berichtete – ein frühes Mittagessen.

»Wenn wir ganz sicher sind, daß Wolken die Zwölf-Uhr-fünfzehn-Maschine nimmt, dann fliegen Sie und Bracken und Maître Lejeune los«, sagte Joe. »In Sylvias Jet.«

»Der steht in Nürnberg.«

»Der steht hier in Orly, weit draußen. Habe ihn sofort herbeordert, heute nacht noch, als ich von der Schweinerei erfuhr«, sagte Lejeune, den Mund voller Hammelfleisch. Er hatte ein Hammelkotelett bestellt, dazu grüne Bohnen und einen Berg Pommes frites. »Wo ist mein Koffer mit der Philip-Kaven-Garderobe?«

»Unter dem Tisch«, sagte Bracken. »Habe ihn dir doch eigens auf deinen Wunsch mitgebracht!«

»Auch den Bären?«

»Auch den Bären!«
Also ging ich mit dem Koffer, den Bracken gebracht hatte, in einen Waschraum, zog meine ›guten Sachen‹ an und legte das GALERIES-LAFAYETTE-Zeug in den Kunststoff-Koffer, und ich kann Ihnen sagen, ich war vielleicht selig, als ich das kratzende Hemd vom Leibe hatte, mein Herr Richter!
Dann verwahrte ich den Kunststoff-Koffer in einem Schließfach und setzte mich wieder in das Restaurant, wo Lejeune inzwischen bei Schokoladentorte und Eierlikör angelangt war. Ich wußte, daß ich Sylvia anrufen mußte, aber ich brachte es einfach nicht über mich. Später, dachte ich, ein wenig später . . .
Um 11 Uhr 15 fingen sie dann an, die Passagiere für den IBERIA-Flug 871 nach Madrid aufzurufen, und kurze Zeit später kam ein junger Mann an unseren Tisch und sagte zu Lejeune: »Wolken ist schon unterwegs zum Flugzeug. Er wird gerade gefilzt.«
Also brachen wir auf, Lejeune, Bracken und ich.
Der Flug über die Pyrenäen war so, wie er immer ist, mir macht das längst nichts mehr, und Callaghan, der Captain, kam und sagte, er würde es so einrichten, daß wir eine Viertelstunde vor der IBERIA-Maschine in Barajas landeten, damit wir auf Dr. Wolken achten und ihm folgen konnten.
»Wie geht es Babs?« fragte der Captain.
»Viel besser.«
»That's great!« Er strahlte und ging ins Cockpit zurück. Erst als wir landeten, bemerkte ich, daß ich während des ganzen Fluges den abgeschabten und schmutzigen kleinen Spielzeugbären in der Hand gehalten hatte.

50

Wir trafen also am 8. Dezember in Madrid ein. Der 8. Dezember ist ein Feiertag in Spanien, das hatte ich ganz vergessen. Fest der Unbefleckten Empfängnis. Alle Läden und Büros geschlossen. Ich war gewiß bereits zwei Dutzend Male in Madrid gewesen in meiner Zeit als nicht mittelloser Playboy, und ich kannte mich aus. Madrid hat die größte Stierkampf-Arena in Spanien. Ich war dort nie, denn diese Geschichte widert mich an, und wenn noch so viele Leute sagen, daß sie sofort fasziniert und hypnotisiert sind und deshalb das Bestialische vergessen. Stierkampf? – Ohne mich! Aber ich kam natürlich oft zu Pferderennen. Diese Rennen finden immer sonntags statt, von Mai bis Juni und von Mitte September bis Anfang November, draußen im Zarzuela-Hippodrom, acht Kilometer vor der Stadt, und im Casa de Campo-Park. Ich habe sehr viel gewonnen bei diesen Rennen, und noch sehr viel mehr verloren natürlich.

Das erzählte ich Bracken und dem fetten Lejeune, als wir hinter dem Mietwagen, in dem Dr. Wolken saß, von Barajas in die Stadt hineinfuhren. (Wir waren mit der SUPER-ONE-ELEVEN in eine Sturmfront geraten und knapp *nach* der IBERIA-Maschine gelandet, unsere Crew hatte sich alle Mühe gegeben – umsonst. War aber nicht schlimm.) Wir durften Dr. Wolken jetzt nur nicht aus den Augen verlieren, und Gott sei Dank war die IBERIA-Maschine sehr voll gewesen, und die Zollformalitäten hatten sehr lange gedauert. Nicht bei uns. Es war Bracken gewesen, der Dr. Wolken in der Halle der Zollabfertigung entdeckte, und wir sahen von weitem, daß er drei große Koffer mit sich führte. Der Zollbeamte durchsuchte sie alle. Äußerst höflich. Das sind die spanischen Zollbeamten immer. Ob Sie es glauben oder nicht, mein Herr Richter: Spanische Zollbeamte in Barajas ziehen weiße Handschuhe an, bevor sie sich mit Ihrem Gepäck beschäftigen. Das soll dem Ankömmling wohl gleich zeigen, welche Würde und Höflichkeit das spanische Volk auszeichnet. Aber auch mit Höflichkeit und Würde dauert es eben eine Weile, bis drei vollgestopfte Koffer durchsucht sind, nicht wahr, und so war es uns ein leichtes gewesen, ein Taxi zu chartern und hinter dem Taxi, in dem Dr. Wolken saß, herzufahren. Wir waren alle davon überzeugt, daß er zur Klinik des Professors Salmerón und zu Clarissa unterwegs war, aber dort erst wollten wir ihn auch erwischen. Weil Feiertag war, gab es sehr wenig Verkehr, es war also ebenso leicht, Dr. Wolkens Taxi zu folgen, wie es schwer war, von ihm unbemerkt zu bleiben.

Wir fuhren die Autobahn vom Flughafen zur Stadt, in gebührendem Abstand hinter Dr. Wolkens Wagen her, und da erzählte ich dann von meiner Aversion gegen Stierkämpfe. Bracken sagte, er liebe Stierkämpfe. Als wir den breiten Paseo de la Castellana erreichten, erzählte ich, daß ich in Madrid unzählige Male auch Tennis und Golf gespielt hatte.

»Ich bin Mitglied des ›Königlichen Clubs von Puerto Hierro‹ und vom ›Club de Campo‹. Auch geangelt habe ich hier immer. Lachse und Thunfische und Forellen.«

»Fette Lachse?« fragte Lejeune.

»So was von fett haben Sie noch nicht gesehen.«

Der Anwalt beleckte seine Lippen.

»Taubenschießen kann man in La Moraleja«, sagte ich. »Das liegt im Norden, etwa fünfzehn Kilometer vor der Stadt. Habe ich oft getan. Ich war auch im Gebirge auf der Jagd. Da gibt es Steinböcke, Hirsche, Wildschweine.«

»Schönes Leben hast du geführt«, sagte Bracken.

»Ja«, sagte ich, »nicht wahr?« Ich redete und redete und beobachtete Brackens Reaktionen, denn ich war mir immer noch nicht klar darüber, ob nicht auch er eine Rolle spielte in dieser Schweinerei mit diesem Roger

Marne, der mich fotografiert und von einem Freund in Paris geredet hatte.
Je länger diese Fahrt hinter Dr. Wolkens Taxi her dauerte, desto klarer wurde mir, daß Bracken nichts damit zu tun haben konnte – es *mußte* Clarissa sein! Wie ich vermutet hatte. Aus den bekannten Gründen. Clarissa mit Dr. Wolkens Hilfe. Was hatten die beiden jetzt vor? Lejeune war ein schlauer Hund, aber ob er uns in dieser Lage noch retten konnte, wußte ich nicht.
Über die Avenida de José Antonio kamen wir zum Palacio National, hinter dem der große Park Camp del Moro liegt, südlich davon die Calle de Segovia. Hier hatte Professor Salmerón seine Klinik, sagte Bracken. Er war ja mit Lejeune schon einmal hiergewesen, als sie Clarissa herbrachten, dieses elende Luder. Das Taxi mit Dr. Wolken fuhr denn auch brav auf die Klinik zu. Das Klima in Madrid wäre angenehm, wenn nicht ganz in der Nähe das Guadarrama-Gebirge läge. Weil es aber da liegt, sind die Sommer unerträglich heiß, und in den Wintermonaten ist es sehr kalt. Wir trugen Mäntel, aber ich fror dennoch erbärmlich.
Da war die Klinik von Professor Salmerón.
Wir sprachen alle drei einigermaßen Spanisch. Bracken sagte unserem Chauffeur, daß er halten solle. Er hielt etwa zweihundert Meter hinter dem Taxi mit Dr. Wolken. Der stieg aus, und der Chauffeur schleppte seine drei schweren Koffer in das Krankenhaus. Dieser Dr. Wolken betrug sich völlig arg- und harmlos, er sah sich nicht einmal um.
»Dem schlage ich jetzt gleich alle Zähne ein«, sagte Bracken.
»Nein«, sagte Lejeune. »Das werden Sie nicht tun. Fühlen Sie sich so mutig, weil wir zu dritt sind?«
»Ich bin allein mutig genug«, brummte Bracken.
»Mut beweist man aber nicht mit der Faust allein«, sagte Lejeune. »Man braucht auch den Kopf dazu, Monsieur Bracken!«
Ich war auf einmal sehr froh, daß dieses dicke Schwein Lejeune mitgeflogen war. Wir warteten, bis Wolkens Chauffeur abgefahren war, und dann warteten wir noch einmal zehn Minuten, denn ich wollte Dr. Wolken gerne bei Clarissa erwischen. Während der ganzen Zeit läuteten irgendwo Kirchenglocken, und von den wenigen Passanten waren die meisten Priester oder Mönche. Daran muß man sich in Madrid gewöhnen.
Endlich fanden wir es an der Zeit, auch in das Krankenhaus zu gehen. In der Eingangshalle, hinter einem weißen Schreibtisch, saß eine spanische Schönheit mit schwarzem Haar und schwarz funkelnden Augen. Wir grüßten, und sie grüßte auch, und dann sagte ich: »Wir heißen . . .«
»Señor Kaven und Señor Bracken und Señor Lejeune«, sagte die Schönheit.
»Woher wissen Sie das?«

»Da ist gerade ein Señor Wolken gekommen, der hat gesagt, daß Sie nach ihm erscheinen würden und wie Sie heißen.«
»Wir, Señor Bracken und ich, haben eine Patientin hergebracht vor einigen Tagen«, sagte Lejeune, ohne das geringste Erstaunen über das zu zeigen, was er eben gehört hatte.
»Ich weiß, Señor Lejeune. Señorita Geiringer liegt auf der Privatstation des Herrn Professors.«
»Wir müssen sie dringend sprechen.«
»Herr Professor Salmerón muß Sie ebenfalls dringend sprechen«, sagte das so schöne Mädchen (und komisch, mein Herr Richter, zum erstenmal im Leben dachte ich nicht sofort an das, woran ich immer dachte, wenn ich schöne Frauen sah. Da war eine Menge nicht in Ordnung bei mir).
»Woher weiß *der* denn, daß wir kommen?« fragte Bracken.
»Ich weiß nicht, woher er es weiß. Er hat nur Anordnung gegeben, daß Sie sofort, wenn Sie ankommen, zu ihm geführt werden.«

51

»Das kleine Mädchen redete immer wieder vom Tod. Es bat auch oft um einen Spiegel und sah hinein und sagte dann immer wieder: ›Nein, ich kann nicht mehr leben, ich muß sterben, macht mich doch bitte, bitte tot‹.«
»Wie alt war das kleine Mädchen?«
»Neun Jahre, Herr Kaven«, sagte Herr Dr. Alfons Wolken aus Winterthur, korrekt wie stets gekleidet, mit blitzblauen Augen, schmalem Gesicht und schütterem Kinnbart.
»Und was, sagen Sie, hatte die Kleine?«
»Metastasen an den Schädelknochen«, sagte Dr. Wolken und wippte dabei auf den Fersen, sein Reden solcherart skandierend und dabei den Kopf im Takt hebend und senkend.
»Und?« fragte Bracken.
»Die Ärzte in der Zürcher Klinik pflegten es drei Jahre lang, das heißt, sie erfüllten gewissenhaft ihre Pflicht und ihren Eid« – Wippen und Kopfbeugen –, »der, so meine ich, ein Widerspruch in sich selbst ist. Denn im Eid des Hippokrates schwören die Ärzte, Leben zu erhalten und Leiden zu mindern – und es steht doch wohl fest, daß in derartigen Fällen die eine beschworene Pflicht die andere beschworene Pflicht ausschließt, Mister Bracken. Dann bekam das Mädchen Lungenentzündung. Diese wurde – wie es an Tausenden von Kliniken in ähnlichen Fällen geschieht – nicht behandelt, und das arme Kind starb endlich«, sagte Herr Dr. Alfons Wolken aus Winterthur. Er stand im Zimmer von Professor Arias Salmerón, und wenn Sie etwa vermuten, mein Herr Richter, daß Babs' Privatlehrer auch nur das geringste Zeichen von Verlegenheit oder Erschrecken bei unserem Erscheinen

gezeigt hätte, dann muß ich Sie enttäuschen. Ich habe niemals einen Mann so ruhig, selbstsicher und entschlossen gesehen.

»Das ist ja Mist«, sagte ich. »Babs hat keine Metastasen an den Schädelknochen. Sie hat eine Meningo-Encephalitis. Also was soll das?«

»Dieses Mädchen verfiel so sehr und sah so grauenhaft aus, daß einem ganz übel wurde, wenn man es ansah. Ich habe dieses Mädchen gesehen, Herr Kaven. Es war eine Schülerin von mir.«

»Und Ihnen ist übel geworden«, sagte Bracken.

»Ja, Mister Bracken«, sagte Dr. Wolken.

»Wenn ich Sie noch lange anschaue, wird mir auch übel werden, Sie elender Scheißkerl«, sagte Bracken. Kind der Bronx, mein Herr Richter. Auf den konnte man sich verlassen. Sogar in Spanien verstand er es fließend, sich so auszudrücken, wie es seine Art war.

»Meine Herren, ich bitte Sie, meine Herren«, sagte Professor Salmerón. Er war der einzige von uns, der saß – hinter einem gewaltigen Schreibtisch, auf dem eine Madonna stand, die ich gerne gehabt hätte. Professor Salmerón war etwa Mitte fünfzig, groß, schlank, besaß eine kühn geschwungene Nase in einem schmalen, sehr ansprechenden Gesicht und ergrauendes Haar. Er hatte Bracken, Lejeune und mich herzlich begrüßt, als wir kamen. Herr Dr. Wolken hatte uns ebenso herzlich gegrüßt und sich beeilt, uns mitzuteilen, daß er sehr erfreut sei, hier, auf neutralem Boden sozusagen, die Sache auszutragen, wie er es formulierte. Ebenso bereitwillig und höflich hatte er Lejeune, Bracken und mir mitgeteilt, daß er vom LE MONDE aus insgesamt viermal, um Rat und Beistand bittend, mit Professor Salmerón telefoniert und daß dieser ihm vorgeschlagen habe, heute, am 8. Dezember, zu kommen, weil er an diesem Feiertag mehr Zeit hatte, in Ruhe die Sache zu besprechen.

»Und warum haben Sie niemanden in Paris etwas davon gesagt, daß Sie hierher fliegen wollen?«

»Das liegt doch wohl auf der Hand, Mister Bracken, nicht wahr?« sagte, wippte, verneigte sich Herr Dr. Wolken. »Sie haben gesehen, daß ich mein ganzes Gepäck bei mir habe.«

»Sie wollen abhauen, was?«

»Ich würde das ein wenig ordentlicher ausgedrückt haben, Mister Bracken, aber es kommt auf dasselbe hinaus. Ja, ich gehe. Und zwar aus ganz bestimmten Gründen.«

»Welchen?«

»Auf die kommen wir gleich«, sagte Professor Salmerón.

»Na, und hätte mich ein einziger von Ihrer Gesellschaft im LE MONDE auch, wie Sie es bezeichnen, abhauen lassen?«

»*So* sicher nicht«, sagte Bracken.

»Sehen Sie«, sagte Dr. Wolken. Danach mußte ich über ihn staunen, denn von diesem Moment an dienerte er nicht mehr, wippte er nicht mehr, senkte er nicht mehr verlegen den Kopf, sondern sprach mit fester, ja aggressiver Stimme, sah jedem von uns dabei fest in die Augen – und im übrigen setzte er sich endlich. Ich fand es blöde, weiter zu stehen, und setzte mich ebenfalls. Bracken sah mich an, dann tat er dasselbe. Lejeune saß längst.

Ich sagte: »Es ist mir völlig rätselhaft, was Sie im Zusammenhang mit Ihrer krebskranken Schülerin bewogen hat, abzuhauen, jawohl, abzuhauen und ausgerechnet hierher zu kommen. Der Fall Ihres kleinen Mädchens, das um den Tod bettelte, hat nichts, absolut nichts mit Babs zu tun, und zwar deshalb nicht, weil es sich bei Babs nicht um ein krebskrankes Kind handelt, das furchtbare Schmerzen hat, sondern um ein Kind mit einer abklingenden Meningo-Encephalitis – die von Babs *ist* im Abklingen! Keinesfalls leidet sie unter irgendwelchen Schmerzen, die Ihr Mitleid erregt haben könnten, und es wird bei ihr zu einer grundlegenden Besserung kommen, vielleicht sogar zu einer Fast-Heilung.«

»Nein«, sagte Dr. Wolken. »Das wird nicht so sein, und Sie wissen es. Sie – und alle anderen – lügen sich in die Tasche. Sie haben – rund um dieses bedauernswerte Kind, das mir sehr am Herzen liegt – aus rein merkantilen Gründen, und das ist besonders verächtlich, ein Riesengebäude der Täuschung und des Betrugs aufgebaut und werden immer weiter täuschen und betrügen, dessen bin ich nach all den Gesprächen, deren Zeuge ich war, sicher. Babs wird – bestenfalls – verblöden und . . .«

»Das wird sie nicht!« schrie ich und sprang auf.

»Bitte, setzen Sie sich, Herr Kaven«, sagte Salmerón. Ich setzte mich und schrie weiter: »Babs ist in bester Pflege! Sie war auch Ihrer Pflege und Obsorge anvertraut, Herr Doktor, und es würden mich die wahren Motive für ein Verhalten wie das Ihre interessieren.«

»Die sind ganz einfach«, sagte Dr. Wolken. »Ich wünsche an einem derartigen Betrug nicht mitschuldig zu sein.«

»Sie dreckiger . . .«, begann Bracken und fuhr übergangslos fort: »Also wieviel kostet es, wenn Sie bleiben? Wir wissen alle, daß Sie verlangen können, was Sie wollen, wir werden es bezahlen.«

»Wenn Sie sich nicht sofort für diese Niedertracht entschuldigen, Mister Bracken«, sagte Dr. Wolken gelassen, »werde ich Herrn Professor Salmerón bitten, Sie aus diesem Zimmer entfernen zu lassen.«

In der Stille, die diesen Worten folgte, hörte ich Kirchenglocken. Ich hörte in Madrid immer irgendwelche Glocken irgendwelcher Kirchen. Ich sah, daß Bracken sich die Lippen beleckte.

»Also, wie ist das, Mister Bracken?« fragte Salmerón ruhig, und es war völlig klar, daß er tatsächlich bereit war, Rod hinauszuwerfen. Er stand, das war ebenfalls klar, auf seiten Dr. Wolkens.

»Es tut mir leid, ich entschuldige mich«, sagte Bracken und erstickte fast an seinen Worten.
»Gut«, sagte Dr. Wolken. Das war alles. Dann sagte er, ziemlich hektisch: »Meine Mutter ist an Kehlkopfkrebs gestorben. Ich war noch sehr klein. Meine Mutter hatte das Unglück, daß mein Vater Arzt und fanatischer – ich finde kein anderes Wort – und fanatischer Katholik war. Und das weitere Unglück, daß *er* meine Mutter behandelte! In einer Klinik in Basel. Als fanatischer Katholik verlangte er, wie er sich ausdrückte, daß meine Mutter, gleichfalls katholisch, ihren Tod ›bewußt erlebe‹, das heißt, er gab ihr, obwohl sie ihn darum anflehte, als die Schmerzen absolut unerträglich wurden, kein Morphium! Alle anderen Ärzte des Krankenhauses – und natürlich ich – haßten ihn wie die Pest. Aber keiner wagte, meiner Mutter an seiner Stelle Morphium zu geben, denn er war ihrer aller Chef.« Jetzt hatten sich rote Flecken auf Herrn Dr. Wolkens Wangen gebildet, er redete gehetzt, seine Hände waren zu Fäusten geballt: »Und so ließ mein Vater meine arme Mutter ›bewußt‹ ihren Tod erleben und . . .«
»›Bewußt erleben‹?« fragte ich. »Was meinte Ihr Vater damit?«
»Mein frommer Vater erklärte es mir, und ich werde es nie vergessen«, sagte Dr. Wolken. Er würgte sich fast zu Tode an jedem Wort. »Er erklärte es mir so: ›Man darf den Menschen nicht seines eigenen Sterbens berauben, jenes erhabensten Erlebnisses, das ihm zusteht und welches ihm die klarste und wertvollste Antwort gibt.‹ Das war die Ansicht meines frommen Vaters, Herr Kaven, und das bei Schmerzen, die, wie mir Herr Professor Salmerón bestätigt, sich überhaupt niemand vorstellen kann. Sie, meine Herren, haben nicht einmal die entfernteste Ahnung von dem Ausmaß des Leidens, das mein Vater meine Mutter ertragen ließ. Ist das richtig, Herr Professor?«
»Das ist richtig«, sagte Salmerón. »Hätte die Öffentlichkeit auch nur eine einigermaßen klare Vorstellung von den Qualen unheilbar Kranker, würde sie uns sofort klarste Anweisungen geben, solche Qualen nicht zuzulassen.«
»Ich verstehe das alles immer weniger«, sagte ich. »Wo sind hier unvorstellbare Qualen, wo ist hier ein fanatischer Katholik, wo ist hier ein unrettbarer Krebskranker, was bringt Sie zu solchen Äußerungen, Herr Professor, und vor allem, was bringt Herrn Doktor Wolken zu *Ihnen?*«
»Ich war damals Oberarzt unter jenem Professor Wolken an jener Baseler Klinik, Herr Kaven«, sagte Salmerón. »Ich habe die entsetzlichen Torturen von Herrn Doktor Wolkens Mutter hilflos miterleben müssen. Zwei Jahre später habe ich dann diesem Professor Wolken, der an Magenkrebs erkrankt war, als *er* mich um Erlösung anflehte, eine enorme Überdosis des entsprechenden Medikaments gespritzt und ihn von seinen Qualen erlöst. Und in all der Zeit und noch lange nachher, bis ich Basel verließ, kannte ich

diesen Herrn Doktor Wolken hier, noch als Jungen. Und ich war sein Trost und sein Halt – wenn ich das sagen darf, Herr Doktor Wolken.«

»Sie müssen es sagen, Herr Professor! Und ich muß auch noch etwas sagen: Ohne Ihre unzähligen Versuche, mir in meiner Verzweiflung über den entsetzlichen Tod der Mutter hinwegzuhelfen, hätte ich mich damals umgebracht.« Wolken wandte sich an Bracken und mich. »So ist das, meine Herren. Kleine Welt, wie? Klingt wie Roman und ist doch Wahrheit. Damals Basel, heute Madrid. Ist es Ihnen jetzt verständlich, daß ich mich in meinem Dilemma, vor dem ich angesichts des Leidens der armen Babs stand, an meinen Lebensretter von einst gewandt habe?«

Wir schwiegen.

Kirchenglocken läuteten.

»Sie insbesondere, Herr Kaven, haben bislang nur mit einer – sicher aus guten Gründen! – erbitterten Euthanasie-*Gegnerin* zu tun gehabt, mit der sehr ehrenwerten und von mir hochgeachteten Frau Doktor Reinhardt. Doch hat das Problem der Sterbehilfe, der aktiven und der passiven Euthanasie, nicht nur eine, sondern *zwei* Seiten – wie Sie sehen.«

52

Lejeune blickte zum Fenster hinaus.

Ich sah Bracken an. Zuerst schüttelte er den Kopf, aber dann zuckte er die Schultern. Genauso war mir zumute. Erster Eindruck: Doktor Wolken handelte aus persönlich nur allzu verständlichen Motiven und konnte nichts mit diesem simulierenden Kriminellen, diesem ›Clown‹ Roger Marne zu tun haben, er konnte nicht sein Komplize sein. Zweiter Gedanke: Nein, konnte er wirklich nicht? Warum eigentlich nicht? Sprach doch einiges dafür: Wolkens niemals verarbeitetes Kindheitstrauma (das natürlich auch seine Ticks – Verneigen, Verlegenheit, Wippen – erklärte); Wolkens durch eigene Erfahrungen begreiflicher Haß auf alle Ärzte von der Art Ruths; Salmeróns richtige oder unrichtige – ich konnte es nicht mehr sagen – Behauptung, daß es beim Problem der Euthanasie zwei Ansichten gebe, beide gleichermaßen ernstzunehmen. Der Professor jedenfalls schien eine ganz andere Auffassung zu vertreten als Ruth.

Er bestätigte, was ich eben gedacht hatte, mit seinen nächsten Worten: »Ich habe mir von Herrn Doktor Wolken Einzelheiten über die Erkrankung, ihre Schwere und über die Situation rund um Babs erzählen lassen, meine Herren. Danach muß ich sagen, daß ich natürlich *nicht* – jedenfalls im Moment noch nicht – dafür bin, das Leben dieses unglücklichen Kindes zu beenden, das, und das wissen *Sie* am besten, Herr Kaven, niemals, nein, niemals wieder ganz gesund werden, sondern sein Leben als Behinderte wird verbringen müssen. Wenn alles gutgeht, wohlgemerkt.«

»Es wird alles . . .«
»Lassen Sie mich aussprechen. Ich sehe auf der einen Seite die Handlungsweise von Ihnen da in Paris ein, besonders von den Filmleuten, was nicht heißen soll, daß ich diese eiskalte Art gutheiße, ohne jede menschlichen Bedenken alles zu tun, bloß damit das Geschäft weiterläuft, damit ein Star ein Star bleibt und die Millionen weiter hereinkommen. Es kann ein Fall eintreten – jederzeit, das wissen Sie! –, bei dem Babs wiederum in Lebensgefahr gerät, wenn sie überhaupt schon außer Lebensgefahr ist, wie Sie sagen.«
»Sie ist es«, sagte ich. Die Kirchenglocken machten mich noch wahnsinnig! Bimm-bamm. Bimm-bamm.
»Nun, dann wird man, davon bin ich nach Lage der Dinge und nach Schilderung von Frau Doktor Reinhardts Einstellung überzeugt, alles tun, um das Leben von Babs zu verlängern. Stimmt das?«
»Das stimmt«, sagte ich.
»Ein Leben zu verlängern ist nach dem heutigen Stand der Medizin in den meisten Fällen eine Kleinigkeit«, sagte Salmerón. »Wir wissen nur nicht, was der Patient davon hat.«
Bracken sagte: »Was ist hier eigentlich los? Was können wir dafür, daß sich der Vater von Doktor Wolken nicht wie ein Mensch, sondern wie ein Schwein betragen hat?«
»Sie hätten Doktor Wolkens Mutter also Morphium – auch eine tödliche Überdosis – gegeben?« fragte Salmerón.
»Klar«, sagte Bracken.
»*So* klar ist das leider auch nicht, Mister Bracken«, sagte Salmerón. »Professor Werner Forßmann aus Düsseldorf, der 1956 den Nobelpreis erhielt, sagte in diesem Zusammenhang den ›Facharzt für Tötung auf Verlangen‹ voraus und setzte ihn mit dem ›entlohnten Vollstrecker der Todesstrafe‹ gleich – also dem Henker.« Er sah mich an. »Ich stehe noch ganz unter dem Eindruck der letzten Titelgeschichte des deutschen Nachrichtenmagazins DER SPIEGEL – haben Sie die Geschichte gelesen, Herr Kaven?«
»Nein.«
»Das ist bedauerlich. Die Cover-Story trug den Titel ›Sterbehilfe: Euthanasie – Mitleid oder Mord?‹ Eine ganz hervorragende Arbeit. Ich werde immer wieder den SPIEGEL zitieren, wenn wir nun weitersprechen, weil mir diese Titelgeschichte so sehr im Gedächtnis haften geblieben ist.«
Es war scheußlich kalt in Madrid, aber ich wußte, daß ich nicht wegen der Madrider Kälte fror. Diese entsetzliche Sache hatte wirklich zwei Seiten.
Und Salmerón hatte einiges zu sagen: »Der Bonner Neurochirurg Professor Peter Röttgen hat schon vor Jahren prophezeit: ›Wollte sich die Neurochirurgie in ihren ärztlichen Zielen mit den technischen Grenzen

ihres Faches identifizieren, so hätten wir ein Krankenhaus-Inferno Danteschen Ausmaßes vor uns!‹ Und das stimmt nicht nur für das Gebiet der Neurochirurgie. Eine kompromißlose Ablehnung jeder Art von Euthanasie könnte zu den wüstesten Konsequenzen führen, Herr Kaven, der Sie sich gewiß lange und eingehend über die ablehnende Seite unterhalten haben. Ein Sterbender, zum Beispiel, dessen Körper von Krebszellen fast völlig zerfressen ist, dessen Leben aber bei Ablehnung auch der passiven Euthanasie verlängert werden müßte, wäre leicht zu retten: Man trennt einfach den Kopf vom krebskranken Körper und läßt ihn isoliert weiterleben.«

»Hören Sie auf«, sagte Bracken.

»Nein, ich höre nicht auf. Ich will, daß Sie Herrn Doktor Wolkens Haltung auf Grund seiner Kindheitserfahrungen begreifen und diese Haltung respektieren. In Japan ist diese Abtrennung des Kopfes bei Hunden geglückt, und sie ist auch beim Menschen möglich. An einem Gestell befestigt, über Schläuche mit Maschinen verbunden, die die Funktionen von Herz, Lunge und Nieren übernehmen, könnte so ein körperloser Kopf sogar noch sprechen!«

»Zu einem solchen Irrsinn wird es nie kommen«, sagte ich. »Mein Mitgefühl ist Herrn Doktor Wolken sicher – nur hätte er uns von seinen Erlebnissen in Paris berichten sollen, anstatt hierher zu flüchten.«

»Ich bin nicht geflüchtet!« sagte Dr. Wolken.

»Nein, nicht«, sagte Bracken. »Sie haben sich von uns allen verabschiedet und sind dann, versehen mit unseren Segenswünschen, fortgeflogen, weil Sie, was wir durchaus einsehen, unsere Handlungsweise im Falle Babs als jene von skrupellosen Kapitalisten – so benehmen die sich eben – nicht ertragen haben.«

»Ich habe mich nicht verabschiedet, weil ich Angst hatte«, sagte Dr. Wolken.

»Angst vor wem?«

»Zum Beispiel vor Ihnen, Sie brutaler und gewissenloser Geldmacher.«

Jetzt erhob Bracken sich halb.

»Setz dich«, sagte ich laut. Er plumpste in seinen Sessel zurück. Und die Glocken läuteten.

»Zu einem solchen Irrsinn wird es nie kommen, haben Sie gesagt, Herr Kaven«, sagte Salmerón. »Es *wird*, das ist keine Frage mehr. Die Antwort auf die Frage hat vor zweihundert Jahren schon Kant gegeben: ›Wenn wir die Ziele wollen, wollen wir auch die Mittel!‹«

»Sie sind also durchaus bereit, Sterbehilfe zu geben – Sie haben es ja schon vor vielen Jahren im Falle von Doktor Wolkens Vater getan«, sagte ich.

»Gewiß«, sagte Salmerón. »Und wie damals in der Schweiz – aber auch krasser – würde ich es jederzeit wieder tun, weil nämlich bei sehr viel unheilbar Kranken der sogenannte Dienst am Menschen – wie das Ihr deutscher Theologe Helmut Thielicke formuliert hat – umschlägt in einen ›Terror der Humanität‹. Wieder die SPIEGEL-Story, sie läßt mich nicht los.«

»Sie sind Katholik?«

»Ja.«

»In einem sehr katholischen Land«, sagte ich. »Wie lautet die Stellungnahme des Vatikans?«

»1957«, sagte Salmerón, »hat Papst Pius der Zwölfte gesagt: ›Wenn die Verabreichung der Narkotika zwei bestimmte Wirkungen hat, nämlich die Erlösung von den Schmerzen und die Verkürzung des Lebens, so ist sie erlaubt . . .«

»Schau mal an«, sagte Bracken. »Der Heilige Vater.«

». . . freilich nur dann«, fuhr Salmerón fort, »wenn es zwischen Narkotikum und Lebensverkürzung keine auf den Willen der interessierten Parteien zurückgehende Kausalverbindung gibt.«

»Damit man es auch versteht, anders ausgedrückt also«, sagte ich, »nur der pharmakologisch ahnungslose Arzt darf die möglicherweise tödliche Spritze geben.«

»Richtig«, sagte Salmerón.

»Also überhaupt kein Arzt«, sagte ich.

»Richtig«, sagte Salmerón.

»Also?« fragte ich.

»Vor einem Monat wiederum erklärte der vatikanische OSSERVATORE ROMANO eine Legalisierung der Euthanasie als ›letzten Schritt vom Evangelium weg‹, weil Gott allein die Macht über Leben und Tod vorbehalten ist«, sagte Salmerón – und man hörte es ihm an, wie beklommen ihm dabei zumute war.

»Und damit wären wir wieder bei Herrn Doktor Wolkens Vater, der seine arme Frau ihren Tod ›bewußt‹ erleben ließ.«

»Richtig«, sagte Salmerón. »Diese Äußerung des OSSERVATORE ROMANO gerade aber hielt der Neurochirurg Professor Rudolf Kautzky – praktizierender Katholik wie ich! – für eine gedankenlose Phrase. Denn, so sagte Kautzky, wenn es richtig wäre, daß man Gott nicht in den Arm fallen darf, dann dürften wir das Leben ja auch niemals *verlängern!*«

Bracken stöhnte plötzlich, stützte die Ellbogen auf die Knie und hielt sich den Kopf.

»Ja, einfach und schön ist das alles nicht«, meinte Salmerón. »Da sagt der Münchner Strafrechtsprofessor Paul Bockelmann, zur Verlängerung des Lebens müßte der Arzt das Äußerste tun, selbst dann noch, wenn es nur um Tage oder gar um Stunden oder Minuten geht, und wenn überdies das Leben in der kurzen Spanne Zeit, für die es sich noch erhalten läßt, nur ein klägliches, trostloses Leben sein kann.«

»Ich werde verrückt«, sagte Bracken.
»Wenn jeder Arzt diesem deutschen Juristen folgen wollte«, sagte Salmerón, »dürfte er keinen Patienten sterben lassen, ohne ihn zuvor noch auf die Intensivstation zu bringen und an alle möglichen Apparate anzuschließen. Zwangsläufige Folge: Alle Krankenhäuser würden funktionsunfähig! Um mit Kollegen Kautzky zu reden, meine Herren: Was spricht eigentlich dagegen, daß der Mensch, der den Auftrag hat, sein Leben zu meistern, auch seinen Tod meistern darf, und daß der Arzt ihm dabei hilft? Was, bitte?«
»Verdammter Irrsinn«, sagte Lejeune, erhob sich, trat an eines der großen Fenster und wandte uns allen den Rücken zu, während er sprach: »Irrsinn, gottverdammter! Was soll dieses ganze Gerede? Wir leben in einer irren Zeit, in der ein halbes Dutzend zu allem entschlossener Guerillas ein großes Land lahmlegen und ihm ihren Willen aufzwingen können. In einer Zeit, in der drei Viertel der Menschheit verhungern, während das vierte Viertel sich totfrißt wie ich oder politisch und menschlich absolut unzurechnungsfähig geworden ist. Wir leben in der Zeit der Kobaltbomben, der Fernraketen und des Rassenhasses. In einer solchen Zeit plädiere *ich* für ein Gesetz, das es bei Androhung härtester Strafen verbietet, überhaupt noch Kinder in diese dreckige Welt zu setzen! Das ist das einzig Richtige: Die Alten krepieren, und es gibt keinen Nachwuchs mehr. Dies, meine Herren, wäre meine Ansicht.«
In ganz Madrid begannen wieder die Kirchenglocken zu läuten.

53

Ich sagte zu Dr. Wolken: »Ich verstehe sehr gut die Haltung, die Sie – auf Grund Ihrer schrecklichen Erlebnisse – zwingt, unter allen Umständen *für* aktive oder passive, egal, *für* irgendeine Art von Sterbehilfe zu sein, sein zu müssen. Ich verstehe jedoch nicht, was Sie dazu gebracht hat, uns im Stich zu lassen. Bei Babs steht das Thema Sterbehilfe doch wahrhaftig nicht zur Debatte.«
»Im Augenblick«, sagte Dr. Wolken.
»Niemals!« sagte ich – und ahnte nicht, wie nahe der Zeitpunkt lag, an dem ich entschlossen sein würde, Babs nicht etwa Sterbehilfe zu geben, mein Herr Richter, nicht Sterbehilfe, nein, sondern entschlossen sein würde, Babs sterben zu lassen.
Dr. Wolken sagte: »Babs ist anders als andere Kinder. Sie ist die Tochter der größten Filmschauspielerin, die wir kennen. Sie ist seit ihrer Geburt gefangen im Netz dieser Besonderheit, dieses Milieus, dieser Industrie, in der es um Geld, Geld, Geld geht, und in der man in diesem Fall ausnahmsweise und leidenschaftlich alles tut und tun wird, um nicht über Leichen –

eine kleine Leiche – zu gehen. Ich wäre bei Ihnen geblieben, Herr Kaven, wenn das Ganze nicht eine so ekelerregende Verquickung von Krankheit und Geschäft wäre.«
»Jetzt langt's aber . . .«, begann Bracken.
»Sei ruhig, Rod«, sagte ich. »Sprechen Sie weiter, Herr Doktor.« Und ich dachte über die seltsame Kraft nach, die das Unglück, nicht das Glück, den Menschen gibt, und wie es sie verwandelt. Tiefer und tiefer redete Dr. Wolken sich in Haß hinein: »Was würde sein, wenn Babs nicht die Tochter von Mrs. Moran wäre, sondern das Kind einer Arbeiterin, einer Waschfrau, einer ledigen Mutter?«
»Fangen Sie jetzt bloß noch mit den sozialen Aspekten an«, sagte Bracken, »dann . . .«
»Soziale Aspekte«, sagte Salmerón langsam, »Mister Bracken, sind gar nicht so uninteressant für alle jene, die sich gegen eine irrsinnig teure Behandlung eines cerebralgeschädigten Kindes aussprechen. Glauben Sie mir, solche Argumente sind nicht von der Hand zu weisen. Die Kosten der Intensivmedizin betragen schon heute für einen einzigen Tag – Moment –, ja, in Ihrer Währung also: eintausendachthundert Mark! Für *einen* Tag! Und sie steigen und steigen! Der Hirnchirurg Kautzky, den ich immer wieder erwähne, weil der SPIEGEL ihn immer wieder erwähnt, hat diese Rechnung aufgestellt: Vom selben Geld können in einer Hungerzone für den gleichen Zeitraum hundert bis zweihundert Menschen am Leben erhalten werden! Einer, der fast schon kein Mensch mehr ist – oder hundert bis zweihundert Menschen, die verhungern: Wer hat hier mehr Recht auf Hilfe, Herr Kaven?«
»Babs ist noch ein Kind«, sagte ich, aber reichlich schwach. »Und ich finde die Sache mit den Kosten für Intensivpflege und den Vergleich mit den Hungernden unzulässig.«
»Reden wir also von Kindern, vergessen wir die Intensivstationen. Die Hungernden wollen wir doch nicht vergessen, Herr Kaven, nicht wahr?« Salmerón strich über den Rücken der Madonna auf seinem Schreibtisch. »Wir haben hier ein moralisches Dilemma, und was für eines! Leszek Kolakowski, der polnische Philosoph, hat dieses Dilemma so artikuliert: ›Warum sollen Wohlstandsgesellschaften oder begüterte Klassen zurückgebliebene oder verkrüppelte Kinder mit großem Aufwand am Leben erhalten, wenn gleichzeitig Millionen normaler Kinder der Unterernährung oder mangelnder ärztlicher Versorgung zum Opfer fallen?‹«
Gleichzeitig sprachen Bracken und ich.
Bracken sagte: »Ich habe jetzt genug.«
Ich sagte: »Ich kann das nicht mehr hören.«
Lejeune fragte Dr. Wolken: »Sie kommen also unter keinen Umständen zurück?«

»Unter keinen Umständen«, antwortete dieser. »Ich weiß schon, wovor Sie nun Angst haben. Davor, daß ich herumerzähle, was ich weiß, daß ich vor die Öffentlichkeit trete. All das werde ich niemals tun.«

54

Sie saß in einem Lehnstuhl beim Fenster, als ich in ihr Zimmer trat. Es war ein großes, hohes Zimmer. Draußen an der Tür stand die Nummer 17. Darunter hing eine Tafel mit diesen Worten (auf spanisch):

ABSOLUTE RUHE!
EINTRITT VERBOTEN!
PATIENT WIRD ALLEIN VON HERRN PROFESSOR
SALMERÓN BEHANDELT

»Herr Kaven!« Clarissas weiße Gesichtshaut rötete sich, sie stand auf. »Wie schön, daß Sie zu mir kommen!«
»Der Herr Professor hat mit der Schwester telefoniert, die beim Eingang der Privatabteilung sitzt. Er hat gesagt, ich darf Sie besuchen. Darauf hat mich diese Schwester in die Privatabteilung gelassen. Prächtig organisiert ist das hier. Kein Reporter kommt an Sie heran.«
»Nein, Herr Kaven.« Clarissa Geiringer, siebenundzwanzig Jahre alt, hübsch, sehr blond, trug einen dicken Morgenmantel und Pantoffeln. Sie hatte gelesen. Das Buch hielt sie noch in der Hand. Jetzt legte sie es auf einen Tisch. Das Krankenzimmer war modern eingerichtet. Aus dem Fenster sah man den ganzen Campo del Moro, einen Teil des Palastes und die riesige Kirche Nuestra Señora de la Almudena. An der Wand hingen zwei Bilder moderner Maler.
»Nehmen Sie Platz, Herr Kaven«, sagte Clarissa und setzte sich ebenfalls. Das Buch lag zwischen uns. Ich sah, daß Clarissas Bett sorgfältig aufgeschlagen war, aber daß sie es seit dem Morgen nicht benützt hatte. »Wie geht es Babs?«
»Schon viel besser«, sagte ich. »Wirklich. Außer Lebensgefahr. Die Ärztin ist sehr zufrieden.«
»Nicht so sehr wie ich«, sagte Clarissa. »Und Sie und Mrs. Moran natürlich.«
»Natürlich«, sagte ich. »Wir werden Ihnen nie genug für Ihre Hilfsbereitschaft danken können, Clarissa.«
»Herr Kaven!« Sie errötete noch tiefer. »Sie wissen doch, wie sehr ich . . . daß ich alles, alles tun würde für Sie und Babs und natürlich auch für Mrs. Moran – alles!«
»Es kann noch eine Weile dauern«, sagte ich. »Sie werden vielleicht lange hierbleiben müssen.«

»Wie lange?«
»Das weiß ich noch nicht . . .« Sie blickte mich unentwegt an, und das hielt ich nicht aus und zog darum das aufgeschlagene Buch heran und sah auf eine Seite . . .
KENT: Brich, Herz, ich bitt dich, brich . . .
Ich sah auf.
»Es gibt eine große Bibliothek hier, Herr Kaven.« Clarissa lächelte. »Ich lese sehr viel. Es gibt Bücher in allen Sprachen. Fast alle Klassiker deutsch. Schauen Sie nicht immer sofort weg, Herr Kaven! Ich schwöre Ihnen, ich werde niemals wieder davon reden oder Sie damit belästigen.«
»Hören Sie doch auf mit dem Unsinn, Clarissa«, sagte ich. »Ich weiß, was für ein feiner Kerl Sie sind. Und unter Umständen . . .« So ist also das Leben, dachte ich. Damals – vor ein paar Tagen nur! –, als sie im LE MONDE über mich hergefallen war und mir ihre Liebe gestanden hatte, war ich entschlossen gewesen, dafür zu sorgen, daß sie so rasch wie möglich verschwand. Und nach dem Gastspiel, das sie bei Sylvia in Delamares Klinik gegeben hatte, erst recht. Da war ich nahe daran gewesen, zu ihr zu fahren und sie zu erwürgen. Sie hatte doch dieses ganze Ringelspiel des Wahnsinns, das sich nun schneller und schneller drehte, in Gang gesetzt. Und trotzdem, so schnell geht das, mein Herr Richter: Nun hatte ich nur einen brennenden Wunsch – daß sie treu war und tapfer und klug und verschwiegen, und daß sie bei uns blieb!
Ich sagte: »Hören Sie, liebe Clarissa, Babs geht es so gut, wie es ihr im Moment nur gehen kann. Ich hätte Sie heute noch angerufen.« (Nie!) »Aber dann ist etwas passiert, und ich mußte nach Madrid kommen mit Bracken und diesem Anwalt Lejeune.«
»Was ist passiert?«
»Herr Doktor Wolken . . .«
Ich erzählte ihr die ganze Geschichte, ich ließ nicht die kleinste Kleinigkeit aus, sie mußte jetzt informiert sein. So hatten wir es besprochen, bevor ich zu Clarissa gegangen war. Lejeune hatte gesagt, daß Clarissa jetzt alles wissen müsse, und Bracken und Professor Salmerón hatten ihm beigestimmt.
Lejeune hatte gesagt: »Und der Mann, der Clarissa alles sagen und der herauskriegen muß, ob sie unter allen Umständen treu bei uns bleibt oder ob sie vielleicht auch kalte Füße bekommt, sind Sie, Monsieur Kaven.«
Lejeune saß jetzt mit Dr. Wolken in irgendeinem Zimmer dieser großen Klinik und sicherte uns ab. Bracken redete wohl noch mit Salmerón. Na ja, und ich erzählte Clarissa alles.
Als ich geendet hatte, stand sie auf, ging zum Fenster und sah lange hinaus. Dann sagte sie: »Man muß verstehen, was Herr Doktor Wolken getan hat – nach allem, was wir nun von ihm wissen.«

»Wir verstehen ihn ja«, sagte ich. »Wir halten ihn nicht. Wie könnten wir ihn halten? Er fliegt von hier direkt in die Schweiz.«
»Und Sie sind ganz sicher, daß er uns nie verraten wird?«
»Ganz sicher. Da paßt Lejeune schon auf.«

55

Das Gelände der Estudios Sevilla Films ist riesenhaft und nimmt seinen Anfang beim Eingang an der Avenida Pio XII, sehr weit vom Stadtzentrum entfernt. Die Atelierhallen stehen nahe der Straße, ebenso die Verwaltungsgebäude mit ihren hohen, vergitterten Fenstern in andalusischem Stil.
Eisiger Wind wehte hier draußen. Bracken stand neben mir vor dem Eingang zu den Studios, und er fror wie ich. Unser Taxichauffeur wartete mit seinem Wagen ein Stück entfernt. Nachdem wir das Krankenhaus verlassen hatten, waren wir hier herausgefahren, denn ich war hier noch nie gewesen, und Bracken wollte mir den Ort zeigen, an dem ein sehr großer Teil des teuersten Films, den Seven Stars je zu realisieren entschlossen waren und der Sylvias Traumrolle enthielt, nämlich Der Kreidekreis, entstehen sollte – in der eigens zu diesem Zweck gegründeten Gesellschaft Syran Productions. Für 25 Millionen Dollar. Und mit mir als Produktionschef. Die Vorbereitungen liefen seit längerem. Ein Rohdrehbuch lag vor. Schauspieler und Techniker, Architekten und Kameraleute waren bereits unter Vertrag.
An diesem 8. Dezember 1971, es dämmerte bereits, sah hier draußen alles leer und verlassen und tot, entsetzlich tot aus. Das Eingangstor war versperrt. Der Portier saß sicherlich in seinem Häuschen hinter dem Gitter und ließ einen kleinen Kanonenofen glühen. Aus dem Schornstein quoll Rauch, den der Wind sogleich fortriß.
Ich sah durch das Gitter in die Weite des Filmgeländes. Keinen Baum sah ich, keinen Strauch, nichts. Die Erde hier draußen war rot, und das Gelände schien sich, je länger ich es betrachtete, um so mehr auszudehnen – zuletzt erschien es mir grenzenlos. Grenzenlos und grenzenlos leer.
Bald, dachte ich, in wenigen Monaten schon, wird es da von Arbeitern wimmeln, und dann wird dieses Gelände nicht mehr grenzenlos und nicht mehr grenzenlos leer sein, sondern – ich hatte die ersten Zeichnungen und Entwürfe der Architekten gesehen – dicht besetzt mit gigantischen Prachtbauten ebenso wie mit armseligen Bauerngehöften, Stallungen für Pferde, Unterkünften für die Panzerreiter, Triumphbögen und Galgen, einer ganzen Hauptstadt. Die gewaltigen Säulen rund um den weiten Vorhof des prunkvollen Palastes, Sitz des Gouverneurs Georgi Abaschwili, des Herrschers über die Provinz Grusinien im Kaukasus – Herrschers dort vor

vielen hundert Jahren –, werden dann in den Himmel Madrids des Jahres 1972 ragen.
Amerikanische und spanische Architekten, spanische Arbeiter werden diese Scheinwelt des Films schaffen, in den Büros der Verwaltungsblocks werden amerikanische und spanische Aufnahmeleiter, Außenrequisiteure, Innenrequisiteure sitzen, in den Schneideräumen werden amerikanische Cutter und Cutterinnen sich einnisten, die Schminkräume für die Komparsen werden bereit gemacht werden ebenso wie die Einzelgarderoben der Stars. Plötzlich glaubte ich wieder die Produktionslisten zu sehen, die in Sylvias und meinem Appartement 419 im LE MONDE in Paris lagen, glaubte Worte zu sehen, Zahlen . . .
Produktionsstab. Regiestab. Bau- und Ausstattungsstab. Zahlen. Geländebau. Geländedreh. Ton-Apparatur. Zahlen. Zahlen. Filmmaterial. Bearbeitung. Kopierwerk. Versicherung. Reisekosten. Tagesdiäten. Finanzierungskosten. Zahlen. Zahlen. Zahlen . . .
Ich hielt mich an einem Eisenstab des Gitters fest und sah in die Tiefe des Geländes hinein. In die dämmrige Leere. In die dämmrige Unendlichkeit. Rot war die Erde hier. Cerebralgeschädigtes Kind. Behindertes Kind. Ein Leben lang behindert? Wie? Wo? Ruth. Sylvia. Fünfundzwanzig Millionen Dollar. Produktionschef Philip Kaven. SEVEN STARS. Anwälte. Ärzte. Joe Gintzburger. Ich bin Malechamawitz, der ›Engel des Todes‹. So viele Huckepacks! So viele Flugzeuge! So viele Pflichten. So wenig Kraft. So wenig Mut.
»Was is'n los mit dir?« fragte Bracken. Er hatte bisher kein Wort gesprochen. Ob er mich absichtlich noch hierhergebracht hat, dachte ich, um mir zu zeigen, was für ein Nichts ich bin, was mich erwartet?
»Alles okay«, sagte ich.
»Na fein«, sagte Bracken. »Prima, Junge. Wollte, daß du das hier mal siehst. Natürlich werden wir auch in Zaragoza drehen und bei Barcelona, die Regieassistenten von da Cava haben da schon Motive ausgesucht, aber wir haben uns noch nicht entschieden, und rauf in den Schnee, in die Pyrenäen müssen wir auch. Aber hier geht's los, hier werden wir viele Wochen sein, und hier – was ist?«
Dieses verfluchte Schwein, das war also der Bumerang.
»Ich kann doch nicht viele Wochen hier sein, Rod«, sagte ich. »Das weißt du genau. Ich muß doch auch bei Babs sein.«
»Du wirst eben mal bei Babs und mal hier sein. Anstrengend, gebe ich zu. Drehzeit sechs Monate geplant. Wird sicher überschritten werden. Schlimme Monate für dich. Aber du mußt einfach hier *und* bei Babs sein, das weißt du!«
»Ich weiß es«, sagte ich, »aber ich kann's doch nicht. Und das weißt du! Du weißt, daß ich's nicht kann.«

»Bei Babs und hier sein?«
»Spiel nicht den Blöden! Produktionschef kann ich nicht sein bei diesem Monstrefilm! Ich habe doch keine Ahnung, wie . . .«
»Klar hast du keine Ahnung. Aber Sylvia mußte ja unbedingt dich Trottel als Produktionschef der Syran Productions ins Firmenregister eintragen lassen.«
»Hör mal, Rod . . .«
»Hör du mal«, sagte er, und der eisige Wind wehte uns jetzt roten Staub in die Gesichter, wir mußten uns umdrehen. »Hör du mal, ja? Ich hab dir doch gesagt, daß ich dir helfen werde. Ich habe es schon getan. Natürlich kannst du nicht Produktionschef sein, ich meine: wirklich, da du nun einmal keine Ahnung hast und außerdem dauernd hin und her fliegen mußt. Bob Cummings.«
»Was ist mit dem?«
»Bester Mann, der in Hollywood zu haben ist. Kennst du den etwa auch nicht?«
»Klar kenne ich den, du Idiot«, sagte ich erbittert. Nichts zu machen mit uns beiden. Wir waren Feinde, und wir blieben Feinde, nichts brachte uns zusammen, nicht einmal die größte Not, nicht einmal die Tatsache, daß wir mit einem Verräter in unserer Gruppe leben mußten, den wir nicht kannten, denn nun stand fest, daß weder Bracken noch Clarissa noch Dr. Wolken sich mit diesem lebensgefährlichen ›Clown‹ Roger Marne in Verbindung gesetzt hatten, sondern jemand anderer, wer, wir wußten es nicht, und statt gemeinsam zu versuchen, diesen Verräter zu finden, gingen wir schon wieder aufeinander los.
»Ich hab mit Bob telefoniert«, sagte Bracken. »Schon vor einiger Zeit. Ihm ist deine Lage – da war noch gar nichts mit Babs – so klar wie dir und mir. Er ist bereit, unter dir als Produktions*chef* den Produktions*leiter* zu spielen – und alle Arbeit zu leisten. Und dafür kriegst du auch noch dein dickes Gehalt. Zufrieden?«
Wir sahen einander an. Jetzt hüllte uns der rote Staub richtig ein. Unsere Augen tränten. Ich nickte.
»Passiert schon nichts«, sagte Bracken. »Muß nur jeder wissen, was seine Aufgabe ist und wo er hingehört.«
Na ja, genau, wie ich vermutet hatte.
»Komm jetzt«, sagte er. »Wir wollen zum Flughafen fahren. Wer weiß, was schon wieder in Paris los ist und in Nürnberg. Lejeune holen wir bei Professor Salmerón ab.«
Da er von Salmerón sprach, fiel es mir wieder ein.
»König Lear«, sagte ich.
»Juan Carlos heißt der«, sagte Bracken, »und König ist er auch nicht, sondern nur Thronprätendent, und was hat der mit uns zu tun?«

»Vollidiot«, sagte ich. »König Lear heißt ein Stück von Shakespeare.«
»Ach so, der.«
»Du hast keine Ahnung. Gib's zu! Ich hab ja auch eben zugegeben, daß ich keine Ahnung habe von was anderem.«
»Schön, ich hab keine Ahnung«, sagte Bracken. »Was ist los mit diesem Scheißkönig?«
»Ich mußte eben an ihn denken. Weil mir immer noch das Gespräch über Euthanasie und Nicht-Euthanasie und diese Frage, ob man besser Geld für geschädigte oder für gesunde Verhungernde ausgeben soll – dieser ganze scheußliche Schlamassel, in dem sich keiner auskennt und keiner die richtige Lösung weiß, am wenigsten die Experten –, weil mir das alles durch den Kopf geht und sich da dreht und dreht und dreht, ich bin schon halb verrückt.«
»Mußt dich zusammennehmen, Mensch«, sagte Bracken. »Was ist mit diesem Lier?«
»In dem Stück gibt es einen Greis. König Lear. Drei Töchter hat er, und er hat nur Unglück um Unglück und wird krank und verliert den Verstand und hat einen einzigen Menschen, der sein Freund ist, Kent heißt der.«
»Wie die Zigarettenmarke«, sagte Bracken.
»Ja«, sagte ich. »Und Clarissa las gerade ›König Lear‹, als ich zu ihr kam, das Buch war aufgeschlagen, und ich habe gelesen, was dieser Kent zum Schluß über den unglücklichen, alten, kranken, von Schmerz zerfressenen König sagt. Daran muß ich nun immerzu denken. Denn wie's der Teufel will, paßt das zu allem, was ich mir von Frau Doktor Reinhardt und von Professor Salmerón an Argumenten für und gegen die Verkürzung oder Verlängerung des Lebens eines Kranken angehört habe – so lange, bis ich . . .«
»Reiß dich zusammen!« schrie Bracken. »Wenn du jetzt zu allem anderen auch noch zu spinnen anfängst, dann sind wir wirklich im Arsch! Was war das also? Was hat dieser Kent gesagt?«
»Er sagt: ›Laßt ihn hinübergehen. Der haßt ihn, der auf die Folter dieser rauhen Welt ihn länger spannen will . . .‹«
»Du meinst also, die, die für Euthanasie sind, haben recht, weil sie den Kranken lieben, und die, die gegen die Euthanasie sind, haben unrecht und hassen den Kranken?«
»Ich weiß es nicht«, sagte ich. »Ich weiß gar nichts mehr.«

56

Kaleidoskop.
BROCKHAUS, Band 3, J - NEU, Seite 53, erste Spalte, links unten, mein Herr Richter:
›Kaleidosk'op (grch.) das, -s/ -e, ein optisches Spielzeug: unregelmäßig

liegende bunte Glasstückchen o. ä. ordnen sich in einem Winkelspiegel zum Bild eines regelmäßigen, meist sechsstrahligen Sterns; 1817 erfunden; Sinnbild ständig wechselnder Eindrücke.‹
Das war es, wonach ich suchte: ein Sinnbild ständig wechselnder Eindrücke. Vorhin hatte ich mir den Lexikonband aus unserer Gefängnisbibliothek in die Zelle bringen lassen.
Kaleidoskop, ja. Wenn ich jetzt an jene Zeit zurückdenke, die dem ersten Flug nach Madrid folgte, dann war es eine Zeit, in der die Eindrücke, Ereignisse und Zwischenfälle sich immer mehr und mehr häuften, immer schneller und schneller aufeinanderfolgten, so daß ich in einen wilden Taumel geriet.
Natürlich gab es in dem Geschehen, das nun anfing, sich zu überstürzen, Situationen, die optisch und phonetisch getreu haften geblieben sind in meinem Gehirn – ihrer Schwere, ihrer Süße, ihrer Innigkeit, ihrer Schönheit, ihrer Schrecklichkeit, ihrer Gemeinheit oder ihrer Gefährlichkeit wegen. Die kann und werde ich ausführlich niederschreiben. Sonst aber, mein Herr Richter, benutze ich jetzt für eine Weile mein Tagebuch und die Aufzeichnungen darin . . .
Noch am Abend des 8. Dezember 1971 kehrten Lejeune, Bracken und ich nach Paris zurück und erstatteten Joe und den Anwälten Bericht. Sylvia hatte schon dreimal aus der Klinik Delamare angerufen. Warum meldete ich mich nicht aus Nürnberg? Was war mit Babs? Also rief ich Sylvia an.
»Mein Hexlein, alles mit Babs geht seinen guten Weg. Die Ärzte sind mehr als zufrieden, du kannst ganz beruhigt sein.«
»Wo bist du?«
»In Paris, im LE MONDE.«
»Wieso . . .«
»Reg dich doch nicht gleich so auf! Babs wollte den alten Nounours, den ihr Jean geschenkt hat.«
»Ach Gott . . .«
»Du siehst, sie ist klar, sie erinnert sich. Sie wird von Tag zu Tag gesünder. Das mußte ich auch allen in Paris sagen. Und ich brauchte unbedingt Wintersachen. Es ist eiskalt in Nürnberg. Darum bin ich hier. Ich fliege morgen früh zurück nach Nürnberg. Und dann rufe ich sofort wieder an, wenn ich Babs gesehen habe.«

Donnerstag, 9. Dezember: Mit der Frühmaschine als Philip Norton (Brille!) zurück nach Nürnberg. Sofort Klinik. Erzähle Ruth von meinen Erlebnissen. Ruth sagt: »Ich verstehe diesen Doktor Wolken. Ich kenne natürlich alle Pro-Euthanasie-Argumente und die Argumente hinsichtlich der kranken und der gesunden, zum Hungertod verurteilten Kinder. All das ist deshalb so schrecklich, weil so viel Wahrheit damit verbunden ist.

Aber ich, Herr Norton, ich kann diese Argumente nicht zu den meinen machen, niemals, ich werde, solange ich dazu fähig bin, für die kranken, die hilflosen Kinder plädieren!«
Wir gehen zu Babs. Sie herzt den kleinen Bären. Kein Wort über Sylvia. Ob ich nun immer bei ihr bleiben werde, will Babs wissen. Natürlich sage ich ja. Mit dem schmutzigen Nounours im Arm schläft Babs sofort ein. Ich habe Ruth wieder lächeln sehen.

Freitag, 10., bis Donnerstag, 16. Dezember: Ich bleibe in Nürnberg. Täglich bei Babs. Stetige langsame Besserung. Andere Medikation. Temperatur sinkt. Lichtscheu schwindet. Lähmungserscheinungen des linken Armes und des linken Fußes gehen zurück. Ununterbrochen Telefonate mit Joe (der sich entschlossen hat, noch bis Weihnachten in Paris zu bleiben mit seinem ganzen Troß, falls etwas passiert), mit Sylvia, deren Stimme mehr und mehr verändert klingt, die nicht, wie früher stets, auch im Privatleben schauspielert. Sylvia ist glücklich. Sylvia ist sehr allein. Sylvia sagt, es gebe nichts, was sie nicht tun oder ertragen würde, wenn nur ihr Kind wieder ganz gesund wird. Natürlich lasse ich sie in dem Glauben, daß Babs wieder ganz gesund werden kann.
An die Hornbrille mit Fensterglas habe ich mich bereits so gewöhnt, daß ich – sanfter Wahnsinn! – nicht gut zu sehen glaube, wenn ich sie einmal zu tragen vergesse. Ruths Kommentar: »Paßt Ihnen ausgezeichnet, die Brille, also wirklich. Sie sehen wie ein Intellektueller aus.« Schock! Frauen haben mich als so ziemlich alles bezeichnet, was einem Mann zusteht oder was er verdient. »Intellektueller« hat noch keine zu mir gesagt. Ruth ist die erste. Ich bin ein Intellektueller . . .

Dienstag, 14. Dezember, nachts Anruf im Bristol: Suzy Sylvestre aus Paris. Da sie ja eingeweiht ist, hat Rod ihr meine Telefonnummer gegeben. Suzy, mächtig angetrunken, sagt: »François ist zurückgekommen.«
»Wer ist – ach so, dein Graf!«
»Ja.«
»Aber der wollte doch noch in Acapulco . . .«
»Hat es nicht mehr ausgehalten. Sehnsucht. Lach nicht so dämlich.«
»Ich habe nicht gelacht.«
»Phil?«
»Ja?«
»Darf ich ihn jetzt heiraten?«
»Was ist das für eine Frage, mon petit chou? Du *mußt* ihn heiraten! Was soll das bedeuten, daß du mich um Erlaubnis fragst?«
»Na, weil ich . . .«
»Du bist sehr besoffen, Suzylein.«

»Ja, und ich werde mich noch weiter besaufen. Weil ich doch . . . immer noch gehofft habe, daß du zu mir zurück . . . Aber das geht nicht, was?«
»Nein, Suzy, das geht nicht, leider.«
»Wegen der Kleinen?«
»Ja.«
»Was ist mit ihr?«
»Etwas besser. Jedenfalls wird sie nicht sterben. Es tut mir leid, mon p'tit chou, aber es geht wirklich nicht. Vergiß mich. Und werde Gräfin.«
»Nenn mich nicht mon p'tit chou!« schreit Suzy. »Also schön, werde ich eben Gräfin!« Der Hörer fällt ihr in die Gabel, das Gespräch ist beendet.
Babs kann normal ernährt werden. Kein Fieber mehr.

Donnerstag, 16. Dezember: Joe ruft mich nach Paris. Etwas ist passiert. Hinflug mit Linienmaschine als Philip Norton. In Orly den Maserati Ghibli aus der Tiefgarage geholt und – wie ein Idiot – damit ins LE MONDE gerast. Verwandlung in Philip Kaven. Joes Problem: Er hatte sich bereits mit Carlo Marone geschäftlich geeinigt. (Carlo Marone – italienischer Millionär und Verleiher aller SEVEN STARS-Filme mit seinem Protzenpalazzo auf dem Pincio-Hügel in Rom.) Marone will doch Sylvias letzten Film SO WENIG ZEIT mit dem todkranken Alfredo Bianchi in Rom uraufführen, weil er, wie er mir gesagt hat, aus absolut sicherer Quelle weiß, daß Alfredo die für Mai angesetzte Premiere des Films unter keinen Umständen mehr erleben wird, er liegt in einer römischen Klinik. Natürlich eine Sensation, wenn Alfredo vor der Premiere stirbt. Kann man eine mächtige Schau abziehen. Die Italiener sind verrückt nach Alfredo. Ich habe Marone bei unserem ersten Gespräch für die Gewährung des Welturaufführungsrechts in Rom gesagt, daß er Joe natürlich finanziell etwas entgegenkommen muß. Das hat er schließlich eingesehen. Er war in der Zwischenzeit in Paris und hat sich mit Joe geeinigt.
Nun sitze ich mit Joe in der Bar des LE MONDE.
Joe sagt: »Dieser verfluchte Spaghettifresser hat uns angeschmiert, Phil. Ich habe gerade einen Bericht erhalten, den meine Leute mit nicht gerade feinen Mitteln in Rom fotokopiert haben. Einen Bericht von Alfredos Krankengeschichte.«
»Ja, und?«
»Das ist der Bericht des behandelnden Arztes an den Klinik-Chef. Medizin-Chinesisch. Habe es mir erklären lassen. Wir sitzen in der Tinte, schon wieder. Alfredos Zustand bessert sich von Tag zu Tag!«
»Dieser verfluchte Hund Marone«, sage ich.
»Sie müssen sofort mit mir nach Rom«, sagte Joe. »Heute ist es zu spät. Aber morgen früh. Mit Lejeune.«
»Okay«, sage ich. »Dann kann ich in Ruhe Sylvia anrufen und ihr sagen,

wie gut es Babs schon geht, und ich kann auch wieder einmal eine Nacht in meinem Bett im LE MONDE schlafen.«

Freitag, 17. Dezember: Rom

»Sie haben wissentlich und willentlich gelogen. Sie sind ein Betrüger und ein Lump. Sie haben sich auf kriminelle Weise die Vorteile eines Vertrages gesichert, den Ihr Partner im Vertrauen auf Ihre Anständigkeit gegengezeichnet hat«, sagt Lejeune zu Marone.

»Ich bin kein Lump. Ich bin kein Betrüger. Ich habe mir den Vertrag mit Mister Gintzburger nicht erschwindelt. Als Mister Kaven zuletzt hier war, in der Nacht vom . . . ich weiß nicht mehr das Datum . . .«

»Zweiter Dezember.« Lejeune weiß es. Lejeune weiß alles. Lejeune bringt alles fertig. Darum lassen wir ihn ja auch reden, Joe und ich. Wir sagen gar nichts.

». . . zweiter Dezember, also gut, da habe ich zu ihm gesagt . . .«

»Da haben Sie ihm gesagt, Alfredo Bianchi lebt keine drei Monate mehr, er ist am Abkratzen, heute, am siebzehnten Dezember, sage ich Ihnen: *Wir* wissen aus erster Hand, daß es Alfredo Bianchi besser und besser geht. Von Abkratzen keine Spur. Der kann im April seinen nächsten Film machen.«

»Sie sind falsch informiert. Alfredo geht es dreckig. Alfredo ist schon halb . . .«

»Halten Sie Ihr Maul«, sagt Lejeune. Er redet viel schneller als sonst, läßt Marone kaum Zeit, auch etwas zu sagen. »Wo sind Ihre Kopien der Verträge?«

Unsere Lage ist nämlich nicht rosig. In den Verträgen zwischen Joe und Marone wird natürlich nicht davon gesprochen, daß die Voraussetzung für eine römische Premiere von SO WENIG ZEIT das rechtzeitig vorher erfolgte Ableben von Alfredo Bianchi ist. So etwas kann man nicht gut in einen Vertrag aufnehmen. Deshalb auch keine Konventionalstrafe oder irgendeine andere Maßnahme gegen Marone, falls dieser Punkt nicht erfüllt ist. Wenn Marone darauf besteht, daß er die Welturaufführung für Rom kriegt – dann kriegt er sie. Nichts zu machen. Der Vertrag existiert. Darum hat mich Joe ja aus Nürnberg kommen lassen. Darum sind wir ja nach Rom geflogen. Darum ist Joe ja so aufgeregt. Wenn er aufgeregt ist, merkt man das daran, daß er in langen Zügen ganz leise durch die Nase schnieft. Da muß er dann aber schon sehr aufgeregt sein. Er ist es. Mit Recht. Ein Moran-Film in Rom uraufgeführt und nicht in Hollywood – das hat es noch nicht gegeben. Das kostet Joe, wenn Bianchi zur Premiere nicht tot ist, ein Vermögen. Marone schiebt zwei Vertragskopien über den Tisch.

»Wo ist die dritte?« fragt Lejeune.

»Was für eine dritte?«

»Monsieur Kaven«, sagt Lejeune. »Sie sind der Jüngste von uns. Wenn ich also bitten darf . . .«
Ich sage: »Mit Vergnügen« und gehe um den Schreibtisch herum.
»Nicht!« schreit Marone. Auf einmal liegt die dritte Ausfertigung des Vertrags auf dem Schreibtisch.
»Na also«, sagt Joe.
»Moment«, sagt Lejeune. »Das Schwein kann Fotokopien gemacht haben. Ich bin sicher, daß er Fotokopien gemacht hat, die er dann den Zeitungen zeigen kann, damit die einen Skandal machen. Und wir können jetzt keinen Skandal brauchen.«
»Das ist nicht wahr! Ich habe keine Fotokopien!« schreit Marone.
»Monsieur Kaven«, sagt Lejeune, »wenn ich nochmals bitten darf.«
Ich balle eine Faust. Ich habe lange gewünscht, Marone einmal die Schnauze zu polieren. Jetzt darf ich es. Nein, es geht wieder nicht. Marone hebt beide Hände schützend vor das Gesicht und sagt: »In dem Wandtresor hinter dem Gobelin.«
»Aufmachen«, sagt Lejeune.
Also geht Marone zu dem Gobelin und schlägt ihn zurück und öffnet einen Kombinationssafe, sehr groß, in dem liegen, denn wir schauen es uns genau an, fünf Fotokopien des Vertrages, zahlreiche Rollen mit Mikrofilmen, verschnürte Briefe, Bündel von Fotos, die Frauen und Männer in eindeutigen Situationen zeigen, Schlüssel, zwei Pistolen, Schmuck.
Marone gibt Lejeune die Fotokopien.
»Wir haben keine Zeit«, sagt der fette Anwalt. »Sicherlich hat das Schwein auch Mikrofilme. Sicherlich ist das nicht der einzige Safe. Also an die Arbeit.«
Nämlich: Die Lage ist für Joe deshalb so übel, weil die weltweiten Publicity-Departments von SEVEN STARS, weil alle Agenturen und Redaktionen schon auf eine Welturaufführung in Rom vorbereitet sind. Weil sehr viele Menschen schon davon wissen, daß SO WENIG ZEIT in Rom gestartet werden soll – der erste Moran-Film in Europa! Natürlich kann man noch alles umprogrammieren. Die Leute, die von der Sache wissen, haben dann zwar neue Informationen, aber ihr altes Gehirn. Idioten sind das nicht. Da kommen schon ein paar darauf, daß alles umgestoßen wurde, weil Bianchi nicht sterben will und gesund sein wird, wenn der Mai kommt. Und diese paar werden zwei und zwei zusammenzählen und begreifen, was der Grund für Rom gewesen ist – nämlich Bianchis rechtzeitiges Ableben. Und dann wird es einen Skandal geben! Joe schnieft.
Lejeune nimmt aus einer großen Tasche einen Haufen Papiere, knallt sie Marone auf den Schreibtisch und sagt: »Unterschreiben!«
»Ich kann doch nicht einfach . . .«
»Klar können Sie.«

»Nein!« jault Marone.
»Monsieur Kaven, wenn ich bitten darf«, sagt Lejeune.
Marone reißt einen goldenen Füllfederhalter aus der Innentasche seines Jacketts und beginnt wie irre zu unterschreiben. Was er da unterschreibt, sind neue Verträge. In ihnen heißt es, daß Marone das Recht bekommen soll, eine Welturaufführung von So wenig Zeit zu veranstalten, wenn es zwischen ihm und Joe Gintzburger, Präsident der Seven Stars, bis zum 1. März 1972 zu einer völligen Einigung über beiden Seiten bekannte, noch strittige Punkte gekommen ist. (Der eine Punkt: Alfredo Bianchi muß bis zum 1. März 1972 tot und begraben sein. Der zweite Punkt: Marone bezahlt für den Fall einer Welturaufführung in Rom – also wenn Punkt 1 erfüllt ist – das Doppelte der Summe von den Einspielergebnissen, die er in Paris mit Joe ausgehandelt hat. Strafe muß sein.)
Die Verträge sind von Joe schon unterzeichnet, Marone darf drei davon behalten.
»Ich schwöre bei der Mutter Gottes, daß man mir gesagt hat, Bianchi geht es elend, er ist nicht zu retten. Ich schwöre, daß ich Mister Kaven die Wahrheit gesagt habe.«
»Jetzt ist diese Wahrheit eine Lüge«, sagt Lejeune und schließt die große Aktentasche. »Jetzt geht es aufwärts mit Bianchi. Die Ärzte tun ihr Äußerstes. Sie ahnen nicht, welche Mittel es heute in der Medizin gibt, um das Leben eines Menschen, der schon ganz nahe dem Tode ist, noch zu retten – oder jedenfalls zu verlängern.«
»Zu verlängern!« schreit Marone. »Was kann ich dafür? Madonna mia! Soll ich vielleicht ins Krankenhaus gehen und die Ärzte bitten, Bianchi umzubringen?«
»Signor Marone«, sagt Lejeune, »wie darf ich das verstehen? Sie bejahen also die Euthanasie in ihrer pervertierten Form, wie die Nazis sie angewandt haben? Wären Sie, Signor Marone, vollkommen einverstanden damit, daß die Ärzte dem Leben des großen Schauspielers Alfredo Bianchi ein Ende setzen – also einen eiskalten Mord begehen –, wenn das Ihren Geschäftsinteressen diente? Sind Sie, die Möglichkeit dazu vorausgesetzt, bereit, allein oder durch Dritte dem armen Kranken Euthanasie in ihrer verbrecherischen Form zuteil werden zu lassen, damit er zu einem Ihnen genehmen Zeitpunkt nicht mehr lebt und die Welturaufführung in Rom stattfindet? Ich verzichte auf Ihr Gestotter. Sie widern mich an, Signore. Messieurs, es ist alles erledigt, wir können fahren.«
Also fahren wir. Nicht gleich zum Flughafen.
Lejeune kennt da ein Restaurant . . .
»Wir können nicht abfliegen, ohne dort gegessen zu haben . . . außerdem sterbe ich vor Hunger . . . Messieurs, dort gibt es Ravioli mit Gemüse überbacken, eine pikante Fleischsauce dazu . . . das Gemüse können Sie

wählen – Bohnen, Broccoli, Rosenkohl, Porree . . . ich empfehle Broccoli, es gibt nichts Köstlicheres . . .«

Kaleidoskop!

Mein Tagebuch . . .

Freitag, 17. Dezember 1971: Spätnachmittag Ankunft Paris in Sylvias Jet aus Rom. LE MONDE. Rufe Nürnberg an. Spreche mit Ruth. Babs' Zustand weiter gebessert.

Anruf bei Sylvia: Bericht über Babs, sage noch ein wenig mehr Positives. Sylvia darüber glücklich, zugleich bedrückt. Muß nun Weihnachten allein erleben. Alles, was sie sagt, ich-bezogen. Eben noch hörte ich Ruths Stimme . . .

Nun kam ich Sylvia trösten. Sie weint. Reines Selbstmitleid. Allein zu Weihnachten! Ich werde ständig anrufen, sage ich. Sage, was mir einfällt. Wie sehr ich sie liebe natürlich, vor allem. Kaum Erfolg. Joe sagt, daß er und die Anwälte, der Arzt und der PR-Mann Charley morgen nach Los Angeles fliegen. Zu ihren Familien. Joe hat Kinder und Enkelkinder. Großer Zirkus jedes Jahr zu Weihnachten. In Paris sehr kalt, Dauerregen. Bestelle Riesenorchideen-Gesteck für Sylvia zum 24. Kaufe noch etwas für Nürnberg. Muß lange danach suchen. Komme durchnäßt ins LE MONDE zurück. Heiß baden. Umziehen. Meine Sachen für Nürnberg! Die Brille nicht vergessen! Fahre mit Kunststoffkoffer im Maserati nach Orly. Wagen wieder in die Garage. LH-Flug um 21.30 ab Orly. Sehr müde. Vom Nürnberger Flughafen direkt ins BRISTOL. Falle ins Bett.

Samstag, 18. Dezember 1971: Es schneit. Wärmer. Sofort ins Krankenhaus. Babs schläft den ganzen Tag. Schnee und Wetterumschwung? Noch unendlich schwach, sagt Ruth! Ruth! Ich bin wieder bei ihr. Den ganzen Tag im Krankenhaus. Auch hier Weihnachtsvorbereitungen. Sie ängstigen mich. Für all diese Kinder, die im Sophienkrankenhaus bleiben müssen, soll es eine Weihnachtsfeier geben – am 24., im großen Hörsaal. Abends im Hotel Telefonate mit Clarissa und Sylvia. Berichte, wie gut es Babs bereits geht – übertrieben. Auch in Madrid Schnee. Clarissa friert. Telefonat mit Bracken: Joe und Gefolge abgeflogen.

Sonntag, 19. Dezember 1971, bis Donnerstag, 13. Januar 1972, Zusammenfassung der Tagebucheintragungen: Ohne Unterbrechung in Nürnberg. Immer den ganzen Tag in der Klinik. Immer in Ruths Nähe. Immer wieder die Anrufe bei Sylvia und bei Bracken abends aus dem Hotel. Mit Sylvia wird es immer quälender. Suche nach jedem Wort. Pausen. Verlegenheit. Beginne Angst vor diesen täglichen Anrufen zu bekommen. Merkt Sylvia etwas?

Am 24. Dezember, nachmittags, die Weihnachtsfeier im großen Hörsaal des Krankenhauses. Furchtbarer, als ich es mir vorstellte. Alle Kinder, die nicht im Bett bleiben müssen, kommen, werden getragen, in Wägelchen gefahren. Ärzte, Schwestern und Pfleger anwesend. In den ansteigenden Reihen des Hörsaals sitzen die Kinder, sehr viele werden von Schwestern oder Ärztinnen gehalten. Ich sehe Ruth mit einem völlig gelähmten Jungen im Arm. Ganz unten und vorne etwa zwei Dutzend Kinder in Rollstühlen. Babs mußte natürlich im Bett bleiben, wir wollen nachher zu ihr gehen. Alle Krankenzimmer sind mit Tannenreisig, Lametta und bunten Kugeln geschmückt, auch der große Hörsaal.
Samy Molcho, der weltberühmte israelische Pantomime, ist gekommen. In einem phantastischen Kostüm springt und tanzt er für die Kinder, macht Tiere nach, kugelt herum – er hat sich ein ganzes Programm ausgedacht. Nur lustige Nummern. Die Erwachsenen lachen. Ein paar Kinder lachen. Sehr wenige. Von denen in den Rollstühlen nicht ein einziges. Ich sehe, wie Samy Molcho der Schweiß auf die Stirn tritt, wie er mit immer größerer Anstrengung arbeitet. Alle Kinder haben große Tüten voll Obst, Schokolade und Nüsse bekommen. Die wenigsten können sie halten. Die Erwachsenen halten sie für die Kinder. Manche Tüten fallen zu Boden, die Stufen des Hörsaals herab rollen Apfelsinen, Nüsse, Orangen. Mehrere Kinder bekommen Anfälle und werden von Ärzten hinausgetragen. Anderen wird schlecht. Samy Molcho hat gewiß noch niemals in seinem Leben so schwer gearbeitet, um Menschen zum Lachen zu bringen. Es lachen immer weniger Kinder. Zuletzt ist es ganz still. Dann erklingt, von einer Schallplatte, ›Stille Nacht‹. Das auch noch. Weitere Kinder müssen fortgebracht werden. Einige beginnen durchdringend zu schreien und auf die Ärzte oder Schwestern, die sie halten, einzuschlagen. Mein Hemd ist völlig durchgeschwitzt, als dieser Alptraum endlich endet und alle Kinder fortgebracht werden. Ich bin plötzlich allein, denn Ruth hat den gelähmten Jungen fortgetragen. Ich suche und finde sie auf einem Gang.
»Diese Weihnachtsfeiern«, sagt Ruth. »Jedes Jahr dasselbe.«
»Warum macht man sie denn, um Gottes willen?«
»Anordnung der Verwaltung und des Gesundheitsreferats. Alle Bitten, die Feiern nicht abzuhalten, sind umsonst.«
Wir kommen an einem Wartezimmer vorüber, dessen Tür offensteht. Auf einer Bank sitzt Samy Molcho, noch in seinem bunten Kostüm mit der großen Krause. Schminke rinnt über sein Gesicht. Samy Molcho weint. Er weint so sehr, daß er uns gar nicht bemerkt. Wir gehen auf Zehenspitzen weiter.
Ruth sagt: »Das Sophienkrankenhaus hat verschiedene Abteilungen. In der einen werden kranke Kinder so behandelt wie kranke Erwachsene. Dann haben wir die Abteilung für psychotische Kinder – das sind solche, die

unter schweren Störungen ihres Seelenlebens leiden, für die zum Beispiel Doktor Bettelheim nach Möglichkeiten der Heilung sucht. Endlich haben wir die Abteilung für gehirngeschädigte Kinder – ganz gleich, ob sie schon vor oder bei der Geburt oder erst später, wie Babs, durch eine von vielen Ursachen oder mehrere von ihnen zusammen erkrankt sind. Es ist der Wunsch der Krankenhausleitung, daß alle Ärzte hier möglichst viel von allen Arten der Erkrankungen verstehen – und das ist schwierig, denn die Behandlungsmethoden sind völlig unterschiedlich. Ich zum Beispiel habe anfangs auf der Abteilung für cerebralgeschädigte Kinder gearbeitet, bin dann aber nach Amerika zu Doktor Bettelheim geflogen, der nur psychotische Kinder behandelt, damit ich auch auf diesem Gebiet Erfahrungen sammeln konnte. Wir versuchen, eine Allround-Klinik zu schaffen, verstehen Sie?«

Ruth und ich sind an diesem Nachmittag durch alle drei Abteilungen des Sophienkrankenhauses gegangen. Es gab nur wenige Einzelzimmer, wie Babs es zum Beispiel hat. Meistens sehe ich Räume für fünf, zehn, ja zwölf Kinder. Zuwenig Platz. An diesem Weihnachtsabend ist überhaupt nirgends Platz, denn viele Eltern sind gekommen zu denen, die nicht nach Hause dürfen. Die Eltern – und ich muß an Dantes Hölle denken, während ich an Ruths Seite durch die Säle schreite – haben ihren Kindern Geschenke mitgebracht, und sie weinen und sind verzweifelt, wenn ihre Kinder, was sehr oft der Fall ist, apathisch reagieren, die Eltern und die Geschenke gar nicht zur Kenntnis nehmen oder schwer aggressiv werden und die Geschenke zerreißen, zertreten, zerschlagen. Also sind auch noch Ärzte und Schwestern und Pfleger da, denn immer wieder erleidet ein Kind einen Anfall.

Daneben das Lachen und die Freude anderer Kinder. Sie sehnen sich nach Zärtlichkeit, und sie wollen zärtlich sein, alle, sagt Ruth zu mir. Nur in den Sälen mit den ganz schrecklichen Fällen ist es fast still. Die Spastiker, die Autistiker, die entsetzlich anzusehenden Wasserköpfe schlafen oder nehmen ihre Umgebung einfach nicht zur Kenntnis. An den Betten sitzen die Eltern und weinen.

Selbstverständlich ist Pastor Hirtmann da, er weiß, daß ihn die Eltern und die Kinder brauchen. Als ich an Ruths Seite durch das große Krankenhaus gehe, sehe ich Hirtmann immer wieder auf einem Gang, in einem Wartezimmer, am Bett eines einsamen Kindes, mit Eltern reden – und das sind, schon dem Aussehen nach, arme und reiche, Arbeiter, Mittelstand, Handwerker, Bauern, Intellektuelle, Industrielle. Ich denke, daß Pastor Hirtmann zu jedem einzelnen Elternpaar gewiß in der Form spricht, die für eben dieses Elternpaar verständlich und – vielleicht – tröstlich ist.

In dem Saal, in dem der kleine Sammy liegt, der behauptet, er sei Malechamawitz, der ›Engel des Todes‹, erblicke ich zahlreiche Betten, an

denen keine Eltern stehen oder sitzen. Ruth sagt mir, daß viele Eltern längst nicht mehr kommen. Sie sind froh, ihre Kinder los zu sein und gut aufgehoben zu wissen. An den Betten um Sammy herum sehe ich nur wenige Erwachsene, und ich sehe Kinder, die aufgeregt Päckchen öffnen, in denen die Geschenke liegen, die sie bekommen haben.
»Kommt her!« ruft Sammy, an dessen Bett niemand sitzt, als er uns erblickt.
»Sammy ist ein Waisenkind«, sagt Ruth leise zu mir.
Wir treten an Sammys Bett, auf dem er, noch angezogen, gelegen hat und begrüßen einander. Er schüttelt uns heftigst die Hände, dann sagt er mit glänzenden Augen zu Ruth: »Hab doch ein Geschenk für dich!«
»Für mich?«
»Ja!« Sammy verschwindet halb unter seinem Bett. »Kriegen doch alle Geschenke heute!«
»Aber die Kinder, nicht die Eltern!«
»Na und wenn ein Kind keine Eltern mehr hat?« Sammy taucht wieder auf. Seine Wangen sind gerötet. »Müssen ja nicht immer Vater *und* Mutter sein, nicht? Fünfzig Prozent genügen auch – nicht? Vater *oder* Mutter. Ich hab mir dich als Mutter ausgesucht.«
»Mich, warum? Ich bin doch so selten bei dir, du liegst doch auf einer anderen . . .«
»Wär schön, wenn du's wärst«, sagt Sammy.
»Wenn ich was wär?«
»Na, meine Mutter«, sagt Sammy und überreicht ein ungeschickt in Packpapier eingewickeltes und verschnürtes Präsent. Ruth öffnet es. Sammy tanzt dabei um sie herum, so aufgeregt ist er. Unter dem Papier kommt eine Schachtel zum Vorschein. Ruth öffnet die Schachtel. Darin liegen zehn kleine Puppen – aus schwarzen Fetzen hergestellt, aus ein wenig Schnur und ein wenig Papier und ein wenig Farbe.
Zehn kleine Puppen. Sie tragen zehn kleine Hüte auf den zehn Köpfen.
Trotz des Schreckens, der mich packt, äußere ich Begeisterung, Ruth tut das sowieso und sogleich.
»Gefällt es dir?«
»Wunderbar, Sammy!«
»Du weißt, was das ist, ja?«
»Zehn Männer, die Kaddisch sagen, nicht? Müssen immer zehn sein . . .«
»Ja! Ja! Ja! Hab ich für dich gemacht!«
Sammy hat jetzt Freudentränen in den Augen, er springt abwechselnd von Ruth zu mir, zieht uns zu sich herab, umarmt und küßt uns. Wenn er das bei Ruth tut, ruft er selig: »Vielen Dank, vielen Dank, hab ich für dich gemacht! Vielen Dank!«
Sammy bedankt sich dafür, daß *er* ein Geschenk gemacht hat.

»Was heißt Kaddisch sagen?« frage ich sehr leise.
»Es ist ein jüdischer Brauch. Kaddisch sagen heißt, ein Gebet für einen Verstorbenen sprechen. Das dürfen nur Männer. Und es müssen immer mindestens zehn sein.«
»Für einen Verstorbenen?«
»Na, er ist doch Malechamawitz, der ›Engel des Todes‹, nicht?«
»Kaddisch sagen! Kaddisch sagen!«
»Sammy, das ist ein wunderbares Geschenk.«
»Vielen Dank, vielen Dank!« ruft Sammy und umarmt und küßt Ruth und drückt sie an sich, und sie küßt und streichelt ihn. »Vielen Dank, hab ich für dich gemacht!«
Dann sind wir bei Babs. Sie schläft ganz tief, mit beiden Händen hält sie den schmutzigen alten Bären, den Jean Gabin ihr einmal geschenkt hat, ihren Nounours. Babs sieht unendlich friedlich aus. Es ist schon acht Uhr, die Erwachsenen haben das Haus verlassen, in den Gängen ist es still.
Ruth sagt: »Frohe Weihnachten, Herr Norton.«
»Frohe Weihnachten, Frau Doktor«, sage ich. »Was machen Sie nun?«
»Ich habe Nachtdienst. Ich bin nicht verheiratet, ich habe keine Familie. Also habe ich mich zum Nachtdienst gemeldet.«
»Darf ich . . . darf ich bei Ihnen bleiben? Ich . . . ich habe auch niemanden.«
»Natürlich, Herr Norton.« Ruth prüft Babs' Puls. »Fast wieder ganz normal«, sagt sie. »Und kein Fieber mehr.«
Ich denke, daß ich sie küssen möchte, daß es nichts gibt, was ich mehr tun möchte, als Ruth zu küssen. Ich denke, daß ich unter allen Umständen bei dieser Frau bleiben will, bleiben muß, jetzt geht es nicht mehr anders, was auch mit Babs geschieht, bei Ruth muß ich bleiben, immer. Es gibt zwei Typen von Frauen, hatte meine Mutter mir einmal gesagt: Mütter und Huren. Ich spüre nun, daß ich mich mehr und mehr zu Ruth, die so viel Mütterlichkeit ausstrahlte, hingezogen fühle. Ich bin clever genug, an mir selbst zu beobachten, daß ich in die Rolle eines von einem guten Psychiater erfolgreich behandelten Patienten geraten bin. Clever sein schützt jedoch nicht vor Liebe. Ob Ruth wohl weiß, was mit *ihr* geschieht? Ich sehe sie unentwegt weiter an. Zuletzt hebt sie den Blick und sagt: »Ich muß in mein Zimmer, damit ich erreichbar bin, wenn man mich braucht. Nach den Aufregungen einer solchen Weihnachtsfeier geschieht meistens etwas.«
»Ja«, sage ich. »Ich habe auch ein Geschenk für Sie, Frau Doktor«, sage ich und denke: Für Babs habe ich keines.

In Ruths Büro liegen viele Päckchen, stehen viele Flaschen in Geschenkpapier, liegen viele Briefe. Ruth sagt mir, daß sie solche Dinge – wie alle Ärzte – zu Weihnachten immer von den Eltern bekommt. Sie wird sie später

aufmachen – morgen vielleicht. Ein Geschenk wird sie sofort aufmachen. Es ist von Tim.
»Aber Tim ist doch tot!«
»Er hat es noch vor seinem Tod für mich vorbereitet«, sagt Ruth, »und er hat es seinen Eltern gegeben und die haben es heute mittag hergebracht und mir gegeben.« Sie zieht ein Kuvert aus der Tasche ihres weißen Mantels. Wir setzen uns zu beiden Seiten des Schreibtisches, und draußen schneit es nun schon seit Tagen, und die Zentralheizung tickt. Ruth öffnet das Kuvert, entnimmt ihm zusammengefaltetes Briefpapier und sagt: »Tim hat ein Gedicht für mich gemacht. Soll ich es vorlesen?«
»Bitte.«
Auf dem Schreibtisch steht ein kleines Tannenzweiggesteck und eine rote Kerze darin. Die Kerze brennt. Sonst ist es dunkel im Zimmer. Im gelben Licht der Kerze liest Ruth das Gedicht des toten Tim.
Das Gedicht lautet so:

Ich versuchte, Dir zu erklären,
Ich versuchte es wirklich,
Ich versuchte, Dir zu erklären,
Daß das Leben den Schmerz nicht wert ist.
Du hast mir nicht geglaubt.
Du hast nur gesagt: ›Unheilbar‹.
Doch wenn das Ende kommt,
Wirst Du sein wie ich –
Aller Dinge beraubt und gebrochen,
Und Du wirst leben müssen
Das Leben des lebendigen Todes.
Ich bin in meinen Rollstuhl gesperrt,
Doch was macht das?
Jetzt habe ich keinen Stolz mehr,
Jetzt nicht mehr.
Dir wird es genauso ergehen,
Und Du wirst kämpfen wollen,
Doch bald wirst Du einsehen,
Daß es ein Kampf der Verlierer ist,
Und daß die Menschen begierig darauf warten,
Zu sehen, wie Du zerbrichst vor ihren Füßen.
Oh, ich hasse es, das zu sagen –
Ich versuchte doch so sehr, es Dir zu erklären.

Ruth läßt das Blatt sinken.
»Armer Tim«, sagte ich.

»Glücklicher Tim«, sagt Ruth. »Er ist erlöst. Von allen Menschen, Her Norton, hat dieser querschnittgelähmte Junge mich am tiefsten und richtigsten verstanden und eingeschätzt – besser, als mir selber das jemals möglich war.«
»Arme Ruth«, sage ich. »Und nun ist er glücklich, und Sie sind allein.«
»Jedes menschliche Wesen ist allein«, sagt Ruth. »Wenn es geboren wird, wenn es stirbt. Wissen Sie, es gibt im Leben eines jeden Menschen – auch in meinem natürlich – Momente, in denen er sich besonders einsam fühlt. Oft sogar gibt es solche Momente, auch wenn man immer hofft, daß es anders sein möge. Damit muß man fertig werden. Ich glaube, nur wenn man mit der Einsamkeit leben kann, ist man fähig, auch mit anderen zu leben. Ich glaube, wenn jemand nicht allein leben kann, ist es ihm auch nicht möglich, mit anderen zurechtzukommen. Aber das ist eine lange Geschichte . . .«
Sie schweigt. Erst nach einer Weile sagt sie leise:
»Warum sehen Sie mich so an, Herr Norton?«
Ich antworte: »Weil ich Sie liebe.«
»Hören Sie sofort auf!«
»Nein«, sage ich. »Ich werde niemals aufhören, Sie zu lieben, mit meinem ganzen Herzen.« Ich gehe zu meinem Mantel und entnehme ihm einen flachen Umschlag. »Aber ich verspreche Ihnen, erst wieder von meiner Liebe zu reden, wenn Sie es mir gestatten – oder wenn Sie es wünschen. Darf ich Ihnen jetzt mein Weihnachtsgeschenk geben?«
Ruth nickt.
Ich gehe zu dem Plattenspieler, der in ihrem Zimmer steht, denn mein Geschenk ist eine Schallplatte, die ich auspacke und auf den Teller des Geräts lege. Der Teller kreist. Diese Platte habe ich noch in Paris gekauft. Ich setze die Nadel ein. John Williams' Stimme erklingt: »Ô Dieu, merci, pour ce paradis, qui s'ouvre aujourd'hui à l'un de tes fils . . .«
Suzy Sylvestres Lieblingsplatte. Die Lieblingsplatte meiner kleinen Hure mit ihrem Kosmetiksalon. Die Platte, die ich damals, in jener Nacht, als es Babs so elend ging und ich von Suzy fort ins Hôpital Sainte-Bernadette fuhr, zerbrochen und mir dabei die Finger zerschnitten habe. Nun habe ich eine neue Platte gekauft – für Ruth. Sie sitzt reglos und lauscht.
». . . o, danke, Gott, für dieses Paradies, das sich heute für eines Deiner Kinder öffnet, für das kleinste, für das ärmste Deiner Kinder . . .«
Und jetzt schaue ich Ruth nicht mehr an, jetzt schaue ich hinaus in die weiße Nacht des Schnees.
». . . auf dem Berge Golgatha stand ein Kreuz, stand ein Kreuz, und da warst Du, Herr, an dem Kreuz warst Du, und vielleicht, vielleicht streckst Du schon nach mir Deine Arme aus . . .«
So viel Schnee, denke ich. Noch niemals habe ich so viel Schnee fallen sehen.

». . . ja, das warst Du, der mir die Arme entgegenstreckte, mir, dem ärmsten unter allen Deinen Kindern . . .«
So weiß ist der Schnee, denke ich. Und so schwarz sind die zehn kleinen Männer aus Fetzen, die Sammy für Ruth gemacht hat, die zehn Männer mit den schwarzen Hüten, die Kaddisch für einen Verstorbenen sagen . . .
». . . und ich fühle, wie sich ein Feuer der Freude in mir entfacht, und ich rufe Dir zu: O, danke, Gott, für dieses Paradies, das sich heute öffnet für das kleinste, für das ärmste Deiner Kinder . . .«
Ich sitze auf dem Boden, und nun drehe ich mich um, und Ruth sieht mich an, wendet nicht den Kopf, und die Kerze flackert leicht, und wir hören das Lied zu Ende. Ich stehe auf und gehe zum Schreibtisch zurück. Auch Ruth steht auf.
»Ich danke Ihnen sehr, Herr Norton«, sagt sie.
»Und ich danke Ihnen.«
»Wofür?«
»Sie wissen, wofür«, sage ich. Da wendet sie den Blick wieder ab und sagt:
»Wollen wir noch einmal zu Babs gehen?«
»Ja«, sage ich.
Die Gänge, durch die wir gehen, sind ganz leer.

Babs schläft.
Ruth und ich sitzen einander gegenüber, zu beiden Seiten des Bettes. Nach einer ganzen Weile endlich hat Ruth zu sprechen begonnen . . .
»Doktor Bettelheim war von der Idee besessen, daß nicht wenige psychiatrische Kliniken allein schon wegen ihrer Atmosphäre die Kranken noch kränker machen, und er hat immerzu versucht, seine ›Orthogenic School‹ für die Kinder gemütlicher und schöner zu gestalten – wie ein Heim. Heim ist ein ganz besonderes Wort für ihn. Er hat ein Buch geschrieben, der englische Titel, ins Deutsche übersetzt, lautet: ›Ein Heim für das Herz‹.«
»Ich verstehe«, sage ich. »Ich denke, Doktor Bettelheim tut das, damit sich die Kinder wie in einem normalen Haus fühlen und hoffen können, wieder normal zu werden – es sind doch psychotisch gestörte Kinder, sagen Sie mir, nicht wahr, und da sind die Denkzentren nicht zerstört, sondern höchstens verwirrt, wie?«
»Wenn man Glück hat, ja.«
»Nun«, sage ich, »und diese Kinder, die denken können, denken – oder wenn sie nicht denken können, spüren sie es –, daß man sie liebt und wie Menschen behandelt, während vielleicht in vielen psychiatrischen Kliniken viele Menschen nicht so denken – oder?«
»Ich kann das nicht so beantworten, Herr Norton. Ich kann Ihnen nur ein Beispiel geben: Als ich bei Doktor Bettelheim war, hatten wir eine wunderschöne Bauernwiege aus dem siebzehnten Jahrhundert.«

Babs seufzt tief im Schlaf.
»Sehen Sie: Doktor Bettelheim wollte unbedingt eine Wiege von der Größe, in der ein Kind zwischen acht und zehn Jahren sich bequem ausstrecken konnte. Aber er fand keine, die für diesen Zweck groß und strapazierfähig genug gewesen wäre.«
»Er hätte eine anfertigen lassen können.«
»Selbstverständlich«, sagt Ruth. »Aber das hätte bedeutet, eine Wiege für einen Geisteskranken anfertigen zu lassen. Und eben das wollte Doktor Bettelheim nicht! Denn auf diese Weise wäre sozusagen der Unterschied zwischen einem geistig Kranken und einem geistig Gesunden gleich mit in die Wiege gelegt worden.«
»O ja«, sage ich.
»Also mußte Doktor Bettelheim eine Wiege finden, die schon gebraucht war und die schon jahrhundertelang vielen normalen Kindern Geborgenheit geschenkt hatte. Er hat sehr lange nach einer solchen Wiege gesucht. Dann hat er sie in einem Bauernhaus gefunden – und sie stammte aus dem siebzehnten Jahrhundert . . .«

Wir haben die ganze Weihnachtsnacht an Babs' Bett verbracht. Wir haben miteinander kaum noch gesprochen, Ruth und ich. In dieser Weihnachtsnacht ist es im Sophienkrankenhaus zu keinem Fall gekommen, bei dem ein Arzt gerufen werden mußte. Gegen vier Uhr ist Ruth auf ihrem Sessel eingeschlafen, und ich habe sie und die schlafende Babs lange betrachtet. Ich bin die ganze Zeit über wach gewesen. Es hat immer weiter geschneit.

Kaleidoskop! Kaleidoskop!
Ich blättere mein Tagebuch durch. Bis zum Donnerstag, dem 13. Januar 1972, blieb ich diesmal bei Babs und Ruth und in Nürnberg. Es gibt noch so viel zu erzählen, mein Herr Richter, was Sie wissen müssen, und wir beide haben so wenig Zeit – SO WENIG ZEIT, wie jener Film Sylvias hieß. Ich versuche also zu raffen.
Da sehe ich zunächst, daß ich am ersten Weihnachtsfeiertag vergessen habe, Sylvia anzurufen. Nach der durchwachten Nacht ging ich ins Hotel und schlief. Das Telefon weckte mich – es war Nachmittag, es war Sylvia. Vorwürfe und Angst. Was ist los? Ich sage, was ich nun schon so lange sage, daß es Babs von Tag zu Tag besser geht. Darüber ist Sylvia glücklich. Aber warum habe ich nicht früher angerufen? Weil ich die ganze Nacht an Babs' Bett verbracht habe. Ich bin das geliebteste Wölfchen von allen Wölfchen, die es gibt.
Ich gestehe, daß es mir schwerer und schwerer fällt, Sylvia anzurufen. Dieser Baby-Ton. Diese Koseworte. Mein immer stärker werdendes Gefühl der Verbundenheit mit Ruth. Sylvias Art, nach Empfang guter

Nachrichten sofort über ihre eigenen Probleme zu sprechen: Sie langweilt sich zu Tode. Geschäftsdinge. Sie hat Zeit, nachzudenken. Ich soll Bracken beauftragen, immer wieder ihre finanzielle Situation zu überprüfen. (»Die bescheißen einen doch alle!«) Wie weit ist es mit dem KREIDEKREIS? Warum wird noch nicht gebaut? Wenigstens die Pläne und die Kostümentwürfe sind da. Aber bei Bracken. Und Bracken schickt sie ihr nicht. Also soll ich Bracken auffordern, all das Zeug sofort in die Klinik Delamare zu schicken. Gott, Wölfchen, sehe ich jetzt schön aus. Delamare ist ein Genie! Du wirst dich ganz neu in mich verlieben, wenn du mich siehst. Sicherlich, Hexlein. Ad infinitum.
Mein Herr Richter, ich entnehme dem Tagebuch, daß ich beginne, richtige Angst vor diesen Anrufen zu haben. Mit Bracken nur rein informative Telefonate.
Im Sophienkrankenhaus Bekanntschaft mit neuen Helfern, mit denen ›im Dunkeln‹. Lange Gespräche mit Pfarrer Hirtmann. Ich verbringe alle meine Tage im Krankenhaus – die meiste Zeit davon bei Babs. Sie ist fieberfrei geblieben. Die Lähmungserscheinungen sind fast völlig verschwunden, sie schielt noch – aber nur sehr wenig. Seltsam: Nie erkundigt sich Babs, die nun ganz klar ist, nach Sylvia! Ich frage Ruth nach dem Grund. Ruth erklärt, sie sei sich darüber noch nicht im klaren. Ich glaube, sie ist sich sehr wohl im klaren darüber, aber sie sagt es nicht.
Wenn Ruth Nachtdienst hat, bin auch ich immer bis zum Morgen im Krankenhaus. Sehr oft spielt Ruth dann die Platte, die ich ihr zu Weihnachten geschenkt habe.
Böse Nachricht aus Hollywood: Sylvias langjähriges Double ist schwer erkrankt und wird den KREIDEKREIS-Film nicht mitmachen können. Man muß ein neues Double suchen, am besten gleich in Spanien. Erst eines finden!

Sylvias vollkommene Heilung macht so rasche Fortschritte, daß sie schon am 1. Februar 1972 entlassen werden soll. Sie ist glücklich. Wir anderen alle sind es nicht. Sylvia wird dann, in Freiheit, doch zu Babs wollen. Wie verhindert man das? Kann man es verhindern? Bracken berichtet von Telefonaten mit einem tief deprimierten Joe Gintzburger, der sich ›etwas einfallen‹ lassen will. Hoffentlich.

Auf Ruths Schreibtisch stehen seit dem Weihnachtsabend die zehn kleinen Fetzenmännchen, die Kaddisch sagen. Das kleine Lamm trägt Ruth stets bei sich. Auch sie macht sich Sorgen. Wie wird das mit Babs weitergehen, wenn Sylvia wieder in der Öffentlichkeit auftaucht? Kann man mit dieser Frau vernünftig reden? Nein, beantwortet Ruth ihre Frage selber. Mit keiner Frau, die Mutter ist und ihr krankes Kind liebt, kann man vernünftig reden.

Anschließend regt sie sich über das Wort ›vernünftig‹ auf und sagt, es sei eines der gefährlichsten, weil dümmsten, die es gibt. Dieses Gespräch findet anläßlich eines langen Spaziergangs statt – wir sind nach Steinbühl hinausgefahren, dem südlich gelegenen Stadtteil von Nürnberg, und dann noch ein Stück weiter bis zu der nun tiefverschneiten sogenannten ›Gartenstadt‹.

Natürlich hat sich Ruth andauernd verfahren (das ist wirklich ein schlimmer Tick bei ihr), und dann ist sie auch immer wieder in die falsche Richtung gegangen. Trotzdem: Zuletzt sind wir in der ›Gartenstadt‹ gelandet.

Hier stehen ein Hochhaus und Einfamilienhäuser mit Gärten. Im Sommer muß es sehr schön sein: sonnige Höfe, Birkenalleen und Erholungsplätze. Ruth sagt, daß sie oft hier herausfährt mit ihrem weißen VW, um frische Luft zu schöpfen. Der VW hat an diesem Tag eine Panne, und wir fahren mit der Straßenbahn zurück. In der Straßenbahn ein Junge von etwa vierzehn Jahren. Die Straßenbahn sehr voll. Der Junge sitzt. Eine dicke Frau vor ihm regt sich auf. »Der starke Bengel darf sitzen, was? Weil er sich ausruhen muß, das arme Kind.« Ich will etwas sagen, aber Ruth hindert mich daran. An meiner Stelle spricht der Schaffner, der den Jungen kennt. Er versucht, zu vermitteln: »Tja, wissen Sie, für einen, der sein Gleichgewicht nicht halten kann, ist das Stehen schwer!«

Die dicke Frau empört sich: »Und so was sagen Sie auch noch? Sie nehmen auch noch seine Partei?« Alle im Wagen sehen jetzt her. Eine andere Frau erkennt den behinderten Jungen. Sie sagt: »Ach, das ist doch der Älteste von Lenkes. Der ist doch nicht ganz . . .« Und sie tippt mit einem Finger an die Stirn. Nun schauen alle den Jungen an, murmeln miteinander, auch ein paar Stimmen *für* den Jungen werden laut. Darauf ruft die Dicke empört: »Woher soll ich denn das wissen? Warum tragen diese Idioten nicht irgendein Zeichen – eine Armbinde zum Beispiel –, dann weiß man doch wenigstens gleich . . .«

Ruths Hand krallt sich in die meine, denn sie hat bemerkt, daß ich mich einmischen will. Ruth sagt: »Ruhig, Herr Norton. Das ist die Einstellung von Millionen, nun haben Sie es einmal erlebt.«

»Aber dagegen muß doch etwas geschehen!«

»Dagegen müßte etwas geschehen«, sagt Ruth.

Am nächsten Tag findet Ruth die Zeit für gekommen, eine erste TBGB bei Babs anzuwenden.

TBGB – das ist die Abkürzung für ›Testbatterie für geistig behinderte Kinder‹. Ruth sagt, um mich zu beruhigen, das sei nichts weiter als eine erste ›Status‹-Aufnahme. Sie muß wissen, wie es um Babs jetzt bereits steht. Ich darf bei den Tests anwesend sein. Es geht hier um eine von

Spezialisten unter der Leitung von Professor Dr. Curt Bondy vom Psychologischen Institut der Universität Hamburg zwischen 1963 bis 1968 entwickelte Bestandsaufnahme eines erkrankten Kindes, wobei natürlich Alter, Geschlecht, Zustand vor der Erkrankung und vieles andere berücksichtigt wird hinsichtlich der Intelligenz, der Sprache, der Merkfähigkeit und der Motorik. Viele der Untersuchungen leiten sich von amerikanischen Arbeiten ab.
Intelligenztest: Unter mehreren farbigen Objekten auf einer Tafel soll das Kind dasjenige zeigen, das nicht zu den anderen paßt, das ›anders‹ ist. Es gibt hundert Tafeln, der Test dauert jedoch höchstens vierzig Minuten; eine zeitliche Begrenzung ist allerdings nicht vorgesehen. Die Aufgaben werden schwerer. Beispiel: Bunte Häuser und Gegenstände, die in den Häusern vorkommen – dann plötzlich eine Hand, und darunter ein Gegenstand aus einem Haus.
Babs erledigt die hundert Tafeln ohne Fehler in zweiundzwanzig Minuten mit dem Kommentar: »Für Babys.« Ihre Stimme klingt allerdings noch sehr undeutlich.

Nächster Tag weiterer Intelligenztest nach Raven. Bei insgesamt sechsundvierzig Aufgaben muß Babs in einem vorgegebenen geometrischen Muster das fehlende Musterteil mit den richtigen Plättchen ausfüllen. Also: Dreiecke, Kreise, Halbkreise, Kreissegmente und schwierigere Musterteilchen mit zum Teil komplizierten Formen. Wurde nach dem amerikanischen ›Coloured Progressive Matrices‹-Test weiterentwickelt. Babs hat nicht die geringsten Schwierigkeiten, alle geometrischen Musterteilchen richtig unterzubringen.
Wie immer in Gegenwart von Kindern lächelt Ruth. Als sie sieht, wie leicht die Arbeit Babs von der Hand geht, strahlen die beiden sich an.

Nächster Tag.
Prüfung des Wortschatzes. Hier wurden für die Testbatterie siebzig Aufgaben des ›Peabody Picture Vocabulary Test‹ von Dunn ausgewählt. Bei diesen Bildern muß Babs zu einem von Ruth ausgesprochenen ›Reizwort‹ nach einem Mehrfachwahlprinzip auf das entsprechende Bild einer Tafel zeigen. Eine solche Tafel zeigt zum Beispiel einen Strumpf, einen Bleistift, einen Schmetterling und einen Apfel. Ruth sagt etwa: »Bleistift!« Babs müßte dann auf den gezeichneten Bleistift zeigen. Sie tut es auch. Sie tut oft das Richtige. Oft tut sie das Falsche.

Nächster Tag.
Merkfähigkeit. Hier arbeitet Ruth mit dem ›Befolgen von Anweisungen‹. Nounours spielt eine große Rolle . . .

»Nimm Nounours in den Arm . . . Stecke Nounours unter die Decke . . . Hole Nounours wieder unter der Decke hervor und gib ihn mir, Babs . . .« Die Anweisungen sind zuerst ganz einfach, später komplizierter. Babs macht nicht einen einzigen Fehler, obwohl dieser Test lange dauert und auch mit Ruths Armbanduhr, mit ihrem kleinen Lamm, mit einem Spielzeugkoffer, in den das Lamm zu legen und wieder herauszunehmen ist, und mit anderem gearbeitet wird. Wir strahlen einander alle an, Babs hat Schweißtropfen auf der Stirn.

Nächster Tag.
Motorik. Hier gibt es ein Formblatt und hundert vorgedruckte Kreise. In einer Minute soll Babs mit einem Bleistift möglichst viele Kreise mit einem Punkt versehen, und der Punkt soll möglichst in der Mitte des Kreises sein. (›Feinmotorische Kontrolle‹, wie mir Ruth erklärt hat.)
Babs schafft neunundachtzig Kreise. Die Punkte liegen fast alle nahe um den Kreismittelpunkt, kaum einer gerät an den Rand, keiner außerhalb des Kreises.
Aber Babs spricht immer weiter sehr undeutlich, und ihre Sätze haben nur wenige Wörter.
»Das wird auch viel besser werden«, sagt Ruth.
Ja, wird es?

Donnerstag, 13. Januar 1972: Anruf Bracken im BRISTOL. Ich soll morgen nach Madrid kommen. Anwesenheit unbedingt erforderlich. In den Büros der ESTUDIOS SEVILLA FILMS wird schon die Arbeit aufgenommen – von Architekten, Technikern, Buchhaltern, Regisseuren. Da ich ja Chef der SYRAN PRODUCTIONS bin, muß ich anwesend sein. Auch Bob Cummings, der Produktionsleiter, den Rod für mich gefunden hat, trifft morgen ein. Klar muß ich da sein – besonders, wenn Cummings mich später immer vertreten wird. Es könnte sonst Gerede geben. Abschied von Babs. Sie ist fast heiter. Ich bleibe ja nicht lange weg. Kein Wort über ihre Mutter kommt über Babs' Lippen. Dann sind noch Formalitäten zu erledigen. Verwaltung legt Zwischenrechnung vor. Eine Anzahlung habe ich bei Einlieferung geleistet. Das Sainte-Bernadette hat Bracken erledigt. Die Rechnung, die mir vom Nürnberger Krankenhaus präsentiert wird, macht mir nun keine Sorgen mehr. Ich bin nicht mehr allein auf die Renngewinne angewiesen, sondern bekomme ja mein Gehalt als Produktionschef.
Ruth fährt mich in ihrem reparierten VW zum Flughafen. Verfährt sich natürlich wieder. Wir erreichen die Maschine nach Paris in letzter Minute. Als ich meinen billigen Koffer aufgegeben habe und mich verabschieden will, nickt Ruth mir kurz zu und läuft fort. Sie dreht sich nicht ein einziges Mal um.

Paris. LE MONDE. Bracken ist schon nach Madrid vorausgeflogen. Ich wechsle Kleidung und Koffer, ich bin wieder Philip Kaven. Mit Sylvias Jet nach Madrid. In Barajas, auf dem Flughafen, erwarten mich Bracken und Bob Cummings. Bob Cummings hat, das weiß ich, die Produktionsleitung bei sehr vielen Superproduktionen der großen Hollywood-Gesellschaften gehabt. Er ist gewiß der beste Mann, den Bracken auftreiben konnte. Etwa fünfzig Jahre alt. Groß. Schlaksig. Schmales Gesicht. Lange Glieder. Kurzgestutztes graues Haar. Höflich und sachlich. Und unbedingt zuverlässig, das hat mir Bracken schon früher gesagt. Bob Cummings kennt die ganze Wahrheit und weiß Bescheid über die Rolle, die er und ich zu spielen haben werden. Er schüttelt mir lange die Hand und sagt: »Sie können mir vertrauen, Mister Kaven. In jeder Lage. Immer.«

Freitag, 14. Januar, bis Freitag, 28. Januar 1972, Zusammenfassung der Tagebucheintragungen: Madrid. Wir wohnen im Hotel CASTELLANA HILTON. Sehr viel zu tun in diesen Tagen. Bin meistens draußen in den ESTUDIOS SEVILLA FILMS. Es ist noch kälter geworden in Madrid. Ständig wirbelt Wind rote Staubwolken über das Freigelände. Arbeiter treiben erste Pfosten und Pfeiler in den Boden. Lastwagen mit Baumaterial kommen ununterbrochen. Riesige Stapel von Holz, Berge von Gips- und Zementsäcken. Maschinen kommen, Kräne, Bagger. Architekten – amerikanische und spanische – arbeiten zusammen. Der Bau der riesigen Komplexe nimmt seinen Anfang. In den Bürogebäuden mit ihren hohen, vergitterten, an Andalusien erinnernden Fenstern wird geheizt – aber ungenügend. Wir frieren alle. Viele sind erkältet. Der amerikanische Drehbuchautor ist da, um das Script nach den landschaftlichen Gegebenheiten und den Wünschen des Regisseurs da Cava noch zu korrigieren. Cutter und Cutterinnen treffen ein und richten die Schneideräume her. Der technische und der finanzielle Produktionsstab beziehen ihre Quartiere. Zusätzliche Telefonanschlüsse werden bewilligt und installiert. Joe und Rod mißtrauen jedem europäischen Kopierwerk. So werden die einzelnen ›takes‹, die Aufnahmen, am Ende eines jeden Tages nach Hollywood geflogen werden. Dort wird man sie kopieren und die Muster nach Madrid zurückfliegen.
Für Statistenrollen (und da gibt es eine Menge) werden spanische Komparsen engagiert. Ein Besetzungsbüro arbeitet. Mit da Cava suche ich die Statisten aus. Ich habe keine Ahnung. Ich darf aber auch nicht immer gleich da Cavas Meinung sein. Also manchmal widersprechen. Zuletzt natürlich doch recht geben. Da Cava ist ein weltberühmter Regisseur. Er weiß, was er braucht.
Außenrequisiteure in erbitterten Verhandlungen mit Bauern und Pferdezüchtern. Wir brauchen viele Tiere, vor allem Pferde für die Panzerreiter. Drei Dolmetscher arbeiten. Ich muß überall sein und überall meine

Meinung äußern. Bob Cummings sagt mir vorher, welche Meinung ich äußern muß. Bob ist großartig. Er hält sich völlig im Hintergrund. Der Produktionschef bin ja schließlich ich. Die Buchhaltung in Verhandlungen mit spanischen Behörden. Devisenprobleme. Keine Ahnung davon. Bob erklärt mir alles. Dann spreche ich mein Machtwort. Dasselbe gilt für die Versicherungen. Hier kommen hartgesottene amerikanische Burschen herüber, von einer der größten Filmversicherungsgesellschaften.
Ich habe in meinem Leben noch niemals gearbeitet. Aber bis lange nach Mitternacht sitze ich nun mit Bracken und Cummings in meinem Apparte-ment, und da sind Finanzierungspläne, Baupläne, Drehpläne zu bespre-chen, müssen besprochen werden.
Die Zeit jagt. Telefonat mit Ruth. Ist mit Babs zufrieden.
Am 1. Februar wird Sylvia die Klinik Delamares verlassen und wieder in der Öffentlichkeit erscheinen.
Und wenn Sylvia erscheint – was dann?
Was dann?

Wir geben in der Madrider Tageszeitung »ABC« eine große Anzeige auf: Gesucht wird ein Double für Sylvia Moran. Vorzustellen täglich werktags zwischen 15 und 18 Uhr im Büro des Produktionschefs der SYRAN PRODUCTIONS auf dem Gelände der ESTUDIOS SEVILLA FILMS. Ich habe da draußen ein riesiges Büro bekommen. Ich weiß genau, daß ich es selten benützen werde. Aber es ist eingerichtet und mit Akten und Plänen vollgestopft worden, dafür hat Bob Cummings gesorgt – es darf doch schließlich niemand den kleinsten Verdacht schöpfen, daß etwas nicht stimmt.
Die Anzeige erscheint am Morgen des 28. Januar 1972. Das ist ein Freitag. Natürlich muß ich an diesem Tag um 15 Uhr draußen in meinem Büro sein. Mit mir sind da: Bracken, Cummings, der Regisseur da Cava, der Chefkameramann Roy Hadley Ching, einer der besten und berühmtesten, die Hollywood zu bieten hat (er ist mit seinem Team in diesen Wochen schon auf Motivsuche in Zaragoza, Barcelona und in den Pyrenäen gewe-sen) und das Ehepaar Katie und Joe Patterson, Sylvias Schminkmeister.
Wir haben das später feststellen lassen: An diesem Nachmittag des 28. Januar sind insgesamt 114 Frauen und Mädchen erschienen, um sich als Double vorzustellen. In eisiger Kälte und schneidendem Wind standen sie geduldig stundenlang zuerst im Freien und später in den zugigen Gängen der Verwaltungsgebäude Schlange. Das Vorstellen dauerte nicht von 15 bis 18 Uhr, sondern von 15 Uhr bis 2 Uhr 14 früh des nächsten Tages. Mein Büro ist zu dieser Zeit von Tabakrauchwolken verpestet, auf den Tischen stehen Flaschen und Gläser mit Bier oder Whisky. Es ist nicht zu fassen, wie viele Frauen wirklich daran glauben, daß sie genauso aussehen wie eine berühmte Schauspielerin. Kaum eine von ihnen weiß,

was für ein schweres Leben das Double eines großen Stars hat: Bei den endlosen Vorbereitungen, die jeder einzelnen Einstellung vorausgehen, muß es den Star vertreten, damit dieser nicht unnötig ermüdet wird. Das Double vertritt den Star beim Einleuchten, das oft stundenlang dauert, bei den Kostümbildnern (es muß dieselben Maße haben wie der Star), bei den Versuchen der Maskenbildner, der Friseure und der wissenschaftlichen und künstlerischen Berater, das Aussehen des Stars so vorzuplanen und vorzubereiten, daß ein Optimum an Wirkung und historischer Treue zu erhoffen ist. Diese Versuche dauern oft wochenlang.
Von Stunde zu Stunde an diesem Tag fühle ich mich elender – die anderen haben mehr Geduld, und vor allem haben sie Routine! Sie sind es gewöhnt, daß Tonnen, Vogelscheuchen oder hysterische Flittchen erscheinen, davon überzeugt, auszusehen wie Sylvia Moran. Ich bin das nicht gewöhnt. Mein Kopf beginnt zu schmerzen. Meine Augen beginnen zu tränen. Das Herz tut weh. Dann, um 2 Uhr 14 morgens, kneife ich meine schmerzenden, geröteten Augen zusammen und neige mich vor. Wie ich, so starren alle anderen im Zimmer die junge Frau, die eingetreten ist, fassungslos an.
»Sie sind . . . Sie sind . . .«, beginne ich, aber ich komme nicht weiter.
Die junge Frau betrachtet mich voll Angst.
Bracken sagt: »Sie sind kein Double von Mrs. Moran. Sie sind ihre Doppelgängerin! Was, Phil?«
Ich kann nur nicken.
Vor mir steht Sylvia Moran! Sie ist es natürlich nicht. Aber sie sieht genauso aus.
Der Regisseur da Cava sagt spanisch zu der jungen Frau: »Wie heißen Sie?«
»Carmen Cruzeiro.«
»Wo leben Sie?« fragt Bob Cummings.
»In Madrid.«
»Wo arbeiten Sie?«
»SPANEX«, sagt die junge Frau.
»Was ist das?«
»Eine Export-Import-Firma. Ich bin dort in der Auslandsabteilung Sekretärin. Weil ich englisch, französisch und deutsch spreche.«
Cummings sieht mich an und nickt unmerklich.
Ich sage: »Sie sind engagiert.«
Darauf beginnt Carmen Cruzeiro zu weinen. Bracken gibt ihr ein Glas Whisky. Carmen erstickt fast daran. Endlich beruhigt sie sich wieder. Ihre Personalien werden notiert. Ich bin aufgestanden und habe ihr meinen Sessel überlassen. Als alles erledigt ist und Carmen sich verabschiedet, gibt sie mir die Hand. Eine kleine Karte hat sie darin gehabt. Nun habe ich sie in der Hand. Nun machen alle, daß sie heimkommen. Wir haben eine Reihe von Wagen gemietet – Sylvias Rolls und mein Maserati werden erst

heruntergefahren werden, bevor Sylvia in Madrid ankommt. Irgend jemand nimmt Carmen mit. Rod Bracken und ich fahren gemeinsam ins CASTELLANA HILTON zurück. Wir gehen sofort in unsere Zimmer. Dann sehe ich mir die Karte an, die Carmen Cruzeiro mir in die Hand gedrückt hat. In Handschrift steht darauf: »Ich wohne im Hotel CERVANTES, Plaza de las Descalzares Reales, Appartement 12. Kommen Sie morgen um 21 Uhr. Herzlichst Carmen Cruzeiro.«

»Tengo siete muñequitas muy chiquitas, muy bonitas . . .«
Aus der Wohnung unter Carmen Cruzeiros Appartement erklingen Kinderstimmen. Dieses gemütliche Hotel, in dem man auch kleine (sehr kleine) Appartements mieten kann und das nicht weit von der Puerta del Sol entfernt liegt, habe ich schon einmal gesehen, aber noch nie betreten. Es ist 21 Uhr 30 am Abend des 28. Januar 1972, und ich sitze Carmen Cruzeiro gegenüber am Tisch des winzigen Wohnzimmers und trinke Chato – den billigen, guten Rotwein. Ich trinke ziemlich viel, denn mein Mund brennt. Carmen hat eine Platte voller scharf gewürzter Fleischstückchen, Oliven, pfefferroter Wurst und Tortillas zwischen uns gestellt, und ich habe von all dem ziemlich viel gegessen, während Carmen erzählt hat, interessante, aber zum größten Teil völlig unwichtige Dinge, zum Beispiel, daß sie sechs Flaschen Chato und diese Platte aus einer nahen Tasca geholt hat, um mich zu bewirten. Tascas sind schlauchartige Stehbars mit riesigen Theken, es gibt Hunderte davon in Madrid.
». . . qu se llaman: Mia, Pia . . .«
»Da hat ein Kind Geburtstag, und es gibt eine große Feier!« Wir sprechen spanisch. »Hier gehen die Kinder spät zu Bett.«
». . . Lina, Pepa, Rosalia, Pilarin und Montserrat . . .«, singen die Kinder unter uns.
»In diesem Hotel leben ständig ein paar Familien. Ich lebe schon lange hier«, sagt Carmen.
Ich nehme noch ein Stückchen Fleisch und eine Olive. Ich esse langsam und trinke Chato. Ich bin ziemlich betrunken.
»Sieben Püppchen nenn' ich meine«, heißt das, was die Kinder unter uns spanisch singen. »Sieben kleine, sieben feine, und sie heißen: Mia, Pia, Lina, Pepa, Rosalia, Pilarin und Montserrat . . .«
Eine Frau wird diese Seiten nie lesen. Eine Frau könnte nicht verstehen, warum ich wirklich zu Carmen Cruzeiro gekommen bin. Männer schon. Männer verstehen, daß man eine Frau so lieben kann, wie ich Ruth damals schon geliebt habe, und daß man als Mann eben von Zeit zu Zeit mit einer Frau schlafen *muß*. Das hat überhaupt nichts Persönliches zu tun mit der Frau, mit der man schläft. Wenn man die Wahl zwischen einer vermutlich halbwegs anständigen Frau und einer deklarierten Hure hat und wenn

diese Frau sich einem anbietet, dann schläft man eben mit ihr und ist's los für eine Weile, und es macht einen nicht so verrückt. Es gibt Frauen, die können so denken wie Männer und schlafen auch mit einem Mann, ohne daß es eine Sache ist, die sie seelisch irgendwie berührt, ich kenne einige. Aber nicht viele.

». . . keine gibt's, die schön're hat. Nein, das ist nicht übertrieben, eins, zwei, drei, vier, fünf, sechs, sieben . . .«

Etwas ist komisch: Der Gedanke, daß ich nun wieder mit Sylvia werde schlafen müssen, bereitet mir Unbehagen. Die Aussicht, mit einer Frau zu schlafen, die ihr aufs Haar gleicht, macht mich im Gegenteil noch verrückter, als ich schon lange bin.

Carmen trägt ein flammend rotes, tief ausgeschnittenes Kleid. Es ist Sylvia, die da vor mir sitzt und mit mir spricht – und es ist eben doch eine ganz andere Frau, und alle Liebe, deren ich je fähig sein werde, gehört wiederum einer anderen Frau, die weit, weit weg ist, in Nürnberg. Ganz schön verrückt.

». . . hübsch ist es, sie auszuführen, beim Spazieren paradieren. Mit den Kleidchen bunt aus Seide, sind sie eine Augenweide . . .«

Wenn Carmen sehr laut dabei ist, so laut wie Sylvia, denke ich, werden die Kinderlein unten ihre Freude haben. Dann denke ich an alles, was mir Carmen erzählt hat. Von der furchtbaren Öde ihrer Tätigkeit in der Export-Import-Firma. Davon, daß alle immer gesagt haben, wie unheimlich ähnlich sie Sylvia Moran sieht. Wie sehr sie Sylvia Moran verehrt. Daß sie natürlich auch viel, so viel von Babs und mir gelesen und gehört hat. Es stört sie nicht, mit mir ins Bett zu gehen. Mich stört's auch nicht. Carmen hat mir gesagt, sie wisse genau, daß eine Frau mit einem Mann vom Film, der sie engagiert, ins Bett gehen muß, und daß sie darum auf alle Fälle gestern, bevor sie sich vorstellte, noch in der Stadt die kleine Karte geschrieben hat. Sie hat nicht gewußt, wem sie sie geben wird. Nun bin ich es.

Scheint eine phantastische Angelegenheit für Carmen zu bedeuten, daß sie mit Philip Kaven schlafen wird. Keine Gefahr, niemals wird sie ein Wort darüber verlieren, ich bin absolut ungefährdet. Wie alle dummen schönen Gänse glaubt natürlich auch Carmen, daß sie die Leiter zum Ruhme erklimmen wird. Die erste Stufe hat sie schon geschafft. Wenn sie quatscht, das weiß sie, ist sie wieder runter von der Leiter. Sie wollte immer Schauspielerin werden, hat sie mir erzählt. Nun ist sie davon überzeugt, daß sie es werden wird. Irgendein ganz großer Boss wird das Double der Moran bei Dreharbeiten sehen und dann – na, das ist ja wohl völlig klar, dann steht der Weg nach Hollywood offen. Selbstverständlich.

». . . und weil keines laufen kann, trag ich sie am Arme dann«, singen die Kinder unter uns. Anschließend großer Jubel. Papiertrompeten. Knallfrösche . . .

Carmen hat das Inserat in »ABC« gelesen, und sofort wußte sie: Die Stunde, auf die sie schon so viele Jahre gewartet hat, ist gekommen. Zuerst mit der Straßenbahn und dann mit einem der Autobusse ist sie zu den alten Studios hinausgefahren. Und sie weiß: Das ist der Anfang eines neuen Lebens! Carmen ist so aufgeregt, so glücklich, so dankbar.
»Trinken Sie doch noch etwas«, sagt sie zu mir. Sie sagt nur ›Sie‹ zu mir, sie wird es auch im Bett tun, davon bin ich überzeugt. Sie steht auf. »Ich komme gleich wieder«, sagt Carmen und verschwindet im Schlafzimmer. Ich trinke weiter Chato und höre das Kindergeschrei unter mir. Vom HILTON aus habe ich versucht, mit Ruth zu telefonieren, aber man hat sie nicht finden können. Ich habe – und das ist sehr sonderbar, das kann wahrscheinlich nicht einmal ein Mann begreifen, ich jedenfalls kann es nicht –, ich habe der Telefonistin da im Sophienkrankenhaus zu Nürnberg die Telefonnummer des Madrider Hotels gegeben, in dem Carmen wohnt und in dem ich nun bin, und habe gesagt, ich werde mich heute bis sehr spät zu einer Besprechung hier aufhalten und lasse Frau Dr. Reinhardt bitten, für den Fall, daß irgend etwas Wichtiges vorfällt, mich hier anzurufen. Reine Routine. Anschließend habe ich Sylvia in Paris angerufen und ihr gesagt, Babs gehe es so gut, daß sie in zwei, drei Wochen schon wird aufstehen können. Sylvia ist sehr glücklich gewesen, und ich habe mich bemüht, das Gespräch so kurz wie möglich zu führen, und als das nicht gegangen ist, weil sie mir zuerst von ihrer Liebe zu Babs und dann von ihrer Liebe zu mir und dann von den Ideen, die sie noch zum KREIDEKREIS hat, erzählte, habe ich so getan, als könnte ich ihre Stimme nicht mehr hören, und habe vielleicht ein dutzendmal ›Hallo!‹ gerufen, und da hat sie aufgehängt, und ich bin zu Carmen gefahren, die Sylvia so ähnlich sieht wie ein Zwilling. Das alles denke ich und trinke Chato, und dann höre ich ein Geräusch und drehe mich um – und da steht Carmen in der Tür des Schlafzimmers, und sie ist nackt, vollkommen nackt. Sie lächelt. Ich fühle, wie das Blut plötzlich wild durch meinen Körper schießt, und ich stehe auf und gehe auf die nackte Frau zu, die ihre Arme nach mir ausstreckt. Und da läutet das Telefon.
»Wer kann . . .«, beginnt Carmen.
Aber da habe ich, gegen ihren Protest, schon den Hörer des Telefons abgehoben und fühle, wie mein Rücken sich mit dem kalten Schweiß der Angst bedeckt, denn ich weiß, wer das ist, wer das einfach nur sein kann. Es meldet sich der Portier. Ob ich Señor Philip Kaven bin? Ja, der bin ich. Da ist ein Gespräch aus Nürnberg für mich. Bitte sprechen . . .
»Ha . . . hallo, ja?«
»Herr Norton?« Ruth.
»Ja, Frau Doktor.«
»Bitte, kommen Sie, so schnell Sie können.«

»Wieso? Ist etwas geschehen?«
»Ja.«
»Ist Babs tot?«
»Nein. Aber sie . . . Bitte kommen Sie! So schnell Sie können!«
»Ist es etwas Schlimmes?«
»Ja, Herr Norton.«
Ich lasse den Hörer fallen und renne auf den Flur und werfe dabei eine Flasche Chato um. Ich packe meinen Mantel und renne aus dem Appartement. Carmen ist mir nachgeeilt, nackt. Sie hat geschrien. Viel und lange. Ich habe kein Wort verstanden.

Samstag, 29. Januar 1972: Nürnberg.
»Babs!«
Keine Antwort.
»Babs!« Ich knie neben dem Bett.
Nichts. Sie liegt da und rührt sich nicht. Und als ich sie zum letzten Mal gesehen habe . . .
Ich bemerke, daß das Schielen viel schlimmer geworden ist.
»Babs! Ich bin es! Phil!«
Plötzlich steht Babs im Bett auf, stellt sich wie eine Ballerina auf die Zehenspitzen und flügelt mit den Armen. Bei dem Versuch, mir ins Gesicht zu treten, fällt sie um.
Ich sehe entsetzt zu Ruth. Sie ist ernst wie noch nie.
»Was ist geschehen?«
Kaum hörbar antwortet Ruth: »Das geht schon seit ein paar Tagen so. Ich dachte, es ist ein Durchgangssyndrom, darum habe ich Sie am Telefon angelogen – verzeihen Sie mir. Jetzt mußte ich in Madrid anrufen und Sie bitten, sofort herzukommen. In der Zwischenzeit haben wir wieder mit gezielter Medikation begonnen. Babs ist auf Alepson eingestellt.«
»Aber sie hatte sich doch schon so großartig erholt!«
»Ja«, sagt Ruth. »Und dann, vor fünf Tagen, schlug sie mich plötzlich. Dabei fiel sie aus dem Bett. Ich muß Ihnen die ganze Wahrheit sagen. Babs geriet in einen ungeheueren Erregungszustand. Sie versuchte, ins Bett zurückzukommen. Dabei sah ich, daß ihre linken Extremitäten wieder viel schwerer gelähmt sind. Das Bett machte sie voll – wie in der allerersten Zeit.«
»Aber das gibt es doch nicht . . .«
»Ach, Herr Norton. Glückliche Besserung, schwerster Rückfall – wie oft erleben wir das.«
Ich kann Babs nicht mehr ansehen, so schrecklich ist das Schielen.
»Sie wird eine Brille brauchen, wenn das nicht zurückgeht«, sagt Ruth. Eine Schielbrille. Allmächtiger!

»Und dann, sehen Sie hier!« Ruth weist auf einen Sessel. Auf dem Sessel liegt Nounours, den Jean Gabin Babs einmal geschenkt hat und den sie so liebte. Dem Spielzeugbären sind Beine und Arme ausgerissen, auch der Kopf. Die Stücke liegen herum.
»Das hat sie heute getan«, sagt Ruth. »In einem neuen Anfall von Zerstörungswut. Heute vormittag. Ich kam sofort, und sie schrie wie irre, wir kämpften richtig miteinander. Und dann, von einem Moment zum andern, verstummte sie.«
»Sie verstummte?«
»Ja. Sie spricht kein einziges Wort mehr seither.«
»Das gibt es auch?«
»Ja, Herr Norton. Ich weiß, daß Mrs. Moran am ersten Februar wieder auftauchen wird. Wir müssen uns einen Plan zurechtlegen. Auch deshalb habe ich in Madrid angerufen. Sie müssen einen sechsten Sinn gehabt haben, als Sie Adresse und Telefonnummer des Hotels angegeben haben, in dem Sie zu arbeiten hatten. Als Sie anriefen, war ich gerade bei Babs.«
Sechster Sinn, denke ich. Und sehe Carmen vor mir stehen, nackt.
»Wir haben noch drei Tage Zeit«, sagt Ruth. »Wir werden – und wenn das unter den Umständen noch so kompliziert ist – eine genaue Untersuchung vornehmen, damit wir wissen, woran wir sind. Sie können doch bis zum ersten Februar hierbleiben?«
»Natürlich. Ich muß nur sofort Bracken anrufen. Darf ich das, aus Ihrem Zimmer?«
»Gewiß, Herr Norton.«
Ich sehe Babs an. Ich habe das Gefühl, daß das Schielen von Sekunde zu Sekunde furchtbarer wird. Ich muß wegsehen. Ich sehe ihren geliebten Nounours, den sie zerfetzt hat. Ich öffne die Tür und lasse Ruth auf den Gang treten. Ich folge ihr und sage sogleich: »Frau Doktor!«
»Herr Norton?«
»Sie gehen den Gang in die falsche Richtung hinunter – Ihr Zimmer liegt auf der anderen Seite.«
Erschrocken sagt Ruth: »Das ist mir hier im Krankenhaus noch nie passiert.« Es klingt, als sei sie äußerst verstört darüber. Ich bin es auch. Was jetzt?

Samstag, 29. Januar 1972, bis Dienstag, 1. Februar 1972: Ich verständige Bracken. Er flucht unflätig. Wird sofort Joe anrufen. Joe muß nach Paris fliegen und dort sein, wenn Sylvia wieder ins LE MONDE kommt und die Wahrheit erfährt. Jetzt müssen Entscheidungen auf lange Sicht getroffen werden.
Obwohl ich in den nächsten Tagen kaum das Krankenhaus verlasse, sehe ich Ruth nur für Stunden. Ein ganzes Team ist dabei, Babs zu untersuchen,

um eine endgültige Diagnose zu stellen. Ich sitze oft und lange in Ruths Zimmer, an ihrem Schreibtisch, vor den zehn kleinen Lumpen-Männern. Nun muß ich warten.
Immer wieder ruft Bracken an. Was ist los? – Weiß ich noch nicht. – Joe und seine Crew bereits unterwegs nach Paris. – Ich warte und lese.
Unter anderem lese ich, daß 1968 von der ›Internationalen Liga‹ in Jerusalem eine ›Deklaration der Rechte der geistig Behinderten‹ einstimmig angenommen worden ist. Vor ganz kurzer Zeit, nämlich am 20. Dezember 1971 – Babs war da schon krank –, hat die Vollversammlung der Vereinten Nationen sich einstimmig hinter jene Deklaration gestellt und sie mit einer langen Präambel versehen. Das Ende des Artikels VII dieser Präambel lautet, und in der deutschen und der englischen Fassung, die beide vor mir liegen, sind die Wörter in Großbuchstaben gesetzt:

VOR ALLEM HAT DER GEISTIG BEHINDERTE EIN ANRECHT DARAUF, ALS MENSCH GEACHTET ZU WERDEN.

Und auch dies lese ich:
MEINUNGSUMFRAGE: Das Image von behinderten Kindern bei der Bevölkerung der Bundesrepublik Deutschland, Spezialerhebung, Juli/August 1969.
Rund 90 % der 2000 befragten Bundesbürger im Alter von 16 bis 90 Jahren wissen nicht, wie sie sich einem geistig behinderten Menschen gegenüber verhalten sollen.
70 % der Befragten glauben, daß man sich vor ihnen ekeln könne.
56 % möchten nicht mit einem Behinderten in einem Haus wohnen.
78 % halten nichts davon, behinderte Kinder in der Familie zu versorgen. Sie finden, man sollte solche Kinder in Heimen oder Anstalten unterbringen.
60 % sind dagegen, daß mißgebildet geborene, geistig behinderte Kinder mit ärztlichen Bemühungen am Leben erhalten werden . . .

Am Abend des 31. Januar 1972 sitzt Ruth an ihrem Schreibtisch, ich sitze ihr gegenüber. Alle Untersuchungen sind abgeschlossen. Ruth sagt: »Herr Norton, die Befunde sind sehr schlecht.«
»Wie ist das möglich? Es ist Babs doch immer besser und besser gegangen – bei den Tests war ich dabei, erinnern Sie sich?«
»Ich erinnere mich. Die Situation hat sich völlig ins Gegenteil verkehrt – das ist das Schlimme bei dieser Erkrankung. Ich darf und ich will Sie nicht belügen, Herr Norton: Diese Krankheit hat schwere Schäden bei Babs hinterlassen, die nun endgültig zum Durchbruch gekommen sind – in einer selbst für uns unbegreiflichen Umkehr dessen, was eben noch war. Aber unsere Untersuchungen sind exakt.«

»Was für schwere Schäden?«

»Gehirnschäden, Herr Norton.«

Danach spricht Ruth lange in einer Flut von Fachausdrücken, die ich nicht verstehe. Bewegungsabläufe und Feinmotorik plump ... Zerstörungswut ... Aggressivität ... Jähzorn ... Reizgebundenheit der Hirntraumatiker ...

Hirntraumatiker!

Also ein Kretin. Ein Idiotenkind. Wovor ich gezittert habe. Was nicht der Fall zu sein schien. Worüber Sylvia einst so herzbewegend im Fernsehen gesprochen und sich danach so katastrophal in jener Garderobe geäußert hat. Umbringen, diese Kretins! hat sie geschrien. Sofort umbringen!

Also, was machen wir jetzt? Bringen wir Babs gleich um?

Ruth erhebt sich, holt aus einem Schrank eine Flasche Cognac und gießt ein Glas fast voll.

»Bitte!«

»Danke.« Ich stürze den Cognac hinunter.

»Ich weiß, was Sie jetzt denken«, sagt Ruth.

»Das glaube ich nicht«, antworte ich. »Ich habe gedacht, daß ich schuld bin an allem.«

»Sie?«

»Ja.«

»Aber wieso Sie? Sie haben doch wahrhaftig alles ...«

Ich lasse sie nicht ausreden.

»Ich habe in Paris erlaubt, daß man bei Babs dieses neue Breitband-Antibiotikum anwendet, das noch nicht genügend erprobt ist. Ich ... ich ... ich bin schuld, daß das jetzt passiert ist! Es war das Mittel! Das Mittel hat all das angerichtet!«

»Herr Norton, bitte! Es war *nicht* das Mittel, das schwöre ich Ihnen! Das Mittel sollte doch nur Babs' Leben retten. Und das hat es getan. Bei dieser furchtbaren Krankheit kommt es immer und immer wieder zu ersten scheinbaren Besserungen – und dann kippt der ganze Verlauf total um. Glauben Sie mir, die Eltern haben dann immer Schuldgefühle, wenn so etwas passiert, oder sie beschuldigen sich gegenseitig ...«

»Babs ist nicht mein Kind! Ich bin nicht der Vater!«

»Ich weiß. Trotzdem haben Sie Schuldgefühle. Wegen des Breitband-Antibiotikums.«

Ich kann nur nicken.

»Herr Norton, es wäre verbrecherisch, Ihnen jetzt nicht die Wahrheit zu sagen. Babs hat alle die geistigen und körperlichen Behinderungen, die ich genannt habe – und sie hat auch noch andere ... die Augen zum Beispiel ... ihre plötzliche Stummheit, vieles kommt noch dazu.«

»Und das wird so bleiben?«

Darauf antwortet Ruth: »Vieles wird sehr lange so bleiben, Herr Norton. Vielleicht immer. Aber das ist unwahrscheinlich. Wahrscheinlicher ist es, daß sich die Schädigungen weitgehend zurückbilden – allerdings nur bei entsprechender Behandlung und Obsorge in einer besonderen Umgebung.«

»In . . . was . . . für . . . einer . . . Umgebung?«

»Im Rahmen einer Institution für geistig behinderte Kinder«, sagt Ruth. Auf ihrem Schreibtisch liegen und stehen die zehn Männchen aus Fetzen, die Kaddisch für einen Verstorbenen sagen.

Dienstag, 1. Februar 1972: Riesengroß sind Sylvias Augen, ihr schwarzes Haar leuchtet, ihre Haut ist so makellos rein und weiß und straff, wie ich es nicht beschreiben kann. Professor Delamare: Ein Zauberer, ein Genie. Sylvia Moran: THE BEAUTY, die Madonna. DIE SCHÖNHEIT, die Madonna spricht wohlklingend, gedämpft, in klassischem Kings-English: »Joe, du alter, verrotteter Sohn einer Hündin, wenn du nicht sofort dein widerwärtiges Dreckmaul hältst und mich zu Ende sprechen läßt, dann klebe ich dir eine, so wahr mir Gott helfe.«

Das imponiert sogar dem dicken Anwalt Lejeune. Der ist natürlich auch da. Wir sind alle da, die ganze große glückliche Familie, im Salon des Appartements 419, in unserem Salon. Auch der alte Dr. Lévy. Ich bin mit einer Linienmaschine aus Nürnberg gegen Mittag in Paris gelandet, habe den Maserati aus der Garage geholt, bin ins LE MONDE gefahren und habe mich schnellstens in Philip Kaven verwandelt.

Joe, seine Anwälte, PR-Mann Charley, dieser Ami-Arzt und Bracken warteten schon, Lejeune und Dr. Lévy auch. Ich habe ihnen gesagt, daß ich mich unbedingt noch ein wenig hinlegen und schlafen müsse, bevor Sylvia komme und das Theater losgehe.

Das haben sie verstanden.

Ich habe gebadet und mich umgezogen. Hingelegt habe ich mich nicht eine Minute. Ich habe Nürnberg angerufen und Ruth verlangt. Sie war gleich am Apparat.

»Nichts Neues natürlich, wie?«

»Natürlich nicht, Herr Norton. Aber auch keine weitere Verschlechterung.«

»So schlecht, wie es ist, genügt es vollkommen.«

»Wann kommt Mrs. Moran?«

»Jetzt ist es vier Uhr. Sie haben aus der Klinik angerufen. Zwei Pfleger sind schon unterwegs mit ihr hierher ins LE MONDE. In einer halben Stunde etwa können Sie für mich beten. Sie beten doch manchmal, nicht wahr?«

Lange Pause. Dann: »Herr Norton?«

»Ja?«

»Erinnern Sie sich an den Weihnachtsabend?«
»Und wie!«
»Sie haben gesagt, daß Sie mich lieben.«
»Und Sie haben mir verboten, darüber auch nur ein Wort weiterzusprechen.«
»Ja.«
»Und?«
Darauf hat Ruth Reinhardt geantwortet: »In den letzten Tagen geschah so viel Schreckliches. Sie sind so unglücklich wegen Babs. Ich bin es auch. Gestern abend, als ich Ihnen die Wahrheit sagen mußte, war es am schlimmsten. Da konnte ich es Ihnen einfach nicht sagen, meine Kehle war wie zugeschnürt. Und heute sind Sie so früh abgeflogen. Aber Sie müssen es wissen, jetzt.«
»Wissen was?«
»Daß ich Sie auch liebe, Herr Norton.«
»Daß Sie . . . Was haben Sie gesagt?«
»Ich habe gesagt: Ich liebe Sie, Herr Norton.«
»Sie lieben . . .« Ich stottere. Der Hörer entgleitet meiner schweißfeuchten Hand, Schweiß am ganzen Körper bricht aus, ich bekomme den Hörer wieder zu fassen, ich stammle: »Sie . . . Sie lieben mich?«
»Ja.«
»Frau Doktor, bitte! Warum lieben Sie ausgerechnet mich auf einmal?«
»Nicht auf einmal. Schon lange. Es ist immer stärker geworden. Ich glaube, daß das Liebe ist. Ich weiß es nicht. Ich habe ein solches Gefühl noch niemals für einen Mann empfunden.«
»Ihr Bruder . . .«
»Das war ein anderes Gefühl, das weiß ich. Ich weiß auch, daß ich alle meine Kinder liebe – auch anders. Das Gefühl, das ich für Sie empfinde, ist mir fremd, absolut fremd. Es . . . es hat mich zuerst erschreckt, dieses Gefühl.«
»Weil Sie es noch niemals empfunden haben?«
»Ja.«
»Wollen Sie sagen, Sie haben noch nie einen Mann geliebt?«
»Ich habe meine Männer gehabt. Doch Liebe . . . Liebe ist es das erste Mal bei Ihnen.« Ihre Stimme wird immer leiser.
»Aber . . . aber ich verstehe das nicht . . . ich meine, warum?«
»Ich weiß es nicht.«
»Es muß doch einen Grund geben! Irgendeinen!«
»Sie waren immer für Babs da.«
»Das ist kein Grund! Andere Männer sind auch für ihre kranken Kinder da.«
»Das stimmt.«

»Also?«
»Also was?«
»Also was ist der Grund? Bitte! Nennen Sie mir einen . . . einen einzigen!«
Sehr lange Pause.
Dann sagt Ruth, fast unhörbar: »Vielleicht . . .«
»Ja?«
»Ô Dieu, merci, pour ce paradis . . . Weil Sie mir diese Schallplatte geschenkt haben.«
»Weil ich Ihnen eine kleine Schallplatte . . . Das ist doch Wahnsinn!«
»Das ist gar kein Wahnsinn, Herr Norton. So ein Geschenk zu einem solchen Zeitpunkt in einer solchen Situation hat mir noch kein Mann gemacht. Keiner. Ja, ja, es ist die kleine Schallplatte, die mich sicher gemacht hat. Ganz sicher, daß ich Sie liebe.«
»Aber ich bin doch . . .«
»Ich weiß genau, was Sie sind. Besser, als Sie es wissen. Besser als irgend jemand anderer auf der Welt. Ich weiß, was ich sage. Ich weiß, worauf ich mich einlasse. Ich liebe dich, Phil.«
»Und ich dich, und ich dich . . .«
»Rufst du heute noch an – wenn du mit allen gesprochen hast?«
»Natürlich, Ruth, natürlich! Aber wie soll das weitergehen mit uns, wie soll das jetzt weitergehen?«
»Das weiß ich auch nicht, Phil. Hab Mut. Irgendwie wird es weitergehen. Weil wir uns lieben.«
Sie hat den Hörer aufgelegt.
Ich habe meinen Hörer gewiß noch fünf Minuten in der Hand gehalten, auf dem Bettrand sitzend. Das war die seltsamste Liebeserklärung, die ich jemals erhalten hatte. Und es wird, das ist mir klar, auch die seltsamste Liebe werden, die ich mir vorstellen kann. Es wird eine Liebe werden, die ich mir überhaupt nicht vorstellen kann. Was bin ich für ein Glückspilz!
Ruth liebt mich.

Nur eine halbe Stunde später kommt Sylvia.
Auftritt des Stars.
Sie trägt ihren schlichten kleineren Brillantschmuck, sie ist kaum geschminkt, damit man sieht, *wie* phantastisch das Lifting gelungen ist, sie trägt ein blaues Kostüm und darüber ein Rotfuchscape, sehr raffiniert geschnitten. Im Salon Blumen. Joes Geschmack. Er hat eine halbe Blumenhandlung aufgekauft. Orchideen, Rosen jeder Art, weißer Flieder, lila Flieder, nichts, was es nicht gibt. Allein drei Vasen voll Mimosen. Begrüßung mit Umarmungen und Küssen. Ein Kuß, der nicht enden will, für mich.

»Mein Wölfchen, mein geliebtes Wölfchen, was bin ich froh . . .«
»Und ich, mein Hexlein«, sage ich und denke daran, daß Ruth mich liebt.
»Jetzt trennen wir uns nie mehr. Nie mehr, hörst du?«
»Nie mehr«, sage ich.
Komplimente von allen. Phantastisch, unfaßbar, wie Sylvia aussieht. Sylvia nimmt Huldigungen entgegen, lächelt dabei. Nicht zu sehr. Wahrscheinlich spannt die Haut noch. Dann fällt ihr auf, wer sich da alles versammelt hat. Nur zu ihrem Empfang?
»Ja . . . nein . . . das heißt . . .« Joe kommt nicht weiter. Er hält die Schnauze. Inzwischen haben Kellner Tee und Kaffee und Cognac serviert. Inzwischen hat der alte Dr. Lévy emsig die Tassen vollgegossen. Und in Sylvias Tasse aus einer sehr kleinen Flasche etwa zwei Dutzend Tropfen einer klaren Flüssigkeit fallen lassen. Sie hat nichts bemerkt. Wir haben alle dafür gesorgt, daß sie nichts merkt.
»Phil, mein Schatz, und jetzt zu Babs . . .« Wir haben Kaffee oder Tee getrunken, Sylvia Tee (mit den Tropfen des Dr. Lévy darin). »Erzähl . . . erzähl mir von meiner Babs . . . von meinem Goldstück . . . wie es ihr geht . . . wie große Fortschritte sie schon gemacht hat . . .«
Ich habe noch einmal getrunken (ebenfalls Tee), alle anderen haben noch einmal getrunken, Sylvia automatisch auch, und dann habe ich über Babs berichtet. Alles. Die ganze Wahrheit. Ich habe mir Zeit gelassen damit und immer wieder Tee getrunken, damit auch die anderen trinken, vor allem Sylvia. Die zwanzig Tropfen werden genügen, um das Schlimmste zu verhüten, hat Dr. Lévy gesagt. Als ich am Ende meiner Geschichte bin, ist Sylvias Tasse leer. Und als ich sage ». . . es besteht durchaus noch Hoffnung, aber dann muß Babs in eine Anstalt, in ein Heim, dann muß sie eine ganz besondere Behandlung bekommen«, als ich das sage, fällt die dünne chinesische Porzellantasse aus Sylvias Hand auf den Teppich und zerbricht dort, und dann sinkt Sylvia ganz langsam nach vorn und fällt auch auf den Teppich, auf das Gesicht, das eben so hervorragend restauriert worden ist, zum Glück nicht in die Scherben der Tasse, und bleibt leblos liegen. Dr. Lévy und der amerikanische Arzt knien nieder, rollen sie auf den Rücken, bemühen sich um sie. Wir anderen sehen schweigend zu.
»Ohnmächtig«, sagt der amerikanische Arzt, der schon einmal hier war und den sie Doc nennen. »Kommt gleich wieder zu sich.«
Auch in Paris schneit es jetzt. Ich sehe dicke Flocken vor dem Fenster. Aus einem reinen Himmel fallen sie auf unsere schmutzige Erde.

Sylvia ist sehr schnell zu sich gekommen.
Dr. Lévy hat ihr einen Cognac gegeben und wieder seine Tropfen hineingeschmuggelt. Sie hat getrunken. Das sind Eupalil-Tropfen, hat Dr. Lévy mir gesagt. Das Stärkste, was es an Mitteln gibt, die beruhigen und gleichgül-

tig, aber nicht müde machen. Nein, müde darf Sylvia jetzt nicht werden! Sie muß ganz klar sein. Aber wir können auch keine hysterischen Zusammenbrüche brauchen.
Sylvia hat den Cognac getrunken. Sie hat wieder auf der breiten Couch gesessen, die mit rotem Samt überzogen ist, und sie hat ziemlich lange geweint. Gewiß zehn Minuten. Niemand hat gesprochen. Wir alle haben Sympathie und Verständnis für Sylvia gehabt. Die meisten haben auf ihre Schuhe oder auf ihre Hände geschaut, oder auf die alten Stiche an den Wänden. Ich habe hinaus in das Schneetreiben geschaut. Es ist schon dämmrig geworden.
Dann hat Sylvia zu sprechen begonnen, ganz klar, sehr langsam. Die Tränen sind ihr dabei ununterbrochen über das Gesicht geronnen, von Zeit zu Zeit hat sie sie mit einem Taschentuch weggewischt, und sie hat mir – wieder – wirklich leid getan.
Mit ihrer langsamen, klaren Stimme hat sie gesagt: »Wo ist mein Jet?«
»In Orly, Hexlein.«
»Wir fliegen nach Nürnberg. Ich muß sofort nach Nürnberg zu meinem Kind.«
Diese Art zu sprechen, diese Ruhe im Salon, bei so vielen Menschen, hat der ganzen Szene etwas absolut Unwirkliches gegeben.
»Du kannst jetzt nicht nach Nürnberg, Hexlein. Ich habe mit der Ärztin telefoniert. Babs würde dich überhaupt nicht erkennen.«
»Aber ich will sie sehen!«
»Du kannst jetzt nicht nach Nürnberg«, sagt Bracken.
»Warum nicht?«
Jetzt redet Sylvia leiser, fast zärtlich. Ich nicke dem alten Dr. Lévy zu. Er nickt zurück. Wir haben einander verstanden. Das Zeug, das er Sylvia da in Tee und Cognac tropfte, ist wirklich das stärkste und beste, das es gibt.
»Weil alle Zeitungen voll sind mit der Nachricht, daß du heute aus den Ferien nach Paris zurückkehren wirst . . .«
»Ohne Babs?«
». . . und daß Babs noch ein wenig in den Ferien bleiben wird, mit Clarissa, weil es in Paris jetzt doch so scheußlich ist«, sagt Bracken. Die Zeitungen sind wirklich alle voll, Bracken hat die Meldung überall untergebracht.
»Es ist mir egal, was in den Zeitungen steht! Ich fliege zu meinem Kind!«
»Das kannst du nicht!«
»Natürlich kann ich das! Wer will mich hindern?«
»Hör mal, Sylvia . . .«
»Wölfchen, ruf in Orly an. Wir kommen. Sie sollen den Jet startklar machen.«
»Hexlein, das geht wirklich nicht. Babs muß jetzt unbedingt Ruhe haben. Wer weiß, was geschieht, wenn sie dich doch erkennt.«

»Nichts wird geschehen! Ich fliege! Babs ist mein Kind! Ich bin eine Mutter! Hat einer von euch Drecksäcken das vielleicht schon einmal überlegt? Wofür haltet ihr mich? Denkt ihr, ihr könnt einfach alles mit mir machen?«
Das ist etwa eine halbe Stunde so weitergegangen. Und Sylvia hat – wenn auch unter dem Einfluß des Sedativums – heroisch gekämpft. Sie ist nun einmal die Mutter von Babs. Man hätte ihre Wünsche respektieren müssen. Aber ich habe gewußt, daß man das niemals tun, daß man sie niemals zu Babs fliegen lassen würde – jetzt nicht und später auch nicht. Später schon gar nicht! Der einzige, der jetzt zu Babs fliegen konnte und auch mußte, immer wieder, war ich. Und das machte mich unendlich glücklich. Denn so kam ich immer wieder zu Ruth. Ruth, die gesagt hatte, daß sie mich liebt.
Immer weiter sind die Schneeflocken herabgesunken, Sylvia hat immer weiter geweint, und dann hat Joe mit seiner weihevollen Stimme gesagt, daß ich mich nun um Babs kümmern würde, wann immer das möglich war, daß es furchtbar sei, was da passiert war, aber daß Sylvia nicht nur eine so große Schauspielerin, sondern auch ein so großer Mensch sei, und daß nur die wirklich Großen in die Hölle des Lebens gerieten, die anderen stünden bloß davor und wärmten sich oder etwas ähnlich Intelligentes, und daß das jetzt, beim KREIDEKREIS, klar werden müsse, denn jetzt werde Sylvia, leidgeprüft, so spielen wie nie zuvor. Sylvia hat ihn unterbrochen und gesagt, sie werde überhaupt nicht mehr spielen, und als daraufhin wiederum Joe versucht hat, sie mit seiner gütigen Stimme zu unterbrechen, hat Sylvia, wohlklingend, gedämpft, in klassischem King's English, zu ihm gesagt: »Joe, du alter, verrotteter Sohn einer Hündin, wenn du nicht sofort dein widerwärtiges Dreckmaul hältst und mich zu Ende sprechen läßt, dann klebe ich dir eine, so wahr mir Gott helfe.«
Und sie kämpft, wenn auch immer in dieser durch das Medikament bestimmten, gedämpften Art, um ein Wiedersehen mit Babs und weigert sich, noch einmal vor eine Kamera zu treten.
Joe wird eiskalt, ohne daß seine Stimme sich ändert.
»Die Vorarbeiten zum KREIDEKREIS laufen. Fast alle Verträge sind abgeschlossen. Wenn du nicht spielst, verklagen dich SEVEN STARS auf fünfundzwanzig Millionen Schadenersatz.«
»Und auf weitere fünfzig Millionen allgemeinen Schadenersatz«, sagt einer der amerikanischen Anwälte.
Das geht jetzt los wie Maschinengewehrfeuer.
Ein anderer Anwalt: »Dazu verlangen wir die Bezahlung der Konventionalstrafe, die Ihr Vertrag mit uns vorsieht, und das ist die höchste, die es jemals gab.«
Ein dritter Anwalt: »Gleichzeitig – heute noch, wenn es sein muß –

distanzieren sich SEVEN STARS von Ihnen, Mrs. Moran, und brechen jede Geschäftsverbindung zu Ihnen für alle Zeiten ab.«
»Und eine entsprechende Information geht – wenn es sein muß, heute noch – an alle großen Nachrichtenagenturen der Welt«, sagt ein vierter Anwalt.
»Welchen Grund für die Distanzierung wollen Sie angeben?«
»Das werden Sie morgen in allen Zeitungen lesen können, Mrs. Moran«, sagt der erste Anwalt.
»Vielleicht sagt ihr auch mal etwas!« sagt Sylvia zu Bracken und mir.
Bracken sagt: »Der Mann, der uns mit den Tonbändern erpreßt, wird das morgen früh auch in irgendeiner Zeitung lesen.«
Sylvia preßt eine Faust gegen den Mund.
Joe steht auf und knipst die elektrischen Birnen von ein paar Wandarmen an und kommt durch den prunkvollen Salon zurück, Hände in den Hosentaschen, tritt dicht vor Sylvia und sagt: »Deshalb ist ja die Konventionalstrafe bei dir immer so hoch, deshalb haben wir ja in den Verträgen mit dir seit . . . damals immer diese besonderen Sicherungen eingebaut – weil wir, wenn es den Skandal des Jahrhunderts gibt, wenn die Konkurrenz die Bänder veröffentlicht, weil wir dann auch in die Geschichte verwickelt sind, in die hübsche Geschichte deiner hübschen Äußerungen über hirngeschädigte Kinder.« Joe ist nun in Fahrt, ein Haifisch, ein Gangster, nichts hält ihn auf. »Nun hast du also selber eins. Fein. Fein für dich. Fein für uns. Vielleicht wachst du mal auf, Sylvia!« Er packt sie – der kleine Kerl wagt es, Sylvia auch noch zu berühren! – am Kinn und reißt ihr brutal den Kopf hoch, so daß sie ihn ansehen muß. »Kapiert endlich? Brauchst nicht zu antworten. Hast kapiert, ich sehe es. Jetzt halt du das Maul! Ich bin noch nicht fertig. Wenn du nicht von dieser Minute an alles, aber auch alles tust, was SEVEN STARS von dir verlangen, dann ist es aus mit dir für alle Zeit.« Ich sehe, daß etwas in Sylvias Gesicht zuckt. »Dann werden wir kein Blatt vor den Mund nehmen. Dann wird das letzte Drecksstudio Bescheid wissen über dich und nicht wagen, dir eine Rolle zu geben, weil jeder Film mit dir dann von Millionen Weibern in den Frauenvereinen und von Weibern und Männern auf der ganzen Welt boykottiert werden wird! Ja, auch von Männern! Das war sehr schweinisch, was du dir da geleistet hast, meine Liebe, in Monte-Carlo! Sehr, sehr schweinisch. Das Kotzen kann man kriegen darüber, das große Kotzen, mein Liebling. Und sei sicher, wenn wir dich feuern, dann kommt alles, was du damals gesagt hast, raus, jedes Wort, jedes!« Joe erhebt nie die Stimme, er spricht immer sanft weiter – eben wie ein Bibelverkäufer, der weiß, daß man ihm zuletzt doch etwas abkaufen wird. »Und wenn das alles raus ist, dann wird kein Studio der Welt es wagen, dich auch nur noch als Statistin zu beschäftigen, als kleinste Ein-Tag-Komparsin, dann kannst du Klofrau werden und Künstlerpostkarten

von dir verkaufen – wenn es ein Lokal gibt, das so was wie dich als Klofrau nimmt.«
Und damit läßt Joe Sylvias Kinn los.
Und es ist lange, lange still in dem großen Salon, so still, daß ich mir einbilde, den Schnee auf die Fensterbänke draußen fallen zu hören, und ich denke, daß Joe und Co. in ihrer übergroßen Umsicht und Güte also auch Lejeune und dem alten Doktor Lévy erzählt haben, was da in Monte-Carlo passiert ist. Lejeune werden sie es vielleicht schon früher erzählt haben. Lévy vielleicht erst heute. Joe kennt ihn so lange wie ich, er weiß, Dr. Lévy ist keiner unanständigen Handlung fähig. Und Lejeune? Den hat Joe in der Hand, gewiß, mit mehreren, mit vielen Schweinereien der Art, die Lejeune für uns gedreht hat, für uns und für andere. Besonders für andere. Ich sehe, daß Sylvia wieder heftig weint, und ich denke an Ruth und daß sie gesagt hat, sie liebt mich, und ich setze mich neben Sylvia auf die rote Couch und ergreife ihre Hand und sage: »Mein armes Hexlein.«
Denn nach Joes Rede ist da Angst in ihren schönen Augen. Jeder sieht es. Jeder weiß, Joe hat gewonnen, Sylvia wird tun, was auch immer er verlangt, aus Angst, Angst vor der Zukunft, der Armut, dem Ende der Karriere, dem Skandal, dem Elend. So einfach geht das alles zu in unserer moralischen Industrie.
Der kleine Dr. Lévy sagt: »Wir müssen jetzt alle Geduld haben, Beherrschung und Geduld – vor allem natürlich Sie, liebe Madame Moran. Es steht geschrieben: ›Ein Augenblick der Geduld kann vor großem Unglück bewahren. Ein Augenblick der Ungeduld kann ein ganzes Leben zerstören!‹«
Sylvia nickt ihm zu und lächelt kurz unter Tränen, dann wird sie ernst, und erbittert fragt sie: »Wer sagt, daß mein Kind geistig schwer behindert ist? Eine Ärztin aus Nürnberg!«
»Eine sehr gute Ärztin«, sage ich. »Sie hat Babs hier in Paris das Leben gerettet, und sie sagt es nicht allein – viele Ärzte der Nürnberger Klinik haben mit ihr zusammengearbeitet und sind derselben Ansicht.«
»Nürnberger Ärzte!« Jetzt klingt Sylvias Stimme höhnisch. »Und damit soll es sich haben? Babs ist ein Idiotenkind und muß in ein Heim verschwinden, weil Nürnberger Ärzte das sagen?«
»Natürlich nicht«, sagt Joe.
»Nein?« Sylvia horcht auf.
»Nein.«
»Aber was wird dann geschehen?«
»Das sage ich dir gleich«, antwortet Joe. Er wendet sich an einen Anwalt, der seit fünf Minuten in einem dicken Akt blättert.
»Haben Sie es gefunden?«
»Ja, Mister Gintzburger.«

»Dann lesen Sie es vor. Laut und deutlich.«
Und dieser Anwalt liest daraufhin laut und deutlich alle einschlägigen Abmachungen, Erklärungen und Bestimmungen über die geradezu aberwitzigen Konventionalstrafen vor, die – in auch nur entfernt ähnlichen Fällen – von den höchsten amerikanischen Gerichten gegen Schauspieler ergangen sind und als Grundsatzurteile gelten.
»Danke, Jerry«, sagt Joe zuletzt. Zu Sylvia sagt er: »Ich werde dir sagen, was nun geschehen soll. Es soll das geschehen, was du selber jetzt wünschst.«
»Was . . . was ist das?« Er hat sie aus dem Gleichgewicht gebracht. Das wollte er natürlich, genau das, klar.
»Nun, du willst selbstverständlich, daß Babs sofort von den größten internationalen Spezialisten untersucht wird – in der Mayo-Klinik und in der Schweiz und in Schweden und in England, wo diese Kerle eben sitzen, nicht wahr?«
»Ja, natürlich . . .«
»Und das wird geschehen«, spricht Joe mit salbungsvoller Stimme.
»O Joe, ich danke dir . . .«
»Danke mir nicht zu früh, Sylvia«, sagt Joe. (Nicht mehr mit salbungsvoller Stimme.) »Mit einer solchen Untersuchung durch die größten Kapazitäten der Welt erkläre ich mich namens SEVEN STARS nämlich nur einverstanden, wenn du dich – für den Fall, daß die absolute Mehrheit zu der eindeutigen Diagnose kommt, die jener der Ärztin aus Nürnberg entspricht –, wenn du, Sylvia, dich dann bereit erklärst, Babs aus der Öffentlichkeit endgültig verschwinden zu lassen.«
Verschwinden zu lassen – das sagt er tatsächlich.
Und alle sehen Sylvia an.
»Diese Bereitschaft mußt du schriftlich erklären – und zwar jetzt. Sofort. Hier.«
»Hier?«
»Ja, hier. Wir haben ja Anwälte hier. Wir haben ja einen Notar hier. Wir haben Zeugen. Charley!«
»Mister Gintzburger?«
»Rufen Sie unten an. Wir brauchen eine Schreibmaschine. Sie werden tippen.«
»Ja, Mister Gintzburger«, sagte PR-Charley.
Da ist es 18 Uhr 15.

Um 23 Uhr bin ich wieder in Nürnberg.
Ich stehe am Bett von Babs, die reglos daliegt, wie tot. Neben mir steht Ruth. Ich habe versucht, sie zu küssen, als ich eintraf, aber sie hat den Kopf zurückgeneigt und gesagt: »Nicht. Nicht jetzt. Bitte, Phil.«

Ich habe Ruth alles berichtet, was in Paris besprochen worden ist. Ruth ist darüber sehr erschrocken gewesen.
»Unsere Diagnose ist doch richtig!« hat Ruth gesagt. »Natürlich gibt es große, berühmte Ärzte für diese Fälle in der ganzen Welt. Aber unsere Diagnose stimmt – leider.«
»Man hat Sylvia fünf Koryphäen gestattet. Doktor Sigrand ist dabei, die besten auszusuchen. Sie können überall in der Welt sein. Doktor Sigrand will uns zwei Ärzte und zwei Krankenschwestern zur Verfügung stellen. Wir haben Sylvias Jet.«
»Verbrecherisch, verbrecherisch ist das«, hat Ruth gesagt.
»Warum? Ist Babs nicht transportfähig?«
»In ein paar Tagen kann ich sie so weit kriegen, daß sie transportfähig ist. Die Anstrengung wird dennoch ungeheuerlich für sie sein. Und dann geht Zeit verloren, Phil! Kostbarste Zeit.«
»Und?«
»Und in dieser Zeit könnte man schon beginnen, Babs zu helfen. Statt dessen verlieren wir diese Zeit.«
»Es ist so beschlossen«, habe ich gesagt. »Ich muß tun, was Sylvia will. Sylvia besteht darauf. Ihre Vereinbarung mit SEVEN STARS basiert darauf. Alles basiert darauf – die Produktion des Films, Sylvias Zukunft, die . . .«
»Ja«, antwortete Ruth, »natürlich. Was ist gegen all das die Zukunft eines Kindes?«
Nun stehen wir am Bett dieses Kindes.
Die kleine Lampe verbreitet gedämpftes Licht, und es ist still auf dem Gang draußen, totenstill. Und es schneit auch in Nürnberg heftig, es schneit in ganz Europa, und es soll noch mehr Schnee kommen, hat mir Captain Callaghan während des Fluges gesagt.
Da stehen wir, Hand in Hand, Ruth und ich, und vor uns liegt unbeweglich, in tiefstem Schlaf, wieder zusammengerollt, Babs.
»Das Geld«, sagt Ruth mit großer Bitterkeit. »Das verfluchte Geld.«
»Ich verstehe nicht . . .«
»Warum ist diese Wahnsinnsfliegerei überhaupt möglich? Weil Geld da ist, weil Mrs. Moran und die Filmgesellschaft Geld haben, so sehr viel Geld!«
»Und?«
»Und das ist schlimm. Wäre kein Geld da, um Babs in der Welt herumzufliegen, wäre Babs das ganz gewöhnliche Kind einer ganz gewöhnlichen Mutter, dann hätte sie mehr Glück – das Glück nämlich, daß sofort mit einer gezielten Behandlung begonnen und keine Zeit verloren wird.« Stille. Dann sagt Ruth: »Nichts ist gefährlicher als die Kombination von Krankheit und Reichtum des Kranken.«

Kaleidoskop.
Nein, nicht Kaleidoskop: *Wahnsinn!*
Was jetzt ausbrach, war Wahnsinn, schreiender Wahnsinn . . .

Tagebuch:
Montag, 7. Februar 1972: Ruth hat Babs ›transportfähig‹ gemacht. Die Sache mit Babs' Augen ist mittlerweile so schlimm geworden, daß sie ständig eine Schielbrille tragen muß. Sie sieht entsetzlich damit aus. Niemand würde auch nur vermuten, daß sie Babs Moran ist. Sie spricht noch immer kein einziges Wort. Sie scheint mich nicht zu erkennen.
In einer Ambulanz wird sie zum Flughafen Nürnberg gebracht, wo die Super-One-Eleven wartet. Mit den französischen Ärzten und Schwestern. Auch zwei amerikanische Privatdetektive von Seven Stars begleiten uns auf der Reise.
Ich soll in einem Taxi nachkommen. Abschied von Ruth. Sie ist unglücklich und besorgt, aber sie muß sich fügen. In ihrem Zimmer, vor ihrem Schreibtisch, küßt sie mich plötzlich. Ich umarme sie. Ich fühle, wie sie mir etwas in die Jackentasche steckt. Dann sagt sie: »Geh jetzt, bitte. Gleich. Ich komme nicht mit. Ich . . .« Der Satz bleibt unvollendet. Ich gehe und drehe mich immer wieder um. Ruth sieht mir nicht nach, nicht ein einziges Mal.

Sylvia hat – zum ersten Mal im Leben – einem anderen Menschen, nämlich mir, ihr Scheckbuch gegeben. Ich muß jetzt immer so viel Geld haben, wie ich brauche. Ich muß die Untersuchungen bezahlen, den Treibstoff, die Gehälter des Personals, die ganze Reise, die täglichen Anrufe, die Sylvia erwartet – darunter werden viele Transatlantikgespräche sein. Da langt selbst das Gehalt eines Produktionschefs nicht.
Als ich – es schneit und schneit und schneit – den Flughafen erreiche, sehe ich Babs im Bett des Jets liegen. Sie schläft nicht, sondern starrt die Kabinendecke an.
Zwanzig Minuten später startet die Super-One-Eleven (alle Insassen wurden zu strengstem Stillschweigen verpflichtet) in Schneewirbel hinein. Als die Maschine abhebt, ziehe ich das aus der Jackentasche, was Ruth da hineingesteckt hat. Es ist eine ovale Messingplakette, nicht besonders groß, eingeritzt auf ihr sind diese Worte:

FRIEDE ALLEN WESEN!
GAUTAMA BUDDHA

Mittwoch, 9. Februar 1972: Wir sind in Amerika. Babs wird zur Untersuchung in die Mayo-Klinik in Rochester eingeliefert. Die genaue Untersuchung soll zwei Tage dauern, sagen mir die Ärzte. Täglich Telefonat mit

Sylvia in Paris – unter Berücksichtigung des Zeitunterschiedes. Die meisten französischen Telefone haben einen zweiten Hörer. Immer wird also jetzt Joe mithören.

Samstag, 12. Februar 1972: Ich gebe den Befund der Ärzte der Mayo-Klinik telefonisch nach Paris durch. Der Befund entspricht genau dem, was Ruth gesagt hat. Für die Zukunft: Unter allen Umständen eine der des Sisyphos verwandte Arbeit bei der Behandlung. Dennoch nicht aufgeben. Es können Jahre vergehen, bevor Besserungen eintreten. Das frühere geistige Niveau wird dennoch wahrscheinlich niemals mehr erreicht werden. Unbedingt: Weitere Betreuung in einer für solche Fälle spezialisierten Institution.

Sylvia tobt am Telefon (jetzt hat sie keine Sedativa in sich, jetzt ist kein Dr. Lévy da), sie nennt die Spezialisten der Mayo-Klinik dämliche Affen. Sie glaubt kein Wort. Sie hat inzwischen (Sigrands Vorschläge zum Teil verwerfend) in Erfahrung gebracht, wo ein weltberühmter Arzt auf diesem Gebiet arbeitet. Sie beruft sich auf den Vertrag mit SEVEN STARS und fordert, daß wir nun nach Philadelphia fliegen, in das DISABLED CHILDREN CENTER eines gewissen Dr. Joseph Lerring.

Montag, 14. Februar 1972: Eintreffen in Dr. Lerrings Center. Der Chef selber empfängt uns. Er sieht genauso aus, wie in den fünfziger Jahren amerikanische Filmärzte auszusehen pflegten.

Dienstag, 15., bis Mittwoch, 16. Februar 1972: Ich sehe mir Dr. Lerrings phantastische Villa vor der Stadt an, seine Wagenflotte, ich erfahre, daß Dr. Lerring mehrfacher Dollar-Millionär ist.

Donnerstag, 17. Februar 1972: Dr. Lerring gibt mir in seinem mit erlesenem Geschmack eingerichteten Arbeitszimmer das Folgende bekannt: Wenn Babs in seinem Center bleibt, wird er neue Präparate verwenden, über die nur er verfügt: Diese Präparate erhöhen die Hirnleistung auf ›biochemischem‹ Wege. Die Behandlung ist verhältnismäßig kurzfristig und bringt völlige Heilung – zumindest in den meisten Fällen. Hundertprozentig kann vollkommene Heilung kein seriöser Arzt der Welt versprechen, nicht wahr. Die Kosten für die Behandlung sind enorm hoch, weil die Medikamente so teuer sind. Daher ist Dr. Lerrings Behandlungsart auch nur den wenigen zugänglich, die das nötige Geld dazu besitzen. Mrs. Moran besitzt es natürlich. Aber weil die Behandlung aus finanziellen Gründen nur wenigen möglich ist, weiß man nichts über sie, und Dr. Lerring ist kein Narr – er wird seine Geheimnisse nicht verraten.

Telefonat mit Paris – fast eine Stunde lang.

Sylvia ist außer sich. Sie hat es immer gesagt! Lerring ist genau der richtige Mann! Egal, was es kostet! Lerring wird Babs wieder völlig gesund machen! Ich sage, daß ich Lerring für einen skrupellosen Schuft halte. Er ist auf diese Art Millionär geworden. Er hat zur Vorsicht gesagt, daß er keine hundertprozentige Garantie geben kann! Nun, wenn Sylvia sich dusselig gezahlt hat, wird Babs eben zu den wenigen Fällen gehören, bei denen Lerrings Wunderbehandlung versagt. Sylvia beschimpft mich wie ein Marktweib. Ich bin davon überzeugt, daß sie am liebsten sofort nach Philadelphia kommen und mit Dr. Lerring ins Bett gehen würde, um der Sache Nachdruck zu verleihen. In diesem Sinne – ohne das Zubettgehen – äußert sie sich auch. Sie muß sofort zu Lerring und ihrer geliebten Babs. Darauf entspinnt sich ein lautstarker Streit zwischen ihr und Joe, den ich verfolgen kann. Sylvia hat sich verpflichtet, die ausgewählten Ärzte alle anzuhören. Wenn die absolute Mehrheit die Diagnose von Dr. Ruth Reinhardt bestätigt, hat sie sich verpflichtet, Babs ›verschwinden‹ zu lassen. Auf keinen Fall, und auch das ist in dem Abkommen festgehalten – o, weiser Joe! –, darf Sylvia vorläufig Paris verlassen. Diese Rundreise mit Babs mache ich allein. Sylvia wird nicht in Erscheinung treten. Ich werde von Joe aufgefordert, nun den britischen Spezialisten Professor Crossman in London aufzusuchen.

Donnerstag, 17. Februar 1972: Reise über den Atlantik nach London, mit Zwischenlandung in New York. Uns alle nimmt dieser Kreuzflug mit, die Ärzte und die Schwestern, die Detektive, auch die Piloten, auch mich, am meisten Babs. Über dem Atlantik bekommt sie hohes Fieber und nach langer Zeit wieder Krampfanfälle. Sie tobt so sehr, daß die beiden französischen Schwestern aus dem Sainte-Bernadette Angst bekommen, und die bekommen so leicht vor nichts Angst. Die beiden französischen Ärzte bemühen sich unablässig um Babs. Es schläft niemand in dieser Nacht, wir sehen alle wie Leichen aus, als wir London erreichen.

Freitag, 18. Februar 1972: London. Bei Professor Crossman. Babs zusammengebrochen. Untersuchungen nicht möglich. Bis es so weit ist, daß Crossman mit den Untersuchungen beginnen kann, vergehen fünf Tage, in denen ein Ärzteteam versucht, Babs wieder zu Kräften zu bringen. Sylvia am Telefon sehr deprimiert. Sie weint. Dazwischen höre ich Joe fluchen.

Samstag, 26. Februar 1972: Die Untersuchungen sind abgeschlossen. Ich teile Sylvia in Paris telefonisch mit, was das Ergebnis ist: Exakt das gleiche wie das der Mayo-Klinik und das von Ruth.

Streit in Paris. Joe will Schluß machen. Sylvia beharrt auf den ihr zugestandenen Untersuchungen. Weiter also!

Montag, 28. Februar 1972: Stockholm, bei Professor Lundstrom, Leiter des größten Kinderkrankenhauses.

Dienstag, 29. Februar und Mittwoch, 30. Februar 1972: Ich höre, daß Professor Lundstrom ein sehr guter Arzt ist, der jedoch einen Nachteil hat: Er kann nicht (aus Mitleid, sagen die einen, aus einem übermächtigen Wunsch, sich allen krassen Erklärungen zu entziehen, sagen die anderen) exakt, wie ein Arzt da sein muß, seine Diagnose mitteilen.

Mittwoch, 1. März 1972: Stimmt. Was manche Kollegen Lundstroms mir sagten, meine auch ich. Die Diagnose, die ich dann nach Paris durchtelefoniere, lautet entsprechend: Professor Lundstrom – und er hat sich dabei gedreht und gewunden – erklärt: Prognose sehr schlecht, genau wie die der Ärzte in der Mayo-Klinik und wie Professor Crossman. Indessen: Auch unter sehr schlechten Prognosen sind Fälle bekannt, bei denen es erstaunliche positive Rückbildungen bis zur völligen Normalität kam.
Jubel Sylvias am Telefon. Ach, arme Sylvia. Ich höre, daß Joe Sylvia warnt, es nicht zu weit zu treiben. Sie bettelt und fleht: Nur ein Spezialist noch, bitte! Nur noch Professor Geller.
Freitag, 3. März 1972: Bern. Bei Professor Geller. Unmittelbar nach der Ankunft totaler Zusammenbruch der völlig überforderten Babs. Professor Geller, ein wirkliches Genie, sagt, daß es eine Weile dauern wird, bis er Babs zunächst aus ihrem äußerst kritischen Zustand geholt hat. Findet Worte des Zorns, als ich ihm erzähle, was Babs hinter sich hat. Versammelt seine Oberärzte. Es beginnt eine gezielte Behandlung, nur um Babs wieder zu kräftigen, nur um sie überhaupt untersuchen zu können.
Freitag, 3. März, bis Freitag, 10. März 1972: Zusammenfassung: Bern. Wohne im BELLEVUE. Täglich im Krankenhaus. Kann Babs nicht sehen. Höre jedesmal, daß es ihr etwas besser geht. Diese Nachricht telefonisch nach Paris. Sylvia ist jetzt endgültig gebrochen. Weint oft am Telefon. (Und Joe, höre ich, tröstet sie dann.) Telefonat mit Clarissa in Madrid. Lüge sie an, sage Babs gehe es gut. Clarissa soll sich darauf vorbereiten, bald nach Paris zu kommen. Sie erhält noch genaue Anweisungen. (Natürlich telefoniere ich auch mit Rod Bracken, und der hat, den Umständen entsprechend, einen Plan entworfen und verbessert ihn immer weiter. Wohl das Ärgste, was er sich je ausgedacht hat.) Telefoniere häufig mit Ruth und berichte ihr alles. Sie ist empört. Ich sage, daß ich sie liebe, jeden Tag, jede Stunde mehr.
»Auch ich, Phil«, sagt Ruth.
Ein anderes Mal sagt sie: »Arme Babs.«
Dienstag, 14. März 1972: Professor Geller hat ein Wunder vollbracht, ein wirkliches Wunder. Schon zum Wochenende vorher war Babs wieder bei Kräften, erkannte mich, ließ sich von mir streicheln, drückte sich an mich. Diese Besserung ist nur temporär, sagt Professor Geller, das gehe alles auf Medikamente zurück, der Rückschlag werde kommen.
Ich telefoniere abends mit Sylvia: »Professor Geller hat genau die gleiche Diagnose gestellt wie Doktor Reinhardt, wie die Mayo-Klinik, wie Professor Crossman und – verklausuliert – Professor Lundstrom.«
Also ist mit der absoluten Mehrheit der Diagnosen die Entscheidung zuungunsten von Babs gefallen. Damit muß Sylvia sich nach dem Vertrag abfinden. Die Odyssee ist beendet. Babs wird zu Ruth zurückkehren und

später eine dieser Institutionen besuchen. Bevor es dazu kommt, haben wir allerdings noch eine grausige Farce vor uns.

ENDE DES BERICHTS AN HAND DER TAGEBÜCHER.

57

Der ›Blaue Salon‹ des Hotels LE MONDE ist sehr groß und wird häufig für Konferenzen oder private Gesellschaften verwendet. Sylvia hat im ›Blauen Salon‹ des LE MONDE schon viele Pressekonferenzen gegeben. Am Mittwoch, dem 15. März 1972, gab sie auch eine.
Es könnte sein, mein Herr Richter, daß Sie das, was ich nun aufschreibe, nicht glauben oder nicht glauben können. Ich schreibe die Wahrheit. Es gibt eine Menge Zeugen.
Diese Pressekonferenz begann mit Verspätung um 16 Uhr 45 und dauerte bis 19 Uhr 10 – ungewöhnlich lange, Sie werden bald verstehen, wieso. Vorbereitet hatte diese Konferenz Rod Bracken.
Tags zuvor war Clarissa aus Madrid nach Paris zurückgekehrt, mit einer Linienmaschine: Sie ging in ihr Zimmer im Hotel und verließ es nicht mehr bis zum Beginn der Pressekonferenz. Bracken hatte die Aufgabe gehabt, Clarissa die ganze Wahrheit über Babs zu sagen und des weiteren alles über das, was nun geschehen mußte. Der alte Dr. Lévy hatte die Aufgabe gehabt, Clarissa danach mit Spritzen und Pillen so weit zu bringen, daß sie ruhig und ausgeglichen aussah. Sie sah ein bißchen zu sehr so aus.
Ich hatte noch aus Bern meinen Freund, den Président-Directeur Général des LE MONDE, Pierre Maréchal, angerufen und ihm gleichfalls alles erzählt. Es ging nun einfach nicht mehr anders. Ich hatte Maréchal gebeten, uns zu helfen. Er hatte das zugesagt. Er mußte eine Handvoll absolut vertrauenswürdiger Menschen einweihen. Joe (er fordert jetzt zu allem sein Okay) hatte dem zugestimmt.
Gegen Mittag dieses Tages landeten in Orly zwei Flugzeuge – zuerst eine Linienmaschine der LUFTHANSA. Mit ihr kam Ruth, begleitet von zwei anderen Ärzten des Sophienkrankenhauses. Sie fuhr ins LE MONDE, dort erhielten die drei Mediziner Zimmer. Etwas später landete Sylvias SUPER-ONE-ELEVEN. Sie hatten Sylvias Rolls-Royce aus der Tiefgarage da draußen geholt. In ihm fuhren Babs, die zwei französischen Ärzte des Hôpital Sainte-Bernadette und ich ins LE MONDE, und zwar in den Innenhof. Ihm folgte ein dritter Wagen mit den Detektiven der SEVEN STARS. Babs konnte, wenn auch hinkend, gehen, sie war ruhig und nicht erregt, und sie sprach noch immer kein Wort. Unsere Maschine war von Basel aus gestartet, und Professor Geller hatte mir erklärt, daß Babs jede nicht allzu große Anstrengung ohne Verlust ihres (mit Drogen erzeugten) ›normalen‹ Zustands acht

bis höchstens zehn Stunden ertragen würde, keinesfalls länger. Die Zeit lief gegen uns, seit wir Professor Geller verlassen hatten.
Als ich mit Babs an der Hand, begleitet von den Ärzten und den Detektiven, gegen 14 Uhr 30 das Appartement 419 im Le Monde betrat, kam es zu einer grausigen Szene. Im Salon des Appartements warteten außer Sylvia und Bracken: Joe, Lejeune, zwei amerikanische Anwälte, der PR-Mann Charley, die französischen Ärzte und die beiden Detektive. Sylvia trug einen Morgenmantel.
An meiner Hand trat Babs in den Salon, einen Fuß leicht nachschleifend, mit Maskengesicht und ohne Emotion.
»Babs!«
Sylvia schrie auf, als sie ihre Tochter sah. Sie lief dem Kind entgegen, fiel vor Babs in die Knie, brach in Tränen aus und drückte und preßte das Kind gegen sich, ununterbrochen den Namen des kleinen Mädchens nennend und unzählige Worte der Liebe und der Zärtlichkeit stammelnd.
Babs stand mit herabhängenden Armen da und ließ diese Begrüßung etwa drei Minuten lang über sich ergehen. In diesen drei Minuten wurde allen Anwesenden, mit Ausnahme Sylvias, klar, daß das Kind seine Mutter nicht erkannte. Nach Ablauf der drei Minuten streichelte Sylvia, ununterbrochen unter Tränen redend, Babs' Gesicht. Dann plötzlich schrie sie gellend auf. Und zwar vor Schmerz, nicht vor Entsetzen, jedenfalls nicht gleich vor Entsetzen. Babs hatte sie in die Hand gebissen. Blut floß. Sylvia fiel zur Seite. Dr. Lévy und die beiden anderen französischen Ärzte bemühten sich um sie, versorgten die Wunde. Babs stand ohne Bewegung, sah ins Leere. Die Ärzte gaben Sylvia, die immer weiterschrie (jetzt vor Entsetzen) eine Spritze, Dr. Lévy gab Babs viele hübsche kleine Pillen, blaue, rote und gelbe. Babs schluckte sie folgsam. Sie wurde in ihr Zimmer geführt, Sylvia blieb in 419.
»Wölfchen«, stammelte sie. »Wölfchen ... sie ... sie hat mich nicht erkannt!«
»Nein, Hexlein«, sagte ich.
Sylvia begann wieder zu weinen.
»Keine Zeit, keine Zeit«, sagte Joe. »Los, los, los, Sylvia! In den Ankleideraum. Katie und Joe warten schon.«
»Ich kann nicht!« schrie Sylvia.
»Du mußt«, sagt Joe. »Und du kannst. Und du wirst. Nun geh.«
Sylvia ging.

58

Weil Sylvia immer wieder weinte, brauchten ihre alten Maskenbildner Katie und Joe Patterson, die mit Clarissa zusammen gekommen waren (sie

arbeiteten schon in Madrid, draußen in den Studios, wo sie seit Tagen Probeschminken unter der Überwachung des Regisseurs, des künstlerischen und des historischen Beraters und des Beraters jenes besonderen Farbfilmverfahrens mit dem Double Carmen Cruzeiro machten), viel länger als vorgesehen. Sylvia wurde auch frisiert. Dann dauerte es endlos, bis sie angekleidet war.
Sie trug einen Hosenanzug, bestehend aus schwarzer Hose, weißer Seidenbluse mit Schalkragen, darüber eine schwarze Weste mit weißem Besatz. Dazu schwarze Wildlederschuhe. Was ihren Schmuck betraf: an diesem Nachmittag mehrere Ketten aus Gold mit kleinen Brillanten, aber auch eine Perlenkette. Ein goldener Ring mit einem Brillanten am kleinen Finger, eine goldene Armbanduhr mit Brillanten und goldene Ohrringe mit Brillanten. Das gehörte alles zusammen.
Als Katie und Joe mit Sylvia fertig waren (die Spritze wirkte bei dieser inzwischen, sie war fast apathisch), gingen die beiden Maskenbildner zu Babs und schminkten diese. Wenn Sie all dies nicht glauben, mein Herr Richter – fragen Sie die Zeugen. Babs war absolut ruhig und ließ alles mit sich geschehen. Katie und Joe nahmen ihr die häßliche Schielbrille ab und schminkten sie wie für eine Filmaufnahme, kämmten ihr Haar wie für eine Filmaufnahme. Ihr schönstes Kleid wurde ihr angezogen. Babs erhielt eine außerordentlich schick gerahmte Schielbrille, die man in Paris für sie gekauft hatte – nach Angaben aus Nürnberg.
Bei Mutter und Kind waren vom Moment des Zusammentreffens an Ärzte. Als man Babs das schöne Kleid überzog, stellte sie sich wieder einmal auf die Zehenspitzen, hob die Arme und begann mit ihnen zu flügeln, ohne ein Wort, ohne einen einzigen Ton hervorzubringen. Dr. Lévy gab ihr noch ein paar rote Pillen, ich sah es im Hinausgehen. Ich mußte mich auch noch umziehen – blauen Anzug, weißes Hemd, blau-weiße Krawatte.
Neben dem ›Blauen Salon‹ gibt es hinter einem Vorhang einen ziemlich großen angrenzenden Raum. Hier versammelten sich alle Anwälte von SEVEN STARS, PR-Mann Charley, Joe, Ruth, die beiden Detektive, der Pariser Anwalt Lejeune, Clarissa, Bracken und die französischen Schwestern und Ärzte des Sainte-Bernadette, die uns auf unserer weiten Reise begleitet hatten. Zu ihnen gesellte sich ihr Chef, Dr. Sigrand. Er begrüßte mich herzlich und sagte Worte des Mitgefühls. Zur gleichen Zeit füllte sich der ›Blaue Salon‹.
Scheinwerfer, Mikrofone und TV-Kameras waren schon aufgebaut. An der Stirnseite hat der ›Blaue Salon‹ ein Podium, auf diesem stand ein langer Tisch. Brokatdecke darauf. Fünf Vasen mit Blumen darauf. Mikrofone darauf. Die Reporter hatten die längste Zeit Licht- und Sprechproben veranstaltet (irgendwelche Journalisten oder Kameraleute saßen auf den Stühlen, auf denen wir später sitzen sollten), alles war bereit – doch die Zeit

konnte nicht eingehalten werden, denn Sylvia war, bereits angezogen, schmuckbehängt und geschminkt, noch einmal in Tränen ausgebrochen. Joe und Katie mußten ihre ganze Arbeit noch einmal tun. Dr. Lévy wagte nicht, Sylvia eine weitere Injektion oder auch nur weitere Sedativa zu geben aus Angst, sie könnte lallend sprechen.
Ich saß bei diesem neuerlichen Schminken neben Sylvia in dem großen Umkleideraum. Sie hatte gewünscht, daß ich ihre Hand hielt, die naß von Schweiß war, und ich dachte, wie sehr mir Sylvia leid tat und wie sehr ich Ruth liebte.
Bracken kam mit Ruth herein.
»Entschuldige, Sylvia, aber alle warten auf dich, wir haben uns fast schon eine Dreiviertelstunde verspätet. Oh, darf ich bekanntmachen – Mrs. Moran, Frau Doktor Reinhardt. Sie hat eben noch einmal nach Babs gesehen.«
»Guten Tag, Madame Moran«, sagte Ruth.
»Guten Tag, Madame«, sagte Sylvia.
Hier und heute wurde nur französisch gesprochen.
»Ich danke Ihnen sehr für alles, was Sie für Babs getan haben«, sagte Sylvia, in den Spiegel sehend, Joe rechts von ihr, Katie links von ihr stehend.
»Es war selbstverständlich, und ich habe es gern getan«, sagte Ruth.
Wir vermieden es, einander anzusehen.
»Babs kommt ja jetzt wieder zu Ihnen«, sagte Sylvia.
»Ja, Madame Moran«, sagte Ruth.
»Ich danke Ihnen noch einmal«, sagte Sylvia. Dann wurde ihre Stimme laut: »Seid ihr noch immer nicht fertig, verflucht?«
»Fertig, Mrs. Moran«, sagte Katie.
Sylvia , die in Unterkleidern dagesessen hatte, erhob sich. Katie half ihr wieder in den Hosenanzug.

59

Endlich – um 16 Uhr 45 – waren wir dann alle in dem Raum neben dem ›Blauen Salon‹ versammelt.
»Raus jetzt mit uns«, sagte Joe. Ich sah, daß er sich heimlich bekreuzigte. Nur ich hatte es gesehen. Sonst sah das niemand. Er schob den Vorhang beiseite und trat auf das Podium. Im gleichen Moment blendeten die Scheinwerfer auf. Joe ging ein paar Schritte weit, dann wandte er sich um und machte eine Handbewegung. Darauf kam Rod Bracken. Machte eine Handbewegung. Ich kam. Machte eine Handbewegung.
Sylvia Moran kam auf das Podium.
Sie blieb stehen, hob beide Arme und warf Kußhändchen in den Saal. Ich hatte sie eben noch oben in 419 erlebt – und nun, und nun! Sie ist eine

phantastische Schauspielerin, mein Herr Richter, sie ist in der Tat die größte.
Alle TV-Kameras nahmen auf, Blitzlichter zuckten wie in einem übertriebenen Gewitter, prasselnder Beifall brach los. Sylvia ging vor uns zu einem Stuhl in der Mitte des langen Tisches. Sie setzte sich. Ich setzte mich links von ihr. Joe setzte sich rechts von ihr. Neben mir saß Rod. Alles war genau besprochen.
Nun vergingen fünf Minuten, in denen nur fotografiert wurde.
Dann hob Joe eine Hand und stand auf.
»Guten Tag, meine Damen und Herren«, sagte er in seinem schlechten Französisch. »Ich begrüße Sie herzlichst. Wir haben Sie hierhergebeten, weil wir Ihnen etwas zu sagen haben, das viele von Ihnen interessieren wird. Am besten sagt es Ihnen Madame Moran.« Er setzte sich. Ich sah, daß er die Hände gefaltet hielt.
Sylvia rückte ein Mikrofon zurecht, wartete einige Sekunden, bis es ganz still im Saal war, dann begann sie zu sprechen – so beherrscht, so gelassen, so fröhlich, als beginne sie eine Märchenstunde.
»Meine lieben Freunde hier, meine lieben Freunde überall in der Welt! Ich war, wie Sie wissen, in Urlaub, um mich für mein neues Filmvorhaben – das größte, an dem ich jemals beteiligt war, den KREIDEKREIS – zu erholen. Sie wissen, meine geliebte Babs war mit mir, während Phil . . .« – Blick der Liebe zu mir – ». . . in Madrid schon mit den Vorbereitungen zur Produktion begonnen hat. Nun sind Babs und ich zurückgekehrt . . .«
»Wo ist Babs?«
»Babs!«
Rufe durcheinander.
»Einen Moment, bitte. Deshalb haben wir Sie ja hierhergebeten. Heute soll eben nur die Rede von Babs sein. Ich, Phil, Joe, Rod, Sie alle, wir alle, die Menschen der ganzen Welt lieben Babs. Nun, meine Freunde, die Zeit ist gekommen, eine Weile von Babs Abschied zu nehmen.« Effektvolle Pause. Was für eine Schauspielerin, dachte ich, was für eine Schauspielerin! »Sehen Sie«, fuhr Sylvia fort, »Babs ist zu erwachsen geworden, um andauernd weiter mit Phil und mir durch die Welt zu fliegen – nun zum Beispiel für Monate nach Madrid und kreuz und quer durch Spanien. Babs braucht Ruhe, einen festen Wohnsitz, eine richtige Schule, sie kann nicht mehr von einem Privatlehrer unterrichtet werden.«
»Richtige Schule, wo?« rief ein Reporter.
»Das kann ich leider nicht verraten.«
»Warum nicht?«
Mein Stichwort!
Ich sagte: »Weil sie vor allem Ruhe braucht. Die hätte sie nicht, die hätte sie nie, wenn wir den Namen der Schule bekanntgeben würden. Nur soviel:

Babs geht nach Amerika. Und zu dem Thema Ruhe: Babs ist schon viel zu lange mit uns herumvagabundiert, sie ist müde und erschöpft. Das hat sich herausgestellt, als sie plötzlich eine Brille brauchte. Ja, eine Brille! Die Erschöpfung hat ihren Augen geschadet. Eine vorübergehende Erschöpfung selbstverständlich, bald schon wird Babs ihre Brille nicht mehr brauchen. Aber Sie verstehen jetzt gewiß alle, warum wir nicht sagen können, wohin Clarissa, ihr treues Kindermädchen, sie nun bringt, zusammen mit mir.«
»Zusammen mit Phil«, sagte Sylvia und legte wieder ihre Hand auf die meine. Sie war so schweißfeucht wie vorhin im Ankleideraum.
Mein Stichwort!
Ich stand auf und sagte: »Ich werde Babs nun holen, damit sie sich von Ihnen allen verabschieden kann, meine Damen und Herren.«
Dann ging ich über das Podium auf den schwarzen Vorhang zu. Meine Knie waren wie aus Pudding, mein Herr Richter. Ich hob den Vorhang. Da sah ich sie alle – Ärzte, Detektive, Schminkmeister, meinen Freund, den Direktor des LE MONDE, Pierre Maréchal, Clarissa, Babs, Ruth.
Ruth blickte mich starr an.
Maréchal hob beide Hände über den Kopf und schüttelte sie wie ein Boxer. Clarissa trug ein violettes Kleid. Sie führte Babs zu mir, so weit, daß sie zwei Schritte auf das Podium herauskam und für alle sichtbar wurde. Babs hinkte doch. Bei den zwei Schritten war das nicht zu merken für die Reporter, denn Clarissa ging außen. Nun (alles, alles genau besprochen) bückte ich mich, eben wie ein Mann in übergroßer Liebe zu einem Kind, und hob Babs hoch, hielt sie auf einem Arm, sie saß da richtig. Sie war so benommen von den vielen bunten Pillen des Dr. Lévy, daß sie sich nicht wehrte. Sie war tot wie eine Puppe. Eine sehr schöne Puppe. Ich ging über das Podium zurück, Babs im Arm, bis zu Sylvia. Schritt vor Schritt. Das alles war lebensgefährlich, absolut lebensgefährlich. Die Ärzte hatten gewarnt. Sylvia hatte gefleht, das Kind nicht zu zeigen. Aber Joe und seine Anwälte, allen voran Lejeune, waren unerbittlich geblieben. Das Kind mußte noch einmal vorgezeigt werden! Ich denke, alle da an dem Tisch und alle da hinter dem Vorhang sprachen ihre Gebete, zu welchen Göttern immer.
Kreuzfeuer der Fotoblitze. Gleißendes Scheinwerferlicht. Viele klatschten. Sylvia lächelte. Joe lächelte. Bracken lächelte. Ich lächelte. Dann geschah das Grausigste: In Erinnerung an sehr viele ähnliche Gelegenheiten, die sich in Babs' armes Gehirn offenbar eingegraben hatten, hob sie den rechten Arm und winkte den Reportern zu und lachte.
Und lachte!
Die Puppe Babs lachte, das kunstvoll schön geschminkte, arme, verzerrte Gesicht, das nun aussah wie das der gesunden Babs, lachte! Hinter der

superschicken Brille sah man die schielenden Augen fast nicht, so sehr spiegelten die Gläser.
Was für ein Fressen für die Reporter!
Was für ein Glück für uns!
Alle am Tisch standen auf und klatschten Babs zu: Die Mutter, Rod, Joe, der ganze Saal klatschte. Ich zählte derweilen die Sekunden. Vier Minuten, hatte Ruth mir gesagt. Keinesfalls länger. Als ich nach vier Minuten Babs wieder vom Podium trug, wurden Proteste laut. Das war mir egal. Nur raus aus dem ›Blauen Salon‹.
Da war der Vorhang, Clarissa hielt ihn auf. Rein in den Nebenraum. Ich ließ Babs auf eine Couch gleiten. Im nächsten Moment, mein Herr Richter, im nächsten Moment begann sie wüst um sich zu schlagen, um sich zu treten. Ruth und die französischen Ärzte eilten zu ihr. Ich wußte, sie würden sich um Babs kümmern. In Orly stand die SUPER-ONE-ELEVEN startklar. Alle hier waren informiert: Babs mußte in dieser Maschine mit Ruth und einem französischen Arzt und den beiden Schwestern sofort nach Nürnberg zurück. Und ich mußte in den ›Blauen Salon‹ zurück.
»Ich rufe an, nachts«, sagte ich leise zu Ruth. Sie nickte.
Ich eilte auf das Podium. Ich setzte mich neben Sylvia. Legte einen Arm um sie. Das Liebespaar des Jahrhunderts eben. Die nächste Stunde schien kein Ende nehmen zu wollen. Wir mußten diese Konferenz fortsetzen, bis wir sicher waren, daß Babs sich in der Luft befand, daß die SUPER-ONE-ELEVEN gestartet war. Glücklicherweise hatten die Reporter noch viele Fragen: Wie es mit dem KREIDEKREIS gehe, aber auch wegen des Films SO WENIG ZEIT. Ein Sprecher trat vor, den sie gewählt hatten. Zu meiner Freude war es wieder Claude Parron von AFP. Es gehe Sylvias Partner in SO WENIG ZEIT sehr schlecht, habe man gehört, sagte AFP-Parron, von Tag zu Tag schlechter. Wußte Sylvia das?
Ja, sagte Sylvia. (Sie hatte keine Ahnung.)
»Sylvia schickt ihm täglich Blumen«, sagte Joe. »Telefonieren kann sie nicht mit Alfredo. Er ist zu schwach, den Hörer zu halten.«
Das war auch für mich neu. Die Blumen schickte natürlich täglich der liebe Marone, dieses Schwein. Was für ein Glück dieses Schwein doch hat, dachte ich. Was für ein Glück! Alfredo kratzt nun doch noch ab . . .
Fragen.
Antworten.
Blick auf die Uhr. Immer wieder. Die verfluchte Zeit schien nicht weiterzugehen.
Die Fragerei versickerte. Und dann, mein Herr Richter, als ich schon dachte, es nicht mehr ertragen zu können, hob sich der Vorhang ein wenig, und der Anwalt Lejeune machte uns ein Zeichen. Dieses Zeichen bedeutete: Das Flugzeug mit Babs an Bord ist gestartet.

Wenige Minuten später brachen wir die Pressekonferenz ab.
AFP-Parron trat nahe heran und überreichte Sylvia namens aller Kollegen einen riesigen Strauß herrlicher Baccara-Rosen.
»Ich danke Ihnen, Monsieur Parron. Ich danke Ihnen allen, meine Damen und Herren«, sagte Sylvia.
Und dann ging sie, bei mir eingehängt, noch ein paarmal zurückwinkend, zu dem Vorhang des Nebenraumes. Joe und Bracken folgten. Die Kameras schwenkten uns nach, bis sich der Vorhang hinter uns geschlossen hatte.
»Ich . . .«, begann Sylvia.
»Was ist?«
Ich trat vor sie.
Sie sagte nichts mehr. Sie fiel mir direkt entgegen, die Baccara-Rosen noch in den Armen . . .

60

. . . in den Armen, in denen sie nun einen anderen Strauß Rosen hielt, auf der Bühne vor der Leinwand im Riesensaal des Teatro Sistina, das an der Via Sistina liegt, nahe der Piazza Barberini. Man schrieb den 18. Mai 1972, es war unmenschlich heiß in Rom und in dem großen Kinosaal.
Der Film So wenig Zeit hatte soeben seine Welturaufführung erlebt und war ein monströser Erfolg geworden. Alfredo Bianchi war zeitgerecht abgekratzt, Sylvia hatte eine ergreifende Rede (von Bracken geschrieben, der neben mir und Joe Gintzburger in einer Loge stand) gehalten und zum Schluß alle Anwesenden – die Crème de la Crème von Italien – Millionäre, Adelige, Industrielle, Verleger, geistliche und weltliche Würdenträger, aufgefordert, sich zu einer Schweigeminute im Gedenken an den unvergeßlichen Alfredo Bianchi zu erheben. Mit gesenktem Kopf standen sie alle da. Nur die Kameras surrten, Verschlüsse klickten. Noch nicht einmal eine Minute standen wir. Und in ihr hatte ich mich an die Geschehnisse fast eines halben Jahres erinnert.
Da stand Sylvia – in einem Blumenmeer –, ihr Gala-Kleid petrolfarben, sehr gedämpft, extravagant, vorne hochgeschlossen, den Rücken bis weit hinunter freilassend, Satinschuhe, eingefärbt in der Nuance des Kleides, Ohrgehänge mit Brillanten, Brillantenarmband, ein Solitär, der größte, den sie besaß – und schön, unirdisch schön.
In diesem halben Jahr, das vergangen war, hatte Sylvia teils in Paris, teils schon in Madrid an der Vorbereitung zum Kreidekreis gearbeitet. Babs lag noch immer im Sophienkrankenhaus in Nürnberg. Das heißt: Sie lag nicht mehr, sie humpelte auch schon herum, erhielt von Brezel und von Ruth Unterricht, und Ruth hatte es so weit gebracht, daß Babs wieder sprach. Sie sprach sehr undeutlich, kaum verständlich, ihr Wortschatz war weiter

geschrumpft, aber sie sprach wenigstens wieder! Nach den letzten EEG-Untersuchungen gab es neuerlich eine leichte latente Krampfbereitschaft, hauptsächlich links. Der Intelligenz-Quotient nach Stanford-Binet lag bei 59 – das entsprach einem Intelligenzalter von knapp vier Jahren. Und Babs war neun!

»Wir machen große Fortschritte, Phil«, hatte Ruth mir immer und immer wieder gesagt. Große Fortschritte, mein Gott!

In diesem halben Jahr war ich oft mit Ruth ausgegangen, ins Theater, ins Kino, ins Konzert. Bei all diesen Gelegenheiten hatte sie sich auf die abenteuerlichste Weise verlaufen und dann zuletzt doch noch dorthin gefunden, wo wir hin sollten. Ich hatte in diesem halben Jahr Ruth nie mehr geküßt, sie nie mehr umarmt, geschweige denn, daß wir miteinander geschlafen hätten. Aber die Liebe bestand. Sie wurde immer vertrauter und inniger. Und immer stärker wurden Ruths Skrupel. Ich gehörte doch zu Sylvia! Nein, sagte ich immer wieder. Ja, doch, doch, ja, sagte sie immer wieder. Sie wußte nicht, wie diese Liebe weitergehen sollte. Ich wußte es auch nicht.

Ich war in jenen Monaten, wie gesagt, sehr häufig mit Sylvia zusammen in Paris oder Madrid. Sie stand unter einer immer größer werdenden seelischen Belastung, und oft bewunderte ich die Kraft, mit der sie dennoch exakt und vorbildlich ihre Arbeit zu leisten vermochte. Es soll, mein Herr Richter, wahrhaftig bei Ihnen nicht der Eindruck entstehen, daß mir meine Situation – zwei Frauen, eine völlig ungewisse Zukunft, die Verantwortung für Babs – gleichgültig war oder daß ich Sylvia mehr und mehr aus meinen Gedanken verdrängte. Im Gegenteil: Ihre Stärke, ihr Mut und ihre Tapferkeit nötigten mir Respekt ab. Das alles kann wirklich nur jemand begreifen, der die Beurteilung von Wert oder Unwert, von Moral oder Unmoral seiner Mitmenschen zum Beruf erkoren hat wie Sie, mein Herr Richter. Begreifen wohl auch, daß Sylvia es strikt ablehnte, mit mir intim zu verkehren, obwohl sie, wie sie mir immer wieder sagte, mich liebte. Schizophrenie? Ambivalente Gefühle? Ich weiß es nicht. Das alles sind nur Worte. Was zählt: Ich liebte Ruth.

Die Schweigeminute zum Gedenken an den großen verstorbenen Schauspieler Alfredo Bianchi war zu Ende. Ohne Übergang – wir befanden uns in Rom, mein Herr Richter! – setzten die Ovationen für Sylvia wieder ein. Ein Irrenhaus da unter uns im Parkett, da neben uns in den Logen. »Boy, oh boy!« stöhnte Joe Gintzburger. Ich glaube, das war bislang der glücklichste Abend seines Lebens.

61

Drei Uhr früh am 19. Mai 1972.
Sylvia und ich waren seit einer halben Stunde in unserem Appartement im Hotel BERNINI-BRISTOL, sie im Schlafzimmer, ich im Ankleideraum. Der Salon war so voller Blumengebinde, Orchideengestecke und Bodenvasen voller Blumen, daß man sich kaum bewegen konnte. Der Geruch der vielen Blüten drang betäubend zu mir in den Ankleideraum, in dem auch unsere Koffer standen. Ich hatte meine weiße Smokingjacke ausgezogen, die Fliege abgenommen, den Kragenknopf geöffnet und packte.
Ich packte nur einen Koffer voll, das andere konnte nach Paris geschickt werden. Auch die Nacht brachte kaum Kühlung. Mir lief der Schweiß über den Körper. Ich zog das Smokinghemd aus, die Smokinghose. Vom anderen Ende des riesigen Appartements hörte ich Sylvia schluchzen. Sie war sehr betrunken und sehr unglücklich.
Nach der Premiere hatte es ein Festbankett gegeben, arrangiert von Carlo Marone (dem Masselmolch, dem also Alfredo Bianchi doch noch zeitgerecht abgenippelt war). Tischherr Sylvias: der italienische Staatspräsident. Stundenlanges Essen. Stundenlanges Trinken. Toasts auf Sylvia. Toasts auf den Film. Toasts auf Alfredo Bianchi. Toasts auf Joe. Sogar einen Toast auf mich. Und dann natürlich wieder und wieder neue Toasts auf Sylvia. Alles betrunken zum Schluß. Ich bewunderte Sylvia wegen ihrer Haltung, mein Herr Richter. Erst, als wir unser Appartement erreicht hatten, brach sie zusammen.
»Babs . . . Babs . . . mein Kind . . .«
»Es geschieht doch alles, um ihr zu helfen, Hexlein.«
»Ich weiß. Ich weiß, Wölfchen. Aber Babs wird nie wieder gesund werden. Nie wieder!« Wenn sie vorher unmenschlich beherrscht gewesen war, dann ließ sie sich jetzt, sehr betrunken, unmenschlich gehen. Sie schrie, daß ich Angst hatte, andere Gäste würden sich beschweren. »Ein Idiotenkind! Ein Idiotenkind wird Babs bleiben, immer! Und es ist meine Schuld . . .«
»Hör auf!«
Ich habe Sylvia niemals geliebt, mein Herr Richter, das wissen Sie. Doch in dieser Nacht in Rom, da empfand ich zum erstenmal etwas für Sylvia. Sie war ganz plötzlich ein menschliches Wesen für mich, das litt, zu dem ich Zuneigung empfand, sie war nicht länger die Person (oder Un-Person), an die ich mich gehängt hatte, um fein leben zu können. Heute weiß ich, daß dieses plötzliche Gefühl mit Babs zusammenhing, mit der mysteriösen Kraft der Schwächsten, alles zu verändern, damit, daß zuletzt das weiche Wasser den härtesten Stein aushöhlt – damals wußte ich es noch nicht.
»Bitte, bitte, Sylvia, hör auf zu weinen . . .«

»Ich kann nicht«, schluchzte sie. »Ich kann nicht. Geh! Geh weg! Du mußt doch weg. Du mußt doch packen. Laß mich allein!«
So ging ich und packte und hörte dabei Sylvia weinen. Als der Koffer gepackt war, schloß ich ihn und bemerkte, daß das Weinen aufgehört hatte. Ich ging durch den Salon in das Schlafzimmer und sah, daß Sylvia eingeschlafen war. Angezogen lag sie auf dem breiten Bett, das Gala-Kleid verdrückt, sie trug noch ihren ganzen Schmuck, das Haar lag wild über dem Kissen, das so schöne Gesicht war tränenverheert. Sie schlief sehr tief. Sie hatte auch sehr viel getrunken. Ich sah sie eine Weile an, dann mußte ich an Ruth und Babs denken, und da hielt ich es hier nicht mehr aus.
Ich fuhr in die Halle hinunter – den einen Koffer trug ich selber – und sagte dem Nachtportier, wie ihm ja bekannt sei, müsse ich sofort nach Paris zurück, geschäftlicher Besprechungen wegen. Ich sei nur zur Premiere nach Rom gekommen. Ich bat einen Hausdiener, und der fuhr mich hinaus zum Leonardo-da-Vinci-Flughafen in Fiumicino. Ich gab dem Mann Geld und nahm meinen Koffer. Der Hausdiener bedankte sich tausendmal und fuhr den Wagen zurück zum BERNINI-BRISTOL.
Ich mußte unter allen Umständen noch heute, an diesem 19. Mai 1972, in Nürnberg sein. Der Plan war, mit Sylvias Jet zuerst nach Paris zu fliegen. Dort wollte ich meinen Anzug ›von der Stange‹ anziehen – alle andere unauffällige Kleidung befand sich im Hotel BRISTOL in Nürnberg. Ich wollte wieder meine Brille aufsetzen und von Paris aus mit einer Linienmaschine nach Nürnberg weiterfliegen – als Philip Norton. Ich hatte schon das Ticket, denn dieser Zeitplan mußte nun wirklich eingehalten werden. Allerdings war ich viel zu früh in Fiumicino. Die Crew der SUPER-ONE-ELEVEN hatte ich erst für sieben Uhr früh bestellt.
In der großen Halle des Flughafens waren alle Schalter geschlossen. Ich sah ein paar Putzfrauen, ein paar Polizisten. Es war unheimlich still hier. Meine Schritte hallten. Kaltes Neonlicht brannte. Ich trug meinen Koffer bis zu einer Bank und setzte mich. Vor mir hing ein großer Würfel von der Decke. An drei seiner Seitenflächen erblickte ich Plakate irgendwelcher Firmen. Die vierte Seite trug eine Uhr, die immer wieder und wieder für mich sichtbar wurde, da der große Würfel sich langsam drehte.

Therapie

ANTROBUS: Wie willst du eine Welt machen, in der Menschen leben sollen, bevor du nicht in dir selbst Ordnung machst?

AUS: WIR SIND NOCH EINMAL DAVONGEKOMMEN
von THORNTON WILDER

1

Es war zehn Minuten vor acht Uhr früh am Dienstag, dem 23. Mai 1972, als Ruths weißer VW weit draußen, am westlichen Stadtrand von Nürnberg, auf den breiten Gehsteig fuhr und in einem von zwölf gelb gekennzeichneten Plätzen hielt.

»Aussteigen«, sagte Ruth.

Ich hatte Babs auf meinen Knien gehalten während der Fahrt vom Krankenhaus hier heraus. Nun öffnete ich den Schlag, hob Babs ins Freie und folgte. Babs hatte ein blaues Kleidchen an, ein weißes Strickjäckchen darüber, und dazu Kniestrümpfe und einfache Halbschuhe. Sie trug die billige Schielbrille mit der gelblichen Hornfassung. Ihre Kleider und Schuhe waren ebenfalls billig gewesen, Ruth und ich hatten sie gemeinsam noch am Freitag der vergangenen Woche gekauft. Zwischen meiner Ankunft in Nürnberg und diesem Dienstagmorgen hatten die Pfingstfeiertage gelegen. Dennoch war es nötig gewesen, schon am Freitag in Nürnberg zu sein, ich werde gleich erklären, warum.

Ruth nahm einen großen Koffer, der mit neu gekaufter Kleidung für Babs gefüllt war, vom Hintersitz und versperrte die Wagentüren. Sie lachte Babs an, Babs zeigte keine Gemütsbewegung. Sie war ruhig, aber sie war auch, das sah man, ängstlich. Ich hielt sie an der Hand. Wir standen nun vor dem VW. Die Sonne schien. Vögel sangen. Der Himmel war wolkenlos blau. Und es war auch in Nürnberg schon recht warm. Es war noch sehr still hier draußen zu dieser Zeit. Wir standen vor einem langgestreckten, niedrigen Gebäude, in dem sich verschiedene Geschäfte befanden. Niemand von uns dreien sprach. Babs hielt meine Hand.

Hier, an der Peripherie der Großstadt, war alles schon sehr ländlich.

Niedere Häuser, fast Bauernhäuser. Kleine Läden. Pferdefuhrwerke – zwei. Blühende Bäume am Straßenrand. Das Ende einer Straßenbahnlinie. »Da vorn«, sagte Ruth und zeigte mit einer Hand. Da vorn sah ich das gelbe Zeichen einer Bushaltestelle. Wir gingen darauf zu – Babs hinkend. Bei dieser Bushaltestelle standen zwei Frauen, die eine mit einem kleinen Jungen, die andere mit einem kleinen Mädchen an der Hand, und ein Mann mit einem kleinen Mädchen. Die Erwachsenen unterhielten sich. Etwas abseits, an die Mauer einer Gastwirtschaft gelehnt, erblickte ich einen zweiten Mann. Das war ein verkommen aussehender Kerl mit verdreckten Schuhen, schmieriger Kleidung und unrasiertem Gesicht. Das schmutzige Haar stand ihm vom Kopf ab. Er hatte das aufgequollene, gedunsene rote Gesicht des Gewohnheitstrinkers, verglaste Augen und nur noch ein paar schwarze Zahnstumpen im Mund. Ich sah sie, weil er von Zeit zu Zeit etwas sagte und danach meckernd lachte. Ich konnte nicht verstehen, was er sagte. Niemand von den Menschen an der Bushaltestelle beachtete ihn. Wir waren herangekommen.
Ich sah jetzt deutlich die anderen Kinder. Das eine kleine Mädchen war vielleicht sechs Jahre alt, hatte ein ganz rundes Gesicht, einen winzigen Mund und Schlitzaugen, dazu sehr dichtes, schwarzes Haar. Es schwankte, von der Mutter gehalten, beständig leicht hin und her. Der Junge trug eine Schielbrille wie Babs. Dieser Junge, vielleicht zwölf Jahre alt, wurde in Abständen von einem reißenden Zucken befallen, das seine ganze rechte Körperseite quälte. Das zweite Mädchen, etwa im Alter von Babs, trug einen jener geflochtenen Bandagenhelme, die Ohren waren geschützt durch etwas, das aussah wie zwei übergroße Kopfhörer. Sie waren, wie der Bandagenhelm, grellrot gestrichen. Alle Kinder trugen bunte Kleidung und Plastikschultaschen auf dem Rücken.
Die Erwachsenen schienen Ruth zu kennen, denn sie grüßten sie alle freundlich. Ruth erwiderte die Grüße ebenso. Auch die Kinder grüßten Ruth. Ruth lachte sie an. Die Kinder lachten gleichfalls. Sie lachten auch Babs und mich an. Auch Babs und ich grüßten. Ich grüßte den versoffenen Kerl. Der sah mich bösartig an und erwiderte den Gruß nicht.
»Ja«, sagte Ruth und sah den lallenden Jungen an, »das ist eine neue Kameradin, die ich da bringe, Franz. Sie heißt Babs. Der Herr ist ihr Vater.« Ruth sagte zu Babs: »Das ist Franz, und das ist Maria, und das ist Anna. Sag ihnen guten Tag, Babs.«
Babs sagte guten Tag. Sie sprach fast so undeutlich wie der Junge. Den Jungen hatte ich überhaupt nicht verstanden. Die Kinder gaben einander alle die Hand, und Ruth machte mich mit den Eltern bekannt. Ich habe vergessen, wie sie hießen. Mich stellte Ruth als Herr Norton vor.
»Warum sind Sie nicht mit Ihrem Wagen bis hinaus gefahren, Frau Doktor?« fragte die eine Mutter.

»Es ist der erste Tag«, antwortete Ruth. »Der erste Tag für Babs. Wir . . .« – sie sah mich kurz an – ». . . wollten, daß Babs von Anfang an miterlebt, wie die meisten zur Schule fahren.«
Das kleine Mädchen, das wie ein Chinesenkind aussah, rief lachend: »Auch du Busfahren?«
»Lachen«, sagte Ruth leise zu mir.
»Ja«, sagte ich lachend zu dem kleinen Mädchen mit den Schlitzaugen, »ich fahre auch mit dem Bus.«
»Mongoloid«, sagte Ruth ebenso leise.
»Fein«, sagte das mongoloide Mädchen. »Feiner Bus. Wird dir gefallen.« Es sprach jetzt zu Babs.
Zu meiner Verblüffung sagte Babs, plötzlich viel verständlicher: »Bestimmt.«
Und lachte ein wenig.
Viele mongoloide Kinder sehen richtig hübsch aus – wie dieses kleine Mädchen hier.
»Babs hat gelacht«, sagte ich sehr leise zu Ruth.
»Natürlich«, sagte diese, ebenso leise. »Sie ist jetzt unter Kindern. Du wirst sie noch sehr viel lachen hören.«
»Und sie hat deutsch geantwortet.«
»Sie wird immer deutsch antworten, wenn sie deutsch angesprochen wird. Denn das ist ihre Muttersprache. Und es sind nur deutsche Kinder in dieser Schule, weißt du.«
»Das hat mir der Rektor auch gesagt«, antwortete ich.
Wegen dieses Rektors – Dr. Hallein hieß er – hatte ich schon am Freitag vergangener Woche in Nürnberg sein müssen. Rektor Heinz Hallein, Leiter der Schule, die Babs nun besuchen sollte, war am Freitag und auch noch am Samstagvormittag, dem Samstag vor Pfingsten, in Nürnberg und im Sophienkrankenhaus gewesen, um zu entscheiden, ob er Babs aufnehmen konnte. Er hatte sich mit ihr unterhalten, Fragen gestellt, ihr dazu ein paar sehr leichte Aufgaben gegeben, hatte lange mit Ruth gesprochen, die offenbar in sehr engem Kontakt mit Dr. Halleins Schule stand, dann hatte ich meinen falschen Paß zeigen und verschiedene Erklärungen unterschreiben müssen, zum Beispiel eine, die besagte, daß ich das Sorgerecht für Babs hatte. Die Angaben waren von Ruth bestätigt worden . . .
Die Straße herauf kam ein sehr großer, moderner blauer Bus. Gleichzeitig bog um die Ecke der Gaststätte ein Mann, der aussah wie ein kleiner Angestellter. Er schob einen zusammenklappbaren Rollstuhl vor sich her. In dem Rollstuhl saß, mehrfach festgeschnallt, ein etwa zehnjähriger Junge, bunt gekleidet wie alle anderen Kinder. Seine Schulmappe hing ihm um den Hals. Er zitterte unablässig. Das Gesicht war leer, die Augen ins Nichts gerichtet. Die Beine baumelten. Hin, her. Her, hin. Hin, her.

Der Bus rollte heran, hupte, verlangsamte die Fahrt, blieb stehen. Preßluft zischte, als sich die vordere breite Tür öffnete. Das war ein fast fabrikneuer Bus, und er war noch fast leer. Nur sechs Kinder saßen drin. Außerdem sah ich zwei junge Männer und den Fahrer, einen Riesen von Mann, der eine grüne Strickweste mit Hirschhornknöpfen trug und lachend rief: »Da seid's ihr ja, alle miteinander!«

»Onkel Willi! Onkel Willi!« riefen die beiden Mädchen.

Der eine Junge lallte etwas.

Der andere Junge im Rollstuhl sagte gar nichts.

Die zwei jungen Männer in Overalls sprangen auf die Straße. Einer von ihnen war sehr kräftig, der andere sehr schmal. Der Kräftige trug einen mächtigen kurzgestutzten Bart. Auch die beiden lachten die Kinder an. So etwas wie eine familiäre Begrüßung fand statt.

Ich sah, wie der alte Kerl mit dem Säufergesicht sich von der Hausmauer abstieß und näher kam. Der war immer noch voll. Oder schon wieder.

Die jungen Männer hoben die beiden kleinen Mädchen in den Bus, wo der Fahrer sie in Empfang nahm und auf leere Plätze – es gab ja genügend – setzte. Dann hob einer der Männer den ewig schwankenden Jungen, der kaum reden konnte, in den Wagen.

In diesem Moment richtete sich der alte Säufer auf und schrie: »Vorwärts! Vorwärts! Der Bus wartet nicht! Alle Idioten einsteigen!«

Ich erstarrte. Alle anderen Erwachsenen, Ruth eingeschlossen, taten absichtlich so, als hätten sie überhaupt nichts gehört. Der Säufer lachte jetzt dröhnend, mehr als zufrieden mit seiner Leistung, wäre um ein Haar gefallen, als er sich umwandte, und torkelte um das Eck der Gastwirtschaft.

Die beiden jungen Männer hoben gemeinsam den sichtlich gelähmten Jungen aus dem Rollstuhl. Ich dachte, es würde schwer sein, ihn in den Bus zu bringen, aber die beiden Männer taten das wohl Tag um Tag, und es ging sehr schnell und sah sehr einfach aus. Der kräftige Fahrer half.

Während der Gelähmte verfrachtet wurde, trat ich – Ruth wollte mich hindern – in meiner Wut zu einer der Frauen: »Entschuldigen Sie, daß ich mich einmische. Haben Sie nicht gehört, was dieser besoffene Kerl da geschrien hat?«

»Doch, natürlich.«

»Und das lassen Sie sich bieten? Das lassen Sie sich alle bieten?«

Während des folgenden Dialogs wurde der gelähmte Junge im Bus zu einem besonders geformten Sitz getragen und dort von den beiden Männern so festgegurtet, daß er nicht heruntergleiten konnte.

»Bieten! Mein lieber Herr«, sagte die Frau.

»Das ist der Schikora. Der größte Säufer weit und breit. Steht jeden Morgen hier, Sommer und Winter, und schreit immer dasselbe«, sagte die zweite Frau.

»Dagegen müssen Sie doch etwas unternehmen!« rief ich.
Die vier Erwachsenen sahen mich an. Dann sagte die zweite Frau: »Schauen Sie, Herr . . .«
»Norton.«
». . . Herr Norton, Sie sagen, wir müssen was unternehmen. Wie lang ist Ihre Kleine schon krank. Noch nicht lang, gelt?«
»Nein, noch nicht lang«, sagte ich.
»Unsere Kinder sind schon sehr lange krank. Meines von der Geburt an. Wissen Sie: Keiner von uns hat mehr die Kraft dazu, daß er etwas unternimmt, irgend etwas. Wir haben keine Kraft mehr. Überhaupt keine mehr.«
»Aber . . .«
»Sie können das nicht verstehen«, sagte der Mann, der den modernen Rollstuhl nun zusammengeklappt hatte und dem Fahrer in den Bus hineinreichte. »Danke, Herr Hausmeier. *Noch* können Sie es nicht verstehen. Das kommt schon noch. Ach Gott, wenn es nichts Schlimmeres geben würde auf der Welt als diese alten Trottel, diese versoffenen . . .«
Er wurde von dem Fahrer unterbrochen, der nun Ruth entdeckt hatte.
»Frau Doktor! Guten Morgen!«
»Guten Morgen! Wir fahren auch mit! Das ist Herr Norton und seine kleine Babs. Ich begleite die beiden das erste Mal.«
»Freut mich, Herr Norton«, sagte der Fahrer und schüttelte meine Hand. Ich dachte, er zerbricht mir die Knochen. »Komm, Babs!« Ich schob sie vor, und er hob sie in den Wagen. Ich ließ Ruth einsteigen, dann folgte ich. Sobald wir im Wagen waren, schloß sich die Falttür des Einstiegs.
»Wir setzen uns nach hinten«, sagte Ruth zu mir, während der mächtige Bus schon losfuhr. Sie führte Babs. Die Erwachsenen, die zurückblieben, winkten, und die Kinder, die eingestiegen waren, winkten zurück, auch der Gelähmte. »Es kommen noch viel mehr Kinder«, sagte Ruth, als wir, hinten im Bus, Platz nahmen, Babs zwischen uns, ihren Koffer zwischen meinen Beinen.
Die beiden jungen Männer redeten mit den Kindern, reichten ihnen eine Puppe, einen Ball oder eine Klapper aus den Gepäcknetzen. Die Kinder hier waren alle miteinander bekannt. Sie unterhielten sich sofort, manche mir unverständlich, aber untereinander schienen sie sich zu verstehen. Plötzlich lachten sie alle sehr über etwas, das einer der jungen Männer gesagt hatte. Von da an hörte das Lachen, das Geschrei und die schwerelose Fröhlichkeit in diesem Bus nicht mehr auf. Babs fing plötzlich an zu lachen, obwohl sie gewiß nicht gehört hatte, was der junge Mann von sich gegeben hatte.
Die anderen Kinder drehten sich neugierig nach ihr um, lachten ihr zu, eines winkte. Babs winkte zurück. Ruth lachte. Da lachte auch ich.

Der Bus fuhr schnell in das offene Land hinaus. Die Sonne stand schon hoch über den Äckern und den Wiesen mit ihren frischen Gras. In der Ferne sah ich den Waldrand und leuchtend grünes Laub. Ich sah wilde Blumen blühen. Die Sonne blendete so sehr, daß ich eine Hand vor die Augen halten mußte.
»Was sind das für junge Männer?« fragte ich Ruth.
»Kriegsdienstverweigerer«, sagte sie. »Nein, warte, jetzt heißt das anders. Ersatzdienstleistende, glaube ich.«

2

In der Stunde, die folgte, fuhr der Bus kreuz und quer über Feldwege, Waldwege, richtige Straßen, durch kleine Dörfer und hielt immer wieder. Es ist unmöglich zu beschreiben, welch absurd anmutende Umwege der Fahrer machte, um irgendwo, manchmal in völliger Einsamkeit, ein Kind abzuholen, das etwa in einem Rollstuhl wartete, begleitet von einer alten Frau. Die Kriegsdienstverweigerer hoben das Mädchen – es war gleichfalls gelähmt – in den Bus. Der Fahrer half. Der zusammenklappbare Rollstuhl wurde verstaut, das Mädchen – mit fröhlichen Rufen der anderen Kinder begrüßt – wie vordem der gelähmte Junge in einem besonders geformten Sitz festgeschnallt. Der Bus fuhr schon wieder. Das war zweifellos eine genau berechnete, seit langem eingefahrene Route.
Kurven über Kurven. Herunter von der Straße dann, wenn man es am wenigsten erwartete, über Wege durch Felder mit schwarzer Erde, durch endlose Wiesen voll gelber kleiner Blumen, durch dunkle Wälder – vielleicht zehn Minuten lang bis zur nächsten Haltestelle. Eine Reihensiedlung. Vater und Mutter mit einem sehr kleinen Mädchen, das sich, auf zwei Krücken gestützt, aufrecht hielt. Fröhlichste Begrüßung. Das Mädchen wurde in den Bus gehoben.
»Heute nachmittag um vier Uhr fünfzig, Herr Hausmeier?« fragte der Vater.
»Vier Uhr fünfzig heute nachmittag bringe ich die Agnes zurück!« dröhnte der Fahrer.
»Sie hat einen Brief in ihrem Ranzen! Geben Sie ihn bitte ab, Herr Hausmeier! Die Agnes kann zwei neue Worte sagen!« rief die Mutter.
»Agnes! Das ist ja wunderbar! Schon wieder zwei neue Worte! Welche denn?«
Agnes sagte sehr langsam, sehr mühevoll, alle hörten gespannt zu: »Frie . . . den . . . Ei . . . sen . . . bahn . . .«
Der Fahrer drückte das Kind an sich.
»Eisenbahn! Frieden!« rief er. Agnes strahlte. Einer der jungen Männer trug sie auf einen freien Platz, der andere trug die Krücken nach. Der Bus

fuhr. Trotz der Gurte rutschte der Junge, der zuerst in den Bus gehoben worden war, in seinem Sitz herunter. Einer der Wehrdienstverweigerer, die man jetzt also Ersatzdienstleistende nannte, eilte sofort zu ihm, redete lachend auf ihn ein, schob ihn zurecht, zog die Riemen enger.
Der Bus fuhr wie durch ein unsichtbares Labyrinth. Und es war Frühling, strahlender Frühling im Land. Große Dörfer. Winzige Dörfer. Stop. Ein großer Junge stand neben einer Telefonzelle und hielt einen kleinen an der Hand. Der Große hob den Kleinen in den Bus. Der Kleine war teilweise gelähmt, einer der jungen Männer führte ihn vor sich her, Schritt um Schritt. Beide waren ausgelassen. Neuerliches Hallo im Bus.
»Mein Gott«, sagte ich. »Wo bringst du uns hin?«
»Du wirst es sehen«, sagte sie. »Du wirst es sehen.«
»Ich sehe es schon«, sagte ich. »In eine andere Welt . . .«
»Nein«, sagte sie. »Nein, Phil. In keine andere. Es gibt nur eine einzige, in der wir leben müssen, alle.«
Neues Dorf. Stop! Vor der Kirche stand ein sehr kleines Mädchen mit einem roten Mäntelchen und einer roten Pudelmütze. Es sah aus wie Rotkäppchen. Das Ganze wurde mehr und mehr zum Märchen für mich – aber es sollte nur noch ganz kurze Zeit ein Märchen bleiben.
Weiter rollte der Bus. Hielt wieder. Neue Kinder. Weiter rollte der Bus.
»Fahren nach Hause, ja?« fragte Babs plötzlich. Sie sah mich an. Ich sah Ruth an.
»Ja«, sagte Ruth, »jetzt fahren wir nach Hause.«
Eine Gruppe von vier Mädchen hatte zu singen begonnen. Ich verstand kein Wort. Viele Kinder in diesem Bus hatten Sprachschwierigkeiten, zum Teil sehr erhebliche, aber sie begannen alle im Takt mitzusingen. Und sie lachten. *Sie lachten . . .*
Ein Mercedes überholte uns.
Neben dem Fahrer saß, angegurtet, ein kleines Mädchen. Es sah zu uns empor, erkannte Ruth und winkte heftig. Zu meinem Erstaunen erhob Babs sich plötzlich und winkte wie Ruth zurück. Das Kind im Mercedes lachte.
»Wer?« fragte Babs.
»Das ist Jackie.«
»Auch in die Schule?«
»Ja. Du wirst sie gleich wiedersehen.«
»Mag Jackie.«
»Ich glaube, sie mag dich auch«, sagte Ruth. Und zu mir, über Babs' Kopf, leise: »Mongoloid. Wird vom Chauffeur des Vaters jeden Morgen gebracht, jeden Abend abgeholt. Ich habe dir ja gesagt, das geht querbeet. Bauern und Generaldirektoren, Arbeiter und Künstler. Dem ärmsten und dem reichsten Kind kann dasselbe passieren. Passiert dasselbe.«

»Und dieser Bus . . .«
»Die Schule hat mehrere solche Busse gemietet, ständig. Einer gehört ihr. Die Busse fahren bestimmte Sammelpunkte an und holen die Kinder aus dem ganzen Landkreis. Alle, die in diese Schule gehen. Und so werden die Kinder auch wieder zurückgebracht. Manche Väter bringen ihre Kinder im eigenen Wagen. Andere würden es tun, haben aber keine Zeit dazu, weil sie um acht Uhr schon im Büro sein müssen. In der Stadt leben viele Kinder in alten Häusern. Dort gibt es keinen Lift. Wenn so ein Kind dann nicht gehen kann, muß man es die Treppen hinauf und hinunter tragen.«
»Wer tut das?«
»Die Schule hat eine Reihe von Taxifahrern unter Vertrag. Die holen die Kinder und bringen sie mit dem Taxi zu einem Bus, und nachmittags umgekehrt.«
»Ist das nicht irrsinnig teuer?«
Ruth lachte freudlos. »Und ob! Alles, was hier geschieht, ist irrsinnig teuer.«
»Aber woher kommt das Geld?«
»Im Grunde ist diese Schule pleite seit dem Tag, an dem sie zu arbeiten begonnen hat. Aber sie arbeitet immer weiter.« Ruth lachte. Babs lachte gleichfalls. Ich streichelte Babs. Sie preßte sich an mich.
»Das hast du zum ersten Mal getan«, sagte Ruth leise.
»Was?«
»Du weißt, was.«
»Ja«, sagte ich, unendlich verwundert über mich selbst. »Das stimmt. Das habe ich zum ersten Mal getan. Und ausgerechnet jetzt.«
»Nicht ausgerechnet jetzt. Natürlich jetzt«, sagte Ruth.
Wir fuhren durch dichten Wald. Am Straßenrand flog eine gelbe Tafel mit schwarzer Schrift vorbei. Ich las:

HEROLDSHEID

Unmittelbar danach sah ich einen sehr schmalen Weg nach rechts abbiegen. Der Bus beschrieb eine scharfe Wendung. Äste der Bäume kratzten über sein Dach, als der Wagen nun den schmalen Weg, der steil abfiel, hinunterrollte.
Bei der Abbiegung hatte ich ein unauffälliges Holzschild erblickt, einen Wegweiser mit dieser Inschrift:

SONDERSCHULE HEROLDSHEID

Ich sah nach vorn, durch die Windschutzscheibe. Wir fuhren auf ein breites, geöffnetes Tor aus Schmiedeeisen zu. Rechts und links davon wuchsen alte Tannen, der Wald war hier sehr dicht und dunkel. Hinter dem geöffneten Tor sah ich in grellem Sonnenlicht einen mit Kies bestreuten

Vorplatz, darauf drei große Busse wie unseren und einen kleineren, Erwachsene und sehr viele Kinder, die aus den Bussen kletterten, gehoben oder getragen wurden. Und hinter dem Vorplatz erblickte ich ein kleines, weiß gestrichenes Schloß. Oder jedenfalls ein Haus, das wie ein Schloß im Stil von etwa 1910 gebaut war.
»Ganz hübsche Schule, wenn man bedenkt, daß sie ständig pleite ist«, sagte ich.
»Wenn du eine Ahnung hättest, wie wir dieses Haus bekommen haben!«
Der Bus hielt zwischen den anderen. Nun wurden auch bei uns Kinder ins Freie gehoben, getragen gestützt. Manche gingen von selber. Ich sah etwa achtzig Kinder und etwa fünfundzwanzig Erwachsene. Es herrschte großer Lärm. Die Erwachsenen sprachen mit den Kindern, die Kinder lachten und schrien, Rollwägelchen mit den Gelähmten wurden ins Innere des weißen Schlosses gerollt, hinter dem ich eine Wiese erblickte. Die Fahrer halfen, wo sie konnten. Die Erwachsenen trugen einfache Kleidung. Es fiel mir auf, daß niemand einen weißen Arzt- oder Pflegerkittel trug.
Ein noch ziemlich junger Mann mit freundlichem Gesicht und zurückgekämmtem, dichtem schwarzem Haar kam auf uns zu. Ich kannte ihn. Das war der Leiter der ›Sonderschule Heroldsheid‹, der Babs in Nürnberg begutachtet hatte, Dr. Heinz Hallein. Er begrüßte zuerst Babs, indem er in die Knie ging und ihr die Hand schüttelte.
»Wie schön, daß du da bist«, sagte er. »Wir haben uns schon alle auf dich gefreut, und es wird dir bestimmt bei uns gefallen. Herzlichen Glückwunsch zum Geburtstag, Babs.«
»Aber ich gar nicht . . .«
»O ja«, sagte Rektor Hallein. »Hier ist das so: Der Tag, an dem ein Kind zum ersten Mal hierher zu uns kommt, ist sein Geburtstag.«
»Ich habe noch einen anderen«, sagte Babs, an mich gelehnt wegen ihrer leichten Lähmung, und lachte den Rektor an. Durch ihre Schielbrille . . .
»Dann hast du also zwei! Jedes Kind hier hat zwei«, sagte Hallein. »Mit deinem zweiten Geburtstag kannst du machen, was du willst. Dein Schul-Geburtstag wird hier gefeiert.«
»Wann?« fragte Babs aufgeregt.
»Später. Inzwischen bekommst du ein Geschenk.« Hallein hielt Babs eine große Plastiktüte hin, die angefüllt war mit Bonbons, Nüssen, Schokolade und Obst.
Babs sagte nichts.
»Warte«, sagte ich. »Ich halte die Tüte, sie ist zu schwer für dich.«
»Ganz bestimmt hierbleiben bei mir?«
»Ganz bestimmt«, sagte ich und sah, daß die Fahrer der großen Busse bereits wieder hinter ihre Steuerräder geklettert waren, geschickt und wie

Artisten ihre Ungetüme wendeten und abfuhren. Der kleine Bus blieb zurück. Ich las auf seinem vorderen linken Schlag:

SPENDE
AKTION SORGENKIND
ZWEITES DEUTSCHES FERNSEHEN

Viele Kinder und Erwachsene – junge Frauen und Männer – waren schon in dem weißen Schloß verschwunden. Das Splittern einer Scheibe ließ mich auffahren.

Große Scherben fielen von einem Fenster im Erdgeschoß auf den Kies. Ich sah kurz das verzerrte Gesicht eines Jungen, den eine Frau fortzog.

»Alles zu deiner Begrüßung«, sagte Hallein lachend und richtete sich auf. »Das war Otto.«

»Aber . . . aber . . . Fenster kaputt«, sagte Babs.

»Ja«, sagte Hallein. »Das tut er manchmal. Andere Kinder tun es auch, weißt du. Bei uns gehen eine Menge Fensterscheiben kaputt. Und Tische und Stühle und Betten und Geschirr und was es so alles gibt.« Zu mir sagte er: »Anfälle von Zerstörungswut, Aggressionen.« Er zuckte die Schultern. Er sagte leise: »Das Ganze ist eine große Geduldprobe für alle Mitarbeiter. Wir wollen keine hygienisch reine Schule, es kann ruhig einmal Unordnung herrschen. Aber dann muß sofort wieder Ordnung gemacht werden. Das ist schwer, denn viele unserer Kinder zerstören unabsichtlich, und natürlich auch absichtlich sehr, sehr viel Spielzeug, Lernmaterial, was Sie wollen. Wir haben unseren Hauswart. Der wird heute noch das Fenster neu einsetzen. Leider ist gerade Glas so teuer.«

»Werden oft Fensterscheiben von den Kindern eingeschlagen?«

»Herr Norton«, sagte Rektor Hallein, »das Maximum seit Bestehen der Schule waren vierzehn Fensterscheiben an einem Tag, alle eingeschlagen von einem einzigen Jungen.«

»Sie sagen das richtig stolz!«

»Ich bin auch stolz«, antwortete Hallein. »Denn dadurch, daß wir diesem Jungen erlaubt haben, sich bis zum Exzeß auszutoben, ist es an jenem Tag zu einem Wendepunkt in seinem Leben gekommen.«

3

Heroldsheid, 24. August 1972

BESTÄTIGUNG

über Zuwendung an eine der in § 4 Abs. 1 Ziffer 6 des Körperschaftsgesetzes bezeichneten Körperschaften, Personalvereinigungen und Vermögensmassen.

Bis hierher war der Text gedruckt. Das Formblatt steckte in der Schreibmaschine, die vor mir auf dem Tisch stand – eine Maschine, die mich seit heute immer von neuem an den Rand meines Verstandes brachte. Die Buchstabenhebel verfingen sich plötzlich. Das h und das r standen stets zu hoch, beim i blieb der Typenhebel hängen, ich mußte ihn mit den Fingern zurückziehen, meine Finger wurden immer dreckig, die Briefe, die ich schrieb, auch. In den letzten Tagen hatte ich gewiß mehr als hundert Briefe geschrieben – an Ärzte, Behörden, Eltern. Ich hatte Behörden und Eltern aufgesucht, ich war viel unterwegs gewesen. Ich saß – es war sehr heiß – mit nacktem Oberkörper in einem winzigen Zimmer im zweiten Stock der weißen ›Sonderschule Heroldsheid‹, es war fast Mittag, ich arbeitete seit halb neun, wie ich jeden Tag arbeitete, manchmal bis spät abends.
Sie haben sich nicht verlesen, mein Herr Richter.
Ich arbeitete. In Madrid hatte das alles klein, klein begonnen. Jetzt war die Arbeit schwer geworden. Mein Doppelleben! Immer wieder mußte ich auch weit verreisen – meistens nach Madrid. Die Arbeiten an dem Film DER KREIDEKREIS waren in vollem Gang. Ich hatte zwei Frauen. Eine, von der ich lebte. Eine, die ich liebte. Und ich hatte ein Kind. Gewiß, meine Entwicklung war unglaubwürdig, um nicht zu sagen, unanständig paradox gewesen. Ein Playboy hat eine Playboy-Philosophie, nicht wahr? Ich hatte meine Playboy-Philosophie ein Leben lang gehabt. Und nun . . .
Wenn ich aus dem Fenster meines kleinen Büros blickte – und das tat ich immer wieder –, konnte ich Babs sehen: auf der Wiese hinter dem Haus. Mit ihren beiden Freunden. Ihre beiden Freunde waren das kleine Mongoloidenmädchen Jackie, das uns, im Mercedes des Vaters festgeschnallt neben dem Chauffeur, überholt hatte an jenem ersten Morgen, da wir zur Schule fuhren – die kleine Jackie, so zart, so hübsch. Der Junge war jener Gelähmte, der mit uns an diesem ersten Morgen im Bus gefahren und immer wieder von seinem Sitz geglitten war – Alois hieß er, der Vater war ein kleiner Angestellter in der kleinen Filiale einer großen Bank. Alois, dreizehn Jahre alt, würde niemals mehr gesund werden, das stand fest, das wußten seine Eltern. Er war unheilbar.

Babs, mit ihrer Schielbrille, immer noch hinkend, schob Alois in seinem Rollstuhl über den Rasen. Jackie stützte sie dabei, denn Babs war sehr unsicher auf den Beinen. Jackie konnte richtig gehen.
Ein Kind half dem anderen. Ich hörte die drei lachen. Und es war Sommer, tiefer, tiefer Sommer. Heiß war es, heiß, so heiß. Ich sah immer wieder zu den drei Kindern.
Dann tippte ich wieder. Dabei fluchte ich wieder laut: »Himmelherrgott, diese elende Mistmaschine!«

1. Herr Walter Kleinheit, Nürnberg, Salomestraße 234 - fein, das h hoch, das r hoch, den Buchstabenhebel mit den Fingern rausgezogen - hat der "Sonderschule Heroldsheid" am 20. August 1972 den Betrag von DM 1.200.- (in Worten: eintausendzweihundert Deutsche Mark) in Fortsetzung der Obsorge für sein Patenkind Heidi Metzler zugewendet...

»Mistmaschine! Alles wird dreckig!« Ich fluchte dauernd.
Hops! Jetzt wäre Babs fast gestürzt, weil sie den Rollstuhl zu schnell schieben wollte. Jackie hatte ein Unglück verhindert. Ich fühlte mein Herz klopfen.
Merkwürdig. Herzklopfen . . .
Ich drehte das Formular durch die Maschine. Die nächsten Zeilen waren zum Glück vorgedruckt. Trotzdem. Ich tobte immer lauter weiter.
»Ich verlange eine gute Maschine. Wie sehen denn diese Briefe, die wichtigsten, die wir verschicken, aus?«
Das mußte Hallein einsehen. Würde er auch. Er sah alles ein, was vernünftig war. In seinem Zimmer waren alle Wände bedeckt von bunten Bildern, welche Kinder gemalt hatten. Auf seinem Schreibtisch stand ein Rahmen. Darin, auf einem Bogen Büttenpapier, in Druckschrift dies:

WENN DER MENSCH SO VIEL VERNUNFT
WIE VERSTAND HÄTTE, WÄRE ALLES
VIEL EINFACHER.

Guter Satz. Ausgesprochen von Nobelpreisträger Professor Dr. Linus Pauling. Das allerdings war einer der drei Nobelpreisträger, mein Herr Richter, nicht wahr, die gefordert hatten, daß die aktive Euthanasie bei allen Fällen von unheilbar kranken oder geisteskranken Menschen, auch Kindern, endlich zum Gesetz erhoben würde. Bißchen schizophren, daß ein Nobelpreisträger so etwas forderte. Ebenso schizophren, daß Rektor

Hallein sich den Ausspruch drucken und rahmen ließ und auf seinen Schreibtisch stellte, nicht wahr? Aber es ist eben eine schizophrene Welt, in der wir leben, das hatte ich in den letzten Monaten erkannt. Weiter!
Herr Walter Kleinheit aus der Salomestraße in Nürnberg hatte seit zwei Jahren die Patenschaft für das spastische Kind Heidi Metzler (15) übernommen. Ich hatte gesehen, wie zwei Kriegsdienstverweigerer Heidi vor einer Stunde aus der Turnhalle, die hinter der Schule liegt, zurücktrugen. Sie kann sich nicht selbst bewegen. In der Turnhalle hatte Monika, eine der beiden Krankengymnastinnen, wie jeden Tag, mit Heidi auf dem Spastiker-Ball gearbeitet. Heidi war schon seit vier Jahren hier. Seit vier Jahren arbeitete man mit ihr auf dem Spastiker-Ball. Vor drei Jahren hatte es so ausgesehen, als werde sich ihr Zustand etwas bessern. Das war aber ein Irrtum gewesen. Es hatte sich seit vier Jahren nicht das geringste gebessert. Man mußte weiter täglich mit Heidi arbeiten. Vielleicht, daß sich in den nächsten vier Jahren etwas besserte. Oder in sechs. Vielleicht niemals.
Ich war unkonzentriert heute. So viel Post war zu beantworten!
Schließlich war ich hier fest angestellt und bezog mein Gehalt. (Nach allen Abzügen DM 824.50 auf die Hand bei freiem Quartier und freier Verpflegung.)
Also los, weiter! Gleich kam das Mittagessen, da mußte ich unten im Speisesaal helfen.
Herr Walter Kleinheit (Großgärtnerei) brauchte die Bestätigung, denn er wollte ja den für das Patenkind Heidi (das er nie gesehen hatte und wahrscheinlich auch nie sehen würde) gespendeten Betrag wenigstens von der Steuer voll absetzen können, und das konnte er, denn da hatten wir es stehen, vorgedruckt:

2. Wir sind durch die Bescheinigung des Finanzamts Nürnberg für Körperschaften vom 5. April 1971 St. Nr. 53/5320 wegen Förderung geistig und körperlich Behinderter vorläufig (*Vorläufig* wenigstens! Vor dem 5. April 1971 waren wir das noch nicht, und wenn ich ›wir‹ sage, meine ich die ›Sonderschule Heroldsheid‹, in der ich nun arbeite, und da war es mit den freiwilligen Patenschaften, von denen wir so sehr abhängig sind, ein rechtes Elend!) **als gemeinnützigen und mildtätigen Zwecken dienend und zu den in § 4 Abs. 1 Ziffer 6 KStG bezeichneten Körperschaften, Personenvereinigungen oder Vermögensmassen gehörig anerkannt worden.**

›Gemeinnützigen‹ . . .
Ich starrte das Wort an, das ich eben gelesen hatte, und erinnerte mich an etwas. Seit ich wieder in Deutschland war, interessierte ich mich auch für dieses Land. Ich las abends und nachts eine Menge.

Es gab noch andere derart eingestufte Institutionen. Zum Beispiel das nationalistische ›Kulturwerk Europäischen Geistes e. V.‹ in Lochham, Oberbayern, oder die ›Staats- und Wirtschaftspolitische Gesellschaft e. V.‹ des Herrn Hugo Wellems, ehedem Reichspropagandastellenleiter in Kowno (Litauen).
Auch solche Vereinigungen waren ebenso ›anerkannt gemeinnützig‹ – wie nach langem Tauziehen und ›vorläufig‹ die ›Sonderschule Heroldsheid!‹ Ich hoffe, mein Herr Richter, Sie verstehen, wie dieses Prädikat in der Bundesrepublik verteilt wird. Ich hoffe es wirklich. Denn ich verstehe es nicht.

3. Wir bestätigen,
  a) **daß wir den zugewendeten Betrag nur zum satzungsmäßigen Zweck der erzieherischen und berufsfördernden Maßnahmen für geistig und körperlich Behinderte verwenden werden;**
  b) **daß der bezeichnete Zweck u. a. unter jene Zwecke** (was für ein Deutsch, aber so stand es da, das verlangte das Finanzamt einfach, und zwar genau in dieser Formulierung) **fällt, die nach Ziffer 5 der Liste in der Anlage 7 zu den Einkommensteuer-Richtlinien allgemeinhin als besonders förderungswürdig anerkannt werden…**

Eine Glocke läutete. Das Mittagessen begann. Die erste Schicht, Babs darunter, war nun dran. In einer halben Stunde kam die zweite Schicht. 81 Kinder, mein Herr Richter! Kann man nicht alle auf einmal füttern. Die drei Kleinen da unten auf der Wiese stolperten, schwankten zum Haus. Das Rollwägelchen machte gefährliche Sprünge. Babs sah zu mir herauf, sie wußte, wo ich war, sie konnte mich erblicken. Sie winkte.
Ich winkte auch und lachte, als ich ihr verzogenes Gesicht mit der schrecklichen Brille sah, dieses ganze armselige Menschenbündel, einst THE WORLD'S GREATEST LITTLE SUNSHINE-GIRL, und ich rief: »Komme gleich runter, Babs!« Und tippte noch:

```
Für Ihr Verständnis und Ihre Unterstützung,
sehr geehrter Herr Kleinheit, danken wir
Ihnen herzlich, auch im Namen unserer Be-
hinderten.

                SONDERSCHULE HEROLDSHEID
                    Für den Vorstand

                i. A.
```

– und dann drehte ich das Formular aus der Maschine und schrieb mit dem schweren goldenen Füllfederhalter, den mir Sylvia einmal geschenkt hatte, hinter dem i. A.: Philip Norton.

4

Es gab Buchstabensuppe, Gemüse, Kartoffeln, Fleisch und frischen Salat, Nachspeise: Pudding verschiedener Art, die Kinder konnten es sich aussuchen. Die Erwachsenen auch. Die Erwachsenen aßen zuletzt, nach der zweiten Schicht, denn sehr viele Kinder waren nicht imstande, selbständig eine Mahlzeit einzunehmen, sie mußten gefüttert werden. Es gab nun für alle viel zu tun. Appetit hatten, von wenigen Ausnahmen abgesehen, sämtliche Kinder. Besonders Babs. Sie humpelte mir entgegen, als ich in den Speisesaal kam, lachte, und ihre Augen glänzten vor Freude. Das war nicht von Anfang an so gewesen – doch jetzt strahlte Babs, jetzt hatte sie ihre kleinen Freunde gefunden, jetzt hatte sie gerade eine ›gute Zeit‹. Sie hatte immer wieder auch ›schlechte Zeiten‹, es wechselte, und zu Beginn hatte ich gedacht, das nicht aushalten zu können. Dann hatte ich gesehen, daß alle anderen Erwachsenen es aushielten, geduldig, freundlich, noch einmal geduldig. Ich war so oft verzweifelt gewesen, als einziger unter allen Erwachsenen. Die Erwachsenen hier bestanden geradezu aus Geduld. Sie wußten, was ich inzwischen auch gelernt hatte: Auf jeden Fortschritt folgt ein Rückfall. Kam ein Fortschritt, freuten sich natürlich alle, aber alle – und jetzt auch ich – wußten: Irgendwann kam wieder eine ›schlechte Zeit‹.
»Bouletten«, sagte Babs. Sie sprach immer noch sehr schlecht. »Puddings. Schokolade. Himbeer. Vanille.«
»Was nimmst du?«
»Alle drei«, sagte Babs. Ich hatte sie hochgehoben, aber sie machte Strampelbewegungen.
»Was ist los?«
»Muß zurück. Alois helfen.« Sie hinkte fort. Alois, das Rollstuhlkind, der gelähmte Junge. Seit vielen Wochen, mit Unterbrechungen, wenn Babs ihre ›schlechten Zeiten‹ hatte, fütterten Jackie und Babs den Sohn jenes kleinen Angestellten in der kleinen Filiale einer großen Bank. Sie taten es stehend, liebevoll und vorsichtig. Sie lächelten Alois die ganze Zeit an dabei, und Alois lächelte, mampfte, versuchte zu schlucken, schluckte. Vor ein paar Monaten hatte auch Babs noch gefüttert werden müssen. Vor ein paar Monaten . . .
Ich kam mir in diesem Heroldsheid oft vor wie ein Gulliver im Reich der Zwerge. Damit Sie sich eine Vorstellung machen können, mein Herr Richter: Hier war der größte Teil des Hauses wirklich wie für Zwerge eingerichtet, nämlich für die Kinder. Mit Ausnahme der Plätze für die

schon herangewachsenen Kranken sah auch dieser Speisesaal wie ein Speisesaal für Zwerge aus. Niedere Tische, niedere Stühle, kleines Besteck.
Aber nicht nur im Speisesaal war das so – es war im Gang mit den Leisten und Haken für die Kleiderablage nicht anders. Die Leisten waren sehr weit unten. Im Frühling, als ich hier angekommen war, hatten viele bunte Mäntelchen, Anoraks und Mützen auf diesen Leisten gehangen. Die meisten Türen besaßen keine Klinken. Die Klinken aber, die es gab, waren sehr niedrig angebracht. Die Becken in den Waschräumen waren klein und niedriger als sonst an die Wand geschraubt, damit die Kinder auch an sie herankamen – allein oder mit fremder Hilfe. Dasselbe galt für die Klos. Auch hier alles niedriger und kleiner. Dasselbe galt für die Schlafsäle. Nach dem Essen wurden alle Kinder ins Bett gelegt und schliefen eineinhalb bis zwei Stunden. Der Vormittag hatte sie völlig erschöpft, sie schliefen – mit Ausnahmen – sofort ein in winzigen Betten, Betten ähnlich denen der Sieben Zwerge im Märchen. In den Unterrichtsräumen war alles so eingerichtet, daß die Kinder bequem sitzen und lernen konnten, daß sie alles, was sie selber holen sollten, auch in erreichbarer Höhe fanden. Die Tafeln an den Wänden waren sehr tief angebracht. Wo es nur ging, hatte man an den Türschwellen Schrägen befestigt, damit die Rollstuhlkinder es leichter hatten, weiterzukommen, wenn sie ihren Rollstuhl schon selbst bedienen konnten.
Nach der Mittagsruhe war noch einmal für etwa zwei Stunden Unterricht, dann kamen die großen Busse vom Morgen und brachten die Kinder wieder nach Hause. Es gab ein einziges Kind, das dann mit mir hierblieb seit Anbeginn: Babs. Wir wohnten in einem sehr kleinen Haus, abseits der Schule am Waldrand. Da hatte bis zu unserem Eintreffen der Hauswart gewohnt, der auch Werkunterricht gab. Er war sofort in den Ort Heroldsheid übersiedelt und kam nun täglich mit einem Fiat, dem kleinsten Modell, und fuhr abends wieder heim. Der Rektor hatte ihn über meinen »Fall« aufgeklärt.
»Ist doch selbstverständlich«, hatte der Hauswart gesagt. »Noch heute ziehe ich um. Mit meinen paar Klamotten.« In Heroldsheid hatte er eine Freundin, die werde ihn sofort aufnehmen, sagte er. Dieser Haus- und Werkmeister hieß Karl Wondra.
Ich glaube, es gab niemanden hier, der die Kinder mehr liebte als Karl Wondra, und die Kinder liebten Karl Wondra, der alles, aber einfach alles konnte!

»Du hast Babs geküßt . . .«
Ich drehte mich um. Vor mir stand Ruth. Sie trug ein mit Blumen farbig bedrucktes Leinenkleid und streichelte leicht meinen Arm.

»Ich habe euch beide beobachtet, und ich bin sehr glücklich, Phil, über das, was ich gesehen habe. Als alles anfing – im vorigen Jahr –, da hast du Babs gehaßt, sie eine elende Kröte genannt, mit deinem Schicksal gehadert, das dich zwang, für Babs zu sorgen – widersprich nicht, ich weiß es, ich habe nur nie darüber geredet. Ich habe dich verstehen können. Jetzt ist ein Wunder geschehen: Solange Babs der gesunde Liebling der Welt war, hast du sie immer verabscheut. Sie hat dich immer geliebt. Nun, da Babs krank und hilflos und durchaus nicht mehr der Liebling der Welt ist, nun, da du die ganze Verantwortung für sie übernommen hast, nun . . .« Sie brach ab.
Ich sagte leise: »Das ist richtig. Es gibt zwei Wesen auf dieser Welt, die ich liebe. Babs und . . .« Ich hatte sie berührt. Sie war zurückgeschreckt.
»Da ist Sylvia«, sagte Ruth.
»Ja«, sagte ich. »Ja, ja, ja. Und wie soll das weitergehen? Wie bisher? Wir sind nur Menschen!«
Sie schwieg und sah zu Babs, während ich ein epileptisches Kind fütterte.
»Sie wischt Alois dauernd mit der Serviette den Mund ab. Nach jedem Bissen«, sagte Ruth. »Wenn ich denke, in welchem Zustand sie hierherkam . . .«
»Nicht Babs«, sagte ich heftig. »Wie das weitergehen soll mit uns, habe ich gefragt!«
»Ich weiß es nicht«, antwortete sie. »Es wird weitergehen. Es wird gut werden.«
»Das glaubst du?«
»Das glaube ich fest«, sagte Ruth.
Der 24. August 1972 war ein Donnerstag. Jeden Donnerstag kam Ruth hier zur Sonderschule heraus, um die Kinder zu untersuchen, neue Medikamente zu verschreiben, neue therapeutische Maßnahmen zu besprechen. In den Lehr- und Spielzimmern hingen für jedes Kind Zettel mit den von Ruth zusammengestellten Mitteln, die es nehmen mußte. Und jeder Donnerstag war ein Festtag für mich.
»Oh, Phil«, sagte Ruth, »ich habe einen Journalisten aus Nürnberg mitgebracht. Er will über diese Schule schreiben. Ich habe ihm gesagt, daß du hier der Schulsprecher, der PR-Mann, eben derjenige bist, an den er sich wenden muß. Wir brauchen jede nur mögliche Art von Unterstützung – und wenn es ein Zeitungsartikel ist! Viele Menschen werden ihn lesen. Du mußt mit dem Mann reden. Er ist voll guten Willens, und ich bitte dich . . .«
Rektor Hallein kam schnell auf uns zu.
»Herr Norton?«
»Ja.«
»Telefongespräch. Madrid!«

5

Der Telefonhörer lag auf Rektor Halleins Schreibtisch.

»Hier ist Philip Norton!«

»Wölfchen! Mein über alles geliebtes Wölfchen! Wie geht es meiner kleinen Babs heute?«

»Von wo sprichst du, Hexlein?«

»Vom CASTELLANA HILTON. Ich habe heute drehfrei. Ich konnte einfach nicht bis zu deinem Abendanruf warten.«

Ein Luxusappartement im CASTELLANA HILTON in Madrid – das Büro des Rektors der ›Sonderschule Heroldsheid‹ nahe Nürnberg. Es roch ein wenig nach Chlor hier, nach Chlor und anderen Dingen. Der große Raum mit den Klos für Zwerge befand sich in der Nähe. Und es sind doch zwei Welten, dachte ich. Und ich bin Sylvias Angestellter, sonst nichts.

»Gut geht es Babs, Hexlein. Sie sind alle gerade beim Mittagessen.«

»Die aggressive Phase ist ganz abgeklungen?«

»Ganz und gar«, sagte ich und dachte: Jetzt können wir auf die nächste warten.

»Ach, ist das wunderbar! Wir haben nur noch etwas mehr als zwei Monate hier zu drehen, Wölfchen, dann geht es in die Pyrenäen. Aber bald verlange ich zwei Tage frei und komme und sehe mir meine Babs an – nach all der Zeit. Der Gedanke an dieses Wiedersehen hält mich aufrecht, immerzu denke ich daran, sonst wäre ich längst zusammengebrochen. Ich komme zu Babs! Das geht doch, wie?«

»Natürlich, Hexlein.« Natürlich ging das niemals. »Selbstverständlich . . .«

»Ihre Augen?«

»Bessern sich immer mehr, Hexlein.« Lüge.

»Gott, ich danke dir. Und . . . und das Hinken?«

»Täglich Gymnastik, Hexlein. Das Hinken geht auch zurück.« Lüge.

»Und . . .«

Sie fragte weiter.

Ich log weiter.

Ich log jeden Tag. Babs war nach wie vor schwer hirngeschädigt.

»Alles wird gut, alles wird gut, wenn es auch lange dauert. Aber es wird alles gut . . .«

»Ja, hoffentlich, Hexlein.«

»Sicherlich! Sag nicht hoffentlich! Wann kommst du wieder nach Madrid?«

»Nächste Woche.«

»Ach . . .«

»Was ist los?«

»Du kannst nicht früher kommen, ich weiß. Hier sagen wir, daß du in ganz Spanien verhandelst, herumfliegst, in Paris arbeitest, in Los Angeles. Bob macht seine Sache übrigens glänzend! Alle glauben die Geschichte, daß er dein Assistent ist, weil du einfach so irre viel zu tun hast mit diesem Film und mit meinem nächsten Film . . . Aber du mußt wenigstens einmal in der Woche zwei Tage hier sein . . . sonst schöpft doch noch jemand Verdacht. Bisher geht alles phantastisch. Hast du die neue Ausgabe von TIME gesehen?«

»Nein. Warum?«

»Ich bin auf dem Titelblatt!« Ihre Stimme wurde laut. »Mir gehört die Cover-Story! Und was für eine Story das ist! Du weißt doch noch, als sie vor sechs Wochen die drei Reporter und Fotografen herunterschickten . . .«

»Ja.«

»Großartig geschrieben, Wölfchen! DIE GRÖSSTE UND IHR GRÖSSTER FILM.«

»Was?«

»Steht auf dem Umschlag! Und in der Story ist dann immer wieder die Rede davon, daß ich die größte Schauspielerin bin, die der Film hat, die der Film je hatte. Mit vielen wunderbaren Aufnahmen von mir. Auch von dir. Und Babs. Aus dem Archiv . . .«

»Wunderbar . . .«

»Aus Rom hat sich schon OGGI angemeldet. Und PARIS MATCH aus Frankreich. Wenn du herkommst, mußt du ja doch ins LE MONDE und mein Flugzeug nehmen. Da gehst du zu der Redaktion von PARIS MATCH und vereinbarst einen Termin. Aus Deutschland hat der STERN angerufen. Die wollten sofort kommen, Rod hat sie abgewimmelt auf später. Nicht alles auf einmal jetzt, sagt er. Aber die größten Illustrierten der ganzen Welt müssen voll sein, solange wir noch an dem KREIDEKREIS drehen, sagt er. Obwohl ich allein auf die TIME-Story hin jede Gage und jede Beteiligung verlangen kann, die ich will.«

Mir war schwindlig. In Rektor Halleins kleinem Zimmer sah ich einfaches Spielzeug, Kinderbücher, Schallplatten, durch das Fenster die sonnige Wiese. Ich mußte mir Mühe geben zu verstehen, wovon Sylvia überhaupt sprach, ich begriff zuerst gar nichts.

»Und dann mußt du unbedingt kommen und hier einen höllischen Krach schlagen. Bob sagt's auch. Er kann es nicht. Er ist nur Produktionsleiter. Der Produktions*chef* bist du, Wölfchen!«

»Krach?«

»Weil du so wenig da bist, weil Joe nicht da ist, glauben immer mehr Schweine hier, sie können tun, was sie wollen, werden frech, unverschämt! Gestern habe ich Claudia ein paar Ohrfeigen gegeben . . .«

»Wer . . . wer ist Claudia?«

»Aber Wölfchen, du kennst sie doch! Die Chefkostümberaterin. Das Kleid, in dem die Grusche mit dem Kind sich im Palast versteckt, während die Panzerreiter sie suchen . . .«
»Was ist mit dem Kleid?«
»Claudia hat es eigenmächtig geändert. Jetzt ist es viel zu lang. Das ist das vierte Mal, daß sie so was tut! Diese verdammte Claudia. Sie haßt mich!«
»Unsinn.«
»Kein Unsinn! Sie hat es Carmen gesagt – Carmen Cruzeiro, meinem Double, du weißt doch, du hast Carmen doch selber ausgesucht!«
»Ja, ich erinnere mich. Was war da los?«
»Claudia hat Carmen gesagt, sie haßt alle Amerikaner. Sie ist eine halbe Italienerin, und die Italiener hassen doch die Amerikaner, nicht?«
»Nein.«
»Sei ruhig, ich weiß es! Und Carmen hat mir das wieder erzählt! Dabei bin ich Deutsche! Das kapiert die blöde Kuh nicht!«
»Sie ist die beste Kostümbildnerin, die wir kriegen konnten – gerade für einen historischen Film!«
»Kann sein – aber eine blöde Kuh ist sie auch! Und du mußt sie zusammenstauchen, das mußt du mir versprechen, ich habe mich so aufgeregt, daß ich gedacht habe, das Herz zerspringt mir! Du wirst sie zusammenstauchen?«
»Ja.«
»Und da Cava auch!«
»Wieso den?«
»Der ist auch ein Schwein! Ein Despot! Ein Tyrann! Die große Treppe im Palast, die ich hinunterzustürzen habe – du weißt . . .«
»Ich weiß.«
»Diese elende Treppe! Er hat sie mich achtmal hinunterstürzen lassen! Achtmal, Wölfchen! Alle Knochen tun mir weh! Pures Glück, daß ich mir nichts gebrochen habe! Hat schon dreimal versucht, das Drehbuch zu ändern! Bob hat es verhindert – aber Bob sagt, auf die Dauer kannst du, nur du wieder Ordnung schaffen! Hier werden sie alle bösartig . . .«
»Die Hitze und die lange Drehzeit!«
»Haß! Sie hassen mich! Was glaubst du, wie die mich seit heute hassen, wenn sie TIME gesehen haben! Du mußt dir sofort ein Heft kaufen.«
»Hier draußen gibt es keine ausländischen Blätter. Das hier ist ein ganz kleiner Ort, Hexlein!«
»Dann schick jemanden nach Nürnberg! Sofort! In Nürnberg wird es ja wohl noch TIME geben! Wirst du sofort jemanden schicken?«
»Natürlich, Hexlein. Du mußt dich beruhigen. Und bald bin ich ja wieder bei dir!«
A tempo wurde ihre Stimme umflort: »Mein armes, armes Wölfchen, ich

weiß, was du denkst . . . Aber es geht nicht . . . Es geht nicht . . . Wir haben es doch versucht . . . Es ist der *Film*, da war ich immer so, du erinnerst dich . . . Und nun ist auch noch mein Goldstück krank . . . Wenn du mich liebst, verstehst du mich, Wölfchen . . . Ich bin eine Frau, ein fühlendes Wesen, kein Stück Fleisch.«

»Ich verstehe ja alles«, sagte ich.

In der Tat hatten Sylvia und ich, seit sie aus Delamares Klinik gekommen war, nicht ein einziges Mal mehr miteinander geschlafen. Zuerst waren da die großen Schuldgefühle gewesen. Dann die Aufregungen mit dem neuen Film. Es war nicht der Film, das wußte ich. Es waren, noch immer, Schuldgefühle bei uns beiden. Ja, bei uns beiden.

Also gut, wir schliefen nicht mehr miteinander. Aber wir liebten uns unendlich, nicht wahr, das mußte jeder Reporter, jeder Fotograf sehen, das sah die ganze Welt – im Fernsehen, in den Wochenschauen, auf den Titelseiten der Illustrierten.

Sylvia redete immer weiter, ich hörte nicht mehr zu, es interessierte mich nicht, über wen sie sich beschwerte. Und Ruth hat Skrupel wie ich, dachte ich. Also werde ich mit Carmen schlafen. Hat keinen Sinn, daß ich auch noch durchdrehe. An mir hängt schließlich alles. Und Carmen ist bereit, das weiß ich. Sie ist bisher jedesmal bereit gewesen, wenn ich nach Madrid gekommen bin. Ein etwas komisches Leben, nicht wahr, mein Herr Richter?

». . . und gib meinem Liebling einen ganz, ganz dicken Kuß, ja?«

»Ja.«

»Ich küsse auch dich . . . Wenn der Film fertig ist, wird alles genauso sein wie früher . . . Besonders, wenn ich dann auch meinen Schatz sehen kann, wann ich will . . . Ich liebe dich, Phil, ich liebe dich mehr als mein eigenes Leben.«

»Und ich dich, mein Hexlein.«

»Heute nacht brennt die Stadt! Da kannst du mich nicht erreichen. Die großen Massenszenen, weißt du? Ich habe Nachtaufnahmen. Morgen auch. Wir können erst übermorgen wieder miteinander telefonieren. Ich habe dich in meinem Herzen, Wölfchen. Good-bye, my love.«

»Good-bye.«

Der Schweiß rann mir vom ganzen Körper, als ich den Hörer fallen ließ. Wenn Sylvia wüßte, dachte ich. Wenn sie wüßte, wie schlecht, wie elend schlecht es Babs noch immer geht und noch lange, vielleicht immer gehen wird! Ich darf es ihr nicht sagen. Sie muß ihren größten Film drehen, diese Größte. Arme, arme Sylvia . . .

Ich dachte, daß sie wirklich arm war, denn natürlich ignorierte sie die Erkrankung von Babs nicht, natürlich litt sie wirklich unter ihr – da sah ich einen Zettel neben dem Telefon. Ich las:

Lieber Herr Norton!
Ihre Flucherei wegen der kaputten Schreibmaschine habe ich heute vormittag bis in mein Zimmer gehört. Wir haben Ihnen eine neue Maschine in Ihr Büro gestellt und hoffen, dass Sie nun zufrieden sind!

Entschuldigung. Hallein.

6

Der Journalist des Nürnberger Morgen war jung und sehr höflich. Er saß mit Ruth an einem Ecktisch. An einem großen anderen aßen alle Mitarbeiter der Schule. Die zweite Schicht der Kinder war dabei, den Speisesaal zu verlassen. Erwachsene und Kinder bekamen dasselbe Menü. Der Journalist erhob sich, als ich näher kam.
»Florian Bend«, stellte er sich vor.
»Philip Norton. Nehmen Sie Platz, Herr Bend.«
Eine Köchin brachte mir einen Teller Suppe, ich aß – die anderen auch. Bend sagte: »Frau Doktor Reinhardt hat mir gesagt, daß Sie für mich der richtige Mann sind. Sie haben selber ein geistig behindertes Kind hier . . .«
Ruth sah mich an.
»Ja, Herr Bend«, sagte ich.
». . . und weil es am einfachsten für Sie ist, leben Sie hier mit Ihrer kleinen Tochter, wie mir Frau Doktor Reinhardt erzählte. Sie haben die Stelle eines PR-Manns für die Schule übernommen, Sie korrespondieren mit allen Behörden und besuchen sehr viele Menschen, und . . .«
»Ja«, sagte ich. »Ich bin viel unterwegs. Es ist sehr schwer, genug Geld aufzutreiben für unsere Schule, wissen Sie. Ich versuche alles, was mir einfällt, zu organisieren, damit wir zu Geld kommen.«
»Zum Beispiel?« fragte Bend. »Es macht Ihnen nichts aus, wenn ich meinen Recorder anstelle? Ich kann nämlich nicht stenografieren.«
»Stellen Sie das Ding ruhig an.« Er tat es. Wir aßen und sprachen, hauptsächlich ich. »Zunächst mal: Für kein Kind hier – ob es die Tochter eines Bauarbeiters ist oder der Sohn eines Generaldirektors, egal, für keines! – wird auch nur ein Pfennig Schulgeld verlangt. Oder Geld für irgend etwas anderes. Alles, was hier für die Kinder geschieht, kostet die Eltern absolut nichts!«
»Die Reichen könnten aber doch bezahlen!«
»Alle Menschen sind gleich, heißt es, nicht wahr? Alle Kinder auch. Wir« – (*Wir*, mein Herr Richter!) – »wollen nicht, daß trotzdem manche Kinder gleicher sind als die anderen.«
»Na, aber spenden könnten die reichen Eltern doch!«
»Tun sie ja auch.«
»Nicht alle«, sagte Ruth.

»Nein«, sagte ich, »leider durchaus nicht alle. Darum fehlt uns ja dauernd Geld! Darum bin ich hier eigentlich angestellt als der Schnorrer vom Dienst! Sie haben keine Ahnung, wie ich schnorre, bei wem, mit welchen Mitteln.«

»Zum Beispiel.«

»Zum Beispiel«, sagte ich, »habe ich zwei Fußballvereine in Erlangen und in Nürnberg dazu gebracht, zu einem Freundschaftsspiel zu kommen. Da tropften dann beinahe zweitausend Mark herein – nach Abzug aller Unkosten, Spesen und Steuern. Die Spieler verlangten keinen Groschen.«

»Die Steuer schon?«

»Selbstverständlich«, sagte Ruth.

»Die Steuer ist immer da«, sagte ich. »Ob wir – ob ich Theaterabende auf die Beine gebracht habe mit so einer von diesen Grünen-Wagen-Tourneen mit berühmten Schauspielern, ob das ein Schachturnier gewesen ist oder ein Bazar hier in Heroldsheid. Geschäftsleute aus Nürnberg haben alles, was Sie sich nur denken können, umsonst hergegeben. Die Leute in Heroldsheid sind gekommen und haben gekauft. Die Steuer ist auch gekommen.«

»Und Sie sind ständig in der Kreide«, sagte Bend. Er hatte rötliches Haar, die Sonne schien auf seinen Kopf, und das Haar sah seidenweich und sehr fein aus. Und auf dem Gelände der ESTUDIOS SEVILLA FILMS in Madrid verbrennt heute nacht die Hauptstadt von Grusinien, dachte ich, dieser Provinz aus ferner Zeit und dem fernen Kaukasus, ich glaube, da wirken über 4000 Komparsen mit, Sylvia hat Nachtaufnahmen, und der Film, der da gedreht wird, kostet in der Herstellung 25 Millionen! Was wohl alle Geldgeber, alle Beteiligten sagen würden, wenn ich vorschlüge, den ganzen Reingewinn dieses Monstre-Films an Sonderschulen wie diese hier zu überweisen? In die Klapsmühle würden sie mich sperren lassen, dachte ich. Umgehend. Klar.

»Ständig in der Kreide, ja«, sagte ich. »Die Landesregierung hat nun einmal Gesetze, und an die hält sie sich – auch in unserem Fall.«

»Was heißt das?«

»Das heißt, daß die Landesregierung die Kosten nur für die Schule trägt. Wir müssen jährlich durch eine Betriebsrechnung die auf den einzelnen Schulplatz entfallenden Kosten feststellen. Diese Rechnung ist der Landesregierung vorzulegen. Abgerechnet wird ein bis zwei Jahre nach Vorlage.«

»Ein bis zwei Jahre?«

»Ja«, sagte ich. »So eine Regierung hat viel zu tun, Herr Bend. In der Verordnung heißt es übrigens auch: Schuldner sind das in der Sonderschule untergebrachte Kind . . .«

»Nein!« rief Bend.
»Aber ja«, sagte ich, ». . . und die Unterhaltspflichtigen. Wir sind aber nicht nur eine Sonderschule, sondern eine Tagesstätte! Die Kosten, die in der Tagesstätte entstehen, ersetzt die Regierung nicht. Wir müssen sie gesondert in Rechnung stellen und an die Sozialhilfeämter der Gemeinden weiterreichen, aus denen unsere Kinder kommen. Unsere Kinder kommen aus vielen Orten in diesem Landkreis.«
»Und erhalten Sie alles ersetzt?« fragte Bend.
»In den letzten zwei Jahren hat man uns über hunderttausend Mark nicht ersetzt.«
»Mit welcher Begründung?«
»Mit gar keiner. Wir sind schon froh, daß wir überhaupt etwas kriegen.«
Bend regte sich auf: »Wenn das so ist, und wenn die Regierung sich ein bis zwei Jahre Zeit läßt, Ihnen Ihre Ausgaben zu ersetzen, dann brauchen Sie doch Überbrückungskredite.«
»Ja«, sagte ich.
»Von Banken! Zu irrsinnigen Zinsen!«
»Ja, Herr Bend«, sagte ich.
»Jetzt hören Sie mal zu: Meine Zeitung will für Ihre Schule eine Großaktion starten.«
»*Sie* wollen?« sagte Ruth lächelnd.
»Na ja . . .« Bend war sehr verlegen. »Ich habe den Vorschlag gemacht, immer wieder, und jetzt . . .«
»Wie lange?«
»Was wie lange?«
»Wie lange haben Sie den Vorschlag gemacht?« fragte ich.
Er senkte den Kopf.
»Fast zwei Jahre«, sagte er. Er hob den Kopf stolz. »Aber jetzt habe ich sie rumgekriegt, auch die Verbohrtesten. Meine Zeitung bereitet eine ›Aktion Heroldsheid‹ vor. Und ich verspreche Ihnen, wenn diese Serie gelaufen ist – dann haben Sie einen Batzen Geld von unseren Lesern!«
»Täuschen Sie sich bloß nicht«, sagte ich.
»Wieso?«
»Über die Kinder, die hier sind, will keiner etwas lesen.«
Er hob den Kopf und sagte selbstbewußt: »Wenn ich es schreibe, wird jeder es lesen, seien Sie beruhigt, Herr Norton. Und diesmal kommt Ihnen nicht die Steuer dazwischen, das habe ich inzwischen auch geregelt.«
»Hören Sie, dann müßten Sie meine Stelle haben.«
Er errötete wie ein junges Mädchen.
»Herr Norton! Ich werde mich also hier herumtreiben in der nächsten Zeit. Wenn ich Fragen habe, komme ich zu Ihnen. Ich werde viele Fragen haben. Sie wissen so viel, ich weiß gar nichts.« Guter Junge, dachte ich. Guter

Junge, wenn du ahntest, wie wenig ich weiß. Wenn du ahntest, daß ich vor ein paar Monaten noch überhaupt nichts gewußt habe. »Also Fragen, wenn es Ihre Zeit erlaubt. Gleich jetzt, ja?«
»Die Kinder schlafen noch«, sagte Ruth zu mir. »Ich kann mit meinen Untersuchungen erst später anfangen.«
»Ich habe noch sehr viele Briefe – ach was«, sagte ich, »fragen Sie, Herr Bend!«
»Also, zuerst nur das Grundsätzliche: Wie viele Kinder haben Sie hier? Im Moment.«
»Im Moment einundachtzig.«
»Im Alter von?«
»Im Alter von vier bis zwan . . .« Ich brach ab.
»Was ist?« fragte Bend.
»Es sind ein paar hier, die sind schon zwanzig oder werden es demnächst. Sie dürften eigentlich – nach den Vorschriften – nicht mehr hier sein. Mit achtzehn ist es bei uns aus. Aber diese Kinder müssen einfach hierbleiben. Niemand nimmt sie uns ab. Sie können nirgends anders hingehen. Sie sind noch zu krank. Sie brauchen die Schule noch. Ohne die Schule sind sie verloren.« Und in der Marmorhalle des CASTELLANA HILTON sitzt neben einem Springbrunnen ein großer Papagei auf einer Stange und spricht ein paar Sätze in sechs Sprachen, dachte ich.
»Dann werde ich natürlich schreiben, nur bis achtzehn«, sagte Bend.
»Wieviel Lehrkräfte gibt es?«
»Wir haben den Rektor«, sagte ich. »Er ist ausgebildet für die Arbeit an einer solchen Schule. Er hat eine gleichfalls ausgebildete Volksschullehrerin, die aber auch den ganzen Verwaltungskram erledigen muß. Dann haben wir: drei ausgebildete Heilpädagoginnen, vier ausgebildete Erzieherinnen, zwei ausgebildete Krankengymnastinnen, eine Logopädin . . .«
»Was ist das?«
»Jemand, der versucht, den Kindern besseres Sprechen beizubringen. Sie werden bemerkt haben, daß fast alle sehr schlecht und undeutlich sprechen, viele unverständlich, manche sind stumm.«
»Weiter«, sagte Bend.
»Ferner haben wir eine Zeichenlehrerin, die auch Werklehrerin ist, einen Hauswart, der die größeren Jungen schon bei einfachen Holz- und Metallarbeiten unterrichtet, eine Musikpädagogin, eine ausgebildete Kinderpflegerin für die Kleinsten, drei Köchinnen, zwei Reinemachefrauen und – ganz wichtig, denn ohne sie bräche hier alles zusammen – Wehrdienstverweigerer.«
Eine der Köchinnen brachte uns allen Kaffee.
»Wie viele Wehrdienstverweigerer?« fragte Bend.
»Zwischen vier und sieben, die Zahl schwankt beständig. Viel zu wenig,

Herr Bend. Und endlich freiwillige Helfer. Aber die kommen und gehen, mit denen können wir nicht rechnen. Das ist alles.«
»Und Sie«, sagte Bend.
»Ja«, sagte ich, »und ich«, und ein großes Staunen überfiel mich.
Kaiser, König, Edelmann, Bürger, Bauer, Bettelmann.
Playboy, Gigolo, Erpresser, Lump, Zuhälter.
Hatte ich mir alles vorstellen können. Hatte ich manches immer werden wollen. War ich manches gewesen.
Und nun?
Verrückt. Absolut verrückt. Absolut verrückt, dachte ich.

7

Heroldsheid, 24. August 1972

Liebe, sehr geehrte Frau Kreuzwendedich,

wir bedanken uns herzlichst für die Überweisung von DM 350.-, die Sie uns durch Scheck zukommen ließen, damit wir, wie Sie schreiben, Ihrem Patenkind Konrad Vetter die dringend benötigte leichte Sommerkleidung kaufen...

Jetzt saß ich wieder in meinem winzigen Büro und tippte auf der neuen Maschine, die mir der Rektor nach Anhören meiner Flüche vom Vormittag hatte heraufbringen lassen. Das war vielleicht ein Ding! Einfach phantastisch. Ich war glücklich. So glücklich, daß ich den Rektor anrief.
»Hallein!«
»Hier ist Norton, Herr Hallein. Ich wollte mich für die neue Maschine bedanken, sie ist großartig!«
Ich hörte Hallein lachen.
»Was ist so komisch?«
»Sie haben einfach zuviel um die Ohren, Herr Norton. Das ist eine von Ihren Maschinen, die da steht.«
»Von meinen Maschinen?«
»Ja. Und wir haben noch zwei andere von Ihnen im Haus.«
»Ich . . .«
»Vor drei Monaten haben Sie einen Schnorrbrief an die Firma geschrieben. Die schenkte uns daraufhin drei Maschinen. Nun, und jetzt . . .«
Ich lachte ebenfalls.
»Da sehen Sie, wie sich Schnorren lohnt! Was schreiben Sie denn gerade?«

»Einen Dankbrief an Frau Kreuzwendedich. Sie hat doch Geld für Konrad geschickt . . .«
»Ach ja, natürlich. Jetzt im Sommer werden die Menschen plötzlich gebefreudig.«
»Unberufen, ja. Allerdings sind es nicht immer dreihundertfünfzig Mark wie bei Frau Kreuzwendedich. Ich muß mich auch für die zehn Mark für Helga und die fünfzehn Mark für Peter und die fünfundzwanzig Mark fünfzig für Erika bedanken . . . Haben Sie eine Erklärung dafür, wie es zu diesen fünfzig Pfennig gekommen ist?«
»Vielleicht war keine ganze Mark mehr übrig«, sagte Hallein. »Das sind freundliche Menschen, die uns da helfen. Und wenn sie uns mit fünfzig Pfennig mehr helfen. Die Menschen – die meisten – sind freundlich. Man muß nur auch freundlich zu ihnen sein.«
Ich legte den Hörer auf. Feiner Kerl, dieser Rektor. Der einzige, der die Wahrheit über Babs und mich hier kannte. Deshalb konnte ich immer nur von seinem Büro aus telefonieren. Er ließ es unversperrt, auch nachts.
Die Kinder hatten ihren Mittagsschlaf beendet. So viel Lärm, so viel fröhliches Geschrei! An einem Ort mit so viel Elend, dachte ich.
Der rothaarige Reporter vom NÜRNBERGER MORGEN wird das alles nicht fassen können, was er nun sieht. Ich habe es zuerst auch nicht fassen können.
Ruth untersucht nun die Kinder, dachte ich.
Die Schule besaß ein Laboratorium im Keller. Schwierigere Untersuchungen konnte man natürlich nicht machen, da mußte das Kind schon nach Nürnberg ins Sophienkrankenhaus gebracht werden. Aber Ruth hatte die Berichte der Menschen, die jeden Tag mit den Kindern zusammen waren – über ihre Fortschritte, Rückschritte, Ängste, Unruhe oder gestiegene Konzentrationsschwächen (alle diese Kinder litten an großer Konzentrationsschwäche, auch Babs natürlich, und daran, daß sie sehr leicht ermüdete), Ruth konnte neue Medikationen festlegen, neue therapeutische Maßnahmen.
Und Babs war jetzt bei Fräulein Gellert.
Wie jeden Tag um diese Zeit.
In einem abgelegenen Zimmer im ersten Stock arbeitete Fräulein Vera Gellert, sehr hübsch, noch jung, Psychologin und geprüfte Logopädin. Das Wort kommt aus dem Griechischen, Logopädie, das bedeutet: Heilerziehung von Sprachkranken. Alle Kinder kamen zu Fräulein Gellert, alle hier. Fräulein Gellert hatte Angst vor Männern. Sie versuchte, das nicht zu zeigen. Man bemerkte es sofort.
Fräulein Gellert wurde, wie ich gesehen hatte, jeden Abend von einer Erzieherin in einem zerbeulten VW nach Nürnberg mitgenommen, und morgens kam sie mit dieser Erzieherin an. Rektor Hallein hatte mir die

Geschichte erzählt: Fräulein Gellerts Vater war in Rußland gefallen. Sie hatte ihn nie auch nur gesehen. Die Mutter heiratete 1954 zum zweiten Mal. Fräulein Gellerts Stiefvater bereitete der Mutter in dieser Ehe die Hölle – neun Jahre lang. Vera Gellert fürchtete und haßte ihn. Endlich wurde die Ehe geschieden. Übermächtig groß war Vera Gellerts Liebe nun zu ihrer Mutter. Übermächtig groß war nun aber auch ihre Furcht vor Männern – sie hatte als Kind soviel männliche Roheit miterlebt. Sie studierte – sie wollte einen Beruf haben, der sie mit Kindern zusammenbrachte, nur mit Kindern, mit kranken Kindern!

Psychologinnen gibt es viele. Logopädinnen gibt es wenige. Fräulein Gellert war diplomierte Logopädin.

Während ich tippte, dachte ich daran, wie sie mit Babs zu arbeiten begonnen hatte, wie sie noch immer mit ihr arbeitete, ich wußte es. So war es am Anfang gewesen . . .

Da saß Babs mit mächtigen Kopfhörern an einem Tisch im Arbeitsraum von Fräulein Gellert. Die saß an der Längsseite des Tisches. Vor ihr stand ein Apparat, der an ein altmodisches Telefon erinnerte. Er hatte eine Meßskala und zahlreiche Knöpfe. Vor dem Apparat befand sich ein Mikrofon. Vor Babs lagen viele Karten – spielkartengroß – mit den verschiedensten Zeichen: Figuren, Gegenständen, Bäumen, Blumen, Straßenbahnen, Kuchen, Häusern, Flüssen – sehr viele solcher Karten gab es, auf vielen wurden kleine Ereignisse festgehalten.

Eine von zahlreichen Methoden, die Fräulein Gellert anwendete. Die einfachste. Sie hatte einen ganzen Schrank voll anderer Hilfsmittel.

Mit den Karten geht das so, und es ging wohl auch im Moment so . . .

Fräulein Gellert legte Babs eine Karte hin und sprach sehr deutlich in das Mikrofon, wobei sie eine Fingerspitze auf eine Figur legte, welche die Karte zeigte: »Das ist ein Bub . . .«

Keine Reaktion.

Fräulein Gellert drehte an den Skalenknöpfen. Ihre Stimme kam nun lauter aus den Kopfhörern zu Babs.

»Das ist ein Bub . . .«

Immer noch keine Reaktion.

Stärker eingestellt der Apparat! Noch lauter die Stimme in den Kopfhörern!

»Das ist ein Bub . . .«

Jetzt reagierte Babs.

Endlich!

»Isub . . .«, sagte sie.

»Das ist ein Bub . . .«

»Asisub . . .«

Diese phonetische Wiedergabe der Bemühungen, die Babs unternahm, soll

Sie nicht verwirren, mein Herr Richter, der Sie bisher immer gelesen haben, wie ich in normaler Form aufgeschrieben habe, was Babs sagte. Ich tue es hier ein einziges Mal, um zu zeigen, wie ihre Sprache klang. Man verstand sie schon, manchmal mit Mühe. Und seit Beendigung ihrer totalen Stummheit konnte Babs kaum Sätze mit mehr als drei, keinesfalls Sätze mit sechs oder mehr Wörtern bilden. Es blieb immer einiges zu erraten, aber wenn man täglich mit dem Kind zusammen war, dann erriet man es mühelos. Im übrigen benützte Babs die Sprache kaum oder gar nicht, um zu zeigen, daß sie jemanden ablehnte, daß sie jemanden gerne hatte, daß sie sich freute oder sich fürchtete. Das war immer weitgehend ihrer Gestik überlassen, alles Affektive.
Also wieder: »Das ist ein Bub . . .«
Zehnmal vielleicht.
Dann sagte Babs mit vor Anstrengung gerunzelter Stirn: »Dasiseinbub . . .« Es war immer noch schwer zu verstehen.
»Wie lange geht das so?«
»Viele Jahre, Herr Norton.«
»Und jeden Tag Unterricht?«
»Jeden Tag. Man muß das aufbauen, langsam, ganz vorsichtig . . . nie zu lange . . . weil diese Kinder doch so schnell ermüden . . .«
»Sie müssen unendliche Geduld haben, Fräulein Gellert.«
»O ja, Herr Norton.«
Sie hatte alle Geduld der Welt, es war nicht zu fassen, ich habe es nie gefaßt, die Geduld von Fräulein Gellert, diese unendliche Geduld.
Alle Geduld der Welt . . .
Andere Karte nach Erreichen einer bestimmten Leistung.
Morgen dasselbe wieder. Monatelang täglich dasselbe wieder, mit immer anderen Karten. Und dann, langsam, mit anderen Methoden.
Zum Beispiel: »Wo ist denn die Karte mit dem Auto?«
Oder: »Was ist denn auf dieser Karte drauf?«
Oder: »Jetzt erzähl *du* mir mal etwas. Du darfst dir die Karte aussuchen!«
Oder absichtlich falsche Behauptungen, in der Hoffnung, auf Widerspruch: »Das ist eine Eisenbahn, die schwimmt im Fluß.«
»Keineisenban! Schiff! Eisenban kanich schwimm . . .«
Sie freute sich ehrlich und wirklich, mein Herr Richter, das will ich gerne beschwören – sie und alle, die hier arbeiteten, wenn sie die kleinste Besserung, die richtige Reaktion, den winzigsten Fortschritt bei einem Kind feststellten. Es gibt Frauen, die freuen sich, wenn ihr Liebhaber ihnen einen Nerz schenkt. Und es gibt Frauen – aber das wußte ich erst, seit Babs erkrankt war, seit ich Ruth kannte, seit ich Heroldsheid kannte –, die freuen sich, mehr und aufrichtiger, wenn ein hirngeschädigtes Kind zum ersten

Mal allein auf die Toilette gehen kann (nachdem man es drei, vier, acht Jahre dorthin geführt und ihm geholfen hat) und seine Geschäfte selbständig, ohne Hilfe, erledigt.
Doch diese Frauen, diese Mädchen, diese Männer waren im Dunkeln, und die anderen waren im Licht. Und man siehet die im Lichte. Die im Dunkeln sieht man nicht.

8

Heroldsheid, 24. August 1972

Sehr geehrter Herr Direktor Riehle!

Bitte werfen Sie diesen Brief und die beigefügte Broschüre nicht sofort weg! Nehmen Sie sich - wir wissen, wie überlastet Sie sind - die Zeit, den Brief und die Broschüre zu lesen.
Sie haben gewiß schon einmal von der "Sonderschule Heroldsheid" gehört. Sie wissen - oder Sie können es der Broschüre entnehmen -, daß diese Schule die letzte Hoffnung und die einzige Rettung für fast hundert Kinder ist, die hier trotz schwerer Behinderungen einen Weg ins Leben finden. Viele weitere Hunderte von Kindern wollen aufgenommen werden. Ihre Eltern betteln und flehen darum, stehen auf Wartelisten. Mehr Kinder können in unserer Schule aber nicht unterrichtet werden.
Vor drei Jahren, sehr geehrter Herr Direktor Riehle, hingen Schicksal und Zukunft von 94 Kindern, die damals hier lebten, besser: l e r n t e n zu leben, an einem hauchdünnen Hoffnungsfaden. Unsere Schule stand vor dem Bankrott. Die Verantwortlichen...

Telefon.
Ich hob ab.
»Ja?«
»Kommen Sie bitte runter, Herr Norton, Anruf aus Madrid.« Rektor Hallein.

»Was denn? Schon wieder? Ich wurde doch erst zu Mittag von Mrs. Moran ange . . .«
»Es ist nicht Mrs. Moran. Es ist ein Mann.«
Ich rannte die schmale Treppe hinunter, vorbei an mysteriösen, unheimlichen, wunderbar unverständlichen Wasserfarbenbildern, von Kindern gemalt, die hier angeklebt worden waren. Ein Mann? Was für ein Mann? Was war geschehen?
Im Erdgeschoß herrschte großes Durcheinander. 16 Uhr. Schulschluß. Auf dem Kies des Vorplatzes standen die mächtigen Busse. Manche Kinder saßen schon darin. Andere wurden mit ihren Wägelchen ins Freie geschoben.
Der kräftige Wehrdienstverweigerer mit dem Bart, den ich am ersten Tag kennengelernt hatte, trug Josef wie einen Sack über die Schulter gelegt ins Freie. Josef war siebzehn Jahre und Spastiker.
Ich drängte mich durch die Kinder, die Erwachsenen, dann war ich in Halleins Zimmer – allein. Der Hörer lag auf dem Schreibtisch. Ich riß ihn ans Ohr. Grell schien die Sonne in den Raum, dessen Fenster weit geöffnet waren.
»Ja?«
»Hier ist Rod.«
»Was ist los?«
»Du mußt runterkommen. Sofort.«
»Aber das geht nicht . . . Ich muß hier so viel . . . Ich komme nächste Woche . . .«
»Morgen kommst du. Der Jet wartet in Orly.«
»Aber warum? Ist was geschehen?«
»Kann man wohl sagen.«
»Mit Sylvia?«
»Ja.«
»Ist sie krank? Verletzt? Ich habe vor vier Stunden mit ihr telefoniert, da war sie ganz in Ordnung.«
»Haben wir auch gedacht.«
»Was soll das heißen?«
»Ich habe auch schon Lejeune und Doktor Lévy angerufen. Du triffst sie in Paris. Morgen mittag. Im Le Monde. Sie fliegen mit dir. Bob sagt . . .«
»Welcher Bob?«
»Bob Cummings, du Idiot. Dein Produktionsleiter, du Idiot!«
»Was ist mit dem? Was hat der?«
»Troublê. Aber mächtigen. Dieses verfluchte Weib.«
»Sylvia?«
»Ja. Ja! Ja! Ja!«
»Schrei nicht so, Mensch!«

»Ach, leck mich doch am Arsch, du beschissener Lügner!«
»Wieso bin ich ein . . .«
»Du hast mir gesagt, daß Sylvia nie mehr mit dir gepennt hat, seit sie sich von Babs trennen mußte.«
»Ja und? Das ist die Wahrheit! Im HILTON, wenn ich nach Madrid komme, schließt sie sich in ihrem Schlafzimmer ein. Wird hysterisch, wenn ich sie bloß berühre. Hat mich nie mehr auch nur geküßt. Hat sich nie mehr auch nur ausgezogen vor mir – immer alles hinter versperrten Türen, zum Verrücktwerden! Aber ich verstehe es. Der Schock. Die Schuldgefühle. Die Angst um Babs . . .«
»Scheiße.«
»Was?«
»Schock, Schuldgefühle, Angst – alles Scheiße!«
»Wieso?«
»Das wird dir Bob erzählen.«
»Wieso der?«
»Weil zu dem vor zwei Stunden ein Beleuchter gekommen ist, ein Spanier, so was von mies und dreckig und verschwitzt kannst du dir nicht vorstellen, und der hat gesagt: Señor Cummings, ich brauch Geld und hab keines, aber Sie werden es mir geben, da bin ich ganz sicher, es ist ziemlich viel, aber Sie werden es mir trotzdem geben, da könnt ich drauf schwören.«
»Erpressung?«
»Du merkst auch alles!«
»Erpressung womit?«
»Deine Sylvia, diese leidende Mutter, die unglückliche, geschlagene Frau, die dich nie mehr drüber ließ in ihrem grenzenlosen Schmerz um Babs, hat mit diesem Scheißbeleuchter gevögelt!«
»Sie hat – was?«
»Du hast schon verstanden! Und nicht einmal! Jeden Tag in der letzten Woche! Mal nachts in seiner Bude, mal draußen auf dem Gelände in irgendeiner Dekoration, einfach das Kleid hoch, bei ihm aufgeknöpft und los!«
»Das ist nicht wahr!«
»Nicht wahr? Sie hat's doch sofort zugegeben, als Bob sie fragte!«
»Dann . . . dann . . . dann . . .«
»Stottere dich aus!«
»Dann ist sie verrückt geworden! Dann gehört sie in Behandlung! Dann muß der Film abgebrochen werden!«
»Bei Gott, du hast wirklich Scheiße im Schädel. Verrückt! Behandlung! Film abbrechen! Soll ich dir was sagen? Joe spielt verrückt! Alle drüben spielen verrückt! Alle hier spielen verrückt! Denn was bisher aufgenommen wurde, ist so, daß du nicht glaubst, was du siehst und hörst! Sylvia war

noch nie in ihrem Leben so phantastisch, so großartig! Niemals noch ist eine Schauspielerin irgendwann irgendwo so großartig gewesen wie Sylvia in diesem Film!«
»Und ich muß also sofort runterkommen, damit wir für die Fotografen und Reporter nun wieder die Liebenden des Jahrhunderts spielen, bevor was durchsickert.«
»Schon kapiert. Donnerwetter, ging schnell. Mein Glückwunsch. Morgen nachmittag bist du hier!« Und als ich nicht gleich antwortete, weil ich einfach kein Wort herausbrachte, hörte ich ihn brüllen: »Du kommst! Das ist ein Befehl! Verstanden?«
»Ja«, sagte ich.

»Das ist nicht Wahnsinn, das ist etwas, das häufig geschieht in solchen Fällen. Nur eine Variante von unendlich vielen Varianten der Verstörtheit, der Schuldgefühle und der Verzweiflung«, sagte Ruth.
Wir saßen auf der großen Wiese vor dem kleinen Haus, in dem ich mit Babs nun wohnte, auf einer Bank, die Sonne schien noch, alles war voller Blüten, Schönheit, das alte Haus zugesponnen mit Efeu und Clematis, und es war still, als wären wir die einzigen Menschen auf der Welt.
Später Nachmittag. Die Busse mit allen Kindern waren weggefahren, die Erwachsenen desgleichen, sie hatten Autos (keine Rolls, keine Maseratis!), doch bei weitem nicht alle.
Viele wurden von anderen mitgenommen.
Ich hatte dem Rektor gesagt, daß ich dringendst morgen nach Madrid fliegen müsse. Er hatte nicht gefragt, warum.
»Klar, fliegen Sie, wenn es so dringend ist. Deshalb haben wir Ihnen diese Stelle hier gegeben – damit Sie immer weg können für ein paar Tage, ohne daß jemand Verdacht schöpft. Frau Pohl wird Sie vertreten.« Frau Herta Pohl war die zweite Lehrerin, Halleins Vertraute – eine sehr attraktive, stets außerordentlich schick gekleidete junge Frau (einfache Kleider, nicht Pucci, nicht Leonard, nicht Dior – und doch schick!), die mit einem Versicherungsagenten verheiratet war, zwei sehr hübsche Kinder hatte und ganz nahe, in Heroldsheid-Ort, in einem modern eingerichteten kleinen Haus wohnte. Es war nach ihren eigenen Plänen gebaut, so hatte Frau Pohl mir einmal erzählt, als ich zum Tee eingeladen war – ich war oft bei den Pohls eingeladen –, und sie hatten noch immer gewaltige Hypothekenschulden auf dem Haus.
»Aber es gehört uns! Und wir sind glücklich!«
Das war also Frau Pohl, die mich immer vertrat, wenn ich wirklich oder angeblich zu Behörden verreisen mußte, Frau Pohl, die mir überhaupt beigebracht hatte, wie ich den ganzen Schreibkram am besten erledigte – ich hatte doch keinen blassen Schimmer gehabt.

»Und Frau Grosser kümmert sich wieder einmal solange um Babs«, hatte Rektor Hallein gesagt.
Was Hallein da von Frau Grosser gesagt hatte, die sich um Babs in meiner Abwesenheit kümmern würde, so war das ein prächtig funktionierendes Arrangement, durch ihn zustande gekommen. Ich werde gleich erklären, wie sich das mit Frau Grosser verhielt.
Ja, da saßen wir auf der Bank vor dem eingesponnenen Häuschen, Ruth und ich, im Sonnenschein, in Schönheit, Frieden, Stille, umgeben von blühenden Blumen – und aus dem Innern des Hauses ertönte ganz leise Musik. Kennen Sie diese alten Illustrationen, mein Herr Richter – Stahlstiche sind das. Kleine Leute in ihrem ›Glück im Winkel‹. Kitsch? Genauso müssen Ruth und ich ausgesehen haben auf der Bank vor dem Häuschen, im Nachmittagssonnenschein.
»Das geschieht häufig, daß eine Frau sich benimmt wie Sylvia?« fragte ich fassungslos.
»Sehr häufig, ja. Andere Frauen besaufen sich, werden Schlampen, nehmen sich das Leben, versuchen den Mann umzubringen . . .« Feine Aussichten. »Ich habe dir einmal gesagt, daß niemand ungeschoren davonkommt mit solchen Kindern, wenn er nicht vorher ein völlig gefestigtes und – entschuldige – geordnetes Leben geführt hat. Das hast du nicht, das hat Sylvia nicht.« Ruth sagte seit ein paar Wochen nicht mehr Mrs. Moran.
»Nein. Das haben wir nie.«
»Sylvia ist gewiß eine große Schauspielerin, die größte meinetwegen – aber sie hat jetzt einen Schlag fürs Leben weg. Das, was passiert ist – von dem Sich-dir-Verweigern angefangen –, ist Hysterie. Richtige Hysterie. Hat gar nichts damit zu tun, daß sie so spielt, wie noch niemals eine Frau im Film gespielt hat. Im Gegenteil. Gerade diese Hysterie und gerade dieser Film, in dem es um ein Kind geht, machen eine solche Hochleistung erst möglich!«
»Aber Sylvia gefährdet sich, den Film, ihre Karriere, ihre Zukunft, alles!«
»Gewiß. Sie . . . tut mir leid, Phil. Sie ist eine arme, bedauernswerte Frau. Gebe Gott, daß das nicht noch schlimmer wird.«
»Noch schlimmer?«
»Das, was sie jetzt tut, ist noch gar nichts. Es gibt Ärgeres.«
Und ein leichter Wind erhob sich nach der Hitze des Tages. So still war es, jetzt hatte auch die Musik aufgehört. Ruth legte eine Hand auf meine.
»Schlimm für dich«, sagte sie. »Sehr schlimm, ich weiß. Halt es aus, bitte. Bitte, bitte, Phil, halt es aus.«
»Ich halte alles aus, solange du bei mir bist«, sagte ich.
Aus dem kleinen Häuschen kam Babs gehinkt. Sie drückte sich an mich und strich über meinen Arm. Dann strich sie über Ruths Arm. Sie schaffte es

nicht allein – Ruth hob sie auf den Schoß. Babs legte den Kopf an Ruths Brust. Babs sagte kein Wort. Man kann auch durch die schlimmste Schielbrille sehen, daß Augen vor Glück strahlen.

»Wie kann Babs hier seit Monaten mit mir leben und zufrieden sein, und wie kann sie sich immer, wenn es nur eine Möglichkeit gibt, so an dich drücken und dich küssen und streicheln und schnurren wie eine Katze vor Behagen, wenn auch du sie küßt und streichelst? Woher kommt diese Zuneigung zu dir?«

»Sie fühlt sich geborgen.«

»Aber sie hat eine Mutter! Niemals, Ruth, niemals noch hat sie nach der Mutter auch nur gefragt!«

»Sie wird gar nicht mehr wissen, wer diese Mutter ist. Sicher nicht. Sie weiß auch nicht, wer sie selbst in Wirklichkeit ist und wie sie heißt. Nur an ihren Vornamen erinnert sie sich. Weil wir sie doch alle immer so rufen und gerufen haben. Und deinen Vornamen kennt sie. Bei meinem bin ich nicht sicher. Aber sie erkennt mich. Sonst hat sie alles vergessen. Sie klammert sich an Menschen, die ihr Liebe geben, Wärme, Geborgenheit . . .«

»-borgenheit«, sagte Babs, den Kopf an Ruths Brust.

Die Sonne begann zu sinken. Im Westen färbte sich der blaue Himmel zuerst rosa, dann immer röter, zuletzt flammend rot. Er wurde immer blasser über uns, milchig und erschien mir unendlich groß, so groß, wie er mir noch nie erschienen war, und ich sah drei sehr kleine Schäfchenwolken.

9

›Love is a many-splendored thing . . .‹

›Alle Herrlichkeit auf Erden‹!

Das Thema und die Musik dieses Films erklangen – gespielt vom Orchester Ray Conniff. ›Hollywood in Rhythm‹ hieß die Langspielplatte mit dieser Komposition darauf.

Die Platte – und andere von Ray Conniff – hatte ich in Nürnberg gekauft, weil Babs diese Musik am meisten liebte. Drüben in der Schule (sie lag nun leer, verlassen, abgesperrt, ich hatte alle Schlüssel, wie immer) gab es viele Platten und mehrere Plattenspieler. Da gab es auch Musiktherapie. Weil hirngeschädigte Kinder gern Musik hören, weil es gut für sie ist. Musik lockert, nimmt Aggressionen, Musiktherapie ist etwas ganz Wichtiges. Einen Plattenspieler hatte mir Rektor Hallein geliehen.

Wir waren jetzt in dem kleinen, armselig eingerichteten Haus. Bad, Wohnzimmer, Schlafzimmer, Küche, alles voll abgenutzter alter Möbel, im Wohnzimmer lag ein Fleckerlteppich, stand ein Fernsehapparat. Alles so, wie der Hauswart es zurückgelassen hatte. Ruth saß neben mir auf

einem alten Sofa, dessen Sprungfedern krachten, und dessen Bezug an mehreren Stellen aufgerissen war – die Füllung quoll heraus.
Und immer weiter ›Alle Herrlichkeit auf Erden‹ . . . .
Babs war in Bewegung geraten. Mit ihrem lahmen Bein konnte sie natürlich nicht tanzen, mit ihrem armen Gehirn konnte sie natürlich keine der Musik entsprechenden Bewegungen ausführen, aber sie war von dieser Musik doch so fasziniert, daß sie, mit häßlich abgewinkelten Beinen auf dem Fußboden sitzend, mal im Rhythmus, mal nicht im Rhythmus des Liedes ihren Körper zu bewegen begann, sich hin und her wiegte, die Arme kreisend bewegte und dazu immerfort glücklich lachte. Sie erhob sich auch, stolperte nach ein paar Schritten und fiel hin. Sie lachte weiter. Gewiß sah das alles eher gräßlich aus – aber nicht für mich und nicht für Ruth.
»Du bist so gut«, sagte Ruth leise.
»Ach was«, sagte ich ebenso.
»Du bist so gut«, wiederholte sie. »So gut für Babs. Was hat Sylvia im Film zu sagen? Wie heißt das bei Brecht zum Schluß?«
»›Daß da gehören soll, was da ist, denen, die für es gut sind‹«, sagte ich beklommen, »›also die Kinder den Mütterlichen, damit sie gedeihen.‹«
»Ja«, sagte Ruth.
Dann sahen wir beide zu, wie Babs sich immer weiter mühte, immer wieder hinfiel, uns anlachte mit ihrem schrecklichen, geliebten Gesicht, und wir lachten zurück und klatschten, und Babs mühte sich zur Musik von ›It might as well be Spring‹. Danach war sie erschöpft und blieb liegen, schwer atmend, auf dem Rücken.
Ich stellte den Plattenspieler ab.
Indessen hob Ruth Babs auf, die ihre Ärmchen um den Hals der Ärztin schlang. Sie drückte sich an Ruth, und Ruth streichelte sie und gab ihr viele kleine Küsse auf die Wangen, und Babs sah zu mir – die Brille war zu Boden gefallen, die Kinderaugen schielten mich an, und Babs fragte strahlend: »Schön?«
»Wunderschön, Babs«, sagte ich. »Ganz wunderschön.«

10

Es kam die Nacht.
Der Himmel war übersät von unzähligen Sternen. Wind rauschte. Babs schlief in ihrem Bett. (Ich schlief auf einer alten Couch im Wohnzimmer, seit wir hier waren.) Wir hatten gegessen – heute hatte Ruth gekocht, Bratkartoffeln, Spiegeleier und Salat. So oft ich ›verreist‹ war, kochte Frau Grosser. Sonst, wenn Babs und ich allein waren, kochte ich. Ich hatte es inzwischen gelernt – die Köchinnen in der Schule drüben hatten mir das Notwendigste beigebracht.

Während Ruth kochte, war ich zu Frau Grosser gegangen.
Frau Beate Grosser hatte streng zurückgekämmtes weißes Haar, war an die siebzig, Witwe eines Beamten. Sie wohnte in Heroldsheid. Da hatte sie Zimmer, Küche und Bad im Hause eines Gemüsehändlers. Frau Grosser war eine sehr einsame Frau. Ihren Sohn hatte sie im Krieg verloren. Sie hatte keine Verwandten mehr. So war alles sehr leicht zu arrangieren gewesen, als ich mit Babs hierhergekommen war, weil sich die Frage erhoben hatte, wer sich um das Kind kümmern sollte, wenn ich zu Sylvia mußte.
»Frau Grosser!« hatte Rektor Hallein damals gerufen. Und er war noch am gleichen Tag mit mir zu ihr gegangen. Frau Grosser war sofort begeistert gewesen. Sie liebte Kinder. Es kam dann, am nächsten Tag, zu der ersten Begegnung zwischen Frau Grosser und Babs. Ich hatte große Angst, daß Babs die alte Dame ablehnen würde. Das Gegenteil war der Fall.
»Riecht gut, Frau«, hatte Babs gesagt, als alles geregelt und die alte Dame gegangen war. Und damit war dieses Problem gelöst gewesen. Nun hatte ich Frau Grosser aufgesucht und ihr gesagt, daß sie mich wieder einmal vertreten mußte – von morgen früh an.
»Da freu ich mich aber, Herr Norton«, hatte sie geantwortet. Und mir vier große Birnen mitgegeben – für Babs. »Die müssen Sie nehmen, Herr Norton! Ich hab noch mehr. Mein Gemüsehändler hat sie mir geschenkt . . .«
Jetzt lagen die vier Birnen auf dem Nachttisch neben Babs' Bett . . .
Und zu beiden Seiten dieses Bettes saßen Ruth und ich. Nur Licht von einer Lampe im Wohnzimmer fiel in den Raum, aber ich konnte Ruths Gesicht dennoch deutlich erkennen. Wir sahen einander immer wieder an und schwiegen lange, und dann erzählte ich Ruth alles über mich, mein ganzes vertanes, vergeudetes, verhurtes, versoffenes und verspieltes Leben. Ich wußte schon so viel von ihr, sie so wenig von mir.
Sie lauschte schweigend. Als ich geendet hatte, sagte sie: »Jetzt liebe ich dich noch mehr.«
»Nachdem du das alles gehört hast?«
»Ja«, sagte sie. »Denn erst jetzt begreife ich ganz, was du tust, hier draußen, für Babs.«
Ich schwieg, und wir sahen beide Babs an, die tief und regelmäßig atmend schlief. Ich hörte den Wind draußen flüstern. Und wir saßen an dem Bett und sahen einander und sahen Babs an und schwiegen.
Um elf Uhr sagte Ruth, daß sie gehen wolle.
»Ich muß morgen früh raus, du mußt es auch. Es war schön heute abend.«
»Ja«, sagte ich.
Im Freien ging Ruth natürlich sogleich in die falsche Richtung – auf den

Wald zu. Ich holte sie ein und nahm sie am Arm, und wir kehrten um. Es war lange her, daß wir über diesen ihren ›Tick‹ auch nur noch ein Wort verloren. Ich führte Ruth bis zu ihrem weißen VW, öffnete das große Gittertor für sie und sagte ihr gute Nacht.
»Gute Nacht, Phil. Alles Gute. Ruf mich im Krankenhaus an, wenn du mich brauchst. Ich warte. Und . . .«
»Ja?«
»Und komm bald zurück, bitte.«
Ich wollte Ruth an mich ziehen und küssen, aber sie glitt schon hinter das Steuerrad. Ich sah ihr nach, wie sie den steilen Waldweg hinauffuhr und wartete, bis der Wagen hinter den Bäumen verschwand. Dann verschloß ich das Gittertor und ging zu dem kleinen Haus zurück, in dem ich nun mit Babs wohnte.

11

42 Grad hatte es in Madrid.
Ich wäre fast ohnmächtig geworden, als ich das Flugzeug verließ. Rod Bracken war mit Sylvias Rolls-Royce gekommen, um Dr. Lévy, Maître Lejeune und mich abzuholen. Er fuhr sofort wie ein Irrer los. Nur in Hemd und Hose, mit Sandalen. Unter den Achseln große Schweißflecken. Wir alle schwitzten. Wir alle hatten unsere Jacken ausgezogen, die Krawatten abgelegt. Der Rolls besaß eine Klimaanlage. Aber wir merkten nichts davon, daß sie kühlte.
»Wo ist Madame Moran?« fragte Lejeune.
»Im CASTELLANA HILTON. Sie weiß, daß ihr alle kommt.«
»Woher?«
»Einer hat blöd gequatscht. Sie hat was mitgekriegt, sich im Appartement eingeschlossen und sagt, sie will niemanden sehen.«
»Doktor Lévy, wir setzen *Sie* beim HILTON ab. Sie werden es fertigbringen, mit Madame zu reden. Sehr freundlich«, sagte ich.
»Natürlich«, sagte der Arzt.
»Ich muß genau über ihren Zustand Bescheid wissen. Wo ist dieser Beleuchter?«
»Auf dem Gelände.«
»Ausgezeichnet«, sagte Lejeune. »Dann fahren wir inzwischen aufs Gelände. Ich schlage vor – jetzt ist es fünfzehn Uhr dreißig – ich schlage vor, wir treffen uns zwischen neunzehn und zwanzig Uhr in der Bar, Doktor Lévy.«
»Gut«, sagte der.
Es war so unmenschlich heiß, daß der Asphalt der Straße schmolz, glänzte und flüssig geworden war. Rod mußte mit dem Tempo heruntergehen.

Über der Stadt flimmerte in der Hitze die Luft. Eine Stadt, in der man nicht leben kann, hat Carmen Cruzeiro mir gesagt, dachte ich. Im Winter erfriert man. Im Sommer hat es fünfundfünfzig und sechzig Grad in den vollgestopften Wagen der Untergrundbahn. Am Straßenrand sah ich einen Hund. Er war tot. Überfahren und dabei weggeschleudert worden.

12

Estudios Sevilla Films.

Jetzt war das riesige Gelände mit der roten Erde vollgebaut. Gigantische Paläste. Armselige Bauerngehöfte. Unterkünfte für Panzerreiter (diese Statisten trugen natürlich nur mit Metallfarbe bestrichene Plastikpanzer, aber ich hätte mit keinem von ihnen tauschen wollen bei dieser Hitze), Stallungen für die Pferde, Triumphbögen und Galgen, die ganze Hauptstadt – schon halb abgebrannt –, immer nur die Vorderfronten von Häusern, dahinter nichts, bloß Streben, welche die Fronten aufrecht hielten, Straßen, Wege, altertümliche Karren. Ein Heer von Arbeitern richtete alles für das Abbrennen der anderen Stadthälfte her, das für heute nacht auf dem Drehplan stand. Die Arbeiter trugen winzige Badehosen. Über ihre schwarzgebrannten Körper floß Schweiß. Gehämmere, Gesäge, Klopfen, Bohren, Maschinenlärm.

Ich hatte das schon oft miterlebt. Auch daß die Spezialisten die Herrschaft über den Brand verloren und alles fluchtartig den Drehort verlassen mußte . . .

Gewaltig ragten Säulen rund um den weiten Vorhof eines prunkvollen Palastes – vor Hunderten von Jahren Sitz des Gouverneurs Georgi Abaschwili, Herrscher über die Provinz Grusinien im Kaukasus – zum hochsommerlichen Himmel von Madrid im Jahre 1972 empor. Rod raste mit dem schweren Wagen in den Stall eines grusinischen Bauernhofes und bremste dort so heftig, daß Lejeune und ich nach vorn flogen.

»Bist du verrückt geworden?«

»Halt's Maul. Wagen muß wenigstens im Schatten stehen.«

Wir gingen über das Gelände. Kaum einer der vielen Arbeiter grüßte. Ein Trupp Feuerwerker und ›Special Effects-Men‹ legte Kabel, installierte Explosionsladungen an den Fassaden der Kulissenstadt. Unter Strohdächern sah ich Pferde und Esel stehen, reglos, fliegenumschwirrt, zu erschöpft, die Fliegen mit ihren Schweifen zu verjagen. Rod ging so schnell, daß wir kaum folgen konnten. Da waren die Verwaltungsgebäude. Schatten. Endlich Schatten. Aber die gleiche Hitze. Noch ärger vielleicht. Eine Treppe hoch. Die Treppe herunter kam eine junge Frau im ärmlichen, grauen Leinengewand einer Magd. Ich erkannte sie.

»Guten Tag, Carmen«, sagte ich.

»Guten Tag, Señor Kaven«, sagte das Double.
Wir vermieden es, einander anzusehen. Wir gingen uns aus dem Weg, wo wir konnten, wann immer ich herkam. Ich sah Carmen natürlich jedesmal, denn sie hatte jedesmal hier draußen zu tun. Wir hatten niemals mehr miteinander über jene Nacht gesprochen. Nur über nebensächliche Dinge. Und über die so wenig wie möglich. Als sie an mir vorüberging, streifte ich ihre rechte Brust. Plötzlich schoß Blut durch meinen Körper. Ich dachte: Dann tue ich es eben von jetzt an mit Carmen jede Woche, verflucht! Wenn wir aus dieser verdammten Situation noch einmal herauskommen. Ich tu's mit Carmen. Das ist die Lösung. Wenn wir es fertigbringen, alles zu vertuschen und den Film mit dieser ohne Zweifel ihrer Sinne nicht mehr mächtigen Sylvia fortzusetzen. Ich drehte mich um. Carmen stand am Fuß der Treppe und sah zu mir empor. Ihre großen Brüste hoben und senkten sich. Ich lächelte – aufreizend dreckig. Sie lächelte selig zurück. Also alles klar. Sichtlich erleichtert war sie. Die hatte wohl schon gedacht, ich sei schwul, damals, vor Weihnachten, im eiskalten Madrid . . .
Mein Büro des Produktionschefs.
Als einziges Büro hier besaß es eine funktionierende Aircondition. Es fröstelte mich sehr bald. Die Aktenberge. Die Pläne. Die Kalkulationen – Junge, sah das nach Arbeit aus. War auch Arbeit. Für Bob Cummings! Er trat sofort nach uns ein, der Pförtner hatte ihn angerufen und gesagt, daß wir gekommen seien.
Bob trug ein ärmelloses weißes Hemd, eine weiße, leichte Hose, keine Schuhe. Schlaksig und wegen seiner Größe leicht vorgeneigt, kam er auf uns zu. Schüttelte allen die Hand. Sein schmales Gesicht, schweißfeucht, war grau. Er hatte sein graues Haar noch kürzer stutzen lassen. Erinnert mich an den Atomphysiker Oppenheimer, dachte ich. Wenigstens die Frisur. Trotz aller Aufregung war Bob höflich und sachlich wie stets. Wir setzten uns. Bob riet ab, etwas zu trinken, bevor die Sonne untergegangen war. Ehe Lejeune etwas fragen konnte, sagte er: »Mrs. Moran ist im HILTON. Sie will niemanden sehen.«
»Ich weiß. Aber . . .«
»Mrs. Moran wird heute abend pünktlich zu den Nachtaufnahmen da sein. Das hat sie mir versprochen. Ich wußte doch, daß Sie kommen, Mister Kaven. Ich habe sehr viele Reporter und Fotografen bestellt. Für heute nacht. Und für morgen.«
»Liebespaar des Jahrhunderts«, sagte Bracken sehr leise zu mir. »Du bist nicht zum Vergnügen da.«
»Die zweite Hälfte der Massenszenen in der brennenden Stadt muß heute nacht gedreht werden – und Mrs. Morans Szenen mit dem zurückgelassenen Kind im Palast. Ich habe ihr das ganz eindringlich klargemacht, Mister Kaven.«

»Aber noch nichts über Standfotos mit mir morgen gesagt – was?«
»Nein.«
»Na schön.« Ich seufzte.
Lejeune fragte: »Wo ist dieses spanische Schwein?«
»Im Keller eingesperrt, Sir. Soll ich ihn holen lassen?«
»Nicht nötig«, grunzte Lejeune. »Wie heißt er?«
»Pedro Chumez. Hier ist seine Karteikarte mit allen Angaben.«
Lejeune rülpste. »Kann ich ein Telefonbuch haben?«
»Natürlich, Sir.«
»Danke.«
»Was suchen Sie?« fragte ich.
»Was schon? Polizeipräsidium natürlich.« Er fuhr mit seinem kurzen, fetten Finger die Seitenspalten entlang, fand die Nummer, fragte, ob jemand mithören könne in der Zentrale, erfuhr, daß dies ein direkter Anschluß sei, war zufrieden, wählte.
Danach sprach er fließend Spanisch.
Das war schon der beste Mann, den Joe sich hatte aussuchen können.
»Maître Lejeune hier. Aus Paris. Geben Sie mir den Chef der Kriminalpolizei, Major Mingote.«
Wir saßen alle stumm da und starrten ihn an. Offenbar hatte schon die Vermittlung seinen Namen gekannt, denn er wurde sofort verbunden.
Wir hörten dies: »Carlos Mingote? ... Lejeune! ... Da staunst du, mein Alter, was? ... Wo? Hier, in deiner schönen Stadt, in den Estudios Sevilla Films. Paß auf, mein Bester: Du mußt deinen Hintern jetzt ein bißchen bewegen. Und schnell. Wir haben hier ein Schwein im Keller ... Nein, kein richtiges ... ein Menschenschwein ... einen gottverfluchten Erpresser ... Er ist gestern hier zu unserem Produktionsleiter Señor Bob Cummings gekommen und hat versucht, Geld zu erpressen ... Was? ... Wofür? ... Dieser Dreckshund hat behauptet, Señora Moran hat mit ihm geschlafen ... oft ... ihn praktisch vergewaltigt ... Und dafür, daß er das Maul hält, will er Geld ... Carlos, ich bitte dich: Die größte Schauspielerin der Welt! ... Und *wenn* sie hat! ... Wie ist das bei euch? ... Ist das bei euch anders als in allen anderen Ländern? ... Hilft eure Polizei nicht auch dem Erpreßten ... unter allen Umständen ... und schützt ihn nach bestem Vermögen? ... Na also ... Was? ... Weiß ich nicht, aber ich glaube nicht, daß er irgendeinem Kumpel was erzählt hat davon ... Der will das Geschäft ganz alleine machen ... Ja ... Ja ... Ja, ich danke dir, Carlos ... Wir warten ... Wie lange kannst du ihn ... Entschuldige, eure Gefängnisse! Keine Beleidigung! Sollte ein Kompliment sein! ... Na also, hab ich ja gewußt ... halbes Jahr U-Haft und dann der Prozeß ... ausgezeichnet ... Ich danke dir, Carlos ... Übrigens, das weißt du doch: Die Geschichte mit euren Gren-

zern, die da die krummen Sachen gemacht haben, die ist bei uns erledigt ... Niedergeschlagen ... Die kommen spätestens morgen frei ... Ich bitte dich! Kleine Gefälligkeit. Du tust mir ja jetzt auch gerade eine, Carlos. Ich fahre mit dem Hund, wenn du ihn holen läßt, und besuche dich noch ... Ja, ich freue mich auch, dich wieder einmal zu sehen.« Lejeune legte den Hörer nieder, sah unsere ehrfürchtigen Blicke und zuckte geniert die Schultern.
»Freunde. Man muß überall Freunde haben.«
»Die Polizei holt Chumez?«
»Natürlich. Der ist ungefährlich.«
»Und wenn er doch gesungen hat?«
»Ich glaube es nicht. Wir werden seinen Abtransport sehr auffällig veranstalten. Damit alle sehen, daß er ins Loch kommt. Das wird helfen.«
»Und wenn Mrs. Moran ... entschuldigen Sie tausendmal, Mister Kaven ... wenn Mrs. Moran auch noch intime Beziehungen zu anderen Männern hatte oder hat?« fragte Cummings.
»Ich glaube, sie werden keine Erpressung wagen. Sie werden auch nicht reden. Glaube ich. Hoffe ich«, sagte Lejeune.
»Hören Sie, Sir«, sagte Bob Cummings und ließ die Knöchel seiner langen, ineinander verflochtenen Finger knacken, »Mrs. Moran ist durch die Krankheit ihrer Tochter vollkommen verstört ... unberechenbar ... Wenn sie nun so etwas wieder macht? Oder etwas Schlimmeres?«
»Nicht verzagen, Lejeune fragen«, sagte der Fettwanst. »Ich gebe zu, meine Herren, Ihre Lage ist nicht angenehm. Fünfundzwanzig Millionen Dollar sind fünfundzwanzig Millionen Dollar. Und Mrs. Moran ist die größte Filmschauspielerin der Welt, und dies ist ihr größter Film.«
»Ja«, sagte Rod. »Eben, Sir. Der Film darf nicht platzen. Es darf keinen Skandal geben.«
»Madame ist psychisch schwer gefährdet und gestört, das sehen wir. Wenn ich bei der Polizei war, muß ich hören, was Doktor Lévy sagt.«
Ob die Augen von Babs jemals wieder gut werden? dachte ich. Und ihre Sprache? Und ihr Allgemeinzustand besser? Besser, gut – sehr gut natürlich nie. Aber besser?
»Du denkst an Sylvia, was?« fragte Bracken.
»Ja«, log ich. »Und mir ist zum Heulen.«
»Brauchen Sie uns noch, Maître?«
»Nein, das erledige ich alles allein, Monsieur Bracken. Wir treffen uns im Hilton.«
»Warum fragst du?« Ich sah Bracken an.
»Weil ich dir was zeigen will, damit du dich besser fühlst«, sagte das Kind der Bronx.

13

Ich saß mit Bracken in dem dunklen Vorführraum.
Auf der Leinwand erschienen das Zeichen des amerikanischen Kopierwerks, dann, zu Pfeiftönen, die Zahlen 3, 2 und 1, dann sah ich, noch mit Primärton, Schwarzblenden, durchgekreuzten leeren Kadern und Anmerkungen der Cutter, die ganzen bisher abgedrehten Szenen des KREIDEKREIS.
Niemals, da bin ich sicher, niemals wieder werde ich etwas derart Großes, Erschütterndes sehen. Niemals wird eine andere Schauspielerin auf der Leinwand so ungeheuerlich eindrucksvoll wirken wie Sylvia, die ich nun in ihrer Rolle als Küchenmagd Grusche sah. All das, was hinter mir liegt, hat mich verändert, so sehr verändert, mein Herr Richter – nicht nur die Krankheit von Babs, auch Sylvias Schicksal, wie sie es meisterte, wie sie in ihrem tiefsten Schmerz, in ihrer größten Verzweiflung, zu einer großen Künstlerin wurde. Ich saß da und sah Sylvia in diesem Film, in dem es um das Kind, um die Mutter, um das Mütterliche ging. Auch Bracken war tief beeindruckt: »Sie ist die Größte. Sie ist die Größte der Größten, Phil – und wenn sie wie die letzte Straßenhure mit ganz Madrid vögelt, und wenn sie alles das anstellt, was wir uns überhaupt nur vorstellen können, und dazu noch alles, was wir uns nicht vorstellen können – sie wird die Größte bleiben. Und dieser Film muß gedreht werden. Muß. Muß. Muß.«
»Ja«, sagte ich.
»Bis zu der Erkrankung von Babs war sie wunderbar. Und wunderschön. Und immer eine Spur wunderschöne, wunderbare Puppe. Jetzt, durch alles, was passiert ist, ist sie die Größte geworden.«

14

Die grünlivrierten Portiers unter der Säulenauffahrt des CASTELLANA HILTON rissen die spiegelnden Glastüren zur Vorhalle auf, als Rod mit Sylvias Rolls-Royce hielt. Wir stiegen aus. Ein Wagenmeister fuhr den Rolls in die Garage. Die Portiers grüßten. Ich gab ihnen die Hand. Sie freuten sich, mich wiederzusehen. Ich freute mich, sie wiederzusehen. Wir gingen hinein in die gewaltige, kreisrunde Haupthalle mit den Wänden und Säulen aus Marmor, den kostbaren Möbeln und handgeknüpften Teppichen. Rechts lagen die eleganten Geschäfte der Hotel-Ladenstraße, die Friseursalons, die Zugänge zu den türkischen Bädern. Da war der Springbrunnen. Da war der große, bunte Papagei, der sich so sprachkundig zeigte, zwei kleine japanische Jungen bewunderten ihn gerade.
Bracken und ich gingen in die tiefgelegene Bar. Dr. Lévy und Lejeune saßen an der Theke. Vor dem Arzt stand ein Glas Orangensaft. Vor Lejeune

stand ein Teller mit Sandwiches und ein Glas Bier. Die beiden sahen uns schweigend entgegen.
»Waren Sie bei Sylvia?« fragte ich Dr. Lévy.
Er nickte.
»Gehen wir da rüber«, sagte Bracken und winkte einem Barkeeper.
Wir gingen an einen entlegenen Tisch der noch fast leeren Bar. Der Keeper brachte die Gläser und Lejeunes Sandwiches.
»Also«, sagte ich.
»Es tut mir leid«, sagte Dr. Lévy. »Es tut mir unendlich leid, Monsieur Kaven. Madame ist . . . sehr krank.«
»Was?«
»Nicht physisch. Nicht so, daß *ich* sie behandeln könnte. Psychisch. Psychisch krank. Wenn sie diesen Film vollenden soll – man kann nur hoffen, daß sie dazu in der Lage ist –, wenn verhindert werden soll, daß sie seelisch noch kränker wird, dann muß sie sofort unter die ständige Kontrolle eines Psychiaters.«
»Stationär?« Bracken wurde weiß im Gesicht.
»Nicht stationär. Noch nicht. Hoffentlich noch nicht. Ich kann das nicht beurteilen. Sie müssen sofort einen Psychiater für Madame besorgen, der ständig um sie ist. Ich kenne hervorragende französische Kollegen und . . .«
»Nein«, sagte Bracken.
»Was nein?«
»Wenn das so ist, muß Joe es doch erfahren«, sagte Bracken. »Heiliger Moses, wird das ein Theater. Bleibt hier. Ich rufe sofort an. Phil, geh rauf zu Sylvia.«
»Muß ich . . .«
»Natürlich mußt du«, schrie er.
»Okay«, sagte ich. »Okay. Okay. Okay.«

15

Sie saß in dem mit Teppichen ausgelegten, antik eingerichteten Salon ihres (unseres) Appartements. 308. Sie trug einen ganz kurzen, ganz dünnen grünen Morgenmantel und nur ein Höschen darunter, sah ich. Sie war völlig ungeschminkt. Ihr Haar hing wirr herab. Die Hände zitterten. Sie kam mir so klein vor, besonders ihr Gesicht.
»Hallo, Phil«, sagte Sylvia, und als ich sie auf die Stirn küssen wollte: »Nein. Bitte nicht. Sei nicht böse. Aber rühr mich nicht an.«
»Schon gut«, sagte ich. »Es ist ja alles gut, Hexlein.«
Sie starrte an mir vorbei, zu einem Bild an der Wand – es zeigte ein wildes Pferd, das, so schien es, direkt auf den Betrachter zugaloppierte.

Schweigen.
»Ich habe die Muster gesehen«, sagte ich zuletzt, als ich das Schweigen nicht mehr ertrug. »Hexlein, du bist wunderbar!«
Keine Antwort.
Ihr Blick glitt über die anderen Bilder an den Wänden, die rotweißen Seidentapeten, den Marmorkamin, den eingebauten Fernsehapparat und den eingebauten Plattenspieler, hin zu einem Sekretär beim Fenster, auf dem Briefe, Papiere, das Drehbuch lagen, zurück über silberne Leuchter, einen Tisch, auf dem, mir stockte der Atem, ein Haufen ihres Schmucks lag (es gab einen Safe im Zimmer, warum war der Schmuck nicht in ihm?), an Stehlampen mit Glockenschirmen vorbei, zu mir zurück. Sie sagte, und da war kein Klang in ihrer Stimme: »Du weißt . . .«
»Ich weiß alles. Darum bin ich hier. Hab keine Angst. Der Beleuchter sitzt schon. Es kann gar nichts passieren.«
»Aber *du* . . . Phil . . .« Sie sagte nur Phil an diesem Abend, nicht ein einziges Mal Wölfchen. ». . . aber du . . . du liebst mich . . . und ich . . . ich habe . . .«
»Du hast zuviel erlebt. Du hast zuviel gelitten. Dazu die Arbeit. Ich verstehe alles. Auch daß du mich nicht als Mann haben kannst im Moment. Weil du und ich . . . weil wir beide doch Babs haben . . . Ich verstehe das . . . ein anderer Mann . . . und? Was bedeutet das schon, wenn ich dich liebe?« Das alles sagte ich, mein Herr Richter, und es war wahr, und es war Lüge, beides, in diesem Moment jedenfalls. Denn (nicht anders als Ruth) konnte ich mich jetzt, Sylvia von Angesicht zu Angesicht gegenüberstehend, der Tragik, die diese Frau umgab, nicht entziehen. Auch hier arbeitete die Aircondition. Ich schwitzte trotzdem, aber ich glaube vor Schwäche. Das war zuviel. Das war einfach alles zuviel für mich. Ja, dachte ich, aber für Sylvia auch!
»Du sollst mich nicht lieben«, sagte sie.
»Was?«
»Du sollst mich nicht lieben. Niemand soll mich lieben. Nur Babs soll gesund werden. Bitte, Gott.«
»Sie wird doch gesund, Hexlein, ich sage dir doch täglich, daß es ihr besser geht!«
»Und täglich lügst du«, sagte sie.
»Nein!«
»Sei still. Ich weiß es. Ich habe hier mit Ärzten gesprochen. Sie haben mir gesagt, wie so etwas verläuft. Bestenfalls.«
»Na also!«
»Ja, Phil. Na also. Keinesfalls so, wie du mir vormachst. Sie wird nie mehr gesund werden, meine Babs. Nie mehr.«
»Sie wird . . .«

»Sei ruhig. Bitte, bitte sei ruhig, Phil! Und es hat keinen Sinn, daß ich Gott bitte. Gott hat mich verflucht. Zu Recht. Es ist aus mit Babs, Phil. Und es ist aus mit mir.«
»Mit dir? Das wird der größte Erfolg aller Zeiten, der KREIDEKREIS!« Sie zuckte die Schultern. »Glaub mir doch! Alle sagen es! Bitte, Sylvia, halte durch! Mach, was du willst! Wir werden es vertuschen! Mit Geld und Beziehungen kann man alles vertuschen! Ich werde dir nie böse sein – nie, niemals! Ich verstehe dich! Ich werde dich immer verstehen. Schlaf mit noch einem anderen Mann!«
»Fünf«, sagte sie.
»Was fünf?«
»Mit fünf Männern habe ich geschlafen. Oder waren es mehr? Ich weiß nicht.«
»Wann?«
»Seit . . . seit das passiert ist mit Babs.«
»Wo?«
»In Rom . . . hier . . .«
»Was waren das für Männer?«
»Weiß ich nicht mehr.«
»Du mußt es wissen! Erinnere dich! Ich sage das nicht, weil ich dir eine Szene machen will! Ich muß es wissen, um dich zu schützen!«
»Hat keinen Sinn, Phil. Ich weiß es wirklich nicht. Ich habe es vergessen. Ich vergesse so vieles. Da ist etwas in meinem Kopf. Eine Kugel. Nein, keine Kugel. Eine Leere, die so ist wie eine Kugel. Sie saugt alles in sich hinein . . .«
»Wir werden dir helfen, Sylvia. Wir werden dir einen guten Arzt geben.«
»Er wird mir nicht helfen.«
»Bestimmt wird er dir helfen! Ganz bestimmt! Du mußt . . .«
»Ich weiß, was ich muß, Phil. Hab keine Angst. Ich drehe weiter. Heute drehe ich wieder nachts. Ich werde pünktlich und präzise sein. Ich war es doch auch bisher immer, nicht?«
»Immer, Hexlein, immer. Die Muster sind . . .«
»Du kommst natürlich auch raus, heute nacht. Wegen der Fotografen und Reporter. Deshalb haben sie dich doch so schnell gerufen.«
»Ich . . . nein . . . Ich bin gekommen, weil . . .«
»Weil sie dich gezwungen haben. Wir werden beide für die Reporter und die Fotografen da sein wie immer. Heute nacht. Solange sie wollen. Zufrieden, Phil?«
»Ich . . .«
»Phil?«
»Ja, Hexlein?«

»Bitte, geh jetzt.«
»Ich dachte, es würde dich freuen, wenn ich bei dir bin.«
»Es freut mich auch. Aber ich muß allein sein. Nicht böse sein, Phil. Bitte.«
»Natürlich nicht.« Ich stand auf und versuchte wieder, ihre Stirn zu küssen.
Sie wich zurück.
»Nicht . . .«
»Nein, gewiß nicht . . . Also dann gehe ich jetzt, Hexlein . . . Auf Wiedersehen . . .«
»Auf Wiedersehen.«
»Alles wird gut, du wirst es sehen!«
»Niemals«, sagte sie.
Ich ging zur Tür. Ich hatte sie schon fast hinter mir geschlossen, da hörte ich ihre Stimme: »Phil?«
»Ja?«
»Nächste Woche kommst du wieder nach Madrid?«
»Natürlich, Hexlein, natürlich.«
Ich erwartete eine Antwort, aber es kam keine mehr. Sie starrte wieder das Bild mit dem Pferd an.
Ich schloß ganz leise die erste und die zweite Tür hinter mir und ging zum Lift und fuhr in die Halle hinunter und ging in die Bar, wo Bracken, Lejeune und Dr. Lévy an jenem Tisch saßen.
Ich setzte mich. Ein Kellner kam.
»Whisky«, sagte ich. »Bringen Sie gleich zwei Doppelte. Pur. Mit Eis.«
Die drei Männer sahen mich an.
»Schlimm?« fragte Bracken.
»Sehr schlimm. Sie hat das Gefühl, daß in ihrem Kopf was nicht stimmt. Sie hat noch mit anderen Männern geschlafen. Weiß nicht, mit wie vielen. Weiß nicht, was sie noch tun wird. Weiß, daß Babs niemals mehr ganz gesund werden wird, irgendein Trottel von Arzt muß ihr das gesagt haben. Sie kann es nicht ertragen, daß ich sie auch nur anrühre.«
Bracken sagte den obszönsten Fluch, den ich jemals gehört habe.
Dr. Lévy sagte: »Es heißt: ›Wenn du klug bist, so mische nicht das eine mit dem anderen. Hoffe nie ohne Zweifel, und zweifle nie ohne Hoffnung‹.«
»Yeah«, sagte Bracken. »Yeah.«
»Hast du Joe erreicht?«
Bracken nickte.
»Und?«
»Du bist schuld. Ich bin schuld. Bob ist schuld. Wir alle sind schuld. Dann wurde das alte Schwein endlich normal. Hat mich warten lassen. Von zweitem Apparat aus telefoniert. Morgen mittag kommt mit TWA Doktor Lester Collins. Und vier Detektive von SEVEN STARS.«

»Wer ist Doktor Collins?«
»Joes Feuerwehr für solche Fälle. Freunde. Joe schwört auf ihn. Der Beste der Besten. Hat schon so viele behandelt von Joes Film-Weibern. Wenn einer es schafft, schafft es er, hat Joe gesagt. Und daß Sylvia weiterdrehen muß, unter allen Umständen. Die Produktion darf nicht stehen.«
»Sylvia hat gesagt, sie wird weiterdrehen. Und alles tun, was die Fotografen von ihr und mir wollen.«

16

Hei, wie der Rest der Stadt in dieser Nacht niederbrannte, wie Balken stürzten, Menschen in Panik zu flüchten suchten aus der Flammenhölle, Schweine, Esel, Hühner, Hunde, wie die Panzerreiter wüteten!
Die Nacht war zwar kühler, aber durch die Brände entstand erneut Hitze. Der Palast des Gouverneurs. Die feige Flucht der Frau des Gouverneurs unter Zurücklassung des Kindes, eines kleinen Jungen. Die Beratung des Gesindes, das auch zu flüchten entschlossen war. Das Kind? Darum sollte sich die Dümmste, Ärmste und Beschränkteste im Geiste kümmern – die Küchenmagd Grusche. Grusches Widerspruch. Wie sie das Kleinkind liegenlassen wollte, wie sie es dann doch, zornerfüllt gegen das Kind, mit sich schleppte, diese Grusche, diese Sylvia Moran, die ich so unvergleichlich noch niemals habe spielen sehen, und die dringend psychiatrischer Behandlung bedurfte. Niemals noch, mein Herr Richter, wurde eine solche Leistung auf Film gebannt wie in jener Nacht, da diese Größte der Größten bereits total durchgedreht und sich zur echten Hysterikerin und Nymphomanin entwickelt hatte, für die bereits einer der bekanntesten Film-Psychiater, Joes Freund Dr. Lester Collins, über den Atlantik Madrid anflog.
Rudel von Fotografen und TV- und Wochenschau-Teams – von Bob Cummings und Rod bestellt, dazu unsere eigenen Standfotografen. Gedreht wurde bis 6 Uhr 30 früh. Sylvia war diszpliniert wie noch nie. Sie tat, was man ihr sagte. Und wenn sie es sechsmal wiederholen mußte.
Der Regisseur da Cava sprach aus, was alle dachten: »Eine solche Persönlichkeit gibt es nur einmal.«
Natürlich, zwischen den Dreharbeiten, auch Hunderte Fotos von Sylvia und mir – ich in Straßenkleidung, sie im Kittel der Magd Grusche, in den Dekorationen. Wir gaben beide unser Bestes. Sie haben vielleicht die eine oder andere dieser Aufnahmen gesehen, mein Herr Richter. Einige wurden ausgesucht für die berühmte Fotoausstellung ›Family of Man‹, die von Land zu Land, von Kontinent zu Kontinent geschickt wird seit einiger Zeit. Zwei Dinge galt es zu beachten in dieser Nacht: Auch diese Werkaufnahmen mußten beweisen, *wie* sehr Sylvia und ich einander liebten. Zum

zweiten: Ich mußte ihr in allem recht geben, auf alle ihre Forderungen und Wünsche eingehen. Dabei hatte sie nur eine einzige Forderung: »Ich will mein Kind sehen.« Aber diese Forderung stellte sie, während die Kameras liefen, während die Verschlüsse der Fotoapparate klickten, fünfzigmal, hundertmal, immer wieder.
»Gewiß, Hexlein, sobald es geht, wirst du Babs sehen.«
Es gibt nichts, was ich nicht versprochen hätte.
Es ging um 25 Millionen Dollar.

17

Den ganzen nächsten Tag dann weitere Aufnahmen von uns beiden, dem ›Liebespaar des Jahrhunderts‹. Diesmal beide superelegant angezogen – vor dem Museo del Prado. Im Prado. Murillo, Velasquez, Goya, El Greco, französische, flämische, deutsche Meister bewundernd. Eng umschlungen. Wangen aneinander. Viele Kußaufnahmen. Nicht das geringste hatte Sylvia da gegen solch intime Berührungen einzuwenden. Eben eine Schauspielerin. Sie spielte alles.
Aufnahmen vor der Puerta de Alcalá, diesem Triumphbogen aus dem Jahre 1778. Die Liebenden. El Retiro, dieser schöne Park. Die Liebenden. Den ganzen Tag Aufnahmen der einander einfach über alles Liebenden. Auf der Plaza de la Villa. Auf der Plaza de Oriente. (Nach den Nachtaufnahmen hatte Sylvia drehfrei.) Auf der Puerta del Sol, dem wichtigsten Platz Madrids. Immer neue Posen, immer neue Einfälle. Die meisten kamen von Sylvia. Umarmungen. Küsse. Die ganz, ganz große Liebe eben. Wenn ich sie küßte, umarmte, an mich drückte, muß das so für sie gewesen sein, wie wenn sie das alles mit einem Partner im Film zu spielen hatte. Sie war freundlich und schweigsam. Nicht ganz. Den ganzen Tag (»Reden Sie miteinander!« schrien die Fotografen) sagte sie dasselbe: »Ich muß Babs sehen.«
»Gewiß, Hexlein. Natürlich, Hexlein. Ich werde das alles arrangieren.«
Cheese!
Keep smiling. Keep smiling!
Temperatur: 43 Grad. Ich mußte mich dreimal umziehen und viermal meine Wäsche wechseln. Nicht nur der Hitze wegen.
Gegen Mittag landeten mit TWA die vier Detektive von SEVEN STARS und Joes Freund, der so berühmte Psychiater für Schauspieler (er hatte nur eine private Praxis) Dr. Lester Collins. Groß, blendend aussehend, wir trafen ihn in unserem Appartement im CASTELLANA HILTON. Er streichelte Sylvias Wange, drückte ihre Hände, er sprach mit ruhiger und güter Stimme: »Seien Sie ohne Sorge, Mrs. Moran, seien Sie ganz ohne Sorge. Wir bringen alles in Ordnung. Kleinigkeiten, nur Kleinigkeiten.«

Sagte der gefeierte Dr. Collins. Dieser Collins – davon später.
Es wurde Abend. Sylvia und ich fuhren zum Flughafen. Hinter uns der Konvoi der Fotoreporter. Sie machten immer noch Bilder, bis ich auf der obersten Stufe der Gangway stand, mit Sylvia, die mich leidenschaftlich küßte. Dieses Foto müssen Sie gesehen haben, mein Herr Richter. Es ist um die ganze Welt gegangen.
Bracken, der alles dirigierte, schrie: »Schluß jetzt! Bitte, Freunde! Ihr habt die beiden einen ganzen Tag gehabt!« Die Fotografen hörten sofort auf zu arbeiten. Ich wollte Sylvia einen normalen Kuß zum Abschied geben. Sie schob mich weg, ich denke, sie war nahe daran, sich zu übergeben. Sie lächelte, als sie sagte: »Ich liebe nur dich, Wölfchen. Ich werde immer nur dich lieben, das schwöre ich. Aber wenn du mich jetzt auch nur noch einmal anrührst, bekomme ich einen Schreikrampf.«
25 Millionen, mein Herr Richter.
Und »Seien Sie ganz ohne Sorge« hatte Dr. Collins gesagt.
Und vier Detektive aus Los Angeles, nun in Madrid.
Und ein hirngeschädigtes Kind nahe Nürnberg. Ich mußte zurück.
Ruth!
Ich mußte zu Ruth!

18

»Ich bin sehr glücklich, mit Ihnen sprechen zu können«, sagte Lucien Bayard, einer der Nachtportiers des Hotels LE MONDE. Er strahlte über das ganze Gesicht, in dem es dabei aber ununterbrochen zuckte, als könne Lucien sein Strahlen nicht über längere Zeit aufrechterhalten. Ich saß in dem Ruheraum der Nachtportiers hinter der Wand mit den Schlüsselfächern, er auf der Couch, ich in einem Sessel. Der Fernsehapparat lief, im zweiten Programm gab es einen alten amerikanischen Spielfilm – DIE BESTEN JAHRE UNSERES LEBENS –, und Lucien hatte den Ton weggedreht und nur das Bild laufen lassen, denn nach dem Spielfilm, hatte er gesagt, kamen die letzten Nachrichten von INF 2, und Léon Zitrone würde über das Rennen am morgigen Sonntag in Chantilly sprechen und seine Meinung über die Pferde sagen. Das tat er immer. Er war Frankreichs Pferdespezialist, Léon Zitrone, dieser hervorragende politische Reporter für PARIS MATCH, andere Zeitschriften, für Funk und Fernsehen, der Mann, den der Regierungschef – wer es auch war – seit Jahrzehnten mitnahm, wenn er nach Moskau reiste oder wenn sowjetische Gäste Frankreich besuchten, denn Léon Zitrone sprach fließend russisch – er war eine nationale Institution. Die Nachrichten kamen gegen 23 Uhr, und als ich zu Lucien trat, war es knapp vor 22 Uhr am heißen Abend dieses 26. August 1972, einem Samstag. Wir waren erst um 20 Uhr 35 in Orly gelandet, die SUPER-ONE-ELEVEN mit Lejeune und dem

kleinen Dr. Lévy. Die Gewitterfront hatten wir in Südfrankreich getroffen, in Paris war es schwül, windstill, und die Stadt war halb leer – große Ferien immer noch. Es hatte eine Weile gedauert, bis wir uns alle voneinander verabschiedet hatten.
Lejeune nahm ein Taxi, ich fuhr Dr. Lévy in meinem Maserati Ghibli heim, der in Orly parkte. Dann fuhr ich ins Le Monde, nun ja, und als ich da ankam, war es knapp vor 22 Uhr. Es ging keine Maschine nach Nürnberg mehr, ich hatte für die Frühmaschine des 27. gebucht, und ich mußte mich ja im Le Monde wieder umziehen und in Philip Norton verwandeln, nicht wahr. Das Hotel stand fast ganz leer, sagte mir Lucien nach unserer Begrüßung (er arbeitete noch immer mit dem schweigsamen, höflichen Jean Perrotin zusammen). Ich sah keinen Menschen in der Halle. Gott sei Dank. Und so war ich eben gleich zu Lucien gegangen, der mein Gepäck – das feine – auf 419 bringen ließ. Lucien sagte, er müsse mit mir sprechen. Das tat er jetzt auch, während die stummen Bilder von William Wylers berühmtem Nachkriegsfilm über die Mattscheibe flimmerten. Perrotin hatte sich taktvoll zurückgezogen – er stand draußen, an seinem Desk, und Lucien sprach leise.
»Da ist gestern ein Brief abgegeben worden für Sie, Monsieur Kaven.«
»Von wem?«
»Einem Boten. Irgendeinem Boten. Die Tagesportiers haben nicht aufgepaßt. Keine Ahnung, wer das war. Aber als ich die Schrift auf dem Umschlag sah, da erschrak ich, Monsieur Kaven. Ich kenne diese Schrift . . . Sie doch auch.«
Ja, ich kannte sie.
Es war die Schrift Clarissa Geiringers. Clarissa – Babs' Kindermädchen! Mir wurde sehr warm, als ich den Umschlag aufriß. Sehen Sie, mein Herr Richter: Seit jener Pressekonferenz im ›Blauen Salon‹ des Le Monde, auf der Sylvia erklärt hatte, daß Babs nun in ein Internat müsse und aus der Öffentlichkeit verschwinden werde – am Mittwoch, dem 15. März 1972, war das gewesen –, hatten wir alle nicht recht gewußt, was wir mit Clarissa nun anfangen sollten. Babs brauchte sie jetzt nicht und würde sie noch lange nicht brauchen. Doch Lejeune hatte gewarnt, Clarissa allzufrüh zu entlassen. Da wären Gerüchte möglich gewesen. So war also Clarissa bei uns geblieben – in Paris, eine Weile versteckt (sie brachte ja angeblich Babs mit mir in das amerikanische Internat), in Rom, bei der Premiere von So wenig Zeit hatten wir sie nicht brauchen können, also dann gleich nach Madrid mit ihr, und danach war sie als Privatsekretärin von Sylvia und Bracken zwischen Madrid und Paris hin und her gependelt, und hatte in Madrid im Castellana Hilton und in Paris im Le Monde gewohnt, und der Rat des weisen Lejeune war gut gewesen, es kümmerte sich wirklich niemand um Clarissa. Hingegen kümmerte Clarissa sich sozusagen um

alles. Um alles, was mit Babs zusammenhing. Sie war durch Sylvia oder Bracken nach meinen ständigen Telefonanrufen und Besuchen in Madrid vollkommen informiert. Vollkommen falsch informiert, denn ich berichtete Sylvia ja nicht die Wahrheit über Babs. Bei Bracken war das anders. Aber der sagte Clarissa denselben Käse wie Sylvia und ich. Das Unglück mit Clarissa war, daß sie zu intelligent war, das zu glauben, was sie hörte. Sie wurde immer unglücklicher, sie wußte, sie wurde belogen. Sie machte alle in Madrid verrückt mit ihrem Unken, ihrer ständigen Bohrerei. Zuletzt, vor etwa einem Monat, hatte Bracken sie nach Paris geschickt – bis auf weiteres. Ich hatte einmal in Paris angerufen und Clarissa erzählt, wie gut es Babs schon wieder ging, und sie hatte gesagt: »Schön.«

Auf meinen beiden letzten Flügen nach Madrid hatte ich sie, als ich mich im Le Monde in Philip Kaven verwandelte, nicht gesehen und war mehr als glücklich darüber gewesen. Ich hatte mich auch gehütet, im Hotel irgend jemanden zu fragen, wo sie gerade war. Clarissa fehlte mir gerade noch. Und nun las ich den Brief in ihrer gleichmäßigen, schönen Handschrift, geschrieben auf Papier des Le Monde:

›Mein Geliebter!

Wenn Du diese Zeilen liest, bin ich schon lange nicht mehr zu erreichen – für Dich nicht und für keinen anderen Menschen auf dieser Welt . . .‹

Ich sah nach dem Datum.

11. August 1972.

»Der Brief ist mehr als zwei Wochen alt!« sagte ich zu Lucien.

Er nickte.

»Aber abgegeben wurde er erst gestern, Monsieur Kaven. Mademoiselle Geiringer ist schon am neunten August bei uns ausgezogen.«

»Wann?«

»Am neunten August.«

»Und das sagen Sie mir erst jetzt?«

Lucien erschrak.

»Haben Sie das denn nicht gewußt?«

»Nein! Ich habe natürlich gedacht, Mademoiselle Geiringer wohnt immer noch hier!«

»Das verstehe ich nicht . . . Als sie auszog, sagte sie meinen Kollegen, sie sei von Ihnen auf eine Reise geschickt worden!«

»Von mir?«

»Ja, und sie werde wohl nicht zurückkommen. Natürlich glaubten ihr das die Portiers. Warum sollten sie es nicht glauben?«

»Ja, warum nicht. Hat sie gesagt, wohin die Reise geht?«

»Sie hat überhaupt nichts gesagt, Monsieur. Um Gottes willen, was ist jetzt wieder . . .«

»Keine Ahnung.« Ich las laut weiter: »›Ich habe niemals geglaubt, daß es

Babs besser geht. Ich weiß zuviel über diese Krankheit. Ich habe immer gewußt, daß ich nun überflüssig bin – und immer bleiben werde. Ich habe zu Dir gehalten und alles für Dich getan, was Du verlangt hast, solange Du mich brauchtest. Das weißt Du. Und es ist mir nun, da ich dies schreibe, alles egal: Ich habe es getan, und ich hätte es immer weiter getan, weil ich Dich liebe. Aber ich kann nichts mehr für Dich tun. Ich kann nichts mehr für die arme Babs tun, ich weiß, im Grunde stellt meine Existenz für Dich und euch alle nur ein immer größeres Problem dar. Aus Liebe – Liebe zu Dir, Phil! – erlöse ich euch jetzt von diesem Problem. Wenn Du diesen Brief liest – er wird mit Verspätung in Deine Hände gelangen –, gibt es mich nicht mehr . . .‹«

Ich brach ab.

»Merde alors«, sagte Lucien, dem ich alles erzählt hatte, was es bei Babs gab, was in Madrid los war – die reine Wahrheit. Lucien war mein Freund. Ich vertraute ihm unbedingt. Ich mußte einen Menschen haben, dem ich meine Sorgen erzählen konnte.

»›. . . gibt es mich nicht mehr‹«, las ich laut. »›Du kannst mich von allen Polizisten der Welt suchen lassen. Sie werden mich nicht finden. Weil es mich eben nicht mehr gibt. Ich hoffe, daß ich Dir dadurch Deine schlimme Lage etwas erleichtert habe. Was ich tue, ist nicht selbstlos: Ich kann *meine* Lage nicht mehr ertragen. Eine Bitte: Egal, was mit Sylvia und Dir geschieht – niemals, solange Du lebst, laß Babs im Stich. Sie braucht Dich. Sie kann ohne Dich nicht sein. Das liest sich wie der letzte Wunsch in einem Testament. Er ist es auch. Ich werde Dich immer lieben, Phil, hier und drüben, wenn es ein Drüben gibt. Drüben noch mehr. Sei mir nicht böse, sei mir dankbar. Deine Clarissa.‹« Ich ließ den Bogen sinken und starrte die Mattscheibe des Fernsehers an, über die noch immer geräuschlos DIE BESTEN JAHRE UNSERES LEBENS flimmerte. »Was heißt das, Lucien? Hat sie sich umgebracht?«

»Vielleicht.«

»Aber warum dann das Theater? Warum hat sie nicht hier im Hotel oder in Paris Schluß gemacht?«

»Weil sie Sie liebt, das schreibt sie doch. Sie wollte Ihnen keine Unannehmlichkeiten bereiten.«

»Vielleicht lebt sie aber auch noch!«

»Ja, vielleicht.«

»Irgendwo in der Welt.«

»Durchaus möglich, Monsieur Kaven. Ich bin so verstört wie Sie. Was machen wir jetzt?«

»Telefonieren«, sagte ich.

Ich ging in eine der Münzsprechzellen in der leeren Halle und rief Lejeune an. Er hatte schon geschlafen und war wütend.

»Was ist nun schon wieder passiert?«
Ich sagte ihm, was nun schon wieder passiert war. Lejeune wurde hellwach. Er ließ sich bis ins kleinste Detail berichten, was Clarissa, seit sie bei uns war, getrieben hatte, wann sie mir gesagt hatte, daß sie mich liebe, alles.
»Wenn das jemand erfährt, gibt es einen Riesenskandal!« sagte ich.
»Erfährt schon niemand«, sagte er. »Nur die Polizei. Die muß es erfahren. Sie schicken morgen früh diesen Nachtportier mit dem Brief zu mir. Sind schon genug Fingerabdrücke auf dem Umschlag. Wickeln Sie ihn in Zellophan.«
»Was wollen Sie damit tun?«
»Ihn der Polizei übergeben. Mit allen Informationen, die wir haben. Sie wissen – die Polizei ist in solchen Fällen diskret. Sie brauchen nichts zu befürchten. Aber wir müssen das der Polizei melden, sonst machen wir uns strafbar. Ich erledige alles für Sie.
Sie müssen morgen wieder in Heroldsheid sein. Ich habe Freunde am Quai des Orfèvres. Die richtigen. Diese Mademoiselle Geiringer wird von morgen an gesucht – nicht nur in Frankreich. In der ganzen Welt. Was, wenn der Brief unter Zwang geschrieben wurde, und sie ist entführt worden, und wir bekommen demnächst die Forderungen der Entführer?«
Ich sagte nichts.
»Sie sagen nichts. Sie haben kapiert?«
»Die Welt ist groß«, sagte ich.
»Viel kleiner, als Sie glauben.«
»Es gibt so viele Arten zu verschwinden und sich das Leben zu nehmen.«
»Weniger, als Sie vermuten. Was ist – genügt Ihnen die Polizei der ganzen Welt nicht?«
Ich schwieg.
»Genügt also nicht. Was wollen Sie noch?«
»Ich will wissen, was aus Clarissa geworden ist!«
»Schreien Sie mich nicht an, Sie Wahnsinniger! Wenn Ihnen die offiziellen Fahndungen nicht genügen, setzen Sie noch eine private Detektei an die Sache. Muß aber eine internationale sein. Ich gebe zu, daß bei den vielen Menschen, die auf der Welt jeden Tag wie Mademoiselle Geiringer verschwinden, die polizeilichen Fahndungen ausgerechnet nach ihr nicht geradezu fieberhaft betrieben werden können – es gibt da noch ein paar hunderttausend andere Fälle.«
»Eben.«
»Sie wollen also eine private Detektei dazu einschalten?«
»Ja.«
»Sagen Sie: Haben Sie Mademoiselle Geiringer geliebt?«
»Nein. Das . . . das ist etwas anderes . . .«
»Was anderes?«

»Sie werden es nicht kapieren.«
»Vielleicht doch. Also was?«
»Schuld«, sagte ich. »Ich weiß nicht, wieso. Aber ich habe ein sehr großes Schuldgefühl dieser jungen Frau gegenüber.«
»Wer sagt, daß ich das nicht verstehe? Lejeune versteht alles. Ich kenne internationale Agenturen. Wenn Sie wollen, suche ich Ihnen die beste heraus und erledige alles für Sie. Wollen Sie das?«
»Ja.«
»Die beste ist natürlich die teuerste. So etwas ist immer teuer, Monsieur Kaven. Sehr teuer. Sie bekommen von Bracken in Sylvias Auftrag Geld für die Flüge und die Telefonate und die Hotels und noch etwas dazu. Und Ihre Gage als Produktionschef. Und Ihr Gehalt in Heroldsheid. Können Sie die sehr teure Detektei wirklich bezahlen?«
»Das lassen Sie meine Sorge sein. Ich gebe Ihnen das Geld.«
»Woher kommt es?«
Ich sagte: »Ich habe noch etwas. Ich kann es verkaufen. Es gehört mir. Machen Sie sich keine Sorgen.«
»*Ich* mache mir keine«, sagte Lejeune. »*Sie* machen sich welche. Meinetwegen, wenn ich das Geld habe, beschäftige ich auch eine internationale Detektei. Wenn die Glück hat, findet sie vielleicht heraus, wie Clarissa sich umgebracht hat und wo.«
»Oder ob sie noch lebt.«
»Wir werden sehen«, sagte Lejeune und hängte ein.
Ich ging in die Portiersloge zurück. Der Film lief noch immer. Ich sagte zu meinem Freund Lucien: »Hier sind die Papiere und die Schlüssel meines Maserati. Können Sie ihn verkaufen? Er war sehr teuer.«
»Das weiß ich. Aber warum wollen Sie . . .«
»Ich brauche Geld. Wenn Sie den Wagen verkauft haben, geben Sie das Geld diesem Anwalt.« Ich schrieb ihm Lejeunes Adresse auf. »Morgen bringen Sie ihm Clarissas Brief und beantworten alle seine Fragen – auch die Fragen der Polizei. Es geschieht Ihnen nichts.«
»Ich habe keine Angst, Monsieur Kaven. Ich tue alles, alles tue ich für Sie. Aber ich kann nicht verstehen . . . Wollen wir nicht lieber wieder auf Pferdchen setzen statt dessen?«
»Das bringt zu wenig und ist zu unsicher. Ich muß das Geld schnell . . .«
»Ich werde so schnell sein, wie ich kann, Monsieur Kaven.«
»Okay.«
»Aber Sie . . . Sie haben doch Ihren Wagen so geliebt.«
»Ach wo«, sagte ich. »Was ist ein Wagen? Ein Haufen Blech.«
»Wie Sie wünschen, Monsieur Kaven. Ich glaube, Sie tun es aus Aberglauben. Babs wird gesund oder gesünder, wenn Sie jetzt den Wagen verkaufen, das Teuerste, was Sie haben.«

»Sie sind phantastisch, Lucien«, sagte ich.
»Wieso?«
»Weil das stimmen könnte, was Sie gesagt haben.« Der Film war zu Ende. INF 2 brachte letzte Nachrichten. »Ich kenne einen der reichsten Männer der Welt, Lucien. Der sagte einmal zu mir: ›Das ist das Schöne an der Börse: Ein Spekulant kann tausend Prozent Gewinn machen, aber nie mehr als hundert Prozent verlieren.‹ Betrachten Sie mich als einen Spekulanten, wenn Sie wollen. Ich spekuliere auf eine Besserung im Befinden von Babs.«
Er nickte traurig und drehte den Ton des Fernsehers an, und wir hörten Terrornachrichten aus aller Welt, und dann kam Léon Zitrone und sprach über das Rennen am Sonntag und beurteilte die Pferde und gab die augenblicklichen ›Prognostics‹, die von Experten erwarteten Resultate. Lucien schrieb sie alle mit und lauschte jedem Wort wie einem Wort Gottes.
Ich setzte nicht in diesem Rennen. Ich habe seither nie wieder auf Pferde gesetzt.
Lucien Bayard verkaufte meinen Maserati in drei Tagen. Ich rief ihn aus Heroldsheid an, und er sagte mir, wieviel Geld er erhalten und daß er alles zu Maître Lejeune gebracht hatte. Von da an arbeitete eine weltberühmte Detektei für mich. Ich glaube, wenn ich heute noch einmal darüber nachdenke, daß ich diesen ganzen Wahnsinn in Wahrheit und Wirklichkeit beging, weil Clarissa nicht nur mich, sondern auch Babs geliebt hatte. Mit ihrem ganzen Herzen. Ja, so wird es wohl sein. Denn daran, daß Babs gesund oder auch nur gesünder würde, glaubte ich damals bei meinem Gespräch mit dem Nachtportier des LE MONDE nicht mehr, auch wenn ich es vorgab.
Weder diese Detektei noch die internationale Polizei hat übrigens bis zum heutigen Tag Clarissa entdecken können – tot oder lebendig. Bis zum heutigen Tag weiß ich nicht das geringste darüber, was aus ihr geworden ist. Sie hat es sehr klug angefangen.

19

Blick ins Tagebuch . . .
Am 27. August 1972, einem Sonntag, war ich wieder in Heroldsheid. Ich hatte Ruth noch aus Paris angerufen, und sie wartete auf dem Flughafen. Als ich durch die Sperre kam, legte sie die Arme um mich und küßte mich scheu. Danach trat sie sofort zurück.
»Komm«, sagte sie und ging vor mir her – in die verkehrte Richtung natürlich. Ich holte sie ein.
»Was ist?«
»Was glaubst du wohl?«

»Ach«, sagte sie. »Es ist zum Verrücktwerden mit mir, wie?«
»Ja«, sagte ich. »Zum Verrücktwerden.«
Auf der Fahrt erzählte ich ihr dann, was ich erlebt hatte. Sie hörte alles schweigend an, zuletzt sagte sie: »Nicht gut.«
»Was?«
»Daß sie unbedingt herkommen und Babs sehen will. Das Kind ist noch nicht soweit. Babs hat Sylvia so lange nicht gesehen. Allem Anschein nach hat sie die Mutter – entschuldige – vergessen.«
»Ja«, sagte ich. »Aber sie ist immer noch die Mutter.«
»Nach deinem Paß ist sie es nicht. Da könnten uns die Behörden helfen.«
»Du kennst Sylvia nicht! Die schlägt in Madrid alles kurz und klein. Die weigert sich, weiterzudrehen! Es ist zum Kotzen. Nein, das war ungerecht. Es ist sehr traurig für Sylvia, das alles, wirklich . . .«
»Weißt du«, sagte Ruth, während sie in eine falsche Straße einbog, »mehr oder weniger traurig ist am Ende jeder, der sich über den reinen Broterwerb hinaus noch eigene Gedanken macht. Du, ich, wir alle. Aber keiner von uns könnte ohne diese allem zugrunde liegende Trauer leben, ohne die es auch keine wirkliche Freude gibt. Was hast du?«
»Ach gar nichts. Wir hätten nur nach rechts abbiegen müssen.«
»Sicherlich bin ich hier schon fünftausendmal gewesen! Wieder nehme ich die falsche Straße. Aber wir kommen auch so nach Heroldsheid. Es wird nur länger dauern. Soll ich umdrehen?«
»Nein. Heute ist Sonntag. Wir haben Zeit.«
»Ich drehe doch um«, sagte Ruth, über sich selbst empört. »So geht das einfach nicht weiter mit mir!« Sie hielt und begann zu wenden. Dabei sagte sie: »Natürlich werden wir Sylvia nicht verbieten können, Babs zu sehen. Wir werden es so geschickt und ungefährlich für beide anfangen wie möglich – nach Heroldsheid kann Sylvia nicht kommen, das ist ihr doch hoffentlich klar, da erkennt sie jeder.« Sie hatte den Wagen gewendet und wollte wieder anfahren.
»Halt, bleib stehen!«
»Warum?«
»Da ist ein kleines Tier . . .«
»Wo?«
Ich preßte sie an mich und küßte sie, und das wurde ein langer Kuß. Zwei Wagen fuhren an uns vorbei. Junge Leute winkten und lachten.
»Weißt du«, sagte Ruth, als sie zuletzt meinen Armen entglitt, »wir sind doch trotz allem sehr glücklich, wir zwei, wie?«
»Mhm.«
»Und das ist schlimm. Sehr schlimm. Darum wird es ein böses Ende mit uns nehmen.«
»Warum?«

»Weil wir etwas Schlechtes tun. Du gehörst zu Sylvia.«
»Ich gehöre zu dir!«
»Und es wird doch ein schlimmes Ende nehmen.«
»Ja«, sagte ich, »sicherlich.«
Als wir dann in Heroldsheid waren und ich das verschlossene Gittertor (Sonntag!) aufgeschlossen hatte, kam mir Babs entgegengehumpelt, mit ihrer Schielbrille, eilig, lachend.
»Phil!«
Ich kniete nieder, und sie umarmte mich und drückte sich an mich, wieder und wieder. Die alte Frau Grosser trat aus dem kleinen Haus, in dem wir wohnten.
»Mein Gott«, sagte Frau Grosser. »Mein Gott. Immer, wenn ich seh, wie lieb ihr euch habt, muß ich an meinen Hansl denken. Das war auch ein so liebes Kind.«
Er war noch kein sehr großer Hansl gewesen, als er starb, im fernen Rußland.

Zuerst hatte es in der ›Sonderschule‹ natürlich auch Ferien gegeben. Da blieben die Kinder dann bei den Eltern. Mit einem behinderten Kind zu verreisen, ist eine schlimme Sache, manche Eltern hatten es versucht. Die Erfahrungen, die sie dabei hatten machen müssen, waren so arg gewesen, daß ich sie nicht aufschreiben will. Nicht aufschreiben kann. Es gibt auch gute Menschen. Diese Eltern hatten Pech gehabt.
Aber weil sie Pech gehabt hatten, waren sie an den sogenannten ›Elternbeirat‹ der Schule herangetreten mit der Bitte, die Kinder doch auch während der sonst üblichen Ferien für normale Kinder in Heroldsheid lassen zu dürfen. Es wurde dann eben kaum gelernt, sondern viel im Freien gespielt. Die Eltern konnten mit den Kindern nicht verreisen. Bei sich daheim lassen wollten sie ihre Kinder auch nicht längere Zeit – Nachbarn können sehr niederträchtig sein, die Kinder von Nachbarn noch viel niederträchtiger. So lief der Schulbetrieb also das ganze Jahr durch – und unsere Lehrer, Erzieherinnen, alle, nahmen ihren Urlaub eben zu einer Zeit, wo sie entbehrt werden konnten. Auch der größte Teil des Personals machte übrigens keine Ferien und blieb lieber in der ›Sonderschule‹ – ausgenommen etwa Frau Pohl oder einige andere Mitarbeiter, die Familien und Kinder hatten. Nur zu den großen Feiertagen und an den Wochenenden war die Schule geschlossen.
An dem Tag, an dem ich von meiner Madridreise heimkehrte, hatte Babs eine Überraschung für mich. Sie zeigte sie mir stolz, als wir in das kleine Haus kamen. Der Wohnraum war voller beschmierter, zerknüllter Papiere. Eines lag auf dem Tisch, und auf dem Papier lag eine gelbe Blume. Mit Gesten und Worten, die schwer zu verstehen waren, erklärte Babs, daß sie

die Blume gepflückt und was sie für mich als Geschenk vorbereitet hatte. Es war ein ganz billiges Papier, und darauf stand in lauter Einzelbuchstaben, sehr krakelig, aber durchaus lesbar:

PHILIP

Ich wußte, daß Babs seit Monaten Schreibunterricht erhielt. Ich wußte, daß ihr das Schreiben entsetzlich schwergefallen war. (Das Wiedererlernen des Schreibens.)
»Babs! Das ist ja wunderbar! Das ist ganz großartig! Du kannst ja prima schreiben!«
»-ima schreiben, ja?«
»Ja!« Ich hob sie hoch und sie küßte meine Wange.

20

Tagebuch . . .
Die ganze nächste Woche arbeitete ich von morgens bis abends. Nach Schulschluß arbeitete ich in dem kleinen Haus weiter. Es war so vieles zu erledigen. Schreibkram vor allem. Behördenkram. Streit mit Bürgermeistern, äußerst korrekten Steuerbeamten, äußerst korrekten Staatsbeamten. Sie taten alle nur ihre Pflicht, das mußte ich doch endlich einsehen – oder unterstellte ich ihnen niedrige Beweggründe?
Um Gottes willen, nicht doch! Ich bitte um Vergebung. Ich sehe alles ein. Meine Verehrung, Herr Doktor, beste Grüße an die Frau Gemahlin, Herr Oberregierungsrat . . .
In diesen Tagen erhielt eine Gruppe von Kindern, darunter Babs, besonders intensiv Schreibunterricht. Der hatte, vor langer Zeit, damit begonnen, daß die Kinder einen an die Tafel geschriebenen Buchstaben mit dem Finger nachfuhren, daß sie den Klang kennenlernten, den dieser Buchstabe hatte, wenn man ihn aussprach, und seine Bedeutung in einem Wort, das ein Gegenstand war, den man natürlich zuerst kennen und von dem man zuerst wissen mußte, daß dieser Gegenstand mit diesem Wort bezeichnet wurde . . . Nach endlos wiederholten verschiedenen Lehrmethoden war diese kleine Gruppe von Kindern nun so weit, daß sie ›schreiben‹ konnte – den eigenen Namen, eine Adresse, vielleicht noch zwei Dutzend andere Wörter.

Abends rief ich täglich in Madrid an und erzählte weiter meine Lügen. Sylvia war, so schien es, in einem wirklich gebesserten Zustand, optimistischer und aktiver – und sie führte das auf die Wunderbehandlung durch Joes Freund zurück, den Hollywood-Psychiater Dr. Lester Collins.
»Weißt du, Wölfchen, der Mann gibt mir so viel Mut, so viel Kraft. Ich bin

so ruhig, so zuversichtlich, ohne Spannung, ohne Unruhe, ohne – du weißt . . .«
»Was macht dieser Psychiater eigentlich mit dir?«
»Oh, er ist Psychoanalytiker, nicht Psychiater. Also wir reden. Das heißt: Ich rede, er hört zu.«
»Worüber?«
»Was mir so einfällt . . . ganz frei . . . assoziativ . . .«
»Aha . . .«
»Er ist immer draußen bei den Aufnahmen, weil ich mich sicherer fühle durch seine Anwesenheit. Und dann gibt er mir abends immer diese Injektion.«
»Was für eine Injektion?«
»Paronthil.«
»Was ist das?«
»Ein Wundermittel! Es erzeugt eine Art Kurznarkose, weißt du. Und während dieser Kurznarkose spricht Lester mit mir . . .«
»Wer?«
»Doktor Collins. Ich soll ihn Lester nennen, hat er gesagt. Er nennt mich Sylvia. Das ist gut für das Vertrauensverhältnis.«
»Und was spricht *er* dann mit dir?«
»Wölfchen, du bist doch so gebildet! Du weißt doch, daß ich als Lesters Patientin niemandem sagen darf, worüber wir sprechen – nicht einmal dir. Sonst wirkt die ganze Narko-Analyse nicht.«
»Natürlich.«
»Ich bin dann, wenn ich erwache, immer glücklich, ich fühle mich leicht, ich kann endlich wieder schlafen! Weißt du, daß ich jetzt durchschlafe – ich werde zum Glück telefonisch geweckt! Lester ist wunderbar, Wölfchen! Wenn du das nächste Mal herunterkommst, will er auch mit dir sprechen! Ihr werdet euch blendend verstehen!«
»Sicherlich, Hexlein.«
»Und wie ist das mit meinem Besuch? Einmal – ich weiß noch nicht, wann – habe ich hier zwei Tage drehfrei. Dann werde ich kommen. Ich sage dir noch rechtzeitig Bescheid. Dann sehe ich endlich meinen Liebling wieder.«
»Ja, Hexlein.«
»Gib ihr einen ganz dicken Kuß von ihrer Mami, ja?«
»Ja.«
»Und für dich auch einen – da!« Geräusch im Hörer. »Ich liebe dich so, mein Wölfchen, ich könnte nicht einen Tag mehr existieren, wenn es dich nicht gäbe.«
»Auch ich nicht, mein Hexlein, auch ich nicht. Gute Nacht.«
»Good night, sweetheart, good night.«

»In allem hat der Hitler wirklich nicht unrecht gehabt – so was wäre bei dem gleich vergast worden!«

»Da haben S' wirklich recht! Unser Paul, der hat's Abitur ... Abrackern hab ich mich müssen, daß ich ihn hab aufs Gymnasium schicken können, wo doch mein Mann tot ist – und jetzt hat er's Abitur und muß warten darauf, daß ein Platz frei wird an der Universität. Numerus ... Sie wissen schon! Die haben keinen Platz für meinen Paul ... Nichts wie Jammer ... Was ich schon geweint hab ... Jahr um Jahr vergeht ... Zur Bundeswehr hat er zuerst müssen ... Und jetzt ist kein Platz da ...!«

»Ja, der Ihrige hat zur Bundeswehr müssen! Die Lumpen hier, die feigen, die Drückeberger, die Verweigerer, die machen sich ein schönes Leben! Meiner geht noch aufs Gymnasium ... Jeden Morgen muß er nach Nürnberg fahren mit der Bahn, dann wieder zurück ... Und so was wird mit dem Autobus rumgefahren, von Tür zu Tür ...«

Freitag, 1. September 1972, 10 Uhr 30.

Die Lumpen, die feigen, die Drückeberger, das waren zwei Kriegsdienstverweigerer, die unbewegt zuhörten oder so taten, als hörten sie gar nicht zu. Die, die beim Hitler gleich vergast worden wären, waren neun Kinder, darunter Babs, ihre Freundin Jackie, ihr Freund, der gelähmte Alois, noch ein Rollstuhlkind, ein Mädchen – waren jene Kinder, die so lange, aufgeregt und begeistert das Schreiben weniger Worte für diesen großen Tag geübt hatten.

Der Ort: Das neue und (viel zu) große Postamt des kleinen Städtchens Heroldsheid. Alles war lange vorbereitet worden. Die Kinder, so sah es der Lehrplan vor und so sagte jedem Gutwilligen es die Vernunft, mußten auch in die Umwelt der Schule gebracht werden, mußten lernen, sich mit Tätigkeiten vertraut zu machen, die sie im Leben unbedingt brauchen würden.

Tagelang hatten sie nun also Päckchen gemacht, mit größter Mühe verschnürt, ihren Namen und die Wörter ›Sonderschule Heroldsheid‹ sowie die Adresse ›Sonderschule Heroldsheid, Herrn Rektor Heinz Hallein‹ auf Zettel geschrieben. Stundenlang, tagelang hatte es gedauert, bis diese Zettel geschrieben, bis sie auf die Pakete – Schuhkartons, Käsekartons, Schokoladekartons, in denen irgend etwas lag – geklebt gewesen waren.

Wir hatten den kleinen Bus der AKTION SORGENKIND des Zweiten Deutschen Fernsehens genommen. Im Postamt gingen sie, humpelten sie, wurden sie gefahren zu den Schaltern, um die Pakete aufzugeben. Ein Kind half dem andern. Jeder Handgriff war eine Großtat. Babs, mit ihrem geschwächten linken Arm, tat sich sehr schwer – aber ich half ihr nicht. Sie – alle hier –

mußten lernen, was ein Postamt ist, wie man sich dort benimmt. Sie mußten noch so vieles lernen, wenn sie sich in dem Leben da draußen zurechtfinden wollten.
Es waren drei Schalter geöffnet, hinter zweien saßen Frauen, hinter einem ein Mann. Sie kannten unsere Besuche schon, sie waren vorbereitet. Der Beamte rief den Erwachsenen zu: »Haben Sie denn kein Herz im Leib? Wenn das Ihre Kinder wären! Was würden Sie da sagen?«
Er wurde niedergeschrien von jenem tobenden Herrn, dessen Sohn jeden Morgen mit der Bahn nach Nürnberg fahren mußte. Der Beamte wandte sich an mich: »Das ist noch nie vorgekommen, Herr Norton, noch nie!«
Die Beamtinnen attackierten die wütenden Erwachsenen auf ihre Weise: »Haben Sie doch Mitleid! Das sind Kinder, arme Kinder! Was sind Sie bloß für Menschen?«
»Seien Sie ruhig«, kreischte ein Weib. »Wir halten diese Bälger auch noch am Leben! Für so was schmeißt der Staat Geld hinaus, Geld von unseren Steuern! Und unsere eigenen, gesunden Kinder, werden die so gehätschelt? Einen Dreck werden die!«
»Hören Sie mal . . .«, begann ich, aber ein Riese schob sich vor die Frau und hob drohend gegen mich eine Faust.
»Sie halten jetzt den Mund, ja? Jedes Wort stimmt, das die Dame da sagt.«
»Seien Sie menschlich! Seien Sie doch bitte, bitte menschlich!« rief eine kleine graue Frau im Hintergrund.
»Sie halten auch den Mund, ja?«
Babs preßte sich an mich.
»So böse . . . warum?«
Nun weinten ein paar Kinder sehr laut. Ich sah einen Mann, der heftig gestikulierend in einer Zelle telefonierte – ich hatte eine Ahnung, mit wem.
Die Frau von vorhin: »Als Putzfrau bin ich gegangen, jahrelang . . . Alles für den Paul . . . Ein Genie ist das, sag ich Ihnen! Wenn der Physik studiert, wird er den Nobelpreis kriegen, das weiß ich! Aber sie lassen ihn nicht! Keiner hilft ihm. Alle Plätze besetzt. Gefördert werden bei uns nur die Idioten!«
Na also, da war das Wort endlich wieder.
»Gehen können sie nicht, reden können sie nicht – aber natürlich, die müssen gefördert werden! Unsere nicht!«
»Angst«, sagte Babs, zu mir aufblickend. Sie stand jetzt am Schalter vor dem netten Beamten. Sie schob ihm zitternd ›ihr‹ Paket zu. Schob ihm Geld zu. Erhielt Wechselgeld. Wußte natürlich überhaupt nicht, ob das Geld, das sie zurückbekam, auch stimmte. Keines von den Kindern, die, immer verschreckter, ihre Päckchen ablieferten, wußte es. Stets würde später – in

den ›Beschützenden Werkstätten‹ – ein Erwachsener mit ihnen gehen und achtgeben müssen.
Eine Sirene heulte auf, kam schnell näher.
Ein VW stoppte draußen, zwei Polizisten aus Heroldsheid stürmten in das Postamt.
»Wer hat angerufen?«
»Ich!« sagte der Mann, den ich in der Zelle gesehen hatte. »Tun Sie was! Das muß man sich nicht bieten lassen! Diese Kinder gehören in ihr Heim, irgendwohin versteckt, aber nicht hierher!«
»Sie müssen hierher«, sagte der eine Polizist.
»Müssen? Was ist denn mit Ihnen los? Sie sind Polizist, Sie haben für Ruhe und Ordnung zu . . .«
»Tue ich ja.«
»Daß ich nicht lache!«
»Wenn es Ihnen hier nicht paßt, dann gehen Sie doch in die DDR!« rief die graue Maus in einem Paroxysmus der Erregung.
»Dort wird der Herr dasselbe erleben«, sagte der Polizist.
»Sie sind ja ein Kommunist! Und auch so was bezahlen wir mit unseren Steuern!« schrie der Mann.
Der Streit unter den Erwachsenen wurde gefährlich. Die Kinder gerieten fast in Vergessenheit. Verängstigt und hilflos schoben sie ihre Päckchen über die Schalter. Da standen, da saßen sie in ihren kleinen Rollstühlchen, die so mühselig verpackten und beschrifteten Pakete in den Händen.
Der zweite Polizist rief: »Sie benehmen sich jetzt sofort wie normale Menschen, ja? Was können die Kinder dafür!«
»Und was kann ich dafür?« schrie die dicke Frau. »Jetzt warte ich schon eine halbe Stunde wegen dem kleinen Kretin!« Sie gab Babs einen Stoß. Die fuhr herum, und bevor ich es verhindern konnte, schrie sie wild auf und trat der Dicken gegen ein Schienbein.
»Sie haben sie zuerst gestoßen!« sagte ich und hielt sie auf Armlänge. Babs schrie nun ununterbrochen. Die anderen Kinder begannen einzustimmen. Päckchen flogen durch die Luft, fielen zu Boden.
»Tut mir leid, Herr Norton, Sie müssen jetzt gehen«, sagte der erste Polizist.
»Ja«, sagte ich und gab den Kriegsdienstverweigerern ein Zeichen. Wir führten, trugen und schoben die Kinder zum Ausgang.
»Ich erstatte Anzeige! Sie haben gesehen, wie sie mich getreten hat!«
»Ich habe nichts gesehen.«
»Also, das ist doch . . . auch noch ihre Partei ergreifen, was? Unsere Polizei!«
»Komm, Babs.« Ich hob sie hoch.
Wir machten, daß wir fortkamen. Die Beamten und ein paar fremde

Menschen halfen uns. Andere beschimpften uns, die Polizisten, die Postbeamten oder schrien aufeinander ein.
Endlich hatten wir alle Kinder in dem kleinen Bus. Die Kinder waren jetzt sehr aufgeregt. Eine alte Frau mit einer Tasche voll frischem Gemüse sah uns fassungslos zu. Als ich einsteigen wollte, hielt sie mich an.
Ich fuhr herum. »Was wollen Sie?«
»Mein Gott . . . ich . . . ich . . . Sie haben etwas verloren . . .«
»Was?«
»Ist Ihnen aus der Tasche gefallen . . .« Es war die kleine Metallplatte, die mir Ruth geschenkt hatte.
Ich sagte: »Verzeihen Sie. Sie müssen verstehen, daß wir . . .«
»Ich versteh schon«, sagte die alte Frau. »Die Welt ist nicht gut . . .«
»Steigen Sie endlich ein, Herr Norton!« schrie der Kriegsdienstverweigerer, der hinter dem Steuer saß. Er wollte hier weg. Ich kletterte in den Bus. Er fuhr los. Ich stolperte durch den schlingernden Wagen mit seinen kreischenden Kindern und schlug mir den Schädel an.
»Aber am Sonntag gehen sie alle brav zur Kirche, und wählen tun sie natürlich nur . . .«
»Ach, hören Sie auf«, sagte ich zu dem zweiten Kriegsdienstverweigerer, dem mit dem Bart, der rot vor Wut war. »Was soll's denn?«
Ich setzte mich neben Babs und starrte die kleine Metallscheibe an, die mir aus der Tasche gefallen war, und las die Inschrift:

FRIEDEN ALLEN WESEN!
GAUTAMA BUDDHA

22

»Ich will nicht töten. Ich will nicht Leute töten, die ich vorher nie gesehen habe und die mir nichts getan haben. Darum will ich auch nicht schießen lernen. Darum will ich nie eine Uniform anziehen. Und ich bin damit durchgekommen.«
Der das sagte, war der starke, bärtige Kriegsdienstverweigerer. Rohrbach hieß er. Hans Rohrbach. Er saß neben mir auf einer ganz niederen Bank, in einem Gang, an dem die Schlafsäle der Kinder lagen. Mittagspause. Das Essen war vorüber. Die Kinder, mit denen Rohrbach, sein Freund Ellrich und ich auf dem Postamt gewesen waren, hatten schon bei der Rückkehr ins Heim den Zwischenfall vergessen. Es gab keine Tränen, keine Anfälle, keine Aggressionen mehr. Sie aßen. Jetzt schliefen sie. Und in jedem Schlafraum saß ein Kriegsdienstverweigerer und paßte auf.
»Komisch, jetzt bin ich schon so lange da, und ich kenne nur Ihren Namen, Herr Rohrbach«, sagte ich.

»Und ich nur Ihren, Herr Norton.«
»Wie sind Sie denn eigentlich hierhergekommen? Haben Sie sich das aussuchen können?«
»Nein. Ich bin hierher geschickt worden. Mit einem Schreiben vom Zivildienstamt. Mein Vater hat eine Fabrik, wissen Sie.«
»Aha.«
»Hier sind Leute gebraucht worden, das war alles. Jetzt bin ich seit acht . . . nein, seit neun Monaten hier.«
»Und Sie arbeiten so, wie die anderen in den Kasernen den Krieg lernen.«
»Ja, das ist alles gleich . . . auch der Sold.«
»Und dafür tun Sie das alles hier, und jeden Morgen und jeden Abend fahren Sie mit dem Bus und . . .«
»Na ja. Ja. Ich tu alles. Wir sind immer zu wenige.« Er lachte verlegen. »Was soll ich rumlügen? Zuerst, als ich herkam, hat's mir den Magen umgedreht. Zwei Tage. Dann . . .«
»Dann?«
»Dann«, sagte Rohrbach verlegen, »habe ich angefangen, die Kinder zu mögen. Ich mag Kinder, wissen Sie.«
»Wie Ihr Freund Ellrich, nicht? Der liebt diese Kinder inzwischen so, daß er immer weiter hierbleiben will, auch wenn seine Zeit um ist.«
»Ja, Herr Norton. So was geht ganz schnell, Sie wissen es selber, Sie haben ja auch alle Kinder hier gern, nicht nur Babs. Heute, wenn man mich draufstößt – nicht mal dann sehe ich, daß das schwerkranke Kinder sind . . . Ich kenne sie alle . . . Ich habe sie alle gern . . . Heute bin ich froh, daß ich hergekommen bin. Ich kann . . .« Er errötete heftig. ». . . helfen kann ich diesen Kindern . . . Glücklicher kann ich sie machen, vielleicht ein bißchen gesünder sogar . . . Ich kann mich so schlecht ausdrücken . . .«
»Sie drücken sich schon richtig aus. Sie sind sehr realistisch, und was Sie tun, ist sehr . . .«
»Nicht!«
»Was nicht?«
»Sagen Sie das Wort nicht, dieses blöde Wort!«
»Na schön. Aber es erfüllt Sie mit Freude, was Sie tun.«
Rohrbach sagte ernst: »Es ist die schönste Zeit, die ich bisher in meinem Leben erlebt habe.«
»Dann haben Sie also auch Ihre Lebensaufgabe gefunden!«
Er sah mich verständnislos an.
»Ich meine: Sie werden bleiben wie Ellrich, Sie haben die Arbeit, die Ihnen Freude macht . . .«
»Nein!«
»Nein?«

»Natürlich nicht«, sagte der bärtige Rohrbach. »Ich habe Ihnen doch gesagt, mein Vater hat eine Fabrik. Bei Erlangen. Damenunterbekleidung. Da arbeite ich dann sofort weiter. Muß doch. Der einzige Sohn! Ich soll doch mal das Werk übernehmen . . . Was ist?«
Die Tür neben uns hatte sich ganz leise geöffnet, der Kriegsdienstverweigerer Ellrich steckte den Kopf heraus.
»Schläft sie wieder?«
Ellrich, der magere Junge, nickte.
»Also, ist das nicht seltsam?« fragte mich Rohrbach.
Ich nickte.
Es war wirklich seltsam.
Babs hing an Rohrbach. Sie lachte und spielte mit ihm. Aber wenn sie nach dem Essen schlafen sollte und Rohrbach in ihrem Zimmer Wache hatte, ging jedesmal die Hölle los. Er mußte nur erscheinen, schon begann Babs zu toben. Stand in ihrem Bett auf. Schlug nach Rohrbach. Sie hatte ihn auch schon gekratzt und bespuckt. Er hatte es, immer wieder, mit Streicheln, Drücken, Liebkosen versucht. Keine Spur von Erfolg. Rohrbach hatte Babs festgehalten. Lange Zeit. Sobald er sie losgelassen hatte, war sie aufgestanden und hatte wieder zu kratzen, zu spucken, zu schreien angefangen. Manchmal hatte Rohrbach einen Kollegen in der Mitte der Schlafenszeit ablösen müssen. Babs, tief im Schlaf, war dann sofort aufgewacht und hatte randaliert, sie fühlte: Nun war Rohrbach da. Nichts zu machen. Rohrbach hatte resigniert: »Es ist ganz einfach. Ich kann bei Babs nicht sein, wenn sie schlafen soll. Ich bin dazu nicht in der Lage.« *Ich* – sagte er. Und *Babs* war es, die tobte!
Nun sagte Rohrbach sehr leise zu Ellrich: »Tut mir leid, Karl, aber wenn ich dich jetzt ablöse, geht das Theater sofort wieder los, und alle anderen Kinder wachen wieder auf . . .«
»Ist doch klar. Wollte nur Herrn Norton sagen, alle haben sie schon wieder vergessen, überwunden – die Postamtgeschichte.«
»Gott sei Dank«, sagte ich.
Das Verrückteste, dachte ich: Ich wußte, daß es auch zwei Mädchen und einen Jungen gab, die Ellrich nicht ertrugen, wenn sie schlafen sollten. Bei denen mußte dann bloß Rohrbach erscheinen, und sie schliefen sofort ein!
Diese Kinder waren eben alle verschieden, so gleich sie einander in ihrer Behinderung waren. Sie waren so verschieden wie Rohrbach und Ellrich, so gleich deren Entschluß war, niemals eine Uniform anzuziehen. Sie waren so verschieden und so gleich, wie wir alle, alle Menschen auf dieser Welt gleich sind und doch ganz verschieden.

23

Donnerstag, 7. September.

»Hallo, hallo? Monsieur Norton?«

»Oui. Oui est là?«

»Mon p'tit chou, erkennst du meine Stimme nicht mehr?«

Früher Nachmittag. Ich war in Rektor Halleins Zimmer gerufen worden. Telefon.

»Suzy! Wie geht es dir? Was ist los? Warum rufst du an?«

»Du darfst nicht böse sein . . .«

»Nun rede schon! Ich bin nicht böse.«

»Mon p'tit, ich mußte dich sofort anrufen. Seit einer Stunde steht es fest.«

»Was?«

»Wann ich meinen kleinen Grafen heirate.« Sie fing zu heulen an. »Am . . . amamam . . .«

»Suzy!«

»Am ersten Oktober. Standesamtlich. Und kirchlich. In so einem von den Drecksnestern, wo eines von seinen Schlössern steht. Das größte. Da werde ich wohnen. Mon p'tit, das ist in der finstersten Provinz! Ich muß Paris verlassen, mein Paris . . .« Neuerlicher Tränensturz. »Alles löse ich schon auf . . . Am ersten Oktober bin ich endgültig so eine Gräfin.«

»Herzlichen Glückwunsch, chérie!«

»Glückwunsch? Mist! Mist! Mist! Ich muß dich sehen vorher! Unbedingt muß ich dich sehen – nur noch einmal, bitte!«

»Aber . . .«

»Bitte, Phil!«

»Weißt du . . .«

»Mein kleiner Graf muß schon vorausfahren, alles vorbereiten. Riesengeschichte – lauter Grafen und Gräfinnen kommen. Zum Kotzen! Ich muß dich einfach noch einmal sehen, bevor ich in der Versenkung verschwinde. Wenn du mich nur ein ganz kleines bißchen lieb hast, kommst du vorher nach Paris! Damit ich etwas habe, wovon ich träumen kann dann da in der Normandie . . .«

»In Ordnung, Suzy.« Sie war immer so nett zu mir gewesen, so hilfreich.

»Ich danke dir! Wann kommst du?«

»Ich weiß noch nicht . . .«

»Am besten ganz knapp vor dem Ersten. Da ist er bestimmt nicht da. Da habe ich allerdings auch nicht mehr die Wohnung an der Place du Tertre . . . Da wohne ich schon in seinem Stadtpalais . . . Aber wir zwei, wir gehen dann in ein nettes Lokal, ja?«

»Ja, Suzy.«

»Ich habe gewußt, du läßt mich nicht einfach fallen. Du hast meine Nummer, du rufst rechtzeitig an?«
»Ja.«
»Danke! Danke, chéri . . . Ach ja, wie geht es der Kleinen? Immer noch dreckig, wie?«
»Ja.«

24

»Gedächtnislücken«, sagte Sylvia. »Ganz plötzlich. Gedächtnislücken.«
Da war es Freitag, der 8. September, nachmittags.
Schräg schien die Sonne durch die Ritzen der herabgelassenen Jalousien in Sylvias Garderobe. Auf dem Gelände drehten sie gerade Szenen mit dem Lumpenrichter Azdak und seinem Freund Schauwa. Die Geschichte mit dem Flüchtling. Es war noch sehr warm, aber nicht mehr heiß in Madrid – seit zwei Tagen, wie sie mir bei der Ankunft gesagt hatten. Plötzlich schien die Hitze gebrochen. Sylvia schminkte sich ab. Sie hatte ihr Haar mit einem Tuch hochgebunden, trug nur einen weißen, kurzen und dünnen Bademantel und schaute in den Spiegel, während sie mit Fett die Schminke aus ihrem Gesicht rieb. Ich war vor zwei Stunden gelandet und sofort zu den Ateliers hinausgefahren. (Nach Suzys Anruf war noch einer von Bracken gekommen. Höchste Zeit für mich, wieder herunterzufliegen. Neuer Trouble. Ich würde schon alles erfahren. Aber ich müsse wirklich bald kommen. Also war ich gekommen. FRIEDEN ALLEN WESEN.)
»Ich habe doch jeden Dialog behalten – immer, Wölfchen, den längsten, wie?«
»Ja. Und jetzt?«
»Ach, übrigens, hier ist ein Scheck.« Sie gab ihn mir. Ich sah ihn an. Ihr Konto. Ihre Handschrift. Sehr große Summe. Wirklich großzügig.
»Hexlein, das ist zuviel . . .«
»Gar nicht zuviel! Du brauchst doch jetzt eine Menge! Für Reisen und Telefonate und Babs . . .«
»Ich bekomme doch mein Gehalt als Produktionschef!«
»Nein, ich will, daß du mehr hast!«
»Also ich danke dir, Hexlein. Danke.«
»Weißt du, jetzt vergesse ich einfach meinen Dialog, bleibe hängen . . .«
Na, das war nun aber endlich eine gute Nachricht! »Es ist keine Katastrophe, wirklich nicht! Aber immerhin, ich brauche Neger, sonst bin ich aufgeschmissen.«
Neger nennt man beim Film große schwarze Tafeln, die hinter der Kamera oder jedenfalls außerhalb des Bildes stehen. Auf denen werden für einen Schauspieler, der seinen Text nicht behalten kann, die Sätze mit weißer

Kreide aufgeschrieben. Er linst dann immer mal wieder hin zu dem Neger. Wenn es lange Szenen sind, gibt es mehrere Neger in der Dekoration. Besonders heiter wird die Sache, wenn so ein Schauspieler auch noch kurzsichtig ist.
»Absolut kein Grund, sich aufzuregen, Wölfchen.«
»Natürlich nicht, Hexlein.«
»Julio, Bob Cummings, Rod, keiner regt sich auf.«
»Diese Gedächtnislücken haben aber doch einen Grund, Hexlein!«
»Dreh dich um.« Sie war aufgestanden. Ich drehte mich um. Ich wußte, sie zog ihren Mantel aus, BH und Slip und Kleid an. Jetzt mußte ich mich also umdrehen, damit ich sie nicht nackt sah. Ich, ihr geliebtes Wölfchen. »Natürlich haben sie ihren Grund.«
Ich sah einen Spiegel vor mir. Im Spiegel sah ich Sylvia. Total nackt. Ich fühlte keine Begierde, nicht die geringste. »Lester hat ihn mir erklärt.«
»Lester?«
»Na, Doktor Collins. Er hat gesagt, das sind die Folgen der Paronthil-Injektionen.«
»Feiner Arzt. Joe wird sich freuen. Was ist das für ein Idiot von Arzt?«
Auf dem Gang draußen rannte jemand vorbei, ein Mädchen, und schrie, spanisch, daß sie genug habe, genug, genug, daß sie alles hinschmeiße, sollte sich die Produktion doch eine andere Hilfe für die Maskenbildner suchen, wenn Señor und Señora Patterson doch hier dauernd an ihr herummäkelten! Die Filmarbeit dauerte schon lange. Und sie würde noch lange dauern. Es ist immer dasselbe. Zuerst lieben sich alle. Dann werden alle gereizt. Wenn ein Film abgedreht ist, kann keiner den andern mehr sehen, dann ist offener Haß ausgebrochen. Immer das gleiche.
Sylvia schloß ihren BH.
»Lester ist kein Idiot, Lester ist ein Genie! Daß ich überhaupt drehen kann, daß ich so ruhig und ausgeglichen bin trotz der armen Babs, trotz allem, das verdanke ich nur ihm! Joe weiß das! Ich habe es ihm gesagt. Er hat mit Lester telefoniert. Lange. Lester hat ihm alles erklärt. Joe hat alles begriffen und Lester gedankt.« Sie zog einen Slip an.
»Gedankt?«
»Ja, Wölfchen . . . Wo ist jetzt . . .«
»Ist jetzt was?«
»Ist jetzt was was?«
»Du hast gesagt – ach, nichts.«
Sie irrte in der Garderobe herum. Wußte nicht, was sie suchte. Sicherlich ihr Kleid. Aber das hatte sie vergessen.
»Also Joe hat Lester gedankt.«
»Ja. Siehst du . . . da ist ja der verfluchte Fetzen! Siehst du, Wölfchen, Lester mußte mir die Spritzen geben!« Sie streifte ein gelbes Sommerkleid

über. »Unbedingt. Um mich ruhigzustellen. Das erste war die Narko-Hypnose, in der er mir Befehle gab. Die haben erst wieder einen Menschen aus mir gemacht, diese Kurz-Hypnosen unter Paronthil. Frag, wen du willst! Ich habe gespielt – besser als je zuvor.« (Das stimmte. Das hatten mir Rod und Bob Cummings am Telefon gesagt. Sie hatten mir auch gesagt, daß sie Angst um Sylvia hatten – dieses Psychiaters wegen. Sie richteten nichts gegen ihn aus. Vielleicht konnte ich da etwas tun.) Sylvia kehrte zum Schminktisch zurück und kämmte ihr Haar. »Nur, es waren ein oder zwei Injektionen zuviel, Wölfchen, verstehst du? Ich habe viele gebraucht, sonst hätte Lester mich nicht wieder so prima hingekriegt.«

»Und die ein, zwei Injektionen zuviel bescherten dir die Gedächtnislücken?«

»Ja.« Jetzt schminkte sie sich, nur flüchtig. »Kein Unglück, sagt Lester. Sagt da Cava. Sagt Joe. Sagen alle. Das ist kein bleibender Gedächtnisschwund. Wird vorübergehen.«

»Wann?«

»Was wann?«

»Wann wird er vorübergehen?«

»Wer?«

»Nichts. Erzähl weiter.«

»Paronthil ist ein Wundermittel. Aber mit Nebenwirkungen eben. Man muß es sofort absetzen, wenn die auftreten. Lester hat es sofort abgesetzt. Jetzt kommt die eigentliche Analyse, weißt du, Wölfchen.«

»Und die Gedächtnislücken?«

»Ist eine Sache von Tagen. Und dann . . . Wohin gehst du?«

»Mit Lester reden.«

»Du weißt doch gar nicht, wo er ist.«

»In der Kantine. Hast du mir doch gesagt. Vor zehn Minuten.«

»Tatsächlich? Ja, da ist er. Wunderbarer Mensch, Wölfchen. Du wirst ihn sofort verehren, wie ich das tue.«

»Sicherlich.«

25

Auf dem Gang draußen fluchte ich mich halb tot – deutsch. Ich ging die schmale steile Treppe ins Erdgeschoß hinunter. Sylvia kam mir entgegen. Natürlich nicht Sylvia. Carmen Cruzeiro, das Double. Auch sie trug nur einen ganz dünnen, kurzen Mantel. Sie war bereits abgeschminkt.

»Hallo, Carmen!«

»Guten Tag, Mister Kaven.«

Ich starrte sie an und fühlte, wie mein Blut – mein ganzes Blut, dachte ich – auf einen Punkt zuschoß. Verrückt. Völlig verrückt. Eben hatte ich Sylvia nackt gesehen, ohne irgendein Gefühl. Nun sah ich ihr Double, und um ein Haar hätte ich Carmen das Mäntelchen heruntergerissen und sie auf der Treppe genommen. Ihre Brustwarzen stachen durch den dünnen Stoff. Ich trat auf sie zu. Ich preßte sie an mich. Ich packte ihre Brüste und rieb die Warzen. Sie stöhnte. Dann waren meine Lippen auf den ihren. Ich war von Sinnen. Wenn jemand kam, wenn uns jemand sah – egal, egal!

»Ich komme heute abend«, sagte ich und konnte vor Erregung kaum sprechen. »Um neun.«

»Ja«, sagte Carmen. »Ja.«

Sie riß sich los und lief die Treppe hinauf. Ich sah ihre Beine, ihre Schenkel, ihren Hintern, ich hätte um ein Haar – na ja.

Es dauerte eine Weile, bis ich wieder normal atmen und mich bewegen konnte. Ich ging in die Kantine. An einem Tisch, nahe der Theke, saß Dr. Lester Collins. Er trug weiße Schuhe, weiße Socken, einen eleganten Anzug aus feinem weißem Stoff, ein blauweiß gestreiftes Hemd, eine blaue Krawatte, und ein Seidentüchlein im gleichen Blau hing aus der Brusttasche seiner Jacke.

»Hey, Lester«, sagte ich.

Er sah mich indigniert an.

»Guten Tag, Mister Kaven.«

»Was trinken Sie da?«

»Gin-Tonic.«

Ich winkte dem Kellner hinter der Theke und bestellte auch einen Gin-Tonic.

»Gratuliere, Lester«, sagte ich. Ich war zugleich verrückt nach dieser Carmen und wütend auf diesen Arzt, und das ist eine gefährliche Mischung. »Sie haben Sylvia ja prima hingekriegt.«

»Mein lieber junger Freund«, sagte Dr. Collins und schlug ein Bein über das andere, wobei er vorher das schöne Hosenbein hochzog, »ich möchte Sie doch dringend bitten, mich nicht mit dem Vornamen anzureden und nicht unverschämt zu werden. Andernfalls ich mich bei Mister Gintzburger über Sie beschweren werde. Daß Sylvia sich in einem so hervorragenden Zustand befindet . . .«

»Sie sagen Sylvia, Sylvia nennt Sie Lester, was ist das für eine Geschichte?«

»Das Vertrauensverhältnis zwischen Patient und Arzt. Sylvia hat absolutes Vertrauen zu mir. Daß sie sich in einem so hervorragenden Zustand befindet, hat sie allein . . .«

»Hervorragender Zustand! Kann ihren Text nicht behalten, vergißt alles, braucht Neger!« Wir redeten englisch. Der Kellner kam und brachte meinen Gin-Tonic. Ich trank ihn vor Wut in einem Zug aus.

»Junger Freund . . .« – noch hochmütiger – ». . . seien Sie ganz ohne

Sorge. Sie als Laie können das nicht beurteilen. Mit den Narko-Analysen und dem Paronthil ist es mir gelungen, die erste Stufe mit Sylvia zu erklimmen: allgemeine Beruhigung. Diese allgemeine Beruhigung sieht für . . . nun ja, eben Laien wie Sie, so aus, als wäre Sylvia geistig nicht mehr ganz auf ihrer alten Höhe.«
»Das stimmt.«
»Sie lassen mich ausreden, ja, Mister Kaven? Danke. Der Fachmann weiß jedoch, daß dem nicht so ist, sondern daß er damit erst die Basis geschaffen hat für die Aufdeckung des in das Unbewußte Verdrängten. Für das Erkennen der Komplexe.« Er nippte an seinem Glas und wippte mit seinem schönen weißen Schuh.
»Komplexe, ei weh!« sagte ich.
Er tat, als habe er das gar nicht gehört, sondern fuhr fort: »Im wesentlichen handelt es sich bei Sylvia um eine Regression in eine frühe Entwicklungsstufe, aus der eine neue Persönlichkeit geformt werden kann. Das nun ist meine Aufgabe, Mister Kaven, wenn ich an die Analyse gehe.«
»Einen Dreck werden Sie tun«, sagte ich. »Hauen Sie bloß ab. Ich habe genug von Ihnen!«
Er zupfte an dem seidenen Tüchlein. »Mister Kaven, es ist der ausdrückliche Wunsch meines alten Freundes Joe, daß ich die Behandlung fortsetze – er hat meine Erfolge oft genug erlebt. Sie sind jedenfalls für die nächste Zeit wesentlich entbehrlicher als ich. Ich würde dringend vorschlagen, daß Sie abhauen. Gleich.« Schluck, Zupfen, Schuhwippen. »Ich weigere mich, mit einem Primitivling wie Ihnen an einem Tisch zu sitzen.«
»Dann gehen Sie doch weg!«
»Ich würde nur zum Telefon gehen, Joe anrufen und ihm Ihre unqualifizierbaren Unverschämtheiten mitteilen. Ich denke, Joe würde dann gleichfalls empfehlen, daß Sie verschwinden.«
Ich starrte ihn an.
»Gehen Sie, Mister Kaven. Sie müssen schließlich auch an Ihre Zukunft denken.«
Ich stand auf und ballte eine Faust.
»Das wäre Ihr Ende, Mister Kaven, glauben Sie mir. Wenn Sie mich auch nur aus Versehen berührten.«
Also ging ich weg und rief Joe in Hollywood an und beschwerte mich. Und Joe sagte, dieser Lester sei ein Genie, nur er könne Sylvia dazu bringen, den Film durchzuhalten, ich käme da erst in zweiter Linie – für den Moment. Ich solle vernünftig sein und mich bei Collins entschuldigen. Schließlich seien doch alle eine einzige große glückliche Familie, nicht wahr?
»Und wenn ich daran denke, daß ich über Babs auspacken könnte?«
»Das würde Ihnen niemand glauben, Phil.« Oh, diese sanfte Stimme! »Babs ist bei bester Gesundheit. In einem Internat in den Staaten. Bei

Bedarfsfall können wir das Internat nennen und den Reportern Babs vorführen.«
»Was . . . was können Sie? Babs ist in Heroldsheid!«
»Das ist nicht Sylvias Babs, Phil. Das ist *Ihre* Babs. Sylvias Babs ist völlig gesund, ich sagte es schon, ich werde es jedem sagen, wenn es nötig ist – und den Nachweis erbringen.«
»Das ist doch unmöglich!«
»Haben Sie eine Ahnung, was alles möglich ist. Denken Sie, wir hätten geschlafen? Wir haben eine absolut intakte Babs zu präsentieren – jederzeit. Mit Zeugen und allem. Dann werden Sie übel dastehen. Sehr übel, Phil.«
»Was haben Sie getan?«
»Das geht Sie nichts an. Sie dürfen uns nicht für Narren halten, Phil. Und jetzt gehen Sie zu meinem Freund Lester und entschuldigen sich.« Er hängte ein.
Ich war davon überzeugt, daß er nicht bluffte. Da war etwas geschehen, was ich nicht wußte. Ich sollte es auch noch lange nicht wissen – bis es dann zur Katastrophe kam. Dann gab es tatsächlich eine völlig gesunde, fröhliche Babs in einem Internat in den Staaten, so verrückt sich das liest.
Also ging ich in die Kantine und sagte Lester, der jetzt Pfeife rauchte, daß mir alles sehr leid tue und daß ich mich entschuldigte. Er nickte verzeihend und sah an mir vorbei. Er sagte kein Wort.

26

»Du bist einfach zu erregt, glaub mir, Phil. Das ist eine bekannte Geschichte. Mein Gott, wenn ich dich anschaue . . . Ein Mann wie du! Aber eben die Nerven . . . die Nerven . . . Entspanne dich, bitte, Liebling. Sei ganz entspannt, dann wirst du sehen, wie es geht.«
»Ich habe mich schon dreimal entspannt, und es ist dreimal nicht gegangen. Tut mir leid, Carmen.«
»Leid! Sag das nie wieder! Komm, ich werde . . .«
»Nein, das will ich nicht! Außerdem würde auch das nicht gehen.«
Da war es etwa 22 Uhr 30 an diesem Abend, und ich lag schweißüberströmt und völlig nackt auf Carmen Cruzeiros breitem Bett in ihrem Appartement 12 im Hotel CERVANTES an der Plaza de las Descalzares Reales.
Nur eine rotbeschirmte Lampe brannte. Richtige Puffbeleuchtung. Carmen, nackt wie ich, kauerte neben mir und versuchte tapfer zu lächeln und mich zu streicheln.
»Du sollst das lassen!«
»Ich wollte dir doch nur helfen . . .« Sie zog die Beine an den Leib. Sie war wirklich bekümmert. An der Wand gegenüber dem Bett hing ein billiger

Druck des berühmten Gemäldes von Velásquez: Die Hofdamen mit der Infantin Margherita.
»Ich schwöre dir, Carmen, so etwas ist mir noch nie passiert ... Heute im Atelier, da hätte ich dich fast vergewaltigt, so wild war ich. So wild bin ich! Ich habe seit ... seit Monaten mit keiner Frau ...«
»Das ist es ja.« Sie hatte eine Zigarette angezündet und rauchte. »Entwöhnung, Nerven, so viel Arbeit. Du bist ein Stier, du bist ein irrsinniger Mann, das habe ich sofort gesehen, das weiß ich einfach ...«
»Blödsinn. Impotent bin ich. Bißchen früh.«
»Hör doch endlich damit auf!« In dieser Nacht musizierten junge Leute auf der Straße vor dem Hotel und machten Krach. »Du und impotent! Madonna! Ich habe noch nie einen solchen ...« – sie sagte es – »... gesehen. Armer Liebling. Süßer Liebling. Ich will dir doch helfen ... Laß mich doch ...«
»Nein.«
»Bitte! Ich ... ich fühle mich so schuldig.«
»Jetzt fang du nicht auch noch an, ja?«
Sie war ein netter Kerl, Carmen, wirklich. Sie redete von allem möglichen und brachte etwas zu trinken, und dann brachte sie einen Massagestab und andere Dinge und gab eine kleine Vorstellung, um mir zu helfen. Aber sie half mir nicht. Nichts half. Ich kam mir unerträglich lächerlich vor. Ich hielt es nicht mehr aus und ging ins Bad und zog mich dann an. Als ich ins Schlafzimmer zurückkam, saß Carmen, den Massagestab noch in der Hand, auf dem Bett und weinte. Das war einfach zuviel. Ich küßte ihr Haar und sagte nette Dinge, aber sie schluchzte immer weiter und würgte hervor, daß sie sich so schäme, weil sie versagt habe. Sie!
Im Vorzimmer dachte ich, daß es mir schon besser ging. Es geht mir besser. Immer besser wird es mir gehen. Bald habe ich alles vergessen, es ist eine Lappalie, die jedem passieren kann, nicht wahr, und es sind wirklich die Nerven, dachte ich. Bald fühlst du dich wieder blendend, und so etwas passiert dir nie wieder, wenn du erst weniger Sorgen hast, dachte ich. Dachte ich ...

27

Als ich ins CASTELLANA HILTON kam, war es halb drei Uhr früh, und ich konnte kaum gehen, so betrunken war ich. Ich hatte mich in drei Bars vollaufen lassen, ich hatte keine Ahnung mehr, in welchen, und in einer hatten mir die Mädchen Geld geklaut.
Der Nachtportier sah mich neugierig an, als er mir meinen Schlüssel gab. Wir hatten noch ein Appartement dazugemietet – Bracken hatte das getan. Angeblicher Grund: Während der Dreharbeiten brauchte Sylvia äußerste

Ruhe und mußte früh zu Bett. Darum hatten wir nun getrennte Schlafzimmer. Die Appartements gingen ineinander über.
Der sprachkundige Papagei auf seiner Stange bei dem nun abgedrehten Springbrunnen schlief. Ich fuhr mit dem Lift in mein Appartement hinauf und streifte vor der Tür die Schuhe ab. Dann ging ich auf Zehenspitzen durch zwei Salons bis zu Sylvias Schlafzimmer. Ich drückte die Klinke nieder. Die Schlafzimmertür war abgeschlossen. Ich lauschte und hörte Sylvia leise schnarchen. Ich ging zurück in mein Schlafzimmer, zog mich aus und badete kurz, und dann legte ich mich ins Bett. Aber ich schlief keine drei Stunden mehr in dieser Nacht.
Sylvia fand mich um sieben Uhr früh schon angezogen. Sie war es auch. Wir frühstückten zusammen und scherzten und plauderten über dämliches Zeug. Und natürlich über Lester. Ich sagte, er sei einfach phantastisch, jetzt wisse ich es.
Dann fuhr ich Sylvia in ihrem Rolls-Royce zum Gelände hinaus und brachte sie zu ihren Maskenbildnern. Da saß Carmen. Wir begrüßten uns alle sehr freundlich, Carmen war besonders herzlich zu Sylvia. Zu mir auch, aber so, daß nur ich es merkte.
Zwei Tage blieb ich in Madrid, spielte Produktionschef und war den ganzen Tag auf dem Gelände, und natürlich kamen wieder Fotografen und Reporter. Rod und Cummings und da Cava gestand ich meine Ohnmacht: Auch ich brachte ihnen diesen Collins nicht vom Hals.
Sie sahen es ein – zähneknirschend.
Im HILTON aßen Sylvia und ich auf dem Zimmer – wir hatten ja genug Platz –, und dann gab mir Sylvia einen Kuß auf die Wange oder auf die Stirn und verschwand in ihrem Schlafzimmer. Sie sperrte es immer ab.
Als ich abflog, brachte mich Sylvia zum Flughafen, und die Reporter fuhren mit und blieben da bis zur letzten Sekunde. Sylvia sagte mir, daß sie nun, noch am gleichen Tag, ihre erste Analyse-Stunde mit Lester haben werde.
»Es wird phantastisch werden, nicht wahr, Wölfchen?«
»Natürlich.«
Dieses Gespräch fand am Fuß der Gangway der SUPER-ONE-ELEVEN statt, und fortwährend wurden noch Aufnahmen von uns gemacht.
»Und bitte, Wölfchen, arrangiere das Treffen mit Babs. Du hast gesagt, du wirst es tun. Sehr lange sind wir nicht mehr in Madrid. Später kann ich nicht nach Deutschland kommen. Meine zwei freien Tage habe ich noch hier, auf dem Gelände.«
»Ich werde alles arrangieren«, sagte ich. »Wir müssen nur sehr vorsichtig sein – das ist dir doch klar, nicht wahr?«
»Ich werde unendlich vorsichtig sein, Wölfchen. Ach, wie ich mich auf meinen Goldschatz freue . . .«

Ich wollte sie fragen, ob sie etwas davon wisse, wie Joe es angeblich fertiggebracht hatte, eine völlig gesunde Babs in einem amerikanischen Internat unterzubringen. Aber ich ließ es sein. Es hätte sie zu sehr erschreckt, denn das war irgendeine Sauerei von Joe, wenn ich sie mir auch nicht vorstellen konnte.
In Paris fuhr ich ins LE MONDE, verwandelte mich (zum wie vielten Male?) in Philip Norton und flog mit der LUFTHANSA weiter nach Nürnberg, und da war wieder Ruth am Flughafen, und als wir dann in ihrem VW saßen, küßten wir uns, und dieser Kuß ließ mich für eine kurze Weile alles vergessen, was ich erlebt hatte, mein Versagen bei Carmen, meine Niederlage bei diesem Schwein Doktor Collins und die seltsame, unbegreifliche Geschichte aus Joes Mund, daß Babs gesund und munter in einem amerikanischen Internat lebe. Davon erzählte ich Ruth.
Sie sagte: »Die haben da irgendein Ding gedreht für den Fall, daß etwas durchsickert.«
»Aber was für ein Ding? Wie ist so etwas möglich? Woher haben sie eine gesunde Babs?«
»Sie haben sehr viel Geld, nicht wahr«, sagte Ruth. »Wenn man sehr viel Geld hat, ist alles möglich. Die müssen sich schützen. Wir werden schon noch dahinterkommen, wie sie es getan haben. Oder, besser, wir müssen *nie* dahinterkommen. Ach, Phil, Babs hat jetzt eine so gute Phase! So gut wie noch nie! Ich fahre mit dir hinaus nach Heroldsheid. Ich will dabei sein, wenn du siehst, wie alles besser geworden ist – ganz plötzlich.«
Sie fuhr los. Ich sagte eine Weile nichts, sondern sah sie nur an, bis sie den Blick bemerkte. Sie lachte hilflos.
»Es wird immer schlimmer!«
Sie wendete, und wir lachten beide, und ich dachte: Mein Gott, wie sehr liebe ich diese Frau.

28

»Wie viele Äpfel liegen auf dem Tisch?«
»Einer.«
»Richtig, Babs.«
Frau Pohl, die rechte Hand des Rektors, saß mit Babs in einem Zimmer der Mittelklasse. Ruth und ich standen im Hintergrund. Frau Pohl legte noch einen Apfel auf den Tisch.
»Und wie viele Äpfel sind das?«
»Jetzt zwei«, sagte Babs.
Ruth ergriff meine Hand. Der kritische Punkt kam, ich wußte es. Trotz aller Bemühungen hatte Babs bislang nicht wieder zählen gelernt – zählen über zwei hinaus. Monatelange Arbeit war vergeblich gewesen. Babs kam und

kam nicht weiter, mit welchen Methoden Frau Pohl es auch versuchte – und das waren viele. Nun legte sie einen dritten Apfel vor Babs, die in einem Hängerkleidchen dasaß, die Schielbrille auf, sehr konzentriert. Frau Pohl sagte: »Prima, Babs, ganz prima, ja, das waren zwei. Und wie viele sind es jetzt, wenn ich den da noch dazulege?«
Babs schwieg. Babs kniff ein Auge zu und sah hilfesuchend zu uns. Wir verharrten ausdruckslos.
»Na, wie viele sind es jetzt, Babs?« Frau Pohl streichelte das Kind.
»Äh . . . äh . . .«
»Aber Babs! Das ist doch nicht schwer. Zuerst war es einer. Dann waren es zwei. Wie viele sind es jetzt?«
Babs begann sich vor Anstrengung hin und her zu wiegen. Einen Moment glaubte ich, sie werde in Tränen ausbrechen. Im nächsten Moment sah ich, daß sie lachte. Schnell nahm sie einen Apfel in die Hand, strahlte Frau Pohl an und verkündete: »Den eß ich jetzt auf, dann sind's wieder zwei!«
»Bravo!« rief Frau Pohl.
»Bravo!« rief Ruth.
Ich konnte nicht sprechen.
»Was habe ich dir gesagt?« flüsterte Ruth.
Ich nickte.
Ich ging zu Babs und hob sie hoch, und sie klammerte sich an mich und küßte mich viele Male, sehr feucht, und ich küßte sie auch.
Glück, mein Herr Richter. Ganz großes Glück darüber, daß es Babs, wie Ruth mir erklärt hatte, wirklich so viel besser ging. Sie konnte immer noch nicht bis drei zählen – aber das war gleichgültig. Sie konnte, in ersten, ganz klar erkennbaren Ansätzen, wieder logisch denken.

29

»Hör auf. Bitte, mon petit chou, hör auf.«
»Noch einmal . . .«
»Aber chéri . . . nicht doch . . .!«
»Du sollst ruhig sein!«
Ich war wie von Sinnen. In meinem Leben hatte ich so etwas noch nicht erlebt. Das ging nun seit drei Stunden, mit Pausen, und ich bekam nicht genug, und bekam nicht genug. Suzy, meine kleine, süße Hure, mit den langen blonden Haaren, den festen Brüsten und dem schönsten Hintern, den ich je gesehen hatte, bewegte sich nun nicht mehr, so irre sie sich zuvor aufgeführt hatte. Sie lag still da. Aber ihre Ablehnung machte mich nur noch rasender. Als es bei mir wieder soweit war, glaubte ich, der Kopf werde mir zerspringen. Ich sank auf sie und blieb keuchend liegen. Dann rollte ich zur Seite, und wir redeten beide lange Zeit kein Wort, da in dem prunkvol-

len Bett des prunkvollen Stadtpalais von Suzyleins Grafen, an der Avenue Foch.

Donnerstag, 28. Oktober 1972, etwa 22 Uhr.

Endlich richtete sich Suzy auf und goß unsere Champagnergläser wieder voll. Der Silberkühler mit den Eisstücken stand neben ihrer Bettseite. Das waren edle Kristallgläser. Und das war ein Dom Pérignon Jahrgang 1961 – einer der besten Jahrgänge, mein Herr Richter. Schon die dritte Flasche, seit ich hier war. Suzys Hände zitterten so beim Einschenken, daß sie einiges an Champagner verschüttete. Ich nahm ein Glas, und wir tranken, und Suzy sagte: »Was ist mit dir los, chéri? So etwas habe ich in meinem ganzen Leben noch nicht erlebt. Auch mit dir nicht, früher. Du . . . du bist verrückt . . .«

Ich sagte nichts, sondern trank das Glas leer und hielt es Suzy hin, und sie verschüttete wieder einiges beim Nachfüllen.

Ich trank und war erfüllt von nichts als grenzenloser Erleichterung. Von wegen impotent! Ich glaube, an diesem Abend im Oktober hatte ich so viel geleistet wie noch nie zuvor, und da war doch einiges zuvor los gewesen, ach ja. Wer immer du bist, dachte ich, irgend etwas und irgendwer mußt du ja wohl sein, daran glaube ich schon, also, ich danke dir, Phil! Und dir auch, Suzy.

Ich hatte sie aus Heroldsheid angerufen und ihr mein Kommen angekündigt, denn ich mußte nach Madrid – noch in dieser Nacht mußte ich weiterfliegen, morgen früh mußte ich da sein –, und sie hatte laut gejubelt. Grund: Ihr kleiner Graf schien in diesem Kuhnest eine Hochzeit à la Hollywood aufziehen zu wollen. Er hatte sämtliche Angestellten, alle, selbst den Concierge seines Stadtpalais, aufs Land gerufen, damit sie halfen. Er kam mit den Angestellten, die er da draußen hatte, nicht zurecht. Wir waren allein in dem Riesenhaus. Darum hatte ich ja auch herkommen können. Allerdings hatte Suzy zuerst gewisse Bedenken gehabt, mir aber machte eben das Spaß: sie noch einmal zu lieben im Hause des Mannes, der sie in drei Tagen zur Gräfin machen sollte. Natürlich regte das dann sofort auch Suzy auf. Und wenn uns jemand beobachtete? Wenn wir entdeckt wurden? Nun hatte ich wieder Angst bekommen . . .

»Ach was«, hatte Suzy dann gesagt. »Wir riskieren es! Wenn er mich erwischt und rausfeuert . . . ist mir doch egal! Ich werde dir niemals Vorwürfe machen. Denn ich werde dann nicht seine Frau werden müssen. Chéri, das ist verflucht aufregend, was? In seinem Haus! In seinem Bett! Klar machen wir's! Du kommst her!«

In Orly wartete die Crew der Super-One-Eleven. Und ich saß also nun da, auf dem Bett des Grafen, und hatte die wüstesten drei Stunden meines Lebens mit seiner zur Gräfin Erwählten hinter mir und trank seinen Champagner und zog jetzt einen seiner Seidenpyjamas an, denn mir war

kalt. Suzy lief nackt ins Bad. Ich hörte, wie sie sich wusch, und ging ihr nach und wusch mich auch.
»Vorhin«, sagte Suzy, auf dem Bidet, »habe ich einmal geglaubt, jetzt sterbe ich. Und ich habe gedacht, laß mich sterben, lieber Gott. Bitte.«
»Gibt keinen schöneren Tod«, sagte ich, mich waschend. »Das, was ich mir immer wünsche. Da wir schon alle sterben müssen, möchte ich dabei sterben.«
»Ich auch«, sagte Suzy. Ich hatte die Gläser mitgebracht, und sie saß da und trank, und ich trank auch und stellte das Glas dann wieder ab. Suzy lachte.
»Was ist?«
»Mein Graf nicht.«
»Was dein Graf nicht?«
»Der will nicht sterben.«
»Nicht dabei?«
»Überhaupt nicht.«
»Was heißt: überhaupt nicht?«
»Ich hab ihm mal gesagt – da hat er mir mit seinem unheimlichen Reichtum einfach zu sehr geprotzt, weißt du . . .«
»Hm.«
». . . da habe ich ihm gesagt: ›Was du auch hast, du kannst es nicht mitnehmen. Keiner kann es mitnehmen!‹ Sagt er: ›Gut. Wenn ich es nicht mitnehmen kann, dann sterbe ich einfach nicht.‹«
»Der hat ja Humor!« sagte ich.
»Ach wo, der ist doof wie ein Ei. Das hat der ernst gemeint!«
»Nein!«
»Doch!«
»Suzy!«
»Ich schwör's dir! Der . . . der . . . Ach Gott, wenn ich nur an den Kerl denke, wird mir koddrig . . . Seine miese rachitische Figur . . . sein viel zu großer Kopf . . . so degeneriert . . .«
»Aber so reich«, sagte ich.
»Ja, so reich«, sagte Suzy.
Und dann schwiegen wir gedankenvoll, ich in des Grafen Morgenmantel, Suzy in einer kurzen Strandjacke aus Frotté.
»Den Abend kann ich nie vergessen«, sagte Suzy. »Und wenn ich hundert werde.«
»Ich auch nicht. Weißt du, was mich so begeistert?«
»Was?«
»Daß ich seine Sachen trage und seinen Champagner trinke und in seinem Bett . . . Es ist doch eine herrliche Sache, einem andern mal mächtige Hörner aufzusetzen!«

»Ach, chéri . . . was für ein Jammer, daß auf dieser Welt nie die Richtigen zusammenkommen, was?«
»Ja.«
»Aber wenigstens habe ich jetzt etwas, wovon ich träumen kann . . . lange . . .«, sagte Suzy. »Darf ich dir schreiben?«
»Wann du willst.«
»Wir dürfen einander nicht einfach so ganz vergessen.«
»Nein.« Ich sah auf eine Uhr aus Marmor und Gold. »Ich muß weg.«
»Noch eine Viertelstunde, nur noch eine Viertelstunde, bitte!«
»Es geht nicht, Suzylein.«
Ich blieb fast noch eine Stunde . . .

30

»Was heißt ›sich gehen lassen‹?« sagte Rod Bracken. »›Sich gehen lassen‹ ist gut, Doc. Sie haben mir selber gesagt, daß Sylvia Ihnen praktisch bei so einer Couch-Sitzung die Hose aufgeknöpft und Sie dann vergewaltigt hat.«
Der Dr. Lester Collins wurde dunkelrot. An diesem Morgen trug er einen braunen Anzug, ein beigefarbenes Seidentüchlein, beigefarbene Schuhe, eine braune Krawatte und ein beigefarbenes Hemd. Er duftete nach Eau de Cologne. Es war neun Uhr am 29. Oktober, einem Freitag, und wir saßen in meinem Salon des Doppelappartements im CASTELLANA HILTON. Ich frühstückte. Die beiden anderen sahen mir dabei zu. Sylvia war längst auf dem Gelände. Ich hatte den ganzen Flug hindurch wie ein Toter geschlafen und danach noch hier, im Hotel.
»Ich verbitte mir diese unflätige Ausdrucksweise«, sagte Dr. Collins.
»Na, also hat Sylvia Sie nun . . .«
Das Telefon läutete.
Nach dem, was da passiert war, hatte mich Bracken nach Madrid gerufen. Ich wäre auf alle Fälle gekommen. Es traf sich nur so gut mit Suzy diesmal. Wir hatten vorhin ein Gespräch nach Hollywood angemeldet. Dort war es noch Nacht. Ich hatte darauf hingewiesen.
»Egal«, hatte Bracken gesagt. »Dann wird Joe eben geweckt. Wenn Doc heute fliegen will, muß Joe das wissen, und auch, warum.«
Ich hob ab. Dann hatte ich Joe am Apparat, verschlafen, verärgert, erregt und deshalb durch die Nase schnaubend.
»Verrückt geworden, Phil? Wissen Sie, wie spät es ist?«
Ich gab dem Analytiker den Hörer.
»Los«, sagte ich, »jetzt erzählen Sie mal, Lester.«
Das berührte ihn nicht im geringsten.
Er begrüßte seinen alten Freund herzlich und sagte, er hätte nie von sich aus

angerufen, wir hätten ihn dazu gezwungen. Danach hörten wir folgendes aus seinem Munde: »Schau mal, Joe, du weißt, wie oft ich dir geholfen habe . . . Na eben . . . Nun, hier ist wieder einmal so etwas eingetreten . . . die Übertragung war zu stark . . . Ich muß die Behandlung abbrechen . . . Nein, o nein, ich lasse keine Kranke zurück! Sie ist ganz in Ordnung, unsere liebe Sylvia. Aber ich kann nicht länger . . . Nein, sei ruhig, Joe, das passiert nicht wieder . . . Ich fliege zu Mittag. Sei ganz ohne Sorge . . . Nun ja, Joe, es tut mir leid, aber Sylvia hat sich vergessen . . . Sie hat mich . . . Ich meine, ich konnte nicht widerstehen, als sie . . . Ja, ja, genauso wie bei Lora, genauso, Joe! Du erinnerst dich . . . Es war genau dasselbe, und damals mußte ich auch die Behandlung abbrechen. Es gibt schließlich noch ethische Gesichtspunkte. Die zwei Herren hier, Kaven und Bracken, verstehen das nicht. Du verstehst es! . . . Ich lasse mich natürlich auch nicht beleidigen . . . Ich habe Sylvia wieder vollkommen hingekriegt . . . und nun sprich du bitte mit diesem Mister Kaven!«
Er gab mir den Hörer.
Da war Joes Bibelverkäuferstimme, ganz sanft diesmal: »Phil, mein Junge, wenn Sie oder Bracken noch eine einzige dreckige Bemerkung über diesen wundervollen Arzt machen, gibt es Ärger, verstanden? Lester hat ein Wunder vollbracht, wieder einmal!«
»Okay, Joe«, sagte ich. »Wenn Sie meinen.«
»Ich meine es nicht, ich weiß es. Und sagen Sie auch Rod, er soll bloß das Maul halten, sonst lernt er mich von einer anderen Seite kennen. Lester ist ein . . . ein Heiliger! Auf den Knien danken müssen wir ihm! Was da jetzt passiert ist, bedeutet gar nichts! Das kenne ich . . . einfach zu starke Übertragung . . .«
»Aber Joe, Sylvia hat doch wirklich mit ihrem Arzt . . .«
»Sprechen Sie das Wort nicht aus! Was verstehen Sie von Psychoanalyse? Einen Dreck verstehen Sie! Also seien Sie ruhig. Ich bin es auch. Mit Sylvia wird sich nie wieder etwas Derartiges wiederholen. Lester hat sie geheilt.«
Danach legte Joe einfach auf.
»Ich entschuldige mich bei Ihnen, Doktor Collins. Bracken entschuldigt sich. Es tut uns sehr leid, daß wir ausfällig geworden sind. Aber als Laien . . . Sie müssen verstehen . . .«
»Was soll das eigentlich?« fragte Bracken. »Sylvia hat sich doch auf ihn draufgesetzt und ihn regelrecht . . .«
»Schnauze«, sagte ich.
»Aber sie hat's mir doch erzählt, und er hier gibt's zu!«
»Alles okay, sagt Joe. Das kommt vor, sagt Joe. Doc ist ein Heiliger. Er hat unsere Sylvia geheilt. Total geheilt.«

»Du bist übergeschnappt! Total übergeschnappt!« Bracken regte sich auf. »Und wenn unsere Sylvia jetzt wieder fröhlich anfängt, mit jedem Kabelträger zu ...«
»Du sollst das Maul halten«, sagte ich in einer Mischung von Wut, Belustigung und Angst. »So etwas tut Sylvia nicht mehr. Nicht wahr, Doc?«
Er ließ mich zweimal fragen, dann sagte er, hochmütig, mit gehobenen Brauen: »Natürlich nicht. Nach einer Behandlung durch mich.«
»Dann interessiert mich nur eines noch«, sagte ich.
»Nämlich, Mister Kaven?«
»Nämlich was das hieß: ›Zu starke Übertragung.‹ Ich bin nur ein Idiot. Ich möchte es gerne wissen, Doc.«
Der Mann hatte nicht den geringsten Sinn für Humor, Ironie war an ihm verschwendet. Er lehnte sich zurück, preßte die Fingerspitzen gegeneinander und dozierte voll Würde: »Die Übertragung war gegenseitig zu groß. Zu enge Beziehung. Zu große Verbindung. Das kommt vor. Sehen Sie, ich habe eine äußerst starke Persönlichkeitsstruktur. Das ist nicht mein Verdienst. Durch jahrelange Behandlung von so außergewöhnlichen Menschen, wie Schauspieler und gerade Schauspieler es sind – nur die ganz großen natürlich –, war ich beständig der Wirkung von außergewöhnlich starken Persönlichkeitsstrukturen ausgesetzt. Das strahlte auf mich zurück, ließ meine eigene Persönlichkeit immer stärker werden. In manchen Fällen nun – Joe weiß es – war der Kontakt, die Übertragung zwischen Patienten und mir, derartig überstark, daß es zu Ereignissen wie denen mit Sylvia kam. Klar?«
»Nein«, sagte Bracken.
»Absolut klar«, sagte ich und unterdrückte die Frage, ob Lester solche starken Übertragungen mit solchen Resultaten auch schon bei der Behandlung von männlichen Stars untergekommen waren.
»Dann werde ich jetzt gehen und packen«, sagte Collins. Er erhob sich. »Wer bekommt meine Rechnung?«
»Wir hier. SYRAN-PRODUCTIONS«, sagte ich.
Collins blickte uns beide an wie den letzten Dreck und verschwand ohne ein weiteres Wort.
Zum ersten Mal im Leben sah ich einen sprachlosen Bracken. Ich frühstückte schon lange weiter, als er endlich sagte: »Der Strolch hat uns nicht mal die Hand gegeben.«
»Warum hätte er das tun sollen? Ein Genie. Wir sind doch nur Kretins für den. Du hast nicht mal seine Erklärung kapiert.«
»Du doch auch nicht! Das ist doch alles Gewäsch gewesen von dem Sauhund. Und wenn Sylvia jetzt doch wieder loslegt?«
»Sie legt nicht mehr los.«

»Sagt wer?«
»Doktor Collins«, sagte ich. »Ein Heiliger.«
»Gott segne uns«, sagte Bracken. »Dich läßt sie nicht drüber, aber ihn hat sie sich vorgenommen. Boy, o boy. Und dafür reicht er uns noch eine Rechnung ein.«
»Und eine dicke, darauf kannst du dich verlassen«, sagte ich. (Als ich dann hörte, *wie* hoch die Rechnung war, mußte allerdings sogar ich mich schnell hinsetzen. Eben ein Heiliger, Dr. Lester Collins.)
»Nun mach schon mit deinem Frühstück!« sagte Bracken.
»Warum die Hast?«
»Sylvia wartet. Es steht jetzt offen, wann sie die zwei Tage drehfrei hat. Ich habe schon die wildesten Szenen mit ihr gehabt. Sie dreht uns nicht weiter, wenn wir sie nicht fliegen lassen. Darf sie Babs nun also sehen?«
»Frau Doktor Reinhardt ist dagegen. Sie hat schwerste Bedenken.«
»Aber Sylvia dreht nicht weiter, Junge!«
»Habe ich Frau Doktor Reinhardt gesagt.«
»Und?«
»Und sie hat gesagt, dann soll sie eben nicht weiterdrehen. Der geht es nämlich um die Erhaltung des halbwegs guten Zustandes von Babs und nicht um fünfundzwanzig Millionen.«
»Der werde ich was erzählen!«
»Einen Dreck wirst du der erzählen.«
»Und warum nicht?«
»Weil sie – unter den größten Vorbehalten – einen Vorschlag gemacht hat, wie Sylvia Babs sehen könnte.«
Bracken schlug mir auf die Schulter.
»Na, dann ist ja alles in Butter, Junge. Warum machst du so ein schafsdämliches Gesicht, wenn du das sagst?«
»Weil ich Angst habe.«
»Angst um Sylvia?«
»Angst um Babs«, sagte ich.

31

Nun ja, mein Herr Richter, und dann passierte es eben . . .
Das war am 6. Oktober 1972, an einem Freitagnachmittag. Ruth und ich standen im Erdgeschoß des Sophienkrankenhauses in Nürnberg und sahen durch ein Fenster hinaus in den Park, der hinter der Klinik lag. Da gab es alte Bäume, Sträucher, vielerlei Turn- und Spielgeräte. Babs und der psychotische kleine Sammy (Malechamawitz, der ›Engel des Todes‹) kletterten auf einem verschachtelten Gerüst aus glatten, miteinander verbundenen Chromrohren herum. Es lagen sehr viele Blätter auf der Wiese, rot, gelb,

braun. Ich sah schon kahle Äste. Der Herbst kam sehr früh. An diesem Nachmittag schien jedoch noch eine wärmende Sonne. Durch die klare Luft drangen laut die Rufe der beiden Kinder zu uns. Ich sah spinnwebdünne, silberne Fäden dahinschweben – Altweibersommer. Dann sah ich etwas anderes und fühlte, daß sich mein Magen hob. Sylvia war in den Park getreten.

Sylvia!

Bei meinem letzten Besuch in Madrid hatte ich ihr genau erklärt, wie sie sich zu verhalten habe, wenn sie nach Nürnberg kam. Ich hatte ihr erzählt, daß Ruth – unter Protest – eingewilligt habe, Babs für kurze Zeit aus Heroldsheid in die Klinik zu holen. Das war nichts Besonderes. Viele Kinder wurden von Zeit zu Zeit hierhergeholt, wenn eine entsprechende Untersuchung in Heroldsheid nicht vorgenommen werden konnte. Babs hatte das schon oft miterlebt. Ich hatte in Madrid mit Sylvia Tag und Zeit ihrer Ankunft festgelegt. Sie sollte – blonde Perücke und dunkelgetönte Brille – ab Paris mit der LUFTHANSA fliegen. Der Hauptkommissar Sondersen, den ich darum gebeten hatte, war so freundlich gewesen, durchzusetzen, daß – auf seine Verantwortung hin – Sylvia keinen Paß vorzeigen und sich überhaupt nicht ausweisen mußte, weder in Paris noch in Nürnberg. Es war fest besprochen: Ruth und ich würden Sylvia in diesem Korridor erwarten, damit sie von hier aus, nur von hier aus, Babs im Park sehen konnte. Mehr hielt Ruth für gefährlich. Sylvia hatte das akzeptiert. Sylvia hatte alles akzeptiert.

Und nun . . .

»Verflucht!« sagte ich. »Warte, ich renne schnell zu Sylvia und . . .«

»Nein.«

Ruths Stimme klang eisig.

»Was nein?«

»Bleib hier. Wenn du jetzt auch noch auftauchst, wird es nur noch ärger. Diese Frau ist zu allem imstande.«

»Sie hat uns getäuscht! Sie hat mich belogen! Sie ist . . .«

». . . eine Mutter«, sagte Ruth, das kleine Lamm in der Hand. Sie ballte die Hand zur Faust und preßte diese gegen die Brust.

Ich öffnete das Fenster einen Spalt.

Ich sah, wie Sylvia sich langsam der spielenden Babs näherte, so, daß diese sie nicht sehen konnte. Jetzt war sie ganz nahe herangekommen. Ich hörte ihren Ruf: »Babs!«

Babs, auf einer Sprosse des Gerüsts, drehte sich erstaunt um.

Sie starrte die Frau mit dem blonden Haar, der dunklen Brille, der übertrieben einfachen Kleidung entgeistert an.

»Sie ist nicht zu uns gekommen, wie sie versprochen hat, sie ist gleich in den Park gegangen, diese . . .«

»Schweig. Das hat jetzt alles keinen Sinn mehr«, sagte Ruth. Ich sah, daß sie bleich geworden war.
Babs rutschte von dem Spielgerüst zu Boden und wich vor Sylvia zurück. Sammy blieb reglos hocken. Sylvia eilte Babs nach, fiel vor ihr auf die Knie, und dann – dann brach sie in Tränen aus, packte die sich heftig sträubende Babs, preßte sie an sich, küßte sie, streichelte sie, rief laut, so laut, daß wir es in der Stille dieses Nachmittags klar hören konnten: »Babs! Babs, meine süße Babs! Meine geliebte, kleine Babs!«
Babs war zu Tode erschrocken. Sie begann zu schreien – vor Angst.
»Warum schreist du denn, mein Gott? Ich bin es doch, Liebling, ich, deine Mami!«
»Nicht wahr!« schrie Babs.
»Doch, Babs, doch!«
»Nein! Nein! Nein!« kreischte Babs.
Auf dem Gerüst hockte wie ein großer Vogel der ›Engel des Todes‹, unbewegt.
»Aber ja! Du erkennst mich nur nicht! Schau!« Sylvia riß ihre Perücke herunter, wahrhaftig, mein Herr Richter, das tat sie. »Erkennst du jetzt deine Mami?«
»Nicht Mami! Nicht Mami! Weg! Geh weg!«
»Aber Liebling, Schätzchen, was ist denn . . . Was hast du denn . . . Erkennst du mich nicht?«
Dämliche Frage. Natürlich erkannte Babs Sylvia nicht.
»Du weg! Weg! Weg!« schrie Babs und versuchte, sich aus der Umarmung der Mutter zu befreien. Diese hielt sie fest. Dann, mit einem gellenden Schrei, riß Babs sich von ihr los, trat nach ihr und traf sie so, daß Sylvia, ohnedies schon kauernd, auf den Rasen stürzte. Babs, außer sich, außer jeder Kontrolle, wie in ihren schlimmsten Zeiten, trat und trampelte schreiend auf der schreienden Mutter herum, bespuckte sie.
»Schnell jetzt!« sagte Ruth. Ich sprang durch das Fenster ins Freie hinaus und half dann Ruth. Wir rannten über die Wiese, auf Babs und Sylvia zu. Ruth packte Babs und lief mit dem Kind zum Haus zurück. Babs kreischte jetzt, als wären tausend Teufel in ihr. Sylvia lag im Gras.
»Was . . . was . . . was . . .«
»Warum hast du dich nicht an die Abmachung gehalten?«
»Mein Kind . . . Wölfchen . . . Das ist . . . furchtbar ist das . . . Babs hat mich nicht erkannt . . . Sie ist . . . Sie ist verrückt!«
»*Du* bist verrückt!«
»Laß mich los!«
»Du kommst mit!« Als ich ihre Perücke aufhob, sah ich zum Haus. Aus vielen Fenstern waren da schon Gesichter aufgetaucht, neugierig, erschrocken.

»Ich . . . komme . . . nicht . . . mit dir . . . du Schwein!«
Ich riß sie hoch und zwang sie, vor mir herzugehen. Ich erreichte das offene Fenster und hob Sylvia hoch. Sie klammerte sich an den Fensterrahmen, hysterisch kreischend. Ich schlug ihr auf die Hände. Sie ließ den Rahmen los und stürzte in den Gang, auf den Fliesenboden. Ich kletterte nach. Sah mich suchend um. Da war eine Abstellkammer. Ich schleifte Sylvia nun mehr, als ich sie mit mir zog. Auf die Tür! Kammer voll Gerümpel. Sylvia hinein! Sie fiel auf einen Sack voller Lumpen, keuchend, weinend.
»Wenn du noch einmal schreist, dann . . .«
Ja, mein Herr Richter, ich hätte sie dann geschlagen. Mit der Faust. Ins Gesicht. Sie sah meine Augen und wußte es. Sie wimmerte nur noch leise.
»Kaputt«, sagte ich haßerfüllt. »Du hast alles kaputt gemacht. Das ist dir doch klar, wie? Ein *gesundes* Kind hast du zu Tode erschreckt. Warum, verflucht, haben wir erlaubt, daß du kommst . . .« Sylvia rutschte von dem Sack auf den dreckigen Boden. Ich ließ sie liegen und beschimpfte sie weiter, maßlos, sinnlos.
Die Tür flog auf.
Ruth stand in ihrem Rahmen. Sie schloß die Tür hinter sich.
»Was ist?«
»Da«, sagte ich nur.
Sylvia erkannte Ruth und stammelte: »Es tut mir leid . . . Es tut mir unendlich leid . . . Ich habe nicht gewußt . . . Ich habe nicht geahnt . . .«
»Ja«, sagte Ruth.
»Was ist mit Babs?«
»Sie müssen hier weg, Mrs. Moran.«
»Was mit meinem Kind ist!«
»Ihr Kind, Mrs. Moran«, sagte Ruth, »hat durch den Schock einen so schweren Rückfall erlitten, daß ich nicht sagen kann, wie es mit Babs weitergehen wird. Wir mußten ihr starke Injektionen geben. Sie schläft jetzt.«
»Ich will sie sehen!«
»Nein.«
»Bitte! Bitte, liebe Frau Doktor!«
Ruth sagte weich: »Liebe Mrs. Moran, das ist unmöglich. Absolut unmöglich. Ich sagte schon einmal, Sie müssen hier fort. Abgesehen von Babs – in der Klinik herrschen Verwirrung und Aufregung. Sie müssen fort aus Nürnberg.«
»Wie?« fragte ich.
»Ein Hubschrauber bringt Mrs. Moran nach München. Dort nimmt sie die nächste Linienmaschine nach Paris.«
»Hubschrauber? Was für einen Hubschrauber?« fragte Sylvia verstört.

»Der Rettungshubschrauber. Er steht auf der anderen Seite des Parks. Sie können ihn von hier nicht sehen. Ich habe mit dem Hauptkommissar Sondersen telefoniert. Er informiert die Polizei in München. Die Besatzung des Hubschraubers ist nicht eingeweiht. Sie setzen Ihre Perücke wieder auf. Und die Brille. Es wird niemand Fragen stellen.«
»Ich will nicht!«
»Sie müssen, Mrs. Moran.«
»Ich gehe hier nicht weg!« schrie Sylvia.
»Nehmen Sie das!« Ruth gab Sylvia drei weiße Dragees.
»Was ist das?«
»Ein Beruhigungsmittel.«
»Ich nehme es nicht! Ihr . . . ihr habt mich belogen! Babs hat mich nicht erkannt! Babs ist idiotisch! Wird es immer bleiben! Das Gesicht . . . die Brille . . . Ich will nicht mehr leben!«
Ein junger Arzt sah herein.
»Der Hubschrauber, Frau Doktor.«
»Danke«, sagte Ruth. Der Arzt verschwand. »Fünf Minuten Ruhe, Mrs. Moran. Setzen Sie sich. Dann fühlen Sie sich ruhiger. Dann fliegen Sie. Mit Herrn Norton. Er muß Sie begleiten – bis nach Madrid. Und Sie bekommen so lange keine Erlaubnis mehr, Babs zu sehen, wie *ich* das bestimme. Haben Sie verstanden, Mrs. Moran?«
Keine Antwort.
»Ob Sie das verstanden haben?«
»Ich habe es verstanden . . . Es tut mir leid, was ich getan habe . . .«
»Mir auch«, sagte Ruth. »Aber wegen Babs.«
»Was ist mit Babs? Was wird nun sein? Habe ich etwas getan, das die Genesung von Babs . . .«
»Das weiß ich nicht, Mrs. Moran. Was heute geschehen ist, hat Babs weit zurückgeworfen. Ich werde alles tun, sie wieder auf die Beine zu bringen . . .«
»Danke . . . Ich danke Ihnen, Frau Doktor.«
Ruth gab keine Antwort.
Sie sah aus dem Fenster der Abstellkammer, das ebenfalls zum Park hinaus ging. Ich folgte ihrem Blick.
Auf dem Spielgerüst saß immer noch, erstarrt, Sammy, der sich Malechamawitz nannte.

32

Die beiden Mägde in dem Rolls-Royce sahen aus wie Zwillinge. Sie hatten beide die gleichen großen schwarzen Augen mit den dunklen Schatten von Überarbeitung und Müdigkeit darunter. Beide hatten das gleiche ungepflegte blauschwarze Haar. Sie hatten beide die gleiche hohe Stirn, die schmale Nase, den gleichen schönen, aber von Entbehrung und Armut sprechenden Mund, die gleiche ockerfarbene Haut, die gleichen Falten, Krähenfüße und Linien im Gesicht, wie großes Leid und große Sorge sie zeichnen. Beide trugen die gleichen grauen Kopftücher halb über dem wirren Haar, die gleichen verschlissenen grauen Blusen, die gleichen fleckigen braunen Röcke. Sie hatten beide die gleichen ockerfarbenen Beine, die gleichen staubigen Füße, die in klobigen Holzpantinen steckten. Sie sahen einander vollkommen ähnlich. Indessen: Die eine Magd lebte, die andere Magd starb. Von eigener Hand war diese andere dem Tode ganz nahe gekommen, sterben wollte sie ja, sterben würde sie, wenn nicht nun noch ein Wunder geschah, nun, da der Rolls die Avenida Pio XII erreichte.

12 Uhr 36 zeigte das Zifferblatt auf dem Armaturenbrett. Südwärts raste der schwere Wagen. Ich saß am Steuer. Schlug eine Hand auf die Hupe. Nahm sie nicht mehr fort. Die Scheinwerfer eingeschaltet, brauste der Rolls mit den beiden Mägden, der lebenden und der sterbenden, dahin. Aus einem wäßrig blauen Himmel fiel kaltes Sonnenlicht auf die Stadt Madrid.

Starker Ostwind rüttelte zum Mittag dieses 9. Oktober 1972 – es war ein Montag – an den geduckten Platanen entlang dem Straßenrand, wirbelte Staub, buntes Laub und schmutzige Papierfetzen hoch. Der Rolls hetzte nun an den Hochhäusern der Calle General Mola vorüber, wo – eine Reihe von Jahren war es her – noch zerfallende Hütten aus Blech und Holz auf rotem Sandboden gestanden hatten.

»Babs . . .«

Röcheln aus dem Fond.

Ich preßte die Lippen zusammen.

»Schneller«, sagte Bracken. Er saß hinten. Sylvias Kopf lag in seinem Schoß. Carmen, das Double, saß neben mir. »Du sollst schneller fahren«, sagte Bracken. »You goddamned motherfucker, step on it!«

Ich trat das Gaspedal ganz durch. Wie in den Himmel hinein schoß der Wagen vorwärts, der Kuppe der ansteigenden Straße entgegen und wieder hinunter, überholte Eselkarren, Autos, Schienenbusse und Taxis. Auf fünfundneunzig, hundert, hundertundfünf Stundenkilometer kletterte die Tachonadel. Carmen begann plötzlich laut spanisch zu beten.

»Hör auf damit«, sagte ich.

»Aber ich fürchte mich so«, stammelte Carmen, jetzt in reinem Englisch.

»Ich mich auch«, sagte ich. »Entschuldige. Los, bete weiter. Na also.«

Sirenen hatten zu heulen begonnen. Im Autorückspiegel sah ich zwei Verkehrspolizisten auf ihren schweren Maschinen, die, noch in weiter Entfernung, hinter uns herjagten.

»Diese Hurensöhne«, sagte Bracken, aus dem Heckfenster blickend, »werden uns durch die Innenstadt lotsen. Was für ein Glück wir haben. Großer Gott, was für ein Glück!«
Hundertfünfzehn Stundenkilometer.
Federnd raste der Wagen dem Wolkenkratzer an der Avenida America entgegen, in dessen tausend Fensterscheiben sich das Licht der kalten Sonne brach. Bettler bettelten. Losverkäufer verkauften Lose, Vogelhändler bunte Vögel. Männer, Frauen am Straßenrand, entsetzt, flogen an mir vorbei, eben sah ich sie noch, schon waren sie verschwunden. Bremsen kreischten.
Ein Wagen war fast in den Rolls hineingefahren. Ich hatte ein Rotlicht mißachtet.
»Du sollst beten!« schrie Bracken Carmen an. »Deine Himmelsmutter muß uns jetzt helfen!«
Von neuem begann Carmen zu stammeln: »Heilige Mutter Gottes . . .«
Das Sirenengeheul war lauter geworden, die Polizisten kamen rasch näher. Ich sah, daß vor mir viele Wagen an den Straßenrand fuhren und stoppten.
»Babs . . . Babs . . .«
Qualvoll kämpfte Sylvia um jedes Wort.
»It's allright, honey. Everything is allright. Everything is just dandy«, sagte Bracken, auf dessen Schoß Sylvias Kopf lag.
»Babs . . .«
»Yeah, baby, yeah. Don't speak now . . .«
Bracken strich sehr zart über Sylvias Kopf. Das alte Tuch fiel herab, ich sah es im Rückspiegel. Grausig sah Sylvia jetzt aus. Flecken hatten sich auf dem verzerrten Gesicht gebildet. Röchelnd holte Sylvia Luft. Ihr Körper bäumte sich hoch, fiel schwer zurück. Schaum quoll aus dem Mund Sylvia Morans, die hier in Madrid jenen Film drehte, von dem sie geträumt hatte ihr Leben lang. Ihr Leben, dem plötzlich ein Ende zu setzen sie entschlossen gewesen war, vor wenigen Minuten, zum Mittag dieses 9. Oktober 1972, in ihrem Wohnwagen auf dem riesigen Freigelände der ESTUDIOS SEVILLA FILMS . . .

33

»Ruhe, wir drehen! Kamera, bitte!«
»Kamera läuft!«
»Ton!«
»Ton läuft!«
»Klappe!«
»DER KREIDEKREIS! Einstellung fünfhundertzwölf, zum zweiten Mal!«
»Los«, hatte der Regisseur Julio da Cava leise gesagt.
Bewegung war in hundertzweiundzwanzig spanische Statisten, einund-

dreißig Pferde, eine Handvoll berühmter amerikanischer Schauspieler, unter ihnen ein Kinderstar, gekommen, Bewegung kam in Sylvia Moran. Es war jetzt genau 11 Uhr 44, das amerikanische Script-Girl notierte gewissenhaft die Zeit, ich stand neben ihm und sah es. Dann sah ich auf. Der Azdak, dieser Lumpenpriester des Films, trank lange aus einer Zinnkanne. Roter Wein rann aus seinen Mundwinkeln. Ihn spielte einer der legendären alten Männer Hollywoods, James Henry Crown. (Er hatte seine Gage ›stehenlassen‹ und war dafür an den Einspielergebnissen beteiligt.) Im Augenblick saß er auf einem dicken Gesetzbuch, das sein Weggefährte Schauwa ihm in einer schon gedrehten Einstellung unter den Hintern geschoben und so auf den Richterstuhl gelegt hatte. Über James Henry Crowns Gesicht war ›panchromatisches Blut‹ geschmiert, wirr hing das weiße Haar in die geschminkte Stirn. Er trug einen dreckigen Richterrock über den blutbefleckten Fetzen seiner erbärmlichen Unterwäsche, und er war barfuß. Unter seinem Hemd befanden sich, an drei Stellen mit Leukoplast auf der Haut fixiert, die Enden von drei Plastikschläuchen, die sehr dünn und sehr lang waren. Sie liefen, für die Kamera unsichtbar, von Crown fort bis weit außerhalb des Bildes zu einem Bühnenarbeiter, der von Zeit zu Zeit aus drei Spritzpistolen weiteres ›panchromatisches Blut‹ in die drei Schläuche preßte, wonach ›neues Blut‹ aus den Wunden, die man dem Azdak eben noch (im fertigen Film tatsächlich Tage vorher) geschlagen hatte, in seine Kleidung drang und dort neue Flecken entstehen ließ. (Für jede Wiederholung dieser Einstellungen benötigte Crown deshalb natürlich ein neues altes Fetzenhemd und einen neuen alten Richtermantel.) Der Strick, mit dem die Panzerreiter den Lumpenrichter Minuten zuvor im fertigen Film, Tage zuvor hier auf dem Gelände, hatten aufhängen wollen, baumelte mit seiner Schlinge, dem Azdak gegenüber, von einer Estrade herab. Alle Einstellungen, in denen Azdak-Crown blutiggeschlagen und gehängt werden sollte, waren bereits abgedreht, desgleichen alle Groß-, Nah-, One- und Two-Shot-Einstellungen einer langen Szene – der wichtigsten des Films –, die nun noch einmal in einer Totalen (Einstellung 512) aufgenommen werden sollte. So hatten Regisseur und Cutter genügend Material, diesen Höhepunkt zu unterschneiden und dramatisch zu gliedern – die leidenschaftliche Anteilnahme einzelner Zuschauer, Angst und Gier auf den Gesichtern der Anwälte, des Adjutanten, der Gouverneursfrau, die Qual der Magd Grusche bei der Kreidekreisprobe – das Kind zwischen ihr und der Gouverneursfrau –, den betrunkenen Lumpenrichter, die drohenden Panzerreiter, das bunte Chaos der Komparsen, das für eine ganze Welt, *unsere* Welt, seit Anbeginn und bis in alle Ewigkeit stand . . . Einundneunzig spanische Statisten, Männer und Frauen, das ›Volk‹, wurden von weiteren einunddreißig spanischen Statisten – die Darsteller der ›Panzerreiter‹, sitzend auf einunddreißig Pferden – an den

Seiten des Vorhofs zum Palast des Gouverneurs in Schach gehalten und zurückgedrängt. Vor dem Azdak standen die zwei Anwälte, der Adjutant der Gouverneursfrau, die Gouverneursfrau selber. Ferner stand da – in kurzer Hose, weißem Hemd und Sandalen – der Knabe Michel, welcher der Küchenmagd Grusche, die ihm das Leben gerettet, ihn aufgezogen und vor allen Schrecknissen bewahrt hatte, zulächelte. Die Grusche lächelte ihn an . . .

34

Die Grusche – Sylvia Moran – war genau um 7 Uhr 30 an diesem Morgen außerordentlich blaß und nervös auf dem Gelände eingetroffen. Ich hatte sie in ihrem Rolls aus dem CASTELLANA HILTON herausgebracht. Direkt hinter uns fuhren die vier Detektive von SEVEN STARS in zwei Wagen. Es war sehr kalt gewesen. Viele Menschen bereiteten schon die erste Einstellung des Tages vor, ich erblickte Carmen, als ich den Rolls vor einem kaukasischen Bauernhaus, erbaut hier vor vier Monaten, in der dem Film zugrunde liegenden Geschichte erbaut vor vielen Jahrhunderten, zum Stehen gebracht hatte. Wir waren ausgestiegen.
Seit den Ereignissen in Nürnberg sprach Sylvia nicht mehr mit mir. Kein einziges Wort war seit dem vergangenen Freitag gefallen – nicht im Hubschrauber, nicht in München, nicht in Paris, nicht in Sylvias SUPER-ONE-ELEVEN, die uns nach Madrid weiterflog, nicht in Madrid, nicht im Hotel, nicht ein einziges Wort. Freundlich und ausgeglichen war Sylvia zu den Kellnern, zu anderen Schauspielern, die im HILTON wohnten, zu Bracken, da Cava, Cummings, zu allen. Mit allen sprach sie völlig normal, als sei nichts geschehen. Nur mit mir sprach sie nicht. In ihrem Appartement sperrte sie gleich nach Ankunft die Tür zum Salon ab, so daß ich in mein zweites Appartement verbannt blieb. Es war ein gespenstisches Wochenende gewesen. Ich hatte mit Ruth telefoniert und ihr alles erzählt.
»Es wird vorübergehen – hoffentlich«, hatte Ruth gesagt.
»Was ist mit Babs? Wie geht es ihr?«
»Schlecht.«
»Wie schlecht?«
»Sehr schlecht. Erspar mir bitte Einzelheiten. Aber ruf mich immer wieder an, ja?«
»Ja, Ruth. Immer wieder. Ruth . . .«
»Ja?«
»Ich liebe dich.«
»Und ich liebe dich.«
Nicht daß Sylvia gereizt oder böse zu mir gewesen wäre. Sie war vollkommen ruhig, unheimlich ruhig. Freundlich und höflich. Aber verstummt.

Wir aßen im Speisesaal. Sie sagte kein Wort. Wir saßen in der Bar, fuhren am Sonntag aus der Stadt hinaus, um einen Spaziergang zu machen. Sie sprach kein Wort. Sie fragte nicht einmal nach Babs. An diesem Morgen hatte sie schon auf mich gewartet, als ich an ihre Tür klopfte. Ich hatte sie zum Gelände gefahren. Kein Wort . . .
Nun, da wir aus dem Rolls stiegen, taumelte sie ein wenig – nur ganz kurz. Ich rannte zu ihr, um sie zu stützen. Sie stieß mich weg. Ein Signal ertönte. Die Probe war unterbrochen. Bracken, Bob Cummings und da Cava kamen schnell heran und begrüßten Sylvia und mich. Ihnen allen sagte Sylvia völlig normal guten Morgen. Die Detektive hielten sich verteilt im Hintergrund.
Der Regisseur da Cava, in eine Wolldecke gehüllt, musterte Sylvia besorgt. Alle drei Männer wußten von mir, was mit ihr in Nürnberg geschehen war, was sie erlebt hatte.
»Brauchst du einen Arzt?« fragte da Cava.
»Unsinn. Wozu einen Arzt? Ich spiele. Mir . . . mir war eben nur ein wenig schwindlig.«
»Wie schwindlig?« Bracken trug einen dicken Mantel. »Schwindlig zum Hinfallen?«
»Irgendwas mit den Augen. Im Kopf. Schon vorbei.«
Cummings schlug den Kragen seiner Tweedjacke hoch.
»Du fühlst dich nicht wohl. Phil bringt dich sofort zurück ins HILTON. Wir können heute ebensogut die Tanzszenen drehen, eh, Julio?«
»Ohne jede Schwierigkeit«, sagte da Cava.
»Kommt gar nicht in Frage!« Sylvia schüttelte den Kopf. Die langen, blauschwarzen Haare flogen. Sie trug einen grünen Hosenanzug und einen Leopardenmantel. Sie war überhaupt nicht geschminkt. »Es ist nur der verfluchte Wind«, sagte sie. »Dieser Wind macht ja jeden verrückt! Ich nehme zwei Tabletten, und alles ist okay.«
»Es ist nicht der Wind«, sagte da Cava.
»Ach, sei ruhig, Julio!« Sylvia regte sich auf. »Laßt mich doch endlich zufrieden! Meine Regel kriege ich – ein Glück, daß meine Großaufnahmen schon im Kasten sind. Es ist die Regel! Seid ihr nun beruhigt?«
Niemand sprach.
»Na schön.« Sylvia hob die Schultern. »Wo sind Katie und Joe?«
Katie und Joe Patterson, seit vielen Jahren ihre Maskenbildner, warteten schon im Schminkraum.
»Na dann«, sagte Sylvia. Damit ging sie von uns fort zu den Ateliergebäuden. Alle sahen ihr nach. Sie verschwand im Eingang. Jetzt also würden sich Masken- und Kostümbildner über Sylvia hermachen und so lange an ihr arbeiten, bis sie aussah wie das Double Carmen, das ich in einiger Entfernung erblickte. Man hatte es schon zum Einleuchten gebraucht: in einer

zerschlissenen grauen Bluse, einem fleckigen Rock, schwere Holzpantinen an den bloßen Füßen; dunkle Schatten unter den Augen, angeschminkt mit einem französischen Spezialfabrikat, ockerfarben das Gesicht, ockerfarben die Beine, die Füße mit grauem Puder bestaubt und, damit der Puder hielt, mit Spray fixiert; in das ockerfarbene amerikanische Pancake-Make-up des Gesichts Stirnfalten; Mundfalten, Krähenfüße um die Augen, in die Wangen gezeichnet mit Griffeln und Pinseln, die zuvor in klebrige Lotionen getaucht werden mußten; mit glanzlos gemachtem, absichtlich verwirrtem und ungepflegt fixiertem Haar . . . Ja, das alles werden sie nun mit Sylvia tun, dachte ich. Eine Stunde wird es dauern, bis sie bereit ist für die größte und wichtigste Szene des Films, für diese Totale, Einstellung 512 . . .

35

EINSTELLUNG 512. DER GROSSE VORHOF DES PALASTES/AUSSEN/TAG

KAMERA AUF KRAN. BLICK VON DREI METER HÖHE AUF DIE GESAMTE SZENE. DABEI BAUMELT VON ANFANG BIS ZUM ENDE UNSCHARF DER STRICK IM VORDERGRUND DURCH DAS BILD, AN DEM DER AZDAK AUFGEHÄNGT WERDEN SOLLTE.

Der AZDAK trinkt lange. Todesangst sitzt ihm in den Augen, als er danach in die Runde blickt. Bald wirkt der Wein. Weiteres Blut scheint aus den Wunden an seinem Körper zu quellen, denn die klägliche Kleidung, die er trägt, färbt sich immer wieder und an immer neuen Stellen rot.
Der AZDAK wischt sich das Blut aus dem Gesicht und rülpst, bevor er zu sprechen beginnt...

So las sich das im Drehbuch, das ich auf den Knien liegen hatte. Ich saß auf einem Versatzstück vor einem Scheinwerfer, neben mir Carmen. Sie hielt die deutsche Werkausgabe der ›edition suhrkamp‹ von Bertolt Brechts gesammelten Werken auf den Knien. Der Dialog des Films entsprach hier genau dem Dialog Brechts.
Ich legte mein Drehbuch weg und sah zu Azdak-Crown auf, sah die ganze Szene, die Schauspieler, die Bühnenarbeiter, die Techniker, den Kran mit dem Kameramann Roy Hadley Ching, einem Chinesen, dem berühmte-

sten Kameramann Hollywoods, auf einem kleinen Hocker hinter der schweren Kamera, sah Chings drei Assistenten, sah Aufnahmeleiter, Kabelträger, Techniker, Standfotografen, Requisiteure, mindestens drei Dutzend Menschen , sah Sylvia . . .
Und hörte den Azdak reden, exakt Bertolt Brechts Worte: »Klägerin und Angeklagte! Der Gerichtshof hat euren Fall angehört und keine Klarheit gewonnen, wer die wahre Mutter dieses Kindes ist. Ich als Richter hab die Verpflichtung, daß ich für das Kind eine Mutter aussuch. Schauwa, nimm ein Stück Kreide, zieh einen Kreis auf dem Boden . . .«
Der Schauspieler, der den Schauwa spielte, zog auf dem Boden einen Kreis.
»Stell das Kind hinein!« ertönte die Stimme des Azdak.
Schauwa stellte das Kind Michel, das Grusche zulächelte, in den Kreis.
»Klägerin und Angeklagte, stellt euch neben den Kreis, beide!«
Die Darstellerin der Gouverneursfrau und Sylvia traten neben den Kreis.
»Faßt das Kind bei der Hand. Die wahre Mutter wird die Kraft haben, das Kind aus dem Kreis zu ziehen!«
Getreu der Anweisung Brechts eilte der Darsteller des Zweiten Anwalts nach vorn.
»Hoher Gerichtshof, ich erhebe Einspruch, daß das Schicksal der großen Abaschwili-Güter, die an das Kind als Erben gebunden sind, von einem so zweifelhaften Zweikampf abhängen soll. Dazu kommt: Meine Mandantin verfügt nicht über die gleichen Kräfte wie diese Person, die gewohnt ist, körperliche Arbeit zu verrichten!«
Der Azdak winkte ihn zurück.
»Sie kommt mir gut genährt vor. Zieht!«
Die Gouverneursfrau zog das Kind zu sich herüber aus dem Kreis. Sylvia hatte das Kind losgelassen. Sie stand entgeistert da.
Der Erste Anwalt beglückwünschte die Gouverneursfrau: »Was hab ich gesagt? Blutsbande!«
Der Azdak sagte zu Sylvia: »Was ist mit dir? Du hast nicht gezogen.«
Sylvia antwortete – ich sah, daß Carmen, die Lippen bewegend, jedes Wort mitlas –: »Ich hab's nicht festgehalten.« Sylvia lief zum Darsteller des Azdak, dem alten James Henry Crown. »Euer Gnaden, ich nehm zurück, was ich gegen Sie gesagt hab, ich bitt Sie um Vergebung. Wenn ich's nur behalten könnt, bis es alle Wörter kann! Es kann erst ein paar.«
Gott, dachte ich, Gott, was für eine Frau ist Sylvia doch! Erschütternd. Sie spielt das alles nicht, nein, dies ist echtes, gelebtes Leben. Wenn sie bloß durchhält. Wir sind noch lange nicht fertig mit diesem Film. Sylvia hat noch so viel zu leisten. Und sie ist in einer so grauenvollen Verfassung . . .
Indessen ich das dachte, hatte der Azdak Sylvia ermahnt, den Gerichtshof nicht zu beeinflussen. Die Probe wurde wiederholt – das war die längste Einstellung des Films, aber sie würde ja unterschnitten werden. Auch beim

zweiten Mal ließ Sylvia das Kind sofort los. Verzweifelt rief sie: »Ich hab's aufgezogen! Soll ich's zerreißen? Ich kann's nicht!«
Der Azdak erhob sich.
»Und damit«, sagte er, Wort für Wort dem Dialog Brechts folgend, »hat der Gerichtshof festgestellt, wer die wahre Mutter ist.« Er wandte sich an Sylvia. »Nimm dein Kind und bring's weg.« Er wandte sich an die Gouverneursfrau. »Und du verschwind, bevor ich dich wegen Betrug verurteil. Die Güter fallen an die Stadt, damit ein Garten für Kinder draus gemacht wird, sie brauchen ihn, und ich bestimm, daß er nach mir ›Der Garten des Azdak‹ heißt.«
Die Gouverneursfrau war indessen ohnmächtig geworden, wieder zu sich gekommen und wurde von dem Adjutanten weggeführt, während die beiden Anwälte schon vorangegangen waren. Sylvia stand ohne Bewegung. Der Darsteller des Schauwa führte ihr das Kind zu.
Der Azdak sagte: »Denn ich leg meinen Richterrock ab, weil er mir zu heiß geworden ist. Ich mach keinem den Helden. Aber ich lad euch noch ein zu einem kleinen Tanzvergnügen auf der Wiese draußen, zum Abschied.«
Das Kind strahlte Sylvia an. Sie sah es lange ernst an, dann lächelte sie, nahm Michel an der Hand und begann langsam auf den Ausgang des Palastes zuzugehen – die Kamera schwenkte mit ihr. Sylvia kam aus ihrem Blickfeld, das Kind an der Hand. Beide blieben stehen. Die Kamera lief noch ein paar Sekunden, damit der Cutter Material für die Anschlußeinstellung hatte.
Dann ertönte da Cavas Stimme: »Aus!«
Niemand bewegte sich jetzt.
»Wie war es?« fragte da Cava.
»Erstklassig! Noch besser als beim ersten Mal«, hörte ich Roy Hadley Ching, den chinesischen Kameramann, sagen.
»Ton auch okay!« kam eine Lautsprecherstimme. »Auch besser als beim ersten Mal!«
»Vielen Dank Ihnen allen«, sagte da Cava.
Im nächsten Moment begannen Statisten und Schauspieler, Bühnenarbeiter und Techniker, rund zweihundert Menschen, zu klatschen. Sie klatschten rhythmisch, und sie riefen rhythmisch: »Sylvia! Sylvia! Sylvia!«
Auch Carmen klatschte und rief.
Sylvia stand ausdruckslos da, verneigte sich dann und ging schnell aus der Dekoration, über das Gelände zu ihrem Wohnwagen. Die Tür fiel hinter ihr zu. Groß stand auf dieser Tür:

SYRAN PRODUCTIONS
»THE CHALK CIRCLE«
SYLVIA MORAN

36

Ich glitt von dem Versatzstück. Carmen wollte folgen, ich hob sie herab. In der Dekoration wimmelten Menschen durcheinander. Da Cava gab durch ein Megafon Anweisungen. Es wurde schon die nächste Einstellung vorbereitet. Ich sah Bracken zu dem Wohnwagen gehen, er trat ein, die Tür schloß sich. Offenbar wollte er etwas mit Sylvia besprechen. Ich ging auch auf den Wohnwagen zu. Carmen kam mir nach. Wir hatten nie wieder über jenen Abend gesprochen. Vielleicht können Sie verstehen, warum Carmen seither eine starke Bindung an mich verspürte, mein Herr Richter? Ich kann es nicht. Aber so war es. Hinter uns schrien Assistenten des Regisseurs da Cava, wurde der Kran auf seinen Schienen zurückgerollt, war jedermann beschäftigt. Carmen und ich waren auf etwa fünf Meter an den Wohnwagen Sylvias herangekommen, da flog dessen Tür auf und Bracken sah suchend heraus, das Gesicht weiß, die Lippen bebend.

»Phil!«

»Was ist?«

»Komm! Schnell!«

Ich rannte los, während er ins Freie sprang. Ich sah in den Wagen. Auf der Couch lag, keuchend, würgend, nach Atem ringend, Sylvia, die Augen verdreht, die Lippen weit geöffnet, Schaum vor dem Mund.

»Sie hat Gift genommen«, flüsterte Bracken.

Ich rannte zu dem Rolls, riß den Schlag auf, ließ mich hinter das Steuer fallen und fuhr bis zum Wohnwagen. Sprang wieder heraus. Half Bracken die stöhnende Sylvia im Fond verstauen. Er kletterte nach. Ich rannte los. Blieb stehen. Rannte zurück. Packte Carmen. Stieß sie auf den rechten Vordersitz des Rolls.

»Was soll . . .«

Ich antwortete nicht, lief um den Wagen, rutschte hinter das Steuer, trat auf das Gaspedal. Niemand hatte etwas bemerkt – niemand von all den vielen Menschen, die in der fernen Dekoration beschäftigt waren. Nicht einmal die Detektive. Sie sahen den Arbeitern zu. Ich erreichte die Ausfahrt des Geländes. 12 Uhr 36 zeigte die Uhr auf dem Armaturenbrett. Aus einem wäßrig blauen Himmel fiel kaltes Sonnenlicht auf die Stadt Madrid . . .

37

Der Rolls raste durch die Straßen. Calle de Hermosilla. Calle Ayala. Die beiden Motorrad-Polizisten fuhren nun vor uns her, mit heulenden Sirenen. Als sie mich einholten, hatten sie sofort gesehen, was hier los war, ein paar Worte genügten, dann hatten die Polizisten begriffen.

Alleebäume. Weiße, stuckverzierte Prunkbauten von immer neuen Banken, die Portale von Bettlern umlagert. 12 Uhr 56. 12 Uhr 57. 12 Uhr 58 . . .
»Da!« schrie Bracken.
Die beiden Polizisten machten Zeichen mit den linken Armen. Ich trat auf die Bremse und schlug den Hebel herunter, der die linken Blinklichter einschaltete. Einbiegen nach links. Calle de Padilla. Ein weißes Eckhaus. Das Krankenhaus! Die Polizisten hatten beim Eingang gehalten. Nur wenige Zentimeter von ihnen entfernt bekam ich den Rolls zum Stehen. Die Polizisten rannten schon in das Hospital San Rufo hinein. Bracken rannte ihnen nach. Atemlos schrie er: »Bahre! Bahre!« Idiotisch.
Auf der Straße blieben Menschen stehen, als Sylvia gleich darauf von weißgekleideten Pflegern aus dem Wagen gehoben wurde. Niemand sprach. Eine Bettlerin, ganz in Schwarz, hob einen verhungert aussehenden kleinen Jungen hoch über den Kopf, damit er besser sehen konnte. So etwas brachte Glück . . .
»Los, komm mit!« Ich riß Carmen weiter. Bevor sie begriffen hatte, was geschah, war sie bereits im Krankenhaus, in einem langen Gang, in einem großen Lift, in dem die Pfleger Sylvia, die reglos auf einer Bahre lag, zum ersten Stock hinauffuhren. Ich kniete neben Sylvia. Redete. Weiß nicht mehr, was. Sinnloses Zeug. Redete. Erster Stock. Die Pfleger rollten die Bahre auf einen anderen Gang. Ein Stationsarzt kam gelaufen, hager, schwarzhaarig.
»Ich bin Doktor Molendero«, sagte er englisch zu mir.
»Philip Kaven. Das ist Mrs. Moran. Sie hat Gift genommen.«
»Wann?« fragte der Arzt, der sich schon über die Reglose beugte und sie untersuchte.
»Vor zehn Minuten . . . einer Viertelstunde . . .« Bracken reichte dem Arzt eine Medikamentenpackung, aufgerissen. »Da! Das ganze Röhrchen!«
»Großer Gott«, sagte der Arzt, als er das Etikett auf dem Röhrchen sah. Und spanisch zu den Pflegern: »Notaufnahme! Los!«
Die Pfleger hoben die Bahre auf. So schnell sie konnten, eilten sie den Gang hinab. Der Arzt wollte ihnen nachlaufen. Ich packte ihn am Arm.
»Was ist? Wird sie durchkommen?«
»Weiß ich nicht.«
»Die Chancen?«
»Sehr gering – bei dem Mittel . . . Lassen Sie mich los!« Dr. Molendero stieß mich fort und rannte hinter den Trägern her. Über die Schulter rief er: »Gehen Sie da rein! Zimmer hundertelf!«
»Okay, Doc.« Ich wandte mich an Bracken, der zitterte. »Du geh runter. Sprich mit den Polizisten. Es darf nichts bekannt werden. Unter keinen

Umständen. Fahr mit ihnen ins Präsidium. Zu Lejeunes Freund. Wenn nötig, schalte Lejeune ein.«
»In Ordnung, Phil.« Bracken lief schon die Treppe neben dem Lift hinab. Ich sah Carmen an. Sie weinte. Wortlos zog ich sie mit mir – hinein in das Zimmer 111.

38

»Hallo . . . Hallo . . . SEVEN STARS? . . . Hier ist Philip Kaven aus Madrid . . . Dies ist ein Blitzgespräch . . . Geben Sie mir Mister Gintzburger . . . Schnell! Schnell, verflucht!«
Zwanzig Minuten waren vergangen.
Im Zimmer 111 strahlte alles weiß: die Tische, die Stühle, die Wände, der Fliesenboden, das Telefon. Carmen saß beim Fenster, das Ausblick in einen kahlen Garten gab. Ich saß an einem weißen Schreibtisch.
»Hallo . . . hallo, Joe?«
»Hallo, Phil.« Die milde Bibelverkäuferstimme. »Natürlich sind Sie in Madrid. Wo in Madrid? Was ist passiert?«
»Etwas Furchtbares, Joe . . . Ich bin im Hospital San Rufo . . .« Erst jetzt merkte ich, daß ich genauso zitterte, wie Bracken gezittert hatte – immer noch. Ich berichtete stammelnd, was in Madrid Furchtbares passiert war.
» . . . wir haben sie ins San-Rufo-Krankenhaus gebracht . . . Beste Klinik hier . . . Seit einer halben Stunde bemühen sich die Ärzte um sie . . .«
Es folgte eine Stille, die so lange dauerte, daß ich rief: »Sind Sie noch da, Joe? Haben Sie mich verstanden?«
»Ich habe Sie ausgezeichnet verstanden, Mister Kaven.«
Mister Kaven also jetzt. Nicht mehr Phil also jetzt. Aber sanft und fromm. Wenn auch durch die Nase schniefend, immerhin.
»Und, Joe? Und?«
Wieder eine lange Stille. Dann: »Wer weiß noch davon außer Ihnen und Bracken?«
»Das . . . das . . .«
»Na!«
»Das Double.«
»Wo ist das Double, Mister Kaven?«
»Hier bei mir . . . Ich habe sie mitgenommen, weil . . .«
»Wer noch, Mister Kaven?« Schniefen.
»Zwei Verkehrspolizisten. Der Arzt. Andere Ärzte hier. Das Personal im Krankenhaus.«
»Nun, es gibt eine ärztliche Schweigepflicht«, sagte die salbungsvolle Stimme, immer langsam, immer bedächtig. »Was die Polizisten angeht . . .«

»Ich habe sofort Bracken zu ihnen geschickt . . . Er ist mit aufs Präsidium gefahren . . . Hat schon angerufen . . . Lejeune hat sich eingeschaltet . . . Die Sache bleibt geheim . . . wird nicht bekanntgegeben . . .«
»Wie groß ist die Wahrscheinlichkeit, daß Sylvia stirbt, Mister Kaven?«
Schniefen.
»Wirklich, Joe . . .«
»Wie groß, Mister Kaven? In Prozenten. Wie groß?«
»Joe! Das ist doch alles erst passiert!« Carmen sah mich erschrocken an, weil ich, am Ende meiner Kräfte, zu schreien begonnen hatte. »Ich kann Ihnen doch keine Prozentrechnung aufmachen! Ich habe noch nicht einmal den Arzt wiedergesehen! Ich . . .«
»Nicht«, sagte die fromme Stimme von jenseits eines Ozeans, jenseits eines Kontinents.
»Was nicht?«
»Nicht schreien, Mister Kaven. Ich mag das nicht. Ich schreie auch nicht mit Ihnen. Würden Sie sagen, die Wahrscheinlichkeit, daß Sylvia stirbt, ist sehr groß?«
»Sehr groß, Joe, ja, das fürchte ich.«
»Hm. Solange sie aber nicht gestorben ist, dürfen die Dreharbeiten auf keinen Fall unterbrochen werden, das ist Ihnen doch klar, Mister Kaven?«
»Das ist mir klar, Joe, aber . . .«
»Nichts aber, Mister Kaven. Solange Sylvia von den Ärzten nicht für tot erklärt ist, wird weitergedreht. Unter allen Umständen . . . Haben Sie verstanden, Mister Kaven?«
»Verstanden, ja . . . Es . . . draußen auf dem Gelände hat niemand etwas gemerkt . . . nicht einmal die Detektive, glaube ich . . . Die Leute arbeiten weiter . . .«
»Was drehen Sie, Mister Kaven?«
»Die Tanzszenen des Schlusses.«
»Vermutlich hat Sylvia diese Wahnsinnstat nach ihrem Erlebnis in Nürnberg begangen.«
»Wer hat Ihnen von Nürnberg erzählt?«
»Bracken. Er rief gleich an. Warum haben Sie mich nicht gleich angerufen?«
»Ich . . . weil . . . ich . . .«
»Lassen wir das . . .« (Schniefen.) » . . . Wir reden später darüber. Seien Sie versichert, Mister Kaven, wenn Sylvia durchkommt, reden wir ganz bestimmt darüber.«
»Joe, ich bin auch nur ein . . .«
»Wenn Sylvia stirbt, muß die ABA-Versicherung zahlen, das wissen Sie, Mister Kaven?«
»Ja, Joe.«

»Wer war es, der nach allem, was wir mit Sylvia erlebt haben, noch auf der Selbstmordklausel bestanden hat, Mister Kaven? Wer hat diese ganz und gar ungewöhnliche Klausel durchgekämpft, Mister Kaven? Wer hat erreicht – gegen eine irre Prämie, was noch nie dagewesen ist –, daß eine Versicherung bei Selbstmord eines Hauptdarstellers zahlt?«
»Sie, Joe! Sie. Sie waren das . . .«
»Ja. Ich war das. Und wer war dagegen, weil das eine Unsumme gekostet hat? Wer hat da gemault und gesagt, das ist nicht notwendig, Mister Kaven?« Schniefen . . .
»Ich war das, Joe . . . weil Rod Bracken . . . Es tut mir leid . . . Sie sind ein großer Mann, wahrhaftig, Joe, und . . .«
»Leider umgeben von viel zu vielen Idioten. Nein, nein, die ABA muß nun zahlen, wenn Sylvia stirbt. Die fünfundzwanzig Millionen sind gerettet. Aber der Film! Was geschieht mit dem Film, wenn Sylvia . . . hinübergeht?«
»Das . . . das weiß ich nicht, Joe . . .«
»Wieviel haben Sie abgedreht? Können Sie mir wenigstens das in Prozenten sagen, Mister Kaven?«
»*Joe!* Sylvia stirbt vielleicht in diesem Moment, und Sie . . .«
»*Wieviel Prozent sind abgedreht?*«
Carmen starrte mich unentwegt an. Mir glitt der Hörer aus der Hand. Ich hob ihn wieder ans Ohr.
»Nehmen Sie sich gefälligst zusammen, Mister Kaven. Wieviel haben Sie abgedreht? Mehr als die Hälfte?«
»Ja. Nein. Ja, natürlich!«
»Also was? Wieviel? Wieviel Prozent?«
»Vielleicht fünfundfünfzig, sechzig . . .«
»Wieviel von Sylvia?«
»Ich weiß nicht . . . wirklich nicht . . . Ich müßte das Material sehen . . . Das liegt in den Schneideräumen, oder es ist noch im Kopierwerk . . . *Sie* müssen das doch wissen!«
»Ich frage aber *Sie*! Ich drehe nämlich noch andere Filme, wissen Sie, Mister Kaven?«
»Viel von Sylvia natürlich . . . Wir haben doch mit den Szenen im Außenbau angefangen . . . Mit den Massenszenen . . . den Szenen im Palast . . . Die ganzen Sequenzen in den Bergen fehlen noch . . . alle Außenaufnahmen bei Zaragoza . . . Dienstag wollten wir in die Pyrenäen . . .«
»Die Massenszenen, die Sie abgedreht haben – da ist Sylvia natürlich immer dabei?«
»Natürlich . . . fast immer . . .«
»Im Vordergrund . . .«

»Klar . . .«
»Gesicht zur Kamera . . .«
»Natürlich . . .«
»Dann können wir also die teuersten Szenen wegschmeißen, wenn Sylvia stirbt. Schön. Wirklich sehr schön.« Schniefen.
»Passen Sie auf, Joe . . . Moment . . .« Ich sah Carmen an und sagte: »Warte bitte einen Moment draußen, ja?«
Sie nickte und verließ den Raum.
»Joe? . . . Joe? . . . Ich habe das Double rausgeschickt . . .«
»Tatsächlich, Mister Kaven? Wie interessant.«
»Nun hören Sie mir doch wenigstens einmal zu, Joe!«
Joe Gintzburger hörte mir zu.

39

17 Uhr 35, am selben Tag.
Ich fuhr den Rolls zur Auffahrt beim Eingang des CASTELLANA HILTON empor. Bracken war Sylvia beim Aussteigen behilflich. Ein Wagenmeister brachte den Rolls in die Garage, nachdem auch ich ausgestiegen war. Alle Angestellten grüßten freundlich, lächelnd und betrugen sich so ungemein zuvorkommend wie immer – Sylvia wurde von ihnen allen verehrt und geliebt. Wir ließen uns die Schlüssel geben. Wir fuhren hinauf und gingen zuerst in Sylvias Appartement. Sylvia trug den grünen Hosenanzug und den Leopardenmantel. Sie warf den Mantel achtlos auf ein Tischchen im Salon.
Bracken grinste sie an.
»Was is'n los, Kleine?« fragte er. »Ist vielleicht nicht alles prima gegangen?«
Carmen Cruzeiro setzte sich auf einen Sessel. Ihre Hände bebten. Sie brachte kein Wort heraus.
»Courage!« sagte Bracken, immer weiter strahlend. »Du schaffst es! Gar keine Frage, daß du es schaffst!«
»Rod hat recht, Carmen«, sagte ich.
»Klar habe ich recht. Das ist deine Chance, denk immer daran! So eine kommt nie mehr!« Bracken tätschelte Carmens Wange. Sie sah stumm zu ihm auf. Sie konnte noch immer nicht reden. Da saß sie in dem prunkvollen Salon, die kleine Fremdsprachenkorrespondentin, gekleidet in Sylvias Hosenanzug, neben Sylvias Leopardenmantel, in Sylvias Schuhen (all das hatten wir teils vom Gelände, teils aus der Klinik, in der Sylvia lag, mitgenommen, beziehungsweise geholt). Ihr Blick, unstet, glitt von mir zu Bracken, wieder zurück, glitt über die rot-weißen Seidentapeten, die Bilder an den Wänden, den Marmorkamin, über Gold und Silber, edelste Möbel

und Hölzer, den Sekretär beim Fenster, da war das Schlafzimmer, da das Badezimmer, da der Ankleideraum. Carmen brachte keinen Laut hervor.
Bracken lachte. Er ging in den Ankleideraum, dessen Einbauschränke Spiegel trugen, öffnete sie alle. Kleider, Kleider, Pelze, Galaroben, Wäsche, Wäsche, Schuhe, Schuhe wurden sichtbar.
Bracken öffnete einen Wandsafe (den Schlüssel hatten wir im Krankenhaus mitgenommen). Ein kleiner Teil des berühmten Schmucks blitzte auf.
Carmen stammelte: »Nein . . . Bitte, nicht . . . Ich war noch nie in einem solchen Appartement . . . Ich werde Fehler machen . . . ganz bestimmt . . . Ich werde alles verraten . . .«
Bracken kam zu ihr, setzte sich auf eine Lehne des Sessels, legte einen Arm um Carmens Schulter. Väterlich: »Unsinn. Ich bin doch immer bei dir! Jetzt geht es zu Außenaufnahmen. Drei Wochen. Kleiner Stab nur. Keine Komparsen. Wir nehmen Bauern aus der Gegend. Zuerst müssen wir in die Pyrenäen rauf. Da ist es sehr, sehr einsam. Von nun an wirst *du* vor den Kameras stehen und spielen – als *Sylvia Moran!*«
»Aber . . . aber das kann ich doch nicht!«
»Klar kannst du es! Na was denn? Wie oft haben Phil und ich uns darüber unterhalten, was Phil?«
Das war alles eingespielt.
»Und ob!« sagte ich.
»Worüber haben Sie sich unterhalten?«
»Wie phantastisch begabt du bist. Wir waren doch beim Ausleuchten, bei den Stellproben, beim Anspielen immer dabei.«
»Wirklich?« Carmen wollte es glauben, konnte es nicht glauben.
»Wirklich«, sagte ich und dachte: Wir haben dir zugesehen, ja, du armes Luder, und es hat uns den Magen umgedreht, wenn wir erleben mußten, wie unbegabt du bist. Verdammt! Verdammt! Verdammt! Ich muß da Cava einweihen und die Schauspieler und Techniker. Sie werden den Mund halten. Was denn? Für Geld? Für die Chance, diesen Film doch noch machen zu können, wenn Sylvia nun durch ein Wunder doch nicht stirbt? Und selbst wenn – Joe dreht das schon, verdammt! Und selbst wenn Sylvia stirbt. Joe Gintzburger, das alte Dreckschwein – ein Genie ist er eben doch! Begeistert ist er gewesen von meiner Idee. Gott sei Dank. Mir ist schon mehr als flau gewesen. Aber jetzt habe ich bei Joe wieder einen Stein im Brett. Jetzt kann ich jeden bedrohen und erpressen: Du tust, was ich dir sage, sonst machen SEVEN STARS nie wieder einen Film mit dir!
Und währenddessen Bracken zu Carmen: »Du mußt einfach zum Film, Baby, du mußt!«
»Ja, aber doch nicht als zweite Moran . . . als ihre Nachfolgerin . . . Wenn sie jetzt . . . O Gott . . .«

»Was denn? Vielleicht überlebt sie's? Egal! Natürlich nicht als ihre Nachfolgerin«, sagte Bracken. »Als selbständiger großer Star. Mit mir als Agenten, wenn du willst – es gibt keinen besseren, haha. Gut, nehmen wir das Schlimmste an. Sylvia stirbt. Wer weiß, vielleicht spielst du dann die Moran weiter . . . oder du spielst Sylvia in einem Film über das Leben der Moran! *Die* Sensation, Kindchen! Zucker. Einfach Zucker!«
»Das kann ich nie!«
»Natürlich kannst du es. Und nun stell dir die Sensation vor, Baby, wenn dieser Film rauskommt, ein Film, wie es ihn noch nie gab, weil seine Hauptdarstellerin während des Drehens starb und ihr Double für sie weiterspielte, und niemand merkt den Unterschied!«
Und eifrig ich: »Den nöchte ich sehen, der da nicht ins Kino stürzt!«
Und eifrig Bracken: »Die ganze Welt wird dich plötzlich kennen. Wird rätseln. Ist das noch Sylvia oder ist das schon Carmen? Und jetzt dreh mal die Sache um. Nehmen wir an, Sylvia kommt durch und kann weiterspielen. Dann haben sie drüben aber schon die Muster mit dir gesehen. Das sind keine Narren. Die werden sofort sagen: Her mit dieser Carmen Cruzeiro! Unter allen Umständen her mit ihr! Ich schwöre dir, Baby, so oder so bist du jetzt schon bei SEVEN STARS – und ich bin jetzt schon dein Agent! Und in ein paar Jahren habe ich dich groß gemacht, ganz groß, in ein paar Jahren bist du on the top! On the top of the world!«
Das Telefon läutete.
»Ich gehe ran«, sagte Bracken. »Ich habe auf dem Gelände gesagt, daß ich eine Besprechung mit Sylvia habe.« Er nahm den Hörer auf und meldete sich.
»Ja, Doc?« Wir wagten kaum zu atmen. Ich zerrte meine Krawatte herunter, öffnete den Hemdkragen. Bracken lauschte. Dann verabschiedete er sich und legte den Hörer auf. Sah uns an. Sagte: »Unverändert akute Lebensgefahr. Sie tun, was sie können. Sie werden glücklich sein, wenn Sylvia diese Nacht überlebt.« Er begann plötzlich schallend zu lachen und sah Carmen an. »Na, ist das vielleicht keine Freudenbotschaft, Puppe, he?«
Carmen starrte ihn an.
Hoffentlich kippt uns die jetzt nicht um, dachte ich, ging zur Wandbar und füllte schnell ein Glas.
»Nein, ich will nicht . . .«
»Doch, Sweetie, doch . . .« Ich preßte ihr das Glas an die Lippen, und sie mußte trinken, ob sie wollte oder nicht.
»Ich . . . ich möchte Sie etwas fragen, Mister Kaven . . .«
»Frag doch!«
»Was hat Mrs. Moran in Nürnberg erlebt?«
»In Nürnberg?«
»Ja! In dem Telefongespräch mit Mister Gintzburger hat der gesagt, sie

hätte diese Wahnsinnstat nach ihrem Erlebnis in Nürnberg begangen. Es war so still, ich hörte ihn reden . . . Verzeihen Sie . . . Was war in Nürnberg?«

»Keine Ahnung!«

»Aber Mister Gintzburger redete doch davon! Und Sie ja auch!«

»Sie haben sich verhört, Carmen.«

»Nein, gewiß nicht! Warum hat Mrs. Moran sich dann das Leben nehmen wollen?«

»Keine Ahnung! Ich nehme mir selber bald das Leben! Das ist ja ein Irrenhaus hier! Ich weiß es nicht, ich weiß es wirklich nicht, Carmen, so wahr mir Gott helfe!« sagte ich, goß schnell ein Glas voll, stürzte den Inhalt hinunter und dachte: Hoffentlich ersticke ich jetzt nicht an dieser verfluchten Lüge.

40

19 Uhr 20.

Ich stand im Smoking vor der Tür von Rods Appartement und klopfte.

»Herein!«

Da saß er an einem großen Schreibtisch seines Salons, in Hemdsärmeln, das Smokingjackett über der Stuhllehne, und schrieb. Um ihn auf dem Boden lag zerknülltes Papier.

»Hey, Phil!«

»Abend, Rod. Was machst du da?«

»Was wohl? Schreibe den Nachruf.«

»Nachruf?«

»Auf Sylvia, Trottel. Der muß im Moment, in dem sie abgenippelt ist, raus.« Neben ihm stand ein Silbertablett mit einer Flasche Whisky, einem Eiskübelchen, Sodawasser und einem halbvollen Glas, das er nun ganz austrank und neu füllte. »Was hast du gemacht inzwischen?«

»Ich war mit da Cava und den Leuten von unserer Liste zusammen. Sie werden alle eisern schweigen. Niemand hat bemerkt, was auf dem Gelände passiert ist. Niemand, Rod! Die haben fröhlich ihre Tanzszenen weitergedreht. Die Detektive wissen auch Bescheid.«

»Na prima.«

»Ich habe AP und UPI und AFP und dpa und noch ein paar Agenturen davon verständigt, daß Sylvias Double einen schweren Herzanfall bekommen hat und im Krankenhaus San Rufo liegt. Auch die Leute auf dem Gelände glauben das.«

»Guter Junge.«

»Was Neues von Sylvia?«

»Noch nicht.«

Es klopfte wieder.
»Ja!« rief Bracken.
In einem mauvefarbenen, schulterfreien Abendkleid, geschminkt exakt wie Sylvia, behängt mit Sylvias Schmuck, trat Carmen Cruzeiro ein. Schloß die Tür. Blieb verlegen stehen.
Bracken hatte sich erhoben und pfiff durch die Zähne.
»Mädchen . . .«, sagte er. »Mädchen . . .«
»Sie haben doch gesagt, ich muß mich groß anziehen, wegen der Gala heute abend unten . . .«
»Ich bin ja begeistert! Außer mir! Du bist phantastisch, Mädchen! Besser als die Moran. Viel besser!«
»Aber ich komme um vor Angst . . . Wenn man mit mir redet . . . tanzen will . . . mich etwas fragt, das ich nicht weiß . . .«
»Phil ist da, da Cava ist da, ich bin da. Detektive zur Not auch noch. Wir haben einen Tisch für uns. Phil hat inzwischen den Agenturen mitgeteilt, daß du im Krankenhaus liegst. Herzattacke. Du hast keine Verwandten – zum Glück. Alles in Butter, Honey. Keiner kommt an unsern Tisch ran. Nur Fotos sollen die Hunde machen, viele, viele Fotos! Sofort nach dem Essen gehen wir wieder rauf und trinken hier noch was . . .«
»In ihren Kleidern . . . Ich trage ihre Kleider, ihre Wäsche, ihren Schmuck . . .« Carmen schauderte.
»Na ja? Na und? Mußt du doch!« sagte Bracken. »Kapier doch endlich: Du *bist* die Moran! Von jetzt ab lebst du im HILTON. Phil nebenan. Ich auf der anderen Seite. Kann überhaupt nichts passieren, Sweetie . . .« Er trat zu ihr und schnupperte. »Sogar ihr Parfum hast du genommen!«
»Sie haben doch gesagt, ich soll es nehmen!«
»Ich bin ja auch entzückt!« Bracken umarmte Carmen und drückte seine Lippen auf die ihren. Der Kuß dauerte, er wurde Carmen unangenehm. Das war kein Freundschaftskuß mehr, kein Freundschaftskuß, nein . . .
»Lassen Sie . . . mich . . . los!« Sie stieß ihn zurück.
»Hör mal, du kleines Aas, wenn du glaubst . . .«, begann das Kind der Bronx, da klopfte es.
»Ja!« brüllte Bracken.
Nichts rührte sich.
»Ja doch!«
Nichts.
Bracken ging zur Tür und riß sie auf. Draußen stand ein Page, höchstens sechzehn Jahre alt. Pagen ist es in guten Hotels verboten, Zimmer zu betreten. Der Junge trug ein Silbertablett, darauf lag ein Umschlag.
»Ich bitte um Verzeihung, Señor Bracken. Fernschreiben für Señor Kaven. Aber er ist nicht in seinem Appartement. Da habe ich gedacht, er ist vielleicht hier, Verzeihung ... Oh, guten Abend, Señor Kaven!«

Ich kam heran.
Der Page hielt mir einen Kugelschreiber hin.
Ich sah ihn erstaunt an.
»Was soll das?«
»Bitte, bestätigen Sie den Empfang, Señor Kaven.«
»Was soll ich machen?«
»Den Empfang bestätigen.«
»Was ist das für ein Blödsinn? Ich habe noch nie ein Fernschreiben schriftlich bestätigt.«
»Dieses müssen Sie bestätigen, Señor Kaven. Ich darf es Ihnen sonst nicht geben.«
»Sagt wer?«
»Die Zentrale. Sie hat eigens Anweisung in einem zweiten Fernschreiben bekommen. Sie werden alles verstehen, wenn Sie dieses Fernschreiben hier gelesen haben. Darin wird eine Bestätigung gefordert. Bitte, Señor Kaven, ich kann doch nichts dafür.«
»Natürlich nicht.«
Ich strich dem Jungen über das Haar. Unterschrieb. Kramte in meiner Hosentasche, fand etwas Geld.
»Gracias, Señor, muchas gracias!« Erleichtert verschwand der Page.
Ich ging in den Salon zurück, öffnete das Kuvert, zog das Fernschreiben heraus und setzte mich an Brackens Schreibtisch, auf dem die zahlreichen Versuche eines Nachrufes für Sylvia lagen. Bracken trat hinter mich und las mit. Ich bemerkte es zuerst gar nicht.

```
seven stars hollywood 9 + 10 + 0950 uhr
von joe gintzburger
an: philip kaven hiltonhotel madrid
ralph lorder vicepresident seven stars fuer
europa und mittleren osten trifft mit twa
10 + 10 + abends in madrid ein + arbeit
darf nicht unterbrochen werden wegen para-
graph XVIII/3 aba-versicherung falls nicht
fall zero eintritt + lorder hat alle voll-
machten moeglichkeiten unseres telefonge-
spraechs zu realisieren + unbedingt muessen
sie bis zu lorders eintreffen mit da cava
saemtliches bisher geschossene material
pruefen und feststellen was davon zu ver-
wenden ist falls zero eintritt oder schon
eingetreten ist + vertreter von aba ein-
trifft 10 + 10 mit air france via paris +
weisen sie hauptbuchhaltung an saemtliche
```

unterlagen zur einsicht vorzubereiten + im falle zero sofort alle arbeit stoppen + wiederhole sofort alle arbeit stoppen + fliege in einer stunde nach new york + annabelle atkins broadwaystueck nur schwacher erfolg + atkins zu haben gegen konventionalstrafe ab 1 november falls zero eintritt + sie arbeiten wie besprochen bis auf widerruf + seven stars erklaeren vorsorglich dass sie syran productions fuer zero-fall regresspflichtig machen werden + ihre empfangsbestaetigung dieses fs gilt vor gericht als beweis des erhalts + gintzburger + ende ++ ende +++

Ich starrte das Fernschreiben an.

»Dieses Schwein«, sagte Bracken hinter mir. »›*Gruß* Gintzburger‹ war ihm auch schon zuviel!«

Das Telefon läutete wieder.

Bracken meldete sich. Ich legte mein Ohr an den Hörer und vernahm folgendes:

»Hier ist Doktor Molendero, Mister Bracken.«

»Ja, Doc. Und, Doc?«

»Die Patientin ist vor fünf Minuten zum ersten Mal klar geworden.«

»Na, wunderbar!«

»So wunderbar ist das nicht«, antwortete die Stimme des Arztes. »Viele werden vor dem Ende noch einmal klar. Die Patientin hat nach einem Priester verlangt.«

41

Ich kann nicht mehr.

Diesen Satz finde ich in meinem Tagebuch – ich muß es wieder einmal, da die Ereignisse sich derart drängten und überstürzten, zu Hilfe nehmen, mein Herr Richter – unter dem Datum des 27. Oktober 1972. Es war ein Montag. Ich sagte diesen Satz zu Ruth, nachdem ich Babs . . .

Doch ich darf Sie nicht verwirren, mein Herr Richter.

Darum hier die Ereignisse chronologisch.

Zwischen dem 9. Oktober, an dem Sylvia Selbstmord zu begehen versucht hatte, und jenem 27. Oktober 1972, den ich eben erwähnte, geschah folgendes, zusammengefaßt. Tagebuch also.

10. Oktober 1972: Ralph Lorder (für SEVEN STARS) und John Steeple (für die

ABA-Versicherung) treffen ein. Verhandlungen sofort mit beiden aufgenommen. Ich verstehe überhaupt nicht, worum es geht. Ohne da Cava, Bob Cummings und Rod Bracken wäre ich verloren. Muß jedoch den Boß spielen. Alle helfen mir rührend.
John Steeple ist eine aggressive Ratte, Ralph Lorder könnte Joes jüngerer Bruder sein. Sofort schwerste Auseinandersetzungen mit beiden. Verhandlungen in meinem Produktionsbüro, in der Vorführung draußen auf dem Gelände, im CASTELLANA HILTON. Während Lorder nur den Wunsch hat, alle Schuld SYRAN-PRODUCTIONS, also *mir* in die Schuhe zu schieben, SYRAN-PRODUCTIONS auszubooten und SEVEN STARS den Film auch als Produzent übernehmen zu lassen (ein fetter Brocken!), ist der Mann der ABA entschlossen, keinen Groschen zu bezahlen. Streit bis zu Gebrüll und Verfluchungen. Endlose Transatlantik-Gespräche. Verhandlungen gehen bis 4 Uhr 30 am nächsten Morgen weiter im HILTON (mein Appartement), dann kann einfach keiner mehr vor Erschöpfung. Ergebnis: vorläufig null. Dazwischen dauernde Anrufe in der Klinik. Dr. Molendero: Sylvia lebt noch – wird sie am Leben bleiben? Immer noch akute Lebensgefahr. – Telefonat mit Ruth, heimlich. Sage ihr alles. Sie ist sehr erschrocken. Wie geht es Babs? Nach langem Zögern: Sehr schlecht. So aggressiv wie noch nie. Wutanfälle. Zerstörungsmanie. Tobt. Ist nicht zu bändigen. – Zeitungen in Madrid (und im Ausland) berichten von Herzattacke des Doubles Carmen Cruzeiro. Bringen Fotos von Carmen als Sylvia bei jener Gala. Niemand hat Verdacht. Die vier Detektive von SEVEN STARS schirmen uns ab. Carmen gibt Interviews (dürftig) als Sylvia, läßt sich zur Klinik fahren und gibt dort Blumen für Carmen (Sylvia) ab. Fotografenrummel.
11. bis 15. Oktober: Noch Madrid. Abreise verzögert sich. Weitere Kämpfe mit SEVEN STARS- und ABA-Bevollmächtigten. Überseegespräche mit Joe. Den ganzen Tag lang Streit und Beleidigungen. Es geht um fünfundzwanzig Millionen. Es geht um unsere Existenz. Auf dem ESTUDIOS SEVILLA FILMS-Gelände wird fröhlich weitergedreht. Die großen Tanzszenen. Sylvia noch immer in Lebensgefahr. Ruth: Babs in äußerst schlechter Verfassung, beinahe so schlecht wie bei ihrer Einlieferung. Aller Fortschritt zunichte gemacht. Ich muß in Spanien bleiben.
16. bis 23. Oktober: Der Film wird weitergedreht. Es ist uns gelungen, mit Lorder (SEVEN STARS) und Steeple (ABA) klarzukommen. Reise in die Pyrenäen. Es wird im Zentralmassiv gefilmt. Pico de Aneto. Hier liegt der Schnee schon tief. Oben, nahe den Gletschern, ein elendes Kaff mit nur zwölf Bauernhäusern, das als Drehort bestimmt war. (Die Seilbrücke über den Abgrund ist schon vor Wochen von Bühnenarbeitern gebaut worden.) Häuser liegen weit auseinander. Tags frieren wir uns halb tot bei den Aufnahmen. Carmen jetzt im Bewußtsein, die Sylvia Moran von morgen zu sein. Spielt bis zur Erschöpfung. Entsetzlich, wie unbegabt sie ist. Aber

natürlich bei jeder Gelegenheit Lob und Beifall. Bracken erzählt ihr bereits, welche Gagen sie in Hollywood wird fordern können. Oft friert die Kamera ein. Schneestürme. Wir kamen das letzte Stück nur mit Maultieren herauf, welche die Lasten schleppten. Jeden Morgen und jeden Abend fahre ich in einem Geländejeep über vereiste Pfade zum nächsten Ort, wo es Telefon gibt. Sylvias Zustand war schon erheblich besser, jetzt ist sie wieder in Lebensgefahr. Ruth: Babs unverändert schlecht. Bedenklich etwas Neues: Versucht dauernd, auszureißen. Ruth und ich lieben einander. Das sagen wir uns. Immer wieder. – Als ich oben, im Gebirgsdorf heimlich Carmen und Bracken berichte, wie schlecht es Sylvia geht, dreht Carmen durch. Sie schreit gellend (wir müssen ihr den Mund zuhalten): »Dann soll sie doch endlich sterben! Dann soll sie doch end . . .« Bracken ohrfeigt sie. Im übrigen schläft er jetzt mit ihr – ich habe es durch Zufall entdeckt, als ich eines Nachts keine Ruhe fand und in den Schnee hinausging. Machten eine Menge Lärm. Ich erzähle das Bracken. Er lacht nur. Fotografen kommen. Sensationsfotos. (Die Brücke, zum Beispiel.)
Sylvia: Außer Lebensgefahr. Babs: Erste leichte Beruhigung und Besserung. Immer noch Versuche, auszureißen.
Carmen verändert. Benimmt sich wie eine hysterische Diva. Glaubt jedes Wort, das Bracken ihr sagt. Weiß nicht, daß nur *ohne sie* wirklich gedreht wird. Wenn *sie* spielt, ist kein Film in der Kamera, seit die ersten Muster Hollywood erreicht haben und Joe mir telefonisch Anweisung gegeben hat, kein Material zu verschwenden. Etwas Dilettantischeres habe er noch nie gesehen. Szenen mit der Grusche müssen eben nachgedreht werden, wenn Sylvia wieder einsatzfähig ist. Er sagt übrigens wieder Phil zu mir. Carmen erzählen wir natürlich, Hollywood sei von den Mustern einfach begeistert. Ihre Diva-Allüren steigern sich fast bis zum Unerträglichen. Bracken mit seiner Elefantenhaut stört das nicht. Er schläft weiter mit ihr. Sie himmelt ihn an. Am 19. Oktober meldet Dr. Molendero: Sylvia ist wieder ganz auf den Beinen. Nur noch einen Tag zur Beobachtung in der Klinik San Rufo.
Am 21. Oktober, spät nachts, hole ich Sylvia aus dem Krankenhaus. Reise mit ihr in die Pyrenäen. Wie geht es Babs? Schon wieder hervorragend, lüge ich. Es stellt sich heraus, daß sie vorher Ruth angerufen hat. Die sagte ihr dasselbe. Gott sei Dank. Sylvia liebt mich. Nur mich, ihr Wölfchen.
Rollenwechsel mit Bracken telefonisch vorbereitet, alles klappt reibungslos. In der Nacht des 23. Oktober bringe ich Sylvia hinauf zu den Gletschern und dem Dorf mit den zwölf Häusern. Sie zieht in eine leere Stube ein, bis die jetzt von Carmen besetzte frei ist. Denn am nächsten Morgen inszenieren wir die Ankunft von Carmen, die ich ebenfalls nachts noch in den Ort hinuntergefahren habe und sie nun, angeblich aus Madrid, angeblich völlig gesundet, anbringe.
24. Oktober: Erster Drehtag Sylvias nach dem Selbstmordversuch. Car-

men wieder als Double. Schwere Umstellung. Tränen. Bracken tröstet, flüstert mit Carmen. Ich kann mir vorstellen, was er ihr verspricht. Alle Szenen, die wir in Sylvias Abwesenheit »drehten«, müssen noch einmal gedreht werden – Sylvia bestehe darauf, erklärt Bracken seiner Freundin Carmen. Aus Vertragsgründen müsse man sie spielen lassen, auch wenn Zeit verlorengeht, auch wenn – das zu Carmen – die ersten Aufnahmen hinreißend waren! Carmen haßt Sylvia nun. Darf es nicht zeigen. Ist wieder das geduldige Double. Lebt in der festen Erwartung, daß ihr nun der Weg nach Hollywood offensteht.
Ich werde nicht mehr gebraucht. Also Nürnberg. Babs ist wieder so weit hergestellt, daß ich sie nach Heroldsheid bringen kann.

42

Am Freitag, dem 27. Oktober, gegen Abend, fuhr ich mit Babs in dem Kleinbus der AKTION SORGENKIND, jener Spende des Zweiten Deutschen Fernsehens, von Nürnberg nach Heroldsheid. Es regnete in Strömen – seit Tagen. Und es war sehr kalt. Erstes Glatteis auf der Straße.
Babs hatte mich ohne Freude begrüßt, als ich ins Sophienkrankenhaus gekommen war, sie schien teilnahmslos und wie noch unter dem Eindruck von Beruhigungsmitteln. (Vielleicht war sie das auch, und Ruth sagte es mir nur nicht.) Nun kannte ich den Weg schon. Es wurde bereits dunkel. Ich versuchte, mit Babs ins Gespräch zu kommen. Unmöglich. Ich drehte das Autoradio an und fand einen Sender, der Musik brachte, um Babs aufzuheitern. Sie wurde unruhig, schlug gegen das Radio, ich drehte es wieder aus. Knapp vor der Abzweigung von der Hauptstraße hinab in den engen Waldweg, der zur Sonderschule führt, stieß Babs mich an.
»Was ist?«
»Pipi.«
»Wir sind gleich da.«
»Pipi. Jetzt! Jetzt! Jetzt!« Sie trommelte auf das Bord unter der Frontscheibe. Ihr Gesicht war wutverzerrt.
»Du wirst doch noch einen Moment warten können, bis . . .«
Da biß sie mich.
In die rechte Hand. Ich fluchte und hielt.
»Rauslassen!« schrie Babs. Im nächsten Moment war sie aus dem Bus geklettert und in den Wald hineingestolpert. Es regnete nun noch stärker, es war fast dunkel. Die Scheibenwischer schlugen monoton. Ich wartete. Fünf Minuten. Zehn Minuten. Babs kam nicht zurück. Ich saß da und starrte in den Regen hinaus und sah die Scheibenwischer schlagen. Es war sehr kalt, das merkte ich, als ich die rechte Vorderscheibe herabkurbelte und nach Babs schrie.

Keine Antwort.
Ich schrie noch zweimal.
Nichts.
Verurteilen Sie mich, mein Herr Richter, verachten Sie mich, verdammen Sie mich. Dies war, was ich dachte und tat: Freitagabend. Niemand mehr in der Schule um diese Zeit. Die Busse fort. Die Erzieher längst daheim. Babs also wieder einmal ausgerissen. Und ich sollte sie also jetzt suchen. Im dunklen Wald. Im Regen. In der Kälte. Nach allem, was ich hinter mir hatte. Ich schrie wieder ihren Namen. Der Regen peitschte in den Bus. Es kam keine Antwort. Ich schrie immer weiter den Namen, und je länger ich schrie, desto wütender wurde ich. Zuletzt war ich rasend vor Zorn. Das hielt ich nicht mehr aus. Das hielt ich nicht mehr aus! Das hielt kein Mensch aus! Das war zuviel. Schluß. Schluß! Alle Leute, die ich so verabscheut hatte wegen ihrer negativen Einstellung den behinderten Kindern gegenüber, verstand ich plötzlich. Alle diese Leute hatten ja recht! Mein Freund Hitler! Weg mit den Idiotenkindern! Sie sollen verrecken! Je schneller, desto besser!
Verurteilen Sie mich, mein Herr Richter. Verdammen Sie mich. Lesen Sie nicht weiter. Oder lesen Sie weiter und versuchen Sie, der alles versteht, auch dies zu verstehen. Ich habe zu Beginn meines Berichtes gesagt, daß ich niemals lügen werde. Hier steht sie, die Wahrheit über diesen Abend.
Ich dachte plötzlich: Und wenn du nicht mehr nach Babs schreist? Und wenn du dich nicht mehr um das Balg kümmerst? Und wenn du dich jetzt zu Bett legst – müde bist du wahrhaftig, du hast genug hinter dir – und einschläfst und nicht mehr erwachst vor morgen früh? Und nur ein Fenster im Zimmer von Babs öffnest, damit man dir glaubt, wenn du sagst, sie sei nachts eben wieder ausgerissen? Sie ist doch in der Klinik dauernd ausgerissen. Warum dann nicht hier, mit mir allein? Wenn ich das tue? Zurück findet sie nicht allein bis zur Schule, gewiß nicht. Sie wird im Wald umherirren. Hinfallen. Aufstehen. Hinfallen. Liegenbleiben. Total erschöpft. Und, so Gott gibt, umkommen in dieser kalten Nacht. Erfrieren . . .
Ja, und?
Ich kurbelte das rechte Fenster hoch und schlug den Gang hinein und fuhr an, weiter bis zu dem großen, geschlossenen Gittertor. Ich stieg aus und öffnete das Tor, ich hatte die Schlüssel. Ich parkte den Wagen dort, wo er immer parkte, dann schloß ich das Tor wieder ab und ging durch den Regen zu dem kleinen Haus, sperrte auf und öffnete erst einmal alle Fenster, denn die Luft war schlecht, und dann schloß ich die Fenster wieder bis auf jenes in Babs' Schlafzimmer und ging in die Küche und machte Tee und trank ihn mit viel Rum und saß auf einem Hocker.
Dann stand ich auf, zog mich aus, wusch mich, zog einen Pyjama an und

legte mich auf die Couch im Wohnzimmer. Der Regen pladderte auf das Dach. Und Ruth war in Nürnberg im Sophienkrankenhaus. Und Sylvia war am Pico de Aneto, tief im Schnee, im Zentralmassiv der Pyrenäen. Und ich war hier. Und Babs war im Wald und bald tot.
Hoffentlich.

43

Eine Stunde hielt ich das aus. Nicht einmal eine Stunde. Dann stand ich auf, zog mich wieder an, suchte den Gummiregenmantel und die schweren Gummistiefel, die der Hauswart zurückgelassen hatte, fand sie, fand auch eine Sturmlaterne, zog Stiefel und Mantel an (er hatte eine Kapuze), zündete die Sturmlaterne an und verließ das Haus. Zuerst ging ich noch. Dann lief ich. Dann rannte ich. Es gab zwar neben dem Gittertor einen Zaun, doch der war an vielen Stellen niedergetreten, so kam ich um das Tor herum in den Wald. Ich schrie nach Babs. Zehnmal. Zwanzigmal. Fünfzigmal. Ich spürte, wie ich heiser wurde. Ich hatte nur einen Gedanken: Ich muß Babs finden. Ich muß sie finden! Ich bin verantwortlich für sie, wie jeder Mensch für einen anderen verantwortlich ist. Ich bin kein Mörder. Ich will kein Mörder werden.
»Baaaaabs!«
Ich schrie weiter ihren Namen und fluchte dazwischen, verfluchte Babs und betete, daß ich sie fand.
Dieser Wald war sehr alt und dicht. Ich suchte zuerst einen Streifen entlang jener Straßenseite ab, an der Babs ausgestiegen war. Aber da fand ich sie nicht. Sie mußte tiefer in den Wald hineingelaufen sein. Tiefer hinein in den verfluchten Wald.
»Baaaaaabs!«
Ich schrie immer wieder. Ich glitt aus, fiel, riß mir an Baumstämmen und Unterholz Gesicht und Hände blutig. Taumelte weiter. Fiel wieder. Erhob mich wieder. Weiter! Und dann, wie in einem Traum, hörte ich plötzlich Ruths Stimme: »Babs! Babs! Baaaabs!« Ich wurde verrückt! Ich verlor den Verstand. Jetzt und hier.
»Baaaaabs!« schrie ich.
Und: »Baaabs! Baaaaabs! Baaabs!« kam die Stimme Ruths als Antwort.
Nach etwa zwanzig Minuten erreichte ich eine Wiese. In der Finsternis, zwischen den Baumstämmen, glaubte ich ein Licht zu sehen, es schwankte auf und nieder, verschwand, war wieder da. War wieder da!
Ruth stand vor mir. In einem völlig durchnäßten Stoffmantel, ohne Hut, das Haar hing ihr triefend in die Stirn. Sie hielt eine Stablampe.
»Du?« stammelte ich.
»Ja.«

»Was machst du hier?«
»Ich wollte dich heute abend noch besuchen. Eine Überraschung.« Sie nieste. »Überraschung . . . ja . . . Und als ich den Weg hier runterfuhr, hörte ich dich plötzlich schreien. Ich nahm an, daß Babs wieder ausgerissen war und du sie suchtest. Da stieg ich auch aus und – Phil!« Sie flüsterte noch einmal: »Phil . . .«
»Was ist?«
Sie wies mit der Hand, hob ihre Lampe. Im Schein der Lampe sah ich eine halbverfaulte Futterkrippe. In der Krippe lag Babs und schlief, schlief so tief, daß sie nicht erwachte, als wir ihren Namen wieder riefen, als ich sie aus der Krippe hob.
»Schnell ins Haus jetzt mit ihr«, sagte Ruth. »Gott sei Dank. Wenn wir sie nicht gefunden hätten, sie wäre heute nacht hier womöglich erfroren.«
Sie wäre heute nacht hier womöglich erfroren . . .

44

»Ruth?«
»Ja, Phil?«
»Ich habe dich angelogen.«
»Ich weiß.«
»Was weißt du?«
Sie hatte Babs, die halb zu sich gekommen war, heiß gebadet, sie abgetrocknet, jetzt legte sie sie eben ins Bett. Ich hatte Ruth einen Pyjama von mir und Strümpfe und Pantoffeln und einen Morgenmantel gegeben. Alles war viel zu groß für Ruth, sie sah aus wie ein Clown. Auch ich trug wieder Morgenmantel und Pyjama. Im Haus war es warm. Ich hielt das Feuer des Kanonenofens kräftig in Gang. Da stand ich und sah Ruth zu, wie sie Babs zudeckte, Babs, die schon wieder schlief. Ruth nahm die Schielbrille aus der Tasche des Morgenrocks und legte sie auf das Nachtkästchen neben Babs' Bett.
»Was weißt du, Ruth?«
»Ich weiß, daß du am Ende bist, Phil.«
»*Ich kann nicht mehr*«, sagte ich.
Sie nickte und wandte sich mir zu.
»Auf dem Nachhauseweg hast du Babs aussteigen lassen oder . . .«
»Sie wollte unbedingt aussteigen! Pipi machen!«
». . . oder sie wollte unbedingt aussteigen und rannte wieder weg, und du dachtest, zum Teufel, laß sie rennen, und fuhrst weiter.«
»Ja«, sagte ich, »ja.«
»Ich weiß«, sagte sie, »ich weiß, mein Liebster.«
»Ich wollte Babs umbringen, Ruth!«

Sie nickte nur und kam auf mich zu.
»Ich wollte sie wirklich umbringen! Weil ich es nicht mehr aushielt! Meine Hand – schau! Sie hat mich gebissen!«
Ruth sah mich stumm an.
»Ich . . . ich habe sie im Wald gelassen und bin hierher gefahren. Ich wollte mich ins Bett legen und schlafen. Das Fenster in ihrem Zimmer habe ich geöffnet. Morgen früh hätte ich gesagt, sie sei nachts ausgerissen.«
»Ich weiß. Ich weiß.«
»Du . . . du weißt?«
»Alles, ja. Auch, daß du es dann doch nicht über dich gebracht hast und wieder aufgestanden bist, um Babs suchen zu gehen.«
»Woher . . . woher weißt du das?«
»Ist es nicht so gewesen?«
»Genauso, ja, genauso! Aber wie kannst du . . .«
»Komm«, sagte Ruth und zog mich an der Hand, der unverletzten. Wir verließen das Zimmer von Babs, die Tür blieb einen Spalt offen, und wir gingen in das kleine, primitive Wohnzimmer.
»Aber . . . aber Ruth, ich war ein Mörder! Ein potentieller Mörder!«
»Ja, Phil.«
»Und?«
»Und ich liebe dich.«
»Du . . .«
»Du hast nicht gemordet, Phil. Du wirst nie morden. Du bist ein anständiger Mensch.«
»Na!«
»Setz dich. Ich mache neuen Tee. Dann erzähle ich dir etwas.«
»Was?«
»Du hast mich doch immer wieder gefragt, wie die kranken Kinder in ein solches kleines Schloß kommen.«
»Ja, aber das ist mir . . .«
»Ich werde es dir erzählen.«
»Ich will's gar nicht mehr wissen!«
»Du mußt es aber wissen. Heute mußt du es erfahren. Und darfst es nie vergessen – jetzt, wo du nie mehr Babs allein lassen wirst.« Sie ging in die kleine Küche und sagte über die Schulter: »Ich bleibe bei dir heute nacht.«

45

Die ›Sonderschule Heroldsheid‹ verdankt ihre Entstehung der übergroßen Verzweiflung eines Ehepaares namens Leitner, zweier gänzlich unbekannter, in kleinen Verhältnissen lebender Menschen, die kein Bankkonto, keinen Mercedes, keine Villa, keine Jagd, keinen Schmuck und keine Yacht

im Mittelmeer hatten. Nur einen gelähmten Sohn, den sie liebten, so sehr, wie sie einander liebten. Der Vater war ein kleiner Angestellter in einer großen Bank. Das gelähmte Kind hieß Alois.
Mit Alois waren die Eltern bald nach seiner Geburt von Arzt zu Arzt gezogen. Die Geschichte dieser Odyssee ist unfaßbar, sie ist eine einzige Anklage, aber ich schreibe hier die Wahrheit nieder, mein Herr Richter, die Wahrheit!
Seine ersten Jahre verbrachte Alois in Kliniken. Man experimentierte mit ihm herum.
Die Bank, in der Leitner arbeitete, hatte Filialen und Zweigstellen in vielen Städten. Die Leitners waren oft gezwungen, von einer Stadt in eine andere zu übersiedeln. So ging dadurch und durch falsche Behandlung, durch Behandlung nach den Methoden immer neuer Ärzte, durch keine Behandlung kostbarste Zeit verloren. Die Leitners, kleine Leute, gedemütigte Leute, konnten sich nicht wehren. Sie waren dankbar, als man Alois in ein Heim aufnahm. Er blieb da nicht lange. Er war da, wie man den Eltern mitteilte, ›untragbar‹. Er kam in das nächste Heim. In das dritte, das vierte.
Mit Erreichen des Schulalters wurde es ganz schlimm. Normale Schulen konnte Alois natürlich nicht besuchen. Also kam er in eine Hilfsschule. Eines Tages rief man Herrn Leitner und teilte ihm mit, Alois müsse die Hilfsschule verlassen, er sei nicht ›förderungswürdig‹.
Nicht förderungswürdig.
Dieses Wort verwendete ein Akademiker, ein Pädagoge, der Leiter jener Schule, in der zweiten Hälfte des 20. Jahrhunderts.
Die Leitners waren damals – vor sieben Jahren – am Ende, er mehr als sie. Sie, die Mutter, fand eine andere Frau mit einem geistig behinderten Kind in einem Vorort von Nürnberg, wo die Leitners endlich gelandet waren. Und sie machten die Bekanntschaft von Dr. Ruth Reinhardt, Oberärztin am Sophienkrankenhaus. Diese erklärte sich bereit, zusammen mit einer Bekannten, einer ausgebildeten Kraft namens Wilma Bernstein, die sechs Jahre KZ überlebt hatte, die beiden Kinder ärztlich zu betreuen und ihnen Unterricht zu geben. Aber wo?
Die Leitners kannten eine leerstehende ehemalige Turnhalle in ihrer Gemeinde. Sie richteten ein Gesuch an die Gemeindeverwaltung, ihnen die Turnhalle zu überlassen. Dieses Gesuch lehnte die Gemeindeverwaltung ab. Denn um die verlassene Turnhalle, die keiner brauchte, zu mieten (Herr Leitner sagte, er werde das Mietgeld schon aufbringen), hätten die Eltern der beiden kranken Kinder sich als eingetragener Verein präsentieren müssen.
So gründeten das Ehepaar Leitner und die alleinstehende Mutter die MENSCHENWELT – den Titel hatte sich Herr Leitner ausgedacht. Nun begann

bei den Behörden eine wahre Kafka-Geschichte. Als eingetragener Verein hätten sie die Chance gehabt, das Prädikat ›anerkannt gemeinnützig‹ zu erhalten. Erhielten sie es, hatten die Mitglieder steuerliche Vorteile. Aber ein Verein mit drei Mitgliedern und zwei Kindern – das sei einfach lächerlich, so versicherte man Herrn Leitner bei den Behörden. Für einen eingetragenen Verein brauche man mindestens sieben Mitglieder!

Ruth hatte auf ihrer Station im Sophienkrankenhaus mehr als genug Kinder in ähnlich verzweifelter Lage. Folge: Etwa dreißig Elternpaare mit behinderten Kindern lernten einander kennen, taten sich zusammen. Ein Anwalt war darunter, ein Steuerberater, ein Mann der Nürnberger Stadtverwaltung. Mit solchen Fachleuten kam die Sache in Schwung. Die Regierung sagte Geld zu – aber natürlich nicht für einen halb verfallenen Turnsaal, sondern nur für eine *richtige* Schule mit *richtigem* Fachpersonal.

Die Verzweifelten hatten Glück. Das haben Verzweifelte manchmal. Nicht oft. In dem Ort Heroldsheid nahe Nürnberg starb ein Arzt, der dort in einem schloßähnlichen Haus, das ihm gehörte, ein Heim für alte Leute geführt hatte. Es war in den letzten zwei Jahren leergestanden, weil jener Arzt es nicht mehr hatte leiten können. Bei der Eröffnung des Testaments erlebten die Erben eine Überraschung: Der Arzt hatte bestimmt, daß das Gebäude neunundneunzig Jahre lang an eine Organisation vermietet werden sollte, die sich um kranke Kinder kümmert.

Da war also nun eine Schule! Ja, aber die Miete?

Die Erben verlangten siebentausend Mark im Monat.

Die verzweifelten Eltern waren mittlerweile bedenkenlose Hasardspieler geworden. Es gab auch Begüterte unter ihnen. Und Herrn Leitner, den Bankmenschen, der Kredite besorgte. Fachkräfte wurden angestellt, nachdem das Heim zur Schule für Behinderte umgebaut worden war. Dadurch geriet man bis an den Hals in Schulden. (Und steckte immer noch drin.) Aber die Schule begann zu arbeiten, nachdem die Sache mit den Taxis, den Autobussen und tausend andere Einzelheiten durchorganisiert waren. Und nun stand man auch in ständigem Kontakt mit der ›Bundesvereinigung LEBENSHILFE für Geistig Behinderte e. V.‹ in Marburg an der Lahn.

Bei der Einweihung der ›Sonderschule Heroldsheid‹ durften natürlich hohe Kommunalpolitiker nicht fehlen. Einer hielt eine ergreifende Rede. Ein Kammerorchester spielte Vivaldi. Es gab billigen Sekt und kleine Brötchen. Allen war äußerst feierlich zumute, selbst den Erben. Angesichts der ersten dreißig Kinder erklärten sie sich bereit, die Monatsmiete auf fünftausend Mark zu senken . . .

So war die ›Sonderschule Heroldsheid‹ entstanden. Durch die Initiative eines verzweifelten Elternpaares und einer verzweifelten Mutter, deren Kinder man als ›nicht förderungswürdig‹ erklärt hatte.

Frau Leitner sagte einmal zu Ruth: »Lange, lange haben wir natürlich gehofft, daß unser Alois doch einmal gesünder werden wird. Heute haben wir die absolute Gewißheit, daß er niemals auch nur ein bißchen gesünder werden wird. Nun haben wir eine einzige furchtbare Sorge: Was geschieht mit Alois, wenn wir einmal tot sind?«
Darauf sagte Herr Leitner, der bei diesem Gespräch anwesend war: »Laß nur, Anna. Gott hat geholfen . . .«

46

». . . und er wird wieder helfen.«
»Ich aber«, erzählte mir Ruth in jener Spätherbstnacht, »sagte zu ihm: ›Nein, Herr Leitner, nein, *Menschen* haben sich und anderen hier geholfen. Und sie müssen und werden es immer wieder tun. Nur Menschen können Menschen helfen.‹«
Nachtwind wehte ums Haus. Babs schlief tief, wir konnten ihre Atemzüge hören.
Ich sagte: »Nur Menschen können Menschen helfen . . . Was ist mit Gott? Nichts? Mit allen Göttern? Nichts? Mit Buddha? Nichts?«
»Buddha«, sagte Ruth. Sie sah komisch aus in meinen viel zu großen Kleidungsstücken. »Andere Ärzte suchen sich einen Ausgleich bei Musik. Man hat dieses oder jenes Hobby. Jeder sucht Erleichterung, nicht wahr, jeder sucht Frieden. Ich fand ihn bei Buddha, siehst du. Er lehrt über das Gute und das Böse. Das Böse ist die Befriedigung eines Verlangens auf Kosten anderer Menschen. Das Gute hingegen ist ein persönliches Opfer für jegliches Leben, selbst das des Feindes. Dieser Grundsatz des ›Nichtverletzens‹ gibt einem Schutz gegen das Übel des Verletzens. Zweieinhalbtausend Jahre nach Buddha hat ihn Gandhi vorgelebt. Die Nächstenliebe ist kein Akt des Gottesdienstes, sondern einer auf dem schweren Weg der ›Befreiung‹. Die Nächstenliebe schließt ein Gefühl der Brüderlichkeit aller Wesen ein – ja sogar eine gute Gesinnung gegen alles, was nicht ein Menschenwesen ist. Wahrscheinlich hältst du mich für absonderlich – aber bei der Arbeit, die ich zu tun habe, tröstet mich der Buddhismus, macht das Ärgste erträglich.«
Danach schwiegen wir beide lange, der Nachtwind heulte weiter ums Haus, und wir sahen einander lange an. Dann sagte Ruth: »Es tröstet mich auch Liebster, was du tust, seit ich dich kenne. Gerade jemand wie du. Wir lieben uns. Wir betrügen Sylvia. Ich kann mir deswegen keinen Vorwurf machen, ich bin offenbar amoralisch.«
»Du bist wunderbar«, sagte ich.
»Ich werde die Nacht bei dir bleiben, weil ich weiß, was du mitgemacht hast und noch mitmachen wirst. Aber nicht nur deinetwegen tue ich es. Denn

ich brauche dich, wie du mich brauchst. Ich habe lange gezögert. Nun sehe ich klar. Du und ich, die wir uns um Babs sorgen, haben das Recht, auch zu uns gut zu sein. So sehe ich das jedenfalls. Vielleicht ist es ganz falsch und schlecht. Aber es ist mir egal, jetzt . . .«
Als meine Lippen sich auf die ihren legten, begann die Klingel im Wohnzimmer zu läuten, sehr laut.
Sehen Sie, mein Herr Richter: Telefonieren konnte ich nur aus dem Büro des Rektors. Für den Fall nächtlicher Anrufe in der Schule – und mit denen war nur in dringenden Fällen zu rechnen – war eine Klingel in dem kleinen Häuschen angebracht worden, schon zu Zeiten des Hauswarts. Diese Klingel schrillte, wenn nachts, drüben im Büro des Rektors, ein Telefongespräch ankam.
Seit ich hier wohnte, geschah dies zum ersten Mal.
»Ich muß rüber«, sagte ich. »Sehen, was los ist.« Ich hatte alle Schlüssel der Schule. Ich zog den schweren Gummimantel und die Stiefel wieder an, auch Ruth nahm ihren Mantel. Alles ging sehr schnell. Das Telefon drüben hörte nicht auf zu läuten, hier schrillte die Klingel immer weiter. Wir rannten durch Wind und Regen zur Schule hinüber, dann war ich in Halleins Büro, hob den Hörer ab, meldete mich und gab den Hörer Ruth.
»Das Krankenhaus.«
Sie lauschte, sagte nur wenige Worte, nickte, sprach wieder. Ihr Gesicht war nun ganz verschlossen. Zuletzt sagte sie: »Ich bin in einer halben Stunde da.« Sie legte den Hörer hin. »Ich muß weg, Phil.«
»Was?«
»Ein Kind . . . neu eingeliefert . . . Lebensgefahr . . .«
»Aber . . .«
»Phil«, sagte sie. »Bitte.«
»Ja«, sagte ich, »natürlich.«
Wir verließen die Schule, ich sperrte alles wieder ab. Ruth ging schon voraus, um sich schnell anzuziehen. Dann traten wir vor das Häuschen. Sie wollte zu ihrem VW. Der stand rechts vom Eingang. Natürlich ging sie nach links. Ich lief ihr nach, nahm sie am Arm und führte sie zu ihrem Wagen. Sie sah mich traurig an.
»Du bist böse.«
»Nein!«
Der Regen fiel auf uns.
»Aber enttäuscht.«
»Wirklich nicht. Natürlich muß du zu diesem Kind. Ich bin auch nicht enttäuscht«, sagte ich. Und das war natürlich eine Lüge.
»Danke«, sagte sie. »Danke, daß du verstehst. Ich hatte wirklich die Absicht . . .«
»Ja«, sagte ich. »Ja, ich weiß.« Ich lief zum Gittertor und öffnete es. Im

nächsten Moment fuhr schon der VW an mir vorbei. Ruth sah starr geradeaus auf den Waldweg, den die Scheinwerfer des Wagens erleuchteten. Ich hoffte, sie würde mir noch einmal zuwinken, mich wenigstens noch einmal, und wenn auch nur für Sekunden, ansehen. Sie tat es nicht. Ich schloß das Tor wieder und überlegte, daß Ruth in Gedanken schon bei dem Kind da in Nürnberg war. Ich fühlte mich plötzlich sehr müde. Ich ging zu dem kleinen Häuschen zurück, und ich dachte, daß Ruth mich wirklich liebte – aber kranke Kinder wahrscheinlich noch mehr. Das war eine traurige Erkenntnis, denn ich konnte mir vorstellen, wie unsere Zukunft aussah.
Nächstenliebe, so hatte Buddha gelehrt, schließt ein Gefühl der Brüderlichkeit aller Wesen ein. Nächstenliebe. Ach, es gibt so unendlich viele Arten von Liebe, dachte ich. Ich zog mich aus und legte mich ins Bett. Sofort war ich eingeschlafen.

47

Nach meinem Tagebuch:
Solange Sylvia in den Pyrenäen drehte, konnte ich sie telefonisch nicht erreichen. Erst am 9. November, einem Donnerstag, als Sylvia und der Stab bei Zaragoza arbeiteten, war es mir möglich, sie abends wieder in ihrem Hotel zu sprechen. Ich sagte ihr, Babs gehe es viel besser. Das stimmte sogar. Als sie das letzte Mal gebissen hatte, war das meine Hand gewesen, die sie sich ausgesucht hatte. Sie erhielt andere Medikamente und war ruhig, freundlich und geduldig. Sie näherte sich mit großen Schritten – Frau Bernstein und Frau Pohl kümmerten sich besonders um sie – jenem Zustand der Genesung, den sie vor ihrem Zusammenbruch schon einmal erreicht hatte. Sie erhielt Musiktherapie, und sie modellierte auch wieder – seltsame Gebilde aus dieser speziellen Art von Ton, der langsam erhärtete. Niemals sprach sie von Sylvia.
Das tat Sylvia selber, wenn ich anrief. Dann erzählte sie mir, was für Strapazen sie ständig auf sich nehmen mußte bei den Dreharbeiten. Es waren auch wirklich die schwersten Szenen – zum Glück die letzten. Dann sollte Sylvia (und mit ihr natürlich der ganze Stab) sofort nach Hollywood fliegen. Da fast alle Szenen mit Primärton gedreht worden waren, stand Sylvia nun vor der Aufgabe, im Atelier die richtigen Sprachaufnahmen zum Film zu machen – alle anderen Schauspieler auch.
Fast täglich kam Ruth abends nach Heroldsheid, um Babs zu untersuchen. Sie konnte immer nur sehr kurz bleiben. Wir sprachen nie mehr über jene Nacht. Manchmal küßten wir uns.
Ich hatte viel zu tun. Ich machte Besuche bei reichen Industriellen, beim Finanzamt, bei Behörden, bei Bürgermeistern. Oft erlebte ich, daß die

Menschen ein Einsehen hatten, oft kam ich glücklich mit Spenden – größeren oder kleineren – nach Heroldsheid zurück. Rektor Hallein lieh mir stets seinen Wagen. Ebenso oft, vielleicht öfter, hatte ich Auseinandersetzungen mit den Leuten, erhielt schroffe Absagen. Den jungen Journalisten Florian Bend vom NÜRNBERGER MORGEN traf ich immer wieder einmal in der Schule – er war von seiner selbstgestellten Aufgabe fasziniert.
Zweimal flog ich nach Zaragoza.
Sylvia hatte sich völlig erholt und spielte so phantastisch wie zuvor. Wir hatten auch in Zaragoza ein Doppel-Appartement, doch schloß sich Sylvia stets in ihr Schlafzimmer ein. Sie war sehr freundlich und dankbar – aber ich durfte sie nicht berühren, das ertrug sie nicht, nicht einmal eine Berührung. Im übrigen war die Stadt im Taumel: Polizei mußte Sylvia vor ihren Fans beschützen, und in den Auslagen sehr vieler Geschäfte prangten gerahmt unsere Fotos – zwischen Miederwaren und Schweinsköpfen.
Auch Carmen war immer anwesend. Wir redeten miteinander. Wie gute Bekannte miteinander reden. Carmen war sehr optimistisch. Bracken sagte ihr weiter eine große Filmkarriere voraus. Sie war noch immer seine Geliebte.
Am Freitag, dem 24. November 1972 – bei meinem zweiten Besuch in Zaragoza –, war der Film abgedreht. Ein Teil des amerikanischen Stabes war schon mit den Kameras und allem anderen Equipment vorausgeflogen. An diesem Freitag nahm ich Abschied von Sylvia. Sie dankte mir mit Tränen in den Augen für alles, was ich für Babs getan hatte und noch tun würde. Das war auf dem Flughafen von Madrid, spät abends. Sie und Bracken flogen direkt nach Los Angeles. Sylvia steckte mir etwas in die Tasche. Es war, wie ich später sah, wieder ein Scheck über eine hohe Summe – für die Telefonate, die nun natürlich viel teurer sein würden. Ich stieg mit Sylvia in ihre SUPER-ONE-ELEVEN, denn es waren wieder Rudel von Reportern und Fotografen da, und es mußte auf jeden Fall der Eindruck entstehen, daß ich mit nach Amerika flog. Mit Hilfe des Captains Callaghan gelang es mir, die Maschine vor dem Start unbemerkt durch eine Luke zu verlassen. Weit draußen auf dem Flugfeld, in völliger Finsternis, stand einer der vier Detektive, die Joe zum Schutz Sylvias herübergeschickt hatte. Neben ihm stand der Regisseur Julio da Cava. Er wollte sich von mir verabschieden. Da Cava, der mit der nächsten Linienmaschine nach Los Angeles flog – er mußte den Film ja jetzt in Hollywood schneiden, bei den Ton- und Musikaufnahmen anwesend sein und den KREIDEKREIS vollenden –, sagte zu mir: »Wir werden einander nun lange nicht sehen. Ich wünsche Ihnen alles Glück. Verlieren Sie nie die Hoffnung und nie den Mut.«
»Okay«, sagte ich.
Die SUPER-ONE-ELEVEN, die inzwischen auf einer Piste stand, hatte Starter-

laubnis erhalten. Sie rollte an, wurde schneller und schneller, hob ab, und Captain Callaghan zog sie steil nach oben in einen verhangenen Himmel. Kurz sahen wir noch die Positionslichter, dann war die Maschine in den Wolken verschwunden. Da Cava klopfte mir auf die Schulter und ging über das Flugfeld davon. Der Detektiv sagte zu mir: »Ich habe einen Wagen gemietet. Mister Bracken hat mir aufgetragen, Sie nach Barcelona zu fahren. Nachts. Damit nicht zuletzt noch etwas herauskommt. Das ist Ihnen doch recht?«
»Gewiß«, sagte ich.
»Danke, Sir«, sagte der Detektiv.

48

»Sylvia?«
»Wer spricht?«
»Meine geliebte Sylvia?«
»Wer sind Sie? Nennen Sie Ihren Namen!«
»Mein Gott, wenn ich bloß deine Stimme höre, wird mir heiß und kalt. Ich liebe dich, Sylvia . . . Ich liebe dich mehr denn je . . . dich und unser Kind«, sagte die Männerstimme am Telefon.
Sylvia, in ihrem Haus am Mandeville Canyon in Beverly Hills, glitt auf eine Couch. Sie flüsterte: »Du . . . Sie . . . Sie sind Romero Rettland . . .«
Von diesem Telefongespräch erzählte mir Rod Bracken am 21. Januar 1973, einem Sonntag, im Salon ›unseres‹ alten Appartements 419 im Pariser HOTEL LE MONDE. Ein Schneesturm raste über der Stadt, so heftig, daß man die Häuser gegenüber nicht sah. Es schneite seit Tagen – auch in Heroldsheid. Dort hatte mich Bracken angerufen und mir gesagt, er müsse mich im LE MONDE treffen, es sei so vieles passiert.
»Mit Sylvia?«
»Ja.«
»Aber ich habe doch täglich angerufen, und sie hat mir nie gesagt, daß etwas nicht in Ordnung ist . . .«
»Sie wollte dich in Frieden lassen, so lange es ging. Jetzt geht es nicht mehr. Jetzt mußt du alles wissen, was hier geschehen ist. Du kannst nicht zu uns fliegen – wegen Babs, klar. Obwohl du das auch wirst tun müssen – bald. Aber noch nicht. Also Paris! Ich komme rübergeflogen . . .«
Er war herübergeflogen, ich war nach Paris gekommen, nun saßen wir einander gegenüber. In der langen Zeit zwischen Babs' Rückkehr in die Sonderschule und diesem 21. Januar 1973 war ich in Heroldsheid gewesen. Ich hatte manche weitere, meist allerdings nur winzige Besserung bei Babs erlebt, und ich hatte mich immer enger an ›die im Dunkeln‹ angeschlossen. Da ich diese meine Niederschrift dem freundlichen Wärter, der bei mir

Dienst tut, in Partien übergebe, damit sie schnellstens in Ihre Hände gelangt, schildere ich Ihnen keine weiteren Einzelheiten aus jener Zeit. Dies, was ich nun zu berichten habe, ist wichtiger . . .

»Rettland?« sagte ich am Nachmittag des eisig kalten Sonntags im Januar 1973 in Paris zu Bracken, indessen der Schneesturm immer heftiger wurde.

»Dieser Rettland, mit dem sie ihren ersten Film in Berlin gedreht hat, dieser Publikumsliebling von einst, hat Sylvia angerufen?«

»Sage ich doch.«

»Aber Sylvia hat doch eine Geheimnummer!«

»Er hat sie sich verschafft . . . Ich weiß nicht, wie. Er hatte sie jedenfalls. Und so rief er Sylvia an. Ich war dabei. Ich habe das ganze Gespräch am zweiten Hörer verfolgt. Ich kann dir genau sagen, wann das war, wann diese Geschichte ihren Anfang genommen hat: Am Abend des achtundzwanzigsten November.«

»Was, im November schon?«

»Ja.«

»Wieso . . . Ich meine, warum hat Sylvia mir das nie gesagt?«

»Sie wollte dich nicht beunruhigen. Du hast genug um die Ohren. Sie hat auch gehofft, daß es bei diesem einen Anruf bleiben würde.«

»Ist aber nicht dabei geblieben.«

»Nein«, sagte Rod. »Nein, Gott verdamm mich, nein. Laß mich erzählen, Phil. Wir stecken in der Scheiße. Schon wieder. Bis zum Hals diesmal.«

Er erzählte weiter . . .

»Ja, ich bin Romero Rettland«, sagte die Stimme in Sylvias Telefonhörer. »Deine Nummer hab ich rausgekriegt. Herzlich willkommen daheim, Darling. Ich habe mich so gefreut, als ich in VARIETY und im HOLLYWOOD REPORTER las, wie phantastisch dein Film geworden ist, habe mich . . .«

»Mister Rettland, was wollen Sie von mir?« Sylvia schrie plötzlich. Bracken, der mithörte, machte ihr Zeichen, sie solle sich beruhigen.

»Du kannst Mister und Sie zu mir sagen, solange du willst, Sylvia. Wir wissen beide, warum du es tust.«

»Was Sie von mir wollen, habe ich gefragt!«

»Ich liebe dich mehr als zuvor. Wir haben gemeinsam ein Kind. Ich will dich heiraten«, sagte Rettland.

Sylvia rang nach Atem. Bracken sprang auf, machte in Eile einen starken Whisky für sie und brachte ihn ihr. Sie hatte ihn nötig. Er auch, überlegte Bracken danach, und machte einen zweiten Whisky.

Inzwischen hatte Sylvia die Sprache wiedergefunden.

»Sie sind verrückt, Mister Rettland. Ich liebe Sie nicht. Ich habe Sie nie geliebt. Und vor allem haben wir kein Kind miteinander!«

Nachdem sie das gesagt hatte, trank sie, und der Whisky lief ihr über das Kinn, so fahrig waren ihre Bewegungen.

»Liebling, du hast einen schweren Tag im Atelier hinter dir, ich weiß. Nachsynchronisieren ist wahnsinnig anstrengend, ich will dich wirklich nicht so hysterisch machen, wie du eben warst, dazu habe ich dich doch zu lieb. Viel, viel zu lieb. Aber was soll der Unsinn? Natürlich hast auch du mich geliebt bis . . . bis ich Unglück hatte und du glaubtest, mich fallenlassen zu müssen. Ich bin dir nicht böse. Ich habe nie aufgehört, dich zu lieben. Liebe verzeiht alles. Ich verzeihe dir. Und um eines kommen wir ja nun nicht herum, nicht wahr?«

»Worum?«

»Daß ich der Vater von Babs bin«, sagte Rettlands Stimme.

»Das sind Sie nicht! Das sind Sie nicht! Das sind Sie nicht!«

»Du sollst dich doch nicht aufregen, Darling! Denk daran, wie du dich aufgeregt hast, als ich es wagte, dich um Geld zu bitten vor vielen Jahren, weil es mir so dreckig ging. Glaubst du, das ist mir leichtgefallen, zu dir zu kommen und dich anzubetteln?«

»Du hast ja Geld gekriegt!«

»Ja, gewiß. Aber ich habe auch meinen Stolz. Ich bin nicht mehr gekommen – später dann, als ich wirklich in Not war.«

»Weil ich dir gesagt habe, daß ich keine Ölquelle bin, daß ich dir nicht dauernd Geld gebe, daß ich dich das nächste Mal, wenn du hier auftauchst, rauswerfen lasse!«

Bracken legte den zweiten Hörer nieder, ging an einen anderen Apparat und wählte die Nummer der Polizei.

»Hier ist Rod Bracken, Agent von Mrs. Moran. Sie wird von einem gewissen Romero Rettland angerufen. Eben jetzt. Scheint eine Erpressung vorzuhaben. Können Sie feststellen, von wo er spricht, und wenn Sie das wissen, hinfahren und ihn festnehmen?«

»Vorübergehend gewiß, wenn eine solche Anzeige erstattet wird . . .«

»Ich erstatte sie.«

»Aber das Gespräch muß noch eine Weile dauern . . . Augenblick bitte, ich muß etwas prüfen . . . ja: Der Apparat von Mrs. Moran hat zwar eine Geheimnummer, aber keine Fangtaste im Telefonamt. Wird nicht einfach sein. Mrs. Moran soll weiter mit Rettland reden. So lange wie möglich.«

»Okay, okay, ich schreib's ihr auf.«

»Und lassen Sie diese Verbindung offen, ich melde mich, sobald wir was haben.«

»Ja.«

Rod kritzelte eine Nachricht auf einen Block und reichte sie Sylvia. Diese las und nickte. Rod nahm den Mithörer und den Hörer des zweiten Apparates auf, einen an jedes Ohr.

Unterdessen war der Dialog weitergegangen.

»›Rauswerfen lassen‹!« Weinerlich. »Das war gemein von dir. Du im

Glück . . . Ich im Dreck . . . Aber ich bin ja auch nie mehr gekommen . . . Nur jetzt . . .«

»Was ist jetzt?«

»Sylvia, ich bin alt geworden. Ich bin allein. So allein. Du weißt nicht, du wirst niemals wissen, du wirst niemals ahnen, wie sehr ich dich geliebt habe . . .«

»Hör bloß auf damit, du Schwein!«

»Nein, ich höre nicht auf, laß mich reden, Sylvia, süße Sylvia . . .«

LASS IHN UM GOTTES WILLEN REDEN! schrieb Rod auf den Block.

Sylvia nickte. Sie trank wieder.

»Also was ist nun?«

». . . wie sehr ich dich immer geliebt habe . . . und wie ich mich nach unserem Kind gesehnt habe . . . jahrelang . . . so viele Jahre lang nun schon . . .«

»Es ist nicht *dein* Kind, und du weißt es!«

»Es *ist* mein Kind, und *das* weiß ich!«

»Ich habe ärztliche Atteste!«

»Gefälschte!«

»Echte!«

»Gefälschte, sage ich . . . Das ist also der Dank . . . Der Dank dafür, daß ich dich nach Hollywood gebracht habe . . . Daß du deine erste große Rolle neben mir spielen durftest . . . Daß ich Himmel und Hölle in Bewegung gesetzt habe, damit sie dir bei SEVEN STARS eine zweite Chance geben . . . Du hast sie genützt, weiß Gott . . .« Wieder der weinerliche Ton. »Ich hatte Unglück . . . Unglück über Unglück . . . Da war für dich die Zeit gekommen, mich nicht mehr zu kennen, was?«

WEITER! WEITER! schmierte Bracken auf den Block.

»So war das nicht!« Sylvia las und nickte. »Du weißt genau, wie es war. Ich hätte immer zu dir gehalten, wenn das nicht passiert wäre . . .«

»Das war doch nur Spaß . . . ein harmloser Spaß . . .«

»Spaß nennst du das?«

». . . und so viele Jahre her . . . Jetzt hör mal zu, Sylvia. Ich liebe dich, und ich liebe mein Kind. Werde euch immer lieben. Du bist die Größte. Dein Film wird eine Weltsensation werden. Kann mir vorstellen, daß du da nichts mit einem Wrack wie mir zu tun haben willst . . .« Eben noch jammernd, schlug Rettlands Stimme nun um, wurde bösartig: »Aber so geht das nicht! So geht das nicht, Darling! Entweder – mein Herz blutet, daß ich das so sagen muß, doch du läßt mir keine andere Wahl –, entweder du heiratest mich, und wir leben zu dritt – ja, zu *dritt*, denn Babs ist *mein* Kind, *mein* Kind, *ich* bin der Vater, *ich* bin der Vater, hast du verstanden? Oder . . .«

»Oder?«

»Oder es gibt einen Riesenskandal, der dir den Hals bricht, darauf kannst du dich verlassen!«
»Was heißt das, Skandal? Was willst du damit sagen?«
»Damit will ich sagen . . . ach so.«
»Ach so, was?«
»Du ziehst dieses Gespräch in die Länge. Damit die Cops rauskriegen, von wo ich spreche. Kapiert. Das ist schmutzig von dir, Sylvia.«
»Ich ziehe überhaupt nichts in die Länge... Da sind... Da sind keine Cops...«
»Natürlich nicht. Du hörst von mir. Sehr bald.«
Klick.
Rettland hatte aufgelegt.
Bracken fluchte.
»Ich kann doch nichts dafür . . . Ich habe doch alles getan . . . Wie sollte ich ihn denn noch weiter . . .«
»Ruhig!« sagte Bracken.
Im Hörer des zweiten Apparates meldete sich der Polizist, mit dem Rod zuvor gesprochen hatte.
»Die für den Sektor Mandeville Canyon zuständige Relais-Station sagt eben, das Gespräch ist unterbrochen worden. Warum hat Mrs. Moran nicht weitergesprochen?«
»Weil Rettland aufgehängt hat, darum!«
»Das ist schade.«
»War die Zeit zu kurz?«
»Ja. Die Telefonleute konnten noch nicht herauskriegen, von wo er gesprochen hat.«
Bracken fluchte wüst und schrie dann: »Und verhaften? Können Sie den Kerl nicht verhaften?«
»Mit welcher Begründung?«
»Er lügt! Er behauptet, er ist der Vater von Babs!«
»Sir! Sir, ich bitte Sie! Das hat er schon behauptet – und zwar in aller Öffentlichkeit! –, als Babs geboren wurde. Da konnte man es doch überall lesen! Dafür bekomme ich keinen Haftbefehl.«
»Die Erpressung . . . Er hat gesagt, wenn Sylvia ihn nicht heiratet, macht er einen Skandal, der ihr den Hals bricht!« brüllte Bracken.
»Ich verstehe Sie auch sehr gut, wenn Sie normal sprechen, Mister Bracken. Falls er das wirklich gesagt hat . . .«
»Zweifeln Sie an meinen Worten?«
». . . dann sind Sie bei mir an der falschen Stelle. Dann müssen Sie eine Anzeige bei der Kripo erstatten. Dann wird die Kripo Ihnen sagen, was Mrs. Moran tun kann. Wenn Sie wollen, verbinde ich Sie. Wollen Sie?«
»Natürlich wollte ich«, erzählte mir Bracken nun, im Le Monde, viele

Wochen danach. »Die Kripo hörte sich alles an. Dann schickte sie zwei Mann, die sich alles haargenau noch einmal erzählen ließen. Dann . . .«
»Mach's nicht so spannend. Kurz! Ist ja vermutlich noch einiges passiert seit November vorigen Jahres.«
Er machte es also kurz.
Ich mache es auch kurz.
Die Kriminalpolizei sagte, natürlich werde man einen Erpresser verhaften. Dazu müsse er aber eine richtige Erpressung versuchen. Was Rettland getan habe, könne man so und so ansehen. Wenn man ihn jetzt verhafte, müsse man ihn unter Umständen innerhalb von 24 Stunden wieder laufenlassen. Selbstverständlich sei die Polizei dazu da, die Bürger zu schützen. Jedenfalls wurde in den nächsten Tagen an Sylvias Gerät ein Aufnahme-Recorder angeschlossen und in dem für sie zuständigen Telefonamt eine Fangschaltung installiert. Streifen- und Kriminalbeamte versuchten auch, Romero Rettland zu finden. Sie fanden ihn nicht. Und Rettland gab mehr als fünf Wochen kein Lebenszeichen von sich.
»Du kannst dir Sylvia vorstellen«, sagte Bracken zu mir. »Überarbeitet. Total mit den Nerven herunter wegen Babs. Dazu die Nachsynchronisationsarbeiten und all das andere Zeug. Joe stellte ihr wieder Detektive zur Verfügung. Aber Detektive können für deine Sicherheit sorgen, nicht dafür, daß deine Nerven besser werden.«
»Und was habt ihr getan?«
»Wir haben uns an einen Arzt gewandt. Nicht an so einen Drecksack wie diesen Collins! Einen richtigen Psychiater! Klinikchef! Doktor Elliot Kassner heißt er. Leitet die psychiatrische Abteilung des Santa-Monica-Hospitals. Der beobachtete und behandelte Sylvia also. Tut es noch immer. Intensiver denn je. Großartiger Mann. Hast du etwas gemerkt davon, daß sie die schwerste Krise ihres Lebens durchmacht?«
»Nein.«
»Sage ich ja, großartiger Arzt! Besonders, wenn man bedenkt, was inzwischen noch passiert ist.«
»Was denn noch?«
»Zunächst beruflich: Im April kommt, wie du weißt, die ›Oscar‹-Verleihung. Zuerst war es Gerede, dann ein Gerücht, und jetzt steht fest, daß der KREIDEKREIS für die Verleihung nominiert wird. Und natürlich Sylvia!«
»›Oscar‹ für Sylvia?«
Wie der Schneesturm tobte!
»Und mit Recht! Dürfte nicht heißen: ›Beste Schauspielerin des Jahres‹, sondern: ›Beste Schauspielerin des Jahrhunderts‹!«
»Wann ist die Feierlichkeit?«
»Am sechsten April.«
»Ich nehme an, daß das auch Rettland weiß.«

»Klar! Der hat das mit dem ›Oscar‹ von Anfang an gewußt – oder er hat es so stark geahnt, daß man sagen kann, er wußte es. Das war der Zeitpunkt, auf den er gewartet hatte! Jetzt oder nie! Deshalb hat er auch nicht mehr angerufen. Der ist schlauer gewesen.«
»Schlauer?«
»Der ist wieder zu so einem von diesen Hollywood-Magazinen gegangen. Hat er schon nach Babs' Geburt getan. Aber damals war Babs gesund! Diese Magazine – du kennst sie. Viele sind seriös. Viel mehr sind es nicht. Die, die es nicht sind, haben die höhere Auflage.«
»Klar.«
Bracken zog einen Artikel mit Fotos aus der Innentasche seiner Jacke und reichte ihn mir.
»Vor vierzehn Tagen erschienen.«
Ich sah mir den Artikel an. Er zeigte Fotos von Sylvia – Glamour-Fotos –, von Rettland – Glamour von einst und daneben Aufnahmen, die dokumentierten, wie er jetzt aussah: arm, alt, weißhaarig, mit unendlich traurigen Hundeaugen. Und ich erblickte – mein Herz begann rasend zu klopfen – mindestens fünf Fotos von Babs aus früherer Zeit. Überschrift riesenhaft aufgemacht über zwei Seiten laufend:

ROMERO RETTLAND: »ICH KANN NICHT LÄNGER SCHWEIGEN!«

Der Artikel, den ich aufmerksam Wort für Wort las, war in der ersten Person, aber natürlich nicht von Rettland geschrieben, das wurde mir klar, als ich die raffinierten Tricks bemerkte. Da waren Fachleute am Werk gewesen. Dieses Blatt versprach sich – zu Recht – natürlich gerade jetzt, drei Monate vor der ›Oscar‹-Verleihung, eine Sensation.
Rettland erzählte also: Von dem Film in Berlin. Von der unbekannten Anfängerin Susanne Mankow, die *er* entdeckt, die *ihm* alles zu verdanken, die *er* nach Hollywood gebracht hatte. Wie er sie vom ersten Moment an geliebt hatte. Wie sie – noch in Berlin – seine Geliebte geworden war. Wie er halb wahnsinnig vor Freude gewesen war, als sie dann in Amerika Babs, *seine Tochter*, zur Welt brachte. (Nichts im Leben hatte er sich so gewünscht wie ein Kind . . .) Natürlich wollte er Sylvia heiraten – sofort! Aber sie wollte nicht. Er hatte davon abgesehen, Anwälte einzuschalten, weil er Sylvia eben liebte, immer noch, heute noch, mehr denn je, weil er ihr nicht schaden wollte. Er hatte seinen Kummer viele Jahre mit sich herumgetragen. War ohne eigenes Verschulden ins Unglück geraten, während Sylvia ein großer Star, der größte Star wurde. Er hatte – nein, er schämte sich nicht, das zu bekennen – in tiefster Not Sylvia um Geld gebeten. Hatte auch Geld bekommen. War dann aber wie ein Verbrecher behandelt und hinausgeworfen worden. Nun war er alt und allein. Und Babs wurde größer

und größer. Seine ganze Freude. Sein ganzer Stolz. *Sein* Kind! Er hatte ein Recht auf Babs! Er würde um sie kämpfen mit allen Mitteln! Und so weiter.
»Wenn man das so liest, kann man auch sagen, es ist großartige Publicity für Sylvia«, meinte ich.
»Ja, könnte man. Wenn man nicht weiß, daß Babs hirngeschädigt ist und im Versteck lebt. Wenn man nicht weiß, was Sylvia in Monte-Carlo gesagt hat damals. Wenn man nicht weiß, daß sie deshalb seit Jahren erpreßt wird. Wenn man nicht weiß . . .«
»Genügt schon«, sagte ich. Jetzt wurde mir schlecht. Jetzt brauchte ich etwas zu trinken. Ich ging und machte uns beiden zwei Riesen-Whiskys. Vor den Fenstern war nur noch weiße Finsternis. Ich knipste alle Lampen an. Ich sah, daß Bracken gierig trank, und machte ihm noch einen Whisky. Mir auch noch einen.
»Doktor Kassner kümmert sich um Sylvia«, sagte Bracken. »Ich habe ihn gefragt, ob sie das durchhält bis April. Und überhaupt.«
»Und?«
»Er hat gesagt ja.«
»Wenn nicht noch mehr kommt«, sagte ich.
»Ja«, sagte Bracken. »Das ist die Scheiße. Jetzt geht Rettland nämlich groß ran. Andere Magazine. Bessere. Seriösere. Jedes Wort wird bestimmt von drei Anwälten gecheckt. Du kannst ihm nicht an den Wagen. Sagen die Anwälte von Joe. Sagt Sylvias Anwalt. Sagen alle. Unangreifbar, der Mann. Und jetzt denk an Amerika, an diese Heulsusen-Vereine, diese gottverfluchten Frauenorganisationen! Ein Mann, arm, verlassen, alt, kämpft um seine Tochter. Eine Frau, zu schön, zu erfolgreich, zu berühmt für diese Weiber, verweigert ihm sein Kind. Und das vor dem ›Oscar‹! Wäre alles nicht so schlimm, wenn Babs gesund wäre. Wenn rauskommt, was mit ihr wirklich los ist, kann sich Sylvia umbringen. Einmal hat sie's schon versucht. Das nächste Mal wird sie dafür sorgen, daß es ihr gelingt.«
»Und man kann wirklich nichts gegen diesen Rettland unternehmen?«
»Nicht so viel!« Bracken schnippte mit zwei Fingern. »Wir haben die besten Berater, die besten Anwälte. No can do.« Ich schwieg verstört. »Warum ich rübergekommen bin, Phil. Erstens, um dir das alles persönlich zu sagen – das ging nur persönlich.«
»Ja.«
»Zweitens: Wir wissen nicht, ob Rettland die Wahrheit über Babs kennt oder nicht. Eher nicht. Aber es muß alles, alles hier geschehen, damit unter keinen Umständen bekannt wird, daß du in Heroldsheid bist – und wer da noch ist. Bisher hat das funktioniert – den Reportern zu sagen, du bist auf Reisen in Europa, um den nächsten Film vorzubereiten. Hat prima funktioniert. Du weißt doch, ihr drei – Sylvia, du und Babs –, ihr habt einen Haufen Steine im Brett bei den Reportern.«

»Wie lange? Wie lange, wenn sie die ganz große Story wittern?«
»Richtig. Dann habt ihr keinen einzigen Stein mehr – nicht einen Kiesel. Babs können wir einfach nicht vorzeigen. Aber *du*, du *mußt* dich in Los Angeles sehen lassen – und zwar bei der ›Oscar‹-Verleihung. Da mußt du einfach an Sylvias Seite sein, das ist doch klar, wie?«
Ich nickte.
»Junge, haben wir uns in die Kacke geritten«, sagte Bracken verloren. »Und das alles muß ausgerechnet jetzt passieren, jetzt, bevor Sylvia ihren größten Triumph erlebt.«
»Wenn du Rettland wärst, hättest du dir einen anderen Zeitpunkt ausgesucht?«
»Das stimmt«, sagte er und sah mich seltsam an. »Natürlich nicht. Ich hätte dasselbe wie Rettland getan.«
Mir fiel etwas ein – es war nicht wichtig, aber es kam mir gerade in den Sinn.
»Apropos getan«, sagte ich. »Was habt ihr eigentlich mit Carmen getan?«
»Wieso?«
»Na, der haben wir doch eine Superkarriere versprochen damals, als sie für Sylvia einsprang.«
»Ja und?«
»Was ist nun mit ihr?«
»Was soll mit ihr sein? Sitzt in Madrid in ihrer Export-Import-Firma und verflucht uns alle. Obwohl sie dankbar sein sollte. Fünftausend Dollar hat sie noch extra gekriegt.«
»Wofür?«
»Daß sie niemals ein Wort über die Sache spricht. Lejeune hat das geregelt.«
»Was?«
»Na, als wir wegflogen, da dachte sie natürlich, wir würden sie sofort nachkommen lassen, nicht? Als wir sie nicht nachkommen ließen, fing sie an zu schreiben. Zuerst mir – deine Adresse kennt sie ja nicht. Dann Sylvia. Dann Joe. Wurde richtig zickig, das Aas. Drohte, die Wahrheit über den Selbstmordversuch bekanntzugeben, und so weiter.«
»Und?«
»Und da haben wir ihr also Lejeune geschickt. Großes Theater zuerst natürlich – zuletzt natürlich so klein.« Wieder bemühte Bracken zwei Finger. »Die Klinik, der Doktor Molendero, die Polizei – die alle sagen nichts. Da ist alles dicht. Sagt Lejeune. Und was Lejeune sagt, kann man glauben. Er hat sich Carmens Geschichte angehört. Alles. Bis zu den großartigen Mustern, die in Hollywood solchen Aufruhr erzeugt hätten.«
»Sind doch nie Muster rübergekommen. Ihr habt doch ohne Film gedreht.«
»Aber ich hab ihr doch gesagt, daß Hollywood so begeistert von den Mustern ist. Kapierst du? Nur ich. Weiß schon, was ich tue. Lejeune hat in

meinem Auftrag erklärt, daß ich das *nie* gesagt habe. Nie im Leben. Ihr Wort gegen das meine. Wem wird man glauben? Hat sie geheult. Hat überhaupt dauernd geheult, sagte mir Lejeune am Telefon.«
»Moment mal, aber wir haben behauptet, daß *sie* in die Klinik gebracht werden mußte. Herzattacke. Wenn die sich jetzt untersuchen läßt, und es kann einfach nicht stimmen, was wir gesagt haben? Wenn sie daraufhin da Cava und das Kamera-Team und alle, die sonst noch eingeweiht waren, als Zeugen benennt?«
»Da Cava hat inzwischen für zwei weitere Filme bei SEVEN STARS unterschrieben. Der Kameramann und seine Leute arbeiten schon an einem neuen Film. Alle abhängig von SEVEN STARS. Was interessiert die'ne spanische Pische?«
»Und du?«
»Was ich?«
»Du hast mit ihr geschlafen.«
»Ja, und? Was hat das damit zu tun?«
»Ach so, natürlich. Entschuldige.«
»Jetzt müssen die Fotografen und die Kleine aber bald kommen.«
»Wer?«
»Na, wir brauchen doch Fotos. Du und ich, wir verhandeln in Paris über einen neuen Film, und wir haben eine Partnerin für Sylvia gefunden. So was Süßes hast du noch nicht gesehen. Habe ich mir gestern ausgesucht. Unser Scout hier hat mir zwei Dutzend Hasen vorgestellt. Eine süßer als die andere. Chantal heißt die beste. Mensch, die Figur. Die Augen!« Er machte entsprechende Handbewegungen. »Einundzwanzig! Ich bin das große Wunder für sie! Bleibe noch zwei Tage in Paris. Chantal Clesson. Wird dir sofort freundlich in der Hose werden, wenn du sie siehst. Aber such dir selber eine, wenn du eine willst, unser Scout hat genug. Die da ist für mich.«
»Und wenn sie dann später dasselbe Theater anfängt wie Carmen?«
»Sind doch nur erste Besprechungen, nicht wahr? Wird sich dann leider wieder alles zerschlagen. Wie oft kommt das vor . . .«

49

Die schwedische Schauspielerin Liv Ullmann rief, an der Seite Rock Hudsons, nachdem sie das Kuvert geöffnet und eine Karte herausgezogen hatte, in die Menge: »Den ›Oscar‹ für den besten männlichen Hauptdarsteller des Jahres in dem Film ›Der Pate‹ an – Marlon Brando!«
Beifall unter den Versammelten im ›Music Center of Los Angeles‹ brach los – obwohl eigentlich niemand etwas anderes erwartet hatte. Der Beifall steigerte sich, denn alles wartete nun darauf, daß Brando auf die Bühne kam. Brando kam nicht. An seiner Stelle kam – der Beifall ebbte ab – auf

jene Bühne, auf der die Amerikanische Filmakademie zum fünfundvierzigsten Male die berühmten ›Oscars‹ für hervorragende Leistungen verlieh, eine schöne, zierliche Indianerin, noch sehr jung, in der Festtracht der Apachen. Mit einer eindeutigen Bewegung wies sie die Statuette zurück. Hudson und die Ullman starrten wortlos und ratlos umher. An ihrer Stelle ergriff die junge Indianerin das Wort: »Meine Name ist Sacheen Little Feather.« Sie schwang eine mehrseitige Mitteilung in der Hand.
»Das ist vielleicht ein Affentheater«, murrte Joe Gintzburger, der hinter mir saß, heftig schniefend. »Dieser Marlon! Ein Verrückter! Sei ruhig, liebste Sylvia, sei völlig ruhig.«
»Ich bin ganz ruhig«, sagte Sylvia, die neben mir saß, freundlich.
Ich drehte mich halb um. Rechts von Joe saß Bracken, links von ihm Dr. Elliot Kassner, der Psychiater vom Santa-Monica-Hospital. Joe und Brakken sahen den Arzt an, der – für alle Fälle – anwesend war. Dr. Kassner nickte vertrauenerweckend.
Unterdessen hatte Little Feather – ›Kleine Feder‹ – zu sprechen begonnen: »Meine Damen und Herren! Im Auftrag von Mister Brando habe ich die Ehre, Ihnen mitzuteilen, daß Mister Brando den ihm verliehenen ›Oscar‹ ablehnt, und zwar mit der Begründung, daß er – seine Erklärung hier kurzgefaßt – auf diese Weise weltweit gegen die ungerechte und diskriminierende Behandlung der Indianer in Amerika und speziell in der amerikanischen Filmindustrie protestiert . . .« Ihre weiteren Worte gingen unter in einer Mischung von Empörungs- und Beifallslärm der dreitausend geladenen Gäste.
Diese Gala-Schau, die, wie jedesmal, überlang und überreich war an schmückendem Beiwerk (Ballett, Komiker, Sänger), wurde vom Fernsehen übertragen: An die sechshundert Millionen Menschen (etwa so viel wie seinerzeit bei Sylvias Sendung aus Monte-Carlo) sahen die Zeremonie, hatten eben erlebt, daß Marlon Brando den begehrtesten Preis der Filmindustrie ablehnte und warum.
Bislang hatte es eine Panne nach der anderen bei dieser fünfundvierzigsten Gala gegeben. Der Schauspieler Charlton Heston, der als einer der Zeremonienmeister die ›Oscars‹ zu übergeben hatte, war mit einer Reifenpanne auf einem Highway liegengeblieben. Für ihn mußte in letzter Minute Clint Eastwood einspringen, der natürlich nicht vorbereitet war, sich versprach und eine reichlich unglückliche Figur abgab. (Außerdem schien Brando einen sechsten Sinn gehabt zu haben: Eastwood war in seinen Filmen auch nicht eben immer der Freundlichste gegen die Indianer.) Dann: Bob Hope, der Witzbold vom Dienst, war nicht erschienen – schon zum zweiten Mal nicht in zwei Jahren. Dann . . . Es gab so viel, was schiefging an diesem Abend, was eine Atmosphäre der Gereiztheit und Nervosität schuf, die nun nach Brandos Ablehnung einen Höhepunkt erreichte.

Ich sah Sylvia von der Seite an. Sie bemerkte es und lächelte mir zu. Ich war vor drei Tagen angekommen – willkommene Beute, zusammen mit Sylvia, für Presse, Funk und Fernsehen. Sylvia befand sich, so schien es mir, in recht guter Verfassung. Sie stand ständig unter Beobachtung Dr. Kassners und unter der Wirkung von Psychopharmaka. Romero Rettlands privater Krieg gegen sie war weitergegangen. Sechs andere Zeitungen oder Magazine hatten seine wehleidig-anschuldigenden Berichte gebracht, er war in zwei Rundfunksendungen interviewt worden. Mit all seinem Einfluß hatte Joe eben noch ein Fernsehinterview verhindern können, das bereits für den Tag der ›Oscar‹-Verleihung eingeplant gewesen war.
Sylvia, behängt mit ihrem teuersten Schmuck, in einem Abendkleid, das aussah, als sei es aus reinen Goldfäden gewirkt, tief ausgeschnitten, körpereng, saß ganz ruhig. Ich nahm ihre Hand, während sich nach einigem Hin und Her die Lage auf der Bühne (und im Zuschauerraum) beruhigte.
Eine große Reihe von Filmen, Schauspielern und Künstlern war schon geehrt worden – Francis Ford Coppola und Mario Puzo für das ›Beste Drehbuch‹, Luis Buñuel für den ›Besten ausländischen Film‹ (›Der geheime Charme der Bourgeoisie‹) . . . und dann, Joe schniefte heftig durch die Nase, regnete es, ja es regnete ›Oscars‹ für den KREIDEKREIS! Einen für Vera Lenner (beste weibliche Nebenrolle: die Frau des Gouverneurs), einen für James Henry Crown (beste männliche Nebenrolle: der Lumpenrichter Azdak), einen für Roy Hadley Ching (beste Kamera), einen für Oscar de Witt (beste Musik), des weiteren je einen für Mike Toran (bestes Drehbuch), Julio da Cava (beste Regie), Joel Burns (beste Ausstattung), einen für Bob Cummings (beste Produktion) . . . Joe hatte allen Grund zu schniefen!
Die Musik hatte wieder eingesetzt, Diana Ross, ausgesucht als Hauptdarstellerin für den Film ›Lady Sings the Blues‹, der in Vorbereitung war, sang ›My Man‹ – Ouvertüre zur Bekanntgabe der ›Besten Schauspielerin‹. Das Lied war aus. Ein neues Kuvert wurde überreicht – diesmal bekam es Rock Hudson. Er entnahm ihm die Karte.
»Meine Damen und Herren! Den Preis für ihre Leistung als beste Hauptdarstellerin des Jahres in dem Film der KKREIDEKREIS . . .« – da schon setzte der Beifall ein – ». . . erhält – *Sylvia Moran!*«
Tosender Applaus.
Sylvia saß gelassen da, ruhig, entspannt, wie es schien.
»Du mußt auf die Bühne«, sagte ich.
»Ich hab es gesagt, ich hab es immer gesagt«, hörte ich Joe hinter mir. Sylvia erhob sich.
»Du kommst mit!« sagte sie zu mir.
»Nein!«
»Nun komm schon«, sagte Sylvia.

Die Leute in unserer Reihe erhoben sich, machten Platz. Sylvia ging voraus zu der mächtigen Bühne mit dem Orchester, mit der mannshohen Nachbildung des ›Oscar‹, mit dem Blumenmeer. Der Beifall wurde rasend laut. Nun hatten Sylvia und ich die mit rotem Samt ausgelegte kurze Treppe zur Bühne erreicht. Jetzt waren wir auf der Bühne, die grell angestrahlt war. Dennoch flammte ein weiterer Spot-Scheinwerfer auf, sehr stark, irrte kurz, fand uns, hielt uns, bewegte sich mit uns, wir gingen in seinem gleißenden Schein, erreichten die Bühnenmitte. Umarmungen, Küsse, Händeschütteln. Diesmal überreichte Raquel Welch den ›Oscar‹. Raquel küßte Sylvia noch einmal.
Der Beifall steigerte sich noch mehr, als ich Sylvia küßte.
Voilà, das Liebespaar des Jahrhunderts!
Langsam trat Stille ein.
Einundvierzig Männer (das vierseitige Programmheft nannte alle ihre Namen!) des Television Staff der NBC hatten in diesem Moment eine einzige Aufgabe – Sylvias Bild und Sylvias Worte aufzunehmen und auf die Fernsehschirme von sechshundert Millionen Menschen zu bringen.
Sie stand jetzt vor einem Mikrofonbündel.
»Meine Da . . .« Ihre Stimme versagte. Sie lächelte glücklich. Ich lächelte glücklich. »Meine Damen und Herren, meine lieben Freunde. Ich danke Ihnen von ganzem Herzen für diese wunderbare Auszeichnung, die Sie mir heute zu . . .« Der ›Oscar‹ glitt aus ihrer Hand, krachte auf den Bühnenboden, rollte zur Seite. Gleichzeitig damit sackte Sylvia zusammen, ich konnte sie eben noch vor einem Sturz auf den Bühnenboden bewahren.
Grelles Aufschreien des Publikums!
Ich hielt Sylvia in den Armen. Mein Herr Richter, ich war fest davon überzeugt, daß ich eine Tote in den Armen hielt. Männer kamen auf die Bühne gerannt – allen voran Dr. Kassner.
»Langsam hinlegen, ganz langsam«, sagte er ruhig. Ich habe ihn niemals anders als ruhig erlebt. »So ist es recht.« Und zu den Detektiven der SEVEN STARS: »Ambulanz soll vorfahren.«
»Fährt schon vor, Doc.«
Sylvia lag auf dem Rücken, die Augen waren weit geöffnet und sahen doch nichts. Ihr Kleid war an der Schulter gerissen.

50

Dr. Elliot Kassner sagte: »Wir müssen uns darüber klar sein, meine Herren: Bisher habe ich Mrs. Moran nur so behandelt, daß sie unter dem Druck der Ereignisse nicht völlig zusammengebrochen ist, daß sie sich weiter in der Öffentlichkeit zeigen, daß sie ihren ›Oscar‹ in Empfang nehmen konnte . . .«

»Das hat sie ja auch prima getan«, knurrte Bracken. Wir saßen in Joes Büro auf dem Gelände der SEVEN STARS. Joe saß hinter einem riesenhaften Schreibtisch. Dr. Kassner, Bracken und ich saßen davor.
»Seien Sie ruhig, Rod«, sagte Joe gütig. »Etwas Besseres als dieser Zusammenbruch hätte uns nicht passieren können. Haben Sie in den letzten zwei Tagen keine Zeitung gelesen? Mit diesem Zusammenbruch allein, wenn ihn Charley und seine Leute richtig ausschlachten, bringt der Film zusätzliche Millionen. Entschuldigen Sie, Doc, was wollten Sie sagen?«
Der schwere, breitgesichtige Mann mit dem klugen Gesicht sagte: »Daß alles, was ich bisher bei Mrs. Moran getan habe, Aushilfs- oder Notlösungen gewesen sind und leider nicht die Behandlung, die wirklich am Platz gewesen wäre. Weil ich eingesehen habe, daß Mrs. Moran noch eine Weile in der Öffentlichkeit bleiben *mußte*. Wie lange hat sie denn nun Ruhe?«
»Im Herbst wollen wir ihren nächsten Film drehen – MISSION TO BERLIN«, sagte Bracken.
»*Müssen*, nicht wollen«, sagte Joe. »Jetzt – nach dem ganz, ganz großen Durchbruch! Jetzt, nach dem KREIDEKREIS! Jetzt, wo Sylvia . . .«
»Der Film wird in Berlin gedreht?« unterbrach ihn Dr. Kassner.
»Berlin, Paris und New York«, sagte ich. »Eine Agentengeschichte.«
»Aber eine, wie es sie noch nie gegeben hat«, grunzte Joe. »Dieser Film wird Höhepunkt und Ende aller Agentengeschichten sein. Etwas Besseres wird es niemals geben. Und Sylvia in der Hauptrolle!«
»Sie wollen Mrs. Moran noch lange ganz oben halten, noch viele Millionen mit ihr verdienen«, sagte Dr. Kassner.
»Nicht nur ich. Wir alle. Auch Sylvia. Man muß das Eisen . . .«
»Jaja«, sagte Dr. Kassner.
»Was heißt jaja?«
»Was Sie wollen, ist mir klar, Mister Gintzburger. Aber wenn das auch klappen soll, was Sie wollen, dann können Sie das nur mit einer wirklich gesunden Mrs. Moran erreichen.«
»Sie meinen: Dann müssen Sie sie nun erst wirklich gesund machen?«
»Das meine ich. Mrs. Moran ist im Santa-Monica-Hospital. Dort wird sie bleiben.«
»Lange?«
»Ja, Monate, drei, vier bestimmt. Sie wollen doch noch sehr viel Geld mit Mrs. Moran verdienen, Mister Gintzburger«, sagte Dr. Kassner. Sein Gesicht war unbewegt.
»Sie dürfen mich nicht falsch verstehen«, jammerte Joe. »Behandeln Sie unsere liebe Sylvia, solange Sie es für nötig halten. Geld – püh! Es geht mir doch nicht um Geld, Doc. Es geht mir darum, daß . . .«
». . . Mrs. Moran ein gesundes, leistungsfähiges, glückliches Mitglied Ihrer großen, glücklichen Familie bleibt, ich weiß.«

»Ja, das ist es wirklich, Doc!«
»Natürlich, Mister Gintzburger.« Kein Muskel in Dr. Kassners Gesicht verriet, was er dachte.
»Wenn es natürlich Ihrer großen Kunst gelingt, Sylvia, unsere liebe, tapfere Sylvia, so rechtzeitig wieder auf die Beine zu bringen, daß wir den Herbsttermin einhalten können . . .«
»Ich sehe, wir verstehen uns vollkommen, Mister Gintzburger. Ich werde mir alle Mühe geben. Es wird nicht leicht sein. Babs . . .« Dr. Kassner war genau unterrichtet. »Aber ich will alles versuchen.«
»Was wollen Sie mit Sylvia tun?« fragte ich. »Ganz kurz nur, bitte, für Laien verständlich.«
»Für Laien . . .« Dr. Kassner sah uns alle an. »Nun, wie Sie wissen, habe ich Mrs. Moran bislang ambulant mit Psychopharmaka auf den Beinen gehalten. Das war das, was ich die ›Notlösung‹ nenne. Sie muß nun in der Klinik bleiben. Die Psychopharmaka, alle bisherigen Mittel, werden zunächst einmal grundsätzlich abgesetzt.«
»Aber dann wird es ihr doch ganz elend gehen«, sagte Joe, der liebende, besorgte Vater.
»Gewiß, Mister Gintzburger. Eine Zeitlang wird es ihr gar nicht gut gehen. Es besteht aber keine Gefahr, sie ist ja bei uns und damit unter Kontrolle. Das wird Wochen dauern, sicherlich. In dieser Zeit ist es das Beste, wenn niemand von Ihnen zu Mrs. Moran kommt . . . das Beste für Mrs. Moran! Sie fliegen am besten zurück nach Deutschland, Mister Kaven.« Ich nickte.
»Dann, wenn die Entwöhnung von den Mitteln, die sie aufrechtgehalten haben, gelungen ist, wenn sie auch ohne sie auskommt, werden wir zweierlei mit ihr machen: Erstens werden wir sie auf andere Mittel einstellen. Zweitens, und das ist viel wichtiger, kann ich dann mit einer gezielten Psychotherapie beginnen.«
»Großer Gott«, sagte Bracken. »Schon wieder?«
»Schon wieder? Ach, Sie meinen . . . Nein«, sagte Dr. Kassner. »Nein, ich bin kein Analytiker. Ich bin Psychiater. Keine Couch. Keine Narkoanalysen und derartiges. Ich rede mit Mrs. Moran. Ich höre ihr zu. Wir besprechen gemeinsam ihre Probleme. Was sie braucht, ist eine verhaltenstherapeutisch orientierte Behandlung. In einer gewissen Weise wird es so sein wie bei Babs . . .«
»Wie meinen Sie das?« fragte ich.
»Ich meine«, sagte Dr. Kassner, »daß wir Mrs. Moran zu einem aktiven, positiven Verhalten und Reagieren bringen müssen, daß sie jedes abnorme Verhalten ablegen muß.«
»Und das trauen Sie sich zu?«
»Ja, Mister Kaven. Man kann das steuern . . . wieder wie bei Babs etwa. Durch Zuwendung und Ablehnung.«

»Was heißt das?«
»Bei richtiger Entwicklung, bei richtigem Verhalten belohnt der Arzt – es ist für den Patienten wirklich eine Belohnung! – dieses Verhalten durch sehr deutliche persönliche Zuwendung. Bei abnormen Reaktionen erfolgt Ablehnung – man läßt den Patienten scheinbar links liegen, so daß es aussieht, als ob man sich nicht um ihn kümmert . . . Das ist eine schwierige Sache, zu der viel Geduld gehört, bei allen Beteiligten. Aber es ist der einzig richtige Weg. Wünschen Sie, daß ich ihn einschlage?«
»Ja«, sagte ich.
»Ja«, sagte Bracken.
Joe sagte nichts. Wir sahen ihn alle an. Er stand auf, trat vor ein großes Foto Sylvias an der Wand, schüttelte den Kopf und senkte ihn dann.
»Mmmmmm!« Bracken stieß mich an.
»Was ist?«
Bracken deutete mit dem Kinn.
Ich sah, daß Joe Gintzburger weinte. Die Tränen kullerten über seine Wangen. Die Zigarre war ausgegangen.
»Arme, liebe Sylvia«, sagte Joe erstickt. »Ja, Doc, ja, tun Sie, was Sie vorhaben. Ich sehe alles ein. Sie werden das Richtige tun. Sie werden uns eine gesunde Sylvia wiedergeben.«

51

Tagebuch.
Hier, mein Herr Richter, folgt ein kurzer Bericht über das, was in Heroldsheid seit meinem Abflug in die Staaten, nach meiner Rückkehr und später geschah, während des Frühlings, des Sommers und des frühen Herbstes – bis knapp vor die Zeit der endgültigen Katastrophe.
Während meiner Abwesenheit war es warm geworden in Heroldsheid. Die Kinder konnten ins Freie. Die Serie von Florian Bend im NÜRNBERGER MORGEN wurde ein solcher Erfolg, daß wir 9825 Mark an Spenden erhielten. Dazu kamen einunddreißig Patenschaften.
Bend strahlte vor Glück, als er mir sagte: »Ich habe es Ihnen prophezeit! Nun sehen Sie es! Die Menschen sind nicht schlecht, wenn man klug mit ihnen umgeht, sehr klug. Und das habe ich getan.«
»Aber die Spenden kommen alle von privater Seite, Privatleute haben die Patenschaften übernommen – wie Sie sehen«, sagte ich.
»Ja, von Menschen«, sagte er. »Menschen, die keiner kennt. Sie haben mir doch selber gesagt, daß nur Menschen den Menschen helfen.«
Die Kinder hatten Bend ein Geschenk gemacht: eine Sonne aus goldenem Stanniolpapier, einen Meter im Durchmesser, vielfach gefältelt. Die Sonne hatte Augen, Nase und Mund, teils ausgeschnitten, teils aufgemalt. Die

Sonne lachte. Bend war sichtlich verlegen, als ihm dieses Geschenk von Babs überreicht wurde. Sie hatte gerade eine ›gute Zeit‹. Sie war ohne jede Aggression, sie machte Fortschritte (winzige) im Schreiben, Lesen und im Rechnen (die Hürde der Zahl 3 war endgültig genommen), in einer eigens für die Kinder eingerichteten kleinen Küche lernte sie die Zubereitung einfacher Speisen (ein Butterbrot, ein Glas Schokoladenmilch etc.), die Lähmungserscheinungen waren so weit zurückgegangen, daß sie sich drängte, an der rhythmisch-musikalischen Erziehung und am Turnunterricht teilzunehmen. Fräulein Gellert, die Logopädin, war glücklich: Babs sprach wesentlich klarer und konnte längere Sätze bilden. Und immer mehr interessierte sie sich beim Werken für die Herstellung von Tellern, Tassen und Figuren aus Ton, die sie bunt bemalte. Sie ging allein aufs Klo und wusch sich selber. (Eine ›gute Phase‹, wie gesagt.) Sie tanzte oft für mich und Ruth, wenn diese in die Schule kam oder wenn sie uns in dem kleinen Haus besuchte. Ruth und ich lebten wie ein glückliches Ehepaar – wir hatten noch nie miteinander geschlafen. Wir küßten uns manchmal, nicht oft. Ich – *ich!* –, mein Herr Richter, hatte seit Monaten keine Frau und auch Monate später keine, und ich vermißte das auch gar nicht.
Ich arbeitete in all der Zeit, wie ich es schon beschrieben habe. In den ersten zweieinhalb Monaten nach meinem Abflug aus Los Angeles telefonierte ich nur mit Bracken. Dr. Kassner hatte gebeten, Sylvia in Frieden zu lassen. Sie litt in der ersten Zeit nach Absetzen der Medikamente unter qualvollen Entziehungserscheinungen; später, als Dr. Kassners Therapie eingesetzt hatte und sie auf eine neue Medikation umgestellt war, hätte ich die Arbeit des Arztes gestört. So erfuhr Sylvia durch ihn, was mit Babs los war, wenn sie danach fragte. Sie fragte oft. Dr. Kassner sprach in dieser Zeit dann nur über eine positive Entwicklung bei Babs. (Eine ›schlechte Periode‹ hatte mittlerweile wieder die ›gute‹ abgelöst, Babs war unerträglich, ich war oft am Rand meiner Beherrschung. Aber ich verlor sie nie mehr. So hatte mich die Haltung der anderen Erwachsenen schon beeinflußt.) Babs fiel in ihren Leistungen zurück, es war wieder dasselbe Elend.
Nach Ende der ›schlechten Periode‹ holte Babs enorm auf. In diese Zeit des Sommers fielen auch unsere Besuche des Ponygestüts, das in der Nähe lag, Besuche beim Gärtner und in einem Kaufhaus, Besuche eines Selbstbedienungsladens, einer Baustelle und des Marktes in Heroldsheid. Eine Szene wie jene im Postamt wiederholte sich nie wieder, aber immer waren Erwachsene da, die einfach nicht wußten, wie sie sich verhalten sollten. Sie taten dann das Typische: Sie beachteten die Kinder nicht, weil ›man‹ so etwas eben nicht ›tat‹ . . .
Ab Ende August telefonierte ich wieder mit Sylvia, die noch bei Dr. Kassner im Santa-Monica-Hospital war. Sie schien mir eine vollkommen veränderte Frau zu sein – ruhig, nicht hektisch, nicht egozentrisch, in der Lage,

auch Nachrichten über Rückschläge von Babs zu erfahren und zu verarbeiten. Dr. Kassner war ein großartiger Arzt. Er sagte mir einmal, Sylvia sei auch eine großartige Patientin.
»Sie spricht so gut auf die Therapie an, sie hat eine so gute Grundstruktur, daß ich hoffe, sie kann ihren Film drehen.«
Ihren Film . . .
Für MISSION TO BERLIN begannen – auch wieder mit mir als ›Produktionschef‹ – die Vorbereitungen in Paris und Berlin ab Anfang September. In New York vertrat mich Bob Cummings, der natürlich auch wieder alle Arbeit in Europa leisten mußte. Ich mußte lediglich viel fliegen . . .
Was den KREIDEKREIS betrifft: Er war das – keine Übertreibung, mein Herr Richter, Sie wissen es – Weltgespräch in Kinokreisen. Er spielte bis zur Katastrophe mehr als achtzig Millionen Dollar ein, in wenigen Monaten, und noch lange nicht in allen großen Ländern.
In dieser ganzen Zeit verhielt sich Romero Rettland absolut ruhig – er hätte gestorben sein können, ohne daß wir es wußten.
Am 15. September verließ Sylvia das Santa-Monica-Hospital. Sie war in so guter Verfassung, und die neue Medikation, auf die sie eingestellt worden war, wirkte so großartig, daß Dr. Kassner ohne Bedenken seine Zustimmung zu der neuen Filmarbeit gab, die in Berlin beginnen sollte.
Am 23. September traf Sylvia in Berlin ein. Sie mußte die Wochen vor Drehbeginn anwesend sein. Ich flog mit ihr nach Berlin, darauf bestand Joe, darauf bestand Bracken, darauf bestanden die Anwälte, und es gab das übliche Theater zur Begrüßung.
Drei Tage bevor ich Heroldsheid verließ, um Babs für längere Zeit wieder der Obhut von Frau Grosser zu übergeben, nahm Babs mich beiseite und sagte, sie habe einen Wunsch.
»Ja, Babs, welchen denn?«
»Ich . . . Phil . . . ich möchte wieder einen Nounours haben . . . Ich mache ihn auch ganz bestimmt nicht kaputt . . . Ich will ihn nur lieb haben . . .«
»Wie soll er denn aussehen?«
»Schwarz, bitte. Mit blauen Augen.«
So fuhr ich nach Nürnberg und kaufte einen kleinen schwarzen Teddybären mit blauen Augen. Er hatte einen Knopf im Ohr, und das entzückte Babs dann am meisten.

52

Was für unglaublich kleine Füße für einen so großen Mann, dachte der Hauptkommissar Wigbert Sondersen. Er stand in der Mitte des Zimmers und betrachtete seit mehreren Minuten reglos die Stelle, an welcher der so

große Mann zusammengebrochen war. Kraftloses Licht einer schwachen elektrischen Birne machte alles in diesem trostlosen Raum noch trostloser. Von Schmutz wie von zähem, erstarrtem Schleim überzogen war an vielen Stellen die abblätternde Tapete mit ihren verblaßten Streifen, ihrem verblaßten Blümchenmuster an den Wänden, welche, riesigen Furunkeln ähnelnd, Beulen zeigten sowie dunkel glänzende, an die geteerten Flächen der Straßenpissoirs erinnernde Feuchtigkeitsflecken. Eine Kommode. Ein Schrank mit einem großen, querdurch gebrochenen Spiegel, Bierdeckel unter einem seiner schweren Standklötze. Ihm gegenüber ein Eisenbett, angerostet die Streben, stockig die Wäsche, verschlissen von allzulangem Gebrauch. Dumpfer, säuerlicher Geruch. Wie durchweichte Lappen hingen kurze, schmierig-grüne Leinenvorhänge an beiden Seiten eines kleinen Fensters ohne Gardinen, dessen Rahmenteile dort, wo sie dereinst weiße Farbe bedeckt hatte, nun dunkles, faulig wirkendes Holz zeigten.
Ich kann über all dies berichten, mein Herr Richter, weil der Hauptkommissar Sondersen mir davon später in aller Ausführlichkeit erzählt hat.
In der Ecke neben dem Fenster befand sich ein Waschbecken, dreimal gesprungen, voller Flecken, gelblich, bräunlich. Zwei zusammengefaltete Handtücher mit roten Streifen auf seinem Rand, eingetrocknete Seifenstückchen in den Schalen, ein halberblindeter Spiegel darüber – die kahle Birne dort funktionierte ebensowenig wie der Warmwasserhahn, Sondersen hatte das festgestellt. Ein tragbares Holzbidet und eine Blechkanne hinter einem windschiefen Wandschirm, dessen einst rosenfarbene, nun teilweise schon braun und schwarz gewordene Stoffbahnen fadenscheinig waren, dünn, zerrissen. Zwischen Kanne und Bidet eine Dose Intimspray, schockfarben gelb.
Dies alles und des Erbärmlichen mehr also im Funzelschein einer schwachen Birne unter grünlichem Porzellanschirm an der Zimmerdecke. Fliegendreck dort oben ebenso wie auf den beiden Spiegeln, wie überall in diesem stinkenden Zimmer einer stinkenden Absteige. Von Zeit zu Zeit nur noch drangen Straßenlärm und einzelne Stimmen aus der Tiefe der schmalen Gasse durch das Fenster, dann und wann auch Motorengeräusch vom nahen Parkplatz. Eine Sackgasse in der Nürnberger Altstadt war diese Gasse. Nun dröhnten überlaut Glockenschläge. Das muß die St.-Lorenz-Kirche sein, dachte Sondersen. Schon neun Uhr. Kalt war diese unfreundliche Herbstnacht, tief segelten schwarze Wolken, doch es regnete nicht, immer noch nicht, den ganzen Tag lang schon wartete Sondersen auf Regen.
». . . bei den Frau'n, Bel ami! Soviel Glück bei den Frau'n, Bel ami . . .«
Von irgendwoher kam Musik, der Gesang einer Frauenstimme. In einem anderen Zimmer dieses ›Hotels‹, das den Namen ZUM WEISSEN RAD trug, hatte wohl jemand ein Radio angedreht.

». . . bist nicht schön, doch charmant, bist nicht klug, doch sehr galant . . .«
Zuerst sind sie alle auf den Gängen gewesen, dachte Sondersen, haben sich greisenhaft-lüstern, in geilem Entsetzen, voll wollüstigen Grusels vor dieser Zimmertür gedrängt, haben versucht einzudringen, daran gehindert von dem alten Zuhälter, der hier als Portier untergekrochen ist, von Polizisten und zwei Hausdienern, einem Jugoslawen und einem Türken, haben durcheinandergeschrien, gekeucht, rote Flecken auf grauen Wangen, mir rasend schnell aus nächster Nähe sinnlose Mitteilungen, gehässige Verdächtigungen ins Gesicht geflüstert, speichelsprühend manche, mit üblem Atem andere, acht Huren und ihre Kunden, dann sechs alte Paare, er und sie, Schlafrock, herabgerutschte Strümpfe, hängende Hosenträger, Pantoffeln, ein Mann tatsächlich nur mit einer halben Zahnprothese, seine Frau mit schlaffen Brüsten gleich leeren Säcken unter dem klaffenden Morgenmantel – keine Zeit, keine Zeit für den Büstenhalter, für die zweite Prothesenhälfte, herbeigerannt, gestolpert, schnell, schnell, schnell, nachdem der Schuß gefallen war, das Unerhörte nicht zu versäumen, nie wieder kam derartiges hier vor, nie war es vorgekommen je! –, und dann auch noch, bleich, hohlwangig, mit tränenden, brennenden oder stumpfen Augen, verklebten Haaren, ewig rinnenden oder auch zum ewigen Schnuppern zwingenden ausgetrockneten Nasen andere – mit uralten Gesichtern, dummdreist oder blöde, so jung, so jung und doch schon gar nicht mehr von dieser Welt: einige Burschen, einige Mädchen, in alten amerikanischen Armeejacken, durchlöcherten Pullovern, dreckigen Blue Jeans, zerfetzten Cordhosen, billigsten weißen Hemden, bedruckt mit den Namen der größten Zeitungen der Welt – all jene, die, wie die alten Leute, hier ständig wohnten, in diesem Hause an der letzten Straßenbahnstation des Lebens, nach ihr kam keine.
». . . du verliebst jeden Tag dich aufs neu, alle küßt du und bleibst keiner treu . . .«
Dann, einer nach dem andern, waren sie zurückgeschlurft, gehumpelt, getorkelt, geschlichen in ihre Zimmer, still plötzlich, nicht mehr lüstern, entsetzt, wollüstigen Grusels voll, nein, nun voller Angst plötzlich, verwickelt zu werden, hineingezogen in das Furchtbare, sie alle – die Alten ohne Hoffnung, die einander haßten und dennoch nie mehr verlassen würden, dachte der Hauptkommissar Sondersen, nicht mehr verlassen würden, weil sie keine Kraft mehr hatten, keinen Weg mehr sahen. Und sie, die Jungen – Stricher, Spritzer, Kokser, Ausgeflippte –, sie, die Huren, die um ihre Karte bangen mußten, immer, sie, ihre tristen Kunden, ein Buchhalter, ein Baupolier, ein Brillenschleifer, ein Speditionsabteilungschef, ein Wohlfahrtsbeamter (Namen K–S), ein Totengräber (ja, auch davon gab es einen, wußte Sondersen inzwischen), ein Pfandleiher, sie alle

mit ihren kleinen Wünschen und ihren großen Sorgen, die sie zu Hause ungeliebte Frauen und widerliche Gören wartend wußten. Nun lang schon wieder leer waren die Gänge mit ihrem Lysol- und Uringeruch . . .

». . . doch die Frau, die dich liebt, machst du glücklich wie noch nie! Bel ami, Bel ami, Bel ami . . .«

Und dabei hatte der Mann noch Schuhe an, dachte Sondersen. Man kann also gar nicht sagen, wie sehr zu klein die kleinen Füße sind. Ich muß mir das ansehen, dachte er, wenn sie ihm jetzt die Schuhe ausgezogen haben, wenn er da liegt, nackt, auf diesem Tisch aus Stein . . .

». . . ich kenne einen netten jungen Mann, der gar nichts ist und nichts Besonderes kann . . .«

Alles an diesem Menschen ist wohlproportioniert, dachte Sondersen. Auch noch in seinem Alter, seinem Elend. Wohlproportioniert alles. Nur die Füße sind zu klein. Sondersen empfand einen üblen Geschmack im Mund, dazu ein Gefühl der ohnmächtigen Erbitterung. So kleine Füße, dachte er, das ist böse. Ich weiß nicht, warum ich das glaube, aber es ist böse, gewiß. Natürlich bin ich mehr als aufgeregt. Denn der andere Mensch, den man erstarrt vor dem Liegenden angetroffen hat, den ich, *ich* noch so angetroffen habe, ist Sylvia Moran gewesen.

Sylvia Moran.

Kann ich nichts anderes denken?

Nein, kann ich nicht. Und vergessen kann ich es auch nicht, werde es nie vergessen. Wie sie dastand, mit hängenden Armen, wie ich versuchte, sie anzusprechen, versuchte, zu erfahren , ob sie die Tat begangen hatte.

»Ich habe ihn erschossen . . . Ich habe ihn erschossen . . .«

»Warum, Mrs. Moran, warum?«

»Ich habe ihn erschossen . . . Ich habe ihn erschossen . . .«

Sie hatte – wie Sondersen inzwischen wußte – ein Kopftuch über dem blonden Haar getragen, als sie gekommen war, einen Regenmantel, eine dunkelgetönte Brille, eine flache, dunkle Umhängetasche. Kopftuch und Brille hatte Sondersen ihr abgenommen. Auch das blonde Haar – eine Perücke. Blauschwarz war Sylvia Morans Haar hervorgequollen, riesengroß und dunkel waren die starren Augen gewesen.

»Mrs. Moran . . . Mrs. Moran . . . Warum haben Sie diesen Mann erschossen? Wer ist dieser Mann?«

Starr und stereotyp die Antwort, immer die gleiche: »Ich weiß es nicht . . . Ich weiß es nicht . . .«

Da war das Zimmer schon voller Beamter gewesen: neben Sondersen sein Vertreter, ein Mann vom Erkennungsdienst, ein Fotograf, der erste und der zweite Ermittlungsbeamte, der Notarzt. Vor dem Haus, im Haus Polizisten vom nahen Revier, das der Portier Kunzinger zuerst verständigt hatte. Dazu der Leiter dieses Reviers, der ihn, Sondersen, verständigt hatte.

Die Moran. Die Moran. Die weltberühmte, gefeierte Sylvia Moran, deren Film DER KREIDEKREIS seit Wochen in Nürnberg lief vor ausverkauften Häusern, für dessen Besuch man Tage zuvor Karten bestellen mußte. Die größte Schauspielerin der Welt, hier, in diesem verdreckten Zimmer einer verdreckten Absteige, vor sich einen unbekannten Toten, den erschossen zu haben sie immer wieder beteuerte.

»Ich habe ihn erschossen . . . Ich habe ihn erschossen . . .«

»Aber wie, Mrs. Moran? Aber warum?«

»Ich weiß es nicht . . . Ich weiß es nicht . . .«

Der Notarzt hatte abgewinkt.

»Hör auf, Wigbert. Das hat keinen Sinn. Schockzustand. Ich kann keine Verantwortung übernehmen. Mrs. Moran muß sofort in ein Krankenhaus gebracht werden.«

Dahin ist sie dann gebracht worden, dachte der einsame und traurige Mann in dem elenden Zimmer nun – unter Bewachung natürlich, in einem Krankenwagen, mit ihrem Mantel, dem Kopftuch, der Handtasche, der Perücke, der Brille. Zwei Beamte vom Revier sind mitgefahren.

Draußen, vor dem Hotel, wüste Szenen.

Die Neugierigen mußten fast zurückgeprügelt werden, sie wichen nicht freiwillig. Fotografen waren eingetroffen (sie hörten den Polizeifunk ab in ihren Redaktionen), Blitzlichtsperrfeuer. Aufheulen einer Sirene. Rücksichtslos war die Ambulanz angefahren, das endlich hatte die Herbeigeeilten dazu gebracht, zurückzuweichen.

Sondersen war mit seinen Leuten hiergeblieben. Sie hatten sich an die Arbeit gemacht, jeder an seine, stundenlang.

Sylvia Moran. Sylvia Moran. Ich kann das nicht begreifen, dachte Sondersen. Großer Gott im Himmel, Sylvia Moran! Die Welt hat ihre Sensation, dachte Sondersen . . .

». . . und den die Damen dennoch heiß verehren, weil er das hat, was alle Frau'n begehren . . .«, sang weit entfernt die Frauenstimme. Vielleicht ist das kein Radio, vielleicht ist das ein Plattenspieler, vielleicht Fernsehen, dachte Sondersen, der sich nun vorsichtig Schritt um Schritt in Bewegung setzte. Dieses Zimmer, diese Gänge, dieses Hotel, dieses Milieu, ach, wie es stinkt, da ist er wieder einmal, jener Gestank, ich kenne ihn und das Milieu, ich weiß Bescheid am Ende meiner Dienstzeit, so knapp vor meinem endgültigen Ausscheiden aus dem Amt, ich gehe nie mehr irre, seit vielen Jahren nicht, daheim bin ich in diesem Dunstkreis der Verwesung und der Verzweiflung und des Übels.

Indessen, dachte Sondersen, dieser Unbekannte, der gehört nicht hierher. Genausowenig wie Sylvia Moran. Und dennoch! Und dennoch, sie sind hierher gekommen, beide! Und dennoch, ja, gewiß, ich fühle es, weiß es mit Bestimmtheit, ist auch um diese beiden und um das, was beiden hier geschah, das giftige Inferno und der Gestank der Pest, nicht wahrnehmbar und doch betäubend, nicht Teil der Wirklichkeit und dennoch wirklicher als diese, grausige wie die Apokalypse, lautlos, stumm und trotzdem brüllend gleich tausend Elefanten, ein Höllenhauch, elendiglich geboren aus Laster und Verrat, Brutalität und Perversion, Gemeinheit, Lüge, Unmenschlichkeit und Bösem, ja, dem Bösen, ich fühle es, ich weiß es, alt und totenmüde geworden bin ich in dieser Welt der Alpträume. Jene zu kleinen Füße . . . Dieser Mann hat nicht ein einziges Dokument bei sich getragen. Wir müssen erkennungsdienstlich feststellen, wer er ist. Alles, was dieser Mann in den Taschen hatte, waren ein Ring mit drei Schlüsseln, 85 US-Dollar und 30 Cents sowie zwei Traveller-Schecks zu je 100 Dollar. Die Moran sagt nicht, wer er ist. Die Moran ist nicht bei Sinnen. Versteinert in Entsetzen und Grauen war ihr Gesicht noch gewesen, als ich kam. Eine Pistole hatte sie in der Hand gehalten (bis Hauptwachtmeister Vogel sie ihr endlich abnahm), eine Pistole Marke Walther, Modell TPH, Kaliber 6.35 mm . . .

». . . er macht die andern Männer ganz nervös mit seiner tollen Chronique scandaleuse . . .«

Schritt um Schritt tat Sondersen auf dem staubigen Dielenboden mit den unzähligen Rissen, Splittern, Sprüngen, dunklen Flecken. Einen Teppich gab es nicht. Die Nummerntäfelchen, Hilfsmittel der Beamten seiner Mordkommission, waren noch da, an langen, dünnen, spitzen Nägeln befestigt wie Demonstrationsplakate en miniature. Im ganzen Zimmer waren diese Täfelchen verteilt – beim Bett, beim Bidet, mitten im Raum, nahe der Stelle, an welcher der Mann zusammengebrochen war. Fünfzehn Täfelchen, und sie trugen, schwarz auf weißem Grund, die Zahlen 1 bis 15. Marken für die Bilder des Fotografen, für die Männer, die das Zimmer mit Zirkel und Lineal im Grundriß auf Papier zu zeichnen hatten, Spezialisten, die an tausenderlei denken mußten, an Spuren, Entfernungen, Streuwinkel, Winkelgrößen.

Behutsam wanderte Sondersen an den Grenzen des Körpers entlang, so nah wie möglich, so achtsam wie möglich. Vom Kopf bewegte er sich weiter neben der rechten Schulter, sodann den rechten abgewinkelten Arm an dessen Außenseite entlang – im Vorwärtstasten ging er auch genau um den Winkel der Armbeuge. Dann war er bei der rechten Hand. Dann wanderte er auf Zehenspitzen die Innenseite des rechten Arms empor, drei kurze Schritte.

Kehrt.

Nun an der rechten Körperseite entlang abwärts. Brust. Bauch. Oberschenkel. Das rechte Bein war unnatürlich verdreht, nicht gebrochen, obwohl man es glauben konnte. Dauernd wechselte Sondersen um dieses Bein die Richtung. Immer zierlicher wurden seine Schritte. Der rechte Unterschen-

kel, Außenseite. Um den rechten kleinen Fuß herum wieder – auf Zehenspitzen hinauf die Innenseite des rechten Unterschenkels nun, die Innenseite des rechten Oberschenkels.
Halt. Kehrt.
Nun ganz hinab die Innenseite des linken Oberschenkels, des linken Unterschenkels, des linken so kleinen Fußes. Und wieder empor an der linken Körperseite – der Mann war auf den Rücken gestürzt.
Sondersen hätte nicht angeben können, warum er diesen makabren Spaziergang machte. Etwas zwang ihn dazu – Instinkt, gewonnen in Jahrzehnten. Neben der linken Brustseite blieb er stehen, neigte sich vor und betrachtete das Blut.
». . . bist nicht klug, doch sehr galant, bist kein Held, nur ein Mann, der gefällt . . .«
Sondersen richtete sich auf und machte einen weiteren Schritt, stets bedacht, kein Stückchen Kreidelinie zu verwischen oder gar auf sie zu treten. Nun stand er wieder beim Kopf dieses Mannes, der überhaupt nicht da war, nein, nur noch sein Blut.
Bloß eine Kreidezeichnung, festhaltend die Lage dieses Mannes mit dem abgewinkelten rechten Arm und dem so häßlich verdrehten rechten Bein. Zeigend einen Mann ohne Ohren, Augen, Nase, Mund und Haar, einen Mann, bestehend aus Nichts, aus dünner, übelriechender Luft, aus leerem Raum. Einen Schattenriß. Einen Scherenschnitt. Einen Mann, der nun kein Mann mehr war, nein, längst nicht mehr. Der jedoch hier gewesen war, in diesem Raum, an dieser Stelle, ja, aus festem Fleisch und warmem Blut, atmend und sprechend, denkend, lauschend, handelnd, voller Leben, bis dann seine Stunde schlug. VULNERANT OMNES, ULTIMA NECAT – so schrieben sie einst auf ihre Sonnenuhren, dachte Sondersen. ALLE VERWUNDEN, DIE LETZTE TÖTET.
Die letzte Stunde, die diesen Mann getötet hatte, als seine Zeit gekommen war, war diese gewesen: 17 Uhr 13 Minuten und 44 Sekunden am Montag, dem 8. Oktober 1973. Tief segelten schwarze Wolken über Nürnberg, allein es regnete nicht, auch nicht vor nun mehr als dreidreiviertel Stunden.
17 Uhr 13 Minuten 44 Sekunden.
ULTIMA NECAT.
Seine Zeit.
Da nämlich war dieser Mann auf den Dielenboden aufgeschlagen, war das Glas seiner Armbanduhr zersplittert und hatte Stunden-, Minuten- und Sekundenzeiger zum Stillstand gebracht.
». . . doch die Frau, die dich liebt, machst du glücklich wie noch nie, Bel ami, Bel ami, Bel ami!« Das Orchester setzte ein, brachte das Lied zu Ende. Jählings war es totenstill. Auch von der Straße herauf klang kein Laut. Anders war das gewesen, als Sondersen im Wagen der Mordkommission

gekommen war. Da hatten sich die Neugierigen unten auf der Straße vor dem Eingang gedrängt, hatten fast die Milchglasscheiben der Tür eingedrückt. 17 Uhr 55 war es da gewesen, er hatte auf seine Uhr gesehen. Um 17 Uhr 32 war der Anruf zu Sondersen im Präsidium durchgelegt worden – der Anruf jenes Polizeireviervorstehers, der einen Mord meldete.
Der magere, große Hauptkommissar mit dem eisgrauen Haar, das wie ein Fell um seinen Schädel lag, dieser Hauptkommissar Sondersen war, bevor das Telefon schrillte, eben dabei gewesen, auf dem großen Kalenderblatt, das an der Innenseite einer Lade eines Karteikastens klebte, diesen 8. Oktober 1973 mit rotem Stift auszustreichen – wie so viele, viele Tage vor diesem Datum, es blieben nur noch wenige offen im Jahr 1973. Er hatte den Tag ausgestrichen und dann erst den Hörer des schrillenden Telefons abgehoben. Und damit war dann dieser Tag nicht wirklich ausgestrichen und vorbei, nicht das Ende, sondern der Anfang von etwas, das den Hauptkommissar Sondersen daran hindern würde, am 31. Dezember 1973 endgültig in Pension zu gehen, traurig geworden im Kampf mit dem absolut Bösen, traurig und hoffnungslos, weil man keine Hoffnung haben konnte gegenüber dem absolut Bösen. Ganz kurze Zeit vor seiner Pensionierung, die er so sehr herbeisehnte, hatte der Hauptkommissar Sondersen noch einmal aktiv werden müssen, war es ihm nicht erspart geblieben, im Zimmer 39 des Stundenhotels ZUM WEISSEN RAD noch einmal dem absolut Bösen zu begegnen.

53

Die Untersuchung des Mordes nahm ihren routinemäßigen Verlauf. Die Beamten verhörten alle Bewohner des Hauses und nahmen ihre Personalien auf. Der jugoslawische Hausdiener sprach zum Glück auch deutsch und türkisch und konnte für seinen Kollegen dolmetschen. Der Fotograf. Der Mann vom Erkennungsdienst. Die Spurensicherer. Erste Untersuchung der Leiche durch den Notarzt. Der Tod war sofort eingetreten. Der Abtransport der Leiche des Unbekannten. Sondersen hatte in diesen Stunden von der Portiersloge aus viel telefoniert. Der ED-Mann, wieder in seinem Labor, konnte mit den Fingerabdrücken des Ermordeten nichts anfangen. Höchste Stellen mußten darum alarmiert werden – es handelte sich immerhin um Sylvia Moran . . .
Also gingen sofort über Fernschreiber, Hellschreiber und Funkbildgeräte alle verfügbaren Angaben, den Toten betreffend, hinaus an Polizeidienststellen – nicht nur in Deutschland. Einmal im Hinblick auf die Person Sylvia Morans, zum andern, weil der Portier Josef Kunzinger behauptete, der Mann sei Amerikaner gewesen, ordnete Sondersen die sofortige Einschaltung von INTERPOL an. In 120 Ländern der Erde wurde nun nach

diesem Unbekannten gefahndet. Man brauchte schnellstens einen Ballistiker. Durch einen glücklichen Zufall war der berühmte Schießsachverständige Dr. Walter Langenhorst wegen eines anderen Falles in München. Also Telefonat mit München. Langenhorst versprach, sofort nach Nürnberg zu kommen. (Mittlerweile hatte sich auch der Untersuchungsrichter eingeschaltet und gab seinerseits Anweisungen.) Man brauchte einen psychiatrischen Sachverständigen, der später Auskunft über Sylvia Morans Geisteszustand zum Zeitpunkt der Tat oder jedenfalls knapp danach geben konnte, wenn es zum Prozeß kam, denn Sylvia Moran behauptete ja einerseits, den Unbekannten erschossen zu haben, andererseits, sich an nichts erinnern zu können. Für solch sensationellen Fall brauchte man begreiflicherweise einen sehr bekannten Sachverständigen. Sondersen hatte mit Professor Eschenbach von der Psychiatrischen Universitätsklinik im nahen Erlangen telefoniert.
Dieser war schon unterwegs nach Nürnberg. Die Massenmedien forderten Information. Sondersen hatte eine Erklärung, so kurz wie möglich – aber der Name Sylvia Moran mußte natürlich erwähnt werden –, telefonisch mit dem Sprecher des Polizeipräsidiums verfaßt. Im Präsidium fand gewiß bereits eine Pressekonferenz statt. Und so weiter, und so weiter. Beamte blieben im Hotel zurück. Sondersen hätte zuletzt gehen können, gehen müssen – im Krankenhaus, in das man Sylvia gebracht hatte, benötigte man ihn sicherlich, desgleichen im Präsidium. Sondersen war in der Absteige geblieben. Er war schwer benommen, wie vor den Kopf geschlagen, er konnte nicht fassen, was geschehen war. Sylvia Moran . . .
Sondersen, in dem Tatzimmer, stand nun reglos dort, wo die Kreidebahn den Kopf der Leiche, die nicht mehr da war, umrundete und sah starr auf das Blut, das viele Blut, das schon in den Dielenboden eingesickert war, aber noch feucht schimmerte. Ich habe gefühlt, daß ich die Spur entlanggehen muß, dachte Sondersen, ich habe gewußt: Hier fehlt etwas . . .
Mit einem großen Schritt trat Sondersen über die Kreidelinie des Kopfes hinweg, bis zu der Blutlache. Er kniete nieder. Beugte sich vor, ganz tief war sein Gesicht jetzt über das Blut geneigt. Dann sah er deutlich, was er unscharf schon aus der Entfernung gesehen hatte. Inmitten der Blutlache gab es zwei seltsame, nicht vollständige Linien, die sich, wie von einem scharfen Gegenstand, in den Boden gedrückt hatten. Sie zeigten, wenn man sie sich vollständig dachte, kleine, ovale Flächen, die aneinanderhingen. Nach einer Seite hin wurden sie schmäler im Rund – wie Eier. Und Hühnereigröße etwa hatten auch die beiden Einprägungen im Dielenboden. Darüber war Blut verschmiert, man mußte sehr gute Augen besitzen, um die Eindrücke zu erkennen. Sondersen besaß immer noch sehr gute Augen. Hier also hatte etwas gelegen, das schien sicher. Nun war es nicht mehr da. Wo war es? Warum hatte keiner seiner Leute es entdeckt?

Immer noch in der Hocke, sah Sondersen sich im Zimmer um, grübelnd, von der Tür zum Fenster, zurück zur Tür. Wo konnte, was fehlte, was man nicht gefunden hatte, sein? Weggenommen in Heimlichkeit? Verborgen in rasender Eile? Sondersens Blick erreichte die alte Kommode. Sie stand ohne Beine direkt auf dem Boden, vor der Wand neben der Tür.
Sondersen erhob sich. Mit sanften, gleitenden Bewegungen über die Täfelchen der Spurensicherer hinwegtretend, versuchte er, die Kommode beiseite zu schieben. Sie war viel leichter, als er gedacht hatte. Die Tapete hinter ihr fehlte ganz, hier sah man nur noch den grauen Verputz der Mauer. Wieder kniete Sondersen nieder. Mit einem Taschenmesser unternahm er es, eines der Bodenbretter anzuheben. Es bewegte sich nicht. Auch nicht das zweite. Das dritte bewegte sich. Es war am vorderen Kommodenrand gebrochen. Sondersen hob es hoch. Was er gesucht hatte, lag vor ihm auf der feuchten Schüttung. Na also, dachte Sondersen.
Er ging zu dem Kreidemann zurück, kauerte wiederum nieder, das, was er gefunden hatte, vorsichtig mit zwei Pinzetten haltend. Nun senkte er die Pinzetten langsam. Der Gegenstand schwebte über den beiden eiförmigen Eindrücken im Holz. Noch tiefer senkte Sondersen seinen Fund. Der berührte das Blut auf dem Boden. Die scharfen Ränder paßten exakt in die Eindrücke.
Sondersen erhob sich. Der Gegenstand lag nun in einem Plastiksäckchen. Es war ein Medaillon, aufgeklappt, scharfe Ränder. Dies Medaillon mußte mit den geöffneten Innenseiten auf den Boden gefallen sein, dann war der Mann wohl darauf gestürzt, nach einem schweren Fall. Also, dachte Sondersen, haben sich die Ränder in das Holz geprägt. Somit, dachte Sondersen, hat das Medaillon *schon vorher* dort gelegen. Jemand muß es fallen gesehen und unter dem Toten hervorgeholt haben – sicherlich keine leichte Arbeit. Das Medaillon war an den Außenseiten blutverschmiert, innen sauber. Der Mann hatte die Außenseiten vollgeblutet. Später, als man das Medaillon entfernt hatte, ist Blut über die nun freien Stellen des Bodens gesickert, nachdem der Mann wieder schwer auf dem Rücken lag, dachte Sondersen.
Wer immer das getan hatte, er hatte es in größter Eile getan. Das Dielenbrett war so gebrochen, daß man es sehen konnte, auch wenn die Kommode an ihrem Platz stand, stellte Sondersen fest, das Möbel zurückschiebend. Jemand vor ihm mußte das gleiche festgestellt und diesen kleinen Gegenstand dann dort versteckt haben, wo Sondersen ihn gefunden hatte.
Der Hauptkommissar stand da, das geöffnete Medaillon in dem Plastiksäckchen, reglos. Nichts auf der einen Seite. Auf der anderen Seite erblickte Sondersen unter Zelluloid ein Farbfoto. Es zeigte das lachende, glückliche Gesicht eines kleinen Mädchens. Und dieses Gesicht kannte Sondersen.

54

»Halt bloß dein dämliches Maul, du Drecksau!« sagte eine gelassene Männerstimme, als Sondersen aus dem Zimmer auf den übelriechenden Flur trat.

»Du Schwein! Meine Sachen packen und einfach hier runter und mich rausschmeißen! Gibt noch die Polizei! Ich werde . . .«

»Einen Dreck wirst du. *Ich* werde! Mit Adi reden. Und Adi wird dich vertrimmen, daß du eine Woche keinen Freier dranlassen kannst, Schneppe, elende!«

Auf dem Gang und auf der Treppe sah Sondersen zwei seiner Männer – noch sehr jung.

»Dieser Portier hat eine Schnauze . . .«, sagte der eine und sah nach unten.

»Nicht mehr lange«, sagte Sondersen. »Alle Personen verhört und überprüft?«

»Ja, Herr Hauptkommissar. Jollow und Heilig sind schon abgefahren. Zwei von den Knaben haben sie mitgenommen. Standen auf der Liste.«

»Koks?«

»Heroin. Zwei kleine Dealer, arme Schweine. Selber süchtig.«

Sonderson nickte abwesend und ging über die schmutzige, schmale Holztreppe hinab zum Eingang des Stundenhotels. Durch die Milchglasscheibe der Tür sah er die Silhouetten von zwei Polizisten.

»Du gottverfluchter Louis!«

»Ach, leck mich doch . . .«

Sondersen trat in die Loge. Zwei Menschen sahen ihm entgegen – der Portier Josef Kunzinger, klein, hager, etwa Mitte fünfzig, mit eingeschlagener Nase, Säuferaugen, fast ohne Lippen, in ärmellosem Pullover, gestreiftem Hemd, ausgefranster Krawatte und ausgebeulten Hosen, und eine sehr junge Frau in schwarzen Stiefeln mit hohen Absätzen, das grellrote Lackmäntelchen ließ die halben Oberschenkel frei, ob sie überhaupt etwas darunter trägt? dachte Sondersen. Hübsches, vulgäres Gesicht, das blonde Haar hochtoupiert, eine rote Lacktasche hing vom linken Unterarm, den sie in die Hüfte gestemmt hatte. Sofort lächelte sie Sondersen an.

»Herr Hauptkommissar! Schrecklich, schrecklich, was da passiert ist. Und die Moran! Ich bete sie an! Den KREIDEKREIS habe ich schon zweimal gesehen! Und geweint, so geweint . . . Gott, was für ein wunderbarer Film!« Übergangslos: »Muß ich mich beleidigen lassen von diesem Saustück, Herr Kommissar? Ich bin registriert, ich zahle Steuern, jeder auf der Sitte kennt mich als ehrliche Person. Oh! Krake, mein Name . . . Elfie Krake, Herr Hauptkommissar. So heiße ich. Ich schwöre, ich habe keine Schulden bei dem Sauhund! Nicht eine müde Mark!« Sie fuhr herum und schrie den Portier an: »Ich packe jetzt aus, ich sage alles, du gehst in'n Knast, du hast uns hier genug gepiesackt, du verdammtes Aas!«

»Adi«, sagte Kunzinger, Hände in den Hosentaschen, »ich sage nur Adi. Du bist fällig . . .«

Das Mädchen schrie auf, ließ die Lacktasche wirbeln und versuchte, sie Kunzinger auf den Kopf zu schlagen. Kunzinger trat ihr gelangweilt ein Knie in den Unterleib. Es mußte sehr weh getan haben, denn Elfie Krake wurde plötzlich weiß im Gesicht und fiel auf ein Sofa, dessen Überzug an vielen Stellen geplatzt war. Das Mädchen preßte eine Hand zwischen die Beine und stöhnte. Sondersen ging schnell auf den Portier zu. Der wich vor ihm zurück.

»Sie greifen mich an«, sagte Kunzinger. »Das wird Ihnen leid tun, verflucht leid!«

»Ruhig«, sagte der Hauptkommissar, »Kunzinger, seien Sie vorsichtig! Ganz ruhig jetzt, beide. Ich muß telefonieren.«

Sondersen trat an den Wandapparat und wählte die Nummer des Gerichtsmedizinischen Instituts, verlangte Professor Prinner, dachte an ihn, während er wartete. Wie viele Jahre hatte er schon mit Hans Prinner gearbeitet! Ein guter Freund. Nur etwa 1,55 Meter groß, wohlgeformter Spitzbauch, dicker, kurzer Hals, wulstige Lippen, große Nase, vorstehende Augen und spärlicher Haarwuchs. Dazu hatte Prinner noch ein Hüftleiden mit einem verkürzten Fuß und eine mühselige Gangart. Er besaß besonders schön geformte Hände, besonders schöne, seelenvolle Augen, eine besonders schöne, warme Stimme. Kettenraucher. Auch bei Obduktionen ständig eine Zigarette im Mundwinkel, während er arbeitete und seine Befunde diktierte. War die Zigarette ihm wirklich einmal im Wege, dann klemmte er sie zwischen die Zehen der Leiche.

»Prinner!«

»Tag, Hans. Wollte nur fragen, wie weit du bist.«

»Mensch, schon feste dabei. Mit Herrn Langenhorst. Der war vorher im Krankenhaus und hat die Hände von der Moran untersucht. Soll er dir aber selber erzählen. Jetzt sind hier ein Haufen Leute – ein Amtsgerichtsrat als Richter, eine Justizsekretärin, mein alter Kalwos, der Präparator, außerdem mit Genehmigung des Richters drei von deinen Jungs. Aufgemacht haben wir ihn schon.« Sondersen sah Prinner vor sich. Leichen waren seine große Schwäche. Nun trug er gewiß eine gewaltige Gummischürze, die Hemdsärmel hochgekrempelt, er arbeitete grundsätzlich ohne Handschuhe. »Feiner Herr ist das vielleicht, kann ich dir sagen. Jede Menge Ungepflegtheit. Der Knabe ist gut und gern sechzig. Warum bringt die Moran einen Sechziger um, kannst du mir das sagen?«

»Nein.« Sondersen dachte: Läuft herum wie ein Landstreicher, aber vor Gericht erscheint er stets tadellos. Hat eine ausgesprochen hübsche Frau und zwei Töchter. Vorbildliche Ehe. Wie oft hat Prinner sich schon geschnitten – wenn er, zum Beispiel, wie vorgeschrieben, das Gehirn mit dem scharfen Skalpell einer Wurst gleich in Scheiben schnitt. Da hielt er das Gehirn in einer Hand, schnitt mit der zweiten. Schnitt sich immer wieder. Jeder andere wäre vor Angst, an Leichenvergiftung zu sterben, vergangen. Präparator Kalwos arbeitete praktisch im Takt mit ihm, wortlos. Während der Chef Bauchhöhlen und Brustkörbe öffnete, zersägte Kalwos stumm Schädelknochen. Höchstens fluchte er unflätig, wenn ein Knochen einmal besonders dick und hart war.

»Gib mir Doktor Langenhorst, Hans, wenn das geht.«

»Moment, der ist gerade dabei . . . Herr Langenhorst! . . . Er kommt . . . Ich übergebe.«

Der Ballistik-Experte meldete sich. Eitle Stimme, fand Sondersen. Dem ist die Berühmtheit zu Kopf gestiegen. Immer dasselbe.

»Können Sie schon irgend etwas sagen, Herr Doktor?«

»Noch nicht viel, verehrter Herr Hauptkommissar. Mußte zuerst die Kleidung untersuchen, nicht wahr, dann die Leiche vor der Eröffnung, nun nach der Eröffnung. Einschuß in die Brust, hundertdreiunddreißig Zentimeter oberhalb der Ferse, zwei Zentimeter links neben dem Brustbein genau auf der Linie von Warze zu Warze, kreisrundes Loch, zweikommafünf Millimeter. Geschoß wurde aus dem Muskelfleisch zwischen der zweiten und dritten Rippe, fünf Zentimeter links von der Wirbelsäule herausseziert. Hundertachtunddreißig Zentimeter über Fersenhöhe.«

»Schußkanal?«

»Da bin ich gerade. Verläuft zur Senkrechten von der Brust zum Rücken ansteigend in einem Winkel von neun bis zehn Grad.«

»Schlußfolgerung?«

»Nicht so schnell! Bei einer solchen aufsteigenden Geschoßbahn könnte der Schütze unmittelbar vor seinem Opfer gestanden haben, höchstens zwei Meter zwanzig von ihm entfernt. Ich kann Ihnen aber jetzt schon sagen, daß ich einen Nahschuß aus unmittelbar aufgesetzter Pistole ausschließe.«

»Ja?«

»Ja. Es war ein Schuß aus schätzungsweise einem Meter Entfernung. Aber da müssen Sie wirklich noch ein wenig warten, Hochverehrter. Mein Bericht . . .«

»Selbstverständlich. Ich höre, Sie waren schon bei Mrs. Moran?«

»Ja.«

»Und?«

»Immer noch im Schock. Hände sofort auf Pulverschmauch untersucht.«

Sondersen kannte das Verfahren: Eine Messerspitze Weinsäure in einem Glas Wasser auflösen. Filterpapier mit dieser Lösung befeuchten, auf die

Haut legen. Das Papier saugt dabei die im Schmauch befindlichen Bleianteile auf. Dann Filter abheben, auf Glasplatte legen und mit wäßriger Natriumrhodizonatlösung besprühen. Bei Vorhandensein des Schmauchs intensive Rotfärbung. »Sylvia Morans rechte Hand erbrachte den eindeutigen Nachweis von Pulverschmauch.«

»Also kein Zweifel, daß sie schoß?«

»Nicht der geringste.«

»Danke, Herr Doktor. Ich komme später noch vorbei.«

Sondersen legte den Hörer auf.

Fernschuß. Auf einen Sechzigjährigen. Das ist doch Wahnsinn. Ich muß ins Krankenhaus, irgendwann, und sie verhaften, es geht nicht anders. Großer Gott, und in drei Monaten hätte mich das alles nichts mehr angegangen.

Der Portier Kunzinger und die ›Dame‹ Krake beschimpften sich weiter.

»Du verfluchte Nutte . . .«

»Halt's Maul, du Dreckskerl!«

Sondersen schlug gegen das Schlüsselbrett.

»Ruhig! Ich will das jetzt noch einmal wissen, Kunzinger. Wenn Sie lügen und ich komme Ihnen drauf, sind Sie geliefert. Also wie war das? Wer von den beiden ist zuerst gekommen? Sylvia Moran oder dieser Mann?«

»Sylvia Moran«, sagte Kunzinger artig.

»Alles noch einmal. Wann ist sie gekommen?«

»Knapp vor fünf.«

»Waren Sie da allein?«

»Ja, Herr Hauptkommissar.« Kunzinger war jetzt ganz Demut.

»Also keine Zeugen.«

»Nein . . . keine . . . Aber ich sage die Wahrheit! Ich schwöre, ich sage die Wahrheit. Ich . . . ich . . . Warten Sie . . .« Er zog ein großes Buch heran, das aufgeschlagen auf einem Pult lag, voller Flecken, Schmutz und Fett. »Sehen Sie, Herr Hauptkommissar, da . . .« Eine Erleuchtung kam ihm. Er rief: »Die Krake war dabei! Die war dabei, Herr Kommissar!«

»Wann?«

»Wie die Dame angerufen hat! Die Krake hat alles mitangehört! Die kann es beschwören, daß ich die Wahrheit sage.«

Sondersen sah die Krake an.

»Waren Sie wirklich dabei?«

»Ja, Herr Hauptkommissar. Da haben wir doch gerade den Krach gehabt, weil ich dem Schwein gesagt habe, er bescheißt mich dauernd . . . Vorgestern war das.«

Die Krake wird nicht für den Portier lügen, nie. Wenn sie sagt, sie war dabei, dann war sie dabei, dachte Sondersen. Eine Zeugin, der ich glauben kann . . .

55

»Hier . . . Hier, Herr Hauptkommissar . . .« Kunzinger fuhr mit dem Finger eine Zeile entlang. »Hier steht es . . . Samstag . . . Da hat diese Dame angerufen . . . Aber das habe ich doch schon Ihren Herren gezeigt . . .«

»Den anderen Herren haben Sie nicht gesagt, daß Fräulein Krake bei dem Anruf anwesend war – oder?«

»Nein.«

»Warum nicht?«

»Hat mich keiner gefragt.«

»Schön. Also.«

»Samstagnachmittag . . . Da steht es . . . Vera Klein . . . Das war sie . . .«

Sondersen trat neben ihn und las das Gekrakel:

›6. Oktober 1973. 16 Uhr 20. Anruf Frau Vera Klein. Zimmer für 8. Oktober, ab 17 Uhr.‹

»Das hat *sie* bestellt?«

»Ja, Herr Hauptkommissar!« sagte die Krake. »Einmal lügt dieses Schwein nicht. Ich hab hier gestanden, wo ich jetzt stehe, und ich habe gehört, wie er mit der Dame telefoniert hat und ihre Worte wiederholt, alle.«

»Woher wissen Sie, daß das Sylvia Moran war und keine andere Frau?«

»Sie hat laut gesprochen. Ich habe ihre Stimme gehört. Wir haben nachher noch darüber geredet, der Kunzinger und ich . . . So eine feine Aussprache! Ich habe gesagt, die könnte vom Theater sein! Oder vom Film!«

»Ja, das hat die Krake gesagt!«

»Woher rief die Dame an?«

»Weiß ich nicht. Vielleicht von auswärts.«

»Vielleicht aus Berlin?«

»Warum nicht aus Berlin?«

»Woher hatte sie die Nummer dieses Hotels?«

»Weiß ich doch nicht. Frage ich doch nicht!«

»Kommt das oft vor?«

»Was?«

»Daß eine Frau ein Zimmer reserviert bei Ihnen . . . telefonisch?«

»Ach, Herr Hauptkommissar, wenn Sie wüßten, wer hier alles anruft und Zimmer bestellt . . . Niemals würde ich was sagen . . . Aber Sie würden staunen, ach ja, staunen, was das manchmal für feine Damen sind!«

»Das sind diese verfluchten Wilden, die uns das Geschäft versauen!« rief die Krake voll Erbitterung. Und erschrak. »Natürlich nicht Sylvia Moran. Die habe ich nicht gemeint. Wirklich nicht . . .«

»Weiter. Also Mrs. Moran . . . also die Frau hat am Samstag bestellt und ist heute knapp vor fünf gekommen. Angeblich.«

»Nicht angeblich! Wirklich! Um fünf muß ich doch immer meine Medizin nehmen – die Lunge. Ich will sie gerade nehmen, da steht sie schon da. Regenmantel, Umhängetasche, Kopftuch, dunkle Brille. War mir klar: Was ganz Besonderes.«

»Wieso?«

»Wegen der Aufmachung. Nach der Erscheinung, nach der Stimme hätte ein Mercedes dazugehört, ein Chauffeur – ja, aber doch nicht hier! Doch nicht im WEISSEN RAD! *Gerade* eine ganz große Dame muß hier so ankommen – verkleidet, wenn Sie mich recht verstehen.«

»Weiter.«

»Sie sagt, sie heißt Vera Klein, und ich gebe ihr den Schlüssel von neununddreißig. Will sie raufführen. Aber das hat sie abgelehnt.«

»Woher wußten Sie, daß das die Dame war, die angerufen hatte?«

»Hat doch ihren Namen genannt – Vera Klein.«

»Das hätte jede tun können. Außerdem war es ein falscher Name.«

»Daß das nicht der richtige Name sein wird, habe ich schon zu der Krake gesagt, als sie ihn am Samstag zum ersten Mal nannte – was Elfie?«

»Ja, hast du gesagt.«

»Weiter.«

»Na, sie geht rauf. Vorher sagt sie noch, ein Herr wird kommen und nach ihr fragen. Herr Rand. Werner Rand. Sie beschreibt ihn. Genauso, wie er dann ausgeschaut hat, als er gekommen ist.«

»Wann war das?«

»Eine Viertelstunde später vielleicht. Höchstens. Hatte gerade meine Medizin genommen. Ein Ami, sage ich Ihnen, Herr Hauptkommissar! Dabei bleibe ich!«

»Woher wissen Sie das so genau?«

»Ich habe nach dem Krieg, nach der Gefangenschaft, als Barkeeper gearbeitet. In Garmisch. Bei den Amis. Ich erkenne einen Ami sofort, und wenn er sich noch so verstellt.«

»Also ein Ami. Und?«

»Und der alte Kacker – verzeihen Sie, Herr Hauptkommissar, verzeihen Sie –, und der arme Mann fragt: Ist Frau Klein da? Und ich sage ja. Und er fragt, welches Zimmer, und ich sage ihm, welches, und will auch ihn führen, aber er sagt, er findet's allein. Dann hab ich viel zu tun gehabt.«

»Womit?«

»Andere Gäste. Montagnachmittag sind wir immer voll. Komisch, nicht? Theater und Kinos haben da ihren schlechtesten Tag. Aber wir . . . Na ja, und dann habe ich den Schuß gehört. Und bin raufgestürzt . . .«

»Wohin?«

»Zimmer neununddreißig.«

»Warum gerade neununddreißig?«

»Weiß ich nicht . . . War alles so was wie 'ne Ahnung, nicht? Der falsche Name, die schöne Frau, der alte Kerl . . . Jedenfalls bin ich also rauf, reiße die Tür auf, und da steht sie, und er liegt vor ihr, und sie hat die Kanone direkt auf mich gerichtet, mir wird ganz schlecht, wenn ich daran denke . . . Das habe ich nun aber wirklich schon dreimal zu Protokoll gege . . .«

Die Eingangstür flog auf. Die beiden Polizisten hielten einen Mann fest, der sich heftig wehrte.

»Sie können hier nicht herein!«

»Ich muß!«

»Nein!«

»Ja doch!«

»Lassen Sie den Mann los!« sagte der Hauptkommissar.

Sie ließen mich los.

Ich taumelte direkt vor Sondersen. »Was . . . was . . . Wo ist . . .«

»Wo ist wer, Herr Norton?« fragte Sondersen mich, indessen ich bemerkte, wie die beiden anderen Menschen in der Loge zurückwichen, mich anstarrten.

»Sylvia . . . Wo ist Sylvia . . . Um Gottes willen, hat sie . . .«

»Hat sie was, Herr Norton?«

»Hat sie Rettland getroffen?«

»*Rettland?*«

»Ja! Romero Rettland! Hier ist doch etwas geschehen . . . Hat sie . . . Hat sie . . . hat sie Rettland erschossen?«

»Wie kommen Sie darauf?«

»Antworten Sie mir!« rief ich.

»Antworten Sie *mir!*« sagte Sondersen. »Wie kommen Sie auf diese Vermutung?«

»Sie hat sich hier mit ihm getroffen, heute um fünf«, sagte ich, immer noch keuchend. Ich war ein weites Stück gerannt, bis ich dieses Hotel gefunden hatte.

»Woher wissen Sie das?«

»Sie hat in Berlin aus dem Atelier telefoniert. Eine Garderobiere war neugierig, hat mitgehört, was mitgekriegt . . . aber es mir nicht gleich gesagt.«

»Was?«

»Den Namen dieses . . . dieses Hotels . . . das Datum . . . die Bestellung . . . daß Sylvia einen falschen Namen angab . . . Vera Klein . . . noch einen falschen Namen . . . Werner Rand . . . Mit dem wollte sie sich treffen, hat sie gesagt . . .«

»Und?«

»Was und?«

»Das ist Philip Kaven!« schrie das Mädchen plötzlich. »Philip Kaven! Das sind Sie doch?«
»Ja, das bin ich . . .« Egal jetzt, egal. Ich war zu spät gekommen, das sah ich.
»Wo ist Sylvia?«
»Nicht mehr hier.«
»Wo?«
»Wieso kommen Sie hierher?«
»Weil ich versuchen wollte, einen Mord zu verhindern!«
»Was wollten Sie versuchen zu verhindern?«
»Einen Mord!« schrie ich, außer mir. »Es war mir klar, daß Sylvia diesen Rettland treffen mußte . . . daß er sie dazu gezwungen hat . . . daß er uns . . . ihr . . . nach Europa gefolgt war . . . daß sie erpreßt wurde . . .«
»Erpreßt?«
»Ja. Nein. Ja . . . Doch, natürlich . . . Sonst wäre sie nicht hierher gekommen . . . Sie hat eine Pistole, seit sie in Deutschland ist . . .«
»Waffenschein?«
»Nein.«
»Wo hat sie die Pistole her?«
»Ich habe sie gekauft . . . von einem . . . einem Mann . . .«
»Was für einem Mann?«
»Weiß ich nicht . . . Das war in einer Bar in der Meinekestraße . . . Männer, die solche Geschäfte machen, geben nicht ihre Namen und Adressen an!«
»Sie werden doch vielleicht noch wissen, was für eine Waffe Sie da für Mrs. Moran erworben haben?«
»Natürlich . . . eine Walther . . . sechsfünfunddreißig . . .«
Sonderson sah mich traurig an.
»Was ist? Hat sie Rettland mit dieser Pistole . . .«
Er nickte.
»Wo ist sie? Ich muß sofort zu ihr!«
»Ausgeschlossen.«
In meinem Kopf drehte sich alles. Sylvia hat Rettland erschossen. Hier in Nürnberg. Babs ist in Heroldsheid. Jetzt wird es hier den Mordprozeß geben. Den Sensationsprozeß. Jetzt werden alle als Zeugen aufgerufen werden, welche die Wahrheit kennen. Jetzt wird die Wahrheit herauskommen. Jetzt . . .
». . . antworten Sie mir nicht, Herr Kaven?«
»Was . . . Ich habe nicht verstanden, was Sie sagten, Herr . . .«
»Ich sagte: Wieso kauften Sie die Pistole für Mrs. Moran?«
»Damit sie sich verteidigen konnte im Notfall.«
»Hatte sie Angst?«
»Große.«

»Vor wem?«
»Rettland.«
»Woher wissen Sie das?«
»Sie hat es mir erzählt.«
»Und Sie haben ihr die Waffe besorgt. Und dann sind Sie, aus reiner Sorge, sie könnte sie auch benützen, ihr hierher nach Nürnberg nachgeflogen.«
»Ja.«
»Wie konnten Sie denn aber wissen, daß Mrs. Moran in Nürnberg ist?«
»Diese Garderobiere hat mich angerufen . . . Sie hat lange mit sich gekämpft, ob sie es mir sagen soll . . .«
»Sehr lange. Ja. Wann hat sie angerufen?«
»Heute abend, so gegen sechs . . .«
»Sie wußten aber doch, das hat diese Garderobiere Ihnen da doch wohl gesagt, daß Mrs. Moran eine Verabredung um fünf hatte.«
»Ja . . . ja . . . gewiß . . . Herr Sondersen, ich wollte zu ihr . . . retten, wenn noch etwas zu retten war . . . ihr beistehen . . . Ich mußte doch . . . Ich bin mit ihrer SUPER-ONE-ELEVEN geflogen.«
»Haben Sie jemandem von der ganzen Sache in Berlin erzählt?«
»Natürlich niemandem.«
»Und Sie sind nicht hierher gekommen, um sich ein Alibi zu verschaffen?«
»Alibi?«
»Es könnte doch sein, daß Sie die Tat gemeinsam mit Mrs. Moran geplant haben – immerhin, die Pistole ist von Ihnen besorgt worden . . . Und nun stellen Sie alles so dar, als ob Sie ihr entsetzt nachgeflogen sind – nachdem Sie sie zur Tat bewogen haben.«
»Herr Sondersen!«
Ich trat zurück. Ich stand neben diesem Mädchen mit dem roten Lackmantel. Sie sagte atemlos, indem sie mir einen Kugelschreiber und ein Notizbuch hinhielt: »Ein Autogramm, bitte, Herr Kaven. Bitte!«
Ich sah zögernd zu Sondersen.
»Geben Sie ihr ein Autogramm«, sagte der. Ich schmierte meinen Namen in das Buch. Das Mädchen dankte. »Und nun – es tut mir aufrichtig leid, Herr Kaven – muß ich Sie bitten, mir ins Präsidium zu folgen.«
Ich nickte nur noch. Ich sagte nichts mehr. Ich ging ohne Widerstand mit Sondersen, als die Funkstreife eingetroffen war, die er gerufen hatte. Wir fuhren durch die Stadt zum Präsidium. Ich sah große Plakate. Im Licht der Straßenlampen, das den Regen silbern aufleuchten ließ, konnte ich lesen, was auf den Plakaten stand:

SYLVIA MORAN, DIE GRÖSSTE SCHAUSPIELERIN UNSERER ZEIT
IM GRÖSSTEN FILM UNSERER ZEIT:
DER KREIDEKREIS

»Was geschieht jetzt mit Babs?«
»Ich kümmere mich darum. Ich kümmere mich um alles, Phil.«
»Ich kann da nicht mehr hinaus! Ich muß jetzt in Nürnberg bleiben! Im FRÄNKISCHEN HOF. Gebe Gott, daß mich niemand aus dem BRISTOL oder sonst wer erkennt«, sagte ich.
»Es geht schon alles gut«, sagte Ruth.
»Es geht nichts gut! Schau dir doch Nürnberg jetzt schon an – zwei Tage nach der Tat! Ein Jahrmarkt! Ein Rummelplatz! Reporter, Fotografen, Fernsehteams aus der ganzen Welt! Ich habe noch ein winzig kleines Zimmer im FRÄNKISCHEN HOF bekommen – das letzte. Die Stadt platzt, Ruth, sie platzt! Ein Irrenhaus ist das! Billy Wilders ›Reporter des Satans‹ war ein Dreck dagegen! Und es wird immer schlimmer, immer schlimmer! Auch wir dürfen uns nur noch heimlich treffen! Nie mehr in deiner Klinik! Nie mehr in Heroldsheid! Großer Gott, Heroldsheid! Wenn da jemand auf den Gedanken kommt, daß Babs . . .«
»Kommt keiner, beruhige dich, Phil, bitte.«
»Aber Babs ist jetzt allein! Und sie wird es bleiben! Lange! Sie wird es nicht aushalten so lange ohne mich!«
»Frau Grosser ist sofort für dich eingesprungen. Allgemein heißt es, die Schule hat dich nach Amerika geschickt – für viele Wochen. Große Spendenaktion.«
»Aber dann halte *ich* es nicht aus ohne Babs!«
Ruth stand auf, kam zu mir, setzte sich neben mich auf die Couch und küßte mich.
»Du – der sie immer gehaßt, der du sie verabscheut hast, der du sie einmal umbringen wolltest!«
»Ach . . .«
Sie strich mit einem Finger über meine Lippen.
»Ich weiß«, sagte sie, »ich weiß. Das war in einem anderen Land – so heißt das doch bei Hemingway, nicht?«
Ich nickte.
Zum ersten Mal, seit ich sie kannte, war ich in Ruths Wohnung. Wir mußten jetzt vorsichtig sein, so viele Dinge bedenken, so vielen Gefahren aus dem Weg gehen – was für ein Leben!
Nobody knows the trouble I see, nobody knows but Jesus . . .
Plötzlich fiel mir diese Zeile aus dem Neger-Spiritual wieder ein, das ich gehört hatte in jener Nacht, da ich Ruth von unserem ersten Abendessen heimgebracht hatte.
Nein, niemand kennt das Leid, das ich seh, niemand kennt es, nur Jesus . . .
Aus Berlin waren Joe Gintzburger, Julio da Cava (er drehte auch MISSION TO

Berlin als Regisseur mit Sylvia, hätte den Film drehen sollen, denn Sylvia saß ja nun in Untersuchungshaft, ein Prozeß gegen sie wurde vorbereitet), Rod Bracken (in Sylvias Rolls-Royce, er brachte meine Anzüge, Wäsche und Koffer mit), Katie und Joe Patterson, Bob Cummings von Syran-Productions und andere nach Nürnberg gekommen: der Kameramann Roy Hadley Ching, der Autor Mike Toran, der Architekt Joel Burns, der Cutter Allen Lang – wir hatten fast genau dasselbe Team wie beim Kreidekreis, und wir wohnten alle im größten Hotel der Stadt, im Fränkischen Hof.

». . . Sylvia Moran, für ihren Film Der Kreidekreis mit dem ›Oscar‹ ausgezeichnet, international berühmte amerikanische Filmschauspielerin, verweigert nach wie vor jede Auskunft darüber, warum sie den einundsechzigjährigen, einstmals sehr beliebten Schauspieler Romero Rettland erschossen hat . . .«

20 Uhr 05. Fernsehen. Tagesschau der ARD. Ein Sprecher, hinter ihm Archivaufnahmen von Sylvia, von Rettland. Ich saß dem Apparat in Ruths Wohnung gegenüber.

». . . dies teilte vor einer Stunde Hauptkommissar Sondersen« (auch ein Archivbild, seltsam, warum keine Ausschnitte aus der Pressekonferenz?) »den Journalisten mit. Wie bekannt, wurde Sylvia Moran nach der Tat und nach Behandlung eines schweren Schocks durch Professor Doktor Eschenbach von der Psychiatrischen Universitätsklinik Erlangen ins Polizeipräsidium gebracht und dort von Hauptkommissar Sondersen einem langen Verhör unterzogen. Anschließend erging Haftbefehl, und die Schauspielerin wurde an das Untersuchungsgefängnis des Landgerichts Nürnberg-Fürth überstellt. Ihr Verteidiger ist der in der Bundesrepublik wohlbekannte Rechtsanwalt Doktor Otto Nielsen . . .«

Ruths Wohnung war nur mittelgroß, fast alle Wände bedeckten Bücherregale, ein richtiges Schlafzimmer hatte sie nicht, sie schlief auf einer ausziehbaren Couch. Die modernen Möbel waren alle in hellen Farben gehalten, ebenso die Teppiche. An der höchsten Stelle der Bücherregale thronte ein alter Buddha, dem der rechte Arm fehlte. An einer Wand der Bibliothek hing eine sehr dünne Tafel aus Gold, darauf eingeritzt war ein Satz – ein sehr schöner Satz. Ich hatte Ruth gefragt, von wem er stamme. Von einem Schriftsteller, hatte sie mir gesagt. Die Worte gefielen ihr so, daß sie sich die Tafel selbst zum Geschenk gemacht hatte. Der Vater eines ihrer kranken Kinder war Goldschmied. Er hatte diese dünne Tafel mit dem Satz geschaffen. Wie hieß der Schriftsteller? Ruth konnte sich nicht erinnern. Sie versuchte es immer wieder, der Name fiel ihr nicht ein . . .

»Eine Klärung des nach wie vor scheinbar sinn- und motivlosen Verbrechens gestaltet sich immer schwieriger, so erklärte Hauptkommissar Sondersen. Achtung! Die Polizei bittet um Ihre Mitarbeit! Dringend

gesucht werden alle Personen, die Romero Rettland« (ein Bild von ihm, es blieb stehen) »am oder vor dem achten Oktober 1973 gesehen oder gesprochen haben. Das kann in jedem Ort der Bundesrepublik, aber auch im Ausland der Fall gewesen sein . . .«
Auf einem Tisch, niedrig, mit Glasplatte, lagen Zeitungen. Ich las Schlagzeilen: SYLVIA MORAN BEHARRT: »ICH HABE GETÖTET!« – WARUM MORDETE WELTSTAR SYLVIA MORAN? – »KANN MICH NICHT AN DAS GERINGSTE ERINNERN«, SAGT SYLVIA MORAN . . .
». . . diesen Aufruf der deutschen Kriminalpolizei verbreiten darum auch alle europäischen Rundfunk- und Fernsehstationen sowie alle Stationen in Übersee . . .« (Nun wechselnde Bilder Romero Rettlands, ganze Figur, Profil und nochmals und sehr groß Rettlands Gesicht, von vorn) ». . . Hier folgt eine Beschreibung des Toten: Romero Rettland wurde am neunten August 1912 in Myrtle Creek, im Staate Oregon, Nordamerika, geboren. Es steht fest, daß Rettland zur Zeit seines Todes praktisch mittellos war. Er trug alte Kleidung und wirkte verwahrlost. Rettland war amerikanischer Staatsbürger, er sprach fließend deutsch mit leichtem Akzent, aber außer Deutsch keine andere Fremdsprache. Er war einen Meter fünfundsiebzig groß, schlank, hatte graues Haar, buschige graue Brauen, eine gelbliche, krank wirkende Gesichtsfarbe und . . .«
Ruth hatte den Apparat abgedreht. Sie sagte: »Ich weiß, du kannst das nicht mehr hören. Ich auch nicht. Aber es muß sein! Wenn Sylvia geholfen werden soll . . .«
»Es kann ihr nicht geholfen werden«, sagte ich. »Sie hat Rettland ermordet, das weißt du so gut wie ich.«
»Ich bin nicht sicher . . .«
»Wer sonst soll es getan haben? Sie hatte die Pistole noch in der Hand, als die Polizei kam! Sie hatte jeden Grund, dieses Schwein Rettland zu töten! Sie hat es mir nicht gesagt – sie hat es niemandem gesagt –, aber vermutlich ist er draufgekommen, was mit Babs wirklich los ist, und hat versucht, sie nun endgültig zu erpressen.«
»Wie?«
»Mit einer riesigen Geldforderung, zum Beispiel . . . Du weißt, daß Sylvia seit Jahren erpreßt wird . . . Oder er wollte eine Heirat erzwingen, oder . . .« Ich sah sie hilflos an.
»Die Wahrheit kommt an den Tag«, sagte Ruth. »Sie kommt immer an den Tag.«
»Ja«, sagte ich. »Aber wann?« Ich schlug auf die Zeitungen, die vor mir lagen. »Was mich wahnsinnig macht, ist, daß jetzt mit diesem Tod, mit dieser Verhaftung Sylvias, mit all diesem Unglück, das Babs bevorsteht, Millionen, viele Hunderte von Millionen gemacht werden!«
»Was meinst du?«

»Der Kreidekreis, das meine ich – ein Beispiel –, hat in der Herstellung fünfundzwanzig Millionen Dollar gekostet. Seit dem Mordtag ist der Film, ist Sylvia das Tagesgespräch der Welt. Gintzburger hat mir gesagt, daß die Kopierwerke auf der ganzen Welt nicht mit dem Ziehen neuer Kopien nachkommen. Ich weiß nicht, in wie viele Sprachen der Film schon synchronisiert ist! Joe meinte, nach diesem Mord – um ein Haar hätte er gesagt: Nach diesem Gottesgeschenk! – und nach diesem Sensationsprozeß, und ob Sylvia nun verurteilt wird oder nicht, würde Der Kreidekreis mindestens dreihundertfünfzig Millionen Dollar einspielen! Dreihundertfünfzig Millionen Dollar, Ruth! Das hat noch kein Film jemals fertiggebracht! Joe ist wie im Delirium . . . Widerlich . . .!«

»Trink noch etwas«, sagte Ruth und goß mein Glas noch einmal voll Wein. Wir hatten eine Kleinigkeit bei ihr gegessen. Die Gläser und die Flasche standen noch auf dem Tisch.

»Laß mich reden! Weißt du, wie viele kranke und hungernde und vor Hunger sterbende Kinder es in der Welt gibt?«

»O ja, Phil«, sagte Ruth.

»Und weißt du, wieviel im nächsten Jahr nach Berechnungen der Weltgesundheitsorganisation insgesamt an Geld für diese Kinder zur Verfügung stehen wird?«

»Zweihundert Millionen Dollar, habe ich gelesen.«

»Zweihundert Millionen Dollar, richtig. Zweihundert Millionen für *alle* kranken, hungernden und vor Hunger sterbenden Kinder der Welt! Der *Welt,* Ruth! Wenn diese Kinder Glück haben – denn ganz sicher stehen auch noch diese zweihundert Millionen nicht zur Verfügung! Kobaltbomben sind viel billiger in der Herstellung geworden, aber immer noch recht teuer. Die Staaten müssen sparsam sein. Da gilt es, jede Ausgabe genauestens zu überlegen! Doch gut, nehmen wir an, zweihundert Millionen. Das bedeutet, daß dann jedem zehnten unglücklichen Kind – jedem zehnten, Ruth! – vielleicht – vielleicht, Ruth! – geholfen werden kann. Neun von diesen zehn Kindern sind heute und jetzt und auf alle Fälle schon zum Tod verurteilt. Neun von zehn!«

»Das ist doch sinnlos, Phil. Warum quälst du dich . . .«

»Laß mich reden, bitte! Ich habe gestern eine Report-Sendung im Fernsehen gesehen. Da wurden weitere Zahlen genannt. Voraussichtliche. Hochgerechnete. Bei wie vielen Zeitungen und Zeitschriften – die Illustrierten brauchen mehr Zeit, die kommen alle noch! – in der ganzen Welt, und bei Sylvia ist es wirklich die ganze Welt, es Auflagensteigerungen geben wird, wenn sie nun über die Geschichte berichten. Das ist phantastisch, Ruth! Das ist absolut phantastisch! Das sind, ganz niedrig geschätzt, achtzig Millionen Dollar, die da verdient werden! Dazu kommen die irrsinnig teuer gehandelten Fotos der Agenturen, die Reproduktionsrechte, die

Unsummen, die allein für deutsche Fernsehberichte aus Nürnberg, Interviews mit mir oder Joe oder irgendwem bezahlt werden von Fernsehanstalten in der ganzen Welt! Dazu Sylvias alte Filme! Der Verleih hat sie auf Joes Geheiß in ganzen Staffeln angekündigt! Diese alten Filme kommen jetzt in Abertausende von Kinos! Was die einspielen werden! Ich rede nicht weiter . . . Weißt du, was herauskommt, wenn man das alles zusammenzählt, immer an der untersten Grenze? Neunhundert Millionen Dollar! *Neunhundert Millionen Dollar!* Das ist sogar was für die Bosse der multinationalen Gesellschaften! Warum sagst du nichts, Ruth?«
»Weil es dazu nichts zu sagen gibt«, antwortete Ruth. »Hör endlich auf, von Geld zu reden, bitte. Denkst du denn, das hat es noch nie gegeben? Das gab es immer, das gibt es jeden Tag – nur betrifft es nun zum ersten Mal dich, darum wachst du auf! Was ist mit diesem Doktor Nielsen?«
»Was soll mit ihm sein?«
»Nun, er ist wirklich ein Staranwalt. Hast du ihn kennengelernt?«
»Im Hotel, ja. Er macht einen hervorragenden Eindruck.«
»Hat er irgend etwas gesagt?«
»Wieso?«
»Er muß doch schon mit Sylvia gesprochen haben.«
»Hat er, ja.«
»Und?«
»Sie bleibt dabei. Sie hat Rettland erschossen. Sie weiß nicht, warum. Sie kann sich an überhaupt nichts erinnern.«
»Wie soll Nielsen eine solche Frau verteidigen?« fragte Ruth. Sie ging zum Fenster.
»Wo willst du hin?«
»Das große Licht ausknipsen.«
»Der Schalter ist bei der Tür!«
Sie lachte nur hilflos und ging den Weg zurück.
Ich sagte: »Krankhafter Bewußtseinszustand, hat Nielsen gesagt, er weiß es natürlich noch nicht genau. Ich glaube, er will sich auf den psychiatrischen Sachverständigen aus Erlangen, diesen Professor Eschenbach, stützen. Der hat Sylvia doch nach der Tat untersucht. Und angeblich von einer Bewußtseinsstörung gesprochen bei diesem Schock, von einem pathologischen Affekt . . . gibt es das?«
»Ja, das gibt es.«
»Und was geschieht da?«
»Die Bewußtseinsstörung«, sagte Ruth, »kann in solchen Fällen einen derartigen Grad erreichen, daß die Vorstellungstätigkeit vorübergehend ganz eingestellt ist oder daß unter dem Einfluß einer einzigen Vorstellung bei Ausschaltung aller Gegenmotive explosiv gehandelt wird. Von diagnostischer Wichtigkeit ist dabei, daß für die Zeit der Bewußtseinsstörung

regelmäßig eine Amnesie besteht – totaler Ausfall des Erinnerungsvermögens. Hat Eschenbach eine Amnesie bestätigt?«
»Ja.«
»Dann«, sagte Ruth, »wird Nielsen bei einer Mandantin wie Sylvia, die ihn in keiner Weise anders unterstützt, nichts übrig bleiben, als auf den Paragraphen einundfünfzig, Absatz eins, hinzusteuern.«
»Also Unzurechnungsfähigkeit zur Zeit der Tat?«
»Ja. Unzurechnungsfähigkeit.«
»Und was wird jetzt aus Babs?«
»Ich habe dir doch gesagt, ich kümmere mich um alles. Mit dem Rektor und den anderen werden wir zurechtkommen.«
»Und wenn nicht, Ruth? Wenn etwas passiert? Wenn dieser Prozeß Monate der Vorbereitung braucht – und die braucht er –, und wenn er dann wochenlang dauert? Die werden doch wissen wollen, wo Babs ist!«
»Sicherlich.«
»Ja und? Und?«
»Du hast mir doch erzählt, daß die Filmgesellschaft in Amerika eine gesunde Babs vorzeigen kann – vermutlich irgendein anderes Kind, das Babs sehr, sehr ähnlich sieht.«
»Das ist richtig. Aber wenn das schiefgeht? Ach, egal: Und selbst wenn das gutgeht? Wenn alles gutgeht! Wenn Sylvia freigesprochen wird! Gintzburger und alle erklären, daß die Wahrheit über Babs und über Heroldsheid niemals herauskommen darf! Niemals! Hörst du? Das . . . das wäre geschäftsstörend. Das Ende vom Geschäft. Wie soll die Wahrheit aber geheim bleiben?«
»Indem wir alle zusammenhalten. Nielsen ist großartig.«
»Du verstehst mich nicht! Wenn die Wahrheit wirklich geheim bleibt, dann kann ich Babs doch nun, da ich hier als Philip Kaven erschienen bin, niemals mehr wiedersehen.«

57

». . . und hier, meine Damen und Herren, darf ich Ihnen Joe Gintzburger vorstellen, den Präsidenten der Filmgesellschaft SEVEN STARS, in deren Auftrag Sylvia Morans Gesellschaft SYRAN-PRODUCTIONS den Film DER KREIDEKREIS hergestellt hat. Die fünf Herren, die hier mit ihm in dieser Barnische sitzen, sind Anwälte von SEVEN STARS. Kamen Sie alle gemeinsam nach Nürnberg, Mister Gintzburger?« fragte der Reporter des Ersten Deutschen Fernsehens. Scheinwerfer auf die Nische in der Bar des FRÄNKISCHEN HOFS. Sensation: Live-Reportage für die ARD aus dem FRÄNKISCHEN HOF. Live! Der Reporter hatte schon andere der hier Versammelten interviewt, auch mich.

Live!
Kameraleute, Beleuchter, Kabelträger. Die Bar war voller Menschen. Ich stand an der Theke. Neben mir saßen und standen Reporter und Fotografen, auf der Theke, auf dem Boden lagen Recorder, Tonbandgeräte, teuerste Kameras: Leicas, Rolleis, Hasselblads. Die Reporter – aus vielen Ländern – kümmerten sich nicht um das ARD-Interview. Hemdsärmelig, korrekt gekleidet oder in Lederjacken saßen sie da. Tranken. Ein Amerikaner namens Hopkins hatte Geburtstag. Er war am betrunkensten. Die Männer um ihn knobelten mit Würfeln. Ich sah, daß Hopkins, wenn die Reihe an ihm war, den Becher, bevor er ihn schüttelte, immer an der Hose über seiner Garnitur rieb. Das brachte Glück, glaubte er zweifellos. Viele glauben das. Bracken und ich auch.
In einer zweiten Bar spielte eine Combo. Ich lehnte mit dem Rücken zur Theke und hörte dem Interview zu.
»Natürlich nicht . . . Die Herren sind aus Los Angeles gekommen, ich komme aus Berlin, wo wir den neuen Film von Sylvia Moran vorbereitet haben . . .« Diese Pastorenstimme! Diese sammetpfotenen Lidaufschläge! Das weiße Haar dieses Zwerges, die Güte, die sein Gesicht ausstrahlte!
»Ich nehme an, Mister Gintzburger – Sie sprechen übrigens großartig deutsch . . .«
»Ja.«
». . . daß die Herren gekommen sind, um Herrn Doktor Nielsen mit Rat und Tat zur Seite zu stehen, nun, da es gilt, die Wahrheit über die schreckliche Tat zu finden, in welche Sylvia Moran verwickelt ist?«
»Natürlich wird nun alles geschehen, was nur geschehen kann, um Sylvia zu helfen. Sehen Sie, mein Freund, bei SEVEN STARS sind wir alle sozusagen miteinander verwandt, eine einzige glückliche Familie, der größte Star, der kleinste Klappenschläger. Nur so kann man wirklich gute internationale Filme machen.«
»Und die machen Sie, Mister Gintzburger.«
»Haben Sie schon den KREIDEKREIS gesehen?«
»Nein, Mister Gintzburger, aber ich werde morgen unbedingt . . .«
»Müssen Sie sich ansehen. Wirklich unbedingt! Einer der zwölf besten Filme der Welt – das sagen die Kritiker! Niemals hat jemand einen ›Oscar‹ so verdient wie unsere Sylvia. Wunderbare Frau. Ein Leben lang bin ich in diesem Beruf. Ich sage Ihnen: Sie ist die Größte, die es jemals gab.«
Die Anwälte blickten feierlich.
Der Reporter räusperte sich.
»Sie sind natürlich davon überzeugt, daß Sylvia Moran unschuldig ist.«
»Selbstverständlich! Diese Frau *kann* nur unschuldig sein, junger Freund. Sie kennen sie nicht persönlich. Sylvia ist . . . Sie ist ein Engel . . . ein

Engel an Reinheit und Güte. Niemals im Leben wäre sie fähig, eine solche Tat zu begehen.«
»Sie behauptet aber hartnäckig, sie begangen zu haben.«
Einer der Anwälte neigte sich vor und sagte Joe etwas ins Ohr. Der nickte und wandte sich an den Reporter, welcher ihm das Mikro hinhielt. »Sylvia ist nicht klar. Sie ist noch immer im Schock.«
»Professor Eschenbach behauptet, der Schock sei längst abgeklungen.«
»Professor Eschenbach!« Joe wand die rosigen Händchen. »Ja, und was bedeutet das? Zur Zeit der Tat war sie im Schock, war sie unzurechnungsfähig – oder bestreitet er das auch?«
»Nein, soviel ich weiß, nicht . . .«
»Na also! Es läuft schon alles richtig, seien Sie beruhigt; es kommt ein berühmter amerikanischer Psychiater, Doktor Kassner, wenn der spricht, wird sofort alles anders aussehen, verlassen Sie sich darauf! Die arme Sylvia! Das gibt hier noch einen herrlichen Justizskandal, junger Freund! Doktor Nielsen ist einer der besten Strafverteidiger Ihres Landes, sein Bruder ist Verleger dieses Nachrichtenmagazins . . . Der Name fällt mir nicht ein . . . Doktor Nielsen wird . . .«
»Was wird Doktor Nielsen?«
»Herr Doktor Otto Nielsen wird in ganz kurzer Zeit durchgesetzt haben, daß Sylvia zunächst einmal wieder auf freien Fuß gesetzt wird, und dann . . .«
Ein anderer Anwalt flüsterte ihm etwas zu.
»Herr Doktor Nielsen wird erreichen«, sagte Joe, schnell einen Haken schlagend, »daß Sylvia Gerechtigkeit widerfährt. Man kann eine nervlich zusammengebrochene Frau nicht wegen einer Selbstbeschuldigung anklagen, die absolut lächerlich ist!«
»Aber Romero Rettland ist tot, Mister Gintzburger!«
»Ja, aber wer weiß wirklich, auf welche Weise er ums Leben kam? Er war ein Schw . . . Er war ein sehr böser Mensch, junger Freund.«
»Einmal Ihr größter Kassenmagnet, Mister Gintzburger!«
»Wann? Wann? Vor x Jahren! Und dann? Schlechte Frauen, Trunksucht, Rauschgift, Schlimmeres. Ja, das muß einmal gesagt werden, und ich werde es als Zeuge vor Gericht sagen! Romero Rettland – einst war er so etwas wie mein Sohn. Ich habe ihn aufgebaut, ihn zum Star gemacht. Und er?« Ein Anwalt neigte sich schnell vor, Joe nickte und winkte angeekelt ab.
Der Reporter fragte: »Ist es möglich, daß Rettland Sylvia Moran erpreßt hat?«
»Wie? Womit?«
»Das weiß ich nicht. Ich frage Sie, Mister Gintzburger.«
»Hören Sie, junger Freund, das ist nun völlig absurd. Sehen Sie sich den KREIDEKREIS an. Dann möchte *ich* wissen, ob Sie es noch einmal wagen

werden zu fragen, wer auf Gottes weiter Welt diese wunderbare Frau, die größte Persönlichkeit der Filmgeschichte, weltweit geliebt und verehrt, mit *irgend etwas* erpressen kann! Ich bin Ihnen dankbar, daß Sie mir Gelegenheit geben, das vor einer Fernsehkamera und vor Millionen zu sagen: Sylvia Moran gehört nicht in ein Untersuchungsgefängnis, sondern in ein Sanatorium! Erinnern Sie sich an Judy Garland? War das ein Star? Na also. Und in welche Lagen kam die wegen irrsinniger Überanstrengung, weil sie, um durchzuhalten, Aufputschmittel nahm, Beruhigungsmittel . . .«

»Wollen Sie damit sagen, daß Sylvia Moran Aufputsch- oder Beruhigungsmittel . . .«

»Stop!« sagte ein Anwalt, sich erhebend. »Aus! Das will Mister Gintzburger natürlich keineswegs sagen, verstehen Sie?« Der Anwalt stach mit einem Finger nach dem Reporter. Die Combo spielte ›I'm always chasing rainbows . . .‹ Geburtstagskind Hopkins rieb den Würfelbecher an seiner Garnitur.

»Aber immerhin . . . der Zusammenbruch bei der ›Oscar‹-Verleihung . . .« Der Reporter kam ins Stottern. »Es ist bekannt, daß Sylvia Moran lange Zeit danach im Santa-Monica-Hospital zubringen mußte.«

»Überarbeitung! Deshalb hat Mister Gintzburger Judy Garland als Beispiel herangezogen. Mrs. Moran war total überarbeitet. Sie hat das Santa-Monica-Hospital zum Zweck der Erholung aufgesucht. Selbstverständlich hat sie niemals Beruhigungs- oder Aufputschmittel genommen! Sie war überarbeitet, wie oft wollen Sie das noch hören?«

»Ich will es gar nicht mehr hören.« Der Reporter wurde aggressiv. »Was ich gehört habe, erklärt jedenfalls nicht . . .«

Der Anwalt, der aufgestanden war, schnauzte ihn an: »Was erklärt es nicht?«

Joe schüttelte betrübt den Kopf.

»Junger Mann, wo ist in Ihrer Generation Mitleid, wo ist Güte?«

Der Reporter war nun wütend: »Ich interviewe *Sie*, Mister Gintzburger. Es wurde vorher abgesprochen, daß ich jede Frage stellen darf!«

»Dann stellen Sie Fragen!« schrie der Anwalt. »Aber unterlassen Sie gefälligst Schlußfolgerungen und Vermutungen.« Dieser Anwalt sprach noch besser deutsch als Gintzburger.

Der Reporter, immer noch wütend, wechselte das Thema.

»Genau wie die ganze Welt Sylvia Moran kennt, kennen wir alle ihre kleine Tochter Babs. Eine Frage: Weiß Babs, was geschehen ist?«

Mir brach Schweiß aus. Ich mußte mein Glas schnellstens auf die Theke stellen, so sehr zitterte meine Hand plötzlich.

»Sie hat keine Ahnung«, sagte Joe.

»Keine Ahnung?«

Joe antwortete weich: »So lange Zeit haben wir es verstanden, absolut geheimzuhalten, wo Babs sich befindet, damit das Kind nicht dauernd von Reportern – nichts gegen Sie, junger Freund! – belästigt wird, damit es eine ruhige Kindheit hat. Jetzt zeigt es sich, wie richtig es war, daß wir Babs so beschützt haben. Daß wir sie in jenes geheimgehaltene Internat geschickt haben, weil sie erschöpft war vom jahrelangen Herumreisen mit der Mutter – so erschöpft, wie die Mutter selber es war durch übermäßige Arbeit. Babs braucht Frieden.« Ich mußte die Augen schließen. Dadurch wurde mir schwindlig. Ich hielt mich am Tresen fest. »Babs wird auch jetzt nicht erfahren – dafür lassen Sie uns nur sorgen! –, was man ihrer Mutter angetan hat. Das Kind ist in Sicherheit und unerreichbar für jeden Reporter.«

Ich tastete nach meinem Glas und trank, Whisky rann über das Kinn.

»Aber . . .«

»Ja, ja«, sagte Joe lächelnd, »ich weiß, das Gericht wird erfahren wollen, wo sich Babs aufhält. Nun, lieber junger Freund, wir haben es dem Herrn Untersuchungsrichter bereits aus freien Stücken mitgeteilt. Er hat nichts dagegen, wenn ich es nun auch Ihnen – und damit Millionen Menschen in aller Welt – mitteile . . .«

Meine Knie gaben nach.

». . . denn der erste Weg, wenn sie wieder frei ist, wird Sylvia zu ihrer Tochter führen, und dann, dann kann die ganze Presse mit allen Fotografen und Fernsehteams der Welt dabei sein! *Dann*, sage ich!« Dramatische Pause. Anschließend sagte Joe, sich zurücklehnend, die Augen schließend, die Hände gefaltet, langsam und wohlklingend: »Babs befindet sich in dem Internat von Norristown – das ist eine kleine Stadt nordöstlich von Philadelphia. Und es ist natürlich eines der exklusivsten Internate der Staaten . . .«

»Noch einen Whisky«, sagte ich zu dem Barmann. »Dreifach. Pur. Schnell!«

58

Sieben Stunden später saß ich in Madrid Carmen Cruzeiro gegenüber.

»Schweine«, sagte Carmen. »Ihr seid alle Schweine. Du bist auch ein Schwein. Bracken ist das größte.«

»Wir sind nur Angestellte, wir sind nicht die Super-Bosse, wir können nichts dafür, daß das mit Amerika schiefgegangen ist, Liebling«, sagte ich.

»Nenn mich nicht Liebling!« schrie Carmen. Dann fing sie an zu weinen. Wir saßen im Wohnzimmer ihres kleinen Appartements im Hotel CERVANTES an der Plaza de las Descalzares Reales, und es war schon wieder kalt in

Madrid, sehr kalt. Diese Stadt konnte einen Menschen allein mit ihrem Klima verrückt machen. Die Fußbodenheizung wärmte – aber zu schwach. Es zog. Carmen hatte einen elektrischen Heizofen eingeschaltet. Sie saß vor mir. Ich hatte meinen Mantel nicht abgelegt. Sie trug einen Morgenrock über dem Kleid. Ich versuchte, ihre Hand zu streicheln, aber sie wich zurück.

»Rühr mich nicht an!«

»Liebe Carmen, *ich* kann doch nichts dafür!«

»Du kannst genausoviel dafür wie alle anderen! Weißt du, was für ein Leben ich jetzt führe? Im Büro bin ich jetzt natürlich ein Fressen für alle anderen Weiber! Geht nach Hollywood! Wird eine große Diva! Einen Dreck tut sie! Dasitzen und tippen tut sie wie eh und je! Hast du eine Ahnung, wie Weiber sein können!«

»O doch.«

»O nein! Jeden Morgen, wenn ich ins Büro fahre, fange ich in der Metro an zu heulen. Ich will nicht heulen. Ich schäme mich vor den Leuten. Aber ich *muß* weinen. So sehr fürchte ich mich vor jedem neuen Tag bei der SPANEX, vor den neuen Gemeinheiten, die diese Trampel sich wieder ausgedacht haben. Und jetzt kommst du, der du mich in diese Lage gebracht hast – widersprich nicht! –, für den ich alles getan habe, für dich und deine verfluchte Filmgesellschaft, und verlangst von mir, daß ich keinem Menschen jemals erzähle, was sich hier abgespielt hat mit dem Selbstmordversuch der Moran und mit dem Schwindel, daß ich statt ihrer aufgetreten bin!«

»Carmen, sei vernünftig! Hab ein wenig Mitleid! Sylvia ist verhaftet worden! Ist in Untersuchungshaft! Wird wegen Mordes angeklagt werden!«

»Weiß ich«, sagte Carmen. »Ich habe auch schon meine Ladung.«

»Was für eine Ladung?«

»Als Zeugin. Ich soll als Zeugin aussagen. Ist vor ein paar Tagen gekommen, der Brief von diesem Gericht. Nürnberg – nicht?«

»Ja . . .«

Mir war sehr mulmig.

»Glaubst du es nicht? Warte, ich hole den Brief . . . er liegt . . .«

»Ich glaube dir! Bleib hier! Ist ja auch ganz natürlich, daß du als Zeugin geladen wirst . . .« Das sind keine Idioten, da beim Untersuchungsrichter, dachte ich. Und hübsch schnell haben sie gearbeitet, Hut ab.

»Carmen! Ich sagte doch schon: Sylvia wird wegen Mordes angeklagt werden. Sie riskiert lebenslänglich!«

»Das freut mich zu hören«, sagte Carmen.

»Das ist nicht wahr! Das freut dich nicht! Du bist nicht so, Carmen, ich kenne dich!«

»Du kennst mich?« Sie lachte bitter. »Nichts kennst du von mir. Es *ist* wahr. Wahr, wahr!«
»Carmen, ich bin gekommen, um dir einen Vorschlag zu machen . . .«
»Falls der Vorschlag lautet, daß SEVEN STARS mich doch noch nach Hollywood kommen lassen, wenn ich nun nur nichts über all das erzähle, was passiert ist, dann kannst du gleich verschwinden! Ich habe eure schmutzigen Lügen das erste Mal geglaubt, ich Idiotenweib! Aber ein solches Idiotenweib gibt es nicht, das solche Lügen ein zweites Mal glaubt!«
»Ich bin ja gar nicht gekommen, um dir eine Hollywood-Karriere zu versprechen«, sagte ich.
Ich war – mit einer Linienmaschine – nach Madrid geflogen, nachdem mir Joe und seine Anwälte erklärt hatten, daß ich fliegen müsse. Wenn Carmen nun, aus verständlichen Rachegefühlen, dem Gericht erzählte, was damals in Madrid passiert war, geriet Sylvia in eine noch sehr viel ärgere Lage, denn damit wurde dann sofort die Frage fällig: Warum hat sie es getan? Und von da war es nur noch ein Gedankensprung zu Babs. Und Babs mußte unter allen Umständen – und wenn es Millionen kostete – aus dieser Sache herausgehalten werden, die Wahrheit über sie und Sylvias früheres Betragen durfte einfach nicht publik werden. Denn dann war das ganz große Geschäft kaputt.
Wer sprach von Sylvias Schicksal? Wer von dem der kleinen Babs? Nur eines galt: Das Geschäft! Das Geschäft! Das Geschäft des Jahrhunderts! Sie hatten mich praktisch gezwungen, zu Carmen zu fliegen. Ich sah ja auch alles ein. Ich hatte meine Marschroute . . .
»Ich bin ja gar nicht gekommen, um dir eine Hollywood-Karriere zu versprechen . . .«
»Was heißt das?«
»Was ich sage.«
»Ich soll umsonst den Mund halten? Vielleicht aus Liebe zu Bracken, diesem Schwein?« Carmen lachte. »In euren Köpfen muß nicht mehr alles in Ordnung sein da oben in Nürnberg.«
Ich grub die Fingernägel in die Handballen und benötigte alle Kraft, um ruhig zu bleiben.
»Ich mache dir einen anderen Vorschlag!«
»Was heißt hier anderer Vorschlag? Jetzt habe ich endlich Gelegenheit, mich zu revanchieren! Jetzt werdet ihr etwas erleben!«
»Carmen . . . Carmen . . . Bitte hör mich doch wenigstens an! Du sagst, die Arbeit bei SPANEX ist eine Hölle für dich. Wegen der ekelhaften Weiber. Mir hast du einmal erzählt, daß es immer dein Traum gewesen ist, ein eigenes Schreib- und Übersetzungsbüro zu haben – du beherrscht doch so viele Sprachen – und für dich selbst zu arbeiten, für dich!«
Sie sah mich irritiert an.

»Du weißt, ich habe kein Geld. Nicht genug jedenfalls. Bei weitem nicht. Hast du eine Ahnung, was in Madrid eine große Wohnung – und die würde ich dann brauchen – kostet? Wie viele Neubauten leerstehen, weil die Preise unerschwinglich sind, wie viele Menschen ohne Wohnung es deshalb gibt?«
»Weiß ich alles«, sagte ich und sah eine Chance, eine winzige Chance, das erste, punktförmige Licht am Ende des Tunnels. »Carmen, ein Vorschlag – und diesmal werde ich dich nicht hereinlegen wie Bracken: SEVEN STARS bezahlen dir, was du brauchst, um ein solches Büro einzurichten. Die Wohnung zu kaufen. Die Schreibmaschinen. Die Kopiergeräte. Die Recorder. Was weiß ich. Du kannst dir Personal nehmen, wenn du willst, du kannst tun, zu was du Lust hast – wenn du jetzt schweigst.«
»Und das soll ich glauben?«
Ich nahm ein auf Papier von SEVEN STARS getipptes Schreiben aus der Tasche. Unterschrieben hatte ich es – ausdrücklich stellvertretend für Joe. Darin wurde all dies Carmen in Aussicht gestellt, was ich eben erwähnt habe. Voraussetzung: Sie schwieg über ihre Erlebnisse. Die Summe, die sie brauchte, konnte sie bestimmen. Was wir brauchten, war nur ihre Unterschrift, mit der sie sich zum Schweigen verpflichtete. Sie las sehr langsam. Meine Unterschrift hatte ich auf Original und Kopien gesetzt. Es dauerte entsetzlich lange, bis Carmen sagte: »Gut.«
»Siehst du! Wir wollen doch nur auch dein . . .«
»Ja, ja. Hunderttausend Dollar.«
»Was?«
»Laß es bleiben.«
»Nein! Wenn du meinst, du brauchst so viel . . .«
»Ich brauche so viel«, sagte Carmen.
»Gut. Schön. Es freut mich, daß wir dir helfen können . . .«
»Ja. Man sieht es dir an. Das Geld bekomme ich bar. Keinen Scheck!«
»So viel habe ich aber nicht bar . . .«
»Dann fliegst du nach Nürnberg und besorgst es – nachdem deine Bosse einverstanden sind, wird das ganz leicht sein –, und kommst noch einmal her und gibst es mir, und ich unterschreibe diese Erklärung.«
»Du hast kein Vertrauen zu mir, was?«
»Wieso?«
»Ich sage dir, du kriegst das Geld. Du könntest gleich unterschreiben.«
»Ach so. Nein! Natürlich habe ich kein Vertrauen zu dir! Zu niemandem mehr. Flieg rauf und komm zurück mit dem Geld, dann kriegst du die Unterschrift«, sagte Carmen. Sie sah mich lächelnd an, stand auf, gab mir einen Kuß und sagte: »So, und jetzt sind wir wieder Freunde, ja?«
»Ja . . .«
»Wann geht deine Maschine?«

»Die nächste in zwei Stunden.«
»Ich bringe dich zum Flughafen.«
»Das ist nicht nötig!«
»Aber ich will es! Ich komme mit!«
Sie kam mit. In der Halle des Flughafens war ein riesiges Transparent gespannt, ich las:

LA MAS GRANDE ARTISTA DEL MUNDO
EN SU PELICULA LA MAS GRANDE
SYLVIA MORAN
EN
CIRCULO DE TIZA

Diese Transparente hatte ich in ganz Madrid gesehen, desgleichen die festlich dekorierten zwei besten Kinos der Stadt, in welchen DER KREIDEKREIS bereits lief. Joe hatte recht: Das wurde wirklich das größte Filmgeschäft aller Zeiten . . .
Unter dem Transparent in der Halle des Flughafens Barajas küßte mich Carmen und wünschte mir einen guten Flug.
»Ich komme morgen wieder«, sagte ich ihr.
Als ich in München aus der Maschine stieg, um in eine andere zu wechseln, die mich nach Nürnberg brachte, erblickte ich den Hauptkommissar Wigbert Sondersen am Fuß der Gangway.
»Hallo! Das ist aber eine Überraschung! Wie kommen Sie denn hierher?«
Sondersens Gesicht war eingefallen. Er sah krank aus. Er sagte langsam:
»Um Sie zu verhaften, Herr Kaven.«
»Was?«
»Um Sie zu verhaften.« Er hielt mir ein Papier hin. »Hier ist der Haftbefehl.«
»Haftbefehl – gegen mich?«
»Ja, Herr Kaven.«
»Aber weshalb? Sie haben mich doch eben erst laufenlassen müssen, weil ich mit dem Mord an Rettland nichts zu tun habe.«
»Diesmal handelt es sich um etwas anderes, Herr Kaven.«
»Um was?«
»Um Anstiftung, wenn nicht zum Meineid, dann zur falschen Zeugenaussage, oder mindestens zum Versuch dazu.«
»Ich verstehe nicht . . . Das ist doch Irrsinn!«
»Kein Irrsinn, Herr Kaven. Sie haben keinen festen Wohnsitz. Es besteht Verdunkelungs- und Fluchtgefahr. Deshalb sind Sie zu verhaften.«
»Aber . . . aber wen habe ich denn angeblich zum Meineid angestiftet?«
»Das wissen Sie genau, Herr Kaven. Ich muß nicht betonen, wie leid mir das alles tut. Sie kommen aus Madrid?«

»Ist das verboten?«
»Eine Señorita Carmen Cruzeiro hat uns telefonisch verständigt, daß Sie den Versuch unternommen haben, sie in strafbarer Weise zu beeinflussen. Sie wissen, um was es sich handelt. Die Papiere, die Sie zu Fräulein Cruzeiro mitgenommen haben, tragen Sie bei sich. Bitte, geben Sie sie mir.«
Es war auch in München-Riem sehr kalt, und ich war auf einmal unendlich müde. Ich gab ihm die Papiere. Er nickte.
»Ich habe einen Dienstwagen hier. Wir fahren nach Nürnberg.«
»Wie lange werde ich in Haft bleiben?«
»Ihr Prozeß kann erst nach dem Prozeß gegen Mrs. Moran geführt werden – aus verständlichen Gründen. Sie bleiben also ganz gewiß bis zum Ende des Moran-Prozesses in Untersuchungshaft, Herr Kaven. Und nun folgen Sie mir bitte.«
Ich folgte ihm.

59

Ich folgte ihm zu Ihnen, mein Herr Richter, in dieses Untersuchungsgefängnis, in dem einfach alles vorzüglich ist. Die Zellen. Die Matratzen der Betten. Die psychologische und medizinische Behandlung. Die – auf Wunsch – seelsorgerische Betreuung. Das einfühlsam-höfliche Verhalten aller Insassen und ihrer Betreuer, angefangen von den Herren Wärtern bis hin zum Herrn Direktor. Die Möglichkeit, mancherlei Sport zu treiben. Und, nicht zu vergessen, unsere wirklich exzellente Bibliothek.
Wie es sich traf, wurden Sie Sylvias *und* mein Untersuchungsrichter. Das vereinfachte vieles. Zum Beispiel, mich dazu zu bringen, diese Niederschrift abzufassen, an der ich nun schon seit Monaten tagtäglich sitze. Ich erhielt einen Verteidiger, einen Freund des hochberühmten Herrn Dr. Otto Nielsen – Herrn Dr. Karl Oranow mit Namen. Herr Dr. Oranow war bestellt, mich gegen den Anwurf der Anstiftung zum Meineid beziehungsweise zur falschen Zeugenaussage (die ich ja, je nun, schlecht hinwegleugnen konnte), zu verteidigen, insbesondere einen solchen Versuch hinlänglich strafmildernd zu motivieren. Dazu brauchte er meine ganze Geschichte.
Diese Zeilen schreibe ich, Sie wissen es, im übrigen zu einem Zeitpunkt, da der Sensationsprozeß gegen Sylvia Moran bereits im vollen Gange ist. Er rollt ab vor den Augen und Ohren einer sensationshungrigen Menschheit, er rollt ab, unerbittlich, unaufhaltsam. Wir schreiben heute den 22. Mai 1974, und es ist schon sehr warm in Nürnberg . . .
Herr Dr. Karl Oranow, ein hochgewachsener, schwerer Mann, hat ein warmherziges Gesicht, eine ruhige Stimme und eine unendliche Geduld. Seine grünen Augen können, wie die einer Katze, ins Graue wechseln, und

überhaupt erinnert sein ganzes Gesicht an das einer Katze, mit der platten Nase, den schräggeschnittenen Augen, den hohen Backenknochen, wie auch die graziös federnde (bei seiner Schwere und Größe!) Art zu gehen daran gemahnt.
Wir sind bei seinen Besuchen allein. Sie, mein Herr Richter, haben Herrn Dr. Oranow ausdrücklich untersagt, mir das geringste mitzuteilen, was nicht unmittelbar mit der Anklage gegen mich zu tun hat.
Sie haben, mit bestem Recht, mein Herr Richter, untersagt, daß ich anhand auch nur der kleinsten Zeitungsmeldung den Gang der Dinge ›draußen‹ mitverfolgen kann. Sie haben bis zum heutigen Tag niemandem (außer Herrn Dr. Oranow) eine Besuchserlaubnis gegeben. Ich bin also seit Monaten abgeschnitten von der Welt, und recht geschieht mir, wenn eines auch mir Qual, größere Qual, zuletzt eine fast nicht mehr zu ertragende Qual bereitet hat: Ich wußte nicht, wie es Babs ging. War sie krank? Machte sie Fortschritte? Hatte sie eine ›schlechte Phase‹? Eine ›gute‹? Lebte sie noch? Oft, mein Herr Richter, fuhr ich nachts schweißgebadet aus dem Schlaf hoch – aus einem gräßlichen Traum aufgeschreckt, in dem Babs Schlimmes zugestoßen war.
Im Bewußtsein meiner Isolation und im Bemühen, mich auf das, was kam, entsprechend vorzubereiten, fragte ich meinen Anwalt, Herrn Dr. Oranow, bevor ich ihm die Wahrheit, die ganze Wahrheit erzählte (denn erstens mußte er sie kennen, wenn er mir helfen sollte, und zweitens gibt es eine berufliche Schweigepflicht, nicht wahr), fragte ich ihn nach dem grundsätzlichen Ablauf einer Schwurgerichtsverhandlung, um aus seinen Antworten, wo es ging, Schlüsse ziehen zu können, die Zukunft tastend vorauszuerforschen. Er bemerkte natürlich sofort, was ich da tat. Indessen, er unterstützte mein Bemühen.
»Nun«, sagte Dr. Oranow also gleich damals, drei Tage nach meiner Verhaftung, »nun, der Gang der Verhandlung ist etwa dieser: Zunächst Aufruf zur Sache, in dem Fall, der Sie interessiert, zum Beispiel: ›Das Schwurgericht eröffnet die Sitzung in der Strafsache gegen Sylvia Moran!‹ Der Vorsitzende stellt fest, ob Angeklagte und Verteidiger anwesend sind, desgleichen alle Asservate und die geladenen Zeugen und Sachverständigen. Bei längerer Verhandlungsdauer – wie es hier zweifellos der Fall sein wird – können Zeugen und Sachverständige auch zu unterschiedlichen Tagen geladen werden. Die Leitung der Verhandlung, die Vernehmung der Angeklagten, der Zeugen und der Sachverständigen erfolgt durch den Vorsitzenden. Die beisitzenden Richter haben Fragerecht, ebenso Staatsanwalt, Angeklagte und Verteidiger. Es kann ein Kreuzverhör durchgeführt werden. In diesem Fall werden die Zeugen durch denjenigen vernommen, der sie benannt hat, also entweder Verteidiger oder Staatsanwalt, wobei jeweils wechselseitig das Fragerecht besteht mit der Maßgabe, daß

auch der Vorsitzende und die beisitzenden Richter weitere Fragen zur Aufklärung stellen können.« Er spricht stets druckreif, mit äußerster Präzision, mein Verteidiger Dr. Oranow. »Sie«, sagte er milde, »das ist klar, werden ein Zeuge des Herrn Staatsanwalts sein.«
Fein, dachte ich, und bevor ich fragen konnte, sagte er es mir auch schon: »Alle Zeugen werden aufgerufen und vom Vorsitzenden über ihre Pflichten belehrt, insbesondere darüber, daß sie die reine Wahrheit zu sagen haben und nichts verschweigen dürfen. Die Belehrung erfolgt ferner hinsichtlich Meineid oder falscher Aussage, ohne daß der Vorsitzende hier im einzelnen die Höhe der Strafen angibt. Er bemerkt lediglich, daß diese strafbaren Handlungen mit erheblichen Freiheitsstrafen geahndet werden.«
»Wie erheblich sind diese Freiheitsstrafen, Herr Doktor?«
Er sah mich an – jetzt beinahe belustigt, schien es mir – und sagte: »Meineid – das ist vorsätzlich falscher Schwur. Freiheitsstrafe nicht unter einem Jahr, bei mildernden Umständen sechs Monate bis fünf Jahre.«
»Bis fünf Jahre bei mildernden Umständen?« fragte ich verblüfft.
»Exakt, Herr Kaven.« (Jetzt war ich allgemein wieder Philip Kaven, den ›Schutzpaß‹ auf den Namen Philip Norton hatten sie sofort zu den Akten genommen.) »Falsche Aussage«, fuhr mein Anwalt freundlich fort, »aber uneidlich: Freiheitsstrafe von drei Monaten bis zu fünf Jahren, in schweren Fällen nicht unter einem Jahr. Schließlich noch die sogenannte ›fahrlässige Falschaussage‹ – Freiheitsstrafe bis zu einem Jahr –, bei rechtzeitiger Berichtigung Straffreiheit.«
In diesen Punkt – man wird es verstehen – verbiß ich mich nun.
»Wie ist das überhaupt mit Zeugenaussagen, Herr Doktor? Wenn *ich* Zeuge bin – und ich werde gewiß einer sein in der Sache Sylvia Moran, vergessen wir für einen Moment meine Sache –, *muß* ich dann aussagen?«
»Herr Kaven . . .«, sagte er und sah mich von unten her an.
»Ja?« Ich blinzelte unschuldig. »Habe ich etwas Ungesetzliches gefragt? Ich möchte einfach informiert sein, das ist alles.«
»Gewiß, Herr Kaven. Sie möchten einfach informiert sein. Das ist alles. Also bitte. Für eine Aussageverweigerung gibt es mehrere Rechtsgründe. Erstens: Jeder Zeuge kann die Auskunft auf solche Fragen verweigern, deren Beantwortung ihn selbst oder einen nahen Angehörigen in die Gefahr bringen würde, wegen einer Straftat oder wegen einer Ordnungswidrigkeit verfolgt zu werden. Die Zeugen sind über dieses Recht zu belehren.«
Wenn die Zeugen es nicht alle schon sind, dachte ich. Denn schließlich müssen Gintzburger & Co. sich ja einen Plan zurechtlegen, nicht wahr? Sie sind – trotz Joes salbungsvollen Geredes von der ›glücklichen Familie‹ – keine nahen Verwandten von Sylvia. Aber sie bringen sich selbst in die

Gefahr, wegen Straftaten verfolgt zu werden, wenn sie alle Fragen beantworten. Sie werden also vermutlich nicht lügen (damit kämen sie ja wiederum in die gefährliche Nähe eines Meineids), sie werden die Antwort auf viele Fragen – auf sehr viele! – verweigern. Ich auch. Indessen . . .
»Eine solche Verweigerung der Beantwortung von Fragen«, sagte ich, »kann die sich nicht negativ für die Angeklagte auswirken?«
»Durchaus«, sagte Dr. Oranow, dem man ansah, daß er alle meine Gedankengänge nicht nach-, sondern, Kummer gewohnt, vorvollzog. »Das kann durchaus der Fall sein. Muß es aber nicht. Es kann auch das Gegenteil zur Folge haben, nämlich sich gegen die Zeugen auswirken . . . Um fortzufahren, zweitens: Ein anderer Rechtsgrund ist das selbständige Zeugnisverweigerungsrecht für Verwandte wie vorher, jedoch ohne Bezug auf strafbare Handlungen, sondern nur wegen des Verwandtschaftsverhältnisses.«
Damit ist nichts anzufangen, dachte ich und fragte: »Drittens?«
»Drittens, Herr Kaven: Der Personenkreis, der an ein Berufsgeheimnis gebunden ist.«
Na endlich, dachte ich. Jetzt sind wir soweit.

60

»Bei diesem Personenkreis«, fuhr Dr. Oranow fort, »besteht kein Recht zur Zeugnisverweigerung, wenn von der Verpflichtung zur Verschwiegenheit entbunden wird.« Verdammt! »Es entbindet jedoch nicht das Gericht . . .«
Nanu!
». . . sondern nur derjenige, der durch das Berufsgeheimnis geschützt ist, zum Beispiel der Mandant eines Anwalts oder der Patient eines Arztes. Wohlgemerkt, Herr Kaven, Babs ist minderjährig, nur der gesetzliche Vertreter kann von der Berufsverschwiegenheit entbinden, das wäre da also Mrs. Moran!«
Worauf mir wesentlich wohler ums Herz ward.
»Was sie natürlich nicht tun wird«, sagte ich.
»Was soll das heißen?«
»Das Berufsgeheimnis«, sagte er, »betrifft nur den Kernbereich des Vertrauensverhältnisses. Zum Beispiel bei einem Arzt: den Befund und die Behandlungsart. Es betrifft nicht den sonstigen Lebensbereich, aus welchem dem medizinischen Zeugen Einzelheiten bekannt sind – also hier beispielsweise der Aufenthaltsort von Babs.«
»Verflucht«, sagte ich. »Was hat das alles dann für einen Sinn, wenn Ärzte, die man als Zeugen hören wird, über Krankheit und Behandlungsart von Babs zwar schweigen dürfen – aber sagen müssen, daß sie in der Sonderschule Heroldsheid lebt? Dann ist das Fett doch genauso im Feuer!«

Er sah mich nun an wie ein freundlicher Weihnachtsmann.
»Nicht so schnell, Herr Kaven! Wenn medizinische Interessen vorliegen, diesen Aufenthaltsort – zum Beispiel wegen Gesundheitsgefährdung – zu verschweigen, besteht auch hier ein Zeugnisverweigerungsrecht.«
»Aha«, sagte ich und dachte: Also werden im Falle von Babs Ruth und Dr. Sigrand und andere Ärzte von diesem Recht Gebrauch machen, denn die Nennung des Aufenthaltsortes wäre beim Kind einer so prominenten Angeklagten für das Kind wirklich gesundheitsgefährdend – man denke an den Skandal, den Publicity-Wirbel, die Reporter, die Massenmedien –, und damit hätten wir Babs gerettet! Über Sylvia werden – wenn Carmen nun als rachsüchtige Zeugin auftritt – Dr. Molendero von der Madrider Klinik, der von allzu starker Übertragung geplagte Analytiker Dr. Collins und Dr. Kassner vom Santa-Monica-Hospital keine Auskunft geben. Daß Sylvia sich bei ihm einer langen Kur unterziehen mußte, ist bekannt. Sieht gar nicht so schlecht aus, wie ich eigentlich dachte, überlegte ich – und schon zerstörte der Anwalt meinen aufkeimenden Optimismus.
»Keinesfalls«, sagte Dr. Oranow nämlich, »haben jedoch die ärztlichen oder ballistischen Sachverständigen, die mit der Autopsie oder mit sonstigen Ermittlungen im Strafverfahren beauftragt waren, ein Zeugnisverweigerungsrecht.«
»Und auch nicht die Polizei – Hauptkommissar Sondersen zum Beispiel?«
»Nein.«
Also doch im Eimer.
»Allerdings kann in solchen Fällen unter gewissen Umständen die Öffentlichkeit ausgeschlossen werden.«
Eijeijeijei! Schön war anders.
»Sie wollen wissen, wie eine solche Verhandlung abläuft, Herr Kaven, wir sind ein wenig . . . hrm . . . abgeschweift.«
»Ja.«
»Nun, nach der Belehrung verlassen die Zeugen den Sitzungssaal, die Sachverständigen bleiben anwesend. Der Vorsitzende vernimmt die Angeklagte zur Person. Dann verliest der Staatsanwalt die Anklageschrift – ein bis zwei Schreibmaschinenseiten. Der Vorsitzende weist die Angeklagte – also Mrs. Moran in dem Fall, den wir hier . . . hrm . . . theoretisch erörtern, im anderen Falle Sie – darauf hin, daß es ihr beziehungsweise Ihnen freisteht, sich zu äußern oder keine Aussagen zur Sache zu machen. Mrs. Moran wird keine Aussagen zur Sache machen, nehme ich an.«
»Machen können«, sagte ich.
»Machen können. Besonders zum Tode dieses Rettland. Hier werden die Sachverständigen zu erklären haben, warum sie das nicht kann. Amnesie, sie erinnert sich an nichts, sie glaubt, die Tat begangen zu haben, und so weiter.«

»Und so weiter.«
»Also äußert die Angeklagte sich nicht. Oder nicht brauchbar. Im Sinne des Staatsanwalts nicht brauchbar. In ihrem Sinne schon, nicht wahr? Und nun beginnt die Beweisaufnahme. Die Vernehmung der Zeugen und Sachverständigen geschieht nach Auswahl des Vorsitzenden nacheinander, wobei die Sachverständigen, die während der Sitzung im Saal verbleiben, den ganzen Vorgang miterleben, auch die Zeugenvernehmungen mitanhören, während die Zeugen nacheinander und einzeln vernommen werden. Den Sachverständigen und den Zeugen können aus früheren Protokollen Vorhaltungen gemacht werden, falls dies zur Unterstützung des Gedächtnisses notwendig ist oder wenn es zu Widersprüchen kommt. Verweigert ein Zeuge in der Hauptverhandlung die Aussage – insofern er dazu berechtigt ist –, so darf ein früheres Protokoll über seine Aussage nicht verlesen werden.«
»Das kann so und so ausgehen«, sagte ich.
»Richtig. Nach Schluß der Beweisaufnahme erhält der Staatsanwalt das Wort, dann der Verteidiger. Jeder kann jeden replizieren. Der – beziehungsweise die – Angeklagte erhält in jedem Fall ›das letzte Wort‹.«
»Und dann?«
»Dann zieht das Gericht sich zur Beratung zurück. Wenn der Vorsitzende keinen besonderen Termin zur Verkündung des Urteils festlegt, wird das Urteil nach der Beratung in öffentlicher Sitzung verkündet. Bei Freispruch muß angegeben werden, ob die Angeklagte nicht überführt ist oder ob und aus welchen Gründen die als erwiesen angenommene Tat für nicht strafbar erachtet worden ist. Hat die Angeklagte die Tat nicht begangen, so wird sie freigesprochen, und in der Begründung heißt es dann, daß sie die ihr zur Last gelegte Tat nicht begangen hat. All dies ist zu begründen. Staatsanwalt, Verteidiger und Angeklagte haben das Recht – jedoch nicht die Pflicht –, auf Rechtsmittel gegen das verkündete Urteil zu verzichten. Auch eine Anfechtung des Urteils mit dem Rechtsmittel der Revision – aber das interessiert Sie wohl nicht mehr so, wenn ich mich recht in Sie hineindenke.«
»Das tun Sie, Herr Doktor. Was ist?«
»Ich möchte Ihnen einen Rat geben – als Ihr Anwalt, in Ihrem Interesse, aber genauso oder mehr noch im Interesse von Mrs. Moran, nachdem ich ihren Fall gründlichst überdacht habe.«
»Ja?« Ich sah ihn unsicher an.
»Ja«, sagte er. »Man kann die Linie der Verteidigung meines Kollegen Nielsen ziemlich genau voraussehen, nicht wahr? Die psychiatrischen Sachverständigen werden ihn unterstützen. Setzt er Paragraph einundfünfzig durch, so ist das eine große Leistung. Wenn er den Schutz dieses Paragraphen für Mrs. Moran nicht durchsetzt – und für diese Möglichkeit

spricht, daß, wie ich Ihrer ganzen Art des Fragens, Ihrer Mimik bei meinen Antworten et cetera, entnehme, alle Zeugen, wo es nur möglich ist, die Aussage verweigern werden, was einen sehr, sehr ungünstigen Eindruck – sagen wir ruhig: den einer Verschwörung zur Vereitelung der Wahrheitsfindung – machen wird, ja, machen muß, so ist leider damit zu rechnen, daß Mrs. Moran zu einer sehr hohen Freiheitsstrafe wegen vorsätzlichen Mordes verurteilt wird. Ganz abgesehen von Babs' Schicksal.«

»Und dagegen kann man nichts tun?«

»Man könnte etwas dagegen tun.«

»Was?«

»Den Stier bei den Hörnern packen«, sagte Dr. Oranow.

»Wer sollte das tun?«

»Sie.«

»Ich?«

»Ja, Sie, Herr Kaven. Sie sind der Mann, der über alles Bescheid weiß. Wenn Sie die Zeit bis zur Hauptverhandlung gegen Mrs. Moran – und das wird eine lange Zeit sein – dazu nützen, dem Herrn Untersuchungsrichter, der ja für Mrs. Moran und Sie der gleiche Mann ist, einen minuziösen Bericht zu geben über das, was wirklich vorgefallen ist, dann sähe ich hier eine viel größere Chance und Sicherheit für Mrs. Moran, für Babs, für Sie, für alle Beteiligten – vergessen Sie nie, daß diese Carmen Cruzeiro so voller Haß aussagen wird wie nur möglich. Damit kommt Mrs. Moran in eine böse Lage. Weiter wird ihre Lage vermutlich durch die Aussage der Experten verschlechtert werden, selbst wenn die Polizei – im besonderen der Hauptkommissar Sondersen – dann auch aus Gründen einer möglichen gesundheitlichen Beeinträchtigung von Babs ihren derzeitigen Aufenthaltsort verschweigt. Daß sich hier alles um ein Kind gedreht hat, wird niemand bezweifeln – so oder so nicht.«

»Ja und?«

»Wenn Sie also *Ihre* Aussage in Form einer absolut genauen, noch ins kleinste Detail gehenden Schilderung des wahren Sachverhalts niederschreiben, wenn der Untersuchungsrichter dann, dazu aufgefordert, dem Staatsanwalt und dem Verteidiger Kenntnis von der Niederschrift gibt, und wenn Sie dann, als Zeuge, auf diese Niederschrift, die sich in den Händen des Gerichts befindet, hinweisen können und sich – immer unter Berufung auf diese Niederschrift, viel kürzer natürlich – *nicht* einer Aussage entziehen, sondern im Gegenteil die *Wahrheit* aussagen, dann, Herr Kaven, könnte ich mir vorstellen, daß das – über die Sensation hinaus – dem Prozeß eine grundlegende Wendung gibt und Mrs. Moran unendlich viele Male mehr nützt als verstocktes Schweigen oder beharrliche Aussageverweigerungen. Dies ist meine Ansicht als Ihr Anwalt und als Mensch, der Mrs. Moran verehrt. Es ist dies keine Falle. Es ist der beste

Vorschlag, der mir dazu einfällt, wie man Mrs. Moran am besten helfen kann.«
Ich schwieg, aber nicht aus Trotz. Es hatte mich sehr beeindruckt, was er sagte.
»Wenn Sie es wünschen, rede ich in dieser Richtung mit dem Herrn Untersuchungsrichter, und der wird dann über eine solche Niederschrift mit Ihnen reden. Wünschen Sie es, Herr Kaven?«
»Ja.«
Dr. Oranow hat mit Ihnen in diesem Sinne gesprochen, mein Herr Richter. Sie, mein Herr Richter, haben in diesem Sinne mit mir gesprochen. Ich habe Ihnen, mein Herr Richter, etwas versprochen, das Sie beruhigte: daß ich niemals lügen würde in diesem Bericht. Nach dem, was ich mit jenen im Dunkeln, den Namenlosen, Schwachen und durch Integrität und unendliche Humanität doch zuletzt, Sie haben es gelesen, Stärksten der Starken erlebt habe, kann ich nicht mehr lügen. Ich habe – den Anstoß dazu gab Herr Dr. Oranow aus ganz anderen Gründen, es scheint mir, daß der Anstoß zu einem Vorgang immer zu einem Ergebnis führt, das man nicht beabsichtigt hat – hier Zeugnis abgelegt, mein Herr Richter, und dies mit der Wahrheit, der reinen Wahrheit und nichts als der Wahrheit.
Es ist Montag, der 22. Mai 1974, gegen 16 Uhr, da ich diese Zeilen schreibe. Fast diese ganze lange Niederschrift befindet sich seit vielen Tagen vor Prozeßbeginn in Ihren Händen, Sie haben sie weitergegeben an den Staatsanwalt, an den Verteidiger, an das Gericht. Abgeschnitten von der Welt, weiß ich nicht, wie die Kenntnis meines Berichtes auf alle, die ihn gelesen haben oder seinen Inhalt kennen, gewirkt hat, was geschehen ist inzwischen. Ich habe getan, was ich tun mußte.
Morgen, am 23. Mai 1974, einem Dienstag, um 10 Uhr 30 soll *ich* nun endlich als Zeuge in dem Prozeß gegen Sylvia Moran auftreten.
Es war meine Absicht, ihr in der geschilderten Weise zu helfen. Und noch einmal kam alles anders, denn, abgeschnitten von der Außenwelt, besaß ich doch keine Ahnung von allem, was sich in diesem Prozeß bislang schon ereignet hatte. Als ich es dann erfuhr, war es schon zu spät. Hier, zum besseren Verständnis, werde ich das, was ich zu spät erfuhr, vorwegnehmen. Es handelte sich im besonderen um diese drei besonders gravierenden Ereignisse . . .

61

Am Tage, nachdem Joe Gintzburger in jener Live-Fernsehsendung den angeblichen Aufenthaltsort von Babs bekanntgegeben hatte, war der Konferenzsaal des Hotels CLARION derart überfüllt, daß Männer, die keinen Platz mehr gefunden hatten, sich in der Halle, im Speisesaal und vor dem

Hotel versammelten. Das CLARION ist das größte Hotel der kleinen Stadt Norristown, nahe Philadelphia. Die Männer waren Fotografen und Reporter aus aller Welt. Auf dem Podium des Konferenzsaals sprach ein weißhaariger, würdiger Herr, Dr. Clemens Holloway, Leiter des exklusiven Internats. Seine Worte, die er, mühsam um Beherrschung ringend, hervorbrachte, wurden von seinem Mikrofon aus überall hin weitergetragen . . .
». . . meine Herren . . . meine Herren . . .« Der Lärm, den die Versammelten machten, war so groß, daß Dr. Holloway resigniert schwieg.
Endlich trat Stille ein.
Kameras surrten, Verschlüsse klickten, als Dr. Clemens Holloway sich die Stirn trocknete (Scheinwerfer im Konferenzsaal verursachten enorme Hitze) und weitersprach: »Ich verlese jetzt eine Erklärung, die vom Polizeichef unserer Stadt, von unserem Amtsarzt und von mir entworfen worden ist: ›Babs Moran befindet sich in meinem Internat. Sie, die nichts von den Geschehnissen in Nürnberg weiß, läuft Gefahr, seelische Schäden davonzutragen, wenn sie nun unvorbereitet von einem oder mehreren von Ihnen, meine Herren, mit der schrecklichen Situation bekanntgemacht wird. Um das zu verhindern, haben wir einer Gruppe von Werkspolizisten der Produktionsgesellschaft SEVEN STARS, die vor Tagen hier eingeflogen worden sind, das Recht gegeben, zusammen mit der örtlichen Polizei das Kind vor einem Zusammentreffen mit Fremden sowie das Gelände des Internats zu schützen.‹«
Lebhafte Unruhe im Saal.
»Meine Herren!« Dr. Clemens Holloway hielt sich an der Stange des Mikrofons fest, seine Stimme klang fast flehentlich. »So geht das nicht weiter. Sie machen ein Irrenhaus aus unserer kleinen Stadt!«
»Na und?«
»Shut up!«
»Mon Dieu, quel con!«
Alle schrien durcheinander.
»Ruhe!« Die Megafonstimme eines Polizisten im Saal.
Dr. Holloway sprach mühsam: »Wir müssen zu einer Einigung kommen. Sie sind doch Menschen, mein Gott! Ich weiß, Ihr Beruf ist hart. Aber wollen Sie die Verantwortung übernehmen für die überhaupt nicht absehbaren gesundheitlichen Schäden, die das Kind Babs unter Umständen erleidet, wenn es nun erfährt, was in Nürnberg geschehen ist?«
Jetzt wurde es wirklich still. Die Luft kochte. In den Scheinwerferbahnen tanzten Staubteilchen.
Dr. Holloway sah wieder auf die vor ihm liegende Erklärung und las vor: »Niemand von Ihnen darf das Gelände des Internats betreten oder mit dem Kind sprechen! Bitte, seien Sie doch um Himmels willen einsichtig, meine Herren! Drängen Sie nicht auf ein Zusammentreffen mit Babs, ich flehe Sie

an!« Dr. Holloway rang die knochigen Hände, zerrte heftig an seinem Hemdkragen.
»Um unser Entgegenkommen zu beweisen, unterbreiten wir Ihnen folgenden Vorschlag«, las der Internatsleiter, schwerer und schwerer atmend. »Heute nachmittag, um vier Uhr, wird Babs mit anderen Kindern im Park spielen. Unter der Voraussetzung, daß niemand von Ihnen durch Lärm, Zurufe oder andere Störungen den Ablauf der Aktion gefährdet, gestatten unser Polizeichef, unser Amtsarzt, Herr Doktor Nielsen, der deutsche Anwalt von Sylvia Moran, Mister Gintzburger von SEVEN STARS und ich, daß – aus der Entfernung, von jenseits des Parkgitters! – Aufnahmen des Kindes gemacht werden!«
Beifall.
»Sollte es zu dem geringsten Zwischenfall kommen, haben Sie damit zu rechnen, daß Ihnen allen . . .«
Wütende Zwischenrufe.
» . . . Ihnen allen, tut mir leid, die Kameras beziehungsweise die Filme weggenommen werden, desgleichen die Tonbänder. Sie können sich dann bei Ihren unfairen Kollegen bedanken . . .«

Gleicher Tag, gleicher Ort, 16 Uhr nachmittags.
Das Internat lag in einem großen, alten Park und war geschützt durch hohe Schmiedeeisengitter. Auf der einen Seite dieser Gitter drängten sich Reporter, Fotografen, waren Gerüste für Kameras aufgebaut.
Nun kamen Kinder aus dem großen Gebäude, das weit entfernt hinter Wiesen und Baumgruppen lag. Fünf, zehn, zwanzig, dreißig Kinder. Sie begannen zu spielen – Ball, Drittenabschlagen, Verstecken. Sie sangen. Bei einer Gruppe von kleinen Mädchen, die Ringelreihen tanzten, stand Dr. Holloway und wies mit dem Kinn leicht auf ein Mädchen. Das war unnötig, denn jeder hatte dieses Mädchen sofort erkannt. Mit den Tele-Linsen ihrer Kameras zogen Fotografen und Fernseh-Kameraleute dieses Mädchen, das weiße Schuhe, weiße Strümpfe und ein rotes Kleidchen trug, nah, groß, übergroß heran.
Die tanzenden Kinder sangen und lachten. Ein leichter Wind wehte ihre Worte zu den Reportern herüber.
»Doctor, doctor, must I die? – Yes, my child, and so must I!«
»Hast du das gehört?« fragte ein japanischer Reporter seinen Kollegen.
»Nein. Meine Mistkamera . . . was gehört?«
»Was die Kinder singen.«
»Was singen sie?«
Der Reporter sah zu Babs hinüber. Er antwortete, in japanischer Übersetzung: »Doktor, Doktor, muß ich sterben? – Ja, mein Kind, genau wie ich . . .«

Als die Bilder dieser lachenden, glückseligen, tanzenden Babs dann die Zeitungen und Illustrierten der ganzen Welt füllten, setzten Sie, mein Herr Richter, den Dr. Clemens Holloway auf die Liste der Zeugen, die Sie der Staatsanwaltschaft beim Landgericht Nürnberg-Fürth, zusammen mit der Anklageschrift, übermittelten. Dr. Holloway wurde geladen, kam nach Europa. Am 7. Mai 1974 stand er vor dem Gericht, um auszusagen. Er war über die Folgen unwahrer Aussagen belehrt worden.
Danach gab es folgendes Gespräch:
VORSITZENDER: »Sie sprechen deutsch, Herr Doktor Holloway. Sie verstehen alles, was gesagt wird?«
HOLLOWAY: »Ja, Euer Ehren.«
VORSITZENDER: »Ist das Kind, das sich in Ihrem Internat aufhält, tatsächlich Barbara Moran, die Tochter der Angeklagten? Ich erinnere Sie noch einmal an die Folgen, die es für Sie haben kann, wenn Sie unwahre Aussagen machen.«
HOLLOWAY: »Ich bitte, die Frage zu wiederholen.«
Die Frage wird wiederholt.
HOLLOWAY: »Ich bedauere, sagen zu müssen, daß das Kind, das unter dem Namen Babs Moran in meinem Internat lebt, *nicht* die Tochter der Angeklagten ist und auch nicht Babs Moran hieß, bevor sie zu mir kam.«
VORSITZENDER: »Erklären Sie das bitte.«
HOLLOWAY: »Es ist . . . Eine sehr schlimme Sache ist das . . . Als ich mich darauf einließ, habe ich natürlich niemals daran gedacht, daß ich eines Tages . . . Man hat mir gegenüber die Geschichte als völlig harmlos hingestellt . . .«
VORSITZENDER: »Wer?«
HOLLOWAY: »Anwälte von SEVEN STARS. Sie erschienen eines Tages mit diesem kleinen Mädchen, das ein Zwilling der echten Babs Moran hätte sein können, bei mir und baten mich, das Kind in mein Internat aufzunehmen. Als Begründung gaben sie an, die echte Babs Moran sei zu alt geworden, um noch weiter mit ihrer Mutter dauernd auf Reisen zu sein. Man habe, sagten mir die Anwälte, Babs an einen geheimen Ort in den Staaten gebracht, in ein Internat, in dem kein Reporter sie entdecken könne. Zur zusätzlichen Sicherheit solle ich dieses Kind aufnehmen und als Babs ausgeben, falls irgend etwas passierte, das den Frieden und das ungestörte Heranwachsen der echten Babs stören könnte.«
VORSITZENDER: »Wo ist dieses andere Internat?«
HOLLOWAY: »Das hat man mir nicht gesagt.«
VORSITZENDER: »Wer ist das Mädchen, das bei Ihnen aufgenommen wurde, wirklich?«
HOLLOWAY: »Sie heißt Margaret Cleugh. Die Anwälte haben mir erklärt, daß Margaret schon vor Jahren gefunden worden war von Scouts der SEVEN

Stars, die im ganzen Land auf der Suche nach einem Kind waren, das Babs Moran vollkommen glich.«

Vorsitzender: »Warum geschah das?«

Holloway: Ich kann nur angeben, was mir die Anwälte sagten.«

Vorsitzender: »Natürlich. Also?«

Holloway: »Die Anwälte sagten, bei einer so großen Schauspielerin wie Mrs. Moran und ihrer so unglaublich bekannten und beliebten Tochter hätten sie Vorsorge treffen müssen für den Fall, daß der echten Babs Moran einmal etwas zustieß, daß sie krank wurde, und so weiter – vor allem aber, falls der Versuch unternommen wurde, sie zu entführen. Dies leuchtete mir ein.«

Vorsitzender: »Wie sollte eine solche Entführung verhindert werden?«

Holloway: »Eben durch eine zweite Babs! Sie hatten da einen komplizierten Plan ausgearbeitet . . . Das führt zu weit, denke ich . . .«

Vorsitzender: »Ja, Herr Doktor. Die Scouts fanden also ein Kind, das Babs wie ein Zwilling ähnlich sah?«

Holloway: »Ja, sie fanden es. In Wisconsin, glaube ich. Die Eltern waren arm. Für sie bedeutete es ein Geschenk des Himmels, daß ihr Kind von nun an die beste Pflege, Obsorge und Erziehung genießen sollte.«

Vorsitzender: »Aber der Entschluß, ein Kind einfach wegzugeben . . .«

Holloway: »Euer Ehren, diese Eltern waren sehr arm. Sie hatten noch vier Kinder. Margaret Cleugh war, als die Scouts sie fanden und sie in die Obhut von Seven Stars genommen wurde, vier Jahre alt. Man hat ihr immer und immer wieder gesagt, daß sie Babs Moran heißt und daß ihre Mutter die große Filmschauspielerin ist, so lange, bis das arme Kind im Laufe der Jahre es wirklich glaubte und die wahren Eltern vergaß. Man hat alles getan, um ihr ein wunderbares Leben zu ermöglichen.«

Vorsitzender: »Wußte Mrs. Moran von dieser Geschichte?«

Holloway: »Nein! Von dieser Geschichte wußte niemand mit Ausnahme der direkt an der Auffindung und Betreuung von Babs Beteiligten.«

Vorsitzender: »So daß Sie in gutem Glauben, die wahre Babs zu schützen, handelten, als Sie Margaret Cleugh aufnahmen?«

Holloway: »Gewiß, Euer Ehren. Verzeihen Sie: Margaret hatte zu dieser Zeit schon ihren richtigen Namen vergessen. Ihre Eltern waren vor mehr als zwei Jahren bei einem Autounfall ums Leben gekommen. Margaret glaubte wirklich, Babs Moran zu sein. Sie war sehr liebenswert und immer eine gute Schülerin. Dennoch . . . Niemals hätte ich mich auf eine solche Sache eingelassen, wenn ich hätte ahnen können, was sich hier in Nürnberg ereignen sollte . . . Aber das konnte ich doch nicht ahnen! Das konnte niemand ahnen!«

Vorsitzender: »Herr Doktor Holloway, wissen Sie, wo sich die wirkliche Babs Moran befindet?«

HOLLOWAY: »Nein, Euer Ehren. Ich habe keine Ahnung.«
Dies, mein Herr Richter, war das erste gravierende Ereignis während des Prozesses, von dem ich nichts erfuhr. Den Dialog bei der Vernehmung habe ich später Presseberichten entnommen.

Und hier ist das zweite gravierende Ereignis:
Die Vernehmung des Hauptkommissars Wigbert Sondersen war gerade beendet. Er hatte – was sehr ungewöhnlich ist, aber vom Gericht akzeptiert wurde, obwohl er als Polizeibeamter keinerlei Zeugnisverweigerungsrecht besaß – sich tatsächlich geweigert anzugeben, wo Babs sich befand, und zwar mit folgender Begründung: »Nach eingehenden Gesprächen mit Fachärzten bin ich der festen Überzeugung, daß eine Bekanntgabe des Aufenthaltsortes von Babs Moran für dieses Kind unabsehbare, nämlich unabsehbar negative gesundheitliche Folgen haben kann.«
Damit war Sondersen entlassen.
Rod Bracken trat vor. Seine Personalien wurden gerade geprüft, als ein Justizwachtmeister mit einem versiegelten Briefumschlag erschien, ihn dem Vorsitzenden überreichte und sofort wieder verschwand. Der Vorsitzende bat Bracken, sich einen Augenblick zu gedulden, öffnete das Kuvert, entnahm ihm mehrere Seiten, überflog sie, reichte sie den anderen Richtern. Es war sehr still im Saal geworden.
Endlich sagt der Vorsitzende: »Mister Bracken, das Gericht hat soeben eine Nachricht von größter Bedeutung erhalten. Diese Nachricht betrifft Sie.«
Unruhe im Zuschauerraum. Brackens Pokergesicht verzieht sich nicht ein bißchen.
»Es erscheint mir unbedingt nötig, den Inhalt dieses Schreibens noch vor Ihrer Vernehmung Ihnen und dem Gericht zur Kenntnis zu bringen.« Der Staatsanwalt erhebt Einspruch und wird abgewiesen. »Dieses Schreiben ist von einem Kurier des Amerikanischen Generalkonsulats in München nach Nürnberg gebracht worden, damit es so schnell wie möglich in die Hände des Gerichts kommt. Das Schreiben stammt vom Direktor der Psychiatrischen Klinik ›Mount Hebron‹ in Los Angeles. Es ist die durch einen Stenographen aufgenommene Niederschrift der Aussage eines Patienten dieser Klinik. Die Aussage wurde gemacht in Gegenwart des Klinikdirektors, zweier Polizeibeamter und eines Richters. Sie alle haben mit ihrer Unterschrift bestätigt, daß die Niederschrift genau der Aussage des Patienten entspricht. Das Schreiben hat für das Gericht also offiziell gültigen Charakter und wird als solches behandelt. Mister Bracken, kennen Sie einen gewissen Roger Marne?«
»Nein, Herr Vorsitzender.«
»Ganz bestimmt nicht?«
»Ganz bestimmt nicht, Herr Vorsitzender . . . Oder, Moment mal, dem

Namen nach . . . ja, dem Namen nach! Roger Marne . . . Das war doch dieser Kriminelle, der meinen Freund Philip Kaven hier in Nürnberg zu erpressen versucht hat mit Fotos, nicht wahr?«

»Ja, Mister Bracken, derselbe.«

»Die Amerikaner haben ihn dann sofort in die Staaten geflogen, nicht wahr?«

»Ja, Mister Bracken.«

»Weil dieser Marne . . . ›Clown‹ oder wie das die Polizei hier nennt . . . weil dieser Marne schon mehrmals aus psychiatrischen Kliniken ausgebrochen war, in die er jedesmal kam, nachdem er einer Straftat wegen vor Gericht gestanden hat und für unzurechnungsfähig erklärt worden ist. Das ist doch so, wie?«

»Das ist so, Mister Bracken. Aber persönlich kennen Sie diesen halbirren Kriminellen nicht?«

»Herrgott, ich sagte doch schon, nein!«

»Das ist sehr merkwürdig.«

»Wieso ist das sehr merkwürdig, Herr Vorsitzender?«

»Weil dieser Roger Marne erklärt, Sie sehr gut gekannt zu haben.«

»Das ist doch eine Lüge . . . Was heißt ›gekannt zu haben‹?«

»Roger Marne ist tot, Mister Bracken. Was ich hier habe, hat er wenige Tage vor seinem Ende – in klarer Verfassung – zu Protokoll gegeben. Er bat darum, daß alle vorhin genannten Zeugen anwesend waren. Er hatte von unserem Prozeß gelesen – wer nicht? Und er wollte dazu unbedingt noch etwas bemerken, und zwar etwas, das Sie betrifft, Mister Bracken.«

»Mich? Lächerlich! Ich kenne den Kerl nicht! Ich kenne ihn nicht!«

Der Staatsanwalt erhebt sich wieder, der Vorsitzende winkt ab.

»Ich werde jetzt Roger Marnes Worte – sein Geständnis, seine letzten Worte, wie Sie es nennen wollen – verlesen. Ich bitte um Ruhe!« Es wird still im Saal. Der Vorsitzende liest: »›Ich, Roger Marne, geboren am zweiten Juli 1928 in Los Angeles, zur Zeit im Mount-Hebron-Hospital, gebe auf Ehre und Gewissen folgendes als wahr bekannt: Ich habe den Agenten Rod Bracken im Jahre 1968 in Los Angeles kennengelernt – in dem Nachtklub RED ANGEL.‹«

»Das ist eine Lüge«, sagt Bracken kalt.

»Unterbrechen Sie mich bitte nicht, Mister Bracken. Ich fahre fort: ›Wir unterhielten uns einen ganzen Abend über, dann meinte Bracken, ich könnte wohl eine Stange Geld verdienen, wenn ich für ihn in gewissen Fällen tätig würde . . .!‹«

Sehr starke Unruhe im Zuschauerraum.

»Ruhe! Ruhe!« Es wird still. »Bringen Sie bitte einen Stuhl für Mister Bracken, Herr Wachtmeister, es geht ihm offenbar nicht gut . . .«

Ein Stuhl wird gebracht. Bracken sinkt darauf. Er hat um ein Glas Wasser

gebeten und verschüttet die Hälfte, als er mit einer zitternden Hand trinkt.
»›Ich wurde für Bracken mehrmals tätig‹«, liest der Vorsitzende weiter. »›Die einzelnen Fälle interessieren in diesem Zusammenhang nicht – bis auf zwei. Der eine Fall spielte sich von Juli 1969 an ab. Er dauert, in seinen Folgen, immer noch an. Es begann in Monte-Carlo . . .‹«
Lautes Stimmengewirr. Der Richter stellt mühsam die Ruhe im Gerichtssaal wieder her. Bracken sitzt reglos.
»›Am fünfundzwanzigsten Juli 1969 hielt Sylvia Moran über den Fernsehsender Monte-Carlo eine Ansprache anläßlich einer Gala zur Unterstützung von behinderten Kindern, welche die Fürstin von Monaco veranstaltet hatte. Die Fernsehansprache wurde weltweit übertragen. Den Text, den Sylvia Moran sprach, hatte Bracken verfaßt. Er sagte damals zu mir: ›Es wird ihr zum Kotzen sein, was sie da zu sagen hat, genauso wie es mir zum Kotzen ist, aber sie wird es sagen, denn es ist erstklassige Publicity für sie! Allerdings nehme ich an, daß sie dann, nach der Sendung, wenn ihr bewußt wird, was sie gesagt hat, tobsüchtig vor Wut werden wird, wie ich sie und ihren feinen Charakter kenne. Deshalb kommst du mit uns nach Monte-Carlo, Roger, das ist dein neuer Job, dein größter bisher, da kannst du dir eine goldene Nase verdienen!‹ – ›Was soll ich tun?‹ fragte ich. Bracken erklärte mir alles. Ich flog in einer Linienmaschine der TWA zwei Tage vor der Sendung nach Nizza, fuhr in Richtung Monte-Carlo weiter und wohnte in einem kleinen Nest nahebei, in Eze. Um es kurz zu machen: Bracken besaß technische Kenntnisse, besonders auf dem Gebiet aller elektrischen Anlagen – er hat da einmal richtig gearbeitet. Bracken (er sagte mir vorher, was er tun würde) brachte im Appartement der Moran im HÔTEL DE PARIS und in ihrer kleinen Garderobe im Fernsehsender Monte-Carlo Abhörgeräte an, die er mit versteckten Tonbandgeräten verband. Es war meine Aufgabe, mich als Unbekannter nach der Sendung um die Anlagen zu kümmern – so schnell wie möglich. Ich sollte alles wieder abmontieren und feststellen, ob irgendwelche Äußerungen, die Mrs. Moran belasten konnten, auf einem der Bänder registriert waren.‹«
»Rod!« Sylvia hat es gerufen, erstickt und schwach. Sie ist leichenblaß. Bracken rührt sich nicht.
Der Vorsitzende liest weiter: »›Unmittelbar nach der Sendung gelang es mir – Einzelheiten interessieren nicht, ich habe auch keine Zeit zu langen Schilderungen, mir ist elend, furchtbar elend, und die Tatsachen, die man nach Lektüre dieses Geständnisses leicht wird überprüfen können, erübrigen eine detaillierte Schilderung –, zuerst die Abhöranlage in der Fernsehsender-Garderobe und sodann die im HÔTEL DE PARIS abzumontieren. Die im HÔTEL DE PARIS war wertlos, denn was die Moran sagte, hatte sie schon,

wie von Bracken erwartet, in der Garderobe gesagt. Dort hatte Bracken eine jener Rufanlagen für Schauspieler, über die sie durch Knopfdruck auch mit der Regie sprechen können, präpariert: Er hatte ein Streichholzstückchen genommen und damit den Sprechknopf festgeklemmt, so daß die Anlage *nur* aufnahm, alles, was in dem kleinen Raum gesprochen wurde. Die Moran sprach eine Menge, ich hörte es, als ich dieses Tonband dann abspielte. Damit war meine Aufgabe in Monte-Carlo erledigt. Ich flog nach Wien, wartete dort eine Weile in einem kleinen Hotel und schickte dann einen Teil des Bandtextes, den ich überspielt hatte – meine Kenntnisse verdankte ich Bracken – zusammen mit der Erpressung, ebenfalls auf Band, wobei ich meine Stimme elektronisch verzerrte, vom Wiener Hauptpostamt an die Privatadresse der Moran. Ich forderte fünfzigtausend Dollar, andernfalls ich die Bänder publik machen wollte. Bracken hatte inzwischen ein narrensicheres System entwickelt, nach dem das Geld zu überweisen war, ohne daß man jemals dahinterkam, wer es erhielt . . . Alles, was ich tat, habe ich genau nach den Anweisungen Brackens getan, der mich anständig bezahlte. Die Äußerungen, die die Moran getan hatte, waren so schlimm, daß eine Veröffentlichung ihr Ende gewesen wäre. Infolgedessen konnte Bracken sie immer weiter erpressen, später mit kleineren Beträgen, bis zum heutigen Tag mit einer monatlichen Zahlung von zehntausend Dollar. Bracken wird das alles ableugnen, die Moran wird die Erpressung bestätigen. Sie wird nun wissen, wer der Erpresser war. Das ist der eine Fall.‹« Der Vorsitzende blättert um. »›Der zweite: Im November 1971 rief Bracken mich aus Paris an und sagte mir, ich solle sofort nach Paris kommen und mich zu seiner Verfügung halten. Das tat ich – er überwies mir telegrafisch Geld. Ich wohnte in einer kleinen Pension. Am vierten Dezember endlich trat Bracken mit mir in Verbindung und schickte mich nach Nürnberg. Das geschah knapp nach der Prügelei im Hof des Hôpital Sainte-Bernadette, in die Philip Kaven verwickelt war. Ich weiß heute noch nicht, was da vor sich ging. Ich sollte nach Nürnberg fliegen und Kaven und die Ärztin Doktor Reinhardt, von denen Bracken mir Bilder zeigte, zusammen fotografieren – in einer möglichst dramatischen Umgebung. Diese fand ich, nachdem ich Kaven und die Ärztin in Nürnberg unter Beobachtung hatte, am siebten Dezember bei einem Begräbnis auf dem Westfriedhof. Ich hatte von Bracken den Auftrag, die beiden mit einer Minox zu fotografieren und zu versuchen, Kaven sodann mit den Fotos scheinbar zu erpressen, ohne sie ihm jedoch wirklich zu verkaufen. Er und die Moran – und andere, nehme ich an – sollten nur wissen, daß es diese Fotos gab. Ich tat, was Bracken mir befohlen hatte, und ging dabei der amerikanischen und der deutschen Polizei in die Falle. Ich wurde in die Staaten abgeschoben und kam in das Mount-Hebron-Hospital, wo ich diese Aussage mache. Auf Befragen erkläre ich noch: Bracken sagte mir einmal: ›Die Moran gehört *mir.* Sie wird mir immer gehören, weil sie mich einfach nicht verlassen oder fallenlassen kann, darum.‹ Angesichts meines nahen Todes schwöre ich, daß alles, was ich hier zu Protokoll gegeben habe, der reinen Wahrheit entspricht . . .‹« Der Vorsitzende überfliegt die Seite und sagt: »Folgen Unterschrift, Datum, Ort und die Unterschriften der anwesenden Zeugen.« Er läßt die Papiere sinken. »Mister Bracken, was haben Sie dazu zu sagen?«

Keine Reaktion. Bracken sitzt zusammengesunken.

»Mister Bracken!« Lauter.

Und plötzlich springt Rod Bracken auf. Sein Gesicht ist verzerrt, er schreit den Vorsitzenden an: »Jawohl! Jawohl, Herr Richter, so war es, genau so! Alles, was dieser Scheißkerl Marne da angibt, stimmt!«

»Aber warum . . .« Sylvias Stimme ist nur ein Flüstern. »Aber warum, Rod, warum?«

Bracken fährt zu ihr herum: »Weil ich deiner sicher sein mußte, Sylvia! Sicher, daß du mich nie, nie feuerst!«

»Das hätte ich doch nie getan!«

»Sagst du! Glaubst du! Weißt du, was Menschen glauben, was Menschen tun? Du weißt es nicht! *Ich* weiß es!« schreit Bracken, größter und höchstbezahlter Agent, dereinst Schuhputzjunge, Tellerwäscher, Autowäscher, Leichenwäscher in New York, Lehrling bei einem sadistischen Elektromechaniker und einem gelähmten Taschendieb, Schlepper, Zuhälter, Dachdecker, Tankwart, Telegrammbote, Kartenknipser auf den Ferries über den Hudson-River, Geldeintreiber bei einem ›Finanzberater‹, Liebhaber seltener Fische, Millionär, Sohn eines Säufers und einer Hure, aufgewachsen in Heimen und im New Yorker Elend, das ein ganz besonderes Elend ist. »Ich mußte dich in der Hand haben, Sylvia! Vor allem, nachdem dieser Scheißkerl Kaven aufgetaucht war! Jeden Tag hättest du mich rausschmeißen können, obwohl ich alles für dich tat . . .«

»Nie! Nie hätte ich dich rausgeschmissen!«

»Geschwätz! Darauf konnte ich mich nicht verlassen! Ich will dir sagen, warum ich das alles tat: Weil ich nie, nie, nie mehr arm sein wollte!«

Die Stimme versagt, Bracken schweigt keuchend, er sinkt auf seinen Stuhl zurück.

»Es stimmt also, was dieser Roger Marne behauptet?« fragt der Vorsitzende.

»Ja«, sagt Bracken klanglos.

Der Staatsanwalt erhebt sich.

»In diesem Fall ersuche ich das Hohe Gericht, den Zeugen auf der Stelle festnehmen zu lassen.«

»Herr Wachtmeister!«

»Jawohl, Herr Vorsitzender!«

»Mister Bracken, ich erkläre Sie für vorläufig festgenommen.«
»Kommen Sie, Mister«, sagt der Wachtmeister und nimmt Bracken am Arm. Bracken folgt ihm wortlos und ohne Widerstand. Er sieht niemanden im Gerichtssaal an.
Dies, mein Herr Richter, war das zweite gravierende Ereignis des Prozesses, von dem ich nichts erfahren habe.

Und hier endlich ist das dritte . . .
Vor dem Vorsitzenden steht ein ruhiger, fast schüchtern wirkender Mann, der jedoch mit großer Bestimmtheit spricht: »Herr Vorsitzender, Hohes Gericht! Unmittelbar nach der Untersuchung des Toten durch den ballistischen Sachverständigen, Herrn Doktor Langenhorst, habe ich von meinem Kollegen erfahren, zu welchem Schluß er gekommen ist. Herr Doktor Langenhorst schloß auf einen *Fernschuß* der Angeklagten aus einer Entfernung von mindestens einem Meter. Die Art, in der er seine Ansicht begründete, leuchtete mir nicht ein. Infolgedessen habe ich mich beim Verteidiger der Angeklagten, Herrn Doktor Nielsen, gemeldet und ihm meine Besorgnisse und Bedenken vorgetragen. Herr Doktor Nielsen hat sich mit dem Herrn Staatsanwalt in Verbindung gesetzt, und dieser hat daraufhin mich als zweiten Gutachter zugelassen. Das alles ging zum Glück innerhalb von zwei Tagen ab, so daß ich den Leichnam noch in einem Zustand vorfand, der eine neuerliche Untersuchung gestattete.«
VORSITZENDER: »Wie lautet nun Ihr Gutachten, Herr Doktor Feddersen?«
FEDDERSEN: »Ich habe Gelegenheit gehabt, die Kleidung des Toten sowie ihn selber genauestens zu untersuchen. Mein Kollege schloß auf einen Fernschuß und übersah dabei das Fehlen des sogenannten ›Schmutzringes‹ auf der Kleidung, der an und für sich auch bei einem Fernschuß vorhanden sein muß. Die Tatsache, daß der ›Schmutzring‹ fehlte, verlangte zwangsläufig eine Erklärung. Zeugenaussagen und weitere Spuren waren nicht vorhanden. Mein Herr Kollege hat seine Diagnose nach der qualitativen Methode gestellt, die keinerlei Nahschußzeichen ergab. Also mußte er auf Fernschuß schließen. Aber der fehlende ›Schmutzring‹ auf der Kleidung des Toten! Ich versuchte, durch Kombination einen anderen Tatablauf zu erdenken, um auf diese Weise zu neuen Spuren – wir sagen auch Daten – zu gelangen.«
VORSITZENDER: »Das ist Ihnen gelungen?«
FEDDERSEN: »Ja, Herr Richter. Ich erhielt die Erlaubnis, mit der Angeklagten zu sprechen. Wenn sie auch beteuerte, sich an nichts erinnern zu können – was inzwischen von dem psychiatrischen Gutachter, Herrn Professor Doktor Eschenbach, als durchaus glaubwürdig und als Folge einer typischen Amnesie erklärt worden ist –, und wenn sie in ihrer Erinnerungslosigkeit die Ansicht vertrat, sie habe den Angeklagten getötet, so zeigte sie

doch auf einem anderen Gebiet, daß ihr Erinnerungsvermögen intakt geblieben war.«

VORSITZENDER: »Auf welchem?«

FEDDERSEN: »Hinsichtlich ihrer Kleidung. Sie erklärte mit größter Bestimmtheit, eine flache Umhängetasche getragen zu haben. Wo war die geblieben? Sie findet sich nicht unter den Asservaten. Sie lag meinem Herrn Kollegen, dem Erstgutacher, nicht vor!«

VORSITZENDER: »Und Sie haben sie gefunden?«

FEDDERSEN: »Ja, Herr Richter. Ich fragte in dem Krankenhaus nach, in das die Angeklagte gleich nach Rettlands Tod, noch im Zustand des Schocks, gebracht worden war. Dort entdeckte man die Umhängetasche. In der Aufregung war sie übersehen und von einer Schwester beiseite gelegt worden.« (Der Sachverständige öffnet eine Aktenmappe, entnimmt ihr die Umhängetasche und demonstriert im folgenden an ihr). »Hier ist diese Tasche. Sie ist von der Angeklagten seinerzeit sofort als ihr Eigentum wiedererkannt worden. Sie sehen, die Tasche ist durchschossen. Sie sehen weiter . . . eine goldene Puderdose. Auch diese ist durchschossen. Hier bitte . . . die Tasche und die Dose . . . All das, Herr Richter, gestattete die Vermutung, daß der Schuß bei einem Handgemenge abgegeben worden sein könnte. Ich stellte zunächst mittels der quantitativen Methode der Spektrographie die Schußentfernung zur Handtasche fest und kam dabei auf eine Entfernung von drei bis höchstens fünf Zentimeter, also einen relativen *Nahschuß!* Nun ging ich von der Annahme aus, daß bei geringer Entfernung zwischen Tasche und Einschuß in die Brust des Rettland möglicherweise Metallsplitter der Puderdose in den Schußkanal eingebracht worden waren. Ich habe die Haut rund um den Einschuß in einer Ausdehnung von zehn mal zehn Zentimeter geröntgt. Es sind tatsächlich Metallsplitter winzigen Ausmaßes im beginnenden Schußkanal und in einem Bereich bis zu zwei Zentimeter vom Einschuß entfernt festgestellt. Die Asservierung der Splitter war möglich. Der Nachweis, daß es sich um Gold handelt, wurde spektrographisch geführt. Durch Vergleichsschüsse stellte ich fest, daß diese Verteilung der Splitter allerhöchstens bis zu einer Entfernung von fünfzehn bis zwanzig Zentimeter zwischen Körper und Tasche zustande gekommen sein konnte. Die Entfernung zwischen Laufmündung und Tasche betrug zwischen drei und fünf Zentimeter. Das ergibt eine Gesamtentfernung zwischen Brustkorb und Laufmündung von achtzehn bis fünfundzwanzig Zentimeter.«

VORSITZENDER: »Sie bleiben bitte gemeinverständlich, Herr Doktor? Sie haben ja das ausführliche Gutachten zu unseren Akten gegeben.«

FEDDERSEN: »Gewiß, Herr Richter. Gemeinverständlich also: An der linken Hemdmanschette des Rettland stellte ich Pulverschmauch fest. Das konnte auf ein Handgemenge deuten – aber auch darauf, daß der Rettland nach der

Schußwaffe greifen wollte, ohne daß es zu einem Handgemenge kam. Gleiches galt für die Lage der ausgeworfenen Hülse auf der falschen Seite, nämlich links von der Angeklagten. Diese Lage sprach dafür, daß die Pistole zur Zeit der Schußabgabe sich möglicherweise in einer Stellung befand, die das Auswerfen der Hülse nach links verständlich gemacht hätte, oder daß die Hülse – zum Beispiel vom Unterarm der Angeklagten – abgelenkt worden war. Beide Annahmen sprachen für ein Handgemenge, bei welchem Rettland die Tasche der Angeklagten hochgerissen und vor seine Brust gehalten hatte. Die Lage der Hülse konnte zunächst aber nur bedingt als Indiz eingebracht werden, weil der Fundort ja nicht mit der ursprünglichen richtigen Lage übereinstimmen mußte. Die Lage der Hülse konnte aus vielfältigen Gründen oder Umständen nach dem Schuß und vor der Spurensicherung verändert worden sein.«
VORSITZENDER: »Das ist klar. Und nun?«
FEDDERSEN: »Und nun, Hohes Gericht: Es ist mir gelungen, die Indizienkette zu schließen – und zwar (was mein verehrter Herr Kollege, der Erstgutachter, auch nicht getan hat) durch eine genaue Untersuchung der Griffspuren in Form von kleinen Blutergüssen und Kratzern an den Handgelenken der Angeklagten. Das alles gemeinsam gesehen, Hohes Gericht, bedeutet ohne jeden Zweifel: Es ist zu einem Handgemenge gekommen. Bei diesem verdrehte Rettland die Schußhand und damit die Waffe der Angeklagten und löste selber den Schuß aus, der ihn tötete.«
VORSITZENDER: »Wollen Sie damit sagen, daß es sich nicht um Mord handelt, sondern daß Rettland sich selbst erschossen hat?«
FEDDERSEN: »Genau das will ich sagen. Es ist meines Erachtens erwiesen, daß nicht die Angeklagte den Rettland erschossen hat, sondern daß dieser, versehentlich natürlich, sich selber erschoß.«
Das, mein Herr Richter, war das dritte gravierende Ereignis im Ablauf des Prozesses, von dem ich nichts ahnte. Ich habe die drei Ereignisse, von denen ich später erfuhr, zum besseren Verständnis alles Folgenden vorweggenommen. Nun kehre ich wieder in die Chronologie der Ereignisse zurück.
Es ist Montag, der 22. Mai 1974, und es ist inzwischen fast 18 Uhr geworden.
Morgen, am 23. Mai 1974, um 10 Uhr 30, soll *ich* nun endlich als Zeuge im Prozeß gegen Sylvia Moran auftreten.

62

Dienstag, 23. Mai 1974, 10 Uhr 50.
Ein Justizwachtmeister hatte mich ins Gericht gebracht. Nun stand ich vor dem Richtertisch. Ich habe noch nie vor Gericht gestanden. Ich weiß, es

klingt übertrieben, aber man ist bei einer solchen ersten Ladung vollkommen verstört, erschlagen von der Strenge und Unerbittlichkeit der Maschinerie, die da abrollt. Ich hatte beim Eintreten in den Saal des Schwurgerichts gesehen, daß er überfüllt war. Unter den anwesenden Journalisten entdeckte ich den jungen Florian Bend, der mir zuwinkte. Ich nickte. Von einer weiteren Ausnahme abgesehen, erblickte ich nur fremde Gesichter. Die Männer, die auf einer anderen Bank saßen, waren wohl die Sachverständigen, die den ganzen Prozeß verfolgten. Fotografieren – zumindest während der Verhandlung – schien verboten zu sein. Die Ausnahme: Sylvia Moran. Sie saß bei ihrem Verteidiger Dr. Nielsen auf dem Platz der Angeklagten. Sylvia sah schrecklich aus. Sie trug ein graues Kostüm, nicht ein einziges Schmuckstück, sie war fast nicht geschminkt, ihr Gesicht war eingefallen, erschöpft, von grenzenloser Traurigkeit erfüllt, und ich sah: Diese Frau ist am Ende. Ich lächelte ihr zu. Sie lächelte auch, aber verzerrt, eine Grimasse . . .

»Herr Kaven«, sagte der Vorsitzende, ein älterer Mann mit einem zu roten Gesicht, mit behutsamer Stimme und klugen Augen, »Sie haben dem Gericht in der Zeit Ihrer Untersuchungshaft einen sehr ausführlichen Bericht über alles, was geschehen ist, zur Verfügung gestellt. Ich danke Ihnen dafür im Namen aller Beteiligten. Das Gericht, die Verteidigung und die Staatsanwaltschaft kennen Ihren Bericht. Es ist trotzdem notwendig, Sie selbst zu vernehmen. Dabei müssen wir uns natürlich viel kürzer fassen. Ich bin überzeugt davon, daß Sie wirklich wahrheitsgemäß antworten werden – auf alle Fragen, die wir Ihnen stellen.«

»Ja, Herr Vorsitzender«, sagte ich.

»Auch wenn Sie sich dadurch belasten.«

»Auch wenn ich mich dadurch belaste, denn ich sage hier aus, um der Angeklagten durch die Wahrheit zu helfen, weil ihr allein durch die Wahrheit zu helfen ist und weil . . .«

»Phil!« Ein Schrei.

Ich drehte mich um.

Da stand Sylvia, leicht schwankend.

»Ich will nicht, daß du dich belastest durch deine Aussage!« Ihre Stimme war brüchig und heiser. Sie sprach gehetzt. »Ich will nicht, daß andere für das bestraft werden, was ich getan habe, ich will nicht . . .«

Der Staatsanwalt, ein untersetzter Mann mit Brille und scharfer Stimme, unterbrach: »Herr Vorsitzender, ich protestiere! Die Angeklagte hat zu Beginn des Prozesses erklärt, nichts sagen zu wollen. Sie hat bislang beharrlich geschwiegen. Ich protestiere dagegen, daß sie jetzt die Aussage eines Zeugen unterbricht und . . .«

Gleichzeitig hatte Sylvia weitergesprochen: ». . . daß noch mehr Unglück geschieht, als schon geschehen ist. Ich bin schuldig! Ich bin schuldig! Ich

bin schuldig! Und ich will, daß diese Quälerei ein Ende hat! Ich will sagen, was ich getan habe, was geschehen ist . . .«
»Aber nicht jetzt! Jetzt spricht der Zeuge Kaven!« rief der Staatsanwalt.
»Herr Vorsitzender, Hohes Gericht! Ich bin eine Mörderin!«
Heftigste Unruhe im Saal.
»Ich bin mehr als das, ich bin . . .«
»Herr Vorsitzender, ich protestiere auf das schärfste . . .«
»Reden lassen! Reden lassen!« Stimmen aus dem Zuschauerraum.
»Ruhe! Herr Staatsanwalt, bitte mäßigen Sie sich! Wenn Mrs. Moran jetzt reden will, wollen wir sie reden lassen.«
»Ich will reden! Ich will reden!«
Dies alles und was noch folgte, spielte sich in größter Hast und größter Erregung ab. Manchmal sprachen mehrere Menschen gleichzeitig. Sylvia war nicht aufzuhalten, obwohl ihr Verteidiger beruhigend auf sie einredete. Sie stieß ihn mit einer Handbewegung beiseite. Alles geschah rasend schnell, schneller, als ich es niederschreiben kann, viele Male schneller. Sylvia redete einfach immer weiter, was immer auch an Protesten und Zwischenrufen (sie verstummten sehr bald) kam. In ihrem Gesicht arbeitete es. Sie holte immer wieder tief Atem. Sie sprach mit aller Kraft, die ihr noch verblieben war . . .
». . . eine Mörderin, jawohl! Ich habe, das bescheinigt der zweite Gutachter, Herr Doktor Feddersen, Romero Rettland nicht erschossen. Er hat sich selbst getötet – unbeabsichtigt. Aber ich war bereit, ihn zu erschießen – also bin ich dennoch eine Mörderin! Eine Mörderin, eine Mörderin! Ich war nach Nürnberg gekommen mit der Absicht, Romero zu töten, wenn er seine Drohung wiederholte . . .«
»Was für eine Drohung?«
»Er hat mit mir in Berlin telefoniert. Und er sagte . . . er sagte . . . nein, er diktierte . . . Er diktierte den Treffpunkt, die Zeit, er erpreßte mich . . . er . . .«
»Langsam.« Der Vorsitzende: »Langsam. Wie konnte er Sie erpressen, Mrs. Moran?«
»Mit Babs!« schrie Sylvia. »Er hatte alles über sie herausgefunden . . . Er drohte . . . Er ist doch ihr Vater, er ist doch ihr Vater . . .«
Tumult.
»Ruhe! Ruhe! Sie haben stets bestritten, daß er der Vater ist!«
»Da habe ich stets gelogen!«
»Warum? Warum haben Sie gelogen, Mrs. Moran?«
Sylvia keuchte.
»Weil ich ihn nicht als Vater anerkannte . . . weil er . . . Er hat mich damals bei den Dreharbeiten in Berlin vergewaltigt . . . betrunken gemacht und vergewaltigt . . . Es war widerlich . . . Es war schrecklich

. . . Er hat mit mir Dinge getan . . . Ich habe ihn gehaßt von diesem Tag an . . . Ich habe mir geschworen, wenn ich nun ein Kind bekomme, dann werde ich niemals zugeben, daß es sein Kind ist!«

»Die Bestätigung des Berliner Arztes, daß Sie schon vor Rettlands Eintreffen schwanger waren!« Der Staatsanwalt fuhr dazwischen. »Die Erklärungen dieses Arztes, daß Rettland nicht der Vater sein konnte! Diese Erklärungen, mit denen Sie seit der Geburt Ihres Kindes operiert haben – erfolgreich operiert haben . . .«

»Waren Fälschungen!«

»Wie bitte?«

»Fälschungen, jawohl, Fälschungen! Dieser Arzt in Berlin war ein guter Mensch . . . In meiner Not wandte ich mich an ihn . . . Wir haben die Zeit gefälscht . . . Er hat mir geholfen . . .«

»Indem er bewußt fälschte und log?«

»Ja! Ja! Ja! Ziehen Sie ihn zur Verantwortung, Herr Staatsanwalt! Verurteilen Sie ihn! Er ist ja erst seit vielen Jahren tot!« Immer hektischer wurde Sylvia, immer erregter, ihr Gesicht wechselte dauernd die Farbe – weiß, rot, rot, weiß. »Romero war ein Schuft . . . ein elender, dreckiger, gemeiner Hund . . . Darum habe ich es abgelehnt, in Amerika auch nur ein privates Wort mit ihm zu sprechen!«

»Sie sind aber durch seine Hilfe nach Amerika gelangt! Warum sind Sie hinübergegangen?«

»Ich bin Schauspielerin, Herr Staatsanwalt! Ich wollte spielen, spielen, spielen! Große Rollen! Ich wollte zeigen, was ich konnte! Ich wollte berühmt werden! Ich wußte, ich war davon überzeugt, daß ich eine gute Schauspielerin war!«

»Und da war Ihnen der so sehr verhaßte Romero Rettland recht, wenn er Ihnen nur weiterhalf!«

»Ja!«

»Eine seltsame Moral, Mrs. Moran!«

»Herr Staatsanwalt! Was wissen Sie von der Moral und dem Gewissen eines Schauspielers? Es gibt nichts, das gewissenlos, das unmoralisch genug wäre, als daß ein Schauspieler es nicht dennoch täte, wenn er damit eine Chance erhält zu spielen! Zu spielen! Groß und berühmt zu werden! Jawohl, ich war charakterlos, jawohl, ich war ohne Moral, ohne Gewissen! Und? Ich sage ja, ich bin schuldig – war es von Anfang an! Verurteilen Sie mich schon endlich! Dazu sind Sie ja da!«

»Sylvia, bitte . . .«

»Sei ruhig, Phil! Du bist ein guter Kerl, aber sei ruhig! Sie wissen alle hier, die ganze Welt weiß es, wie Romero mich verfolgt hat – wie er darauf pochte, der Vater von Babs zu sein, gleich nach ihrer Geburt –, durch alle Jahre, und nun, zuletzt wieder, so sehr wie noch nie! Sie alle wissen es! Sie

alle wissen es! Aber Babs ist nicht sein Kind! Babs ist mein Kind, meines, meines!«
»Mrs. Moran, Sie müssen sich beruhigen!« Der Vorsitzende.
Sylvia hörte ihn gar nicht. Sie redete weiter, ihre Worte überstürzten sich: »Er hat mich zu erpressen versucht! Er hat Interviews gegeben! Er wollte erzwingen, daß ich ihn heirate! Sie alle wissen es! Sie alle wissen, wie er es anfing! Sie alle wissen, daß ich unter dieser Belastung zuletzt zusammengebrochen bin und monatelang ins Krankenhaus mußte! Sie alle wissen, was bei der ›Oscar‹-Verleihung geschah! Doch als ich dann, einigermaßen wiederhergestellt, nach Berlin kam, um meinen neuen Film zu drehen, rief Romero mich an! Und befahl mir, ihn zu treffen! Er war mir nachgekommen! Er wußte Bescheid, genau Bescheid . . .«
»Worüber?«
». . . und er verlangte mich zu sprechen. In Nürnberg. In diesem schrecklichen Hotel. Er war es, der den Ort, das Hotel, das Datum, die Zeit diktierte! Er! Er! Er! Aber *ich* mußte das Zimmer bestellen unter falschem Namen. Ich mußte tun, was er verlangte! Denn nun hatte er mich in der Hand – glaubte er! Weil er die Wahrheit über Babs herausgefunden hatte, indem er Philip Kaven heimlich gefolgt war . . .«
»Was?« Ich fuhr zusammen.
»Ja! Ich habe es dir nicht gesagt, ich hatte keine Zeit mehr dazu, er sagte es mir selbst erst in jenem Telefongespräch! Er wußte, wo Babs ist! Er wußte, was mit ihr los ist! Und er sagte mir am Telefon, wenn wir uns nicht einig würden in Nürnberg, in diesem Hotel, wenn ich ihn nun nicht heiratete, wenn ich nun nicht endlich zugab, daß er der Vater von Babs ist, dann würde er die Wahrheit über Babs verbreiten, dann würde er dafür sorgen, daß . . .«
»Was für eine Wahrheit über Babs, Mrs. Moran?« Der Vorsitzende.
»Die Wahrheit . . .« Sylvia hatte jetzt einen irren Gesichtsausdruck. »Die Wahrheit . . . Mein Kind, meine Babs, meine geliebte Babs ist schwer gehirngeschädigt!«
Aufschreie, sehr großer Lärm im Zuschauerraum. Der Richter brauchte Minuten, um die Ruhe wieder herzustellen. Ich hatte die Augen geschlossen, als Sylvia das Wort aussprach. Ich ließ sie geschlossen und hörte sie rufen: »Gehirngeschädigt nach einer Meningo-Encephalitis! Ein Idiotenkind, wenn Sie wollen! In einer Sonderschule! Wird niemals mehr gesund werden! Niemals mehr! Babs, das Liebste, was ich besitze, Babs – ein Kretin!«

63

»Einen Arzt!«

Der Vorsitzende hatte sich erhoben, nachdem Sylvia auf ihren Stuhl gesunken war.

»Los, einen Arzt!«

Sylvia fuhr empor.

»Es kommt kein Arzt an mich heran!«

»Aber Sie sind in Gefahr, Mrs. Moran! Bitte!«

Ich sah, daß einer der Sachverständigen – vermutlich der medizinische – aufgestanden war.

»Setzen Sie sich!« schrie Sylvia ihn an. »Mir fehlt nichts! Ich will reden! Ich muß jetzt reden!«

Der Sachverständige setzte sich wieder.

»Dann, so sagte mir Romero, würde er dafür sorgen, daß die ganze Welt erfuhr, was wir – meine Gesellschaft meine ich – und ich mit so viel Mühe bisher verborgen hatten! Dann war es aus mit mir! Dann war Schluß! Also bestellte ich das Zimmer in diesem Hotel! Also flog ich nach Nürnberg! Also traf ich Romero! Natürlich kam es zum Streit! Es kam zu dem Handgemenge, von dem der zweite Sachverständige sprach! Aus meiner Handtasche fiel ein Medaillon mit einem Bild von Babs, das weiß ich noch ... Dann ... dann weiß ich nicht, was geschah ... Ein Schuß ging los ... Es steht nun wohl fest, daß Romero sich aus Versehen selber erschoß ... Aber *ich* hatte die Pistole gezogen! Ich! Meine Pistole! Wenn er sich nicht erschossen hätte, *ich* hätte es getan!« Sie konnte vor Keuchen kaum mehr sprechen. »Dann ... dann ... Das Medaillon, das weiß ich auch noch ... Es war zu Boden gefallen ... Es lag unter ihm ... Unter dem Toten ... Ich hatte Angst, daß man es findet ... Darum hob ich den Toten hoch ... versteckte das Medaillon, damit es nicht bei mir gefunden wird ...«

»Warum sollten Sie nicht ein Medaillon Ihrer Tochter bei sich tragen?«

»Herr Staatsanwalt ... das ... das verstehen Sie nicht ... Ich ... ich verstehe es auch nicht ... Ich habe damals vollkommen sinnlos reagiert ... Ich war von Sinnen ... Ich stand ja dann mit der Pistole in der Hand da, bis ... Ich ... ich weiß keine Erklärung dafür ... aber so war das ...«

»Sylvia, bitte! Bitte, bitte, hör auf!«

Sie schien mich nicht zu hören.

»Jetzt wissen Sie es ....«

Der Staatsanwalt: »Sie reden dauernd davon, daß Rettland Sie erpreßt hat. Wie konnte er Sie erpressen? Mit einem gehirngeschädigten Kind? Daran haben *Sie* doch keine Schuld!«

»Es ist die Strafe Gottes!«
»Strafe Gottes? Wofür?«
»Sie ... Sie haben ja alle hier im Saal verfolgt, wie Bracken verhaftet wurde, weil er auf Tonband aufnehmen ließ, was ich nach dieser Fernsehsendung für behinderte Kinder in Monte-Carlo gesagt habe ... Ich habe grausige Sachen gesagt ...«
Bracken verhaftet? Bracken der Tonband-Erpresser? In diesem Moment wußte ich noch nichts von dem, was ich schon berichtet habe. Ich stand da mit offenem Mund, ich kam nicht mehr mit, ich faßte das alles nicht mehr. Bracken ...
»Herr Vorsitzender! Herr Staatsanwalt! Sie alle hier ... Ich bin schuldig ... auf jeden Fall schuldig ... auf jeden Fall ... Ich habe mich damals in Monte-Carlo, als ich diese schönen Worte sprach, vor allen gehirngeschädigten oder behinderten Kindern geekelt ... Und dann habe ich gesagt, daß Hitler recht hatte, als er sie alle umbringen ließ ... Ich habe viel schlimmere Dinge gesagt ... Für mich waren solche Kinder keine menschlichen Wesen ... Sie verdienten keinen Schutz, keine Hilfe ... Sie sollten umgebracht werden, das war meine Ansicht! Umgebracht! Umgebracht! ... Die Rede hielt ich nur, weil sie mir einredeten, das sei phantastisch für meine Publicity ... Und neben mir saß Babs ... damals noch gesund ... meine geliebte Babs ... Gott hat mich gestraft ... Gott hat mich gestraft ... Heute denke ich anders ... Aber dazu mußte Babs idiotisch werden ... Heute denke ich wie eine Mutter, die ein idiotisches Kind hat ... Nicht alle Mütter tun das, ich weiß ... aber die meisten ... Heute ... heute ... seit Babs erkrankt ist, ekle ich mich nicht mehr ... bin ich nicht mehr dafür, solche unglücklichen Geschöpfe umzubringen ... heute, wo es zu spät ist ... zu spät für alles ... Heute liebe ich Babs noch viel mehr als damals ... Aber mit all meiner Liebe heute ist nichts getan ... Die Liebe muß ...« Sylvia holte pfeifend Atem und fiel zu Boden.
Der Sachverständige, den ich für den Mediziner gehalten hatte, eilte zu ihr. Im Saal brach die Hölle los. Alles schrie durcheinander. Ich rannte zu Sylvia. Sie lag auf dem Rücken. Die Augen waren weit offen. Der Arzt kniete vor ihr, untersuchte sie. Nun war es plötzlich totenstill.
Der Arzt sah den Vorsitzenden an und schüttelte kurz den Kopf.
»Die Verhandlung«, sagte der Vorsitzende, »wird unterbrochen. Die Angeklagte muß ärztlich untersucht werden.«
Unmittelbar danach wurde Sylvia aus dem Saal getragen.

64

Knappe zwei Stunden später.
Die Richter kehrten aus dem Beratungszimmer zurück. Alles im Saal erhob sich. Sonderbarerweise blieben die Richter stehen.
Warum setzen sie sich nicht? dachte ich.
Mußte Sylvia ins Krankenhaus?
Wird die Verhandlung vertagt?
Da sagte der Vorsitzende: »Mrs. Moran ist tot. Der Landgerichtsarzt hat Herzversagen festgestellt. Das Verfahren wird eingestellt.« Pause. Dann: »Lassen Sie mich noch hinzufügen: Nach allen bisher bekannten Tatsachen ist das Gericht der Überzeugung, daß die Angeklagte unschuldig gewesen ist. Die Verhandlung ist geschlossen.«

65

An diesem Nachmittag erhielt ich zum ersten Mal Besuch: Ruth kam aus dem Gefängnis plötzlich in den Hof heraus, in dem ich allein, denn die anderen Häftlinge hatten ihre Freistunde schon gehabt, meinen Spaziergang machte – ich war erst spät vom Gericht zurückgebracht worden. Ich trug einen braunen (Philip-Kaven-)Anzug und weiche, leichte Schuhe, denn es war nun sehr warm geworden. Auf dem Hof wuchs wieder Gras, alle Bäume hatten neues Laub. Die Sonne schien noch über die Mauer. Ich ging langsam in einem großen Kreis, vorbei an der Gefängniswand mit ihren vergitterten Fenstern. Und plötzlich stand Ruth in einer Tür.
Sie hob kurz die Hand (ich sah, daß sie ein kleines Päckchen trug), dann kam sie auf mich zu. Ich ging ihr entgegen. Als wir einander trafen, umarmten wir uns stumm und küßten uns lange. Dann sahen wir uns an. Dann küßten wir uns wieder. Und dann gingen wir den schotterbestreuten Pfad entlang, langsam.
Nach einer Weile sagte Ruth: »Der Untersuchungsrichter hat seine Sekretärin im Krankenhaus anrufen lassen. Vor einer halben Stunde. Sie sagte, ich dürfe dich besuchen. Ich habe, das hat dir sicher dein Anwalt gesagt, immer und immer wieder um die Erlaubnis gebeten. Sie ist mir stets verweigert worden.«
»Ja, das hat mein Anwalt mir gesagt.«
»Auch, daß ich es immer und immer wieder versucht habe?«
»Auch das.« Ich blieb stehen. »Weißt du, wann wir einander das letzte Mal gesehen und gesprochen haben?«
»Natürlich.« Sie trug ein blaues Kleid und weiße Schuhe, und ihr Gesicht war sehr blaß. »An jenem Abend in meiner Wohnung, nachdem sie dich freigelassen hatten. Bevor du nach Madrid geflogen bist.«

»Ja«, sagte ich. »Am zehnten Oktober war das. Heute ist der dreiundzwanzigste Mai. Wir haben uns sieben Monate lang nicht gesehen, Ruth. Sieben Monate. Davor war ich gewohnt, dich jeden Tag zu sehen. Jeden Tag, Ruth! Ich konnte mir einen Tag ohne dich nicht mehr vorstellen.«
»Auch ich konnte mir keinen Tag ohne dich mehr vorstellen, Liebster«, sagte Ruth sehr leise. Wir sahen uns immer wieder an. »Es war eine schlimme Zeit.«
»Die schlimmste meines Lebens«, sagte ich.
»Auch in meinem. Schlimmer als die Zeit, als mein Bruder sich umbrachte, vorher und nachher.«
In den Ästen der alten Bäume lärmten die Vögel.
»Ich habe an dich gedacht«, sagte ich, »Tag und Nacht. Ich habe alles, was ich mit dir erlebt habe, aufgeschrieben.«
»Der Untersuchungsrichter hat es mir gesagt. Auch ich, mein Liebster, auch ich habe an dich gedacht – immer, im Wachen und im Träumen. Ich war immer bei dir.«
»Ja«, sagte ich. »So habe ich es manchmal empfunden. Aber es war sehr arg, trotzdem.«
»Auch für mich«, sagte sie und strich mit einem Finger über meine Wange. »Du siehst gut aus, Phil.«
»Ich weiß, wie ich aussehe. Du, Ruth, du siehst . . .«
Sie legte den Finger auf meinen Mund.
»Nicht. Auch ich weiß, wie ich aussehe. Mir ist so elend wie dir. Ich glaube, wir sollten das lassen. Denn es ist immer noch nicht vorbei.«
»Aber du wirst mich jetzt wenigstens häufiger besuchen kommen können, nachdem Sylvia tot und ihr Prozeß zu Ende ist.«
»Ja«, sagte Ruth. »Arme Sylvia.«
»Sie hat ihren Frieden«, sagte ich. «Hoffentlich. Ich hätte auch gerne Frieden.«
»Alle Menschen, Phil.«
»Und man hat ihn erst, wenn man tot ist . . . bestenfalls?«
Sie sah mich lange an, dann sagte sie: »Hast du noch die kleine Messingtafel?«
Ich nickte und griff in meine Jackentasche. Da war die kleine Metalltafel, die mir Ruth geschenkt hatte – vor so langer Zeit. FRIEDEN ALLEN WESEN stand darauf.
»Und du?« fragte ich. »Dein Lämmchen?«
Sie zog das kleine, abgegriffene Spielzeug aus einer Tasche ihres Kleides. Dann lächelten wir beide, aber ich sah, daß ihre Lippen dabei zitterten, und fühlte, meine Lippen zitterten auch. Ich sagte: »Ich liebe dich so sehr, mein Herz.«
»Und ich dich«, sagte Ruth. Sie strich noch immer über meine Wange. »Ich

habe gefragt. Dein Prozeß kommt bald. Nach Sylvias Tod wird es vielleicht nur noch eine Formsache sein.«

»Ja«, sagte ich. »Vielleicht. Vielleicht auch nicht. Vielleicht werde ich verurteilt – für lange Zeit.«

»Ich glaube das nicht.«

»Weil du es nicht glauben willst.«

»Ja«, sagte Ruth, »das stimmt.« Zwischen jedem Satz, den wir wechselten, lag dumpfes Schweigen. Und die Sonne schien und viele Vögel lärmten, und mir war elend, so elend, und dabei war ich so glücklich, so unendlich glücklich, weil Ruth vor mir stand. Ich küßte sie wieder. Wir gingen weiter, Hand in Hand. Ich spürte Ruths kleines Lamm. Sie hatte es in der Hand behalten, die sie mir gab.

»Man hat mich allein zu dir gelassen. Der Wärter schaut nur vom Fenster zu. Das ist auf jeden Fall ein gutes Zeichen«, sagte Ruth. »Ein gutes Zeichen dafür, daß man bei deinem Prozeß mildernde Umstände geltend machen wird und du vielleicht bald schon freikommst. Und das sage ich jetzt nicht, weil ich es hoffe. Das fiel mir gerade ein – als wirklicher Hinweis darauf. Sonst hätten sie mir doch einen Wärter mitgegeben und uns nicht allein gelassen!«

»Das stimmt«, sagte ich. Und fühlte mich besser. »Da ist etwas dran. Ja, da ist etwas dran. Und dazu kommt, daß der Vorsitzende sagte, alles spreche dafür, daß Sylvia unschuldig war.«

»Siehst du«, sagte Ruth, und sie blickte mich an und lächelte wieder, und auch ich lächelte, und wieder zitterten unsere Lippen, trotzdem.

»Babs«, sagte ich. »Wie geht es Babs? Seit sieben Monaten weiß ich nicht, wie es Babs geht. Das hat mich fast wahnsinnig gemacht.«

»Es geht ihr gut, Phil. Manchmal zwischendurch ging es ihr ein wenig schlechter. Jetzt geht es ihr schon wieder sehr gut. Sie hat weitere Fortschritte gemacht. Die Lähmung ist nicht mehr vorhanden. Sie kann schon längere Sätze schreiben. Sie kann rechnen – einfache Rechnungen. Sie hat gelernt, allerlei zu kochen. Ihre Aussprache ist viel besser geworden.«

»Die Augen?«

»Da hat sich noch nichts geändert, leider. Aber sie ist außerordentlich geschickt beim Werken. Sie macht dauernd Arbeiten aus Ton. Sie bemalt sie. Sie kann zu Musik nun auch schon tanzen, ohne je hinzufallen. Zuerst hat sie immer nach dir gefragt. Dann, in einer ihrer schlechten Perioden, vergaß sie dich. Dann fragte sie wieder. Aber sie hat kein gutes Zeitgefühl, Gott sei Dank. Für sie sind diese sieben Monate keine sieben Monate – viel weniger. Vielleicht sieben Tage. Sie hat mich gestern wieder nach dir gefragt. Ich habe gesagt, du kommst bald nach Hause.«

»Nach Hause?«

»Ja. Sie betrachtet die Schule als ihr Zuhause. Sie hat gefragt: Wann kommt Phil endlich wieder nach Hause?«
»Die andern . . .«
»Die Kinder sind unfähig zu begreifen, was passiert ist – und da sage ich wieder Gott sei Dank. Die Erwachsenen haben es natürlich alle begriffen. Der Rektor ist von der Kriminalpolizei vernommen worden. Aber das ist sehr diskret geschehen – dank Sondersen. Da haben wir einen Freund.«
»Ja«, sagte ich. »Das ist ein wirklicher Freund. Wir werden wirkliche Freunde brauchen jetzt.«
Langsam gingen wir über den Schotterweg, über den Hof.
»Heute wäre Babs dritter ›Geburtstag‹ in Heroldsheid«, sagte ich. »Heute vor zwei Jahren haben wir sie hingebracht, an jenem Morgen, in diesem Autobus. Erinnerst du dich?«
»Natürlich.«
»Hausmeier hieß der Fahrer.«
»Heißt er immer noch.«
»Das war der Tag, an dem Otto so furchtbar viele Fensterscheiben zerbrach, erinnerst du dich?«
»Natürlich.«
»Wie geht es ihm?«
»Otto hat sich so gut entwickelt, daß er seit drei Monaten in einer ›beschützenden Werkstatt‹ arbeitet – an einer Stanzmaschine. Und er lebt in einer Wohngemeinschaft in Nürnberg.«
»Mein Gott«, sagte ich. »Die Zeit – wie schnell sie vergeht. Unser Leben – wie schnell es vergeht. Wenn mir jetzt etwas zustößt – was wird aus Babs?«
»Ich bin da.«
»Und wenn dir etwas zustößt?«
»Es wird von nun an immer jemand dasein für Babs«, sagte Ruth. »Aber laß das! Sind wir alte Leute? Was ist los mit dir?«
»Man kann jeden Tag tot umfallen.«
»Und man kann auch noch sehr, sehr viele Jahre leben!«
»Nun ist Babs um ihre Geburtstagsfeier gekommen«, sagte ich traurig. »Sie war doch so stolz auf ihre *zwei* Geburtstage, während die meisten Kinder nur einen haben.«
»Sie hat ihren zweiten Geburtstag gefeiert, sei ganz unbesorgt.«
»Wo?«
»Bei mir. Im Krankenhaus. Mit Torte und Lichtern und Geschenken und allem. Mit ihren Freunden von einst gab es am Nachmittag Kakao und Kuchen.«
»Was für Freunde von einst?«
»Na, da sind noch eine Menge da! Kannst du dich zum Beispiel an den kleinen Sammy erinnern, der sich ›Engel des Todes‹ nennt?«

»Der ist noch immer da?«
»Und er wird noch lange bleiben.« Sie nickte.
»Keine Besserung?«
»Eine große, Liebster! Aber noch nicht groß genug. Brezel – erinnerst du dich an die Psychologin? – feierte mit, und der Rektor ist gekommen mit dem gelähmten Alois und mit Frau Bernstein. Es waren acht Kinder, als ich wegfuhr.«
»Du bist gut«, sagte ich.
»Unsinn«, sagte sie. »Rede doch nicht so!«
Wir gingen immer weiter, sehr langsam. Ruth fuhr fort: »Natürlich wissen die Erwachsenen in Heroldsheid nun alle, wer du in Wahrheit bist. Keiner fühlt sich betrogen oder ist böse. Alle fühlen mit dir. Ich soll dich von allen besonders herzlich grüßen. Ich rief draußen an, als ich die Besuchserlaubnis bekam. Sie sind sehr glücklich gewesen darüber, daß wir uns nun endlich sehen würden. Auch der Rektor und Frau Bernstein! Die alte Frau Grosser hat geweint. Sie bäckt einen Kuchen, du wirst ihn übermorgen bekommen, soll ich dir sagen. Sie hat auch die Geburtstagstorte für Babs gemacht.«
»Aber sonst . . .«, begann ich, und sie unterbrach mich: »Sonst weiß natürlich auch in Heroldsheid niemand, was nun geschehen wird. Ob Reporter kommen. Einer. Viele. Ob sie Rücksicht nehmen werden auf die Bitten des Rektors, Babs nicht nachzustellen, über die Schule nicht herzufallen. Bisher war keiner draußen. Vielleicht sind die Reporter diesmal barmherzig.«
»Warum sollten sie es diesmal sein?« fragte ich.
»Vielleicht finden sie die richtige Schule nicht. Vielleicht haben wir Glück, Liebster.«
»Glück?«
»Babs wurde sofort nach Bekanntwerden von Sylvias Tod vorsorglich zu mir ins Krankenhaus gebracht. Wenn in der nächsten Zeit Reporter kommen, ist sie nicht in Heroldsheid. Vielleicht haben wir Glück.«
»Ja«, sagte ich, »vielleicht. Vielleicht nicht. Alles ist offen.«
»Nicht nur hier«, sagte Ruth. »Überall. Was wird mit Bracken werden?»
»Ist er noch hier?«
»Er sitzt in demselben Gefängnis wie du – seit Wochen. Man weiß noch nicht, ob ihm hier der Prozeß gemacht wird oder ob er ausgeliefert wird – er ist Amerikaner, und er hat Sylvia in Amerika erpreßt, so viele Jahre.«
»Das Schwein«, sagte ich.
»Das arme Schwein«, sagte Ruth.
Ein paar Vögel pickten im Gras Krümel auf, die ein Mann, von dem ich nur eine Hand sehen konnte, aus einem vergitterten Fenster im dritten Stock warf. Ob er die Vögel sehen kann? überlegte ich.

»Und Sylvia . . . Wo . . . wo wird sie begraben werden?«
»In Hollywood. Das wird ein ungeheuerliches Begräbnis werden, eines, wie es Hollywood noch nie gesehen hat, sei ganz sicher. Noch mehr Reklame für den Film! Es gibt keinen Film auf der Welt, der soviel Reklame hatte wie dieser KREIDEKREIS. Du wirst ja jetzt auch wieder Zeitungen und Zeitschriften bekommen, Liebster. Du hast keine Vorstellung, wie dieser Prozeß ausgeschlachtet worden ist. Woche um Woche waren Sylvia und du und Babs oder wenigstens zwei von euch auf den Titelblättern aller Illustrierten. Die Regenbogenpresse lebte und lebt noch immer von euch. Was du damals in meiner Wohnung gesagt hast – über die Steigerung der Auflagen bei den Zeitungen und Magazinen in aller Welt . . .«
»Ich erinnere mich.«
». . . das stimmt. Noch viel mehr, als du angenommen hast. Die Auflagen sind in unvorstellbarer Weise hochgeschnellt, habe ich im Fernsehen gehört – das übrigens auch von dem Fall Moran lebt, immer noch! Und nun geht noch einmal alles los, nun, da Sylvia tot ist. Du kannst dir nicht vorstellen, niemand, der es nicht gesehen hat, kann es sich vorstellen, welche Reklame für den Film mit dem Fall Sylvia Moran gemacht wurde in den letzten sieben Monaten – und welche Reklame jetzt wiederum gemacht werden wird! In Nürnberg läuft DER KREIDEKREIS immer noch – alle Vorstellungen sind täglich ausverkauft. Ich habe ihn allerdings noch nicht gesehen. Man muß immer noch Karten im voraus bestellen. Und das ist Nürnberg, eine einzige Stadt in Deutschland! So geht es in allen Städten der Welt zu, in denen es Kinos gibt, Liebster, in allen Städten der Welt! Dieser Joe Gintzburger versteht sein Geschäft. Nach einer Erklärung von SEVEN STARS wird der Film sämtliche Rekorde an Einspielergebnissen brechen, die jemals erreicht wurden – um ein Vielfaches. Sie rechnen jetzt mit vierhundert Millionen Dollar.«
»Vierhundert Millionen«, sagte ich leise.
»Nun, nach Sylvias Tod, wird das Geld noch einmal wie in Sturzbächen hereinkommen. Ein kluger Mann, dieser Joe Gintzburger.«
»Ein Schuft.«
»Natürlich«, sagte Ruth. »Das auch.«
Die Sonne schien nun schon schräg über die Mauer, der Unsichtbare im dritten Stock warf immer noch Krümel für die Vögel in den Hof herab, wir gingen noch immer Hand in Hand.
»Wie lange hast du Besuchserlaubnis?«
»Ich weiß es nicht. Unbegrenzt. Sie haben mir nichts gesagt. Sie waren sehr freundlich. Ich bin fast sicher, Liebster, daß dein Prozeß schnell vorbeigeht. Oder vielleicht bekommst du eine Strafe auf Bewährung.«
»Vielleicht«, sagte ich. Mir fiel etwas ein. Ich sagte »›Wir sehn betroffen den Vorhang zu und alle Fragen offen.‹«

»Das ist aus dem Epilog zum ›Guten Menschen von Sezuan‹ von Brecht!« Ruth sah mich erstaunt an.
»Ja, daran mußte ich gerade denken. Hier gibt es eine wunderbare Bibliothek, weiß du. Ich habe Brecht gelesen, nachts, wenn ich nicht schlafen konnte. Brecht und viele andere Autoren. Sie haben sehr viele Bücher hier. Der Vorhang zu. Und alle Fragen . . . so viele . . . so viele Fragen offen.«
Wir gingen eine Weile schweigend.
Dann fragte ich: »Wo ist Joe?«
»Längst wieder in Hollywood.«
»Dann kann ich mir vorstellen, was für ein Zirkus das Begräbnis von Sylvia wird.« Ruth blieb stehen. Ich auch.
»Ich habe mit Doktor Kassner gesprochen, Sylvias Psychiater. Als er hier war. Wir haben uns über Sylvia unterhalten. Kassner sagte, aus ärztlicher Sicht war Sylvia wirklich eine potentielle Mörderin. Siehst du, da ist die Tragik für ihn, die tragische Folge seiner Bemühungen, sie erfolgreich zu behandeln. Er hat sie so erfolgreich behandelt, wie er konnte. So erfolgreich, daß sie unter ihren Problemen nicht mehr zusammenbrach. Aber nun war sie derart gesundet, daß sie ihre Probleme – das Problem Rettland – aktiv lösen konnte . . . und lösen wollte.«
»Durch Mord.«
»Ja«, sagte Ruth.
»Durch Mord«, sagte ich.
»Ja«, sagte sie.
»So gesund war sie«, sagte ich.
»Hör mir zu, Liebster. Wirklich und für die Dauer gesund war Sylvia nicht! Wäre sie nie mehr geworden. Sie war erledigt, kaputtgemacht, am Ende, auch wenn es so aussah, als sei alles in Berlin wieder in bester Ordnung gewesen. Sie hätte diesen Film durchgehalten, sagte Kassner – vielleicht. Sehr wahrscheinlich nicht. Sie wäre wieder zusammengebrochen. Sie hätte danach nie wieder einen Film drehen können, nie mehr mit diesen Schuldgefühlen!«
Ich atmete tief ein und aus.
»Und das wußte Joe«, sagte ich, und plötzlich war mir alles klar, blendend klar.
»Kassner hat ihm kein Wort in dieser Richtung gesagt!«
»Natürlich nicht. Aber Joe ist ein kluger Schuft, weißt du. Er hat in seiner langen Laufbahn schon manchen Schauspieler, manche Schauspielerin zerbrechen sehen. Er wußte, was mit Sylvia los war, auch ohne daß ein Arzt es ihm bestätigte, davon bin ich überzeugt. Und – es klingt furchtbar, aber auch davon bin ich jetzt überzeugt – und so machte Joe noch das Beste aus einer schlimmen Sache. So zog er noch alles an Geld aus einer zerstörten

Frau, was zu ziehen war – und das waren viele, viele Millionen. Also inszenierte er mit diesem bedauernswerten Wrack noch das letzte, das größte Spektakel!«
Ruth starrte mich an.
»Das glaubst du wirklich?«
Ich nickte.
»Ja. Ich sehe jetzt genau, nach welchem Plan Joe hier vorgegangen ist, nach welchem Plan alle Zeugen, die Joe beeinflussen konnte – und mit Ausnahme der Sachverständigen und der Polizei waren das praktisch alle, denn alle waren von ihm abhängig! –, nach welchem Plan alle diese Zeugen und er selber aussagten oder die Aussage verweigerten. Für diesen Haifisch Joe war Sylvia schon tot, und wenn sie noch so lange lebte, ja, sogar wenn sie freigesprochen wurde! Tot, weil er sie nicht mehr brauchen konnte. Tot als Schauspielerin. Tot als Wertobjekt. Tot – aber noch auszuschlachten, wenn er sich beeilte. Und er hat sich beeilt!«
»Mein Gott«, sagte Ruth erschüttert.
»Ich kenne diese Industrie. Ich kenne Joe. Glaube mir, so war es. So ist es. Glaube mir, Liebste, Joes Herz hüpft vor Entzücken über die tobsüchtige Aussage dieser Carmen Cruzeiro, über meine Verhaftung, über Brackens Entlarvung – über alles, was neue Schlagzeilen, neue Sensationen, neue Millionen gebracht hat. Dieser Prozeß war der letzte Film, den Joe mit Sylvia gemacht hat! Und er hat sich dabei ein Happy-End eingehandelt, an das er wahrscheinlich nicht zu denken wagte – nein, an das er dauernd dachte, das er aber trotz seiner frommen Gebete für unerreichbar ansah – ich meine Sylvias Tod. Das war das größte Happy-End seines Lebens.«
Wir gingen schweigend weiter. Die Schatten wurden länger, die Sonne sank, die Vögel waren verstummt.
»Und er wird nicht bestraft werden?« fragte Ruth zuletzt.
»Leute wie er werden nicht bestraft. Nicht von anderen Menschen. Nicht auf die gewöhnliche Weise. Manchmal auf absonderliche Weise. Meistens gar nicht.«
Sie drückte meinen Arm, nachdem sie auf die Uhr gesehen hatte. »Ich muß dringend in das Krankenhaus, Liebster.«
»Wann kommst du wieder?«
»Morgen!« Jetzt lächelte sie ihr wunderbares Lächeln. »Der Untersuchungsrichter hat mir sagen lassen, daß ich dich nun immer besuchen kommen darf – vielleicht jeden Tag. Das ist ein gutes Zeichen! Hier, fast hätte ich es vergessen. Dies ist ein Geschenk von Babs. Für dich. Sie hat es mir gegeben und gesagt, ich soll es dir überreichen, sobald ich dich sehe.«
Ich nahm das Päckchen und öffnete es. Das Papier ließ ich fallen. Babs hatte einen Teller aus Ton gemacht – handflächengroß, durchaus nicht rund, durchaus nicht glatt. Aber es war ein Teller, ohne jeden Zweifel. Und auf

den Ton hatte Babs viele rote und blaue und gelbe und weiße Punkte geschmiert, dazu grüne Linien.
»Ob das Blumen sein sollen?«
»Ja, ich denke, das sollen Blumen sein«, sagte Ruth. »Was sie schon kann! Ist es nicht schön?«
»Wunderschön«, sagte ich und fühlte, wie mir Tränen in die Augen schossen. »Ganz wunderschön.«
»Sie macht Fortschritte, Liebster, ich sagte es dir.«
»Ja, große Fortschritte.«
»Nicht wahr? Natürlich wird es noch viele, viele Jahre dauern, bis sie wirklich so weit ist, daß sie nicht untergeht im Leben, daß sie, immer mit der Hilfe eines Gesunden, leben kann. Aber leben, *leben* wird sie können, Liebster!«
»Ja.«
»Egal, ob sie in Heroldsheid bleiben kann oder ob sie woandershin muß. Egal, wie viele Rückfälle noch kommen. Egal, alles egal! Sie wird immer weiter ein klein bißchen gesünder werden, Liebster. Sie wird niemals ganz gesund werden – daran ist nicht zu denken! Aber gesünder. Wie und wann und wo, das wissen wir nicht.«
»Nein«, sagte ich, »das wissen wir nicht.«
»Sie wird nie mehr allein sein«, sagte Ruth und sah mich dabei fest an.
»Das wird sie nie mehr sein«, sagte ich und dachte plötzlich an Clarissas Abschiedsbrief, in dem diese mich gebeten hatte, Babs niemals im Stich zu lassen.
»Ich muß wirklich gehen . . . Babs . . . Die Visite . . .«
»Ja, Liebste, ja. Und du kommst morgen?«
»Bestimmt. Ganz bestimmt.«
Wir küßten uns, wir klammerten uns aneinander. Dann lächelte Ruth mir noch einmal zu und ging schnell über den Schotterweg davon. Ich sah ihr nach. Sie blickte sich immer wieder um und winkte. Ich dachte, daß ich ihr nacheilen und sie führen mußte, denn sie steuerte natürlich infolge ihres Ticks eine falsche Tür an. Ich öffnete den Mund, um sie auf ihren Fehler aufmerksam zu machen, da sah ich, daß sie gar keinen Fehler beging. An der falschen Tür schritt sie vorbei, immer weiter winkend, und dann war sie verschwunden. Zum ersten Mal, seit ich Ruth kannte, hatte sie nicht den falschen, sondern den richtigen Weg gewählt.
Ich weiß nicht, ob es eine Minute war, die ich dann still im Schatten der Mauer stand, ob es fünf Minuten waren, zehn. Ich schreckte plötzlich auf, den Teller von Babs in der Hand. Ich hatte ihn pausenlos betrachtet, ihn und die vielen hingeschmierten bunten Kleckse und Linien.
Dabei war mir die kleine Tafel aus sehr dünnem Gold eingefallen, die ich an Ruths Bücherwand gesehen hatte. Die Inschrift auf der Tafel war mir

wieder in den Sinn gekommen, auch daß ich Ruth gefragt hatte, von wem die Worte waren, und daß sie mir gesagt hatte, von einem Schriftsteller, dessen Namen ihr aber nicht eingefallen war.

Nun stand ich da und sah das Geschenk von Babs an und dachte an jenen Satz auf der kleinen goldenen Tafel, die Worte jenes Schriftstellers, dessen Name Ruth vergessen hatte. Diese Worte . . .

Ja, dachte ich, es werden Blumen sein, die Babs da malen wollte. Viele Blumen. Ich steckte den Tonteller vorsichtig in die Jackentasche und ging ebenfalls zu der Tür, die in das Gefängnis führte. Es war nun schon kühl geworden. Der Abend kam. Unter meinen Füßen knirschte der Schotter. Ich sah die große graue Gefängnismauer mit ihren vielen vergitterten Fenstern und dachte an die Worte auf der goldenen Tafel. Sie lauteten:

WOFÜR SIND BLUMEN DA?

DOCH NUR DAFÜR, DASS SIE BLÜHEN.

Knaur

Romane von Johannes Mario Simmel

Von Johannes Mario Simmel sind außerdem bei Knaur erschienen:

Bis zur bitteren Neige (118)
Liebe ist nur ein Wort (145)
Lieb Vaterland magst ruhig sein (209)
Alle Menschen werden Brüder (262)
Bitte laßt die Blumen leben (1393)

(437)

(728)

Foto: Isolde Ohlbaum

(397)

(2957)

Die im Dunkeln sieht man nicht (1570)
Im Frühling singt zum letztenmal die Lerche (60089)
Es muß nicht immer Kaviar sein (29)
Die Antwort kennt nur der Wind (481)
Niemand ist eine Insel (553)
Meine Mutter darf es nie erfahren (649)
Zweiundzwanzig Zentimeter Zärtlichkeit (819)
Wir heißen Euch hoffen (1058)
Die Erde bleibt noch lange jung (1158)